Van Terry Goodkind zijn verschenen:

De Aflossing (Proloog van de Wetten van de Magie)
De Eerste Wet van de Magie
De Tweede Wet van de Magie
De Derde Wet van de Magie
Tempel der Winden (De Vierde Wet van de Magie)
Ziel van het Vuur (De Vijfde Wet van de Magie)
Zuster van de Duisternis (De Zesde Wet van de Magie)
Zuilen der Schepping (De Zevende Wet van de Magie)
Het Weerloze Rijk (De Achtste Wet van de Magie)
Ketenvuur (De Negende Wet van de Magie)
Fantoom (De Tiende Wet van de Magie)
De Ongeschreven Wet (De Elfde Wet van de Magie)

DE BLOEDBROEDERSCHAP
De Derde Wet van de Magie

Terry Goodkind

DE BLOEDBROEDERSCHAP

De Derde Wet van de Magie

LUITINGH FANTASY

Twaalfde druk
© 1996 Terry Goodkind
Published in agreement with the author,
c/o Baror International, Inc., Armonk, New York, U.S.A.
All rights reserved
© 1998, 2009 Nederlandse vertaling
Uitgeverij Luitingh ~ Sijthoff B.V., Amsterdam
Alle rechten voorbehouden
Oorspronkelijke titel: *Blood of the Fold*
Vertaling: Alistair Schuchart en Julia Engels
Omslagontwerp: Karel van Laar
Omslagillustratie: Kevin Murphy
Illustratie achtergrond: Rien van der Kraan
Kaarten: Terry Goodkind

ISBN 978 90 245 5742 4
NUR 334

www.boekenwereld.com & www.dromen-demonen.nl

Voor Ann Hansen,
het licht in de duisternis

WOORD VAN DANK

Zoals altijd weer veel dank aan allen die hebben geholpen: mijn redacteur James Frenkel voor de doeltreffende manier waarop hij me helpt mezelf te overtreffen; mijn Britse redacteur Caroline Oakley en de andere mensen bij Orion voor hun hang naar perfectie; James Minz voor de grote lijn; Linda Quinton en de afdeling verkoop en promotie van Tor voor hun enthousiasme; Torn Doherty voor zijn vertrouwen waardoor ik hard blijf werken; Kevin Murphy voor het bekroonde omslag; Jeri voor haar verdraagzaamheid; tot slot dank ik Richard en Kahlan, die me blijven inspireren.

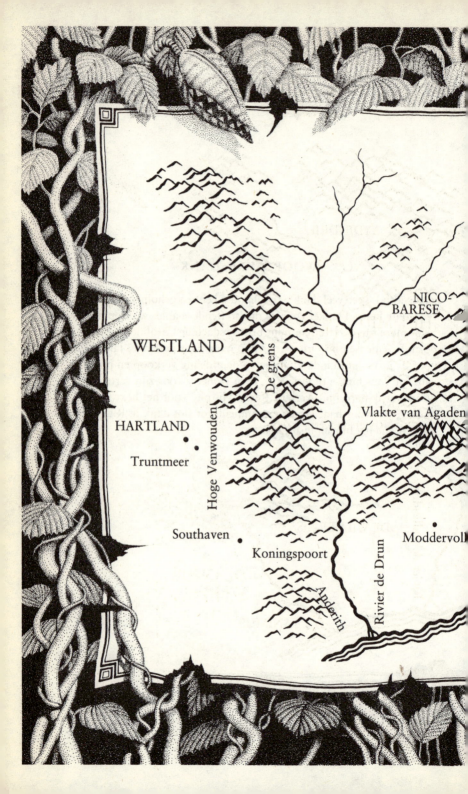

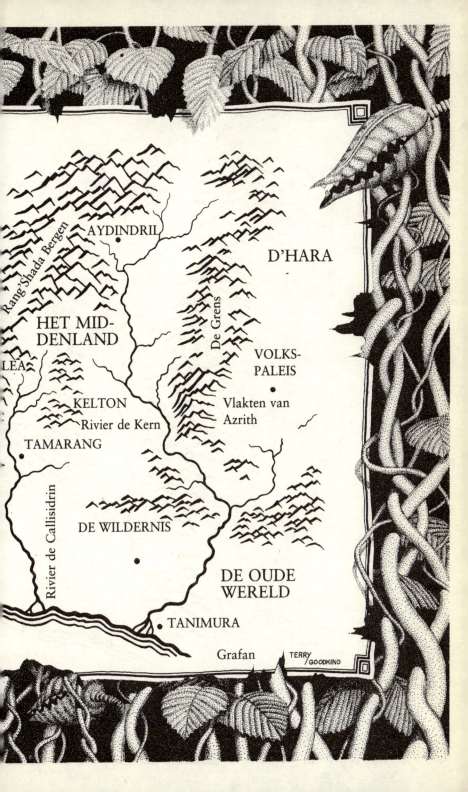

1

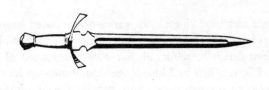

Op precies hetzelfde ogenblik werden de zes vrouwen plotseling wakker, en het aanhoudende geluid van hun geschreeuw galmde door de krap bemeten officierskamer. In het donker kon Zuster Ulicia de anderen naar adem horen snakken. Ze slikte om haar eigen gehijg wat onder controle te krijgen, maar kromp onmiddellijk ineen van de rauwe pijn in haar keel. Ze voelde dat haar oogleden nat waren, maar haar lippen waren zo droog dat ze ze moest bevochtigen, uit angst dat ze zouden openbarsten en bloeden.

Iemand bonkte op de deur. Zijn geroep drong slechts als een doffe dreun tot haar door. Ze deed geen moeite zich te concentreren op zijn woorden of hun betekenis. Deze man was beslist een onbeduidende figuur.

Ze stak haar bevende hand omhoog, wees naar het midden van de gitzwarte achtersteven en liet een straal ontsnappen van haar Han, het wezen van leven en geest, terwijl ze een speerpunt van hitte op de olielamp richtte waarvan ze wist dat die aan de lage plafondbalk hing. De kous vatte gehoorzaam vlam en liet een golvende roetstreep zien die de langzame heen en weer gaande beweging van de lamp in het deinende schip markeerde.

De andere vrouwen, die allemaal net als zij naakt waren, gingen ook rechtop zitten en keken strak naar het zwakke, gelige schijnsel, alsof ze er een heilsboodschap in zochten, of misschien de verzekering dat ze nog steeds in leven waren en er nog licht te zien was. Een traan rolde over Ulicia's wang omlaag, toen ook zij de vlam zag. De duisternis was verstikkend geweest, alsof ze was bedolven onder een zware vracht vochtige, zwarte aarde.

Haar beddengoed was nat en koud van het zweet, maar zelfs zonder zweet was alles altijd nat van de zilte lucht, om maar te zwijgen van het buiswater dat heel af en toe het dek overspoelde en doorsijpelde op alles wat daaronder was. Ze kon zich niet herinneren hoe het was om droge kleren of beddengoed tegen haar huid te voelen. Ze haatte dit schip, de alom heersende vochtigheid, de stank en het voortdurende deinen en stampen waarvan haar maag omdraaide. Ze was in elk geval nog levend genoeg om dit schip te verfoeien. Ze slikte voorzichtig de smaak van gal weg.

Ulicia veegde met haar vingers het warme vocht boven haar ogen weg en stak haar hand uit. Haar vingertoppen glommen van het bloed. Sommige anderen deden hetzelfde, als het ware aangemoedigd door haar voorbeeld. Elk van hen had bloederige schrammen op hun oogleden, wenkbrauwen en wangen door hun wanhopige maar vergeefse pogingen hun ogen open te klauwen en zich uit de valstrik van de slaap te bevrijden en aan een droom te ontsnappen die geen droom was.

Ulicia probeerde uit alle macht het waas in haar geest te verdrijven. Dit moest gewoon een nachtmerrie zijn geweest.

Ze dwong zichzelf haar blik af te wenden van de vlam en naar de andere vrouwen te kijken. Zuster Tovi zat ineengedoken op een lage kooi tegenover haar, en de dikke kwabben vlees aan haar heupen leken neer te hangen uit sympathie met de rimpelige uitdrukking op haar gezicht, toen ze naar de lamp keek. Zuster Cecilia's gewoonlijk keurige grijze krullen staken alle kanten uit en haar onverwoestbare glimlach was nu een asgrijs masker vol angst toen ze omhoog keek vanaf de lage brits naast die van Tovi. Ulicia leunde iets voorover en keek naar de kooi boven haar. Zuster Armina, die op geen stukken na zo oud was als Tovi of Cecilia, maar meer van Ulicia's leeftijd, en nog steeds aantrekkelijk om te zien, maakte een verwilderde indruk. Met bevende vingers veegde de gewoonlijk onbewogen Armina het bloed van haar oogleden.

Aan de overkant van de belendende gang zaten de twee jongste en tevens kalmste Zusters in de kooien boven die van Tovi en Cecilia. Rafelige schrammen ontsierden de vlekkeloze huid van Zuster Nicci's wangen. Lokken van haar blonde haar kleefden aan de tranen, het zweet en het bloed op haar gezicht. Zuster Merissa, die net zo mooi was, hield een deken tegen haar naakte borsten geklemd, en niet uit bescheidenheid, maar huiverend van doodsangst. Haar lange, donkere haren waren één klitterige kluwen.

De anderen waren ouder, en oefenden deskundig de macht uit die was getemperd in de smeltoven van hun ervaring, maar zowel Nicci als Merissa was vervuld van zeldzame aangeboren en duistere talenten – een bedrevenheid die met geen enkele mate van ervaring viel aan te roepen. Ze waren scherpzinniger dan hun leeftijd deed vermoeden, en ze lieten zich geen van beiden verleiden door Cecilia of Tovi's vriendelijke glimlachjes of goedbedoelde aanstellerijtjes. Hoewel ze jong en zelfverzekerd waren, wisten ze allebei dat Cecilia, Tovi, Armina en vooral Ulicia zelf

in staat waren hen beiden aan stukken te scheuren, als ze dat verkozen. Toch deed dat geen afbreuk aan hun heerschappij; ze waren op hun eigen manier twee van de meest ontzagwekkende vrouwen die ooit hebben geleefd. Maar hun buitengewone besluit om te overwinnen was de reden dat de Wachter hen had uitgekozen.
Het was angstwekkend om deze vrouwen, die ze zo goed kende in zo'n toestand te zien, maar het aanzicht van Merissa's onbeteugelde doodsangst schokte Ulicia pas echt. Ze had nog nooit een Zuster gekend die zo beheerst, onbewogen, onverbiddelijk en meedogenloos was als Merissa. Zuster Merissa had een hart van zwart ijs.
Ulicia kende Merissa al bijna zo'n honderdzeventig jaar, en van al die tijd kon ze zich niet herinneren dat ze haar ooit had zien huilen. Maar nu snikte ze.
Zuster Ulicia putte kracht uit het feit dat ze zag in wat voor erbarmelijke, zwakke toestand de anderen verkeerden, en ze schepte daar zelfs genoegen in; ze was hun leider en veel sterker dan zij.
De man bonkte nog steeds op de deur. Hij wilde weten wat er aan de hand was en wat dit geschreeuw betekende. Ze ontstak in woede en riep naar de deur: 'Laat ons met rust! Als we je nodig hebben, zullen we je wel ontbieden!'
Het gedempte gevloek van de zeeman verstomde toen hij de aftocht blies door de gang. Het enige geluid behalve het gekraak van het houtwerk als het schip dwarsscheeps werd getroffen door een zware golf en opzij werd geduwd, was het gesnik.
'Hou op met dat gesnotter, Merissa,' snauwde Ulicia.
Merissa keek haar aan met haar donkere ogen die nog steeds glazig van angst waren. 'Zo is het nog nooit geweest.' Tovi en Cecilia knikten instemmend. 'Ik heb zijn geboden uitgevoerd. Waarom heeft hij dit gedaan? Ik heb hem niet in de steek gelaten.'
'Als we hem in de steek hadden gelaten,' zei Ulicia, 'dan zouden we daar zijn, samen met Zuster Liliana.'
Armina schrok op. 'Dus je hebt haar ook gezien? Ze was...'
'Ik heb haar gezien,' zei Ulicia, haar afschuw verbergend achter een toon van onverschilligheid.
Zuster Nicci trok een in elkaar gedraaide pluk doornat blond haar uit haar gezicht. Naarmate ze haar zelfbeheersing herwon, werd haar toon zachter. 'Zuster Liliana heeft de Meester in de steek gelaten.'
Zuster Merissa, wier blik minder glazig was geworden, wierp haar een blik vol koele minachting toe. 'Ze moet nu boeten voor haar mislukking.' De scherpte in haar toon werd dikker, als winterse vorst op een raam. 'Voorgoed.' Merissa stond bijna nooit toe dat haar zachte gelaatstrekken door emoties werden verstoord, maar nu werd haar gezicht

erdoor vervormd, en haar wenkbrauwen trokken zich samen tot een moordlustige, dreigende blik. 'Ze heeft jouw bevelen herroepen, Zuster Ulicia, en die van de Wachter. Ze heeft onze plannen in het honderd gegooid. Dit is haar schuld.'

Liliana had de Wachter inderdaad in de steek gelaten. Ze zouden niet met z'n allen op dit vervloekte schip zitten als het niet aan Zuster Liliana had gelegen. Ulicia's gezicht ging gloeien bij de gedachte aan de arrogantie van die vrouw. Liliana had gedacht dat niemand anders dan zijzelf met de eer zou gaan strijken. Ze had gekregen wat ze verdiende. Toch moest Ulicia slikken toen ze zich herinnerde te hebben gezien hoe Liliana werd gemarteld, en ze merkte nu niet eens hoe pijnlijk haar rauwe keel was.

'Maar wat moeten wij dan?' vroeg Cecilia. Ze glimlachte weer, maar eerder verontschuldigend dan vrolijk. 'Moeten we doen wat deze... man zegt?'

Ulicia veegde met haar hand over haar gezicht. Als dit echt was en als wat ze had gezien, werkelijk gebeurd was, hadden ze geen tijd om te aarzelen. Het moest niets anders zijn dan een doodgewone nachtmerrie; niemand behalve de Wachter was ooit eerder doorgedrongen tot haar droom, die geen droom was. Ja, het moest gewoon een nachtmerrie zijn. Ulicia zag dat een kakkerlak in de nachtspiegel kroop. Ze keek plotseling op.

'Deze man? Heb je de Wachter niet gezien? Heb je een man gezien?'

Cecilia sidderde. 'Jagang.'

Tovi bracht haar hand naar haar lippen en kuste haar ringvinger – een oeroud gebaar waarmee ze de Schepper om bescherming smeekte. Het was een oude gewoonte waarmee de eerste ochtend van de opleiding van een novice begon. Ieder van hen had geleerd dit elke ochtend na het opstaan te doen, zonder uitzondering, en in tijden van rampspoed. Tovi had het waarschijnlijk al talloze, duizenden keren mechanisch gedaan, zoals zij allen. Een Zuster van het Licht was symbolisch verloofd met de Schepper en met Zijn wil. Het kussen van de ringvinger was een rituele vernieuwing van die verloving.

Er viel niet te zeggen wat het kussen van de ringvinger zou teweegbrengen nu ze verraad hadden gepleegd. Het bijgeloof wilde dat het de dood betekende voor iemand die haar ziel aan de Wachter had verpand – een Zuster van de Duisternis – om die vinger te kussen. Hoewel het onduidelijk was of het werkelijk de wraak van de Schepper zou oproepen, bestond er geen twijfel dat het de wraak van de Wachter zou ontketenen. Toen haar hand halverwege haar lippen was, besefte Tovi wat ze van plan was, en trok hem met een ruk terug.

'Hebben jullie Jagang allemaal gezien?' Ulicia keek ieder om beurten aan,

en iedereen knikte. Een vlammetje van hoop flakkerde nog in haar binnenste. 'Dus jullie hebben de Keizer gezien. Dat heeft niets te betekenen.' Ze boog zich naar Tovi. 'Heb jij hem iets horen zeggen?'
Tovi hield de beddensprei voor haar kin. 'We waren er allemaal, zoals altijd wanneer de Wachter ons nodig heeft. We zaten in de halve kring, en waren naakt, zoals gewoonlijk. Maar Jagang kwam, en niet de Meester.'
Er klonk een zacht snikje van Armina uit de kooi boven hen. 'Stilte!' Ulicia richtte haar aandacht weer op de huiverende Tovi. 'Maar wat zei hij? Wat waren zijn woorden?'
Tovi's blik dwaalde zoekend over de vloer. 'Hij zei dat onze zielen nu van hem waren. Hij zei dat we nu van hem waren, en dat onze levens afhankelijk waren van zijn grillen. Hij zei dat we onmiddellijk bij hem moesten komen, of dat we anders Zuster Liliana's lot zouden benijden.' Ze sloeg haar blik op en keek Ulicia recht in de ogen. 'Hij zei dat we er spijt van zouden krijgen als we hem lieten wachten.' Tranen stroomden uit haar ogen. 'En toen gaf hij me een voorproefje van wat het zou betekenen als we hem ergerden.'
Ulicia's huid was koud geworden en ze besefte dat ook zij haar sprei omhoog had getrokken. Met moeite legde ze hem weer op haar schoot. 'Armina?' Een zachte bevestiging klonk van boven. 'Cecilia?' Cecilia knikte. Ulicia keek naar de twee in de bovenste kooi tegenover haar. De kalmte die ze met zoveel moeite hadden proberen te herwinnen leek nu te zijn ingetreden. 'Nu? Hebben jullie twee die woorden ook gehoord?'
'Ja,' zei Nicci.
'Precies dezelfde,' zei Merissa emotieloos. 'Liliana heeft ons dit op de hals gehaald.'
'Misschien is de Wachter geërgerd om ons,' bracht Cecilia te berde, 'en heeft hij ons aan de Keizer gegeven om hem te dienen en zo onze voorkeurspositie terug te verdienen.'
Merissa's rug verstijfde. Haar ogen waren vensters van haar bevroren hart. 'Ik heb mijn zieleneed aan de Wachter gegeven. Als we dit vulgaire beest moeten dienen om de gunst van onze Meester te heroveren, dan zal ik hem dienen. Ik zal de voeten van die vent likken, als het moet.'
Ulicia herinnerde zich Jagang, net voordat hij wegliep uit de halve kring in de droom die geen droom was, en Merissa gebood op te staan. Hij had toen achteloos naar haar uitgehaald en met zijn sterke vingers haar rechterborst vastgegrepen en geknepen tot haar knieën begonnen te knikken. Ulicia keek vluchtig naar Merissa's borsten en zag dat ze onder de geelbruine vlekken zaten.
Merissa deed geen moeite haar lichaam te bedekken, maar keek Ulicia sereen in de ogen. 'De Keizer zei dat we er spijt van zouden krijgen als we hem lieten wachten.'

Ook Ulicia had dezelfde opdracht gehoord. Jagang had iets laten zien dat grensde aan verachting jegens de Wachter. Hoe kon hij de Wachter vervangen in een droom die geen droom was? Toch had hij dat gedaan, en daar ging het om. Het was hun allen overkomen. Het was niet zomaar een droom geweest.

Een tintelend angstgevoel borrelde in haar maag toen het vlammetje van hoop doofde. Ook zij had een voorproefje gehad van wat ongehoorzaamheid zou aanrichten. Het bloed dat op haar oogleden stolde, herinnerde haar eraan hoe graag ze die les had willen ontvluchten. Het was echt geweest, en ze wisten het allemaal. Ze hadden geen keus. Er was geen seconde te verliezen. Een koud zweetpareltje sijpelde tussen haar borsten omlaag. Als ze te laat zouden komen...

Ulicia sprong uit bed.

'Gooi het roer om!' gilde ze terwijl ze de deur opengooide. 'Gooi om, nu meteen!'

Er was niemand op de gang. Ze rende almaar gillend de kajuitstrap op. De anderen volgden haar voorbeeld en bonsden op de deuren van de hutten terwijl ze haar achterna renden. Ulicia maakte zich niet druk om de deuren – het was de stuurman die de koers van het schip bepaalde en de dekknechten aan de zeilen bevelen gaf.

Ulicia tilde het luik op en werd begroet door een somber licht – de dageraad was nog niet aangebroken. Loodachtige wolken kolkten boven de donkere heksenketel van de zee. Lichtgevend schuim vlokte vlak achter de reling op, toen het schip van een torenhoge golf gleed en het leek alsof ze in een inktzwarte afgrond doken. De andere Zusters kwamen uit het luik achter haar te voorschijn en dromden het door buiswater overspoelde dek op.

'Gooi het roer om!' riep ze tegen de matrozen met blote voeten die zich stomverbaasd omdraaiden.

Ulicia vloekte grommend en rende naar de achtersteven in de richting van het stuurwiel. De vijf Zusters volgden haar op de voet, terwijl ze over het overhellende dek rende. De stuurman voelde dat handen de revers van zijn jas vastgrepen en strekte zijn nek om te kijken wat er aan de hand was. Door de opening voor zijn voeten scheen het licht van een lantaarn, en hij zag de gezichten van de vier mannen aan het roer. Matrozen verzamelden zich rond de baardige stuurman en stonden de zes vrouwen aan te gapen.

Ulicia nam een diepe teug lucht in een poging op adem te komen. 'Wat hebben jullie toch, stomme slapjanussen? Hebben jullie me niet gehoord? Ik zei: omgooien dat roer!'

Plotseling besefte ze de reden van hun gestaar: ze waren alle zes naakt. Merissa kwam van achter haar naar voren, en bleef met haar rijzige en

verheven gestalte staan, alsof ze was gekleed in een gewaad dat haar van top tot teen omhulde.
Een van de loensende dekknechten nam het woord terwijl hij zijn blik over de jonge vrouw liet glijden. 'Nu zeg, het lijkt wel alsof de dames naar buiten zijn gekomen voor een spelletje.'
Merissa keek ongenaakbaar koel en met rotsvaste autoriteit op zijn wellustige grijns neer. 'Wat van mij is, is van mij, en van niemand anders, zelfs niet om naar te kijken, tenzij ik besluit dat dat wel zo is. Haal die ogen van je onmiddellijk van mijn vel, of ik zal je daar een handje mee helpen.'
Had de man de gave en Ulicia's perfecte beheersing ervan gehad, dan zou hij hebben gevoeld dat de lucht rondom Merissa onheilspellend knetterde van macht. Deze mannen kenden hen slechts als rijke edelen die overtocht naar vreemde en verre oorden wensten; ze wisten niet wie, of wat de zes vrouwen werkelijk waren. Kapitein Blake kende ze als Zusters van het Licht, maar Ulicia had hem bevolen die wetenschap voor zijn mannen te verzwijgen.
De man keek Merissa met een spottende, wellustige uitdrukking aan en maakte obscene schokkerige bewegingen met zijn heupen. 'Kan het nóg toeschietelijker, meissie? Je zou hier niet zo naar ons toe komen als je niet hetzelfde van plan was als wij.'
De lucht rondom Merissa siste. Bloed bloesemde in het kruis van 's mans broek. Hij kermde terwijl hij met verwilderde ogen opkeek. Bliksemflitsen schitterden op het lange mes dat hij uit de schede aan zijn broekriem trok. Hij slaakte een eed van vergelding en kwam wankelend en met moordneigingen naar voren.
Een koele glimlach vormde zich om Merissa's volle lippen. 'Stuk uitschot,' mompelde ze in zichzelf. 'Ik zal je overgeven aan de kille greep van mijn Meester.'
Zijn vlees barstte uiteen alsof hij een rotte meloen was die met een stok werd bewerkt. Een stoot lucht, aangedreven door de kracht van de gave, kwakte hem over de reling. Een bloederig spoor markeerde zijn buiteling over de planken. Met weinig meer dan een plons deed het zwarte water zich aan het lichaam te goed. De andere mannen, ongeveer een stuk of tien, bleven met wijd open ogen even roerloos staan als standbeelden.
'Jullie mogen alleen naar onze gezichten kijken,' siste Merissa, 'en al het andere blijft voor jullie een vraag.'
De mannen knikten en waren te verbijsterd om hun instemming te uiten. Eén man liet zijn blik onwillekeurig over haar lichaam afdalen, alsof het onmogelijk was weerstand te bieden aan de opwelling te kijken naar wat ze juist op luide toon had verboden te zien. Hij begon zich in

haveloze doodsangst te verontschuldigen, maar een geconcentreerde straal macht, zo scherp als een strijdbijl, scheerde over zijn ogen. Hij tuimelde over de reling, net als de eerste.

'Merissa,' zei Ulicia zacht, 'zo is het genoeg. Ik denk dat ze hun lesje wel hebben geleerd.'

Twee ogen van ijs, ver achter het waas van Han schuilgaand, keken haar aan. 'Ik wil niet dat hun ogen zich toe-eigenen wat hun niet toebehoort.'

Ulicia trok een wenkbrauw op. 'We hebben ze nodig als we terug willen. Je weet toch nog wel hoe dringend onze toestand is, of niet?'

Merissa keek naar de mannen, alsof ze onderzocht of er wantsen onder hun schoenen zaten. 'Natuurlijk, Zuster. We moeten meteen terug.'

Ulicia draaide zich om en zag dat Kapitein Blake net aan dek was gekomen en met wijd open mond achter ze stond.

'Gooi het roer om, Kapitein,' zei Ulicia. 'Nu meteen.'

Zijn tong schoot tussen zijn natte lippen naar buiten toen hij zijn blik langs de ogen van de vrouwen liet glijden. 'Wil je nu weer terug. Waarom?'

Ulicia stak haar vinger naar hem uit. 'U wordt goed genoeg betaald om ons te brengen waar we heen willen, en wanneer we dat willen. Ik heb u al eerder verteld dat er geen vragen zouden worden gesteld, en ik heb u ook beloofd dat ik u van uw huid zou ontdoen als u dat deel van de overeenkomst zou schenden. Als u me op de proef stelt, zult u merken dat ik op geen stukken na zo toegeeflijk ben als Merissa hier; ik garandeer u geen snelle dood. Dus, gooi het roer om!'

Kapitein Blake sprong in actie. Hij fatsoeneerde zijn jas en keek woest naar zijn mannen. 'Aan het werk, luieriken!' Hij wenkte de roerganger. 'Meneer Dempsey, keer het schip.' De man leek nog steeds van schrik bevroren. 'Nu meteen, godbetert, meneer Dempsey!'

Kapitein Blake griste zijn sjofele hoed van zijn hoofd en boog voor Ulicia, terwijl hij zich inspande om zijn blik niet te laten afdwalen van haar ogen. 'Zoals u wenst, Zuster. Op naar de grote barrière, op naar de Oude Wereld.'

'Stippel een rechtstreekse koers uit, Kapitein. De tijd is de belangrijkste factor.'

Hij kneep zijn hoed in zijn vuist samen. 'Rechtstreekse koers! We kunnen niet dwars door de barrière heen varen!' Hij dempte onmiddellijk zijn toon. 'Dat is onmogelijk. Dan gaan we er allemaal aan.'

Ulicia drukte met haar hand op de brandende steek in haar maag. 'De grote barrière is neergehaald, Kapitein. Hij vormt geen hindernis meer voor ons. Stippel een rechtstreekse koers uit.'

Hij wrong zijn hoed. 'De grote barrière, neergehaald? Dat is onmogelijk. Waarom denkt u dat...'

Ze boog naar hem toe. 'Normaals: trekt u mijn woorden in twijfel?'
'Nee, Zuster. Nee, natuurlijk niet. Als u zegt dat de barrière neergehaald is, dan is dat zo. Hoewel ik niet begrijp hoe iets dat niet kan gebeuren, toch is gebeurd. Ik weet dat het niet aan mij is om vragen te stellen. Een rechtstreekse koers voor mevrouw.' Hij veegde met zijn hoed over zijn mond. 'Barmhartige Schepper, bescherm ons,' mompelde hij terwijl hij zich naar de roerganger omdraaide, popelend om aan haar blik te ontsnappen. 'Vol over stuurboord, meneer Dempsey!'
De man keek neer op de man aan het stuurwiel. 'Vol over stuurboord, jongens!' Hij sloeg zijn ogen behoedzaam op en vroeg: 'Weet u dit wel zeker, Kapitein?'
'Geen geredetwist met mij, of ik laat je terugzwemmen!'
'Aiai, Kapitein. Aan de schoten, jullie!' riep hij tegen de mannen die al enkele schoten lieten vieren en andere inhaalden. 'Klaar voor overstag?'
Ulicia bekeek de mannen die zenuwachtig over hun schouder keken. 'Zusters van het Licht hebben ook ogen in hun achterhoofd, heren. Zorg ervoor dat u nergens anders naar kijkt, of het zal het laatste zijn wat u in uw leven ziet.' De mannen knikten en bogen zich weer over hun werk.
Toen ze weer in hun overvolle hut waren, omwikkelde Tovi haar reusachtige, huiverende lichaam met haar beddensprei. 'Het is nogal een tijd geleden dat ik ben begluurd door stoere jonge mannen.' Ze keek Nicci en Merissa afwisselend aan. 'Je kunt beter genieten van bewonderende blikken zolang je het nog waard bent.'
Merissa nam stelling tegen de kast achter in de hut. 'Ze gluurden niet naar jou.'
Een moederlijke glimlach plooide Cecilia's gezicht. 'Dat weten we, Zuster. Ik denk dat Zuster Tovi bedoelt dat we, nu we onttrokken zijn aan de toverkracht van het Paleis van de Profeten, ouder zullen worden, net als iedereen. En dan zul je niet veel tijd meer hebben om te genieten van de schoonheid die je hebt gehad.'
Merissa ging rechtop staan. 'Als we onze ereplaats bij de Meester hebben terugverdiend, zal ik kunnen houden wat ik heb.'
Tovi wendde haar blik af en keek op een zeldzame, gevaarlijke manier voor zich uit. 'En ik wil terug wat ik ooit had.'
Armina plofte op een kooi neer. 'Dit is allemaal Liliana's schuld. Als het niet aan haar had gelegen, dan hadden we het paleis met zijn toverkracht nooit hoeven verlaten. Als zij er niet was geweest, dan had de Wachter Jagang nooit heerschappij over ons gegeven. Dan zouden we de gunst van de Meester nooit hebben verloren.'
Ze zwegen allen een tijdje. Ze wurmden zich in het rond en langs elkaar heen, druk bezig hun onderkleding aan te trekken en elkaars ellebogen te ontwijken.

Merissa trok haar hemd over haar hoofd. 'Ik ben van plan alles te doen wat nodig is om te dienen en de gunst van de Meester te herwinnen. Ik ben van plan te worden beloond voor mijn eed.' Ze keek Tovi aan. 'Ik ben van plan jong te blijven.'
'We willen dat allemaal, Zuster,' zei Cecilia terwijl ze haar armen in de mouwen van haar eenvoudige bruine tuniek propte. 'Maar de Wachter wil dat we voorlopig zijn man Jagang dienen.'
'Wil hij dat?' vroeg Ulicia.
Merissa hurkte, terwijl ze de kleren in haar kast doorzocht en haalde haar rode jurk te voorschijn. 'Waarom zijn we anders aan die man gegeven?'
Ulicia trok een wenkbrauw op. 'Gegeven? Denk je dat? Ik denk dat er meer achter steekt – ik denk dat Keizer Jagang uit eigen vrije wil handelt.'
De anderen hielden op zich aan te kleden en keken op. 'Denk je dat hij de Wachter kan tarten?' vroeg Nicci. 'Uit persoonlijke motieven?'
Ulicia tikte met een vinger tegen de zijkant van Nicci's hoofd. 'Ga maar na. De Wachter is er niet in geslaagd tot ons te komen in de droom die geen droom was, en dat is nog nooit eerder gebeurd. Nooit. In plaats daarvan komt Jagang. Zelfs al ergerde de Wachter zich aan ons, en wilde hij dat we boete zouden doen onder Jagang, denk je dan niet dat hij in eigen persoon naar ons toe gekomen was en dat had bevolen, en ons zijn ergernis had getoond? Ik denk niet dat dit een daad van de Wachter is, maar van Jagang.'
Armina griste haar blauwe jurk bij elkaar. Hij was een tint lichter dan die van Ulicia, maar niet minder weelderig. 'Toch is het nog steeds Liliana die ons in dit parket heeft gebracht!'
Ulicia's lippen werden door een klein glimlachje beroerd. 'Vind je? Liliana was begerig. Ik denk dat de Wachter vond dat hij gebruik kon maken van haar gulzigheid, maar dat ze hem heeft teleurgesteld.' De glimlach verdween. 'Het is niet Zuster Liliana die ons in deze situatie heeft gebracht.'
Nicci wachtte toen ze bezig was het koord strak om het midden van haar zwarte jurk te trekken. 'Natuurlijk. Die jongen.'
'Jongen?' Ulicia schudde het hoofd. 'Geen enkele "jongen" had de barrière kunnen slechten. Geen enkele jongen had de plannen kunnen ruïneren waaraan we al die jaren zo hard hadden gewerkt. We weten allemaal wat hij is, gezien de profetieën.'
Ulicia keek de Zusters een voor een aan. 'We zitten in een heel gevaarlijke situatie. We moeten alle moeite doen om de macht van de Wachter in deze wereld te herstellen, of anders zal Jagang ons doden nadat hij met ons heeft afgerekend, en zullen we terechtkomen in de onder-

wereld en nutteloos zijn voor de Meester. Als dat gebeurt, zal de Wachter zich pas goed geërgerd voelen, en zal hij zorgen dat wat Jagang met ons heeft uitgehaald, meer op een liefkozing lijkt.'

Het schip kraakte en gromde, toen ze allen over haar woorden nadachten. Ze haastten zich om opnieuw een man te dienen die hen zou gebruiken en vervolgens zonder zich te bedenken zou afdanken, laat staan belonen, maar toch was niemand van plan er maar over te denken hem te tarten.

'Of het nu een jongen was of niet, hij heeft dit alles veroorzaakt.' De spieren in Merissa's wang verstrakten. 'En dan te bedenken dat ik hem in mijn greep had, nee, wij allen. We hadden hem tot ons moeten nemen toen we de kans hadden.'

'Liliana dacht er ook over hem tot zich te nemen en zich zijn macht toe te eigenen,' zei Ulicia, 'maar ze was onbesuisd en kreeg uiteindelijk dat verdomde zwaard van hem door haar hart. We moeten slimmer zijn dan zij – dan zullen we zijn macht krijgen, en de Wachter zijn ziel.'

Armina veegde een traan van haar onderste ooglid. 'Maar ondertussen moet er een manier zijn waarop we kunnen vermijden te moeten teruggaan...'

'En hoe lang denk je dat we wakker kunnen blijven?' snauwde Ulicia. 'Vroeg of laat zullen we in slaap vallen. En wat dan? Jagang heeft ons al laten zien dat hij de macht heeft ons te pakken te krijgen, waar we ook zijn.'

Merissa ging door de knopen van het lijfje van haar karmozijnrode jurk vast te maken. 'We zullen voorlopig doen wat we moeten doen, maar dat betekent niet dat we ons verstand niet kunnen gebruiken.'

Ulicia's wenkbrauwen trokken samen toen ze nadacht. Ze keek op met een zuur glimlachje.

'Keizer Jagang mag dan wel geloven dat hij ons kan hebben waar hij wil, maar we leven al een tijdje. Misschien, als we ons verstand en onze ervaring gebruiken, dat we nog niet zo laf zullen zijn als hij wel denkt?'

Kwaadaardigheid fonkelde in Tovi's ogen. 'Ja,' siste ze, 'we hebben er inderdaad nogal wat jaartjes op zitten, en we hebben geleerd hoe je een paar wilde zwijnen kunt vloeren en ze kermend binnenstebuiten kunt keren.'

Nicci streek de plooien in de rok van haar zwarte jurk glad. 'Het openhalen van varkens is prachtig, maar keizer Jagang is nu ons lot, en niet de oorzaak ervan. Het is ook niet in ons voordeel om onze woede aan Liliana te verspillen – ze was maar een gulzige dwaas. Het is degene die ons werkelijk in dit lastige parket heeft gebracht die we moeten laten lijden.'

'Heel mooi gezegd, Zuster,' zei Ulicia.

Merissa betastte afwezig de beurse plekken op haar borsten. 'Ik zal baden in het bloed van die jongeman.' Haar blik werd wazig en de vensters naar haar zwarte hart gingen weer open. 'Terwijl hij toekijkt.' Ulicia's vuisten balden zich terwijl ze instemmend knikte. 'Hij is het, de Zoeker, die ons dit heeft aangedaan. Ik zweer dat hij ons zal betalen met zijn gave, zijn leven, en zijn ziel.'

2

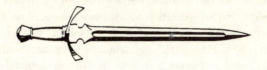

Richard had net een lepel hete bonensoep genuttigd toen hij het diepe, dreigende gegrom hoorde. Hij keek fronsend naar Gratch. De halfdichte ogen van de kaai gloeiden en werden van binnenuit verlicht door een koud groen vuur toen hij in de duisternis tuurde tussen de zuilen onder aan de brede trap. Zijn leerachtige lippen trokken zich terug tot een misprijzende grimas en onthulden verbazingwekkende slagtanden. Richard besefte dat zijn mond nog steeds vol soep was, en hij slikte.

Gratch' gegrom zwol diep vanuit zijn keel aan en klonk alsof voor het eerst sinds een eeuw de zware kelderdeur van een bedompt, oud kasteel werd geopend.

Richard keek vrouw Sanderholt in haar grote bruine ogen. Vrouw Sanderholt, hoofdkok van het Beleidenispaleis, maakte zich nog steeds zorgen om Gratch en vertrouwde niet geheel op Richards overtuiging dat de kaai ongedeerd was. En het onheilspellende gegrom klonk niet veelbelovend.

Ze had Richard een versgebakken brood gebracht en een kom gekruide bonensoep en was van plan samen met hem op de trap te zitten en over Kahlan te praten, maar ze had tot haar spijt ontdekt dat de kaai net iets eerder was gearriveerd. Ondanks haar ongerustheid om de kaai had Richard haar weten over te halen naast hem op de trap te komen zitten. Gratch had zich zeer geïnteresseerd getoond toen de naam van Kahlan werd genoemd – hij had een haarlok van haar, die hij van Richard had gekregen, aan een leren riempje om zijn hals hangen, evenals de drakentand. Richard had Gratch verteld dat hij en Kahlan op elkaar verliefd waren en dat zij Gratch' vriendin wilde zijn, net als Richard zijn vriend, en de nieuwsgierige kaai was gaan zitten om naar zijn verhaal te luisteren, maar vlak nadat Richard van de soep had geproefd en voordat vrouw Sanderholt ook maar één woord had kunnen uitbrengen, was

Gratch' stemming plotseling omgeslagen. Vervuld van razernij keek hij nu naar iets wat Richard niet kon zien.

'Waarom doet hij dat?' fluisterde vrouw Sanderholt.

'Dat weet ik niet zeker,' bekende Richard. Hij lachte zijn tanden bloot en haalde achteloos zijn schouders op toen de rimpels in haar voorhoofd dieper werden. 'Hij zal wel een konijn hebben gezien, of zo. Kaaien hebben een uitzonderlijk gezichtsvermogen, zelfs in het donker, en het zijn uitstekende jagers.' Haar gezichtsuitdrukking werd niet minder bezorgd, en hij praatte verder. 'Hij eet geen mensen. Hij zou niemand ooit kwaad doen,' verzekerde hij haar. 'Er is niets aan de hand, vrouw Sanderholt, echt niet.'

Richard keek op naar het grommende gezicht, dat een sinistere aanblik bood. 'Gratch,' fluisterde hij vanuit zijn mondhoek, 'hou op met dat gegrom. Je maakt haar bang.'

'Richard,' zei ze terwijl ze naar hem toe boog, 'kaaien zijn gevaarlijke beesten. Het zijn geen huisdieren. Kaaien zijn niet te vertrouwen.'

'Gratch is geen huisdier – hij is mijn vriend. Ik ken hem al sinds hij een pup was, en half zo groot als ik. Hij is net zo lief als een jong katje.'

Een niet overtuigende glimlach schokte op vrouw Sanderholts gezicht. 'Als jij dat zegt, Richard.' Plotseling sperde ze haar ogen in wanhoop open. 'Hij begrijpt niets van wat ik zeg, of wel?'

'Dat is moeilijk te zeggen,' vertrouwde Richard haar toe. 'Soms begrijpt hij meer dat ik voor mogelijk houd.'

Gratch scheen niet op ze te letten terwijl ze praatten. Hij leek wel versteend in zijn concentratie, en leek iets te ruiken of te zien dat hem niet beviel. Richard dacht dat hij Gratch een keer eerder op deze manier had zien grommen, maar hij wist niet meer precies waar of wanneer. Hij probeerde zich die gebeurtenis te herinneren, maar het beeld dat hij zich vormde, glipte telkens weer weg, tot vlak buiten zijn bereik. Hoe meer moeite hij deed, des te ongrijpbaarder zijn beschaduwd geheugen werd.

'Gratch?' Hij pakte de kaai bij zijn sterke arm. 'Gratch, wat is er?'

Gratch zat stokstijf stil en reageerde niet op de aanraking. Naarmate hij groter was geworden, was de heldere gloed in zijn groene ogen toegenomen, maar was die nog nooit zo fel geweest als nu.

Richard tuurde naar de schaduwen beneden hem, waarop de groene ogen waren gericht, maar hij zag niets bijzonders. Er waren geen mensen tussen de zuilen en ook niet langs de muren van het paleis. Het moet een konijn zijn, dacht hij ten slotte – Gratch was dol op konijn.

De dageraad was net begonnen paarse en roze wolkenpluimen boven de horizon te onthullen en liet nog maar een enkele buitengewoon heldere ster in de westelijke hemel schitteren. Samen met dit zwakke eerste licht kwam een zacht briesje dat ongewoon warm was voor de winter en dat door de vacht van het reusachtige beest woelde en Richards zwarte mriswith-cape deed opbollen.

Toen hij samen met de Zusters van het Licht in de Oude Wereld was geweest, was Richard de Hagenwouden ingegaan, waar de mriswith zich schuilhielden – gemene schepsels die eruitzagen als mannen die half waren gesmolten tot een reptielachtige nachtmerrie. Nadat hij had gevochten en een van de mriswith had gedood, had hij ontdekt tot welk verbazingwekkend staaltje diens cape in staat was: hij had het vermogen om zo volmaakt en vlekkeloos met de achtergrond samen te vloeien, dat hij de mriswith, of Richard, als hij zich concentreerde bij het dragen van de cape, onzichtbaar deed lijken. Hij voorkwam bovendien dat iemand met de gave hen beiden of hem alleen kon voelen. Maar om een of andere reden stond Richards eigen gave hem toe de aanwezigheid van de mriswith te voelen. Dat vermogen om ondanks die magische mantel gevaar te voelen, had zijn leven gered.

Het viel Richard moeilijk acht te slaan op Gratch' gegrom tegen konijnen in de schaduw. De angst en het verlammende verdriet dat hij voelde toen hij dacht dat zijn geliefde Kahlan was vermoord, waren verdwenen in dat ene opwindende ogenblik op de dag voordat hij ontdekte dat ze nog leefde. Hij voelde blinde vreugde toen hij wist dat ze veilig was, en jubelde bij het idee dat hij alleen met haar de nacht had doorgebracht op een vreemde plek tussen werelden. Zijn geest zong op deze prachtige morgen en hij merkte dat hij glimlachte zonder het te beseffen. Zelfs Gratch' irritante gedoe met een konijn kon zijn goede humeur niet vergallen.

Maar Richard stoorde zich toch aan het keelachtige geluid, en vrouw Sanderholt vond het zelfs aangstaanjagend: ze zat stijf op het randje van de tree naast hem en hield haar wollen sjaal in de handen geklemd. 'Stil, Gratch. Je hebt net een hele lamsbout en een half brood gehad. Je kunt niet nog steeds zoveel honger hebben.'

Hoewel Gratch' aandacht onverstoorbaar bleef, stierf zijn gegrom weg tot een gerommel dat diep uit zijn keel kwam, alsof hij tegen wil en dank probeerde te gehoorzamen.

Richard keek nog een keer vluchtig naar de stad. Hij was van plan een paard te zoeken en er snel vandoor te gaan om Kahlan en zijn grootvader en oude vriend Zedd te achterhalen. Behalve zijn ongeduld om Kahlan weer te zien, miste hij Zedd pijnlijk: het was al drie maanden geleden sinds hij hem had gezien, maar het leken jaren. Zedd was een tovenaar van de Eerste Orde, en er was veel ten aanzien van zijn ontdekkingen over zichzelf waarover Richard hem wilde spreken, maar toen had vrouw Sanderholt de soep en het versgebakken brood gebracht. Goedgeluimd of niet, hij voelde zich uitgehongerd.

Richard keek achterom langs het witte, elegante paleis van de Belijdster en omhoog naar de reusachtige en imposante burcht van de Tovenaar die in de steile helling lag verzonken, met zijn hoge muren van donkere steen, zijn vestingmuren, bastions, torens, verbindingsgangen en bruggen, die er allemaal uitzagen als een sinistere korst die op het gesteente groeide en er op een of andere manier levend uitzag, alsof het uit de hoogte op hem neerkeek. Een witte lintachtige weg kronkelde van de stad naar de donkere muren omhoog en leidde over een brug die er smal en breekbaar uitzag – maar dat leek alleen zo door de grote afstand – waarna hij onder een puntig hek doorliep en werd verzwolgen door de donkere muil van de Burcht. Er moesten op z'n minst wel duizend kamers in de Burcht zijn. Richard trok zijn cape dichter om zich heen onder de kille, keiharde blik van dat oord en keek een andere kant uit.

Dit was het paleis, de stad, waar Kahlan was opgegroeid, waar ze het grootste deel van haar leven had gewoond, tot de vorige zomer, toen ze de grens met Westland had overschreden om Zedd te zoeken en ook Richard tegen het lijf was gelopen.

De Tovenaarstoren was de plek waar Zedd was opgegroeid en had gewoond voordat hij het Middenland verliet, nog voordat Richard was geboren. Kahlan had hem verhalen verteld over dat ze het grootste deel van de tijd studerend had doorgebracht in de Burcht, maar dat ze dit oord nooit een sinistere bijklank had bezorgd. De Burcht zag er in zijn ogen nu onheilspellend uit, zo hard tegen de berg.

Richards glimlach kwam terug toen hij bedacht hoe Kahlan er moest hebben uitgezien toen ze een klein meisje was, een Belijdster in opleiding die door de zalen van dit paleis kuierde, door de gangen van de Burcht, temidden van tovenaars, en buiten vertoefde onder de bewoners van deze stad.

Maar Aydindril was onder de kwade invloed geraakt van de Imperiale Orde en was geen vrije stad meer en niet meer de zetel van macht in het Middenland.

Zedd had een van zijn toverkunsten – magie – uitgehaald om iedereen te laten denken dat ze getuigen waren geweest van Kahlans onthoofding en hen in staat te stellen Aydindril te ontvluchten terwijl iedereen hier dacht dat ze dood was. Niemand zou ze nu achtervolgen. Vrouw Sanderholt kende Kahlan sinds haar geboorte en was buitenzinnig van opluchting toen Richard haar vertelde dat Kahlan veilig was en het goed maakte.

De glimlach speelde weer om zijn lippen. 'Hoe was Kahlan toen ze nog klein was?'

Ze staarde in de verte en glimlachte ook. 'Ze was altijd ernstig, maar ze was dierbaarder dan welk kind dan ook dat ik ooit heb gezien, en ze groeide op tot een flinke, beeldschone vrouw. Ze was een kind met niet alleen een groot gevoel voor magie, maar ook met een heel bijzonder karakter.

Geen van de Belijdsters was verbaasd toen ze tot de Biechtmoeder aantrad, en ze waren allen tevreden, want het was haar gewoonte om overeenstemming te bevorderen en niet te overheersen, hoewel iemand die zich onterecht tegen haar verzette zou ontdekken dat ze uit hetzelfde staal was gesmeed als iedere Biechtmoeder die ooit was geboren. Ik heb nog nooit een Belijdster gekend met zo'n passie voor de bewoners van het Middenland. Ik heb me altijd vereerd gevoeld haar te kennen.' Ze lachte zacht terwijl ze in haar herinneringen afdaalde – een geluid dat minder breekbaar bleek dan de rest van haar. 'Zelfs die ene keer toen ik haar een tik voor haar billen gaf, nadat ik had ontdekt dat ze er zonder te vragen vandoor was gegaan met een stukje versgebraden eend.'

Richard grijnsde bij het vooruitzicht een verhaal te zullen horen over Kahlans wangedrag. 'Kostte het je geen moeite een Belijdster te straffen, ook al was het maar een kleintje?'

'Nee,' gniffelde ze. 'Als ik haar in de watten had gelegd, dan zou haar moeder me hebben weggestuurd. We moesten haar met eerbied, maar eerlijk behandelen.'

'Huilde ze?' vroeg hij vlak voordat hij een grote hap van het brood nam. Het was heerlijk, van grofgemalen tarwe met een snufje melasse.

'Nee. Ze keek verbaasd. Ze vond dat ze niets verkeerd had gedaan en begon uit te leggen waarom. Schijnbaar hadden een vrouw en twee kinderen van ongeveer Kahlans leeftijd voor het paleis staan wachten op iemand die volgens haar onnozel genoeg zou zijn. Toen Kahlan naar de Tovenaarstoren wilde rennen, klampte de vrouw haar aan en vertelde haar een droevig verhaal. Ze vertelde haar dat ze goud nodig had om haar kinderen te eten te geven. Kahlan vroeg haar te wachten, en bracht haar toen mijn gebraden eend, denkend dat de vrouw voedsel nodig had. Kahlan zei de kinderen te gaan zitten...' Ze wees met haar omzwachtelde hand naar een plek links van haar. '... ergens daarginds, en voerde ze eend. De vrouw was razend en begon te schreeuwen en beschuldigde Kahlan ervan dat ze al het goud in het paleis voor zichzelf wilde hebben.

Terwijl Kahlan me dit verhaal vertelde, kwam een diender van de Thuiswacht de keuken binnen, de vrouw en haar twee kinderen achter zich aanslepend. Blijkbaar was de Wacht ten tonele verschenen toen de vrouw tegen Kahlan tekeerging. Op ongeveer hetzelfde moment kwam Kahlans moeder de keuken in en wilde weten wat er aan de hand was. Kahlan vertelde haar verhaal, en de vrouw barstte in snikken uit, omdat ze on-

der voogdij van de Thuiswacht was gevallen, en erger nog, toen ze merkte dat ze zich tegenover de Biechtmoeder in eigen persoon bevond.
Kahlans moeder hoorde haar verhaal aan, en dat van de vrouw, en zei haar dochter toen dat mensen die jij wilt helpen, jouw verantwoordelijkheid werden, en dat het jouw taak was ze lang genoeg te helpen tot ze weer op eigen benen konden staan. Kahlan bracht de volgende dag in de Koningsstraat door samen met de Thuiswacht, die de vrouw van het ene naar het andere paleis met zich meesleepte, op zoek naar iemand die hulp nodig had. Ze had weinig geluk – ze wisten allemaal dat de vrouw een zuiplap was.
Ik voelde me schuldig omdat ik Kahlan een pak slaag had gegeven nog vóórdat ik had gehoord, waarom ze mijn gebraden eend had gepikt. Een strenge vrouw die de scepter zwaaide over de koks van een van de paleizen, was een vriendin van me, dus ik ging er snel heen en haalde haar over om die vrouw in dienst te nemen toen Kahlan haar had overtuigd. Ik heb Kahlan nooit verteld wat ik had gedaan. De vrouw werkte daar al lang, maar ze zette nooit meer een voet in de richting van het paleis van de Belijdsters. Haar kinderen groeiden op en sloten zich bij de Thuiswacht aan. Afgelopen zomer raakte hij gewond toen de D'Haranen Aydindril veroverden, en hij stierf een week later.'
Richard had ook in D'Hara gevochten, en had ten slotte haar heerser, Darken Rahl, gedood. Hoewel hij een pijnlijk gevoel van berouw niet kon onderdrukken als hij bedacht dat hij door deze kwade man was verwekt, ging hij niet langer gebukt onder het feit dat hij zijn zoon was. Hij wist dat de misdaden van een vader niet op diens zoon overgingen, en het was stellig niet zijn moeders schuld dat ze door Darken Rahl was verkracht. Zijn stiefvader beminde Richards moeder er niet minder om, noch toonde hij Richard een greintje minder liefde, ondanks het feit dat hij niet zijn eigen bloed was. Richard zou niet minder van zijn stiefvader hebben gehouden als hij had geweten dat George Cypher niet zijn echte vader was.
Richard was ook een tovenaar, wist hij nu. De gave, de kracht van de magie in hem die Han heette, was vanuit twee tovenaarsgeslachten doorgegeven: Zedd, zijn grootvader van moeders kant, en Darken Rahl, zijn vader. Die combinatie had toverkunst in hem doen ontspruiten die geen enkele tovenaar in duizend jaar had bezeten – niet slechts Additieve, maar ook Subtractieve Magie. Richard wist bar weinig hoe het was om een tovenaar te zijn, noch over magie, maar Zedd zou hem helpen de gave te leren beheersen en die te gebruiken om anderen te helpen.
Richard slikte het brood door waarop hij had gekauwd. 'Dat klinkt als de Kahlan die ik ken.'
Vrouw Sanderholt schudde medelijdend haar hoofd. 'Ze voelde altijd

een sterke verantwoordelijkheid voor de bewoners van het Middenland. Ik weet dat het haar tot in haar ziel pijn deed toen de belofte van goud hen tegen haar deed keren.'

'Niet allen deden dat, durf ik te wedden,' zei Richard. 'Maar daarom moet je niemand vertellen dat ze nog in leven is. Omwille van Kahlans veiligheid en bescherming mag niemand de waarheid te weten komen.'

'Je weet dat je mijn erewoord hebt, Richard. Maar ik denk dat ze haar nu wel zijn vergeten. Ik vermoed dat ze spoedig in opstand zullen komen als ze het goud niet krijgen dat hun beloofd is.'

'Dus dat is de reden waarom al die mensen zich voor het Paleis van de Belijdsters hebben verzameld.'

Ze knikte. 'Ze geloven nu dat ze er recht op hebben, omdat iemand van de Imperiale Orde hun had gezegd dat ze het mochten hebben. Hoewel de man die dat beloofd heeft nu dood is, lijkt het alsof het goud op magische wijze van hen werd, nadat zijn woorden hardop hadden geklonken. Als de Imperiale Orde niet snel het goud in de schatkist begint uit te delen, dan stel ik me voor dat het niet lang zal duren, voordat die mensen op straat besluiten het paleis te bestormen om het te komen halen.'

'Misschien was die belofte slechts een afleidingsmanoeuvre, en waren de Ordetroepen altijd al van plan het goud voor zichzelf te houden, als buit, en zullen ze het paleis verdedigen.'

'Misschien heb je gelijk.' Ze keek een andere kant uit. 'Nu ik erover nadenk, weet ik zelfs niet eens wat ik hier nu nog doe. Ik ben niet van plan toe te zien dat de Orde het paleis intrekt. Ik ben niet van plan uiteindelijk voor hen te werken. Misschien zou ik hier moeten weggaan en ergens aan de slag moeten zien te komen waar de bewoners nog niets met dat stel te maken hebben. Maar het lijkt me zo vreemd toe als ik eraan denk dat ik dat zou doen – het paleis is al het grootste deel van mijn leven mijn thuis.'

Richard wendde zijn blik af van de witte pracht van het Paleis van de Belijdsters en keek weer uit over de stad. Zou hij ook vluchten en het voorouderlijke huis van de Belijdsters en de tovenaars aan de Imperiale Orde overleveren? Maar hoe kon hij daar ook maar iets aan doen? Bovendien waren de troepen van de Imperiale Orde waarschijnlijk naar hem op zoek. Hij kon er het beste tussenuit glippen nu ze nog in staat van verwarring en wanorde verkeerden na de dood van hun raadsman. Hij wist niet wat vrouw Sanderholt moest doen, maar hij kon maar beter vertrekken vóór de Orde hem zou vinden. Hij moest dringend naar Kahlan en Zedd toe.

Gratch' gegrom klonk dieper, als een voorwereldlijk gedreun dat Richards botten deed rammelen en hem uit zijn concentratie bracht. De kaai kwam soepel overeind. Richard speurde het gebied beneden hem af, maar zag niets. Het Paleis van de Belijdsters lag op een heuvel en had een weids uitzicht op Aydindril, en vanuit zijn uitkijkpunt kon hij zien dat er troepen buiten de muren en in de straten van de stad waren, maar niemand was dicht genoeg bij hen drieën op de beschutte binnenplaats opzij, bij de ingang van de keuken. Er was niets levends te bekennen op de plek waar Gratch naar keek.

Richard ging staan en zijn vingers vonden snel houvast op de greep van zijn zwaard. Hij was groter dan de meeste mannen, maar de kaai torende boven hem uit. Hoewel hij weinig meer was dan een jongeling, althans voor een kaai, was Gratch zowat twee meter tien lang, en Richard schatte dat hij half zo zwaar was als hijzelf. Gratch had nog zo'n dertig centimeter te groeien, misschien meer; Richard was allesbehalve deskundig op het gebied van kortstaartkaaien – hij had er niet zoveel gezien, en degene die hij wel had gezien, hadden hem proberen te doden. Richard had in feite de moeder van Gratch gedood, uit zelfverdediging, en uiteindelijk had hij de kleine wees onbewust geadopteerd. Na verloop van tijd waren ze dikke vrienden geworden.

De borst- en buikspieren onder de roze huid van het krachtig gebouwde beest vormden rimpelige bulten. Hij stond onbeweeglijk en gespannen en hield zijn klauwen alvast naar opzij gespreid, en zijn oren waren gespitst op onzichtbare dingen. Zelfs tijdens zijn meest hongerige zoektochten naar voedsel had Gratch nog nooit deze mate van intense felheid vertoond. Richard voelde de haartjes achter op zijn nek overeind komen.

Hij wenste dat hij zich kon herinneren wanneer of waar hij Gratch had zien grommen als nu. Na een tijdje zette hij de prettige gedachten aan Kahlan uit zijn hoofd en bundelde zijn aandacht in stijgende onrust.

Vrouw Sanderholt stond naast hem en tuurde zenuwachtig van Gratch naar de plek waar hij naar keek. Ze was mager en zag er fragiel uit, maar ze was geenszins een timide vrouw. Als haar handen niet waren omzwachteld, dan had hij gedacht dat ze ze nu wel zou wringen – ze zag eruit alsof ze dat wilde.

Richard voelde zich opeens kwetsbaar op de brede, open traptreden. Zijn schrandere grijze ogen verkenden de duistere schaduwen en verborgen plekken tussen de pilaren, de muren en de verzameling elegante belvédères die op het lager gelegen terrein van het paleis verspreid lagen. Sprankelende sneeuwvlokken woeien af en toe op een rimpeltje wind op, maar verder bewoog er niets. Hij tuurde zo ingespannen dat zijn ogen er pijn van deden, maar hij kon niets levends ontwaren – geen teken van enige dreiging.

Hoewel hij niets zag, ontlook er in Richard een gevoel van gevaar – niet eenvoudigweg als reactie op het zien van Gratch' ergernis, maar het borrelde op vanuit hemzelf, vanuit zijn Han, vanuit de diepten van zijn borst, stroomde in de vezels van zijn spieren en maakte ze hard en alert. De inwendige magie was een extra zintuig geworden dat hem vaak waarschuwde als de andere zintuigen dat nalieten. Hij besefte dat dat was wat hem nu waarschuwde.

Een aandrang om weg te rennen voor het te laat was knaagde diep in zijn maag. Hij moest naar Kahlan; hij wilde in geen enkele moeilijkheid verzeild raken. Hij zou een paard kunnen zoeken en gewoon weggaan. Maar het was beter als hij nu zou wegrennen en pas later een paard zou zoeken.

Gratch' vleugels ontvouwden zich, terwijl hij in een dreigende houding kroop, klaar om met een sprong het luchtruim te kiezen. Zijn lippen trokken zich verder terug en stoom siste tussen zijn slagtanden door terwijl het gegrom dieper werd en de lucht deed sidderen.

De huid op Richards armen tintelde. Zijn adem versnelde zich toen het tastbare gevoel van gevaar tot heuse speldenprikken van dreiging stolde. 'Vrouw Sanderholt,' zei hij terwijl zijn blik van de ene langwerpige schaduw naar de andere sprong, 'waarom gaat u niet naar binnen. Ik kom wel met u praten nadat...'

Zijn woorden stokten in zijn keel toen hij in een flits iets zag bewegen tussen de witte pilaren beneden hem – een flikkering in de lucht als de rimpeling van hitte boven een vuur. Hij tuurde en probeerde erachter te komen of hij dit echt had gezien of het zich alleen maar had voorgesteld. Hij probeerde uit alle macht na te denken over wat het kon zijn, als hij inderdaad iets had gezien. Het zou een sliertje sneeuw geweest kunnen zijn dat werd meegevoerd door een korte windvlaag. Hij kneep zijn ogen toe in concentratie, maar zag niets. Het was waarschijnlijk niets anders dan sneeuw in de wind, probeerde hij zichzelf wijs te maken.

Plotseling welde het sluimerende besef in hem op als koud, zwart water dat door een spleet in rivierijs omhoog spuit: Richard herinnerde zich opeens wanneer hij Gratch zo had horen grommen als nu. De dunne haartjes achter op zijn nek staken als naalden van ijs uit zijn huid. Zijn handen vonden de met draad omwonden greep van zijn zwaard.

'Ga,' fluisterde hij haastig tegen vrouw Sanderholt. 'Nu.'

Zonder te aarzelen rende ze de trap op en koerste op de keukendeur achter hem in de verte af toen gerinkel van staal in de frisse ochtendlucht de komst van het Zwaard van de Waarheid aankondigde.

Hoe was het mogelijk dat ze hier waren? Dat was onmogelijk, maar toch wist hij het zeker; hij kon ze voelen.

'Dans met me, Dood. Ik ben zover,' mompelde Richard, in een trance van wraak die als magie vanuit het Zwaard van de Waarheid in hem vloeide. De woorden waren niet van hemzelf, maar afkomstig van de magie van het zwaard – van de geesten van hen die het wapen vóór hem hadden gebruikt. Samen met de woorden kwam een instinctief begrip van hun betekenis: het was een ochtendgebed en betekende dat je vandaag nog kon sterven, dus dat je beter kon zorgen dat je je best deed, zolang je nog leefde.

Temidden van de echo van andere stemmen binnen in hem daagde het besef dat diezelfde woorden ook iets volkomen anders betekenden: ze waren een strijdkreet.

Gratch schoot met een gebrul de lucht in, en zijn vleugels tilden hem al na één veerkrachtige sprong hoog op. Sneeuw kolkte in het rond en vormde krullen in de lucht onder hem die in heftige beroering werd gebracht door de krachtige slagen van zijn vleugels die ook Richards mriswith-cape deden opbollen.

Zelfs nog voordat hij ze in de winterse lucht vorm kon zien krijgen, voelde Richard hun aanwezigheid. Hij kon ze in zijn geest zien, zelfs al kon hij ze nog niet met zijn ogen aanschouwen.

Huilend van woede maakte Gratch een duikvlucht tot onder aan de trap. Vlakbij de pilaren begonnen ze zichtbaar te worden, net toen de kaai bij ze aankwam – schubben, klauwen en capes, wit tegen de witte sneeuw. Wit, zo zuiver als een kindergebed.

Mriswith.

3

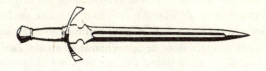

De mriswith reageerden op zijn dreiging en kregen substantie toen ze zich op de kaai wierpen. Richard raakte geheel vervuld van de magie en de woede van het zwaard, toen hij zag dat zijn vriend werd aangevallen. Hij rende de trap af, de ontvlammende strijd tegemoet.

Jammerkreten tergden zijn oren toen Gratch op de mriswith afstormde. In het vuur van de strijd werden ze nu zichtbaar. Ze waren moeilijk duidelijk te onderscheiden tegen het wit van steen en sneeuw, maar Richard kon ze goed genoeg zien; ze waren zo ongeveer met z'n tienen, wist hij ondanks alle verwarring te schatten. Onder hun capes droegen ze eenvoudige huiden die net zo wit waren als de rest van hun lichaam. Richard had ook eens gezien dat ze zwart waren, maar hij wist dat de mriswith de kleur van hun omgeving konden aannemen. Hun hoofd en nek werden bedekt door een strakke, gladde huid, afgezet met harde, in elkaar grijpende schubben. Liploze monden verbreedden zich en ontblootten kleine, naaldscherpe tanden. In de vuisten van hun webachtige klauwen klemden ze de dwarsstaven van driebladige messen vast. Kraalogen die gloeiden van walging keken strak naar de woedende kaai.

Watervlug wervelden ze rond de donkere gestalte in hun midden, en hun witte capes bolden op, terwijl ze over de sneeuw scheerden. Sommigen tuimelden in het gevecht omver of tolden net buiten het bereik van de krachtige armen van de kaai. Met brute doeltreffendheid greep de kaai anderen met zijn klauwen, reet ze open en wierp stroompjes bloed over de sneeuw.

Ze hadden het zo op Gratch gemunt dat Richard zich zonder enig verzet op hun rug kon storten. Hij had nooit met meer dan één mriswith tegelijk gevochten, en dat was al een reusachtige beproeving geweest, maar nu de woede van de magie bonzend door hem heen golfde, kon hij er alleen maar aan denken om Gratch te helpen. Voordat ze de kans hadden de nieuwe dreiging het hoofd te bieden, maaide Richard er twee neer. Schrille doodskreten sneden door de ochtendlucht, een messcherp geluid dat pijn deed aan zijn oren.

Richard voelde dat er anderen achter hem waren, meer in de richting van het paleis. Hij draaide zich snel genoeg rond om er plotseling nog drie te zien verschijnen. Ze haastten zich naar de strijd, slechts in de weg gestaan door vrouw Sanderholt. Ze schreeuwde toen ze zag dat haar vluchtweg werd versperd door de oprukkende schepsels. Ze draaide zich om en rende voor ze uit. Richard zag dat ze de wedloop zou verliezen, maar hij was te ver weg om op tijd bij haar te kunnen zijn.

Met een achterwaartse zwaai met zijn zwaard doorkliefde Richard een geschubde gestalte die zich naar hem toekeerde. 'Gratch!' riep hij. 'Gratch!'

Gratch keek op, terwijl hij een mriswith de nek omdraaide. Richard wees met zijn zwaard.

'Gratch! Bescherm haar!'

Gratch begreep meteen de ernst van vrouw Sanderholts gevaar. Terwijl hij het slappe, onthoofde karkas opzij smeet, sprong hij de lucht in. Richard bukte zich. Met snelle slagen tilden de leerachtige vleugels de kaai over Richards hoofd en over de trap naar boven.

Gratch greep onder zich en griste de vrouw met zijn harige armen op. Haar voeten kwamen met een ruk los van de grond en ontkwamen aan de zwaaiende messen van de mriswith. Gratch spreidde zijn vleugels wijd uit en zwenkte opzij, voordat het gewicht van de vrouw hem zijn vaart zou ontnemen, maakte een duikvlucht tot voorbij de mriswith, en brak zijn val toen met een krachtige vleugelslag om vrouw Sanderholt op de grond te zetten. Onmiddellijk stortte hij zich weer in de strijd, terwijl hij de rondflitsende messen behendig ontweek en uithaalde met zijn klauwen en slagtanden.

Richard draaide zich snel om naar de drie mriswith onder aan de trap. Hij ging geheel op in de woede van het zwaard en werd één met de magie en de geest van hen die het zwaard voor hem hadden gebruikt. Alles bewoog zich even traag en elegant als een dans – de dans met de dood. De drie mriswith kwamen met koele gratie rondwervelend op hem af – een aanval van flikkerende messen. Ze zwenkten op de plaats, weken uiteen en scheerden aan weerszijden langs hem de trap op. Richard priemde het eenzame creatuur onbewogen en doelgericht aan de punt van zijn zwaard.

Tot zijn verbazing riepen de twee anderen: 'Nee!'

Richard hield stil van verrassing. Hij had nooit geweten dat mriswith konden praten. Ze bleven op de trap staan en doorboorden hem als het ware met hun kraalachtige, slangachtige blikken. Ze waren hem al bijna gepasseerd toen ze de trap opliepen in de richting van Gratch. Ze hadden het zo op de kaai gemunt, veronderstelde hij, dat ze vooral langs hem heen wilden.

Richard rende de trap op en versperde hun pad. Opnieuw weken ze uiteen en gingen elk een andere kant op. Richard maakte een schijnbeweging naar degene links van hem en haalde toen met een snelle wending naar de ander uit. Zijn zwaard verbrijzelde het driebladige mes in een van zijn klauwen. Onmiddellijk draaide de mriswith rond zijn as om de dodelijke stoot van Richards zwaard te ontwijken, maar toen het schepsel zich omgedraaid had en dicht genoeg genaderd was om zelf toe te slaan, trok Richard zijn zwaard terug en haalde hem langs zijn nek. Met een jammerkreet tuimelde de mriswith stuiptrekkend op de grond, en zijn bloed stroomde over de sneeuw.

Voor Richard zich naar de ander kon omdraaien, stortte deze zich van achter op hem. Ze buitelden beiden van de trap. Zijn zwaard en een van de driebladige messen kletterden over de steen onder aan de trap, ketsten buiten hun bereik en verdwenen in de sneeuw.

Ze rolden over de grond en probeerden ieder de ander onder zich te krijgen. Het taaie beest trok zijn geschubde armen rond zijn borst samen en Richard deed zijn best met kracht tegen zijn buik te drukken. Hij kon zijn stinkende adem achter in zijn nek voelen. Hoewel hij zijn zwaard niet kon zien, voelde hij de magie ervan en wist hij precies waar het lag. Hij probeerde ernaar uit te halen, maar het gewicht van de mriswith deed hem wankelen. Hij probeerde zich voort te slepen, maar de sneeuwgladde steen bood hem onvoldoende houvast. Het zwaard bleef buiten zijn bereik.

Zoekend naar evenwicht kwam Richard overeind, geruggensteund door zijn woede. De mriswith hield hem nog steeds in zijn beide geschubde armen vast en stak een been tussen die van Richard door. Richard smakte met zijn gezicht plat tegen de grond, en het gewicht van de mriswith op zijn rug dreef alle lucht uit zijn longen. Het tweede mes van de mriswith zweefde vlak voor zijn gezicht.

Kreunend van inspanning duwde Richard zich op één arm overeind en greep met zijn andere hand de gewapende pols beet. In één soepele, machtige beweging tilde hij de mriswith achterover, dook onder zijn arm door en draaide hem een volle omwenteling rond terwijl hij weer overeind kwam. Botten kraakten. Met zijn andere hand bracht Richard het mes van zijn riem naar de borst van het schepsel. De mriswith verschoot met cape en al tot een misselijk makende, vaalgroene kleur.

'Wie heeft jou gestuurd?' Toen hij niet antwoordde, draaide Richard zijn arm om en hield hem tegen de rug van het beest geklemd. 'Wie heeft jou gestuurd?'

De mriswith zakte ineen. 'De drooooomwandelaar,' huilde hij.
'Wie is de droomwandelaar? Waarom ben je hier?'
Golven wasachtig geel licht overspoelden de mriswith. Zijn ogen werden groot terwijl hij opnieuw spartelde om te ontsnappen. 'Groenooggg!' Een zware klap trof Richard plotseling op de rug. In een flits greep een donkere vacht de mriswith beet. Klauwen rukten zijn hoofd naar achteren. Giftanden doorboorden zijn nek. Met een krachtige ruk werd zijn keel doormidden gereten. Richard snakte naar lucht.
Voor hij op adem had kunnen komen haalde de kaai met furieuze groene ogen naar hem uit. Richard stak zijn armen omhoog, terwijl het reusachtige beest zich op hem stortte. Het mes schoot uit zijn hand. Alleen al de omvang van de kaai was adembenemend, en zijn huiveringwekkende kracht was overdonderend. Richard had net zo goed kunnen proberen een berg die op hem neerstortte, tegen te houden. Druipende giftanden staken naar zijn gezicht.
'Gratch!' Hij graaide vuisten vol vacht. 'Gratch! Ik ben het, Richard!' Het grommende gezicht week iets achteruit. Bij iedere ademhaling pufte damp naar buiten die naar de rottende stank van mriswithbloed rook. De gloeiende groene ogen knipperden. Richard streelde de hijgende borst. 'Zo kan hij wel weer, Gratch. Het is voorbij. Rustig maar.'
De staalharde spieren in de armen die hem vasthielden, verslapten. De uitdagende blik verschrompelde tot een grimas. Tranen welden op in zijn ogen. Gratch drukte Richard stevig tegen zich aan.
'Grrratch houuuu Raaaach.'
Richard klopte de kaai op de rug en deed moeite om lucht in zijn longen te krijgen. 'Ik hou ook van jou, Gratch.'
Gratch had de groene gloed weer in zijn ogen en hield Richard voor zich uit voor een kritische inspectie, alsof hij zich ervan wilde overtuigen dat zijn vriend ongedeerd was. Hij slaakte een kabbelend gegorgel waarmee hij zijn opluchting verraadde, maar of dat nu was omdat Richard veilig was of omdat hij net was opgehouden voordat hij hem aan stukken zou scheuren, wist Richard niet zeker, maar hij wist wel dat hij ook blij was dat alles voorbij was. Zijn spieren, zijn angst en woede tijdens het gevecht dat zo plotseling van hen was geweken, bonsde nog na met een dof gevoel van pijn.
Richard haalde diep adem toen hij tot het bedwelmende besef kwam dat hij deze plotselinge aanval had overleefd, maar hij was geschokt door het gemak waarmee Gratch' gewoonlijk vriendelijke aard in zo'n dodelijke wreedheid kon veranderen. Hij keek om zich heen toen hij een angstaanjagend grote hoeveelheid stinkend gestold bloed zag die op de sneeuw was gegutst. Gratch had dat niet allemaal gedaan. Toen hij de laatste resten woede van de magie had gesust, besefte hij dat Gratch hem mis-

schien in een gelijksoortig licht zou beschouwen. Gratch was tegen de dreiging in opstand gekomen.

'Gratch, je wist dat ze hier waren, hè?'

Gratch knikte enthousiast en voegde er een kort gegrom aan toe om zijn instemming te benadrukken. Richard bedacht dat de laatste keer toen hij Gratch met zoveel felheid had zien grommen, vlak buiten de Hagenbossen, hij de aanwezigheid van de mriswith moest hebben gevoeld.

De Zusters van het Licht hadden hem verteld dat de mriswith nu en dan tot voorbij het Hagenbos dwaalden en dat niemand, de Zusters van het Licht, tovenaressen, zelfs tovenaars niet in staat waren geweest hun aanwezigheid op te merken of zelfs een ontmoeting met hen te overleven. Richard was wel in staat geweest hen op te merken, omdat hij de enige was in bijna drieduizend jaar die was geboren met beide kanten van de gave. Dus hoe wist Gratch dat ze er waren?

'Gratch, kon je ze zien?' Gratch wees naar een paar karkassen alsof hij daar Richards aandacht op wilde vestigen. 'Nee, ik kan ze nu ook zien – ik bedoel daarnet, toen ik met vrouw Sanderholt praatte en jij aan het grommen was. Kon je ze toen zien?' Gratch schudde van nee. 'Kon je ze horen, of ruiken?' Gratch fronste zijn wenkbrauwen terwijl hij nadacht en met zijn oren trok. Toen schudde hij opnieuw zijn hoofd. 'Hoe wist je dan dat ze er waren, nog voordat wij ze konden zien?'

Wenkbrauwen zo groot als ragebollen trokken zich samen toen het reusachtige beest fronsend op Richard neerkeek. Hij haalde zijn schouders op en keek verbijsterd om zijn eigen onvermogen om met een bevredigend antwoord op de proppen te komen.

'Je bedoelt dat je ze kon voelen, voordat je ze kon zien? Dat iets diep in je vertelde dat ze er waren?'

Gratch grijnsde, knikte en was blij dat Richard hem scheen te begrijpen. Het was op dezelfde manier dat Richard wist dat ze er waren – voordat hij ze kon zien, kon hij ze voelen en ze in zijn geest zien. Maar Gratch had de gave niet. Hoe speelde hij dat klaar?

Misschien kwam dat alleen maar, omdat dieren dingen veel eerder konden aanvoelen dan mensen. Wolven wisten meestal veel eerder van jouw aanwezigheid dan dat jij hen in de gaten had. Je wist pas voor het eerst dat er een hert in het struikgewas was wanneer het op de vlucht sloeg omdat hij jou ontwaarde, lang voordat jij hem ook maar had gezien. Dieren hadden over het algemeen scherpere zintuigen dan mensen, en roofdieren hadden wel de allerscherpste. Gratch was zeker een roofdier. Zijn zintuigen leken hem beter te hebben gediend dan Richards eigen magie.

Vrouw Sanderholt, die de trap was afgekomen, legde haar in verband gewikkelde hand op Gratch' harige arm. 'Gratch... dank je.' Ze wendde zich tot Richard en dempte haar stem. 'Ik dacht dat hij ook mij zou

doden,' vertrouwde ze hem toe. Ze keek naar de diverse verscheurde lichamen. 'Ik heb gezien dat kaaien dat met mensen deden. Toen hij zo naar me hapte, dacht ik dat hij me vast en zeker zou doden. Maar ik had me vergist – hij is anders.' Ze tuurde naar Gratch omhoog. 'Je hebt mijn leven gered. Dank je.'
Gratch' glimlach liet zijn bloederige giftanden in hun volle lengte zien. Ze werd sprakeloos toen ze dat zag.
Richard keek op naar het grijnzende gezicht dat er sinister uitzag. 'Hou op met glimlachen, Gratch. Je maakt haar weer bang.'
Zijn mond zakte omlaag en zijn lippen bedekten zijn wonderlijke, doortrapt-scherpe giftanden. Zijn gerimpelde gelaatstrekken versmolten tot een chagrijnige uitdrukking. Gratch beschouwde zichzelf als aantrekkelijk, en scheen het vanzelfsprekend te vinden dat iedereen dat ook deed. Vrouw Sanderholt streelde de zijkant van Gratch' arm. 'Het hindert niet. Zijn glimlach is oprecht en op zijn eigen manier aantrekkelijk. Ik ben er alleen... niet aan gewend, dat is alles.'
Gratch glimlachte opnieuw naar vrouw Sanderholt en klapte daarbij plotseling enthousiast met zijn vleugels. Vrouw Sanderholt deed snel een stap naar achteren – ze kon er niets aan doen. Ze begon net in te zien dat deze kaai anders was dan diegenen die altijd een bedreiging voor mensen vormden, maar haar instinct won het nog steeds van dat inzicht. Gratch stoof op de vrouw af om haar te knuffelen. Richard wist zeker dat ze, nog voor ze de goede bedoelingen van de kaai zou beseffen, zou sterven van angst, dus hield hij zijn arm voor Gratch om hem tegen te houden.
'Hij vindt u aardig, vrouw Sanderholt. Hij wilde u alleen maar omhelzen, dat is alles. Maar ik denk dat uw dankwoorden al genoeg zijn.'
Ze herwon snel haar kalmte. 'Onzin,' zei ze. Ze glimlachte minzaam en stak haar armen uit. 'Ik heb best zin om je vast te houden, Gratch.'
Gratch gorgelde van plezier en tilde haar hoog op. Richard waarschuwde Gratch op fluistertoon voorzichtig te zijn. Vrouw Sanderholt slaakte een gedempt, hulpeloos gegiechel. Toen ze weer op de grond stond, schikte ze haar jurk over haar benige gestalte recht en trok haar sjaal onhandig over haar schouders. Ze straalde met een blik vol warmte.
'Je hebt gelijk, Richard. Hij is geen huisdier. Hij is een vriend.'
Gratch knikte enthousiast en zijn oren trilden toen hij weer met zijn leerachtige vleugels klapperde.
Richard trok een nog bijna schone witte cape van een mriswith vlak bij hem. Hij vroeg vrouw Sanderholt om toestemming, en toen ze hem die gaf, zette hij haar voor een eiken deur van een klein stenen gebouw met een laag dak. Hij drapeerde de cape om haar schouders en trok de capuchon over haar hoofd.

'Ik wil dat u zich goed concentreert,' zei hij tegen haar. 'Concentreer u op het bruin van de deur achter u. Houd de cape maar onder uw kin geklemd en sluit uw ogen, als dat u helpt om scherper te kunnen zien. Stelt u zich voor dat u één bent met de deur en dat u dezelfde kleur hebt.'
Ze keek fronsend naar hem op. 'Waarom moet ik dat doen?'
'Ik wil weten of u onzichtbaar kan lijken, net als zij.'
'Onzichtbaar?'
Richard glimlachte haar bemoedigend toe. 'Wilt u het niet eens proberen?'
Ze slaakte een zucht en knikte ten slotte. Haar ogen gingen langzaam dicht. Haar ademhaling klonk nu gelijkmatig en langzaam. Er gebeurde niets. Richard wachtte nog een tijdje, maar er gebeurde nog steeds niets. De cape bleef wit en geen stukje werd bruin. Uiteindelijk opende ze haar ogen.
'Ben ik onzichtbaar geworden?' vroeg ze op een toon alsof ze bang was dat dat was gebeurd.
'Nee,' gaf Richard toe. 'Ik ben bang van niet. Maar hoe maakten die gemene slangenmannen zich onzichtbaar?'
Ze schudde de cape van haar schouders en huiverde van walging. 'En waarom dacht je dat ik dat zou kunnen?'
'Ze heten mriswith. Het komt door hun capes dat ze het kunnen, dus dacht ik dat het u misschien ook zou lukken.' Ze keek hem met een blik vol twijfel aan. 'Hier, ik zal het u laten zien,' zei hij.
Richard ging op haar plaats voor de deur staan en zette de capuchon van zijn mriswith-cape rechtop. Nadat hij de cape had dichtgeslagen, richtte hij zijn aandacht op zijn taak. Binnen één ademtocht kreeg de cape precies dezelfde kleur als wat ze achter hem zag. Richard wist dat de toverkracht van de cape samen met zijn eigen magie kennelijk op een of andere manier ook zijn naakte lichaamsdelen bedekte, zodat ze leken te verdwijnen.
Toen hij van de deur wegliep, veranderde de cape van gedaante en paste zich voortdurend aan aan wat ze achter hem zag: toen hij voor het witte steen ging staan, leken de vale blokken en beschaduwde voegen over hem heen te glippen en een imitatie van de achtergrond te vormen, alsof ze echt dwars door hem heen keek. Richard wist uit ervaring dat het niets uitmaakte of de achtergrond gecompliceerd was of niet – de cape kon zich aan alles achter hem aanpassen.
Terwijl Richard opzij stapte, bleef vrouw Sanderholt nog steeds naar de deur kijken waar ze hem voor het laatst had gezien. Maar Gratch' ogen lieten hem niet los. Die groene ogen kregen een dreigende uitdrukking toen de kaai Richards bewegingen volgde. Gegrom steeg op uit de keel van de kaai.

Richard liet zijn aandacht iets verslappen. De achtergrondkleuren gleden van de cape, die weer zwart werd toen hij de capuchon naar achteren duwde. 'Ik ben het nog steeds, Gratch.'
Vrouw Sanderholt schrok, draaide zich met een ruk om en zag dat hij op een andere plek stond. Gratch' gegrom stierf weg en zijn gezichtsuitdrukking werd wat vriendelijker. Hij keek eerst verbaasd, maar even later grijnsde hij. Hij bracht een diep, gorgelend gelach voort toen hij dit nieuwigheidje aanschouwde.
'Richard,' stamelde vrouw Sanderholt, 'hoe deed je dat? Hoe maakte je jezelf onzichtbaar?'
'Dat komt door de cape. Hij maakt me niet echt onzichtbaar, maar hij kan op de een of andere manier van kleur veranderen, zodat hij op de achtergrond lijkt, als een soort mimicry. Ik denk dat er magie voor nodig is om de cape te laten werken, en die hebt u helemaal niet, maar ik ben met die gave geboren, zodat het mij wel lukt.' Richard keek om zich heen naar de gevallen mriswith. 'Ik denk dat het het beste is dat we die capes verbranden om te voorkomen dat ze in verkeerde handen terechtkomen.'
Richard vroeg Gratch de capes op te halen die boven aan de trap lagen en bukte zich om de capes onder aan de trap bij elkaar te vissen.
'Richard, denk je dat het... gevaarlijk zou kunnen zijn om de capes van zulke kwaadaardige schepsels te gebruiken?'
'Gevaarlijk?' Richard ging rechtop staan en krabde de achterkant van zijn nek. 'Ik zou niet weten waarom. Het enige wat ze doen is van kleur veranderen. U weet wel hoe sommige kikkers en salamanders van kleur kunnen veranderen om hun uiterlijk aan te passen aan waar ze op zitten, zoals een rots, een stuk hout of een blad.'
Ze hielp hem zo goed en zo kwaad als dat haar met d'r omzwachtelde handen lukte om de capes tot een bundel te wikkelen. 'Ik heb zulke kikkers gezien. Ik heb het altijd als een van de wonderen van de Schepper beschouwd dat ze dat konden.' Ze keek omhoog en glimlachte tegen hem. 'Misschien zegent de Schepper jou wel met hetzelfde wonder, omdat je de gave hebt. Hij zij geloofd, Zijn zegen heeft ons verlossing helpen brengen.'
Terwijl Gratch de andere capes één voor één aangaf, zodat ze die aan de bundel kon toevoegen, werd Richards borst als door twee armen door angst omkneld. Hij keek naar de kaai op.
'Gratch, jij voelt toch ook geen enkele mriswith meer om je heen, of wel soms?'
De kaai gaf de laatste cape aan vrouw Sanderholt, en tuurde toen met ingespannen, zoekende blik de verte in. Na een tijdje schudde hij zijn hoofd. Richard zuchtte van opluchting.

'Heb jij enig benul waar ze vandaan zijn gekomen, Gratch? En vooral uit welke richting?'

Gratch draaide zich opnieuw langzaam om en verkende de omgeving. In één doodstil ogenblik keek hij aandachtig naar de Tovenaarstoren, maar toen dwaalde zijn blik af. Even later haalde hij zijn schouders op en keek verontschuldigend.

Richard tuurde de stad Aydindril af en bekeek aandachtig de troepen van de Imperiale Orde die hij beneden zag. Het waren mannen van veel nationaliteiten, was hem verteld, maar hij herkende de maliënkolders, de wapenrusting en het zwarte leer dat door de meesten werd gedragen: D'Haranen.

Richard knoopte de laatste losse einden om de capes en trok het samen tot een compacte bundel, en gooide hem op de grond. 'Wat is er met uw handen gebeurd?' vroeg hij.

Ze stak ze naar voren en keerde ze om. De zwachtel van wit textiel was bevlekt met opgedroogde vegen vleesnat, sauzen en oliën en besmeurd met as en roet van vuren. 'Ze hebben mijn vingernagels met tangen uitgetrokken om me te doen getuigen tegen de Biechtmoeder... tegen Kahlan.'

'En hebt u dat gedaan?' Ze keek de andere kant uit, en Richard begon te blozen toen hij besefte hoe deze vraag moest hebben geklonken. 'Het spijt me, ik bedoelde het niet zo. Natuurlijk zou niemand verwachten dat u zich door martelingen zou laten tarten aan hun eisen te voldoen. De waarheid doet er niet toe voor zulke mensen. Kahlan zou niet geloven dat u haar zou hebben verraden.'

Ze haalde haar ene schouder op terwijl ze haar handen liet zakken. 'Ik zou de dingen niet zeggen die ze van me over haar wilden horen. Dat begreep ze, zoals je al zei. Kahlan zelf gebood me tegen haar te getuigen om te voorkomen dat ze ergere dingen zouden doen. Toch vond ik het vreselijk ellendig om zulke leugens te vertellen.'

'Ik ben met de gave geboren, maar ik weet niet hoe ik hem moet gebruiken, anders had ik wel geprobeerd u te helpen. Het spijt me.' Een rilling van empathie liep over zijn rug. 'Wordt de pijn dan ten minste al wat minder?'

'Nu de Imperiale Orde Aydindril heeft ingenomen, is de pijn nog maar net goed begonnen, ben ik bang.'

'Hebben de D'Haranen u dit aangedaan?'

'Nee. Een Keltische tovenaar heeft dit bevolen. Kahlan heeft hem gedood, nadat ze was ontsnapt. Maar de meeste leden van de Ordetroepen in Aydindril zijn D'Haranen.'

'Hoe hebben ze de stedelingen behandeld?'

Ze wreef haar omzwachtelde handen tegen haar armen alsof ze verkleumd waren in de winterse kou. Richard wilde zijn cape om zijn schouders trekken, maar bij nader inzien hielp hij haar in plaats daarvan haar sjaal wat omhoog te schuiven.

'Hoewel D'Hara afgelopen herfst over Aydindril zegevierde en haar troepen hardvochtige gevechten leverde, waren ze nadat ze elk verzet neersloegen en de stad innamen lang niet zo wreed meer, zolang hun bevelen maar werden opgevolgd. Misschien vonden ze het waardevoller hun prijs ongeschonden te laten.'

'Dat zou kunnen, denk ik. Maar hoe is het met de Burcht gesteld? Hebben ze die ook ingenomen?'

Ze keek over haar schouder tegen de berg op. 'Dat weet ik niet zeker, maar ik denk van niet – de Burcht wordt beschermd door toverkrachten, en van wat ik heb gehoord schijnen de D'Haraanse troepen bang te zijn van magie.'

Richard wreef peinzend over zijn kin. 'Wat is er na de oorlog met D'Hara gebeurd?'

'De D'Haranen schijnen onder andere verdragen met de Imperiale Orde te hebben gesloten. De Keltanen namen langzaam de leiding over en de D'Haranen bleven voor het grootste deel de macht behouden, maar ze stemden ermee in dat de stad door hen zou worden geregeerd. Keltanen zijn niet op dezelfde manier bang voor magie als de D'Haranen. Prins Fyren van Kelton en die Keltaanse tovenaar gaven de raad bevelen. Nu de prins, de tovenaar en de raad dood zijn, weet ik niet zeker wie er nu precies de leiding heeft. De D'Haranen, zou ik denken, zodat we nog steeds onder de genade van de Imperiale Orde verkeren. Nu de Biechtmoeder en de tovenaars zijn verdwenen, ben ik bang voor wat ons te wachten staat. Ik weet dat ze moest vluchten om niet te worden gedood, maar toch...'

Haar stem stierf weg, dus hij maakte de zin voor haar af. 'Sinds het Middenland was gesticht, met Aydindril als hart, heeft er behalve de Biechtmoeder niemand geregeerd.'

'Ken jij die geschiedenis?'

'Kahlan heeft me er het een en ander over verteld. Ze is neerslachtig, omdat ze Aydindril heeft moeten verlaten, maar ik verzeker u, we zullen evenmin toestaan dat de Orde over Aydindril beschikt als over het Middenland.'

Vrouw Sanderholt keek berustend de andere kant uit. 'Wat eens was is niet meer. Mettertijd zal de Orde de geschiedenis van deze plek herschrijven en zal het Middenland vergeten zijn.'

'Richard, ik weet dat je niet kunt wachten om weer bij haar te zijn. Om een plek te vinden waar je in vrede en vrijheid kunt leven. Wees niet verbitterd om wat eens verloren is gegaan. Als je eenmaal bij haar bent, moet je haar vertellen dat, ondanks het feit dat er mensen juichten om haar vermeende executie, er veel meer diep verslagen waren toen ze hoorden dat ze dood zou zijn. In de weken na haar ontsnapping heb ik de keerzijde gezien van wat zij heeft gezien. Net als overal zijn hier kwade, inhalige mensen, maar er zijn ook nobele mensen, die zich haar altijd zullen herinneren. Hoewel we onderdanen zullen zijn van de Imperiale Orde zal de herinnering aan het Middenland nu levenslang in onze harten voortleven.'

'Dank u, vrouw Sanderholt. Ik weet dat het haar zal sterken als ze hoort dat niet iedereen zich tegen haar en het Middenland geeft gekeerd. Maar geef de hoop niet op. Zolang het Middenland in onze harten voortleeft, is er hoop. We zullen zegevieren.'

Ze glimlachte, maar in de diepte van haar ogen kon hij voor het eerst de kern van haar wanhoop zien. Ze geloofde hem niet. Het leven onder de Orde, hoe kort dat ook had geduurd, was beestachtig genoeg geweest om zelfs het kleinste sprankje hoop te doven – dat was de reden waarom ze de moeite niet had genomen Aydindril te verlaten. Waar kon ze heen?

Richard raapte zijn zwaard uit de sneeuw en veegde het glimmende blad met een huidenkleed van een mriswith schoon. Hij schoof het zwaard in de schede.

Ze draaiden zich allebei om, toen ze nerveus gefluister hoorden en een groep koksmaats zagen die zich boven aan de trap hadden verzameld en ongelovig naar de slachtpartij in de sneeuw en naar Gratch keken. Een van de mannen had een driebladig mes opgeraapt en draaide het in zijn hand rond alsof hij het onderzocht. Hij was bang de trap af te gaan en zo Gratch tegen het lijf te lopen en probeerde met onophoudelijke gebaren vrouw Sanderholts aandacht te trekken. Geërgerd wenkte ze hem. Hij leek eerder gebukt te gaan onder een leven van hard werken dan onder zijn hoge leeftijd, hoewel zijn haar langzamerhand op verschillende plekken dunner werd en grijs was. Hij liep de trap af met een slingerende tred, alsof hij een zware zak graan op zijn ronde schouders torste. Hij maakte een korte buiging uit eerbied voor vrouw Sanderholt en zijn blik schoot van haar naar de lichamen, naar Gratch, naar Richard, en toen weer naar haar.

'Wat is er, Hank?'

'Problemen, vrouw Sanderholt.'

'Ik heb het op dit ogenblik even te druk met mijn eigen problemen. Kunnen jullie zonder mij niet eens het brood uit die ovens halen?'

Hij knikte. 'Jawel, vrouw Sanderholt. Maar we hebben problemen met...' Hij keek naar het stinkende lijk van een mriswith dat vlak bij hen lag. '... met die dingen daar.'

Richard ging rechtop staan. 'Wat is ermee?'

Hank keek naar het zwaard op zijn heup en wendde toen zijn blik af. 'Ik denk dat het...' Toen hij naar Gratch opkeek, en de kaai glimlachte, verloor de stem van de man zijn kracht.
'Hank, kijk me eens aan.' Richard wachtte, totdat hij deed wat hem gevraagd werd. 'Deze kaai doet je geen kwaad. Die dingen heten mriswith. Gratch en ik hebben ze gedood. Vertel me nu wat er aan de hand is.'
Hij veegde zijn handpalmen af aan zijn wollen broek. 'Ik keek naar hun messen, met die drie bladen. Daarmee moet het zijn gebeurd.' Hij keek wat somberder. 'De indianenverhalen gaan als een lopend vuurtje rond. Er zijn mensen gedood. Het punt is alleen dat niemand heeft gezien waarmee. De slachtoffers hadden allemaal een buik die was opengereten met een driebladig ding.'
Richard veegde met een angstige zucht zijn hand over zijn gezicht. 'Zo doden mriswith nu eenmaal: ze ontdoen hun slachtoffers van de ingewanden, en je kunt ze niet eens zien aankomen. Waar zijn die mensen gedood?'
'Door de hele stad, en bijna op hetzelfde moment, vlak na zonsopgang. Naar wat ik heb gehoord, moet het meer dan één moordenaar zijn geweest. Te oordelen naar die mriswith-dingen durf ik te wedden dat ik gelijk heb. De pijlen van de dood wijzen allemaal hierheen, als de spaken in een wiel.'
Ze doodden iedereen die hun pad kruiste: mannen, vrouwen, zelfs paarden. Er heerste verwarring onder de troepen, toen sommige mannen er ook van langs kregen en de anderen dachten dat het een of andere aanval was. Een van die mriswith-dingen boorde zich dwars door de menigte die zich op straat had verzameld. Die zak nam niet eens de moeite eromheen te lopen – hij maaide zich erdoorheen totdat hij er middenin stond.' Hank wierp een droevige blik naar vrouw Sanderholt. 'Een van hen drong het paleis binnen. Die doodde daar een dienstmeisje, twee bewakers, en Jocelyn.'
Vrouw Sanderholt slaakte een zucht en bedekte haar mond met haar omzwachtelde hand. Haar oogleden gleden toe, en ze fluisterde een gebed.
'Het spijt me, vrouw Sanderholt, maar ik denk niet dat Jocelyn heeft geleden. Ik ben meteen op haar afgerend, maar toen was ze al dood.'
'Is er nog iemand anders van de keuken gedood?'
'Alleen Jocelyn. Ze deed een boodschap en was helemaal niet in de keuken.'
Gratch zag zwijgend Richard tegen de berg opkijken, naar de stenen muren. De sneeuw daarboven had een roze gloed in het ochtendlicht. Teleurgesteld tuitte hij zijn lippen, toen hij weer over de stad uitkeek en gal steeg op in zijn keel.

'Hank.'
'Meneer?'
Richard draaide zich om. 'Zorg voor manschappen. Dragen jullie die mriswith maar naar de voorkant van het paleis en leg ze op een rij voor de hoofdingang. Zorg dat het nu gebeurt, voor ze stijf bevroren zijn.'
De spieren in zijn kaak bolden op, toen hij knarsetandde.
'Zet de losse hoofden maar op spiesen. Zet ze keurig netjes aan weerszijden op een rij, zodat iedereen die het paleis in wil, ertussendoor moet lopen.'
Hank schraapte zijn keel alsof hij wilde tegensputteren, maar toen zag hij het zwaard op Richards heup en zei: 'Ik ga meteen, meneer.' Hij knikte naar vrouw Sanderholt en rende naar het paleis om hulp te halen.
'Die mriswith zullen wel over magie beschikken. Misschien zijn de D'Haranen daar bang genoeg voor om voorlopig bij het paleis vandaan te blijven.'
Zorgelijke rimpels vormden zich op haar voorhoofd. 'Richard, deze schepsels hebben kennelijk magische krachten, zoals je al zei. Zijn er andere mensen dan jij, die slangenmensen zien als ze te voorschijn kruipen en van kleur veranderen?'
Richard schudde zijn hoofd. 'Voor zover ik weet, kan alleen mijn bovennatuurlijke kracht hun aanwezigheid bespeuren. Maar het is duidelijk dat Gratch dat ook kan.'
'De Imperiale Orde predikt het kwaad van de magie en degenen die haar bezitten. Wat als die droomwandelaar de mriswith heeft gestuurd om mensen met magische krachten te doden?'
'Klinkt aannemelijk. Maar wat bedoel je ermee?'
Ze keek hem een lang ogenblik ernstig aan. 'Jouw grootvader Zedd heeft magie, net als Kahlan.'
Kippenvel tintelde op zijn armen toen hij hoorde dat haar stem zijn eigen gedachten verwoordde.
'Dat weet ik, maar ik denk dat ik een idee heb. Op dit moment moet ik iets zien te doen aan wat hier gaande is, aan de Orde.'
'En wat hoop je daarmee te bereiken?' Ze ademde diep in en begon wat zachter te praten. 'Ik zeg dit niet als belediging, Richard. Je mag dan wel de gave bezitten, maar je weet niet wat je ermee moet. Je bent geen tovenaar, dus je kunt hier niets uitrichten. Vlucht, nu je dat nog kunt.'
'Waarheen? Als de mriswith me hier kunnen vinden, kunnen ze dat overal. Er is geen plek waar ik me lang genoeg kan verschuilen.' Hij keek de andere kant op en voelde zijn gezicht warm worden. 'Ik weet dat ik geen tovenaar ben.'
'Maar wat dan...'
Hij keek haar aan met de ogen van een roofvogel. 'Kahlan, Biechtmoe-

der in de naam van het Middenland, heeft ervoor gezorgd dat het land de Orde de oorlog verklaarde in de strijd tegen zijn tirannie. Het streven van de Orde is alle magie uit te bannen en alle mensen aan zich te onderwerpen. Als we niet vechten, dan zullen alle vrije mensen en allen met magie vermoord worden of tot slaven vernederd worden. Er kan dan geen plaats meer zijn voor het Middenland of voor enig ander land of volk, totdat de Imperiale Orde in de as ligt.'
'Richard, er zijn er hier te veel. Wat hoop je in je eentje te bereiken?'
Hij was het beu te worden verrast, zonder te weten wat er daarna op hem af zou komen. Hij was het zat gevangen en gemarteld te worden, opgeleid, voorgelogen en misbruikt. Toe te zien hoe hulpeloze mensen werden afgeslacht. Hij moest iets doen.
Hoewel hij zelf geen tovenaar was, kende hij ze wel. Zedd zou slechts een paar weken weg zijn, en was in het zuidwesten. Zedd zou begrijpen hoe dringend Aydindril van de Imperiale Orde verlost, en de Tovenaarsburcht beschermd moest worden. Als de Orde die magie zou verwoesten, wie wist dan nog wat er voor altijd verloren zou zijn?
Zo nodig waren er anderen, in het Paleis van de Profeten in de Oude Wereld, die bereid en in staat waren te hulp te komen. Warren was zijn vriend, en hoewel hij niet volledig was opgeleid, was hij een tovenaar die van magie wist. In elk geval meer dan Richard zelf.
Zuster Verna zou hem ook helpen. De Zusters waren tovenaressen en hadden de gave, hoewel niet in dezelfde hoge mate als een tovenaar. Desondanks vertrouwde hij niemand zozeer als Zuster Verna. Behalve misschien Priores Annalina. Hij hield niet van de manier waarop ze hem onvoldoende informeerde en de waarheid verwrong om haar eigen behoeften te bevredigen, maar dat deed ze nooit uit kwaadwilligheid – ze had altijd gedaan wat ze uit zorg voor de levenden moest doen. Ja, Ann zou hem misschien helpen.
En Nathan, de profeet, was er ook nog. Nathan verkeerde het grootste deel van zijn leven in de ban van het paleis en was bijna tweeduizend jaar oud. Richard kon zich niet eens voorstellen wat die man wist. Hij wist dat Richard een oorlogstovenaar was, de eerste die in duizenden jaren geboren zou worden, en hielp hem de betekenis daarvan te begrijpen. Nathan had hem al eerder geholpen, en Richard was er tamelijk zeker van dat hij dat opnieuw zou doen – Nathan was een Rahl, een van Richards voorvaderen.
Radeloze gedachten schoten in zijn geest heen en weer. 'De agressor smeedt de regels. Ik moet ze, hoe dan ook, zien om te smelten.'
'Wat ben je van plan?'
Richard tuurde over de stad. 'Ik moet iets doen wat ze niet verwachten.' Hij streek met zijn vingers over het reliëf van gouddraad waarmee het

woord *waarheid* op het gevest van zijn zwaard was aangebracht en voelde de gloeiende substantie van zijn magie. 'Ik draag het Zwaard van de Waarheid, waarmee ik geridderd ben door een echte tovenaar. Ik heb een plicht. Ik ben de Zoeker.'
In een waas van zacht kokende woede die in hem opwelde en terwijl hij dacht aan de mensen die door de mriswith waren vermoord, fluisterde hij in zichzelf: 'Ik zweer dat ik deze droomwandelaar nachtmerries zal bezorgen.'

4

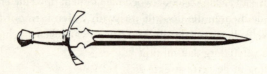

'Mijn wapens kriebelen als mieren,' klaagde Lunetta. 'Het zal hier flink tekeergaan.'

Tobias Brogan keek over zijn schouder. Flarden en stukken gehavend en verschoten textiel fladderden in het zwakke licht, toen Lunetta zich krabde. Temidden van de gelederen die waren getooid met glanzende wapens en pantsers en omhangen met rode capes, leek haar gedrongen gestalte ineengedoken op haar paard, boven een hoop lappen uit te steken. Haar ingevallen wangen onthulden een grijns vol ontbrekende tanden, terwijl ze in zichzelf gniffelde en zich weer krabde.

Brogans mond vertrok van walging, en hij keek een andere kant op. Hij drukte zijn knokkels tegen zijn borstelige snor terwijl zijn blik opnieuw afdwaalde naar de Tovenaarstoren boven op de berg. De donkergrijze stenen muren vingen de eerste, zwakke winterse zonnestralen op die de sneeuw op de hoger gelegen hellingen deed blozen. Zijn mond verstarde nog meer.

'Magie, zeg ik, heer generaal,' hield Lunetta vol. 'Er heerst hier magie. Machtige magie.' Ze murmelde nog wat en klaagde dat ze er kippenvel van kreeg.

'Zwijg, ouwe heks. Zelfs een imbeciel zou jouw smerige talent niet nodig hebben om te weten dat Aydindril zindert van het kleinste zweempje magie.'

Woeste ogen gloeiden onder haar borstelige wenkbrauwen. 'Dit is anders dan alles wat je ooit hebt gezien,' zei ze op een toon die, in tegenstelling tot de rest van haar présence, oneindig zacht leek. 'Anders dan wat ik ooit heb gevoeld. En ook nog wat in het zuidwesten, niet alleen hier.' Ze krabde nog heftiger aan haar onderarm en kakelde weer.

Brogan keek met angstogen voorbij de menigte die door de straat snelde, en wierp een kritische blik op de weelderige paleizen die aan weerszijden langs de brede hoofdstraat stonden, die, zoals hij had gehoord, Koningsstraat heette. De paleizen waren bedoeld om de toeschouwer te imponeren met rijkdom, macht en met de geest van de mensen die ze vertegenwoordigden. Elke structuur wedijverde om aandacht met torenhoge pilaren, gedetailleerde versieringen en flamboyante rijen vensters, daken en opgesmukte entablementen. In de ogen van Tobias Brogan zagen ze er niet anders uit dan stenen protsers – een grotere en opzichtigere verspilling dan hij ooit had gezien.

Op een helling in de verte strekte zich het Paleis van de Belijdsters uit, waarvan de stenen pilaren en torenspitsen het niet haalden bij de elegantie van de Koningsstraat en op een vreemde manier witter leken dan de sneeuw eromheen, alsof ze de godslasterlijkheid van haar bestaan probeerden te verhullen met de illusie van zuiverheid. Brogans blik spiedde langs alle uithoeken van deze tempel van verdorvenheid, dit heiligdom waar magie over gehoorzamen heerst, en zijn benige vingers streelden doelloos de leren trofeehouder aan zijn riem.

'Mijn heer generaal,' zei Lunetta met nadruk, terwijl ze zich vooroverboog, 'hebt u gehoord wat ik zei...'

Brogan draaide zich om en zijn glimmend gepoetste schoenen wreven krakend tegen de stijgbeugelriemen in de kou. 'Galtero!'

Ogen als zwart ijs gloeiden onder de rand van een glimmende helm, waarop een pluim van paardenhaar pronkte die karmijnrood was geverfd om bij de capes van de soldaten te passen. Hij hield zijn teugels losjes in zijn ene gehandschoende hand terwijl hij in zijn zadel zwaaide met de soepele gratie van een bergleeuw. 'Heer Generaal?'

'Als mijn zuster niet kan zwijgen als haar dat wordt bevolen,' hij wierp haar een priemende blik toe, 'moge haar dan de mond worden gesnoerd.'

Lunetta wierp een snelle, onzekere blik op de breedgeschouderde man die naast haar reed, op zijn zeer zorgvuldig gepoetste pantser en maliënkolder, op zijn goed geslepen wapens. Ze opende haar mond om tegen te stribbelen, maar toen ze opnieuw in die ijzige ogen keek, deed ze er maar het zwijgen toe en krabde aan haar armen. 'Vergeef me, Heer Generaal Brogan,' mompelde ze, terwijl ze haar hoofd eerbiedig voor haar broer boog.

Agressief liet Galtero zijn paard kwaadaardig een stap zijwaarts naar Lunetta maken, en zijn sterke grijze ruin duwde zich ruw tegen haar roodbruine merrie. 'Zwijg, *streganicha*.'

Haar wangen werden rood toen ze deze belediging hoorde en haar ogen fonkelden een ogenblik gemeen, maar dat alles was weer even snel voorbij, en ze leek te verschrompelen in haar gehavende lappen toen ze haar ogen onderdanig neersloeg.

'Ik ben geen heks,' fluisterde ze in zichzelf.

Iemand trok een wenkbrauw op boven een kil oog. Lunetta zeeg verder ineen en zweeg verder.

Galtero was een goed man. Het feit dat Lunetta de zuster van Heer Generaal Brogan was, had niets om het lijf, als de orde ooit zou worden verleend. Ze was een streganicha, een door de duivel verdorvene. Als het bevel daartoe zou worden gegeven, dan zou Galtero of elk van de andere mannen haar bloed zonder een ogenblik van aarzeling of berouw laten vloeien.

Het feit dat ze met Brogan verwant was, deed hem alleen maar met meer felheid zijn plicht nakomen. Ze was een voortdurende herinnering aan het feit dat de Wachter in staat was naar rechtvaardige mensen uit te halen en zelfs de edelste families te ruïneren.

Zeven jaar na Lunetta's geboorte had de Schepper het onrecht gewogen en werd Tobias geboren, als tegenwicht voor wat de Wachter had bezoedeld, maar dat was te laat geweest voor hun moeder, die al in de greep van de waanzin begon te geraken. Vanaf haar achtste, toen zijn slechte naam hem vroeg in zijn graf deed belanden en zijn moeder zich uiteindelijk volledig in de boezem van de waanzin had genesteld, werd Tobias belast met de plicht de gave die zijn zuster bezat, te temmen, om te voorkomen dat die bezit van haar nam. Op die leeftijd was Lunetta dol op hem, en hij had op zijn beurt haar liefde gebruikt om haar ervan te overtuigen zich slechts te voegen naar de wensen van de Schepper en haar tot een zedig gedrag aan te sporen, zoals de mannen van de koningskring hem dat hadden geleerd. Lunetta had altijd behoefte aan raad en sloot die in feite in de armen. Ze was een hulpeloze ziel, in de val geleid door een vloek die ze niet kon uitwissen, en waaraan ze niet kon ontsnappen.

Met onvermoeibare inspanning had hij zijn familie gezuiverd van de schande: de geboorte van iemand met de gave. Dit had hem het grootste deel van zijn leven gekost, maar Tobias had de naam van zijn familie in ere hersteld. Hij had het iedereen laten zien, hij had het stigma ten gunste gekeerd en was de meest verhevene der verhevenen geworden.

Tobias Brogan hield van zijn zuster – genoeg om haar zonodig de keel door te snijden om haar uit de klauwen van de Wachter vandaan te houden en haar de kwelling van zijn smet te sparen, als dat de grenzen van het beheersbare te buiten zou gaan. Ze mocht slechts zo lang leven als ze nuttig was, zo lang ze hen kon helpen het kwaad uit te roeien en vloeken uit te bannen. Nu vocht ze tegen de plaag die naar haar ziel greep, en ze was nuttig.

Hij besefte dat ze uiterlijk niet veel voorstelde, gezwachteld in vodden van allerlei kleuren – het was het enige dat haar vreugde bracht en haar tevreden hield, al die kleuren die ze om zich heen had gedrapeerd, haar 'plaatjes' zoals ze die noemde – maar de Wachter had Lunetta met een zeldzaam talent en kracht toegerust. Na eindeloze inspanningen was Tobias erin geslaagd haar die af te nemen.

Dat was de tekortkoming van de Wachters schepping – het gebrek van alles wat de Wachter schiep: het kon als instrument worden gebruikt door te gehoorzamen, als ze maar slim genoeg waren. De Schepper verschafte altijd wapens om goddeloosheid te bestrijden – men hoefde er alleen maar naar te zoeken en de wijsheid, de onversneden brutaliteit hebben ze te gebruiken. Dat was de reden waarom de Imperiale Orde indruk op hem maakte: ze waren sluw genoeg om dit te begrijpen en vindingrijk genoeg om magie als instrument te gebruiken om goddeloosheid op te sporen en te vernietigen.

Net als hij maakte de Orde gebruik van *streganicha* die ze leken te waarderen en te vertrouwen. Wat hem echter niet beviel, was dat ze vrijelijk mochten rondreizen en ongehinderd informatie konden verspreiden en voorstellen doen, maar voor het geval ze zich ooit tegen de goede zaak mochten keren, hield hij Lunetta altijd dicht in zijn buurt.

Toch was hij er niet gerust op zo dicht bij het kwaad te zijn. Hij vond het afstotelijk, of ze nu zijn zuster was of niet.

De dageraad was net aangebroken en de straten waren al vol met mensen. Het wemelde ook van soldaten afkomstig uit verschillende landen, en ieder patrouilleerde op het terrein van zijn eigen paleis. Anderen, voornamelijk D'Haranen, patrouilleerden in de stad. Veel troepen leken zich slecht op hun gemak te voelen, alsof ze ieder ogenblik een aanval verwachtten. Men had Brogan ervan verzekerd dat ze alles goed in de hand hadden. Omdat hij nooit vertrouwde wat men hem zei, had hij de avond daarvoor zijn eigen verkenningstroepen erheen gestuurd, en die hadden bevestigd dat zich nergens in de buurt van Aydindril opstandelingen uit het Middenland ophielden.

Brogan gaf er altijd de voorkeur aan zijn aankomst te plannen, wanneer men dat het minst verwachtte, en met een groter gevolg dan men verwachtte, eenvoudig voor het geval hij de zaken in eigen hand zou moeten nemen. Hij had een vuistvol – vijfhonderd man – naar de stad laten komen, maar als er zich moeilijkheden zouden voordoen, dan kon hij altijd nog zijn hoofdstrijdkracht naar Aydindril sturen. Zijn hoofdstrijdkracht had bewezen volledig in staat te zijn elk oproer de kop in te drukken.

Als de D'Haranen geen bondgenoten waren geweest, dan zouden schattingen van hun aantal afschrikwekkend zijn geweest. Hoewel Brogan een rotsvast vertrouwen in de vaardigheden van zijn mannen had, hielden slechts de verwaanden in gevechten met gelijke kansen veel minder lang stand – de Schepper had het niet zo op met verwaanden.

Tobias hief zijn hand op om de paarden te doen inhouden om te voorkomen dat ze een eskader D'Haraanse infanteristen die vlak voor de zuil overstaken, zouden platwalsen. Hij vond het onbetamelijk dat ze, net als zijn eigen vliegende wig, breeduit in gevechtsformatie liepen, toen ze de hoofdweg overstaken, maar misschien hadden de D'Haranen, belast met de taak in een verslagen stad te patrouilleren, zich alleen nog maar ten doel gesteld struikrovers en zakkenrollers angst aan te jagen met hun machtsvertoon. De D'Haranen keken slechtgehumeurd en met de wapens in de hand over de colonne cavaleristen uit, die op hen afstormden en leken op zoek te zijn naar tekenen van dreiging. Brogan vond het nogal vreemd dat ze hun wapens uit de schede droegen. Ze waren op alles voorbereid, die D'Haranen.

Ze maakten zich niet druk om wat ze zagen en versnelden hun pas niet. Brogan glimlachte – mindere lieden hadden de pas er wel in gezet. Hun wapens, voornamelijk zwaarden en strijdbijlen, waren versierd, noch geraffineerd, en dat feit alleen al maakte dat ze er indrukwekkend uitzagen. Ze droegen die wapens, omdat ze verschrikkelijk doeltreffend waren, en niet om er de show mee te stelen.

De mannen in donker leer en maliënkolders, twintig maal overtroffen in aantal, bekeken al dat glanzende metaal met onverschilligheid. Glans en precisie wezen vaak op niets anders dan hoogmoed, en hoewel dit vertoon van dodelijke aandacht voor detail nu een weerspiegeling van Brogans discipline was, wisten de D'Haranen dat waarschijnlijk niet. Daar waar hij en zijn mannen beter bekend waren, was een glimp van hun karmozijnrode capes al genoeg om sterke mannen te doen verbleken, en het geschitter van hun glanzend gepolijste wapenrusting was genoeg om de vijand te doen omdraaien en wegrennen.

Nadat ze vanuit Nicobarese de bergen van Rang'Shada waren overgetrokken, was Brogan een van de Ordelegers tegengekomen, bestaande uit mannen uit veel landen, maar voornamelijk uit D'Hara, en ze waren onder de indruk geraakt van de generaal van de D'Haranen, Riggs, die geïnteresseerd en aandachtig naar advies had geluisterd. Brogan was zelfs zozeer onder de indruk van de man dat hij enkele van zijn eigen troepen bij hem had achtergelaten om mee te helpen met de verovering van het Middenland. De Orde was op weg om de heidense stad Ebinissia, de Kroonstad van Galea, in het gareel van de Orde te brengen. De Schepper stond dit toe, en ze slaagden daarin.

Brogan had geleerd dat D'Haranen niet veel op hadden met magie, en dat deed hem deugd. Dat ze er ook bang voor waren, kon hij echter slecht verdragen. Magie was de enige verbinding van de Wachter naar de mensenwereld. De Schepper moest men vrezen. Magie, de hekserij van de Wachter, moest worden geëlimineerd. Tot op het moment waarop men de grens had afgebroken, de vorige lente, was D'Hara generaties lang afgesloten van het Middenland, dus D'Hara en zijn bevolking waren Brogan grotendeels onbekend – een uitgestrekt nieuw gebied met grote behoefte aan verlichting en zo mogelijk, loutering.

Darken Rahl, de leider van D'Hara, had de grens afgebroken en zijn troepen toegestaan het Middenland binnen te vallen en Aydindril te bezetten, evenals andere steden. Als zijn interesse beperkt was gebleven tot menselijke zaken, dan zou Rahl het hele Middenland kunnen innemen, nog voor het legers tegen hem kon mobiliseren, maar hij had zich meer toegelegd op het najagen van de magie, en dat betekende zijn ondergang. Toen Darken Rahl dood was – hij werd vermoord door een troonpretendent, zoals Brogan had horen vertellen – hadden de D'Haraanse troepen zich aangesloten bij de Imperiale Orde en zich verenigd met haar doelstelling.

Er was geen plaats in de wereld meer voor de eeuwenoude, uitstervende religie die magie heet. De Imperiale Orde maakte nu de dienst uit in de wereld en de zaligheid van de Schepper zou de mens leiden. Tobias Brogans gebeden werden verhoord, en dagelijks dankte hij de Schepper dat hij hem in deze tijd in de wereld had geplaatst, zodat hij als een spin in het web kon toezien hoe de godslasterlijkheid van de magie werd overwonnen en hij de rechtschapenen naar het laatste gevecht kon leiden. Hier werd geschiedenis geschreven, en hij maakte er deel van uit.

Brogan duwde zijn benen dichter tegen zijn paard om het sneller te doen lopen toen hij zag dat de D'Haranen door een zijstraat trokken. Niemand keek achterom om te zien of ze werden gevolgd of bedreigd, maar slechts een dwaas zou dat opvatten als zelfingenomenheid, en Tobias was geen dwaas. Toen ze de Koningsstraat door trokken, week de menigte voor de colonne uiteen en maakte ruim baan. Brogan herkende enkele uniformen van soldaten uit allerlei streken: Sandarianen, Jarianen en Keltanen. Hij zag geen Galeanen – de Orde moest succes hebben gehad met de uitvoering van haar taak in Galea's kroonstad Ebinissia.

Eindelijk zag Brogan troepen uit zijn thuisland. Met een ongeduldig armgebaar wenkte hij een eskader naar hem toe te komen. Hun karmozijnrode capes die duidelijk maakten wie ze waren, bolden achter hen op toen ze langs de zwaarddragers, lansiers, vaandeldragers en ten slotte Brogan heen stoven. Onder het gekletter van ijzeren schoenen op steen stormden de ruiters de brede trappen van het Nicobarese Paleis op. Dat was een gebouw dat even opzichtig was als de andere, met gegroefde, conische pilaren van zeldzaam wit dooraderd bruin marmer, een moeilijk verkrijgbare steensoort die men in Oost-Nicobarese uit de bergen had gehouwen. Hij walgde van zoveel losbandigheid.

De gewone soldaten die het paleis bewaakten, deinsden wankelend achteruit toen ze de mannen op hun paarden zagen en salueerden schrikkerig. Het eskader ruiters dreef hen verder achteruit en maakte aldus een brede gang voor de heer generaal vrij.

Boven aan de trap, tussen beelden van soldaten gezeten op steigerende hengsten, gehouwen uit buffelkleurige steen, stapte Brogan af. Hij gooide de teugels naar een van de paleiswachten met een asgrauw gezicht en glimlachte naar de stad, terwijl hij naar het Paleis van de Belijdsters keek. Tobias Brogan was vandaag in een goede bui. Zulke buien werden de laatste tijd steeds schaarser. Hij ademde een diepe teug van de ochtendlucht in: het begin van een nieuwe dag.

De man die de teugels had aangepakt, maakte een buiging toen Brogan zich omdraaide. 'Lang leve de koning.'

Brogan fatsoeneerde zijn cape. 'Een beetje laat, vind je niet?'

De man schraapte zijn keel en verzamelde moed. 'Meneer?'

'De koning,' zei Brogan, terwijl hij zijn knokkels tegen zijn snor drukte, 'bleek meer te zijn dan wat allen die van hem hielden, dachten. Hij heeft moeten branden voor zijn zonden. Nu, zorg voor mijn paard.' Hij wenkte een andere bewaker. 'Jij daar – zeg de koks dat ik rammel van de honger. Ik heb een hekel aan wachten.'

De bewaker ging buigend achteruit, terwijl Brogan naar de man te paard keek. 'Galtero.' De man liet zijn paard dichterbij stappen en zijn karmozijnrode cape hing levenloos in de onbeweeglijke lucht. 'Neem de helft van de mannen mee, en breng haar naar me toe. Ik ga eerst ontbijten, daarna zal ik haar beoordelen.'

Met een teder gebaar streelde hij afwezig met zijn knokige vingers het etui aan zijn riem. Binnenkort zou hij de prijs der prijzen aan zijn verzameling toevoegen. Hij glimlachte grimmig bij die gedachte, en het oude litteken bij zijn mondhoek trok, maar zijn donkere ogen bleven er onberoerd door. De glorie van moreel herstel zou hem toekomen.

'Lunetta.' Ze staarde naar het Paleis van de Belijdsters en ze trok de vlekkerige verfomfaaide lappen strak om zich heen, terwijl ze lusteloos aan haar onderarmen krabde. 'Lunetta!'

Toen ze hem eindelijk hoorde, kromp ze ineen. 'Ja, Heer Generaal?'

Hij sloeg zijn rode cape over zijn schouder en hing de sjerp met zijn rang erop recht. 'Kom, ontbijt met me. Dan praten we wat. Dan vertel ik je over wat ik gisternacht heb gedroomd.'

Haar ogen werden groot van opwinding. 'Weer een droom, mijn Heer Generaal? Ja, ik zou u daar graag over willen horen vertellen. Dat zou ik een hele eer vinden.'

Ze volgde hem, terwijl hij door de hoge, dubbele deuren met koperbeslag het Nicobarese paleis inmarcheerde. 'We hebben wat zaken te bespreken. Je luistert toch wel aandachtig, of niet, Lunetta?'

Ze schuifelde achter zijn hielen voort. 'Natuurlijk, mijn Heer Generaal. Altijd.'
Hij bleef staan bij een raam met een zwaar blauw baldakijn ervoor. Hij trok zijn kleermakersmes en sneed een flink stuk uit de zijkant, compleet met zoom en gouden kwastjes. Lunetta bevochtigde haar lippen en wiegde heen en weer, van haar ene voet op de andere, terwijl ze wachtte. Brogan glimlachte. 'Hier, een plaatje voor jou, Lunetta.'
Haar ogen glommen toen ze het opgewonden vastgreep en het toen op de ene en dan weer op een andere plaats hield, op zoek naar de ideale plek om het aan het lappenwerk toe te voegen. Ze giechelde van plezier. 'Dank u, Heer Generaal. Het is prachtig.'
Hij marcheerde verder en Lunetta repte zich achter hem aan. Portretten van koninklijke figuren hingen aan de kostbare wandpanelen en de tapijten onder hun voeten reikten tot in de verte. De deuren naar weerszijden werden omgeven door bladgouden kozijnen met ronde lateien. Goudgerande spiegels weerkaatsten het voorbijgaande karmozijnrood in een flits.
Een dienaar in een bruine met witte livrei maakte buigingen, terwijl hij de zaal inliep om met uitgestrekte arm de eetzaal aan te wijzen en maakte zich uit de voeten alvorens opzij te kijken om er zeker van te zijn dat hem niets zou overkomen en hij boog na elke paar stappen.
Tobias Brogan was er de man niet naar om iemand te laten schrikken door zijn lengte, maar de lakeien, het personeel, de Paleiswacht en de halfgeklede ambtenaren die de zaal instoven om te kijken wat de reden was van deze opschudding, verbleekten toen ze hem zagen – de Heer Generaal in hoogsteigen persoon, de aanvoerder van de Bloedbroederschap.
Lastposten moesten voor hun zonden branden op zijn bevel – of ze nu schooiers of soldaten waren, freules, vrijheren, of zelfs vorsten.

5

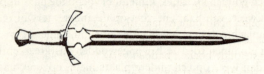

Zuster Verna stond als aan de grond genageld toen ze de vlammen zag, en in hun diepten verschenen transparante spiralen met glinsterende kleuren en flikkerende stralen in zwaaiende bewegingen als vingers, verstrengeld in een dans, en ze zogen de lucht zo krachtig naar binnen dat hun kleren wapperden toen ze er langs liepen, en ze verspreidden een warmte die hen allen achteruit had doen deinzen ware het niet dat ze hun schilden hadden. De reusachtige, bloedrode zon hing half ondergedompeld boven de horizon en deed de glorie doven van het vuur dat de lichamen had verslonden. Een paar Zusters die om haar heen stonden, snikten zacht, maar Zuster Verna had alle tranen vergoten die ze te plengen had.

Ruim honderd jongens en jonge mannen stonden in een kring rond het vuur, en daarbinnen stond een kring van tweemaal zoveel Zusters van het Licht en novices. Behalve één Zuster en één jongen die op symbolische wijze de wacht over het paleis hielden, en natuurlijk die ene Zuster die er totaal verward uitzag en voor haar eigen bestwil was opgesloten in een lege, afgeschermde kamer, stonden allen op de heuvel boven Tanimura te kijken naar de vlammen die de hemel in schoten. Zelfs in deze grote groep, was iedereen in zichzelf gekeerd en eenzaam teruggetrokken in zelfbeschouwing en gebed. Zoals was bevolen, sprak niemand een woord tijdens het begrafenisritueel.

Zuster Verna's rug deed pijn van de nachtelijke staande wake bij de lichamen. Gedurende de uren van duisternis hadden ze allen staan bidden en hielden ze het schild van schalmen als symbolische bescherming van de eerwaarde boven de lichamen. Het was tenminste een opluchting weg te zijn van het onophoudelijke getrommel in de stad.

Bij het eerste licht had men het schild laten vallen en had iedereen een stroom van haar Han in de brandstapel gezonden, waardoor die ontbrandde. Door magie gevoed vuur snelde door de opeengestapelde houtblokken en vervolgens door de twee lichamen in zware lijkwaden waarvan het ene klein en gedrongen was en het andere lang en krachtig gebouwd, en er ontstond een vlammenzee vol goddelijke kracht.

Ze moesten de kluizen doorzoeken om een protocol te vinden, aangezien geen enkele levende ziel ooit aan die ceremonie had deelgenomen. Hij was in bijna achthonderd jaar niet uitgevoerd – in 791, om precies te zijn, de laatste keer dat er een prelaat was gestorven.

Zoals ze uit de oude boeken hadden vernomen, mocht alleen de ziel van de Priores worden toevertrouwd aan de bescherming van de Schepper in het heilige begrafenisritueel, maar in dit geval hadden de Zusters allen hun stem uitgebracht om hetzelfde voorrecht te verkrijgen voor degene die zo moedig had gevochten voor hun redding. De boeken vermeldden dat vrijstelling van uitsluiting slechts kon worden verkregen door unanieme toestemming. Er was verhitte overredingskracht voor nodig om dat gedaan te krijgen.

Zoals gebruikelijk werd de kracht van Han herroepen, toen de zon eindelijk in haar volle omvang de horizon had overwonnen en het vuur had overspoeld met het complete schouwspel van het eigen licht van de Schepper. Toen hun macht werd ingetrokken, stortte de brandstapel in en bleven slechts een hoopje as en een paar verschroeide houtblokken over die de plek aangaven waar de ceremonie op de groene heuveltop had plaatsgevonden. Rook kringelde omhoog en vervloog in de geluidloze, helder wordende dag.

Grijsachtige witte as was alles dat was overgebleven in de wereld van het leven van Priores Annalina en de Profeet Nathan. Het was gebeurd. Zonder een woord te spreken begonnen de Zusters zich te verspreiden, sommigen in eenzaamheid, anderen met een troostende arm om de schouders van een jongen of een novice. Als verloren zielen meanderden ze de heuvel af, naar de stad, en het Paleis van de Profeten, alsof ze naar een moederloos thuis gingen. Terwijl Zuster Verna haar ringvinger kuste, bedacht ze dat nu de profeet ook dood was, ze in zekere zin ook zonder vader zaten.

Ze strengelde haar vingers ineen voor haar buik terwijl ze afwezig toezag hoe de anderen de verte in liepen. Ze had nooit de kans gehad vrede te sluiten met de Priores, voor haar dood. Die vrouw had haar gebruikt, haar vernederd en liet haar zich verlagen om haar plichten te vervullen en bevelen op te volgen. Hoewel alle Zusters de Schepper dienden en hoewel ze wist dat wat de Priores had gedaan een hoger doel moest hebben gediend, deed het haar verdriet dat de Priores haar trouw had uitgebuit. Ze voelde zich genomen.

Aangezien Priores Annalina tijdens de aanval van Ulicia, een Zuster van het Duister, gewond was geraakt en daarna bijna drie weken lang, tot aan haar dood, bewusteloos was geweest, had Zuster Verna nooit een kans gehad met haar te praten. Alleen Nathan had de Priores verzorgd en had onophoudelijk geprobeerd haar beter te maken, maar uiteindelijk slaagde hij daar niet in. Het wrede lot benam ook hem het leven. Hoewel Nathan altijd een sterke indruk op haar had gemaakt, moet de inspanning te veel voor hem zijn geweest – hij was tenslotte bijna duizend jaar oud. Ze bedacht dat hij oud was geworden in de laatste twintig-en-nog-wat jaar dat ze op zoek was naar Richard en hem uiteindelijk naar het paleis bracht.

Zuster Verna glimlachte toen ze aan Richard dacht – ze miste hem ook. Hij had haar tot de grenzen van haar verdraagzaamheid geërgerd, maar ook hij was een slachtoffer geweest van de plannen van de Priores, hoewel hij haar daden leek te begrijpen en te aanvaarden, en geen kwade gevoelens jegens haar koesterde.

Ze voelde een steek in haar hart, toen ze bedacht dat Kahlan, Richards geliefde, waarschijnlijk was gestorven in de climax van die verschrikkelijke profetie. Ze hoopte dat dat niet zou zijn gebeurd. De Priores was een vastberaden vrouw en had in de levens van zeer velen gebeurtenissen geënsceneerd. Zuster Verna hoopte dat ze dat werkelijk had gedaan tot heil van de kinderen van de Schepper en niet enkel en alleen om er haar eigen ambities mee te bevredigen.

'Wat kijkt u boos, Zuster Verna.'

Ze draaide zich om en zag de jonge Warren staan, met zijn handen in de met zilverbrokaat afgezette mouwen van zijn donkerpaarse gewaden. Ze keek om zich heen en besefte dat ze alleen waren op de heuvel – de anderen, die lang geleden waren vertrokken, waren slechts stipjes in de verte.

'Misschien ben ik dat ook, Warren.'

'Waar bent u dan boos om, Zuster?'

Ze streek haar rok met haar handpalmen glad over haar heup. 'Misschien ben ik alleen maar boos op mezelf.' Ze probeerde van onderwerp te veranderen terwijl ze haar lichtblauwe sjaal fatsoeneerde. 'Je bent nog zo jong, ik bedoel wat jouw studie betreft, dat het me nog steeds moeite kost om eraan te wennen jou te zien zonder een Rada'Han.'

Hij streelde met zijn vingers langs zijn nek, waar de kraag voor het grootste deel van zijn leven had gezeten, alsof ze hem eraan had herinnerd. 'Misschien jong in de ogen van degenen die in het paleis onder de ban leven, maar geenszins jong voor degenen in de wereld daarbuiten – ik ben honderdzevenenvijftig, Zuster. Maar ik waardeer het dat u mijn kraag hebt afgedaan.' Hij haalde zijn vingers van zijn nek en veegde een lok van zijn krullerig blond haar naar achteren. 'Het lijkt wel alsof de hele wereld de afgelopen paar maanden op zijn kop is gezet.'

Ze grinnikte. 'Ik mis Richard ook.'

Een ontspannen glimlach deed zijn gezicht opklaren. 'Echt waar? Hij was een uniek persoon, of niet? Ik kan bijna niet geloven dat hij in staat was de Wachter te beletten de onderwereld te ontvluchten, maar hij moest de geest van zijn vader tegenhouden en heeft de Steen van Tranen op zijn juiste plek teruggelegd om te voorkomen dat we met ons allen door de doden zouden worden verslonden. Om je de waarheid te vertellen, voelde ik het koude zweet zelfs in het diepst van de winter.'
Zuster Verna knikte alsof ze haar oprechtheid wilde benadrukken. 'De dingen die je hem hebt aangeleerd, moeten heel waardevol zijn geweest. Jij hebt ook grootse dingen gedaan, Warren.' Ze keek een tijdje aandachtig naar zijn vriendelijke glimlach en het viel haar op hoe weinig die in al die jaren was veranderd. 'Ik ben blij dat je hebt besloten om een tijdje in het paleis te blijven, zelfs zonder kraag. Het zou er anders naar uitzien dat we zonder profeet zaten.'
Hij keek naar de vlek van as. 'Het grootste deel van mijn leven heb ik daarbeneden in de kluizen de profetieën bestudeerd, en ik heb nooit geweten dat sommige afkomstig waren van een profeet die nog leeft, maar veel minder in het paleis vertoefde. Ik zou willen dat ze me dat hadden verteld. Ik wilde dat ze me met hem hadden laten praten, zodat ik van hem kon leren. Nu is die kans verkeken.'
'Nathan was een gevaarlijke man, een raadsel dat geen van ons ooit volledig kon begrijpen of vertrouwen, maar misschien was het verkeerd van ze om jou te beletten hem te bezoeken. En dat terwijl de Zusters je dat mettertijd wel zouden hebben toegestaan, als ze dat al niet van je zouden hebben geëist.'
Hij keek een andere kant uit. 'Maar nu is die kans verkeken.'
'Warren, nu je de kraag niet om hebt, weet ik dat je niet kunt wachten om de wereld in te trekken, maar je hebt gezegd dat je, althans voorlopig, in het paleis wilt blijven om te studeren. Het paleis zit nu zonder profeet. Ik vind dat je het feit in overweging moet nemen dat jouw gave zich in die omgeving sterk openbaart. Op een goede dag zou jij zelf een profeet kunnen zijn.'
Een zacht briesje blies plooien in zijn gewaden, toen hij over de groene heuvels naar het paleis keek. 'Niet alleen mijn gave, maar ook mijn interesses en mijn hoop hebben altijd veel met de profetieën te maken gehad. Ik ben pas kortgeleden begonnen ze te begrijpen op een manier zoals niemand anders dat doet, maar ze begrijpen is nog iets anders dan ze te verschaffen.'
'Daar is tijd voor nodig, Warren. Weet je, ik denk dat Nathan vast niet veel meer bedreven was in profetie dan jij, toen hij jouw leeftijd had. Als je hier zou blijven om verder te studeren, denk ik dat je na vier- of vijf-

honderd jaar een even grote profeet als Nathan zou kunnen zijn.'
Hij zweeg een tijdje. 'Maar er wacht mij daarginds een hele wereld. Ik heb gehoord dat er boeken in de Tovenaarstoren van Aydindril zijn, en ook op andere plaatsen. Richard zei dat er zeker veel moeten zijn in het Volkspaleis in D'Hara. Ik wil leren, en er kunnen wetenswaardigheden zijn die ik hier niet zal kunnen vinden.'
Zuster Verna schommelde met haar schouders om de pijn wat te verzachten. 'Het Paleis van de Profeten is in de ban, Warren. Als je weggaat, zul je net zo snel oud worden als de mensen in de buitenwereld. Denk maar aan wat er met mij is gebeurd in de twintig-en-nog-wat luttele jaren dat ik er niet was: zelfs al zijn we een jaar na elkaar geboren zie jij er nog uit alsof je aan trouwen zou kunnen denken, en zie ik eruit alsof ik straks een kleinkind op mijn knie laat springen. Nu ik terug ben, zal ik ouder worden naar de tijd in het paleis, maar wat ik kwijt ben, kan ik niet meer terugkrijgen.'
Warren wendde zijn blik af. 'Ik denk dat je meer rimpels meent te zien dat er zijn, Verna.'
Ze glimlachte in weerwil van zichzelf. 'Wist jij, Warren, dat ik op zeker moment smoorverliefd op je was?'
Hij was zo verbaasd dat hij wankelend een stapje achteruit deed. 'Op mij? Dat kun je niet menen. Wanneer?'
'O, lang geleden. Veel meer dan honderd jaar geleden, denk ik. Je was toen zo ontwikkeld en intelligent, en je had van die mooie blonde krullen. En die blauwe ogen van je deden mijn hart op hol slaan.'
'Zuster Verna!'
Ze kon haar gegrinnik niet onderdrukken, toen ze zag dat zijn gezicht dieprood werd. 'Het was lang geleden, Warren, en ik was jong, net zoals jij. Het was een vluchtige verliefdheid.' Haar glimlach stierf weg. 'In mijn ogen zie je er nu uit als een kind, en ik zie er oud genoeg uit om je moeder te kunnen zijn. Weg zijn van het paleis heeft mij op meer dan één manier oud doen worden.
In de buitenwereld zul je een paar tientallen jaren de tijd hebben om alles te leren wat zou kunnen, maar je zult oud worden en sterven. Hier zou je alle tijd hebben om te leren, en misschien zul je een profeet worden. De boeken die men in die plaatsen heeft, kun je altijd lenen en hierheen laten brengen om ze te bestuderen.
Jij bent hier de enige die op een profeet lijkt. Nu de Priores en Nathan dood zijn, weet je op dit moment misschien meer over de profetieën dan welke levende ziel ook. We hebben je nodig, Warren.'
Hij keek naar het zonlicht dat van de torenspitsen en daken van het paleis schitterde. 'Ik zal erover nadenken, Zuster.'
'Dat is alles wat ik van je vraag, Warren.'

Hij draaide zich met een zucht om. 'Wat nu? Wie zullen ze volgens jou tot nieuwe priores kiezen?'

Hun onderzoek naar het begrafenisritueel had hun geleerd dat de procedure rond het kiezen van een nieuwe priores bijzonder ingewikkeld was. Warren zou er alles van weten – weinigen kenden de boeken in de kluizen zo goed als hij.

Ze haalde haar schouders op. 'Voor die functie is veel ervaring en kennis vereist. Dat betekent dat de keuze op een van de oudere Zusters zou kunnen vallen. Leoma Marsick zou een voor de hand liggende kandidaat zijn, of Philippa, of Dulcinia. Zuster Maren zou natuurlijk boven aan de lijst van gegadigden staan. Er zijn zoveel bevoegde Zusters – ik zou er ten minste dertig kunnen opnoemen, hoewel ik betwijfel of er meer dan een stuk of tien een serieuze kans maken prelaat te worden.'

Hij wreef afwezig met zijn vinger over zijn neusvleugel. 'Je zult wel gelijk hebben.'

Zuster Verna twijfelde er niet aan dat Zusters nu al moeite deden zichzelf in de strijd te werpen, zo niet boven aan de lijst te komen, en dat de minder aanbedenen hun kampioen uitkozen en zich achter de betrokkene schaarden en hun best deden om te zorgen dat zij werd verkozen, in de hoop te worden beloond met een invloedrijke positie als hun favoriet de nieuwe prelaat zou worden. Naarmate het aantal kandidaten zou verminderen, zouden de invloedrijkere Zusters die nog geen partij hadden gekozen gunstig worden gestemd, totdat ze zouden zijn overgehaald om zich achter deze of gene leidende Zuster te scharen. Het was een gewichtige beslissing die de volgende honderden jaren bepalend voor het paleis zou zijn. Het zou waarschijnlijk een bittere strijd worden.

Zuster Verna zuchtte. 'Ik verheug me niet bepaald op dat gevecht, maar ik denk wel dat de selectieprocedure streng moet zijn, opdat de sterkste kandidaat prelaat wordt. Het zou een lange tijd kunnen voortslepen – we zullen het misschien maanden, misschien wel een jaar zonder prelaat moeten stellen.'

'Wie ga jij steunen, Zuster?'

Ze slaakte een blafferig lachje. 'Mezelf! Opnieuw zie jij alleen mijn rimpels, Warren. Maar die doen niets af aan het feit dat ik een van de jongere Zusters ben. Ik heb geen enkele invloed temidden van hen die meetellen.'

'Nou, dan vind ik dat je wat invloed moet proberen te krijgen.' Hij boog zich dichter naar haar toe en ging zachter praten, zelfs al was er niemand in hun buurt. 'Weet je nog van de zes Zusters van de Duisternis die van dat schip ontsnapten?'

Ze keek in zijn blauwe ogen en fronste haar voorhoofd. 'Wat heeft dat te maken met wie er prelaat wordt?'

Warren draaide de gewaden om zijn buik tot een stevige knoop in elkaar. 'Wie weet of het er wel zes waren? Wat als er nog eentje in het paleis is? Of nog een tiental? Of honderd? Zuster Verna, jij bent de enige Zuster van wie ik weet dat die een echte Zuster van het Licht is. Je moet iets doen om te verhinderen dat een Zuster van de Duisternis prelaat wordt.'

Ze tuurde naar het paleis in de verte. 'Zoals ik je zei, ben ik een van de jongere Zusters. Mijn woorden hebben geen gezag, en de anderen weten dat de Zusters van de Duisternis allemaal zijn ontsnapt.'

Warren keek een andere kant uit en probeerde de plooien uit zijn kazuifel te strijken. Plotseling draaide hij zich om met een trek van achterdocht op zijn voorhoofd.

'Je denkt dat ik gelijk heb, nietwaar? Je denkt dat er nog Zusters van de Duisternis in het paleis zijn.'

Ze keek hem kalm in zijn vurige ogen. 'Hoewel ik het niet helemaal onmogelijk acht, is er geen enkele reden dat te geloven, en afgezien daarvan is dat slechts een van de vele zaken die men in ogenschouw moet nemen als...'

'Bespaar me die dubbelzinnigheden waarin Zusters zo uitmunten. Dit is belangrijk.'

Zuster Verna verstijfde. 'Warren, als student die tegen een Zuster van het Licht praat zou je wat gepaster respect mogen tonen.'

'Ik probeer niet oneerbiedig te doen, Zuster. Richard hielp me inzien dat ik voor mezelf moet opkomen, en voor alles waarin ik geloof. Bovendien ben jij degene die me mijn kraag heeft afgenomen, en zoals je al zei: we zijn even oud – je bent niet ouder dan ik.'

'Maar je bent wel een student die...'

'Die, zoals je zelf zei, waarschijnlijk meer van de profetieën weet dan wie ook. Wat dat betreft, Zuster, ben jij mijn student. Ik geef toe dat je over heel veel dingen meer weet dan ik, zoals over het gebruik van Han, maar ik weet meer dan jij van bepaalde dingen. Een deel van de reden waarom je de Rada'Han van mijn hals haalde is omdat je weet dat het verkeerd is om iets gevangen te houden. Ik respecteer je als Zuster om al de goede dingen die je doet en om de kennis die je bezit, maar ik ben geen gevangene van de Zusters meer. Je hebt mijn eerbied verdiend, Zuster, maar niet mijn onderdanigheid.'

Ze keek lang en aandachtig in zijn blauwe ogen. 'Wie had kunnen weten wat er onder die kraag zat.' Na een tijdje knikte ze. 'Je hebt gelijk, Warren, ik vermoed dat er anderen in het paleis waren die een zieleneed aan de Wachter zelf schonken.'

'Anderen.' Warren keek haar zoekend in de ogen. 'Je zei niet: Zusters, je zei: anderen. Je bedoelt zeker ook jonge tovenaars, of niet?'

'Ben je Jedidiah zo snel vergeten?'
Hij verbleekte een beetje. 'Nee, ik ben Jedidiah niet vergeten.'
'Zoals je al zei: waar er eentje is kunnen er meer zijn. Sommige jonge mannen in het paleis kunnen ook een eed aan de Wachter hebben afgelegd.'
Hij boog zich dichter naar haar toe en maakte opnieuw een knoop in zijn gewaad. 'Zuster Verna, wat kunnen we eraan doen? We mogen niet toestaan dat een Zuster van de Duisternis prelaat wordt – dat zou een ramp betekenen. We moeten er zeker van zijn dat geen van hen prelaat wordt.'
'En hoe kunnen we weten of ze een eed aan de Wachter hebben gezworen? Erger nog, zo ja, welke dan? Ze hebben zeggenschap over Subtractieve Magie, wij niet. Zelfs als we erachter zouden kunnen komen wie ze zijn, kunnen we er niets aan doen. Het zou hetzelfde zijn als in een zak graaien en een ratelslang bij de staart pakken.'
Warren verbleekte. 'Daar heb ik nog niet aan gedacht.'
Zuster Verna sloeg haar handen ineen. 'We zullen wel iets bedenken. Misschien zal de Schepper ons helpen.'
'Misschien kunnen we Richard zover krijgen dat hij terugkeert en ons helpt, zoals hij met de zes Zusters van de Duisternis deed. Van die zes hebben we tenminste geen last meer. Die zullen hun gezicht nooit meer laten zien. Richard stopte de vrees van de Schepper in ze en joeg ze weg.'
'En intussen raakte de Priores gewond en stierf later, net als Nathan,' herinnerde ze hem. 'De dood loopt naast die man.'
'Maar niet omdat hij die verspreidt,' sprak Warren tegen. 'Richard is een oorlogstovenaar – hij vecht voor gerechtigheid en helpt mensen. Als hij niet had gedaan wat hij deed, dan waren de Priores en Nathan slechts het begin van alle dood en verwoesting.'
Ze kneep hem in zijn arm en ging zachter praten. 'Je hebt natuurlijk gelijk, we zijn Richard allemaal veel verschuldigd. Maar hem nodig hebben en hem vinden zijn twee verschillende zaken. Daar heb ik nu mijn rimpels van gekregen.' Verna liet haar hand zakken. 'Ik denk dat we op niemand behalve elkaar kunnen rekenen. We bedenken wel iets.'
Warren keek haar met een strakke en sombere blik aan. 'Dat is ons geraden: de profetieën maken gewag van kwade voortekenen omtrent het bewind van de volgende prelaat.'
Toen ze terug waren in de stad Tanimura werden ze opnieuw omgeven door het onophoudelijke geluid van trommels uit allerlei richtingen – het was een laag klinkende, regelmatig bonkende cadans die diep in haar borst leek te vibreren. Het was om van in paniek te raken en dat was vast ook de bedoeling, bedacht ze.
De trommelslagers en hun wachters waren drie dagen voor de dood van

de prelaat aangekomen, en ze hadden onmiddellijk hun reusachtige pauken op diverse plekken rond de stad geïnstalleerd. Toen ze eenmaal hun langzame, regelmatige ritme hadden ingezet, klonk het onophoudelijk door, dag en nacht. Mannen wisselden elkaar af, zodat het geluid nooit verstomde, zelfs geen seconde.

Het doordringende geluid had de mensen langzaamaan geestelijk murw gemaakt, waardoor iedereen lichtgeraakt en heetgebakerd werd, alsof de verdoemenis zich al in de schaduwen, net buiten het zicht schuilhield en wachtte op het goede moment om toe te slaan. In plaats van het gebruikelijke geroep, gepraat, gelach en de muziek die altijd klonk, droeg een achtergrond van mysterieuze stilte bij tot de bedrukte stemming.

In de buitenwijken van de stad verbleven poorters in de zelfgebouwde schuilstakelsels zonder zich aan conversaties te wagen, en jaagden op kleine voorwerpen, wasten hun kleren in emmers of kookten op kleine vuren, zoals ze altijd deden. Winkeliers stonden met gevouwen armen en gefronste gezichten in hun deuropening of achter simpele planken tafels, waarop ze hun waar hadden uitgestald. Mannen die karren trokken, kweten zich treurig van hun taak. Mensen die spullen nodig hadden, deden hun inkopen haastig en onderwierpen hun aanschaf slechts aan een vluchtige blik. Kinderen hielden met één hand hun moeders rokken vast, terwijl ze als bezeten om zich heen keken. Mannen die ze vroeger had zien dobbelen of andere spelletjes speelden, stonden nu ineengedoken tegen muren geleund.

In het Paleis van de Profeten in de verte luidde elke paar minuten één enkele klok, net zoals de hele nacht daarvoor, en hij zou daarmee doorgaan tot zonsondergang, om te verkondigen dat de Priores dood was. De trommels hadden echter niets te maken met de dood van de Priores, door soldaten bemand kondigden ze de komst van de keizer aan.

Zuster Verna zag de droevige ogen van de mensen die ze passeerde. Ze betastte de hoofden van de slachtoffers die naar haar toe kwamen en troost zochten, en gaf hun de zegen van de Schepper. 'Ik kan me alleen koningen herinneren,' zei ze tegen Warren, 'en niet deze Imperiale Orde. Wie is de keizer?'

'Hij heet Jagang. Tien, misschien vijftien jaar geleden begon de Imperiale Orde de koninkrijken te verslinden en ze onder zijn heerschappij samen te voegen.' In gedachten verzonken streek hij met een vinger langs zijn slaap. 'Ik heb de meeste tijd studerend in de kluis doorgebracht, zoals je begrijpt, dus ik ken niet alle bijzonderheden, maar naar ik heb gehoord, begonnen ze al snel de Oude Wereld aan zich te onderwerpen en alles alles onder hun heerschappij samen te voegen. De keizer zelf heeft echter nooit voor moeilijkheden gezorgd. Tenminste niet hier in Tani-

mura. Hij houdt zich verre van paleiszaken, en verwacht van ons dat we ons niet met zijn aangelegenheden bemoeien.'
'Waarom komt hij hierheen?'
Warren haalde zijn schouders op. 'Dat weet ik niet. Misschien alleen om dit deel van zijn keizerrijk te bezoeken.'
Nadat ze de zegen van de Schepper had gegeven aan een uitgemergelde vrouw, stapte Zuster Verna over een spoor van verse paardenuitwerpselen, voordat ze doorliep. 'Nu, ik wou dat hij zich een beetje haastte en hierheen kwam, zodat dat helse getrommel eindelijk ophoudt. Ze zijn er nu al vier dagen mee bezig – hij zal vast elk moment hier zijn.'
Warren keek om zich heen, en sprak daarna pas. 'De paleiswachten zijn troepen van de Imperiale Orde. De keizer stelt ze als een soort gunst ter beschikking, omdat hij geen gewapende mannen behalve de zijne toestaat. Maar goed, ik heb met een van die wachten gepraat, en die vertelde me dat de trommelslagen alleen bedoeld zijn als aankondiging van de komst van de keizer en niet betekenen dat hij hier snel zal zijn. Hij zei dat de trommels bijna zes maanden klonken voordat de keizer Breaston bezocht.'
'Zes maanden! Bedoel je dat we die herrie maandenlang moeten verduren?'
Warren trok zijn gewaden op en stapte over een plas. 'Niet noodzakelijkerwijs. Hij zou over enkele maanden kunnen arriveren, of morgen. Hij verwaardigt zich niet aan te kondigen wanneer hij komt, alleen dat hij in aantocht is.'
Zuster Verna fronste. 'Nu, als hij niet vlug komt, zullen de Zusters ervoor zorgen dat dat helse getrommel ophoudt.'
'Dat zou me ook wel goed uitkomen. Maar deze keizer is zo te horen niet iemand die zich lichtzinnig laat behandelen. Ik heb gehoord dat hij een leger heeft dat groter is dan enig leger dat ooit op de been is gebracht.' Hij keek haar veelbetekenend aan. 'Ook het leger dat de Oude Wereld van de Nieuwe scheidde.'
Ze kneep haar ogen iets toe. 'Waarom zou hij zo'n leger nodig hebben, als hij al het hele oude koninkrijk heeft ingepikt? Mij lijkt het meer op kletspraat van soldaten. Soldaten scheppen altijd graag op.'
Warren haalde zijn schouders op. 'De wachten hebben me verteld dat ze het met eigen ogen hebben gezien. Ze zeiden dat het, als de Orde zich groepeert, zwart ziet in alle richtingen zover het oog kan reiken. Hoe denk je dat het paleis het er af zal brengen als hij hier is?'
'Bah. Het paleis is niet in politiek geïnteresseerd.'
Warren grijnsde. 'Je was nooit gemakkelijk te intimideren.'
'Onze verantwoordelijkheid is de wens van de Schepper, niet die van de keizer, dat is alles. Het paleis zal lang na zijn vertrek blijven bestaan.'

Nadat ze een tijdje zwijgend waren doorgelopen, schraapte Warren zijn keel. 'Weet je nog, lang geleden, toen we hier nog niet zo lang waren en jij nog een novice was... weet je, toen was ik dol op jou.'
Zuster Verna keek hem ongelovig aan. 'Kom, je steekt de draak met me.'
'Nee, ik meen het.' Hij begon te blozen. 'Ik vond jouw bruine krullen de mooiste die ik ooit had gezien. Jij was knapper dan de anderen en ging volkomen zelfverzekerd met je Han om. Ik dacht dat er niemand bestond zoals jij. Ik wilde je vragen of je samen met mij wilde studeren.'
'Waarom deed je dat dan niet?'
Hij haalde zijn schouders op. 'Omdat jij altijd zo zeker van jezelf was. Ik was dat nooit.' Hij streek zijn haar verlegen naar achteren. 'Bovendien was jij meer geïnteresseerd in Jedidiah. Ik was niets, vergeleken met hem. Ik dacht altijd dat je er alleen maar om zou lachen.'
Ze besefte dat ze haar eigen haar ook achterover streek, en ze liet haar arm zakken. 'Nou, misschien had ik dat ook wel gedaan.'
Ze wist wel beter wat ze bedoelde. 'Mensen kunnen dwaas zijn als ze nog jong zijn.'
Een vrouw met kind kwam op hen afgelopen en viel voor hen op haar knieën. Verna bleef staan om hun de zegen van de Schepper te geven. Nadat de vrouw haar had bedankt en snel was weggelopen, draaide Zuster Verna zich naar Warren om. 'Je zou zo'n twintig jaar kunnen weggaan om te studeren uit die boeken die je zo interesseren en intussen net zo oud als ik worden. Dan zouden we er weer even oud uitzien. Dan zou je me kunnen vragen of je mijn hand mag vasthouden... net zoals ik jou, lang geleden.'
Ze keken beiden op toen ze een geluid hoorden van iemand die hen riep. Door de menigte voortschuifelende mensen zagen ze een Paleiswacht die met zijn armen zwaaide om hun aandacht te trekken.
'Is dat Kevin Andellmere niet?' vroeg ze.
Warren knikte. 'Ik vraag me af waar hij zich zo druk over maakt.'
Zwaardvechter Andellmere sprong buiten adem over een jongetje heen en bleef wankelend vlak voor ze staan. 'Zuster Verna! Wat goed! Ik heb u eindelijk gevonden. Ze willen u. In het paleis. Nu meteen.'
'Wie wil dat? En waarom?'
Hij snakte naar adem en probeerde tegelijkertijd te spreken. 'De Zusters willen dat je komt. Zuster Leoma greep me bij mijn oor en zei dat ik je moest zoeken en je terug moest brengen. Ze zei dat de dag waarop mijn moeder me baarde, me zou berouwen als ik zou dralen. Ze zullen daar wel problemen hebben.'
'Wat voor problemen?'
Hij gooide zijn handen in de lucht. 'Toen ik haar dat vroeg, keek ze me aan met zo'n blik waarmee alleen Zusters je kunnen aankijken en die

alle botten in een mannenlichaam kunnen doen smelten, en ze zei dat het een aangelegenheid van de Zusters betrof en niets met mij te maken had.'
Zuster Verna slaakte een vermoeide zucht. 'Dan kunnen we het beste maar samen met jou teruggaan, of ze zullen je villen en je huid als vlag gebruiken.'
De jonge soldaat trok wit weg, alsof hij haar geloofde.

6

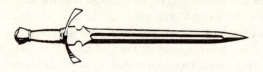

Op de boogvormige stenen brug die over de rivier de Kern naar het Kraageiland en het Paleis van de Profeten leidde, stonden de Zusters Philippa, Dulcinia en Maren schouder aan schouder in een rij als drie haviken die hun maaltijd zien aankomen. Ze hielden hun handen ongeduldig op hun heupen geklemd. De zon die hun rug bescheen, hulde hun gezicht in schaduw, maar Zuster Verna kon hun fronsende blik nog zien. Warren liep met haar de brug op, terwijl Zwaardvechter Andellmere, die zijn taak had volbracht, een andere kant uit snelde.

De grijze Zuster Dulcinia had haar kaken stijf opeengeklemd en boog zich voorover toen Zuster Verna vlak voor haar stilstond. 'Waar was jij? Je hebt ons allemaal laten wachten.'

De trommels in de stad lieten nog steeds hun slagen op de achtergrond horen als langzame regendruppels. Zuster Verna zette ze uit haar gedachten.

'Ik heb een wandeling gemaakt en nagedacht over de toekomst van het paleis en het werk van de Schepper. Maar ik had niet verwacht dat de achterklap al zo snel zou losbarsten, nog voor de as van prelaat Annalina goed en wel is afgekoeld.'

Zuster Dulcinia boog zich nog verder naar voren en haar priemende blauwe ogen toonden een vervaarlijke glans. 'Heb niet de moed roekeloos tegen ons te zijn, Zuster Verna, of je zult voor je het weet weer een novice zijn. Nu je bent teruggekeerd naar het leven in het paleis, zou je je beter kunnen beraden over de normen en waarden en beginnen je meerderen wat meer respect te tonen.'

Zuster Dulcinia strekte haar rug, alsof ze haar klauwen introk, nu het dreigement was geuit. Ze verwachtte geen woordenwisseling. Zuster Marna, een stevige vrouw met de spieren van een houtvester en een navenante tong, glimlachte tevreden. De lange, donkere Zuster Philippa met de opvallende jukbeenderen en smalle kaken die haar een exotisch uiterlijk gaven, hield haar donkere ogen op Zuster Verna gericht en bekeek haar vanachter een uitdrukkingsloos masker.

'Meerderen?' vroeg Zuster Verna. 'In de ogen van de Schepper zijn we allemaal gelijk.'

'Gelijk!' snoefde Zuster Maren geërgerd. 'Interessante gedachte. Als we een evaluatiebijeenkomst beleggen over jouw twistzieke gedrag, dat zul je ontdekken hoe gelijk je eigenlijk bent, en dat zul je waarschijnlijk merken dat je weer samen met mijn andere novices klusjes doet, alleen zal Richard deze keer niet hier zijn om in te grijpen en je te bevrijden.'

'Werkelijk, Zuster Maren?' zei Zuster Verna met een opgetrokken wenkbrauw. 'Is dat echt zo?' Warren kwam snel achter haar in haar schaduw staan. 'Ik meen me te herinneren, en corrigeert u me maar als ik het mis heb, dat de laatste keer dat ik werd "bevrijd" zoals u zegt, kwam doordat u tot de Schepper had gebeden en u tot het inzicht was gekomen dat ik Hem het best zou dienen als ik weer een Zuster zou zijn. En nu zegt u dat dat aan Richard te danken was. Laat mijn geheugen me nu in de steek?'

'Durf jíj míj in twijfel te trekken?' Zuster Maren drukte haar handen zo krachtig tegen elkaar dat haar knokkels wit werden. 'Ik strafte onbeschaamde novices al tweehonderd jaar voordat jij werd geboren! Hoe durf je...'

'U hebt nu twee versies van dezelfde gebeurtenis verteld. Aangezien ze niet allebei waar kunnen zijn, moet er eentje onwaar zijn. Toch? Het lijkt erop dat u in een leugen verstrikt bent geraakt, Zuster Maren. Ik zou denken dat u – juist u – de grootste moeite zou willen doen om te verhinderen in de kwade gewoonte van de leugen te vervallen. De Zusters van het Licht beschouwen eerlijkheid als iets verhevens, en ze verachten leugens – zelfs meer dan oneerbiedigheid. En welke boetedoening heeft mijn meerdere, het hoofd van de novices, zichzelf opgelegd als genoegdoening voor het verkondigen van leugens?'

'Tjonge, jonge,' zei Zuster Dulcinia meesmuilend. 'Wat een brutaliteit. Als ik jou was, Zuster Verna, en erover dacht mee te dingen naar het ambt van prelaat, zoals jij schijnt te doen, dan zou ik die arrogante gedachten meteen uit mijn hoofd zetten. Als Zuster Leoma je de les zal hebben gelezen, zal er nog niet eens genoeg van jou over zijn om mee tussen haar tanden te peuteren.'

Zuster Verna meesmuilde naar haar terug. 'Dus, Zuster Dulcinia, u bent van plan om Zuster Leoma te steunen, niet? Of probeert u een taak voor haar te verzinnen, zodat ze u niet voor de voeten loopt, terwijl u naar die functie dingt?'

Zuster Philippa sprak op zachte, gezaghebbende toon. 'Zo is het genoeg.

We hebben belangrijker zaken om ons mee bezig te houden. Laten we ophouden met deze komedie, zodat we verder kunnen met de selectieprocedure.'

Zuster Verna zette haar vuisten fier op haar heupen. 'En wat voor komedie denk je dat dit is?'

Zuster Philippa keerde zich met een gracieuze beweging om naar het paleis en haar eenvoudige, maar elegante gele gewaad golfde met haar mee. 'Kom met ons mee, Zuster Verna. U hebt ons al lang genoeg opgehouden. U was de laatste, dus nu kunnen we weer door met ons werk. We zullen de kwestie van uw onbeschaamdheid een andere keer aan de orde stellen.'

De andere twee Zusters kwamen naast haar lopen, toen ze over de brug begon te zweven. Zuster Verna en Warren keken elkaar vragend aan en begonnen achter hen aan te lopen. Warren vertraagde zijn pas, zodat de drie Zusters een voorsprong van twaalf stappen op hem kregen. Hij fronste en boog zich naar haar toe, zodat ze zijn gedempte stem niet konden horen.

'Zuster Verna, ik denk soms dat je zelfs een zonnige dag tegen je in het harnas kunt jagen! Het is hier de laatste twintig jaar zo vredig geweest, dat ik ben vergeten hoeveel ellende die tong van jou kan aanrichten. Waaróm doe je dat? Vind je het leuk om zonder enige goede bedoeling stampij te maken?'

Hij draaide met zijn ogen, toen hij haar vernietigende, stuurse blik zag, en veranderde van onderwerp. 'Wat denk je dat die drie samen doen? Ik dacht dat ze tegenstanders zouden zijn.'

Zuster Verna keek naar de drie Zusters om er zeker van te zijn dat ze haar niet konden horen. 'Als je je tegenstander een mes in de rug wilt steken, moet je zorgen dat je hem dicht genoeg bent genaderd, zal ik maar zeggen.'

In het binnenste van het paleis, vlak voor de dikke notenhouten deuren naar de grote zaal, bleven de drie Zusters zo abrupt staan, dat Zuster Verna en Warren hen bijna op de hielen trapten. De drie draaiden zich om. Zuster Philippa legde de vingertoppen van haar ene hand op Warrens borst en duwde hem een stap terug.

Ze bracht gracieus een vinger naar zijn gezicht en liet die enkele centimeters voor zijn neus zweven, en keek hem strak en met koele blik aan. 'Dit is een aangelegenheid voor Zusters.' Ze keek naar zijn blote hals. 'En nadat de nieuwe prelaat, wie dat ook mag zijn, geïnstalleerd zal zijn, moet je de Rada'Han weer om je hals laten hangen, als je in het Paleis van de Profeten wilt blijven. We zullen geen jongens gehoorzamen die niet behoorlijk kunnen worden ingetoomd.'

Zuster Verna klampte een onzichtbare hand tegen het smalste gedeelte van Warrens rug om te voorkomen dat hij terugdeinsde. 'Ik heb hem zijn halsband afgenomen in mijn functie als Zuster van het Licht. Die verbintenis is aangegaan namens het paleis, en kan niet worden herroepen.'

Zuster Philippa nam haar dreigend op. 'We zullen deze kwestie later bespreken, op het juiste tijdstip.'

'Laten we dit afhandelen,' zei Zuster Dulcinia, 'we moeten verder met belangrijke zaken.'

Zuster Philippa knikte. 'Kom met ons mee, Zuster Verna.'

Warren stond ineengedoken en keek radeloos toen een van de Zusters haar Han gebruikte om de zware deuren open te duwen zodat ze gedrieën verder konden marcheren. Zuster Verna wilde niet de indruk wekken van een geslagen hond die braaf achter ze aan liep, en ze versnelde haar pas, waardoor ze naast hen de zaal binnenliep. Zuster Dulcinia slaakte een luide zucht. Zuster Maren riep een van haar beroemde gezichtsuitdrukkingen aan, die minder gelukkige novices zo goed kenden – maar ze uitte geen protest. Zuster Philippa toonde een piepklein glimlachje. Iedereen die hen zou zien, zou denken dat Zuster Verna op haar aanwijzing naast ze liep.

Aan de binnenste rand van het lage plafond, tussen witte pilaren met gouden kapitelen die tot krullende eikenbladeren waren gebeeldhouwd, bleven ze staan op de plaats waar Zuster Leoma met de rug naar hen toe stond te wachten. Ze was ongeveer even groot als Zuster Verna, haar dikke bos steil wit haar dat losjes met een enkel gouden lint was samengebonden, hing tot halverwege haar rug. Ze droeg een bescheiden bruine jurk die tot een krappe drie centimeter boven de grond reikte.

Achterin bood de grote zaal uitzicht op een immense ruimte, overkapt door een reusachtig gewelfd plafond. Gebrandschilderde ramen achter het bovenste balkon wierpen veelkleurig licht op de geribde koepel die was beschilderd met de beeltenissen van de Zusters, getooid in ouderwetse gewaden, en ze stonden om een gloedvolle figuur die de Schepper moest voorstellen. Met zijn uitgestrekte armen leek hij zijn genegenheid naar de Zusters uit te stralen, die op hun beurt allen hun armen teder naar hem uitgestrekt hielden.

Bij de rijk versierde stenen balustrade van de twee rijen balkons die om de kamer heen liepen, stonden Zusters en novices zwijgend omlaag te kijken. Rond de geboende vloer met een visgraatpatroon stonden Zusters: die Zusters, merkte Verna op, waren grotendeels ouder en hadden een hoger aanzien. Sporadisch gekuch echode door de reusachtige kamer, maar niemand sprak een woord.

Midden in de kamer, naast de beeltenis van de Schepper stond een enkele gecanneleerde pilaar die tot heuphoogte reikte en in een zachte gloed van licht baadde. Dat licht leek nergens vandaan te komen. De kring Zusters stond een flink eind van de pilaar en zijn raadselachtige sluier van licht, en ze gaven hem zoveel mogelijk de ruimte, en daar deden ze goed aan, als de gloed betekende wat Zuster Verna vermoedde. Boven op de platte bovenkant van de pilaar stond een klein voorwerp. Ze wist niet wat het was.

Zuster Leoma draaide zich om. 'Ah, fijn dat u bij ons bent, Zuster.'

'Is dat wat ik denk dat het is?' vroeg Zuster Verna.

Een dunne glimlach deed de rimpels in Zuster Leoma's gezicht kronkelen. 'Als u denkt dat het een lichtweb is, dan hebt u gelijk. Ik durf te beweren dat minder dan de helft van ons het talent of de vaardigheid heeft om er een te weven. Opmerkelijk, vindt u ook niet?'

Zuster Verna kneep haar ogen toe om te kijken wat er op de pilaar stond. 'Ik heb die sokkel nog nooit eerder gezien, niet hier in elk geval. Wat is het? Waar komt hij vandaan?'

Zuster Philippa staarde naar de witte pilaar in het midden van de kamer. Haar arrogante houding was verdwenen. 'Toen we terugkwamen van de begrafenis, stond hij hier, alsof hij op ons wachtte.'

Zuster Verna keek opnieuw naar de sokkel. 'Wat staat er bovenop?'

Zuster Leoma klemde haar handen ineen. 'Dat is de ring van de Priores – de ring van haar ambt.'

'De ring van de Priores! Wat doet die in de naam van de Schepping daar?'

Zuster Philippa trok één wenkbrauw op. 'Wat u zegt.'

Zuster Verna kon nog net een spoortje ongerustheid in haar sombere ogen ontdekken. 'Nu, wat is...'

'Loop er maar naartoe, en probeer het maar eens op te pakken,' zei Zuster Dulcinia. 'Niet dat je daarin zult slagen, natuurlijk,' voegde ze hier fluisterend aan toe.

'We weten niet wat hij hier moet,' zei Zuster Leoma, en haar stem kreeg nu de meer vertrouwde toon van Zuster-tot-Zuster. 'Toen we terugkwamen was hij hier. We hebben hem geprobeerd te onderzoeken, maar we konden er niet dicht genoeg bij. Gezien de bijzondere aard van het schild, dachten we dat het verstandig zou zijn om te kijken of er iemand van ons was die er wel dichtbij kon komen en kon vaststellen waar hij voor dient, voor we verder gingen. We hebben allemaal geprobeerd er dichtbij te komen, maar niemand slaagde daarin. Jij bent de laatste die het kan wagen.'

Zuster Verna trok haar sjaal omhoog. 'Wat gebeurt er als je probeert er dichtbij te komen?'

De Zusters Dulcinia en Maren keken een andere kant uit. Zuster Philippa keek Zuster Verna in haar starende ogen. 'Niet iets plezierigs. Bepaald niets plezierigs.'

Zuster Verna vond dat niet zo vreemd. Het verbaasde haar alleen dat er niemand gewond was geraakt. 'Het grenst aan het misdadige om een lichtschild aan te steken en het zo te laten staan dat een of andere onschuldige ziel er per ongeluk in kan lopen.'

'Niet erg waarschijnlijk,' zei zuster Leoma. 'Zeker niet als je weet waar het is, bovendien. De schoonmaakploeg heeft het gevonden. Ze waren zo verstandig om er uit de buurt te blijven.'

Het was hoogst veelbetekenend dat geen van de Zusters in staat was gebleken het schild te doorbreken en de ring te pakken, zoals ze naar de stellige overtuiging van Zuster Verna hadden geprobeerd. Het zou een belangrijk wapenfeit zijn als een van hen kon aantonen dat ze de macht had in haar eentje de ring van de Priores in haar bezit te krijgen.

Ze keek naar Zuster Leoma. 'Hebben jullie al geprobeerd de webben met elkaar te verbinden om het schild te laten leeglopen?'

Zuster Leoma schudde haar hoofd. 'We hebben besloten dat iedereen eerst een kans zou krijgen, uitgaande van de theorie dat het schild zou kunnen zijn afgesteld op één bepaalde Zuster. We weten niet wat daar de bedoeling van zou kunnen zijn, maar als dat zo is, en het een verdedigingsschild is, dan zou het aaneenkoppelen en het laten weglopen van zijn kracht weleens kunnen vernietigen wat het had moeten beschermen. U bent de enige die het nog niet heeft geprobeerd.' Ze slaakte een vermoeide zucht. 'We hebben zelfs Zuster Simona hierheen laten komen.'

Zuster Verna dempte haar toon toen ze hoorde dat het plotseling stil werd. 'Gaat het al wat beter met haar?'

Zuster Leoma keek omhoog naar het schilderij van de Schepper. 'Ze hoort nog steeds stemmen, en gisteravond, toen we op de heuvel stonden, had ze weer een van die waanzinnige dromen.'

'Ga eens kijken of u de ring kunt terughalen, dan kunnen we verder met de selectieprocedure,' zei Zuster Dulcinia. Ze keek Zuster Philippa en Zuster Leoma aan met ogen die hen leken te verbieden nog meer te zeggen. Zuster Philippa nam haar blik zonder enige uitdrukking of commentaar voor kennisgeving aan. Zuster Maren keek ongeduldig naar de zachte gloed die het voorwerp bedekte, waarnaar ze allen zo vurig verlangden.

Zuster Leoma gebaarde met haar knoestige hand in de richting van de witte pilaar. 'Verna, lieverd, haal die ring eens voor ons op, als je dat kunt. We hebben paleiszaken af te handelen. Als je het niet kunt, tja, dan zullen we een verbinding moeten gebruiken om het schild te laten leeglopen en de ring van de Priores terug te halen. Ga nu, kind.'

Zuster Verna haalde diep adem en besloot er geen punt van te maken dat ze 'kind' werd genoemd door een andere Zuster, een gelijke. Ze begon over de houten vloer te lopen, en haar voetstappen die in de immense kamer weerklonken, waren het enige geluid dat hoorbaar was behalve de doffe tromslagen in de verte. Zuster Leoma was een ouderling, dacht ze, en was een zekere mate van eerbied waardig. Ze keek omhoog naar de balkons en zag haar vriendinnen, de Zusters Amelia, Phoebe en Janet, die minzaam naar haar glimlachten. Zuster Verna klemde haar kaken op elkaar en marcheerde verder.

Ze kon zich niet voorstellen waarom de ring van de Priores onder zo'n gevaarlijk schild – een lichtschild – verborgen lag. Er was iets niet pluis. Haar ademhaling versnelde zich, toen ze bedacht dat dit misschien een daad van een Zuster van de Duisternis was. Een van hen zou het schild op haar hebben kunnen afstellen in het vermoeden dat ze te veel wist. Ze vertraagde haar pas een beetje. Als dat waar was, en dit een truc was om haar uit de weg te ruimen, dan zou ze heel goed en zonder de minste waarschuwing in vlammen kunnen opgaan.

Slechts het geluid van haar eigen voetstappen klonk in haar oren toen ze de buitenste rand van het web voelde. Ze kon de gouden ring zien glinsteren. Haar spieren waren gespannen en ze verwachtte dat er iets onplezierigs zou gebeuren, zoals de anderen klaarblijkelijk hadden ervaren, maar ze voelde slechts warmte, als van een zomerse zon. Langzaam, stap voor stap, liep ze verder, maar het werd niet warmer.

Doordat ze wat kreetjes hoorde slaken, wist ze dat niemand van de anderen het zo ver had gebracht. Ze wist ook dat dat nog niet betekende dat ze de klus geheel zou klaren, of dat ze kon ontsnappen. Door de zachte, witte gloed heen kon ze de Zusters zien. Met wijd open ogen keken ze toe.

En toen, als in het licht van een wazige droom, stond ze vlak voor de sokkel. Het licht in het midden van het schild was helder genoeg geworden om de gezichten van de Zusters tegenover haar te kunnen onderscheiden.

De gouden ring van de Priores lag op een gevouwen stuk perkament dat was verzegeld met rode was die de afdruk droeg van het patroon van de ring: de stralende zon. Onder de ring was een gedeelte van een handgeschreven tekst zichtbaar. Nadat ze de ring opzij had geschoven vouwde ze het perkament met één vinger om, zodat ze de tekst kon lezen.

Als u levend aan dit web wilt ontsnappen, schuif de ring dan om de middelvinger van uw linkerhand, kus hem, verbreek vervolgens het zegel en lees mijn woorden aan de binnenkant aan de andere Zusters voor, stond er, en het was ondertekend met: *Priores Annalina Aldurren*.

Zuster Verna staarde naar deze tekst. Ze leken haar op hun beurt aan te staren en te wachten. Ze wist niet wat te doen. Ze herkende het handschrift van de Priores maar al te goed, maar besefte dat het een verval-

sing kon zijn. Als dit een truc was van een Zuster van de Duisternis, en vooral van een Zuster met gevoel voor drama, dan zou het opvolgen van deze aanwijzing haar dood kunnen betekenen. Was dat niet zo, dan stond het negeren ervan gelijk aan haar levenseinde. Ze stond een tijdje als versteend en probeerde een alternatief te bedenken. Er schoot haar geen enkel te binnen.
Zuster Verna stak haar hand uit en pakte de ring op. Uit de duisternis tegenover haar klonken *o's* en *ah's*. Ze keerde de ring in haar vingers om en bekeek het zonnepatroon en de sporen van eeuwenlange slijtage. Hij voelde warm aan, alsof hij werd verwarmd door een inwendige bron. Hij leek op de ring van de Priores, en een instinct vertelde haar dat dat ook zo was. Ze keek opnieuw naar de tekst op het perkament.
Als u levend aan dit web wilt ontsnappen, schuif de ring
dan om de middelvinger van uw linkerhand, kus hem, verbreek
vervolgens het zegel en lees mijn woorden aan de binnenkant
aan de andere Zusters voor
— Priores Annalina Aldurren
Zuster Verna, die nu oppervlakkig en moeizaam ademde, schoof de ring om de middelvinger van haar linkerhand. Ze bracht deze hand naar haar lippen, kuste de ring, en richtte een geluidloos gebed tot de Schepper waarin ze om raad en kracht vroeg. Ze kromp ineen toen er een lichtstraal uit de beeltenis van de Schepper schoot en haar in een zuil van fel licht hulde. De lucht om haar heen gonsde helemaal. Er klonken korte, afgemeten gilletjes en kreetjes van de Zusters in de ruimte, maar vanuit het felle licht waarin ze zich bevond, kon ze hen niet zien.
Zuster Verna pakte het perkament met bevende vingers op. De atmosfeer begon sterker te gonzen. Ze wilde wegrennen, maar in plaats daarvan verbrak ze het zegel van was. De lichtzuil uit de beeltenis van de Schepper boven haar kreeg nu een oogverblindende schittering.
Zuster Verna vouwde het perkament open en keek op, hoewel ze de gezichten rondom haar niet kon zien. 'Op straffe van de dood heb ik de opdracht deze brief te lezen.'
Iedereen was muisstil en Verna keek naar de regelmatige regels tekst. 'Er staat: "Wees u bewust van allen die hier samengekomen zijn, en ook degenen die hier niet zijn – mijn laatste gebod."'
Zuster Verna zweeg even en slikte, terwijl de Zusters naar adem snakten.
'"Dit zijn moeilijke tijden, en het paleis kan zich geen langdurige strijd rond mijn opvolging veroorloven. Dat sta ik niet toe. Het is mijn voorrecht als Priores, zoals neergelegd in de canon van het paleis, om mijn opvolgster te benoemen. Zij staat tegenover u, en draagt de ring van haar ambt. De Zuster die dit u dit voorleest, is nu Priores. De Zusters

van het Licht zullen haar gehoorzamen. Eenieder zal haar gehoorzamen. De toverkracht die ik in de ring heb achtergelaten werd met de hulp en de steun van de Schepper zelf bekrachtigd. Negeer mijn geboden op eigen risico.

Nieuwe Priores: u bent belast met de taak het Paleis van de Profeten en alles waar het voor staat, te dienen en te beschermen. Moge het Licht altijd uw bakermat en geleide zijn.

Voordat ik uit dit leven treed in de zachte handen van de Schepper, teken ik met eigen handschrift – Priores Annalina Aldurren.'"

Met een knal waarvan de grond onder haar voeten beefde, doofde de lichtstraal en de gloed om haar heen.

Verna Sauventreen liet haar hand met de brief langs haar zij vallen, terwijl ze naar de kring stomverbaasde gezichten keek. De reusachtige ruimte werd gevuld met zacht geruis toen de Zusters van het Licht begonnen te knielen en hun hoofden bogen voor hun nieuwe prelaat.

'Dit kan niet waar zijn,' fluisterde ze in zichzelf.

Toen ze over de geboende vloer schuifelde, liet ze het briefje tussen haar vingers glippen. Zusters snelden er voorzichtig naartoe om met eigen ogen de tekst van Priores Annalina Aldurren te lezen.

De vier Zusters kwamen overeind toen ze op hen afliep. Zuster Marens dunne, zandkleurige haar omhulde nu een asgrauw gezicht. Zuster Dulcinia's blauwe ogen stonden wijd open, en haar gezicht was rood. Zuster Philippa's gewoonlijk zo vreedzame gezichtsuitdrukking was nu een tafereel vol ontzetting.

Zuster Leoma's rimpelige wangen onthulden nu een vriendelijke glimlach. 'U zult wel raad en steun nodig hebben, Zus... Priores.' Haar glimlach werd bedorven door haar onwillekeurig geslik. 'We zullen altijd beschikbaar zijn om u op alle mogelijke manieren te helpen. Ga er alstublieft van uit dat wij tot uw beschikking staan. We zijn hier om u te dienen...'

'Dank u,' zei Verna op zachte toon, terwijl ze zich in beweging zette en haar voeten vanzelf leken te bewegen.

Warren wachtte buiten. Verna duwde de deuren dicht en stond als verdoofd tegenover de jonge blonde tovenaar. Hij maakte een diepe kniebuiging.

'Priores,' zei hij, en hij keek glimlachend naar haar op. 'Ik heb bij de deur staan luisteren.'

'Noem me alsjeblieft niet zo.' Haar eigen stem klonk haar hol in de oren.

'Waarom niet? Dat ben je nu toch.' Zijn grijns werd breder. 'Dit is...'

Ze draaide zich om en liep weg. Haar geest begon eindelijk weer te werken. 'Kom met me mee.'

'Waar gaan we naartoe?'

Verna hield een vinger voor haar lippen en wierp hem over haar schouder een fronsende blik toe die hem de mond snoerde. Warren haastte zich om haar in te halen toen ze met vastberaden tred wegliep. Eenmaal naast haar, vergrootte hij zijn stappen om haar bij te kunnen houden, toen ze het Paleis van de Profeten uitliep. Telkens wanneer hij aanstalten maakte zijn mond open te doen, hield ze een vinger voor zijn mond. Hij zuchtte na een tijdje, stopte zijn handen in de tegenovergestelde mouwen van zijn gewaden, en keek strak voor zich uit, terwijl hij naast haar schreed.

Novices en jonge mannen die voor het paleis stonden en het uitbundige klokgelui hoorden waarmee de benoeming van de nieuwe prelaat werd aangekondigd, zagen de ring en maakten een buiging. Verna bleef voor zich uit kijken, terwijl ze langs hen liep. De bewakers op de brug over de rivier de Kern maakten een buiging toen ze hen passeerde.

Toen ze de rivier was overgestoken, daalde ze af naar de oever en liep over het pad dat door de biezen leidde. Warren haastte zich om haar bij te houden toen ze de kleine ligplaatsen voorbijging, die nu allemaal leeg waren omdat de boten op de rivier voeren, waar de vissers hun netten uitwierpen of aan lijnen trokken, terwijl ze langzaam stroomopwaarts roeiden. Ze zouden spoedig terugkeren om hun vis te verkopen op de markt van de stad.

Een eind stroomopwaarts vanaf het Paleis van de Profeten bleef ze staan bij een verlaten plateau vlak bij een uitstekende rots waaromheen water kolkte en klotste. Ze keek fronsend naar het wervelende water en zette haar vuisten fier op haar heupen.

'Ik zweer dat als die bemoeizieke oude vrouw niet dood was, ik haar met mijn blote handen zou wurgen.'

'Waar heb je het over?' vroeg Warren.

'Over de Priores. Als ze zich nu niet in de handen van de Schepper zou bevinden, zou ze de mijne om haar strot voelen.'

Warren giechelde. 'Dat zou een fraaie vertoning zijn, Priores.'

'Noem me niet zo!'

Warren fronste zijn voorhoofd. 'Maar dat ben je nu: de Priores.'

Ze pakte zijn gewaden bij zijn schouders met beide vuisten vast. 'Warren, je moet me helpen. Je moet me hiervan verlossen.'

'Wat? Dit is toch prachtig. Verna, je bent nu de Priores.'

'Nee, dat kan ik niet. Warren, jij kent alle boeken daarbeneden in de kluizen, je hebt paleisrecht gestudeerd – je moet iets bedenken om me hiervan te verlossen. Er moet een manier zijn. Je zult vast iets in de boeken vinden waarmee dit verhinderd kan worden.'

'Verhinderen? Het is al gebeurd. En bovendien is dit het beste wat had kunnen gebeuren.'

Hij hield zijn hoofd schuin. 'Waarom heb je me helemaal hierheen laten komen?'

Ze liet zijn gewaden los. 'Warren, denk eens na. Waarom heeft men de Priores gedood?'

'Ze is gedood door Zuster Ulicia, een van de Zusters van de Duisternis. Ze is gedood, omdat ze voor het kwaad vocht.'

'Nee, Warren. Ik zei: denk na. Ze is gedood, omdat ze me op zekere dag in haar zetel heeft verteld dat ze van de Zusters van de Duisternis wist. Zuster Ulicia was een van haar beheersters, en ze heeft de Priores horen praten over wat ze wist.' Ze boog zich naar hem toe. 'De kamer was afgeschermd, daar had ik voor gezorgd, maar ik besefte op dat moment niet dat de Zusters van de Duisternis in staat zouden kunnen zijn om Subtractieve Magie te gebruiken. Zuster Ulicia kon dat dwars door het schild heen horen, en ze is teruggekeerd om de Priores te doden. Hier kunnen we zien of iemand dichtbij genoeg is om ons te kunnen horen praten, want er zijn geen hoeken waarin men zich kan verstoppen.' Ze knikte naar het kabbelende water. 'En het water verdoezelt het geluid van onze stemmen.'

Warren keek zenuwachtig om zich heen. 'Ik begrijp wat je bedoelt. Maar Priores, water kan geluid soms heel ver dragen.'

'Ik zei dat je moest ophouden me zo te noemen. Nu de geluiden van de dag overal om ons heen klinken zal het water onze stemmen verhullen, als we maar zacht praten. We kunnen niet het risico nemen in het paleis over al deze dingen te praten. Als we deze dingen moeten bespreken, dan moeten we het land op, waar we kunnen zien of er iemand in de buurt is. Nu, ik wil graag dat je een manier bedenkt waarop ik kan worden ontheven uit mijn functie als Priores.'

Warren slaakte een zucht van ergernis. 'Zeg dat toch niet steeds. Je bent bevoegd om Priores te zijn, misschien meer bevoegd dan wie ook van de andere Zusters – behalve ervaring moet de Priores beschikken over buitengewone macht.' Hij keek een andere kant op toen zij een wenkbrauw optrok. 'Ik heb onbeperkt toegang tot alles in de kluis. Ik heb de rapporten gelezen.' Hij keek haar weer aan. 'Toen jij Richard gevangennam, stierven de andere twee Zusters, en ze hebben daarmee hun macht aan jou overgedragen. Jij hebt de macht, de Han, van de drie Zusters.'

'Dat is lang niet de enige vereiste, Warren.'

Hij boog zich voorover. 'Zoals ik zei, ik heb onbeperkt toegang tot de boeken. Ik weet wat de vereisten zijn. Je zou in niets tekortschieten – je voldoet aan alle functievoorwaarden. Je zou dolblij moeten zijn om Priores te zijn. Dit is het beste wat er ooit had kunnen gebeuren.'

Zuster Verna zuchtte. 'Ben je behalve je kraag ook je verstand kwijt,

Warren? Welke reden zou ik in 's hemelsnaam moeten hebben om Priores te willen zijn?'
'Omdat we nu de Zusters van de Duisternis kunnen uitvlooien.' Warren glimlachte vol zelfvertrouwen. 'Je zult het gezag hebben om te doen wat er moet worden gedaan.' Zijn blauwe ogen fonkelden. 'Zoals ik al zei, dit is het beste wat er ooit had kunnen gebeuren.'
Ze strekte haar armen uit. 'Warren, het feit dat ik Priores ben geworden is het ergste wat er had kunnen gebeuren! De mantel van gezag is net zo'n belemmering als die halsband waar je zo graag vanaf bent.'
Warren fronste. 'Wat bedoel je?'
Ze streek haar bruine krullen naar achteren. 'Warren, de Priores is een gevangene van haar eigen gezag. Heb je Priores Annalina vaak gezien? Nee. En waarom niet? Omdat ze in haar kantoor was en over de administratie van het Paleis van de Profeten waakte. Ze had duizend dingen te doen, duizend vragen onder haar aandacht, honderden Zusters en jonge mannen die in de gaten gehouden moesten worden, en dan nog dat voortdurende dilemma rond Nathan. Jij weet niet wat voor narigheid die man kan veroorzaken. Hij moest permanent worden bewaakt.
De Priores kan nooit eens bij een Zuster langsgaan, of bij een jonge man die in opleiding is – ze zouden zich rot schrikken en zich afvragen wat ze hadden misdaan, en wat de Priores over ze te weten was gekomen. De gesprekken van de Priores kunnen nooit over koetjes en kalfjes gaan, ze staan altijd bol van het inzicht in verborgen betekenissen. Dat komt niet omdat ze dat zelf wil – het komt eenvoudigweg, omdat ze een positie van overweldigend gezag heeft, en niemand kan dat ook maar een moment vergeten.
Als ze zich buiten haar complex waagt, wordt ze onmiddellijk omringd door het uiterlijk vertoon en het ceremonieel dat bij haar ambt hoort. Als ze naar de eetzaal gaat om te eten, heeft niemand de moed zijn gesprek voort te zetten – iedereen blijft doodstil zitten, kijkt naar haar, en hoopt dat ze niet zijn kant uit zal kijken, of, erger nog, hem zal vragen om bij haar aan te schuiven.'
Warren begon de moed te verliezen. 'Zo heb ik het nooit bekeken.'
'Als mijn vermoedens omtrent de Zusters van de Duisternis waar zijn, en ik beweer niet dat ze waar zijn, dan zou mijn functie als Priores me verhinderen te ontdekken wie ze zijn.'
'Daar heeft Priores Annalina anders nooit last van gehad.'
'Weet je dat zeker? Misschien zou ze hen eeuwen geleden hebben ontdekt als ze geen Priores was geweest, en had ze er iets aan kunnen doen. Dan was ze in staat geweest ze uit te roeien, voordat ze onze jongens doodden, hun Han stalen en zo machtig werden. Maar in feite kwam haar ontdekking te laat, en dat heeft tot hun dood geleid.'

'Maar ze zouden jouw kennis kunnen vrezen en zich op een of andere manier blootgeven.'

'Als er Zusters van de Duisternis in het Paleis zijn, dan kennen ze mijn betrokkenheid bij de opsporing van de zes die ontsnapt zijn, en ze zullen vooral blij zijn dat ik Priores ben, omdat ze mijn handen aan elkaar kunnen binden en me bij hen vandaan houden.'

Warren hield een vinger tegen zijn lip. 'Maar het moet toch van enig nut zijn om jou als Priores te hebben?'

'Het zal het er alleen maar lastiger op maken om de Zusters van de Duisternis tegen te houden. Warren, je moet me helpen. Jij kent de boeken – er moet iets zijn waarmee ik uit deze situatie kan worden bevrijd.'

'Priores...'

'Hou daar onmiddellijk mee op!'

Warren kreeg een schok van frustratie. 'Maar dat ben je toch. Ik kan je niets anders noemen.'

Ze zuchtte. 'De Priores, Priores Annalina bedoel ik, vroeg haar vrienden altijd of ze haar Ann wilden noemen. Nu ik de Priores ben, vraag ik je of je me Verna wilt noemen.'

Warren dacht hier fronsend over na. 'Goed... omdat we vrienden zijn.'

'Warren, we zijn meer dan alleen vrienden: jij bent de enige die ik kan vertrouwen. Ik heb nu verder niemand.'

Hij knikte. 'Goed, Verna dan.' Hij verwrong zijn mond, terwijl hij nadacht. 'Verna, je hebt gelijk. Ik ken de boeken. Ik ken de functievoorwaarden, en jij voldoet aan alles. Je bent wat jong voor een Priores, maar alleen qua traditie – de wet vermeldt geen leeftijdsbelemmeringen. Maar belangrijker dan dat: jij hebt de Han van drie Zusters. Er bestaat geen Zuster, en in elk geval geen Zuster van het Licht, die jouw gelijke is. Dat alleen al maakt jou meer dan geschikt: macht en de perfecte beheersing van Han zijn de eerste voorwaarden om Priores te kunnen zijn.'

'Warren, er moet een uitweg zijn. Denk goed na.'

Zijn blauwe ogen weerspiegelden de diepte van zijn kennis, maar ook van zijn berouw. 'Verna, ik ken de boeken. Ze zijn heel expliciet. Ze verbieden ondubbelzinnig een Priores, nadat die eenmaal wettig is benoemd, haar plicht te verzaken. Slechts de dood kan haar van die roeping scheiden. Behalve als Annalina Aldurren tot leven zou worden gewekt en haar ambt weer zou opnemen, is er voor jou geen enkele manier om jezelf te diskwalificeren of uit je functie te ontheffen. Jij bent Priores.'

Verna kon geen enkele oplossing bedenken. Ze zat in de val. 'Zolang als ik haar ken, heeft die vrouw mijn leven verziekt. Ze heeft die toverkracht op mij overgebracht, dat weet ik zeker. Ze heeft me hierin geluisd. Ik wou dat ik haar kon wurgen!'

Warren legde zijn hand teder op haar arm. 'Verna, zou jij ooit toestaan dat een Zuster van de Duisternis Priores zou worden?'
'Natuurlijk niet.'
'Denk je dat Ann dat had gewild?'
'Nee, maar ik begrijp niet wat...'
'Verna, je zei net dat je niemand behalve mij kunt vertrouwen. Denk eens aan Ann. Zij werd ook in de val gelokt. Ze wilde niet riskeren dat een van hen Priores zou worden. Ze was stervende. Ze deed het enige wat ze kon doen. Ze kon niemand vertrouwen, behalve jou.'
Verna staarde hem in de ogen, terwijl zijn woorden in haar geest weerklonken. Toen plofte ze neer op een gladde, donkere rots aan de waterkant. Ze liet haar gezicht in haar handen zakken. 'Lieve Schepper,' fluisterde ze, 'ben ik zo egoïstisch?'
Warren ging naast haar zitten. 'Egoïstisch? Koppig, dat wel, soms, maar nooit egoïstisch.'
'O, Warren, wat moet ze eenzaam zijn geweest. Maar ze had ten minste Nathan aan haar kant... aan het eind.'
Warren knikte. Na een tijdje keek hij haar aan. 'We zitten goed in de problemen, hè, Verna?'
'Een heel paleis vol, Warren, en alles keurig netjes bezegeld met één gouden ring.'

7

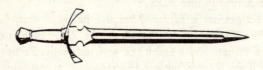

Richard hield een hand voor zijn mond, terwijl hij gaapte. Hij was zo moe van zijn slaapgebrek van gisternacht, en eerlijk gezegd eigenlijk van de laatste twee weken, om nog maar te zwijgen van het gevecht met de mriswith, dat het hem de grootste moeite kostte het ene been voor het andere te zetten. De geuren die hij opsnoof, varieerden om de paar passen van smerig tot welriekend en omgekeerd toen hij door de kronkelige doolhof van straten liep. Hij bleef dicht bij de gebouwen en hield zich afzijdig van de al te dichte mensenmassa's en deed zijn uiterste best de richting te volgen die Vrouw Sanderholt hem had opgegeven. Hij hoopte dat hij niet verdwaald was.

Altijd te weten waar hij was en de juiste manier te vinden om te komen waar hij moest zijn, was een erekwestie voor een gids, maar omdat Richard boswachter was geweest, meende hij dat het hem mocht worden vergeven als hij in een grote stad zou verdwalen. Bovendien was hij geen boswachter meer, en hij nam aan dat hij er ook nooit meer een zou worden. Maar hij wist waar de zon stond, en hoe de straten en gebouwen zich ook inspanden om hem van zijn stuk te brengen in deze stad vol krioelende hoofdstraten, donkere stegen en doolhoven van nauwe, bochtige zijstraatjes tussen oeroude gebouwen zonder ramen en zonder enig kennelijk ontwerp – zuidoost was en bleef zuidoost. Hij gebruikte eenvoudigweg de hogere gebouwen als oriëntatiepunt in plaats van de allerhoogste bomen of in het oog springend terrein, en hij probeerde zich niet druk te maken om de precieze naam van de straten die hij moest volgen.

Richard baande zich een weg door de mensenmassa's en liep langs haveloos geklede straatventers met potten vol gedroogde wortelen, manden vol duiven, vis en aal, houtskoolbranders die karren voortduwden en in liedvorm de prijs van hun waar declameerden, kaasboeren die in frisse roodgele livrei waren uitgedost, slagerijen waar karkassen van varkens, schapen en herten aan puntige rekken hingen, zoutkooplieden die verschillende kwaliteiten van hun product al naar gelang de grofheid aanboden, winkeliers die brood, pasteitjes en gebakjes, gevogelte, specerijen, zakken vol graan, tonnen vol wijn en bier en wel honderd andere zaken achter ramen of op tafels voor hun winkels hadden uitgestald, en passeerde allerlei mensen die de waren al pratend inspecteerden en klaagden over de prijzen, toen hij besefte dat het onzekere gevoel in zijn buik een waarschuwing betekende: hij werd gevolgd.

Hij was plotseling klaarwakker. Hij draaide zich om en zag een hoop gezichten, maar niemand die hij herkende. Hij bedekte zijn zwaard met zijn zwarte cape om te voorkomen dat hij de aandacht op zich zou vestigen. De alom aanwezige soldaten leken in elk geval niet bijzonder in hem te zijn geïnteresseerd, hoewel sommige D'Haranen opkeken toen hij vlak langs ze liep, alsof ze iets konden voelen, maar de oorsprong daarvan niet konden thuisbrengen. Richard versnelde zijn pas.

Het gevoel was zo zwak dat hij dacht dat degenen die hem volgden, misschien niet dichtbij genoeg waren om door hem te kunnen worden gezien. Maar als dat zo was, hoe moest hij dan weten wie het was? Het kon iedereen zijn achter de gezichten die hij zag. Hij keek naar de daken, maar kon degene van wie hij wist dat hij hem volgde, niet zien, en in plaats daarvan controleerde hij de richting van het zonlicht om zijn oriëntatie te behouden.

Hij bleef bij een gebouw op een straathoek staan, bekeek de mensenmassa's die in beide richtingen door de straat liepen en zocht naar iemand die hem in de gaten hield, er verloren bij liep of er ongewoon uitzag, maar hij zag niets onrustbarends.

'Honingcake, heer?'

Richard draaide zich om en zag een klein meisje in een veel te grote jas achter een gammel tafeltje staan. Hij schatte haar op zo'n jaar of tien, twaalf, maar hij was geen uitblinker in het bepalen van de leeftijd van jonge meisjes. 'Wat zei je?'

Ze maakte een weids handgebaar over de goederen op haar tafel. 'Honingcake? Gebakken door mijn grootmama. Ze zijn heel lekker, echt waar, en ze kosten maar een penning. Koopt u er eentje, alstublieft, heer? U zult er geen spijt van krijgen.'

Achter het meisje zat een oude, gedrongen vrouw met een haveloze bruine deken om zich heen geslagen op een plank die op de sneeuw was gelegd. Ze keek grijnzend naar hem op. Richard grijnsde maar half zo breed naar haar terug, terwijl hij het gevoel in zijn binnenste peilde en erachter probeerde te komen wat hij voelde en wat de aard van deze waarschuwing was. Het meisje en de oude vrouw glimlachten vol hoop en wachtten.

Richard keek opnieuw de straat in en liet een lange wolk van zijn adem in het zachte briesje meewaaien, terwijl hij in zijn zakken rondgraaide. Hij had verdomd weinig te eten gehad tijdens zijn twee weken durende tocht naar Aydindril, en hij voelde zich nog zwak. Alles wat hij bij zich had, was zilver en goud uit het Paleis van de Profeten. In het Paleis van de Beleidsters twijfelde hij al aan zijn bepakking, en hij had ook al geen penningen bij zich.
'Ik ben geen heer,' zei hij, toen hij alles behalve een zilverling weer in zijn zak stopte.
Het meisje wees naar zijn zwaard. 'Iemand met zo'n mooi zwaard als dit moet vast een heer zijn.'
De oude vrouw was opgehouden met glimlachen. Ze keek strak naar het zwaard en kwam overeind.
Richard trok zijn cape vlug over het gevest en de met zilver en goud bewerkte schede en gaf het meisje de munt. Ze staarde naar het zilver in haar hand.
'Ik heb niet genoeg kleingeld om voor zoveel geld te wisselen, heer. Lieve hemel, ik weet niet eens hoeveel kleingeld ik hiervoor nodig zou hebben. Ik heb nog nooit een zilveren munt in mijn handen gehad.'
'Zoals ik je al zei: ik ben geen heer.' Hij glimlachte toen hij opkeek. 'Ik heet Richard. Weet je wat, je moet die munt gewoon houden, en het wisselgeld beschouwen we dan als een soort voorschot voor als ik weer langskom. Dan kun je me nog een honingcake geven, en nog een, net zolang, totdat die munt op is.'
'O, heer... ik bedoel Richard, dank je wel.'
Stralend van geluk gaf het kind de munt aan haar grootmoeder. De oude vrouw bekeek de munt met een kritisch oog, terwijl ze hem in haar vingers liet rondwentelen. 'Zulke krassen heb ik nog nooit gezien. U moet wel een heel eind hebben gereisd.'
De vrouw had onmogelijk kunnen weten waar de munt vandaan kwam – de Oude en de Nieuwe Werelden waren al drieduizend jaar van elkaar gescheiden. 'Dat heb ik ook. Maar het zilver is volkomen echt.'
Ze keek omhoog met blauwe ogen die eruitzagen alsof vele jaren alle kleur eruit hadden gespoeld. 'Gepikt of gekregen, heer?' Toen Richard zijn wenkbrauwen fronste, wees ze met haar vinger. 'Dat zwaard van u, heer. Hebt u dat gepikt, of hebt u het gekregen?'
Richard bleef haar aankijken en begreep pas na een tijdje wat ze bedoelde. De Zoeker moest gewoonlijk door een tovenaar worden benoemd, maar omdat Zedd het Middenland vele jaren geleden was ontvlucht, was het zwaard een buitenkansje geworden voor degenen die het zich konden veroorloven of voor hen die het konden stelen. Zogenaamde Zoekers hadden het Zwaard van de Waarheid een slechte reputatie be-

zorgd en dienden niet te worden vertrouwd – ze gebruikten de magie van het zwaard om redenen van eigenbelang, en niet zoals degenen hadden bedoeld die hun magie in de kling hadden gestoken. Richard was de eerste in decennia die door een tovenaar Zoeker van Waarheid werd genoemd. Richard begreep de magie, zijn verschrikkelijke macht en verantwoordelijkheid. Hij was de waarachtige Zoeker.

'Ik heb het gekregen van iemand van de Eerste Orde. Ik kreeg de naam,' zei hij cryptisch.

Ze klemde de deken tegen haar weelderige boezem. 'Een Zoeker,' siste ze door de openingen waar tanden hoorden te zitten. 'De geesten zij dank. Een echte Zoeker.'

Het kleine meisje, dat niets van dit gesprek begreep, tuurde naar de munt in haar grootmoeders hand, en gaf Richard toen de grootste honingcake die op tafel lag. Hij nam hem glimlachend aan.

De oude vrouw boog zich een beetje over de tafel heen en zei zacht: 'Bent u gekomen om ons van het gespuis te verlossen?'

'Zoiets, ja.' Hij nam een hap van de honingcake. Hij glimlachte opnieuw naar het meisje. 'Hij smaakt net zo lekker als je had beloofd.'

Ze grinnikte. 'Dat had ik u gezegd. Grootmama bakt de lekkerste honingcake van de Stentorstraat.'

De Stentorstraat. Het was hem ten minste gelukt de goede straat te vinden. Voorbij de markt op de Stentorstraat, had Vrouw Sanderholt gezegd. Hij knipoogde al kauwend naar het meisje. 'Wat voor gespuis?' vroeg hij de oude vrouw.

'Mijn zoon,' zei de oude vrouw, terwijl ze haar ogen neersloeg, op het meisje doelend, 'en haar moeder hebben ons verlaten om dicht bij het paleis te wonen, in afwachting van het beloofde goud. Ik zei ze dat ze moesten gaan werken, maar ze zeiden dat ik oud en dwaas van opvattingen ben en dat ze meer konden krijgen dan ze ooit zouden kunnen verdienen, als ze maar wachtten op wat hen toekwam.'

'Hoe komen ze erbij dat het hen toekomt?'

Ze haalde haar schouders op. 'Omdat iemand uit het paleis dat had gezegd. Die zei dat ze er recht op hadden. Dat alle mensen er recht op hadden. Sommigen, zoals zij twee, geloven dat – het strookt volledig met die luie instelling van mijn zoon. De jeugd is lui tegenwoordig. Dus blijven ze zitten wachten om hun hand op te houden en te worden verzorgd in plaats van in hun eigen behoeften te voorzien. Ze maken ruzie over wie het goud het eerst zal krijgen. Sommige zwakkeren en ouderen zijn in zulke gevechten omgekomen.

Intussen werken steeds minder mensen, en dus blijven de prijzen stijgen. We kunnen ons nu al bijna geen brood meer veroorloven.' Op haar gezicht verscheen verbittering. 'En dat alles omwille van een dwaze begeerte naar goud. Mijn zoon had werk, bij Chalmer, de bakker, maar nu wacht hij totdat hem het goud wordt gegeven, in plaats van te werken, en hij krijgt steeds meer honger.' Ze keek uit haar ooghoek naar het meisje en glimlachte vriendelijk. 'Maar zij werkt. Ze helpt mij met het bakken van mijn cakes, zodat we onszelf kunnen voeden. Ik wil niet dat ze op straat rondhangt, zoals zovele jongeren tegenwoordig.'

Ze keek opnieuw met een sombere uitdrukking op. 'Zij zijn het gespuis – zij die ons het weinige wat we kunnen verdienen of met onze handen kunnen maken, afnemen, en het ons beloven meteen te zullen teruggeven, in de verwachting dat we dankbaar zullen zijn voor hun vriendelijkheid, zij die rechtschapen mensen verleiden om lui te zijn zodat ze over ons kunnen heersen als over schapen in de kudde, zij die ons onze vrijheid en gewoonten hebben afgenomen. Zelfs een dwaze oude vrouw als ik weet dat luie mensen niet zelfstandig kunnen denken, ze denken alleen maar aan zichzelf. Ik weet niet waar het heen moet met deze wereld.'

Toen ze uiteindelijk buiten adem was, wees hij naar de munt in haar vuist en slikte een mondvol honingcake door. Richard keek haar veelbetekenend aan. 'Ik zou het voorlopig waarderen als u zou willen vergeten hoe mijn zwaard eruitziet.'

Ze knikte wijs haar hoofd. 'Alles. Ik doe alles voor u, heer. Mogen de goede geesten u vergezellen. En geeft u dat gespuis maar een flinke mep namens mij.'

Richard liep een stukje de straat door en bleef toen een tijdje op een ton naast een steeg zitten om nog een hap van zijn honingcake te nemen. Die smaakte goed, maar daar lette hij eigenlijk niet zozeer op, en de cake deed het angstaanjagende gevoel in zijn buik er niet minder op worden. Het was niet hetzelfde wat hij voelde als hij de mriswith in zijn buurt voelde, besefte hij, het leek meer op het gevoel dat hij altijd kreeg als iemand hem in de gaten hield – en de dunne haartjes onder aan zijn nek gingen rechtovereind staan. Dat voelde hij: iemand die hem gadesloeg, iemand die hem gadesloeg en hem volgde. Hij nam de gezichten in zich op, maar zag niemand die eruitzag alsof hij in hem was geïnteresseerd.

Terwijl hij de honing van zijn vingers likte, baande hij zich een weg door de straat. Hij liep langs paarden die karren en wagens trokken, en wurmde zich door een menigte mensen die ieder voor zich ergens naar op weg waren. Soms leek het alsof hij tegen de stroom in moest zwemmen. Het lawaai, het gerinkel van paardentuig, het klossen van hoeven, het gerammel van vracht in wagens, het geknars van assen, het kraken van de verse sneeuw, het geroep van straatventers, het gegil van marskramers en het geroezemoes van praten, dat soms als een lied en dan weer als een gekwebbel in voor hem onverstaanbare talen klonk, was zenuwslopend. Richard was gewend aan de stilte van zijn bossen, waar de wind in de bomen of het water dat over de rotsen stroomde de hardste geluiden waren die hij ooit had gehoord. Hij was dan wel vaak naar het Hartland geweest sinds hij van huis was weggegaan, maar dat was weinig meer dan een kleine stad, en niet te vergelijken met een grote stad als deze.

Richard miste zijn bossen. Kahlan had hem beloofd dat ze er op een goede dag naar zou terugkeren om hem op te zoeken. Hij glimlachte in zichzelf toen hij dacht aan de prachtige plekken die hij met haar zou bezoeken: de uitkijkposten, de watervallen, de verborgen bergpassen. Hij glimlachte breder toen hij bedacht hoe verbaasd ze zou zijn, en hoe gelukkig ze samen zouden zijn. Hij grijnsde toen hij aan haar typische glimlach terugdacht: de glimlach die ze niemand behalve hem toewierp.

Hij miste Kahlan meer dan hij zijn bossen ooit zou kunnen missen. Hij wilde zo snel mogelijk naar haar toe. Hij zou dat ook spoedig doen, maar eerst moest hij nog een paar dingen in Aydindril doen.

Hij hoorde iemand roepen, keek op en besefte dat hij al dagdromend niet had gelet op waar hij liep, en hij stond op het punt door een colonne soldaten onder de voet te worden gelopen. De commandant vloekte, nadat hij zijn mannen abrupt tot stilstand had gemaand.

'Ben je soms blind? Wat voor idioot loopt er nu onder een colonne cavaleristen!'

Richard keek om zich heen. De mensen waren de soldaten allemaal uit de weg gegaan, en probeerden uit alle macht de indruk te wekken dat ze nooit van plan waren geweest zich in de buurt van het midden van de straat te wagen. Ze deden hun uiterste best te doen alsof de soldaten niet bestonden. De meesten zagen eruit alsof ze onzichtbaar zouden willen worden.

Richard keek op naar de man die zojuist tegen hem had geschreeuwd en dacht er even aan om zelf onzichtbaar te worden, voordat er moeilijkheden zouden komen en er iemand gewond zou raken, maar toen schoot hem de Tweede Wet van de Magie te binnen: het grootste kwaad kan uit de beste bedoelingen voortvloeien. Hij had geleerd dat de resultaten rampzalig kunnen zijn als je met magie strooit. Magie was gevaarlijk en moest voorzichtig worden gebruikt. Hij besloot snel dat een eenvoudige verontschuldiging het verstandigste zou zijn en het best zou werken.

'Neem me niet kwalijk, ik keek zeker niet waar ik liep. Nogmaals mijn excuses.'

Hij kon zich niet herinneren ooit soldaten als deze te hebben gezien die allemaal op paarden zaten en in keurige, precieze rijen stonden gegroepeerd. Het harnas van iedere grimmig kijkende soldaat schitterde oogverblindend in het zonlicht. Behalve het smetteloos gepoetste harnas glommen hun zwaarden, messen en lansen in het zonlicht. Iedere man droeg een karmozijnrode cape die op precies dezelfde manier over de flanken van zijn witte paard was gedrapeerd. Ze keken Richard aan als mannen die voor een grootse koning paradeerden.

De man die had geschreeuwd, tuurde omlaag onder de rand van een glimmende helm waarop een pluim van rood paardenhaar stond. Hij hield de teugels van zijn sterke grijze ruin losjes in zijn ene gehandschoende hand en boog zich voorover.

'Ga opzij, halvegare, of we trappen je tot moes.'

Richard herkende de tongval van de man: die klonk hetzelfde als die van Adie. Hij wist niet uit welk land Adie kwam, maar deze mannen moesten uit dezelfde streek komen.

Richard haalde zijn schouders op en deed een stap naar achteren. 'Ik zei dat het me spijt. Ik wist niet dat jullie zulke urgente zaken hadden af te handelen.'

'Tegen de Wachter vechten is altijd een urgente zaak.'

Richard deed nog een stap naar achteren. 'Daarover kan ik het niet oneens zijn. Ik weet zeker dat hij op dit ogenblik trillend in een hoekje zit te wachten tot jullie hem komen verslaan, dus gaat u maar verder.'

De donkere ogen van de man glommen als ijs. Richard probeerde hem niet te laten merken dat hij huiverde. Hij wenste dat hij kon aanleren zich niet zo oneerbiedig te gedragen. Misschien lag het aan zijn grootte. Richard was nooit dol op vechten geweest. Toen hij opgroeide, was hij het mikpunt van anderen die zichzelf wilden bewijzen. Voor men hem het Zwaard van Waarheid had gegeven, dat hem leerde dat het soms noodzakelijk is om de woede te uiten die hij altijd sterk had onderdrukt, had hijzelf geleerd dat hij soms met een glimlach en een grapje de verhitte gemoederen van vijanden kon kalmeren en zo eenvoudigweg mensen kon ontwapenen die op een gevecht uit waren. Richard kende zijn kracht, maar dat zelfvertrouwen had zijn opgeruimde karakter een brutaal kantje gegeven. Soms leek het alsof hij er niets aan kon doen en dat zijn mond gewoon openging, voordat hij er erg in had.

'Je hebt een scherpe tong. Misschien ben je wel in verzoeking gebracht door de Wachter.'

'Ik verzeker u, mijnheer, dat u en ik tegen dezelfde vijand vechten.'

'De hielenlikkers van de Wachter verschuilen zich allemaal achter arrogantie.'

Net toen Richard bedacht dat hij geen moeilijkheden wilde en dat het tijd was zich snel terug te trekken, maakte de man aanstalten af te stappen. Op hetzelfde ogenblik werd hij door sterke handen vastgegrepen. Twee reusachtige mannen, een aan elke schouder, tilden hem van de grond.

'Opschieten, fatje,' zei de man bij zijn rechterschouder tegen de ruiter.

'Dit heeft niets met jou te maken.' Richard probeerde zijn hoofd te draaien, maar hij kon alleen de achterkant van de bruine leren D'Hara-uniformen zien van de mannen die hem vasthielden.
De soldaat verstijfde toen hij zijn voet net uit de stijgbeugel had getrokken. 'Hopelijk staan we aan dezelfde kant, broeder. Daar moeten we eerst achter zien te komen, – daarna zullen we je wat nederigheid moeten bijbrengen. We zullen...'
'Ik zei: wegwezen!'
Richard deed zijn mond open om iets te zeggen. Onmiddellijk kwam de zwaargespierde arm van de D'Haraan aan zijn rechterzijde onder een dikke bruine wollen cape te voorschijn. Een gigantische hand werd voor zijn mond geduwd. Richard zag een band van goudkleurig metaal vlak boven de elleboog, en de messcherpe uitsteeksels schitterden in het zonlicht. Die banden waren dodelijke wapens die werden gebruikt om een tegenstander in een gevecht van man tot man open te rijten. Richard verslikte zich bijna in zijn eigen tong.
De meeste D'Haraanse soldaten waren groot, maar deze twee waren groter dan gewoon groot. Erger nog: het waren geen gewone D'Haraanse soldaten. Richard had zulke mannen weleens eerder gezien – die droegen ook banden boven hun ellebogen. Het waren Darken Rahls persoonlijke lijfwachten. Darken Rahl had bijna altijd twee van zulke mannen bij zich.
De twee mannen tilden Richard met gemak in hun vuisten op, en hij was even hulpeloos als een trekpop. In zijn twee weken durende koers naar Aydindril, op weg naar Kahlan, had hij niet alleen weinig gegeten, maar ook weinig geslapen. Het gevecht met de mriswith van slechts een paar uur geleden had hem van bijna al zijn overgebleven energie beroofd, maar zijn angst pompte nog een restje kracht naar zijn spieren. Tegen deze twee was dat echter niet genoeg.
De man op het paard begon zijn ene been om de flank van het paard te slaan om af te stappen. 'Ik had al gezegd: deze is voor ons. We zullen hem ondervragen. Als hij de Wachter dient, dan zal hij wel bekennen.'
De D'Haraan bij Richards linkerschouder gromde vervaarlijk. 'Kom eens naar beneden, dan zal ik je kop eraf hakken en er een spelletje bowl mee spelen. We hebben naar deze knaap gezocht, en nu is hij van ons. Als we met hem klaar zijn, dan kun je zoveel vragen aan zijn lijk stellen als je maar wilt.'
Half bevroren naast zijn paard hangend keek de man op de D'Haranen neer. 'Ik heb je al gezegd, broeder, dat we aan dezelfde kant staan. We strijden beiden tegen het kwaad van de Wachter. Het is niet nodig dat we met elkaar vechten.'

'Als je wilt redetwisten, doe dat dan maar met je zwaard, en anders moet je opdonderen!'

De bijna tweehonderd ruiters keken naar de twee D'Haranen en toonden geen emoties, laat staan angst. Het waren tenslotte maar twee D'Haranen – niet echt een zware beproeving, hoewel ze groot waren. Dat zou een dwaas tenminste denken. Richard had overal in de stad D'Haraanse troepen gezien. Het was mogelijk dat ze bij het eerste teken van moeilijkheden onmiddellijk ter plaatse zouden zijn.

De ruiters leken zich echter niet al te veel zorgen te maken om de andere D'Haranen. 'Jullie zullen maar met z'n tweeën zijn, broeder. Ik geef jullie weinig kans.'

De man bij Richards linkerschouder keek achteloos langs de rij cavaleristen, draaide zijn hoofd om en spuwde. 'Jullie zijn met z'n achten, mietje. Egan hier zal in de buurt blijven om de kansen wat gelijker te maken, en ik zal met jullie en je mooie kereltjes afrekenen. Pas maar goed op, "broeder", want geloof me, als je voeten de grond raken, dan zul je als eerste sterven.'

Zijn beweginloze, ijskoude ogen keken de twee mannen onderzoekend aan; toen gromde de man met het glimmende harnas en de karmozijnrode cape een barbaarse vloek en liet zich met zijn volle gewicht op het zadel zakken. 'Er zijn belangrijke zaken die onze aandacht vragen. Dit hier is zonde van onze tijd. Hij is van jou.'

Op een wuivend armgebaar van de man stormde de colonne ruiters de straat in en miste Richard en zijn twee overmeesteraars op een haar na. Richard deed zijn best, maar de twee mannen die hem vasthielden, waren veel te sterk, en hij kon zijn zwaard niet vastgrijpen toen ze hem wegdroegen. Hij tuurde langs de daken, maar zag niets.

Alle mensen om hen heen wendden hun blik af en wilden niets te maken hebben met de op handen zijnde twist. Toen de twee reusachtige D'Haranen Richard van het midden van de straat sleepten, renden de mensen in alle richtingen uit de weg alsof ze ogen in hun achterhoofd hadden. Zijn woedende, gedempte kreten gingen verloren in het straatrumoer. Hoe hij het ook probeerde, hij kon zijn hand niet in de buurt van zijn wapen krijgen. Zijn schoenen gleden door de sneeuw en zijn voeten deden een vergeefse poging om grip te vinden.

Richard probeerde zich uit alle macht los te worstelen, maar voor hij zelfs maar de tijd had om te bedenken wat hij zou doen, trokken ze hem een smalle, donkere steeg in tussen een kroeg en een gebouw met gesloten luiken door.

Diep in de donkere schaduwen van de steeg wachtten vier donkere, in mantels gehulde figuren.

8

De twee reusachtige D'Haranen zetten Richard voorzichtig neer. Toen zijn voeten de grond raakten, vond zijn hand de greep van zijn zwaard. De twee mannen spreidden rustig hun benen en hielden hun handen op hun rug bijeen. De vier gemantelde figuren kwamen vanuit het beschaduwde eind van de steeg op ze toelopen.
Besluiten te ontsnappen verdiende de voorkeur boven te vechten. Richard trok zijn zwaard niet, maar dook in plaats daarvan opzij. Hij rolde door de sneeuw en kwam met een sprong overeind. Hij kwam hard met zijn rug tegen de koude bakstenen muur. Hijgend rukte hij de mriswith-cape om zich heen. Binnen één hartslag nam de cape de kleur van de muur aan, en was hij verdwenen.
Het zou een koud kunstje zijn om ertussenuit te knijpen zolang hij door de cape aan het oog werd onttrokken. Beter te vluchten dan te vechten. Eerst op adem komen.
De vier liepen vastberaden door, en hun donkere capes gingen golvend open toen ze in het licht kwamen. Donkerbruin leer van dezelfde kleur als de uniformen van de D'Haranen bedekte hun welgevormde lichamen van teen tot top. Een gele ster tussen de tanden van een sikkel sierde de buikpartij op van de kostuums die de vrouwen droegen.
Richard herkende de sikkel en de gele ster, en hij had het gevoel of er een bliksemflits door zijn geest schoot. Ontelbare keren was zijn gezicht, nat van zijn eigen bloed, tegen dat embleem gedrukt. Als in een reflex stond hij stokstijf stil en trok hij noch zijn zwaard, noch haalde hij adem. Want een gevoel van paniek vulde het moment waarop hij slechts het symbool zag dat hij maar al te goed kende.
Mord-Sith.
De vrouw die vooraan stond, duwde haar capuchon naar achteren en liet haar lange blonde haar dat was samengebonden met één enkel, dik lint, loshangen. Haar blauwe ogen speurden over de muur waar hij voor stond.

'Meester Rahl? Meester Rahl, waar...'
Richard knipperde met zijn ogen. 'Cara?'
Net toen hij zijn concentratie liet verslappen, hij zijn cape weer zwart liet worden en haar blik de zijne trof, stortte de hemel in.
Met vleugelgeklap en met flitsende slagtanden stortte Gratch brullend op de grond neer. De twee mannen hadden bijna onmiddellijk hun zwaarden in de hand, maar ze waren niet zo snel als de Mord-Sith. Voordat de mannen hun zwaarden uit de schede hadden kunnen trekken, hielden de vrouwen hun Agiel in hun vuisten. Hoewel een Agiel niets meer leek te zijn dan een dun, roodleren staafje, wist Richard dat het afschuwelijk krachtige wapens waren. Richard was 'opgeleid' met een Agiel.
Richard wierp zich op de kaai en kwakte hem tegen de muur voor de twee mannen en vier vrouwen bij hem in de buurt konden komen. Gratch duwde hem ruw opzij, popelend zich op het gevaar te storten.
'Hou op! Ophouden allemaal!' De zes mensen en de ene kaai verstijfden toen ze zijn gil hoorden. Richard wist niet wie dit gevecht zou winnen, maar hij wilde niet wachten op de uitslag. Hij benutte het moment dat hij had voordat ze zouden besluiten zich in beweging te zetten en naar Gratch toe te springen. Met zijn rug naar de kaai stak hij zijn handen naar weerszijden uit. 'Gratch is mijn vriend. Hij wil me alleen maar beschermen. Blijf staan waar jullie staan en hij zal jullie niets doen.'
Gratch' harige arm cirkelde rond Richards middel en hij trok hem achteruit, tegen de harde, roze huid van zijn borst en buik aan. De steeg dreunde van gegrom dat vriendelijk en tegelijkertijd dreigend in de oren van de anderen klonk.
'Meester Rahl,' zei Cara fluweelzacht, terwijl de twee mannen hun zwaarden in de schede schoven, 'we zijn hier ook om u te beschermen.'
Richard maakte zich los uit de arm van de kaai. 'Het is goed, Gratch. Ik ken ze. Goed gedaan – precies zoals ik je vroeg, maar het is al goed zo. Rustig maar.'
Gratch liet een kabbelend gegrom horen dat door de muren werd weerkaatst als in een smal, diep ravijn. Richard kende dit als een geluid van tevredenheid. Hij had Gratch gezegd dat hij hem moest volgen, door hoog in de lucht of van het ene naar het andere dak te vliegen, maar hij mocht zich niet vertonen, tenzij er problemen waren. Gratch had inderdaad goed werk verricht – Richard had geen teken van hem vernomen, totdat hij zich op ze liet neerstorten.
'Cara, wat doe jij hier?'
Cara raakte behoedzaam zijn arm aan en was verbaasd toen die als massief aanvoelde. Ze prikte haar vinger in zijn schouder en grijnsde.
'Zelfs Darken Rahl kon zich niet onzichtbaar maken. Hij kon beesten commanderen, maar hij kon niet onzichtbaar worden.'

'Ik commandeer Gratch niet – hij is mijn vriend. En ik word niet echt... Cara, wat doe je hier?'

Ze keek stomverbaasd toen ze deze vraag hoorde. 'Jou beschermen.'

Richard wees naar de twee mannen. 'En zij? Ze zeiden dat ze van plan waren me te doden.'

De twee mannen stonden als een paar eiken als aan de grond genageld. 'Meester Rahl,' zei de ene, 'we zouden nog liever sterven dan toestaan dat je door het kwaad zou worden getroffen.'

'We hadden je al bijna ingehaald, toen je tussen die opgedoste ruiters terechtkwam,' zei Cara. 'Ik zei Egan en Ulic dat ze je daar vandaan moesten halen zonder dat er zou worden gevochten, anders zou je gewond kunnen raken. Als die mannen hadden gedacht dat we je probeerden te redden, zouden ze je misschien hebben gedood. We wilden jouw leven niet op het spel zetten.'

Richard keek naar de twee grote blonde mannen. De donkere leren riemen, de schilden en de gordels van hun uniform waren gemaakt om als een tweede huid om de uitstekende contouren van hun spieren te passen. In het midden van hun borst was in het leer de rijk versierde letter R uitgesneden met twee gekruiste zwaarden eronder. De ene – Richard wist niet zeker of het Egan of Ulic was – bevestigde de realiteit van wat Cara had gezegd. Omdat Cara en de andere Mord-Sith hem twee weken daarvoor in D'Hara hadden geholpen en het hem mogelijk hadden gemaakt Darken Rahl te verslaan, was hij geneigd haar te geloven.

Richard had niet op hun keuze gerekend toen hij de Mord-Sith vrij had verklaard van de ketenen van hun tucht, en toen ze eenmaal vrij waren, wilden ze zijn lijfwacht zijn, en beschermden hem uit alle macht. Hij leek niets te kunnen doen om hen op andere gedachten te brengen.

Een van de andere vrouwen sprak Cara's naam voorzichtig uit en knikte in de richting van de opening in de straat. Mensen gingen langzamer lopen toen ze voorbijkwamen, gluurden de steeg in en bekeken hen vluchtig. Eén blik van de twee mannen, die zich omdraaiden, was genoeg om hun pas te doen versnellen en hun de ogen te doen afwenden.

Cara greep Richards arm boven zijn elleboog. 'Het is hier niet veilig – nog niet. Kom met ons mee, Meester Rahl.'

Ze wachtte zijn antwoord of medewerking niet af, maar trok hem in de schaduw achter in de steeg. Richard maakte zwijgend een gebaar om Gratch gerust te stellen. Cara tilde een los luik van onderen op en duwde hem voor zich uit door de opening. Het raam waardoor ze naar binnen gingen, was het enige van een kamer waarin een stoffige tafel met drie kandelaars, een paar banken en een stoel stonden. Hun uitrusting lag op een grote stapel tegen de muur op de grond.

Gratch kon zijn vleugels opvouwen en zich eveneens door de opening wur-

men. Hij ging dicht bij Richard staan en sloeg de anderen zwijgend gade. Zij, die op hun beurt hadden gehoord dat hij Richards vriend was, leken zich niet te bekommeren om het feit dat ze werden bekeken door een vervaarlijk uitziende kaai die slechts een halve meter tegenover ze stond.
'Cara, wat dóé je hier?'
Ze fronste haar voorhoofd alsof hij achterlijk was. 'Dat heb ik je al gezegd: we zijn gekomen om je te beschermen.' Een ondeugende glimlach beroerde haar mondhoeken. 'Het ziet er naar uit dat we precies op tijd zijn gekomen. Meester Rahl moet zich erop toeleggen de magie tegen de magie te zijn – een taak die u het best ligt – en ons toestaan het staal tegen het staal te zijn.' Ze stak haar hand uit naar de andere drie vrouwen. 'We hadden geen tijd in het paleis ons aan elkaar voor te stellen. Dit zijn mijn zusters van de Agiel: Hally, Berdine en Raina.'
Bij het licht van een flakkerende kaars bestudeerde Richard hun gezichten. Hij had destijds verschrikkelijk veel haast, en kon zich alleen Cara herinneren – zij was degene die namens hen had gesproken en hij hield een mes op haar keel, totdat hij ervan overtuigd was dat ze de waarheid sprak. Net als Cara was Hally blond en had blauwe ogen, en ze was lang. Berdine en Raina waren iets kleiner. Berdine had blauwe ogen en haar golvende, donkerblonde haar was tot een vlecht geknoopt, en Raina had donker haar en een paar ogen die Richards ziel op de kleinste nuance van sterkte, zwakte en karakter onderzochten met een eigenaardige, doordringende blik die uniek voor Mord-Sith was. Raina's donkere ogen maakten haar indringende oordeel nog priemender duidelijk. Richard liet zich niet door hun blikken intimideren. 'Waren jullie degenen die me veilig door het paleis hebben geloodst?' Ze knikten. 'Dan genieten jullie mijn eeuwige dankbaarheid. En hoe zit het met de anderen?'
'De anderen bleven in het paleis, voor het geval u zou terugkeren voor we u hadden kunnen vinden,' zei Cara. 'Commandant-Generaal Trimack drong erop aan dat Ulic en Egan zouden meegaan, aangezien ze deel uitmaken van de persoonlijke lijfwacht van Meester Rahl. We zijn minder dan een uur na u vertrokken, om te proberen u te pakken te krijgen.' Ze schudde vol verwondering haar hoofd. 'We hebben geen tijd verspild, en u hebt bijna een dag voorsprong op ons gekregen.'
Richard rukte de schouderriem van zijn zwaard recht. 'Ik had haast.'
Cara haalde haar schouders op. 'U bent Meester Rahl. Geen van uw daden kon ons verbazen.'
Richard bedacht dat ze heel verbaasd keek, toen ze zag dat hij onzichtbaar werd, maar dat zei hij niet, aangezien hij net had besloten zijn grove taalgebruik wat te kuisen.
Hij keek de schaars verlichte, stoffige kamer door. 'Wat doe je in dit gat?'

Cara trok haar handschoenen uit en gooide ze op tafel. 'We wilden dit als basis gebruiken, terwijl we naar u zochten. We zijn hier nog maar pas. We hebben deze plek gekozen, omdat dit dicht bij het D'Haraanse hoofdkwartier ligt.'

'Ik heb gehoord dat ze in een groot gebouw achter de markt zitten.'

'Dat is zo,' zei Hally. 'Dat hebben we nagegaan.'

Richard keek haar zoekend in haar doordringende, blauwe ogen. 'Ik was daarheen onderweg toen u mij vond. Ik dacht dat het geen kwaad kon om u bij me te hebben.' Hij maakte de mriswith-cape om zijn hals los en krabde achter in zijn nek. 'Hoe hebben jullie me in zo'n grote stad kunnen vinden?'

De twee mannen stonden erbij zonder enige emotie te tonen, maar ze trokken hun wenkbrauwen op terwijl ze naar de vrouwen keken.

'U bent Meester Rahl,' zei Cara, die dacht dat dit genoeg zou verklaren.

Richard zette zijn vuisten in zijn zij. 'Dus?'

'De band,' zei Berdine. Ze keek stomverbaasd naar de onverschillige uitdrukking op zijn gezicht. 'We hebben een band met Meester Rahl.'

'Ik begrijp niet wat dat betekent. Wat heeft dat te maken met het feit dat jullie me hebben gevonden?'

De vrouwen wisselden blikken met elkaar uit. Cara hield haar hoofd iets scheef. 'U bent Meester Rahl, de Meester van D'Hara. Wij zijn D'Haranen. Waarom begrijpt u dat niet?'

Richard veegde het haar van zijn voorhoofd en slaakte een zucht van uitputting. 'Ik ben in het Westland opgevoed, twee grenzen van D'Hara vandaan. Ik heb nooit iets van D'Hara geweten, en van Darken Rahl nog minder, totdat men de grenzen heeft neergehaald. Ik kwam er pas een paar maanden geleden achter dat Darken Rahl mijn vader was.' Hij keek van hun verbijsterde blikken weg. 'Hij verkrachtte mijn moeder, en zij vluchtte naar het Westland voordat ik werd geboren, voordat men de grenzen slechtte. Darken Rahl heeft tot aan zijn dood toe nooit geweten dat ik bestond, en dat ik zijn zoon was. Of ik Meester Rahl ben of niet – daar weet ik niets van.'

De twee mannen stonden er al die tijd al emotieloos bij. De vier Mord-Sith keken hem een poos aan en de vlam van de kaars weerspiegelde zich als een lichtpuntje in hun ooghoeken, toen ze zijn ziel opnieuw leken te onderzoeken. Hij vroeg zich af of ze spijt hadden dat ze de eed van trouw aan hem hadden afgelegd.

Richard voelde zich ongemakkelijk als hij zijn afkomst uit de doeken deed aan mensen die hij niet echt kende. 'Jullie hebben me nog steeds niet uitgelegd hoe jullie me hebben gevonden.'

Toen Berdine haar cape uittrok en hem boven op de stapel spullen gooide, legde Cara haar hand op zijn schouder en drukte hem op het hart in

de stoel te gaan zitten. Toen hij merkte dat de loszittende onderdelen onder zijn gewicht scheefzakten, betwijfelde hij of de stoel hem zou kunnen dragen, maar dat was wel zo. Ze keek naar de twee mannen op. 'Misschien kunnen jullie hem die verbondenheid beter uitleggen, want jullie voelen die het sterkst. Ulic?'
Ulic ging op zijn andere been staan. 'Waar moet ik beginnen?'
Cara stond op het punt iets te zeggen, maar Richard onderbrak haar. 'Ik heb belangrijke dingen te doen en ik heb niet zoveel tijd. Vertel me alleen de hoofdzaken. Vertel me over die band.'
Ulic knikte. 'Ik zal u vertellen wat wij daarover hebben geleerd.'
Richard wees naar de bank en beduidde Ulic te gaan zitten. Het maakte hem onzeker om de man boven zich te zien uittorenen als een soort berg met armen. Richard keek over zijn schouder en zag dat Gratch tevreden zijn vacht likte, maar zijn gloeiende groene ogen op de mensen gericht hield. Richard glimlachte gerustgesteld. Gratch was nooit zoveel mensen gewend, en Richard wilde dat hij zich op zijn gemak voelde, zeker met het oog op zijn plannen. Het gezicht van de kaai plooide zich tot een glimlach, maar zijn oren stonden gespitst terwijl hij luisterde. Richard wenste dat hij zeker wist hoeveel Gratch van hun gesprek begreep.
Ulic schoof de bank naar voren en ging zitten. 'Lang geleden...'
'Hoe lang?' viel Richard hem in de rede.
Ulic wreef met zijn duim over het handvat van het mes aan zijn riem, terwijl hij nadacht wat hij zou antwoorden. Zijn diepe stem klonk alsof hij er kaarslicht mee zou kunnen doven. 'Lang geleden... ten tijde van het ontstaan van D'Hara. Een paar duizend jaar geleden, denk ik.'
'En wat gebeurde er in die tijden van het begin?'
'Nu, toen ontstond de band. In de tijden van het begin wierp de eerste Meester Rahl zijn toverkracht, zijn magie, over het D'Haraanse volk uit, om ons te beschermen.'
Richard trok een wenkbrauw op. 'Je bedoelt: om over jullie te heersen.'
Ulic schudde zijn hoofd. 'Het was een overeenkomst. Het Huis van Rahl...' hij klopte op de sierletter – de letter R die in het leer op zijn borst was gesneden, 'zou de magie, en het D'Haraanse volk zou het staal zijn. Wij beschermen hem en hij beschermt ons op zijn beurt. We hebben een onderlinge band.'
'Waarom zou een tovenaar de bescherming van staal nodig hebben? Tovenaars hebben hun eigen magie.'
Ulics leren uniform kraakte toen hij met zijn elleboog op zijn knie leunde en ernstig keek. 'U hebt magie. Heeft die u altijd beschermd? Je kunt niet altijd wakker zijn, of zien wie er achter je staat, of je magie snel genoeg aanroepen als ze met een heleboel zijn. Zelfs mensen met magie

zullen sterven als iemand ze de keel doorsnijdt. U hebt ons nodig.'
Richard gaf zich op dat punt gewonnen. 'Dus wat heeft die band met mij te maken?'
'Nou, de overeenkomst, de magie verbindt het volk van D'Hara met Meester Rahl. Als Meester Rahl sterft, kan de band worden overgedragen op zijn begaafde erfgenaam.' Ulic haalde zijn schouders op. 'De band is het magische van die verbintenis. Alle D'Haranen voelen dat. We begrijpen dat vanaf onze geboorte. We herkennen Meester Rahl door die band. Als Meester Rahl dicht bij ons is, voelen wij zijn aanwezigheid. Zo hebben wij u gevonden. Als we dichtbij genoeg zijn, dan kunnen we u voelen.' Richard greep de leuningen van de stoel beet terwijl hij voorover leunde. 'Je bedoelt dat alle D'Haranen mijn aanwezigheid kunnen voelen, en weten waar ik ben?'
'Nee. Er zit meer achter.' Ulic wurmde zijn vinger onder een leren schild om zijn schouder te krabben, en probeerde intussen een plausibele verklaring te bedenken.
Berdine zette haar ene voet naast Ulic op de bank en leunde op één elleboog voorover. Ze wilde hem te hulp snellen. Haar dikke bruine vlecht viel over haar schouder naar voren. 'U moet weten dat we allereerst de nieuwe Meester Rahl moeten herkennen. Ik bedoel daarmee dat we zijn regels op een formele manier moeten herkennen en aanvaarden. Die aanvaarding is niet formeel in ceremoniële zin, maar meer als een soort begrip en aanvaarding in ons hart. Het hoeft geen aanvaarding te zijn die we wensen, en in het verleden was dat met ons ook niet het geval, maar aanvaarding is desondanks vanzelfsprekend.'
'Je bedoelt dat je moet geloven.'
Alle gezichten keken hem glunderend aan.
'Ja. Zo kun je het heel goed uitdrukken,' bracht Egan te berde. 'Als we eenmaal zijn heerschappij aanvaarden, voelen we ons met Meester Rahl verbonden, zo lang hij leeft. Als hij sterft, neemt de nieuwe Meester Rahl zijn plaats in, en dan zijn we met hem verbonden. Zo zou het tenminste moeten werken. Ditmaal ging er iets mis en Darken Rahl, of liever zijn geest, bleef voor een deel in deze wereld voortbestaan.'
Richard zette zijn stoel rechtop. 'De poort. De kisten in de Levenstuin zijn een poort naar de onderwereld, en ze hebben er eentje open laten staan. Toen ik twee weken geleden terugkwam, heb ik hem weer dichtgedaan en Darken Rahl voorgoed naar de onderwereld teruggestuurd.'
Ulics spieren zwollen op toen hij zijn handpalmen tegen elkaar wreef. 'Toen Darken Rahl aan het begin van de winter stierf en u voor het paleis sprak, dachten veel D'Haranen dat u de nieuwe Meester Rahl was. Maar sommigen ook niet. Sommigen gehoorzaamden nog steeds aan hun trouw, hun band met Darken Rahl. Dat moet iets te maken hebben met

die poort die volgens u openstond. Dat is nog nooit eerder gebeurd, althans, voor zover ik weet.

Toen u naar het paleis terugkeerde en Darken Rahls geest versloeg door uw gave te gebruiken, hebt u ook de rebellerende officiers verslagen die u aan de kaak stelden. Door Darken Rahls geest uit te bannen hebt u de band verbroken die nog steeds bij sommigen van hen bestond, en hebt u de anderen in het paleis overtuigd van uw autoriteit als Meester Rahl. Ze zijn u nu allemaal trouw. Het hele paleis. Ze voelen zich allen met u verbonden.'

'Zoals dat hoort,' zei Raina beslist. 'U hebt de gave – u bent een tovenaar. U bent de magie tegen magie, en de D'Haranen, uw volk, zijn staal tegen staal.'

Richard keek haar in de donkere ogen. 'Ik weet minder van die band, van dit gedoe over staal tegen staal en magie tegen magie af dan ik weet over hoe het is om een tovenaar te zijn, en van dat laatste weet ik vrijwel niets af. Ik weet niet hoe ik magie moet gebruiken.'

De vrouwen staarden hem even aan en begonnen toen te lachen, alsof hij een grap had gemaakt en zij hem de indruk wilden geven dat ze daar erg veel schik om hadden.

'Ik meen het. Ik weet niet hoe ik mijn gave moet gebruiken.'

Hally klopte hem op zijn schouder en wees naar Gratch. 'U voert het bevel over de beesten, net als Darken Rahl. Wij kunnen geen beesten commanderen. U praat zelfs met hem. Een kaai!'

'Daar weet je niets van. Ik heb hem gered toen hij nog maar een pup was. Ik heb hem opgevoed, dat is alles. We zijn vrienden geworden. Dat heeft niets met magie te maken.'

Hally klopte hem weer op zijn rug. 'Dat mag voor u dan geen magie lijken, Meester Rahl, maar geen van ons zou dat klaarspelen.'

'Maar...?'

'We hebben vandaag gezien dat u onzichtbaar werd,' zei Cara. Ze lachte niet meer. 'Gaat u ons vertellen dat dat geen magie was?'

'Nou, ja, ik denk dat dat magie was, maar niet het soort waar jullie aan denken. Jullie begrijpen gewoon niet...'

Cara trok een wenkbrauw op. 'Meester Rahl, voor u is dat begrijpelijk, want u hebt de gave. Voor ons is dat magie. U wilt toch niet zeggen dat een van ons zoiets zou kunnen?'

Richard veegde met zijn hand over zijn gezicht. 'Nee, dat zouden jullie niet kunnen. Maar het is nog steeds niet wat jullie denken dat het is.'

Raina keek hem met haar donkere ogen aan op de manier waarop Mord-Sith kijken wanneer ze onderworpenheid verwachten in plaats van een woordentwist – een staalachtige blik die zijn tong leek te verlammen. Hoewel hij geen gevangene van Mord-Sith meer was en deze vrouwen

hem probeerden te helpen, deed haar blik hem nog steeds zwijgen.
'Meester Rahl,' zei ze op een zachte toon die de muisstille kamer vulde, 'in het Volkspaleis vocht u tegen de geest van Darken Rahl. U vocht als een man van vlees en bloed tegen de geest van een machtig tovenaar die was teruggekeerd van de onderwereld – de wereld van de doden, om ons allemaal te vernietigen. Hij bestond niet in lichamelijke zin, hij was een geest, die slechts door magie werd bezield. U kon zo'n demon slechts met uw eigen magie bestrijden.
In het gevecht liet u bliksemschichten ontstaan die waren aangedreven door magie, en ze flitsten door het paleis en verwoestten de rebelse leiders die zich tegen u hadden gekeerd en wilden dat Darken Rahl zou zegevieren. Iedereen in het paleis die geen band met u had, raakte die dag alsnog met u verbonden. Die dag heeft niemand van ons in zijn hele leven ooit iets wat zo op magie lijkt door het paleis zien knetteren.'
Ze boog zich naar hem toe en hield hem nog steeds gevangen in de blik van haar donkere ogen, en de hartstocht in haar stem sneed door de stilte. 'Dat was magie, Meester Rahl. We stonden allen op het punt te worden gedood, te worden opgeslokt door de wereld van de doden. U hebt ons gered. U hebt zich gehouden aan uw deel van de overeenkomst: u was magie tegen de magie. U bent Meester Rahl. We zouden ons leven voor u opofferen.'
Richard besefte dat hij met zijn linkerhand het gevest van zijn zwaard stevig vastgreep. Hij kon de bobbelige letters van het woord WAARHEID in zijn huid voelen drukken.
Hij slaagde erin zich aan Raina's blik te ontworstelen en nam de anderen in zich op. 'Alles wat jullie zeggen is waar, maar het is niet zo eenvoudig als jullie geloven. Er zit meer achter. Ik wil niet dat jullie denken dat ik de dingen die ik deed, kon doen omdat ik wist hoe dat moest. Het gebeurde gewoon. Darken Rahl heeft zijn hele leven gestudeerd om een tovenaar te zijn, om de magie te kunnen gebruiken. Ik weet daar bijna niets van. Jullie stellen te veel vertrouwen in me.'
Cara haalde haar schouders op. 'Dat begrijpen we: u moet nog veel meer over magie leren. Dat is goed. Het is altijd goed om meer te leren. U zult ons beter dienen naarmate u meer hebt geleerd.'
'Nee, je begrijpt niet...'
Ze legde haar hand geruststellend op zijn schouder. 'Hoeveel u ook weet, er zal altijd meer zijn – niemand weet alles. Maar dat verandert niets. U bent de Meester Rahl. We zijn met u verbonden.' Ze pakte zijn schouder. 'Zelfs al zou iemand van ons daar iets aan willen veranderen, dan zouden we dat niet eens kunnen.'
Plotseling voelde Richard zich rustig. Hij wilde hen eigenlijk niet op andere gedachten brengen, want hij kon hun hulp en trouw goed gebrui-

ken. 'Jullie hebben me al eens eerder geholpen, misschien hebben jullie mijn leven zelfs wel gered, daarginds midden op straat, maar ik wil alleen niet dat jullie meer vertrouwen in me hebben dan gerechtvaardigd is. Ik wil jullie niet bedriegen. Ik wil dat jullie me volgen, omdat wat ik doe rechtvaardig is, en niet op grond van een band die met magie is gesmeed. Dat is slavernij.'

'Meester Rahl,' zei Raina, en haar stem klonk voor het eerst wat onvast, 'vroeger waren we met Darken Rahl verbonden. We hadden daarin niet meer keus dan nu. Hij heeft ons uit ons huis gehaald toen we jong waren, hij heeft ons opgeleid en ons gebruikt om....'

Richard ging staan en hield zijn vingertoppen voor haar lippen. 'Dat weet ik. Dat geeft niet. Je bent nu vrij.'

Cara greep hem bij zijn hemd en trok hem naar zich toe. 'Begrijpt u het dan niet? Zelfs al haatten velen van ons Darken Rahl, toch werden we gedwongen hem te dienen, omdat we met hem verbonden waren. Dat was slavernij.

Het is voor ons niet belangrijk dat u niet alles weet. We zijn aan u als Meester Rahl verbonden, wat er ook gebeurt. Voor het eerst in ieder van ons leven is dat geen last. Als de band er niet was geweest, dan zouden we hetzelfde kiezen – en dat is geen slavernij.'

'We weten niets van uw magie af,' zei Hally, 'maar we kunnen u helpen leren wat het betekent om Meester Rahl te zijn.' De ironie van haar breder wordende glimlach maakte de uitdrukking van haar blauwe ogen zachter en liet iets zien van de vrouwen achter het begrip Mord-Sith. 'Het is tenslotte de doelstelling van Mord-Sith om op te leiden, te onderwijzen.' Haar glimlach vervaagde, toen ze ernstig begon te kijken. 'Het kan ons niet schelen als u nog meer stappen op uw reis moet zetten – we zullen u daarom niet in de steek laten.'

Richard kamde met zijn vingers door zijn haar. Hij was ontroerd door wat ze hadden gezegd, maar hun blinde devotie maakte hem wat ongerust. 'Als jullie maar begrijpen dat ik niet de tovenaar ben die jullie dachten te vinden. Ik weet een beetje van bepaalde magie, zoals mijn zwaard, maar ik weet niet veel van het gebruik van mijn gave af. Ik gebruikte wat uit mezelf voortkwam zonder het te begrijpen of het te kunnen beheersen, en de goede geesten hielpen me daarbij.' Hij zweeg een tijdje en keek in de diepte van hun afwachtende ogen. 'Denna is één van hen.'

De vier vrouwen glimlachten, elk op haar eigen manier. Ze hadden Denna gekend en wisten dat ze hem had opgeleid, en dat hij haar had gedood om te kunnen ontsnappen. Door dat te doen, bevrijdde hij haar van de band met Darken Rahl, en van wat ze was geworden, maar tegen een prijs die hem altijd zou blijven achtervolgen, zelfs al was haar

geest nu in vrede – hij had het Zwaard van de Waarheid witheet moeten laten worden en heeft haar leven met die kant van de magie moeten beëindigen: met liefde en vergevingsgezindheid.
'Wat zou er beter kunnen zijn dan dat de goede geesten aan onze kant staan,' zei Cara zacht, die namens allen leek te spreken. 'Het is goed te weten dat Denna onder hen verkeert.'
Richard maakte zich los van hun blikken in een poging zich ook aan zijn kwellende herinneringen te ontworstelen. Hij veegde het stof van zijn broek en veranderde van onderwerp.
'Welnu, als Zoeker van de Waarheid was ik op weg om te zien wie hier in Aydindril de leiding over de D'Haranen voert. Ik heb iets belangrijks te doen en ik moet me haasten. Ik wist niet van deze band af, maar ik weet dat ik de Zoeker ben. Ik neem aan dat het geen kwaad kan om jullie allemaal bij me te hebben.'
Berdine schudde haar hoofd vol golvend, kastanjebruin haar. 'Wat een geluk dat we hem bijtijds hebben gevonden.' De andere drie mompelden instemmend.
Richard keek hen een voor een aan. 'Waarom is dat een geluk?'
'Omdat,' zei Cara, 'men u nog niet als de Meester Rahl kent.'
'Ik heb je al eerder gezegd dat ik de Zoeker ben. Dat is belangrijker dan de Meester Rahl te zijn. Vergeet niet dat ik als de Zoeker de laatste Meester Rahl heb gedood. Maar nu jullie me over die band hebben verteld, ben ik van plan het D'Haraanse commando te vertellen dat ik ook de nieuwe Meester Rahl ben, en loyaliteit van hen eis. Dat zal de uitvoering van mijn plannen er zeker gemakkelijker op maken.'
Berdine lachte blafferig. 'We wisten niet hoe gelukkig we waren om u op tijd te vinden.'
Raina veegde haar donkere pony naar achteren en keek haar zuster van de Agiel aan. 'Ik moet er nog van huiveren als ik eraan denk dat we hem op een haartje na kwijtraakten.'
'Waar heb je het over? Zij zijn D'Haranen. Ik dacht dat ze me konden voelen, dankzij die band.'
'We hadden jullie verteld,' zei Ulic, 'dat we eerst Meester Rahls heerschappij op een formele manier moeten erkennen en aanvaarden. Dat hebben jullie niet gedaan met deze mannen. Bovendien is de band niet bij iedereen van ons even sterk.'
Richard wierp zijn handen omhoog. 'Eerst zeggen jullie me dat ze me zullen volgen, en nu zeg je van niet?'
'U moet ze zelf aan u binden, Meester Rahl,' zei Cara. Ze zuchtte. 'Als u dat kunt. Het bloed van Generaal Reibisch is niet zuiver.'
Richard fronste. 'Wat betekent dat nu weer?'
'Meester Rahl,' zei Egan terwijl hij naar voren stapte, 'in de tijden van

het begin, toen de eerste Meester Rahl het web uitspreidde en ons aan zich bond, was D'Hara niet wat het vandaag de dag is. D'Hara was een land in een groter land, ongeveer net zoals het Middenland uit verschillende landen bestaat.'

Richard herinnerde zich plotseling het verhaal dat Kahlan hem had verteld op de avond dat hij haar had ontmoet. Terwijl ze huiverend in de beschutting van een grillige pijnboom bij een vuur zaten, en ze zich bijna wezenloos waren geschrokken na hun ontmoeting met een kaai, had ze hem het een en ander verteld over de wereld buiten zijn thuisland, het Westland.

Richard staarde in een donkere hoek en herinnerde zich het verhaal. 'Darken Rahls grootvader, Panis, de Meester van D'Hara, begon alle landen onder zijn bewind samen te voegen. Hij verzwolg alle landen en koninkrijken, en maakte er één geheel van: D'Hara.'

'Dat klopt,' zei Egan. 'Niet alle mensen die zichzelf nu D'Haranen noemen, stammen ook werkelijk van de eerste D'Haranen af – alleen degenen die een band hadden. Sommigen hebben een beetje echt D'Haraans bloed en anderen wat meer, en weer anderen, zoals Ulic en ik, hebben zuiver D'Haraans bloed. Een aantal heeft geen echt D'Haraans bloed – die voelen de band niet.

Darken Rahl liet net als zijn vader diegenen bij zich komen die hun geestverwant waren: mensen die naar macht hunkerden. Veel van die D'Haranen waren qua bloed niet zuiver, maar wel wat eerzucht betreft. Commandant-Generaal Trimack in het paleis, en de mannen van de Eerste Rot...' Richard gebaarde naar Ulic en Egan. '... en Meester Rahls persoonlijke lijfwachten zijn dus echt D'Haraans?'

Ulic knikte. 'Net als zijn vader vertrouwde Darken Rahl alleen mensen met zuiver bloed als zijn lijfwacht. Hij gebruikte mannen met gemengd bloed of zonder enige band om ver van het centrum van D'Hara oorlog te voeren en andere landen te veroveren.'

Richard streek met een vinger over zijn onderlip terwijl hij nadacht. 'Hoe zit het met die man die hier in Aydindril de D'Haraanse troepen aanvoert? Hoe heet hij?'

'Generaal Reibisch,' zei Berdine. 'Hij heeft gemengd bloed, dus zal het niet zo gemakkelijk gaan, maar als u ervoor kunt zorgen dat hij u erkent als de Meester Rahl, dan zal hij genoeg D'Haraans bloed blijken te hebben om zich te laten binden. Als een commandant zich eenmaal heeft laten binden, dan zullen velen van zijn manschappen hem meteen volgen – ze vertrouwen immers hun commandant, en ze zullen geloven wat hij gelooft. Als u Generaal Reibisch aan u kunt binden, dan zult u de troepen in Aydindril in uw macht hebben. Zelfs ondanks het feit dat sommige mannen geen echt D'Haraans bloed in de aderen hebben, zijn

ze toch trouw aan hun leiders en zullen ze zich toch laten binden, om het maar zo uit te drukken.'
'Dan zal ik iets moeten doen om die Generaal Reibisch ervan te overtuigen dat ik de nieuwe Meester Rahl ben.'
Cara grijnsde gemeen. 'Daarom hebt u ons nodig. We hebben iets voor u meegebracht van Commandant-Generaal Trimack.' Ze wenkte Hally. 'Laat het hem maar zien.'
Hally maakte de bovenste knopen van haar leren uitrusting los en haalde een lange gordeltas tussen haar borsten vandaan. Met een trotse glimlach gaf ze hem aan Richard. Hij haalde de rol eruit en keek aandachtig naar het in goudkleurige was gestempelde symbool van een doodshoofd met twee gekruiste zwaarden eronder.
'Wat is dit?'
'Commandant-Generaal Trimack wilde u helpen,' zei Hally. Met de glans van een glimlach nog in haar ogen raakte ze de was met één vinger aan. 'Dit is het persoonlijke zegel van de commandant-generaal van de Eerste Rot. Het document is in zijn eigen handschrift geschreven. Hij heeft het geschreven, terwijl ik erop stond te wachten, en hij zei me dat ik het aan u moest geven. Het is een verklaring dat u de nieuwe Meester Rahl bent, en er staat in dat de Eerste Rot en alle troepen en veldheren in D'Hara u als zodanig erkennen, een band met u hebben, en klaarstaan om uw verrijzenis tot de macht met hun leven te verdedigen. Eeuwige wraak wordt beloofd op eenieder die tegen u in opstand komt.'
Richard keek op naar haar blauwe ogen. 'Hally, ik zou je wel kunnen kussen.'
Haar glimlach verdween ogenblikkelijk. 'Meester Rahl, u hebt ons vrij verklaard. We hoeven ons niet meer te onderwerpen...' Ze hield snel haar mond toen haar gezicht vuurrood werd, net als dat van de andere vrouwen. Hally boog haar hoofd en keek strak naar de vloer. Haar stem klonk als onderdanig gefluister. 'Vergeef me, Meester Rahl. Als u dat van ons wilt, dan offeren we ons natuurlijk gewillig op.'
Richard tilde haar kin met zijn vingertoppen op. 'Hally, het was maar een woordspeling. Zoals je me al zei, jullie zijn ditmaal geen slaven, hoewel jullie een band hebben. Ik ben niet slechts de Meester Rahl, ik ben ook de Zoeker van de Waarheid. Ik hoop dat je me zult volgen omdat het voor een goede zaak is. Ik wil dat je je daar aan verbindt, en niet aan mij. Je zult nooit hoeven vrezen dat ik jouw vrijheid zal intrekken.'
Hally slikte. 'Dank u, Meester Rahl.'
Richard zwaaide met de rol. 'Nu, zullen we die Generaal Reibisch eens kennis laten maken met de nieuwe Meester Rahl, zodat ik verder kan met wat ik moet doen?'
Berdine legde haar hand op zijn arm alsof ze hem wilde tegenhouden.

'Meester Rahl, de woorden van de commandant-generaal zijn als leidraad bedoeld. Ze zullen de troepen niet vanzelf aan u binden.'
Richard zette zijn vuisten op zijn heupen. 'Jullie vieren hebben de kwalijke gewoonte iets vlak voor mijn gezicht te laten bungelen en het dan opeens weg te halen. Wat zou ik anders moeten doen? Een of ander listig toverkunstje?'
De vier knikten alsof hij eindelijk had geraden wat ze van plan waren.
'Wat!' Richard boog zich naar hen toe. 'Bedoelen jullie dat die generaal me een of ander toverkunstje wil laten uithalen om mezelf te bewijzen?'
Cara haalde haar schouders op. Ze voelde zich weinig op haar gemak.
'Meester Rahl, dit zijn slechts woorden op papier. Ze zijn bedoeld om u te steunen, om u te helpen, en niet om uw taak te vervullen. In het paleis in D'Hara is het woord van de commandant wet, en u hebt een hogere rang, maar op het veld is dat niet zo. Hier is Generaal Reibisch de wet. U moet hem ervan overtuigen dat u boven hem staat.
Die manschappen zullen u niet gemakkelijk in hun hart sluiten. De Meester Rahl moet zich tonen als een figuur met een buitengewone kracht en macht. Ze moeten worden overdonderd om de band af te smeken, net als de troepen in het paleis, toen u de muren met bliksem in vuur en vlam zette. Zoals u zei: ze moeten geloven. Om te geloven is meer nodig dan woorden op papier. Generaal Trimacks brief is bedoeld als een deel, maar kan niet het geheel zijn.'
'Magie,' mompelde Richard terwijl hij zich in de gammele stoel liet zakken. Hij krabde zich in het gezicht en probeerde ondanks de beneveling van zijn vermoeidheid na te denken. Hij was de Zoeker, door een tovenaar benoemd, en dat was een positie van macht en verantwoordelijkheid – de Zoeker moest aan zijn eigen wetten gehoorzamen. Hij had zich voorgenomen dit als Zoeker te doen. Hij kon dat nog steeds als Zoeker. Hij wist wat het betekende de Zoeker te zijn.
Maar toch – als de D'Haranen in Aydindril hem trouw zouden zijn...
Ondanks zijn vermoeidheid was één ding duidelijk: hij moest zich ervan verzekeren dat Kahlan in veiligheid was. Hij moest zijn verstand gebruiken en niet slechts op zijn hart vertrouwen. Hij kon niet eenvoudigweg achter haar aan hollen zonder acht te slaan op wat er gaande was, niet als hij echt zeker wilde weten dat ze het goed maakte. Hij moest dit doen. Hij moest de harten van de D'Haranen zien te veroveren.
Richard sprong overeind. 'Hebben jullie je roodleren uitrusting meegebracht?' Bloedrode leren Mord-Sith-kostuums werden gedragen als ze van plan waren elke vorm van discipline aan de kant te zetten – op rood zag je geen bloed. Als een Mord-Sith haar roodleren tenue droeg, dan gold dat als een verklaring dat ze een hoop bloed verwachtte, en iedereen wist dat dat niet het hare zou zijn.

Hally glimlachte schrander, terwijl ze haar armen over haar borsten sloeg. 'Een Mord-Sith gaat nergens heen zonder haar rode tenue.'
Cara knipperde verwachtingsvol met haar ogen. 'Had u iets bijzonders in gedachten, Meester Rahl?'
'Ja.' Richard glimlachte poeslief naar haar. 'Willen ze macht en kracht zien? Willen ze een verbijsterend staaltje toverkunst zien? We zullen ze toverkunst geven. We zullen ze overdonderen.' Hij stak een vinger waarschuwend omhoog. 'Maar jullie moeten doen wat ik zeg. Ik wil niet dat er iemand van jullie gewond raakt. Ik heb jullie niet bevrijd om je te laten doden.'
Hally keek hem met een ijzeren blik aan. 'Mord-Sith sterven niet oud en tandeloos in bed.'
Richard zag in die blauwe ogen een spoortje van de waanzin die meedogenloze wapens van deze vrouwen had gemaakt. Hij had zelf iets moeten doorstaan van wat hun was aangedaan, en wist wat het betekende met die waanzin te leven. Hij bleef haar aankijken en probeerde met zachte stem de hardheid in haar blik te verzachten. 'Als jullie je laten doden, Hally, wie zal mij dan beschermen?'
'Als we onze levens moeten opofferen, dan doen we dat, anders zal er geen Meester Rahl zijn die bescherming biedt.' Een onverwachte glimlach verzachtte Hally's ogen en bracht een beetje licht in de schaduw. 'We willen dat Meester Rahl in bed sterft, oud en tandeloos. Wat moeten we doen?'
Een schaduw van twijfel gleed over zijn gedachten. Werd zijn eerzucht door diezelfde waanzin verwrongen? Nee. Hij had geen keus. Dit zou levens redden, geen levens vergen.
'Trekken jullie vieren je roodleren tenue aan. We wachten wel buiten, terwijl jullie je omkleden. Als jullie daarmee klaar zijn, zal ik alles uitleggen.'
Hally greep zijn hemd beet, toen hij zich omdraaide en wilde weglopen. 'Nu we u gevonden hebben, laten we u niet uit het zicht verdwijnen. U moet hier blijven, terwijl we ons omkleden. U mag u omdraaien als u wilt.'
Richard draaide zich met een zucht om en sloeg zijn armen over elkaar. De twee mannen stonden toe te kijken. Richard fronste zijn wenkbrauwen en gebaarde hen zich ook om te draaien. Gratch hield zijn hoofd een beetje schuin en keek verbaasd. Hij haalde zijn schouders op en draaide zich net als Richard om.
'We zijn blij dat u hebt besloten die manschappen aan u te binden, Meester Rahl,' zei Cara. Hij hoorde dat ze spullen uit hun bepakking haalden. 'U zult veel veiliger zijn onder de bescherming van een heel leger. Nadat u ze aan u hebt verbonden, zullen we meteen naar D'Hara vertrekken, waar u veilig zult zijn.'

'We gaan niet naar D'Hara,' zei Richard over zijn schouder. 'Ik heb belangrijke dingen te doen. Ik heb plannen.'
'Plannen, Meester Rahl?' Hij kon Raina's adem bijna achter in zijn nek voelen toen ze haar bruine leren tenue afstroopte. 'Wat voor plannen?'
'Wat voor plannen zou de Meester Rahl kunnen hebben? Ik ben van plan de wereld te veroveren.'

9

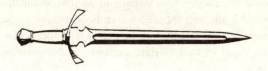

Ze hoefden zich niet met geweld een weg te banen door de menigte, want ze deden een golf van paniek over hen heen slaan, zoals het aanzicht van wolven een kudde schapen verontrust. Mensen schreeuwden, terwijl ze alle kanten uit stoven. Moeders tilden kinderen in de armen, terwijl ze wegrenden, mannen vielen met hun gezicht in de sneeuw toen ze wilden opstaan en weghollen, straatventers lieten hun waar in de steek om als bezetenen voor hun leven te rennen en aan beide kanten van de straat werden winkeldeuren dichtgeslagen.

Die paniek was een goed teken, dacht Richard. Ze zouden in elk geval niet over het hoofd worden gezien. Het was natuurlijk tamelijk lastig om een kaai van meer dan twee meter die midden op de dag door de stad liep over het hoofd te zien. Richard dacht dat Gratch de dag van zijn leven moest hebben. De anderen, die een minder onschuldige opvatting van hun naderende taak hadden, keken grimmig, terwijl ze in het midden van de straat voortliepen.

Gratch liep achter Richard, die op zijn beurt achter Egan en Ulic liep en Cara en Berdine links en Raina rechts van zich had. Deze volgorde was niet toevallig. Ulic en Egan hadden erop aangedrongen dat zij aan weerszijden van hem moesten lopen, alsof ze Meester Rahls lijfwachten waren. De vrouwen hadden weinig op met dat idee en wierpen tegen dat ze op die manier de laatste verdedigingslijn rond Meester Rahl zouden vormen. Gratch kon het niet schelen waar hij liep – als hij maar dicht genoeg bij Richard was.

Richard moest zijn stem verheffen om die discussie een halt toe te roepen. Hij had ze gezegd dat Ulic en Egan voorop zouden lopen om de weg vrij te maken als dat nodig was, dat de Mord-Sith beide flanken zouden beschermen en dat de kaai achteraan zou lopen, omdat hij over elk van hen heen kon kijken. Allen leken toen tevreden, in de veronderstelling dat de positie die hen was toebedeeld, de beste bescherming voor Meester Rahl zou blijken te zijn.

Ulic en Egan hadden hun capes naar achteren over hun schouders geduwd en droegen de banden met de scherpe uitsteeksels boven hun ellebogen, maar ze droegen hun zwaard in de schede aan hun riem. De vier vrouwen die van top tot teen waren bedekt door nauwe, bloedrode leren tenues met op hun buik de gele ster en de sikkel van Mord-Sith, droegen hun Agiel in hun vuisten, gestoken in bepantserde roodleren handschoenen.

Richard wist maar al te goed hoeveel moeite het kostte om een Agiel vast te houden. Net als de Agiel waarmee Denna hem had leren omgaan en die ze hem had gegeven, hem pijn deed wanneer hij hem vasthield, was het voor deze vrouwen niet mogelijk hun eigen Agiel vast te houden zonder dat ze de magie ervan voelden. Die pijn was ondraaglijk, wist Richard, maar Mord-Sith waren getraind in een hoge pijngrens en ze verlustigden zich koppig in hun vermogen die te kunnen verdragen. Richard had geprobeerd ze over te halen afstand te doen van hun Agiel, maar dat weigerden ze. Hij zou dat kunnen bevelen, dacht hij, maar als hij dat deed zou hij de vrijheid die hij ze had verleend, intrekken, en het stond hem tegen zoiets te doen. Als ze afstand wilden doen van hun Agiel, dan moesten ze dat zelf weten. Ze zouden het toch niet doen, dacht hij. Nu hij het Zwaard van de Waarheid zo lang had gedragen, begreep Richard dat wensen strijdig kunnen zijn met principes – hij had een hekel aan het zwaard en was er liever van af, en van de dingen die hij ermee deed en die het met hem deed, maar bij iedere afslag had hij gevochten om het te behouden.

Een stuk of zestig manschappen liepen als een kudde in de rondte voor het vierkante, twee verdiepingen tellende gebouw dat door het D'Haraanse commando in beslag was genomen. Slechts zes van hen die in het voorportaal stonden, leken formeel op hun positie te staan. Zonder zijn pas te vertragen liepen Richard en zijn kleine gezelschap in een rechte lijn dwars door het kluitje mannen heen naar de trap. De mannen deinsden allemaal wankelend achteruit en schrik maakte zich van hen meester toen ze dit vreemde tafereel aanschouwden.

Ze raakten niet in paniek zoals de mensen op de markt, maar gingen vooral achteruit om ze door te laten. De blikken van de vier vrouwen deden de anderen even gemakkelijk terugdeinzen als koud staal. Sommige mannen grepen het gevest van hun zwaard, terwijl ze een paar stappen achteruit deden.

'Opzij voor Meester Rahl!' riep Ulic. De soldaten wankelden in hun wanorde nog verder naar achteren. Een paar ervan, die in verwarring verkeerden, maar geen risico wilden nemen, maakten een buiging.

Vanuit de cocon van zijn concentratie bekeek Richard dit alles onder de capuchon van zijn mriswith-cape.

Voordat iemand de tegenwoordigheid van geest had ze tegen te houden of ze een vraag te stellen, liepen ze door de menigte soldaten heen en beklommen ze de twaalf treden naar de eenvoudige, in ijzer gevatte deur. Bovenaan besloot een man die ongeveer even groot was als Richard eraan te twijfelen of ze hier wel naar binnen mochten. Hij ging voor de deur staan.

'U moet wachten...'

'Ga opzij voor Meester Rahl, idioot!' gromde Egan zonder zijn pas te vertragen.

De bewaker keek naar de armbanden. 'Wat...?'

Egan, die nog steeds doorliep, gaf de man een klap met de rug van zijn hand en duwde hem opzij. De bewaker tuimelde van het portaal. Twee van de anderen sprongen naar beneden om ruimte voor ze te maken, en de andere drie openden de deur en liepen achteruit door de deuropening. Richard huiverde. Hij had iedereen, zelfs Gratch, gezegd dat hij niet wilde dat er ook maar iemand gewond raakte, tenzij dat echt nodig was. Hij maakte zich zorgen om wat iedereen noodzakelijk zou vinden.

De soldaten die binnen waren en de consternatie buiten hadden gehoord, stormden op hen af vanuit zalen die slechts door een paar lampen werden verlicht. Toen ze Ulic en Egan en de gouden banden boven hun ellebogen zagen, trokken zij hun wapens niet, hoewel dat maar weinig leek te schelen. Een dreigend gegrom van Gratch deed hen wat langzamer lopen. Toen ze de Mord-Sith in hun rode leer zagen, bleven ze staan.

'Generaal Reibisch,' zei Ulic alleen maar.

Een paar mannen stapten naar hem toe.

'Meester Rahl wil Generaal Reibisch spreken,' zei Egan op kalme, gezaghebbende toon. 'Waar is hij?'

De mannen keken achterdochtig maar zeiden niets. Een stoere officier rechts van hen, met de vuisten op de heupen en met een woeste blik op zijn pokdalige gezicht, duwde zich door zijn manschappen heen.

'Wat is hier aan de hand?'

Hij deed agressief een stap naar voren – één te veel – en stak dreigend een vinger naar hen op. In een oogwenk had Raina haar Agiel op zijn schouder gedrukt, en had hem op zijn knieën doen vallen. Ze hield hem schuin omhoog en duwde de punt in de zenuw aan de zijkant van zijn nek. Zijn gil galmde door de zalen. De rest van zijn lichaam schoot in een stuip achteruit.

'Je mag alleen maar vragen beantwoorden,' zei Raina op de onmiskenbare bedwelmende toon van een Mord-Sith die de zaak feilloos in de hand heeft, 'je mag ze niet stellen.' 's Mans hele lichaam schokte, ter-

wijl hij schreeuwde. Raina boog zich over hem heen en het rode leer kraakte. 'Ik geef u nog maar één kans. Waar is Generaal Reibisch?'
Zijn arm schoot omhoog en zwaaide onbeheerst heen en weer, maar hij kon de richting van de middelste van de drie zalen nog net aanwijzen. 'Deur... eind... zaal.'
Raina trok haar Agiel terug. 'Dank je.' De man zakte in elkaar als een marionet waarvan de draden zijn doorgeknipt. Richard spaarde zijn concentratie niet en kromp ineen van meevoelendheid. Al kon een Agiel alle pijn van de wereld doen, Raina had hem niet gebruikt om ermee te doden – hij zou herstellen, maar de andere mannen keken met grote ogen toe terwijl hij ineenkromp van een restje doodsangst. 'Buig voor de Meester Rahl,' siste ze. 'Jullie allemaal.'
'Meester Rahl?' vroeg een paniekerige stem.
Hally stak haar hand uit naar Richard. 'Meester Rahl.'
De mannen staarden in verwarring. Raina knipte met haar vingers en wees naar de vloer. Ze vielen op hun knieën. Voor ze tijd hadden om na te denken, waren Richard en zijn kleine gezelschap al op weg naar de zaal, en de stappen van hun laarzen op de vloer van brede planken galmden tegen de muren. Sommige mannen volgden hen met getrokken zwaard.
Aan het eind van de zaal smeet Ulic een deur open die toegang bood tot een kamer met een hoog plafond die van elke versiering was ontdaan. Hier en daar schemerden zwemen van het vroegere blauwe kleurschema door de eenvoudige, witte pleisterlaag heen. Gratch moest zich buigen en zijn achterste optillen om door de deuropening te kunnen. Richard lette niet op het zorgelijke gevoel in zijn maag dat hem vertelde dat ze in een slangenkuil terechtkwamen.
In de kamer werden ze begroet door drie reusachtige gelederen van D'Haraanse soldaten, die allen strijdbijlen of zwaarden in hun hand hielden. Het was een massieve muur van grimmige gezichten, spieren en staal. Achter de soldaten stond een lange tafel voor een muur met kale ramen die uitzicht boden op een besneeuwde binnenplaats. Boven de achterste muur van de binnenplaats zag Richard de torenspitsen van het Paleis van de Belijdsters, en hoog daarboven, op de berg, de Tovenaarstoren.
Een rij strenge mannen zat achter de tafel en keek de indringers aan. Op hun bovenarmen, die gedeeltelijk schuilgingen onder mouwen van maliënkolder, zaten regelmatig aangebrachte littekens waarvan Richard vermoedde dat die de rang van de desbetreffende functionaris aanduidden. De mannen gedroegen zich ongetwijfeld als officieren: hun ogen glinsterden van zelfvertrouwen en waardigheid.
De man in het midden liet zijn stoel achterover kantelen en sloeg zijn

gespierde armen over elkaar, armen met meer littekens dan die van de anderen. Zijn pluizige, roestkleurige baard bedekte gedeeltelijk een oud, wit litteken dat van zijn linkerslaap tot aan zijn kaak liep. Zijn zware wenkbrauwen hingen omlaag van ongenoegen.
Hally keek de soldaten woest aan. 'We zijn hier om Generaal Reibisch te spreken. Ga uit de weg, of we zullen u een handje helpen.'
De commandant van de bewakers stak zijn arm naar haar uit. 'U zult...' Hally mepte met haar bepantserde handschoen tegen de zijkant van zijn schedel. Egan hief zijn elleboog op om op de schouder van de commandant in te hakken. Toen hij terugdeinsde, greep Egan de commandant bij zijn haar, boog zijn nek over zijn knie en omklemde diens luchtpijp.
'Als u wilt sterven, dan zegt u het maar.'
De commandant klemde zijn lippen zo stevig op elkaar dat ze wit werden. De andere mannen barstten in woedend gevloek uit en drongen naar voren. Gratch kwam waarschuwend overeind.
'Laat ze erdoor,' zei de baardige man achter de tafel.
De mannen deinsden achteruit en maakten slechts genoeg ruimte voor ze vrij om zich er doorheen te wringen. De vrouwen zwaaiden hun Agiel naar weerszijden, en de soldaten maakten wat meer ruimte. Egan liet de commandant vallen. Hij knielde hoestend op zijn niet-aangedane arm en knieën neer en snakte naar adem. Achter hen vulden de deuropening en de zaal daarachter zich met nog meer mannen, die allen gewapend waren.
De man met de roestkleurige baard liet de voorste stoelpoten met een bons op de vloer neerkomen. Hij vouwde zijn handen ineen boven een hoopje paperassen tussen stapels papier die keurig aan weerszijden waren neergelegd.
'Wat komt u doen?'
Hally stapte tussen Ulic en Egan door naar hem toe. 'U bent Generaal Reibisch?' De man met de baard knikte. Hally boog haar hoofd naar hem toe. Het was een lichte buiging – Richard had een Mord-Sith zich nooit tot meer zien verwaardigen, zelfs niet tegenover een koningin. 'We brengen een boodschap van Commandant-Generaal Trimack van de Eerste Rot. Darken Rahl is dood, en zijn geest is door de nieuwe Meester Rahl naar de onderwereld verbannen.'
Hij trok een wenkbrauw op. 'Is dat zo?'
Ze haalde de rol uit de gordeltas en gaf die hem. Hij inspecteerde even het zegel en brak het met zijn duim. Hij kantelde weer met zijn stoel achterover, terwijl hij de brief openvouwde en zijn grijsachtig groene ogen schoten heen en weer, terwijl hij las. Eindelijk liet hij zijn stoel weer met een bons neerkomen.

'En daar zijn jullie met z'n allen voor moeten komen – om me een boodschap te overhandigen?'
Hally plantte haar gepantserde knokkels op de tafel en boog zich naar hem toe. 'We brengen u niet slechts een boodschap, Generaal Reibisch, we brengen u ook Meester Rahl.'
'Zozo? En waar is die Meester Rahl van jullie dan wel?'
Hally keek hem aan met haar beste Mord-Sith-uitdrukking: alsof ze geen nieuwe vragen verwachtte. 'Hij staat tegenover u.'
Reibisch keek langs haar heen naar het gezelschap vreemdelingen en had een tijdje nodig om de kaai in zich op te nemen. Hally ging rechtop staan en strekte haar arm naar Richard uit.
'Mag ik u voorstellen: Meester Rahl, de Meester van D'Hara en het gehele volk.'
Mannen fluisterden en gaven haar woorden door aan degenen in de zaal. Generaal Reibisch maakte een verward gebaar naar de vrouwen.
'Eén van jullie beweert Meester Rahl te zijn?'
'Doe niet zo dwaas,' zei Cara. Ze stak haar hand naar Richard uit. 'Dit is Meester Rahl.'
De wenkbrauwen van de generaal trokken zich samen tot een frons. 'Ik weet niet wat voor spelletje dit is, maar mijn geduld raakt...'
Richard duwde de capuchon van zijn mriswith-cape naar achteren en liet zijn concentratie verslappen. Voor de ogen van de generaal en al zijn mannen leek Richard uit het niets te verschijnen.
Overal om hen heen snakten soldaten naar adem. Sommigen vielen achterover. Anderen lieten zich in diepe buigingen op de knieën zakken.
'Ik,' zei Richard zacht, 'ben Meester Rahl.'
Er volgde een ogenblik van doodse stilte, en toen barstte Generaal Reibisch in lachen uit en sloeg met zijn vlakke hand op tafel. Hij wierp zijn hoofd achterover en bulderde. Sommige mannen hinnikten met hem mee, maar te oordelen naar de manier waarop hun ogen bewogen was het duidelijk dat ze niet precies wisten waarom ze meelachten – ze dachten er alleen verstandig aan te doen.
Nadat zijn gelach was verstomd, kwam Generaal Reibisch overeind. 'Knappe truc, jongeman. Maar ik heb een hoop trucs gezien sinds ik hier in Aydindril ben gestationeerd. Goh, op een dag kwam een man mij vermaken door vogels uit zijn broek te laten vliegen.' Hij fronste weer. 'Eén moment geloofde ik je bijna, maar je bent nog geen Meester Rahl door een toverkunstje op te voeren. Misschien in Trimacks ogen, maar niet in de mijne. Ik buig niet voor straattovenaars.'
Richard stond als versteend en voelde alle ogen op zich gericht, terwijl hij uit alle macht probeerde te bedenken wat hij nu zou kunnen doen. Hij had niet verwacht dat men in lachen zou uitbarsten. Hij kon geen

enkel andere magie bedenken die hij zou kunnen gebruiken, en deze man kon blijkbaar geen echte magie van een goedkoop toverkunstje onderscheiden. Aangezien hij niets beters kon verzinnen, probeerde hij ten minste vol zelfvertrouwen te spreken.

'Ik ben Meester Rahl, de zoon van Darken Rahl. Hij is dood. Ik ben nu Meester Rahl. Als u uw positie wilt blijven vervullen, dan moet u voor me buigen, en me erkennen. Zo niet, dan zal ik u laten vervangen.'

Generaal Reibisch grinnikte opnieuw en stak een vinger achter zijn broekriem. 'Doe nog maar een trucje, en als ik dat net zo goed vind, dan geef ik jou en je groep een munt, voordat ik jullie hier wegstuur. Ik geef je één munt voor je dapperheid, maar voor niets anders.'

De soldaten kwamen dichterbij en de stemming in de ruimte kreeg iets dreigends.

'Meester Rahl doet geen "kunstjes",' snauwde Hally.

Reibisch plantte zijn vlezige handen op tafel en boog zich naar haar toe. 'Jullie kostuums zijn hoogst overtuigend, maar jullie kunnen beter niet voor Mord-Sith spelen, jongedame. Als een van hen jou te pakken krijgt, dan zal die zich jouw pretenties niet laten welgevallen. Mord-Sith vatten hun beroep serieus op.'

Hally dreef haar Agiel in zijn hand. Met een gil sprong Generaal Reibisch naar achteren, en zijn gezicht was een tafereel vol schrik. Hij trok een mes.

Gratch' gegrom deed de ruiten rinkelen. Zijn groene ogen gloeiden, terwijl hij zijn slagtanden ontblootte. Hij spreidde zijn vleugels met een klap als zeilen in een storm. Mannen deinsden achteruit en lieten hun gewapende handen zakken.

Richard kreunde inwendig. De dingen begonnen nu snel uit de hand te lopen. Hij wenste dat hij hier wat beter over had nagedacht, maar hij was er zeker van dat hij de D'Haranen uit ontzag tot zich kon bekeren door zichzelf onzichtbaar te maken. Hij had ten minste over hun ontsnapping moeten nadenken. Hij wist niet hoe ze dit gebouw levend moesten ontvluchten. Zelfs als ze daarin zouden slagen, zou dat ten koste van velen zijn – het zou een bloedbad kunnen worden. Dat wilde hij niet. Hij was dit gedoe rond Meester Rahl begonnen om te voorkomen dat mensen gewond raakten, niet om dat te veroorzaken. Om hem heen klonk geroep.

Bijna voor hij besefte wat hij deed, trok Richard zijn zwaard. Zeldzaam gerinkel van staal vulde de kamer. De magie van het zwaard vloeide in hem, snelde hem te hulp en overstroomde hem met woede. Het leek alsof hij werd getroffen door de hitte van een fornuis dat iemand tot op het bot kan verschroeien. Hij kende dat gevoel heel goed en wakkerde het aan – hij had geen keus. Vulkanen van woede kwamen in hem tot uitbarsting. Hij liet de geesten van hen die het zwaard voor hem hadden gebruikt, op de stormen van wraak met zich meevoeren.

Reibisch doorkliefde de lucht met zijn mes. 'Dood die bedriegers!'

Toen de generaal over de tafel naar Richard sprong, galmde in de kamer plotseling een donderend lawaai. Overal vlogen glasscherven door de lucht die alle licht deden schitteren.

Richard bukte zich snel, toen Gratch over hem heen sprong. Stukjes van raamstijlen dwarrelden in spiralen boven hun hoofd. De officieren achter de tafel, van wie velen door het glas waren verwond, doken naar voren. Richard was stomverbaasd en besefte dat de ramen waren geïmplodeerd.

Gekleurde vegen flitsten door de glasregen. Schaduwen en licht vielen uit de lucht op de grond te pletter. Richard voelde ze ondanks de woede van het zwaard, en schrok.

Mriswith.

Ze kregen gedaante, toen ze de grond raakten.

De kamer werd één groot strijdtoneel. Richard zag flitsen rood, bonte vegen en zwaaiende bogen van staal. Een officier knalde met zijn gezicht op de tafel, en bloed spatte op de paperassen. Ulic gooide twee mannen over zich heen naar achteren. Egan sleurde nog twee mannen over de tafel.

Richard lette niet op het tumult om hem heen, maar greep het kalme middelpunt van dit alles. De kakofonie verstomde toen hij het koude staal tegen zijn voorhoofd hield en de kling zachtjes smeekte om hem vandaag trouw te zijn.

Hij zag en voelde alleen maar mriswith. Met elke vezel van zijn lichaam wilde hij ook niet anders.

De mriswith die het dichtst bij hem was, sprong omhoog, met zijn rug naar hem toe. Met een kreet van woede ontketende Richard de toorn van het Zwaard van de Waarheid. De punt van de kling maakte een fluitend geluid toen het zwaard in beweging kwam en het zijn doel trof – de magie had de smaak van bloed te pakken. De mriswith zakte zonder hoofd in elkaar en het driebladige mes scheerde over de vloer.

Richard draaide zich razendsnel om naar het hagedisachtige schepsel aan zijn andere zij. Hally sprong tussen hen in en stond hem in de weg. Hij draaide nog steeds rond en gebruikte deze energie om haar met zijn schouders opzij te duwen terwijl hij zijn zwaard in het rond zwaaide, en hij kliefde de tweede mriswith doormidden, nog voor het hoofd van de eerste de grond had geraakt. Stinkend bloed vertroebelde de lucht.

Richard sprong naar voren. Hij was in de greep van de woede en was één met de kling, met de geesten en zijn magie. Hij was, zoals de oude profetieën in Hoog D'Haran hem hadden genoemd en hij zichzelf had genoemd, *fuer grissa ost drauka*: de brenger van dood. Elke mindere kwalificatie zou de dood van zijn vrienden betekenen, maar hij kon nu niet meer redelijk denken. Hij was eenzaam in nood.

Hoewel de derde mriswith donkerbruin was, de kleur van het leer, kon Richard hem toch onderscheiden, toen hij door de mannenmenigte wegsnelde. Met een krachtige stoot dreef hij zijn zwaard tussen zijn schouderbladen. De doodskreet van de mriswith sidderde door de lucht. Mannen verstijfden toen ze dat geluid hoorden, en het werd stil in de kamer. Richard wierp de mriswith grommend van inspanning en woede opzij. Het levenloze karkas gleed van de kling op de vloer en smakte tegen een tafelpoot. De poot brak en een hoek van de tafel bezweek onder een stapel fladderend papier.

Richard wierp zijn zwaard verbeten in de richting van de man die vlak achter de plek stond waar de mriswith even tevoren nog was. De punt kwam vlak voor zijn keel tot stilstand, rotsvast en druipend van het bloed. De magie woedde tomeloos op en smachtte hongerig naar een mogelijkheid de dreiging te elimineren.

De dodelijke blik van de Zoeker trof de ogen van Generaal Reibisch. Zijn ogen zagen voor het eerst wie er tegenover hem stond. De magie die in Richards ogen danste, was onmiskenbaar; die aanblik was gelijk aan het zien van de zon en het voelen van de hitte ervan, men herkende die zonder twijfel.

Iedereen was muisstil, maar zelfs al waren ze dat niet geweest, dan zou Richard daar niets van hebben gehoord – hij had al zijn aandacht gericht op de man op wie de punt van het zwaard rustte en zijn wraakgevoelens verkeerden op een hoogtepunt. Richard was halsoverkop over de rand van zijn dodelijke bezetenheid heen in een kookpot vol ziedende magie terechtgekomen, en zijn terugkeer zou een kwellende strijd betekenen.

Generaal Reibisch kwam op zijn knieën overeind en ving langs de kling van het zwaard Richards havikachtige blik. Zijn stem verdreef de tuitende stilte.

'Meester Rahl, leid ons. Meester Rahl, onderwijs ons. Meester Rahl, bescherm ons. Wij gedijen in uw licht. In uw genade vinden wij beschutting. In uw wijsheid weten we onszelf nederig. We leven slechts om te dienen. Onze levens zijn de uwe.'

Dit waren geen loze woorden waarmee hij het vege lijf wilde redden – het waren de eerbiedige woorden van een man die iets had gezien dat hij allerminst had verwacht.

Richard had deze zelfde woorden talloze malen gescandeerd tijdens devoties. Want elke ochtend en middag ging het volk van D'Hara bij het luiden van de klokken voor een periode van twee uur naar het gebedsplein, en scandeerde men tot op de grond voorovergebogen, precies deze woorden. Richard had, zoals hem was geboden, dezelfde woorden gesproken toen hij Darken Rahl voor het eerst ontmoette.

Toen hij op de generaal neerkeek en diezelfde woorden hoorde, walgde Richard, maar hij voelde zich tegelijkertijd ook opgelucht.

'Meester Rahl,' fluisterde Reibisch, 'u hebt mijn leven gered. U hebt al onze levens gered. Dank u.'

Richard wist dat als hij nu het Zwaard van de Waarheid tegen hem zou proberen te gebruiken, het zijn lichaam niet eens zou raken. Diep in zijn hart wist Richard dat deze man geen gevaar meer betekende en geen vijand meer van hem was. Het zwaard kon niemand verwonden die geen gevaar betekende, tenzij hij het wit zou laten worden en alle liefde en vergevingsgezindheid van de magie zou inzetten. De toorn reageerde echter niet op rede, en hem een aanslag onthouden betekende een doodsstrijd. Richard deed eindelijk zijn gezag over de woede gelden en schoof het Zwaard van de Waarheid in de schede, waarmee hij op hetzelfde moment de magie en de woede terugdreef.

Alles was even snel afgelopen als het was begonnen. Voor Richard leek het een onverwachte droom, een enkele gewelddadige stuiptrekking, en toen was het weer voorbij.

Een dode officier lag op het hellende tafelblad en zijn bloed stroomde over het schuine, geboende hout naar beneden. De vloer was bezaaid met glasscherven, her en der verspreide papieren en stinkend mriswithbloed. Alle soldaten in de kamer en de zaal knielden. Ook hun ogen hadden het ondubbelzinnige aanschouwd.

'Is iedereen verder ongedeerd?' Richard besefte dat zijn stem schor van het schreeuwen was. 'Is er nog iemand anders gewond?'

Stilte echode door de kamer. Een paar mannen behandelden hun wonden die er pijnlijk maar niet levensgevaarlijk uitzagen. Ulic en Egan, die allebei hijgden, hadden hun zwaarden nog steeds in de schede, en met bebloede knokkels stonden ze tussen de knielende mannen in. Ze waren al in het Volkspaleis geweest en hun ogen hadden al aanschouwd.

Gratch vouwde zijn vleugels en grijnsde. Er was er tenminste eentje, dacht Richard, met wie hij door vriendschap was verbonden. Vier dode mriswith lagen uitgespreid op de vloer – Gratch had er een gedood en Richard drie, gelukkig net voordat zij iemand anders hadden kunnen doden. Het had allemaal voor hetzelfde geld veel erger kunnen zijn. Cara veegde een sliert haar uit haar gezicht, terwijl Berdine stukjes glas van haar hoofd borstelde. Raina liet de arm van een soldaat los, terwijl ze hem voorover liet zakken om op adem te komen.

Richard keek langs het gehavende bovenlichaam van een mriswith die op de grond lag. Hally stond voorovergebogen met haar armen gekruist voor haar buik, en haar roodleren tenue vormde een schril contrast met haar blonde haren. Haar Agiel bungelde aan een ketting om haar pols. Haar gezicht was asgrauw.

Toen Richard omlaag keek, liep er een tinteling van ijskoude vrees over zijn huid. Haar roodleren tenue had verborgen wat hij nu pas zag: ze stond in een plas bloed. Haar eigen bloed.

Hij sprong over de mriswith heen en nam haar in zijn armen.

'Hally!' Richard ondersteunde haar en legde haar op de vloer. 'Goeie geesten, wat is hier gebeurd?' Voordat hij deze woorden had uitgesproken, wist hij het al: zo doodden de mriswith. De andere drie vrouwen kwamen naar hem toe en knielden achter hem neer, toen hij zijn hoofd in haar schoot vlijde. Gratch hurkte naast hem neer.

Ze keek hem met haar blauwe ogen aan. 'Meester Rahl...'

'O Hally, het spijt me zo. Ik had je nooit mogen...'

'Nee... luister. Ik werd afgeleid – stom van me... en hij was snel... maar toch... ving ik zijn magie op... net toen hij me een jaap gaf. Dat ene moment... voor u hem doodde... was die van mij.'

Mord-Sith konden gebruik maken van magie die tegen hen was gekeerd, om zo hun tegenstander hulpeloos te maken. Zo had Denna hem gevangen.

'Ach, Hally. Het spijt me dat ik niet snel genoeg was.'

'Het was de gave.'

'Wat?'

'Zijn magie was dezelfde als de uwe... de gave.'

Zijn hand streek over haar koude wenkbrauwen en dwong hem haar in de ogen te kijken, in plaats van het hoofd te laten hangen. 'De gave? Dank voor de waarschuwing, Hally. Ik ben je hoogst dankbaar.'

Ze greep zijn hemd met een bloederige hand vast. 'Dank u, Meester Rahl... voor mijn vrijheid.' Ze haalde moeizaam oppervlakkig adem. 'Kort als het duurde... het was de prijs... waard.' Ze keek haar zusters van de Agiel aan. 'Bescherm hem...'

De lucht stroomde voor de laatste keer met een misselijk makend gepiep uit haar longen. Haar levenloze ogen staarden hem aan.

Richard drukte haar slappe lichaam tegen zich aan en huilde in een wanhopige reactie op zijn machteloosheid om ongedaan te maken wat er eenmaal was gebeurd. Gratch legde teder een klauw op haar rug, en Cara legde haar hand op de zijne.

'Ik wilde niet dat iemand van jullie zou sterven. Goeie geesten, dat wilde ik echt niet.'

Raina kneep hem in de schouder. 'Dat weten we, Meester Rahl. Daarom moeten we u beschermen.'

Richard legde Hally voorzichtig op de grond en boog zich over haar

heen, omdat hij niet wilde dat de anderen de afschuwelijke wond zouden zien die haar was toegebracht. Toen hij zoekend in het rond keek, zag hij vlakbij een mriswith-cape liggen. In plaats van die op te rapen sprak hij een soldaat aan die bij hem in de buurt was.
'Geef me je mantel.'
De man rukte de mantel van zijn lijf alsof die in brand stond. Richard deed Hally's ogen dicht en dekte haar toe met de mantel, terwijl hij de neiging om over te geven met kracht bedwong.
'We zullen haar op gepaste D'Haraanse manier laten begraven, Meester Rahl.' Generaal Reibisch stond naast hem en wees naar de tafel. 'En Edwards ook.'
Richard kneep zijn ogen dicht en zei een gebed voor de goede geesten waarin hij hun verzocht over haar geest te waken, en stond toen op.
'Na de gebedsoefening.'
De generaal knipperde met één oog. 'Meester Rahl?'
'Ze vocht voor mij. Ze stierf, omdat ze me probeerde te beschermen. Voordat ze te ruste wordt gelegd, wil ik dat haar geest ziet dat dit niet voor niets was. Vanmiddag zullen Hally en uw man worden begraven, na de gebedsoefening.'
Cara boog zich naar hem toe en fluisterde: 'Meester Rahl, de volledige gebedsoefening vindt plaats in D'Hara, en niet in het veld. In het veld is een enkel moment van bezinning gebruikelijk, zoals Generaal Reibisch heeft gepleegd.'
Generaal Reibisch knikte verontschuldigend. Richard keek de kamer door. De ogen van iedereen waren op hem gericht. Het witte pleisterwerk achter de gezichten was besmeurd met vlekken mriswith-bloed. Hij keek de generaal weer met zijn stalen blik aan.
'Wat u in het verleden hebt gedaan kan me niet schelen. Er zal vandaag, hier in Aydindril, een volledige gebedsoefening worden gehouden. Morgen mag je terugvallen op je eigen gebruiken. Vandaag zullen alle D'Haranen in en om de stad een volledige devotie houden.'
De generaal frunnikte met zijn vingers aan zijn baard. 'Meester Rahl, er zijn heel veel troepen in dit gebied. Die moeten allemaal op de hoogte worden gebracht en...'
'Ik ben niet geïnteresseerd in uitvluchten, Generaal Reibisch. Voor ons ligt een moeilijke weg. Als u deze taak niet kunt volbrengen, dan moet u niet verwachten dat ik erop vertrouw dat u de rest wel tot een goed eind brengt.'
Generaal Reibisch keek snel over zijn schouder naar de officieren, alsof hij wilde zeggen dat hij zijn belofte zou doen en ook hen daartoe verplichtte. Hij draaide zich naar Richard om en drukte zijn vuist tegen het hart. 'Op mijn erewoord van soldaat in dienst van D'Hara – staal tegen

staal – zal geschieden wat Meester Rahl beveelt. Vanmiddag zullen alle D'Haranen vereerd zijn een volledige devotie op te dragen aan de nieuwe Meester Rahl.'
De generaal keek naar de mriswith die onder een hoek van de tafel lag. 'Ik heb nog nooit gehoord dat een Meester Rahl samen met zijn mannen als staal tegen staal vecht. Het leek alsof de geesten zelf uw hand lieten bewegen.' Hij schraapte zijn keel. 'Mag ik zo vrij zijn, Meester Rahl, u te vragen welke moeilijke weg zich voor ons uitstrekt?'
Richard bekeek 's mans gezicht vol littekens aandachtig. 'Ik ben een oorlogstovenaar. Ik vecht met alles wat ik heb: magie en staal.'
'Maar – mijn vraag, Meester Rahl?'
'Ik heb uw vraag zojuist beantwoord, Generaal Reibisch.'
Een dun glimlachje deed de mondhoek van de generaal verstrakken.
Richard keek onwillekeurig op Hally neer. De mantel bedekte niet alles dat haar was ontrukt. Kahlan zou nog minder kans tegen een mriswith hebben. Hij werd weer bang te moeten overgeven.
'Weet dat ze is gestorven zoals ze dat wenste, Meester Rahl,' zei Cara op zachte, meelevende toon. 'Als Mord-Sith.'
Hij probeerde zich de glimlach die hij pas een paar uur kende, voor de geest te halen, maar dat lukte hem niet. Zijn geest toonde hem alleen de afschuwelijke wond die hij slechts een paar seconden lang had gezien.
Richard balde zijn vuisten om het misselijke gevoel te verdrijven en keek naar de drie overgebleven Mord-Sith. 'In naam van de geesten wens ik dat jullie allen in bed mogen sterven, oud en tandeloos. Probeer maar vast aan dat idee te wennen!'

10

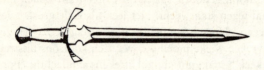

Tobias Brogan wreef met zijn knokkels tegen zijn snor, terwijl hij uit zijn ooghoeken naar Lunetta keek. Toen ze bijna onmerkbaar naar hem terug knikte, vertrok zijn mond in een zure gezichtsuitdrukking. Zijn zo zeldzame goede humeur was verdwenen. De man sprak de waarheid – Lunetta vergiste zich niet met dit soort zaken – maar Brogan wist dat het niet de waarheid was. Hij wist wel beter.
Hij richtte zijn blik op de man die tegenover hem stond aan de andere kant van een tafel die lang genoeg was voor een banket voor zeventig personen en vormde zijn lippen tot een beleefd glimlachje.
'Dank je. Je hebt me enorm geholpen.'
De man tuurde achterdochtig naar de soldaten in hun glanzende pantsers die aan weerszijden van hem stonden. 'Is dat alles wat u wilt weten? Hebt u me helemaal hierheen laten komen om me te vragen wat iedereen al weet? Dit had ik uw mannen kunnen vertellen als ze me het gevraagd hadden.'
Brogan dwong zichzelf te blijven glimlachen. 'Ik verontschuldig me voor het ongerief. U hebt de Schepper en mij een dienst bewezen.' Het glimlachje ontsnapte aan zijn wil. 'Je kunt gaan.'
De blik in Brogans ogen ontging de man niet. Hij maakte een korte buiging met zijn hoofd en haastte zich naar de deur.
Brogan tikte met de zijkant van zijn duim op het tasje aan zijn riem en keek ongeduldig naar Lunetta. 'Weet je het zeker?'
Lunetta was in haar element en keek hem met een serene blik aan. 'Hij spreekt de waarheid, Heer Generaal, net als de anderen.' Ze kende haar ambacht, smerig als dat was, en als ze het bedreef, hulde ze zich in een air van zelfverzekerdheid. Dat irriteerde hem.
Hij sloeg met zijn vuist op tafel. 'Het is niet de waarheid!'
Toen ze hem aankeek, kon hij de Wachter al bijna in haar kalme ogen

zien. 'Ik zeg niet dat het de waarheid ís, Heer Generaal, alleen dat hij vertelt wat volgens hem de waarheid is.'

Tobias schraapte zijn keel. Hij kende de waarheid van die bewering. Hij was niet zijn leven lang bezig geweest met een kruistocht tegen het kwaad zonder iets van diens trucjes te hebben geleerd. Hij kende de magie. Zijn prooi was zo dichtbij, dat hij hem bijna kon ruiken.

De zon van een late middag scheen door een spleet in de zware gouden gordijnen en wierp een gloeiende lichtstreep op een vergulde stoelpoot, het rijkversierde koninklijk blauw gebloemde tapijt en de hoek van het lange, glanzende tafelblad. Het middagmaal was al lang geleden in onbruik geraakt, omdat hij doorwerkte, maar toch was hij niet verder dan toen hij begon. Frustratie rommelde in zijn buik.

Galtero gaf gewoonlijk blijk van groot talent wat betreft het voorleiden van getuigen die de juiste informatie verschaften, maar dit zootje was tot nu toe waardeloos gebleken. Hij vroeg zich af wat Galtero had ontdekt – de stad verkeerde in beroering om iets, en het beviel Tobias Brogan maar niets als mensen in opstand kwamen, tenzij hijzelf en zijn mannen daar de oorzaak van waren. Oproer kon een machtig wapen zijn, maar hij hield niet van het onbekende. Galtero had ongetwijfeld al lang geleden terug moeten zijn.

Tobias leunde achterover in zijn met diamanten afgezette leren stoel en sprak een van de in karmozijnrode capes gehulde soldaten aan die bij de deur de wacht hielden. 'Ettore, is Galtero al terug?'

'Nee, Heer Generaal.'

Ettore was jong, en verlangde er hevig naar zich te onderscheiden in het gevecht tegen het kwaad, maar hij was een goed man: hij was gewiekst, trouw, en niet bang om meedogenloos te zijn als hij met de Wachter te maken had. Op een goede dag zou hij tot de beste van de jagers op het kwaad behoren. Tobias wreef over zijn pijnlijke rug. 'Hoeveel getuigen hebben we nog?'

'Twee, Heer Generaal.'

Hij wuifde ongeduldig met zijn hand. 'Laat de volgende dan maar binnenkomen.'

Ettore glipte de deur door en Tobias kneep zijn ogen dicht, toen hij door de streep zonlicht heen zijn zuster aankeek, die tegen de muur stond. 'Je wist het toch zeker, hè, Lunetta?'

Hij zuchtte toen de deur openging en de bewaker een magere vrouw binnenbracht die er niet al te gelukkig uitzag. Tobias trok zijn beleefdste glimlach – een wijze jager liet zijn prooi geen glimp van zijn slagtanden opvangen.

De vrouw maakte haar elleboog met een ruk los van Ettores greep. 'Wat is dit allemaal voor gedoe? Ik ben tegen mijn wil meegevoerd, en ik heb

de hele dag in een kamertje opgesloten gezeten. Welk recht hebben jullie om iemand tegen zijn wil mee te voeren?'
Tobias glimlachte verontschuldigend. 'Er moet een misverstand in het spel zijn geweest. Het spijt me. We wilden slechts een paar vragen stellen aan mensen die we betrouwbaar vonden, begrijpt u? Maar ja, de meeste mensen op straat kunnen hun tenen niet van hun hoofd onderscheiden. U leek me een intelligente vrouw, dat is alles, en...'
Ze boog zich over de tafel naar hem toe. 'Dus hebt u me in een kamer laten opsluiten? Is dat wat de Bloedbroederschap doet met mensen die ze betrouwbaar vindt? Naar wat ik hoor, houdt de Broederschap zich niet met vragen bezig – ze handelt slechts op grond van geruchten, zolang daar een vers graf uit voortvloeit.'
Brogan voelde zijn wangen tintelen, maar hij bleef glimlachen. 'Dat hebt u dan verkeerd gehoord, mevrouw. De Bloedbroederschap is slechts in de waarheid geïnteresseerd. We dienen de Schepper en zijn wil niet minder dan een vrouw met uw karakter. Hebt u er bezwaar tegen nu een paar vragen te beantwoorden? Daarna zullen we u veilig naar huis brengen.'
'Breng me nu maar naar huis. Dit is een vrije stad. Geen enkel paleis heeft het recht mensen naar binnen te slepen om ze te ondervragen, ook niet in Aydindril. Ik voel me niet verplicht ook maar één van uw vragen te beantwoorden!'
Brogan glimlachte breder, terwijl hij met moeite zijn schouders ophaalde. 'Zeer juist, mevrouw. We hebben daar geen enkel recht toe, en we doelden daar ook niet op. We hebben alleen de assistentie nodig van eerlijke, nederige lieden. Als u ons alleen maar zou willen helpen om een paar eenvoudige zaken tot op de bodem uit te zoeken, dan zou u kunnen rekenen op onze welgemeende waardering.'
Ze fronste een ogenblik en trok met haar knokige schouders om haar wollen sjaal recht te trekken. 'Als ik daarna naar huis kan, laten we dan maar verder gaan. Wat wilt u weten?'
Tobias ging verzitten op zijn stoel met de bedoeling snel en ongemerkt naar Lunetta te kijken, om er zeker van te zijn dat ze oplette. 'U moet begrijpen, mevrouw, dat het Middenland sinds de vorige lente door oorlog aan stukken is gereten, en we willen weten of de volgelingen van de Wachter medeplichtig zijn aan de strijd die deze landen nu overschaduwt. Heeft iemand van de raadsleden zich tegen de Schepper uitgesproken?'
'Die zijn dood.'
'Ja, dat heb ik gehoord, maar de Bloedbroederschap hecht niet veel aan geruchten. We willen harde bewijzen, zoals het woord van een getuige.'
'Gisteravond zag ik hun lijken in de raadskamers.'

'Is dat zo? Nou, dat is een hard bewijs. We horen in elk geval de waarheid van een eerzaam persoon die getuige was. Ziet u, u helpt ons nu al. Door wie zijn ze gedood?'
'Dat heb ik niet gezien.'
'Hebt u ooit een raadslid tegen de vrede van de Schepper horen prediken?'
'Ze gingen tekeer tegen de vrede van de alliantie van het Middenland, en voor zover ik ermee te maken heb, komt dat op hetzelfde neer, hoewel ze dat niet met zoveel woorden zeiden. Ze deden voorkomen alsof wit zwart, en zwart wit was.'
Tobias trok een wenkbrauw op en deed alsof hij geïnteresseerd was. 'Zij die de Wachter dienen, gebruiken die tactiek: ze proberen u te doen geloven dat het goed is om kwaad te bedrijven.' Hij tilde zijn hand op en maakte een vaag gebaar. 'Was er een land in het bijzonder dat de vrede van de alliantie wilde verstoren?'
De vrouw stond met een rechte, strakke rug en keek langs haar neusvleugels op hem neer. 'Ze leken allen even bereid te zijn, net als de uwen, om de wereld in slavernij onder de Imperiale Orde te dompelen.'
'Slavernij? Ik heb gehoord dat de Imperiale Orde slechts landen wil verenigen en de mensen hun rechtmatige positie in de wereld poogt te geven – en dat alles onder de leiding van de Schepper.'
'Dan hebt u dat verkeerd gehoord. Ze streven ernaar alleen maar leugens te horen die in de lijn van hun bedoeling liggen, en hun bedoeling is veroveren en overheersen.'
'Ik heb die kant van het verhaal nog nooit gehoord. Dit is waardevol nieuws.' Hij leunde achterover in zijn stoel, sloeg zijn ene been over het andere en legde zijn samengevouwen handen in zijn schoot. 'En waar was de Biechtmoeder, terwijl al dat geïntrigeer en die muiterij in de raadskamers plaatsvonden?'
Ze aarzelde even. 'Weg, voor Belijdeniszaken.'
'Aha. Maar kwam ze terug?'
'Ja.'
'En toen ze terugkwam, probeerde ze dat oproer toen de kop in te drukken? Heeft ze geprobeerd het Middenland bij elkaar te houden?'
De vrouw kneep haar ogen iets toe. 'Natuurlijk deed ze dat, en u weet wat ze in ruil daarvoor met haar deden. Doet u nu maar niet alsof u dat niet weet.'
Een achteloze blik in de richting van het raam onthulde het feit dat Lunetta de vrouw aandachtig aankeek. 'Tja, ik heb zoveel geruchten gehoord. Als u die gebeurtenissen met eigen ogen hebt gezien, dan zouden dit harde bewijzen zijn. Bent u getuige geweest van ook maar één van die gebeurtenissen, mevrouw?'

'Ik heb de terechtstelling van de Biechtmoeder gezien, als u dat bedoelt.'
Tobias leunde op zijn ellebogen voorover en spitste zijn vingers. 'Ja, daar was ik al bang voor. Dus ze is dood?'
Haar neusvleugels trilden. 'Waarom bent u zo in de details geïnteresseerd?'
Tobias sperde zijn ogen wijd open. 'Mevrouw, het Middenland is drieduizend jaar lang verenigd onder de Belijdsters en een Biechtmoeder. We hebben allen welvaart gekend en onder de heerschappij van Aydindril een tamelijk vreedzaam leven gehad. Toen de oorlog met D'Hara oplaaide nadat de grens was neergehaald, vreesde ik voor het Middenland...'
'Waarom bent u ons toen niet te hulp gekomen?'
'Hoewel ik hulp wilde verlenen, verbood de koning de Bloedbroederschap zich ermee te bemoeien. Ik protesteerde daar natuurlijk tegen, maar hij was tenslotte onze koning. Nicobarese leed onder zijn bewind. Zoals later bleek, had hij kwadere bedoelingen met ons volk, en blijkbaar waren zijn raadslieden bereid ons tot slavernij te onderwerpen, zoals u al zei. Zodra de koning was ontmaskerd, zijn ware gedaante als verdorvene zichtbaar werd, en hij de prijs daarvoor moest betalen, liet ik onze mannen de bergen over trekken naar Aydindril, om hen ter beschikking te stellen van het Middenland, de raad en de Biechtmoeder.
Als ik aankom, zie ik overal niets anders dan D'Haraanse troepen, maar toch werd van hen beweerd dat ze niet meer in oorlog met ons verkeerden. Ik hoor dat de Imperiale Orde het Middenland te hulp is gesneld. Op mijn reis en sinds mijn aankomst heb ik alle mogelijke geruchten gehoord – dat het Middenland is gevallen, dat het Middenland de strijd is begonnen, dat de raadslieden dood zijn, dat ze in leven zijn en zich schuilhouden, dat de Keltanen de macht in handen hebben genomen in het Middenland, dat de D'Haranen dat hebben gedaan, dat de Imperiale Orde dat heeft gedaan, dat de Belijdsters allemaal dood zijn, dat de tovenaars allemaal dood zijn, dat de Biechtmoeder dood is, dat iedereen in leven is. Wat moet ik nu geloven?
Als de Biechtmoeder nog in leven zou zijn, zouden we haar kunnen helpen, haar beschermen. We zijn een arm land, maar we zouden het Middenland graag helpen, als we dat konden.'
Ze ontspande haar schouders iets. 'Een deel van wat u hebt gehoord, is waar. In de oorlog met D'Hara zijn alle Belijdsters behalve de Biechtmoeder omgekomen. De tovenaars zijn ook gesneuveld. Daarna is Darken Rahl gestorven, en de D'Haranen schaarden zich achter de Imperiale Orde, net als de Keltanen, onder andere. De Biechtmoeder keerde terug en probeerde het Middenland bijeen te houden. Voor die moeite hebben de opstandige raadspretendenten haar terechtgesteld.'

Hij schudde zijn hoofd. 'Dat is droevig nieuws. Ik had gehoopt dat de geruchten onwaar zouden zijn. We hebben haar nodig.' Brogan likte over zijn lippen. 'Weet u heel zeker dat ze tijdens die terechtstelling is vermoord? Misschien vergist u zich. Ze is tenslotte een magisch schepsel. Ze zou kunnen zijn ontsnapt temidden van de verwarring of in rook zijn opgegaan, of zoiets dergelijks. Misschien leeft ze nog.'
De vrouw keek hem strak aan. 'De Biechtmoeder is dood.'
'Maar ik heb geruchten gehoord dat men haar levend en wel heeft gezien... aan de overkant van de Kern.'
'Loze geruchten van dwazen. Ze is dood. Ik heb zelf gezien dat ze werd onthoofd.'
Brogan streek met zijn vinger over het gladde litteken naast zijn mond terwijl hij naar de vrouw keek. 'Ik heb ook het bericht gehoord dat ze de andere kant uit is gevlucht: naar het zuidwesten. Er is toch nog hoop?'
'Niet waar. Ik zeg het voor de laatste keer: ik heb gezien dat ze werd onthoofd. Ze is niet ontkomen. De Biechtmoeder is dood. Als u het Middenland wilt helpen, dan moet u doen wat u kunt, om het Middenland opnieuw te consolideren.'
Tobias bestudeerde kort haar grimmige gezicht. 'Ja, ja, u hebt volkomen gelijk. Dit alles is zeer onthutsend nieuws, maar het is goed dat we eindelijk een betrouwbare getuige hebben die licht op de waarheid werpt. Ik dank u, mevrouw, u hebt me meer geholpen dan u ooit kunt vermoeden. Ik zal kijken wat ik kan doen om het beste gebruik van mijn troepen te maken.'
'Het beste gebruik zou zijn om de Imperiale Orde uit Aydindril en het Middenland te helpen verdrijven.'
'Vindt u ze zo kwaadaardig?'
Ze tilde haar omzwachtelde handen naar hem op. 'Ze hebben mijn vingernagels uitgetrokken om me te laten liegen.'
'Wat afschuwelijk. En wat voor leugens wilden ze u laten vertellen?'
'Dat zwart wit is, en wit zwart. Net als de Bloedbroederschap doet.'
Brogan glimlachte en deed alsof hij zich vermaakte om haar snedigheid. 'U hebt me reusachtig geholpen, mevrouw. U bent trouw aan het Middenland, en daar dank ik u voor, maar ik betreur het dat u zo over de Bloedbroederschap denkt. Misschien zou u ook niet naar geruchten moeten luisteren. Misschien zijn ze niet meer dan dat. Ik wil u niet langer ontrieven. Goedendag.'
Een laatste, verwijtende en dreigende blik en toen rende ze weg. Onder andere omstandigheden zou haar tegenzin om openhartig te zijn haar aanzienlijk meer dan haar vingernagels hebben gekost, maar Brogan had al eens gevaarlijker prooi nagejaagd en wist dat terughoudendheid op dit moment hem later zou belonen. Het was de prijs waard haar spot-

tende toon te verdragen. Zelfs zonder haar medewerking had hij vandaag iets waardevols aan haar weten te ontlokken, iets waarvan ze niet wist dat ze het hem had gegeven, en dat was ook zijn opzet: zijn prooi mocht niet weten dat hij haar geur had geroken.

Tobias stond zichzelf eindelijk toe Lunetta's stralende blik te trotseren. 'Ze vertelt leugens, Heer Generaal. Ze spreekt meestal de waarheid om die te verhullen, maar ze vertelt leugens.'

Galtero had hem waarachtig een schat bezorgd.

Tobias boog zich voorover. Hij wilde Lunetta het horen zeggen – hij wilde dat Lunetta zijn vermoedens hardop zou zeggen met al haar ondubbelzinnige talent. 'Wat zijn die leugens?'

'Het zijn er twee en die bewaakt ze als de schatkist van de koning.'

Hij smakte met zijn lippen. 'Welke twee?'

Lunetta glimlachte sluw. 'De eerste leugen is dat ze vertelt dat de Biechtmoeder dood is.'

Tobias sloeg met zijn hand op tafel. 'Ik wist het! Toen ze dat zei, wist ik dat ze loog!' Hij deed zijn ogen dicht en slikte terwijl hij een gebed tot de Schepper sprak. 'En de andere?'

'Ze loog toen ze zei dat de Biechtmoeder niet was gevlucht. Ze weet dat de Biechtmoeder in leven is, en dat ze naar het zuidwesten is gerend. Al het andere wat ze zei was waar.'

Tobias' goede humeur was teruggekeerd. Hij wreef zijn handen over elkaar en voelde de warmte die dat gaf. Het jagersgeluk was met hem. Hij had de geur geroken.

'Hebt u gehoord wat ik zei, Heer Generaal?'

'Wat? Ja, ik heb je gehoord. Ze is in leven, en ze is naar het zuidwesten. Heel goed van je, Lunetta. De Schepper zal heel tevreden met je zijn als ik hem vertel hoe je me hebt geholpen.'

'Ik bedoel: dat al het andere wat ze zei, waar was.'

Hij fronste zijn voorhoofd. 'Waar heb je het over?'

Lunetta trok haar voddenlappen dicht om zich heen. 'Ze zei dat de raad van dode mannen uit opstandige pretendenten bestaat. Dat is waar. Dat de Imperiale Orde slechts wil horen wat in de lijn ligt van haar doelstellingen, en dat die doelstellingen neerkomen op veroveren en overheersen. Dat is ook waar. Dat men haar vingernagels uittrok om haar leugens te doen vertellen. Waar. Dat de Bloedbroederschap op grond van geruchten handelt, zo lang daar een vers graf uit voortvloeit. Waar.'

Brogan sprong overeind. 'De Bloedbroederschap bestrijdt het kwaad. Hoe durf je het tegendeel te beweren, vuile *streganicha*!'

Ze kromp ineen terwijl ze op haar onderlip beet. 'Ik zeg niet dat dat waar is, Heer Generaal, alleen dat het de waarheid is zoals zij die ziet.'

Hij rukte zijn sjerp recht. Hij wilde zijn triomf niet door Lunetta's gewauwel laten vergallen. 'Ze ziet die verkeerd, en dat weet je.' Hij stak een priemende vinger naar haar uit. 'Ik heb meer tijd besteed dan jou ooit gegeven zal zijn, meer tijd dan jij waard bent, om te zorgen dat je de aard van goed en kwaad zou begrijpen.'
Lunetta staarde naar de vloer. 'Ja, mijn Heer Generaal, u hebt meer tijd aan me besteed dan ik waard ben. Vergeef me. Het waren haar woorden, niet de mijne.'
Brogan hield eindelijk op haar aan te kijken en haalde het tasje van zijn riem. Hij zette het neer en tikte er met zijn duim tegenaan, zodat het gelijk met de rand van het tafelblad lag, en ging weer zitten. Hij zette Lunetta's ongehoorzaamheid uit zijn hoofd en beraadde zich over zijn volgende stap.
Hij stond op het punt om het eten te laten opdienen, toen hij zich herinnerde dat er nog een getuige was. Hij had gevonden wat hij zocht, en er waren geen verdere ondervragingen nodig... maar het was altijd verstandig om grondig te werk te gaan.
'Ettore, breng de volgende getuige binnen.'
Brogan keek dreigend naar Lunetta, die zich tegen de muur gedeisd hield. Ze had een grootse prestatie geleverd, maar had toen alles bedorven door hem te tarten. Hoewel hij wist dat het kwaad in haar opborrelde als ze iets goed deed, ergerde het hem dat ze niet meer moeite deed diens invloed te onderdrukken. Misschien was hij de laatste tijd te aardig voor haar geweest: in één ogenblik van zwakte, toen hij haar deelgenote wilde maken van zijn vreugde, had hij haar een plaatje gegeven. Misschien vatte ze dat op als een teken dat hij haar haar ondeugendheid zou vergeven. Maar dat deed hij niet.
Tobias ging eens behoorlijk in zijn stoel zitten, legde zijn handen gevouwen op tafel en dacht weer na over zijn overwinning en de prijs der prijzen. Het was nu niet nodig een glimlach te forceren.
Hij schrok een beetje, toen hij opkeek en een jong meisje voor de twee bewakers uit de kamer zag binnenzweven. De oude jas die ze droeg, sleepte over de grond. Achter het meisje, tussen de twee bewakers, hinkte een oude, gedrongen vrouw, gehuld in een haveloze bruine deken met zwaaiende tred voort.
Toen het groepje voor de tafel bleef staan, glimlachte het meisje naar hem. 'U hebt een lekker warm huis, mijnheer. We hebben hier vandaag genoten. Mogen we iets terugdoen voor uw gastvrijheid?'
De oude deed een duit in het zakje door te glimlachen.
'Ik ben blij dat u de gelegenheid hebt gehad u te verwarmen, en ik zou dankbaar zijn als u en uw...' Hij trok vragend zijn wenkbrauw op.
'Grootmama,' zei het kind.

'Ja, grootmama. Ik zou dankbaar zijn als u en uw grootmama een paar vragen zouden willen beantwoorden, dat is alles.'
'Ahh,' zei de oude vrouw. 'Vragen, nietwaar? Vragen kunnen gevaarlijk zijn, mijn Heer.'
'Gevaarlijk?' Tobias wreef met twee vingers over de groeven in zijn voorhoofd. 'Ik ben alleen op zoek naar de waarheid, mevrouw. Als u eerlijk antwoord geeft, zal u niets ergs overkomen. Dat beloof ik u.'
Ze grijnsde en liet gaten zien waar tanden hoorden te zitten. 'Voor u, bedoelde ik, mijn Heer.' Ze kakelde zachtjes in zichzelf en boog zich toen met een grimmige blik naar hem toe. 'De antwoorden zullen u misschien niet bevallen, of misschien trekt u zich er niets van aan.'
Tobias wuifde haar bezorgdheid weg. 'Laat u dat mijn zorg zijn.'
Ze ging recht zitten en glimlachte weer. 'Zoals u wenst, mijn Heer.' Ze krabde haar neusvleugel. 'Wat wilt u vragen?'
Tobias leunde achterover en bestudeerde haar afwachtende ogen. 'Het Middenland verkeert de laatste tijd in oproer, en we willen weten of de volgelingen van de Wachter een aandeel hebben in de strijd die de landen in schaduw dompelt. Hebt u iemand van de raadsleden ten nadele van de Schepper horen praten?'
'Raadsleden komen zelden naar de markt om met oude vrouwen over godsdienst te praten, mijn Heer, en ik denk ook niet dat iemand van hen zo dwaas zou zijn om in het openbaar enige connectie met de onderwereld te onthullen, als ze die al zouden hebben.'
'Nu, wat hebt u gehoord over wat ze te zeggen hadden?'
Ze fronste haar voorhoofd. 'Wilt u geruchten uit de Stentorstraat horen, mijn Heer? Noemt u maar het soort gerucht dat u wilt horen, en ik zal in uw behoefte voorzien.'
Tobias trommelde met zijn vingers op tafel. 'Ik ben niet in geruchten geïnteresseerd, mevrouw, alleen in de waarheid.'
Ze knikte. 'Natuurlijk bent u dat, mijn Heer, en ik zal u die vertellen. Soms kunnen mensen in de meest dwaze dingen geïnteresseerd zijn.'
Hij schraapte zijn keel van verveling. 'Ik heb al een aantal geruchten gehoord, en ik heb er geen behoefte aan er nog meer te horen. Ik wil de waarheid weten over wat er in Aydindril is gebeurd. Zeg, ik heb zelfs gehoord dat de raad is terechtgesteld, net als de Biechtmoeder.'
Ze glimlachte weer met toegeknepen ogen. 'Waarom zou een man van uw aanzien dan niet eenvoudigweg het paleis binnenwippen en vragen of hij de raad kan spreken, als hij toch in de stad is? Dat zou verstandiger zijn dan allerlei mensen optrommelen die er uit de eerste hand niets van weten, vragen te stellen. U zult de waarheid beter kunnen onderscheiden met eigen ogen, mijn Heer.'

Brogan perste zijn lippen op elkaar. 'Ik was niet hier toen het gerucht ging dat de Biechtmoeder werd terechtgesteld.'
'Aha, dus u bent geïnteresseerd in de Biechtmoeder. Waarom zegt u dat niet meteen, in plaats van eromheen te draaien? Ik heb gehoord dat ze is onthoofd, maar dat heb ik niet met eigen ogen gezien. Mijn kleindochter heeft dat wel gezien, nietwaar, mijn schat?'
Het kleine meisje knikte. 'Ja, mijn Heer, ik heb het zelf gezien, echt waar. Ze hebben haar hoofd eraf gehakt, o ja.'
Brogan zuchtte omstandig. 'Daar was ik al bang voor. Dus ze is dood.'
Het meisje schudde van nee. 'Dat heb ik niet gezegd, mijn Heer. Ik zei dat ze haar hoofd hebben afgehakt.' Ze keek hem recht in de ogen en glimlachte.
'Wat bedoelt u daarmee?' Brogan keek de oude vrouw met een priemende blik aan. 'Wat bedoelt ze daarmee?'
'Wat ze zegt, mijn Heer. Aydindril is altijd al een stad geweest met een sterke magische onderstroom, maar de laatste tijd knettert het erop los. Als er magie aan te pas komt, kun je niet altijd je eigen ogen vertrouwen. Dit meisje is slim genoeg om dat te weten, ook al is ze nog maar jong. Een vakman zoals u zou dat ook moeten weten.'
'Knettert het erop los? Dat voorspelt kwaad. Wat weet u van de volgelingen van de Wachter?'
'Verschrikkelijk, dat zijn ze, mijn Heer. Maar magie betekent op zichzelf geen kwaad – die houdt er geen eigen slinksheden op na.'
Brogan kneep zijn vuisten dicht. 'Magie is de smet van de Wachter.'
Ze kakelde weer. 'Dat zou betekenen dat het glimmende zilveren mes aan uw riem de smet van de Wachter is. Als het wordt gebruikt om er een onschuldige mee te bedreigen of te verwonden, dan is de drager een slechterik. Maar als het wordt gebruikt om iemands leven te verdedigen tegen een fanatieke krankzinnige, hoe hoog van stand ook, dan is de drager rechtschapen. Het mes zelf is noch het een, noch het ander, want beiden kunnen het gebruiken.'
Haar blik leek wazig te worden, en haar stem klonk niet luider dan een zacht gesis. 'Maar als het als vergelding wordt gebruikt, dan is magie de vleesgeworden wraak.'
'Zeg eens, wordt die magie die in de stad rondwaart, volgens u met goede of kwade bedoelingen gebruikt?'
'Voor beide, mijn Heer. Dit is tenslotte het huis van de Tovenaarstoren en een zetel van macht. Belijdsters hebben hier duizenden jaren geregeerd, net als tovenaars. Macht trekt macht aan. Een conflict is op komst. Geschubde wezens die men mriswith noemt, komen nu plotseling uit de lucht vallen en halen iedere onschuldige die hun pad kruist, open. Een onheilspellender voorteken dan wat ook. Andere magie ligt op de loer

om de roekelozen of de onvoorzichtigen te grijpen. Verdraaid, de nacht zelf zindert van magie, gedragen op ragfijne vleugels van dromen.'
Ze tuurde hem met een flets blauw oog aan en sprak verder. 'Een kind dat geboeid is door vuur, zou hier gemakkelijk in brand kunnen vliegen. Zo'n kind zou men de wijze raad moeten geven uiterst voorzichtig te zijn en zo snel mogelijk weg te gaan, voordat het per ongeluk zijn hand in een vlam steekt.
De mensen worden zelfs van de straat gesleept en hun woorden worden door een zeef van magie gefilterd.'
Brogan leunde voorover en keek met gloeiende ogen. 'En wat weet u van magie af, mevrouw?'
'Een dubbelzinnige vraag, mijn Heer. Kunt u iets preciezer zijn?'
Tobias zweeg een tijdje in een poging door de bomen het bos nog te zien. Hij had al eerder met haar soort te maken gehad en besefte dat ze hem om de tuin probeerde te leiden en hem op een zijspoor wilde brengen.
Hij haalde zijn beleefde glimlach weer te voorschijn. 'Nou, uw kleindochter zegt bijvoorbeeld dat ze heeft gezien dat de Biechtmoeder werd onthoofd, maar dat betekent nog niet dat ze dood is. U zegt dat magie tot zoiets in staat is. Ik word geboeid door zo'n opmerking. Hoewel ik weet dat magie mensen af en toe in de luren kan leggen, heb ik gehoord dat het slechts tot kleine slimmigheden in staat is. Kunt u uitleggen hoe de dood kan worden herroepen?'
'De dood herroepen? De Wachter heeft die macht.'
Brogan leunde voorover tegen de tafel. 'Beweert u dat de Wachter in eigen persoon haar tot leven heeft gewekt?'
Ze kakelde. 'Nee, mijn Heer. U bent zo volhardend in wat u eist, dat u niet oplet, en slechts hoort wat u wilt horen. U vroeg heel specifiek hoe de dood kan worden herroepen. De Wachter kan de dood herroepen. Ik neem tenminste aan dat hij dat kan, want hij heerst over de doden en oefent macht uit over leven en dood, dus het ligt voor de hand te geloven dat...'
'Is ze in leven of niet?'
De oude vrouw keek hem knipperend aan. 'Hoe moet ik dat weten, mijn Heer?'
Brogan knarsetandde. 'U zei dat het feit dat mensen haar onthoofding hebben gezien nog niet betekent dat ze dood is.'
'O, hebben we het weer daarover? Nou, magie is tot zo'n list in staat, maar dat betekent nog niet dat dat ook is gebeurd. Ik zei alleen maar dat dat zou kunnen. Toen raakte u het spoor bijster door te vragen of de dood kan worden herroepen. Een heel andere kwestie, mijn Heer.'
'Hoe kan dat dan, mens? Hoe kan magie tot zo'n hoge graad van misleiding in staat zijn?'

Ze trok de haveloze deken om haar schouders.
'Een doodsbezwering, mijn Heer.'
Brogan keek Lunetta aan. Haar kraalachtige ogen waren op de oude vrouw gericht, en ze krabde haar armen.
'Een doodsbezwering. En wat is een doodsbezwering precies?'
'Nou, ik heb nog nooit gezien dat er eentje werd uitgevoerd, om het maar zo te zeggen...' Ze giechelde om haar eigen grapje. '... dus ik kan daarover geen behoorlijke getuigenis afleggen, maar ik kan u wel vertellen wat ik heb gehoord, als u kennis uit de tweede hand wilt horen.'
Brogan sprak tussen zijn opeengeklemde tanden. 'Vertel op.'
'De dood te zien en die te begrijpen is iets wat we allemaal op spiritueel niveau herkennen. Dit zien van een lichaam waaruit de ziel of geest is verdwenen, herkennen we als de dood. Een doodsbezwering kan een echte dood nabootsen door mensen te laten geloven dat ze de dood hebben gezien – dat ze het lichaam hebben gezien zonder de ziel, zodat ze die gebeurtenis instinctief als echt gebeurd aanvaarden.'
Ze schudde haar hoofd alsof ze deze kwestie zowel verbazingwekkend als aanstootgevend vond. 'Het is heel gevaarlijk. De hulp van de geesten moet worden aangeroepen om de geest van de betrokken persoon vast te houden, terwijl het web wordt uitgeworpen. Als er iets misgaat, dan zou de geest van die persoon hulpeloos in de onderwereld terechtkomen – een hoogst onplezierige manier om te sterven. Als alles goed gaat en de geesten teruggeven wat ze hebben bewaard, dan zal het werken, is me verteld, en dan zal de betrokkene nog in leven zijn, maar de toeschouwers zullen denken dat hij dood is. Heel riskant, weliswaar. Hoewel ik erover heb horen spreken, heb ik nooit gehoord of het ook werkelijk geprobeerd is, dus het zou niets anders dan een gerucht kunnen zijn.'
Brogan zat onbeweeglijk en schikte de stukjes informatie in zijn geest. Hij combineerde de dingen die hij vandaag had gehoord, met wat hij in het verleden had geleerd en probeerde alles in elkaar te passen. Dit moest een truc zijn om aan de gerechtigheid te ontsnappen, maar ze had die niet zonder medeplichtigen kunnen uitvoeren.
De oude vrouw legde haar hand op de schouder van het meisje en begon weg te schuifelen. 'Dank u voor de warmte, mijn Heer, maar ik begin genoeg te krijgen van uw lukrake vragen, en ik heb wel wat beters te doen.'
'Wie zou een doodsbezwering kunnen uitspreken?'
De oude vrouw bleef staan. Haar verschoten blauwe ogen gloeiden op met een vervaarlijke blik.
'Alleen een tovenaar, mijn Heer. Alleen een tovenaar met immense macht en grote kennis.'

Brogan keek haar aan met zijn eigen vervaarlijke blik. 'En zijn er tovenaars, hier in Aydindril?'

Haar trage glimlach deed haar fletse ogen stralen. Ze graaide in een zak onder haar deken en gooide een munt op tafel. Hij beschreef trage cirkels en kantelde uiteindelijk vlak voor hem om. Brogan pakte de zilveren munt op en knipperde bij het zien van deze vondst.

'Ik vroeg u iets, oude vrouw. Ik verwacht een antwoord.'

'Dat hebt u in uw hand, mijn Heer.'

'Ik heb nog nooit een munt zoals deze gezien. Wat is dit voor afbeelding? Het lijkt op een of ander groot bouwwerk.'

'O, dat is ook zo, mijn Heer,' siste ze. 'Dat is het voortbrengsel van verlossing en verdoemenis, van tovenaars en magie: het Paleis van de Profeten.'

'Nooit van gehoord. Wat is dat Paleis van de Profeten?'

De oude vrouw glimlachte bij wijze van binnenpretje. 'Vraag dat uw tovenares maar, mijn Heer.' Ze draaide zich weer om en wilde weggaan.

Brogan sprong overeind. 'Niemand heeft u toestemming gegeven om weg te gaan, tandeloze ouwe tang.'

Ze gluurde over haar schouder. 'Dat komt door de lever, mijn Heer.'

Brogan knipperde. 'Wat?'

'Ik ben verzot op rauwe lever, mijn Heer. Ik denk dat mijn tanden daardoor uitvallen, na verloop van tijd.'

Op dat moment verscheen Galtero, en hij wurmde zich langs de vrouw en het meisje die door de deuropening liepen. Hij salueerde door zijn gebogen voorhoofd met zijn vingertoppen aan te raken. 'Heer Generaal, ik breng rapport uit.'

'Ja, ja, zo dadelijk.'

'Maar...'

Brogan legde Galtero met een opgestoken vinger het zwijgen op en draaide zich om naar Lunetta. 'Nou?'

'Ieder woord is waar, Heer Generaal. Ze is net een waterkever die over het wateroppervlak scheert en dat slechts met de uiteinden van zijn poten beroert, maar alles wat ze zei is waar. Ze weet veel meer dan wat ze vertelt, maar wat ze zegt is waar.'

Brogan wapperde ongeduldig met zijn hand om Ettore te wenken. De man bleef voor de tafel staan, verstijfde, en was een en al aandacht terwijl zijn karmozijnrode cape om zijn benen ruiste. 'Heer Generaal?'

Brogan kneep zijn ogen iets toe. 'Ik denk dat we een verdorvene in handen hebben. Zou je je die cape die je draagt, graag waardig willen tonen?'

'O ja, Heer Generaal, heel graag.'

'Neem haar dan in hechtenis, voordat ze het gebouw uitloopt. Ik verdenk haar ervan een verdorvene te zijn.'
'En het meisje, Heer Generaal?'
'Heb je niet toegekeken, Ettore? Ze zal ongetwijfeld de beschermengel van de verdorvene blijken te zijn. Bovendien willen we niet dat ze op straat gaat rondbazuinen dat haar "grootmama" wordt vastgehouden door de Bloedbroederschap. Die ander, die kokkin, zou men missen, en daardoor zouden herrieschoppers hierheen kunnen komen, maar dit tweetal zal men niet missen op straat. Die zijn nu van ons.'
'Ja, Heer Generaal. Ik zal er meteen voor zorgen.'
'Ik zal haar zo spoedig mogelijk willen ondervragen. En het meisje ook.' Brogan stak behoedzaam zijn vinger op. 'Ze moesten maar eens bereid zijn om iedere vraag die ik ze stel, naar waarheid te beantwoorden.'
Ettores jeugdige gezicht plooide zich tot een afgrijselijke grijns. 'Ze zullen bekennen als u zich tot ze wendt, Heer Generaal. Bij de Schepper, ze zullen gereed zijn om te bekennen.'
'Heel goed, mijn jongen, ga nu maar, voordat ze op straat staan.'
Terwijl Ettore de deur door vloog, deed Galtero ongeduldig een stap naar voren, maar bleef toen zwijgend voor de tafel staan wachten.
Brogan liet zich in de stoel zakken en zijn stem klonk als uit de verte. 'Galtero, je hebt zoals gebruikelijk grondig je werk gedaan – de getuigen die je bij me hebt gebracht, bleken aan mijn eisen te voldoen.'
Tobias Brogan schoof de zilveren munt opzij, maakte de leren riempjes van het tasje los en stortte zijn trofeeën in een hoopje op de tafel. Pijnlijk voorzichtig spreidde hij ze uit en raakte het eens levende vlees aan. Elke trofee was een gedroogde tepel – de linkertepel, de tepel die het dichtst bij het kwade hart van de verdorvene had gezeten – en er zat genoeg huid omheen om de getatoeëerde namen te kunnen lezen. Dit was slechts een fractie van de verdorvenen die hij had ontmaskerd: de belangrijksten van de belangrijken – de gemeensten van de demonen van de Wachter.
Terwijl hij de tepels een voor een oppakte, las hij de naam van elke verdorvene die hij aan zijn toorts had geregen. Hij herinnerde zich iedere achtervolging, vangst en inquisitie. Zijn woede vlamde op toen hij zich herinnerde welke goddeloze misdaden elk van hen had bekend te hebben gepleegd. Hij herinnerde zich dat het recht elke keer had gezegevierd.
Maar de prijs der prijzen moest hij nog veroveren: de Biechtmoeder.
'Galtero,' zei hij zacht, staccato. 'Ik ben haar op het spoor. Breng de mannen bijeen. We vertrekken meteen.'
'Ik denk dat u beter eerst kunt luisteren naar wat ik u te zeggen heb, Heer Generaal.'

11

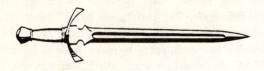

'Het zijn de D'Haranen, Heer Generaal.'
Nadat hij de laatste van zijn trofeeën had teruggelegd, deed Brogan het deksel van zijn tasje dicht en keek Galtero in diens donkere ogen. 'Wat is er met die D'Haranen?'
'Vanochtend vroeg wist ik dat er iets op handen was, toen ze zich begonnen te verzamelen. Daarom was het volk zo in beroering.'
'Verzamelen?'
Galtero knikte. 'Rond het Paleis van de Belijdsters, Heer Generaal. Midden op de middag begonnen ze allemaal te zingen.'
Tobias boog zich verbaasd naar zijn kolonel. 'Te zingen? Weet je de woorden nog?'
Galtero stak zijn duim achter zijn wapengordel. 'Het duurde twee volle uren – het zou moeilijk zijn het na het zoveel keren te hebben gehoord, te vergeten. De D'Haranen maakte een buiging, raakten met hun voorhoofd de grond aan, en scandeerden allemaal dezelfde worden. "Meester Rahl, leid ons, Meester Rahl, onderwijs ons, Meester Rahl, bescherm ons. In uw licht zullen wij gedijen. In uw genade zullen we beschutting vinden. In uw wijsheid zullen wij ons nederig weten. We leven slechts om te dienen. Ons leven is het uwe."'
Brogan tikte met een vinger op tafel. 'En deden alle D'Haranen dat? Met z'n hoevelen zijn ze?'
'Elke D'Haraan, Heer Generaal, en het zijn er misschien meer dan we dachten. Ze vulden het hele plein voor het paleis, stroomden naar de parken en pleinen en toen naar de straten eromheen. Je kon niet eens tussen hen door lopen; ze stonden zo dicht op elkaar gepakt, alsof ze allemaal zo dicht mogelijk bij het Paleis van de Belijdsters wilden zijn. Volgens mijn telling zijn er bijna tweehonderdduizend in de stad, waarvan de meesten zich rond het paleis hebben verzameld. De mensen verkeerden bijna in paniek, want ze wisten niet wat er gebeurde.

Ik reed het land in, en daar waren nog heel veel anderen die niet naar de stad waren gekomen. Waar ze ook waren, zij bogen zich ook voorover, legden hun voorhoofd op de grond en scandeerden met hun broeders in de stad mee. Ik reed snel, om zoveel mogelijk afstand af te leggen en zoveel mogelijk te kunnen zien, en ik zag niet één D'Haraan die niet boog en begon te scanderen. Je kon hun stemmen al horen vanaf de heuvels en passen rond de stad. Niemand merkte ons op, toen we op verkenning waren.'

Brogan deed zijn mond dicht. 'Dus hij is hier, die Meester Rahl.'

Galtero ging op zijn andere voet staan. 'Hij is hier, Heer Generaal. Terwijl de D'Haranen zongen, al die tijd dat ze scandeerden, stond hij boven aan de trap voor de hoofdingang, en keek toe. Iedereen boog voor hem, alsof hij de Schepper zelf was.'

Brogans mond vertrok van walging. 'Ik heb altijd al gedacht dat de D'Haranen heidenen waren. Stel je eens voor: voor een gewone man bidden. Wat gebeurde er toen?'

Galtero maakte een vermoeide indruk – hij had de hele dag snel paard gereden. 'Aan het eind sprongen ze allemaal in de lucht en juichten en schreeuwden een hele tijd van opwinding alsof ze net waren bevrijd uit de greep van de Wachter. Ik slaagde erin twee mijl achter de menigte om te rijden, terwijl het geroep en gejuich voortduurde. Eindelijk weken de mannen uiteen en werden twee lijken het plein op gedragen, en dat alles gebeurde in volkomen stilte. Er werd een brandstapel gemaakt en in brand gestoken. Al die tijd – totdat de lijken tot as waren verbrand en de as ten slotte was begraven, stond die Meester Rahl op de trap en keek toe.'

'Heb je hem goed bekeken?'

Galtero schudde zijn hoofd. 'De mannen stonden dicht op elkaar, en ik durfde niet met geweld dichterbij te komen, omdat ik bang was dat ze me ervan zouden beschuldigen hun ceremonie te verstoren.'

Brogan wreef met de zijkant van zijn duim tegen het tasje, terwijl hij in gedachten voor zich uit staarde. 'Natuurlijk. Ik dacht al niet dat je je leven zou vergooien, enkel en alleen om eens goed te kijken hoe die man eruitziet.'

Galtero aarzelde een ogenblik. 'U zult hem zelf snel genoeg zien, Heer Generaal. U bent uitgenodigd in het paleis.'

Brogan keek op. 'Ik heb geen tijd voor aardigheidjes. We moeten ervandoor, achter de Biechtmoeder aan.'

Galtero haalde een blaadje uit zijn zak en gaf het hem. 'Ik kwam net terug toen een grote groep D'Haraanse soldaten op het punt stond ons paleis binnen te gaan. Ik hield ze staande en vroeg wat ze wilden, en toen gaven ze me dit.'

Brogan vouwde het papier open en las het haastige handschrift. *Meester Rahl nodigt alle hoogwaardigheidsbekleders, diplomaten en functionarissen van alle landen uit om onmiddellijk naar het Paleis van de Belijdsters te komen.* Hij verfrommelde het papier in zijn vuisten. 'Ik neem geen audiënties af, ik verleen ze. En, zoals ik al zei, ik heb geen tijd voor flauwekul.'

Galtero stak zijn duim op en wees naar de straat. 'Ik meende dat ook, en vertelde de soldaten van wie ik dit heb gekregen, dat ik de uitnodiging zou doorgeven, maar dat we druk bezig waren met andere zaken en niet wisten of iemand van het Nicobarese Paleis tijd zou hebben aanwezig te zijn.

Hij zei dat Meester Rahl wilde dat iedereen er zou zijn, en dat we er tijd voor moesten zien te maken.'

Brogan wuifde dit dreigement weg. 'Niemand zal hier in Aydindril moeilijkheden veroorzaken, omdat we de bijeenkomst niet bijwonen om een nieuw stamhoofd te ontmoeten.'

'Heer Generaal, de Koningsstraat staat schouder aan schouder met de D'Haraanse soldaten. Elk paleis in die Straat moet worden omsingeld, net als de regeringsgebouwen in de stad. De man die me het blaadje gaf, zei dat hij hierheen zou komen om ons naar het Paleis van de Belijdsters te "escorteren". Hij zei dat ze ons zouden komen ophalen als we er niet snel heen gingen. Hij had tienduizenden manschappen achter zich staan, en die keken me allemaal aan terwijl hij dat zei.

Die mannen zijn geen winkeliers of boeren die een paar maanden voor soldaatje spelen – het zijn beroepssoldaten, en ze zien er heel vastberaden uit.

Ik vertrouw erop dat de Bloedbroederschap zich tegen die mannen verzet als we onze hoofdstrijdkracht kunnen bereiken, maar we hebben slechts een vuistvol Broeders naar de stad meegenomen. Vijfhonderd man is niet genoeg om ons hieruit te vechten. We zouden nog geen twintig meter ver komen voor elk van ons zou worden neergemaaid.'

Brogan keek naar Lunetta, die tegen de muur stond. Ze aaide haar gekleurde lappen en streek ze glad, en lette volstrekt niet op het gesprek. Ze mochten dan slechts vijfhonderd man in de stad hebben – Lunetta was er ook nog.

Hij wist niet wat die Meester Rahl in zijn schild voerde, maar dat deed er niet echt toe – D'Hara stond op één lijn met de Imperiale Orde en aanvaardde haar bevelen. Dit was waarschijnlijk slechts een poging zich binnen de Orde een hoger aanzien te verwerven. Je had altijd lieden die naar macht hunkerden maar zich niet wilden bekommeren om de morele verplichtingen die daaruit voortvloeien.

'Goed dan. Het zal trouwens gauw donker zijn. We zullen die ceremonie

bezoeken, naar de nieuwe Meester Rahl glimlachen, zijn wijn drinken, zijn voedsel nuttigen en hem zich welkom laten voelen. Bij dageraad laten we Aydindril aan de Imperiale Orde over, en gaan we achter de Biechtmoeder aan.' Hij wenkte zijn zuster. 'Lunetta, kom met ons mee.'
'En hoe denkt u haar te zullen vinden?' Lunetta krabde haar arm. 'De Biechtmoeder, Heer Generaal, hoe denkt u haar te vinden?'
Tobias duwde zijn stoel naar achteren en ging staan. 'Ze is naar het zuidwesten. We hebben meer dan genoeg mannen om haar te zoeken. We zullen haar vinden.'
'Echt?' Lunetta uitte nog steeds een zweempje ongehoorzaamheid als gevolg van haar machtsgebruik. 'Zeg me, hoe denkt u haar te herkennen?'
'Ze is de Biechtmoeder! Hoe zouden we haar niet kennen, achterlijke *streganicha* die je bent!'
Ze trok haar ene wenkbrauw op toen haar woeste blik de zijne kruiste. 'De Biechtmoeder is dood. Hoe kun je een dode zien lopen?'
'Ze is niet dood. De kokkin weet wat de waarheid hierachter is – dat zei je zelf. De Biechtmoeder leeft, en we zullen haar te pakken krijgen.'
'Als wat die oude vrouw zei, waar is, en er een doodsbezwering is uitgesproken, wat kan daar dan de bedoeling van zijn? Zeg het maar eens tegen Lunetta.'
Tobias fronste. 'Om de mensen te laten denken dat ze is vermoord, zodat ze kon vluchten.'
Lunetta glimlachte sluw. 'En hoe kwam het dan dat ze haar niet hebben zien vluchten? Om diezelfde reden zult u haar niet kunnen vinden.'
'Hou op met dat magische gewauwel en zeg me wat je bedoelt.'
'Heer Generaal, als er zoiets als een doodsbezwering bestaat en als die op de Biechtmoeder is toegepast, dan zou het nogal logisch zijn dat die magie haar identiteit verbergt. Dat zou verklaren hoe ze ontkwam – niemand heeft haar herkend wegens de magie om haar heen. Om diezelfde reden zult u haar evenmin herkennen.'
'Kun je die verbreken, die bezwering?' stamelde Tobias.
Lunetta hinnikte. 'Heer Generaal, ik heb nog nooit van zulke magie gehoord. Ik weet er niets van.'
Tobias besefte dat zijn zuster gelijk had. 'Je weet het een en ander van magie af. Zeg me hoe we haar kunnen herkennen.'
Lunetta schudde haar hoofd. 'Heer Generaal, ik weet niet hoe ik de draden kan zien van het net dat de tovenaar speciaal heeft uitgeworpen om iets te verbergen. Ik zeg u alleen wat aannemelijk is: als zo'n bezwering is gebruikt om haar te verbergen, zullen wij haar ook niet kunnen herkennen.'
Hij stak een vinger naar haar uit. 'Jij hebt magie. Jij kent een methode om ons de waarheid te laten zien.'

'Heer Generaal, de oude vrouw zei dat slechts een tovenaar een doodsbezwering kan aanroepen. Als een tovenaar zo'n net uitwerpt, dan moeten we de draden van het web kunnen zien om het te kunnen ontrafelen. Ik weet niet hoe ik dwars door het bedrog van de magie heen de waarheid kan zien.'

Tobias wreef over zijn kin terwijl hij hierover nadacht. 'Door het bedrog heen kijken. Maar hoe?'

'Een mot raakt verstrikt in een spinnenweb omdat hij de draden niet kan zien. We raken ook verstrikt in dat web, net als degenen die haar onthoofding zagen, omdat we de draden niet kunnen zien. Ik weet niet hoe we dat zouden kunnen.'

'Tovenaar,' mompelde hij in zichzelf. Hij gebaarde naar de zilveren munt op tafel. 'Toen ik haar vroeg of er hier in Aydindril een tovenaar is, liet ze me die munt zien met dat gebouw erop.'

'Het Paleis van de Profeten.'

Hij hief zijn hoofd op toen hij die naam hoorde. 'Ja, zo noemde ze het. Ze zei me dat ik jou moest vragen wat dat was. Hoe weet jij daar van? Waar heb jij van dat Paleis van de Profeten gehoord?'

Lunetta kromp ineen en keek een andere kant uit. 'Vlak nadat u werd geboren, vertelde mamma me erover. Het is een plek waar tovenaressen...'

'*Streganicha*,' verbeterde hij haar.

Ze zweeg een tijdje. 'Het is een plek waar *streganicha* mannen tot tovenaar opleiden.'

'Dan is het een huis van het kwaad.' Ze stond voorovergebogen en stokstijf stil, toen hij omlaag naar de munt keek. 'Wat zou mamma van zo'n kwade plek weten?'

'Mamma is dood, Tobias – laat haar met rust,' fluisterde ze.

Hij wierp haar een venijnige, norse blik toe. 'Daar hebben we het later nog wel over.' Hij trok de sjerp met zijn rang recht en vroeg om zijn met zilverdraad geborduurde grijze jas en pakte toen zijn karmozijnrode cape op. 'Die oude vrouw moet hebben bedoeld dat er een tovenaar in Aydindril is die in dat huis van het kwaad is opgeleid.' Hij richtte zijn aandacht op Galtero. 'Gelukkig houdt Ettore haar vast voor verdere ondervraging. Die oude vrouw heeft ons nog veel meer te vertellen – dat voel ik aan mijn water.'

Galtero knikte. 'We kunnen beter naar het Paleis van de Belijdsters gaan, Heer Generaal.'

Brogan zwaaide zijn cape over zijn schouders. 'We zullen Ettore nog even spreken als we naar buiten gaan.'

Er werd een flink vuur gestookt dat bulderde toen ze gedrieën het kamertje binnenliepen om Ettore en zijn twee pupillen om opheldering te vragen. Ettore was tot zijn middel ontbloot, en zijn spiermassa's waren bedekt met de glans van zweet. Verscheidene scheermessen fonkelden boven op de schoorsteen naast een verzameling pas geslepen speerpunten. De uiteinden van ijzeren staven staken als een waaier buiten de haard uit. De andere uiteinden gloeiden oranje in de vlammen.

De oude vrouw in de achterste hoek dook ineen en sloeg haar arm beschermend om het meisje, dat haar gezicht in de bruine deken verstopte.

'Heeft ze je enige last bezorgd?' vroeg Brogan.

Ettore wierp hem zijn gebruikelijke grijns toe. 'Haar arrogante houding verdween zodra ze merkte dat we geen last hebben van onbeschaamdheid. Zo gaat dat met verdorvenen – zodra ze zich tegenover de macht van de Schepper geplaatst weten, maken ze ruim baan.'

'Wij drieën moeten er een tijdje tussenuit. De rest van de vuist blijft hier in het paleis, voor het geval je hulp nodig mocht hebben.' Brogan keek naar de ijzeren staven die in het vuur gloeiden. 'Als ik terugkom, wil ik haar bekentenis horen. Dat meisje laat me koud, maar die oude vrouw kan maar beter in leven zijn en staan te popelen om die bekentenis af te leggen.'

Ettore streek met zijn vingers langs zijn voorhoofd, terwijl hij een buiging maakte. 'Bij de Schepper, wat u beveelt zal geschieden, Heer Generaal. Ze zal alle misdaden bekennen die ze in de ogen van de Schepper heeft begaan.'

'Goed. Ik heb nog meer vragen, en ik zal de antwoorden daarop krijgen.'

'Ik beantwoord geen van uw vragen meer,' zei de oude vrouw.

Ettore tuitte zijn lip terwijl hij nors over zijn schouder keek. De oude vrouw deinsde nog verder terug in de donkere hoek. 'Je zult die eed verbreken voor de avond om is, ouwe tang. Je zult smeken om vragen te beantwoorden als je ziet wat ik met dat slechterikje van je uithaal. Je zult haar eerst zien gaan, zodat je alvast kunt nadenken over wat er komen gaat als jij aan de beurt bent.'

Het meisje kermde en drukte zich dieper in de deken van de oude vrouw. Lunetta keek naar de twee in de hoek van de kamer en krabde langzaam haar arm. 'Wilt u dat ik hier blijf om op Ettore te passen, Heer Generaal? Dat lijkt mij het beste.'

'Nee. Ik wil dat je vanavond met me meekomt.' Hij keek op naar Galtero. 'Goed van je om me deze hier te brengen.'

Galtero schudde zijn hoofd. 'Ze zou me nooit zijn opgevallen als ze niet had geprobeerd mij honingcake te verkopen. Iets aan haar wekte mijn achterdocht.'

Brogan haalde zijn schouders op. 'Zo gaat dat met verdorvenen: ze laten zich tot de Bloedbroederschap aantrekken als motten tot een vlam. Ze zijn stoutmoedig omdat ze trouw zijn aan hun kwade meester.' Hij keek weer naar de vrouw in de hoek die ineenkromp. 'Maar ze zwichten allemaal als de Bloedbroederschap hen terechtwijst. Dit zal slechts een kleine trofee zijn, maar de Schepper zal ermee zijn gediend.'

12

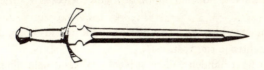

'Hou op,' gromde Tobias. 'De mensen denken dat je vlooien hebt.' In een brede straat die aan weerszijden werd omzoomd door majestueuze esdoorns waarvan de kluwen kale takken hoog boven de grond in elkaar verstrengeld waren, stapten hoogwaardigheidsbekleders en functionarissen van alle windstreken uit mooie rijtuigen en flaneerden het resterende stuk naar het Paleis van de Belijdsters. D'Haraanse troepen stonden als oevers langs de sijpelende rivier van arriverende gasten.
'Ik kan er niets aan doen, Heer Generaal,' klaagde Lunetta terwijl ze krabde. 'Mijn armen jeuken al vanaf het moment dat we in Aydindril zijn aangekomen. Ik heb er nog nooit zo'n last van gehad als nu.'
Mensen die zich in de stroom hadden begeven, staarden openlijk naar Lunetta. Haar haveloze lappen maakten dat ze opviel als een leproos op een kroningsceremonie. Ze leek hun spottende blikken niet te zien. Waarschijnlijker nog dacht ze dat het blikken van waardering waren. Ze had al genoeg keren gesmeekt of ze de jurken die Tobias haar had aangeboden, niet hoefde aan te trekken omdat ze geen van alle bij haar plaatjes pasten. Omdat ze haar geest leken bezig te houden en ze daardoor niet aan de smet van de Wachter dacht, ging hij nooit zover om erop aan te dringen dat ze iets anders zou dragen, en bovendien vond hij het godslasterlijk om iemand die bezeten was door het zwaard er aantrekkelijk te laten uitzien.
De arriverende mannen waren gekleed in hun mooiste gewaden, jassen of bontmantels. Hoewel sommigen sierlijke zwaarden droegen, was Tobias er zeker van dat het slechts uiterlijk vertoon was, en hij betwijfelde of er ooit eentje uit angst, laat staan uit woede uit zijn schede was getrokken. Als een omgeslagen kledingstuk nu en dan openwoei, kon Tobias zien dat de vrouwen waren getooid in elegante japonnen in meerdere lagen, en de ondergaande zon schitterde op de juwelen om hun nek,

pols en vingers. Het leek dat ze allemaal zo opgewonden waren van de uitnodiging om in het Paleis van de Belijdsters om de nieuwe Meester Rahl te ontmoeten, dat ze geen enkele bedreiging aan de D'Haraanse soldaten wisten te ontlokken. Te oordelen naar hun glimlach en gekeuvel leken ze allen te popelen om bij de nieuwe Meester Rahl in de smaak te vallen.
Tobias knarsetandde. 'Als je nu niet ophoudt met krabben, dan bind ik je handen achter je rug vast.'
Lunetta liet haar handen vallen en bleef snakkend naar adem stilstaan.
Tobias en Galtero keken op en zagen aan weerskanten van de promenade voor hen lichamen die op palen waren gespietst. Toen ze gedrieën dichterbij kwamen, besefte hij dat het geen mannen waren, maar geschubde wezens, die slechts de Schepper had kunnen bedenken. Toen ze verderliepen, werden ze door een stank omhuld die even dik was als de nevel uit een beerput, en ze vreesden dat hun longen bij elke ademtocht zwarter zouden worden.
Op sommige palen zaten slechts hoofden, en op andere hele lichamen en andere lichaamsdelen. Ze leken alle te zijn gedood in een brute strijd. Sommige beesten waren opengereten, en er waren er ook bij die compleet doormidden gekliefd waren, terwijl hun ingewanden uit hun lichaam bungelden of wat daarvan over was.
Het was alsof ze een monument van het kwaad binnenstapten en via poorten de onderwereld betraden.
De andere gasten bedekten hun neus zo goed en zo kwaad als dat ging met wat ze voorhanden hadden. Een paar chique geklede vrouwen zakten als bedwelmd op de grond. Bedienden snelden hen te hulp en wapperden met zakdoeken voor hun gezicht of wreven wat sneeuw op hun voorhoofd. Sommige mensen staarden verbijsterd voor zich uit, en anderen huiverden zo krachtig dat Tobias hun tanden kon horen rammelen. Toen ze voldoende waren vernederd door deze aanblikken en de stank, verkeerde iedereen om hen heen in hevige angst of onverbloemde paniek. Tobias had vaak tussen het kwaad gelopen en bekeek de andere gasten met walging.
Toen een geschokte diplomaat vroeg wat dit alles te betekenen had, legde een van de D'Haranen die aan de kant stond, uit dat deze wezens de stad hadden aangevallen, en dat Meester Rahl ze had gedood. De stemming van de gasten klaarde op. Ze liepen verder en hun stemmen werden opgetogen, toen ze met elkaar keuvelden over de eer om iemand te ontmoeten als de nieuwe Meester Rahl, de Meester van heel D'Hara. Bruisend gegiechel klonk in de verkleumende lucht.
Galtero boog zich naar de anderen toe. 'Toen ik hier was voordat al dat gezang begon en de soldaten rond de stad nog spraakzaam waren, zei-

den ze me dat ik voorzichtig moest zijn omdat er aanvallen waren geweest van onzichtbare wezens, en dat een aantal van hun mannen, evenals mensen op straat, waren omgekomen.'

Tobias herinnerde zich dat de oude vrouw hem had verteld dat geschubde wezens – hij kon zich niet meer herinneren hoe ze ze noemde – uit de lucht waren verschenen en iedereen die hun pad kruiste, hadden opengescheurd. Lunetta had gezegd dat de vrouw de waarheid had gesproken. Dit moesten die wezens zijn.

'Wat handig van Meester Rahl om net op tijd te komen om die wezens te kunnen doden en de stad te redden.'

'Mriswith,' zei Lunetta.

'Wat?'

'Die vrouw zei dat die wezens mriswith heten.'

Tobias knikte. 'Ja, ik denk dat je gelijk hebt: mriswith.'

Witte zuilen staken voor de ingang van het paleis in de lucht. De soldaten stonden in gesloten gelederen aan weerszijden en vormden een trechter waardoor ze via witte, fraai besneden en wijd openstaande deuren een grote zaal binnenkwamen die werd verlicht door ramen van lichtblauw glas, geflankeerd door glanzend gepoetste witmarmeren zuilen die met gouden kapitelen waren gekroond. Tobias Brogan voelde dat hij de buik van het kwaad in werd gezogen. De andere gasten hadden – als ze beter wisten – gehuiverd bij het zien van dat levende monument van goddeloosheid dat hen omgaf, in plaats van om de dode karkassen.

Na een tocht door elegante zalen en kamers die waren voorzien van genoeg graniet en marmer om er een berg mee te kunnen bouwen, liepen ze ten slotte door hoge, mahoniehouten deuren en kwamen ze in een reusachtige kamer die een enorme koepel als dak had. Sierlijke fresco's van mannen en vrouwen krioelden op het gewelf en keken op de bijeenkomst neer. Ronde ramen onder de rand van de koepel lieten gefilterd licht door en toonden wolken die zich aan de verdonkerende hemel groepeerden. Aan de overkant van de ruimte op een halfrond podium stonden lege stoelen achter een prachtig bureau, voorzien van houtsnijwerk.

Ronde togen rondom de zaal onthulden trappen die naar galerijachtige balkons leidden, en waren voorzien van kronkelige, gepolitoerde houten leuningen. De balkons zaten vol mensen, zag hij – geen fraai geklede adellieden zoals degenen op de begane grond, maar gewone arbeiders. De andere gasten zagen dat ook en wierpen blikken van afkeuring naar het rifraf in de schaduwen achter de balustrades. De mensen die daar zich verdrongen, stonden een eindje van de balustrades vandaan, alsof ze beschutting in de duisternis zochten om te voorkomen dat iemand van hen zou worden herkend en zich zou moeten verantwoorden voor het feit dat hij zo'n groots evenement bijwoonde. Het was gebruikelijk dat een hooggeplaatst persoon eerst werd voorgesteld aan gezagsdragers en daarna pas kennismaakte met gewone mensen.

De gasten negeerden het publiek op het balkon en circuleerden over de marmeren mozaïekvloer. Ze bewaarden een ruime afstand tussen henzelf en de twee Bloedbroeders en deden alsof het op toeval berustte en niet met opzet was dat ze de twee vermeden. Ze keken verwachtingsvol om zich heen om te zien waar hun gastheer bleef en bogen zich fluisterend naar elkaar toe. In hun fraaie kledij leken ze bijna deel uit te maken van het sierlijke houtsnijwerk en de decoraties – niemand gaf blijk van enig ontzag voor de grootsheid van het Paleis van de Belijdsters. Tobias meende dat de meesten regelmatige bezoekers waren. Hoewel hij nooit eerder in Aydindril was geweest, wist hij pluimstrijkers te herkennen als hij ze zag: zijn eigen koning werd altijd omringd door talloze lieden van dat slag.

Lunetta bleef vlak naast hem en was maar matig geïnteresseerd in de imposante architectuur om haar heen. Ze sloeg geen acht op de mensen die haar aanstaarden, hoewel ze nu minder in getal waren; ze stelden belang in elkaar en in het vooruitzicht eindelijk Meester Rahl te ontmoeten, en bekommerden zich niet om een oude vrouw die tussen twee in karmozijnrode capes gehulde Bloedbroeders stond. Galtero keek de uitgestrekte kamer door, negeerde de weelderigheid en oogstte in plaats daarvan voortdurende goedkeuring van de mensen, de soldaten en de uitgangen. De zwaarden die hij en Tobias droegen, waren niet als versiering bedoeld.

Ondanks zijn afkeer kon Tobias zijn bewondering voor de plek waar hij stond, niet onderdrukken. Dit was de plek van waar de Biechtmoeder en de tovenaars het Middenland hadden bestuurd. Dit was het oord waar de raad duizenden jaren lang eenheid had gepropageerd, terwijl ze de magie in stand hielden en beschermden. Dit was de plek van waaruit de Wachter zijn tentakels uitspreidde.

Die eenheid was nu aan scherven. De magie had zijn greep en zijn beschermende invloed op de mens verloren. Het tijdperk van de magie was ten einde. Het Middenland was opgehouden te bestaan. Binnenkort zou het paleis vol karmozijnrode capes zijn, en slechts de Bloedbroederschap zou zitting houden op het podium. Tobias glimlachte – de gebeurtenissen leidden onverbiddelijk tot een fortuinlijk einde.

Een man en een vrouw schreden naderbij – recht op hun doel af, volgens Tobias. De vrouw had een bos zwart haar dat in sliertige krullen langs haar geblankette gezicht viel, en boog zich naar hem toe. 'Stelt u zich eens voor: we zijn hier uitgenodigd, en ze hebben niets eens iets te eten.' Ze streek de kant op het lijfje van haar gele japon glad en er ver-

scheen een beleefd glimlachje om haar onmogelijk rode lippen, in afwachting van wat hij zou gaan zeggen. Dat deed hij niet, en ze vervolgde: 'Nogal vulgair dat hij ons nog geen drupje wijn aanbiedt, vindt u ook niet, zeker gezien het feit dat we bijna onmiddellijk zijn gekomen, etcetera? Ik hoop dat hij niet verwacht dat wij zijn uitnodiging een volgende keer zullen aanvaarden, nu hij ons zo boers heeft behandeld.'
Tobias kneep zijn handen achter zijn rug samen. 'Kent u Meester Rahl?'
'Misschien heb ik hem wel eens ontmoet – dat weet ik niet meer.' Ze veegde een vlekje dat hij niet kon zien van haar ontblote schouder en liet de juwelen om haar vingers, die zelfs iemand aan de andere kant van de ruimte had kunnen zien, voor zijn ogen schitteren. 'Ik word zo vaak hier in het paleis uitgenodigd voor dit soort gelegenheden dat het me moeite kost me alle mensen te herinneren die me zo nodig willen ontmoeten. Straks zouden Hertog Lumholtz en ik nog de indruk wekken ons bewust te zijn van een leidinggevende positie, zeker nu Prins Fyren is vermoord.'
Haar rode lippen rekten zich uit tot een zelfvoldane glimlach. 'Ik weet wel dat ik hier nooit eerder iemand van de Bloedbroederschap ben tegengekomen. De raad heeft de Broederschap altijd als onofficieel beschouwd – niet dat ik wil zeggen dat ik het daarmee eens ben, zeker niet, maar ze hebben ze verboden hun... "ambacht" ergens anders dan in hun eigen land uit te voeren. Natuurlijk schijnen we nu zonder raad te zitten. Afschuwelijk, zoals ze precies op deze plaats werden gedood, terwijl ze de toekomst van het Middenland bespraken. Wat voert u hierheen, mijnheer?'
Tobias keek langs haar heen en zag dat soldaten de deuren dichtdeden. Hij zette zijn knokkels tegen zijn snor en begon naar het podium te lopen. 'Ik ben "uitgenodigd", net als u.'
Hertogin Lumholtz wandelde met hem mee. 'Ik hoor dat de Broederschap in hoog aanzien staat bij de Imperiale Orde.'
De man die haar vergezelde, was gekleed in een met goud doorvlochten blauwe jas die hem een zeker aanzien deed uitstralen. Hij luisterde met geforceerde onverschilligheid toe, terwijl hij veel moeite deed te doen alsof hij zijn aandacht op iets anders gericht had. Zijn donkere haar en zware wenkbrauwen maakten Tobias meteen al duidelijk dat hij een Keltaan was. De Keltanen hadden zich snel bij de Orde aangesloten en verdedigden het hoge aanzien dat ze bij hen genoten op een hebberige manier. Ze wisten ook dat de Imperiale Orde het standpunt van de Bloedbroederschap respecteerde.
'Mevrouw, het verbaast me dat u nog iets hoort, u praat zo veel.'
Haar gezicht werd even rood als haar lippen. Tobias werd haar voorspelbare en verbolgen weerwoord bespaard toen de menigte enige op-

schudding in de zaal opmerkte. Hij was niet lang genoeg om over de afgewende hoofden heen te kunnen kijken, dus hij wachtte geduldig en wist dat Meester Rahl naar alle waarschijnlijkheid het podium zou betreden. Met het oog op die waarschijnlijkheid had hij zich strategisch opgesteld: dichtbij genoeg om hem goed te kunnen inschatten, maar niet zo dichtbij dat hij zou opvallen. In tegenstelling tot de andere gasten wist hij dat dit geen sociale aangelegenheid was. Dit zou waarschijnlijk een stormachtige avond kunnen worden en als het zou gaan onweren, wilde hij niet de hoogste boom zijn. Tobias Brogan wist in tegenstelling tot de nerveuze idioten om hem heen wanneer voorzichtigheid geboden was. Aan de andere kant van de ruimte probeerden mensen haastig plaats te maken voor een groep D'Haraanse soldaten die hen opzij duwden om een pad vrij te maken. Een stevig gelid piekeniers volgde hen en deelde zich in tweeën om een met staal overdekte gang te maken, afgescheiden van de gasten. De groepen stelden zich in slagorde voor het podium op als een grimmige, beschermende wig van D'Haraanse spieren en staal. De snelheid en precisie waarmee ze dat deden, was indrukwekkend. Hoge D'Haraanse officieren marcheerden door de gang en gingen naast het podium staan. Over Lunetta's hoofd heen kruiste Tobias Galtero's ijzige blik. Inderdaad – geen sociaal gebeuren.

De menigte zoemde van nerveuze spanning en wachtte af wat er hierna zou gebeuren. Te oordelen naar het gefluister dat Tobias opving, was dit nog nooit voorgekomen in het Paleis van de Belijdsters. Hoogwaardigheidsbekleders met rode konen spraken onderling mompelend hun verontwaardiging uit over wat zij beschouwden als ongeoorloofd gebruik van strijdkrachten in de raadskamers, waar diplomatieke onderhandelingen immers regel waren.

Brogan verdroeg geen diplomatie – bloed werkte beter en liet een langduriger indruk achter. Hij had het idee dat Meester Rahl dat ook begreep – dit in tegenstelling tot de stroom van kruiperige gezichten die de vloer overspoelde.

Tobias wist wat deze Meester Rahl wilde. Dat was ook te verwachten: de D'Haranen hadden immers de zwaarste last op hun schouders genomen voor de Imperiale Orde. Hij was in de bergen een strijdkracht tegengekomen die voor het grootst deel uit D'Haranen bestond en op weg was naar Ebinissia. De D'Haranen hadden Aydindril ingenomen, klaarblijkelijk om de orde te handhaven, en stonden de Imperiale Orde vervolgens toe er te heersen. In naam van de Orde hadden ze hun lichaam in de strijd geworpen tegen het staal van de opstandelingen, maar anderen, bijvoorbeeld Keltanen als Hertog Lumholtz, hielden de macht in handen, gaven bevelen, en dachten dat de D'Haranen aan de punten van vijandige zwaarden zouden worden geregen.

Meester Rahl was ongetwijfeld van plan aanspraak te maken op een hooggeplaatste positie in de Imperiale Orde, en hij zou de aanwezige vertegenwoordigers dwingen hiermee akkoord te gaan. Tobias kon niet wachten totdat er voedsel zou worden aangeboden, zodat hij kon toekijken terwijl alle plannen smedende functionarissen zich verslikten als de nieuwe Meester Rahl zijn eisen op tafel zou leggen.

De twee D'Haranen die vervolgens binnenkwamen, waren zo groot dat Tobias ze boven de hoofden van de mensen kon zien aankomen. Toen ze in hun volle lengte zichtbaar waren en hij hun leren pantsers, maliënkolders en de scherpe bovenarmsbanden zag, fluisterde Galtero boven Lunetta's hoofd tegen hem: 'Ik heb die twee eerder gezien.'

'Waar?' fluisterde Tobias terug.

Galtero schudde zijn hoofd terwijl hij naar de mannen keek. 'Ergens op straat.'

Tobias draaide zich om en zag met verbazing drie vrouwen in rood leer achter de twee reusachtige D'Haranen lopen. Door de berichten die Tobias had gehoord, wist hij dat zij niets anders dan Mord-Sith konden zijn. Mord-Sith hadden de reputatie hoogst ongezond te zijn voor tegenstanders die over magie beschikten. Tobias had eens de hulp van een van deze vrouwen willen inroepen, maar had te verstaan gekregen dat zij slechts de Meester van D'Hara dienden en niet konden ingaan op aanbiedingen van wie dan ook. Volgens horen zeggen waren ze voor geen enkele prijs te koop.

Maakten de Mord-Sith de menigte al zenuwachtig, wat na hen kwam, deed ze naar adem snakken. Monden vielen open toen men een monsterlijk dier zag – een beest met klauwen, slagtanden en vleugels. Zelfs Tobias verstijfde toen hij de kaai zag. Kaaien met korte staarten waren buitengewoon agressieve, bloeddorstige woestelingen die alles levend verslonden. Nadat men de grens de vorige lente had afgebroken, hadden kaaien de Bloedbroederschap een hoop moeilijkheden bezorgd. Het beest liep een tijdje rustig achter de drie vrouwen aan. Tobias controleerde of zijn zwaard niet vastzat in de schede en zag dat Galtero hetzelfde deed.

'Alstublieft, Heer Generaal,' kermde Lunetta, 'ik wil hier nu weg.' Ze krabde driftig haar arm.

Brogan greep haar bovenarm, trok haar naar zich toe en fluisterde tussen zijn opeengeklemde kaken: 'Let op die Meester Rahl, anders zou ik misschien niets meer aan je kunnen hebben. Begrijp je? En hou op met dat gekrab!'

Haar ogen traanden toen hij haar arm omdraaide. 'Ja, Heer Generaal.'

'Let op wat hij zegt.'

Ze knikte toen de twee reusachtige D'Haranen op de uiteinden van het podium plaatsnamen. De drie vrouwen in rood leer gingen ertussenin staan en lieten een plek in het midden vrij, die waarschijnlijk was bestemd voor Meester Rahl, die eindelijk was gearriveerd. De kaai stak hoog boven de stoelen uit.

De blonde Mord-Sith die bijna midden op het podium stond, keek de ruimte door, en de doordringende blik van haar blauwe ogen snoerde de aanwezigen de mond.

'Onderdanen van het Middenland,' zei ze terwijl ze haar arm bij wijze van inleidend gebaar optilde en naar het luchtledige boven het bureau wees, 'ik presenteer u: Meester Rahl.'

Er vormde zich een schaduw in de lucht. Opeens verscheen er een zwarte mantel, en nadat die was opengegooid, stond er opeens een man op het bureau.

Mensen die vooraan stonden, vielen van schrik achterover. Hier en daar schreeuwden mensen van angst. Sommigen riepen om de bescherming van de Schepper, anderen smeekten de geesten namens hen in te grijpen, en weer anderen vielen op hun knieën. Velen stonden als verstomd van schrik, en voor de eerste keer werden er uit angst een paar sierzwaarden uit de scheden getrokken. Toen een D'Haraan vooraan de groep soldaten hun kalm en op zachte, ijzige toon beval de wapens op te bergen, schoof men ze met zichtbare tegenzin terug in de scheden.

Lunetta krabde als een bezetene terwijl ze naar de man opkeek, maar Brogan liet haar ditmaal niet ophouden – zelfs hij kreeg kippenvel van het onheil van de magie.

De man op het bureau wachtte geduldig tot de menigte was bedaard, en sprak toen kalm:

'Ik ben Richard Rahl, door de D'Haranen Meester Rahl genoemd. Andere volkeren kennen andere namen waaronder ik bekend sta. Profetieën die in het duistere verleden, nog voor het Middenland was geboren, werden geopenbaard, hebben mij die benaming bezorgd.' Hij stapte van het bureau af en ging tussen de Mord-Sith staan. 'Maar het is de toekomst waarover ik u allen kom vertellen.'

Hoewel hij niet zo lang was als de twee D'Haranen die aan weerszijden van het gebogen bureau stonden, was hij een grote, lange en gespierde man, en hij was verbazingwekkend jong. Zijn kleren, zijn zwarte mantel, zijn hoge laarzen, donkere broek en zijn eenvoudige hemd waren niet pretentieus, zeker niet voor iemand die 'Heer' werd genoemd. Hoewel het moeilijk was de glanzende schede van zilver en goud aan zijn heup over het hoofd te zien, leek hij nog het meest op een eenvoudige woudloper. Tobias dacht ook dat hij er vermoeid uitzag, alsof hij op zijn schouders een last zo zwaar als een berg torste.

Tobias was allerminst onbekend met de strijd en zag aan de gratie waarmee deze jongeman zich gedroeg, het gemak waarmee de schouderriem op zijn schouder rustte en de manier waarop het zwaard op zijn heup met hem mee bewoog, dat hij geen man was om lichtzinnig mee om te springen. Het zwaard was er niet voor de sier: het was een wapen. Hij zag eruit als een man die de laatste tijd zeer veel verschrikkelijke beslissingen had moeten nemen maar ze alle te boven was gekomen. Want ondanks de volkomen nederigheid in zijn uiterlijke verschijning, had hij een onverklaarbaar air van gezag, en dwong zijn voorkomen aandacht af.

Veel vrouwen in de ruimte hadden hun kalmte al weer herwonnen en begonnen hem intieme glimlachjes toe te werpen terwijl ze met hun oogleden knipperden, en vervielen in hun goed geoefende gewoonte om in de smaak te vallen bij mensen met macht. Zelfs al was de man niet zo woest en knap geweest, dan hadden ze hetzelfde gedaan, maar misschien iets minder oprecht. Meester Rahl merkte hun hartverwarmende gedrag ofwel niet op, ofwel verkoos dit niet op te merken.

Maar Tobias Brogan was geïnteresseerd in zijn ogen – de ogen waren het merkteken van iemands aard en het enige dat hem zelden bedroog. Toen de man de menigte aankeek met zijn staalachtige blik, deden sommigen zonder het te beseffen een stapje achteruit, anderen verstijfden, en weer anderen begonnen zenuwachtig te bewegen. Toen die ogen zijn kant uitkeken en hij zijn blik voor het eerst op hem vestigde, peilde Tobias Meester Rahls hart en ziel.

Die korte blik was alles wat hij nodig had: dit was een zeer gevaarlijke man.

Hoewel hij jong was en zich slecht op zijn gemak voelde als middelpunt van eenieders blik, was dit een man die zou vechten dat het een aard had. Tobias had zulke ogen al eens eerder gezien. Dit was een man die zonder blikken of blozen over een klif zou springen om je achterna te komen.

'Ik ken hem,' fluisterde Galtero.

'Wat? Hoe dan?'

'Wat eerder deze dag, toen ik bezig was getuigen te verzamelen, kwam ik deze man tegen. Ik was van plan hem naar u toe te brengen om te worden ondervraagd, maar toen kwamen die twee grote bewakers te voorschijn en droegen hem weg.'

'Jammer. Dat zou heel...'

De stilte in de zaal deed Tobias opkijken. Meester Rahl keek hem strak aan. Het was alsof hij in de doordringende, grijze ogen van een roofvogel keek.

Meester Rahls blik gleed naar Lunetta. Ze stond als verstijfd in het licht van zijn ogen. Verrassend genoeg verscheen er een glimlach om zijn lippen.

'Van alle vrouwen op het bal,' zei Meester Rahl tegen haar, 'vind ik uw japon het mooist.'

Lunetta glunderde. Tobias schaterde het bijna uit – Meester Rahl had een vernietigend oordeel over de anderen in de kamer uitgesproken: hun sociaal aanzien betekende niets voor hem. Tobias begon zich te amuseren. Misschien zou de Orde niet eens zo slecht gediend zijn met een man als deze temidden van haar leiders.

'De Imperiale Orde,' begon Meester Rahl, 'gelooft dat het nu tijd geworden is om de wereld te verenigen onder een gemeenschappelijke maatstaf: de hare. Ze zeggen dat magie de oorzaak is van al het falen, het ongeluk en tegenspoed van de mens. Ze beweren dat alle kwaad voortkomt uit de uitwendige invloed van de magie. Ze zeggen dat het tijd is dat de magie uit de wereld verdwijnt.'

Sommigen in de ruimte mompelden instemmend, sommigen gromden vol twijfel, maar allen zwegen.

Meester Rahl legde een arm boven op de rugleuning van de grootste stoel – die in het midden. 'Teneinde hun droombeeld compleet te maken, en in het licht van de door henzelf uitgeroepen goddelijke doelstellingen, dulden ze de onafhankelijkheid van geen enkel land. Ze wensen dat iedereen onder hun invloed wordt gebracht en voortleeft als één volk: de onderdanen van de Imperiale Orde.'

Hij zweeg een tijdje en keek velen in de menigte aan. 'Magie is niet de bron van het kwaad. Dit geldt slechts als excuus voor hun daden, die de vorm van oppergezag aannemen.'

Er ging gefluister door de kamer, en de ondertonen van gesprekken borrelden zacht op. Hertogin Lumholtz liep naar voren, om aandacht vragend. Ze glimlachte naar Meester Rahl en boog toen haar hoofd.

'Meester Rahl, wat u zegt is allemaal hoogst interessant, maar de Bloedbroederschap hier...' Ze wees met een ruk van haar hand naar Tobias en wierp hem op hetzelfde moment een ijzige blik toe, '... zegt dat alle magie door de Wachter wordt uitgebraakt.'

Brogan zei niets en bewoog zich niet. Meester Rahl keek niet zijn kant uit, maar bleef de hertogin aankijken.

'Een kind, dat ter wereld komt, dat is magie. Zou u dat kwaad willen noemen?'

Ze snoerde de menigte achter haar de mond door gebiedend haar arm op te steken. 'De Bloedbroederschap predikt de gedachte dat magie door de Wachter zelf wordt geschapen, en daarom slechts de incarnatie van het kwaad kan zijn.'

Overal op de vloer en het balkon betuigden mensen hun instemming met geroep. Ditmaal legde Meester Rahl hun met een armgebaar het zwijgen op.

'De Wachter is de vernietiger, de vloek van licht en leven, de adem van de dood. Naar wat ik heb gehoord, is het de Schepper die door zijn macht en grootsheid alle dingen laat bestaan.' Bijna in koor riep de menigte dat dit waar was.

'In dat geval,' zei Meester Rahl, 'komt het geloof dat magie voortspruit uit de Wachter overeen met godslastering. Zou de Wachter een pasgeborene kunnen scheppen? Om de macht van het scheppen, het uitsluitend domein van de Schepper, toe te schrijven aan de Wachter, betekent dat men de Wachter reinheid toedicht – een eigenschap die slechts de Schepper bezit. De Wachter kan niet scheppen. Wie er zo'n profaan geloof op na houdt, doet aan ketterij.'

Stilte viel als een lijkwade over de menigte. Meester Rahl hield zijn hoofd schuin in de richting van de hertogin. 'Bent u naar voren gekomen om te bekennen dat u een ketter bent, mevrouw? Of slechts om anderen terwille van persoonlijk gewin van ketterij te beschuldigen?'

Haar gezicht werd andermaal zo rood als haar lippen, en ze deed enkele stappen terug, totdat ze weer naast haar man stond. De hertog schudde zijn vinger naar Meester Rahl, en zijn gezicht was niet meer het toonbeeld van rust.

'Trucjes met zwaarden kunnen het feit niet verhullen dat de Imperiale Orde het kwaad van de Wachter bestrijdt en is gekomen om ons in die strijd te verenigen. Ze willen slechts dat alle mensen gezamenlijk welvaart genieten. De magie zal de mensheid dat recht ontzeggen. Ik ben Keltaan, en daar ben ik trots op, maar het is tijd om verder te denken dan aan versnipperde en kwetsbare landen die alleen staan. We hebben langdurige gesprekken met de Orde gehad, en ze hebben bewezen een beschaafd en fatsoenlijk stel te zijn dat er slechts in geïnteresseerd is alle landen in vrede te verenigen.'

'Een nobel ideaal,' antwoordde Meester Rahl op zachte toon, 'dat al bestond, namelijk in de eenheid van het Middenland, maar dat u hebt opgeofferd aan uw hebzucht.'

'De Imperiale Orde is anders. Hij biedt kracht en echte, bestendige vrede.'

Meester Rahl keek de hertog spottend aan. 'Graven maken zelden inbreuk op vrede.' Hij keek de menigte aan. 'Niet lang geleden trok een leger van de Orde door het Middenland in de hoop dat anderen zich bij hun gelederen zouden voegen. Velen deden dat en deden hun strijdkracht toenemen. Een D'Haraanse generaal die Riggs heette, voerde hen samen met officieren uit verschillende landen aan, en werd daarbij gesteund door een tovenaar die Slagle heette, en van Keltaanse afkomst was. Meer dan honderdduizend man sterk rukten ze op naar Ebinissia, de kroonstad van Galea. De Imperiale Orde gelastte het volk van Ebinissia

zich bij hen aan te sluiten en onderdanen van de Orde te worden. Toen ze werden gesommeerd agressie uit te oefenen op het Middenland, deed het volk van Ebinissia braaf wat hun werd gevraagd. Ze weigerden hun betrokkenheid bij de eenheid en de gemeenschappelijke verdediging die het Middenland was, te laten varen.'
De hertog deed zijn mond open en wilde iets zeggen, maar Meester Rahls stem klonk voor het eerst dreigend, en hij benam hem het woord.
'Het leger van Galea verdedigde de stad tot de laatste man. De tovenaar gebruikte zijn macht om de stadsmuren te doorklieven en de Imperiale Orde stroomde naar binnen. Toen de Galeaanse verdedigers, die veruit in de minderheid waren, uit de weg geruimd waren, ging de Imperiale Orde niet over tot de bezetting van de stad, maar trok er doorheen als een troep huilende dieren en verkrachtte, martelde en vermoordde hulpeloze mensen.'
Meester Rahl klemde zijn kaken op elkaar, boog zich over het bureau en stak zijn vinger uit naar Hertog Lumholtz. 'De Orde slachtte ieder levend wezen in Ebinissia af: ouderen, jongeren en pasgeborenen. Ze regen weerloze, zwangere moeders aan hun spiesen om op die manier zowel de moeder als haar ongeboren kind te doden.'
Zijn gezicht was rood van woede, en hij sloeg met zijn vuist op het bureau. Iedereen sprong overeind. 'Met die daad bewijst de Imperiale Orde dat alles wat zij zegt, een leugen is! Ze hebben het recht verloren om eenieder te vertellen wat rechtschapen is of slecht. Ze kennen geen deugd. Ze zijn gekomen om één reden, en om niets dan die ene reden: om anderen te verslaan en aan zich te onderwerpen. Ze slachtten het volk van Ebinissia af om anderen te laten zien wat ze iemand konden aandoen die zich weigerde te onderwerpen.
Ze laten zich niet tegenhouden door grenzen of rede. Mannen met het bloed van pasgeborenen aan hun zwaarden, kennen geen norm. Waag het niet me te vertellen dat dat niet zo is – de Imperiale Orde tart elke verdediging. Ze hebben de slagtanden achter hun glimlach laten zien, en ze hebben het recht verloren woorden te verkondigen en die voor de waarheid te laten doorgaan, bij alle geesten!'
Meester Rahl haalde adem, kalmeerde iets, en ging rechtop staan. 'Zowel die onschuldige mensen die aan het zwaard werden geregen als degenen die dat zwaard vasthielden, hebben die dag veel verspeeld. De eersten hebben hun leven verspeeld. De laatsten hebben hun menselijkheid verbeurd, en het recht te worden gehoord, laat staan te worden geloofd. Ze hebben zichzelf en eenieder die zich bij hen wenst aan te sluiten, tot mijn vijand gemaakt.'
'En wat waren dat voor troepen?' vroeg iemand. 'Velen waren D'Haranen – dat geeft u zelf toe. U hebt de D'Haranen aangevoerd – dat zegt

u zelf. Toen de grens afgelopen lente werd neergehaald, kwamen de D'Haranen naar binnen gestormd en begingen zij dezelfde beestachtigheden als u beschrijft. Hoewel Aydindril gespaard bleef voor die wreedheden, ondergingen vele andere dorpen en steden hetzelfde lot als Ebinissia, maar nu was D'Hara de schuldige. En nu vraagt u ons u te geloven? U bent geen haar beter.'

Meester Rahl knikte. 'Wat u zegt over D'Hara is waar. D'Hara werd bestuurd door mijn vader, Darken Rahl, maar die was een vreemde voor mij. Hij heeft me niet opgevoed of me zijn gewoonten geleerd. Wat hij wilde was grotendeels hetzelfde als wat de Imperiale Orde wil: alle landen veroveren en alle volkeren overheersen. Streeft de Orde een monolithisch doel na; zijn zoektocht was hoogst persoonlijk. Behalve brute kracht gebruikte hij ook magie om zijn doel te bereiken, bijna op dezelfde manier als de Orde.

Ik verzet me tegen alles waar Darken Rahl voor stond. Hij zou voor geen enkele kwade daad terugdeinzen om zijn zin te krijgen. Hij heeft ontelbare onschuldige mensen gemarteld en gedood en de magie onderdrukt, zodat die niet tegen hem gebruikt kon worden, precies zoals de Orde zou doen.'

'Dus u bent net als hij.'

Meester Rahl schudde zijn hoofd. 'Nee, dat ben ik niet. Ik verlustig me niet aan regels. Ik neem het zwaard slechts ter hand, omdat ik het vermogen heb om tegen verdrukking in opstand te komen. Ik heb voor het Middenland tegen mijn vader gevochten. Uiteindelijk heb ik hem om zijn eigen misdaden gedood. Toen hij zijn kwade magie gebruikte om uit de onderwereld terug te keren, heb ik de magie gebruikt om hem tegen te houden en zijn geest terug te sturen naar de Wachter. Ik heb opnieuw magie gebruikt om een deur te sluiten, waardoor de Wachter zijn volgelingen deze wereld in stuurde.'

Brogan knarsetandde. Hij wist uit ervaring dat verdorvenen hun ware aard vaak probeerden te verbergen door je te trakteren op verhalen over hoe dapper ze tegen de Wachter en zijn volgelingen hebben gevochten. Hij had genoeg van zulke valse verhalen gehoord en beschouwde ze als middelen om de aandacht af te leiden van het kwaad dat in zo iemands hart huisde. De volgelingen van de Wachter waren vaak te laf om hun ware aard te tonen en verschuilden zich liever achter dergelijke opschepperijen en verzinsels.

Hij zou eigenlijk veel eerder in Aydindril zijn aangekomen als hij na zijn vertrek uit Nicobarese niet zoveel haarden van perversiteit zou zijn tegengekomen. Dorpen en steden waar iedereen een vroom leven scheen te leiden, bleken doortrokken van kwaad. Toen enkele luidruchtige verdedigers van hun deugden eens flink werden ondervraagd, bekenden ze ten slotte hun godslasterlijkheid. Tijdens uitvoerige ondervragingen rolden de namen van *streganicha* en verdorvenen die in de buurt woonden en die hun door middel van magie tot het kwaad verleidden, van hun tongen.

De enige oplossing was zuivering. Hele dorpen en steden moesten in de as worden gelegd. Er bleef zelfs geen enkele wegwijzer naar het hol van de Wachter gespaard. De Bloedbroederschap had het werk van de Schepper gedaan, maar dat had veel tijd en moeite gekost.

Brogan was woedend, maar richtte zijn aandacht weer op Meester Rahls woorden.

'Ik aanvaard deze uitdaging slechts omdat dit zwaard mij eens in de hand is geworpen. Ik vraag van u dat u me niet beoordeelt naar wat mijn vader was, maar naar mijn eigen daden. Ik vermoord geen onschuldige, weerloze mensen. Dat doet de Imperiale Orde. Ik heb het recht om rechtvaardig te worden beoordeeld, tenzij ik het vertrouwen van eerlijke mensen schend.

Ik kan niet staan toekijken terwijl kwade mensen zegevieren – ik zal vechten met alles wat ik heb, waaronder de magie. Als u de kant van die moordenaars kiest, zult u geen genade vinden tegenover mijn zwaard.'

'Het enige dat we willen is vrede,' riep iemand.

Meester Rahl knikte. 'Ik zelf wens ook niets anders dan dat er vrede is en dat ik naar huis kan gaan naar mijn geliefde bossen en een eenvoudig leven kan leiden, maar dat kan ik niet, net zo min als we kunnen terugkeren naar de onschuld van onze jeugd. Ik heb een verantwoordelijkheid op mijn schouders gekregen. Onschuldigen die hulp nodig hebben, de rug toekeren, maakt u tot medeplichtige van de aanvaller. Het is in naam van de onschuldigen en weerlozen dat ik het zwaard ter hand neem en deze strijd aanvaard.'

Meester Rahl legde zijn arm weer op de middelste stoel. 'Dit is de stoel van de Biechtmoeder. Duizenden jaren heeft de Biechtmoeder met welwillende hand over het Middenland geregeerd, en ze heeft zich ingespannen om de landen bijeen te houden, om te zorgen dat alle mensen in het Middenland vreedzaam naast elkaar zouden leven en hun eigen zaken behartigen, zonder bang te hoeven zijn voor vreemde machten.' Hij liet zijn blik langs de ogen glijden die hem aankeken. 'De raad probeerde de eenheid en de vrede waarvoor deze ruimte, dit paleis en deze stad staan, en waarover jullie zo verlangend spreken, te verbreken. Ze hebben haar unaniem ter dood veroordeeld en lieten haar executeren.'

Meester Rahl trok langzaam zijn zwaard en legde het wapen vlakbij de voorste rand van het bureau, zodat iedereen het kon zien. 'Ik vertelde u al dat ik onder verschillende titels bekend sta. Men kent me ook als de Zoeker van de Waarheid, en ik kreeg die naam van de Eerste Tovenaar.

Ik draag het Zwaard van de Waarheid met recht. Gisteravond heb ik de raad geëxecuteerd, wegens verraad.
Jullie zijn de vertegenwoordigers van de provincies van het Middenland. De Biechtmoeder heeft jullie de kans geboden samen één volk te zijn, en jullie hebben die kans, en haarzelf, de rug toegekeerd.'
Een man die Tobias niet kon zien, verbrak de ijzige stilte. 'Niet iedereen van ons was het eens met de actie die de raad ondernam. Velen van ons wilden dat het Middenland intact zou blijven. Het Middenland zal worden herenigd en zal worden gesterkt voor de strijd.'
Velen in de menigte stemden hoorbaar hiermee in en beloofden hun best te doen om de eenheid te herwinnen. Anderen zwegen.
'Daarvoor is het te laat. Jullie hebben die kans gehad. De Biechtmoeder heeft geleden onder jullie gekibbel en jullie eigenzinnigheid.' Meester Rahl schoof het zwaard met kracht in de schede terug. 'Ik ben dat niet van plan.'
'Waar hebt u het over?' vroeg Hertog Lumholtz met een stem die brak van ergernis. 'U komt uit D'Hara. U hebt niet het recht ons te komen vertellen hoe het er in het Middenland moet toegaan. Het Middenland is onze zaak.'
Meester Rahl stond onbeweeglijk als een beeld terwijl hij op zachte, maar gebiedende toon tot de menigte sprak. 'Er is geen Middenland. Ik doe het hier en nu teniet. Van nu af aan is elk land zelfstandig.'
'Het Middenland is niet uw speelgoed!'
'Nee, en ook niet van de Keltanen,' zei Meester Rahl. 'Het was de opzet van Kelton om het Middenland te regeren.'
'Hoe durft u ons te beschuldigen van...'
Meester Rahl stak zijn hand op en vroeg zo om stilte. 'Jullie zijn niet roofzuchtiger dan sommige anderen. Velen van jullie popelden om de Biechtmoeder en de tovenaars uit de weg te ruimen, zodat jullie de buit konden verdelen.'
Lunetta trok aan zijn arm. 'Da's waar,' fluisterde ze. Brogan snoerde haar met een ijzige blik de mond.
'Het Middenland zal deze bemoeienis met onze zaken niet toestaan,' riep een andere stem.
'Ik ben hier niet om te bespreken hoe het Middenland moet worden bestuurd. Ik heb jullie net gezegd dat het Middenland is opgeheven.' Meester Rahl keek de menigte met zo'n dodelijke blik aan dat Tobias niet moest vergeten adem te halen. 'Ik ben hier om de voorwaarden voor jullie overgave te dicteren.'
De menigte kromp als een geheel ineen. Woedende kreten braken los en laaiden op totdat de kamer ervan bulderde. Mannen met rode gezichten zwoeren geloften en schudden met hun vuisten.

Hertog Lumholtz riep de menigte te zwijgen en draaide zich om in de richting van het podium. 'Ik weet niet wat voor dwaze gedachten u erop na houdt, jongeman, maar de Imperiale Orde is in deze stad de baas. Velen hebben redelijke overeenkomsten met hen bereikt. Het Middenland zal behouden blijven, zal onder de Orde als één geheel overeind blijven staan, en zal zich nooit overgeven aan lieden zoals die D'Haranen!'

Toen de menigte opdrong naar Meester Rahl, hielden de Mord-Sith rode staven in hun handen, trok de groep soldaten stalen wapens, liet men spiesen neerdalen en sprongen de vleugels van de kaai open. Het beest grauwde met druipende slagtanden en zijn groene ogen gloeiden. Meester Rahl stond als een muur van graniet. De menigte bleef eerst staan en week vervolgens achteruit.

Meester Rahls hele lichaam kreeg dezelfde strenge, vervaarlijke uitdrukking als zijn blik. 'Jullie kregen de kans het Middenland te behouden, en jullie zijn daar niet in geslaagd. D'Hara is bevrijd uit de vuist van de Imperiale Orde en bezet nu Aydindril.'

'U denkt alleen maar dat u Aydindril bezet houdt,' zei de Hertog. 'We hebben hier troepen, net als een groot aantal andere landen, en we zijn niet van plan de stad te laten vallen.'

'Daar is het ook iets te laat voor,' zei Meester Rahl, en stak zijn hand uit. 'Mag ik u voorstellen: Generaal Reibisch, aanvoerder van alle D'Haraanse troepen in deze sector.'

De generaal, een gespierde man met een roestbruine baard en diverse oorlogslittekens, stapte het podium op en sloeg met zijn vuist op zijn hart als een saluut aan Meester Rahl en wendde zich toen tot de menigte. 'Mijn troepen voeren het bevel over Aydindril en omringen die stad. Mijn mannen hangen nu al maandenlang in deze stad rond. We zijn eindelijk bevrijd uit de greep van de Orde, we zijn weer D'Haranen, en we worden geleid door Meester Rahl.

D'Haraanse troepen houden niet van rondhangen. Als iemand van u voor een gevecht voelt, zou ik dat persoonlijk toejuichen, hoewel Meester Rahl ons heeft gelast om geen enkele slachtpartij te ontketenen, maar als we worden bevolen onszelf te verdedigen, dan weten de geesten dat we dat zullen volbrengen. Ik verveel me bijna kapot door die saaie bezetting, en ik doe veel liever iets spannends – iets waar ik heel goed in ben.

In ieder van jullie landen zijn detacheringen gestationeerd die jullie paleizen bewaken. Mijn mening als beroepsmilitair is dat als jullie allemaal besluiten om de stad te bevechten tegen jullie eigen troepen en als jullie dat op een georganiseerde manier doen, het een kwestie van een dag, misschien twee dagen zal zijn om ze door ons te laten verpletteren. Na-

dat dat klusje is geklaard, zullen we geen moeilijkheden meer hebben. Zodra het gevecht een feit is, zullen de D'Haranen geen mensen gevangen nemen.'
De generaal stapte achteruit en maakte een buiging voor Meester Rahl. Iedereen begon plotseling te praten. Sommigen schudden woedend met hun vuisten en riepen om het hardst. Meester Rahl stak zijn hand in de lucht.
'Stilte!' Het werd bijna meteen stil, en hij vervolgde: 'Ik heb jullie hier uitgenodigd om te horen wat ik te zeggen heb. Pas nadat jullie hebben besloten je aan D'Hara over te geven, zal ik geïnteresseerd zijn in wat jullie te zeggen hebben. Niet eerder!
De Imperiale Orde wil over heel D'Hara en het hele Middenland regeren. Ze zijn D'Hara verloren – ik regeer over D'Hara. Ze zijn Aydindril kwijt – D'Hara regeert over Aydindril.
Jullie hadden een kans op eenheid, en die hebben jullie verspeeld. Die kans is nu slechts geschiedenis. Jullie hebben nu nog maar twee keuzemogelijkheden. De eerste is de kant van de Imperiale Orde te kiezen. Ze zullen met ijzeren vuist regeren. Jullie zullen niets in te brengen hebben, en geen enkel recht. Alle magie zal zijn uitgeroeid, behalve de magie waarmee ze jullie onder de duim houden. En als jullie dan nog in leven zijn, zullen jullie levens een donkere strijd zijn, zonder een sprankje hoop op vrijheid. Jullie zullen hun slaven zijn.
Jullie tweede keus is je over te geven aan D'Hara. Dan moeten jullie de wetten van D'Hara eerbiedigen. Zodra jullie één zijn met ons, zullen jullie inspraak krijgen in die wetten. We verlangen er niet naar de verscheidenheid van het Middenland teniet te doen. Jullie zullen het recht hebben op de vrucht van je werk en het recht hebben om handel te drijven en te bloeien, zolang jullie te werk gaan binnen het grotere verband van de wet en de rechten van anderen. De magie zal worden beschermd en jullie kinderen zullen worden geboren in een wereld van vrijheid en onbegrensde mogelijkheden.
Zodra de Imperiale Orde is uitgeroeid, zal er vrede zijn. Echte vrede.
Dit alles zal een prijs hebben: jullie zelfstandigheid. Jullie mogen je eigen land en cultuur behouden, maar jullie mogen er geen parate legers op na houden. De enige gewapende manschappen zullen degenen zijn die dienstbaar zijn aan alle landen en onder de vlag van D'Hara dienen. Dat zal geen raad van onafhankelijke landen zijn – jullie overgave is verplicht. Overgave is de prijs die elk land voor vrede zal betalen, en het bewijs van jullie betrokkenheid daarbij.
Bijna net zoals jullie allen een eerbetoon aan Aydindril hebben gepleegd, zal geen land en geen volk de volledige last van de vrijheid dragen – alle landen en alle volkeren zullen een bijdrage leveren die voldoende is

om de gemeenschappelijke verdediging mogelijk te maken – niet meer. Iedereen zal een gelijk bedrag betalen en niemand zal worden bevoorrecht.'

De kamer daverde van protest, en de meesten beweerden dat dit diefstal van hun rechtmatig eigendom zou betekenen. Meester Rahl legde ze met een norse blik het zwijgen op.

'Niets dat kosteloos is verkregen, zal enige waarde hebben. Vandaag nog werd ik aan dit feit herinnerd. Zij was degene die we hebben begraven. Vrijheid heeft een prijs, en we zullen die allemaal betalen, zodat allen haar zullen waarderen en koesteren.'

De mensen op het balkon kwamen bijna in opstand en protesteerden dat men hun goud had beloofd, dat het hun toekwam, en dat ze geen enkele belasting konden betalen. Men begon te scanderen en eiste dat het goud aan hen zou worden overgeleverd. Weer stak Meester Rahl zijn hand omhoog en gelastte hun te zwijgen.

'De man die jullie goud in ruil voor niets beloofde, is dood. Graaf hem maar op en doe bij hem je beklag, als jullie dat willen. De mannen die voor jullie vrijheid moeten vechten, zullen voorraden nodig hebben, en onze troepen zullen die niet van hen stelen. Diegenen van jullie die voorraden en diensten kunnen leveren, zullen een redelijke prijs ontvangen voor je werk en de goederen. Iedereen zal zijn steentje moeten bijdragen aan het verkrijgen van vrijheid en vrede, zo niet dienend in het leger, dan wel ten minste door het betalen van een bijdrage om onze troepen te ondersteunen.

Iedereen, ongeacht zijn middelen, moet in zijn eigen vrijheid investeren, en iedereen zal er het zijne toe bijdragen. Het principe is het ongeschonden recht.

Als jullie niet wensen mee te werken, verlaat Aydindril dan, en ga naar de Imperiale Orde. Het staat jullie vrij om goud van ze te eisen, want zij hebben die belofte gedaan – ik zal die niet voor ze in vervulling doen gaan.

Jullie zijn vrij om te kiezen: met ons, of tegen ons. Als jullie met ons zijn, dan moet je ons helpen. Denk goed na voordat je besluit weg te gaan, want als je weggaat en later besluit dat je niet langer onder de Orde wil lijden, dan moeten jullie tien jaar lang dubbel belasting betalen om voor de terugtocht te betalen.'

De menigte op de balkons kreeg het er benauwd van. Een vrouw die bijna vooraan op de grond lag, sprak verontrust: 'Wat als we voor geen van beide kiezen? Vechten is tegen onze principes. We willen met rust gelaten worden en ons eigen leven leiden. Wat als we verkiezen niet te vechten, en we ons slechts bezig houden met onze eigen zaken?'

'Bent u zo arrogant te geloven dat we willen vechten om de slachtpartijen een halt toe te roepen, en acht u zich beter dan ons, alleen omdat u niet wilt vechten? Of vindt u dat wij zelf de last moeten dragen, opdat ook u de vrijheid zult genieten om naar uw eigen principes te leven? U kunt op andere manieren meedoen, zonder een zwaard ter hand te nemen, maar meedoen moet u. U kunt helpen de gewonden te verzorgen, u kunt de gezinnen helpen van de mannen die ten strijde zijn getrokken, u kunt helpen de wegen te bouwen en onderhouden die ze van voorraden voorzien, er zijn legio manieren om te helpen, maar helpen zult u. U moet de bijdrage betalen, net als ieder ander. Er zullen geen toeschouwers zijn.

Als u niet voor overgave kiest, dan zult u alleen staan. De Orde is vastberaden om alle volkeren en alle landen te veroveren. Ik kan geen andere intenties hebben, want er is geen andere manier om hen tegen te houden. Vroeg of laat zult u door een van ons worden geregeerd. Laten we hopen dat het niet de Orde zal zijn.

Die landen die zich niet aan ons wensen over te geven, zullen worden geblokkeerd en geïsoleerd, totdat wij de tijd hebben uw land binnen te vallen en te veroveren, of dat de Orde dat zal doen. Niemand van ons volk zal handel met u mogen drijven, op straffe van rechtsvervolging wegens verraad, en het zal u niet zijn toegestaan om via ons land handelswaar te vervoeren of erdoorheen te reizen.

De gelegenheid tot overgave die ik u nu bied, heeft ook de bedoeling u te prikkelen: u zult zich zonder vooroordelen of sancties bij ons kunnen aansluiten. Maar zodra dit vreedzame aanbod van overgave is verlopen, en het noodzakelijk zal zijn u te veroveren, dan zult u worden veroverd en zult u zich alsnog overgeven, maar de voorwaarden zullen dan hardvochtig zijn. Ieder lid van uw volk zal dertig jaar lang de drievoudige belasting betalen. Het zou niet eerlijk zijn om toekomstige generaties te straffen voor de daden van de huidige generatie. Buurlanden zullen welvarend zijn en groei vertonen, maar uw land niet, want het zal gebukt gaan onder de hogere kosten van overgave. Uw land zal hier uiteindelijk van herstellen, maar u zult waarschijnlijk niet lang genoeg meer leven om dat mee te maken.

Wees gewaarschuwd: ik ben van plan de slagers van de Imperiale Orde van de landkaart te vegen. Als u meer doet dan toekijken en dwaas genoeg bent om zich bij ze aan te sluiten, dan zal hun lot ook het uwe zijn, en zult u geen genade vinden.'

'Dat kunt u niet zomaar doen,' riep een anonieme stem in de menigte, 'we zullen het u beletten.'

'Het Middenland is verbrokkeld en kan niet meer tot een geheel worden gemaakt, of ik zou me bij jullie moeten aansluiten. Wat gebeurd is, is gebeurd. Gedane zaken nemen geen keer.

De geest van het Middenland zal voortleven in degenen van ons die haar doelstellingen in ere houden. De Biechtmoeder heeft het Middenland tot een meedogenloze oorlog met de Imperiale Orde verplicht. Volg haar bevelen op en eer de idealen van het Middenland op de enige manier die vruchten zal afwerpen: door overgave aan D'Hara. Als u zich aansluit bij de Imperiale Orde, dan kiest u lijnrecht positie tegen alles wat het Middenland vertegenwoordigt.

Een strijdkracht uit Galea die werd aangevoerd door de bloedeigen koningin van dat land, heeft de slagers uit Ebinissia verjaagd en heeft ze tot op de laatste man gedood. Ze heeft ons getoond dat de Imperiale Orde overwinnelijk is.

Ik ben verloofd met de koningin van Galea, Kahlan Amnell, en ik ben van plan haar volk met het mijne te verenigen om te laten zien dat ik geen verantwoordelijkheid neem voor gepleegde misdaden, zelfs niet als die zouden worden gepleegd door D'Haraanse troepen. Galea en D'Hara zullen de eerste landen zijn die zich tot de nieuwe unie verenigen als Galea zich overgeeft aan D'Hara. Mijn huwelijk met haar zal iedereen laten zien dat die unie op wederzijds respect is gebaseerd en zal bewijzen dat het kan worden verwezenlijkt zonder veroveringen of machtswellust, maar met de kracht en de hoop op een nieuw en beter leven als einddoel. Zij is, niet minder dan ik, vastberaden de Imperiale Orde te elimineren. Ze heeft haar hart met koud staal bewezen.'

De menigte op de vloer en op de balkons begon vragen te roepen en eisen te stellen.

Meester Rahl legde hun het zwijgen op. 'Genoeg!' riep hij. De menigte zweeg weer knarsetandend. 'Ik heb alles gehoord wat ik wilde horen. Ik heb jullie verteld wat er gaat gebeuren. Denk maar niet dat ik jullie gedrag als landen van het Middenland zal dulden. Dat zal ik niet. Totdat jullie je overgeven, zullen jullie allemaal mijn potentiële vijanden zijn en als zodanig worden behandeld. Jullie troepen moeten onmiddellijk hun wapens neerleggen, hoe dan ook, en mogen zich niet onttrekken aan de voogdij van de D'Haraanse troepen die de paleizen op dit moment omringen.

Ieder van jullie moet een kleine afvaardiging naar het thuisland zenden om de boodschap die ik u heb verteld, over te brengen. Stel mijn geduld maar niet op de proef – aarzeling van jullie kant zal je duur komen te staan. En denk niet dat u me bijzondere voorwaarden kunt ontlokken – die zullen er niet zijn. Elk land, groot of klein, zal gelijk worden behandeld en moet zich overgeven. Als je voor overgave kiest, dan verwelkomen we je met open armen en verwachten dat je tot het geheel bijdraagt.'

Hij keek naar de balkons. 'Ook jullie hebben een verantwoordelijkheid gekregen: jullie dragen tot onze overleving bij, of je verlaat de stad.

Ik beweer niet dat alles gemakkelijk zal zijn – we staan tegenover een gewetenloze vijand. De wezens uit de polen hierbuiten zijn op ons afgestuurd. Sta maar eens stil bij hun lot als je over mijn woorden nadenkt. Mocht u zich bij de Imperiale Orde willen aansluiten, dan bid ik dat de geesten u in het hiernamaals beter gezind zullen zijn dan ik nu.
U kunt gaan.'

13

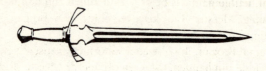

De wachten hielden hun spiesen voor de deur gekruist. 'Meester Rahl wil u spreken.'

Van de andere gasten bleef niemand in de zaal achter. Brogan had gewacht tot de laatste om te zien of iemand een gesprek onder vier ogen met Meester Rahl wilde hebben. De meesten waren met grote haast vertrokken, maar er waren een paar mensen blijven hangen, wat Brogan al had gedacht. Hun beleefde vragen werden door de wachten van de hand gewezen.

Brogan en Galtero staken met Lunetta tussen hen in de uitgestrekte marmeren vloer in de richting van het podium over, vergezeld van de echo van hun voetstappen die samen met het metaalachtig gekletter van de wapenrusting van de wachten achter hen in de koepel weerklonk. Het licht van lampen wierp een warme gloed in de reusachtige, overdadig versierde, stenen ruimte. Meester Rahl leunde achterover in de stoel naast die van de Biechtmoeder en bekeek het naderende drietal.

De meeste D'Haraanse soldaten waren net als de gasten weggestuurd. Generaal Reibisch stond tegen de zijkant van het podium en keek nors. De twee reusachtige bewakers die aan de uiteinden stonden en de drie Mord-Sith naast Meester Rahl keken ook toe met de verstilde intensiteit van ineengerolde adders. De kaai torende boven de stoelen uit en wachtte met zijn gloeiende, groene ogen totdat ze vlak voor het bureau bleven staan.

'U kunt gaan,' zei Generaal Reibisch tegen de achtergebleven soldaten. Met hun vuisten tegen het hart gedrukt rukten ze in. Nadat Meester Rahl de hoge dubbele deuren had zien dichtgaan, keek hij naar Galtero en Brogan, en liet toen zijn blik rusten op Lunetta.

'Welkom. Ik ben Richard. Hoe heet u?'

'Lunetta, Meester Rahl.' Ze giechelde, terwijl ze haar ongeoefende revérence maakte.

Meester Rahl keek Galtero aan, en Galtero ging op zijn andere been staan. 'Meester Rahl, ik wilde me verontschuldigen voor het feit dat ik u vandaag bijna onder de voet liep.'
'Het is al goed,' zei Meester Rahl, en glimlachte in zichzelf. 'Ziet u hoe gemakkelijk dat ging?'
Galtero zweeg. Meester Rahl keek ten slotte naar Brogan, en zijn blik werd ernstig.
'Heer Generaal Brogan, ik wil weten waarom u mensen hebt ontvoerd.'
Tobias spreidde zijn handen. 'Mensen ontvoerd? Meester Rahl, dat hebben we niet gedaan, en zoiets zouden we ook niet doen.'
'Ik betwijfel of u een man bent die van ontwijkende antwoorden houdt, Generaal Brogan. Dat hebben we gemeen.'
Tobias schraapte zijn keel. 'Meester Rahl, er moet een misverstand in het spel zijn. Toen we hier in Aydindril aankwamen om hulp te bieden bij het stichten van vrede, troffen we de stad in chaos aan, en gezagsaangelegenheden verkeerden in staat van wanorde. We hebben een paar mensen in ons paleis uitgenodigd om ons te helpen bepalen welke gevaren er dreigen – en verder niets.'
Meester Rahl leunde voorover. 'Ongeveer het enige waarin u geïnteresseerd was, was de terechtstelling van de Biechtmoeder. Waarom was dat?'
Tobias haalde zijn schouders op. 'Meester Rahl, u moet beseffen dat de Biechtmoeder mijn hele leven dé autoriteit van het Middenland is. Het schokt me zeer te horen dat ze misschien is gedood.'
'Bijna de halve stad is getuige geweest van haar executie en had het u kunnen vertellen. Waarom vond u het nodig mensen van de straat te halen om ze daarover te ondervragen?'
'Nu, mensen houden er vaak een verschillende uitleg op na, als je hen afzonderlijk ondervraagt – ze herinneren zich gebeurtenissen op verschillende manieren.'
'Een executie is een executie. Hoe kan men daarover verschillende gedachten hebben?'
'Nu ja, hoe kun je zeker weten wie er naar het blok wordt geleid als je aan de andere kant van het plein staat? Slechts een paar mensen vooraan kunnen haar gezicht hebben gezien, en velen van hen zouden niet eens zeker weten dat dat gezicht het hare was, zelfs als ze het hadden gezien.' Meester Rahl bleef vervaarlijk kijken, en Brogan vervolgde snel: 'U moet weten, Meester Rahl, dat ik had gehoopt dat die hele affaire bedrog was.'
'Bedrog? De mensen die daar bijeen waren, zagen dat de Biechtmoeder werd onthoofd,' zei Meester Rahl vlak.
'Soms zien mensen wat ze denken te zullen zien. Ik hoop dat ze niet echt

de executie van de Biechtmoeder hebben gezien, maar een of andere vertoning die haar in staat stelde te vluchten. Dat hoop ik tenminste. De Biechtmoeder staat voor vrede. Het zou een groots, hoopgevend symbool voor het volk zijn als de Biechtmoeder in leven zou zijn. We hebben haar nodig. Ik was van plan haar bescherming te bieden als ze in leven zou zijn.'

'Zet die hoop maar uit uw hoofd, en richt u zich nu maar op de toekomst.'

'Maar Meester Rahl, u hebt vast de geruchten over haar ontsnapping gehoord?'

'Dergelijke geruchten heb ik niet gehoord. Trouwens, kende u de Biechtmoeder?'

Brogan glimlachte gewillig. 'Jazeker, Meester Rahl. Heel goed zelfs. Ze heeft Nicobarese bij verschillende gelegenheden bezocht, aangezien we een waardevol lid van het Middenland zijn.'

'Werkelijk?' Meester Rahls gezichtsuitdrukking was ondoorgrondelijk, toen hij van achter het bureau op hem neerkeek. 'Hoe zag ze eruit?'

'Ze was... nou ja, ze had...' Tobias fronste zijn voorhoofd. Hij had haar ontmoet, maar kon zich vreemd genoeg niet meer herinneren hoe ze eruitzag. 'Nou, ze valt moeilijk te beschrijven, en ik ben niet zo goed met dat soort zaken.'

'Wat was haar naam?'

'Haar naam?'

'Ja, haar naam. U zei dat u haar goed kende. Hoe heette ze?'

'Nou, ze heette...'

Tobias fronste zijn voorhoofd opnieuw. Hoe was dit mogelijk? Hij achtervolgde een vrouw die de gesel van de gelovigen was, het symbool van de onderdrukking van de godvruchtigen door de magie, een vrouw die hij vurig wenste te veroordelen en strenger te straffen dan enige discipel van de Wachter, en plotseling kon hij zich niet meer herinneren hoe ze eruitzag of zelfs maar hoe ze heette. Verwarring tolde in zijn geest rond, terwijl hij zich inspande zich te herinneren hoe ze eruitzag.

Plotseling wist hij het: de doodsbezwering. Lunetta had gezegd dat hij haar waarschijnlijk niet zou herkennen, wilde de doodsbezwering goed werken. Hij had er nog niet bij stilgestaan dat de doodsbezwering zelfs haar naam zou uitwissen, maar dat moest de verklaring zijn.

Tobias haalde glimlachend zijn schouders op. 'Het spijt me, Meester Rahl, maar na alles wat u vanavond hebt gezegd, schijn ik niet meer helder te kunnen denken.' Hij lachte nerveus, terwijl hij op de zijkant van zijn hoofd klopte. 'Ik denk dat ik oud en verward word. Vergeeft u me.'

'U sleept mensen van de straat om ze te ondervragen over de Biechtmoeder omdat u haar levend hoopt te vinden en wilt beschermen, maar u kunt zich niet herinneren hoe ze eruitziet, of zelfs maar hoe ze heet? Ik hoop dat u begrijpt, Generaal, dat van mijn kant van dit bureau bezien "verward" nogal zacht is uitgedrukt ten aanzien van uw toestand. Ik moet erop aandringen dat u, net als haar naam, deze dwaze, slecht doordachte speurtocht uit uw hoofd zet en uw zinnen zet op de toekomst van uw volk.'

Brogan voelde zijn wangen trillen toen hij zijn handen opnieuw spreidde. 'Maar Meester Rahl, begrijpt u het dan niet? Als men zou ontdekken dat de Biechtmoeder in leven is, zou dat een grote steun betekenen voor u en uw plannen. Als ze leeft, en u haar zou kunnen overtuigen van uw oprechtheid en van de noodzaak van uw plan, dan zou ze van onschatbare waarde voor u zijn. Als ze met uw eisen akkoord zou gaan, dan zou dat van groot belang zijn voor de volkeren van het Middenland. Ondanks wat men van ze mag denken, vanwege de betreurenswaardige daden van de raad, die eerlijk gezegd mijn bloed hebben doen kolken, respecteren velen in het Middenland haar zeer, en zouden ze tot andere gedachten kunnen komen als ze haar goedkeuring gaf. Het zou zelfs mogelijk kunnen zijn, misschien een grote staatsgreep met zich meebrengen, als u haar kon overhalen met u te trouwen.'

'Ik heb me verplicht de koningin van Galea te trouwen.'

'Zelfs dan zou ze u kunnen helpen, als ze in leven is.' Brogan streek over het litteken naast zijn mond en keek de man achter het bureau recht in de ogen. 'Denkt u, Meester Rahl, dat ze mogelijk echt in leven is?'

'Ik was niet hier toen het gebeurde, maar ik heb gehoord dat misschien wel duizenden mensen haar onthoofd hebben zien worden. Die mensen denken dat ze dood is. Maar ik geef toe dat ze als bondgenoot van onschatbare waarde voor me zou zijn als ze nog leefde, maar dat is niet het punt. De kwestie is: kunt u me één goed argument geven waarom al die mensen zich vergissen?'

'Nou, nee, maar ik denk...'

Meester Rahl sloeg met zijn vuist op tafel. Zelfs de twee reusachtige bewakers sprongen van schrik omhoog. 'Ik heb hier genoeg van! Denkt u dat ik zo dom ben om me met dit soort speculatie te laten afleiden van mijn vredesplannen? Denkt u dat ik u bijzondere voorrechten verleen omdat u ideeën voor me heeft waarmee ik de volkeren van het Middenland voor me kan winnen? Ik zei u al: ik verleen geen bijzondere gunsten! U zult net zo worden behandeld als ieder ander land!'

Tobias bevochtigde zijn lippen. 'Natuurlijk, Meester Rahl. Daar zinspeelde ik ook niet op...'

'Als u doorgaat met die speurtocht naar een vrouw die volgens duizenden mensen is onthoofd, en uw opdracht om de toekomstige koers van uw land uit te stippelen, verzaakt, dan zult u uiteindelijk op de punt van mijn zwaard belanden.'

Tobias maakte een buiging. 'Natuurlijk, Meester Rahl. We vertrekken onmiddellijk met uw boodschap naar ons thuisland.'

'Dat doet u beslist niet. U blijft hier.'

'Maar ik moet uw boodschap aan de koning doorgeven.'

'Uw koning is dood.' Meester Rahl trok een wenkbrauw op. 'Of wilde u zeggen dat u ook achter zijn schaduw aan gaat, in de veronderstelling dat hij zich samen met de Biechtmoeder verschuilt?'

Lunetta giechelde. Brogan wierp haar een woedende blik toe en het gegiechel hield abrupt op. Brogan besefte dat zijn glimlach was verdwenen. Hij slaagde erin zijn lippen tot een spoortje van een grijns te plooien.

'Er zal ongetwijfeld een nieuwe koning worden aangewezen. Zo gaat dat in ons land: het wordt bestuurd door een koning. En hij is het, de nieuwe koning, aan wie ik uw boodschap wilde overbrengen.'

'Aangezien elke koning die zou worden aangesteld, ongetwijfeld uw marionet zou zijn, is die reis overbodig. U blijft in uw paleis, totdat u besluit mijn voorwaarden te aanvaarden en u zich overgeeft.'

Brogans glimlach werd breder. 'Zoals u wilt, Meester Rahl.'

Hij was bezig het mes uit de schede aan zijn riem te trekken. Onmiddellijk hield een van de Mord-Sith haar staafje vlak voor zijn gezicht. Hij verstijfde.

Hij keek in haar blauwe ogen en durfde geen vin te verroeren. 'Een gewoonte van mijn land, Meester Rahl. Ik wilde u niet bedreigen. Ik wilde mijn mes aan u uitleveren, ten teken dat ik me bij uw wensen neerleg en in het paleis blijf. Het is een soort erewoord – een symbool van mijn oprechtheid. Staat u me toe?'

De vrouw hield haar blauwe ogen strak op Brogan gericht. 'Laat maar, Berdine,' zei Meester Rahl tegen de vrouw.

Ze trok haar hand met grote tegenzin terug en keek hem giftig aan. Brogan trok het mes langzaam uit de schede en legde het voorzichtig met het heft op de rand van het bureau. Meester Rahl pakte het mes en legde het opzij.

'Dank u, Generaal.' Brogan stak zijn hand met de palm naar boven naar hem uit. 'Wat heeft dit te betekenen?'

'Gewoonte, Meester Rahl. In mijn land is het gewoonte dat als iemand zijn mes ceremonieel uitlevert, degene die het ontvangt in ruil daarvoor een muntstuk teruggeeft – zilver om zilver, als een symbolische daad van goede wil en vrede, en om eerverlies te voorkomen.'

Meester Rahl, die Brogan bleef aankijken, dacht hier even over na, leunde eindelijk achterover en haalde een zilveren muntstuk uit zijn zak. Hij

schoof het over het bureau. Brogan stak zijn hand uit en pakte de munt, maar stopte die pas in zijn jaszak nadat hij de ingeslagen afbeelding had bekeken: het Paleis van de Profeten.
Tobias maakte een buiging. 'Dank u dat u de gewoonten van mijn land eerbiedigt, Meester Rahl. Als ik u verder niet van dienst kan zijn, dan trek ik me terug en denk ik na over uw woorden.'
'Eigenlijk heb ik nog één ding. Ik heb gehoord dat de Bloedbroederschap de magie niet goed gezind is.' Hij boog zich iets dichter naar hem toe. 'Waarom hebt u dan een tovenares bij u?'
Brogan keek naar de plompe figuur naast zich. 'Lunetta? O, dat is mijn zus, Meester Rahl. Ze reist altijd met me mee. Ik houd zielsveel van haar, ondanks haar gave. Als ik u was, zou ik geen al te groot belang hechten aan de woorden van Hertogin Lumholtz. Ze is Keltaans, en ik hoor dat de Keltanen dik zijn met de Orde.'
'Dat heb ik nog ergens anders gehoord, van iemand die niet-Keltaans was.'
Brogan haalde zijn schouders op. Hij wilde dat hij die kokkin te pakken kon krijgen en haar praatzieke tong kon afsnijden.
'U hebt ons gevraagd u te beoordelen naar uw daden, en niet op grond van wat anderen over u denken. Wilt u me datzelfde recht ontzeggen? Ik heb geen invloed op wat u hoort, maar mijn zuster heeft de gave, en ik zou niet anders willen.'
Meester Rahl leunde achterover in zijn stoel, en zijn blik was even doordringend als altijd. 'Er zaten Bloedbroeders in het leger van de Imperiale Orde dat de mensen in Ebinissia afslachtte.'
'Maar ook D'Haranen.' Brogan trok een wenkbrauw op. 'Zij die Ebinissia hebben aangevallen, zijn allemaal dood. Het aanbod dat u vanavond deed, zou toch een nieuw begin betekenen? Als iedereen de gelegenheid krijgt zich aan uw vredesaanbod te verplichten?'
Meester Rahl knikte langzaam. 'Dat is juist. Nog één ding, Generaal. Ik heb tegen de volgelingen van de Wachter gevochten, en dat zal ik blijven doen. Tijdens mijn gevechten met hen heb ik ontdekt dat ze geen schaduw nodig hebben om zich in te verschuilen. Ze kunnen de laatste mensen zijn die je zou verwachten, erger nog: ze kunnen de geboden van de Wachter opvolgen zonder te weten dat ze dat doen.'
Brogan boog zijn hoofd. 'Dat heb ik ook gehoord.'
'Pas op dat de schaduw die u najaagt, niet uw eigen schaduw is.'
Brogan fronste zijn voorhoofd. Hij had veel dingen uit Meester Rahls mond gehoord die hem niet bevielen, maar dit was het eerste dat hij niet begreep. 'Ik ben absoluut zeker van het kwaad dat ik bestrijd, Meester Rahl. Vreest u niet voor mijn veiligheid.'
Brogan begon zich om te draaien, maar bleef stilstaan en keek over zijn

schouder achterom. 'En mag ik u mijn felicitaties aanbieden met uw verloving met de koningin van Galea... Ik denk dat mijn geest inderdaad tanende is. Ik kan namen maar niet onthouden. Vergeeft u me. Wat is haar naam?'
'Koningin Kahlan Amnell.'
Brogan maakte een buiging. 'Natuurlijk. Kahlan Amnell. Ik zal die naam niet meer vergeten.'

14

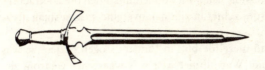

Richard keek naar de hoge mahoniehouten deur toen die dicht was. Het was verfrissend om te zien hoe iemand met zo'n ongekunsteld karakter het Paleis van de Belijdsters kon bezoeken, temidden van zoveel belangrijke, fraai geklede personen, en zelf gekleed ging in een tenue van haveloze lappen in allerlei kleuren. Iedereen zal hebben gedacht dat ze gek was. Richard keek naar zijn eigen eenvoudige, smerige kleren. Hij vroeg zich af of men zou hebben gedacht dat hij ook gek was. Misschien hadden ze gelijk.
'Meester Rahl,' vroeg Cara, 'hoe wist u dat ze een tovenares is?'
'Ze was in haar Han gehuld. Kon je dat niet aan haar ogen zien?'
Haar roodleren tenue kraakte toen ze met haar heup vlak naast hem tegen het bureau leunde. 'We weten pas of een vrouw een tovenares is als ze haar macht op ons uitprobeert – en niet eerder. Wat is Han?'
Richard veegde met zijn hand over zijn gezicht en gaapte. 'Haar innerlijke kracht – de levenskracht. Haar magie.'
Cara haalde haar schouders op. 'U hebt magie, dus u zou dat moeten kunnen zien. Wij konden dat niet.'
Hij wreef met zijn duim over het gevest van zijn zwaard met een ongeïnteresseerd gegrom ten antwoord.
Door de jaren heen was hij zich zonder het te weten bewust geworden van de magie in zijn medemensen – als ze hun magie gebruikten, dan kon hij dat meestal aan hun ogen zien. Hoewel hij bij elk mens uniek was, of misschien een specifieke aard had, was er een gemeenschappelijk aspect dat Richard kon herkennen. Misschien kwam dat omdat hij de gave had, zoals Cara zei, of misschien eenvoudigweg door de ervaring die hij had opgedaan door de bijzondere, tijdloze blik te zien van zoveel mensen met magie: Kahlan, Adie, de bottenvrouw, Shota, de heks, Du Chaillu, de vrouwelijke geest van de Baka Ban Mana, Darken Rahl, Zuster Verna, Priores Annalina en talloze andere Zusters van het Licht.

De Zusters van het Licht waren tovenaressen, en hij had vaak de zeldzame glans van de verre, maar intense blik in hun ogen gezien als ze met hun Han waren verbonden. Soms, als ze in een doodskleed van magie waren gewikkeld, kon hij de lucht om hen heen bijna zien knetteren. Er waren Zusters die een aura konden uitstralen die zo krachtig was dat de dunne haartjes achter in zijn nek overeind gingen staan als ze langs hem heen liepen.

Richard had diezelfde blik in Lunetta's ogen gezien: ze was door haar Han omhuld. Wat hij niet wist was waarom – waarom ze daar stond, niets deed, en toch haar Han aanraakte. Tovenaressen lieten zich gewoonlijk niet door hun Han omhullen, tenzij er een reden voor was – zoals hij zijn zwaard en zijn begeleidende magie zelden zonder reden tevoorschijn trok. Misschien putte ze er een kinderlijk genoegen uit, net zoals uit de lappen gekleurde stof. Maar Richard dacht van niet.

Wat hem zorgen baarde was de mogelijkheid dat Lunetta probeerde vast te stellen of hij de waarheid sprak. Hij wist niet genoeg van magie af om zeker te kunnen weten of dat kon, maar tovenaressen schenen vaak op een of andere manier te weten of hij oprecht was, en ze deden het voorkomen alsof het, telkens als hij een leugen vertelde, niet duidelijker had kunnen zijn dan wanneer zijn haar plotseling vlam zou vatten. Hij wilde geen enkel risico lopen en had er tegenover Lunetta op toegezien niet op een leugen te worden betrapt, in het bijzonder over Kahlans dood.

Brogan was hoogst geïnteresseerd geweest in de Biechtmoeder. Richard wilde dat hij kon geloven dat hij de waarheid had gesproken – de dingen die hij had gezegd, klonken aannemelijk genoeg. Misschien lag het aan zijn bezorgdheid om Kahlans veiligheid dat hij overal iets achter zocht.

'Die man ziet eruit als onheil dat op wraak wacht,' zei hij zonder het te willen bijna hardop.

'Wilt u dat we hem kortwieken, Meester Rahl?' Berdine liet haar Agiel aan het stuk ketting bengelen en ving hem op in haar vuist. Ze trok een wenkbrauw op. 'Of misschien iets lagers?' De twee andere Mord-Sith giechelden.

'Nee,' zei Richard op vermoeide toon. 'Dat is tegen mijn belofte. Ik heb ze allemaal gevraagd iets ongekends te doen, iets dat hun leven voorgoed zal veranderen. Ik moet doen wat ik heb beloofd en ze de kans geven te zorgen dat alles rechtvaardig gebeurt, dat het voor ieders welzijn is: de beste kans op vrede.'

Gratch gaapte zijn giftanden bloot en ging naast Richards stoel op de grond zitten. Richard hoopte dat de kaai niet zo moe was als hijzelf. Ulic en Egan leken niet op het gesprek te letten – ze stonden ontspannen met de handen achter hun rug ineengevouwen. Ze leken soms op de pilaren die in de kamer stonden. Maar hun blik was niet ontspannen: ze hielden voortdurend de pilaren, de hoeken en alkoven in de gaten, hoewel de kamer leeg was, op het achttal na dat op en om het versierde podium stond.

Generaal Reibisch wreef gedachteloos met zijn dikke vinger over de bolvormige gouden sokkel van een lamp die vlakbij de rand van het podium stond. 'Meester Rahl, meende u wat u zei over manschappen die hun buit niet in bezit namen?'

Richard keek de generaal in zijn bezorgde ogen. 'Ja. Zo gedragen onze vijanden zich, en wij niet. Wij vechten voor vrede, wij plunderen niet.'

De generaal wendde met een instemmend knikje zijn blik af.

'Hebt u daar nog iets aan toe te voegen, Generaal?'

'Nee, Meester Rahl.'

Richard liet zich weer in zijn stoel zakken. 'Generaal Reibisch, ik ben al woudloper sinds ik oud genoeg was om te worden vertrouwd. Ik heb nog nooit het bevel hoeven voeren over een leger. Ik zal de eerste zijn om toe te geven dat ik weinig afweet van de positie waarin ik me nu bevind. Ik zou uw hulp goed kunnen gebruiken.'

'Mijn hulp? Wat voor hulp, Meester Rahl?'

'Ik zou van uw ervaring kunnen profiteren. Ik zou het waarderen als u uw mening ten beste wilt geven in plaats van die te verzwijgen en alleen maar "Ja, Meester Rahl" te zeggen. Ik zou het misschien niet met u eens zijn en ik zou boos kunnen worden, maar ik zal u nooit bestraffen om het feit dat u me vertelt wat u van ze denkt. Dat is een van de dingen waarvoor we vechten.'

De generaal sloeg de handen achter zijn rug ineen. De spieren van zijn armen glommen onder zijn maliënkolder, en Richard kon onder de ijzeren ringen ook de witte littekens van zijn rang zien. 'D'Haranen hebben de gewoonte degenen te plunderen die ze hebben verslagen. Die mannen verwachten dat.'

'Vorige leiders mogen dat dan hebben toegestaan of het zelfs hebben aangemoedigd, maar ik ben dat niet van plan.'

Zijn zucht was illustratief genoeg om te worden begrepen. 'Zoals u wenst, Meester Rahl.'

Richard wreef langs zijn slapen. Slaapgebrek had hem hoofdpijn bezorgd. 'Begrijpt u het niet? Ik heb het niet over het veroveren van landen en het bestelen van anderen – ik heb het over het bestrijden van onderdrukking.'

De generaal zette zijn laars op de vergulde spijl van een stoel en stak zijn duim achter zijn brede riem. 'Ik zie niet zoveel verschil. Naar mijn ervaring denkt Meester Rahl alles altijd beter te weten en wil hij altijd de wereld regeren. U bent uw vaders zoon. Oorlog is oorlog. Redenen ma-

ken ons niets uit; we vechten omdat dat ons wordt bevolen, net zoals degenen aan de andere kant. Redenen betekenen weinig voor een man die met zijn zwaard zwaait en zijn hoofd op zijn lijf probeert te houden.'
Richard ramde met zijn vuist op het bureau. Gratch' gloeiende groene ogen kregen een alerte uitdrukking. Vanuit zijn ooghoeken zag Richard rood leer beschermend dichterbij komen.
'De mannen die achter de slagers van Ebinissia aan gingen, hadden een reden! Die reden, en geen roof, was wat hen steunde en ze de kracht gaf die ze nodig hadden om te kunnen overwinnen. Het was een groep van vijfduizend Galeaanse rekruten die nog nooit hadden gevochten, maar die toch Generaal Riggs en zijn leger van meer dan vijftigduizend man versloegen.'
Generaal Reibisch fronste zijn zware wenkbrauwen. 'Rekruten? U bent vast abuis, Meester Rahl. Ik heb berichten gehoord van waarnemers bij die gevechten: ze zijn afschuwelijk en beschrijven tot in de kleinste details wat er met die mannen gebeurde toen ze vechtend uit de bergen probeerden te ontsnappen. Ze konden slechts uit de weg worden geruimd door een overweldigend overwicht.'
'Dan was Riggs volgens mij niet zo'n ervaren soldaat als hij had moeten zijn. U hebt uw berichten uit de tweede hand, maar ik heb het verhaal gehoord van een zeer betrouwbare bron die het ter plaatse en met eigen ogen heeft gezien. Vijfduizend mannen, jongens eigenlijk, trokken Ebinissia in om Riggs te pakken te krijgen en toen was het afgelopen met het afslachten van vrouwen en kinderen door zijn manschappen. Die rekruten achtervolgden Riggs en hakten zijn leger in de pan. Toen alles voorbij was, waren er minder dan duizend van die jongemannen overeind gebleven, maar noch Riggs, noch ook maar iemand van zijn leger was nog in leven.'
Richard verzweeg dat de rekruten waarschijnlijk binnen één dag tot gehakt waren gemalen als Kahlan er niet was geweest om ze te leren wat ze moesten doen, om ze naar het strijdtoneel te leiden en om ze in het vuur van de strijd aanwijzingen te geven. Maar hij wist ook dat ze zich verplicht hadden gevoeld om de klus te klaren die hun de moed gaf naar haar te luisteren en ten strijde te trekken tegen een onmogelijk overwicht.
'Dat is de kracht van motivatie, Generaal. Daartoe zijn mannen in staat als ze een belangrijke reden hebben: een deugdzaam einddoel.'
Zijn door littekens gehavende gezicht plooide zich tot een zure uitdrukking. 'D'Haranen hebben bijna hun hele leven lang gevochten, en ze weten wat ze doen. Oorlog is doden – je doodt de ander voordat hij jou kan doden, dat is alles. Degene die wint, is degene die gelijk had. Redenen worden gevormd door de overwinningsbuit. Als je de vijand hebt verslagen, dan zullen jouw leiders de redenen in boeken vermelden

en er ontroerende toespraken over houden. Als je je werk hebt gedaan, dan is er niemand meer van de vijand over om de redenen van jouw leider te betwisten. Tenminste, niet tot de volgende oorlog.'

Richard streek met zijn vingers door zijn haar. Waar was hij mee bezig? Wat dacht hij te kunnen bereiken als degenen die aan zijn kant vochten, niet eens wisten waar hij op uit was?

Boven hun hoofden keken de op de gepleisterde koepel geschilderde figuur van Magda Searus, de eerste Biechtmoeder, had Kahlan hem verteld, en haar tovenaar Merritt, op hem neer. Vol afkeuring, zo te zien.

'Generaal, wat ik vanavond heb geprobeerd toen ik tot die mensen sprak, was een poging het moorden een halt toe te roepen. Ik probeer het de vrede en de vrijheid mogelijk te maken eindelijk voorgoed wortel te schieten.

Ik weet dat het tegenstrijdig lijkt, maar begrijpt u het niet? Als we ons als eerzame mensen gedragen, dan zullen alle integere landen die vrede en vrijheid wensen, zich bij ons aansluiten. Als ze zien dat we vechten om een eind te maken aan andermans gevechten, en niet domweg om te veroveren en te overheersen of om te plunderen, dan zullen ze onze kant kiezen, en dan zullen de vredesmachten onoverwinnelijk zijn.

Tot nu toe bepaalt de agressor de regels, en onze enige keuze is vechten of ons onderwerpen, maar...'

Hij zuchtte van teleurstelling, terwijl hij zijn hoofd tegen de leuning van de stoel bonsde. Hij deed zijn ogen dicht – hij kon er niet tegen de tovenaar Merritt hoog boven hem in de ogen te kijken. Merritt keek alsof hij zou kunnen losbarsten in een lezing over de waanzin van vrijmoedigheid.

Hij had kort tevoren in het openbaar bekendgemaakt dat hij van plan was de wereld te regeren, en zijn eigen aanhangers dachten dat de argumenten daarvoor op loos gepraat neerkwamen. Hij begon zich plotseling hopeloos dwaas te voelen. Hij was slechts een woudloper die Zoeker was geworden – geen leider. Alleen omdat hij de gave had, begon hij te menen dat hij veranderingen teweeg kon brengen. De gave. Hij wist niet eens hoe hij zijn gave moest gebruiken.

Hoe kon hij zo arrogant zijn te denken dat dit zou lukken? Hij was zo moe dat hij niet helder meer kon denken. Hij kon zich niet herinneren wanneer hij voor het laatst had geslapen.

Hij wilde over niemand heersen, hij wilde alleen maar dat al die ellende zou ophouden, zodat hij samen kon zijn met Kahlan en een leven kon leiden zonder gevechten. Die laatste nacht met haar was een zegen. Dat was alles wat hij wilde.

Generaal Reibisch schraapte zijn keel. 'Ik heb nog nooit voor iets bepaalds gevochten – ik bedoel, om een andere reden dan mijn bondge-

nootschap. Misschien wordt het tijd dat ik het eens op uw manier probeer.'
Richard kwam naar voren uit de stoel en keek de man fronsend aan. 'Zegt u dat alleen maar omdat u denkt dat ik dat wil horen?'
'Nou,' zei de generaal terwijl hij met zijn duimnagel aan een rijtje eikels van het houtsnijwerk op de rand van het bureau peuterde, 'de geesten weten dat niemand dit zal geloven, maar soldaten verlangen vuriger naar vrede dan de meeste mensen, denk ik. We durven er niet eens van te dromen, want we zien zoveel moordpartijen dat we langzamerhand gaan denken dat er nooit een einde aan zal komen, en als je daarover nadenkt, word je sentimenteel, en als je sentimenteel wordt, word je gedood. Als je doet alsof je zin hebt in een gevecht, dan geef je je vijand een adempauze en denken ze dat ze jou een reden tot vechten geven. Zoals de paradox waarover u sprak.
Als je al dat vechten en moorden ziet, dan ga je je afvragen of je iets anders rest dan te doen wat je is bevolen – mensen doden. Je vraagt je af of je een soort monster bent, dat voor niets anders geschikt is. Misschien is dat gebeurd met die mannen die Ebinissia hebben aangevallen – misschien gaven ze uiteindelijk gehoor aan de stem in hun hoofd. Misschien dat dat moorden eindelijk ophoudt, als we doen wat u zegt.' Hij drukte een lange houtsplinter die hij had losgewurmd, op zijn plaats. 'Ik denk dat een soldaat altijd hoopt dat hij als hij die mensen die hem willen doden, zelf heeft gedood, zijn zwaard kan neerleggen. De geesten weten dat niemand een grotere hekel aan vechten heeft dan velen van wie dat de opdracht is.' Hij slaakte een lange zucht. 'Ach, maar niemand zou dat geloven.'
Richard glimlachte. 'Ik geloof dat wel.'
De generaal keek op. 'Het komt zelden voor dat je iemand ontmoet die begrijpt wat de keerzijde van dat moorden is. De meesten verheerlijken het of verachten het, zonder ooit de pijn te voelen die bij het plegen van die daad hoort, en de klemmende verantwoordelijkheid ervan te ondergaan. U bent goed in doden. Ik ben blij dat u er niet van geniet.'
Richard keek van de generaal weg en zocht troost in de duisternis van de schaduwen achter de bogen tussen de marmeren pilaren. Zoals hij de aanwezige afgevaardigden had verteld, had hij zijn naam aan de profetieën ontleend – in een van de oudste profetieën, werd hij in Hoog-D'Haraans *fuer grissa ost drauka* genoemd – de brenger van dood. Hij had een drievoudige naam: hij was degene die de plaats van de doden en de wereld van de levenden kon samenbrengen door de sluier naar de onderwereld te verscheuren, degene die de geesten van de doden kon oproepen, zoals hij deed wanneer hij de magie van het zwaard gebruikte en met de dood danste, en in de meest elementaire betekenis: iemand die doodt.

Berdine klopte Richard zo hard op zijn rug dat zijn tanden ervan rammelden en de ongerieflijke stilte erdoor werd verbroken. 'U had ons niet verteld dat u een bruid hebt versierd. Ik hoop dat u voor uw huwelijksnacht een bad neemt, anders zal ze u wegsturen.' De drie vrouwen lachten. Richard was verbaasd dat hij nog de energie had om te grijnzen. 'Ik ben niet de enige die stinkt als een bok.'

'Als u verder niets meer hebt, Meester Rahl, dan kan ik me het best met een paar dingen bezighouden,' zei Generaal Reibisch terwijl hij door zijn roestkleurige baard streek en hem fatsoeneerde. 'Hoeveel mensen denkt u eigenlijk te moeten doden, voordat die vrede waarover u spreekt, een feit is?' Hij glimlachte gemeen. 'Dan weet ik hoe ver ik nog moet gaan voordat ik geen wachten meer nodig heb die me op mijn rug kijken omdat ik een dutje doe.'

Richard en de man keken elkaar lang aan. 'Misschien worden ze eindelijk verstandig, en geven ze zich over, en dan hoeven we niet te vechten.' Generaal Reibisch uitte een grommend, cynisch lachje. 'Als u geen bezwaar hebt, dan denk ik dat ik de mannen hun zwaarden laat slijpen, voor het geval.' Hij tuurde omhoog. 'Weet u hoeveel streken er zijn in het Middenland?'

Richard dacht een tijdje over die vraag na. 'Eigenlijk niet, nee. Niet alle landen zijn groot genoeg om te worden vertegenwoordigd in Aydindril, maar veel van die landen zijn wel groot genoeg om er gewapende mannen op na te houden. Dat zal de koningin weten. Ze zal zich spoedig bij ons aansluiten en ons kunnen helpen.'

Piepkleine lichtvlekjes afkomstig van een lamp fonkelden op zijn maliënkolder. 'Ik zal meteen vanavond een grote opruiming onder de Paleiswachten beginnen, voor ze de kans hebben zich te organiseren. Misschien zal het er op die manier fijn en vredig worden. Maar ik verwacht dat tenminste één van de bewakingstroepen op de vlucht zal proberen te slaan voor de avond voorbij is.'

'Zorg ervoor dat er genoeg mannen om het Nicobarese Paleis zijn. Ik wil niet dat Heer Generaal Brogan de stad verlaat. Ik vertrouw die vent niet, maar ik heb hem beloofd dat ik hem net zoveel kans geef als iedereen.'

'Ik zal ervoor zorgen.'

'En Generaal, laat de mannen voorzichtig zijn met zijn zuster Lunetta.' Richard voelde een vreemde sympathie voor Tobias Brogans zuster en haar kennelijk onschuldige karakter. Hij vond dat ze leuke ogen had. Hij vermande zich. 'Als ze uit hun paleis komen om te vertrekken, zorg dan dat er genoeg boogschutters op strategische plaatsen en op de juiste afstand klaarstaan. Als ze magie gebruiken, neem dan geen enkel risico door te treuzelen.'

Richard had nu al een hekel aan dit alles. Hij had er nog nooit manschappen op uit hoeven te sturen om zich in een strijd te begeven waarin ze gemakkelijk gewond zouden kunnen raken of zelfs konden sterven. Hij herinnerde zich wat de Priores hem eens had verteld: tovenaars hadden mensen nodig om te doen wat gedaan moet worden.

Generaal Reibisch keek de zwijgende Ulic en Egan, de kaai en de drie vrouwen aan. Hij zei langs Richard heen tegen ze: 'Duizend mannen zijn klaarwakker, en als jullie ze nodig hebben, hoef je maar te kikken.'

Cara keek wat ernstiger toen de generaal was verdwenen. 'U moest eens gaan slapen, Meester Rahl. Als Mord-Sith weet ik wanneer een man uitgeput is en op het punt staat om te vallen. U kunt morgen plannen maken om de wereld te veroveren, als u bent uitgerust.'

Richard schudde zijn hoofd. 'Nu nog niet. Ik moet eerst nog een brief schrijven.'

Berdine stond naast Cara en leunde tegen het bureau. Ze sloeg haar armen over elkaar. 'Een liefdesbrief aan uw bruid?'

Richard trok een la open. 'Zoiets, ja.'

Berdine glimlachte verlegen. 'Misschien kunnen we u daarmee helpen. Dan zullen we u zeggen wat u moet schrijven om haar hart van liefde te laten bonzen en haar te laten vergeten dat u nodig in bad moet.'

Raina ging bij haar zusters van de Agiel tegen het bureau staan en lachte ondeugend, terwijl haar donkere ogen fonkelden. 'We zullen u leren hoe u een goede echtgenoot kunt zijn. U en uw koningin zullen blij zijn dat wij in de buurt zijn om advies te geven.'

'En u kunt maar beter naar ons luisteren,' zei Berdine op vermanende toon, 'of we zullen haar leren hoe ze u naar haar pijpen kan laten dansen.'

Richard klopte Berdine tegen haar been om haar een stap opzij te laten gaan, zodat hij bij een van de laden achter haar kon komen. In de onderste la vond hij papier. 'Waarom gaan jullie niet slapen,' zei hij op afwezige toon, terwijl hij een pen en een inktpot zocht. 'Jullie hebben hard moeten rijden om me in te halen en kunnen niet veel meer hebben geslapen dan ikzelf.'

Cara stak haar neus quasi-verontwaardigd omhoog. 'We zullen de wacht houden terwijl u slaapt. Vrouwen zijn sterker dan mannen.'

Richard herinnerde zich dat Denna hem eens precies hetzelfde had verteld, maar ze bedoelde dat toen niet als grapje. Deze drie stelden hun wacht nooit teleur als er iemand anders bij was – hij was de enige die ze vertrouwden als ze etiquette wilden oefenen. Hij vond dat ze op dat gebied nog veel te oefenen hadden. Misschien was dat de reden waarom ze hun Agiel niet wilden opofferen – ze waren nooit iets anders geweest dan Mord-Sith, en ze waren bang dat ze ook nooit iets anders zouden worden.

Cara boog zich voorover en keek in de lege la voordat ze die dichtschoof. Ze sloeg haar blonde vlecht over haar schouder. 'Ze moet wel erg op u gesteld zijn, Meester Rahl, om bereid te zijn zich met haar land aan u over te geven. Ik weet niet of ik zoiets zou doen voor een man, zelfs niet als die op u zou lijken. Hij zou zich aan mij moeten uitleveren.'
Richard liet haar een sprong opzij maken en vond eindelijk de pennen en de inktpot in de la die hij het eerst zou hebben opengetrokken als zij er niet pal voor had gestaan. 'Daar heb je gelijk in – ze geeft veel om me. Maar haar land aan me opofferen – dat heb ik haar nog niet gevraagd.'
Cara schudde haar armen los. 'Bedoelt u dat u haar nog moet vragen zich over te geven, zoals u vanavond de anderen vroeg?'
Richard wrikte de dop van de inktpot los. 'Dat is een van de redenen dat ik deze brief meteen moet schrijven om haar mijn plannen uit te leggen. Willen jullie alledrie nu even je mond houden, zodat ik kan schrijven?'
Raina had een oprecht bezorgde blik in haar donkere ogen en hurkte naast zijn stoel neer. 'Wat als ze de trouwerij laat afzeggen? Koninginnen zijn trots – ze zou zoiets misschien absoluut niet willen.'
Een rimpeltje bezorgdheid golfde door zijn buik. Het was erger dan dat. Deze vrouwen begrepen volstrekt niet wat hij Kahlan zou vragen. Hij was niet van plan een koningin te vragen haar land op te geven – hij zou de Biechtmoeder vragen het hele Middenland af te staan.
'Ze is net zo vastbesloten de Imperiale Orde te verslaan als ikzelf. Ze heeft gevochten met een vastberadenheid waarvan een Mord-Sith zou verbleken. Ze wil net zo graag als ik dat er een einde komt aan dat moorden. Ze houdt van me, en zal de goede bedoelingen van mijn wens begrijpen.'
Raina zuchtte. 'Nou, als ze dat niet doet, zullen we u beschermen.'
Richard keek haar met zo'n dodelijke blik aan dat ze op haar hielen achterover tuimelde alsof hij haar had geslagen. 'Haal het nooit, maar dan ook nooit zelfs maar in je hoofd om Kahlan iets te doen. Je moet haar beschermen zoals je mij beschermt, en anders kun je nu direct vertrekken, en mag je je bij mijn vijanden aansluiten. Je moet haar leven net zo koesteren als het mijne. Zweer het, bij de band die je met me hebt. Zweer het!'
Raina slikte. 'Dat zweer ik, Meester Rahl.'
Hij keek de twee andere vrouwen scherp aan. 'Zweer het.'
'Dat zweer ik, Meester Rahl,' zeiden ze in koor.
Hij keek naar Ulic en Egan.
'Dat zweer ik, Meester Rahl,' zeiden ze als één man.
Hij liet zijn strijdlustige toon varen. 'Goed dan.'

Richard legde het papier voor zich op het bureau en probeerde na te denken. Iedereen dacht dat ze dood was – dit was de enige manier. Ze mochten niet rondbazuinen dat ze in leven was – dan zou iemand alsnog proberen de klus te klaren die de raad dacht te hebben voltooid. Ze zou alles begrijpen, als hij het haar goed uitlegde.
Richard voelde de figuur van Magda Searus boven zijn hoofd op hem neerkijken. Hij durfde niet omhoog te kijken omdat hij bang was dat Merritt, haar tovenaar, een bliksemschicht op hem zou afvuren als straf voor wat hij deed.
Kahlan moest hem geloven. Ze had hem eens gezegd dat ze desnoods zou willen sterven om hem te beschermen en het Middenland te redden – dat ze alles zou doen. Alles.
Cara zat achterover en steunde op haar handen. 'Is de koningin knap?' Ze glimlachte weer ondeugend. 'Hoe ziet ze eruit? Ze zal ons toch niet een jurk laten dragen als u eenmaal bent getrouwd? We zullen haar gehoorzamen, maar een Mord-Sith draagt geen jurk.'
Richard zuchtte in zichzelf. Ze probeerden slechts de stemming te verbeteren door ondeugend te doen. Hij vroeg zich af hoeveel mensen deze 'ondeugende' vrouwen hadden gedood. Hij berispte zichzelf – dat was niet eerlijk, en zeker niet van de brenger van de dood zelf. Een van hen was uitgerekend vandaag nog gestorven, omdat ze hem wilde beschermen. Die arme Hally had geen enkele kans tegenover een mriswith.
Kahlan evenmin.
Hij moest haar helpen. Dit was het enige wat hij kon bedenken, en elke minuut die verstreek, kon wel eens een minuut te laat zijn. Hij moest opschieten. Hij probeerde na te denken waarover hij zou schrijven. Hij mocht niet verklappen dat Koningin Kahlan eigenlijk de Biechtmoeder was. Als deze brief in verkeerde handen zou vallen...
Richard keek op toen hij de deur piepend hoorde opengaan. 'Berdine, waar ga jij naartoe?'
'Ik zoek een bed om te slapen. We houden om beurten de wacht over u.' Ze zette haar ene hand op haar heup en liet de Agiel aan de ketting om haar andere pols ronddraaien. 'Rustig maar, Meester Rahl. Snel genoeg zult u met uw bruid in een bed liggen. U kunt best nog even wachten tot het zover is.'
Richard kon een glimlach niet onderdrukken. Hij hield van Berdines droge humor. 'Generaal Reibisch zei dat hier duizend mannen op wacht staan, dus het is niet nodig...'
Berdine knipoogde. 'Meester Rahl, ik weet u dat u mij de leukste vindt, maar zet u mijn achterste nu maar even uit uw hoofd als ik voorbijloop, en gaat u door met uw brief.' ·

Richard tikte met de glazen penhouder tegen zijn tand toen de deur dichtging.

Cara rimpelde haar voorhoofd tot een frons. 'Meester Rahl, denkt u dat de koningin jaloers op ons zal zijn?'

'Waarom zou ze jaloers moeten zijn?' mompelde hij, terwijl hij achter in zijn nek krabde. 'Daar heeft ze geen enkele reden voor.'

'Nou, vindt u ons niet aantrekkelijk?'

Richard sloeg zijn ogen naar haar op en wees naar de deur. 'Ga alletwee bij de deur staan en zorg ervoor dat niemand hier naar binnen kan komen om jullie Meester Rahl te doden. Als jullie stil zijn, zoals Ulic en Egan hier, en me rustig deze brief laten schrijven, dan mogen jullie aan deze kant van de deur blijven, maar zo niet, dan moeten jullie aan de andere kant van de deur op wacht staan.'

Ze rolden met hun ogen maar hadden beiden een glimlach om de lippen toen ze de kamer door liepen, en ze verlustigden zich zichtbaar in het feit dat hun geplaag eindelijk een reactie bij hem had ontlokt. Hij dacht dat Mord-Sith moesten hongeren naar speelse pesterijen – iets waar ze verdomd weinig gelegenheid toe kregen – maar hij had belangrijker zaken aan zijn hoofd.

Richard staarde naar het lege vel papier en probeerde ondanks de mist van moeheid in zijn hoofd helder na te denken. Gratch legde een harige voorpoot op zijn been en nestelde zich dicht tegen Richard, die de pen in de inkt doopte.

Mijn Allerliefste Koningin, begon hij met zijn ene hand, terwijl hij met de andere zachtjes tegen de voorpoot op zijn been klopte.

15

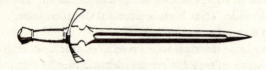

Tobias tuurde de besneeuwde duisternis af terwijl ze door de dichter wordende sneeuwvlagen sjokten. 'Weet je zeker dat je hebt gedaan wat ik je heb opgedragen?'
'Ja, Heer Generaal, ik zei u al: ze zijn betoverd.'
Achter hen waren de lichten van het Paleis van de Belijdsters en de omringende gebouwen midden in de stad al lang verdwenen achter de wervelende sneeuwstorm die uit de bergen was neergedaald terwijl ze binnen stonden te luisteren naar de absurde eisen die Meester Rahl aan de vertegenwoordigers van het Middenland stelde.
'Waar zijn ze dan? Als je ze kwijtraakt en ze hier doodvriezen, zal ik ziedend op je zijn, Lunetta.'
'Ik weet waar ze zijn, Heer Generaal,' drong ze aan. 'Ik raak ze niet kwijt.' Ze bleef staan, tilde haar neus op en snoof de lucht op. 'Deze kant uit.'
Tobias en Galtero keken elkaar fronsend aan, draaiden zich om en renden haar achterna toen ze snel de duisternis achter de Koningsstraat in glipte. Af en toe kon hij net de donkere silhouetten onderscheiden van de paleizen die zich in de storm schuilhielden. Ze zorgden voor zweempjes licht en wezen af en toe de weg door de heen en weer zwalkende kloof van vallende sneeuw.
In de verte hoorde hij het gekletter van mannen in wapenrusting die voorbijkwamen. Zo te horen waren het meer mannen dan een enkele verkenningseenheid. Voor de nacht voorbij was zouden de D'Haranen waarschijnlijk een manoeuvre uitvoeren om hun greep op Aydindril te verstevigen. Dat zou hij doen als hij in hun schoenen stond: toeslaan voor je tegenstanders tijd hebben hun keuzemogelijkheden te overzien. Hij was trouwens toch niet van plan hier te blijven.
Tobias blies de sneeuw van zijn snor. 'Je luisterde naar hem, nietwaar?'
'Ja, Heer Generaal, maar ik zei u al: ik wist het niet zeker.'

'Hij is net als alle anderen. Je hebt vast niet opgelet – ik weet dat je niet heb opgelet. Je krabde je armen en je lette niet op.'

Lunetta wierp hem over haar schouder een snelle blik toe. 'Hij is anders. Ik weet niet waarom, maar hij is anders. Ik heb nog nooit zo'n magie gevoeld als die van hem. Ik wist niet zeker of ieder woord van hem waar was, of een leugen, maar ik denk dat hij de waarheid sprak.' Ze schudde haar hoofd van verwondering over zichzelf. 'Ik kan door obstakels heen. Ik kan altijd door obstakels heen. Van iedere soort: lucht, water, aarde, vuur, ijs – alles. Zelfs een geest. Maar die van hem...?'

Tobias glimlachte afwezig. Het hinderde niet. Hij had haar vunzige smet niet nodig om dit te weten. Hij wist het zeker.

Ze mompelde nog wat over de vreemde kanten van Meester Rahls magie, en hoe ze die wilde ontvluchten en weg wilde uit dit paleis en hoe haar huid ervan jeukte als nooit tevoren. Hij luisterde met een half oor. Ze zou haar zin krijgen en weg zijn uit Aydindril nadat hij een paar zaken had geregeld.

'Wat sta je daar te snuiven?' gromde hij.

'Afval, mijn Heer Generaal. Keukenafval.'

Tobias greep een vuistvol van haar gekleurde lappen beet. 'Afval? Heb je ze bij een hoop afval achtergelaten?'

Ze grijnsde terwijl ze waggelend doorliep. 'Ja, Heer Generaal. U zei dat u geen mensen om u heen wilde. Ik ben niet bekend in de stad en wist geen veilige plek om ze heen te sturen, maar ik zag die afvalhoop op weg naar het Paleis van de Belijdsters. Niemand zal daar 's nachts rondhangen.'

Afvalhoop. Tobias schraapte zijn keel. 'Maffe Lunetta,' mompelde hij.

Ze stapte mis. 'Alsjeblieft, Tobias, noem me geen...'

'Waar zijn ze dan?!'

Ze tilde een arm op, wees, en versnelde haar pas. 'Deze kant uit, Heer Generaal. U zult het zien. Deze kant. Het is niet ver meer.'

Hij dacht erover na terwijl hij door de sneeuwvlagen sjokte. Er zat wat in. Er zat wat in: een afvalhoop was het volmaakte gerecht.

'Lunetta, je vertelt me wel de waarheid over Meester Rahl, toch? Als je daarover tegen me liegt, dan vergeef ik je dat nooit.'

Ze stond stil en keek naar hem op. Tranen welden op in haar ogen, en ze greep haar gekleurde lappen beet. 'Ja, mijn Heer Generaal. Alstublieft. Ik spreek de waarheid. Ik heb alles geprobeerd. Ik heb mijn best gedaan.'

Tobias keek haar een lang ogenblik aan, en er rolde een traan over haar plompe wang. Het deed er niet toe, wist hij.

Hij maakte een ongeduldig handgebaar. 'Goed dan, ga dan maar verder. Maar o wee als je ze bent kwijtgeraakt...'

Ze straalde plotseling. Ze veegde haar wang droog, draaide zich om in

de richting waar ze heen gingen en stoof vooruit. 'Hierheen, Heer Generaal. U zult het zien. Ik weet waar ze zijn.'
Tobias zuchtte en liep achter haar aan. De sneeuw hoopte zich op, en te oordelen naar de hoeveelheid die viel, zou het een dik pak kunnen worden. Dat gaf niets – alles zag er nu wat beter voor hem uit. Meester Rahl was een idioot als hij dacht dat Heer Generaal Tobias Brogan van de Bloedbroederschap zich zou overgeven als een verdorvene onder gloeiend heet ijzer.
Lunetta stond te wijzen. 'Hierzo, Heer Generaal. Ze zijn hier.'
Zelfs met de huilende wind in zijn rug kon Tobias de afvalhoop ruiken voor hij hem zag. Hij schudde de sneeuw van zijn karmozijnrode cape bij het zien van de donkere bult, die werd verlicht door het zwakke licht van paleizen achter de muur in de verte. De sneeuw smolt waar die op de dampende hoop viel en gaf de donkere vormeloosheid een allesbehalve schone schijn.
Hij zette zijn vuisten op zijn heupen. 'En? Waar zijn ze?'
Lunetta ging vlak naast hem staan en verschool zich in de luwte die hij tegen de voortjagende sneeuw verschafte. 'Ga hier staan, Heer Generaal. Ze zullen naar u toe komen.'
Hij keek omlaag en zag een veelbelopen pad. 'Een kringbezwering?'
Ze giechelde zacht en hield een paar lappen tegen haar rode wangen om zich tegen de kou te beschermen. 'Ja, Heer Generaal. U zei dat u boos op me zou zijn als ze wegliepen. Ik wilde niet dat u boos zou zijn op Lunetta, dus ik heb een kringbezwering over ze uitgesproken. Ze kunnen hier nu niet weg, hoe snel ze ook kunnen lopen.'
Tobias glimlachte. Ja, deze dag zou toch nog goed aflopen. Ze hadden vandaag wat hindernissen ondervonden, maar hij zou die allemaal overwinnen met de hulp van de Schepper. Nu had hij het voor het zeggen. Meester Rahl zou ontdekken dat niemand de Bloedbroederschap de les kon lezen.
Toen hij uit de duisternis te voorschijn kwam, zag hij allereerst het golven van haar gele rokken, toen haar mantel door een windvlaag werd opengeblazen. Hertogin Lumholtz stapte resoluut op hem af, met de hertog een stap schuin achter haar. Toen ze zag wie er naast het pad stond, kwam er een norse uitdrukking op haar bepoederde gelaat. Ze trok haar besneeuwde mantel dichter om zich heen.
Tobias begroette haar met een brede glimlach. 'Onze tweede ontmoeting. Goedenavond, mevrouw.' Hij boog zijn hoofd met een klein knikje. 'Ook goedenavond, Hertog Lumholtz.'
De hertogin snoof van minachting en trok haar neus op. De hertog bekeek ze met een strenge blik, alsof hij een muur om zich heen optrok en hen uitdaagde die te doorbreken. Beiden liepen vastberaden en zonder

een woord te zeggen langs hen heen en verdwenen in de duisternis. Tobias gniffelde.
'Ziet u, mijn Heer Generaal? Ze wachten op u, zoals ik had beloofd.'
Tobias stak zijn duimen achter zijn gordel terwijl hij zijn schouders recht trok, en liet zijn karmozijnrode cape in de wind openwaaien. Het was niet nodig het paar te achtervolgen.
'Goed van je, Lunetta,' mompelde hij.
Na korte tijd kwam het geel van haar rokken weer in zicht. Nu trok ze haar wenkbrauwen geschrokken op toen ze Tobias, Galtero en Lunetta naast haar veelbelopen pad zag staan. Eigenlijk was ze best een knappe vrouw, ondanks de overvloedige maquillage – ze was absoluut niet meisjesachtig, en hoewel ze nog jong was, hadden haar gezicht en haar figuur de rijpheid en zelfverzekerdheid van volledige vrouwelijke wasdom.
Toen het paar naderde, legde de hertog met een opzettelijk dreigend gebaar zijn vaste hand op het gevest van zijn zwaard. Hoewel het rijk versierd was, was het zwaard van de hertog niet slechts versiering, evenmin als dat van Meester Rahl, wist Tobias. Keltanen maakten zowat het beste staal van het Middenland en alle Keltanen, vooral adellieden, putten trots uit het feit dat ze er goed mee konden omgaan.
'Generaal Bro...'
'Heer Generaal, mevrouw.'
Ze keek langs de punt van haar neus op hem neer. 'Heer Generaal Brogan, we zijn op weg terug naar ons paleis. Ik stel voor dat u ophoudt ons te volgen, en naar uw eigen paleis gaat. Het is een smerige avond om buiten te zijn.'
Galtero stond naast hem en keek naar de kant op haar lijfje dat op en neer ging van woede. Toen ze dat zag, rukte ze haar mantel dicht. De hertog zag het ook, en boog zich naar Galtero toe.
'Houd uw ogen van mijn vrouw, meneer, of ik zal u aan stukken hakken en u aan mijn honden voeren.'
Galtero glimlachte vals en keek naar de langere man op, maar zei niets. De hertogin snoof. 'Goedenavond, Generaal.'
Het tweetal liep opnieuw in een kring om de afvalhoop heen, in de volle overtuiging dat ze pijlrecht op weg waren naar hun bestemming, maar in de nevelige kringbezwering gingen ze nergens heen en beschreven ze cirkel na cirkel. Hij zou ze na de eerste keer al tot staan kunnen brengen, maar hij genoot van de verwarring in hun blik toen ze probeerden te begrijpen hoe hij telkens weer voor hen opdook. Hun betoverde geesten zouden niet in staat zijn hier ook maar iets van te begrijpen.
Toen ze andermaal voorbijliepen, werden hun gezichten zo wit als de sneeuw, en daarna vuurrood. De hertogin bleef stampvoetend staan, zet-

te haar vuisten op haar heupen en keek hem boos aan. Tobias keek hoe de witte kant vlak voor zijn gezicht bewoog door de hevigheid van haar verontwaardiging.
'Zeg, vuil klein onderkruipsel, hoe durf je...'
Brogans kaak verstijfde. Grommend van woede greep hij de witte kant in beide vuisten en rukte de voorkant van haar japon tot op haar middel omlaag.
Lunetta stak haar hand omhoog en sprak een korte toverspreuk uit, en de hertog bleef stokstijf stil en bewegingloos met zijn zwaard halverwege uit de schede staan alsof hij was versteend. Alleen zijn ogen bewogen en zagen dat de hertogin het uitschreeuwde toen Galtero haar armen tegen haar rug duwde en haar net zo onbeweegbaar en hulpeloos maakte als hemzelf, alleen nu zonder magie te gebruiken. Haar rug kromde zich toen Galtero haar armen met zijn sterke handen omdraaide. Haar stijve tepels staken uit in de koude wind.
Aangezien hij zijn mes had ingeleverd, trok hij in plaats daarvan zijn zwaard. 'Hoe noemde je mij, smerige hoer?'
'Niets.' Bevangen door paniek slingerde ze haar hoofd heen en weer, en haar zwarte krullen sloegen haar in het gezicht. 'Niets!'
'Tjonge, jonge, ga je nu al door de knieën?'
'Wat wil je?' zei ze hijgend. 'Ik ben geen verdorvene! Laat me gaan! Ik ben geen verdorvene!'
'Natuurlijk ben je geen verdorvene. Je bent veel te pompeus om een verdorvene te zijn, maar daarom ben je nog niet minder verachtelijk. Of nuttig.'
'Dus hij is het die je wilt hebben? Ja, de hertog. Hij is de verdorvene. Laat me los, dan zal ik je over zijn misdaden vertellen.'
Brogan praatte tussen zijn opeengeklemde tanden door. 'De Schepper is niet gediend met valse, zelfzuchtige bekentenissen. Maar je zult hem niettemin dienen.' Zijn wangen vertrokken zich tot een grimmige glimlach. 'Je zult de Schepper via mij dienen: je zult doen wat ik zeg.'
'Dat doe ik absoluut...' Galtero greep haar steviger beet. 'Goed dan,' hijgde ze. 'Alles. Zolang je me geen pijn doet. Zeg me wat je wilt, en ik doe het.'
Ze deed een ijdele poging achteruit te deinzen toen hij zijn gezicht vlak voor het hare bracht. 'Doe wat ik zeg,' zei hij tussen zijn opeengeklemde tanden door.
Haar stem was gesmoord door doodsangst. 'Ja. Goed. Dat beloof ik.'
Hij grijnsde spottend. 'Ik zou niets van een hoer als jij geloven – zo iemand die alles verkoopt en elk principe verpandt. Je doet wat ik zeg omdat je geen andere keus hebt.'
Hij ging iets naar achteren staan, pakte haar linkertepel tussen zijn duim

en de knokkel van zijn wijsvinger en trok hem naar zich toe. Ze gilde, en ze opende haar ogen wijd. Brogan hief zijn zwaard op en sneed de tepel er met een enkele houw af. Haar geschreeuw deed zelfs het huilen van de wind verstommen.
Brogan legde de afgesneden tepel in Lunetta's omgekeerde hand. Haar stompe vingers sloten zich eromheen terwijl haar ogen zich in een kleed van magie hulden. Het zachte geluid van een eeroude toverspreuk vermengde zich met de wind en de sidderende kreten van de hertogin. Galtero hield haar vast terwijl de wind om hen heen kolkte.
Lunetta's gezang steeg van toon toen ze haar hoofd naar de inktzwarte hemel achteroverboog. Met stijf gesloten ogen riep ze de betovering rond zichzelf en de vrouw tegenover haar op. De wind leek de woorden uit haar vandaan te rukken terwijl Lunetta in haar *streganicha*-tongval smeekte:

'Van hemel tot aarde, van bladeren tot wortels,
van vuur tot ijs, en de vrucht van de ziel.
Van licht tot duisternis, van wind tot water
Eis ik deze geest – de dochter van de Schepper.
Tot het bloed in het hart kookt en de botten tot as zijn vergaan,
tot de talg slechts stof is, en de dood zijn tanden maalt
zal deze van mij zijn.
Ik zal haar zonnewijzer in een donker dal werpen
en deze ziel uit de schaduw ontrukken.
Tot haar taken zijn vervuld en de wormen zijn gevoed,
tot het vlees tot stof vergaan en de ziel is gevlucht
zal deze van mij zijn.'

Lunetta's stem klonk nu zacht als een gutturaal gezang: 'Hanen hen, tien spinnen, bezoarsteen – ik kook een slavenstoofpot. Ossengal, bevergeil en darmvlies – ik maak een slavinnenbrouwsel...'
Haar woorden zweefden weg en vervlogen in de wind, maar haar dikke lichaam bewoog op en neer, terwijl ze doorsprak en haar lege hand boven het hoofd van de vrouw schudde en de andere hand met het stuk vlees erin voor haar hart hield.
De hertogin huiverde toen tentakels van magie zich om haar heen slingerden en in haar vlees kropen. Ze schokte toen de giftanden zich in haar ziel boorden.
Galtero moest zijn uiterste best doen haar vast te houden, totdat ze uiteindelijk in zijn greep verslapte. Ondanks het geluid van de wind leek er plotseling stilte te heersen.
Lunetta opende haar hand. 'Ze staat onder mijn bevel. Ik draag mijn ei-

gendomsrecht aan u over.' Ze legde het uitgedroogde knoopje vlees in Brogans handpalm. 'Ze is nu van u, mijn Heer Generaal.'
Brogan sloot zijn vuist om het verschrompelde vlees. De hertogin hing met glazige ogen aan haar armen achter haar rug. Haar benen droegen haar gewicht, maar ze huiverde van de pijn en de kou. Bloed sijpelde uit haar wond.
Brogan kneep zijn vuist dicht. 'Hou op met dat gehuiver!'
Ze keek hem in de ogen, en haar glazige blik werd flets. Ze werd rustig. 'Ja, mijn Heer Generaal.'
Brogan wenkte zijn zuster. 'Maak haar beter.'
Galtero keek met een zweempje wellust in zijn ogen toe, terwijl Lunetta haar handen voor de gewonde borst van de vrouw hield. Hertog Lumholtz keek ook toe, en zijn ogen puilden bijna uit de kassen. Lunetta sloot haar ogen opnieuw terwijl ze nog meer magie spon en een zachte betovering aanriep. Bloed droop tussen Lunetta's vingers door totdat de huid van de vrouw zich samentrok en de genezing begon.
Terwijl hij wachtte, namen Brogans gedachten een vlucht. De Schepper waakte inderdaad over zijn gedachten. Een dag die was begonnen met de grootste overwinning, was bijna op een ramp uitgelopen, maar hij had uiteindelijk bewezen dat mensen die bezield zijn van het doel van de Schepper, overwinnen. Meester Rahl zou ontdekken wat er gebeurde met degenen die de Wachter aanbaden, en de Imperiale Orde zou erachter komen hoe waardevol de Heer Generaal van de Bloedbroederschap voor hen was. Ook Galtero had vandaag zijn waarde bewezen, en de man had ook wel recht op een kleinigheid voor zijn inspanningen.
Lunetta gebruikte de mantel van de hertogin om het bloed af te vegen en onthulde een volmaakt gave borst die even vlekkeloos als de andere was, maar waaraan de tepel ontbrak. Die had Brogan nu.
Lunetta wees naar de hertog. 'Zal ik hem ook behandelen, Heer Generaal? Wilt u ze alletwee hebben?'
'Nee.' Brogan hief zijn hand op en maakte een afwijzend wuifgebaar. 'Nee, ik heb alleen haar nodig. Maar hij zal ook een rol spelen in mijn plan.'
Brogan keek naar de verschrikte ogen van de hertog. 'Dit is een gevaarlijke stad. Zoals Meester Rahl ons vandaag heeft verteld, blijken er gevaarlijke wezens in de buurt onschuldige burgers aan te vallen die kansloos tegen ze zijn. Vreselijk. Was Meester Rahl maar hier om de hertog tegen zo'n aanval te beschermen.'
'Ik zal er meteen voor zorgen, Heer Generaal,' zei Galtero.
'Nee, ik kan dit zelf wel aan. Ik dacht dat jij de hertogin hier zou willen "amuseren" terwijl ik me over de hertog ontferm.'
Galtero beet op zijn onderlip terwijl hij naar de hertogin keek. 'Ja, Heer

Generaal, heel graag. Dank u.' Hij gooide zijn mes naar Brogan. 'U zult dit nodig hebben. De soldaten hebben me verteld dat de wezens hun slachtoffers met een driebladig mes van hun ingewanden ontdeden. U zult drie sneden moeten maken om dat effect na te bootsen.'
Brogan bedankte zijn kolonel. Hij kon altijd rekenen op Galtero's grondigheid. De vrouw keek het drietal beurtelings aan, maar zei niets.
'Wil je dat ik haar dwing mee te werken?'
Een gruwelijke grijns verspreidde zich over Galtero's gewoonlijk ijzige gezicht. 'Wat zou daar het nut van zijn, Heer Generaal? Ze zou vanavond beter een ander lesje kunnen leren.'
Brogan knikte. 'Goed dan, zoals je wilt.' Hij keek naar de hertogin. 'Liefje, dat vraag ik niet van je. Het staat je vrij om je gevoelens daarover tegen Galtero hier uit te spreken.'
Ze gilde het uit toen Galtero zijn arm om haar middel sloeg. 'Zullen we daarheen gaan, waar het donker is? Ik wil uw delicate gevoeligheid niet beledigen door u te laten zien wat er met uw echtgenoot gebeurt.'
'Dat mag je niet!' riep ze. 'Ik vries nog dood in die sneeuw! Ik moet doen wat mijn Heer Generaal gebiedt. Ik vries dood!'
Galtero klopte haar op haar achterste. 'Ach, je zult niet doodvriezen. Die afvalhoop zal je van onderen warm houden.'
Ze slaakte een gil en probeerde zich los te trekken, maar Galtero hield haar stevig vast. Hij greep met zijn andere vuist in haar haren.
'Ze is een lieftallig schepseltje, Galtero. Zorg ervoor dat die schoonheid niet wordt verpest. En blijf niet te lang weg; ze moet nog iets voor me doen. Ik wil dat ze minder make-up op doet,' zei hij meesmuilend, 'maar omdat ze er zo handig mee is, kan ze ten minste nog een tepel verven op de plek waar de echte had moeten zitten.
Als ik klaar ben met de hertog hier, en jij met haar, dan moet Lunetta nog een bezwering over haar uitspreken. Een hele bijzondere bezwering. Een heel zeldzame en krachtige bezwering.'
Lunetta aaide haar snuisterijtjes, terwijl ze naar zijn ogen keek. Ze wist wat hij wilde. 'Dan heb ik iets van hem nodig – iets wat hij heeft aangeraakt.'
Brogan klopte op zijn tasje. 'Hij heeft ons met een munt verrijkt.'
Lunetta knikte. 'Dat is goed genoeg.'
De hertogin gilde en spartelde met haar armen toen Galtero haar het donker in begon te slepen.
Brogan draaide zich om en zwaaide het mes voor de verwilderde ogen van de Keltaan. 'En nu, Hertog Lumholtz, is het tijd voor uw aandeel in het plan van de Schepper.'

16

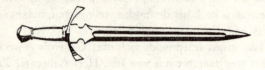

Terwijl Gratch over zijn schouder tuurde en toekeek, liet Richard de rode was tot een langwerpige stroom over de opgevouwen brief druppelen. Hij zette de kaars en de was vlug opzij en pakte zijn zwaard, rolde de handgreep door de was, en maakte een afdruk van het gevest met de in gouddraad gevlochten gouden letters die het woord *waarheid* vormden. Hij was tevreden met het resultaat: Kahlan en Zedd zouden zeker weten dat de brief van hem afkomstig was.

Egan en Ulic zaten aan de hoofdeinden van het lange, halfronde bureau en keken de kamer rond alsof er elk moment een leger op het podium af zou kunnen stormen. Zijn twee reusachtige bewakers stonden gewoonlijk liever, maar hij was ervan overtuigd dat ze moe waren, en had erop aangedrongen dat ze gingen zitten. Ze zeiden dat ze beter waren voorbereid op moeilijkheden als ze stonden. Richard had ze gezegd dat hij dacht dat de duizend mannen die daar buiten de wacht hielden, in geval van een aanval waarschijnlijk voldoende stampij zouden maken dat zij tweeën dat zelfs zittend zouden merken en genoeg tijd zouden hebben om van hun stoel op te staan en hun zwaard te trekken. Pas toen gingen ze beiden met tegenzin zitten.

Cara en Raina stonden naast de deur. Toen hij ze zei dat ze ook mochten zitten, wezen ze dat voorstel met hooghartig gesnuif van de hand en zeiden dat ze sterker waren dan Egan en Ulic en zouden blijven staan. Richard was toen druk bezig met het schrijven van zijn brief en wilde niet met ze discussiëren, en had dus gezegd dat ze er moe en loom uitzagen. Hij had ze bevolen te blijven staan, zodat ze genoeg tijd zouden hebben om hem te verdedigen als men hem zou aanvallen. Nu stonden ze en keken hem nors aan, maar hij had ook af en toe een glimp van ze opgevangen terwijl ze naar elkaar glimlachten en er blijkbaar genoegen in schepten dat ze hem in hun spelletje hadden weten te betrekken.

Darken Rahl had de Mord-Sith het verschil tussen meester en slaaf on-

dubbelzinnig bijgebracht. Richard vroeg zich af of ze nu onderzochten waar zijn grens lag en tot hoever ze konden gaan. Misschien waren ze eenvoudigweg blij om voor de eerste keer in staat te zijn zich te gedragen zoals ze wilden en hun luimen te botvieren als ze daar zin in hadden.
Richard dacht ook na over de mogelijkheid dat ze met hun spelletje wilde vaststellen of hij al dan niet gek was. Mord-Sith waren uiterst geraffineerd in het onderzoeken van anderen. Het verontrustte hem dat ze misschien het idee hadden dat hij gek was. Dit was de enige manier waarop ze dat konden – ze moesten dat nu eenmaal ontdekken.
Richard hoopte dat Gratch niet zo moe was als de anderen. De kaai had zich pas vanochtend weer bij hem aangesloten, dus Richard wist niet hoeveel slaap hij had gehad, maar zijn gloeiende groene ogen hadden een slimme en alerte uitdrukking. Kaaien jaagden vooral 's nachts, dus misschien verklaarde dat zijn wakkere uitstraling. Wat het ook was, Richard hoopte dat Gratch inderdaad niet moe was, en dat het niet bij hopen zou blijven.
Richard klopte hem op zijn harige arm. 'Gratch, kom met me mee.'
De kaai ging staan, strekte zijn vleugels en zijn ene poot en liep achter Richard over de uitgestrekte vloer naar een overdekte trap die naar een balkon leidde. De vier wachten wilden onmiddellijk in de houding gaan staan, toen Richard wegliep. Hij gebaarde ze te blijven waar ze waren. Egan en Ulic gehoorzaamden hem, maar de twee vrouwen deden dat niet, en volgden hem op enige afstand.
Alleen twee lampen onder aan de overdekte trap brandden, zodat de rest van de trap een donkere tunnel was. Bovenaan liep hij uit tot een breed balkon dat aan één kant werd geflankeerd door een bochtige mahoniehouten leuning en dat uitzicht bood op de vloer, en de andere kant werd begrensd door de onderste rand van de koepel. Boven een lage, witmarmeren rand bevonden zich ronde ramen die half zo hoog waren als hijzelf en die op regelmatige afstanden in de buitenwand van de reusachtige ruimte waren aangebracht. Richard keek door een van die ramen naar buiten, de besneeuwde nacht in. Sneeuw. Dat zou problemen kunnen betekenen.
Het raam was aan de onderkant vergrendeld met sluitwerk van koper en het hing aan weerszijden in massieve pennen. Hij probeerde het handvat en merkte dat het soepel om zijn as draaide.
Richard draaide zich naar zijn vriend om. 'Gratch, ik wil dat je heel goed naar me luistert. Dit is belangrijk.'
Gratch knikte ernstig en vol concentratie. De twee Mord-Sith keken vanuit de schaduwen boven aan de trap toe.
Richard strekte zijn arm uit en streelde de lange haarlok die samen met

de drakentand aan een leren riem om Gratch' nek hing. 'Dit is een lok van Kahlans haar.' Gratch knikte om te laten zien dat hij hem begreep. 'Gratch, ze is in gevaar.' Gratch fronste zijn voorhoofd. 'Jij en ik zijn de enigen die de mriswith kunnen zien aankomen.' Gratch gromde, hield zijn klauwen voor zijn ogen en gluurde er tussendoor – het teken waarmee hij de mriswith aanduidde.

Richard knikte. 'Precies. Gratch, zij kan ze absoluut niet zien aankomen, zoals jij en ik. Als ze op haar afkomen, zal ze daar niets van kunnen zien. Ze zullen haar vermoorden.'

Een onbehaaglijk, murmelend gejammer steeg uit Gratch' keel op. Zijn gezichtsuitdrukking klaarde op. Hij stak Kahlans haarlok omhoog en klopte op zijn reusachtige borst.

Richard kon een glimlach niet onderdrukken toen hij vol verwondering besefte dat de kaai begreep wat hij wilde. 'Je hebt geraden wat ik dacht, Gratch. Ik zou het liefst zelf naar haar toe zijn gegaan om haar te beschermen, maar dat zou te veel tijd kosten, en ze verkeert misschien op dit moment al in gevaar. Jij bent groot, maar niet groot genoeg om mij te kunnen dragen. Het enige wat ik kan doen, is jou naar haar toe sturen, zodat jij haar kunt beschermen.'

Gratch knikte vol gewilligheid en grijnsde zo breed dat hij zijn giftanden ontblootte. Hij leek plotseling te beseffen wat dat betekende, en sloeg zijn armen om Richard.

'Grrratch hou Raaaach veeel.'

Richard klopte de kaai op de rug. 'Ik hou ook van jou, Gratch.' Hij had Gratch al eens eerder weggestuurd, toen om zijn eigen leven te redden, maar dat had Gratch niet begrepen. Hij had Gratch gezegd dat hij dat nooit meer zou doen.

Hij omhelsde de kaai stevig, en duwde hem toen achteruit. 'Gratch, luister naar me.' De groene ogen werden vochtig. 'Gratch, Kahlan houdt net zoveel van jou als ik. Ze wil net zo graag als ik dat je bij ons bent – net zo graag als jij bij mij wilt zijn. Ik wil dat we met ons drieën bij elkaar zijn. Ik zal hier blijven wachten, en ik wil dat je haar beschermt en hier terugbrengt.' Hij glimlachte en aaide Gratch over zijn schouder. 'Dan zullen we weer bij elkaar zijn.'

Gratch' zware wenkbrauwen fronsten vol twijfel.

'Als we weer samen zijn, zul je meer dan één vriend hebben – dan heb je ons allebei. En ook mijn grootvader Zedd zal jouw vriend zijn. Hij zal het heerlijk vinden om jou in de buurt te hebben. Je zult hem ook aardig vinden.' Gratch keek iets enthousiaster. 'Je zult een heleboel vrienden hebben om mee te worstelen.'

Voordat de kaai de kans had hem met zijn klauwen te omhelzen hield Richard hem met een uitgestrekte arm op afstand. Er was weinig waar

Gratch in zijn leven zoveel van hield als van worstelen. 'Gratch, ik kan nu niet lekker met je worstelen, niet zolang ik me zorgen maak om de mensen van wie ik hou. Dat begrijp je toch, of niet? Zou jij het leuk vinden met iemand te worstelen als ik in gevaar was, en jou nodig had?'
Gratch dacht hier even over na en schudde toen zijn kop. Richard omhelsde hem weer. Toen ze elkaar loslieten, spreidde Gratch zijn vleugels met een energieke beweging.
'Gratch, kun je wel vliegen in de sneeuw?' Gratch knikte. 'Ook 's nachts?' De kaai knikte opnieuw, en zijn giftanden waren door zijn glimlach heen zichtbaar.
'Goed, luister naar me, ik zal je vertellen hoe je haar kunt vinden. Ik heb je de windstreken uitgelegd: noord, zuid, enzovoorts. Je kent je windrichtingen. Goed. Kahlan is in het zuidwesten.' Richard wees naar het zuidwesten, maar Gratch was hem net te vlug af. Richard lachte. 'Goed zo. Ze is in het zuidwesten. Ze reist van ons vandaan en is op weg naar een stad. Ze dacht dat ik haar zou inhalen en samen met haar naar die stad zou gaan, maar dat kan ik niet – ik moet hier blijven wachten. Ze moet terug hierheen.
Ze is samen met andere mensen. Er is een oude man met wit haar bij haar, dat is mijn vriend, mijn grootvader Zedd. Er zijn nog meer mensen bij haar – velen van hen zijn soldaten. Het zijn er heel veel. Begrijp je me?'
Gratch fronste met een droevige blik.
Richard wreef over zijn voorhoofd en probeerde zijn moeheid even weg te denken om uit te leggen wat hij bedoelde.
'Zoals vanavond,' zei Cara vanaf de overkant van het balkon. 'Zoals vanavond, toen je al die mensen toesprak.'
'Ja! Zoiets, Gratch.' Hij wees naar de vloer beneden hen en beschreef een cirkel met zijn vinger. 'Weet je nog, al die mensen hier, tegen wie ik praatte? Ongeveer zoveel mensen zullen er bij haar zijn.'
Gratch gromde eindelijk dat hij het begreep. Richard klopte zijn vriend op de buik. Hij stak hem de brief toe.
'Je moet deze brief voor haar meenemen, dan zal ze begrijpen waarom ze hier terug moet komen. Als ze hem leest, zal ze alles begrijpen. Het is heel belangrijk dat ze deze brief krijgt. Begrijp je dat?' Gratch griste de brief met één klauw uit zijn hand.
Richard streek zijn haar met zijn vingers naar achteren. 'Nee, dat wordt niets. Je kunt die brief zo niet meenemen. Je moet meer klauwen gebruiken, anders laat je hem nog vallen en dan ben je hem kwijt. Bovendien zal hij kletsnat worden van de sneeuw, en dan zal ze hem niet kunnen lezen.' Zijn stem stierf weg toen hij nadacht over hoe Gratch de brief veilig zou kunnen vervoeren.
'Meester Rahl.'

Hij draaide zich om en Raina wierp hem iets toe in het halfduister. Toen hij het opving, zag hij dat het de leren buideltas was waarin Generaal Trimacks brief het hele eind vanaf het Volkpaleis in D'Hara was vervoerd.

Richard grijnsde. 'Bedankt, Raina.'

Ze schudde haar hoofd en glimlachte aanstellerig. Richard stopte zijn brief, zijn hoop en de hoop van iedereen, in het leren buideltasje en hing de riem om Gratch's nek. Gratch kirde van blijdschap om deze nieuwe toevoeging aan zijn verzameling en bekeek Kahlans haarlok toen weer aandachtig.

'Gratch, het zou kunnen dat ze om een of andere reden niet samen is met al die mensen. Ik kan niet zeggen wat er kan gebeuren tussen nu en het moment waarop je bij haar bent aangekomen. Het zal misschien moeilijk zijn haar te vinden.'

Hij keek toe terwijl Gratch de haarlok streelde. Richard had Gratch op een maanloze avond een vleermuis in volle vlucht zien vangen. Hij zou mensen op de grond kunnen vinden, maar hij moest nog zien uit te maken wie de juiste mensen waren.

'Gratch, je hebt haar nog nooit gezien, maar ze heeft lang haar zoals dit. Slechts weinig vrouwen hebben zulk lang haar, en ik heb haar alles over jou verteld. Ze zal niet bang zijn als ze je ziet, en ze zal je bij jouw naam noemen. Zo zal je te weten komen dat zij het echt is: ze weet hoe je heet.'

Gratch had nu genoeg instructies van Richard gekregen. Hij sloeg met zijn vleugels en huppelde op zijn poten, popelend om te vertrekken en Kahlan terug te brengen. Richard deed het raam wijd open. De sneeuw waaide huilend naar binnen. Voor de laatste keer omarmden de twee vrienden elkaar.

'Ze is nu al twee weken lang op de vlucht hiervandaan, en ze zal daarmee doorgaan, totdat je bij haar bent aangekomen. Het zal je misschien veel tijd kosten om haar te vinden, misschien vele dagen, maar laat je daar niet door ontmoedigen. En kijk uit, Gratch – ik wil niet dat je gewond raakt. Ik wil graag dat je bij me terugkomt zodat ik weer met je kan worstelen, groot harig beest van me.'

Gratch grinnikte op een vreeswekkende en tegelijk tevreden toon, en klom op de rand. 'Grrratch hou Raaach veeel.'

Richard zwaaide naar hem. 'Ik hou ook van jou. Wees voorzichtig. Goeie reis!'

Gratch zwaaide naar hem terug en sprong de duisternis in. Richard tuurde nog een tijdje in het donker, hoewel de kaai vrijwel meteen uit het zicht was verdwenen. Richard kreeg plotseling een leeg, hol gevoel. Hoewel er nog steeds mensen om hem heen waren, was niet alles meer hetzelfde voor hem. Ze waren er alleen maar omdat ze zich aan hem hadden verbonden, en niet omdat ze echt in hem en zijn plannen geloofden.

Kahlan was nu al twee weken op de vlucht, en de kaai zou er waarschijnlijk ten minste nog een week, misschien twee, voor nodig hebben om haar in te halen. Richard kon zich niet voorstellen dat het minder dan een maand of meer zou duren tot Gratch Kahlan en Zedd zou vinden, en ze allen naar Aydindril zouden terugkeren. Dat zou eerder twee maanden duren.

Hij had nu al een knagend gevoel in zijn maag, en verlangde ernaar dat zijn vrienden bij hem terug zouden zijn. Ze waren al veel te lang uit elkaar. Hij wilde dat dit gevoel van eenzaamheid zou ophouden, en slechts hun aanwezigheid kon er een einde aan maken.

Hij deed het raam dicht, draaide zich om en keek de kamer in. De twee Mord-Sith stonden pal achter hem.

'Gratch is echt uw vriend,' zei Cara.

Richard knikte slechts en wilde de brok in zijn keel niet erger maken.

Cara keek eerst Raina aan voor ze hem aansprak. 'Meester Rahl, we hebben deze zaak besproken, en we hebben besloten dat het het beste voor u zou zijn als u naar D'Hara gaat, waar u veilig bent. We kunnen hier een leger stationeren om uw koningin te bewaken nadat ze is teruggekomen, en we zullen haar op weg naar D'Hara vergezellen tot ze weer bij u is.'

'Ik heb je al eerder gezegd: ik moet hier blijven. De Imperiale Orde wil de wereld veroveren. Als tovenaar moet ik daartegen in opstand komen.'

'U zei dat u niet weet hoe u uw gave moet gebruiken. U zei dat u absoluut niet weet hoe u met magie moet omgaan.'

'Dat is ook zo, maar mijn grootvader Zedd wel. Ik moet hier blijven tot hij terugkomt, en dan kan hij me leren wat ik moet weten om tegen de Orde te vechten en ze te beletten de wereld te veroveren.'

Cara beëindigde het gesprek met een wuivend handgebaar. 'Er zal altijd wel iemand zijn die wil heersen over mensen die nog niet in zijn macht zijn. Vanuit het veilige D'Hara kunt u uw strijd tegen de Orde voeren. Als de afgevaardigden van de paleizen van hun thuisland zijn teruggekeerd om zich aan u over te geven, dan zal het Middenland van u zijn. Dan zult u de wereld regeren zonder met enig kwaad te maken te hebben. Zodra de landen zich overgeven zal het gebeurd zijn met de Imperiale Orde.'

Richard liep naar de trap. 'Je begrijpt het niet. Er zit veel meer aan vast. De Imperiale Orde is op een of andere manier doorgedrongen in de Nieuwe Wereld, en heeft er bondgenoten bijgekregen.'

'De Nieuwe Wereld?' vroeg Cara, terwijl zij en Raina achter hem aan liepen. 'Wat is dat, de Nieuwe Wereld?'

'De Nieuwe Wereld bestaat uit het Westland, waar ik vandaan kom, het Middenland, en D'Hara.'

'Samen dus de hele wereld,' zei Cara beslist.

'Je praat als een vis in een vijver,' zei Richard en liet zijn hand lichtjes over de zijdezachte leuning glijden toen hij de trap af liep. 'Denk je dat dat echt de hele wereld is? Alleen dat vijvertje dat je zelf ziet? Dat alles gewoon eindigt in een oceaan, een bergketen, een woestijn, of zoiets?'

'Dat weten alleen de geesten.' Cara bleef onder aan de trap staan en hield haar hoofd opzij. 'Wat denkt u? Dat er nog meer landen zijn behalve deze? Andere vijvers?' Ze zwaaide haar Agiel in het rond. 'Daarginds ergens?'

Richard wierp zijn handen in de lucht. 'Dat weet ik niet. Maar ik weet wel dat de Oude Wereld in het zuiden ligt.'

Raina sloeg haar armen over elkaar. 'In het zuiden is het één barre woestenij.'

Richard begon de uitgestrekte vloer over te steken. 'In de woestenij lag een plaats ingebed die het Dal der Verlorenen heette, en er liep van oceaan tot oceaan een barrière doorheen die de Torens van Verderf werd genoemd. Die torens waren daar drieduizend jaar geleden neergezet door onvoorstelbaar machtige tovenaars. De toverkracht van die torens heeft de laatste drieduizend jaar bijna iedereen belet de barrière te doorkruisen, en zo raakte de Oude Wereld daarachter mettertijd in de vergetelheid.'

Cara fronste vol twijfel, terwijl hun voetstappen door de koepel echoden. 'Hoe weet u dat?'

'Ik ben er geweest – in de Oude Wereld, in het Paleis van de Profeten, in een grote stad die Tanimura heet.'

'Werkelijk?' vroeg Raina. Richard knikte. Ze fronste nu, net als Cara. 'Maar als niemand er doorheen kon, hoe is dat u dan gelukt?'

'Dat is een lang verhaal, maar het komt erop neer dat die vrouwen, de Zusters van het Licht, me erheen hebben gebracht. We konden er doorheen, omdat we de gave hebben, maar die was niet sterk genoeg om de vernietigende kracht van de betovering af te weren. Niemand anders kon er doorheen, en zo bleven de Oude en de Nieuwe Wereld gescheiden door de torens en hun toverkracht.

Nu is de barrière tussen de Oude en de Nieuwe Wereld geslecht. Niemand is er meer veilig. De Imperiale Orde is afkomstig uit de Oude Wereld. Het is ver weg, maar ze zullen hier komen, en we moeten ons daarop voorbereiden.'

Cara keek hem wantrouwend aan. 'Maar als die barrière daar al drieduizend jaar lang staat, hoe heeft dat dan nu ineens kunnen gebeuren?'

Richard schraapte zijn keel, terwijl ze na hem de verhoging betraden.

'Nu, ik ben bang dat dat mijn fout was. Ik heb de toverkracht van de torens vernietigd. Ze zijn niet langer een hindernis. De woestenij is hersteld tot het groene weiland dat het vroeger was.'

De twee vrouwen keken hem onderzoekend aan en zeiden niets. Cara boog zich langs hem heen en zei tegen Raina: 'En hij zegt nog wel dat hij niet weet hoe hij magie moet gebruiken.'

Raina keek Richard aan. 'Dus u beweert dat u deze oorlog hebt ontketend. Dat u dit hebt laten gebeuren.'

'Nee. Maar goed, dat is een lang verhaal.' Richard streek zijn haar achterover. 'Zelfs voordat de barrière werd opgeheven, waren ze hier al bondgenoten aan het werven en waren ze hun oorlog begonnen. Ebinissia was verwoest voordat de barrière was geslecht. Maar nu is er niets dat ze kan tegenhouden of tegenwerken. Onderschat ze niet. Ze gebruiken tovenaars en tovenaressen. Ze willen alle magie vernietigen.'

'Ze willen alle magie vernietigen, maar toch gebruiken ze zelf magie? Meester Rahl, dat klinkt niet erg logisch,' schimpte Cara.

'Jij wilt dat ik de magie tegen de magie ben. Waarom?' Hij wees naar de mannen aan de andere kant van het podium. 'Omdat zij slechts staal tegen staal kunnen zijn. Er is vaak magie voor nodig om magie te vernietigen.'

Richard maakte een weids gebaar en wees ook de twee vrouwen aan. 'Jullie hebben magie. En waarom? Om je tegen magie te verweren. Als Mord-Sith zijn jullie in staat de magie van anderen in bezit te nemen en die tegen ze te keren. Met hen is het al net zo. Zij gebruiken magie om er magie mee te kunnen vernietigen, zoals Darken Rahl jullie gebruikte om tegenstanders met magie te martelen en te doden. Jullie hebben magie, en de Orde zal jullie uit de weg willen ruimen. Ik heb magie – ook mij zullen ze willen doden. Alle D'Haranen hebben magie door hun band, vroeg of laat zal de Orde dat inzien en besluiten die ontaarding de kop in te drukken. Vroeg of laat zullen ze D'Hara platwalsen, zoals ze met het Middenland hebben gedaan.'

'De D'Haraanse troepen zullen ze platwalsen,' zei Ulic over zijn schouder met de stelligheid van een ondergaande zon.

Richard keek de man priemend op zijn rug. 'Voordat ik er kwam, sloten de D'Haranen zich bij hen aan en verwoestten Ebinissia in hun naam. De D'Haranen hier in Aydindril volgden de bevelen van de Imperiale Orde op.'

Zijn vier bewakers zeiden niets meer. Cara staarde naar de grond onder haar voeten en Raina slaakte een moedeloze zucht.

'In de verwarring van de oorlog,' zei Cara na een tijdje, alsof ze hardop dacht, 'zouden enkele van onze troepen in het veld de band hebben voelen breken, net als sommigen in het paleis, toen u Darken Rahl doodde.

Ze zouden verloren zielen zijn zonder een nieuwe Meester Rahl die de band met hen zou herstellen. Misschien hebben ze zich domweg bij iemand aangesloten om leiding te krijgen – iets dat die band zou kunnen vervangen. Nu hebben ze die band terug. We hebben een Meester Rahl.' Richard plofte in de stoel van de Biechtmoeder neer. 'Dat hoop ik in elk geval.'

'Reden te meer om terug te gaan naar D'Hara,' zei Raina. 'We moeten u beschermen, opdat u de Meester Rahl kunt blijven, en ons volk zich niet bij de Imperiale Orde aansluit. Als u wordt gedood en de band wordt verbroken, dan zal het leger zich opnieuw tot de Orde wenden om leiding. Het Middenland kan zich beter met zijn eigen veldslagen bemoeien. Het is niet onze taak om ze tegen zichzelf te beschermen.'

'Dan zal iedereen in het Middenland onder het bewind van de Imperiale Orde vallen,' zei Richard zacht. 'Dan zullen ze worden behandeld zoals jullie werden behandeld door Darken Rahl. Dan zal niemand ooit weer vrij zijn. Zolang we de kans hebben ze tegen te houden, mogen we dat niet laten gebeuren. We moeten dat nu doen, voordat ze hier in het Middenland meer dan een voet aan de grond krijgen.'

Cara rolde met haar ogen. 'De geesten behoeden ons voor een man met een rechtvaardig doel voor ogen. Het is niet aan u om hen te leiden.'

'Als ik dat niet doe, dan zal iedereen uiteindelijk onder één bewind leven: dat van de Orde,' zei Richard. 'Alle mensen zullen voor altijd hun slaven zijn – tirannen worden nooit moe van tirannie.'

In de zaal heerste een tuitende stilte. Richard bonsde met zijn hoofd tegen de rugleuning van de stoel. Hij was zo moe dat hij bang was dat hij zijn ogen niet lang meer open zou kunnen houden. Hij wist niet waarom hij al die moeite deed ze te overtuigen – ze leken het niet te begrijpen of zich te bekommeren om wat hij van plan was.

Cara leunde tegen het bureau en veegde met haar hand over haar gezicht. 'We willen u niet verliezen, Meester Rahl. We willen niet terug naar de toestand zoals die was.' Ze leek in tranen uit te barsten. 'We vinden het leuk eenvoudige dingen te doen, zoals grapjes maken en lachen. Vroeger mochten we dat niet. We waren altijd bang om te worden geslagen als we verkeerde dingen zeiden, of erger. We willen niet meer terug naar die tijd, nu we hebben gezien dat alles anders kan zijn. Als u uw leven voor het Middenland vergooit, dan zullen we dat ook doen.'

'Cara... jullie allemaal... luister naar me. Als ik dit niet doe, dan zal dat uiteindelijk gebeuren. Begrijpen jullie dat niet? Als ik de landen niet onder een strak, maar rechtvaardig bewind en een rechtvaardige wetgeving herenig, dan zal de Orde alles inpikken, stuk voor stuk. Als het Middenland onder hun schaduw valt, zal die schaduw zich ook over D'Ha-

ra verspreiden en zal de hele wereld uiteindelijk in duisternis zijn gehuld. Ik doe dit niet omdat ik het zo graag wil, maar omdat ik inzie dat ik een goede kans maak die taak goed te kunnen volbrengen. En als ik het niet probeer, dan zal ik me nergens kunnen verschuilen en dan zullen ze me doden.
Ik wil niet veroveren en heersen – ik wil een rustig leven leiden. Ik wil een gezin en ik wil in vrede leven.
Daarom moet ik de landen van het Middenland laten zien dat we sterk zijn en geen voortrekkerij of gekibbel toestaan, dat we niet slechts een bondgenootschap van landen zullen zijn dat zich slechts als één natie opstelt wanneer dat zo uitkomt, maar dat we werkelijk een geheel zijn. Ze moeten erop vertrouwen dat we pal staan voor gerechtigheid, zodat ze zich veilig voelen zodra ze zich bij ons aansluiten, weten dat ze samen met ons op hun plaats zijn en zich gesterkt voelen in de wetenschap dat ze niet in hun eentje hoeven te vechten in hun streven naar vrijheid. We moeten een machtige eenheid zijn waarop ze kunnen vertrouwen. Genoeg om zich bij ons aan te sluiten.'
Een ijzige stilte viel in de ruimte. Richard sloot zijn ogen en legde zijn hoofd tegen de stoel. Ze dachten dat hij gek was. Dat had geen zin. Hij zou hen slechts dingen opdragen die hij gedaan wilde krijgen, en hij zou eenvoudigweg ophouden zich af te vragen of ze dat leuk vonden of niet.
'Meester Rahl,' zei Cara na een tijdje. Richard opende zijn ogen en zag haar met de armen over elkaar en een grimmige gezichtsuitdrukking voor zich staan. 'Ik zal de luiers van uw kind niet verschonen, ik zal het niet in bad stoppen, ik zal het niet laten boeren, of er idiote geluiden tegen maken.'
Richard deed zijn ogen dicht, legde zijn hoofd weer tegen de stoelleuning en grinnikte in zichzelf. Hij herinnerde zich de tijd dat hij thuis was, voordat dit alles was begonnen, toen de kraamvrouw haastig bij Zedd binnenliep. Elayne Seaton, een jonge vrouw die niet veel ouder was dan Richard, stond op het punt van haar eerste kind te bevallen en dat ging niet zonder moeilijkheden. De kraamvrouw sprak op zachte toon, terwijl ze Richard haar brede rug toekeerde en zich naar Zedd boog.
Voordat Richard te weten kwam dat Zedd zijn grootvader was, had hij hem slechts als zijn beste vriend gekend. Op dat moment wist noch Richard, noch iemand anders, dat Zedd een tovenaar was – iedereen kende hem slechts als de oude Zedd, een man die de wolken kon lezen, een man met aanzienlijke kennis van de meest gewone en de meest bijzondere zaken – over zeldzame kruiden, geneesmiddelen voor mensen, over geneeswijzen, over waar regenwolken vandaan kwamen, over waar je een bron moest graven en wanneer je een graf moest graven – en hij wist alles van de geboorte van een kind af.

Richard kende Elayne. Ze leerde hem dansen, zodat hij op het midzomerfestival een meisje ten dans zou kunnen vragen. Richard wilde dat graag leren, totdat hij opeens besefte dat hij echt een meisje in zijn armen zou hebben. Hij werd bang dat hij haar doormidden zou breken of zo, hij wist niet precies wat, maar iedereen zei hem altijd dat hij zo sterk was en dat hij moet oppassen anderen niet te bezeren. Toen hij van gedachten veranderde en hij Elayne smeekte met de dansles op te houden, lachte ze, nam hem in haar armen, tilde hem op en begon met hem rond te tollen terwijl ze een vrolijk liedje neuriede.

Richard wist niet veel af van het ter wereld brengen van baby's, maar naar wat hij erover had gehoord had hij weinig zin om ook maar in de buurt van Elayne's huis te zijn, als dat gebeurde. Hij liep naar de deur en was vastbesloten dit gedoe de rug toe te keren.

Zedd griste zijn zak met kruiden en wondermiddelen, greep Richard bij zijn mouw en zei: 'Kom met me mee, mijn jongen, ik heb misschien je hulp nodig.' Richard hield vol dat hij geen hulp zou kunnen bieden, maar als Zedd zijn zinnen op iets had gezet, dan leek steen zelfs buigzaam, vergeleken met hem. Zedd duwde hem de deur door en zei: 'Je kunt nooit weten, Richard, misschien steek je er zelfs iets van op.'

Elayne's man Henry was samen met andere mannen ijs klein aan het hakken voor de herbergen, en wegens het slechte weer was hij nog bezig het ijs naar steden in de buurt te bezorgen, en was nog niet thuis. Er waren meerdere vrouwen bij haar in huis, en die waren allemaal bij Elayne in de kraamkamer. Zedd zei Richard dat hij zich maar moest bezighouden met het haardvuur, dat hij wat water aan de kook moest brengen, en dat hij daar waarschijnlijk enige tijd mee bezig zou zijn.

Richard zat in de koude keuken en het zweet liep over zijn hoofd, terwijl hij de afschuwelijkste kreten hoorde die hij ooit had gehoord. Er klonken ook zachte, troostende woorden van de kraamvrouw en de andere vrouwen, maar het vaakst hoorde hij de kreten. Hij stookte het vuur op en smolt ijs in een grote ketel om een reden te hebben af en toe naar buiten te gaan. Hij maakte zichzelf wijs dat Elayne en Henry misschien meer hout nodig zouden hebben met het oog op de komst van de kleine, dus hij hakte een flinke stapel bij elkaar. Maar dat hielp weinig – hij kon Elayne's jammerkreten nog steeds horen. Het kwam niet door de manier waarop die uiting aan pijn gaven, maar ze klonken zo angstig dat Richards hart ervan bonsde.

Richard wist zeker dat Elayne zou sterven. Een vroedvrouw zou Zedd er niet bij halen, tenzij er iets ernstigs aan de hand was. Richard had nog nooit een dode gezien en wilde niet dat Elayne de eerste zou zijn. Hij herinnerde zich haar gelach toen ze hem leerde dansen. Hij had de hele tijd gebloosd, maar ze deed alsof ze daar niets van merkte.

En toen, terwijl hij met de blik op oneindig aan de tafel zat en dacht dat de wereld een verschrikkelijk oord was, klonk een laatste kreet, nog afschuwelijker dan alle vorige, en er liep een rilling langs zijn ruggegraat. Hij stierf weg tot een troosteloos, miserabel gevoel. Hij kneep zijn ogen dicht en bedwong zijn tranen in de dreigende stilte.

Het zou bijna onmogelijk zijn een graf te delven in de bevroren grond, maar hij nam zich voor dat hij dat voor Elayne zou doen. Hij wilde niet dat ze haar verstijfde lichaam tot de lente in de schuur van de begrafenisondernemer zouden laten liggen. Hij was sterk. Hij zou het doen, al zou hij er een maand voor nodig hebben. Ze had hem leren dansen.

De slaapkamerdeur ging piepend open en Zedd schuifelde met iets in zijn handen naar buiten. 'Richard, kom eens hier.' Hij legde een bloederige massa met kleine armpjes en beentjes in Richards handen. 'Was hem voorzichtig.'

'Wat? Hoe moet ik dat doen?' stamelde Richard.

'In warm water!' bulderde Zedd. 'Veel water, mijn jongen. Je hebt toch wel water opgezet, of niet soms?' Richard wees met zijn kin naar de ketel. 'Niet te heet, hoor. Alleen maar lauw. Daarna moet je hem in die dekens wikkelen en hem naar de slaapkamer brengen.'

'Maar Zedd... die vrouwen. Die moeten dat doen. Niet ik! Goeie geesten, kunnen die vrouwen dat niet doen?'

Zedd tuurde hem met één oog aan. Zijn witte haar hing in klitten. 'Mijn jongen, als ik wilde dat die vrouwen dat deden, dan had ik het jou toch niet gevraagd?'

Hij verdween, en zijn gewaden wapperden. De slaapkamerdeur ging met een klap dicht. Richard was bang zich te verroeren uit angst het kleine ding te vermorzelen. Het was zo nietig dat hij bijna niet kon geloven dat het echt was. Maar toen gebeurde er iets: Richard begon te lachen. Dit was een mens, een nieuwe geest die ter wereld was gekomen. Hij was getuige van magie.

Toen hij het gebade en in dekens gewikkelde wonder naar de slaapkamer droeg, en zag dat Elayne nog springlevend was, werd hij tot tranen toe ontroerd. Zijn trillende benen waren nauwelijks in staat zijn eigen gewicht te dragen.

'Elayne, jij danst te gek,' was het enige dat hij kon bedenken om te zeggen. 'Hoe heb je het klaargespeeld om zoiets wonderbaarlijks te doen?' De vrouwen om het bed keken hem aan alsof hij malende was.

Elayne glimlachte ondanks haar uitputting. 'Op een goede dag zul jij Bradley kunnen leren dansen, slimmerd.' Ze stak haar handen naar hem uit. Haar grijns werd breder toen Richard haar kind voorzichtig in haar armen legde.

'Kijk eens aan, mijn jongen, het is je toch gelukt.' Zedd trok een wenkbrauw op. 'Nog iets geleerd?'
Bradley zou nu zo'n tien jaar moeten zijn en zou hem Oom Richard noemen.
Toen hij luisterde naar de stilte die uit deze herinnering opdoemde, dacht Richard na over wat Cara had gezegd.
'Ja, dat doe je wél,' zei hij haar op vriendelijke toon. 'Al moet ik het je bevelen, je zult het doen. Ik wil dat je het wonder van nieuw leven voelt, dat je een nieuwe geest in je handen houdt, zodat je een andere magie voelt dan die Agiel die aan je pols hangt. Je moet hem baden, hem in doeken wikkelen en hem een boertje laten doen, zodat je zult weten dat jouw tedere zorg onmisbaar is in deze wereld, en dat ik mijn kind aan jouw goede zorgen zou toevertrouwen. Je moet idiote geluiden tegen hem maken, zodat je kunt lachen van plezier en met hoop voor de toekomst, en je zult misschien vergeten dat je in het verleden mensen hebt gedood. Al zou je van al het andere niets begrijpen, dan hoop ik dat je ten minste dat kleine beetje begrijpt van de reden waarom ik doe wat ik moet doen.'
Hij liet zich in de stoel achteroverzakken en ontspande voor het eerst sinds uren zijn spieren. De stilte om hem heen leek te gonzen. Hij dacht aan Kahlan en liet zijn gedachten de vrije loop.
Cara fluisterde door haar opeengeklemde lippen en tranen, en het zachte geluid van haar stem ging bijna verloren in de reusachtige zaal en de doodse stilte als van een graf. 'Als u in uw poging de wereld te regeren wordt gedood, dan zal ik hoogst persoonlijk alle botten in uw lichaam breken.'
Richard voelde zijn wangen strak worden en glimlachte. Donkere, maar kleurrijke pluimen wervelden in het duister achter zijn oogleden rond.
Ineens werd hij zich bewust van de stoel waarop hij zat: de stoel van de Biechtmoeder – Kahlans stoel. Vanuit deze stoel had ze het bondgenootschap van het Middenland verordend. Op deze heilige plaats kon hij de ogen van de eerste Biechtmoeder en haar tovenaar op hem neer voelen kijken nu hij de overgave van het Middenland had bevolen, en daarmee het einde van een bondgenootschap eiste, dat was gesmeed als basis van eeuwige vrede.
Hij was in deze oorlog verzeild geraakt, omdat hij vocht voor de lotsbestemming van het Middenland. Hij gaf nu bevelen aan zijn vroegere vijand en hield de punt van zijn zwaard tegen de kelen van zijn bondgenoten.
Hij had de wereld in één dag op zijn kop gezet.
Richard wist dat hij het bondgenootschap om gegronde redenen wilde verbreken, maar hij maakte zich zorgen om wat Kahlan ervan zou den-

ken. Ze hield van hem en zou het begrijpen, dacht hij. Dat moest ze. Goede geesten, wat zou Zedd ervan vinden?

Zijn armen rustten zwaar op de leuningen die Kahlans armen eens hadden ondersteund. Hij stelde zich voor dat ze haar armen om hem heen had geslagen, net als de vorige nacht in het paleis tussen de twee werelden. Hij bedacht dat hij zijn hele leven nooit zo gelukkig was geweest of zich zo geliefd had gevoeld.

Hij dacht dat hij iemand hoorde zeggen dat hij een bed moest opzoeken, maar toen was hij al in slaap.

17

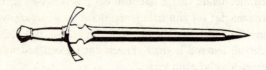

Hoewel hij na zijn terugkomst constateerde dat enige duizenden beestachtige D'Haraanse troepen zijn paleis hadden omsingeld, was Tobias in een goede bui. Alles bleek voortreffelijk te gaan, niet precies zoals hij dat die ochtend oorspronkelijk had gepland, maar niettemin voortreffelijk. De D'Haranen ondernamen geen enkele poging hem te beletten het paleis binnen te gaan, maar ze waarschuwden hem wel dat hij zich die avond beter niet buiten kon wagen.

Hun onbeschaamdheid was om razend van te worden, maar hij was meer geïnteresseerd in de oude vrouw die Ettore op de ondervraging voorbereidde dan op het gebrek aan etiquette van de D'Haranen. Hij had haar het een en ander te vragen en kon bijna niet op haar antwoorden wachten. Ze zou er zo langzamerhand aan toe zijn hem die te geven – Ettore was zeer bedreven in zijn vak. Hoewel dit de eerste keer was dat hem de voorbereidingen van een ondervraging waren toevertrouwd zonder het toezicht van een meer ervaren broeder, bleek hij zich reeds met vaste en getalenteerde hand van die taak te kunnen kwijten. Ettore was meer dan bereid die verantwoordelijkheid te dragen.

Tobias schudde de sneeuw van zijn cape op het robijnrode, met gouddraad geweven tapijt en nam de moeite niet zijn laarzen schoon te maken voordat hij door de smetteloze voorkamer marcheerde, op weg naar de gangen die naar de trap leidden. De brede gangen werden verlicht door lampen van geslepen glas tegen reflectoren van gepolijst zilver, die het vergulde houtwerk met flakkerende, dansende lichtstralen bescheenen. In karmozijnrode capes gehulde wachten die hun rondes deden in het paleis, tikten met hun vingers aan hun voorhoofd terwijl ze een buiging voor hem maakten. Tobias verwaardigde zich niet hun saluut te beantwoorden.

Hij liep met grote stappen, en Galtero en Lunetta volgden hem op de voet. De muren op de begane grond waren afgewerkt met een lambrisering, behangen met portretten van het koninklijk huis van Nicobarese en met luisterrijke gobelins waarop hun fantastische, grotendeels verzonnen heldendaden waren afgebeeld. De muren op de verdieping daaronder waren echter van gewoon steen en waren zowel koud voor het oog als voor de vingers. Maar het zou warm zijn in de kamer waarnaar hij onderweg was.

Met zijn knokkels tegen zijn snor, huiverde hij van de pijn in zijn botten. Door de kou leken zijn gewrichten de laatste tijd meer pijn te doen. Hij verweet zichzelf dat hij zich al te zeer bezig hield met zulke platvloerse zaken, in plaats van met het werk van de Schepper. De Schepper had hem vanavond gezegend met meer dan een beetje hulp, en die moest hij niet te grabbel gooien.

De zalen op de hogere verdiepingen werden goed bewaakt door de mannen van de vuist, maar de saaie gangen beneden waren leeg, want op de lagere verdiepingen kon je het paleis niet in, noch uit. Galtero, waakzaam als altijd, keek de gang achter de deur naar de verhoorkamer af. Lunetta stond geduldig en glimlachend te wachten. Tobias had haar gezegd dat ze een knap staaltje werk had verricht, vooral met haar laatste betovering, en dat ze als lichtend voorbeeld in zijn gunst stond.

Tobias stapte de kamer in en stond oog in oog met Ettores vertrouwde, brede grijns.

Maar zijn ogen waren bedekt onder een waas van dood.

Tobias verstijfde.

Ettore hing aan een touw dat aan weerzijden was vastgeknoopt aan een pin die door zijn oren was geslagen. Zijn voeten bungelden vlak boven een donkere, gestolde plas.

Een keurige snee van een scheermes liep van links naar rechts dwars over zijn nek. Daaronder was iedere centimeter van zijn huid afgestroopt. Bleke stroken huid lagen naast hem op een bloederige hoop.

Vlak onder zijn ribbenkast gaapte ook een snee. Op de grond, vlak voor zijn zacht heen en weer bungelende lichaam, lag zijn lever.

Er waren aan weerszijden happen uit genomen. De happen aan de ene kant werden gemarkeerd door lukrake inhammen, veroorzaakt door grote tanden en aan de andere kant zaten de beetafdrukken van kleine, regelmatige tanden.

Brogan draaide zich loeiend van woede om en gaf Lunetta een harde klap met de achterkant van zijn vuist. Ze smakte tegen de muur naast de haard en zakte op de grond.

'Dit is jouw schuld, *streganicha*! Dit is jouw schuld! Je had hier moeten blijven en op Ettore moeten passen!'

Brogan stond met zijn vuisten aan weerszijden van zijn lichaam en keek naar het afgestroopte lichaam van een van zijn Bloedbroeders. Als Ettore niet dood was, dan zou Brogan hem desnoods met blote handen alsnog hebben gedood, omdat hij die oude tang aan de rechtspraak had laten ontsnappen. Het was onvergeeflijk om een verdorvene te laten ontsnappen. Een echte verdorvenen-jager zou de slechterik doden voordat hij de kans had te sterven, wat voor moeite hij daar ook voor moest doen. Ettores spottende grijns maakte hem razend.

Brogan sloeg hem in het koude gezicht. 'Je hebt ons teleurgesteld, Ettore. Je bent wegens deze schande uit de Broederschap ontheven. Jouw naam zal uit het dienstrooster worden geschrapt.'

Lunetta drukte zich tegen de muur en hield haar hand tegen haar bloedende wang. 'Ik zei dat ik hier zou blijven om op hem te passen. Dat zei ik nog zo.'

Brogan keek nors op haar neer. 'Bespaar me je gore uitvluchten, *streganicha*. Als je wist hoeveel moeilijkheden die ouwe tang me zou bezorgen, dan had je hier moeten blijven.'

'Maar dat ik heb je gezegd.' Ze veegde de tranen uit haar ogen. 'Je wilde dat ik met je mee ging.'

Hij negeerde haar en draaide zich om naar zijn kolonel. 'Ga de paarden halen,' gromde hij door zijn opeengeklemde tanden.

Hij zou haar moeten vermoorden. Ter plekke. Hij zou haar keel doorsnijden, dan was hij van haar af. Hij werd misselijk van haar verachtelijke verdorvenheid. Dit had hem vanavond waardevolle informatie gekost. De oude vrouw zou een schatkist aan informatie zijn – dat wist hij nu zeker. Als zijn walgelijke zuster er niet was geweest, dan was die schat nu van hem.

'Hoeveel paarden, Heer Generaal?' fluisterde Galtero.

Brogan keek toe terwijl zijn zuster overeind krabbelde en zich in postuur zette terwijl ze het bloed van haar wang veegde. Hij zou haar moeten vermoorden. Op dit moment.

'Drie,' gromde Brogan.

Galtero haalde een knuppel tussen het andere ondervragingsgereedschap te voorschijn, glipte geluidloos als een schaduw de deur door en verdween op de gang uit het zicht. De bewakers hadden haar blijkbaar niet gezien, hoewel dat met verdorvenen niet noodzakelijkerwijs iets betekende, maar het was altijd mogelijk dat de oude vrouw nog in de buurt was. Je hoefde Galtero niet te vertellen dat hij haar levend te pakken moest nemen als hij haar vond.

Onbezonnen wraakzucht met een zwaard zou geen enkel doel dienen. Als ze gevonden zou worden, zou ze levend en wel worden meegevoerd en ondervraagd. Als ze gevonden zou worden, zou ze de volle prijs van haar goddeloosheid betalen, maar ze moest eerst alles vertellen wat ze wist.

Als hij haar zou vinden. Hij keek zijn zuster aan. 'Kun je voelen dat ze hier in de buurt is?'

Lunetta schudde van nee. Ze krabde niet aan haar armen. Zelfs als er geen duizenden D'Haraanse manschappen om het paleis zouden staan, zou deze loeiende storm het hun onmogelijk maken iemand op te sporen. Bovendien had Brogan een nog goddelozer prooi na te jagen, hoe graag hij de oude vrouw ook wilde inrekenen. En er was ook nog die kwestie met Meester Rahl. Als Galtero de oude vrouw vond, zou dat mooi zijn, maar indien niet, dan hadden ze geen tijd voor een moeilijke en hoogst waarschijnlijk vruchteloze jachtpartij. Verdorvenen waren niet bepaald dun gezaaid – ze zouden er altijd wel weer eentje vinden. De Heer Generaal van de Bloedbroederschap had belangrijker werk te doen: het werk van de Schepper.

Lunetta waggelde naast Brogan en sloeg haar arm om zijn middel. Ze aaide zijn hijgende borst.

'Het is laat, Tobias,' fleemde ze intiem. 'Ga naar bed. Je hebt een zware dag achter de rug en je hebt je handen vol gehad aan het werk van de Schepper. Laat Lunetta je wat opvrolijken. Je zult het naar je zin hebben, dat beloof ik je.' Hij zei niets. 'Galtero heeft zijn plezier al gehad – laat Lunetta zich over jouw welbehagen ontfermen. Ik zal je bekoren,' zei ze. 'Alsjeblieft, Tobias?'

Hij dacht er heel even over na. 'Daar hebben we geen tijd voor. We moeten meteen vertrekken. Ik hoop dat je vanavond een lesje hebt geleerd, Lunetta. Ik zal jouw wangedrag niet langer tolereren.'

Ze boog haar hoofd. 'Ja, mijn Heer Generaal. Ik zal me proberen te beteren. Ik zal me beteren. Dat zult u zien.'

Hij besteeg met haar de trappen van de onderste verdiepingen en ging naar de kamer waar hij met de getuigen had gepraat. Er stonden bewakers voor de deur. Toen hij binnen was, pakte hij zijn trofeeëntasje van de lange tafel en gespte dat om zijn riem. Hij wilde naar de deur lopen, maar draaide zich om en liep terug. De zilveren munt die hij op tafel had laten liggen en die de oude vrouw hem had gegeven, was weg. Hij wendde zich tot een bewaker.

'Er is hier vanavond toch niemand binnengekomen, nadat ik ben weggegaan?'

'Nee, Heer Generaal,' antwoordde de bewaker vormelijk. 'Geen sterveling.'

Brogan gromde inwendig. Zij was hier. Zij had de munt meegenomen om zo een boodschap voor hem achter te laten. Toen hij het paleis uit liep, nam hij niet de moeite om ook maar iemand van de andere bewakers te ondervragen – ook zij zouden niets gezien hebben. De oude vrouw en haar kleine vertrouwelinge waren verdwenen. Hij zette ze uit zijn gedachten en concentreerde zich op de dingen die gedaan moesten worden.

Brogan liep de kronkelige gangen achter in het paleis door en moest een stukje open terrein oversteken om bij de stallen te komen. Galtero zou de benodigde spullen voor hun reis uitzoeken en zou drie van de sterkste paarden hebben gezadeld. Er zouden ongetwijfeld overal D'Haranen rond het paleis zijn, maar nu het donker was en de sneeuw door de wind werd voortgedreven, wist hij zeker dat hij en Lunetta ongemerkt naar de stallen zouden kunnen sluipen.

Brogan zei niets tegen de mannen – als ze de Biechtmoeder gingen achtervolgen, zouden ze dat met z'n drieën doen. In deze storm zouden ze met hun drieën kunnen ontsnappen, maar de hele vuist kon dat niet. Zo'n groot aantal mannen zou vast worden gezien en worden aangesproken, daarna zou er een gevecht volgen en zouden ze waarschijnlijk allemaal worden gedood. De Bloedbroederschap bestond uit kranige vechters, maar die konden niet tegen de grote aantallen D'Haranen op. Erger nog, naar wat hij had meegemaakt waren de D'Haranen niet onbekend met de strijd. Hij zou de mannen hier beter kunnen laten staan als afleidingsmanoeuvre. Ze konden niet iemand verraden die ze niet hadden gezien.

Brogan opende krakend de dikke eikenhouten deur en tuurde de nacht in. Hij zag slechts ronddwarrelende sneeuw die zwakjes werd verlicht vanuit enkele achterramen op de tweede verdieping. Hij zou die lampen hebben uitgedaan, maar had het beetje licht dat eruit scheen, hard nodig om de hem onbekende stallen in de sneeuwstorm te kunnen vinden.

'Blijf dicht bij me. Als we soldaten tegenkomen, zullen ze ons beletten weg te gaan. Dat kunnen we niet toestaan. We moeten achter de Biechtmoeder aan.'

'Maar, Heer Generaal...'

'Zwijg,' snauwde Brogan. 'Als ze ons proberen tegen te houden, dat moet jij zorgen dat ze ons doorgang verlenen. Begrepen?'

'Als ze met velen zijn, kan ik alleen maar...'

'Stel me niet op de proef, Lunetta. Je zei dat je je zou beteren. Ik geef je die kans. Stel me niet weer teleur.'

Ze klemde haar plaatjes tegen zich aan. 'Ja, Heer Generaal.'

Brogan blies de lamp vlak bij de deur in de gang uit, en trok Lunetta door de deuropening de sneeuwstorm in en waadde samen met haar door de voorden. Galtero zou de paarden nu wel hebben gezadeld. Ze hoefden alleen nog maar bij ze zien te komen. In deze sneeuw zouden de D'Haranen geen tijd hebben om hen te zien aankomen en ze tegen te houden als ze eenmaal op hun paarden zaten. Het donkere silhouet van de stallen kwam dichterbij.

In de sneeuw begonnen zich gedaanten af te tekenen: soldaten. Toen ze hem zagen, riepen ze naar hun maten en trokken tegelijkertijd hun wapen. Hun stemmen droegen niet ver in de huilende wind, maar toch ver genoeg om een troep grote mannen bijeen te brengen.
Ze stonden allemaal om hen heen. 'Lunetta, doe iets.'
Ze boog haar arm en haar vingers waren tot klauwen gekromd toen ze een bezwering aanriep, maar de mannen aarzelden niet. Ze stormden met opgeheven wapens naar voren. Hij dook in elkaar, toen een pijl vlak langs zijn wang scheerde. De Schepper had voor een windvlaag gezorgd die de pijl deed missen, waardoor hij gespaard bleef. Lunetta deinsde terug, terwijl pijlen langs haar heen suisden.
Toen hij zag dat er van alle kanten mannen op hem afkwamen, trok Tobias zijn zwaard. Hij dacht dat hij snel genoeg naar het paleis kon terugglippen, maar die uitweg werd hem ook versperd. Ze waren met teveel. Lunetta was zo druk bezig de pijlen af te wenden dat ze geen bezwering kon uitspreken om hen twee te beschermen. Ze kermde van angst.
De pijlenregen hield even snel op als hij was begonnen. Tobias hoorde kreten die met de wind werden meegevoerd. Hij greep Lunetta's arm en sprong door de diepe voorden, in de hoop op tijd bij de stallen te zijn. Galtero zou daar op ze wachten.
Een handvol mannen versperde zijn doorgang. Degene die het dichtst bij hem was, schreeuwde het uit toen een schaduw voor hem langs trok. De man tuimelde met zijn gezicht in de sneeuw. Tobias keek in verwarring toe terwijl de andere mannen hun zwaarden naar de windvlagen zwaaiden.
De wind maaide ze genadeloos neer.
Tobias kwam wankelend tot stilstand en knipperde bij het schouwspel dat hij zag. Overal om hem heen zakten D'Haranen in elkaar. Gegil overstemde de huilende wind. Hij zag rood, besmeurd met sneeuw. Hij zag mannen ter plekke ineen zakken, en hun ingewanden vielen uit hun lichaam.
Tobias bevochtigde zijn lippen en durfde zich niet te bewegen, uit angst ook door de wind te worden neergemaaid. Zijn blik schoot alle kanten uit terwijl hij probeerde te begrijpen wat er gebeurde en probeerde te zien wie de aanvallers waren.
'Lieve Schepper,' riep hij, 'spaar me! Ik doe uw werk!'
Mannen verzamelden zich van alle kanten op het veld voor de stallen en werden even snel neergemaaid als ze er waren aangekomen. Meer dan honderd dode lichamen bezoedelden toen al het besneeuwde veld. Nog nooit had hij iemand op zo'n snelle en beestachtige manier gedood zien worden.

Tobias hurkte neer en schrok toen hij besefte dat de rondwervelende windvlagen opzettelijk bewogen.

Ze leefden. Hij kon ze voor het eerst onderscheiden. In witte capes gehulde mannen kwamen om hem heen geglipt en vielen de D'Haraanse soldaten met snelle en dodelijke sierlijkheid aan. Niet één van de D'Haranen probeerde te vluchten. Ze verzetten zich allen met felheid, maar niemand slaagde erin met de vijand de strijd aan te binden voordat hij snel de genadeslag kreeg.

De nacht viel geluidloos, op de wind na. Alles was voorbij voordat men tijd had weg te rennen. De grond was bezaaid met een chaos van bewegingloze, donkere vormsels. Tobias draaide zich helemaal om en zag dat niemand meer in leven was. Stuifsneeuw begon de lijken al te bedekken. Na een uur zouden ze onder deze witte razernij zijn verdwenen. De in capes gehulde mannen scheerden watervlug, sierlijk en glibberig door de sneeuw, en ze bewogen als kinderen van de wind. Toen ze op hem af kwamen, gleed zijn zwaard uit zijn gevoelloze vingers. Tobias wilde naar Lunetta roepen en haar vragen hen met een bezwering neer te maaien, maar toen ze in het licht kwamen, begaf zijn stem het.

Het waren geen mannen.

Schubben die de kleur hadden van de sneeuwrijke nacht, golfden boven rimpelende spieren. Een zachte huid bedekte hun oorloze, onbehaarde, stompe hoofd met kraalogen. De beesten droegen slechts eenvoudige huiden onder capes die wijdopen stonden en klapperden in de wind, en in elke geklauwde hand hielden ze driebladige messen die dropen van het bloed.

Dát waren de wezens die hij had gezien, en die op de palen voor het Paleis van de Belijdsters waren geregen – de wezens die Meester Rahl had gedood: mriswith. Nadat hij had gezien hoe ze deze ervaren soldaten afslachtten, kon Tobias zich niet voorstellen dat Meester Rahl of iemand anders er eentje zou kunnen verslaan, laat staan het aantal dat hij had gezien.

Een van de wezens sloop op hem af en keek hem met staarogen aan. Het kwam glijdend tot staan, nog geen drie meter van hem vandaan.

'Ga,' siste de mriswith.

'Wat?' stamelde Tobias.

'Ga.' Het kliefde de lucht met zijn klauwachtige mes in een snelle beweging die sierlijk was in al zijn moorddadige meesterschap. 'Ontsssnap.'

'Waarom? Waarom zou je dat willen? Waarom wil je dat we vluchten?' De liploze brede sleuf verbreedde zich en nam de gedaante aan van een afschuwelijke grijns. 'De Drrroomwandelaar wil dat je ontsssnapt. Ga nu, voordat er meer vleessswandelaarsss komen. Ga.'

'Maar...'

Met een geschubde arm trok de mriswith zijn cape in de wind dicht, draaide zich om en verdween in de wervelende sneeuw. Tobias tuurde de nacht in, maar de wind was verlaten en levenloos geworden.

Waarom zouden zulke gemene wezens hem willen helpen? Waarom zouden ze zijn vijanden doden? Waarom zouden ze willen dat hij vluchtte? Plotseling werd hij overspoeld door een warme, liefdevolle golf van begrip. De Schepper had ze gestuurd. Natuurlijk. Hoe had hij zo blind kunnen zijn? Meester Rahl had verteld dat hij de mriswith had gedood. Meester Rahl had voor de Wachter gevochten. Als de mriswith boosaardige wezens waren, dan zou Meester Rahl aan hun kant vechten, en niet tegen ze.

De mriswith had verteld dat de droomwandelaar hen had gestuurd. De Schepper openbaarde zich tot Tobias in zijn dromen. Dat moest het zijn: de Schepper had ze gestuurd.

'Lunetta.' Tobias draaide zich naar haar om. Ze stond ineengedoken achter hem. 'De Schepper komt in mijn dromen tot mij. Dat probeerden ze me te zeggen toen ze vertelden dat de hoofdpersoon uit mijn dromen ze had gestuurd. Lunetta, de Schepper heeft ze gestuurd om me te helpen beschermen.'

Lunetta's ogen werden groot. 'De Schepper heeft in eigen persoon namens jou ingegrepen om de plannen van de Wachter te dwarsbomen. De Schepper Zelf waakt over je. Hij moet grootse dingen voor je in petto hebben, Tobias.'

Tobias viste zijn zwaard uit de sneeuw en kwam glimlachend overeind. 'Inderdaad. Ik heb Zijn wensen boven alles verheven, en Hij heeft me beschermd. We moeten opschieten. We moeten doen wat zijn boodschappers ons hebben verteld. We moeten eropuit om het werk van de Schepper te doen.'

Toen hij door de sneeuw strompelde en slingerend tussen de dode lichamen door liep, keek hij omhoog en zag hij plotseling een donkere gestalte die vlak voor hem sprong en hem de pas afsneed.

'Kijk eens aan, Heer Generaal, waar gaat de reis naartoe?' Op het gezicht verscheen een gemene grijns. 'Wilt u soms een bezwering over me uitspreken, tovenares?'

Tobias hield nog steeds zijn zwaard in zijn hand, maar hij wist dat hij niet snel genoeg zou zijn.

Hij kromp ineen toen hij een botversplinterende klap hoorde. De figuur tegenover hem viel vlak voor zijn voeten met zijn gezicht in de sneeuw. Tobias keek omhoog en zag Galtero met de knuppel in zijn hand boven de bewusteloze figuur uit torenen.

'Galtero, jij hebt jouw strepen vanavond verdiend.'

De Schepper had hem zojuist een kostbare prijs geschonken en had hem

opnieuw laten zien dat niets onbereikbaar was voor gelovigen. Galtero had gelukkig de tegenwoordigheid van geest gehad om de knuppel te gebruiken in plaats van een mes.
Hij zag het bloed van de klap, maar hij zag ook de adem van het leven. 'Tjonge jonge, dit wordt een schitterende nacht, Lunetta. Je zult heel wat werk moeten doen namens de Schepper om deze figuur te genezen.'
Lunetta boog zich over de roerloze figuur heen en duwde haar vingers in de met bloed bevlekte bruine krullen. 'Misschien moet ik eerst een genezing doen. Galtero is sterker dan hij denkt.'
'Dat zou niet verstandig zijn, zustertje van me, niet naar wat ik heb gehoord tenminste. Die genezing kan wachten.' Hij keek naar zijn kolonel en wees naar de stallen. 'Staan de paarden klaar?'
'Ja, Heer Generaal, u zegt maar wanneer u wilt vertrekken.'
Tobias trok het mes dat Galtero hem had gegeven. 'We moeten opschieten, Lunetta. De boodschapper heeft me verteld dat we moeten vluchten.' Hij hurkte neer en rolde de bewusteloze figuur op zijn zij. 'En daarna moeten we de Biechtmoeder achterna.'
Lunetta boog zich naar hem toe en staarde hem aan. 'Maar Heer Generaal, ik heb u al gezegd dat het web van de tovenaar haar identiteit voor ons verbergt. We kunnen de draden van zo'n web niet zien. We zullen haar niet herkennen.'
Een grijns deed het litteken naast Tobias Brogans mond verstrakken. 'Ach, ik heb de draden van het web gezien. De Biechtmoeder heet Kahlan Amnell.'

18

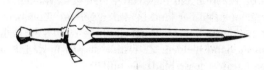

Ze was een gevangene, wat ze al had gevreesd. Nadat ze een passende aantekening in het grootboek had gemaakt, sloeg ze weer een bladzijde om. Ze was een gevangene van de hoogste stand, een gevangene achter een papieren slot, maar niettemin een gevangene. Verna gaapte terwijl ze de volgende bladzijde doorliep en de verschillende kostenposten van het paleis controleerde. Elke post vereiste haar goedkeuring en moest van haar paraaf worden voorzien om aan te geven dat de Priores de uitgaven persoonlijk had goedgekeurd. Waarom dat nodig was, was een raadsel voor haar, maar na dit ambt nog maar een paar dagen te hebben bekleed, had ze er moeite mee te verklaren dat het verspilling van haar tijd was om Zuster Leoma, Dulcinia of Philippa, in hun angst de Priores te beschamen, met afgewende ogen te horen fluisteren dat een en ander echt noodzakelijk was, en ze tot in de kleinste details te horen uitleggen wat de nare gevolgen konden zijn van het nalaten van iets dat zo eenvoudig was en van de Priores nauwelijks enige inspanning vereiste, maar zo gunstig voor anderen zou zijn.

Ze wist hoe men zou reageren als ze zou zeggen dat ze zich niet wilde bezighouden met het nalopen van de aantekeningen: *Nu, Priores, als het volk niet bang was dat de Priores zelf niet zo zorgzaam was hun werkopdrachten te bekijken, dan zouden ze zich verstouten het paleis te bedriegen. Dan zou men de Zusters beschouwen als spilzieke dwazen zonder een greintje gezond verstand. Maar als de werkopdrachten in afwachting van de aanwijzingen van de Priores niet werden uitbetaald, dan zouden de arme gezinnen van de arbeiders honger lijden. U wilt toch niet dat die kinderen honger lijden omdat u eenvoudigweg geen zin had zo vriendelijk te zijn ze te laten betalen voor hun harde, reeds voltooide werk? Alleen omdat u geen zin hebt het grootboek in te zien en de moeite te nemen het te paraferen? Wilt u echt dat ze de Priores zo harteloos vinden?*

Verna zuchtte, terwijl ze de overzichten van uitgaven voor de stallen doornam: hooi en graan, de hoefsmid, extra hoefnagels, vervanging van verloren hoefnagels, reparaties aan de stal nadat een dekhengst een gat in een box geslagen had, reparaties ten gevolge van het feit dat een aantal paarden op zekere nacht blijkbaar waren geschrokken, een hek omver hadden gelopen en het land in waren gerend. Ze moest maar eens een praatje met de stalknechten maken om te zorgen dat ze hun zaakjes wat beter in de hand hielden. Ze ramde de pen in de inktpot, zuchtte nogmaals en parafeerde de bladzijde onderaan.

Terwijl ze de overzichten omkeerde en boven op de stapel legde die ze al had doorgenomen, geparafeerd en in haar grootboek genoteerd, klopte iemand zachtjes op de deur. Ze nam een nieuw blad van de stapel die nog moest worden bekeken. Het was een ellenlange slagersrekening. Ze las de bedragen door en had geen idee hoe duur het was het Paleis van de Profeten te runnen.

Er werd opnieuw zacht geklopt. Waarschijnlijk Zuster Dulcinia, of Phoebe, die haar een nieuwe stapel overzichten kwam brengen. Die leverden ze sneller aan dan zij kon paraferen. Hoe kreeg Priores Annalina dat allemaal voor elkaar? Verna hoopte dat het niet Zuster Leoma was die weer kwam om haar het nieuws onder de aandacht te brengen van een of andere ramp die de Priores had veroorzaakt door een onnadenkende daad of een opmerking. Misschien zouden ze denken dat ze het veel te druk had, en zouden ze weggaan als ze geen antwoord gaf.

Verna had Zuster Dulcinia samen met haar oude vriendin Phoebe tot een van haar administrateurs benoemd. Het was handig te kunnen beschikken over de ervaring van een Zuster als Dulcinia. Het stelde haar ook in staat een oogje op die vrouw te houden. Dulcinia had zelf om die baan gevraagd en had zich beroepen op haar 'kennis van paleisaangelegenheden'.

Dat Zuster Leoma en Philippa haar 'vertrouwde adviseuses' waren, kwam haar in elk geval goed uit, aangezien ze een oogje op ze kon houden. Ze vertrouwde die twee niet. Wat dat betreft vertrouwde ze geen van allen – dat kon ze zich niet permitteren. Verna moest echter wel toegeven dat ze hadden bewezen goedwillende adviseuses te zijn die de aandacht voor de Priores en het paleis hoog in het vaandel droegen. Het ergerde haar dat ze geen fout in hun adviezen kon ontdekken.

Er werd opnieuw beleefd maar aanhoudend geklopt.

'Ja! Wat is er?'

De dikke deur ging open en Warren stak zijn hoofd met krullerig blond haar door de deuropening. Hij grijnsde toen hij haar norse blik zag. Verna zag dat Dulcinia haar nek uitstak om langs hem heen te kijken om te zien hoever de Priores met haar stapels papierwerk was gevorderd. Warren liep verder de kamer binnen.

Hij keek de sombere kamer rond en bekeek het werk dat men er aan had besteed, met kritische blik. Na de verloren strijd die haar voorgangster met de Zusters van het Licht had gevoerd, was het kantoor een puinhoop. Een ploeg werklieden had het haastig opgeknapt en het zo snel mogelijk aan kant gemaakt, opdat de nieuwe Priores niet al te lang zou zijn ontriefd. Verna wist hoeveel dat had gekost – ze had de rekening gezien.

Warren kuierde naar de andere kant van de zware walnotenhouten tafel. 'Goeienavond, Verna. Je bent zo te zien hard aan het werk. Belangrijke paleiszaken, vermoed ik, gezien het feit dat je nog zo laat bezig bent.'

Ze drukte haar lippen tot een smal lijntje opeen. Voor ze in staat was in een tirade te ontsteken, nam Dulcinia de gelegenheid te baat haar hoofd naar binnen te steken voordat ze de deur achter de bezoeker dichtdeed.

'Ik ben net klaar met het op volgorde leggen van de dagverslagen, Priores. Wilt u ze nu hebben? U zult wel bijna klaar zijn met de andere.'

Verna wierp haar een schurkachtige grijns toe en stak een kromme vinger naar haar helpster uit. Zuster Dulcinia deinsde achteruit voor haar zelfgenoegzame grijns. Ze keek met haar doordringende blauwe ogen de kamer rond, keek toen Warren aan en liep de kamer binnen, terwijl ze haar grijze haar met een onderdanig gebaar achterover streek.

'Mag ik u helpen, Priores?'

Verna vouwde haar handen op tafel ineen. 'Natuurlijk mag u dat, Zuster. Uw ervaring in deze kwestie is van onschatbare waarde.' Verna nam een rapport van de stapel. 'Ik zou graag willen dat u onmiddellijk op onderzoek naar de stallen gaat. Er schijnen daar moeilijkheden te zijn – een wat mysterieuze zaak.'

Zuster Dulcinia's gezicht klaarde op. 'Moeilijkheden, Priores?'

'Ja. Het schijnt dat er wat paarden zoek zijn.'

Zuster Dulcinia boog zich iets voorover en zei op zachtere toon en op haar typische, verdraagzame manier: 'Voor zover ik me het rapport waarover u spreekt, kan herinneren, waren de paarden op zekere nacht ergens van geschrokken, en waren ze op de vlucht geslagen. Ze zijn simpelweg nog niet boven water gekomen, dat is alles.'

'Dat weet ik, Zuster. Ik zou willen dat Meester Finch me uitlegt hoe het mogelijk was dat de paarden die zijn schutting omverliepen, er vandoor konden gaan en niet meer zijn teruggevonden.'

'Priores?'

Verna trok haar wenkbrauwen quasi-verwonderd op. 'We wonen toch op een eiland, of niet? Hoe is het mogelijk dat de paarden niet meer op het eiland zijn? Geen enkele bewaker heeft ze over de brug zien galop-

peren. Ik heb daar tenminste geen rapport van gezien. In deze tijd van het jaar zijn de vissers dag en nacht op de rivier bezig op aal te vissen, en toch heeft niemand van hen ook maar één paard naar de oever zien zwemmen. Waar zijn ze dan?'
'Nou, ik weet zeker dat ze op de vlucht zijn geslagen, Priores. Misschien...'
Verna glimlachte goedig. 'Misschien heeft Meester Finch ze verkocht en alleen maar gezegd dat ze waren weggerend om hun verdwijning te verheimelijken.'
Zuster Dulcinia ging rechtop staan. 'Maar Priores, u wilt beweren dat...'
Verna sloeg met haar hand op de tafel en sprong overeind. 'Er zijn ook hoefnagels verdwenen. Zijn die ook 's nachts weggelopen? Of hebben de paarden besloten die zelf in hun eigen hoeven te slaan en een uitstapje te maken?'
Zuster Dulcinia verbleekte. 'Ik... nou, ik... ik zal eens gaan kijken...'
'Ga nu meteen naar de stallen en zeg Meester Finch dat als hij de paarden niet heeft gevonden voordat ik besluit deze zaak weer te onderzoeken, ik de kosten van de paarden op zijn salaris zal inhouden en de hoefnagels persoonlijk uit zijn vel zal trekken!'
Zuster Dulcinia maakte een korte buiging en rende de kamer uit. Warren grinnikte toen de deur met een klap dichtsloeg.
'Zo te zien ben je al aardig ingewerkt, Verna.'
'Durf het eens om mij lastig te vallen, Warren!'
De grijns verdween van zijn gezicht. 'Rustig maar, Verna. Het gaat alleen maar om een paar paarden. Die man zal ze vast wel vinden. Het is niet de moeite waard om in huilen uit te barsten.'
Verna keek hem knipperend aan. Ze betastte haar wangen en voelde dat ze inderdaad betraand waren. Ze slaakte een vermoeide zucht en liet zich op haar stoel zakken.
'Het spijt me, Warren. Ik weet niet wat me bezielt. Ik denk dat ik gewoon moe en teleurgesteld ben.'
'Verna, ik heb je nog nooit meegemaakt als nu, zoals je je van streek laat maken door wat stomme paperassen.'
'Warren, moet je dit maar eens zien!' Ze griste het rapport van tafel. 'Ik ben hier net een gevangene – ik moet de kosten van het wegslepen van mest fiatteren! Heb je enig idee hoeveel mest die paarden produceren? Of hoeveel ze eten, om al die mest te kunnen maken?'
'Nou, nee. Ik moet bekennen dat...'
Ze nam het volgende rapport van de stapel. 'Boter...'
'Boter?'
'Ja. Boter.' Verna las het rapport door. 'Die schijnt ranzig te zijn geworden, en we moesten er bijna een mud van kopen om die te vervan-

gen. En nu moet ik hierover nadenken en beslissen of de zuivelboer ons een redelijke prijs heeft berekend, en of we in de toekomst zaken met hem moeten doen.'
'Het zal vast belangrijk zijn dat zulke dingen worden gecontroleerd.'
Verna pakte het volgende vel papier op. 'Metselaars. Metselaars die het lekkende dak van de eetzaal hebben gerepareerd. En dakleien. Men zegt dat een bliksemstraal enkele leiplaten heeft doorboord, en dat bijna een heel vierkant moest worden losgehaald en vervangen. Tien mannen zijn er twee weken mee bezig geweest, staat hier. En nu moet ik beoordelen of die werktijden kloppen, en ik moet hun loon fiatteren.'
'Nou, als mensen werken, hebben ze toch recht op loon, of niet?'
Ze wreef met haar vinger over de gouden ring met het patroon van zonnestralen. 'Ik dacht dat ik verandering zou brengen in de manier waarop de Zusters het werk van de Schepper doen, als ik ooit aan de macht zou komen. Maar het enige wat ik doe is dit, Warren: rapporten nalopen. Ik zit hier dag en nacht de meest platvloerse dingen te lezen tot het zwart ziet voor mijn ogen.'
'Het zal wel belangrijk zijn, Verna.'
'Belangrijk?' Ze zocht met een overdreven eerbiedig gebaar een ander rapport uit. 'Eens even kijken... twee van onze "jonge mannen" schijnen dronken te zijn geworden en een herberg in brand te hebben gestoken... men heeft het vuur geblust... de herberg heeft nogal wat schade geleden... men eist schadevergoeding van het paleis.' Ze legde het rapport naast zich neer. 'Ik zal een lang en luidruchtig praatje met die twee maken.'
'Dat lijkt me een goede beslissing, Verna.'
Ze pakte een ander rapport. 'En wat hebben we hier? Een rekening van de naaisters. De jurken voor de novices.' Verna pakte er nog een. 'Zout. Drie soorten.'
'Maar, Verna...'
Ze pikte nog een rapport op. 'En dit?' Ze zwaaide quasi-plechtig met het papier. 'Doodgravers.'
'Wat?'
'Twee doodgravers. Ze willen betaald krijgen voor hun werk.' Ze las de notities door. 'Ik mag wel zeggen dat ze hun vak in ere houden, maar de prijs die ze ervoor vragen...'
'Verna, luister. Ik vind dat je hier al veel te lang zit opgesloten, en dat je wel wat frisse lucht kunt gebruiken. Zullen we een wandeling maken?'
'Een wandeling? Warren, ik heb geen tijd...'
'Priores, je zit hier al veel te lang. Je hebt een beetje beweging nodig.' Hij hield zijn hoofd schuin terwijl hij zijn ogen op een overdreven manier in de richting van de deur liet rollen. 'Wat vind je daarvan?'

Verna keek naar de deur. Als Zuster Dulcinia deed wat haar was opgedragen, zou alleen Zuster Phoebe in het buitenkantoor zijn. Phoebe was haar vriendin. Ze herinnerde zich het feit dat ze niemand kon vertrouwen.
'Nou... ja, ik denk dat ik wel zin heb in een wandelingetje.'
Warren liep om het bureau heen en hielp haar bij haar arm uit de stoel. 'Goed dan. Zullen we gaan?'
Verna rukte haar arm los uit zijn greep en wierp hem een moordlustige blik toe. Knarsetandend zei ze zangerig: 'Gunst, ja, waarom ook niet.'
Toen ze de deur hoorde dichtgaan, maakte Zuster Phoebe snel een buiging. 'Priores... wilt u iets gebruiken? Een beetje soep misschien? Een kopje thee?'
'Phoebe, ik heb je nu al tien keer gezegd dat je niet steeds hoeft te buigen als je me aankijkt.'
Phoebe maakte weer een buiging. 'Ja, Priores.' Haar ronde gezicht werd vuurrood. 'Ik bedoel... het spijt me, Priores. Vergeeft u me.'
Verna verzamelde haar geduld met een zucht. 'Zuster Phoebe, we kennen elkaar sinds we novices waren. Hoe vaak werden we niet samen naar de keuken gestuurd om potten te schrobben voor...?' Verna keek Warren aan. 'Nou, ik kan me niet meer herinneren waarvoor, maar ik wil maar zeggen dat we oude vriendinnen zijn. Probeer dat alsjeblieft te onthouden.'
Phoebe's wangen werden mollig toen ze glimlachte. 'Natuurlijk... Verna.' Ze kromp ineen toen ze zichzelf de Priores 'Verna' hoorde noemen, zelfs al was het op bevel.
Toen ze op de gang stonden, vroeg Warren waarom ze eigenlijk potten moesten schrobben.
'Ik had al gezegd dat ik dat niet meer weet,' snauwde ze terwijl ze de lege gang door keek. 'Wat gaat er gebeuren?'
Warren haalde zijn schouders op. 'Gewoon, een wandeling.' Hij keek zelf ook de gang door en wierp haar opnieuw een veelbetekenende blik toe. 'Ik dacht dat de Priores Zuster Simona misschien zou willen opzoeken.'
Verna maakte een misstap. Zuster Simona verkeerde al wekenlang in een verwarde toestand – iets dat met dromen te maken had – en ze was geïsoleerd in een hermetisch afgesloten kamer waar ze noch zichzelf, noch onschuldigen kon verwonden.
Warren boog zich naar haar toe en fluisterde: 'Ik ben al een keertje bij haar op bezoek geweest.'
'Waarom?'
Warren wees met zijn vinger eerst omhoog en toen omlaag, naar de vloer.

De kluizen. Hij bedoelde de kluizen. Ze keek hem fronsend aan.
'En hoe was het met die arme Simona?'
Toen ze bij een kruispunt waren gekomen, keek Warren links en rechts de gang door, en ook weer achterom. 'Ze vonden het niet goed dat ik met haar zou praten,' fluisterde hij.
Buiten stortte de regen bulderend uit de hemel. Verna trok de sjaal over haar hoofd en dook de stortvloed in, sprong over plassen en probeerde op de toppen van haar tenen op de staptegels in het doorweekte gras te lopen. Het gele licht dat door de ramen scheen, flikkerde in de plassen stilstaand water. De bewakers die bij het hek van het omheinde gebouw van de Priores stonden, maakte een buiging toen zij en Warren ze snel voorbijliepen, op zoek naar een overdekt wandelpad.
Toen ze onder het lage dak waren, schudde ze het water van haar sjaal en drapeerde die over haar schouders, terwijl ze beiden hijgend op adem kwamen. Warren schudde het water van zijn gewaden. De boogvormige zijkanten van de droogloop werden slechts beschut door lattenwerk dat dik begroeid was met klimplanten, maar de regen werd niet door de wind voortgejaagd, dus het was er droog genoeg. Ze tuurde de duisternis in, maar zag niemand. Het was een flink eind lopen naar het volgende gebouw: de plompe ziekenboeg.
Verna liet zich op een stenen bankje vallen. Warren was klaar om de regen weer in te gaan, maar toen ze ging zitten, deed hij dat ook maar. Het was koud, en de warmte van zijn lichaam vlak naast zich voelde haar weldadig aan. De scherpe geur van regen en nat zand was verfrissend, nadat ze zo lang binnen had gezeten. Verna was niet gewend zo lang binnen te zijn. Ze hield van de buitenlucht en vond dat de grond een lekker bed kon zijn, en de bomen en de velden een mooi kantoor, maar dat deel van haar leven was nu voorbij. Voor het kantoor van de Priores was een tuin, maar ze had nog geen tijd gehad om haar hoofd door het raam te steken en ernaar te kijken.
Het getrommel in de verte donderde onophoudelijk door als de hartslag van het noodlot.
'Ik heb mijn Han gebruikt,' zei hij na een tijdje. 'Ik voel niemand meer in mijn aanwezigheid.'
'Maar je kunt de aanwezigheid van iemand met Subtractieve Magie toch nog voelen?' fluisterde ze.
Hij sloeg zijn ogen in het donker op. 'Daar heb ik nog nooit aan gedacht.'
'Wat ben je van plan, Warren?'
'Denk je dat we alleen zijn?'
'Hoe moet ik dat weten?' snauwde ze.
Hij keek weer om zich heen en slikte. 'Nou, ik heb de laatste tijd heel

veel gelezen.' Hij wees in de richting van de kluizen. 'Ik dacht alleen maar: laten we naar Zuster Simona toegaan.'
'Dat heb je al gezegd. Maar je hebt me nog steeds niet gezegd waarom.'
'Sommige dingen waarover ik heb gelezen, gingen over dromen,' zei hij geheimzinnig.
Ze probeerde hem in de ogen te kijken, maar kon alleen zijn donkere silhouet zien. 'Simona heeft veel gedroomd.'
Ze had haar dij tegen de zijne gedrukt. Hij rilde van de kou. Dat dacht ze tenminste. Voor ze besefte wat ze deed, had ze haar arm om hem heen geslagen en zijn hoofd tegen haar schouder getrokken.
'V-Verna,' stamelde hij, 'ik voel me zo alleen. Ik ben bang om met iemand te praten. Ik heb het gevoel alsof iedereen me in de gaten houdt. Ik ben bang dat iedereen me zal vragen wat, waarom, en op wiens gezag ik studeer. Ik heb jou sinds drie dagen maar een keer gezien, en er is niemand anders met wie ik kan praten.'
Ze klopte hem op de nek. 'Dat weet ik, Warren. Ik heb ook met je willen praten, maar ik heb het zo druk gehad. Ik moet nog zoveel werk doen.'
'Misschien geven ze jou dat werk om je bezig te houden en te zorgen dat je ze niet in de haren vliegt, terwijl ze zelf bezig zijn met... zaken.'
Verna schudde haar hoofd in het donker. 'Misschien. Ik ben daar ook bang voor, Warren. Ik weet niet hoe ik Priores moet zijn. Ik ben bang dat ik het Paleis van de Profeten te gronde richt als ik niet doe wat er gedaan moet worden. Ik ben bang om nee te zeggen tegen Leoma, Philippa, Dulcinia en Maren. Ze proberen me te adviseren over het zijn van Priores en als ze echt aan onze kant staan, dan is hun advies goed. Als ik er niet naar luister, zou ik een grote fout kunnen begaan. Als de Priores een fout maakt, moet iedereen ervoor boeten. Als ze niet aan onze kant staan, nu ja, dan zijn die dingen die ik moet doen, blijkbaar niet zo belangrijk dat ik er veel schade mee kan aanrichten. Hoeveel schade kan ik aanrichten met het lezen van rapporten?'
'Weinig, behalve als men je van iets belangrijks wil afleiden.'
Ze streelde zijn rug en duwde hem toen opzij. 'Dat weet ik. Ik zal proberen vaker met jou uit wandelen te gaan. Ik denk dat de frisse lucht me goed doet.'
Warren kneep in haar hand. 'Daar ben ik blij om, Verna.' Hij ging staan en fatsoeneerde zijn donkere gewaden. 'Laten we gaan kijken hoe het met Simona gaat.'
De ziekenboeg was een van de kleinere gebouwen op het eiland Halsband. De Zusters konden veel gewone wonden genezen met hun Han, maar ziekten die de macht van hun gave te boven gingen, eindigden meestal maar al te snel in de dood, dus de ziekenboeg bood voorname-

lijk plaats aan een paar oudere en zwakkere stafleden die hun leven lang in het Paleis van de Profeten hadden gewerkt en nu niemand meer hadden die voor hen kon zorgen. Het was ook de plek waar krankzinnigen werden opgesloten. De gave was slechts van beperkt nut voor de bestrijding van geestesziekten.
Toen ze vlak bij de deur was, deed Verna haar Han in een lamp en droeg die met zich mee toen ze de eenvoudige geverfde gangen door liepen, op weg naar de plaats waar Warren had gezegd dat Simona was opgesloten. Slechts een paar kamers waren bezet, en de bewoners lieten gesnurk, pufjes en kuchjes door de donkere gangen weerklinken.
Toen ze bij het eind van de gang waren aangekomen waar de ouderen en zwakkeren waren gehuisvest, moesten ze een drietal gammele deuren door die alle waren afgeschermd met sterke webben van uiteenlopende samenstelling. Maar schilden konden worden doorbroken door mensen met de gave, zelfs door zwakzinnigen. De vierde deur was van ijzer en had een massieve klink die werd beschermd door een ingewikkeld schild, ontworpen om pogingen om hem vanaf de andere kant te openen, met behulp van magie te verijdelen: hoe meer kracht er werd gebruikt, des te vaster kwam de klink te zitten. Hij was door drie Zusters aangebracht en kon er dus niet door iemand aan de andere kant worden afgehaald.
Twee bewakers gingen in de houding staan toen zij en Warren de hoek om liepen. Ze bogen hun hoofd maar gingen geen stap van de deur vandaan. Warren groette ze vriendelijk en gebaarde ze met een snelle handbeweging de klink van de deur te halen.
'Sorry, jongeman, we mogen hier niemand binnenlaten.'
Verna keek de bewaker met vurige ogen aan en duwde Warren opzij. 'Is dat zo, mijn jongen?' Hij knikte zelfverzekerd. 'En wie heeft je die opdracht dan wel gegeven?'
'Mijn commandant, Zuster. Ik weet niet wie hem die opdracht heeft gegeven, maar dat moet een Zuster van enig gezag zijn.'
Ze trok een nors gezicht en hield de ring met het zonnestraalmotief vlak voor zijn gezicht. 'Meer gezag dan dit?'
Zijn ogen werden groot. 'Nee, Priores. Natuurlijk niet. Vergeeft u me, ik had u niet herkend.'
'Hoeveel mensen zijn er achter deze deur?'
De klink maakte een luid gekletter door de gang. 'Alleen de ene Zuster, Priores.'
'Zijn er geen Zusters bij haar?'
'Nee. Ze zijn vanavond weg.'
Warren grinnikte zodra ze aan de andere kant waren en ze hem niet konden horen. 'Zo te zien heb je eindelijk een nuttige bestemming voor die ring gevonden.'

Verna ging langzamer lopen en bleef opeens met een raadselachtige blik staan. 'Warren, hoe is volgens jou die ring na de begrafenis op die sokkel terechtgekomen?'
Warrens grijns hield stand, maar was niet echt overtuigend. 'Nou, eens kijken...' De grijns verdween ten slotte van zijn gezicht. 'Ik weet het niet. Wat denk jij?'
Ze schudde haar hoofd. 'Er zat een lichtschild omheen. Er zijn niet veel mensen die zo'n web kunnen weven. Als Priores Annalina alleen mij vertrouwde, zoals jij zei, wie zou ze dan genoeg vertrouwen om de ring daar neer te leggen en er zo'n net omheen te weven?'
'Ik kan niemand bedenken.' Warren hees zijn vochtige gewaden op zijn schouders. 'Zou ze dat web zelf geweven kunnen hebben?'
Verna trok een wenkbrauw op. 'Vanaf de brandstapel?'
'Nee, ik bedoel: had ze het zelf geweven kunnen hebben en het iemand anders daar hebben laten ophangen. Je weet wel, zoals je een stok kunt omgeven met toverkracht, zodat iemand anders er een lamp mee kan aansteken. Ik heb dat Zusters wel zien doen, zodat het personeel de lampen kon aansteken zonder te hoeven rondlopen met een brandende kaars waar heet kaarsvet vanaf druipt op hun vingers of op de vloer.'
Verna tilde de lamp een stukje op om hem in de ogen te kunnen kijken. 'Warren, wat briljant!'
Hij glimlachte. De glimlach vervaagde. 'Maar de vraag blijft: wie?'
Ze liet de lamp zakken. 'Misschien iemand van het personeel die ze vertrouwde. Iemand zonder de gave, zodat ze zich geen zorgen hoefde te maken dat ze...' Ze keek achterom de donkere, lege gang door. 'Je weet wel wat ik bedoel.' Hij knikte bevestigend toen ze ging lopen. 'Ik zal het moeten uitzoeken.'
Onder de deur van Zuster Simona's kamer door kwam geflikker – geluidloze kleine lichtflitsen die steeds uit de spleet onder de deur kwamen. Het schild fonkelde toen de knetterende lichtstraaltjes het beroerden, de kracht met tegenkrachten deden oplossen en de magie met tegengestelde magie neutraliseerden. Zuster Simona probeerde het schild te doorbreken.
Zuster Simona was gestoord – dat moesten ze verwachten. De vraag was: waarom werkte het niet? Verna herkende het schild om de deur en wist dat het iets eenvoudigs was dat werd gebruikt om koppige jonge tovenaars achter slot en grendel te houden.
Verna opende zich voor haar Han en stapte door het schild. Warren deed hetzelfde toen ze aanklopte. De lichtflitsen die onder de deur door kwamen, hielden meteen op.
'Simona? Ik ben het, Verna Sauventreen. Je weet toch nog wie ik ben, hè lieverd? Mag ik binnenkomen?'

Er kwam geen antwoord, dus Verna draaide aan de knop en deed de deur voorzichtig open. Ze hield de lamp voor zich en stuurde het gelige schijnsel naar voren om het donker in de kamer te verbreken. De kamer was leeg, op een dienblad met een schenkkan, brood, fruit, een veldbed, een po en een klein, smerig vrouwtje dat ineengedoken in een hoek zat, na.
'Laat me met rust, duivelsmens!' gilde ze.
'Simona, het is goed. Ik ben het maar, Verna, en mijn vriend Warren. Wees maar niet bang.'
Simona knipperde tegen het licht alsof de zon net was opgegaan. Verna zette de lamp achter zich neer zodat de vrouw er niet door werd verblind.
Simona tuurde omhoog. 'Verna?'
'Dat klopt.'
Simona kuste haar ringvinger twaalf keer en overlaaddde de Schepper met dankbetuigingen en zegeningen. Ze kroop op handen en knieën door het kamertje, graaide naar de zoom van Verna's jurk en kuste ook die keer op keer.
'O, dank je dat je bent gekomen.' Ze krabbelde overeind. 'Vlug! We moeten vluchten!'
Verna greep de vrouw bij de schouders en zette haar op haar veldbed. Met zachte hand streek ze de dikke bos grijs haar glad.
Haar hand verstijfde.
Simona had een halsband om haar nek. Daarom kon ze het schild niet doorbreken. Verna had nog nooit een Zuster een Rada'Han zien dragen. Ze had honderden jongetjes en jongemannen er een zien dragen, maar nog nooit een Zuster. Ze werd bijna misselijk als ze ernaar keek. In het grijze verleden was haar geleerd dat Zusters die krankzinnig waren geworden, een Rada'Han om de nek kregen. Iemand met de gave die door krankzinnigheid was bezeten was hetzelfde als een bliksemschicht afvuren op een stampvol marktplein. Zo iemand moest je tegen zichzelf in bescherming nemen. Maar toch...
'Simona, je bent veilig. Je bent in het paleis, onder de hoedende ogen van de Schepper. Er kan je niets gebeuren.'
Simona barstte in tranen uit. 'Ik moet vluchten. Alsjeblieft, laat me gaan. Ik moet vluchten.'
'Waarom moet je vluchten, lieverd?'
De vrouw veegde de tranen van haar vuile gezicht. 'Hij komt.'
'Wie?'
'Degene uit mijn dromen. De droomwandelaar.'
'Wie is die droomwandelaar?'
Simona kromp ineen en deinsde achteruit. 'De Wachter.'

Verna zweeg even. 'Is die droomwandelaar dezelfde als de Wachter?' Ze knikte zo heftig dat Verna bang was dat haar nek ontwricht zou raken. 'Soms. Soms is hij de Schepper.'
Warren boog zich tussen hen in. 'Wat?'
Simona week achteruit. 'Ben jij hem? Jij?'
'Ik ben Warren, Zuster. Ik ben student, dat is alles.'
Simona legde een vinger tegen haar gebarsten lippen. 'Dan moet je ook wegvluchten. Hij komt. Hij wil mensen met de gave.'
'Die figuur uit jouw dromen?' vroeg Verna. Simona knikte driftig. 'Wat doet hij in je dromen?'
'Hij martelt me. Hij doet me pijn. Hij...' Ze kuste haar ringvinger als een bezetene en smeekte de Schepper daarmee om bescherming. 'Hij zegt me dat ik mijn eed moet verzaken. Hij draagt me dingen op. Hij is een duivel. Soms doet hij zich als de Schepper voor, om me voor de gek te houden, maar ik weet dat hij het is. Ik weet het. Hij is een duivel.'
Verna omhelsde de bange vrouw. 'Het is alleen maar een nachtmerrie, Simona. Het is niet echt. Probeer dat in te zien.'
Simona schudde haar hoofd bijna van haar romp. 'Nee! Het is een droom, maar het is echt. Hij komt! We moeten er vandoor!'
Verna glimlachte uit medeleven. 'Waarom denk je dat?'
'Dat heeft hij gezegd. Hij komt.'
'Begrijp je het niet, schat? Dat was alleen maar in je droom, niet als je wakker bent. Het is niet echt.'
'Dromen zijn echt. Als ik wakker ben, weet ik het ook.'
'Je bent nu wakker. Weet je het nu, liever?' Simona knikte. 'Hoe weet je, als je wakker bent, dat hij niet in je hoofd zit en je dezelfde dingen vertelt als wanneer je droomt?'
'Ik hoor zijn signaal.' Ze keek van Verna naar Warren en toen van Warren weer naar Verna. 'Ik ben niet gek. Beslist niet. Horen jullie de trommels niet?'
'Ja Zuster, we horen de trommels.' Warren glimlachte. 'Maar dat is uw droom niet. Dat zijn gewoon de trommels waarmee men de naderende komst van de keizer aankondigt.'
Simona legde haar vinger weer tegen haar mond. 'Keizer?'
'Ja,' zei Warren geruststellend, 'de keizer van de Oude Wereld. Hij komt hier op bezoek, dat is alles. Dat willen die trommels zeggen.'
Ze rimpelde bezorgd het voorhoofd. 'De keizer?'
'Ja,' zei Warren. 'Keizer Jagang.'
Met een rauwe gil sprong Simona in een hoek. Ze schreeuwde alsof ze met messen werd bewerkt. Ze zwaaide met haar handen om zich heen. Verna stoof op haar af en probeerde haar armen vast te pakken en haar te kalmeren.

'Simona, samen met ons ben je veilig. Wat heb je toch?'
'Dat is hem!' gilde ze. 'Jagang! Zo heet de droomwandelaar! Laat me gaan! Laat me alsjeblieft gaan, voor hij komt!'
Simona rukte zich los, rende als bezeten de kamer rond en vuurde bliksemflitsen om zich heen af. Die krabden de verf van de muren als gloeiende klauwen. Verna en Warren probeerden haar te kalmeren, haar beet te pakken en haar te stoppen. Toen Simona merkte dat ze de kamer niet uit kon, begon ze met haar hoofd tegen de muur te slaan. Simona was een kleine vrouw, maar ze leek de kracht te hebben van tien mannen. Uiteindelijk voelde Verna zich met grote tegenzin gedwongen de Rada'-Han te gebruiken om haar onder bedwang te krijgen.
Nadat ze haar hadden gekalmeerd, genas Warren Simona's bloedende voorhoofd. Verna herinnerde zich een bezwering die ze eens had geleerd en die men toepaste op jongens die pas in het paleis waren en last hadden van nachtmerries waarin ze van hun ouders werden weggehaald. Het was een bezwering die angst verdreef en het bange kind een droomloze slaap schonk. Verna nam de Rada'Han in haar handen en straalde met haar Han Simona in. Eindelijk vertraagde haar adem. Ze verslapte en viel in slaap. Verna hoopte dat het een droomloze slaap zou zijn.
Verna sloot de deur van de donkere kamer en leunde er tegenaan. Ze was geschokt. 'Ben je te weten gekomen wat je wilde weten?'
Warren slikte. 'Ik ben bang van wel.'
Dat antwoord had Verna niet verwacht. Hij zei verder niets. 'Nou?'
'Nou, ik ben er niet zo zeker van dat Zuster Simona krankzinnig is. Tenminste, niet in de gebruikelijke zin des woords.' Hij plukte aan het vlechtwerk op de mouw van zijn gewaad. 'Ik moet nog wat meer lezen. Het zou een kleinigheid kunnen zijn. De boeken zijn ingewikkeld. Ik laat het je weten als ik iets heb gevonden.'
Verna kuste haar vinger, maar de ring van de Priores tegen haar lippen voelde nog wat onwennig aan. 'Lieve Schepper,' bad ze hardop, 'behoed deze dwaze jongeman, want ik zou al zijn haar van zijn hoofd kunnen rukken, en daarna zou ik hem met mijn blote handen kunnen wurgen.'
Warren rolde met zijn ogen. 'Luister, Verna...'
'Priores,' verbeterde ze.
Warren zuchtte en knikte na een tijdje. 'Ik zal het je maar vertellen, maar begrijp goed dat dit een hele oude en geheimzinnige vertakking is. De profetieën wemelen van de valse vertakkingen. Deze is tweemaal zo verdorven, door ouderdom en zeldzaamheid. Dat alleen al maakt hem verdacht, afgezien van al het andere. In boekdelen die zo oud zijn, zitten legio kruisverwijzingen en valstrikken, en ik zal maanden werk hebben om die na te trekken. Sommige dwarsverbindingen worden uitgesloten door drievoudige vertakkingen. Als je een drievoudige vertakking tot zijn

oorsprong volgt, dan worden valse vertakkingen op de hoofdtak gekwadrateerd, en als daar drievoudige tussen zitten, nou, dan zal het raadsel dat veroorzaakt wordt door de geometrische progressie die je tegenkomt omdat...'

Verna legde hem het zwijgen op door haar hand op zijn arm te leggen. 'Warren, ik weet dat allemaal al. Ik begrijp de graden van progressie en regressie met betrekking tot willekeurige variabelen in een tweesprong van een drievoudige vertakking.'

Warren maakte een snel handgebaar. 'Natuurlijk, ja. Ik vergeet zowaar wat een goede leerling jij was. Het spijt me. Ik zit gewoon te ratelen, denk ik.'

'Voor de draad ermee, Warren. Wat zei Simona waardoor jij denkt dat ze misschien niet krankzinnig is "in de gebruikelijke betekenis"?'

'Ze had het over de droomwandelaar. In twee van de oudste boeken wordt een paar keer naar een "droomwandelaar" verwezen. Die boeken verkeren in slechte staat en zijn eigenlijk weinig meer dan stof, maar wat me de meeste zorgen baart is dat de vermelding van het begrip "droomwandelaar" – gezien het feit dat de boeken zo oud zijn – ons alleen al vreemd in de oren zou kunnen klinken, omdat we slechts over twee teksten beschikken. Toentertijd zou het in feite misschien helemaal niet zo ongebruikelijk geweest kunnen zijn. De meeste boeken uit die tijd zijn verloren gegaan.'

'Hoe oud?'

'Meer dan drieduizend jaar.'

Verna trok een wenkbrauw op. 'Uit de tijd van de grote oorlog?' Warren zei dat ze gelijk had. 'Maar wat staat er dan in over de droomwandelaar?'

'Nou, dat is niet zo een-twee-drie te begrijpen. Als ze het al over hem hebben, dan gaat het niet zozeer over een mens, maar meer over een wapen.'

'Een wapen? Wat voor wapen?'

'Dat weet ik niet. In een breder verband is het ook niet echt een voorwerp, maar meer een geheel, hoewel het ook weer een persoon zou kunnen zijn.'

'Misschien is het bedoeld op de manier zoals men iemand omschrijft die goed is in iets, zoals een meester-zwaardvechter vaak vol eerbied wordt aangeduid met het wapen dat hij gebruikt.'

Warren stak een vinger op. 'Dat is het. Wat een goede manier om dat te omschrijven, Verna.'

'Wat zeggen de boeken over wat dit wapen met zijn vaardigheid deed?'

Warren zuchtte. 'Ik weet het niet. Maar ik weet wel dat de droomwandelaar iets te maken had met de Torens van de Verdoemenis die de Ou-

de en de Nieuwe Wereld uiteindelijk van elkaar scheidden en ze de laatste drieduizend jaar gescheiden hebben gehouden.'
'Je bedoelt dat de droomwandelaars die torens hebben gebouwd?'
Warren boog zich naar haar toe. 'Nee. Ik denk dat men die torens juist heeft gebouwd om ze tegen te houden.'
Verna verstijfde. 'Richard heeft die torens neergehaald,' zei ze hardop, zonder dat te willen. 'En verder?'
'Dat is voorlopig alles wat ik weet. Zelfs wat ik je heb verteld, berust voor het grootste deel op vermoedens. We weten niet veel af van de boeken uit de oorlogstijd. Voor zover ik weet, kunnen het ook gewoon sprookjes zijn.'
Verna keek veelbetekenend naar de deur achter zich. 'Wat ik daar heb gezien zag er echt genoeg uit, volgens mij.'
Warren trok zijn gezicht in een grimas. 'Dat vind ik ook.'
'Wat bedoelde je toen je zei dat ze niet gek is "in de gebruikelijke zin des woords"?'
'Ik denk niet dat Zuster Simona waanzinnige dromen heeft of zich dingen voorstelt – ik denk dat er echt iets is gebeurd, iets dat haar heeft gemaakt tot degene die wij voor ons zien. De boeken zinspelen op gevallen waarin deze of gene "zwaardkunstenaar" een vergissing begaat en het zijn ondergeschikte onmogelijk maakt zijn dromen van de werkelijkheid te onderscheiden, alsof zijn geest nooit geheel uit de nachtmerries kan ontwaken of zich al slapende aan de wereld om zich heen kan onttrekken.'
'Dat lijkt volgens mij behoorlijk op krankzinnigheid, als je niet in staat bent de werkelijkheid van de niet-werkelijkheid te onderscheiden.'
Warren hield zijn handpalm omhoog. Vlak boven zijn huid ontbrandde een vlammetje. 'Wat is werkelijkheid? Ik stelde me voor dat er een vlam was, en mijn "droom" werd werkelijkheid. Mijn wakend intellect heerst over wat ik doe.'
Ze trok aan een bruine krul terwijl ze hardop nadacht. 'Net zoals de sluier de wereld van de levenden scheidt van de wereld der doden, is er een barrière in onze geest die de werkelijkheid van de fantasie of de dromen scheidt. We bepalen met onze discipline en wilskracht wat voor ons werkelijkheid is.'
Plotseling keek ze omhoog. 'Lieve Schepper, de barrière in onze geest belet ons onze Han te gebruiken terwijl we slapen. Als die barrière er niet was, dan zou iemand geen intellectuele controle over zijn Han hebben, terwijl hij sliep.'
Warren knikte. 'We hebben wel degelijk controle over onze Han. Als we ons er een voorsteling van maken, dan kan hij echt worden. Maar ons bewuste voorstellingsvermogen wordt overvleugeld door de beperkingen

van ons intellect.' Hij boog zich naar haar toe met een gevoelige blik in zijn blauwe ogen. 'De slapende fantasie kent vrijwel geen enkele van zulke beperkingen. Een droomwandelaar kan de werkelijkheid vervormen. Mensen met de gave kunnen die tot leven brengen.'

'Inderdaad, een wapen, dus,' fluisterde ze.

Ze nam Warren bij de arm en begon de gang door te lopen. Al was het onbekende angstaanjagend, het was een hele troost om ten minste een vriend te hebben die haar kon helpen. Haar hoofd tolde van verwarring, twijfel en vragen. Zij was nu de Priores en het was haar taak antwoorden te vinden, voordat het paleis door moeilijkheden zou worden geteisterd.

'Wie zijn er gestorven?' vroeg Warren na een tijdje.

'De Priores en Nathan,' zei Verna afwezig, want zo ver weg was ze in gedachten.

'Nee, die hadden een begrafenisritueel. Ik bedoel: wie nog meer?'

Verna's gedachten keerden van een lange reis terug. 'Behalve de Priores en Nathan? Niemand. Er is al een hele tijd niemand gestorven.'

Het lamplicht danste in zijn blauwe ogen. 'Waarom heeft het paleis dan doodgravers in dienst genomen?'

19

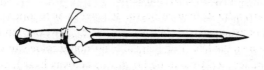

Richard zwaaide zijn been over de flank van zijn paard, belandde op de platgetrapte sneeuw van het stalerf en gooide de teugels naar een wachtende soldaat terwijl een compagnie van tweehonderd soldaten achter hem aan galoppeerde. Hij klopte zijn paard met zijn pijnlijke hoeven op de hals, terwijl Ulic en Egan vlak achter hem uitgeput afstapten. De stille, koude lucht van de late middag droeg zware ademtochten van zowel mannen als paarden met zich mee. De zwijgende mannen waren teleurgesteld en ontmoedigd – Richard was kwaad. Hij trok een dikke gewatteerde handschoen uit en krabde gapend aan zijn baard van vier dagen. Hij was moe, voelde zich smerig en was uitgehongerd, maar hij was vooral kwaad. De spoorzoekers die hem vergezelden, waren goede mannen, had Generaal Reibisch hem gezegd, en Richard had geen reden zijn woorden te betwisten, maar al waren ze dan goed, ze waren niet goed genoeg. Richard was zelf ook een goede spoorzoeker, en hij had meermalen tekens gezien die de anderen waren ontgaan, maar de twee dagen durende felle sneeuwstorm had hun taak onuitvoerbaar gemaakt, en uiteindelijk hadden ze het laten afweten.
Het zou überhaupt niet nodig zijn geweest, maar hij had zichzelf laten beetnemen. Dit was zijn eerste grote kans als leider, en hij had die verpest. Hij had die man nooit moeten vertrouwen. Waarom dacht hij altijd dat mensen het voor de redelijkheid zouden opnemen en het juiste deden? Waarom dacht hij altijd dat mensen van binnen iets goeds hadden en dat dat aan de oppervlakte wel zou blijken als ze de kans kregen?
Terwijl ze door de sneeuw sjokten, op weg naar het paleis waarvan de witte muren en torenspitsen in het halfduister van de avond zacht donkergrijs waren geworden, vroeg hij Ulic en Egan of ze Generaal Reibisch wilden zoeken en hem informeren naar andere rampen die zich misschien hadden voltrokken terwijl hij weg was. De Tovenaarstoren keek uit de

duistere schaduwen van de bergen op hem neer, en de sneeuw leek een donkere, mokkende, staalblauwe sjaal om zijn schouders.

Richard trof Vrouw Sanderholt, die druk bezig was met haar groepje dat in de lawaaiige keuken werkte, en vroeg of ze iets te eten kon halen voor hem en zijn twee grote bewakers; een stuk droog brood, wat overgebleven soep, het hinderde niet wat. Ze zag dat hij niet in de stemming was voor een conversatie en kneep hem zwijgend zacht in zijn arm en zei dat hij zijn voeten rust moest geven, terwijl ze aan zijn verzoek zou voldoen. Hij ging naar een rustig studeervertrek niet ver van de keukens om wat uit te rusten en wachtte tot de anderen waren teruggekeerd.

Berdine kwam bij de deuropening van de studeerkamer de hoek om en ging vlak voor hem staan. Ze droeg rood leer. 'Waar bent u nu weer in vredesnaam geweest?' vroeg ze op een ijzige, typisch Mord-Sith-achtige toon.

'In de bergen op spoken gejaagd. Hebben Cara en Raina je niet verteld waar ik heen was?'

'Ú hebt me dat niet verteld.' Haar harde blauwe ogen weken niet van zijn blik. 'Daar gaat het om. U knijpt er nooit meer tussenuit zonder mij eerst te vertellen waar u naartoe gaat. Hebt u dat begrepen?'

Richard voelde een koude rilling langs zijn ruggengraat lopen. Er was geen twijfel mogelijk over wie hier aan het woord was: niet Berdine de vrouw, maar Vrouw Berdine, een Mord-Sith. En dit was geen vraag – dit was een dreigement.

Richard schudde zichzelf even geestelijk door elkaar. Hij was alleen maar moe en hij had zich zorgen gemaakt om Meester Rahl. Hij had zich van alles in het hoofd gehaald. Wat was er met hem aan de hand? Ze was waarschijnlijk geschrokken toen ze wakker werd en had gezien dat hij op weg was naar Brogan en zijn zuster, de tovenares. Ze had een vreemd gevoel voor humor – misschien was dit in haar ogen wel een grapje. Hij forceerde zich zijn tanden bloot te grijnzen om haar bezorgdheid wat te verlichten.

'Berdine, je weet dat ik jou het aardigst vind. Ik heb al die tijd aan niets anders gedacht dan aan jouw glimlachende blauwe ogen.'

Richard deed een stap naar de deur. Ze zwaaide haar Agiel in haar vuist. Ze plantte de top tegen de verste deurpost en sneed hem de pas af. Hij had Berdine nog nooit zo'n sinistere houding zien aannemen.

'Ik vroeg u iets. Ik verwacht een antwoord. Ik vraag het geen tweede keer.'

Deze keer was er geen excuus voor haar toon, noch voor haar daden. Ze hield de Agiel pal voor zijn gezicht, en dat was niet toevallig. Voor de eerste keer zag hij haar echte Mord-Sith-persona – de persoonlijkheid die haar slachtoffers hadden aanschouwd – de kern van haar kwaadaardige, indoctrinerende karakter – en dat beviel hem allerminst. Een ogenblik keek hij met de ogen van de reddeloze slachtoffers die ze aan de punt van haar Agiel had gespietst. Niemand stierf een gerieflijke dood als gevangene van een Mord-Sith, en niemand behalve hij had hun beproeving ooit overleefd.

Hij kreeg opeens spijt van het vertrouwen dat hij in deze vrouwen had gesteld en zijn teleurstelling voelde als een steek in zijn rug.

In plaats van een koude rilling voelde hij nu kokende woede door zich kolken. Hij besefte dat hij iets zou moeten doen dat hem zou kunnen berouwen en wist zijn woede te beheersen, maar hij voelde de razernij in zijn blik opwellen.

'Berdine, zodra ik hoorde dat Brogan was ontsnapt, moest ik hem achterna, als ik nog enige kans wilde maken hem te vinden. Ik heb Cara en Raina verteld waar ik heenging, en op hun aandringen heb ik Ulic en Egan meegenomen. Jij sliep, en ik vond het niet nodig je wakker te maken.'

Ze bleef roerloos staan. 'Uw aanwezigheid was hier vereist. We hebben veel spoorzoekers en soldaten, maar we hebben maar één leider.' De punt van haar Agiel zwaaide in het rond en kwam vlak voor zijn ogen tot stilstand. 'Stel me niet weer teleur.'

Het kostte hem al zijn wilskracht om haar arm niet te breken. Ze trok haar Agiel terug, doofde haar vlammende blik, en liep op hoge poten weg.

In het kleine, van donkere lambriseringen voorziene kamertje smeet hij zijn zware huidenmantel tegen de muur naast de smalle haard. Hoe kon hij zo naïef zijn? Het waren slangen met giftanden, en hij had ze toegestaan zich om zijn nek te kronkelen. Hij werd omringd door vreemden. Nee, geen vreemden. Hij wist wat Mord-Sith waren: hij wist het een en ander van wat de D'Haranen hadden gedaan, hij wist het een en ander van wat de afgevaardigden van sommige landen hier hadden gedaan, en toch was hij zo dom te geloven dat ze goed zouden doen, als ze de kans kregen.

Hij leunde met een hand tegen het raamkozijn en staarde naar het donker wordende, bergachtige landschap, terwijl hij de warmte van het lage, knetterende houtvuur in zijn lichaam liet doordringen. De Tovenaarstoren in de verte keek nog steeds op hem neer. Hij miste Gratch. Hij miste Kahlan. Goeie geesten, wat wilde hij haar graag in zijn armen houden.

Misschien moest hij dit alles maar vergeten. Hij zou een plek in de bossen van het Hartland kunnen vinden waar ze hen nooit zouden vinden. Ze zouden met elkaar kunnen verdwijnen en de rest van de wereld aan zijn lot overlaten. Waarom zou hij zich druk maken – dat deden zij toch ook niet?

Zedd, ik heb je hier nodig. Je moet me helpen.
Richard zag een strook licht door de kamer naar zich toe kruipen, toen de deur openging. Hij keek over zijn schouder en zag Cara in de deuropening staan. Raina stond vlak achter haar. Ze droegen beiden hun donkerbruine leren tenue en glimlachten allebei ondeugend. Hij vond het niet grappig.
'Meester Rahl, wat fijn te zien dat uw fraaie huid nog steeds intact is.' Ze wierp haar blonde vlecht met een glimlachje over haar schouder. 'Hebt u ons gemist? Ik hoop dat u niet...'
'Ga weg.'
Haar schalkse glimlach verdween. 'Wat?'
Hij voer tegen haar uit. 'Ik zei: ga weg. Of ben je hier gekomen om me met een Agiel te bedreigen? Ik wil jullie Mord-Sith-smoelen nu niet zien. Wegwezen!'
Cara slikte. 'Mocht u ons nodig hebben, we zijn niet ver van u vandaan,' zei ze zacht. Ze keek alsof hij haar een klap in het gezicht had gegeven. Ze draaide zich om en gebaarde Raina met haar mee te gaan.
Toen ze weg waren, plofte Richard neer in een met kwastjes versierde leren stoel die achter een kleine, donkere, glanzende tafel met klauwpoten stond. De scherpe, rokerige geur van de haard maakte hem duidelijk dat er eikenhout in brandde, een houtsoort die hij zelf ook zou hebben uitgekozen op zo'n koude avond. Hij duwde de lamp tegen de muur, waar een groepje landschapsminiaturen hing. De grootste was niet groter dan zijn hand, maar toch stonden op elk schilderijtje grootse vergezichten afgebeeld. Hij keek naar de vredige taferelen en wenste dat het leven net zo eenvoudig zou zijn zoals het eruitzag op die idyllische schilderijen.
Hij werd uit zijn overpeinzingen gewekt toen Ulic en Egan samen met Generaal Reibisch in de deuropening verschenen.
De generaal sloeg met zijn vuist op zijn hartstreek. 'Meester Rahl, ik ben opgelucht te zien dat u veilig en wel bent teruggekeerd. Hebt u successen geboekt?'
Richard schudde zijn hoofd. 'De mannen die u me hebt gestuurd, waren even goed als u had gezegd, maar de omstandigheden waren meer dan bar. We hebben ze een tijdje kunnen achtervolgen, maar ze sloegen de Stentorstraat in en gingen naar het centrum van de stad. Zodra ze dat deden, kon je niet meer zien welke kant ze uit gingen. Waarschijnlijk naar het noordoosten, terug naar Nicobarese, maar we zijn in een cirkel om de stad getrokken voor het geval ze een andere kant uit gingen, maar we konden geen spoor meer van ze vinden. Onze nauwgezette zoekpogingen naar alle mogelijkheden nam vrij veel tijd in beslag, en de storm kreeg genoeg tijd hun spoor uit te wissen.'

De generaal murmelde, terwijl hij nadacht. 'We hebben de mannen die ze in hun paleis hadden achtergelaten, ondervraagd. Niemand wist waar Brogan heenging.'
'Misschien hebben ze gelogen.'
Reibisch streek met zijn duim over het litteken op de zijkant van zijn gezicht. 'Gelooft u me maar, ze wisten niet waar hij naartoe ging.'
Richard wilde de details niet horen van wat men namens hem had gedaan. 'Afgaand op de tekens die we in het begin zagen, konden we vaststellen dat ze slechts met hun drieën waren: ongetwijfeld Heer Generaal Brogan, zijn zuster, en die ander.'
'Nou, als hij zijn mannen niet bij zich had, dan lijkt het er meer op dat hij gewoon is gevlucht. U hebt hem waarschijnlijk doodsbang gemaakt, en hij heeft voor zijn leven gerend.'
Richard klopte met een vinger op de tafel. 'Misschien. Maar ik wilde dat ik wist waar hij heen was, gewoon, voor het geval dat.'
De generaal haalde zijn schouders op. 'Waarom hebt u geen volgwolk over hem heen gelegd of uw magie gebruikt om hem te kunnen achtervolgen? Dat deed Darken Rahl altijd als hij iemand wilde achtervolgen.'
Richard wist dat maar al te goed. Hij wist wat een volgwolk was en hoe onfortuinlijk het daarmee was afgelopen. Het was allemaal begonnen toen Darken Rahl een volgwolk boven Richard had neergelaten, zodat hij hem op zijn gemak kon ontbieden om het *Boek van de Getelde Schaduwen* terug te vragen. Zedd had Richard op zijn tovenaarsrots neergezet om de wolk te kunnen losmaken. Hoewel hij de magie door zich heen had voelen stromen, wist hij niet hoe die werkte. Hij had Zedd ook wat van zijn magische stof zien gebruiken om hun sporen te wissen en om Darken Rahl te beletten hen te volgen, maar hoe dat in zijn werk ging, wist hij evenmin.
Richard wilde eigenlijk Generaal Reibisch' vertrouwen in hem aan het wankelen brengen door toe te geven dat hij nog niet eens de basisprincipes van magie kende. Hij voelde zich op het ogenblik niet zo op zijn gemak tussen zijn bondgenoten.
'Als de hemel vol stormwolken is, kun je geen volgwolk aan iemand vasthechten. Je zou niet te weten komen welke de jouwe is – de wolk die je wilt volgen. Lunetta, Brogans zuster, is een toveneres, en ze zou best eens magie kunnen gebruiken om hun spoor uit te wissen.'
'Dat is vervelend.' De Generaal krabde zijn baard en leek Richards bluf te geloven. 'Nou ja, magie is niet mijn specialiteit. Daarvoor hebben we u.'
Richard sneed een ander onderwerp aan. 'Hoe staan de zaken er hier voor?'
De generaal grijnsde gemeen. 'Er is geen zwaard in de stad dat niet van

ons is. Sommigen vonden dat niet leuk, maar toen we hun de alternatieven hadden uitgelegd, gingen ze allemaal huns weegs, zonder te vechten.'
'Nu, er kwam toch wat meer bij kijken.'
'Ook de Bloedbroederschap, in het paleis in Nicobarese?'
'Die zullen met hun vingers moeten eten. We hebben ze alles afgenomen, behalve hun lepels.'
Richard wreef in zijn ogen. 'Goed. U hebt prima werk geleverd, Generaal. Maar hoe zit het met de mriswith? Hebben die nog iemand aangevallen?'
'Niet sinds die eerste bloederige avond. Het is heel rustig geweest. Goh, ik heb zelfs beter geslapen dan de laatste weken. Sinds u de macht hebt overgenomen, heb ik zelfs nooit meer van die dromen gehad.'
Richard keek op. 'Dromen? Wat voor dromen?'
'Nou...' De generaal krabde op zijn hoofd met het roestkleurige haar. 'Dat is vreemd. Ik kan ze me nu niet meer herinneren. Ik had van die dromen die me ongerust maakten, maar sinds uw komst heb ik die niet meer. U weet hoe dat gaat met dromen – na een tijdje vervagen ze, en kun je je ze niet meer herinneren.'
'Dat zal wel.' Deze hele toestand begon op een droom te lijken: een nachtmerrie. Richard wenste dat het daarbij zou blijven. 'Hoeveel man hebben we verloren toen die mriswith ons aanvielen?'
'Iets minder dan driehonderd.'
Richard veegde over zijn voorhoofd en kreeg last van een knagend gevoel in zijn maag. 'Ik dacht niet dat er zoveel lijken waren. Volgens mij waren het er niet zoveel.'
'Ja, maar de anderen zijn daarbij inbegrepen.'
Richard haalde zijn hand van zijn gezicht vandaan. 'Anderen? Wat voor anderen?'
Generaal Reibisch wees door het raam. 'Die mannen daarginds. Op de weg vlakbij de Tovenaarstoren zijn ook bijna tachtig man neergesabeld.'
Richard draaide zich snel om en keek door het raam. Slechts het silhouet van de Tovenaarstoren was zichtbaar tegen de donkerviolette hemel. Zouden de mriswith proberen de Tovenaarstoren binnen te dringen? Goede geesten, als ze dat deden, wat kon hij daar dan tegen doen? Kahlan had hem verteld dat de Tovenaarsburcht door krachtige bezweringen werd beschermd, maar hij wist niet of de webben schepsels als mriswith konden tegenhouden. Waarom zouden ze de Tovenaarsburcht willen binnendringen?
Hij zei tegen zichzelf dat hij zich niet door zijn eigen fantasie moest laten beetnemen – de mriswith hadden overal in de stad soldaten en andere mensen gedood. Over een paar weken zou Zedd terug zijn, en hij

zou weten wat er gedaan moest worden. Weken? Nee, het zou waarschijnlijk meer dan een maand duren, misschien wel twee. Kon hij zo lang wachten?
Misschien moest hij maar eens een kijkje gaan nemen. Maar dat zou ook onverstandig kunnen zijn. De Tovenaarsburcht was een oord vol krachtige magie, en hij wist niets van magie, behalve dat die gevaarlijk was. Het was alleen maar vragen om meer moeilijkheden. Hij had al genoeg problemen. Toch zou hij eens in zijn eentje poolshoogte moeten nemen. Dat zou misschien het beste zijn.
'Alstublieft, uw avondeten,' zei Ulic.
Richard draaide zich om. 'Wat? O, dank je wel.'
Vrouw Sanderholt hield een zilveren dienblad vast dat was volgeladen met een dampende groentestoofpot, bruin brood met dik boter, pikante eieren, gekruide rijst met bruine room, lamskoteletten, peren met witte saus en een mok honingthee.
Ze zette het dienblad met een vriendelijke knipoog neer. 'Eet alles op. Je zult ervan opknappen, en daarna moest je maar eens goed gaan slapen, Richard.'
De enige nacht die hij in het Paleis van de Belijdsters had doorgebracht, had hij in de raadskamer geslapen, in Kahlans stoel. 'Waar kan ik slapen?'
Ze haalde haar schouders op. 'Nu, u zou kunnen logeren in...' Ze zweeg even en hield zich in. 'U zou in de kamer van de Biechtmoeder kunnen logeren. Dat is de mooiste kamer van het paleis.'
Dat was de kamer waar hij en Kahlan hun huwelijksnacht zouden hebben doorgebracht. 'Op dit moment zou ik daar eigenlijk nogal wat moeite mee hebben. Is er geen ander bed waar ik in kan slapen?'
Vrouw Sanderholt gebaarde met haar omzwachtelde hand. Het verband was nu minder dik en een stuk schoner. 'In die vleugel daarginds, aan het eind rechtsaf, dan kom je bij een rij logeerkamers. We hebben op het ogenblik geen gasten, dus u hebt het voor het uitkiezen.'
'Waar zijn de Mord... Waar slapen Cara en haar twee vriendinnen?'
Ze trok een zuur gezicht en wees de andere kant uit. 'Ik heb ze naar de vleugel voor de bedienden gestuurd. Ze delen daar een kamer.'
Hoe verder van ze vandaan, des te beter, wat hem betrof. 'Wat goed van je, Vrouw Sanderholt. Dan slaap ik in een logeerkamer.'
Ze tikte Ulic met haar elleboog aan. 'En wat willen deze kanjers eten?'
'Wat hebt u allemaal?' vroeg Egan met een zeldzaam enthousiasme.
Ze trok een wenkbrauw op. 'Waarom komen jullie twee niet naar de keuken, dan kunnen jullie zelf iets uitkiezen.' Ze zag dat ze Richard aankeken. 'Het is vlakbij. Jullie zijn niet ver van je opdracht.'
Richard gooide de zijpanden van zijn zwarte mriswithcape over de arm-

leuningen van de stoel. Met een wuivend gebaar stuurde hij ze de kamer uit en nam een lepel groentestoofpot en een slok thee. Generaal Reibisch klopte met zijn vuist op zijn hart en wenste hem goedenacht. Richard beantwoordde zijn saluut met een sierlijke zwaai van een stuk bruin brood.

20

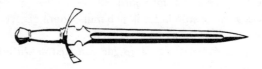

Het was een hele opluchting voor hem om eindelijk alleen te zijn. Hij was moe van al die mensen die klaar stonden om op zijn bevel overeind te springen. Hoewel hij had geprobeerd de soldaten op hun gemak te stellen, waren ze bang hem in hun buurt te hebben en leken ze te vrezen dat hij ze met magie zou neermaaien als ze er niet in slaagden Brogans spoor te vinden. Zelfs toen ze dat niet was gelukt en hij ze had gezegd dat hij daarvoor begrip had, waren ze niet gerustgesteld. Pas tegen het eind hadden ze zich wat ontspannen, maar ze hielden hem voortdurend in de gaten, voor het geval hij een bevel zou fluisteren dat hun zou kunnen ontgaan. Richard werd er nerveus van te zijn omgeven door mensen die zo'n ontzag voor hem hadden.
Zorgelijke gedachten woelden in zijn geest rond, terwijl hij de stamppot opat. Zelfs als hij niet compleet uitgehongerd was, had dit hem niet beter kunnen smaken. Het was niet vers bereid, maar het had flinke tijd staan sudderen en was verrijkt met een mengsel van smaken dat geen enkel ingrediënt dan de tijd eraan kon toevoegen.
Toen hij van zijn mok thee opkeek, stond Berdine in de deuropening. Zijn spieren spanden zich. Voor hij haar kon wegsturen, zei ze: 'Hertogin Lumholtz van Kelton is hier om Meester Rahl te spreken.'
Richard zoog aan een stuk vlees dat hij tussen zijn tanden geklemd hield en keek Berdine star aan. 'Ik ben niet geïnteresseerd in gesprekken met smekelingen.'
Berdine liep naar hem toe, maar werd tegengehouden door de tafel. Ze zwaaide haar golvende bruine vlecht over haar schouder. 'U zult haar toch echt te woord staan.'
Richard streelde met zijn vingers de vertrouwde deuken en krassen in het notenhouten gevest van het mes aan zijn gordel. 'De voorwaarden voor overgave staan niet ter discussie.'
Berdine plantte haar knokkels op de tafel en boog zich naar hem toe.

Haar Agiel, die aan een dunne ketting om haar pols hing, tolde om haar hand heen. Haar blauwe ogen leken op koud vuur. 'U zúlt haar te woord staan.'
Richard voelde dat zijn gezicht warm werd. 'Ik heb mijn antwoord gegeven. Ik geef je geen ander antwoord.'
Ze bleef staan waar ze stond. 'En ik heb mijn woord gegeven dat u met haar zou spreken. U zúlt met haar spreken.'
'Het enige wat ik van een afgevaardigde van Kelton wil horen, is onvoorwaardelijke overgave.'
'En dat zult u ook horen,' zei een melodieuze stem van een silhouet vlak achter de deuropening. 'Als u ermee instemt me tot het einde toe aan te horen. Ik ben niet gekomen om enig dreigement te uiten, Meester Rahl.'
Richard kon de aarzeling van angst in haar zachte, nederige toon horen. Die bracht een steek van medeleven in hem teweeg.
'Laat die dame binnen...' Hij keek Berdine opnieuw vernietigend aan. '... en doe dan de deur achter je dicht en ga naar bed.' Zijn toon liet er geen twijfel over bestaan dat dit een bevel was waarop hij geen tegenspraak duldde.
Berdine toonde geen enkele emotie. Ze liep naar de deur en stak haar armen uitnodigend naar voren. Toen de hertogin de warme gloed van het haardvuur tegemoet stapte, ging Richard staan. Berdine keek hem uitdrukkingsloos aan en sloot de deur, maar dat ontging hem bijna.
'Hertogin Lumholtz, komt u alstublieft binnen.'
'Dank dat u me aan wilt horen, Meester Rahl.'
Hij bleef even zwijgend staan en keek naar haar zachte bruine ogen, haar volle rode lippen en haar dikke manen van zwart haar dat haar smetteloze, stralende gezicht in krullen omgaf. Richard wist dat in het Middenland de haarlengte de sociale status van een vrouw aangaf. Het lange, weelderige haar van de vrouw getuigde van een hoge positie. Het enige haar dat hij ooit had gezien en dat langer was, behoorde aan een koningin toe, maar de Biechtmoeder had het langste haar.
Duizelig ademde hij diep in en wist hij nog net op tijd zijn goede manieren aan te spreken. 'Wacht, ik zal een stoel voor u halen.'
Hij kon zich niet herinneren dat de hertogin eruitzag als op dit moment en zo'n zuivere, innemende elegantie bezat, maar hij had ook nooit zo dicht bij haar gestaan. Hij herinnerde zich haar als een opzichtige vrouw, onnodig zwaar opgemaakt, in een japon die niet bepaald zo eenvoudig en verfijnd was als degene die ze nu droeg, en die van simpele, soepele, roze zijde was die gewillig over de contouren van haar lichaam golfde en haar bevallige lichaamsvormen aanvulde en vlak onder haar borsten haar lichaam nauw omsloot.
Richard zuchtte toen hij aan hun laatste ontmoeting dacht. 'Hertogin,

het spijt me dat ik zulke gemene dingen tegen u heb gezegd in de raadskamers. Zult u me dat ooit kunnen vergeven? Ik had naar u moeten luisteren – alles wat u deed was me voor Generaal Brogan waarschuwen.'
Toen hij die naam noemde, dacht hij angst in haar ogen te zien flitsen, maar dat duurde zo kort dat hij er niet helemaal zeker van was. 'Ik zou u vergiffenis moeten vragen, Meester Rahl. Het was onvergeeflijk van me om u te onderbreken toen u de vergadering van afgevaardigden toesprak.'
Richard schudde zijn hoofd. 'U wilde me slechts waarschuwen voor die man, en zoals inmiddels is gebleken, had u gelijk. Ik zou willen dat ik naar u had geluisterd.'
'Het was verkeerd van me dat ik mijn mening onder woorden bracht zoals ik toen deed.' Een ingetogen glimlach sierde haar gelaatstrekken. 'Slechts de meest galante heer zou het anders doen voorkomen.'
Richard bloosde toen hij hoorde dat ze hem galant vond. Zijn hart bonsde zo hard dat hij bang was dat ze de aderen in zijn nek kon zien kloppen. Om de een of andere reden stelde hij zich voor dat hij de donzige haarlok die losjes over haar oor hing met zijn lippen naar achteren streek. Het leek bijna pijnlijk zijn blik van haar gezicht los te maken.
Achter in zijn hoofd klonk een zacht stemmetje dat waarschuwde, maar dat werd overstemd door het gebulder van een rivier vol warme gevoelens. Met één hand greep hij de tweede van het paar met kwastjes versierde stoelen, draaide hem vlak voor de tafel op één poot snel om, en schoof hem naar haar toe.
'U bent allervriendelijkst,' stamelde de hertogin. 'Alstublieft, vergeeft u me dat mijn stem wat onvast klinkt. De afgelopen paar dagen zijn een bezoeking voor me geweest.' Ze schuifelde wat heen en weer bij haar stoel, sloeg haar ogen op en keek hem aan. 'Ik ben gewoon een beetje zenuwachtig. Ik heb nog nooit in het gezelschap verkeerd van een groots man als u, Meester Rahl.'
Richard knipperde en slaagde er niet in zijn ogen van haar af te houden, al deed hij daar grote moeite voor. 'Ik ben alleen maar een woudloper die ver van huis is.'
Ze lachte, en dat zijdezachte geluid veranderde de kamer in een knusse en gerieflijke plek.
'U bent de Zoeker. U bent de Meester van D'Hara.' De pret op haar gezicht maakte plaats voor een eerbiedige uitdrukking. 'Op een goede dag heerst u misschien over de wereld.'
Richard reageerde met een huiverend schouderophalen. 'Ik wil over niets heersen, alleen...' Hij dacht dat hij een dwaas leek. 'Alstublieft, waarom gaat u niet zitten, mevrouw?'
Haar glimlach keerde op haar gezicht terug en was zo stralend, warm

en vol tedere bekoring dat hij voelde dat hij erdoor verstarde. Hij kon de weldadige warmte van haar adem in zijn gezicht voelen.
Ze bleef hem aankijken. 'Vergeeft u me mijn brutaliteit, Meester Rahl, maar u weet waarschijnlijk wel dat uw ogen een vrouw waanzinnig van verlangen kunnen maken. Ik durf te wedden dat u elke vrouw in de raadskamers het hart hebt gebroken. De koningin van Galea moet een buitengewoon gelukkige vrouw zijn.'
Richard fronste zijn voorhoofd. 'Wie?'
'De koningin van Galea. Uw toekomstige bruid. Ik benijd haar.'
Hij keerde zich van haar af toen ze voorzichtig op het puntje van haar stoel ging zitten. Richard haalde diep adem, probeerde helder na te denken, liep om de tafel heen en liet zich in zijn eigen stoel zakken.
'Hertogin, het spijt me zo te moeten horen van de dood van uw man.'
Ze wendde haar blik af. 'Dank u, Meester Rahl, maar maakt u zich maar geen zorgen om mij – ik treur weinig om die man. Begrijp me niet verkeerd, ik wenste hem geen kwaad toe, maar...'
Richard begon een warm gevoel van binnen te krijgen. 'Heeft hij u gekwetst?'
Toen ze met een verlegen schouderophalen de andere kant uit keek, moest Richard met kracht de opwelling bedwingen om haar in zijn armen te nemen en haar te troosten. 'De hertog had een gemeen karakter.' Met sierlijke vingers streelde ze het glanzende bont op de zoom van haar hermelijnen japon. 'Maar het was niet zo erg als het misschien lijkt. Ik hoefde hem slechts zelden onder ogen te komen – hij was de meeste tijd weg en sliep nu eens in het ene en dan weer in het andere bed.'
Richards mond viel open. 'Liet hij u voor andere vrouwen in de steek?'
Haar onwillige knikje vertelde hem dat hij gelijk had.
'We hadden een verstandshuwelijk,' legde ze uit. 'Hoewel hij van adel was, betekende ons huwelijk voor hem een stap hoger op de sociale ladder. Hij heeft zijn titel ontleend aan zijn huwelijk met mij.'
'Wat bent u ermee opgeschoten?'
De ringvormige krulletjes aan weerszijden van haar gezicht gleden over haar jukbeenderen toen ze opkeek. 'Mijn vader werd een genadeloze schoonzoon met de aandelenportefeuille van zijn familie rijker, en wist zich tegelijkertijd van zijn nutteloze dochter te ontdoen.'
Richard veerde uit zijn stoel op. 'Zegt u toch niet zulke vreselijke dingen over uzelf. Als ik dit had geweten, dan had ik de hertog wel een lesje...' Hij liet zich weer achterover zakken. 'Vergeeft u me mijn vrijmoedigheid, hertogin.'
Volkomen ontspannen bevochtigde ze haar lippen met haar tong tot in de hoeken. 'Had ik u maar gekend toen hij me sloeg, dan was ik misschien zo vrij geweest om bij u bescherming te zoeken.'

Had hij haar geslagen? Richard wenste hevig dat hij bij haar was geweest om iets aan die situatie te doen.
'Waarom bent u niet van hem weggegaan? Waarom zou u dat allemaal verdragen?'
Ze keek zoekend in het lage haardvuur. 'Ik kon dat niet. Ik ben de dochter van de broer van de koningin. Bij ons soort mensen is scheiden niet toegestaan.' Plotseling bloosde ze en glimlachte verlegen. 'Hoor mij nou eens over mijn pietepeuterige probleempjes. Vergeeft u me, Meester Rahl. Anderen hebben veel meer moeilijkheden in hun leven dan een ontrouwe echtgenoot met een slagvaardige hand. Ik ben als vrouw niet ongelukkig. Ik heb verantwoordelijkheden tegenover mijn volk om me mee bezig te houden.'
Ze stak een van haar slanke vingers wijzend op. 'Hebt u misschien een slokje thee voor me? Mijn keel is er droog van, zoveel zorgen heb ik me gemaakt dat u...' Haar blosje nam opnieuw bezit van haar wangen. 'Dat u mijn hoofd zou afhakken als ik u tegen uw bevelen in zou bezoeken.'
Richard sprong overeind. 'Ik haal wat verse thee voor u.'
'Nee, alstublieft, ik wil u niet ontrieven. Een slokje is alles wat ik nodig heb. Echt waar.'
Richard greep de mok en gaf die aan haar.
Hij keek hoe haar lippen zich om de rand krulden. Hij keek naar het dienblad en spande zich in zijn gedachten tot zakelijke aangelegenheden te beperken. 'Waarover wilde u me spreken, hertogin?'
Nadat ze haar slokje had genomen, zette ze de mok precies voor Richard neer als hij daarvoor had gestaan door hem bij het oor te draaien. Op de rand van de mok zat een spoortje van haar rode lippenstift. 'Wat betreft die verantwoordelijkheden waarover ik het had. U moet weten dat de koningin op haar sterfbed lag, toen Prins Fyren werd gedood, en spoedig na hem overleed. Maar hoewel de prins ontelbare schofterige nazaten had, was hij niet getrouwd, en had hij dus geen kroost van enige positie.'
Richard had nog nooit zulke zachte bruine ogen gezien. 'Ik ben geen deskundige op het gebied van koninklijke aangelegenheden, Hertogin. Ik ben bang dat ik u niet kan volgen.'
'Wel, wat ik u probeer te zeggen is dat nu de koningin en haar enige opvolger dood zijn, Kelton zonder vorst zit. Aangezien ik wat de troonopvolging betreft de volgende ben in de familielijn – dochter van de overleden broer van de koningin – zal ik de koningin van Kelton opvolgen. Ik hoef me tot niemand meer te wenden om raad te vragen in de kwestie van onze overgave.'
Richard moest grote moeite doen zijn aandacht bij haar woorden te houden, en niet bij haar lippen. 'U bedoelt dat u de macht hebt Kelton tot overgave te bewegen?'

Ze knikte. 'Jazeker, Eminentie.'
Hij voelde dat zijn oren rood werden bij het aanhoren van de titel waarmee ze hem aansprak. Hij pakte de mok op en probeerde zoveel mogelijk van zijn blozende gezicht erachter te verbergen. Toen hij de pikante vlek lippenstift op de rand van de mok proefde, besefte Richard dat hij hem op precies dezelfde plek aan zijn lippen had gezet als de hertogin. Hij hield de mok stil terwijl hij het zachte, honingzoete warme vocht over zijn tong liet glijden. Met bevende hand zette hij de mok op het zilveren dienblad.

Richard veegde met zijn bezwete handpalmen over zijn knieën. 'Hertogin, u hebt gehoord wat ik te zeggen had. We vechten voor vrijheid. Als u zich aan ons overgeeft, zult u niet iets kwijtraken, maar u zult er juist rijker van worden. Onder ons bewind zal het bijvoorbeeld als een misdrijf worden aangerekend als een man zijn vrouw kwetst – een niet minder ernstig vergrijp dan wanneer hij op straat een onbekende zou verwonden.'

Haar glimlach had een zweempje opgewekte spot. 'Meester Rahl, ik ben er niet zeker van of zelfs u genoeg macht zult hebben om zoiets tot wet uit te roepen. In sommige gebieden in het Middenland geldt het voor een man slechts als een symbolische boete als hij zijn vrouw vermoordt, in het geval dat zij hem aanspoort tot een reeks wandaden. Vrijheid zou mannen overal dezelfde vrijbrief verschaffen.'

Richard streek met zijn vinger langs de rand van de kom. 'Het is verkeerd een onschuldige te benadelen, wie dat ook is. Vrijheid is geen excuus voor wangedrag. Mensen in sommige landen zouden niet hoeven lijden onder daden die in aangrenzende landen als misdaad te boek staan. Als we eenmaal verenigd zijn, zal die ongerechtigheid niet meer bestaan. Alle mensen zullen dan dezelfde vrijheden hebben, en dezelfde verantwoordelijkheden, en zullen onder rechtvaardige wetten leven.'

'Maar u kunt toch zeker niet verwachten dat u ze een halt kunt toeroepen, alleen door zulke algemeen aanvaarde gewoonten uit te roepen tot een vergrijp?'

'De moraal komt van boven af, zoals in een ouder-kindrelatie. De eerste stap is dat we goede wetten moeten opstellen, en moeten zorgen dat iedereen naar de letter daarvan leeft. Je kunt nooit een eind maken aan alle misdaad, maar als je niet straft, dan zal het zich verspreiden, totdat anarchie gehuld is in de kleren van verdraagzaamheid en begrip.'

Ze aaide met haar vingers over het zachte kuiltje onder aan haar hals. 'Meester Rahl, de dingen die u zegt, vervullen me met een zweempje hoop op de toekomst. Ik bid tot de goede geesten dat u erin zult slagen.'

'Dus u wilt zich bij ons aansluiten? Wilt u Kelton zich laten opgeven?'

Ze sloeg haar zachte bruine ogen smekend naar hem op. 'Er is wel een voorwaarde.'
Richard slikte. 'Ik heb nog zo gezegd: geen voorwaarden. Iedereen zal gelijk worden behandeld. Hoe kan ik anderen gelijkheid beloven als ik niet naar mijn eigen woord en wet leef?'
Ze maakte opnieuw haar lippen vochtig en begon angstig te kijken. 'Ik begrijp het,' fluisterde ze, en de stilte maakte haar bijna onverstaanbaar. 'Vergeeft u me dat ik slechts aan mijn eigen gewin denk. Een man van eer zoals u zou niet kunnen begrijpen hoe een vrouw als ik tot een dergelijk laag niveau zou kunnen afzakken.'
Richard zou zijn mes wel in zijn borst willen steken om haar door vrees te laten overspoelen.
'Wat is uw voorwaarde?'
Ze keek naar haar schoot waar ze haar handen in had genesteld. 'Na uw toespraak, toen mijn man en ik bijna thuis waren...' Ze trok een grimas terwijl ze slikte. 'We waren bijna veilig en wel thuis toen we door dat monster werden aangevallen. Ik heb het niet eens zien aankomen. Ik hield mijn man bij de arm. Toen zag ik een flits van staal.' Ze kreunde. Richard moest moeite doen te blijven zitten. 'De ingewanden kwamen uit het lichaam van mijn man, die vlak voor me stond.' Ze onderdrukte een gilletje. 'Het mes waarmee hij gedood werd, maakte in het voorbijgaan drie sneden in mijn mouw.'
'Ik begrijp wat u bedoelt, Hertogin, u hoeft niet...'
Ze stak haar bevende hand omhoog om hem het zwijgen op te leggen en haar betoog af te maken. Ze trok de zijden mouw van haar japon terug en liet drie sneden in haar onderarm zien. Richard herkende die drie sneden als de wond van een mriswith-mes. Hij had nooit vuriger gewenst dat hij zijn gave voor genezing kon gebruiken als op dat ogenblik. Hij had alles willen doen om die lelijke rode sneden van haar arm te halen. Ze schoof de mouw terug en leek de bezorgdheid van zijn gezicht te kunnen lezen. 'Het is niets. Nog een paar dagen, dan is die wond wel weer hersteld.' Ze klopte op het kuiltje tussen haar borsten. 'Wat ze me hierbinnen hebben aangedaan, dat zal nooit meer helen. Mijn man was een vaardig zwaardvechter, maar hij had even weinig kans als ik tegen die wezens. Ik zal nooit vergeten dat ik zijn warme bloed over mijn borst omlaag voelde sijpelen. Ik moet toegeven dat ik ontroostbaar schreeuwde totdat ik die japon van mijn lijf kon scheuren en het bloed van mijn naakte huid kon wassen. Ik was zo bang dat ik wakker zou worden en zou denken dat ik die japon nog steeds aanhad, dat ik sindsdien zonder ondergoed aan heb geslapen.'
Richard had gewild dat ze zich niet in zulke beeldende bewoordingen had uitgedrukt. Voor zijn geestesoog zag hij haar japon omhoog en om-

laag gaan. Hij dwong zich een slok thee te nemen, maar werd onverwachts geconfronteerd met haar lipafdruk. Hij veegde een zweetdruppel achter zijn oor vandaan.
'U had het over een voorwaarde?'
'Vergeeft u me, Meester Rahl. Ik wilde dat u mijn angst zou begrijpen, zodat u zich kunt verplaatsen in mijn toestand. Ik was zo bang.' Ze sloeg haar armen om zich heen en plooide haar japon, terwijl ze haar borsten tegen elkaar drukte.
Richard keek naar zijn maaltijd op het dienblad en wreef met zijn vingertoppen over zijn voorhoofd. 'Ik begrijp het. Maar die voorwaarde?'
Ze vermande zich, en ging rechtop zitten. 'Ik zal Kelton opofferen als u mij uw persoonlijke bescherming aanbiedt.'
Richard keek op. 'Wat?'
'U hebt die wezens daarginds gedood. Men zegt dat alleen u ze kunt doden. Ik ben doodsbang van die monsters. Als ik eenmaal bij u ben, mag de Orde ze gerust op me afsturen. Als u me toestaat dat ik hier onder uw bescherming blijf totdat het gevaar is geweken, dan is Kelton van u.'
Richard boog zich naar voren. 'U wilt zich alleen maar veilig voelen?'
Ze knikte terwijl ze iets ineenkromp, alsof ze vreesde dat hij haar hoofd zou afhakken om wat ze vervolgens ging zeggen. 'Ik wil een kamer vlak bij de uwe hebben, zodat u dichtbij genoeg bent om te hulp te komen als ik schreeuw. '
'En...'
Ze verzamelde genoeg moed om hem in de ogen te durven kijken.
'Verder niets. Dit is mijn voorwaarde.'
Richard lachte. Zijn angst werd minder, en ook de beklemming in zijn borst. 'U wilt alleen beschermd worden, zoals mijn bewakers dat met mij doen? Hertogin, dat is geen voorwaarde – u vraagt me om een simpele gunst: een volkomen redelijk en eerzaam verlangen om tegen onze meedogenloze vijanden te worden beschermd. Ik willig uw verzoek in.' Hij wees met zijn vinger. 'Ik slaap in een van de logeerkamers daarginds. Die kamers zijn allemaal vrij. U bent een hoog geëerde gast, net als al diegenen die aan onze kant staan, en u hebt het voor het kiezen. U mag de kamer vlak naast de mijne hebben, als u zich op die manier veiliger voelt.'
In vergelijking met de stralende blik die nu op haar gezicht verscheen, had ze nog nooit echt geglimlacht. Ze hield haar handen gekruist voor haar boezem. Ze slaakte een enorme zucht, alsof ze van de grootste gevaren was bevrijd. 'O, Meester Rahl, dank u.'
Richard veegde het haar van zijn voorhoofd. 'Morgenvroeg zal een afvaardiging onder begeleiding van onze troepen naar Kelton vertrekken. Uw strijdkrachten moeten onder ons bevel worden gebracht.'
'Ondergebracht... ja, natuurlijk. Morgen. Ik zal ze persoonlijk een brief

schrijven met de namen van al onze hoogwaardigheidsbekleders. Kelton is hierbij een deel van D'Hara.' Ze boog haar hoofd en haar donkere krullen gleden over haar rossige wangen. 'Het is voor ons een eer ons als eerste bij u aan te sluiten. Heel Kelton zal vechten voor vrijheid.'
Richard slaakte nu zelf een reusachtige zucht. 'Dank u, Hertogin... of kan ik u beter Koningin Lumholtz noemen?'
Ze leunde achterover, vlijde haar polsen op de armleuningen van de stoel en liet haar handen omlaag hangen. 'Geen van beide.' Ze sloeg haar ene been over het andere. 'Noemt u me maar Cathryn, Meester Rahl.'
'Goed, Cathryn, en alsjeblieft, noem mij dan Richard. Eerlijk gezegd word ik er zo langzamerhand moe van dat iedereen me...' Toen hij in haar ogen keek, vergat hij wat hij wilde zeggen.
Met een verlegen glimlach leunde ze voorover en liet haar ene borst langs de tafelrand glijden. Richard besefte dat hij weer op het puntje van zijn stoel zat, toen hij zag dat ze een krul van haar zwarte haar om haar vinger wond. Hij keek naar het dienblad met eten dat voor hem op tafel stond in een poging zijn spiedende ogen in toom te houden.
'Vooruit, Richard,' giechelde ze, absoluut niet meisjesachtig, maar eerder hees en vrouwelijk en bovendien allerminst als de stem van een dame. Hij hield zijn adem in om te voorkomen dat hij een luide zucht zou slaken. 'Ik weet niet of ik eraan kan wennen zo'n groot man als de Meester van D'Hara op zo'n intieme manier aan te spreken.'
Richard glimlachte. 'Je zult daar misschien wel enige oefening voor nodig hebben, Cathryn.'
'Oefening, ja,' zei ze met haar hese stem. Ze bloosde plotseling. 'Hoor mij nu weer eens ratelen. Die pijnlijk mooie grijze ogen van je maken dat elke vrouw zichzelf wegcijfert. Ik kan je maar beter door laten eten, voordat alles koud wordt.' Ze staarde naar het dienblad dat tussen hen in stond. 'Het ziet er heerlijk uit.'
Richard sprong op. 'Ik zal wat voor je laten brengen.'
Ze deinsde achteruit en vlijde haar schouders tegen de rugleuning van haar stoel. 'Nee, alsjeblieft. Je bent een druk bezet man, en je bent al vriendelijk genoeg voor me geweest.'
'Ik heb het helemaal niet druk. Ik neem alleen een hapje voordat ik ga slapen. Je zou me tenminste gezelschap kunnen houden terwijl ik eet – misschien wil je wat met me delen? Hier staat meer dan ik op kan – dat zou alleen maar zonde zijn.'
Ze schoof wat dichter tegen hem aan en leunde zwaar tegen de tafel. 'Nou, dat ziet er prachtig uit... en als je het toch niet allemaal opeet... misschien een klein hapje dan.'
Richard grijnsde. 'Wat wil je hebben? Stoofpot, pikante eieren, rijst, lamsvlees?'

Toen hij het lamsvlees aanwees, kirde ze van plezier. Richard schoof het goudgerande witte bord voorzichtig over het dienblad. Hij was niet van plan het vlees zelf te eten – sinds de gave in hem was ontwaakt, kon hij geen vlees meer eten. Het had iets te maken met de magie toen de gave zich manifesteerde, of misschien kwam het wel door de Zusters die hem hadden verteld dat alle magie in evenwicht moest zijn. Aangezien hij een oorlogstovenaar was, at hij misschien geen vlees om het feit te compenseren dat hij af en toe zelf slachtoffers moest maken.

Richard gaf haar zijn mes en vork. Ze schudde haar hoofd opnieuw glimlachend en pakte de lamskotelet met haar vingers van het bord. 'De Keltanen hebben een spreekwoord dat zegt dat als iets goed is, er niets tussen jou en jouw ervaring mag komen.'

'Dan hoop ik maar dat hij goed is,' hoorde Richard zichzelf zeggen. Voor de eerste keer sinds dagen voelde hij zich niet meer eenzaam.

Ze keek hem met haar bruine ogen aan, boog zich voorover, leunde op haar ellebogen en nam een bevallige hap. Richard keek als verlamd toe. 'En... is het lekker?'

Ze antwoordde hem door met haar ogen te rollen, haar oogleden te sluiten en haar schouders op te trekken, terwijl ze van uiterste verrukking kreunde. Ze keek hem weer aan en herstelde zo hun verzengende band. Haar mond omsloot het vlees en haar smetteloos witte tanden scheurden een sappig stuk vlees los. Haar lippen werden er vettig van. Hij dacht niet dat hij iemand ooit zo langzaam had zien kauwen.

Richard trok het zachte binnenste van het brood in tweeën en gaf haar het stuk met de meeste boter erop. Met de korst schepte hij wat rijst uit de bruine room. Hij hield zijn hand stil voor zijn mond toen ze het brood met één grote lik van de boter ontdeed.

Er kwam een goedkeurend spinnend geluid uit haar keel. 'Heerlijk, hoe glibberig het aanvoelt op mijn tong,' verklaarde ze bijna fluisterend. Ze liet het stuk brood uit haar glimmende, neerhangende vingers op het dienblad vallen.

Ze keek in zijn ogen toen ze met haar tanden het bot bewerkte en aan een rand knaagde. Met kleine hapjes zoog ze het stuk bot schoon. Het stuk brood wachtte voor Richards mond.

Haar tong streelde haar lippen. 'Het beste dat ik ooit heb geproefd.'

Richard besefte dat zijn vingers leeg waren. Hij dacht dat hij de schep rijst moest hebben opgegeten toen hij opeens de witte klodder op het dienblad onder zich zag.

Ze plukte een ei uit de kom, drukte haar lippen eromheen en beet het door midden. 'Hmm, goddelijk.' Ze duwde het ronde uiteinde van het ei tegen zijn lippen. 'Hier, proeft u eens.'

Het zijdeachtige oppervlak gaf een zacht-kruidige smaak op zijn tong en

voelde veerkrachtig aan. Ze duwde het met één vinger helemaal in zijn mond. Het was kauwen of stikken. Hij koos voor kauwen.
Ze maakte haar blik van de zijne los en inspecteerde het dienblad. 'Wat hebben we daar? O, Richard, zeg me niet dat het...' Ze streek met haar wijs- en middelvinger langs de kom met peren. Ze zoog de dikke witte saus van haar wijsvinger. Er droop een beetje van het suikerlaagje langs haar middelvinger op haar hand en pols. 'O jee, Richard, dit is verrukkelijk! Hier.'
Ze drukte haar middelvinger tegen zijn lippen. Voor ze het wist, zat haar hele vinger in zijn mond. 'Zuig maar schoon,' drong ze aan. 'Is dit niet het lekkerste wat je ooit hebt geproefd?' Richard knikte en probeerde op adem te komen toen ze haar vinger uit zijn mond trok. Ze hield haar pols schuin. 'Alsjeblieft, lik maar schoon, voordat dit op mijn japon terechtkomt.' Hij nam haar hand in de zijne en bracht hem naar zijn mond. Haar smaak prikkelde hem. De sensatie van haar huid tegen zijn lippen deed zijn hart pijnlijk bonzen.
Ze lachte vanuit haar keel. 'Dat kietelt! Wat heb jij een ruwe tong, zeg.' Hij liet haar hand los en ontwaakte uit dit intieme contact. 'Sorry,' fluisterde hij.
'Doe niet zo mal. Ik zei niet dat ik het niet leuk vond.' Haar blik ontmoette de zijne. Het licht van een lamp scheen zachtjes op de ene kant van haar gezicht en het schijnsel van het haardvuur zette haar andere gezichtshelft in vuur en vlam. Hij stelde zich voor dat hij zijn vingers door haar haren liet woelen. Ze ademden als één mens. 'Ik vond het lekker, Richard.'
Hij ook. De zaal leek rond te draaien. Als hij zijn naam uit haar mond hoorde, werd hij overspoeld door golven van geluk. Met een bovenmenselijke krachtsinspanning dwong hij zichzelf op te staan.
'Cathryn, het is laat, en ik ben doodmoe.'
Ze stond gewillig en onstuimig op en de sierlijke beweging waarmee ze dat deed, verried haar lichaamsvormen onder het zijden gewaad. Hij dreigde zijn zelfbeheersing te verliezen toen ze haar arm om hem heen sloeg en hem tegen zich aan trok. 'Laat me eens zien welke kamer de jouwe is.'
Hij voelde haar stevige borsten hard tegen zijn arm drukken toen hij haar naar de gang leidde. Ulic en Egan stonden niet ver van hen vandaan met de armen over elkaar. Iets verder weg, in de verste hoeken van de gang, kwamen Cara en Raina overeind. Richard zei niets tegen ze toen ze naar de logeerkamers liepen.
Cathryn streelde geestdriftig zijn schouder met haar vrije hand. De gloed van haar huid tegen de zijne verwarmde hem tot in zijn botten. Hij was er niet zeker van of zijn benen hem nog lang zouden kunnen dragen.

Toen hij de vleugel met logeerkamers had gevonden, wenkte hij Ulic en Egan. 'Houden jullie om de beurt de wacht. Ik wil dat een van jullie voortdurend de wacht houdt. Ik wil niet dat iemand of iets vannacht op deze gang komt.' Hij keek naar de twee Mord-Sith die achter in de gang stonden te wachten. 'Ook zij niet.' Ze stelden hem geen vragen en zwoeren dat zijn wil zou geschieden, en gingen toen in de houding staan.

Richard leidde Cathryn halverwege de gang door. Ze streelde nog steeds zijn arm. Haar borst drukte er nog steeds tegenaan.

'Ik denk dat deze kamer geschikt is.'

Haar lippen weken uiteen toen ze haar boezem ophief. Met haar delicate vingers greep ze zijn hemd beet.

'Ja,' fluisterde ze hijgend, 'deze kamer.'

Richard sprak het laatste sprankje wilskracht aan. 'Ik neem de kamer hiernaast. Hier zul je veilig zijn.'

'Wat?' Het bloed leek uit haar gezicht weg te stromen. 'Toe, Richard, alsjeblieft...'

'Welterusten, Cathryn.'

Ze greep zijn arm steviger vast. 'Maar... maar je moet meekomen. O, Richard, alsjeblieft. Zonder jou zal ik bang zijn.'

Hij kneep in haar hand toen ze zijn arm losliet. 'In jouw kamer ben je veilig, Cathryn. Maak je maar geen zorgen.'

'Misschien wacht daarbinnen wel iets op me. Alsjeblieft, Richard, kom toch met me mee.'

Richard glimlachte geruststellend. 'Daarbinnen is niets. Als hier ergens gevaar zou zijn, zou ik dat moeten kunnen voelen. Ik ben een tovenaar, weet je nog? Je bent hier volkomen veilig, en ik ben maar een paar voetstappen van je vandaan. Niets zal jouw nachtrust verstoren, dat zweer ik.'

Hij opende de deur, gaf haar een lamp die vlak bij de deur aan een haak hing en legde zijn hand onder op haar rug om haar aan te moedigen de kamer binnen te gaan.

Ze draaide zich om en streek met haar vinger over het midden van zijn borst. 'Zie ik je morgen?'

Hij maakte haar hand los van zijn borst en kuste die zo hoffelijk mogelijk. 'Reken maar. We hebben morgenvroeg veel te doen.'

Hij trok de deur van haar kamer dicht en ging naar zijn eigen kamer. De ogen van de twee Mord-Sith lieten hem geen moment onbespied. Hij keek toe terwijl ze zich met hun rug langs de muur lieten glijden en op de vloer gingen zitten. Ze sloegen beiden hun benen over elkaar alsof ze duidelijk maakten dat ze zo de hele nacht zouden blijven zitten, en ze hielden hun Agiel in beide handen.

Richard staarde lang naar de deur van Cathryns kamer. Het stemmetje achter in Richards hoofd schreeuwde als een bezetene. Hij rukte de deur van zijn eigen kamer open. Toen hij binnen was, deed hij de deur dicht, vlijde zijn gezicht er tegenaan terwijl hij op adem kwam. Hij dwong zichzelf de klink dicht te slaan.

Hij liet zich op de rand van het bed zakken en hield zijn gezicht in zijn handen. Wat bezielde hem? Zijn hemd was kletsnat van het zweet. Waarom zou hij zulke gedachten over die vrouw koesteren? Maar dat deed hij nu eenmaal. Goeie geesten, wat een gedachten. Hij herinnerde zich dat de Zusters van het Licht meenden dat mannen leden aan onbedwingbare driften.

Met een duizelingwekkende krachtsinspanning trok hij het Zwaard van de Waarheid uit de schede en een zacht, helder gerinkel vulde de donkere kamer. Richard zette de punt van het zwaard op de grond, hield met beide handen het gevest tegen zijn voorhoofd en liet zich overspoelen door de warmte van het zwaard. Hij voelde de stormachtige razernij in zijn ziel, en hoopte dat dat genoeg zou zijn.

In een duister hoekje van zijn geest besefte Richard dat hij in een dans met de dood was verwikkeld, en deze keer zou zijn zwaard hem niet kunnen redden. Maar hij wist ook dat hij geen keus had.

21

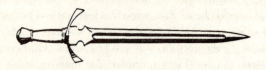

Zuster Philippa buitte haar toch al aanzienlijke lengte eens flink uit, toen ze haar rug strekte en erin slaagde langs haar smalle, rechte neus omlaag te kijken zonder de indruk te wekken dat ze op iemand neerkeek. Maar dat deed ze wel.
'Priores, u hebt u beslist niet goed genoeg in deze kwestie verdiept. Als u er wat grondiger over zou nadenken, zou u misschien beseffen dat de resultaten van drieduizend jaar de noodzaak daarvan billijken.'
Verna leunde met haar ellebogen op de tafel en steunde met haar kin op de muis van haar losse vuist terwijl ze een rapport doornam, en ze maakte het onmogelijk haar aan te kijken zonder de ambtsring met het patroon van zonnestralen te zien. Ze keek op om er zeker van te zijn dat Zuster Philippa haar ook daadwerkelijk aankeek.
'Dank u voor uw wijze raad, Zuster, maar ik heb al uitgebreid over deze kwestie nagedacht. Het is zinloos nog verder naar een opgedroogde bron te graven – daar word je alleen maar dorstiger van, waardoor je hoop wordt versterkt, maar je zult geen water vinden.'
Zuster Philippa's donkere ogen en uitheemse gelaatstrekken toonden zelden emoties, maar Verna merkte dat de spieren van haar smalle kaken zich spanden.
'Maar Priores... we zullen nooit kunnen vaststellen of een jongeling goede vorderingen maakt of genoeg heeft geleerd om te worden bevrijd van zijn Rada'Han. Het is de enige manier.'
Verna trok een grimas tegen het rapport dat ze las. Ze legde het voorlopig opzij en schonk al haar aandacht aan haar raadgeefster. 'Hoe oud bent u, Zuster?'
Zuster Philippa's stuurse blik hield stand. '479, Priores.'
Verna moest bekennen dat ze wel wat jaloers op haar was. De vrouw zag er nauwelijks ouder uit dan zijzelf, maar toch was zij in feite iets in de orde van driehonderd jaar ouder. Haar twintig-en-nog-wat jaar du-

rende afwezigheid van de betovering van het paleis had haar tijd gekost die ze niet meer kon terugwinnen. Ze zou nooit genoeg tijd van leven hebben om te kunnen leren wat deze vrouw had geleerd.
'Hoeveel jaar hebt u daarvan in het Paleis van de Profeten doorgebracht?'
'470, Priores.' Haar stembuiging bij het uitspreken van die titel was nauwelijks waarneembaar, tenzij je een goed verstaander was. En Verna was een goed verstaander.
'Dus u beweert dat de Schepper u een tijdsspanne van 470 jaar heeft gegund om kennis te nemen van zijn werk, om met jongemannen te kunnen werken en ze te leren hun gave te beheersen en tovenaars te worden, terwijl u in al die tijd niet in staat bent geweest de aard van uw studenten te doorgronden?'
'Nou nee, Priores, dat is niet bepaald wat...'
'Probeert u me nu te vertellen dat een heel paleis vol Zusters van het Licht niet slim genoeg is om te kunnen vaststellen of een jongeman die bijna tweehonderd jaar onder onze hoede heeft verkeerd en is onderwezen, aan promotie toe is zonder hem eerst te onderwerpen aan een wrede pijnproef? Hebt u zo weinig vertrouwen in de Zusters? In de wijsheid van de Schepper om ons uit te kiezen voor dit werk? Probeert u me te zeggen dat de Schepper ons heeft uitgekozen, ons gezamenlijk duizenden jaren ervaring heeft geschonken, terwijl we te dom zijn dit werk te doen?'
'Ik denk dat de Priores misschien...'
'Toestemming afgewezen. Ik vind het weerzinwekkend de Rada'Han voor zoiets te gebruiken en iemand zo pijn te doen. Ik kan iemand geestelijk uitkleden. Sommige jongemannen zijn tijdens die proeven nota bene gestorven.
Ga die Zusters maar vertellen dat ik verwacht dat ze met een voorstel komen om die taak zonder bloed, braaksel of geschreeuw tot een goed einde te brengen. U zou zelfs kunnen voorstellen dat ze iets revolutionairs proberen, zoals... ach, ik weet het niet – misschien een goed gesprek met die jongemannen? Tenzij de Zusters bang zijn dat ze slimmer zijn dan zij, in welk geval ik graag zou willen dat ze me daar een schriftelijke verklaring van stuurden, voor de goede orde.'
Zuster Philippa stond een tijdje sprakeloos en dacht waarschijnlijk na of het de moeite waard zou zijn deze discussie voort te zetten. Na een tijdje maakte ze onwillig een buiging. 'Heel wijs, Priores. Dank u dat u me hebt ingelicht.'
Ze draaide zich om en wilde weglopen, maar Verna riep haar terug.
'Zuster, ik weet hoe u zich moet voelen. Ik heb hetzelfde geleerd als u en geloofde daarin, net als u. Een jongeman van een jaar of twintig heeft me geleerd hoe ik me daarin heb vergist. Soms verkiest de Schepper het

Zijn licht op ons te laten schijnen op een manier die we niet verwachten, maar Hij verwacht dat we bereid zijn Zijn wijsheid te ontvangen, wanneer hij die ons presenteert.'

'Hebt u het over de jonge Richard?'

Verna pulkte met een vingernagel aan de zijkant van de slordige stapel rapporten die ze moest doornemen. 'Ja.' Ze liet haar officiële toon varen. 'Wat ik heb geleerd, Philippa, is dat die jongemannen, die tovenaars, een wereld in zullen worden gestuurd waarin ze op de proef zullen worden gesteld. De Schepper wil dat wij beoordelen of we ze hebben geleerd de pijn die ze zullen voelen en zien, ongeschonden te kunnen verduren.' Ze klopte op haar borst. 'Hier binnen. We moeten erachter zien te komen of ze de pijnlijke keuzes kunnen maken die in het licht van de Schepper soms van hen worden vereist. Dat is de betekenis van de pijnproef. Hun vermogen om kwellingen te doorstaan zegt ons niets over hun gevoel, hun moed, of hun barmhartigheid.

Je hebt zelf een pijnproef doorstaan, Philippa. Je zou hebben gevochten om Priores te worden. Je hebt er honderden jaren naartoe gewerkt om ten minste een serieuze gegadigde te kunnen zijn. Bepaalde gebeurtenissen hebben je die kans ontnomen, en toch heb je geen woord van verbittering tegen me gesproken, hoewel je iedere keer dat je naar mij kijkt, de pijn van jouw teleurstelling moet voelen. In plaats daarvan heb je je best gedaan me in mijn ambt zo goed mogelijk met jouw raad te dienen, en je hebt je ondanks die pijn ingespannen voor het belang van het paleis.

Zou ik beter zijn gediend als ik erop had aangedrongen dat je met martelingen zou worden beproefd voor je mijn adviseuse zou worden? Zou daar iets mee bewezen zijn?'

Zuster Philippa's wangen gloeiden. 'Ik zal niet liegen door te doen alsof ik het met je eens ben, maar ik begrijp nu tenminste dat je inderdaad zand uit de put hebt geschept, en hem niet domweg als een droge bron afdoet, omdat je je niet wilde inspannen. Ik zal je aanwijzing meteen opvolgen, Verna.'

Verna glimlachte. 'Dank je, Philippa.'

Philippa verried een zweem van een glimlach. 'Richard heeft hier een flinke opschudding veroorzaakt. Ik dacht dat hij van plan was ons allen te doden, maar nu blijkt hij een grotere vriend van het paleis te zijn dan enige tovenaar in drieduizend jaar.'

Verna lachte blafferig. 'Als jij zou weten hoe vaak ik heb moeten bidden om de verleiding te weerstaan hem te wurgen.'

Toen Philippa vertrok, keek Verna door de deuropening en zag Millie in het aangrenzende kantoor staan wachten tot ze werd binnengelaten om het kantoor schoon te maken. Verna rekte zich gapend uit, pakte het rapport dat ze opzij had gelegd, en liep naar de deur. Ze gebaarde Millie binnen te komen en wendde zich tot haar twee administratrices, de Zusters Dulcinia en Phoebe.

Voor Verna iets kon zeggen, stond Zuster Dulcinia tegenover haar met een stapel rapporten. 'Als u klaar bent, Priores, dan hebben we dit voor u.'

Verna pakte de stapel van haar aan, die ongeveer even zwaar was als een zuigeling, en ze zette hem op haar ene heup. 'Ja, goed, dank je wel. Het is al laat. Gaan jullie maar.'

Zuster Phoebe schudde haar hoofd. 'Nee hoor, Priores, ik vind dit werk leuk, en...'

'Morgen wordt het weer een lange dag werken. Ik wil niet dat jullie dan zitten te knikkebollen omdat jullie niet genoeg slaap hebben gehad. Ga nu maar, alletwee.'

Phoebe viste een stapel papieren op, waarschijnlijk om die naar haar eigen kantoor te brengen, zodat ze kon doorwerken. Phoebe scheen te denken dat ze met een papieren wedloop bezig waren – zodra ze het geringste vermoeden had dat Verna ze zou kunnen bijhouden, ging ze als een bezetene door met haar werk en behaalde een productie die aan het wonderbaarlijke grensde. Dulcinia pakte haar kopje thee van het bureau op en liet de papieren voor wat ze waren. Ze werkte in een afgemeten tempo en verlaagde zich er nooit toe zich te haasten om Verna voor te blijven, maar toch slaagde ze erin bijna naar eigen inzicht stapels rapporten te schrijven, die te sorteren en van aantekeningen te voorzien. Ze hoefden geen van beiden te vrezen dat Verna ze zou bijhouden: elke dag werd haar achterstand groter.

Beide Zusters groetten haar en spraken de hoop uit dat de Schepper haar een weldadige slaap zou gunnen.

Verna wachtte tot ze bij de buitendeur waren. 'O, Zuster Dulcinia, ik heb nog één klein dingetje, en ik wil dat je je daar morgen mee bezig houdt.'

'Natuurlijk, Priores. Waar gaat het om?'

Verna legde het rapport dat ze had meegenomen, op Dulcinia's bureau, zodat ze het meteen zou zien als ze er de volgende ochtend ging zitten. 'Een aanvraag voor financiële steun van een jongeman en zijn gezin. Een van onze jonge tovenaars staat op het punt vader te worden.'

Phoebe krijste: 'O, wat geweldig! Laten we bidden met de zegening van de Schepper dat het een jongen zal zijn en dat hij de gave zal hebben. Er is in de stad geen kind met de gave geboren sinds... nou, ik kan me de laatste keer niet eens meer herinneren. Misschien dat deze keer...'

Verna's norse blik bracht haar ten slotte tot zwijgen. Verna richtte zich tot Zuster Dulcinia. 'Ik wil dat je die jonge vrouw opzoekt, en de jon-

geman die verantwoordelijk is voor haar toestand. Je moet morgen een afspraak met ze maken. Misschien moeten haar ouders ook aanwezig zijn, want die hebben de aanvraag om steun ingediend.'
Zuster Dulcinia keek uitdrukkingsloos en boog zich iets naar haar toe. 'Zijn er problemen, Priores?'
Verna tilde de stapel rapporten wat hoger op haar heup. 'Ik zou zeggen van wel. Een van onze jongemannen heeft die vrouw zwanger gemaakt.'
Zuster Dulcinia zette haar thee op de hoek van het bureau neer, terwijl ze een stap dichterbij kwam. 'Maar Priores, wij staan het onze pupillen om precies dezelfde reden toe de stad in te gaan. Het laat niet alleen hun driften de vrije loop, zodat ze zich aan hun studie kunnen wijden, maar soms blijft er ook weleens iemand met de gave in ons net hangen.'
'Ik sta niet toe dat het paleis zich met de schepping van het leven van onschuldige mensen bemoeit.'
Zuster Dulcinia bekeek Verna's eenvoudige donkerblauwe jurk over de volle lengte met haar blauwe ogen. 'Priores, mannen houden er onbedwingbare driften op na.'
'Ik ook, maar dankzij de hulp van de Schepper ben ik er tot dusver in geslaagd niemand te wurgen.'
Phoebe's lach werd kortgesloten door Zuster Dulcinia's norse blik. 'Priores, mannen zijn anders. Die kunnen zich niet beheersen. Door ze deze eenvoudige afleiding te gunnen, blijven ze beter bij de les. Het paleis kan zich de schadevergoeding gemakkelijk veroorloven. Het is slechts een klein bedrag, vergeleken met de kans dat we er misschien een jonge tovenaar rijker door worden.'
'De taak van het paleis is om onze jongemannen te leren hun gave op een verantwoorde manier en met terughoudendheid te gebruiken, en ze doordrongen te laten zijn van de gevolgen die het uitoefenen van hun talent kan hebben. Als we ze aanmoedigen zich op een volstrekt tegengestelde manier te gedragen ten aanzien van de andere aspecten van het leven, dan zouden we onze eigen didactiek ondermijnen.
En wat betreft het resultaat van dat gecopuleer in het wilde weg: als er als iemand uit voortvloeit met de gave, dan hoeft dat nog geen voordeel te betekenen. Wie zegt me met zekerheid dat hun betekenisvolle copulaties – als ze zich met meer verantwoordelijkheidsgevoel en zelfbeheersing zouden gedragen – slechts een miezerig percentage aan nageslacht met de gave zou voortbrengen? Het zou ook kunnen zijn dat die wellustige onbezonnenheid hun vermogen de gave door te geven zou kunnen schaden.'
'Of dat juist tot het hoogste niveau verfijnen, hoe armzalig dat ook mag zijn.'
Verna haalde haar schouders op. 'Misschien. Maar ik weet wel dat die

vissers op de rivier niet hun hele leven lang op één en dezelfde stek vissen omdat ze daar toevallig een keer een vis hebben gevangen. En aangezien we maar weinig vis vangen, vind ik dat het tijd wordt dat we van stek veranderen.'
Zuster Dulcinia sloeg haar handen ineen in een poging geduldig te zijn. 'Priores, de Schepper heeft de mensen gezegend met een eigen, unieke aard, en daar kunnen we niets aan veranderen. Mannen en vrouwen zullen blijven doen wat ze plezierig vinden.'
'Natuurlijk, maar zolang wij voor de gevolgen betalen, moedigen we dat alleen maar aan. Als ze niet met de consequenties worden geconfronteerd, zullen ze nooit tot zelfbeheersing komen. Hoeveel kinderen zijn er niet opgegroeid zonder de weldadige aanwezigheid van een vader, alleen omdat we jonge vrouwen goud geven als ze in verwachting zijn? Vervangt dat goud voedsel? Hoeveel van hun levens hebben we niet met ons goud ten nadele veranderd?'
Dulcinia spreidde haar handen in wanhoop. 'Ons goud helpt ze op weg.'
'Ons goud moedigt de vrouwen in de stad aan zich onverantwoordelijk te gedragen en onze jongemannen in het liefdesbed te verleiden omdat we ze een leven bieden van loon zonder werken.' Verna zwaaide met haar vrije hand in het rond en symboliseerde daarmee de stad. 'We vernederen die mensen met ons goud. We hebben ze verlaagd tot weinig meer dan fokvee.'
'Maar we hebben deze methode al duizenden jaren gebruikt om die mensen met de gave die we maar konden vinden, te steunen. Maar nu worden er nog maar weinigen met de gave geboren.'
'Dat besef ik terdege, maar het is ons vak om mensen te onderwijzen, en niet ze voort te brengen. Ons goud verlaagt ze tot wezens die alles doen om goud te krijgen, in plaats van tot mensen die uit liefde een kind voortbrengen.'
'Ik heb de rapporten gezien – het gaat niet bepaald om een "klein" bedrag aan goud. Maar dat is niet de kern van de zaak – het punt is dat we de kinderen van de Schepper als vee laten verwekken, en daardoor minachting voor hogere waarden kweken.'
'Maar wij brengen onze jongemannen toch waarden bij? De mens als hoogste creatie van de Schepper reageert op het leren van waarden omdat hij zo intelligent is het belang daarvan te begrijpen.'
Verna zuchtte. 'Zuster, stel dat we eerlijkheid prediken, en tegelijkertijd iedereen die een leugen vertelt, een stuiver geven. Wat denkt u dat daarvan het resultaat zal zijn?'
Zuster Phoebe hield een hand voor haar mond toen ze lachte. 'Dan zouden we snel door onze stuivers heen zijn.'
Zuster Dulcinia's blauwe ogen leken ijs. 'Priores, ik wist niet dat u zo

harteloos bent om de pasgeboren kinderen van de Schepper te laten verhongeren.'
'De Schepper heeft hun moeders borsten gegeven om hun kinderen te drinken te geven, en niet om er het paleis mee te verleiden hun goud te geven.'
Zuster Dulcinia's gezicht werd vuurrood. 'Maar mannen hebben nu eenmaal onbedwingbare driften!'
Verna's stem werd zacht van woede. 'De driften van een man zijn pas echt onbeheersbaar wanneer een tovenares een betovering uitspreekt. Geen zuster heeft ooit een betoveringsbezwering over een van de vrouwen in de stad uitgesproken. Moet ik u er nog aan herinneren dat als een Zuster dat zou doen, ze nog blij mag zijn dat ze uit het paleis wordt verwijderd, zo niet opgehangen? Zoals jullie heel goed weten, staat een betovering moreel gelijk aan verkrachting.'
Dulcinia's gezicht was wit geworden. 'Ik bedoel niet dat...'
Verna keek in gedachten naar het plafond. 'Naar ik me herinner, was de laatste keer dat een Zuster een betovering uitsprak... wat? Vijftig jaar geleden?'
Zuster Dulcinia's blik zocht bescherming, maar vond die niet. 'Dat was een novice, Priores, geen Zuster.'
Verna bleef Dulcinia nors aankijken. 'U zat in het tribunaal, kan ik me nog herinneren.'
Dulcinia knikte. 'En u stemde ervoor dat ze werd opgehangen. Het was een arme jonge vrouw die hier maar een paar korte jaren was, en u koos ervoor haar te laten doden.'
'Dat is de wet, Priores,' zei ze zonder op te kijken.
'Dat is de wet ten top.'
'Anderen stemden voor hetzelfde als ik.'
Verna knikte. 'Ja, dat deden ze inderdaad. De stemmen staakten: zes-zes. Priores Annalina verbrak die impasse door voor de verbanning van die jonge vrouw te stemmen.'
Zuster Dulcinia sloeg eindelijk haar doordringende blauwe ogen op. 'Ik vind nog steeds dat ze ongelijk had. Valdore zwoer eeuwige wraak. Ze zwoer dat ze het Paleis van de Profeten zou verwoesten. Ze spuwde de Priores in het gezicht en zwoer dat ze haar op een kwade dag zou doden.'
Verna fronste haar voorhoofd. 'Ik heb me altijd al afgevraagd, Dulcinia, waarom jij werd uitgekozen om in het tribunaal plaats te nemen.'
Zuster Dulcinia slikte. 'Omdat ik haar instructrice was.'
'Werkelijk. Haar lerares.' Verna klakte met haar tong. 'En waar denk je dat die jonge vrouw ooit een betovering heeft leren uitspreken?'
Het gezicht van Zuster Dulcinia kreeg snel weer kleur. 'Dat hebben we

nooit met zekerheid kunnen vaststellen. Waarschijnlijk van haar moeder. Een moeder leert een jonge tovenares vaak zulke dingen.'
'Ja, dat heb ik ook gehoord, maar ik zou het niet zeker weten. Mijn moeder was niet begaafd – ze was een dienstvrouw. Uw moeder was begaafd, kan ik me herinneren.'
'Ja, dat was ze.' Zuster Dulcinia kuste haar ringvinger en fluisterde een gebed tot de Schepper – een intieme, devote smeekbede die ze vaak uitsprak, maar zelden waar anderen bij waren. 'Het wordt laat, Priores. We willen u niet langer ophouden.'
Verna glimlachte. 'Ja. Goeienacht dan maar.'
Zuster Dulcinia maakte een beleefde buiging. 'Zoals u gebiedt, Priores, zal ik me morgen aan de zaak van die zwangere vrouw en die jonge tovenaar wijden, nadat ik Zuster Leoma erover heb ingelicht.'
Verna trok een wenkbrauw op. 'O? Nu heeft Zuster Leoma zeker een hogere rang dan de Priores?'
'Nou... nee... Priores,' stamelde Zuster Dulcinia. 'Alleen... Zuster Leoma wil graag dat ik... ik dacht alleen dat u misschien zou willen dat ik uw adviseuse op de hoogte breng van uw actie... zodat ze niet onverhoeds wordt betrapt.'
'Zuster Leoma is mijn adviseuse, Zuster, en ik zal haar over mijn acties informeren, als ik dat nodig acht.'
Phoebe's ronde gezicht knikte van de ene naar de andere vrouw, terwijl ze zwijgend hun gesprek volgde.
'Wat u wilt, zal gebeuren, Priores,' zei Zuster Dulcinia. 'Vergeeft u me alstublieft mijn... enthousiasme om mijn Priores van advies te dienen.'
Verna haalde haar schouders op, zo goed en zo kwaad als dat ging met die stapel rapporten.
'Natuurlijk, Zuster. Welterusten.'
Ze verdwenen beiden dankbaar, en zonder nog iets te zeggen. Verna mompelde wat binnensmonds, zeulde de stapel rapporten haar kantoor in en smeet ze op haar bureau, naast degene die ze nog moest afhandelen. Ze keek Millie aan die in een hoek met een lap een plek aan het schrobben was waar niemand de eerstvolgende honderd jaar enig ongerechtigheidje zou kunnen ontdekken.
In het schaars verlichte kantoor was het muisstil, op het geruis van Millies lap en haar binnensmonds gemompel na. Verna kuierde naar de boekenkast vlakbij de plek waar de vrouw op haar knieën zat te werken, en streek met haar vinger langs de boeken zonder echt acht te slaan op de vergulde titels op de versleten ruggen van de oeroude leren banden.
'Hoe staat het vannacht met je oude lijf, Millie?'
'Och, breek me de bek niet open, Priores, of u zit voor ik het weet met uw handen aan mijn hele lijf om te proberen te genezen wat niet te ge-

nezen valt. De leeftijd, u weet wel.' Met haar knie duwde ze de emmer een stukje naar zich toe, terwijl ze een ander plekje van het tapijt begon te schrobben. 'We worden allemaal oud. Dat zal de Schepper zelf hebben bedoeld, en daar kan geen sterveling iets aan doen. Hoewel ik meer tijd heb gekregen dan dat de meeste mensen wordt gegund, ik bedoel, door hier in het paleis te werken.' Ze liet haar tong uit een van haar mondhoeken naar buiten steken toen ze met wat meer kracht begon te boenen. 'Ja, de Schepper heeft me gezegend met meer jaren dan ik zou weten te benutten.'

Verna had de kleine pezige vrouw nooit anders gezien dan in een resolute staat van actie. Zelfs als ze praatte, ging haar lap voortdurend het stof te lijf, of ze wreef met haar duim over een vlekje, of pulkte met haar nagel aan een korstje vuil dat niemand anders kon zien.

Verna trok een boek uit de kast en sloeg het open. 'Nou, ik weet wel dat Priores Annalina jou al die jaren graag om zich heen had.'

'O ja, vele jaren, zegt u dat wel. Tjonge, vele jaren.'

'Ik begin erachter te komen dat een Priores vreselijk weinig gelegenheid heeft om vriendschappen te sluiten. Het was goed dat ze op jouw vriendschap kon rekenen. Ik weet zeker dat ik er niet minder genoegen aan zal beleven om jou om me heen te hebben.'

Millie vloekte mompelend tegen een hardnekkige vuile plek. 'O ja, we praatten vaak tot diep in de nacht. Tjonge, maar ze was dan ook een wonderbaarlijke vrouw. Zo wijs en vriendelijk. Goh, ze luisterde altijd naar iedereen, zelfs naar die ouwe Millie.'

Verna glimlachte terwijl ze afwezig een bladzijde van het boek omsloeg – een verhandeling over de mysterieuze wetten van een lang geleden vergaan koninkrijk. 'Het was zo goed van je haar te helpen, met haar ring en die brief, bedoel ik.'

Millie keek omhoog en er kwam een grijns om haar dunne lippen. Haar hand hield zelfs op met vegen. 'Ah, dus u wilt daar meer van weten, net als alle anderen.'

Verna deed het boek met een klap dicht. 'Anderen? Welke anderen?'

Millie gooide haar dweil in het zeepwater. 'De Zusters – Leoma, Dulcinia, Maren, Philippa, die anderen. U kent ze, dat weet ik zeker.' Ze likte aan een vingertop en wreef er piepend mee over de onderkant van het donkere houtwerk om een vlekje te verwijderen. 'Misschien zijn er nog een paar anderen, maar dat weet ik niet meer. De leeftijd, moet u weten. Na de begrafenis kwamen ze allemaal naar me toe. Maar niet allemaal tegelijk, dat niet,' zei ze giechelend. 'Weet u, ze kwamen een voor een, en keken naar de schaduwen terwijl ze me hetzelfde vroegen als u.'

Verna was vergeten waarom ze ook al weer bij de boekenkast was gaan staan. 'En wat heb je ze verteld?'

Millie wrong haar dweil uit. 'De waarheid natuurlijk, net zoals ik u zal vertellen, als u daar zin in hebt.'
'Ja,' zei Verna en bedacht dat ze elk zweempje scherpte in haar toon moest vermijden. 'Aangezien ik nu Priores ben en zo, vind ik dat ik ervan hoor te weten. Waarom pauzeer je niet even en vertel je me het verhaal?'
Millie kwam kreunend van de pijn overeind en keek Verna scherp aan. 'Nou, dank u, Priores, maar ik heb werk te doen, weet u. Ik wil niet dat u denkt dat ik een lanterfanter ben die haar tong liever het werk laat doen dan haar dweil.'
Verna klopte de vrouw op haar taaie rug. 'Wees daar maar niet bang voor, Millie. Vertel me eens over Priores Annalina.'
'Nou goed dan. Ze lag op haar sterfbed toen ik haar zag. Ik deed ook de schoonmaak in Nathans appartement, weet u, dus toen ik naar zijn kamer ging, zag ik haar. De Priores wilde dat niemand bij die man naar binnen zou gaan behalve ik. Ik zou niet willen zeggen dat ik haar daar ongelijk in geef, hoewel de Profeet altijd vriendelijk tegen me was. Behalve als hij ergens schreeuwend over tekeer ging, weet u. Niet tegen mij, begrijp me goed, maar over zijn toestand en zo – over het feit dat hij al die jaren in zijn kamers zat opgesloten. Zoiets vreet aan een man, volgens mij.'
Verna schraapte haar keel. 'Ik kan me voorstellen dat het moeilijk voor je was de Priores in zo'n toestand te moeten aantreffen.'
Millie legde haar hand op Verna's arm. 'U weet niet half hoe moeilijk. Hartverscheurend, dat was het. Maar ondanks de pijn was ze in een goede bui, net als altijd.'
Verna beet op de binnenkant van haar lip. 'Je vertelde over de ring en de brief.'
'O ja.' Millie kneep haar ogen iets dicht, stak haar arm uit en pikte een pluisje van de schouder van Verna's jurk. 'U zou deze jurk door mij moeten laten afborstelen. Het geeft geen pas dat mensen denken...'
Verna pakte de eeltige hand van de vrouw beet. 'Millie, dit is tamelijk belangrijk voor me. Wil je me alsjeblieft vertellen hoe je aan de ring bent gekomen?'
Millie glimlachte verontschuldigend. 'Ann vertelde me dat ze op sterven lag. Dat zei ze me ronduit in mijn gezicht. "Millie, ik lig op sterven," zei ze. Nu ja, ik tranen met tuiten huilen. Ze was al zolang mijn vriendin. Ze glimlachte en nam mijn hand in de hare, net zoals u nu, en vertelde me dat ze een laatste opdracht voor me had. Ze schoof de ring van haar vinger en gaf die aan mij. In mijn andere hand stopte ze die brief met het lakzegel met de afdruk van de ring erin.
Ze vertelde me dat ik tijdens haar begrafenis de ring boven op de brief

op de sokkel moest leggen die ik daar moest neerzetten. Ze zei me dat ik ervoor moest zorgen dat de ring de brief niet aanraakte voordat alles ten einde was, anders zou ik het leven laten door de magie die ze eromheen had gedaan. Ze waarschuwde me keer op keer ze niet tegelijkertijd aan te raken, totdat ik ze op de goede manier had neergelegd. Ze vertelde me alleen maar wat ik moest doen, en in welke volgorde. Nou, dat heb ik dus gedaan. Ik heb haar nooit meer gezien toen ze me eenmaal me de ring gegeven had.'

Verna staarde door de open deuren naar de tuin waarin ze wegens tijdgebrek nog nooit had kunnen rondwandelen. 'Wanneer was dat?'

'Die vraag heeft nog niemand anders me gesteld,' mompelde Millie binnensmonds. Ze streelde met haar dunne vinger heen en weer over haar onderlip. 'Even kijken. Dat was een hele tijd geleden. Het was lang voor de zonnestilstand van afgelopen winter. Ja, het was vlak na de aanval, op de dag waarop u samen met de jonge Richard vertrok. Goh, dat was nog eens een aardige jongen. Zo vriendelijk als een zomerdag, dat was hij. Hij glimlachte altijd naar me en zei me goeiendag. De meeste andere jongens zien me niet eens, ook al sta ik pal voor hun neus, maar die jonge Richard zag me altijd, en had ook altijd een vriendelijk woordje voor me klaar.'

Verna luisterde slechts met een half oor. Ze herinnerde zich de dag waarover Millie vertelde. Zij en Warren waren met Richard meegegaan om hem door het schild te loodsen dat hem met het paleis verbonden hield. Nadat ze het schild waren gepasseerd, gingen ze naar het volk van Baka Ban Mana en brachten hen allemaal naar het Dal van de Verlorenen, hun voorouderlijke thuisland en een oord vanwaaruit ze drieduizend jaar geleden waren verdreven, zodat de torens die de Oude van de Nieuwe Wereld scheiden, konden worden gebouwd. Richard had de hulp nodig van hun elfenvrouw.

Richard had onvoorstelbare krachten gebruikt – niet slechts Additieve, maar ook Subtractieve Magie, om de torens neer te halen, de stad te zuiveren en haar terug te geven aan de Baka Ban Mana, waarna hij zijn wanhopige missie voortzette om de Wachter van de doden te beletten door de poort te ontsnappen en de wereld van de levenden binnen te treden. De winterzonnestilstand was gekomen en gegaan, en hij wist dat hij zijn taak had volbracht.

Opeens draaide Verna zich naar Millie om. 'Dat was bijna een maand geleden. Lang voor ze stierf.'

Millie knikte. 'Volgens mij klopt dat, ja.'

'Dus je wilt zeggen dat ze je de ring bijna drie weken voor ze stierf aan je gaf?' Millie knikte. 'Waarom zo lang van tevoren?'

'Ze zei dat ze me hem wilde geven voor ze nog verder zou wegzakken

en niet meer afscheid van me zou kunnen nemen, of me de juiste aanwijzingen zou kunnen geven.'
'Ik begrijp het. En toen je daarna terugkwam, voor ze stierf, was ze toen weggezakt, zoals ze zei?'
Millie haalde zuchtend haar schouders op. 'Dat was de laatste keer dat ik haar nog heb gezien. Toen ik de volgende keer terugging om haar een bezoek te brengen en de schoonmaak te doen, zeiden de bewakers dat Nathan en de Priores hun de opdracht hadden gegeven om niemand binnen te laten. Nathan mocht niet worden gestoord, terwijl hij zijn best deed haar te genezen, of zoiets. Ik wilde niet dat hij daar niet in zou slagen, dus ik sloop zo stil mogelijk op mijn tenen weg.'
Verna zuchtte. 'Nou, dank je wel dat je me dit allemaal hebt verteld, Millie.' Verna keek naar het bureaublad vol wachtende rapporten. 'Ik moest maar weer eens doorgaan met mijn werk, anders denkt iedereen nog dat ik lui ben.'
'O, dat is zonde, Priores. Het is nu zo'n prachtige warme nacht – u zou eens van uw eigen tuin moeten genieten.'
Verna gromde. 'Ik heb zoveel werk te doen, dat ik niet eens mijn neus naar buiten heb kunnen steken om de privétuin van de Priores te kunnen bekijken.'
Millie liep naar haar emmer, maar draaide zich plotseling snel om. 'Priores! Ik herinner me net nog iets dat Ann me heeft verteld.'
Verna trok haar jurk bij de schouders recht. 'Heeft ze je nog iets anders verteld? Iets wat je de anderen hebt verteld, maar mij bent vergeten te vertellen?'
'Nee, Priores,' fluisterde Millie terwijl ze op haar toesnelde. 'Nee, ze vertelde me iets wat ik alleen de nieuwe Priores mag vertellen. Om de een of andere reden ben ik het glad vergeten, tot op dit moment.'
'Misschien heeft ze die boodschap in de ban gedaan, zodat je hem zou vergeten totdat je de nieuwe Priores zou spreken.'
'Dat zou kunnen,' zei Millie terwijl ze over haar lip wreef. Ze keek Verna in de ogen. 'Ann deed soms zulke dingen. Soms kon ze grillig zijn.'
Verna glimlachte zonder zich te amuseren. 'Ja, dat weet ik. Ik ben ook weleens het slachtoffer van haar streken geweest. Wat is die boodschap?'
'Ze zei dat u moest oppassen niet te hard te werken.'
Verna zette haar hand op haar heup. 'Is dat de boodschap?'
Millie knikte terwijl ze naar haar toe boog en zachter ging praten. 'En ze zei dat u de tuin in moest om u wat te ontspannen. Maar ze pakte me bij mijn arm en trok me naar zich toe, keek me recht in mijn ogen en zei me dat ik u moest zeggen dat u ook vooral de tempel van de Priores moest bezoeken.'
'Tempel? Welke tempel?'

Millie draaide zich om en wees door de open deuren. 'In de tuin staat een klein gebouwtje, verscholen tussen de bomen en struiken. Ze noemde dat haar tempel. Ik ben er nog nooit in geweest. Ik mocht er nooit naar binnen om de schoonmaak te doen. Ze hield het zelf schoon, zei ze, omdat een tempel een gewijde plek is waar een sterveling alleen kon zijn en waar nooit iemand anders een voet zou kunnen zetten. Ze ging er af en toe heen, ik denk om te bidden om hulp van de Schepper, of misschien om gewoon alleen te zijn. Ze drukte me op het hart u te zeggen erheen te gaan.'

Verna slaakte een zucht van uitputting. 'Echt haar manier om me te zeggen dat ik de hulp van de Schepper nodig zou hebben om door al dat papierwerk heen te komen. Soms had ze een nogal krom gevoel voor humor.'

Millie giechelde. 'Ja, Priores, dat had ze zeker. Krom.' Millie hield haar handen tegen haar blozende wangen. 'Moge de Schepper het me vergeven. Ze was een aardige vrouw. Ze wilde nooit iemand met haar humor kwetsen.'

'Nee, dat denk ik ook niet.'

Verna wreef over haar slapen toen ze naar het bureau liep. Ze was moe en walgde van het vooruitzicht nog meer van die geestdodende rapporten te moeten lezen. Ze bleef staan en draaide zich om naar Millie. De tuindeuren stonden wijd open en lieten de frisse avondlucht binnen.

'Millie, het is laat. Waarom ga je niet wat eten, en daarna slapen. Nachtrust is goed voor een vermoeid lijf.'

Millie grijnsde. 'Echt waar, Priores? Vindt u het niet erg dat uw kantoor één groot stofnest wordt?'

Verna lachte binnensmonds. 'Millie, ik heb zoveel jaren in de buitenlucht doorgebracht, dat ik van vuil ben gaan houden. Het kan me echt niet schelen. Slaap lekker.'

Terwijl Verna in de deuropening naar haar tuin stond en naar de nacht keek en naar de door maanlicht bespikkelde grond tussen de bomen en ranken, raapte Millie haar dweilen en haar emmer bij elkaar. 'Goeienacht dan maar, Priores. Veel plezier in uw tuin.'

Ze hoorde de deur dichtgaan. Het was stil in de kamer. Ze voelde de warme, vochtige bries en snoof het geurige aroma van bladeren, bloemen en aarde op.

Verna keek voor de laatste keer achterom haar kantoor in en stapte toen de wachtende nacht in.

22

Verna nam een diepe, verfrissende teug van de vochtige avondlucht. Het leek wel een elixer. Ze voelde haar spieren ontspannen toen ze een smal kronkelig pad afliep met aan weerszijden borders met ontluikende lelies, bloeiende kornoelje en weelderige bosbessenstruikjes, en wachtte tot haar ogen zich aan het maanlicht hadden aangepast. Bomen met breed uitlopende kruinen die boven de dichte struiken hingen, leken hun takken uit te steken om door haar te worden aangeraakt en nodigden haar uit de zoete geur van hun bladeren en bloesems in te ademen.

Hoewel het voor de meeste bomen te vroeg was om te bloeien, stonden er in de tuin van de Priores een paar zeldzame altijdbloeiende bomen – knoestige, gedrongen en zich breed vertakkende bomen die het hele jaar bloesems gaven, hoewel ze slechts in het hoogseizoen vrucht droegen. In de Nieuwe Wereld was ze een klein bos altijdbloeiende bomen tegengekomen en had ontdekt dat ze een lievelingsplek waren van de ongrijpbare dwaallichtjes – tere schepseltjes die niets meer dan vonkjes licht leken te zijn en alleen 's nachts zichtbaar waren.

Toen de dwaallichtjes eenmaal overtuigd waren van hun goede bedoelingen, hadden zij en de Zusters met wie ze in die tijd omging, daar een paar nachten doorgebracht. Ze spraken toen met de dwaallichtjes over eenvoudige zaken en namen kennis van de welwillende aard van de tovenaars en de Belijdsters die het bondgenootschap van het Middenland in goede banen leidden. Verna had toen met genoegen vernomen dat de volkeren van het Middenland magische plekken in bescherming namen en de wezens die ze bewoonden, in ongestoorde eenzaamheid lieten voortleven.

Hoewel er ongerepte streken in de Oude Wereld waren, waar magische wezens vertoefden, waren die bij lange na niet zo talrijk of uiteenlopend als die wonderbaarlijke plekken in de Nieuwe Wereld. Verna had het een en ander over verdraagzaamheid van die wezens geleerd: dat de

Schepper de wereld met vele breekbare wonderen had besprenkeld, en dat het soms tot de hoogste roeping van de mensheid behoorde om die simpelweg met rust te laten.

In de Oude Wereld werd die opvatting niet algemeen gedeeld, en er waren veel plaatsen waar wilde magie onder controle werd gebracht om te voorkomen dat mensen zouden worden verwond of gedood door dingen die niet voor rede vatbaar waren. Magie kon vaak 'hinderlijk' zijn. In veel opzichten was de Nieuwe Wereld nog steeds een ongerepte streek zoals de Oude Wereld duizenden jaren geleden was geweest, voordat de mens er met zijn ideeën van rentmeesterschap een veilig, ietwat steriel oord van had gemaakt.

Verna miste de Nieuwe Wereld. Ze had zich nooit zo thuisgevoeld als daar.

Eenden sliepen met hun koppen achterstevoren onder hun vleugels en deinden in een vijver vlakbij de waterkant naast het pad, en in het riet kwaakten onzichtbare kikkers. Verna zag af en toe een vleermuis boven het wateroppervlak omlaag duiken om een insect uit de lucht te vissen. Schaduwen van de maan speelden over de grazige oever, terwijl de zachte bries de kruinen van de bomen streelde.

Net voorbij de vijver sloeg een klein zijpad af naar een groep bomen in wat struikgewas met kreupelhout dat nauwelijks door het maanlicht werd beschenen. Verna voelde op de een of andere manier dat dit de plek was die ze zocht. Ze verliet het hoofdpad en wandelde naar de wachtende schaduwen. In tegenstelling tot de kunstmatige aanblik van de rest van de tuin leek de natuur in alle woestheid op dit stukje grond te heersen.

Door een smalle opening in de muur van een meidoornheg zag Verna een lieflijk klein gebouwtje van pleisterwerk met vier gevelspitsen, en het pannendak helde in een flauwe bocht af naar een dakrand die niet hoger dan haar hoofd was. Tegenover elke gevelspits verhief zich een torenhoge notenboom, en hun takken waren verstrengeld. Egelantierheesters omarmden de grond vlak voor de muren en overgoten het intieme stukje grond met een zoete geur. Vlak onder de top van elke gevelspits, te hoog om er doorheen te kunnen kijken, zat een rond raam.

In een van de muren, waar het pad doodliep, zag Verna een ruw uitgehakte deur met een ronde bovenkant waar middenin het patroon van zonnestralen was uitgesneden. De deur was van een handgreep voorzien, maar had geen slot. Ze trok eraan, maar er kwam geen beweging in. Hij wiebelde niet eens. De deur was afgeschermd.

Verna streek met haar vinger langs de rand om te voelen wat voor schild het was, en wat voor slot erop zat. Ze voelde slechts een ijzige kilte die haar deed terugdeinzen bij de geringste aanraking.

Ze opende zich voor haar Han en liet het zachte licht haar omspoelen met een warm, bekend gevoel van welbehagen. Van gelukzaligheid snakte ze bijna naar adem, nu ze voelde dat ze een stukje dichter bij de Schepper was. Plotseling was de lucht vervuld met duizend geuren. Op haar huid voelde het aan als vocht, stof, stuifmeel en zout van de oceaan, in haar oren hoorde ze het geluid van een wereld vol insecten, kleine dieren en fragmenten van woorden die kilometers werden meegedragen door zijn ijle, etherische vingers. Ze luisterde ingespannen naar geluiden die iemand in haar buurt zouden verraden, in elk geval iemand die niets meer dan Additieve Magie zou bezitten. Ze hoorde niets.

Verna richtte haar Han op de deur tegenover zich. Haar sonde vertelde haar dat het hele gebouw in een web was gehuld, maar een ander dan ze ooit had gevoeld: het bestond uit delen ijs, doorregen met geest. Ze wist zelfs niet eens dat ijs met geest kon worden verweven. Die twee bevochten elkaar als katten in een zak, maar hier ging het goed, tevreden spinnend alsof ze de dikste vrienden waren. Ze had volstrekt geen idee hoe zo'n schild kon worden doorbroken, en nog minder hoe ze het moest openmaken.

Terwijl ze nog steeds met haar Han verbonden was, kreeg ze een opwelling. Ze reikte omhoog en raakte het zonnestraalpatroon op de deur aan met dat op haar ring. De deur zwaaide geluidloos open.

Verna stapte naar binnen en zette de ring weer op het zonnestraalpatroon op de deur. Gehoorzaam zwaaide hij dicht. Ze voelde met haar Han dat het schild zich nauw om haar sloot. Verna had zich nog nooit zo afgezonderd, zo alléén en zo veilig gevoeld.

Plotseling begonnen er kaarsen te branden. Ze veronderstelde dat ze met het schild verbonden moesten zijn. Het licht van tien kaarsen, vijf in twee kandelaars met zich vertakkende armen, was meer dan genoeg om het kleine heiligdom van binnen te verlichten. De kandelaars stonden aan weerszijden van een klein altaar dat was bekleed met een witte doek belegd met gouddraad. Boven op de witte doek stond een schaal met gaatjes die waarschijnlijk werd gebruikt om er aromatische gom in te laten branden. Een knielkussentje van rood brokaat, afgezet met gouden kwastjes, lag voor het altaar op de grond.

Elk van de vier alkoven die door de gevelspitsen werden gevormd, was net groot genoeg om plaats te bieden aan de gerieflijk uitziende stoel die in een ervan stond. In een andere alkoof stond het altaar, in de derde een minuscuul tafeltje en een driepotige kruk, en in de laatste, waar zich ook de deur bevond, stond een bankje in de vorm van een doos met een keurig opgevouwen gewatteerde deken, die waarschijnlijk diende om de schoot warm te houden, aangezien het onmogelijk was er languit op te liggen omdat het midden van de tempel nauwelijks meer ruimte bood dan de alkoven.

Verna draaide zich om en vroeg zich af wat ze hier zou moeten doen. Priores Annalina had een boodschap achtergelaten om er zeker van te zijn dat ze deze plek zou bezoeken, maar waarom? Wat moest ze hier volbrengen?

Ze liet zich in de stoel vallen en volgde met haar ogen de vlakken van de wanden die werden gevormd door de contouren van de gevelspitsen. Misschien moest ze hierheen komen om wat uit te rusten. Annalina wist hoeveel werk er bij het ambt van Priores kwam kijken – misschien wilde ze gewoon dat haar opvolgster een plek zou kennen waar ze alleen kon zijn, een plek waar ze mensen kon ontlopen die haar voortdurend rapporten brachten. Verna trommelde met haar vingers op de armleuning van de stoel. Niet waarschijnlijk.

Ze had geen zin om te gaan zitten. Er waren belangrijker dingen te doen. Er wachtten haar rapporten, en het was hoogst onwaarschijnlijk dat die zichzelf zouden beginnen te lezen. Met haar handen achter haar rug ineengeklemd ijsbeerde Verna zo goed en zo kwaad als dat ging door de kleine ruimte. Dit was absoluut zonde van de tijd. Ze slaakte ten slotte een zucht van uitputting en hief haar vuist naar de deur, maar hield die stil, vlak voordat ze de ring tegen het zonnestraalmotief wilde drukken.

Verna draaide zich om, keek even om zich heen, tilde haar rokken op en knielde op het kussen neer. Misschien wilde Annalina dat ze om steun zou bidden. Een Priores zou een vrome persoon zijn, maar het was absurd dat iemand een bijzondere plek nodig zou hebben om tot de Schepper te bidden. De Schepper had alles geschapen, en alles was Zijn bijzondere plek, dus waarom zou iemand een bijzondere plek nodig hebben om advies te zoeken? Een bijzondere plek kon nooit de betekenis van iemands eigen gevoel benaderen. Geen enkele plek kon de verbondenheid met haar Han evenaren.

Met een zucht van ergernis vouwde Verna de handen. Ze wachtte, maar was niet in de stemming om tot de Schepper te bidden op een plek waar ze verplicht was dat te doen. Het ergerde haar dat Annalina dood was, maar haar nog steeds manipuleerde. Verna's blik doolde over de kale muren terwijl ze met haar voet op de grond tikte. Die vrouw wenkte haar vanuit de andere wereld en verlustigde zich aan haar laatste sprankje gezag. Had ze dat niet in voldoende mate gehad in al die jaren dat ze Priores was? Je zou denken dat dat genoeg zou zijn, maar nee, ze moest alles zo voor elkaar hebben gekregen dat ze zelfs na haar dood nog steeds...

Verna keek naar de schaal. Er lag iets op de bodem, maar het was geen as.

Ze stak haar hand erin en haalde er een klein pakje uit dat in papier was gewikkeld en met een stukje touw was dichtgeknoopt. Ze draaide het in haar vingers rond en bekeek het aandachtig. Dit moest het zijn. Dit moest de reden zijn waarom ze hierheen was gestuurd. Maar waarom lag het op deze plaats? Het schild – niemand behalve de Priores kon hier binnenkomen. Dit was de enige plek om iets achter te laten waarvan je wilde dat niemand anders dan de Priores het in bezit zou krijgen.

Verna trok de einden van het strikje uit elkaar en liet het touwtje in de schaal vallen. Ze legde het pakje in haar handpalm, vouwde het papier open en staarde naar het voorwerp dat erin lag.

Het was een klein reisboekje.

Na een tijdje kwamen haar vingers weer in beweging. Ze haalde het boekje uit het papier en liet de bladzijden onder haar duim door glippen. Ze waren onbeschreven.

Reisboekjes waren magische voorwerpen, zoals dacra, en waren geschapen door dezelfde tovenaars die het Paleis van de Profeten hadden verrijkt met zowel Additieve als Subtractieve Magie. Niemand behalve Richard was sindsdien, drieduizend jaar geleden, met Subtractieve Magie geboren. Sommigen hadden die via hun roeping geleerd, maar niemand behalve Richard was ermee geboren.

Reisboekjes konden boodschappen overbrengen – wat in het ene met de pen was geschreven en opgeslagen in de rug, verscheen als door toverkunst in het tweede. Voorzover ze dat konden vaststellen, verscheen het bericht in het tweede boekje op hetzelfde moment waarop het in het eerste werd neergeschreven. Aangezien de pen ook kon worden gebruikt om oude boodschappen te wissen, raakten de boekjes nooit vol en konden keer op keer worden gebruikt.

Ze werden meegenomen door Zusters die op reis gingen, op zoek naar jongens met de gave. Meer dan eens hadden de Zusters geprobeerd door de barrière heen, door het Dal van de Verlorenen, naar de Nieuwe Wereld te reizen om een jongen te achterhalen en een Rada'Han om zijn hals te doen, zodat de gave hem niet zou schaden terwijl hij bezig was zijn magie te leren beheersen. Als ze de barrière eenmaal waren gepasseerd, konden ze niet terugkeren om aanwijzingen of steun te zoeken – elke Zuster was slechts één reis door de barrière en terug beschoren. Tot nu toe – Richard had de torens en hun stormachtige betoveringen geslecht.

Een kleine jongen die onkundig was van de gave, kon die niet beheersen, en zijn magie zou verklikkersignalen uitzenden die opgevangen zouden worden door de Zusters in het Paleis, die gevoelig waren voor zulke storingen in de machtsstromen. Te weinig Zusters hadden dit talent om ze op reis te durven sturen, dus stuurde men anderen, en die hadden een reisboekje bij zich om te kunnen communiceren met het paleis. Als Zusters de jongen achterna gingen en er iets gebeurde – hij verplaatste zich bijvoorbeeld – dan hadden ze advies nodig om hem op zijn nieuwe lokatie te kunnen vinden.

Een tovenaar zou de jongen natuurlijk kunnen leren hoe hij de gave kon beheersen om de vele gevaren ervan te kunnen ontlopen, en dat was feitelijk ook de methode die men verkoos, maar tovenaars waren niet altijd beschikbaar, of hiertoe bereid. De Zusters hadden lang geleden een overeenkomst gesloten met de tovenaars in de Nieuwe Wereld. Bij ontstentenis van een tovenaar mochten de Zusters het leven van een jongen redden door hem naar het Paleis van de Profeten te brengen om hem te oefenen in het gebruik van zijn gave. Zij hadden op hun beurt gezworen dat ze nooit een jongen zouden meenemen die een tovenaar bereid had gevonden hem te onderwijzen.

Dit was een bestand dat werd geruggensteund door de bepaling dat een Zuster die ooit de Nieuwe Wereld binnentrad nadat ze die overeenkomst had geschonden, ter dood zou worden veroordeeld. Priores Annalina had die overeenkomst geschonden om Richard naar het paleis te brengen. Verna was in haar onwetendheid het instrument van die overtreding.

Op ieder willekeurig moment konden er meerdere Zusters op reis zijn om een jongen op te halen. Verna had in een hoekje van haar kantoor een hele doos reisboekjes gevonden die paarsgewijs waren samengebonden. De reisboekjes bestonden uit twee exemplaren, en elk boekje werkte slechts samen met zijn wederhelft. Voor men een reis ondernam, werden er altijd de nodige voorzorgsmaatregelen getroffen: men bracht de twee boekjes naar verschillende lokaties om ze te testen en om er zeker van te zijn dat een Zuster er niet met een verkeerd boekje op uit werd gezonden. De reizen waren gevaarlijk – daarom droegen de Zusters ook een dacra op hun mouw.

Een reis duurde gewoonlijk een paar maanden en in enkele zeldzame gevallen zelfs een jaar. Verna's reis duurde meer dan twintig jaar. Zoiets was nog nooit eerder gebeurd, maar het was dan ook drieduizend jaar geleden dat iemand van Richards kaliber was geboren. Verna was twintig jaar kwijtgeraakt, en kon die nooit meer terugkrijgen. Ze was in de buitenwereld ouder geworden. Voor de twintig tot vijfentwintig jaar durende veroudering van haar lichaam zou in het Paleis van de Profeten bijna driehonderd jaar nodig zijn. Ze had niet eenvoudigweg twintig jaar opgeofferd voor Priores Annalina's missie – in werkelijkheid had ze daar bijna driehonderd jaar voor ingeleverd.

Erger nog: Annalina had al die tijd geweten waar Richard was. Zelfs al had ze gedaan wat ze kon om de juiste profetieën te hulp te roepen om de Wachter tegen te houden, deed het haar verdriet dat ze Verna nooit had kunnen vertellen dat ze eropuit was gestuurd om zo'n lange periode van haar leven als lokeend te verspillen.

Verna berispte zichzelf. Ze had niets weggegooid. Ze had het werk van de Schepper gedaan. Dat ze toen nog niet op de hoogte was van alle feiten, maakte dat niet minder belangrijk. Veel mensen ploeterden hun hele leven door met onbelangrijke zaken. Verna had aan iets gezwoegd dat de wereld van de levenden had gered.

Bovendien waren die twintig jaren misschien wel de mooiste jaren van haar leven geweest. Ze had samen met twee andere Zusters van het Licht op eigen benen in de wereld gestaan en veel geleerd over vreemde oorden en vreemde volkeren. Ze had onder de sterren geslapen en verre gebergten, vlakten, golvende heuvels, stadjes en steden gezien die slechts weinig anderen hadden gezien. Ze had haar eigen beslissingen genomen en de gevolgen daarvan aanvaard. Ze had nooit rapporten hoeven lezen – ze had de inhoud daarvan doorleefd. Nee, ze had niets verloren. Ze was verrijkt met meer dan enige Zuster die hier driehonderd jaar lang achterover had gezeten.

Verna voelde een traan op haar hand vallen. Ze tilde haar hand op en veegde over haar wang. Ze miste het reizen. Al die tijd had ze gedacht dat ze er een hekel aan had, en pas nu besefte ze hoeveel het voor haar had betekend. Ze liet het reisboekje in haar bevende vingers rondwentelen en voelde de vertrouwde afmetingen en het gewicht ervan, de vertrouwde nerf van het leer, de drie vertrouwde bobbeltjes boven aan het voorplat.

Ze hield het boekje met een ruk vlak voor haar ogen en liet het kaarslicht erop vallen. De drie bobbeltjes, de diepe kras onder in de rug – dit was hetzelfde boekje. Ze kon zich niet vergissen in haar eigen reisboekje, niet na het twintig jaar bij zich te hebben gehad. Het was precies hetzelfde boekje. Ze had alle boekjes in haar kantoor bekeken en had afwezig naar dit ene exemplaar gezocht, maar had het niet kunnen vinden. Het was hier.

Maar waarom? Ze hield het papier waarin het was gewikkeld, voor zich en zag dat er iets op was geschreven. Ze hield het vlak bij de kaars om het te kunnen lezen.

Bescherm dit met je leven.

Ze keerde het papier om, maar dit was alles wat erop stond. *Bescherm dit met je leven.*

Verna kende het handschrift van de Priores. Toen ze op reis was om Richard op te halen, hem had gevonden, maar zich op geen enkele manier met hem mocht bemoeien, en evenmin zijn halsband mocht gebruiken om hem te kunnen helpen zich te beheersen, maar hem niettemin moest terugbrengen – een volwassen man die in niets leek op anderen die ze hadden opgehaald – had ze een woedende brief naar het paleis gestuurd: *Ik ben de Zuster die zich over deze jongen ontfermt. Deze richtlijnen zijn waanzinnig, zo niet belachelijk. Ik eis te weten wat deze aanwijzingen betekenen. Ik sta erop te weten op wiens gezag ze zijn uitgevaardigd.*

Ze had een bericht terugontvangen: *U moet doen wat u is opgedragen of u zult de gevolgen van uw ongehoorzaamheid moeten ondervinden. Waagt u het niet de orders van het paleis opnieuw in twijfel te trekken. – In mijn eigen handschrift. De Priores.*

Dit vermanende antwoord dat de Priores had gestuurd, was uit haar geheugen verbannen. Haar handschrift was daarentegen in haar geheugen gegrift. Het handschrift op het stukje papier was hetzelfde.

Dat bericht was haar een doorn in het oog. Het verbood haar precies die dingen te doen waarvoor ze was opgeleid. Pas toen ze terug in het paleis was, ontdekte ze dat Richard over Subtractieve Magie beschikte en dat hij haar hoogstwaarschijnlijk zou hebben gedood als ze de halsband had gebruikt. De Priores had haar leven gered, maar het stak haar dat ze ook toen niet op de hoogte was gebracht. Verna dacht dat ze zich daar het meest aan ergerde: aan het feit dat de Priores haar nooit vertelde waarom ze iets moest doen.

Die reden kende ze natuurlijk. Er waren Zusters van de Duisternis in het paleis geweest, en de Priores kon geen enkele risico nemen, of de hele wereld zou worden verteerd, maar in emotioneel opzicht ergerde het haar nog steeds. Rede en hartstocht konden niet altijd even goed met elkaar overweg. Als Priores begon ze in te zien dat men anderen niet altijd kon overtuigen van de noodzaak van iets, en de enige keuze die men dan had, was domweg bevelen te geven. Soms moest je mensen gebruiken om te doen wat er gedaan moest worden.

Verna liet het papiertje in de kom vallen en stak het met een straal van haar Han in brand. Ze keek toe, terwijl het brandde om er zeker van te zijn dat het geheel tot as zou vergaan.

Verna klemde het reisboekje – haar reisboekje – stevig in haar hand. Het was fijn om het terug te hebben. Het was natuurlijk niet echt van haar, maar van het paleis, maar ze had het zoveel jaren bij zich gedragen dat ze het gevoel had dat het haar toebehoorde, als een oude, intieme vriend. Opeens doemde de gedachte bij haar op: waar was het andere boekje? Dit boekje had een wederhelft. Waar was die andere heflt van de tweeling? Wie had dat in haar bezit?

Ze bekeek het boekje met een plotseling gevoel van onrust. Ze hield iets potentieel gevaarlijks in haar hand, en weer vertelde Annalina haar niet het hele verhaal. Het was goed mogelijk dat een Zuster van de Duisternis het andere boekje bij zich had. Dit zou Annalina's manier kunnen zijn om haar te zeggen dat ze het andere exemplaar moest zoeken, en dan zou ze bij een Zuster van de Duisternis terechtkomen. Maar hoe

moest ze dat doen? Ze kon niet domweg: 'Wie bent u, en waar bent u?' in het boekje schrijven.
Verna kuste haar ringvinger en toen de ring, en stond op.
Bescherm dit met je leven.
Reizen was gevaarlijk. Er waren Zusters gevangen genomen en soms zelfs gedood door vijandige mensen die door hun eigen magie werden beschermd. In zulke gevallen kon slechts haar dacra, een mesachtig wapen dat binnen een fractie van een seconde leven kon vernietigen, haar beschermen, als ze snel genoeg was. Verna had de hare nog steeds op haar mouw. Lang geleden had Verna een buideltje achter op haar gordel genaaid om het boekje veilig in te kunnen opbergen.
Ze schoof het boekje in het buideltje in de vorm van een handschoen. Verna klopte op haar gordel. Het was fijn te weten dat het reisboekje weer op zijn plaats was.
Bescherm dit met je leven.
Lieve Schepper, wie heeft het andere boekje?

Toen Verna de deur van haar buitenkantoor uitstormde, sprong Zuster Phoebe overeind alsof iemand met een scherpe stok in haar achterste had geprikt.
Haar ronde gezicht werd vuurrood. 'Priores... u maakt me aan het schrikken. U was niet in uw kantoor... Ik dacht dat u naar bed was.'
Verna keek naar het bureau dat bezaaid was met rapporten. 'Ik dacht dat ik je had gezegd dat je vandaag genoeg had gedaan en dat je moest gaan slapen.'
Phoebe vlocht haar vingers in elkaar en week terug. 'Dat is zo, maar ik dacht opeens aan een paar notities die ik ben vergeten te controleren, en ik was bang dat u die zou zien en me dan op het matje zou roepen, dus ben ik teruggerend om de nummers te controleren.'
Verna wilde iets vragen, maar dacht even na hoe ze het zou aanpakken. Ze sloeg haar handen ineen.
'Phoebe, wat zou je ervan vinden een klusje te doen dat Priores Annalina altijd aan haar administratrices toevertrouwde?'
Zuster Phoebe's vingers verstarden. 'Echt waar? Wat dan?'
Verna gebaarde naar achteren naar haar kantoor. 'Ik ben in mijn tuin geweest, en ik heb om raad gebeden. Ik ben tot het besef gekomen dat ik in deze moeilijke tijden bij de profetieën te rade zou moeten gaan. Altijd als Priores Annalina dat deed, liet ze haar administratrices de kluizen ontruimen, zodat ze zich niet gehinderd zou voelen door spiedende blikken die met haar meelazen. Hoe zou je het vinden om de kluizen voor mij te laten ontruimen, zoals haar administratrices voor haar deden?'

De jonge vrouw sprong een gat in de lucht. 'Echt, Verna? Dat zou ik geweldig vinden!'
Inderdaad, een jonge vrouw, dacht Verna met ergernis – ze waren even oud, ook al was dat niet te zien. 'Laten we dan maar gaan. Ik heb paleiszaken te doen.'
Zuster Phoebe greep haar witte sjaal en gooide die over haar schouder, terwijl ze naar buiten rende.
'Phoebe.' Het ronde gezicht gluurde om de hoek van de deur. 'Als Warren in de kluis is, moet je hem met rust laten. Ik zit met een paar vragen, en hij kan me veel beter de weg wijzen naar de juiste boeken dan wie dan ook. Dat bespaart me veel tijd.'
'Goed, Verna,' zei Phoebe buiten adem. Ze hield van administratief werk, misschien omdat ze er het gevoel door kreeg nuttig te zijn op een manier waar ze anders nog honderd jaar ervaring voor nodig zou hebben, maar Verna had die tijd bespaard door haar te benoemen tot administratrice van de Priores. Maar het vooruitzicht bevelen te kunnen geven, leek haar nog interessanter dan kantoorwerk. 'Ik begin alvast, dan is de kluis leeg als u er komt.' Ze grijnsde. 'Wat ben ik blij dat ik hier was, en niet Dulcinia.'
Verna herinnerde zich dat zij en Phoebe qua persoonlijkheid erg op elkaar leken. Verna vroeg zich af of ze werkelijk nog zo onvolwassen van aard was, toen Annalina haar op reis stuurde. Het scheen haar toe dat ze in haar jaren van afwezigheid niet alleen uiterlijk ouder was geworden dan Phoebe. Misschien had ze in de buitenwereld meer geleerd dan men ooit kon leren in het kloosterachtige leven in het Paleis van de Profeten.
Verna glimlachte. 'Dit lijkt bijna op een van onze oude schelmenstreken, vind je niet?'
Phoebe giechelde. 'Kan je wel zeggen, Verna. Behalve dat we als puntje bij paaltje komt geen duizend bidkralen aan een touw hoeven te rijgen.' Ze stoof de gang door en haar rokken en haar sjaal flapperden achter haar aan.
Toen Verna het hart van het paleis had bereikt, op weg naar de reusachtige, ronde, bijna twee meter dikke stenen deur die toegang bood tot de kluizen die uit het gesteente waren gehouwen waarop het paleis stond, was Phoebe net bezig zes Zusters, twee novices en drie jongemannen de deur te wijzen. Novices en jongemannen kregen op alle uren van de dag en de nacht les. Soms werden ze in het holst van de nacht wakker gemaakt voor hun lessen, die onder andere in de kluizen werden gegeven. De Schepper deed niet aan klokkijken, en er werd van hen verwacht dat ze zouden leren dat zij dat ook niet zouden doen als ze Zijn werk deden. Ze bogen allen als één man.

'De zegen van de Schepper rust op jullie,' zei Verna tegen de groep. Ze wilde zich nog verontschuldigen voor het feit dat ze uit de kluizen werden weggejaagd terwijl ze druk bezig waren, maar ze deed er het zwijgen toe, nu ze zichzelf eraan herinnerde dat zij nu de Priores was, en zich voor niemand hoefde te verontschuldigen. Het woord van de Priores was wet, en werd zonder vragen opgevolgd. Toch viel het haar moeilijk zich niet nader te hoeven verklaren.

'Alles is gereed, Priores,' zei Zuster Phoebe verheven. Phoebe boog haar hoofd in de richting van een kamer verderop. 'Behalve degene die u wilde ontmoeten. Hij zit in een van de kleine kamers.'

Verna knikte naar haar assistente en richtte haar aandacht toen op de novices, die haar verbijsterd en met wijd open ogen aanstaarden. 'En hoe gaat het met jullie studie?'

De beide meisjes maakten een revérence en beefden als bladeren aan een espenboom. De ene slikte. 'Heel goed, Priores,' stamelde ze blozend.

Verna herinnerde zich de eerste keer dat de Priores zich rechtstreeks tot haar had gewend. Het leek toen alsof de Schepper zelf sprak. Ze herinnerde zich hoeveel de glimlach van de Priores voor haar betekende – hoe die maar voortduurde en haar inspireerde.

Verna hurkte neer en drukte in elke arm een meisje tegen zich aan. Ze kuste ze beiden op het voorhoofd.

'Als jullie ooit iets nodig hebben, wees dan niet bang om naar me toe te komen. Daarvoor ben ik hier, en ik houd net zoveel van jullie als van alle kinderen van de Schepper.'

Beide meisjes straalden, en maakten nu een wat evenwichtiger revérence. Met ronde ogen staarden ze naar de gouden ring aan haar vinger. Alsof ze hen eraan had herinnerd, kusten ze allebei hun eigen ringvinger en fluisterden een gebed tot de Schepper. Verna deed hetzelfde. Ze zetten grote ogen op toen ze dat zagen.

Ze stak haar hand naar hen uit. 'Willen jullie de ring kussen die het symbool is van het Licht dat we allen volgen?' Ze knikten ernstig en knielden één voor één om de ring met het zonnestraalmotief te kussen.

Verna kneep ze beiden in hun smalle schouder. 'Hoe heten jullie?'

'Helen, Priores,' zei de een.

'Valery, Priores,' zei de ander.

'Helen en Valery.' Verna hoefde geen moeite te doen te glimlachen. 'Denk eraan, novices Helen en Valery, dat hoewel er anderen zijn zoals de Zusters, die meer dan jullie weten en jullie veel dingen zullen leren, er niemand dichter bij de Schepper staat dan jullie, zelfs ik niet. We zijn allemaal Zijn kinderen.'

Verna voelde zich meer dan een beetje opgelaten nu ze het onderwerp van diepe eerbied was, maar ze glimlachte en zwaaide toen het tweetal door de stenen gang begon te lopen.

Nadat ze een zijgang waren ingeslagen, duwde Verna haar hand tegen de koude ijzeren plaat in de muur die de sleutel was van het schild dat de kluizen beschermde. De grond trilde onder haar voeten toen de reusachtige ronde deur in beweging kwam. De hoofddeur van de kluis was zelden dicht, behalve onder bepaalde omstandigheden – slechts de Priores verzegelde als enige de toegangsdeur. Ze stapte de kluis in en de deur ging knarsend achter haar dicht en liet haar in een grafachtige stilte achter.

Verna liep langs de oude, versleten tafels die alle bezaaid waren met paperassen en waar wat eenvoudiger boeken over profetieën op lagen. De Zusters hadden hier kennelijk lesgegeven. De lampen die aan de uitgehakte stenen muren hingen, veranderden weinig aan de indruk dat het hier eeuwig nacht was. Lange rijen boekenkasten strekten zich naar weerszijden uit, onderbroken door massieve pilaren die het gewelfde plafond droegen.

Warren was in een van de achterkamers. De kleine, uitgehakte alkoven waren beperkt toegankelijk en hadden afzonderlijke deuren en schilden. In de kamer waar hij was, bevonden zich de oudste profetieën die in het Hoog-D'Haraans waren geschreven. Slechts weinigen kenden het Hoog-D'Haraans – maar onder hen was Warren en Verna's voorgangster.

Toen ze in het lamplicht stapte, keek Warren, die slungelig tegen de tafel hing en zijn handen gevouwen op het tafelblad had gelegd, alleen maar naar haar op. 'Ik hoorde van Phoebe dat jij de kluizen nodig hebt,' zei hij afwezig.

'Warren, ik moet met je praten. Er is iets gebeurd.'

Hij sloeg een bladzijde van het boek om dat voor hem lag. Hij keek niet naar haar op. 'Ja, ga je gang.'

Ze fronste het voorhoofd, haalde een stoel en zette die vlak naast hem bij de tafel neer, maar ging niet zitten. Met een rukje van haar pols liet ze haar dacra in haar linkerhand vallen. De dacra, die in plaats van een lemmet een zilveren staaf had, werd op dezelfde manier gebruikt als een mes, maar hij doodde iemand niet door een wond te veroorzaken – de dacra was een wapen dat eroude magie bezat. Als hij samen met de Han van de bezitter werd gebruikt, liet hij de levenskracht uit het slachtoffer weglopen, ongeacht de aard van de wond. Tegen de magie was geen verdediging mogelijk.

Toen ze zich naar hem toe boog, keek Warren met vermoeide rode ogen naar haar op. 'Warren, ik wil je dit geven.'

'Dat is een wapen voor Zusters.'

'Jij hebt de gave – het werkt net zo goed voor jou als voor mij.'

'Wat wil je dat ik ermee doe?'
'Jezelf beschermen.'
Hij keek bedenkelijk. 'Wat bedoel je?'
'De Zusters van de...' Ze keek vlug achterom de hoofdkamer in. Zelfs al was die leeg, je kon nooit weten tot hoe ver iemand met Subtractieve Magie kon horen. Ze hadden gehoord dat Priores Annalina hun namen had genoemd. 'Je weet wel.' Ze ging zachter praten. 'Warren, hoewel je de gave hebt, zal die je niet tegen ze kunnen beschermen. Dit wel. Hiertegen is geen bescherming mogelijk. Geen enkele.' Ze liet het wapen met geoefende bevalligheid in haar hand rondtollen en liet het tussen haar vingers door wentelen. Het doffe zilver was een smet in het lamplicht. Ze pakte het staafachtige lemmet en stak het gevest naar hem uit. 'Ik heb er nog meer in mijn kantoor gevonden. Ik wil dat jij er eentje neemt.'
Hij wuifde het afkeurend met zijn hand weg. 'Ik weet niet hoe ik met dat ding moet omgaan. Ik weet alleen maar hoe ik die oude boeken moet lezen.'
Verna greep de kraag van zijn paarse gewaad en trok zijn gezicht naar zich toe. 'Je hoeft hem alleen maar in hen te steken. In hun buik, borst, rug, nek, arm, hand, voet – het maakt niets uit. Je steekt hem ergens in terwijl je door je Han bent omhuld, en het volgende ogenblik zijn ze dood.'
'Mijn mouwen zijn niet zo nauw als de jouwe. Hij zal er gewoon uit vallen.'
'Warren, de dacra weet niet waar je hem draagt, en dat kan hem ook niet schelen. Zusters oefenen er urenlang mee en dragen hem in de mouw, zodat hij onder handbereik is. We doen dat om onszelf te beschermen als we op reis zijn. Het maakt niet uit waar je hem draagt, alleen het feit dat je hem bij je hebt telt. Steek hem in een van je zakken, als je dat wilt, maar ga er niet op zitten.'
Met een zucht pakte hij de dacra van haar aan. 'Als jij je er gelukkiger door voelt. Maar ik denk niet dat ik er iemand mee zou durven steken.'
Ze liet zijn gewaden los en keek een andere kant uit. 'Het zal je nog verbazen waartoe je in staat bent, als dat nodig is.'
'Ben je daarvoor gekomen? Omdat je een reservedacra hebt gevonden?'
'Nee.' Ze haalde het boekje uit het buideltje achter op haar gordel en liet het vlak voor hem op tafel vallen. 'Hiervoor ben ik gekomen.'
Vanuit zijn ooghoeken keek hij haar aan. 'Ga je ergens heen, Verna?'
Ze blikte hem nors aan en mepte hem op de schouder. 'Wat is er toch met jou?'
Hij duwde het boekje opzij. 'Ik ben gewoon moe. Wat is er zo bijzonder aan een reisboekje?'
Ze ging zachter praten. 'Priores Annalina liet de boodschap achter dat

ik naar haar privétempel in haar tuin moest gaan. Hij was afgeschermd met een web van ijs en geest.' Warren trok een wenkbrauw op. Ze liet hem de ring zien. 'Deze ring maakt hem open. Toen ik binnen was, vond ik dit reisboekje. Het was gewikkeld in een stuk papier waar alleen op geschreven stond: "Bescherm dit met je leven." '
Warren pakte het reisboekje op en liet de lege bladzijden onder zijn duim door lopen. 'Ze wil je waarschijnlijk alleen maar aanwijzingen geven.'
'Ze is dood!'
Warren trok een wenkbrauw op. 'Denk je dat ze zich daardoor laat tegenhouden?'
Verna glimlachte tegen wil en dank. 'Misschien heb je gelijk. Misschien hebben we het andere boekje samen met haar verbrand, en was ze van plan vanuit de wereld van de doden over mijn leven te heersen.'
Warrens gezichtsuitdrukking werd plotseling stuurs. 'En, wie heeft dat andere boekje?'
Verna streek haar gewaad achter haar knieën glad en ging zitten nadat ze de stoel snel dichterbij had geschoven.
'Dat weet ik niet. Ik ben bang dat het een of ander roddeltje is. Misschien wilde ze dat ik, door het andere boekje te vinden, onze vijand zou tegenkomen.'
Er verschenen rimpels op Warrens gladde voorhoofd. 'Dat slaat nergens op. Waarom denk je dat?'
'Dat weet ik niet, Warren.' Verna veegde met haar hand over haar gezicht. 'Dat was het enige waar ik aan kon denken. Kan jij iets bedenken dat logischer klinkt? Waarom zou ze me anders niet zeggen wie het andere boekje heeft? Als dat iemand was die ons zou moeten helpen, iemand die aan onze kant stond, dan zou het alleen maar logisch zijn geweest als ze me zijn of haar naam had genoemd, of me ten minste had verteld dat het een vriend van ons was die het andere boekje had.'
Warren staarde weer naar de tafel. 'Dat zal wel.'
Verna dempte haar stem en zei: 'Warren, wat is er met je aan de hand? Ik heb je nog nooit zo meegemaakt als nu.'
Ze keek hem lang in zijn bezorgde blauwe ogen. 'Ik heb een paar profetieën gelezen die me niet bevallen.'
Verna keek hem onderzoekend aan. 'Wat staat erin?'
Na een lange stilte reikte hij omlaag en sloeg met twee vingers een blad papier om en schoof het naar haar toe. Even later pakte ze het op en las ze hardop wat er stond.
'Als de Priores en de Profeet in het heilig ritueel aan het Licht worden opgeofferd, dan zullen de vlammen een ketel vol bedrog tot koken brengen en de opstanding van een onechte Priores teweegbrengen die over de doden van het Paleis van de Profeten zal heersen. In het noorden zal

hij die verbonden is met het mes, dit verruilen voor de zilveren sliph, *want hij zal haar weer tot leven ademen, en zij zal hem in de armen van de goddelozen drijven.*'
Verna slikte en durfde Warren niet aan te kijken. Ze legde het vel papier op tafel en vouwde haar handen in haar schoot om ze te laten ophouden met beven. Ze zat daar zonder iets te zeggen en staarde naar beneden. Ze wist niet wat ze zou zeggen.
'Dit is een profetie op een echte vork,' zei Warren na een tijdje.
'Dat vind ik een brutale opmerking, Warren, zelfs voor iemand die zo bedreven is met profetieën als jij. Hoe oud is deze profetie?'
'Nog geen dag.'
Ze sloeg haar grote ogen naar hem op. 'Wat?' fluisterde ze. 'Warren, beweer je dat... dat jij hem hebt opgevangen? Dat je eindelijk een profetie hebt verkondigd?'
Warren beantwoordde haar blik met rode ogen. 'Ja. Ik kwam in een soort trance terecht, en in die toestand van vervoering kreeg ik een visioen van gedeelten van deze profetie, en van de tekst. Zo is het Nathan ook vergaan, denk ik. Weet je nog dat ik je vertelde dat ik de profetie begon te begrijpen op een manier waarop ik dat nooit eerder had gedaan? Door middel van de visioenen laten de profetieën zich pas goed openbaren.'
Verna zwaaide met haar hand in het rond. 'Maar in de boeken staan profetieën, geen visioenen. De woorden vormen de profetie.'
'De woorden zijn slechts een middel om ze door te geven, en zijn slechts bedoeld als aangrijpingspunten die visioenen ontketenen bij hen die de gave van de profetie hebben. Alle studies die de Zusters er de afgelopen drieduizend jaar aan hebben gewijd, verschaffen er slechts een beperkt begrip van. De geschreven tekst was bedoeld om de tovenaars via de visioenen kennis aan te reiken. Dat heb ik geleerd toen deze profetie me bereikte. Het was net een deur in mijn geest die opening. Na al die tijd bleek de sleutel in mijn eigen hoofd te zitten.'
'Bedoel je dat als je een willekeurige profetie leest, je er een visioen bij krijgt dat de ware betekenis onthult?'
Hij schudde zijn hoofd. 'Ik ben maar een kind dat zijn eerste stap heeft gezet. Ik heb nog een lange weg te gaan voordat ik over schuttingen kan springen.'
Ze bezag het vel papier op tafel en keek een andere kant uit terwijl ze de ring om haar vinger draaide. 'En betekent deze profetie die zich zojuist aan je openbaarde wat hij lijkt te betekenen?'
Warren bevochtigde zijn lippen. 'Net als de eerste stap van een kind, die nog onvast is, is dit niet de meest evenwichtige profetie. Je zou kunnen zeggen dat het een soort oefenprofetie is. Ik heb er nog andere ontdekt,

ook eerste pogingen, naar mijn mening, zoals bijvoorbeeld deze...'
'Warren, is hij waar of niet?!'
Hij trok zijn mouwen omlaag. 'Het is allemaal waar, maar de woorden zijn niet noodzakelijkerwijs wat ze lijken, zoals in de meeste profetieën, hoewel ze wel waar zijn.'
Verna boog zich naar hem toe en knarsetandde. 'Antwoord me, Warren. We zitten samen in dit schuitje. Ik wil het weten.'
Hij maakte een wuivend handgebaar, zoals hij vaak deed als hij het belang van een opmerking wilde betwijfelen. Voor Verna stond dit gebaar echter gelijk aan een waarschuwing. 'Kijk, Verna, ik zal je vertellen wat ik weet, en wat ik in de visioenen heb gezien, maar ik ben een nieuweling op dit gebied en ik begrijp er niet echt alles van, zelfs al is het mijn eigen profetie.'
Ze keek hem onbeweeglijk aan. 'Vertel op, Warren.'
'De Priores van die profetie ben jij niet. Ik weet niet wie het wel is, maar jij bent het niet.'
Verna deed haar ogen dicht en zuchtte. 'Warren, dat is niet zo erg als ik dacht. In elk geval ben ik niet degene die voor al dit afschuwelijks verantwoordelijk is. We kunnen deze profetie misschien met vereende krachten tot een valse vork omsmeden.'
Warren keek van haar weg. Hij propte het vel papier met zijn profetie in een openliggend boek en sloeg het dicht. 'Verna, het feit dat iemand anders Priores wordt, moet wel inhouden dat jij dan dood zult zijn.'

23

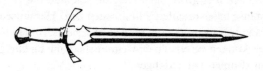

Toen zijn hele lichaam plotseling gloeide van een zalig, kwellend gevoel van verlangen, wist hij dat ze de kamer was binnengekomen, zelfs al kon hij haar niet zien. Zijn neusgaten vulden zich met haar onmiskenbare geur, en hij verlangde er al hevig naar zich aan haar over te geven. Het leek een heimelijke beweging in de mist, maar hij kon de aard van deze bedreiging niet bevroeden. Ergens in de donkere uithoeken van zijn bewustzijn wist hij zonder twijfel dat er een dreiging was, en dat dat subtiele gevaar hem opwond.

Met de wanhoop van een man die door een overweldigende vijand wordt bestormd, greep hij naar het gevest van zijn zwaard, in de hoop zijn standvastigheid weer op te laten leven en zijn onderworpenheid een halt toe te roepen. Het was echter geen naakt staal wat hij zocht, maar de ontblote tanden van woede – een woede die hem staande zou houden en hem de wil zou verschaffen om zich te verzetten. Hij kon dat. Dat moest hij ook – alles hing hiervan af.

Zijn hand greep het gevest aan zijn gordel vast, en hij voelde de stortvloed van volmaakte razernij door zijn lichaam en zijn geest stromen.

Toen Richard opkeek, zag hij de gezichten van Ulic en Egan boven de kluwen mensen vlak voor hem naderbij komen. Zelfs al had hij ze niet gezien, hij zag de ruimte tussen hen in waar zij zou zijn, en hij wist dat ze er was. Soldaten en hoogwaardigheidsbekleders begonnen uiteen te wijken om ruimte te maken voor de twee grote mannen en hun wapenbeeld. Hoofden bogen in golven opzij terwijl de mensen elkaar toefluisterden, en zij herinnerden hem aan de kringvormige rimpeling op een vijver. Richard herinnerde zich dat de profetieën hem ook 'de steen in de vijver' hadden genoemd – de opwekker van rimpels in de wereld van het leven.

En toen zag hij haar.

Zijn borst trok zich samen van verlangen. Ze droeg dezelfde roze zijden japon die ze de nacht daarvoor had gedragen, omdat ze geen andere kleren bij zich had. Het stond Richard nog levendig voor de geest dat ze had gezegd dat ze naakt sliep. Hij voelde zijn hart in zijn borstkas hameren. Met uiterste inspanning probeerde hij te denken aan de taak die hem wachtte. Ze keek met grote ogen naar de soldaten die ze kende – het waren Keltaanse paleiswachten. Nu droegen ze D'Haraanse uniformen. Richard was vroeg opgestaan om alles voor te bereiden. Hij had de slaap toch al slecht kunnen vatten, en de weinige slaap die hij had gehad werd vergald door dromen vol verlangen.

Kahlan, mijn liefste, kun je me ooit mijn dromen vergeven?

Nu er zoveel troepen in Aydindril waren, wist hij dat er allerlei voorraden beschikbaar waren, en had hij bevolen dat er reserve-uniformen op de markt werden gebracht. De Keltanen, die ontwapend waren, waren niet in de positie om te protesteren, maar toen ze het donkere leer en de maliënkolders hadden aangetrokken, en de gelegenheid hadden te zien hoe woest ze er in hun nieuwe tenues uitzagen, verscheen er een grijns van waardering op hun gezicht. Men had ze verteld dat Kelton nu een deel van D'Hara was, en ze kregen hun wapens terug. Ze stonden nu fier en kaarsrecht in het gelid, en hielden een oogje op de andere landen die zich nog moesten overgeven.

Zoals later bleek, had het ongeluk van de storm die Brogan in staat had gesteld te ontsnappen, ook een fortuinlijke keerzijde: de hoogwaardigheidsbekleders wilden wachten tot het slechte weer voorbij was voor ze vertrokken, dus had Richard gebruik gemaakt van de gunsten die het lot hem bood en had ze naar het paleis teruggebracht voordat ze later die ochtend zouden vertrekken. Alleen de hoogste en belangrijkste functionarissen waren aanwezig. Hij wilde dat ze getuigen zouden zijn bij de overgave van Kelton: een van de machtigste landen van het Middenland. Hij wilde ze een laatste lesje leren.

Richard ging staan toen Cathryn de trap naast het podium besteeg en haar blik langs de gezichten die haar aankeken, liet glijden. Berdine deed een stap achteruit om ruimte voor haar te maken. Richard had de drie Mord-Sith op de uiteinden van het podium neergezet, zodat ze niet zo dicht bij hem zouden staan. Hij was niet geïnteresseerd in wat ze te zeggen zouden hebben.

Toen Cathryn hem eindelijk met haar bruine ogen aankeek, moest hij zijn knieën op slot houden om te voorkomen dat ze zouden gaan knikken. Zijn linkerhand, waarmee hij de greep van zijn zwaard omklemde, begon te kloppen. Hij bedacht dat hij het zwaard niet vast hoefde te houden om de magie ervan te beheersen en verstoutte zich zijn hand van de greep te halen en ermee te wapperen totdat er weer gevoel in kwam, terwijl hij nadacht over de taken die hem wachtten.

Toen de Zusters van het Licht hadden geprobeerd hem te leren zijn Han aan te raken, lieten ze hem een geestelijk beeld gebruiken om zijn diepste wil te concentreren. Richard had het beeld van het Zwaard van de Waarheid uitgekozen om zich op te concentreren, en hij had dat beeld nu stevig in zijn geest verankerd.

Maar zijn zwaard zou nutteloos zijn in het gevecht dat hij vandaag moest voeren met de mensen die zich tegenover hem hadden opgesteld. Vandaag zou hij de vaardige manoeuvres nodig hebben die hij had bedacht met de hulp van Generaal Reibisch, zijn officieren en goed ingelichte leden van de paleisstaf die ook met de voorbereidingen hadden geholpen. Hij hoopte dat hij dat allemaal voor elkaar had.

'Richard, wat...'

'Welkom, Hertogin. Alle voorbereidingen zijn getroffen.' Richard greep haar hand en kuste haar op een manier die hij passend vond om een koningin te begroeten voor een groot publiek, maar toen hij haar aanraakte, voelde hij slechts dat het vuur in hem werd aangewakkerd. 'Ik wist dat u graag wilde dat deze afgevaardigden getuigen zouden zijn bij uw moedige daad u als eerste bij ons aan te sluiten in onze strijd tegen de Imperiale Orde – de eerste die de weg zou vrijmaken voor het Middenland.'

'Maar ik... nou, ja... natuurlijk.'

Hij zag de kijkende gezichten. Ze vormden nu een aanzienlijk rustiger en meegaander groep dan de laatste keer, toen ze in gespannen afwachting verkeerden.

'Hertogin Lumholtz, die jullie allemaal kennen, en binnenkort de Koningin van Kelton zal heten, heeft haar volk de doelstelling van vrijheid toevertrouwd, en wilde dat u hier zou zijn om er getuige van te zijn dat ze de stukken van overgave ondertekent.'

'Richard,' fluisterde ze, terwijl ze zich iets naar hem toe boog. 'Ik moet... ze eerst door onze juristen laten bekijken... gewoon om er zeker van te zijn dat alles duidelijk is en er geen misverstanden kunnen ontstaan.'

Richard glimlachte geruststellend. 'Hoewel ik er zeker van ben dat u ze volkomen duidelijk zult vinden, heb ik uw bezorgdheid voorvoeld, en heb de vrijheid genomen ze uit te nodigen om aanwezig te zijn bij de ondertekening.' Richard stak zijn hand uit in de richting van het andere uiteinde van het podium. Raina greep een man bij de arm en trok hem de trap op. 'Meester Sifold, zou u uw toekomstige koningin uw vakkundige mening willen geven?'

Hij maakte een buiging. 'Zoals Meester Rahl al zei, Hertogin, de stukken zijn volkomen duidelijk. Er zijn geen misverstanden meer.'

Richard pakte het gekalligrafeerde document van het bureau. 'Met uw permissie, Hertogin, zou ik dit willen voorlezen aan de verzamelde afgevaardigden, zodat ze zullen inzien dat Kelton wil dat de vereniging van onze strijdkrachten ondubbelzinnig is. En zodat zij getuigen zijn van uw moed.'

Ze stak trots haar hoofd omhoog onder de ogen van de afgevaardigden van de andere landen. 'Ja. Doet u dat, Meester Rahl. Alstublieft.'

Richard keek naar de wachtende gezichten. 'Heb alstublieft even geduld – dit duurt niet lang.' Hij hield het document voor zich en begon het hardop voor te lezen. 'Volkeren aller landen, weet hierbij dat Kelton zich onvoorwaardelijk overgeeft aan D'Hara. Met eigen handschrift ondertekend door de rechtmatig benoemde leider van het Keltaanse volk, Hertogin Lumholtz.'

Richard legde het document weer op het bureau en doopte de duivenpen in een inktpot voordat hij hem aan Cathryn gaf. Ze stond er stijf en bewegingloos bij. Haar gezicht was grauw geworden.

Hij was bang dat ze zou terugkrabbelen, en had geen andere keuze. Nadat hij krachten verzamelde waarvan hij wist dat hij ze uit zijn voorraad ontnam die hij later nodig zou hebben, bracht hij zijn lippen vlak bij haar oor en onderging zwijgend de kwellende golf van verlangen die de warme geur van haar huid in hem ontketende.

'Cathryn, als we hiermee klaar zijn, wil je dan een wandeling met me maken, alleen wij tweeën? Ik heb van niets anders gedroomd dan van jou.'

Stralende kleuren bloesemden op haar wangen. Hij dacht dat ze haar arm om zijn nek zou slaan en dankte de geesten dat ze dat niet deed.

'Natuurlijk, Richard,' fluisterde ze hem toe. 'Ik heb ook van niets anders gedroomd dan van jou. Laten we opschieten met dit formele gedoe.'

'Maak me trots op je, en op je kracht.'

Richard dacht dat haar glimlach de anderen in de kamer vast en zeker aan het blozen zou maken. Hij voelde zijn oren gloeien van de boodschap die haar glimlach verborgen hield.

Ze nam de duivenpen van hem aan, streek hem daarbij over zijn hand, en hield de pen omhoog. 'Ik onderteken deze akte van overgave met een duivenpen om aan te geven dat wat ik doe uit vrije wil gebeurt, in vrede, en niet als een verslagene. Ik doe het uit liefde voor mijn volk, en vol hoop voor de toekomst. Die hoop is deze man hier – Meester Rahl. Ik zweer de eeuwigdurende wraak van mijn volk jegens eenieder van u die hem kwaad zou willen berokkenen.'

Ze boog zich voorover en krabbelde haar krullerige handtekening onder aan de akte van overgave. Voordat ze de kans had overeind te komen, haalde Richard nog meer paperassen te voorschijn en schoof die onder haar neus.

'Wat...'

'De brieven waarover u sprak, Hertogin. Ik wilde u niet alleen opzadelen met dit vervelende karwei, nu we onze tijd beter kunnen gebruiken. Uw naaste medewerkers hebben me geholpen ze op te stellen. Wilt u ze alstublieft controleren om er zeker van te zijn dat alles zo is geformuleerd als u bedoelde toen u gisteravond uw aanbod deed?
Luitenant Harrington van uw paleiswacht heeft me geholpen met de namen van Generaal Baldwin, commandant van alle Keltaanse strijdkrachten, de Divisiegeneraals Cutter, Leiden, Nesbit, Bradford en Emerson, en een paar van de gardecommandanten. Ik heb voor elk van u een brief om te ondertekenen, waarin hun wordt bevolen ieder bevel over te dragen aan mijn D'Haraanse officieren. Enkele van uw officieren van uw paleiswacht zullen samen met de nieuwe officieren een afvaardiging van mijn manschappen vergezellen.
Uw medewerker, adjudant Meester Montleon, heeft waardevolle assistentie verleend met het formuleren van de opdrachten aan Minister van Financiën Pelletier, Meester Carlisle, waarnemend uitvoerder van strategische planning, de gouverneurs die zijn belast met de handelscommissie, Cameron, Tuck, Spooner, Ashmore, en ook Levardson, Doudiet en Faulkingham van het handelskantoor.
Co-adjudant Schaffer heeft uiteraard de lijst met uw majoors samengesteld. We wilden natuurlijk niemand beledigen door hem of haar onvermeld te laten, dus liet hij zich bij het opstellen van een zo volledig mogelijke lijst assisteren door diverse medewerkers. Hier liggen de brieven aan ieder van hen, maar de brieven met opdrachten zijn uiteraard identiek, en alleen voorzien van de juiste naam, dus u hoeft er maar eentje te controleren en de andere te ondertekenen. Daarna doen wij de rest. Ik heb koeriers klaarstaan die de documenten in officiële tassen zullen vervoeren. Een man van uw wacht zal elke ruiter vergezellen om ervoor te zorgen dat er niets misgaat. Alle mannen van uw garde zijn hier om getuigen te zijn van uw ondertekening.'
Richard haalde diep adem en ging rechtop staan, terwijl Cathryn, die de pen nog steeds in de lucht hield, knipperend naar al die papieren keek die Richard voor haar had neergelegd. Haar medewerkers waren allen om haar heen komen staan en waren trots dat ze dit karwei zo snel hadden geklaard.
Richard ging opnieuw dicht tegen haar aan staan. 'Ik hoop dat ik het allemaal zo heb gedaan als jij wilde, Cathryn. Je had gezegd dat jij dat zou doen, maar ik wilde je er niet in je eentje aan laten zwoegen, dus ben ik vroeg opgestaan en heb dat werk voor je gedaan. Ik hoop dat je er tevreden over bent.'
Ze bekeek de brieven vluchtig en schoof ze opzij om de brieven die eronder lagen ook te kunnen bekijken.

'Ja... natuurlijk.'
Richard schoof een stoel dichterbij. 'Waarom ga je niet zitten?'
Toen ze was gaan zitten en haar handtekening begon te zetten, duwde Richard zijn zwaard uit de weg en ging naast haar in de stoel van de Biechtmoeder zitten. Hij liet zijn blik rusten op de menigte toeschouwers en luisterde naar het gekras van de pen. Hij hield de woede van het zwaard op een laag pitje om zich goed te kunnen concentreren.
Richard draaide zich om naar de glimlachende Keltaanse functionarissen die achter hem en aan weerszijden van zijn stoel stonden. 'Jullie hebben me vanochtend allemaal een waardevolle dienst bewezen, en ik zou me vereerd voelen als jullie bereid zijn jullie officiële functie te blijven vervullen. Ik weet zeker dat ik jullie talenten goed kan gebruiken voor het besturen van het groeiende D'Hara.'
Nadat ze allen een buiging hadden gemaakt en hem voor zijn edelmoedigheid hadden bedankt, richtte hij opnieuw zijn aandacht op de groep zwijgende mensen die de gebeurtenissen gadesloegen. De D'Haraanse soldaten, en vooral de officieren, die maanden in Aydindril waren gestationeerd, hadden heel veel geleerd over de handel in het Middenland. Gedurende de vier dagen dat hij samen met hen op zoek was naar Brogan, had Richard geleerd wat hij kon en had eerder die ochtend nog iets aan die kennis toegevoegd. Toen hij wist welke vragen hij haar zou stellen, presenteerde Vrouw Sanderholt zich als een erudiete vrouw, die haar kennis had vergaard in de jaren dat ze gerechten uit vele landen bereidde. Eten bleek een reservoir van kennis over een volk te zijn. Haar aandachtige oor bleek evenmin een overbodige luxe.
'Een aantal papieren die de hertogin ondertekent, zijn handelsinstructies,' zei Richard tegen de functionarissen toen Cathryn zich over haar werk boog. Zijn blik bleef op haar schouders hangen, maar met veel wilskracht slaagde hij erin hem daarvan los te maken. 'U moet begrijpen dat nu Kelton een deel van D'Hara is, er geen handel kan worden gedreven tussen Kelton en diegenen onder u die zich nog niet bij ons hebben aangesloten.'
Hij keek naar een kleine, dikke man met een krullerige, zwartgrijze baard. 'Afgevaardigde Garthram, ik besef dat dit Lifany in een ongemakkelijke positie brengt. Nu de grenzen van Galea en Kelton zullen worden gesloten voor eenieder die geen ingezetene van D'Hara is, zullen u wat de handel betreft moeilijke tijden te wachten staan.
Met Galea en Kelton ten noorden, D'Hara ten westen en het gebergte van Rang'Shada ten zuiden van u, zult u er een zware dobber aan hebben om ijzerertsbronnen aan te boren. Het grootste deel van wat u hebt ingekocht, is afkomstig uit Kelton; zij hebben graan van u gekocht, maar Kelton zal nu zijn graan uit de Galeaanse pakhuizen moeten betrekken.

Nu ze beide tot D'Hara behoren, hoeft hun vroegere onderlinge vijandschap de handel niet meer in de weg te staan, en hun legers staan onder mijn bevel, dus die hoeven hun tijd niet meer te verspillen door zich om elkaar te bekommeren, maar kunnen hun aandacht nu wijden aan het afsluiten van de grenzen.
D'Hara kan het Keltaanse ijzer en staal natuurlijk goed gebruiken. Ik stel voor dat u een andere bron zoekt, en snel ook, want de Imperiale Orde zal waarschijnlijk vanuit het zuiden aanvallen. Mogelijk dwars door Lifany, lijkt me. Ik wil niet dat ook maar één man zijn eigen bloed vergiet om landen te beschermen die zich nog niet bij ons hebben aangesloten, maar ik zal terughoudendheid evenmin belonen met handelsprivileges.'
Richard wendde zich tot een lange, magere man met een krans piekerig wit haar om zijn bultige schedel. 'Ambassadeur Bezancort, ik moet u helaas mededelen dat deze brief aan Gevolmachtigde Cameron van Kelton hem opdraagt alle overeenkomsten met uw thuisland Sanderia per heden nietig te verklaren, totdat en tenzij ook u deel zult uitmaken van D'Hara. Als het lente is, zal Sanderia haar kudden niet uit uw velden mogen verdrijven om de lente en de zomer door te brengen op de hooglanden van Kelton.'
De lange man raakte het beetje kleur dat hij nog had, kwijt. 'Maar Meester Rahl, we hebben geen plaats om ze in de lente en de zomer onder te brengen – onze vlakten zijn 's winters weelderige graslanden, maar 's zomers zijn ze een bruine woestenij. Wat wilt u dan dat we doen?'
Richard haalde zijn schouders op. 'Ik vrees dat u uw kudden zult moeten slachten om te redden wat u kunt, voordat ze uithongeren.'
De ambassadeur snakte naar adem. 'Meester Rahl, die overeenkomsten zijn al eeuwenlang van kracht. Onze hele economie drijft op onze schapenteelt.'
Richard trok een wenkbrauw op. 'Dat is niet mijn probleem – ik heb alleen te maken met de mensen die aan onze kant staan.'
Ambassadeur Bezancort stak zijn handen smekend omhoog. 'Meester Rahl, mijn volk zou geruïneerd zijn. Ons hele land zou verwoest zijn als we gedwongen zouden zijn onze kudden te slachten.'
Afgevaardigde Theriault deed haastig een stap naar voren. 'U mag niet toestaan dat die kudden worden geslacht. Herjborgue is van hun wol afhankelijk. Eh, eh... het zou onze industrie ruïneren.'
Iemand anders nam het woord. 'Dan kunnen ze ook geen handel drijven met ons, en dan zouden we geen gewassen kunnen kopen die niet in ons eigen land groeien.'
Richard boog zich naar voren. 'Dan stel ik voor dat u deze argumenten voorlegt aan uw leiders, en dat u uw best doet hen ervan te overtuigen

dat overgave de enige oplossing is. Hoe eerder hoe beter.' Hij keek spiedend naar de andere hoogwaardigheidsbekleders. 'Zo onderling afhankelijk als u allen van elkaar bent, weet ik zeker dat u snel de waarde van eenheid zult beseffen. Kelton maakt nu deel uit van D'Hara. De handelsroutes zullen gesloten zijn voor eenieder die weigert aan onze kant te staan. Zoals ik u al eerder zei: er zullen geen toeschouwers zijn.'
Een tumult van protesten en smeekbeden vulde de raadskamers. Richard stond op en het rumoer verstomde.
De Sanderiaanse ambassadeur stak beschuldigend zijn magere vinger op. 'U bent een meedogenloos man.'
Richard knikte, en de magie maakte zijn blik vuriger. 'Vergeet dit vooral niet de Imperiale Orde te vertellen, als u zich liever bij hen aansluit.' Hij keek op de andere gezichten neer. 'U hebt allen in vrede en verbondenheid geleefd onder de Raad en de Biechtmoeder. Toen ze weg was om te vechten voor u en uw volk, hebt u die verbondenheid te grabbel gegooid aan eerzucht en aan onverbloemde hebzucht. U hebt zich gedragen als een stel kinderen die om een stuk taart vechten. U had de kans het te delen, maar u probeerde het liever uw minderen afhandig te maken. Als u bij mij aan tafel aanschuift, zult u op uw manieren moeten letten, maar u zult van mij alleen maar brood krijgen.'
Niemand maakte deze keer een tegenwerping. Richard trok de schouders van zijn mriswith-cape recht toen hij zag dat Cathryn klaar was met ondertekenen en hem met haar grote bruine ogen aankeek. Hij kon de woede van het zwaard niet beheersen als hij de gloed van haar zachte blik voelde.
Hij richtte zich tot de afgevaardigden, en de woede was nu uit zijn stem verdwenen. 'Het is helder weer. Jullie moesten maar eens vertrekken. Hoe eerder jullie je leiders ervan overtuigen akkoord te gaan met mijn eisen, hoe minder ongerief jullie volkeren zullen hoeven lijden. Ik wil niet dat er ook maar iemand lijdt...' Zijn stem stierf weg.
Cathryn stond naast hem en keek neer op de mensen die ze zo goed kende. 'Doen jullie maar wat Meester Rahl zegt. Hij heeft nu wel genoeg tijd aan jullie besteed.' Ze draaide zich om en sprak een van haar medewerkers aan. 'Laat onmiddellijk mijn kleren hierheen brengen. Ik blijf hier, in het Paleis van de Belijdsters.'
'Waarom blijft ze hier?' vroeg een van de ambassadeurs terwijl zijn voorhoofd rimpelde van achterdocht.
'Zoals u weet, is haar man gedood door een mriswith,' zei Richard. 'Ze logeert hier uit veiligheidsoverwegingen.'
'Bedoelt u dat we gevaar lopen?'
'Hoogstwaarschijnlijk wel,' zei Richard. 'Haar man was een deskundig zwaardvechter, en toch is hij... nu, ik hoop dat jullie goed uitkijken. Als

u zich bij ons aansluit, hebben jullie recht om bij ons in het paleis te gast te zijn, en zullen jullie de bescherming van mijn magie genieten. Er staan voldoende logeerkamers leeg, maar dat blijven ze totdat jullie je overgeven.'

Bezorgd kwebbelend liepen ze in de richting van de deuren.

'Zullen we dan maar?' vroeg Cathryn met zwoele stem.

Nu zijn taak erop zat, voelde Richard dat de plotselinge leegte werd gevuld door haar aanwezigheid. Toen ze zijn arm beetpakte en ze samen wegliepen, riep Richard zijn laatste vezel wilskracht bijeen en bleef staan bij het uiteinde van het podium, waar Ulic en Cara stonden.

'Hou ons onder alle omstandigheden in het oog. Begrepen?'

'Ja, Meester Rahl,' zeiden Ulic en Cara als één mens.

Cathryn trok aan zijn arm en sprak in zijn oor: 'Richard.' Haar warme adem die zijn naam droeg, deed een huivering van verlangen door zijn lichaam golven. 'Je zei dat we alleen zouden zijn. Ik wil alleen met je zijn. Moederziel alleen. Alsjeblieft?'

Uit dit ogenblik putte Richard al zijn kracht. Hij kon niet langer het beeld van het zwaard in zijn geest dragen. In wanhoop verving hij dat beeld door het gezicht van Kahlan.

'Er loert gevaar om ons heen, Cathryn. Dat voel ik. Ik wil jouw leven niet door slordigheid in de waagschaal stellen. Als ik het gevaar niet langer voel, kunnen we pas alleen zijn. Probeer dat voorlopig alsjeblieft te begrijpen.'

Ze keek bezorgd, maar knikte. 'Voorlopig.'

Toen ze van het podium stapten, keek Richard Cara priemend aan. 'Houd ons voortdurend in de gaten, en laat je door niets afleiden.'

24

Phoebe gooide de rapporten met een plof op een smalle lege plek op de gepolitoerde notenhouten tafel. 'Verna, mag ik je een persoonlijke vraag stellen?'
Verna kraste haar initialen onder aan een rapport van de keukens, waarin men vroeg om vervanging van de grote ketels, die helemaal waren doorgebrand. 'We zijn al lang met elkaar bevriend, Phoebe, je mag me zoveel vragen als je wilt.' Ze bekeek het verzoek opnieuw kritisch, en maakte toen boven haar initialen een aantekening waarin ze haar toestemming weigerde en hun gebood de ketels te laten repareren. Verna herinnerde zich dat ze moest glimlachen. 'Vraag maar op.'
Phoebe's bolle wangen werden rood toen ze haar vingers in elkaar vlocht. 'Nou, ik wil je niet beledigen, maar je bekleedt een unieke positie, en ik zou dit aan niemand anders kunnen vragen dan aan een vriendin als jij.' Ze schraapte haar keel. 'Hoe is het om oud te worden?'
Verna snoof geamuseerd. 'We zijn even oud, Phoebe.'
Ze veegde haar handpalmen af aan de heupen van haar groene jurk, terwijl Verna wachtte. 'Ja... maar jij bent meer dan twintig jaar weg geweest. Je bent zoveel ouder geworden, net als de anderen buiten het paleis. Het zal me bijna driehonderd jaar kosten om net zo oud te worden als jij nu bent. Goh, je ziet eruit als een vrouw van bijna... veertig, zou ik zeggen.'
Verna zuchtte. 'Ja, nou, dat krijg je nu eenmaal van reizen. Ik in elk geval wel.'
'Ik wil nooit op reis gaan en oud worden. Doet het pijn of zo om plotseling oud te zijn? Heb je het gevoel – ik weet niet hoe ik het moet zeggen – dat je niet meer aantrekkelijk bent en het leven niet meer alleen rozengeur en maneschijn is? Ik vind het leuk als mannen me aantrekkelijk vinden. Ik wil niet oud worden zoals... Ik maak me daar zorgen om.'
Verna zette zich tegen de tafel af en leunde in haar stoel achterover. Ze

voelde sterk de neiging deze vrouw te wurgen, maar haalde diep adem en bedacht dat ze een vriendin was die haar in haar onwetendheid een oprechte vraag stelde.
'Ik zou denken dat iedereen daar op zijn eigen unieke manier tegenaan kijkt, maar ik kan je wel zeggen wat het voor mij betekent. Het doet inderdaad pijn, Phoebe, om te weten dat er iets is verdwenen dat nooit meer kan worden herwonnen, alsof ik op de een of andere manier niet heb opgelet en mijn jeugd me is ontstolen, terwijl ik wachtte tot mijn leven zou beginnen, maar de Schepper stelt er ook veel goeds tegenover.'
'Goeds? Wat voor goeds zou dat met zich meebrengen?'
'Nou, van binnen ben ik nog steeds mezelf, maar dan wijzer. Ik merk dat ik een beter begrip heb van mezelf, en van wat ik wil. Ik waardeer dingen die ik nooit eerder heb gewaardeerd. Ik zie beter wat echt belangrijk is als ik het werk van de Schepper doe. Ik denk dat je zou kunnen zeggen dat ik me meer tevreden voel en me minder zorgen maak om wat anderen van me vinden.
Zelfs al ben ik ouder geworden, mijn verlangen naar anderen is er niet minder door geworden. Ik vind troost bij vrienden, en om antwoord te geven op wat je vroeg, ja, ik verlang nog steeds naar mannen, net zoveel als ik altijd al deed, maar nu heb ik een grotere waardering voor ze. Ik vind de onervarenheid van de jeugd minder interessant. Mannen hoeven niet alleen maar jong te zijn om mijn gevoelens te prikkelen; bovendien vind ik de simpelen van geest minder aantrekkelijk.'
Phoebe leunde met wijd open ogen en vol aandacht voorover. 'Echt waar? Prikkelen oudere mannen jouw gevoelens?'
Verna ging zachter praten. 'Met oudere mannen, Phoebe, bedoel ik mannen die ouder zijn dan ik. Die mannen die je belangstelling wekken, weet je wel? Vijftig jaar geleden hadden we er niet over gedacht naast een man te lopen die net zo oud is als jij nu, maar nu lijkt dat volkomen natuurlijk voor je te zijn, omdat je nu zelf zo oud bent, en mannen die nu even oud zijn als jij vroeger was, maken nu een onvolwassen indruk. Begrijp je wat ik bedoel?'
'Nou... ik geloof van wel.'
Verna kon aan haar ogen zien dat ze het niet begreep. 'Toen we hier de eerste keer kwamen, als jonge meisjes zoals die twee, gisteravond, in de kluizen, die novices Helen en Valery, wat vond je toen van vrouwen die zo oud waren als jij nu?'
Phoebe smoorde haar gegiechel met haar hand. 'Ik vond ze ongelooflijk oud. Ik had nooit gedacht dat ik ooit zo oud zou worden.'
'En wat vind je nu van je leeftijd?'
'O, ik ben helemaal niet zo oud. Ik denk dat ik op die jonge leeftijd gewoon dwaas was. Deze leeftijd bevalt me wel. Ik ben nog steeds jong.'

Verna haalde haar schouders op. 'Met mij is het al bijna net zo. Ik bezie mezelf op bijna dezelfde manier als jij jezelf beschouwt. Ik beschouw oudere mensen niet meer domweg als oud, want ik weet nu dat ze net zo zijn als jij of ik – ze beschouwen zichzelf net zo als jij en ik onszelf.'
De jonge vrouw haalde haar neus op. 'Ik denk dat ik begrijp wat je bedoelt, maar toch wil ik niet oud worden.'
'Phoebe, in de buitenwereld zou je nu al bijna drie levens achter de rug hebben gehad. Jij en ik hebben de grootse gave van de Schepper gekregen om zoveel jaar te kunnen leven als wij hier in het paleis hebben gedaan, om genoeg tijd te hebben jonge tovenaars met de gave te kunnen opleiden. Heb waardering voor wat je is gegeven – het is een zeldzame gunst, die slechts een handvol mensen deelachtig wordt.'
Phoebe knikte langzaam en aan haar iets toegeknepen ogen zag Verna dat ze hard haar best deed hierover na te denken. 'Heel wijs van je, Verna. Ik heb nooit geweten dat je zo wijs bent. Ik wist dat je slim bent, maar je hebt op mij nog nooit een wijze indruk gemaakt.'
Verna glimlachte. 'Dat is nog een ander voordeel. Mensen die jonger zijn dan jij, vinden je wijs. In een land van blinden kan een eenogige vrouw koningin worden.'
'Maar het lijkt me zo angstaanjagend dat je huid slap en rimpelig wordt.'
'Dat gebeurt geleidelijk – je raakt op de een of andere manier gewend aan het feit dat je ouder wordt. Het lijkt me beangstigend om zo oud te zijn als jij.'
'Hoezo?'
Verna had willen zeggen dat ze bang was rond te lopen met zo'n onderontwikkeld intellect als zij had, maar ze bedacht opnieuw dat zij en Phoebe een groot deel van hun leven als vriendinnen hadden doorgebracht. 'O, ik denk omdat ik voor heel wat hete vuren heb gestaan die jij nog voor de boeg hebt, en ik weet hoe ze branden.'
'Wat voor vuren?'
'Ik denk dat die voor elk mens anders zijn. Iedereen moet zijn eigen pad bewandelen.'
Phoebe wrong haar handen en boog zich nog verder naar voren. 'Wat waren de hete vuren op jouw pad, Verna?'
Verna ging staan en duwde de stop op de inktfles. Ze keek op haar neer, maar zag niets. 'Ik denk,' zei ze op afstandelijke toon, 'dat het ergste was toen ik terugkeerde en zag dat Jedidiah me aankeek met net zulke ogen als jij nu – ogen die een rimpelige, uitgedroogde, oude en onaantrekkelijke tang aanschouwden.'
'O, alsjeblieft Verna, ik bedoelde niet dat...'
'Begrijp je enigszins wat daar stekelig aan is, Phoebe?'
'Nou, dat je oud en lelijk wordt gevonden natuurlijk, zelfs al ben je niet zo...'

Verna schudde haar hoofd. 'Nee.' Ze keek de ander in de ogen. 'Nee, dat hete vuur was de ontdekking dat het slechts om mijn uiterlijk bleek te gaan, en dat mijn innerlijk' – ze klopte op de zijkant van haar hoofd – 'geen betekenis voor hem scheen te hebben, alleen maar de verpakking.'
Erger nog dan terug te keren en die blik in Jedidiahs ogen te zien, was de ontdekking dat hij zich aan de Wachter had gegeven. Teneinde Richards leven te redden toen Jedidiah op het punt stond hem te doden, had Verna haar dacra in zijn rug geplant. Jedidiah had niet alleen haar verraden, maar ook de Schepper. Een deel van haar was samen met hem gestorven.
Phoebe ging rechtop staan en keek wat verward. 'Ja, ik denk dat ik weet wat je bedoelt, als mannen...'
Verna maakte een wuivend handgebaar van afwijzing. 'Ik hoop dat ik je heb kunnen helpen, Phoebe. Het is altijd fijn met een vriendin te kunnen praten.' Haar stem kreeg een heldere klank van gezag. 'Zijn er nog smekelingen die me willen spreken?'
Phoebe knipperde. 'Smekelingen? Nee, vandaag niet.'
'Goed. Ik wil bidden en de Schepper om raad vragen. Willen jij en Dulcinia alsjeblieft de deur afschermen – ik wil niet worden gestoord.'
Phoebe maakte een revérence. 'Natuurlijk, Priores.' Ze glimlachte hartelijk. 'Bedankt voor het gesprek, Verna. Het was net als vroeger, toen we op onze kamer waren en we het consigne kregen te gaan slapen.' Haar blik dwaalde af naar de stapel rapporten. 'Maar hoe zit het met die rapporten? Ze raken steeds meer achterop.'
'Als Priores kan ik het Licht dat het paleis en de Zusters voortleidt, niet negeren. Ik moet ook namens ons bidden en Hem om raad vragen. We zijn tenslotte de Zusters van het Licht.'
De blik van ontzag keerde in Phoebe's ogen terug. Phoebe scheen te geloven dat Verna, toen ze haar ambt aanvaardde, verhevener was geworden dan een mens, en op een of andere wonderbaarlijke manier de hand van de Schepper kon aanraken. 'Natuurlijk, Priores, ik zal persoonlijk op de plaatsing van het schild toezien. Niemand zal de Priores in haar overpeinzingen storen.'
Voordat Phoebe de deur uitliep, riep Verna zachtjes haar naam. 'Heb je al iets gehoord van Christabel?'
Phoebe wendde haar ogen plotseling bezorgd af. 'Nee. Niemand weet waar ze naartoe is. We hebben ook geen woord gehoord over waar Amelia en Janet heen zijn gegaan.'
Dit vijftal: Christabel, Amelia, Janet, Phoebe en Verna waren vriendinnen van elkaar, waren samen in het paleis opgegroeid, maar Verna stond op de meest intieme voet met Christabel, hoewel ze allemaal een beetje

jaloers op haar waren. De Schepper had haar gezegend met prachtig blond haar en bevallige gelaatstrekken, maar bovendien met een vriendelijke en warme natuur.

Het verontrustte haar dat haar drie vriendinnen leken te zijn verdwenen. Zusters verlieten soms het paleis om het ouderlijk huis te bezoeken als hun ouders nog in leven waren, maar ze vroegen daar vooraf toestemming voor en bovendien zouden de ouders van deze drie al lang geleden wegens ouderdom zijn gestorven. Zusters knepen er soms ook een tijdje tussenuit om hun geest op te frissen in de buitenwereld, maar ook om er eens uit te zijn na decennia lang in het paleis te hebben vertoefd. Maar zelfs dan vertelden ze de anderen bijna altijd dat ze een tijdje weg zouden zijn, en waarheen.

Geen van haar drie vriendinnen had dat gedaan – ze golden slechts als vermist na de dood van de Priores. Verna's hart deed pijn van de bezorgdheid dat ze haar domweg niet als Priores aanvaardden en hadden verkozen het paleis te verlaten, maar ondanks haar smart bad ze dat dit de reden was, en dat ze niet ten prooi waren gevallen aan iets kwaads. 'Als je iets hoort, Phoebe,' zei Verna terwijl ze haar bezorgdheid probeerde te verbergen, 'kom het me dan alsjeblieft vertellen.'

Nadat de vrouw was verdwenen, zette Verna haar eigen schild tegen de binnenkant van de deuren. Het was een verklikkerschild dat ze zelf had ontworpen – de tere draadjes waren gesponnen van haar eigen unieke Han, en de magie daarvan zou ze als de hare herkennen. Iemand die zou proberen binnen te komen, zou het ragfijne schild waarschijnlijk niet opmerken en zou de breekbare draadjes doormidden scheuren. Zelfs al slaagden ze erin het op te merken, zou alleen al hun aanwezigheid en hun getast het schild onvermijdelijk doen scheuren, en als ze het weefsel herstelden met hun eigen Han, zou Verna dat ook merken.

Een zwakke zon scheen door de bomen bij de tuinmuur en dompelde het rustige, bosachtige gebiedje rond het toevluchtsoord in nevelig, droomachtig licht. Het stukje bos liep uit in een groepje magnolia's, en hun takken zaten vol wollige witte knoppen. Het pad erachter leidde kronkelend naar een fraai onderhouden lapje grond met blauwe en gele bloeiende bodembedekkers die eilandjes omsloten met hogere kantvarens en monarchrozen. Verna brak lusteloos een twijg van een van de magnolia's en genoot van de indringende geur. Ze inspecteerde de muur terwijl ze het pad afliep.

Achteraan bij de planten stond een bosje glanzende looiersbomen. De kleine bomen waren opzettelijk in een rij geplant om de hoge muur uit het zicht te houden die de tuin van de Priores beschermde, en wekten de indruk dat het terrein uitgestrekter was. Ze bekeek de dikke, korte boom-

stronken en de lange takken kritisch – dit voldeed, bij gebrek aan beter. Ze liep door – ze was al laat.
Op een klein zijpad achter het woeste stuk grond waar de tempel van de Priores was verborgen, zag ze een veelbelovend plekje. Toen ze haar rok optilde en door de struiken naar de muur liep, zag ze dat dit ideaal was. Ze zag een door zonlicht beschenen plek die rondom geheel door pijnbomen werd afgeschermd en perenbomen waren tegen latten aan de muur gebonden. Ze waren alle gesnoeid en uitgedund, maar eentje leek haar uiterst geschikt. De takken staken naar weerszijden uit als de sporten van een ladder met één spijl.
Vlak voordat Verna haar rokken optilde en in de boom wilde klimmen, viel haar oog op de structuur van de bast. Ze wreef met haar vinger over de bovenkant van de stevige takken en zag dat er littekens in zaten en dat ze ruw waren. Het leek erop dat ze niet de eerste Priores was die heimelijk de omheinde grond van de Priores wilde ontvluchten.
Toen ze boven op de muur was geklommen en had gekeken of er geen bewakers te zien waren, zag ze een aangrijpingspunt met een verstevigingspilaster dat geschikt was om op af te stappen, een goot, een uitstekende siersteen, een lange, laaghangende tak van een rokerige eik en een ronde rots, zo'n halve meter van de muur, waarna ze na een klein sprongetje weer met beide voeten op de grond zou staan. Ze veegde de bast en de bladeren schoon, trok haar grijze jurk bij de heupen recht en schikte haar eenvoudige kraag. Ze deed de ring van de Priores in een zak. Toen ze haar zware zwarte sjaal over haar hoofd drapeerde en hem onder haar kin vastknoopte, grijnsde Verna van opwinding dat ze de geheime uitgang van haar papieren gevangenis had gevonden.
Ze was verbaasd te zien dat het op het terrein van het paleis ongebruikelijk rustig was. Wachten deden hun rondes en Zusters, novices en jongemannen met halsbanden bevolkten de paden en stenen wandelwegen terwijl ze bezig waren met hun werk, maar er waren slechts weinig stadsmensen te zien – de meesten waren oude vrouwen.
Elke dag stroomden mensen zolang het licht was uit de stad Tanimura over de bruggen naar het eiland om raad te vragen aan de Zusters, om arbitrage bij geschillen te vragen, om voor liefdadigheid in aanmerking te komen, om steun te zoeken bij de wijsheid van de Schepper, en om op de pleinen overal op het eiland erediensten bij te wonen. Waarom ze het nodig vonden hierheen te komen om naar de kerk te gaan, vond Verna altijd wat vreemd, maar ze wist dat deze mensen het huis van de Zusters van het Licht als een heilig oord beschouwden. Misschien genoten ze alleen maar van de schoonheid van de paleistuinen.
Dat deden ze nu niet – er waren bijna geen stadsmensen te zien. Novices die de taak hadden bezoekers rond te leiden, slenterden verveeld

rond. Bewakers bij hekken naar verboden gebieden keuvelden in zichzelf, en mensen die haar kant uit keken, zagen slechts een van de zovele Zusters die bezig was met haar werk. De grasvelden waren verstoken van rust zoekende gasten, de formele tuinen toonden hun pracht aan niemand, en de fonteinen spoten en klaterden zonder de oh's en ah's van volwassenen of het enthousiaste gegil van kinderen. Zelfs de roddelbankjes waren leeg.
In de verte klonk onverstoorbaar het geluid van trommelslagen.
Verna zag Warren op de donkere, platte rots zitten – hun ontmoetingsplaats in het riet aan de stadsoever van de rivier. Hij was bezig steentjes te gooien in het kolkende water dat door één enkele vissersboot onveilig werd gemaakt. Warren sprong overeind toen hij haar hoorde aankomen.
'Verna! Ik wist niet of je ooit nog zou komen.'
Verna keek toe terwijl de oude man zijn haken van aas voorzag en zijn boot zachtjes onder zijn standvastige benen deinde. 'Phoebe wilde weten hoe het is om oud en rimpelig te worden.'
Warren veegde het vuil van het zitvlak van zijn paarse overgewaad. 'Waarom zou ze jou dat vragen?'
Verna zuchtte slechts om zijn onbegrijpende blik. 'Laten we gaan.'
Hun tocht door de stad naar de buitenwijken bleek even vreemd als de aanblik van de paleistuinen. Hoewel sommige winkels in welvarende wijken open waren en zich mochten verheugen in groepjes mensen om handel mee te drijven, was de markt in de arme wijk uitgestorven. De kramen waren leeg, de kookvuren waren uit en voor de winkelruiten hingen luiken. De drooglopen waren verlaten, de weefgetouwen in de werkplaatsen stonden er werkeloos bij en in de straten heerste stilte, op het voortdurende, ergerlijke gebons van de trommels na.
Warren deed alsof de spookachtige straten de gewoonste zaak van de wereld waren. Toen ze beiden een smalle, diep beschaduwde, stoffige straat insloegen met aan weerszijden bouwvallige huizen, werd het Verna te veel en barstte ze in woede uit.
'Waar is iedereen? Wat is hier aan de hand?'
Warren bleef staan, draaide zich om en keek haar verbaasd aan, terwijl ze met haar vuisten op de heupen midden in de lege straat stond. 'Het is Ja'La-dag.'
Ze keek hem met een norse blik aan. 'Ja'La-dag.'
Hij knikte en zijn verbaasde frons werd dieper. 'Ja. Ja'La-dag. Wat dacht je dat er was gebeurd met al die...' Warren sloeg zich op het voorhoofd. 'Het spijt me, Verna, ik dacht dat je dat wist. We zijn er zo aan gewend geraakt, dat ik gewoon ben vergeten dat jij dat niet zou weten.'
Verna sloeg haar armen over elkaar. 'Wat?'

Warren liep naar haar terug, nam haar bij de arm en ze liepen verder. 'Ja'La is een spel, een krachtmeting.' Hij wees over zijn schouder. 'Ze hebben een groot speelveld aangelegd in het dal tussen twee heuvels in een buitenwijk van de stad, daarginds, ongeveer... Ach, ik denk dat dat vijftien of twintig jaar geleden is gebeurd, toen de keizer aan de macht kwam. Iedereen vindt het prachtig.'
'Een spel? De hele stad loopt leeg om naar een spel te kijken?'
Warren knikte. 'Ik ben bang van wel. Behalve een paar mensen, vooral ouderen – ze begrijpen het niet en zijn er ook niet zo in geïnteresseerd, maar bijna alle andere mensen wel. Het is de grote hartstocht van het volk geworden. Kinderen beginnen het op straat te spelen zodra ze kunnen lopen.'
Verna keek een zijstraat in en keek achterom naar de weg waarover ze hierheen waren gekomen. 'Wat voor spel is dat?'
Warren haalde zijn schouders op. 'Ik ben nog nooit naar een officiële wedstrijd geweest – ik zit het grootste deel van mijn tijd in de kluizen – maar ik ben een beetje in dit onderwerp gedoken. Ik ben altijd al geïnteresseerd geweest in spelen, en hoe die in de structuur van verschillende culturen passen. Ik heb oude volkeren bestudeerd, en hun spelen, maar dit geeft me de gelegenheid het spel in levenden lijve te bekijken, dus heb ik er het een en ander over gelezen en er wat onderzoek naar gedaan.
Ja'La wordt gespeeld door twee ploegen op een vierkant Ja'La-veld, dat met wildroosters is gemarkeerd. In elke hoek staat een doel – twee per ploeg. De ploegen proberen de "broc", een zware met leer overtrokken bal die iets kleiner is dan een mensenhoofd, in een van de doelen van de tegenstander te gooien. Als ze daarin slagen, krijgen ze een punt, en de andere ploeg moet een rooster uitkiezen van waaraf zij op hun beurt de aanval inzetten.
Ik begrijp de strategie nog niet, want het wordt steeds ingewikkelder, maar kinderen van vijf schijnen het binnen een mum van tijd onder de knie te hebben.'
'Waarschijnlijk omdat zij het graag willen spelen, en jij niet,' zei Verna. Ze knoopte haar sjaal los en flapperde met de uiteinden om haar hals wat koelte te geven. 'Wat is er zo bijzonder aan dat men elkaar in de volle zon verdringt om het te kunnen zien?'
'Ik denk dat het een leuke afwisseling is na hun gezwoeg – een feestdag. Het geeft ze een excuus om te juichen en te schreeuwen, om te drinken en te feesten als hun favoriete ploeg wint, of om te drinken en elkaar te troosten als hun ploeg verliest. Iedereen windt zich er nogal over op. Meer dan ze eigenlijk zouden behoren.'
Verna dacht hier even over na en voelde een verfrissende bries in haar nek. 'Nou, dat klinkt volgens mij nogal onschuldig.'

Warren keek uit zijn ooghoeken naar Verna. 'Nee, het is een bloederig spel.'
'Bloederig?'
Warren stapte opzij voor een hoop mest. 'De bal is zwaar en de regels zijn slap. De mannen die Ja'La spelen, zijn woestelingen. Hoewel ze natuurlijk handig moeten zijn met de broc, worden ze vooral geselecteerd op hun spierkracht en hun beestachtige agressiviteit. Er worden weinig wedstrijden gespeeld zonder dat er tanden worden uitgeslagen, of botten worden gebroken. Een gebroken nek behoort ook niet tot de zeldzaamheden.'
Verna keek hem ongelovig aan. 'En de mensen willen daar graag naar kijken?'
Warren bromde bevestigend en zonder humor. 'Naar wat de bewakers me vertellen, worden de toeschouwers lastig als ze geen bloed zien, want dan denken ze dat hun ploeg niet genoeg zijn best doet.'
Verna schudde het hoofd. 'Nou, zo te horen is dat niet bepaald iets dat ik graag zou willen zien.'
'Dat is nog niet het ergste.' Warren bleef voor zich uit kijken terwijl hij door de beschaduwde straat liep. Aan weerszijden hingen luiken voor smalle ramen die zo vaal waren dat je je moeilijk kon voorstellen dat ze ooit waren geverfd. 'Na afloop van het spel wordt de ploeg die heeft verloren het veld op gestuurd, en elke speler wordt afgeranseld. Eén klap met een grote leren zweep voor elk punt dat tegen ze is gescoord, toe te brengen door iemand van de winnende ploeg. En de rivaliteit tussen de ploegen is heftig – het is niet ongebruikelijk dat mannen aan zo'n afranseling bezwijken.'
Verna keek stomverbaasd toen ze een zijstraat insloegen. 'Blijven de mensen dan ook naar zo'n afranseling kijken?'
'Ik denk dat ze daar in de eerste plaats voor komen. Alle supporters van de winnende ploeg tellen het aantal zweepslagen van de gegeselde. De gemoederen lopen tamelijk hoog op. De mensen winden zich erg op over Ja'La. Soms breken er rellen uit. Zelfs al proberen tienduizend manschappen er orde te houden, toch kan de zaak uit de hand lopen. Soms beginnen de spelers de knokpartij. Mannen die Ja'La spelen, zijn beesten.'
'Staan die mensen echt te juichen om een stel beesten?'
'De spelers zijn helden. Ja'La-spelers hebben praktisch de hele stad voor zichzelf, en kunnen niets meer verkeerd doen. Regels en wetten gelden nauwelijks meer voor Ja'La-spelers. Horden vrouwen lopen de spelers overal achterna, en na de wedstrijd wordt er meestal een orgie in de ploeg gehouden. Vrouwen vechten met elkaar om een Ja'La-speler. Die boemelarij duurt dagenlang. Het is een eer van de hoogste orde om verkering te hebben gehad met een Ja'La-speler, en er wordt zo heftig naar

die eer gedongen, dat men getuigen nodig heeft om zich op bepaalde rechten te kunnen voorstaan.'

'Waarom?' was alles wat ze kon bedenken om te zeggen.

Warren stak zijn handen omhoog. 'Jij bent een vrouw; zeg jij me maar waarom! Toen ik de eerste in drieduizend jaar was die een profetie oploste, had ik geen enkele vrouw die haar armen om mijn nek sloeg of het bloed van mijn rug likte.'

'Doen ze dat?'

'Ze vechten erom. Als een speler gecharmeerd is van haar tong, dan zou hij haar kunnen uitkiezen. Ik heb gehoord dat de spelers nogal arrogant zijn en er behagen in scheppen opdringerige vrouwen de eer te gunnen zich aan hen te onderwerpen.'

Verna keek naar Warren en zag dat zijn gezicht vuurrood was. 'Willen ze zelfs verkering met een verliezer?'

'Dat doet er niet toe. Hij is een Ja'La-speler: een held. Hoe beestachtiger, hoe beter. Die spelers die hun tegenspeler hebben gedood met een Ja'La-bal zijn ongenaakbaar, en zijn het meest in trek bij de vrouwen. Mensen hebben hun baby's naar ze genoemd. Ik begrijp er niets van.'

'Jij observeert slechts een kleine groep mensen, Warren. Als jij eens de stad in ging in plaats van altijd in de kluizen te zitten, dan zouden vrouwen ook verkering willen hebben met jou.'

Hij klopte op zijn blote nek. 'Misschien wel als ik een halsband om had, want dan zouden ze het goud van het paleis om mijn hals zien, en dat is alles – ze zouden geen verkering met me willen hebben om wie ik zelf ben.'

Verna tuitte haar lippen. 'Sommige mensen voelen zich aangetrokken tot macht. Als je zelf geen macht hebt, kan die van een ander heel verleidelijk zijn. Zo zit het leven in elkaar.'

'Het leven,' herhaalde hij met een zuur gegrom. 'Iedereen noemt het Ja'La, maar de volledige naam is Ja'La dh Jin – het Levensspel, in de oude taal van het thuisland van de keizer, Altur'Rang, maar iedereen noemt het eenvoudigweg Ja'La: het Spel.'

'Wat betekent "Altur Rang"?'

'"Altur Rang" komt ook uit die oude taal. Het laat zich niet zo goed vertalen, maar het betekent zo ongeveer: "de Uitverkorene van de Schepper", of "het volk van het lot", zoiets. Hoezo?'

'De Nieuwe Wereld wordt doorsneden door een gebergte dat de Rang'-Shada wordt genoemd. Dat klinkt als dezelfde taal.'

Warren knikte. 'Een *shada* is een gepantserde gevechtshandschoen met scherpe punten. Rang'Shada zou ongeveer betekenen: "gevechtsvuist van de uitverkorene."'

'Zo te horen een naam uit de Oude Oorlog, denk ik. Scherpe punten zijn

in die bergen zeker geen overbodige luxe.' Verna's hoofd tolde nog steeds van Warrens verhaal. 'Ik begrijp niet dat dat spel is toegestaan.'
'Toegestaan? Het wordt zelfs aangemoedigd. De keizer heeft zijn eigen Ja'La-ploeg. Vanochtend werd omgeroepen dat hij tijdens zijn bezoek zijn ploeg tegen de topploeg van Tanimura laat spelen. Een hele eer, zo te horen – iedereen is buiten zichzelf van opwinding over dat vooruitzicht.' Warren keek om zich heen en keek haar toen weer aan. 'Maar de ploeg van de keizer wordt niet afgeranseld, als die verliest.'
Ze trok haar wenkbrauw op. 'Het voorrecht van de machtigen?'
'Niet bepaald,' zei Warren. 'Als ze verliezen, worden ze onthoofd.'
Verna's handen vielen van de uiteinden van haar sjaal. 'Waarom zou de keizer zo'n spel aanmoedigen?'
Warren glimlachte in zichzelf. 'Dat weet ik niet, Verna, maar ik heb er bepaalde theorieën over.'
'Zoals?'
'Nou, als je een land hebt veroverd, met wat voor problemen denk je dan te maken te krijgen?'
'Je bedoelt: opstanden?'
Warren veegde een lok van zijn blonde krulhaar naar achteren. 'Oproer, verzet, onrust bij de burgers, rellen, en inderdaad: opstanden. Kun je je de tijd nog herinneren toen Koning Gregorius regeerde?'
Verna knikte en zag een vrouw helemaal achter in een zijstraat druipnatte kleren over haar balkonhek hangen. Ze was de enige persoon die ze het laatste uur had gezien. 'Wat is er met hem gebeurd?'
'Niet lang nadat jij was vertrokken, nam de Imperiale Orde de macht van hem over, en dat was het laatste wat we van hem hebben gehoord. De koning stond goed bekend, en Tanimura was welvarend, net als de andere steden in het noorden waarover hij regeerde. Sindsdien zijn er moeilijke tijden voor het volk gekomen. De keizer stond toe dat corruptie hoogtij vierde, en tegelijkertijd sloot hij zijn ogen voor belangrijke zaken als handel en rechtspraak. Al die mensen die jij in armoede hebt zien leven, waren vluchtelingen die uit geplunderde kleine steden, dorpen en grote steden naar Tanimura waren gegaan.'
'Ze schijnen een tamelijk tevreden zootje te zijn, voor vluchtelingen.'
Een wenkbrauw verhief zich boven een blauw oog. 'Ja'La.'
'Wat bedoel je?'
'Ze hebben weinig hoop op een beter leven onder de Imperiale Orde. Het enige waar ze op kunnen hopen en van kunnen dromen, is ooit een Ja'La-speler te worden.
De spelers worden gekozen om hun speeltalent en niet omdat ze tot een bepaalde klasse behoren of een zekere machtspositie bezitten. Het gezin van een speler zal nooit meer iets te kort komen, hij kan voor ze zorgen

– in overvloed zelfs. Ouders stimuleren hun kinderen Ja'La te spelen, in de hoop dat ze ooit beroeps zullen worden. Amateurploegen, die per leeftijdscategorie worden ingedeeld, beginnen al met kinderen van vijf jaar. Iedereen kan betaald Ja'La-speler worden, ongeacht zijn achtergrond. Er zijn zelfs spelers uit de gelederen van de slaven van de keizer voortgekomen.'

'Maar dat verklaart nog steeds niet waarom men er zo verzot op is.'

'Iedereen leeft nu onder de Imperiale Orde. Het is niemand toegestaan zijn vroegere land te aanbidden. Ja'La stelt de mensen in staat iets te aanbidden: de buren, de stad, de ploeg. De keizer heeft de aanleg van het Ja'La-veld gefinancierd – het was een geschenk voor het volk. De mensen worden afgeleid van hun levensomstandigheden, waarover ze geen enkele zeggenschap hebben, en kunnen zich uitleven op een manier die geen bedreiging vormt voor de keizer.'

Verna klapperde weer met de uiteinden van haar sjaal. 'Ik vind niet dat jouw theorie enige schaduw op deze zaak werpt, Warren. Kinderen houden al vanaf jonge leeftijd van spelletjes. Ze doen dat de hele dag. De mens speelt altijd al spelletjes. Als ze ouder worden, dan houden ze wedstrijden met boogschieten, paardrijden, met dobbelen. Het is een stukje menselijke aard om spelletjes te spelen.'

'Deze kant op.' Warren pakte haar bij de mouw, wees met zijn duim en leidde haar een smalle steeg in. 'En de keizer leidt die neiging in bovennatuurlijke banen. Hij hoeft zich er niet om te bekommeren dat ze aan vrijheid denken, of aan eenvoudige juridische aangelegenheden. Hun passie is nu Ja'La. Hun geest is afgestompt voor al het andere. In plaats van zich af te vragen waarom de keizer hierheen komt, loopt nu iedereen te hoop om Ja'La.'

Verna voelde haar maag draaien. Ze had zich al afgevraagd waarom de keizer hierheen kwam. Hij moest een reden hebben om dat hele eind te reizen, en ze dacht niet dat hij alleen maar kwam om zijn ploeg een spelletje Ja'La te zien spelen. Hij wilde iets.

'Zijn de mensen trouwens niet bang zo'n machtige man te verslaan, of zijn ploeg?'

'De ploeg van de keizer is heel goed, heb ik gehoord, maar ze hebben geen bijzonder voorrecht of voordeel. De keizer vat het niet op als een belediging als zijn ploeg verliest, behalve natuurlijk als zijn spelers meedoen. Als een tegenstander van ze wint, dan zal de keizer hun vaardigheid erkennen en hun en hun stad van harte feliciteren. De mensen verlangen naar die eer – de roemruchte ploeg van de keizer verslaan.'

'Ik ben al weer een paar maanden terug, maar ik heb nog nooit gezien dat de hele stad leegliep om naar dat spel te komen kijken.'

'Het seizoen is nog maar pas begonnen. Officieel mogen de wedstrijden

pas worden gespeeld in het Ja'La-seizoen.'
'Dat strookt dan niet met jouw theorie. Als dat spel een afleiding van belangrijker zaken in het leven is, waarom mag het dan niet altijd worden gespeeld?'
Warren glimlachte zelfingenomen naar haar. 'Wachten is goed voor de hartstocht. Men praat eindeloos over de vooruitzichten voor het komend seizoen. Tegen de tijd dat het seizoen is aangebroken heeft de geestdrift van de mensen het kookpunt bereikt, zoals bij jonge geliefden die na een tijd van afwezigheid elkaar in de armen vallen, en hun geest doof is voor al het andere. Als dat spel altijd werd gespeeld, zou hun vurigheid bekoelen.'
Warren had duidelijk lang en diep over zijn theorie nagedacht. Ze meende er niet erg in te kunnen geloven, maar hij leek voor alles een verklaring te hebben, dus ze veranderde van onderwerp.
'Van wie heb je gehoord dat hij zijn ploeg zou meebrengen?'
'Van Meester Finch.'
'Warren, ik heb je naar de stallen gestuurd om uit te zoeken hoe het met de paarden zat, en niet om over Ja'La te leuteren.'
'Meester Finch is een groot Ja'La-enthousiasteling en was zeer opgetogen over de openingswedstrijd van vandaag, dus ik heb hem erover laten doorpraten, zodat ik erachter kon komen wat jij wilde weten.'
'En ben je daarachter gekomen?'
Ze bleven plotseling staan en keken op tegen een gebeeldhouwd bord waarop een grafsteen en een schop stonden afgebeeld met de namen BENSTENT en SPROUL eronder.
'Ja. Nadat hij me had verteld hoeveel slagen de ene ploeg zou krijgen, en voordat hij me vertelde hoe je geld kunt verdienen door te wedden op de uitslag, zei hij dat de ontbrekende paarden al een hele tijd weg zijn.'
'Zeker sinds de winterzonnestilstand, gok ik.'
Warren hield een hand boven zijn ogen en tuurde door het raam naar binnen. 'Weddenschap gewonnen. Vier van zijn sterkste paarden, maar alleen genoeg hoefnagels voor twee paarden zijn verdwenen. Hij zoekt nog steeds naar de paarden, en hij bezweert me dat hij ze zal vinden, maar hij denkt dat de hoefnagels zijn gestolen.'
Aan de andere kant van de deur achterin de donkere kamer hoorde ze het geluid van een ijzervijl.
Warren haalde de hand van zijn gezicht en keek de straat in. 'Het schijnt dat hier iemand is die geen Ja'La-fanaat is.'
'Gelukkig maar,' zei Verna. Ze knoopte de sjaal onder haar kin vast en trok de deur open. 'Laten we eens luisteren wat deze doodgraver te zeggen heeft.'

25

Alleen het kleine raam aan de straatkant dat bedekt was met een eeuwenoude laag stof, en een open deur achterin verlichtten de donkere, stoffige ruimte, maar er was net genoeg licht om een pad te kunnen ontwaren tussen de slordig opgerolde zwachtels, de gammele werkbanken en een wanordelijke hoop vurenhouten planken die tegen elkaar aan stonden.

Mensen met geld bezochten vaak begrafenisondernemers om advies in te winnen over het uitzoeken van rijkversierde, dure grafkisten voor hun dierbaren, maar mensen die het bepaald niet breed hadden, konden zich niets meer veroorloven dan de diensten van eenvoudige doodgravers die voor een simpele doos zorgden en voor een kuil om die in te laten zakken. Hoewel de overleden dierbaren van deze groep mensen die zich tot doodgravers wendden, zeker niet minder geliefd waren, moesten zij zich vooral bekommeren om het onderhoud van hun levende familie. Hun herinneringen aan de overledene waren daarom nog niet minder oprecht.

Verna en Warren bleven staan in de deuropening die toegang bood aan een piepkleine werkput, die werd omgeven door steile, hoge wanden van timmerhout dat rechtop tegen een schutting achterin en tegen de gepleisterde huizen aan weerszijden van de werkplaats was neergezet. In het midden van dit alles stond een slungelige man op blote voeten met zijn rug naar hen toe die bezig was het blad van een van zijn schoffels te vijlen.

'Mijn condoléances met het verlies van uw geliefde,' zei hij op een rauwe, maar verrassend oprechte toon. Hij haalde de vijl weer over het staal. 'Een kind of een volwassene?'

'Geen van beiden,' zei Verna.

De man keek met ingevallen wangen over zijn schouder. Hij had geen baard, maar hij maakte de indruk dat hij zich al zo zelden hoefde te scheren dat hijzelf de dood in de ogen leek te kijken. 'Iets ertussenin,

dan? Als u me zegt hoe groot de overledene is, dan kan ik een passende doos maken.'
Verna sloeg haar handen ineen. 'We hoeven niemand te begraven. We zijn alleen maar hier om u een paar vragen te stellen.'
Hij gunde zijn handen rust, draaide zich om en bekeek zijn bezoekers beiden van top tot teen. 'Nou, ik zie dat u zich een betere doodgraver kunt veroorloven dan mij.'
'Hebt u geen belangstelling voor Ja'La?' vroeg Warren.
De mismoedige ogen van de man kregen een iets wakkerder uitdrukking, toen hij voor de tweede keer naar Warrens paarse gewaden keek. 'De mensen zien niet graag lieden van mijn slag op zulke feestelijke gebeurtenissen. Als ze mijn gezicht zien, is voor hen de lol eraf, alsof het gezicht van de dood in hoogsteigen persoon zich onder hen bevindt. Maar ze kijken ook wel uit om me te vertellen dat ik niet welkom ben. In ieder geval komen ze bij me langs als ze me nodig hebben. Dan komen ze hierheen en doen ze alsof ze nog nooit hun blik van me hebben afgewend. Ik zou ze kunnen laten betalen voor een chique doos – de doden kunnen die immers toch niet zien, maar die kunnen ze zich niet veroorloven, en ik heb weinig aan hun centen als ik ze hun angsten misgun.'
'Wie van de twee bent u?' vroeg Verna, 'Meester Benstent of Meester Sproul?'
Zijn slappe oogleden rimpelden toen hij zijn ogen naar haar opsloeg. 'Ik ben Milton Sproul.'
'En Meester Benstent? Is die ook in de zaak?'
'Ham is er niet. Wat komt u hier doen?'
Verna's mond vertrok in een onverschillige uitdrukking. 'We komen van het paleis en wilden u wat vragen over een rekening die we van u hebben ontvangen. We willen alleen maar weten of die klopt en of alles in orde is.'
De magere man liep terug naar zijn spade en haalde de vijl langs de snijkant. 'Die rekening klopt. We zouden er niet over denken de Zusters op te lichten.'
'Dat willen we ook niet zeggen – we kunnen alleen geen aantekening vinden over wie u hebt begraven. We moeten verifiëren wie er is overleden – pas dan kunnen we opdracht tot betaling geven.'
'Weet ik niet. Ham heeft dat karwei gedaan, en hij heeft de rekening opgemaakt. Hij is een eerlijke vent. Hij zou nog niet eens een dief oplichten om terug te krijgen wat die van hem had gestolen. Hij heeft die factuur gemaakt en mij gevraagd die naar u op te sturen, dat is alles wat ik ervan weet.'
'Ik begrijp het.' Verna haalde haar schouders op. 'Dan moeten we Mees-

ter Benstent maar eens opzoeken, als we hier duidelijkheid over willen hebben. Waar kunnen we hem vinden?'
Sproul maakte een haal met zijn vijl. 'Weet ik niet. Ham wordt zo langzamerhand een dagje ouder. Hij zei dat hij de luttele jaren die hem nog restten, wilde doorbrengen met zijn dochter en zijn kleinkinderen. Daar is hij heen gegaan. Ze wonen ergens midden op het platteland.' Hij zwaaide zijn vijl in de lucht rond. 'Het ziet ernaar uit dat hij zijn helft van de zaak aan mij heeft nagelaten. En ook de helft van het werk, zo te zien. Ik denk dat ik een jongere man in dienst zal moeten nemen om het graafwerk te doen – ik begin zelf ook wat ouder te worden.'
'Maar u moet toch weten waar hij naartoe is, en hoe het met die rekening zit?'
'Ik zei toch van niet. Hij pakte de weinige spullen die hij had en kocht een ezel voor de reis, dus ik denk dat hij een flink eind uit de buurt is.' Hij wees met zijn vijl over zijn schouder naar het zuiden. 'Zoals ik al zei: naar het platteland. Het laatste dat hij me zei, was dat ik de rekening naar het paleis moest sturen, want hij had zijn werk gedaan en hij vond het alleen maar eerlijk dat hij boter bij de vis kreeg. Ik vroeg hem waar ik het geld naartoe moest sturen, aangezien hij het werk had gedaan, maar hij zei dat ik dat maar moest gebruiken om er een nieuwe kracht mee te betalen. Hij zei dat dat alleen maar redelijk was, gezien het feit dat hij op zo'n korte termijn vertrok.'
Verna dacht na over wat ze zou doen. 'Ik snap het.' Ze keek toe terwijl hij de vijl twaalf keer langs de schoffel haalde, en zei toen tegen Warren: 'Ga jij maar naar buiten, en wacht op me.'
'Wat?' fluisterde hij driftig. 'Waarom ga je...'
Verna stak een vinger op om hem het zwijgen op te leggen. 'Doe wat ik zeg. Maak maar een wandelingetje rond dit gebied om er zeker van te zijn dat... onze vrienden niet op zoek zijn naar ons.' Ze boog zich iets naar hem toe en keek hem veelbetekenend aan. 'Misschien vragen ze zich af of we hulp nodig hebben.'
Warren ging rechtop staan en keek naar de vijlende man. 'O. Ja. Goed dan. Ik zal eens kijken waar onze vrienden zijn gebleven.' Hij frunnikte aan het zilveren brokaat van zijn mouw. 'Je blijft hier toch niet zo lang, of wel?'
'Nee. Ik ben hier zo klaar. Ga nou maar, en kijk of je ze ergens ziet.'
Nadat Verna de voordeur had horen dichtgaan, keek Sproul over zijn schouder achterom. 'Mijn antwoord blijft hetzelfde. Ik heb u gezegd wat...'
Verna hield een gouden munt tussen haar vingers. 'Zo, Meester Sproul, nu zullen we eens een openhartig gesprek met elkaar voeren. En, belangrijker nog, u zult mijn vragen naar waarheid beantwoorden.'

Hij fronste achterdochtig zijn voorhoofd. 'Waarom hebt u hem weggestuurd?'
Ze nam niet meer de moeite charmant naar hem te glimlachen. 'Die jongen heeft een zwakke maag.'
Hij deed onbezorgd een haal met zijn vijl. 'Ik heb u de waarheid verteld. Als u liever een leugen hoort, dan zal ik er een voor u op maat maken.'
Verna wierp hem een dreigende blik toe. 'Haalt u het niet in uw hoofd ooit tegen mij te liegen. U hebt mij dan misschien de waarheid verteld, maar in elk geval niet de volledige waarheid. U vertelt me nu de rest van het verhaal, óf in ruil voor dit teken van mijn waardering...' Verna gebruikte haar Han om de vijl uit zijn hand te grissen en hem hoog in de lucht te laten vliegen, tot hij uit het zicht was verdwenen. '... dan wel uit erkentelijkheid dat ik u verdere onplezierigheden bespaar.'
De vijl kwam met een fluitende snelheid uit de lucht scheren en boorde zich met een klap in de grond, krap drie centimeter van de tenen van de doodgraver. Slechts de staart van de vijl stak boven het zand uit, en die was roodgloeiend. Met ziedende geestkracht trok ze het hete staal omhoog tot een lang dunne streep van gesmolten staal. De withete gloed verlichtte zijn geschrokken gezicht en ze voelde de hitte op haar gezicht sissen. Hij had ogen op steeltjes.
Ze bewoog haar vinger heen en weer, en de volgzame streep gloeiend staal danste voor zijn ogen, op de maat van haar bewegingen. Ze maakte een draaibeweging met haar vinger en het staal wond zich op luttele centimeters afstand van zijn huid om de man heen.
'Eén vingerbeweging, Meester Sproul, en ik bind u met uw eigen vijl vast.' Ze opende haar hand en hield haar handpalm naar boven. Een huilende vlam ontbrandde en zweefde gehoorzaam in de lucht. 'En nadat ik u heb vastgebonden, zal ik u centimeter voor centimeter koken, te beginnen met uw voeten, totdat u me de complete waarheid vertelt.'
Zijn rotte tanden klapperden. 'Alstublieft...'
Ze bracht de munt in haar andere hand en wierp hem een valse glimlach toe. 'Of, zoals ik al zei, u kunt ervoor kiezen de waarheid te vertellen in ruil voor dit teken van mijn waardering.'
Hij slikte en keek naar het gloeiend hete staal dat hem omringde en de sissende vlam die boven haar hand hing. 'Blijkbaar kan ik me er toch nog iets meer van herinneren. Ik zou het buitengewoon plezierig vinden als u me het verhaal wilt laten afmaken met het deel dat me nu ineens te binnen schiet.'
Verna doofde de vlam die boven haar hand zweefde, en met een plotselinge krachtsinspanning veranderde ze de hitte van de Han in het tegendeel: bittere koude. Het staal verloor zijn gloed als een kaarsvlam die werd uitgeblazen. Het verschoot van vuurrood in ijzig zwart, brak in

duizenden stukjes die als hagelstenen rond de verstijfde doodgraver neervielen.

Verna tilde zijn hand op, drukte het gouden muntstuk erin en sloot zijn vingers eromheen. 'O, wat spijt me dat nu. Ik denk dat ik uw vijl heb geruïneerd. Dit zal de kosten ruimschoots vergoeden.'

Hij knikte. Dit was waarschijnlijk meer goud dan de man in een jaar zou kunnen verdienen. 'Ik heb vijlen genoeg. Het is niet zo erg.'

Ze legde haar hand op zijn schouder. 'Goed dan, Meester Sproul, vertelt u me nu maar eens wat u nog meer van die rekening weet.' Ze greep hem nu stevig vast. 'Elk klein beetje, hoe onbelangrijk het u ook mag toeschijnen. Begrepen?'

Hij bevochtigde zijn lippen. 'Ja. Ik zal u elk kleinigheidje vertellen. Zoals ik al zei, Ham heeft die klus gedaan. Ik wist er niets van. Hij zei dat hij wat graafwerk moest doen voor het paleis – verder niets. Ham is nogal zwijgzaam, en ik schonk er verder geen aandacht aan.

Kort daarop vertelde hij me nogal van het ene moment op het andere het nieuws dat hij zijn schop aan de wilgen zou hangen en bij zijn dochter zou gaan wonen, zoals ik u net vertelde. Hij had het er altijd al over dat hij, voordat hij zijn eigen graf zou graven, bij zijn dochter wilde gaan wonen, maar hij had er het geld niet voor, en zij evenmin, dus ik lette nooit zo op wat hij zei. Toen kocht hij die ezel, en best een goeie ook, en toen wist ik dat hij geen onzin vertelde. Hij zei dat hij het geld voor zijn werk voor het paleis niet wilde hebben. Hij zei dat ik maar een nieuwe man in dienst moest nemen om mij wat werk uit handen te nemen. Nou, de volgende avond, vlak voordat hij wegging, had hij een fles drank bij zich. Hele goeie, veel duurder dan de meeste flessen die we kochten. Als hij dronk, kon Ham nooit een geheim voor me verbergen – iedereen weet hoe waar dat is. Hij vertelde me niet wat hij ook niet aan anderen mocht vertellen, begrijpt u me goed – hij was een betrouwbare man – maar hij vertelde me alles als hij had gedronken.'

Verna trok haar hand terug. 'Ik begrijp het. Ham is een goeie vent, en hij is een vriend van u. Ik wil niet dat je bang bent dat je een geheim verklapt, Milton. Ik ben een Zuster. Je pleegt geen wandaad door me te vertrouwen, en je hoeft niet bang te zijn dat je erdoor in moeilijkheden komt.'

Hij knikte zichtbaar opgelucht en wist een flauw glimlachje om zijn lippen te toveren. 'Nou, zoals ik al zei, we zaten daar dus met die fles, en we praatten wat over vroeger. Toen ging hij weg, en toen wist ik dat ik hem erg zou missen. U weet wel. We hebben heel wat jaren samen opgetrokken, niet dat we...'

'Jullie waren vrienden van elkaar, dat begrijp ik. Wat zei hij?'

Hij knoopte zijn boord los. 'Nou, we dronken wat, en we waren verdrietig om het feit dat hij wegging. Die drank was sterker dan wat we gewend waren. Ik vroeg hem waar zijn dochter woonde, zodat ik hem de betaling van zijn rekening kon sturen, zodat hij wat financiële armslag zou hebben. Ik heb deze zaak tenslotte van hem gekregen, en ik kan me redden – ik heb werk. Maar Ham zei: Nee, dat heb ik niet nodig. Niet nodig! Ik was natuurlijk reuze nieuwsgierig toen hij dat zei. Ik vroeg hem hoe hij anders aan geld zou moeten komen, en hij zei dat hij wat had gespaard. Maar Ham spaarde nooit. Als hij ooit geld had, kwam dat omdat hij dat net had gekregen en nog geen tijd had gehad om het uit te geven, dat is alles.

Tja, en toen zei hij dat ik eraan moest denken de rekening naar het paleis te sturen. Hij drong daar nogal op aan, waarschijnlijk omdat hij zich schuldig voelde dat hij me plotseling alleen liet zitten. Dus ik vraag hem: "Ham, wie heb je voor het paleis onder de grond gestopt?"'

Milton boog zich naar haar toe en zei met een grafachtige fluisterstem: 'Ik heb niemand begraven. Ik heb iemand opgegraven.'

Verna greep de man bij zijn vuile boord. 'Wat! Heeft hij iemand opgegraven? Meende hij dat? Heeft hij echt iemand opgegraven?'

Milton knikte. 'Dat zei hij. Hebt u ooit zoiets gehoord? Een dode opgraven? Iemand in de grond stoppen – geen punt – ik doe niet anders, maar de gedachte dat je zo iemand opgraaft – daar word ik onpasselijk van. Een ontheiliging gewoon! Maar ja, we zaten toen te drinken op vroeger en zo, en we waren er helemaal van in de war.'

Verna dacht aan honderd dingen tegelijk. 'Wie heeft hij opgegraven? En op wiens bevel?'

'Het enige wat hij zei was: "voor het paleis."'

'Hoe lang geleden was dat?'

'Een hele lange tijd. Ik weet het niet meer precies... wacht even, het was na de winterzonnestilstand – niet lang daarna, misschien een paar dagen.'

Ze schudde hem aan zijn boord door elkaar. 'Wie was dat? Wie heeft hij opgegraven?'

'Dat heb ik hem gevraagd. Ik vroeg hem wie ze terug wilden hebben. Hij vertelde het me – hij zei: "Het maakte ze niet uit wie het was, zolang ik ze maar te voorschijn haalde, keurig netjes in een schone lijkwade gewikkeld." '

Verna frunnikte met haar vingers aan zijn boord. 'Weet je dat zeker? Jullie waren aan het drinken – hij zou je ook gewoon dronkenmansverhalen hebben kunnen vertellen.'

Hij schudde zijn hoofd, alsof hij bang was dat ze het eraf zou bijten. 'Nee. Ik zweer het. Ham verzint geen verhalen, en hij liegt ook niet als hij heeft gedronken. Als hij dronk, vertelde hij me altijd de waarheid.

Wat voor zonden hij ook heeft begaan, als hij drinkt, bekent hij die altijd aan mij. En ik herinner me wat hij me heeft gezegd – dat was op de laatste avond dat ik mijn vriend zag. Ik herinner me wat hij toen zei. Hij zei dat ik niet moest vergeten de rekening naar het paleis te sturen, maar pas over een paar weken, omdat ze hem zeiden dat ze het daar druk hadden.'
'Wat hebben ze met het lichaam gedaan? Waar hebben ze dat naartoe gebracht? Aan wie hebben ze het gegeven?'
Milton had de neiging een stukje terug te deinzen, maar ze hield zijn boord zo stevig vast dat dat hem niet lukte. 'Dat weet ik niet. Hij zei dat hij ze naar het paleis bracht in een goed afgedekte kar, en hij zei dat ze hem een bijzondere pas gaven, zodat de bewakers zijn lading niet zouden controleren. Hij moest zich op zijn paasbest kleden, zodat de mensen hem niet als doodgraver zouden herkennen en hij die nette mensen van het paleis niet zou bruuskeren. Maar het was ook vooral bedoeld om de fijngevoelige Zusters, die zich één met de Schepper voelden, niet te kwetsen. Hij zei dat hij deed wat hem was opgedragen en dat hij trots was dat hij dat goed had gedaan, want er was niemand overstuur geraakt toen hij daar met die lijken aankwam. Dat was alles wat hij erover zei. Meer weet ik er niet vanaf, dat zweer ik bij de hoop dat hij naar het licht van de Schepper mag gaan, als zijn leven erop zit.'
'Lijken? Je zei: lijken. Meer dan één?' Ze keek hem met een dreigende blik aan en greep hem steviger vast. 'Hoeveel? Hoeveel lijken heeft hij opgegraven en naar het paleis gebracht?'
'Twee.'
'Twee...' herhaalde ze fluisterend, haar ogen als schoteltjes. Hij knikte. Verna liet haar hand van zijn boord vallen.
Twee.
Twee lijken, gehuld in schone lijkwaden.
Ze balde haar vuisten en gromde van woede.
Milton slikte en stak zijn hand omhoog. 'Er is nog iets. Ik weet niet of dat belangrijk is.'
'Wat?' vroeg ze tussen haar opeengeklemde tanden.
'Hij zei dat ze ze vers bezorgd wilden hebben, en de ene was klein, dus die kostte hem weinig moeite, maar die ander kostte hem meer tijd, omdat die zo groot was. Ik dacht er niet aan hem er nog meer over te vragen. Het spijt me.'
Met grote moeite wist ze een glimlach aan haar lippen te ontlokken. 'Dank je, Milton, je hebt de Schepper enorm geholpen.'
Hij knoopte zijn hemd knarsetandend om zijn nek dicht. 'Dank u, Zuster. Zuster, ik heb nooit de moed gehad naar het paleis te gaan, vanwege mijn beroep en zo. Ik weet dat de mensen me niet zo graag om

zich heen hebben. Goed, ik ben er dus nooit geweest. Zuster, zou u mij de zegen van de Schepper willen geven?'
'Natuurlijk, Milton. Jij hebt Zijn werk gedaan.'
Hij sloot zijn ogen en mompelde een gebed.
Verna raakte zachtjes zijn voorhoofd aan. 'De Schepper zegent Zijn kind,' fluisterde ze, terwijl ze de warmte van haar Han in zijn geest liet stromen. Hij snakte naar adem van vervoering. Verna liet haar Han door zijn geest sijpelen. 'Je zult je niets meer herinneren van wat Ham je heeft verteld over de rekening, toen jullie aan het drinken waren. Je zult je alleen herinneren dat hij het werk heeft gedaan, maar je zult niet meer weten wat er toen is gebeurd. Als ik ben vertrokken, zul je je mijn bezoek ook niet meer kunnen herinneren.'
Zijn ogen rolden even achter zijn oogleden. Toen deed hij zijn ogen open. 'Dank u, Zuster.'

Warren liep buiten op straat te ijsberen. Ze stoof hem voorbij zonder een woord tegen hem te zeggen. Hij rende haar achterna.
Verna was razend. 'Ik zal haar wurgen,' gromde ze binnensmonds. 'Ik zal haar met mijn blote handen wurgen. Het kan me niet schelen of de Wachter me tot zich neemt, ik zal haar eigenhandig bij de strot grijpen.'
'Waar heb je het over? Wat ben je te weten gekomen? Verna, loop eens wat langzamer!'
'Zeg nu even niets tegen me, Warren. Geen woord!'
Ze vloog de straten door en zwaaide op de maat van haar voetstappen met haar vuisten, alsof een storm het land teisterde. De strakke knoop van woede in haar maag dreigde zich tot bliksem te ontladen. Ze zag geen straten en gebouwen meer, en hoorde de donderende trommelslagen in de verte ook niet. Ze vergat dat Warren achter haar aan draafde. Ze zag niets anders dan haar wraakzuchtig visioen.
Ze was blind voor waar ze was, verloren in een wereld vol razernij. Zonder te weten hoe ze hier verzeild was geraakt, liep ze onwillekeurig een van de zwarte bruggen naar het eiland Halsband op. Midden op de brug, op het hoogste punt boven de rivier, bleef ze zo abrupt en stampvoetend staan dat Warren bijna tegen haar op liep.
Ze greep het zilveren passement van zijn kraag beet. 'Ga naar de kluizen en trek die voorspelling na.'
'Waar heb je het over?'
Ze schudde hem aan zijn gewaden door elkaar. 'Die voorspelling die zegt dat als de Priores en de Profeet in het heilig ritueel aan het Licht worden opgeofferd, de vlammen een ketel vol bedrog tot koken zullen brengen en de opstanding van een onechte Priores teweeg zullen brengen die over de doden van het Paleis van de Profeten zal heersen. Zoek de zij-

takken. Breng ze met elkaar in verband. Probeer zoveel uit te zoeken als je kunt. Begrijp je?'
Warren ontrukte zijn gewaden aan haar greep en trok ze recht. 'Waar gaat dit allemaal over? Wat heeft de doodgraver je verteld?'
Ze stak haar vinger waarschuwend omhoog. 'Niet nu, Warren.'
'We zouden elkaars vrienden moeten zijn, Verna. We zitten samen in dit schuitje, weet je nog? Ik wil weten...'
Haar stem klonk als donder aan de horizon. 'Doe wat ik je zeg. Als je zo blijft doorzeuren, Warren, dat zal ik je een stukje laten zwemmen. Nu moet je een verbinding leggen met die voorspelling en zodra je iets gevonden hebt, moet je mij dat komen vertellen.'
Verna wist van de profetieën in de kluis af. Ze wist dat het gemakkelijk jaren kon duren om vertakkingen met elkaar in verband te brengen. Dat zou zelfs eeuwen kunnen duren. Welk alternatief hadden ze?
Hij veegde het stof van zijn gewaden en gunde zijn ogen een excuus om allerlei kanten uit te kijken, behalve de hare. 'Zoals u wenst, *Priores.*'
Toen hij zich omdraaide en wilde weggaan, zag ze dat zijn ogen rood en opgezwollen waren. Ze wilde hem bij de arm pakken en hem tegenhouden, maar hij was al te ver weg. Ze wilde hem roepen en zeggen dat ze niet boos op hem was – dat het niet zijn schuld was dat zij de onechte Priores was, maar haar stem liet haar in de steek.
Ze vond de ronde steen onder de tak terug, en sprong op de muur. Ze gebruikte slechts twee takken van de perenboom als afstapje en liet zich toen op de grond binnen het omheinde perceel van de Priores vallen. Toen kwam ze snel overeind en zette het op een lopen. Ze hijgde van de pijn en sloeg keer op keer met haar hand tegen de deur van de tempel van de Priores, maar die wilde niet open. Ze herinnerde zich hoe dat kwam, zocht in haar zakken en vond de ring. Toen ze binnen was, hield ze hem tegen het zonnestraalmotief in de deur om die te laten dichtgaan en smeet toen de ring in al haar woede door de kamer, en hoorde hem tegen de muren kletteren en over de grond scheren.
Verna wurmde het reisboekje uit het geheime buideltje dat achter op haar gordel was genaaid en plofte op het driepotige krukje neer. Naar adem happend wurmde ze de pen uit de rug van het zwarte boekje. Ze opende het boekje, legde het plat op het tafeltje en staarde naar de lege bladzijde.
Ze probeerde ondanks haar woede en verbolgenheid helder te blijven nadenken. Ze moest rekening houden met de mogelijkheid dat ze zich vergiste. Nee. Ze vergiste zich niet. Ze was nog steeds een Zuster van het Licht, wat dat dan ook voorstelde, en wist wel beter dan dat ze alles om één enkele veronderstelling in de waagschaal zou stellen. Ze moest erachter zien te komen wie het andere boekje had, en ze moest dat ook

nog op zo'n manier doen dat ze haar identiteit niet zou verraden als ze achteraf ongelijk bleek te hebben. Maar ze had geen ongelijk. Ze wist wie het boekje had.

Verna kuste haar ringvinger en fluisterde een gebed tot de Schepper waarin ze hem om raad smeekte en hem ook om kracht vroeg.

Ze wilde haar wrok botvieren, maar allereerst moest ze zeker van haar zaak zijn. Met trillende vingers pakte ze de pen en begon te schrijven.

U moet me eerst vertellen waarom u mij de laatste keer hebt uitgekozen. Ik kan me er nog elk woord van herinneren. Eén fout, en dit reisboekje valt ten prooi aan de vlammen.

Verna sloot het boekje en stopte het in het geheime buideltje aan haar gordel. Bevend haalde ze de deken van het bankje en sleepte die naar de rijk gecapitonneerde stoel. Ze voelde zich eenzamer dan ooit in haar leven en nestelde zich in de stoel.

Verna herinnerde zich haar laatste ontmoeting met Priores Annalina, nadat ze na al die jaren met Richard naar het paleis was teruggekeerd. Annalina wilde haar toen niet onder ogen komen, en het had weken geduurd voordat haar eindelijk audiëntie werd verleend. De rest van haar leven, hoeveel honderden jaren dat ook nog mocht duren, zou ze die ontmoeting niet vergeten en de dingen die de Priores haar had verteld, evenmin.

Verna was razend toen ze ontdekte dat de Priores haar waardevolle informatie had onthouden. De Priores had haar misbruikt en had haar nooit verteld waarom. De Priores had Verna gevraagd of ze wist waarom ze was uitgekozen om Richard te zoeken. Verna had geantwoord dat ze dat als een motie van vertrouwen had beschouwd. De Priores zei toen dat de reden was dat ze vermoedde dat de Zusters Grace en Elizabeth, die samen met haar op reis waren geweest en de eerste twee gegadigden waren, Zusters van de Duisternis waren, en ze het voorrecht had een profetie te vernemen volgens welke de eerste twee Zusters zouden sterven. De Priores zei dat ze haar voorrecht gebruikte om Verna uit te kiezen als de derde zuster die mee zou gaan.

Verna vroeg: 'Dus u hebt me uitgekozen omdat u erop vertrouwde dat ik niet een van hen was?'

'Ik heb jou gekozen, Verna,' zei de Priores, 'omdat je heel laag op de lijst stond en omdat je uiteindelijk niet echt opmerkelijk bent. Ik betwijfelde of je een van hen was. Jij bent een mens van weinig belang. Ik weet zeker dat Grace en Elizabeth de hoogste plaatsen op de lijst hebben gehaald, omdat degene die de Zusters van de Duisternis aanwijzingen geeft, hen niet de moeite waard vond. Ik geef de Zusters van het Licht aanwijzingen, en heb jou om dezelfde reden uitgekozen.

Er zijn Zusters die waardevol voor onze doelstellingen zijn, en ik kon

niet riskeren dat zij zich aan die taak zouden wagen. Die jongen zou waardevol voor ons kunnen blijken te zijn, maar hij is niet zo belangrijk als andere paleiszaken. Ik maakte gewoon van de gelegenheid gebruik.
Als er moeilijkheden waren geweest en niemand van jullie was teruggekeerd, nou ja – je begrijpt zeker wel dat een generaal zijn beste troepen niet zou willen verliezen aan een missie van lage prioriteit.'
De vrouw die altijd naar haar glimlachte toen ze nog een kind was en haar met inspiratie vervulde, had haar hart gebroken.
Verna trok de deken om zich heen en keek knipperend naar de waterige muren van de tempel. Alles wat ze ooit had willen worden was een Zuster van het Licht. Ze wilde een van die wonderbaarlijke vrouwen zijn die hun gave gebruiken om het werk van de Schepper te doen in deze wereld. Ze had haar leven en ziel aan het Paleis van de Profeten geschonken.
Verna herinnerde zich de dag toen ze naar haar toe kwamen, om haar te vertellen dat haar moeder was gestorven. Van ouderdom, zeiden ze. Haar moeder had de gave niet en was dus nutteloos voor het paleis. Haar moeder woonde niet dicht bij haar in de buurt, en Verna zag haar slechts zelden. Toen haar moeder een keer naar het paleis was gereisd om haar te bezoeken, was ze geschrokken, omdat Verna in haar ogen niet ouder werd – niet zoals gewone mensen ouder worden. Ze heeft dat nooit kunnen begrijpen, hoe vaak Verna haar de bezwering ook probeerde uit te leggen. Verna wist dat dat kwam omdat haar moeder niet echt naar haar durfde te luisteren. Ze was bang van magie.
Hoewel de Zusters het bestaan van de bezwering van het paleis die hun veroudering vertraagde, niet onder stoelen of banken staken, hadden mensen zonder de gave er moeite mee die te doorgronden. Het was een soort magie die in hun leven geen betekenis had. De mensen waren trots dat ze dicht bij het paleis woonden, vlak bij de pracht en praal, en hoewel ze het paleis met eerbied beschouwden, was die eerbied niet geheel ontdaan van vrees en voorzichtigheid. Ze durfden niet na te denken over zulke gewichtige zaken, zoals ze genoten van de warmte van de zon, maar er niet naar durfden te kijken.
Toen haar moeder stierf, woonde Verna al zevenenveertig jaar in het paleis, maar toch leek ze slechts tot prille volwassenheid te zijn opgegroeid. Verna herinnerde zich de dag dat ze haar kwamen vertellen dat Leitis, haar dochter, was gestorven. Van ouderdom, zeiden ze.
Verna's dochter, ook Jedidiah's dochter, bezat de gave niet, en was dus nutteloos voor het paleis. Ze zeiden dat het beter was als ze werd opgevoed in een gezin dat van haar hield en haar een gewoon leven zou laten leiden – het leven in het paleis was geen leven voor iemand zonder

de gave. Verna moest het werk van de Schepper doen, en ze stemde hiermee in.

Wanneer de gave van de man bij die van de vrouw werd gevoegd, zou een grotere, hoewel nog steeds kleine kans worden geschapen op nageslacht dat met de gave werd geboren. Zusters en tovenaars konden dus goedkeuring, misschien zelfs officiële aanmoediging verwachten, als ze een kind ter wereld brachten.

Het paleis had er – zoals altijd onder dergelijke omstandigheden – voor gezorgd dat Leitis niet wist dat de mensen die haar opvoedden niet haar echte ouders waren. Verna dacht dat dit alleen maar beter voor haar was. Wat voor moeder zou een Zuster van het Licht zijn? Het paleis had voor het gezin gezorgd om Verna ervan te overtuigen dat ze zich geen zorgen hoefde maken om het welzijn van haar dochter.

Verna had het gezin meermalen bezocht, maar als een Zuster, die alleen maar de zegen van de Schepper verleende aan een gezin van eerlijke, hard werkende mensen, en Leitis maakte altijd een gelukkige indruk. De laatste keer dat Verna er was, was Leitis grijs en gebogen, en ze kon alleen nog maar lopen met een stok. Leitis kon zich niet meer herinneren dat Verna dezelfde Zuster was die haar had opgezocht toen ze zestig jaar geleden met haar jonge vriendjes en vriendinnetjes diefje met verlos speelde. Leitis glimlachte tegen Verna en zei: 'Dank u, Zuster. Wat bent u getalenteerd voor zo'n jong iemand.'

'Hoe gaat het met je, Leitis? Heb je een goed leven?'

Verna's dochter glimlachte afstandelijk. 'O, Zuster, ik heb een lang, prachtig leven achter de rug. Mijn man is vijf jaar geleden gestorven, dat wel, maar de Schepper heeft me gezegend.' Ze grinnikte. 'Ik zou zo graag nog bruine krullen hebben. Mijn haar was vroeger net zo mooi als dat van u, ja dat was echt zo – dat zweer ik.'

Lieve Schepper, hoe lang was het geleden dat Leitis was gestorven? Toch zeker vijftig jaar. Leitis had kinderen gehad, maar Verna was te verbolgen geweest hun namen uit haar hoofd te leren.

Ze huilde, en de brok in haar keel deed haar bijna stikken.

Ze had zoveel opgegeven om een Zuster te zijn. Ze wilde alleen andere mensen helpen. Ze had daar nooit iets voor teruggevraagd.

Men had haar voor de gek gehouden.

Ze wilde geen Priores worden, maar ze begon te beseffen dat ze die functie kon benutten om het leven van anderen beter te maken en het werk te doen waaraan ze alles had opgeofferd. In plaats daarvan werd ze wéér voor de gek gehouden.

Verna drukte de deken tegen zich aan en huilde met deerniswekkende snikken tot het licht in de kleine ramen van de torentjes was verdwenen en haar keel rauw aanvoelde.

Het was midden in de nacht, en ze besloot naar bed te gaan. Ze wilde niet in de tempel van de Priores blijven – die leek alleen maar de spot met haar te drijven. Ze was geen Priores. Ze had al haar tranen vergoten en voelde zich alleen nog maar verdoofd en vernederd.
Ze kon de deur niet openkrijgen en moest op handen en voeten over de vloer kruipen, totdat ze de ring van de Priores had gevonden. Toen ze de deur had dichtgedaan, schoof ze de ring om haar vinger. Hij leek een baken – iets dat haar eraan herinnerde hoe onnozel ze was.
Stram schuifelde ze het kantoor van de Priores binnen, op weg naar haar bed. De kaars was gaan lekken en toen uitgegaan, dus ze stak een nieuwe aan op het bureau dat nog steeds bezaaid lag met achterstallige rapporten. Phoebe deed er alles aan om dat zo te houden. Wat zou Phoebe denken wanneer ze ontdekte dat ze niet echt de administratrice van de Priores was? Dat ze door een volkomen onopvallende, onbelangrijke Zuster was benoemd?
Morgen zou ze Warren haar excuses aanbieden. Dit alles was niet zijn schuld. Ze mocht hem daar niet op aankijken.
Net voordat ze door de deur van het buitenkantoor wilde lopen, bleef ze staan.
Haar ragfijne schild hing aan flarden. Ze keek achterom naar het bureau. Er waren geen nieuwe rapporten aan de stapels toegevoegd.
Iemand had hier rondgesnuffeld.

26

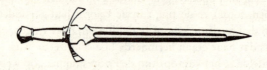

Regenvlagen geselden het scheepsdek. De mannen waren gespannen en klaar voor actie. Blootsvoets kropen ze en hun uitpuilende spieren glommen in het zwakke gele lamplicht, toen ze de verte naderbij zagen komen en met plotselinge krachtsinspanning het donker tegemoet sprongen. Eenmaal op de grond, sprongen ze op om de met lood verzwaarde vuisten te vangen aan de uiteinden van lichte sjorlijnen, die over de donkere afgrond achter hen werden gegooid. Vaardig en snel haalden de mannen de zware meertrossen in die aan de sjorlijnen waren bevestigd.

Met vlugge en efficiënte bewegingen sloegen de mannen de polsdikke trossen om de massieve palen, zetten hun voeten goed op de grond, hun rug gebogen tegen de trekkracht, en gebruikten de bolders als takel. Het natte hout kraakte en kreunde op het moment dat de trossen op spanning kwamen. De rijen mannen die zich inspanden onder hun last, hingen achterover totdat de *Vrouwe Sefa* van haar trage maar schijnbaar onvermurwbare beweging was ontdaan. Ze gromden als één man, liepen naar voren en het schip dreef langzaam naar de gladde, doorweekte steiger, terwijl de mannen op het schip stootkussens van samengebonden touw overboord gooiden om de romp te beschermen.

Zuster Ulicia zat samen met de Zusters Tovi, Cecilia, Armina, Nicci en Merissa onder een geteerd zeildoek waar de regen roffelend op neersloeg, en keek hoe Kapitein Blake het dek op en neer liep, onder het schreeuwen van woedende bevelen naar de mannen, en erop toezag of die ook werden uitgevoerd. Hij wilde de *Vrouwe Sefa* eigenlijk niet onder deze weersomstandigheden op de smalle ligplaats afmeren, en zeker niet in deze duisternis, maar hij was liever in de haven voor anker gegaan, waarna hij de vrouwen in de sloep aan wal zou brengen. Ulicia was niet in de stemming om doornat te worden terwijl ze een kilometer naar de kust zouden roeien, en ze had zijn uitvluchten dat ze alle boten te water moesten laten om het schip al roeiend binnen te trekken, terstond van de hand gewezen. Met één blik had ze zijn opsomming van alle gevaren onderbroken, en hij had zich zonder er nog een woord aan vuil te maken aan zijn taak gezet.

De kapitein rukte zijn doorweekte pet van zijn hoofd toen hij vlak voor de Zusters bleef staan. 'We brengen u dadelijk aan wal, dames.'

'Het leek niet zo moeilijk als u het ons voorspiegelde, Kapitein,' zei Ulicia.

Hij wrong zijn pet uit. 'We hebben haar erin gekregen. Maar ik snap niet waarom jullie helemaal langs de kust naar de haven van Grafan willen. Het zal niet meevallen om vanaf deze verdomde legerpost over land terug te gaan naar Tanimura – het was gemakkelijker geweest als u ons daar direct naartoe had laten varen.'

Hij zei niet dat ze dan dagen eerder van het schip hadden kunnen zijn, wat ongetwijfeld de reden was dat hij ze op een overdreven elegante manier had aangeboden ze rechtstreeks naar Tanimura te brengen, zoals ze aanvankelijk hadden gewild. Ulicia zou niets liever willen, maar ze had het niet voor het uitzoeken. Ze deed wat haar was opgedragen.

Ze tuurde over de steiger naar waar ze wist dat hij op haar wachtte. Haar reisgenoten staarden dezelfde duisternis in.

De heuvels die uitzicht boden op de haven, waren slechts zichtbaar tijdens de knetterende bliksemflitsen die plotseling uit de afgrond opdoemden, en behalve wanneer de bliksem de ligging van het hogere terrein sporadisch verried, leek het zwakke lichtschijnsel afkomstig van de massieve stenen vesting die hoog op een verre heuvel was geplakt, in de inktzwarte hemel te zweven. Slechts tijdens die korte lichtflitsen kon ze de kille, stenen muren zien die glommen van de regen.

Jagang was daar.

In een droom tegenover hem staan was één ding – ze kon altijd nog wakker worden – maar hem in levenden lijve tegemoet treden was iets heel anders. Ze kon nu niet wakker worden. Ze drukte de schakel steviger tegen zich aan. Jagang zou ook niet wakker kunnen worden. Haar echte Meester zou hem grijpen en het hem betaald zetten.

'Het lijkt alsof jullie verwacht worden.'

Ulicia rukte zich van haar gedachten los en richtte haar aandacht op de kapitein. 'Wat?'

Hij wees met zijn pet. 'Die koets is zeker voor u, dames – er is hier verder niemand, behalve al die soldaten.'

Ze keek de duisternis in en zag na een tijdje de zwarte koets, bespannen met zes reusachtige ruinen, die op de weg boven op de muur naast de steiger op hen wachtte. Het portier stond open. Ulicia moest maar eens diep ademhalen.

Het zou allemaal snel afgelopen zijn. Jagang zou boeten. Het was gewoon een kwestie van doorzetten.

Toen ze eenmaal de bewegingloze, donkere vormen had herkend, kon ze eindelijk de soldaten onderscheiden. Ze waren overal. De nabijgelegen heuvels om de haven heen waren bezaaid met vuren en ze wist dat voor elk vuur dat ondanks de regen bleef branden, er twintig of dertig waren die waren uitgegaan. Ze hoefde de vlammen die ze zag niet eens te tellen om te weten dat het er honderden waren.

De loopplank rommelde over het dek toen de zeelieden hem door een opening in de romp naar buiten schoven. Met een doffe bons kwam het uiteinde op de steiger terecht. Zodra hij op zijn plaats lag, liepen zeelieden de loopplank af met de bagage van de Zusters, en gingen ze over de pier naar het rijtuig.

'Het was plezierig zaken met u te doen, Zuster,' loog Kapitein Blake. Hij frunnikte aan zijn pet in afwachting van hun vertrek. Hij draaide zich om naar de mannen die de touwen vasthielden. 'Staan jullie klaar om de lijnen te vieren, jongens? We willen het getij niet mislopen.'

Er werd niet gejuicht, maar ze toonden hun blijdschap om het vertrek van de passagiers alleen omdat ze bang waren wat er gebeurde als ze dat niet zouden doen. Op hun zeereis terug naar de Oude Wereld kregen ze bijles in discipline – een les die geen van hen ooit zou vergeten.

Terwijl ze zwijgend wachtten op het bevel de trossen los te gooien, keurde geen van de matrozen de vrouwen ook maar een blik waardig. Aan het einde van de loopplank stonden vier mannen klaar. Ze keken strak omlaag en hielden ieder een paal vast waarop de hoek van een getaand zeil was bevestigd dat boven het hoofd van een Zuster moest worden gehouden om te voorkomen dat ze kletsnat werd.

Met al die macht die Ulicia en haar vijf metgezellen omringde, had ze gemakkelijk haar Han kunnen gebruiken om zichzelf en de vijf Zusters van de regen af te schermen, maar ze wilde de koppeling pas gebruiken als de tijd daar was en geen risico's nemen door Jagang ook maar de geringste waarschuwing te geven. Bovendien vond ze het ook wel prettig dat deze onbeduidende wurmen het zeil boven hun hoofd droegen. Ze mochten van geluk spreken dat ze de koppeling niet wilde onthullen en ze het hele zaakje zou afslachten. Langzaam.

Toen Ulicia begon te lopen, voelde ze dat alle andere Zusters ook in beweging kwamen. Niet alleen had ieder de gave waarmee ze geboren was, de vrouwelijke Han, maar had ieder ook het ritueel ondergaan, en bezat bovendien het tegendeel: de mannelijke Han die ze zich van jonge tovenaars hadden toegeëigend. Behalve de Additieve gave waarmee ze waren geboren, bezaten ze ook het tegendeel: Subtractieve Magie.

En nu was dat allemaal met elkaar verbonden.

Ulicia wist niet zeker of het zou werken – Zusters van de Duisternis, en vooral zij die erin waren geslaagd de mannelijke Han in zich op te nemen, hadden nog nooit eerder geprobeerd hun kracht te koppelen. Dat was een gevaarlijke onderneming, maar het alternatief was onaanvaardbaar. Toen het bleek te werken, ging er een heftig gevoel van opluchting door hen heen. Het feit dat het beter werkte dan hun vurigste hoop had Ulicia vergiftigd met een snelle en hevige stroom magie.
Ze had nooit gedacht dat ze zo'n onvoorstelbare macht konden bundelen. Behalve de kracht van de Schepper of de Wachter bestond er op aarde geen enkele kracht die kon benaderen wat ze nu in hun macht hadden.
Ulicia was de sterkste schakel in de keten en degene die de kracht zou beheersen en besturen. Dat was het enige dat ze kon doen om het innerlijk vuur van haar Han te kunnen verdragen. Het huilde om te worden vrijgelaten bij alles waar ze naar keek. Dat zou snel genoeg gebeuren.
Nu ze allemaal aan elkaar waren geketend – de vrouwelijke en mannelijke Han, de Additieve en Subtractieve Magie – hadden ze zoveel vernietigingskracht, dat het vuur van een tovenaar er een kaarsvlammetje bij leek. Met een enkele gedachte kon ze de heuvel waarop de vesting stond, zo vlak als een biljartlaken maken. Met een enkele gedachte kon ze trouwens alles plat maken waar ze naar keek, misschien zelfs ook wel alles daarachter.
Als ze zeker wist dat Jagang in de vesting was, had ze de catastrofale furie ontketend, maar als hij daar niet was, en ze er niet in slaagden hem te vinden en hem te doden voordat ze in slaap zouden vallen, dan zouden ze in zijn val lopen. Eerst moesten ze oog in oog met hem staan om er zeker van te zijn dat hij er was, en dan zou ze zo'n hoeveelheid kracht ontketenen als men in deze wereld nog niet had aanschouwd, en Jagang, voordat hij maar met zijn ogen kon knipperen, in een hoopje stof doen veranderen. Haar Meester zou daarna over zijn ziel beschikken en hij zou ervoor zorgen dat Jagang eeuwig zou worden gestraft.
Aan het einde van de loopplank groepeerden de vier matrozen zich om hen heen ter beschutting tegen de regen. Ulicia voelde de spieren van elk van haar medezusters buigen toen ze over de steiger liepen. Via de keten voelde ze elk beetje pijn of plezier dat zij voelden. In haar geest waren ze één. In haar geest dachten ze aan één ding, één noodzaak: zich te bevrijden van deze bloedzuiger van een man.
Zeer binnenkort, Zusters, zeer binnenkort.
En gaan we dan de Wachter achterna?
Ja, Zusters, daarna gaan we de Wachter achterna.
Toen ze de steiger afliepen, draafde een eskader gemeen-uitziende sol-

daten in tegenovergestelde richting, en hun wapens kletterden onder het lopen. Ze renden zonder te wachten de gladde loopplank op. De korporaal van het eskader stopte vlak voor de bulderende kapitein van het schip. Ze kon niet horen wat de soldaten zeiden, maar ze zag dat Kapitein Blake zijn handen in de lucht gooide en ze hoorde hem schreeuwen: 'Wat?' De kapitein smeet woedend zijn pet op de grond en vuurde een salvo vloeken af die ze niet kon verstaan. Als ze de keten had verlengd, dan had ze dat wel gekund, maar ze durfde dat risico nu nog niet te nemen. De soldaten trokken hun wapens. Kapitein Blake plantte zijn vuisten op zijn heupen en draaide zich na een tijdje om naar de mannen op de steiger.

'Maak de trossen maar vast, jongens. We vertrekken vanavond niet.'

Toen Ulicia bij de koets kwam, stak een soldaat zijn hand uit en beval hun in te stappen. Ulicia liet de anderen eerst instappen. Ze voelde hoe de benen van de twee oudere vrouwen eindelijk werden ontlast, toen ze behaaglijk op een schaars gecapitonneerd leren bankje gingen zitten. De soldaat beval de vier matrozen die de Zusters hadden begeleid, opzij te gaan staan en te wachten. Toen ze instapte en het portier dichtdeed, zag Ulicia dat de soldaten op het schip bezig waren alle matrozen van de *Vrouwe Sefa* de loopplank af te drijven.

Keizer Jagang was waarschijnlijk van plan ze te doden, om elke getuige te elimineren die hem in verband zou kunnen brengen met de Zusters van de Duisternis. Jagang bewees haar een dienst. Hij zou natuurlijk geen kans krijgen de bemanning van het schip te doden, maar omdat de matrozen niet van het schip af mochten, zou zij dat doen. Ze glimlachte tegen haar Zusters. Dankzij de keten wisten ze allemaal wat ze dacht. Ieder van de andere vijf Zusters glimlachte tevreden naar haar terug. Hun zeereis was verschrikkelijk geweest – de matrozen zouden betaald krijgen.

Toen ze tijdens hun langzame rit naar de vesting wat hoogte wonnen, zag Ulicia tot haar verbazing bij elke bliksemflits hoe groot het leger was dat Jagang op de been had gebracht. Telkens wanneer de bliksem door de heuvels donderde, kon ze tenten zien, zover als het landschap reikte. Ze bedekten de glooiende heuvels als grassprieten in de lente. Hun aantal deed de stad Tanimura een dorp lijken. Ze had nooit geweten dat er zoveel gewapende mannen waren in de Oude Wereld. Misschien zouden ook zij van pas komen.

Toen de bliksemschichten onder de kolkende wolken flitsten en de grond deden schudden, konden ze ook de grimmige vesting zien waar Jagang wachtte. Via de keten kon ze de vesting ook door hun ogen zien, en hun angst voelen. Alle vijf wilden ze die heuveltop wegvagen, maar ze wisten ook allemaal dat ze dat niet konden – nog niet, althans.

Er zou geen twijfel mogelijk zijn als ze Jagang zagen – niemand van hen

zou zijn zelfgenoegzame gezicht niet herkennen – maar ze moesten hem eerst zien, voor alle zekerheid.
Als we hem zien, Zusters, en we weten dat hij er is, dan zal hij sterven.
Ulicia wilde angst zien in de ogen van die man, dezelfde angst die hij hun had ingeboezemd, maar ze durfde hem geen enkele aanwijzing te geven van wat ze van plan waren. Ulicia wist niet waartoe hij in staat was; ze waren tenslotte nooit eerder bezocht in de droom die slechts een droom van hun Meester was, de Wachter, en ze was niet van plan ook maar het minste gevaar te lopen door hem enige waarschuwing te geven – alleen al om het genoegen hem te zien huiveren.
Ze had voor alle veiligheid met opzet gewacht tot ze de haven van Grafan binnenliepen voor ze haar plan uiteenzette aan de Zusters. Het was hun taak om zijn ziel eenvoudigweg aan de onderwereld over te leveren – aan de greep van de Wachter.
De Wachter zou meer dan tevreden zijn als ze zijn macht in deze wereld herstelden, en hij zou ze belonen met een voorproefje van Jagangs kwelling, als ze dat wilden. En dat zouden ze willen.
De koets kwam met een ruk tot stilstand voor de imposante muil van de vesting. De vrouwen werden tot uitstappen gemaand door een potige soldaat in een huidenmantel en met genoeg wapens om in zijn eentje een flink leger te kunnen afslachten. Ze liepen met hun zessen zwijgend door de regen en de modder en toen onder het dak achter het valhek. Ze werden een donkere ingang binnengeleid en kregen te horen dat ze daar moesten gaan staan wachten, alsof iemand van hen van plan was op de vieze, koude stenen vloer te gaan zitten.
Per slot van rekening droegen ze hun mooiste jurken. Tovi droeg een donkere jurk die haar precies paste. Cecilia's keurig geborstelde grijze haar vormde een kroon op haar diepgroene jurk die aan de kraag was afgezet met kant. Nicci droeg een eenvoudige jurk die evenals al haar jurken, zwart was en waarvan het lijfje zodanig met kant was bewerkt dat de vorm van haar borsten goed werd benadrukt. Merissa droeg een rode jurk. Dat was haar lievelingskleur, en niet ten onrechte, gezien de manier waarop die met haar dikke, ravenzwarte haardos contrasteerde, om maar te zwijgen over hoe haar delicate lichaamsvormen erdoor werden benadrukt. Armina was gehuld in een donkerblauwe jurk die haar tamelijk goedgevormde figuur onthulde en goed bij haar hemelsblauwe ogen paste. Ulicia was getooid in haar bijzondere, elegante kledij die iets lichter blauw van kleur was dan die van Armina en aan het decolleté en de mouwen was afgewerkt met smaakvolle ruches, maar rond de taille niet versierd was om haar welgevormde heupen niet te verbergen.
Ze wilden er allemaal op hun paasbest uitzien, nu ze Jagang gingen vermoorden.

De kamermuren van stenen blokken waren kaal, op twee sissende fakkels in houders na. Terwijl ze wachtten, voelde Ulicia de woede van elke andere Zuster opvlammen, net als haar eigen toorn, en hun gezamenlijke bange voorgevoel.

Toen de zeelieden, omgeven door soldaten, onder het valhek door liepen, opende een van de twee bewakers in de stenen kamer de binnenste deur naar de vesting en gebood de Zusters met een ruwe knik van zijn hoofd verder te gaan. De gangen waren even sober als de toegangskamer – dit was tenslotte een legervesting, en geen paleis, en dit gebouw had niet de minste pretentie van comfort. Terwijl ze hun bewakers volgden, zag Ulicia slechts ruwe houten banken en fakkels die in roestige houders stonden. De deuren waren van ruwe planken die in ijzeren bandscharnieren hingen, en er was niet één olielamp te bespeuren toen ze het hart van de vesting binnenliepen. Het leek op weinig meer dan een stel barakken voor manschappen.

De bewakers kwamen bij een grote, dubbele deur en posteerden zich ruggelings tegen het steen aan weerszijden, nadat ze de deuren hadden geopend. Een van hen stak met veel vertoon zijn duim op en gebood hen de grote kamer daarachter binnen te gaan. Ulicia zwoer tot de andere Zusters dat ze zijn gezicht zou onthouden en het hem betaald zou zetten voor zijn arrogantie. Ulicia ging de andere vijf vrouwen voor, de kamer in, terwijl de zeelieden achter hen de gang op liepen, vergezeld door het galmen van voetstappen op steen en het gekletter van wapens van de mannen die hen bewaakten.

De kamer was reusachtig. Ramen zonder glas hoog in de muren onthulden de bliksemflitsen buiten en de regen stroomde in glinsterende riviertjes langs de donkere stenen muren naar beneden. Aan weerszijden van de vloer waren putten waarin bulderende vuren brandden. De vonken en de rondwervelende rook stegen omhoog en kolkten door de open ramen, maar er bleef een stinkende nevel in de lucht hangen. Fakkels spuwden en sisten in roestige armen die rondom in de kamer hingen, en voegden de geur van pek toe aan de stank van zweet. Alles in de kamer flikkerde in het licht van de vuren.

Tussen de twee vuren door zagen ze in het duister daarachter een reusachtige planken tafel die rijkelijk was gedekt met spijzen. Er zat slechts één man aan de tafel tegenover hen en hij keek terloops naar ze, terwijl hij een groot stuk gebraden speenvarken afzaagde.

In het donkere, flikkerende licht was hij niet goed te zien. Ze moesten het zeker weten.

Achter de tafel stond een rij mensen tegen de muur. Het waren duidelijk geen soldaten. De mannen hadden witte broeken aan, en verder niets. De vrouwen droegen een soort pofbroeken die van hun enkels via hun

nek tot hun polsen reikten en die met een wit koord om hun middel waren vastgeknoopt. Op het koord na waren de tenues zo dun dat de vrouwen net zo bloot hadden kunnen zijn als hun voeten.
De man stak zijn hand op en bewoog zijn wijs- en middelvinger heen en weer om de vrouwen te gebieden naar hem toe te komen. De zes vrouwen liepen de spelonkachtige kamer door, die zich om hen heen leek te sluiten doordat het donkere steen het licht van de vuren opslokte. Op een reusachtige berenhuid voor de tafel zaten nog twee dwaas uitgedoste slaven. De vrouwen achter de tafel stonden stijf en bewegingloos met hun handen op hun heupen vlak voor de muur. Ieder van de jonge vrouwen droeg een gouden ring als piercing door het midden van haar onderlip.
De vuren achter hen knetterden en ploften terwijl de zes Zusters in het duister dichterbij kwamen. Een van de in witte broeken geklede mannen schonk wijn in een kroes toen de man die naar hem uitstak. Geen van de slaven keek naar de zes vrouwen. Hun aandacht was gevestigd op de man die alleen aan tafel zat.
Ulicia en haar medezusters herkenden hem nu.
Jagang.
Hij had een gemiddelde lichaamslengte, maar hij was stevig gebouwd en zijn armen en borst waren indrukwekkend. Zijn blote schouders bolden op uit een bontvest dat in het midden open was en een stuk of twintig gouden juwelenkettingen onthulde die op zijn borsthaar hingen, in de diepe kloof tussen zijn kolossale borstspieren. De kettingen en juwelen leken eens aan koningen en koninginnen te hebben toebehoord. Zilveren banden omgaven zijn armen boven de enorme biceps. Om elke dikke vinger droeg hij een gouden of zilveren ring.
Iedere Zuster wist welke pijn die sterke vingers konden teweegbrengen. Zijn kaalgeschoren hoofd glom in het flakkerende licht van de vuren. Het paste goed bij zijn brute kracht. Ulicia kon zich hem niet voorstellen met haar op zijn hoofd – zijn dreigende uiterlijk zou daar alleen maar onder lijden. Zijn nek zag eruit alsof die aan een stier toebehoorde. Aan een gouden ring in zijn linkerneusvleugel zat een dunne gouden ketting vast die naar een tweede ring liep, midden in zijn linkeroor. Hij was gladgeschoren, behalve een vlechtachtige snor van vijf centimeter breed, die slechts boven zijn grijnzende mondhoeken en midden onder zijn onderlip groeide.
Zijn ogen nagelden iedereen naar wie hij keek, als aan de grond vast. Ze hadden geen oogwit, maar waren donkergrijs en werden omfloerst door sombere, donkere vormen die in een inktzwart veld ronddreven, maar toch bestond er geen greintje twijfel als hij je aankeek.
Het waren twee ramen met uitzicht op een nachtmerrie.

Zijn grijns verdween en maakte plaats voor een geniepige, smalende blik. 'Jullie zijn laat,' zei hij met een diepe, raspende stem die de Zusters even snel herkenden als zijn nachtmerrieachtige ogen.

Ulicia verspilde geen tijd met een antwoord, noch gaf ze enige aanwijzing over wat ze van plan was te doen. Door de stroom Han iets bij te buigen, kon ze zelfs over hun haat beschikken, waarbij slechts één facet van hun gevoel – hun angst – tot hun gezicht werd toegelaten om te voorkomen dat ze hem door hun zelfvertrouwen zouden verraden dat ze daar een reden voor hadden.

Ulicia was vastbesloten alles vanaf het puntje van haar tenen binnen een straal van dertig kilometer weg te vagen.

Met een heftige, onparlementaire abruptheid maakte ze ruim baan voor de ziedende krachten binnen in haar. Zo snel als een gedachte ontploften de Additieve en Subtractieve Magie, donderend en met een dodelijke klap. De lucht loeide terwijl het erop los brandde. De kamer werd verlicht door een verblindende flits van twee magieën – tegenpolen die kronkelden in een oorverdovende ontlading van toorn.

Zelfs Ulicia was verbijsterd toen ze zag wat ze had ontketend.

De structuur van de werkelijkheid leek in tweeën te scheuren.

Haar laatste gedachte was dat ze vast en zeker de hele wereld had verwoest.

27

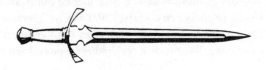

Alles keerde langzaam voor haar geestesoog terug, als sneeuwvlokken van een nare droom die neerdwarrelden – eerst de twee vuren, toen de fakkels, toen de donkere stenen muren en ten slotte de mensen.
Haar hele lichaam was één afschrikwekkend moment verdoofd, en toen kwam het gevoel in haar huid terug, als miljoenen speldenprikjes. Ze voelde overal pijn.
Jagang nam een grote hap gebraden fazant. Hij kauwde er een tijdje op en zwaaide toen met de kluif naar haar.
'Weet je wat jouw probleem is, Ulicia?' vroeg hij, nog steeds kauwend. 'Je gebruikt magie die je net zo snel kunt ontketenen als een gedachte.' De grijns keerde terug op zijn vettige lippen. 'Ik daarentegen ben een droomwandelaar. Ik gebruik de tijd tussen twee denkfragmenten, in die stilte als er niets gebeurt, om te doen wat ik doe. Ik glip naar binnen waar niemand anders kan komen.'
Hij zwaaide weer met het bot en slikte. 'Kijk, voor mij is de tijd in die ruimte tussen twee gedachten eindeloos, en ik kan dan doen wat ik wil. Jullie kunnen dan net zo goed stenen standbeelden zijn die me proberen te achtervolgen.'
Ulicia voelde haar medezusters via de keten. Die was nog steeds intact. 'Onbeholpen. Heel grof,' zei hij. 'Ik heb het anderen veel beter zien doen, maar ja, die waren er vast heel bedreven in. Ik heb de keten met rust gelaten – voorlopig althans. Ik wil voorlopig dat jullie elkaar kunnen voelen. Ik zal hem later wel verbreken. Net zoals ik de keten kan verbreken, kan ik jullie geest splijten.' Hij nam een teug van de wijn. 'Maar dat vind ik zo onproductief. Hoe kun je anderen een lesje leren, ze echt de les lezen, als hun geest daar niets van begrijpt?'
Via de keten wist Ulicia dat Cecilia de macht over haar blaas verloor, en ze voelde de warme urine langs haar benen naar beneden stromen.

'Hoe dan?' hoorde Ulicia zichzelf met een holle stem vragen. 'Hoe kunt u de tijd tussen gedachten gebruiken?'

Jagang pakte zijn mes op en sneed een flinke plak van een stuk vlees dat op een rijk versierde zilveren schaal lag die naast hem stond. Hij doorboorde het bloederige midden van de plak met de punt van zijn mes en leunde toen met zijn ellebogen op tafel. 'Wat zijn we allemaal eigenlijk?' Hij zwaaide het grote doorpriemde stuk vlees rond en het bloed droop langs het mes omlaag. 'Wat is de werkelijkheid – de realiteit van ons bestaan?'

Hij trok het vlees met zijn tanden van het mes en hervatte al kauwend zijn betoog. 'Zijn we ons lichaam? Is een kleine mens dus minder waard dan iemand die groot is? Als we ons lichaam waren, zouden we dan minder worden als we een arm of been zouden verliezen – zouden we dan aan ons bestaan ontglippen? Nee. We zijn dezelfde persoon.

We zijn niet ons lichaam; we zijn onze gedachten. Naarmate die gestalte krijgen, definiëren ze wie we zijn en geven ze de werkelijkheid van ons bestaan vorm. Tussen die gedachten is er niets – alleen het lichaam dat wacht op onze gedachten die ons maken tot wie we zijn.

Tussen jullie gedachten in kom ik. In die ruimte tussen jullie gedachten heeft de tijd geen betekenis voor jullie, maar des te meer voor mij.' Hij nam een slok wijn. 'Ik ben een schaduw die door de barsten van jullie bestaan heen glipt.'

Via de keten kon Ulicia de anderen voelen beven. 'Dat is onmogelijk,' fluisterde ze. 'Uw Han kan de tijd niet uitrekken of doormidden breken.'

Zijn neerbuigende glimlach benam haar de adem. 'Als je een klein, doodgewoon wigje tussen een barst in de grootste, zwaarste kei wurmt, dan kun je hem in tweeën splijten. Verwoesten.

Ik ben die wig. Die wig wordt nu in de barsten in jullie geest gehamerd.' Ze keek sprakeloos toe, terwijl hij met zijn duim een lang stuk vlees uit een gebraden speenvarken gutste. 'Als je slaapt, dan zweven je gedachten maar wat rond en daardoor ben je kwetsbaar. Als je slaapt ben je een baken dat ik kan vinden. Dan glippen mijn gedachten door de barsten naar binnen. Die ruimten waarin je bestaan vorm krijgt en afbrokkelt, zijn voor mij zo groot als een afgrond.'

'En wat wilt u dan met ons doen?' vroeg Armina.

Hij nam een hap van het vlees dat in zijn vette vingers bungelde. 'Nou, onder andere hebben we een gemeenschappelijke vijand: Richard Rahl. Jullie kennen hem als Richard Cypher.' Hij trok een wenkbrauw op boven een van zijn donkere, ziedende ogen. 'De Zoeker.

Tot nu toe is hij van onschatbare waarde geweest. Hij bewees me een reusachtige dienst door de barrière te slechten die me aan deze kant gekluisterd hield. Mijn lichaam, in elk geval. Jullie, de Zusters van de Duisternis, de Wachter, en Richard Rahl hebben me het mogelijk gemaakt het menselijk ras overwicht te verschaffen.'

'Dat hebben we absoluut niet gedaan,' protesteerde Tovi op barmhartige toon.

'O, jazeker. Kijk, de Schepper en de Wachter hebben gewedijverd om de heerschappij in deze wereld; de Schepper enkel en alleen om te voorkomen dat de Wachter die zou opslokken in de wereld van de doden en de Wachter alleen maar omdat hij een onstilbare honger naar levenden heeft.'

Hij sloeg zijn ogen op en zijn inktzwarte blik trof de hunne. 'In jullie strijd om de Wachter te bevrijden en om hem deze wereld te schenken, hebben jullie de Wachter hier aan de macht geholpen, en dat heeft op zijn beurt Richard Rahl hierheen gelokt om de levenden te beschermen. Hij heeft het evenwicht hersteld.

In dat evenwicht verschijn ik ten tonele, net als in de ruimte tussen jullie gedachten.

Magie is de verbinding met die andere werelden, die ze hier macht geven. Door de hoeveelheid magie in de wereld te verminderen, kan ik de invloed van de Schepper en de Wachter hier aan banden leggen. De Schepper zal nog steeds zijn levensvonken doen overspringen en de Wachter zal die nog steeds wegnemen als het einde is gekomen, maar afgezien daarvan zal de wereld aan de mens toebehoren. Die vreemde religie rond magie zal verbannen worden naar de afvalhopen van de geschiedenis, en uiteindelijk naar het rijk van de mythe.

Ik ben een droomwandelaar – ik heb de dromen van de mensen gezien en ik ken hun mogelijkheden. Magie onderdrukt die grenzeloze visioenen. Zonder magie zullen de geest en de fantasie van de mens onbeperkt zijn, en hij zal oppermachtig zijn.

Daarom heb ik zo'n leger. Als de magie dood is, dan zal ik het nog steeds hebben. Ik houd mijn manschappen goed getraind voor die dag.'

'Waarom is Richard Rahl uw vijand?' vroeg Ulicia en hoopte dat hij zou blijven doorpraten terwijl zij nadacht over wat ze moesten doen.

'Hij moest natuurlijk doen wat hij deed, of jullie schatjes hadden de wereld aan de Wachter gegeven. Dat kwam me toen goed uit, maar nu stoort hij me in mijn plannen. Hij is jong en heeft weinig zelfkennis, maar ik heb me de afgelopen twintig jaar in mijn gave bekwaamd.'

Hij zwaaide met de punt van zijn mes voor zijn ogen heen en weer. 'Pas in het laatste jaar zijn mijn ogen open gegaan – het kenmerk van een droomwandelaar. Pas nu verdien ik de meest gevreesde naam van de oude wereld. In de oude taal betekent "droomwandelaar" hetzelfde als "wapen". De tovenaars die dit wapen hebben geschapen, hebben daar spijt van gekregen.'

Hij likte het vet van zijn mes terwijl ze hem gadesloegen. 'Het is dom om wapens te smeden die er eigen gedachten op nahouden. Jullie zijn nu mijn wapens. Ik zal die fout niet maken.

Mijn macht stelt me in staat de geest binnen te dringen van iedereen die slaapt. Bij hen die de gave niet hebben, kan ik slechts een beperkte mate van invloed uitoefenen, maar ze zijn hoe dan ook van weinig nut voor me. Dit in tegenstelling tot mensen die de gave wel hebben, zoals jullie zessen, met wie ik alles kan doen wat ik wil. Zodra mijn wig in jullie geest zit, behoort die niet meer aan jullie toe. Dan is hij van mij.

De magie van de droomwandelaars was krachtig, maar onstabiel. De laatste drieduizend jaar is er niemand meer geboren met de gave – sinds de barrière werd opgericht en wij hier zaten opgesloten. Maar nu loopt er weer een droomwandelaar rond op deze wereld.'

Hij schudde terwijl hij dreigend schaterlachte. De kleine vlechten boven zijn mondhoeken dansten op en neer. 'Dat ben ik dus!'

Ulicia wilde hem bijna vragen of hij ter zake wilde komen, maar ze hield zich net op tijd in. Ze had er geen behoefte aan te zien wat hij zou doen als hij uitgepraat was. Ze had al haar tijd nodig iets te bedenken om te doen. 'Hoe weet u dit allemaal?'

Jagang scheurde een stuk verkoolde vetrand van het wildbraad en knabbelde eraan terwijl hij verder ging. 'In een ondergrondse stad in mijn thuisland Altur'Rang heb ik een archief gevonden uit de oude wereld. Ironisch dat boeken van waarde zijn voor een krijgsman als ik. In het Paleis van de Profeten liggen ook enorm waardevolle boeken, als je weet hoe je ze moet gebruiken. Heel jammer dat de Profeet is gestorven, maar ik heb mijn tovenaars nog.

Een stukje magie uit de oude oorlog, een soort schild, is vanaf de voortbrenger doorgegeven aan alle nazaten in het Huis van Rahl die met de gave waren geboren. Die band schermt de geest van die mensen af, zodat ik er niet naar binnen kan. Richard Rahl heeft die gave, en hij is nog maar pas geleden begonnen hem te gebruiken. Voordat hij er te veel over te weten komt, moet ik hem eens flink onder handen nemen.

Samen met zijn verloofde.' Hij zweeg en keek met een verre, peinzende blik. 'De Biechtmoeder heeft me een kleine tegenvaller bezorgd, maar ze wordt nu onder handen genomen door die onnozele poppetjes van me in het noorden. Die idioten hebben in hun enthousiasme voor een paar complicaties gezorgd, dus ik moet daar nog eens goed aan hun touwtjes trekken. Als ik dat doe, zullen ze naar mijn pijpen dansen – dan zal ik mijn wig er eens diep inslaan. Ik heb de nodige moeite gedaan de loop van de gebeurtenissen zo te manipuleren dat ik Richard Rahl en de Biechtmoeder om mijn vinger zal kunnen winden.'

Hij graaide een vuistvol vlees uit het speenvarken. 'Kijk, hij is een geboren oorlogstovenaar, de eerste in drieduizend jaar, maar ja, dat wisten jullie. Een tovenaar als hij zal een machtig wapen voor me blijken te zijn. Hij kan dingen die geen van jullie kunnen, dus ik zou hem niet willen doden – ik wil hem in mijn macht hebben. Als hij zijn nuttige tijd erop heeft zitten, dan moet ik hem maar eens doden.'

Jagang zoog het vet van zijn ringen. 'Kijk, macht over iemand is belangrijker dan iemand doden. Ik had jullie alle zes kunnen doden, maar wat schiet ik daarmee op? Zolang jullie bij mij onder de plak zitten, zijn jullie geen bedreiging voor me, maar in vele opzichten wel zo nuttig.'

Jagang draaide zijn pols om en wees met het mes naar Merissa. 'Jullie hebben allemaal gezworen wraak op hem te nemen, maar jij, snoes, hebt gezworen dat je in zijn bloed zou baden. Ik zou je alsnog die kans kunnen geven.'

Merissa verbleekte. 'Hoe... kunt u dat weten? Dat heb ik gezegd toen ik wakker was.'

Hij grinnikte toen hij de schrik op haar gezicht zag. 'Als je wilt dat ik niets te weten kom, snoes, dan moet je niet dromen over wat je hebt gezegd toen je wakker was.'

Via de keten voelde Ulicia dat Armina tegen een flauwte aan zat.

'Jullie zessen moeten natuurlijk eerst onder handen worden genomen. Jullie moeten weten wie jullie leven beheerst.' Hij wees met zijn mes naar de zwijgende slaven achter hem. 'Jullie zullen net zo gehoorzaam worden als zij daar.'

Ulicia keek voor het eerst eens goed naar de halfgeklede mensen in de kamer. Ze snakte bijna hoorbaar naar adem. De vrouwen waren allemaal Zusters. Erger nog, de meesten waren haar Zusters van de Duisternis. Ze nam ze snel in zich op – ze waren hier niet allemaal. De mannen, de meesten jonge tovenaars die na hun opleiding in het paleis waren vrijgelaten, waren ook degenen die hun zieleneed aan de Wachter hadden gegeven.

'Sommigen zijn Zusters van het Licht, en voldoen goed, uit angst voor wat ik met ze zou doen als ik ontevreden over ze ben.' Met zijn duim en wijsvinger streelde Jagang de dunne gouden ketting tussen zijn neus en zijn oor, 'maar ik ben het meest gesteld op jullie Zusters van de Duisternis – ik heb ze allen onder handen genomen, zelfs degenen in het paleis.' Ulicia had het gevoel alsof er opnieuw een poot onder haar stoel werd weggezaagd. 'Ik heb zaken te doen in het Paleis van de Profeten. Belangrijke zaken.'

De gouden kettingen op zijn borst glinsterden in het licht van de vuren toen hij zijn armen uitspreidde. 'Ze zijn allemaal heel gehoorzaam.' Hij wierp zijn inktzwarte blik op de vrouwen achter hem. 'Nietwaar, snoezen?'

Janet, een Zuster van het Licht, kuste haar ringvinger terwijl er tranen over haar wangen biggelden. Jagang lachte. Zijn ring schitterde in het licht van de vuren toen hij met zijn dikke vinger naar haar wees.
'Zien jullie dat? Ik laat haar dat doen. Dat houdt haar vol valse hoop. Als ik dat zou verhinderen, dan zou ze zichzelf misschien doden, omdat ze niet de doodsangst heeft als degenen die een eed aan de Wachter hebben afgelegd. Klopt dat, lieve Janet?'
'Ja, Excellentie,' antwoordde ze onderdanig. 'U bezit mijn lichaam in dit leven, maar als ik sterf, zal mijn ziel aan de Schepper toebehoren.'
Jagang lachte met een morbide en raspend geluid. Ulicia had hem dat eerder horen doen en wist dat zij de volgende was die er aanleiding toe zou geven.
'Zien jullie wel? Dat sta ik allemaal toe om mijn gezag te handhaven. Wel zal ze voor straf een week in de tenten moeten dienen, dat spreekt voor zich.' Zijn inktzwarte blik deed Janet achteruit deinzen. 'Maar dat wist je al voordat je dat zei, nietwaar, snoes?'
Zuster Janets stem trilde. 'Ja, Excellentie.'
Jagang richtte zijn donkere, omfloerste ogen weer op de zes die voor hem stonden. 'Ik houd het meest van de Zusters van de Duisternis omdat die een goede reden hebben om de dood te vrezen.' Hij wrong de fazant doormidden. Botjes braken en kraakten. 'Ze hebben de Wachter, aan wie ze hun trouw hebben gezworen, teleurgesteld. Als zij sterven, is er geen ontsnappen meer aan. Als zij sterven, dan zal de Wachter wraak nemen op hun nalatigheid.' Hij lachte met een diep, spottend geluid. 'Zoals hij eeuwig de beschikking zal hebben over jullie zessen, als jullie me genoeg ontrieven om de dood te verdienen.'
Ulicia slikte. 'We begrijpen wat u zegt... Excellentie.'
Jagangs nachtmerrieachtige blik deed haar vergeten adem te halen. 'O nee, Ulicia, ik denk dat je het niet helemaal begrijpt. Maar als jullie je lessen hebben gehad, dan zullen jullie het wel begrijpen.'
Terwijl hij Ulicia met die blik aankeek, greep hij onder tafel en sleurde een prachtige vrouw bij haar blonde haren te voorschijn. Ze kromp ineen van pijn toen hij haar met zijn sterke vuist omhoog trok. Ze was net zo gekleed als de anderen. Door de dunne stof heen zag Ulicia oude, gelige en nieuwere, paars-blauwe plekken. Ze had een blauwe plek op haar rechterwang en een reusachtige, recente zwart-blauwe vlek op haar linkerkaak en vier sneden naast elkaar die door zijn ringen waren veroorzaakt.
Het was Christabel, een van de Zusters van de Duisternis die Ulicia in het paleis had achtergelaten. De Zusters van de Duisternis in het paleis moesten het voorbereidend werk voor haar terugkomst doen. Blijkbaar deden ze nu het voorbereidend werk voor Jagangs aankomst. Wat hij

van plan was met het Paleis van de Profeten, kon ze niet bevroeden.
Jagang draaide zijn hand om en wees naar haar. 'Ga voor me staan.'
Zuster Christabel vloog om de tafel heen en ging tegenover Jagang staan. Ze fatsoeneerde snel haar in de war geraakte haar, veegde met de rug van haar hand over haar mond en maakte een buiging. 'Hoe kan ik u dienen, Excellentie?'
'Nou, Christabel, ik moet deze zes hun eerste lessen leren.' Hij scheurde de andere poot van de fazant. 'Om dat mogelijk te maken zul jij moeten sterven.'
Ze maakte een buiging. 'Ja, Excell...' Ze stond als aan de grond genageld, toen ze besefte wat hij zojuist had gezegd. Ulicia zag dat haar benen beefden toen ze rechtop ging staan, maar toch durfde de vrouw niets te zeggen.
Hij wees met de fazantenpoot naar de twee vrouwen die tegenover hem op de berenhuid zaten, en die zich haastig uit de voeten maakten. Jagang glimlachte op zijn zelfingenomen, huiveringwekkende manier. 'Vaarwel, Christabel.'
Ze wierp haar armen in de lucht en viel met een gil op de grond. Christabel spartelde als een bezetene terwijl ze op de grond lag, en ze schreeuwde zo hard dat het Ulicia pijn in de oren deed. De zes vrouwen die om de berenhuid over haar heen gebogen stonden, keken met wijd open ogen en ingehouden adem toe. Jagang kauwde op zijn fazantenpoot. De bloedstollende kreten klonken keer op keer, en Christabel zwaaide haar hoofd heen en weer en haar hele lichaam kronkelde en spartelde terwijl ze heftig met haar ledematen trok.
Jagang hield zich alleen bezig met zijn fazantenpoot en liet zijn kroes met wijn vullen. Niemand zei een woord toen hij klaar was met het boutje en zich omdraaide om een paar druiven te pakken.
Ulicia kon dit niet langer verdragen. 'Hoe lang duurt het nog voordat ze sterft?' vroeg ze met een rauwe stem.
Jagang trok een wenkbrauw op. 'Voordat ze sterft?' Hij gooide zijn hoofd achterover en bulderde van het lachen. Hij sloeg met zijn vuisten, die bijna bezweken onder de grote ringen, hard op tafel. De anderen in de kamer glimlachten niet eens. Zijn zware lichaam schudde. De dunne ketting tussen zijn neus en zijn oor danste heen en weer, terwijl zijn gelach in gehinnik verstomde.
'Ze was al dood voordat ze de grond raakte.'
'Wat? Maar ze... schreeuwt nog steeds.'
Christabel zweeg plotseling, en haar borstkas was zo onbeweeglijk als steen.
'Ze is van het begin af aan al dood,' zei Jagang. Een glimlach kwam langzaam om zijn lippen, terwijl hij de zwarte afgrond van zijn blik op

Ulicia richtte. 'Die wig waarover ik het met je had. Net als die die ik in jullie geest heb geplant. Wat je ziet is het schreeuwen van haar geest. Je ziet de kwelling die ze ondergaat in de wereld van de doden. De Wachter is zo te zien nogal ontevreden met zijn Zuster van de Duisternis.'
Jagang stak een vinger op, en Christabel begon weer te spartelen en te schreeuwen.
Ulicia slikte. 'Hoe lang... hoe lang duurt het nog... voor ze hiermee ophoudt?'
Hij likte zijn lippen. 'Totdat ze is weggerot.'
Ulicia voelde haar knieën knikken, en via de keten voelde ze dat de andere vijf op het punt stonden het van radeloze angst uit te schreeuwen, net als Christabel. Dit was het ongenoegen dat de Wachter op ze zou botvieren als ze zijn invloed op de wereld niet hielpen herstellen.
Jagang knipte met zijn vingers. 'Slith! Eeris!'
Licht flakkerde tegen de muur. Ulicia zuchtte toen twee gestalten in capes uit het donkere steen opdoemden.
De twee geschubde wezens zweefden geluidloos om de tafel heen en maakten een buiging. 'Ja, dzzzroomwandelaar?'
Jagang maakte een heen en weer gaande beweging met zijn dikke vinger en wees naar de schreeuwende vrouw op de vloer. 'Gooi haar in de geheime put.'
De mriswith zwaaiden hun capes over hun schouders, bogen zich voorover en tilden het spartelende, schreeuwende lichaam op van een vrouw die Ulicia meer dan honderd jaar had gekend – een vrouw die haar had geholpen en altijd gehoorzaam gevolg had gegeven aan de wensen van de Wachter. Ze zou een beloning voor haar goede diensten hebben gekregen. Zij allen.
Ulicia keek naar Jagang toen de twee mriswith de kamer verlieten met hun last, op weg naar de geheime put. 'Wat wilt u dat wij doen?'
Jagang stak een hand op en gebaarde met twee vettige vingers een soldaat die wat afzijdig in de kamer stond, naar hem toe te komen. 'Deze zes zijn van mij. Ring ze.'
De potige man, die in bont was gekleed en was behangen met wapens, maakte een buiging. Hij ging naar de dichtstbijzijnde Zuster, Nicci, en met zijn smerige vingers trok hij zonder enig ceremonieel haar onderlip naar buiten en liet die buitensporig ver uitpuilen. Haar grote blauwe ogen waren vol angst. Ulicia snakte samen met Nicci naar adem. Via de keten voelde ze de ontzetting, pijn en doodsangst van de jonge vrouw toen de botte, roestige ijzeren priem met een draaibeweging in de rand van haar lip werd gestoken. De soldaat stak de priem met het houten handvat achter zijn gordel en haalde een gouden ring uit zijn zak terwijl hij haar onderlip vasthield. Met zijn tanden maakte hij de spleet in de

ring open en schoof de ring toen door de bloedende wond. Hij draaide de ring rond en gebruikte zijn tanden om de spleet weer te sluiten.
De ongeschoren, vieze en stinkende soldaat ging het laatst naar Ulicia. Op dat moment beefde ze onbedwingbaar, want ze had gevoeld wat de anderen was aangedaan. Terwijl hij aan haar onderlip rukte, probeerde ze uit alle macht een vluchtpoging te bedenken. Het leek alsof ze een emmer met water wilde vullen uit een opgedroogde bron. Tranen van pijn stroomden uit haar ogen toen de ring in haar lip werd geramd.
Jagang veegde het vet van zijn mond met de rug van zijn hand en keek geamuseerd toe hoe het bloed van hun kinnen droop. 'Jullie zessen zijn nu mijn slaven. Als jullie me geen reden geven jullie te doden, dat kan ik jullie goed gebruiken in het Paleis van de Profeten. Als ik klaar ben met Richard Rahl, dan zou ik jullie zelfs opdracht kunnen geven hem te doden.'
Hij sloeg zijn ogen weer op, en de norse vormen bewogen erin op een manier die Ulicia's adem deed stokken. Alle sporen van vrolijkheid verdwenen, en maakten plaats voor ongebreidelde kwaadaardigheid. 'Maar ik ben nog niet klaar met jullie lessen.'
'We zijn ons goed bewust van onze alternatieven,' zei ze snel. 'Alstublieft – u hoeft niet te twijfelen aan onze trouw.'
'Ach, dat weet ik ook wel,' fluisterde Jagang. 'Maar ik ben nog niet klaar met jullie lessen. De eerste was maar het begin. De volgende zullen echt niet zo kort duren.'
Ulicia's benen dreigden te bezwijken. Sinds Jagang in haar dromen was verschenen, was haar wakende leven in een nachtmerrie veranderd. Er moest een manier zijn om hier een eind aan te maken, maar ze kon niets bedenken. Ze kreeg een visioen waarin ze, gekleed in een van die belachelijke tenues, als een van Jagangs slavinnen terugkeerde naar het Paleis van de Profeten.
Jagang keek langs haar heen. 'Hebben jullie geluisterd, jongens?'
Ulicia hoorde Kapitein Blake antwoorden dat dat zo was. Ze schrok. Ze was helemaal vergeten dat er dertig zeelieden achter haar stonden, achter in de kamer.
Jagang gebaarde met twee vingers dat ze naar hem toe moesten komen. 'Morgenochtend mogen jullie vertrekken. Maar ik dacht dat jullie vannacht misschien graag deze dames tot jullie beschikking willen hebben.'
Alle zes de vrouwen verstijfden.
'Maar...'
Woorden werden haar ontnomen door de manier waarop de ronddrijvende vormen in zijn donkere ogen plotseling van gedaante veranderden. 'Van nu af aan zal jullie hetzelfde lot wachten als dat van Christabel, als jullie je magie tegen mij willen gebruiken, ook al is het maar om

te voorkomen dat je moet niezen. In jullie dromen heb ik jullie al een voorproefje laten zien van wat ik met jullie kan doen terwijl jullie leven, en jullie hebben ook een staaltje gezien van wat de Wachter met jullie doet als jullie sterven. Jullie kunnen slechts één pad belopen. Als ik jullie was, zou ik geen stap verkeerd zetten.'

Jagang wendde zich weer tot de zeelieden achter hem. 'Ze zijn vannacht van jullie. Ik ken deze zes van hun dromen, en ik weet dat jullie menig appeltje met ze te schillen hebben. Doe met ze wat jullie willen.'

De zeelieden barstten in wellustig gevloek uit.

Via de keten voelde Ulicia dat Armina's borsten door een hand werden beetgegrepen, dat Nicci's hoofd aan haar haren achterover werd getrokken terwijl de ceintuur van haar jurk werd losgetrokken en een tweede hand tussen haar dijen omhoog gleed. Ze onderdrukte een gil.

'Er gelden een paar basisregels,' zei Jagang, en riep hun handen zo een halt toe. 'Als jullie die met voeten treden, dan zal ik jullie allemaal kielhalen.'

'En wat zijn die regels dan wel, Keizer?' vroeg een zeeman.

'Jullie mogen ze niet doden. Het zijn mijn slavinnen – ze zijn van mij. Ik wil ze morgenochtend terug in een staat die goed genoeg is om me te kunnen dienen. Dat betekent: geen gebroken botten en zo. Jullie moeten loten om wie welke krijgt. Ik weet wat er gebeurt als ik jullie zelf laat kiezen. Ik wil dat geen van hen wordt verwaarloosd.'

De zeelieden grinnikten allen instemmend en zeiden dat ze dit een volmaakt eerlijke procedure vonden. Ze zwoeren dat ze de regels in acht zouden nemen.

Jagang wendde zich weer tot de zes vrouwen. 'Ik heb een gigantisch leger van grote, potige soldaten, maar ik heb op geen stukken na voldoende hoeren in hun buurt. Mijn mannen worden daar kregelig van. Totdat ik andere taken voor jullie heb, moeten jullie me in die hoedanigheid dienen, twintig uur per dag. Wees blij dat jullie mijn ring in jullie lip dragen – die voorkomt dat ze jullie doden, terwijl zij zich amuseren.'

Zuster Cecilia spreidde haar handen. Ze toonde een stralende, vriendelijke en onschuldige glimlach. 'Keizer Jagang, uw mannen zijn jong en sterk. Ik ben bang dat ze weinig plezier zullen beleven aan een oude vrouw als ik. Het spijt me.'

'Ik weet zeker dat ze zullen grijnzen van verrukking om jou te mogen hebben. Wacht maar.'

'Keizer, Zuster Cecilia heeft gelijk. Ik ben bang dat ook ik te oud en te dik ben,' zei Tovi, zo goed mogelijk de stem van een bejaarde imiterend. 'Wij zouden uw mannen geen bevrediging kunnen schenken.'

'Bevrediging?' Hij nam een hap van het wildbraad dat hij aan de punt

van zijn mes had geprikt. 'Bevrediging? Ben je getikt? Dit heeft niets met bevrediging te maken. Ik verzeker jullie dat mijn mannen jullie warmte en charme zullen waarderen – maar jullie begrijpen me verkeerd.'
Hij zwaaide met zijn vinger naar hen en de vettige ringen fonkelden in het licht van de vuren. 'Jullie zes waren Zusters van het Licht, en toen Zusters van de Duisternis. Jullie zijn waarschijnlijk de machtigste tovenaressen van de wereld. Dit zal jullie leren dat je weinig meer bent dan stront onder mijn laarzen. Ik zal met jullie doen wat ik wil. Mensen met de gave zijn nu mijn wapens.
Dit zal jullie een lesje leren. Jullie zullen geen enkele inspraak krijgen. Totdat ik anders besluit, zal ik jullie mijn mannen geven om jullie te gebruiken. Als zij jullie vingers willen krombuigen, of erom willen wedden wie van hen jullie het hardst kan laten schreeuwen, dan mag dat. Als ze een ander pleziertje met jullie willen uithalen, dan mogen ze dat. Hun smaken verschillen nogal en zolang ze jullie niet doden, mogen ze die naar hartelust uitleven.'
Hij schepte de rest van het stuk vlees in zijn mond. 'Nadat deze mannen klaar zijn met jullie, in elk geval. Veel plezier met mijn cadeau, jongens. Doe wat ik van jullie vraag en volg mijn regels op, dan zou ik jullie later misschien weer om een dienst vragen. Keizer Jagang is goed voor zijn vrienden.'
De zeelieden juichten voor de keizer.
Ulicia zou door haar knikkende knieën zijn gezakt, ware het niet dat een begerige zeeman zijn arm om haar middel sloeg en haar stevig tegen zich aan drukte. Ze kon zijn stinkende adem ruiken.
'Nou, nou, nou, meissie. Het lijkt erop dat jullie toch met ons komen spelen, en dat nadat jullie zo onaardig tegen ons hebben gedaan.'
Ulicia hoorde zichzelf jammeren. Haar lip bonsde van pijn, maar ze wist dat dit slechts het begin was. Ze was zo geschrokken van wat er gebeurde dat ze niet meer helder kon denken.
'Ho,' zei Jagang, en iedereen verstijfde. Hij wees met zijn mes naar Merissa. 'Behalve die daar. Die mogen jullie niet hebben,' zei hij tegen de zeelieden. Hij gebaarde met twee vingers. 'Kom eens hier, schat.'
Merissa liep met twee stappen naar het bontkleed. Via de keten voelde Ulicia haar benen beven.
'Christabel was helemaal van mij alleen. Ze was mijn oogappeltje. Maar nu is ze dood, alleen om jullie een lesje te leren.' Hij zag dat de zeelieden haar jurk al hadden opengescheurd.
'Jij moet haar plaats innemen.'
Hij bekeek haar met zijn inktzwarte blik in de ogen. 'Als ik me goed herinner, zei je dat je mijn voeten zou aflikken, als je dat moest. Welnu, ga je gang.' Toen hij Merissa's verbaasde blik zag, verscheen Jagangs

dodelijke grijns, omgeven door de vlechtjes van zijn snor. 'Ik zei je al eerder, snoes: je droomt dingen die je hebt gezegd toen je wakker was.' Merissa knikte flauwtjes. 'Ja, Excellentie.'
'Doe die jurk uit. Je hebt later misschien iets moois nodig om aan te trekken, als ik besluit dat jij Richard Rahl voor me zal doden.' Hij keek naar de andere vrouwen terwijl Merissa deed wat haar was opgedragen. 'Ik zal de keten tussen jullie voorlopig intact laten, zodat jullie de uitwerking van elkaars lessen kunnen voelen. Ik zou niet willen dat jullie daar ook maar iets van zouden missen.'
Toen Merissa zich had uitgekleed, draaide Jagang het mes tussen zijn duim en vinger rond en wees met de punt naar beneden. 'Onder de tafel, snoes.'
Ulicia voelde het ruwe kleed tegen Merissa's knieën, en toen de ruwe stenen vloer onder de tafel. De zeelieden gluurden wellustig naar dit schouwspel.
Met uiterste wilsinspanning putte Ulicia kracht en vastberadenheid uit de intense haat jegens deze man. Ze was de aanvoerster van de Zusters van de Duisternis. Via de keten sprak ze tot de anderen: *'We hebben allen het ritueel ondergaan. Er zijn ons ergere dingen aangedaan. We zijn Zusters van de Duisternis, onthoud wie onze echte Meester is. We zijn nu de slavinnen van deze bloedzuiger, maar hij maakt een grote fout als hij denkt dat we geen eigen wil hebben. Hij heeft zelf geen macht – hij heeft de onze in bruikleen. We zullen iets bedenken om Jagang te laten boeten. O, lieve Meester, boeten zal hij.'*
'Maar wat moeten we in de tussentijd?!' schreeuwde Armina.
'Zwijg!' commandeerde Nicci. Ulicia voelde tastende vingers op Nicci's lichaam, en ze voelde ook haar withete woede en haar hart van zwart ijs. *'Onthoud elk gezicht. Ze moeten allemaal boeten. Luister naar Ulicia. We zullen iets verzinnen, en we zullen ze een lesje leren dat alleen wij kunnen bedenken.'*
'En wagen jullie het niet ook maar iets hiervan te dromen,' waarschuwde Ulicia. *'Wat we ons niet kunnen veroorloven is dat Jagang ons doodt, want dan zal alle hoop ijdel zijn. Zolang we leven, hebben we de kans opnieuw in de gratie te vallen bij onze Meester. Ons is genoegdoening voor onze zielen beloofd, en ik sta erop die te krijgen. Heb kracht, mijn Zusters.'*
'Maar Richard Rahl is voor mij,' hijgde Merissa. *'Wie hem doodt in mijn plaats, zal zich aan mij moeten verantwoorden – en tegen de Wachter.'*
Zelfs Jagang zou zijn verbleekt bij het horen van deze venijnige vermaning, als hij in staat was geweest die te horen. Via de keten voelde Ulicia dat Merissa haar dikke haar uit de weg veegde. Ze proefde wat Merissa onderging.

'Ik ben klaar met jou...' Jagang zweeg even en haalde toen diep adem. Hij zwaaide met het mes. 'Wegwezen, nu.'
Kapitein Blake griste Ulicia bij haar haren. 'Tijd voor revanche, meissie.'

28

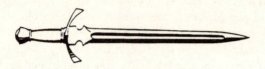

Ze knipperde met haar ogen toen ze langs het roestige zwaard keek dat vlak voor haar gezicht werd gehouden. De punt was niet verder dan drie centimeter van haar vandaan.
'Moet dit echt? Ik heb je gezegd dat jullie mogen stelen wat je wilt en dat we niets zullen doen om jullie tegen te houden, maar ik moet je wel zeggen dat jullie de derde gevaarlijke boevenbende zijn die ons in de laatste paar weken berooft, dus we hebben niets van waarde meer bij ons.'
Te oordelen naar de bevende hand van de jongen, leek hij niet erg bedreven in zijn vak. En hij zag er zo vel over been uit, dat hij er evenmin erg veel succes mee leek te hebben.
'Zwijg!' Hij keek naar zijn metgezel. 'Heb jij iets gevonden?'
De tweede jonge dief, die tussen de buidels in de sneeuw gehurkt zat en even mager was als de eerste, wierp schichtige blikken naar de donker wordende bossen aan weerszijden van de schaars bereden weg. Hij keek achterom naar een plek vlak bij de bocht die de weg maakte, voordat hij achter een muur van besneeuwde sparrenbomen uit het zicht verdween. Midden in die bocht, vlak voordat de weg uit het zicht verdween, leidde een brug over een stroompje dat nog steeds ruiste, ondanks de winter. 'Nee. Alleen oude kleren, en wat rommel. Geen spek, en niet eens brood.'
De eerste danste voor- en achteruit op zijn voorvoeten, klaar om bij het eerste teken van onraad weg te rennen. Hij bracht zijn andere hand naar het gevest van het slecht gemaakte zwaard om het gewicht ervan beter te kunnen dragen. 'Je ziet er welgevoed uit. Wat eten jullie tweeën, opoe? Sneeuw?'
Ze hield haar handen gespreid tegen haar gordel en zuchtte. Ze werd hier doodmoe van. 'Wij werken voor ons eten, terwijl we verder gaan. Dat zou jij ook eens moeten proberen. Werken, bedoel ik.'
'O ja? Het is winter, opoe, of had je dat nog niet gemerkt? Er is geen

werk. Afgelopen herfst heeft het leger onze voorraadkasten leeggeroofd. Mijn ouders hebben niets om de winter mee door te komen.'
'Wat erg voor ze, mijn jongen. Misschien...'
'Hé! Wat is dit? Opa?' Hij stak zijn vinger door de doffe zilveren halsband en rukte eraan. 'Hoe krijg ik dit ding los? Geef antwoord!'
'Ik heb je al gezegd,' zei ze terwijl ze de woedende blik in de blauwe ogen van de tovenaar ontweek, 'dat mijn broer doofstom is. Hij verstaat niet wat je zegt, en hij kan je ook geen antwoord geven.'
'Doofstom? Zegt u me dan hoe ik dit ding moet losmaken.'
'Dat is gewoon een ijzeren aandenken dat lang geleden is gemaakt. Het is waardeloos.'
Haar belager haalde zijn hand van het zwaard, boog zich voorzichtig naar haar toe en duwde haar cape met een vinger opzij. 'Wat is dit? Een geldbuidel! Ik heb haar geldbuidel gevonden!' Hij rukte de zware zak met gouden munten van haar gordel. 'Die moet vol goud zitten.'
Ze grinnikte. 'Ik ben bang dat dit gewoon een zak met harde koekjes is. Je mag er eentje hebben, als je dat wilt, maar probeer er maar niet in te bijten, want dan zul je je tanden erop breken. Zuig er voorlopig maar op.'
Hij viste een gouden munt te voorschijn en deed die tussen zijn tanden. Hij vertrok zijn gezicht tot een zure uitdrukking. 'Hoe eet je deze dingen? Ik heb weleens oudbakken koekjes gegeten, maar deze zijn zelfs niet goed genoeg om oudbakken genoemd te kunnen worden.'
Makkelijk praten, als je zo jong van geest bent, dacht ze. Wat jammer dat dat volwassenen moeilijker afging.
Hij spuwde naar opzij, gooide de zak met goud op de sneeuw en klopte op haar cape, op zoek naar iets anders dat ze zou kunnen hebben verstopt.
Ze zuchtte ongeduldig. 'Willen jullie eens opschieten met deze beroving, jongens. We willen graag nog voor het donker in de eerstvolgende stad zijn.'
'Niets,' zei de tweede. 'Ze hebben niets dat de moeite van het gappen waard is.'
'Ze hebben paarden,' zei de eerste terwijl hij met zijn vuisten in haar cape kneep om te voelen of er iets in zat. 'We kunnen ten minste hun paarden stelen. Die brengen nog wat op.'
'Mij best,' zei ze. 'Ik ben het zat mijn tijd te verspillen met die oude knarren rond te zeulen. Je zou me er een groot plezier mee doen. Ze zijn alle vier kreupel, maar ik kan het niet over mijn hart verkrijgen ze uit hun lijden te verlossen.'
'Dat oude mens heeft gelijk,' zei de tweede terwijl hij een van de manke paarden bij de teugels leidde. 'Alle vier. Lopend zijn we nog sneller.

Als we deze scharminkels meenemen, worden we zeker gepakt.'
De eerste frunnikte nog steeds aan haar cape. Hij hield zijn hand bij haar zak stil. 'Wat is dit?'
Haar stem klonk vinnig. 'Niets waar jij wat aan hebt.'
'O nee?' Hij wurmde het reisboekje uit haar zak.
Toen hij de lege bladzijden onder zijn duim door liet lopen, zag ze een boodschap. Eindelijk.
'Wat is dit?'
'Gewoon, een notitieboekje. Kun je niet lezen, jong?'
'Nee. Er lijkt trouwens weinig lezenswaardigs in te staan.'
'Hou het toch maar,' zei de tweede. 'Het is misschien wat waard, als er niets in geschreven is.'
Ze keek om naar de jongen die het zwaard naar haar hield uitgestoken. 'Ik begin dit nu zat te worden. Beschouw deze beroving maar als beëindigd.'
'Die is pas afgelopen als ik het zeg.'
'Geef hier,' zei Ann op kalme toon en stak haar hand uit. 'En smeer hem dan maar, voordat ik je bij je oor naar de stad sleep en je ouders laat komen om je op te halen.'
Hij zwaaide met zijn zwaard terwijl hij behoedzaam achteruit sprong. 'Ho ho, niet zo heetgebakerd, of je zult dit staal eens voelen! Ik weet hoe ik met dit ding moet omgaan!'
Het donderende geluid van paardenhoeven verstoorde plotseling de stilte van de avond. Ze had gezien dat de soldaten de bocht om kwamen en de brug overstaken, en de twee jongemannen hadden dit door het ruisen van het water niet opgemerkt, tot op het laatst, toen ze kwamen aangesneld. Toen haar belager zich geschrokken omdraaide, griste Ann het zwaard uit zijn handen. Nathan graaide naar het mes van de ander.
Plotseling torenden gewapende D'Haraanse soldaten boven hen uit. 'Wat is hier aan de hand?' vroeg de sergeant met een kalme, diepe stem.
De twee jongemannen stonden als verstijfd van schrik. 'Nou,' zei Ann, 'we liepen deze twee tegen het lijf, en die vertelden ons dat we moesten oppassen voor boeven. Ze wonen hier in de buurt. Ze lieten ons zien hoe we ons moesten verdedigen en gaven een demonstratie van hun zwaardkunst.'
De sergeant legde zijn handen op het handvat. 'Klopt dat, jongen?'
'Ik... we...' Hij keek haar met smekende ogen aan. 'Ja, dat klopt. We wonen hier vlakbij, en we vertelden deze twee reizigers net dat ze moesten oppassen, want we hadden gehoord dat hier boeven rondhangen.'
'En wat een staaltje zwaardvechtkunst. Je krijgt een koekje voor de moeite, jongeman, zoals ik je heb beloofd. Geef me die zak met koekjes daar eens aan.'

Hij boog zich, graaide naar de zware buidel met goud en hield die voor haar. Ann haalde er twee munten uit en drukte die elk in de hand van de twee jongemannen.

'Zoals ik heb beloofd: een koekje voor elk van jullie. Jullie kunnen nu beter naar huis gaan voordat het donker wordt, want anders worden jullie ouders ongerust. Geef ze mijn koekje om ze te bedanken dat ze jullie naar ons toe hebben gestuurd om ons te waarschuwen dat we moeten oppassen.'

Hij knikte suffig. 'Goed. Goedenavond dan maar. Weest u beiden voorzichtig.'

Ann stak haar hand uit. Ze keek de jongeman met vervaarlijk toegeknepen ogen aan. 'Als je uitgekeken bent in mijn notitieboekje, dan zou ik het graag terughebben.'

Hij zette grote ogen op toen hij haar blik zag en gooide het reisboekje toen in haar hand alsof hij er zijn vingers aan brandde, wat ook zo was. Ann glimlachte. 'Dank je, m'n jong.'

Hij veegde zijn hand aan zijn verfomfaaide jas af. 'Vaarwel dan maar. En wees voorzichtig.'

Hij draaide zich om en wilde weglopen. 'Vergeet dit niet,' zei ze. Hij draaide zich voorzichtig om. Ze stak het gevest naar hem uit. 'Je vader zal ontiegelijk boos op je zijn als je zijn zwaard vergeet terug te brengen.'

Hij tilde het wapen voorzichtig op. Nathan, die dit niet voorbij wilde laten gaan zonder een beetje theater, liet het mes tussen zijn vingers wentelen. Hij gooide het in de lucht, ving het achter zijn rug op, liet het onder zijn oksel rondtollen en het in zijn andere hand belanden. Ann rolde met haar ogen toen hij een ferme tik tegen het lemmet gaf en het mes de andere kant uit liet draaien. Hij ving het mes bij het lemmet op en reikte het gevest naar de ander, die met grote ogen had toegekeken.

'Waar heb je dat geleerd, ouwe?' vroeg de sergeant.

Nathan fronste zijn voorhoofd. Als er iets was waar hij een hekel aan had, dan was het wel om 'ouwe' te worden genoemd. Hij was een tovenaar en een profeet van ongeëvenaarde klasse en vond dat men hem met bewondering moest behandelen, zo niet met onverdund ontzag. Zij hield zijn gave in bedwang door die met haar Rada'Han te smoren, anders zou het zadel van de sergeant al in vlammen zijn opgegaan. Ze belette hem bovendien te spreken. Nathans tong was minstens even gevaarlijk als zijn toverkracht.

'Het spijt me, maar mijn broer is doofstom.' Ze joeg de twee dieven met een handgebaar weg. Ze zwaaiden naar haar, renden naar het bos en deden hopen sneeuw opstuiven. 'Mijn broer heeft altijd veel plezier gehad met het oefenen in jongleren.'

'Mevrouw, weet u wel zeker dat die twee u niet lastig vielen?'
'Ach nee,' zei ze spottend.
De sergeant nam zijn teugels in de hand en de twintig mannen achter hem deden hetzelfde, klaar om achter hem aan te stuiven. 'Nou, ik denk dat ik toch maar eens een praatje met ze maak. Een praatje over dieverij.'
'Als u dat doet, vergeet ze dan niet te vragen u te vertellen van die D'Haraanse soldaten die de voedselvoorraden stalen van hun ouders, die nu verrekken van de honger.'
De soldaat met zijn vierkante kaak liet de teugels vieren. 'Ik weet niets van wat hier is gebeurd, maar de nieuwe Meester Rahl heeft het leger uitdrukkelijk opdracht gegeven van niemand te stelen.'
'De nieuwe Meester Rahl?'
Hij knikte. 'Richard Rahl, de Meester van D'Hara.'
Uit haar ooghoeken zag ze een beverige glimlach om Nathans lippen. Die glimlach wees op een geslaagde afsplitsing in een profetie. Hoewel het zo moest zijn als ze zouden slagen, deed het haar niet glimlachen, maar ze voelde een steek van beklemming toen ze dacht aan het pad dat ze nu zeker zouden moeten volgen. Alleen het alternatief was erger. 'Ja, ik geloof dat ik die naam weleens eerder heb gehoord, nu u hem laat vallen.'
De sergeant stond in de stijgbeugels en draaide zich om naar zijn mannen. 'Ogden, Spaulding!' Hun paarden wierpen sneeuw op toen ze naar voren stormden. 'Ga achter die jongens aan en breng ze naar hun familie. Probeer erachter te komen of het waar is dat hun voedselvoorraden zijn gestolen door troepen. Als dat zo is, zoek dan uit wat de aantallen gezinsleden zijn en of er nog andere gezinnen in de buurt zijn die onder dezelfde omstandigheden verkeren. Stuur meteen een rapport naar Aydindril en zorg ervoor dat ze genoeg te eten krijgen om de winter door te kunnen komen.'
De twee mannen salueerden door hun vuisten tegen hun donkere leren uniform en ter hoogte van hun hart tegen de maliënkolder te drukken, en galoppeerden toen de paden af die het bos in leidden. De sergeant wendde zich weer tot haar. 'Een opdracht van Meester Rahl,' legde hij uit. 'Bent u op weg naar Aydindril?'
'Ja, we hopen dat we daar veilig zijn, zoals de anderen die naar het noorden reizen.'
'Dat zult u wel zijn, maar er hangt wel een prijskaartje aan. Ik zal u hetzelfde vertellen als ik alle anderen heb verteld. Wat uw vroegere thuisland ook mag zijn, u zult nu ingezetene van D'Hara worden. U moet uw trouw beloven, maar u zult ook een klein deel van uw inkomsten uit arbeid moeten afstaan, als u zich wilt begeven op het grondgebied dat onder D'Haraans bewind staat.'

Ze trok een wenkbrauw op. 'Het lijkt alsof het leger nog steeds van het volk steelt.'

'Dat mag u misschien vinden, maar Meester Rahl niet, en zijn woord is wet. Iedereen betaalt hetzelfde bedrag om de troepen te steunen die zijn belast met de bescherming van onze vrijheid. Als u niet wilt betalen, bent u vrij die bescherming en die vrijheid niet te zoeken.'

'Zo te horen heeft Meester Rahl de touwtjes stevig in handen.'

De sergeant knikte. 'Hij is een machtig tovenaar.'

Nathans schouders schokten toen hij onhoorbaar lachte.

De sergeant kneep zijn ogen toe. 'Waar staat hij om te lachen, als hij doofstom is?'

'Dat is-ie zeker, maar hij is ook nog een halvegare.' Ann liep naar de paarden toe. Toen ze voor de breedgeschouderde tovenaar langs liep, prikte ze met haar elleboog in zijn maag. 'Hij lacht op de vreemdste momenten.' Ze keek fronsend naar hem op toen hij kuchte. 'Hij kan elk moment beginnen te zwammen, als hij zo doorgaat.'

Ann streelde met tedere hand Bella's gladde, krachtige goudkleurige flank. Bella bokte van genot toen Ann haar aanraakte. De grote merrie stak begerig haar tong uit – ze vond niets zo heerlijk als dat iemand eraan trok. Ann voldeed aan haar verzoek en krabde toen achter haar oor. Bella grinnikte klaaglijk en stak opnieuw haar tong uit in de hoop dat dit spelletje zou worden voortgezet.

'Zei u niet zojuist, Sergeant, wat een machtig tovenaar Meester Rahl is?'

'Klopt. Hij heeft die wezens gedood die u op de spiesen voor het paleis zult zien.'

'Wezens?'

'Hij noemt ze mriswith. Lelijke, geschubde, hagedisachtige dingen. Ze hebben een aantal mensen gedood, maar Meester Rahl heeft ze aan stukken gehakt.'

Mriswith. Dat was niet bepaald goed nieuws.

'Is er een stad hier in de buurt waar we wat kunnen eten en een onderkomen voor de nacht kunnen vinden?'

'Tieneiken ligt vlak achter de volgende helling, misschien drie kilometer. Daar is een kleine herberg.'

'En hoe ver is het naar Aydindril?'

Hij bekeek hun vier paarden met bewondering en aaide Bella's oor. 'Met zulke prachtdieren als deze, denk ik niet meer dan zeven, hooguit acht dagen.'

'Dank u, Sergeant. Het is goed te weten dat er soldaten in de buurt zijn, voor het geval er boeven rondhangen.'

Hij keek naar Nathan en nam zijn rijzige gestalte, het lange witte haar dat over zijn schouders viel, zijn krachtige, gladgeschoren kaak en zijn diepliggende, doordringende, azuurblauwe ogen in zich op. Nathan was een stoere, knappe en vurige man, ondanks het feit dat hij bijna duizend jaar oud was.

De sergeant keek weer naar haar, duidelijk meer op zijn gemak met een dikke oude vrouw dan met Nathan. Zelfs nu zijn toverkracht was gesmoord, had Nathan een indrukwekkende présence. 'We zijn op zoek naar iemand: de Bloedbroederschap.'

'Bloedbroederschap? Bedoelt u die over het paard getilde idioten uit Nicobarese met die rode capes?'

De sergeant trok de teugels strak toen zijn paard een stap opzij wilde doen. Enkele van de andere twintig paarden stapten in de sneeuw rond, op zoek naar gras, of knabbelden vol hoop aan droge takken naast de weg en zwaaiden lui met hun staart door de koude avondlucht. 'Die bedoel ik. Twee mannen – de generaal van de Broederschap, een officier en een vrouw. Ze zijn ontsnapt uit Aydindril en Meester Rahl heeft bevolen dat ze moeten worden teruggehaald. We hebben overal mannen die het hele landschap uitkammen.'

'Het spijt me, maar ik heb ze niet gezien. Verblijft Meester Rahl in de Tovenaarstoren?'

'Nee, in het Paleis van de Belijdsters.'

Ann zuchtte. 'Dat is tenminste goed nieuws.'

Hij trok zijn wenkbrauwen samen. 'Waarom is dat goed nieuws?'

Ze besefte niet dat ze hardop uiting aan haar opluchting had gegeven. 'O, ik bedoel alleen dat ik die grote man hoop te zien, en als hij in de Tovenaarstoren logeerde, zou dat niet kunnen. Die wordt beschermd door magie, heb ik gehoord. Als hij op het balkon van het paleis verschijnt om het volk te begroeten, dan zal ik hem misschien te zien krijgen.

Nou, dank u wel voor uw hulp, Sergeant. We kunnen het beste maar naar Tieneiken gaan voordat het pikdonker wordt. Ik wil niet dat een van mijn paarden in een kuil stapt en een been breekt.'

De sergeant wenste haar goedenavond en ging zijn colonne voor, de weg op, in tegenovergestelde richting van Aydindril. Pas nadat ze ruimschoots buiten gehoorsafstand waren, haalde ze de sper van Nathans stem. Het was moeilijk die beteugeling lange perioden vol te houden. Ann bereidde zich geestelijk voor op de onvermijdelijke tirade toen ze hun bepakking uit de sneeuw raapte.

'We kunnen beter gaan,' zei ze hem.

Nathan nam een imponerende houding aan en fronste zijn voorhoofd vermanend. 'Zou jij die dieven goud hebben gegeven? Je zou...'

'Het waren nog maar jongens, Nathan. Ze waren uitgehongerd.'

'Ze probeerden ons te bestelen!'

Ann glimlachte terwijl ze een zak op Bella's rug gooide. 'Je weet net zo goed als ik dat dat nooit zou zijn gebeurd, maar ik heb ze iets meer dan goud gegeven. Ik denk niet dat ze dat opnieuw proberen uit te halen.'
Hij gromde. 'Ik hoop dat die bezwering die je erover hebt uitgesproken, hun vingers tot op het bot zal laten branden.'
'Help me met onze spullen. Ik wil naar die herberg. Er stond een boodschap in het reisboekje.'
Nathan was slechts een ogenblik met stomheid geslagen. 'Daar heeft ze dan wel lang over gedaan. We hebben zoveel aanwijzingen voor haar achtergelaten dat een kind van tien er allang achter was geweest. We hebben alles gedaan, behalve een briefje op haar jurk spelden waarop staat: "A propos, de Priores en de Profeet zijn niet echt dood, domoor die je bent."'
Ann gespte Bella's singel vast. 'Ik weet zeker dat het niet zo gemakkelijk voor haar is als jij het doet voorkomen. Voor ons is het vanzelfsprekend, omdat we het weten. Ze had geen enkele reden om iets te vermoeden. Verna is erachter gekomen, en dat is het enige dat belangrijk is.'
Nathan antwoordde haar met imposant gesnuif en hielp haar toen eindelijk met het bijeenrapen van de rest van hun bepakking. 'Goed, en wat schreef ze?'
'Dat weet ik nog niet. Als we ons kamp opslaan voor de nacht, zullen we erachter komen.'
Nathan stak zijn vinger naar haar op. 'Als je die doofstommentruc nog een keer met me uithaalt, zal ik zorgen dat je daar de rest van je leven spijt van hebt.'
Ze keek hem boosaardig aan. 'En als we de volgende keer mensen tegenkomen en jij begint te roepen dat je door een idiote heks bent ontvoerd en gevangen bent gehouden in een toverkraag, zal ik zorgen dat je echt doofstom wordt!'
Nathan tierde wat met een zuur gezicht en ging weer aan het werk. Toen hij zich naar zijn paard omdraaide, zag ze dat hij heimelijk glimlachte van tevredenheid.
Toen ze de herberg hadden gevonden en hun paarden hadden toevertrouwd aan een stalknecht achter het pand, stonden de sterren aan de hemel en de kleine winterse maan was net zichtbaar boven een verre berghelling. De rook van een houtvuur die vlak boven de grond hing, droeg de geur van stoofpot met zich. Ze gaf de stalknecht een penning en vroeg hem hun spullen naar binnen te slepen.
Tieneiken was een kleine gemeenschap, en in de herberg zaten maar een stuk of tien stamgasten aan een paar tafels. De meesten zaten wat te drinken en rookten een pijp, terwijl ze verhalen lazen over soldaten die

ze hadden gezien, en geruchten over bondgenootschappen die de nieuwe Meester Rahl had gesmeed, van wie men niet helemaal zeker was dat hij echt de dienst uitmaakte in Aydindril, zoals werd beweerd. Anderen vroegen ze op hun beurt hoe de D'Haraanse troepen plotseling zo gedisciplineerd waren geworden, als iemand ze niet uiteindelijk onder handen had genomen.

Nathan droeg hoge laarzen, een bruine broek, een verfomfaaid wit hemd dat hij tot over zijn Rada'Han had dichtgeknoopt, een open donkergroen vest en een zware donkerbruine cape die bijna tot op de grond reikte. Hij liep rustig naar de korte toonbank die vlak voor een paar flessen en vaatjes stond. Als een edelman sloeg hij de cape over zijn schouder en plantte hij zijn ene laars op de voetsteun. Nathan genoot ervan andere kleren te dragen dan de zwarte gewaden die hij altijd in het paleis aanhad. 'Zich aanpassen,' noemde hij dat.

De humorloze herbergier glimlachte pas nadat Nathan hem een zilveren munt had toegeschoven en hem sterk had aangeraden voor de hoge overnachtingsprijs ook maar meteen een maaltijd voor hen klaar te maken. De herbergier haalde zijn schouders op en stemde daarmee in.

Voor ze het wist, was Nathan al bezig een verhaal af te steken waarin hij een handelsreiziger was en zij zijn minnares, terwijl zijn vrouw thuis was om zijn twaalf potige zoons op te voeden. De man vroeg in wat voor waren Nathan handelde. Nathan boog zich dicht naar hem toe, temperde zijn autoritaire stemgeluid en knipoogde tegen de man toen hij zei dat hij dat maar beter niet kon weten.

De herbergier was onder de indruk. Hij ging rechtop staan en gaf Nathan een pul bier van de zaak. Nathan bracht een toast uit op de Herberg de Tien Eiken, de herbergier en zijn stamgasten, liep toen naar de trap en vroeg de herbergier net zo'n pul voor zijn 'vrouw' mee te brengen als hij de stoofpot naar hun kamer zou brengen. Alle ogen in de herberg volgden hem en iedereen vergaapte zich aan de indrukwekkende vreemdeling in hun midden.

Ann perste haar lippen op elkaar en zwoer zich niet weer te laten afleiden en Nathan de tijd te gunnen een voorwendsel te verzinnen waarom ze hier waren. Het reisboekje had haar afgeleid. Ze wilde weten wat erin stond, maar ze was ook bang te weten wat het was. Er zou gemakkelijk iets kunnen zijn misgegaan, en een van de Zusters van de Duisternis zou het boekje kunnen hebben en hebben ontdekt dat ze beiden nog in leven waren. Dat kon ze zich niet veroorloven. Ze drukte met haar vinger op het plotselinge pijnlijke gevoel in haar maag. Voor zover ze wist, was het Paleis van de Profeten al in handen van de vijand.

De kamer was klein maar schoon. Er stonden twee smalle veldbedden, een witgepleisterde standaard met een tinnen wasbak en haveloze lam-

petkan, en een vierkante tafel waarop Nathan een olielamp neerzette die hij van de haak naast de deur had gehaald en mee naar binnen had genomen. De herbergier liet niet lang op zich wachten en bracht ze hun schalen gestoofd lamsvlees en bruin brood, op de voet gevolgd door de stalknecht met hun zakken. Nadat ze beiden waren vertrokken en de deur dicht was, ging Ann zitten en schoof haar stoel naar de tafel.
'Nou,' zei Nathan, 'steek je geen preek tegen me af?'
'Nee, Nathan, ik ben moe.'
Hij maakte een wuivend handgebaar. 'Ik dacht dat dat wel gepast zou zijn, gezien dat doofstommengedoe.' Hij trok een grimmig gezicht. 'Ik zit al mijn hele leven, behalve de eerste vier jaar, gevangen in deze halsband. Hoe zou jij het vinden om je hele leven gevangen te zitten?'
Ann bedacht dat ze, nu ze zijn bewaakster was, bijna net zozeer een gevangene was als hij. Ze keek hem recht in de ogen. 'Hoewel je me nooit gelooft als ik het zeg, Nathan, zeg ik je opnieuw dat ik wilde dat het niet zo was. Ik heb er echt geen lol in een van de kinderen van de Schepper gevangen te houden, wiens geboorte zijn enige misdaad is.'
Na een lange stilte maakte hij zijn blik van haar los. Met zijn handen achter zijn rug ineengeklemd liep hij de kamer door en keek er met kritische blik in rond. Zijn laarzen klosten op de planken vloer. 'Niet wat ik gewend ben,' verklaarde hij tegen niemand in het bijzonder.
Ann schoof de stoofpot van zich af en legde het reisboekje op tafel. Ze staarde een tijdje naar de zwartleren omslag, sloeg het toen open en keek naar wat er stond geschreven.
U moet me eerst vertellen waarom u mij de laatste keer
hebt uitgekozen. Ik kan me er nog elk woord van herinneren.
Eén fout, en dit reisboekje valt ten prooi aan de vlammen.
'Nou, nou, nou,' mompelde ze. 'Ze is wel erg voorzichtig. Goed.' Nathan keek over Anns schouder terwijl ze hem iets aanwees. 'Kijk die pennenstreken eens. Wat heeft ze hard op haar pen gedrukt. Verna moet heel boos zijn geweest.'
Ann staarde naar de woorden. Ze wist wat Verna bedoelde.
'Ze moet me echt haten,' fluisterde Ann terwijl de woorden op het papier in haar betraande ogen dansten.
Nathan ging staan. 'En wat dan nog? Ik haat je ook, maar dat schijnt je nooit te hebben gehinderd.'
'Is dat zo, Nathan? Haat je me echt?'
Zijn enige antwoord was afkeurend gegrom. 'Heb ik je niet gezegd dat dat plan van jou waanzinnig is?'
'Niet meer sinds het ontbijt.'
'Nou, toch vind ik dat, weet je.'
Ann staarde naar de woorden in het reisboekje. 'Je hebt je al eens vroe-

ger ingespannen om te bepalen welke afsplitsing in een profetie wordt genomen, Nathan, want jij weet wat er kan gebeuren op het verkeerde pad, en je weet ook hoe vatbaar de profetieën zijn voor corruptie.'
'Wat heeft iedereen eraan als jij het leven laat door dat waanzinnige plan? En ik ook! Ik zou graag de duizend willen halen, snap je. En jij stuurt ons beiden de dood in.'
Ann stond op van haar stoel. Ze legde haar hand teder op zijn gespierde arm. 'Zeg me dan, Nathan, wat zou jij doen? Jij kent de profetieën, je kent de gevaren. Jijzelf bent degene die me heeft gewaarschuwd. Zeg me, wat zou jij doen, als je het voor het zeggen had?'
Hij keek haar een lang moment aan. De felheid verdween uit zijn blik en hij legde zijn grote hand op de hare. 'Hetzelfde als jij, Ann. Het is onze enige kans. Maar ik voel me er niet beter door jou te bekennen wat het gevaar is.'
'Dat weet ik, Nathan. Zijn ze daar? Zijn ze in Aydindril?'
'Eentje wel,' zei hij zacht, terwijl hij in haar hand kneep, 'en de ander zal er zo langzamerhand wel zijn als wij er aankomen. Dat heb ik in de profetie gezien.
Ann, het tijdperk waarin we nu leven is één kluwen profetieën. Oorlog trekt profetieën aan, zoals stront een zwerm vliegen. Vertakkingen strekken zich naar alle kanten uit. Elk daarvan moet op de juiste manier worden afgehandeld. Als we van ook maar eentje het verkeerde pad kiezen, dan lopen we de vergetelheid tegemoet. Erger nog – er zijn hiaten waarvan ik niet weet wat ik ermee aan moet. Nog erger – er zijn andere mensen bij betrokken die ook de juiste vork moeten kiezen, maar we kunnen ze niet beïnvloeden.'
Ann wist niets te zeggen, en knikte alleen maar. Ze zat achterovergeleund achter de tafel en schoof haar stoel er dicht naartoe. Nathan ging schrijlings op de andere stoel zitten, brak een stuk van het bruinbrood af en kauwde erop, terwijl hij toekeek hoe Ann de pen uit de rug van het boekje haalde.
Ann schreef: *Morgenavond, als de maan hoog aan de hemel staat, moet je naar de plek gaan waar je dit boekje hebt gevonden.* Ze sloot het boekje en stopte het in een van de zakken van haar grijze jurk.
Nathan zei met volle mond: 'Ik hoop dat ze slim genoeg is om jouw vertrouwen te rechtvaardigen.'
'We hebben haar de allerbeste opleiding gegeven, Nathan – we hebben haar twintig jaar van het paleis weggestuurd, zodat ze haar verstand zou kunnen leren gebruiken. We hebben alles gedaan wat we konden. Nu is het onze beurt om haar te vertrouwen.' Ann kuste de vinger waar al die jaren de ring van de priores had gezeten. 'Lieve Schepper, geef ook haar kracht.'

Nathan blies op een lepel hete stoofpot. 'Ik wil een zwaard,' verklaarde hij.
Ze fronste haar voorhoofd. 'Je bent een tovenaar die zijn gave ten volle beheerst. Waarom, in de naam van de Schepper, zou jij een zwaard nodig hebben?'
Hij keek haar aan alsof ze achterlijk was. 'Omdat dat nogal blits staat, een zwaard op mijn heup.'

29

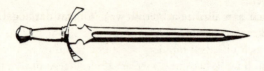

'Alsjeblieft?' fluisterde Cathryn.
Richard keek in haar zachte bruine ogen, raakte zachtjes de zijkant van haar stralende gezicht aan en veegde een van haar zwarte krullen van haar wang. Als ze elkaar in de ogen keken, was het bijna onmogelijk voor hem om zich af te wenden, tenzij zij dat als eerste deed. Die moeilijkheid ondervond hij nu. Haar hand op zijn middel deed warme gevoelens van verlangen door zijn lichaam stromen. Hij deed verwoede pogingen een voorstelling van Kahlan voor de geest te halen om de aandrift te kunnen weerstaan om Cathryn in zijn armen te sluiten en aan haar verlangen te voldoen. Maar zijn lichaam brandde van bereidwilligheid.
'Ik ben moe,' loog hij. Slaap was wel het laatste waar hij aan dacht. 'Ik heb een lange dag achter de rug. Morgen zijn we weer samen.'
'Maar ik wil...'
Hij hield zijn vinger tegen haar lippen om haar te laten zwijgen. Hij wist dat hij spoedig zou bezwijken als hij nog meer van zulke woorden van haar hoorde. Het onverhulde verzoek toen ze met een natte zoen aan zijn vinger zoog, was bijna even moeilijk te weerstaan als de openlijke uitnodiging die in haar woorden klonk. Zijn geest was wazig en hij kon niet meer helder denken.
Behalve: *Goede Geesten, help me. Geef me kracht. Mijn hart behoort Kahlan toe.*
'Morgen,' bracht hij met moeite uit.
'Dat zei je gisteren ook, en toen heb ik er uren over gedaan om je te vinden,' fluisterde ze terwijl ze hem op zijn oor kuste.
Richard had de mriswith-cape al eens gebruikt om zich onzichtbaar te maken. Hij zou iets gemakkelijker weerstand aan haar kunnen bieden als ze zich niet rechtstreeks tot hem kon wenden, maar het zou slechts uitstel van executie betekenen. Hij zou het niet kunnen verdragen haar

als een bezetene naar hem te zien zoeken, en hij zou uiteindelijk toch naar haar toe gaan.

Toen hij haar hand in zijn nek voelde, pakte hij die beet en gaf hij er een vluchtige kus op. 'Welterusten, Cathryn. Ik zie je morgenochtend weer.'

Richard keek naar Egan, die drie meter van hem vandaan met zijn rug naar de muur stond en met zijn armen over elkaar geslagen. Hij keek strak voor zich uit, alsof hij niets zag. In de schaduw achter in de donkere gang stond ook Berdine op wacht. Ze leek geen moeite te doen alsof ze hem niet bij de deur zag staan met Cathryn tegen zich aan gedrukt. Ze bekeek de twee uitdrukkingsloos. Zijn andere bewakers, Ulic, Cara en Raina waren een tukje aan het doen.

Richards hand zocht de deurknop achter zijn rug, en hij draaide hem om. Door het gewicht waarmee hij tegen de deur leunde, vloog die open en terwijl dat gebeurde, deed hij een stap opzij, zodat Cathryn haar kamer in tuimelde. Ze hield zich staande door zijn hand te pakken. Ze keek hem in de ogen en kuste zijn hand. Zijn knieën bezweken bijna.

Hij wist dat hij haar niet zou kunnen weerstaan zolang ze niet uit zijn zicht was verdwenen, en trok zijn hand terug. Hij probeerde redenen te verzinnen waarom het goed zou zijn om toe te geven. Wat kon dit nu voor kwaad? Waarom was dit zo verdorven? Waarom dacht hij dat het zo verkeerd zou zijn?

Hij had het gevoel alsof er een deken over zijn gedachten lag, zodat ze verstomden voordat ze naar de oppervlakte konden komen.

Stemmen in zijn hoofd probeerden te verklaren waarom hij moest ophouden met zijn dwaze verzet en eenvoudigweg moest genieten van de charmes van dit heerlijke wezen dat hem ondubbelzinnig duidelijk maakte dat ze hem begeerde, en hem daar feitelijk om smeekte. Hij voelde een brok in zijn keel van verlangen naar haar. Hij zocht zo naar redenen om zichzelf te beheersen, dat hij er bijna van moest huilen.

Zijn gedachten tolden rond in zijn verlamde geest. Een deel van hem, verreweg het grootste deel, deed wanhopige pogingen hem zijn verzet te laten opgeven, maar een klein, duister deel van zijn geest vocht vol felheid en probeerde hem tegen te houden en hem te waarschuwen dat er iets vreselijk fout zat. Dat was onzinnig. Wat zou er verkeerd moeten zijn? Waarom was het verkeerd? Wat in hem probeerde hem tegen te houden?
Goede geesten, help me.

De beeltenis van Kahlan verscheen voor zijn geestesoog, en hij zag haar glimlachen zoals ze tegen niemand anders deed. Hij zag haar lippen bewegen. Ze zei dat ze van hem hield.

'Ik wil met jou alleen zijn, Richard,' zei Cathryn. 'Ik kan niet langer wachten.'

'Goeienacht, Cathryn. Welterusten. Ik zie je morgenochtend.' Hij trok de deur dicht.

Hijgend van uitputting die de inspanning hem kostte, sloot hij de deur van zijn eigen kamer, nadat hij die was binnengegaan. Zijn hemd was door en door nat van het zweet. Met een zwakke arm reikte hij omhoog en schoof de klink van de deur dicht. Terwijl hij dat deed, brak die af. Hij keek naar de haak die aan één schroef heen en weer bungelde. In het zwakke licht van het haardvuur kon hij de andere schroeven niet zien liggen op de rijk versierde tapijten.

Hij had het zo warm dat hij bijna niet kon ademen. Richard trok de schouderriem over zijn hoofd en liet zijn zwaard op de vloer vallen terwijl hij naar het raam liep. Met evenveel moeite als een drenkeling draaide hij de kruk om, gooide het raam open en nam een diepe teug lucht, alsof hij zijn adem kwijt was. Koude lucht vulde zijn longen, maar hij koelde er niet door af.

Zijn kamer was op de begane grond, en hij overwoog even om over het kozijn te stappen en in de sneeuw te gaan rollen. Hij besloot dit niet te doen, en liet de koude lucht over zich heen waaien terwijl hij de nacht in staarde, naar de omsloten tuin die door de maan werd verlicht.

Er was iets mis, maar wat dat was kon hij niet bevatten. Hij wilde bij Cathryn zijn, maar iets in hem vocht tegen dat verlangen. Waarom? Hij begreep niet waarom hij zijn verlangen naar haar zou willen onderdrukken.

Hij dacht weer aan Kahlan. Dat was de reden.

Maar als hij van Kahlan hield, waarom koesterde hij dan zo'n hevig verlangen naar Cathryn? Hij kon aan weinig anders dan aan haar denken. Het kostte hem moeite de herinnering aan Kahlan levendig te houden.

Richard schuifelde naar het bed. Hij besefte instinctief dat hij aan het einde van zijn krachten was om zijn lust naar Cathryn te bedwingen. Hij zat op de rand van het bed en zijn hoofd tolde even.

De deur ging open. Richard keek op. Zij was het. Ze droeg zo'n dun kledingstuk, dat het schaarse licht in de gang de contouren van haar lichaam verried. Ze liep de kamer door, naar hem toe.

'Richard, alsjeblieft,' zei ze op haar zachte toon die hem verlamde, 'stuur me nu niet weg. Alsjeblieft. Ik ga dood als ik nu niet samen met je kan zijn.'

Dood? Goeie geesten, hij wilde niet dat ze doodging. Richard barstte alleen al bij de gedachte bijna in tranen uit.

Ze zweefde naar hem toe, in de richting van het haardvuur. Haar zacht geplooide nachtjapon reikte tot de vloer, maar kon niet verhullen wat eronder zat, en verzachtte haar lichaamsvormen tot een visioen van een schoonheid dat zijn voorstellingsvermogen te boven ging. Deze aanblik

zette hem in vuur en vlam. Hij kon aan niets denken, behalve aan wat hij voor zich zag, en hoe hevig hij naar haar verlangde. Als hij haar niet tot zich zou nemen, dan zou hij van onvervulde hartstocht sterven.
Ze boog zich over hem heen en glimlachte, terwijl ze hem met haar ene hand over het gezicht streelde. Ze hield haar andere hand achter de rug. Hij kon de warmte van haar huid voelen. Ze boog zich voorover en wreef haar lippen tegen de zijne. Hij dacht dat hij zou sterven van gelukzaligheid. Haar hand ging naar zijn borst.
'Ga maar liggen, lieverd,' fluisterde Cathryn, en duwde hem naar achteren.
Hij liet zich achterover op het bed ploffen en keek door een verlammende aanval van verlangen naar haar op.
Richard dacht aan Kahlan. Hij was machteloos. Richard herinnerde zich vaag een paar dingen die Kahlan hem had verteld over hoe hij zijn gave moest gebruiken; die was in hem en woede kon die te voorschijn brengen. Maar hij voelde geen woede. Een oorlogstovenaar gebruikte zijn gave instinctief, had Nathan hem eens verteld. Hij herinnerde zich dat hij zich aan dat instinct overgaf, toen hij bijna stierf in de handen van Liliana, een Zuster van de Duisternis. Hij had de innerlijke kracht vrij spel gegeven. Hij had in die nood zijn instinct gebruikt, en het had hem levenskracht geschonken.
Cathryn zette haar knie op het bed. 'Eindelijk, mijn lief.'
In hulpeloze overgave zwichtte Richard voor dat middelpunt van kalmte – het instinct achter de sluier in zijn geest. Hij liet zich in die donkere afgrond vallen. Hij deed afstand van elke zeggenschap over zijn toekomstige daden. Hij zou hoe dan ook verloren zijn.
Plotseling werd zijn geest helder. De nevel verdampte in ziedende rimpels.
Hij keek op en zag een vrouw voor wie hij niets meer voelde. Richard begreep met kille helderheid wat er was gebeurd. Richard was al eens eerder door magie bezocht, en wist wat voor gevoel dat gaf. De sluier was aan flarden gescheurd. Deze vrouw had iets magisch. Nu de nevel was opgetrokken, kon hij de koude vingers ervan in zijn geest voelen. Maar waarom?
Toen zag hij het mes.
Het lemmet fonkelde in het licht van de haard, toen ze het boven haar hoofd hief. In een wilde krachtsexplosie wierp hij zich op de vloer terwijl Cathryn het mes in het beddengoed stootte. Ze griste het mes naar zich toe en dook op hem af.
Dat was nu te laat voor haar. Hij boog zijn knieën, klaar om haar achteruit te trappen, maar in de verwarring van sensaties en werkelijkheid voelde Richard de aanwezigheid van een mriswith, en op bijna hetzelf-

de moment zag hij die gestalte krijgen en boven hem door de lucht scheren.

Toen werd alles rood. Hij voelde warm bloed in zijn gezicht spatten en zag dat het flinterdunne nachtgewaad werd opengereten; de rafelige randen van de doorschijnende stof fladderden als op een krachtige windvlaag. Het driebladige mes scheurde Cathryn bijna in tweeën. De mriswith stortte zich achter haar op de vloer.

Richard werkte zich buitelend onder haar vandaan en sprong overeind, terwijl zij achterover viel en de afschrikwekkende massa van haar ingewanden op het tapijt gutste. Haar afschuwelijke noodkreten maakten plaats voor zwaar gehijg.

Richard hurkte op gespreide handen en voeten neer, oog in oog met de mriswith achter haar. De mriswith hield in iedere klauw een driebladig mes. Cathryn lag tussen hen in en kronkelde in haar doodsstrijd.

De mriswith deed een stap achteruit naar het raam en keek Richard met zijn kraalogen onbeweeglijk aan. Hij deed nog een stap en schikte zijn zwarte cape over zijn ene geschubde arm terwijl hij de kamer rondkeek. Richard dook naar zijn zwaard. Hij kwam glijdend tot stilstand toen de mriswith zijn geklauwde voet op de schede zette en het zwaard tegen de vloer gedrukt hield.

'Nee,' siste hij. 'Ssse wilde je dzzzoden.'

'En jij dan?'

'Nee. Ik bessscherm je, handbroeder.'

Richard keek stomverbaasd naar de zwarte gedaante. De mriswith sloeg de cape om zich heen, dook door het raam de nacht in en sprong meteen uit het zicht. Richard stoof naar het raam om hem vast te grijpen. Zijn armen troffen slechts lucht en hij belandde op de vensterbank en hing half uit het raam. De mriswith was verdwenen. Hij kon zijn aanwezigheid niet meer voelen in zijn geest.

In de leegte die de mriswith met zijn verdwijning had achtergelaten, dacht Richard aan Cathryn die stuiptrekkend in haar eigen lichaamsinhoud lag. Hij liet zich uit het raam hangen en gaf over.

Toen de pijnlijke krampen waren opgehouden en zijn hoofd niet meer rondtolde, strompelde hij naar haar toe en knielde naast haar op de grond neer. Hij dankte de geesten dat ze dood was en uit haar lijden was verlost. Zelfs als ze had geprobeerd hem te doden, zou hij het niet kunnen verdragen toe te zien hoe ze leed in haar doodsnood.

Hij keek naar haar gezicht. Hij kon zich niet voorstellen welke gevoelens hij voor haar had gekoesterd – gevoelens die hij zich amper kon herinneren. Ze was een doodgewone vrouw. Maar ze was in magie gehuld. Het was een soort bezwering die zijn verstand had overmeesterd. Hij was op het nippertje bij zinnen gekomen. Zijn gave had de bezwering verbroken.

De bovenste helft van haar opengereten nachtgewaad had zich om haar nek gewikkeld. Vanuit een ijzingwekkend voorgevoel waar hij kippenvel van kreeg, keek hij naar haar borsten. Richard kneep zijn ogen toe en boog zich voorover om beter te kunnen zien. Hij strekte zijn arm en voelde aan haar rechtertepel. Hij raakte de linker aan. Die voelde niet hetzelfde aan.

Hij liep met een lamp naar het vuur en stak die met een lange splinter aanmaakhout aan. Hij ging terug naar het lijk en hield de lamp vlak bij haar linkerborst. Richard maakte zijn duim nat met zijn tong en wreef ermee over de vlakke tepel. Die loste op. Met haar nachtgewaad veegde hij de verf van haar borst, en er verscheen een gladde heuvel van vlees. Cathryn had geen linkertepel.

In het kalme middelpunt van zijn geest straalde een aura van begrip. Dit moest te maken hebben met de bezwering die ze over hem had uitgesproken. Hij wist niet precies hoe, maar het moest waar zijn.

Van het ene moment op het andere ging Richard op zijn hielen zitten en leunde achterover. Hij bleef zo een tijdje met grote ogen zitten, sprong toen op en rende naar de deur. Hij bleef staan. Waarom dacht hij dit eigenlijk? Hij moest zich vergissen.

Maar wat als dat niet zo was?

Hij opende de deur ver genoeg om er tussendoor te kunnen glippen en deed hem snel achter zich dicht. Egan keek zijn kant uit. Hij had zijn armen nog steeds over elkaar geslagen en ging weer in de houding staan. Richard tuurde de gang af, naar Berdine in haar roodleren tenue. Ze leunde tegen de muur, en keek naar hem.

Richard kromde zijn vinger en wenkte haar naar hem toe te komen. Ze ging rechtop staan en liep de gang af. Berdine bleef vlak voor hem staan en keek naar de deur. Ze keek fronsend naar hem op.

'De hertogin wil samen met u zijn. Ga terug naar haar.'

'Ga Cara en Raina halen, en kom met z'n drieën terug.' Zijn stem zinderde van woede. 'Nu meteen.'

'Is er iets...?'

'Nu meteen!'

Ze keek weer naar de deur en liep toen zonder een woord te zeggen weg. Toen ze de hoek om was aan het einde van de gang en uit het zicht was verdwenen, liep Richard naar Egan, die hem weer aankeek.

'Waarom heb je haar mijn kamer laten binnengaan?'

Egan fronste zijn voorhoofd van verbazing. Hij stak zijn hand op en wees naar de deur. 'Nou, ik bedoel, zoals ze is... gekleed. Ze zei dat u haar vannacht bij u wilde hebben, en dat u had gezegd dat ze dat moest aantrekken en naar u toe moest gaan.' Egan schraapte zijn keel. 'Het was nogal duidelijk waarom u haar wilde. Ik was bang dat u boos zou

worden als ik haar bij u vandaan hield, nadat u haar had gevraagd bij u te komen.'
Richard draaide de deurknop om en smeet de deur open. Hij stak zijn arm uitnodigend de kamer in. Egan aarzelde even en liep toen naar binnen.
Hij verstijfde toen hij zich over haar lichaam boog. 'Meester Rahl, het spijt me. Ik heb geen mriswith gezien. Als ik ze wel had gezien, had ik ze tegengehouden, of ik had ten minste geprobeerd u te waarschuwen, dat zweer ik.' Hij kreunde. 'Goeie geesten, wat een afschuwelijke manier om te sterven. Meester Rahl, ik heb u in de steek gelaten.'
'Kijk eens in haar hand, Egan.'
Hij tuurde naar haar arm en zag het mes dat nog ze steeds in haar vuist geklemd hield. 'Wel ver...!'
'Ik heb haar niet gevraagd naar me toe te komen. Ze is naar mijn kamer gegaan om me te vermoorden.'
Egan keek een andere kant uit. Hij besefte duidelijk wat dit betekende. Iedereen behalve Meester Rahl zou een bewaker die zo'n blunder beging, laten ophangen.
'Ze heeft ook mij belazerd, Egan. Het is niet jouw schuld. Maar laat nooit meer een andere vrouw dan mijn toekomstige echtgenote mijn kamer binnengaan. Begrijp je? Als er een vrouw naar mijn kamer komt, moet je mij toestemming vragen om haar binnen te laten, hoe dan ook.'
Hij sloeg met zijn vuist op zijn hart. 'Ja, Meester Rahl.'
'Egan, rol haar alsjeblieft in dat kleed, en haal haar hier vandaan. Leg haar maar in haar eigen kamer. Dan ga je op wacht staan in de gang, en als de drie Mord-Sith terugkomen, moet je ze naar me toe sturen.'
Zonder de bevelen tegen te spreken, zette Egan zich aan zijn taak. Met zijn kracht en zijn lengte was dat maar een fluitje van een cent.
Nadat hij de gebroken deurklink goed had bekeken, haalde Richard een stoel bij de tafel vandaan, draaide hem om, zette hem naast de haard neer, en ging tegenover de deur zitten. Hij hoopte dat hij ongelijk had. Wat moest hij beginnen als dat niet zo was? Hij zat in de muisstille kamer naar het knetterende haardvuur te luisteren en wachtte op de drie vrouwen.

'Binnen,' riep hij toen er werd aangeklopt.
Cara kwam de kamer binnen, gevolgd door Raina. Ze waren beiden gekleed in hun bruine leren tenues en Berdine liep achter ze. De voorste twee keken rustig om zich heen terwijl ze door de kamer liepen, maar Berdine onderwierp de kamer aan een wat nauwkeuriger inspectie. De drie bleven voor hem staan.
'Ja, Meester Rahl?' vroeg Cara emotieloos. 'Wenst u iets?'

Richard sloeg de armen over elkaar. 'Laat me jullie borsten zien. Alledrie.'

Cara deed haar mond open om iets te zeggen, maar deed hem meteen weer dicht en begon met opeengeklemde kaken de knopen aan weerszijden van haar ribben los te maken. Raina keek naar Cara en zag dat ze deed wat haar was opgedragen. Met aanvankelijke tegenzin begon ook zij de knopen van haar tenue los te maken. Berdine keek naar de twee anderen. Langzaam knoopte ze de zijkant van haar roodleren uniform los.

Toen ze klaar was, greep ze de bovenkant van het leer van opzij beet, maar opende het niet. In haar ogen kwam een blik van walging. Richard sloeg zijn benen over elkaar en legde het ontblote zwaard op zijn schoot. 'Ik wacht,' zei hij.

Cara ademde diep verontwaardigd in en trok de voorkant van haar tenue open. Bij het flakkerende licht van het haardvuur dat kort geleden was aangemaakt, bekeek Richard beide tepels aandachtig en zag de heen en weer gaande schaduw die elk heuveltje op haar huid wierp. Ze hadden alletwee de juiste contouren, en niet het platte profiel van verf die een tepel moest voorstellen.

Hij keek Raina zwijgend maar gebiedend aan. Hij zei niets terwijl hij op haar wachtte. Hij zag dat het haar moeite kostte te zwijgen en zich tegelijkertijd inspande om te beslissen wat ze zou doen. Ze klemde haar lippen verontwaardigd op elkaar, maar greep ten slotte het leer en rukte het open. Richard bekeek haar tepels met dezelfde zorgvuldigheid. Ook haar tepels waren echt.

Toen keek hij Berdine aan. Zij was degene die hem had bedreigd. Zij had haar Agiel naar hem opgeheven.

Het was niet van vernedering, maar van woede dat haar gezicht even rood als haar tenue werd. 'U zei dat we dit niet hoefden te doen! Dat hebt u ons beloofd! U zei dat u niet...'

'Laat zien.'

Cara en Raina voelden zich niet op hun gemak en gingen op het andere been staan. Deze vertoning beviel hun allerminst – alsof ze verwachtten dat hij een van hen zou uitkiezen om mee naar bed te gaan, terwijl geen van hen bereid was ook maar iets tegen de wil van de Meester Rahl te doen. Toch verroerde Berdine zich niet.

Hij verscherpte zijn blik. 'Dit is een bevel. Je hebt gezworen me te gehoorzamen. Doe wat ik zeg.'

Tranen van woede druppelden uit haar ogen. Ze greep het leer en rukte het opzij.

Ze had maar één tepel. Haar linkerborst was volmaakt glad. Haar borst ging op en neer van woede.

De twee anderen staarden in openlijke verbazing naar haar vlakke linkerborst. Richard kon aan hun gezicht zien dat ze haar borsten weleens eerder hadden gezien, maar toen hun Agiels plotseling in hun vuisten rondtolden, wist hij dat ze niet hadden verwacht dit te zullen zien.

Richard stond op en zei tegen Cara en Raina: 'Vergeef me dat ik jullie dit heb aangedaan.' Hij gebaarde hen allen zich weer aan te kleden. Berdine stond te beven van woede, maar bewoog zich verder niet, terwijl de anderen hun tenues aan de zijkant begonnen dicht te knopen.

'Wat is hier de bedoeling van?' vroeg Cara hem, en keek Berdine vervaarlijk aan terwijl ze moeizaam haar strakke uniform dichtknoopte.

'Dat vertel ik je later wel. Jullie twee mogen gaan.'

'Wij gaan hier geen stap vandaan,' zei Raina op ernstige toon en keek Berdine strak aan.

'Ja, dat doen jullie wel.' Richard wees naar de deur. Hij stak zijn vinger naar Berdine op. 'En jij blijft hier.'

Cara deed een stap in zijn richting om haar voor hem te beschermen. 'We zijn niet van plan...'

'Spreek me niet tegen. Daar ben ik nu niet voor in de stemming! Wegwezen!'

Cara en Raina deinsden verbaasd achteruit. Cara slaakte een woedende zucht, gebaarde naar Raina, liep de kamer uit en sloot de deur.

Berdine's Agiel kwam tollend in haar vuist terecht. 'Wat heb je met haar gedaan?'

'Wie heeft je dit geflikt, Berdine?' vroeg hij vriendelijk.

Ze deed een stap naar hem toe. 'Wat heb je met haar gedaan?'

Richard was nu helder van geest en voelde de bezwering om haar heen, nu ze dicht bij hem was gekomen. Hij voelde duidelijk de tinteling van magie en de onaangename prikkeling in zijn maag. Dit was geen goedaardige magie.

In haar ogen zag hij meer dan magie, hij zag de ongeremde woede van een Mord-Sith.

'Ze stierf toen ze me probeerde te doden.'

'Ik wist dat ik het zelf had moeten doen.' Ze schudde haar hoofd vol walging. 'Kniel neer,' commandeerde ze tussen haar opeengeklemde tanden door.

'Berdine, ik ga niet...'

Ze haalde uit met haar Agiel en trof hem op zijn schouder. Hij werd door de klap naar achteren geslagen. 'Waag het niet me bij mijn naam te noemen!'

Ze was sneller dan hij had verwacht. Hij kermde van pijn toen hij zijn schouder vastgreep. Iedere herinnering aan elke Agiel die tegen hem was gebruikt, kwam hem kersvers voor de geest.

Hij werd onmiddellijk overspoeld door twijfel. Hij wist niet of hij dit zou kunnen, maar zijn enige alternatief was haar te doden, en hij had gezworen dat niet te doen. De pijn in zijn schouder, die hem door merg en been ging, maakte hem besluiteloos.

Berdine stapte naar hem toe. 'Pak je zwaard.'

Hij vermande zich en stond op. Berdine legde de Agiel op zijn schouder en dwong hem te knielen. Hij moest zich inspannen om scherp te kunnen zien. Denna had hem geleerd dit te doorstaan. Dat moest hij nu wel. Hij pakte zijn zwaard op en kwam wankelend overeind.

'Probeer het eens op mij uit,' commandeerde ze.

Richard keek in haar koude blauwe ogen en moest een plotselinge aanval van paniek vanbinnen onderdrukken. 'Nee.' Hij gooide het zwaard op het bed. 'Ik ben de Meester Rahl. Jij bent met mij verbonden.'

Ze schreeuwde van woede terwijl ze de Agiel in zijn buik priemde. De kamer leek rond te tollen, en hij besefte ineens dat hij op zijn rug lag. Buiten adem kwam hij overeind toen ze hem daartoe dwong.

'Gebruik je mes! Vecht met me!'

Met bevende vingers trok Richard het mes uit de schede aan zijn gordel en stak het gevest naar haar uit. 'Nee. Dood mij maar, als je dat werkelijk wilt.'

Ze graaide het mes uit zijn hand. 'Je maakt het me wel erg gemakkelijk. Ik wilde je laten lijden, maar goed – jouw dood is het enige dat ertoe doet.'

Richard, die vanbinnen bijna stierf van de brandende pijn, verzamelde al zijn kracht en stak zijn borst naar voren. 'Hier zit mijn hart, Berdine,' zei hij, naar zijn hartstreek wijzend. 'Het hart van de Meester Rahl. De Meester Rahl met wie jij bent verbonden.' Hij klopte op zijn borst. 'Hier moet je steken, als je me wilt doden.'

Ze wierp hem een wrede grijns toe. 'Goed dan. Jouw wil zal geschieden.'

'Nee, niet mijn wil. De jouwe. Ik wil niet dat je me doodt.'

Ze weifelde en trok met haar wenkbrauwen. 'Verdedig je.'

'Nee, Berdine. Als je dit wilt, moet je zelf kiezen.'

'Vecht met me!' Ze sloeg hem met de Agiel in het gezicht.

Hij kreeg het gevoel alsof zijn kaak werd verbrijzeld en al zijn tanden uit zijn mond werden geslagen. De pijn straalde als een steek naar zijn oor uit en verblindde hem bijna. Hijgend en badend in het koude zweet kwam hij overeind.

'Berdine, jij hebt twee soorten magie. De ene is jouw band met mij, en de andere heb je opgelopen toen ze jouw tepel afsneden. Je kunt niet met beide door het leven gaan. Er moet er een worden verbroken. Ik ben jouw Meester Rahl. Je bent met mij verbonden. De enige manier om mij te doden, is om de band met mij te verbreken. Mijn leven ligt in jouw handen.'

Ze haalde naar hem uit. Hij voelde zijn achterhoofd tegen de vloer smakken. Berdine zat bovenop hem en schreeuwde van woede.

'Vecht met me, schoft!' Ze hamerde met haar ene vuist op zijn borst en hield het mes in de andere omhoog. Tranen stroomden uit haar ogen. 'Vecht met me! Vecht met me! Vecht met me!'

'Nee. Als je me wilt doden, dan moet je dat alleen doen.'

'Vecht met me!' Ze sloeg hem in het gezicht. 'Ik kan je niet doden als je niet met me vecht! Verdedig je!'

Richard sloot haar in zijn armen en drukte haar tegen zijn borst. Hij duwde zijn hielen tegen het kleed en zette zich ertegen af, met haar nog steeds bovenop zich, en hij ging rechtop tegen het bed zitten.

'Berdine, je bent met mij verbonden, en ik zal je beschermen. Ik wil je niet zo laten sterven. Ik wil dat je blijft leven. Ik wil dat je mij beschermt.'

'Nee!' riep ze. 'Ik moet je doden! Je moet met me vechten, anders kan ik dat niet!'

Huilend van woede en uitputting duwde ze het mes op zijn keel. Richard deed niets om haar dat te beletten.

Hij streelde over haar golvende bruine haar. 'Berdine, ik heb gezworen degenen die in vrijheid willen leven tot het uiterste te beschermen. Dat is mijn band met jou. Ik zal je op geen enkele manier kwaad doen. Ik weet dat je me niet wilt doden – je hebt met je leven gezworen dat je me zou beschermen.'

'Ik vermoord je. Echt! Ik vermoord je!'

'Ik geloof in jou, Berdine, en in jouw eed aan mij. Ik vertrouw mijn leven aan jouw woord toe, en aan mijn band met jou.'

Ze snikte deernisweeekend, terwijl ze hem in de ogen keek. Trillend begon ze ontroostbaar te huilen. Richard bleef bewegingloos met het scherpe mes op zijn keel zitten.

'Dan moet je mij maar doden,' schreeuwde ze. 'Toe... ik kan dit niet langer verdragen. Toe... dood me.'

'Ik zal je nooit kwaad doen, Berdine. Ik heb je je vrijheid gegeven. Je bent verantwoordelijk voor jezelf.'

Berdine slaakte een langgerekte jammerkreet en smeet het mes op de vloer. Ze liet zich tegen hem aan vallen en sloeg haar armen om zijn hals.

'O, Meester Rahl,' snikte ze, 'vergeeft u me. Vergeeft u me. O, lieve geesten, wat heb ik gedaan?'

'Je hebt jouw band bewezen,' fluisterde hij, en hij hield haar vast.

'Ze doen me pijn,' zei ze huilend, 'ze doen me zo'n pijn. Niets heeft me ooit zo pijn gedaan. Het doet zo'n pijn ertegen te vechten.'

Hij drukte haar tegen zich aan. 'Dat weet ik, maar dat moet je doen.'

Ze legde haar hand op zijn borst en duwde hem naar achteren. 'Dat kan ik niet.' Richard kon zich niet herinneren ooit iemand in zo'n ontredderde toestand te hebben gezien. 'Toe, Meester Rahl, doodt u me maar. Ik kan deze pijn niet verdragen. Ik smeek u – doodt u me, alstublieft.' Richard voelde vol deernis met haar lijden mee. Hij duwde haar weer tegen zijn borst, omhelsde haar en streelde haar hoofd in een poging haar te troosten. Dat mocht niet baten: ze ging er alleen maar jammerlijker door huilen.

Hij zette de schokkende, huilende vrouw tegen het bed. Zonder na te denken bij wat hij deed of de reden ervan maar te vermoeden, bedekte hij haar linkerborst met zijn hand.

Richard zocht het middelpunt van kalmte op, de plek waar geen gedachten waren, de bron van innerlijke vrede, en hulde zich in zijn instinct. Hij voelde de brandende pijn door zijn hele lichaam. Haar pijn. Hij voelde wat men haar had aangedaan, en wat de overgebleven magie nu in haar aanrichtte. Hij deed hetzelfde als met de pijn van de Agiel: hij doorstond die.

In zijn medelijden voelde hij de foltering van haar leven, de kwelling van wat het betekende een Mord-Sith te worden en te moeten lijden onder het verlies van haar eigen wezen. Met gesloten ogen liet hij dit alles op zich inwerken. Hoewel hij de gebeurtenissen niet voor ogen had, kreeg hij een vermoeden van de reeks wonden die in haar ziel waren geslagen. Hij riep al zijn wilskracht bijeen om dit lijden te kunnen doorstaan. Hij stond als een rots in een wilde stroom vol pijn die zijn eigen ziel binnenkolkte.

Hij was die rots voor haar. Hij liet zijn liefde in haar vloeien – dit onschuldige medeslachtoffer van leed. Zonder zijn gevoelens geheel te begrijpen, liet hij zich leiden door zijn instinct. Hij voelde dat hij haar pijn in zich opzoog, zodat zij die niet hoefde te ondergaan, en terwijl hij haar zo hielp, voelde hij een innerlijke warmte door zijn hand naar haar huid stromen. Het leek alsof hij via zijn hand met haar levensvonk was verbonden – haar ziel.

Berdine ging zachter huilen, haar ademhaling werd rustiger, en haar spieren verslapten toen ze zich achterover tegen de rand van het bed liet zakken.

Richard voelde dat de pijn die vanuit haar lichaam bij hem naar binnen stroomde, nu minder werd. Pas toen merkte hij dat hij zijn adem inhield door deze zielenstrijd, en hij ademde diep uit.

De warmte die uit hem stroomde, begon ook te doven, en was ten slotte verdwenen. Richard haalde zijn hand van haar weg en veegde haar golvende haar uit haar gezicht. Ze opende haar verdwaasde blauwe ogen en keek hem aan.

Ze keken beiden naar beneden. Ze was weer de oude.
'Ik ben weer mezelf,' fluisterde ze. 'Ik heb het gevoel alsof ik net uit een nachtmerrie ben ontwaakt.'
Richard trok het rode leer over haar borsten en dekte haar bovenlichaam toe. 'Ik ook,' zei hij.
'Er is nog nooit een Meester Rahl geweest als u,' zei ze vol bewondering. 'Nog nooit – de geesten zij dank.'
'Een grotere waarheid is nooit gesproken,' zei een stem achter hen.
Richard draaide zich om en zag de betraande gezichten van de twee andere vrouwen die achter hem knielden.
'Gaat het weer een beetje, Berdine?' vroeg Cara.
Berdine keek nog wat verbouwereerd, maar knikte. 'Ik ben weer mezelf.'
Niemand van hen was zo verbaasd als Richard.
'U had haar kunnen doden,' zei Cara. 'Als u had geprobeerd uw zwaard te gebruiken, dan zou ze uw magie hebben gebruikt, maar dan had u altijd nog uw mes kunnen pakken. Voor u zou het makkelijk genoeg zijn geweest. U had haar Agiel niet eens hoeven voelen. U had haar gewoon kunnen doden.'
Richard knikte. 'Weet ik. Maar die pijn zou veel erger zijn geweest.'
Berdine liet haar Agiel voor hem op de grond vallen. 'Ik geef deze aan u, Meester Rahl.'
De twee anderen schoven de gouden kettingen over hun hand en lieten ook hun Agiel op de grond vallen, naast die van Berdine.
'Ook ik geef de mijne aan u, Meester Rahl,' zei Cara.
'En ik ook, Meester Rahl.'
Richard keek naar de rode staafjes die voor hem op de grond lagen. Hij dacht aan zijn zwaard en vervloekte alles wat hij ermee had aangericht – de moorden die hij ermee had gepleegd, en nog zou begaan. Toch kon hij zijn zwaard nog niet aan de wilgen hangen.
'Dit betekent meer voor me dan jullie ooit zullen beseffen,' zei hij, en durfde ze niet aan te kijken. 'Dat jullie dit doen – daar gaat het om. Dit bewijst dat jullie een ziel en een band met me hebben. Vergeef me, alledrie, maar ik moet jullie toch vragen ze voorlopig te houden.' Hij gaf ze ieder hun Agiel terug. 'Als dit alles voorbij is en we van het gevaar zijn verlost, kunnen we de spoken die ons achtervolgen, vergeten, maar we moeten eerst vechten voor degenen die op ons rekenen. Onze wapens, hoe afschuwelijk die ook zijn, maken het ons mogelijk door te gaan met onze strijd.'
Cara legde haar hand teder op zijn schouder. 'Dat begrijpen we, Meester Rahl. Uw wil zal geschieden. Als dit voorbij is, zullen we niet alleen bevrijd zijn van de vijanden van buitenaf, maar ook van die binnen onszelf.'

Richard knikte. 'Tot dat ogenblik moeten we sterk zijn. We moeten de wind des doods zijn.'
In de stilte die volgde, vroeg Richard zich af wat de mriswith hier in Aydindril deden. Hij dacht aan degene die Cathryn had gedood. Hij had hem beschermd, had hij gezegd. Beschermd? Onmogelijk.
Maar toen hij hierover nadacht, besefte hij dat hij zich niet kon herinneren ooit persoonlijk door een mriswith te zijn aangevallen. Hij herinnerde zich de eerste aanval, voor het Paleis van de Belijdsters. Gratch was erbij. Gratch had ze aangevallen en Richard was zijn vriend te hulp gesneld. Ze waren allen vastberaden 'Groenoog' – zoals ze de kaai noemden – te doden, maar ze hadden hem zelf nooit aangevallen.
Degene van vanavond had daar volop gelegenheid voor gehad – Richard had zijn zwaard toen niet in zijn hand – maar toch had hij hem niet aangevallen, en hij was zonder enige vorm van gevecht verdwenen. Hij had hem 'handbroeder' genoemd. Hij kreeg alleen al kippenvel toen hij zich afvroeg wat dat kon betekenen.
In gedachten krabde Richard zijn nek.
Cara streelde met haar vinger over het plekje in zijn nek waar hij zich net had gekrabd. 'Wat is dit?'
'Dat weet ik niet. Gewoon een plekje waar ik altijd jeuk heb.'

30

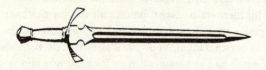

Verna liep de kleine tempel verbolgen op en neer. Hoe durfde Priores Annalina dit te doen? Verna had haar verteld dat ze die woorden moest gebruiken, waaruit bleek dat ze werkelijk was wie ze was. Ze had gevraagd haar nogmaals te zeggen dat ze Verna beschouwde als een onopvallende Zuster die eigenlijk niet veel voorstelde. Verna wilde dat de Priores die wrede woorden opnieuw zou uitspreken, zodat ze zou weten dat ze wist dat ze werd misbruikt en in de ogen van de ogen van de Priores van weinig belang was.

Als ze zou worden misbruikt en ze de orders van de Priores zou opvolgen zoals een oprechte Zuster verplicht was, dan zou ze zich daar nu van bewust zijn.

Verna was uitgehuild. Ze was niet van plan op te springen zodra die vrouw hooghartig haar vinger kromde. Verna had er niet haar hele leven aan gewijd Zuster van het Licht te zijn en al die jaren zo hard gewerkt om zo oneerbiedig te worden behandeld.

Wat haar nog het meest opwond, was dat ze het weer had gedaan. Verna had van de Priores geëist dat ze eerst de woorden moest zeggen om te bewijzen dat zij het echt was, of Verna zou het reisboekje aan de vlammen offeren. Verna had de regels opgesteld: ze moest eerst maar zichzelf bewijzen. In plaats daarvan had de Priores haar vinger gekromd en was Verna opgesprongen.

Ze zou het reisboekje gewoon in het vuur moeten gooien om het te vernietigen. Laat de Priores dan maar eens proberen haar te misbruiken. Ze zou haar laten zien dat ze er genoeg van had voor de gek te worden gehouden. Eens kijken wat ze ervan zou vinden dat haar wensen werden veronachtzaamd. Dat zou haar leren.

Dat zou ze moeten doen, maar dat had ze niet gedaan. Ze had het boekje nog steeds in haar gordeltasje. Ondanks het feit dat ze zich gekwetst voelde, was ze nog steeds Zuster. Ze wilde het zeker weten. De Priores

had haar nog steeds niet bewezen dat ze echt in leven was en het andere boekje had. Zodra ze daar zeker van was, zou ze het boekje in het vuur gooien.
Verna hield op met ijsberen en keek door een van de ramen in de torenspitsen. De maan stond aan de hemel. Deze keer zou ze geen genade kennen als haar opdrachten niet werden uitgevoerd. Ze zwoer dat de Priores zou doen wat ze haar vroeg en haar identiteit zou bewijzen, of ze zou het boekje verbranden. Dit was de laatste kans voor de Priores.
Verna pakte de veelarmige kandelaar van het kleine altaar dat met een witte, met gouddraad omrande doek was gedrapeerd, en zette hem naast het tafeltje. De geperforeerde kom waarin Verna het boekje had gevonden, stond op het witte doek op het altaar. In plaats van het reisboekje, brandde er nu een klein vlammetje in. Als de Priores weer niet deed wat haar werd opgedragen, dan ging het boekje terug naar de kom, de vlammen in.
Ze haalde het zwarte boekje uit het tasje aan haar gordel, legde het op het tafeltje en schoof het krukje met drie poten naar zich toe. Verna kuste de ring van de Priores om haar ringvinger, ademde diep in, sprak een gebed uit waarin ze de Schepper om steun vroeg, en opende het boekje. Er stond een bericht. Het was bladzijden lang.
Mijn allerliefste Verna, begon het. Verna tuitte haar lippen. Inderdaad, *allerliefste* Verna.
Mijn allerliefste Verna. Eerst het gemakkelijke deel. Met het oog op het onderhavige gevaar vroeg ik je naar de tempel te gaan. We kunnen niet het risico lopen dat anderen mijn boodschappen lezen, laat staan dat ze ontdekken dat Nathan en ik in leven zijn. De tempel is de enige plek waarvan ik zeker weet dat niemand anders dit te lezen krijgt, en dat is de enige reden waarom ik jouw redelijke voorzorgsmaatregel tot nu toe niet heb opgevolgd. Jij mag natuurlijk van me eisen dat ik mezelf bewijs, en nu ik weet dat je alleen bent en geen pottenkijkers om je heen hebt, zal ik je het bewijs leveren.
In overeenstemming met de voorzorgsmaatregel om de tempel te gebruiken als enige plek van communicatie, moet je ervoor zorgen dat alle boodschappen worden uitgewist voor je de bescherming van de tempel verlaat.
Voor ik verder ga – het bewijs. Zoals je me vroeg, waren dit de woorden die ik in mijn kantoor tot je sprak toen ik je voor het eerst zag nadat je was teruggekeerd van je zoektocht naar Richard:
'Ik heb jou gekozen, Verna, omdat je heel laag op de lijst stond en omdat je uiteindelijk niet bepaald opmerkelijk bent. Ik betwijfelde of je een van hen was. Jij bent een mens van weinig belang. Ik weet zeker dat

Grace en Elizabeth de hoogste plaatsen op de lijst hebben gehaald, omdat degene die de Zusters van de Duisternis aanwijzingen geeft, hen niet de moeite waard vond. Ik geef de Zusters van het Licht aanwijzingen, en heb jou om dezelfde reden uitgekozen.
Er zijn Zusters die waardevol voor onze doelstellingen zijn, en ik kon hen niet aan die taak wagen. Die jongen zou waardevol voor ons kunnen blijken te zijn, maar hij is niet zo belangrijk als andere paleiszaken. Ik maakte gewoon van de gelegenheid gebruik.
Als er moeilijkheden waren geweest en niemand van jullie was teruggekeerd, nu ja – je begrijpt zeker wel dat een generaal zijn beste troepen niet zou willen verliezen aan een missie van lage prioriteit.'
Verna legde het boekje omgekeerd op tafel en hield haar handen voor haar gezicht. Er was geen twijfel mogelijk – het was Priores Annalina die het andere reisboekje bij zich had. Ze was in leven, en Nathan waarschijnlijk ook.
Ze keek naar het kleine vuur dat in de kom brandde. De kwelling van deze woorden brandde in haar borst. Aarzelend en met trillende vingers keerde ze het boekje om en las verder.
Verna, ik weet dat deze woorden je hart hebben gebroken toen je ze hoorde. Ik weet in elk geval wel dat het me pijn deed ze te moeten uitspreken, omdat ze niet gemeend waren. Je zult wel hebben gedacht dat je op een schandelijke manier wordt misbruikt. Het is verkeerd om te liegen, maar het is nog erger om de zondenaren te laten zegevieren, alleen omdat je de waarheid ten koste van het gezonde verstand in ere houdt. Als de Zusters van de Duisternis me zouden vragen wat mijn plannen waren, zou ik liegen. Als ik dat niet deed, zou ik de goddeloosheid laten zegevieren.
Ik zal je nu de waarheid vertellen, en ik besef dat je geen enkele reden hebt om ditmaal te geloven dat mijn woorden waar zijn, maar ik vertrouw op je intelligentie en weet dat als je mijn woorden in overweging neemt, je de waarheid erachter zult inzien.
De werkelijke reden waarom ik je heb uitgekozen om Richard achterna te gaan is dat jij de enige van alle Zusters was die ik het lot van de wereld toevertrouwde. Je weet nu van de strijd die Richard met de Wachter voerde en die hij heeft gewonnen. Zonder hem waren we allen overgeleverd aan de wereld van de doden. Het was geen missie van lage prioriteit. Het was de belangrijkste reis die enige Zuster ooit is opgedragen. Ik vertrouwde alleen jou.
Meer dan driehonderd jaar voordat jij werd geboren, waarschuwde Nathan me voor het gevaar van de wereld van het leven. Vijfhonderd jaar voordat Richard werd geboren, wisten Nathan en ik dat een oorlogstovenaar op deze wereld zou komen. De profetieën vertelden ons iets van

wat er tot stand moest worden gebracht. Die uitdaging was van een heel andere orde dan alles waar we ons ooit voor geplaatst zagen.
Toen Richard werd geboren, reisden Nathan en ik per schip om de grote barrière heen naar de Nieuwe Wereld. We namen een boek over magie van de Tovenaarstoren in Aydindril mee, om te voorkomen dat het in handen van Darken Rahl zou vallen en gaven het aan Richards stiefvader, met de belofte dat hij Richard eruit zou laten leren. Slechts door zulke pogingen en door de gebeurtenissen tijdens zijn leven thuis zou deze jongeman kunnen worden omgesmeed tot het soort mens met het verstand om het eerste gevaar, Darken Rahl, zijn echte vader, een halt toe te kunnen roepen en later het evenwicht in de wereld van het leven te kunnen herstellen. Hij is misschien wel de belangrijkste persoon die in de afgelopen drieduizend jaar is geboren.
Richard is de oorlogstovenaar die ons naar het laatste strijdtoneel zal voeren. De profetieën vertellen ons dat, maar vermelden er niet bij of we ook zullen overwinnen. Dit is nu een strijd om de mensheid. We maakten slechts een kans als we ervoor waakten dat hij, voor alles, tijdens zijn opleiding als man niet zou worden bedorven. Om die strijd te kunnen winnen is magie nodig, maar het gevoel zal moeten overheersen.
Ik heb jou er op uitgestuurd hem naar het paleis terug te brengen omdat jij de enige was op wie ik kon vertrouwen dat je die taak zou kunnen volbrengen. Ik kende jouw hart en ziel en wist dat je geen Zuster van de Duisternis was.
Ik weet zeker dat je je nu afvraagt hoe ik je meer dan twintig jaar lang naar hem kon laten zoeken, terwijl ik al die tijd wist waar hij was. Ik had ook kunnen wachten en je naar hem toe kunnen sturen zodra hij volwassen was en eindelijk zou onthullen waar hij zijn gave de vrije loop had gelaten. Ik moet met schaamte bekennen dat ik je misbruikte, net zoals ik Richard misbruikte.
Met het oog op de uitdagingen die ons wachten, moest ik je dingen leren die je niet in het Paleis van de Profeten te weten zou komen, terwijl Richard ouder werd en een paar belangrijke dingen leerde die hij moest weten. Ik moest ervoor zorgen dat jij je verstand kon gebruiken in plaats van het stelsel van regels waarop de Zusters in het paleis zo goed gedijen. Ik moest zorgen dat jij jouw aangeboren vaardigheden in de echte wereld kon gebruiken. De strijd die ons wacht, speelt zich in de echte wereld af – de beschermde wereld van het paleis is niet de aangewezen plaats om over het leven te leren.
Ik verwacht niet dat je me ooit zult vergeven. Ook dat is een van de lasten die een Priores met zich mee moet dragen: de haat van iemand die ze liefheeft als haar eigen dochter.

Toen ik die vreselijke woorden tegen je sprak, deed ik dat ook met een doel. Ik wilde je eindelijk verlossen van de gedragsregels van het paleis dat je alles altijd moet doen zoals je dat hebt geleerd en blindelings opdrachten moet opvolgen. Ik moest je zo boos maken dat je zou doen wat je zelf rechtvaardig vond. Vanaf het moment dat je een klein meisje was, kon ik op jouw temperament rekenen.

Ik kon er niet op vertrouwen dat je er begrip voor zou hebben als ik je vertelde waarom ik dat deed, en dat je zou doen wat nodig was. Soms kan een mens gebeurtenissen alleen met succes beïnvloeden door van zijn eigen morele normen uit te gaan, en niet door bevelen op te volgen. In de profetie wordt het zo geformuleerd. Ik vertrouwde erop dat je rechtvaardigheid boven het geleerde zou verkiezen, als je zelf tot die conclusie zou worden gedwongen.

De andere reden waarom ik je die dingen in mijn kantoor zei, was omdat ik vermoedde dat een van mijn administratrices een Zuster van de Duisternis was. Ik wist dat mijn schild niet kon voorkomen dat ze mijn woorden zou horen. Ik liet me door mijn eigen woorden verraden, zodat ze me zou aanvallen en ik haar tot handelen kon aanzetten. Ik wist dat ik zeer waarschijnlijk kon worden gedood, maar ik verkoos dat lot boven de mogelijkheid dat de wereld in de greep van de Wachter zou raken. Soms moet een Priores zo ver gaan om zichzelf te exploiteren.

Tot nu toe heb je voldaan aan alle verwachtingen die ik van je had, Verna. Je hebt een sleutelrol vervuld in onze poging de wereld voor de Wachter te redden. Dankzij jouw hulp zijn we daar tot dusverre in geslaagd. De eerste keer dat ik je zag, glimlachte ik omdat jij zo'n norse blik in je ogen had. Weet je nog hoe dat kwam? Zo niet, dan zal ik het je vertellen. Iedere novice die naar het paleis werd gebracht, moest een proef doen. Vroeg of laat zouden we haar ten onrechte beschuldigen van een of ander klein misdrijf waaraan ze geen enkele schuld had. De meesten huilden. Sommigen pruilden. Anderen droegen de schande van hun schuld met een stoïcijnse berusting. Alleen jij werd boos om die onrechtvaardige behandeling. Daarmee bewees je jezelf.

Nathan heeft een profetie gevonden die stelt dat degene die we nodig hadden, niet voor ons zou verschijnen met een glimlach, met pruilende lippen of een stoer gezicht, maar met een norse blik in de ogen. Toen ik die blik in jouw ogen zag, en die armpjes die je stuurs over elkaar had geslagen, schaterde ik het bijna uit. Eindelijk was jij ons in de schoot geworpen. Sinds die dag heb ik jou gebruikt voor de belangrijkste taak van de Schepper.

Ik heb jou als Priores uitgekozen en je in de waan gelaten dat ik dood was, omdat jij nog steeds de enige Zuster bent die ik meer dan alle anderen vertrouw. Er bestaat meer dan een gerede kans dat ik op mijn hui-

dige reis met Nathan word gedood, en als ik sterf, dat zul jij de echte Priores worden. Dat is wat ik wens.
Jouw terechte haat gaat me aan het hart, maar de vergevingsgezindheid van de Schepper is waar het om gaat, en ik weet dat ik daar ten minste nog op kan rekenen. Ik zal jouw verbolgenheid in dit leven als een last ondervinden, zoals ik andere kwellingen moet ondergaan die geen uitzicht op verlichting bieden. Dat is de prijs van het ambt van Priores van het Paleis van de Profeten.

Verna schoof het boekje van zich af en kon geen woord meer lezen. Ze liet haar hoofd in haar gevouwen handen zakken en begon te snikken. Hoewel ze zich niet meer kon herinneren over welke onrechtvaardigheid de Priores had gesproken, wist ze nog wel hoeveel pijn het haar had gedaan en hoe boos ze erom was geweest. Ze herinnerde zich vooral de glimlach van de Priores, en hoe die haar wereld deed opklaren.

'O, lieve Schepper,' zei Verna huilend, 'u hebt een dwaas als dienares.' Was ze eens bedroefd geweest omdat ze dacht dat de Priores haar had misbruikt, nu leed ze zielenpijn om de kwelling die de Priores zelf moest verduren. Toen ze er eindelijk in was geslaagd haar tranen te bedwingen, schoof ze het boekje naar zich toe en las ze verder.

Maar gebeurd is gebeurd, en we moeten ons nu bezinnen op wat er moet worden gedaan. De profetieën zeggen dat het grootste gevaar voor ons ligt. De beproevingen die we vroeger hebben geleden, zouden de wereld van het leven in één laatste, verschrikkelijke flits hebben laten vergaan. In een oogwenk zou alles onherroepelijk zijn verloren. Richard heeft die beproevingen doorstaan en heeft ons dat lot bespaard.
Nu wacht ons een grotere bezoeking. Die is niet uit andere werelden afkomstig, maar uit de onze. Het zal een strijd worden om de toekomst van onze wereld, de mensheid en de magie. In dit gevecht om de ziel en de geest van de mens zal er geen laatste flits zijn, geen abrupt einde, maar een onverbiddelijke, malende oorlogsstrijd, terwijl de schaduw van slavernij langzaam over de wereld trekt en de vonk van de magie waarin het licht van de Schepper zich openbaart, dooft.
De oude oorlog, die duizenden jaren geleden uitbrak, woedt weer volop. Wij hebben die onvermijdelijk tot stand gebracht door deze wereld tegen andere werelden te beschermen. Ditmaal zal de oorlog niet ten einde komen door de inspanningen van honderden tovenaars. Ditmaal zal slechts één oorlogstovenaar ons kunnen leiden. Richard.
Ik kan je er nu niet alles over vertellen. Sommige dingen weet ik domweg niet, en het doet me veel pijn je over een paar dingen waarover ik wel iets weet, in het ongewisse te laten, maar je moet goed begrijpen dat afsplitsingen van profetieën op een juiste manier moeten worden genomen, en daarom is het noodzakelijk dat enkele betrokken mensen in-

stinctief handelen, en niet op bevel. Als ze dat niet deden, zou het onmogelijk zijn de juiste vork te nemen. Een deel van onze taak is om te hopen mensen te kunnen leren op de juiste manier te handelen, zodat ze kunnen doen wat nodig is, als de beproeving zich eenmaal aandient. Vergeef me, Verna, maar ik moet opnieuw sommige zaken aan het lot toevertrouwen.
Ik hoop dat je als Priores begint te leren dat je niet altijd alles aan anderen kunt uitleggen, maar dat je ze soms simpelweg opdracht moet geven en erop vertrouwen dat ze die uitvoeren.
Verna zuchtte. Ze wist hoe waar dit was. Zelf was ze ook opgehouden te proberen alles steeds uit te leggen, en ze was begonnen van anderen te vragen opdrachten uit te voeren zoals ze mondeling worden geformuleerd.
Maar sommige dingen kan en moet ik je wel vertellen, wil je ons kunnen helpen. Nathan en ik bevinden ons nu op een missie van vitaal belang. Op dit moment kunnen alleen hij en ik de ware aard ervan bevroeden.
Als ik in leven blijf, dan ben ik van plan terug te keren naar het paleis. Voor die tijd moet jij uitzoeken wie van de Zusters van het Licht, novices en jongemannen trouw zijn. Ook moet je erachter zien te komen wie allemaal hun ziel aan de Wachter hebben gegeven.
'Wat?' hoorde Verna zichzelf hardop zeggen. 'Hoe moet ik dat doen?'
Ik laat het aan jou over daar een manier voor te vinden. Je hebt niet veel tijd. En wat heel belangrijk is: je moet ermee klaar zijn voor Keizer Jagang arriveert.
Nathan en ik denken dat Jagang is wat men in de oude oorlog een 'droomwandelaar' noemde.
Verna voelde het zweet tussen haar schouderbladen langs haar ruggengraat omlaag sijpelen. Ze herinnerde zich haar gesprek met Zuster Simona, en hoe de vrouw hysterisch had gegild toen ze Jagangs naam had horen noemen. Zuster Simona had verteld dat Jagang in haar dromen tot haar kwam. Iedereen dacht dat Zuster Simona krankzinnig was.
Ook Warren had over de droomwandelaars verteld, en dat ze in de oude oorlog een soort wapen waren. Hun verschijning aan Zuster Simona bevestigde wat hij geloofde.
Onthoud vooral dit: wat er ook gebeurt, jouw enige redding is trouw te blijven aan Richard. Een droomwandelaar kan zich bijna ieders geest toe-eigenen en kan ze naar zijn goeddunken tot zijn slaven maken, en degenen met de gave zijn een gemakkelijker prooi dan anderen. Daartegen bestaat maar één vorm van bescherming: Richard. Een van zijn voorouders heeft een magie geschapen die ze beschermt, trouw aan ze is, aan dezelfde doelstellingen hecht en zich tegen de macht van de droom-

wandelaar keert. Deze magie wordt doorgegeven aan iedere Rahl die met de gave wordt geboren. Nathan heeft dat beschermende element in zijn gave natuurlijk ook, maar hij is niet degene die ons kan leiden. Hij is een profeet, geen oorlogstovenaar.

Verna kon tussen de regels lezen dat het waanzinnig was een trouwe volgeling van Nathan te zijn. Die man is de bliksem zelf, gevangen in een halsband.

Door je met je eigen vrije wil en hulpvaardigheid tegen de paleiswetten te verzetten, word je met hem verbonden. Die band beschermt je tegen de macht van de droomwandelaar, maar niet tegen de wakende macht van zijn wapens en zijn volgelingen. Dit is ook een deel van de reden waarom ik je die dag in mijn kantoor moest misleiden. Het zorgde ervoor dat je uit eigen vrije wil verkoos Richard te helpen, tegen jouw opleiding en de orders van het paleis in.

Verna voelde kippenvel op haar armen. Als ze de Priores had overgehaald haar plannen te onthullen, en ze Verna had opgedragen Richard te helpen ontsnappen, dan zou ze even hulpeloos tegenover de droomwandelaar zijn geweest als Zuster Simona.

Nathan is natuurlijk beschermd, maar ik ben al een hele tijd met Richard verbonden. Ik heb me aan hem verbonden toen ik hem voor het eerst zag. Op mijn eigen manier heb ik hem zelf laten beslissen op welke manier hij voor ons kan vechten. Soms is dat moeilijk, moet ik je bekennen. Hoewel hij doet wat nodig is om de onschuldige, vrije mensen die zijn hulp nodig hebben, te beschermen, is hij tamelijk eigenwijs en doet hij soms dingen die hij niet zou doen als ik het voor het zeggen had. Hij kan soms net zo'n lastpak zijn als Nathan. Zo is het nu eenmaal in het leven.

Ik heb je alles verteld wat ik kwijt moest. Ik zit op dit moment in een kamer in een gezellige herberg en wacht tot je dit zult lezen. Je mag deze boodschap zoveel keer opnieuw lezen als je wilt, terwijl ik hier blijf wachten, voor het geval je me iets wilt vragen. Je moet goed begrijpen dat ik honderden jaren aan het werk ben geweest met gebeurtenissen en voorspellingen, en dat ik al die kennis onmogelijk in één avond aan je kan meedelen, en nog minder in een reisboekje kwijt kan, maar ik zal je zoveel mogelijk vertellen als je nog iets wilt weten.

Je moet ook begrijpen dat ik je bepaalde dingen niet kan vertellen, om te voorkomen dat ik profetieën en gebeurtenissen zou bezoedelen. In elk woord dat ik je schrijf, loert dat gevaar, hoewel bij sommige meer dan bij andere, maar het is noodzakelijk dat je er ten minste iets van weet. Met deze dingen in het achterhoofd wacht ik op jouw eventuele vragen. Vragen staat vrij.

Verna ging na het lezen van deze boodschap rechtop zitten. Ze zou er honderd jaar voor nodig hebben om te vragen wat ze allemaal wilde weten. Waar moest ze beginnen? Lieve Schepper, wat zijn de belangrijke vragen?

Ze las de hele boodschap opnieuw om er zeker van te zijn dat ze niets over het hoofd had gezien, en staarde toen naar de lege bladzijden die erop volgden. Eindelijk pakte ze de pen.

Mijn allerliefste Moeder, ik smeek u mij alles te vergeven wat ik van u heb gedacht. Uw kracht maakt me nederig, en ik voel me beschaamd om mijn dwaze trots. Zorgt u alstublieft dat u niet wordt gedood. Ik ben het niet waard Priores te zijn. Ik ben een os die wordt gevraagd te zweven als een vogel.

Verna keek naar het boekje en hoopte op het antwoord van de Priores dat zou moeten verschijnen als ze echt op haar wachtte.

Dank je, mijn kind. Je hebt mijn hart verwarmd. Vraag maar wat je wilt weten, en ik zal erop antwoorden, voorzover ik dat kan. Ik zal hier de hele avond blijven zitten, zodat ik kan helpen jouw last te verlichten.

Verna glimlachte voor het eerst in dagen. Nu huilde ze van geluk, en niet van verbittering.

Priores, bent u echt buiten gevaar? Gaat alles goed met u en Nathan?

Verna, misschien vind je het leuk dat je vrienden je Priores noemen, maar ik niet. Noem me alsjeblieft bij mijn eigen naam, zoals mijn vrienden doen.

Verna lachte hardop. Het ergerde haar ook dat de mensen erop aandrongen haar 'Priores' te noemen. Woorden bleven op het papier verschijnen terwijl Ann haar boodschap neerschreef.

Ja, het gaat goed met mij, net als met Nathan, maar hij is op het ogenblik bezig. Hij heeft vandaag een zwaard gekocht en hij voert nu hier in de kamer een zwaardgevecht met een onzichtbare vijand. Hij denkt dat hij er met een zwaard 'blits uitziet'. Het is een kind van duizend jaar oud, en op dit ogenblik grijnst hij ook als een kind terwijl hij zijn onzichtbare vijanden onthoofdt.

Verna las dit bericht opnieuw, om er zeker van te zijn dat ze het goed las. Nathan met een zwaard? Die man was nog meer gestoord dan ze al dacht. De Priores zou haar handen wel vol hebben aan hem.

Ann, je zei dat ik moest uitzoeken wie hun ziel aan de Wachter hebben verpand. Ik heb geen idee hoe ik dat moet aanpakken. Kun jij me helpen?

Als ik wist hoe je dat doet, Verna, zou ik je dat vertellen. Ik ben er nooit in geslaagd een manier te vinden om te kunnen vaststellen wie er aan de Wachter toebehoren. Ik heb andere dingen te doen, dus moet ik de oplossing van dit probleem aan jou overlaten. Denk erom dat ze net zo slim kunnen zijn als de Wachter zelf. Sommigen van wie ik zeker was

dat ze tegen ons waren, te oordelen naar hun onaangename karakter, bleken solidair met ons te zijn. Een paar anderen die zich hadden geopenbaard en met het schip waren gevlucht, zou ik mijn leven misschien wel hebben toevertrouwd. Als ik dat ook had gedaan, was ik nu dood. Ann, ik weet niet hoe ik dit moet doen! Wat als het me niet lukt?
Je mag niet falen.
Verna veegde met haar zweterige handpalmen over haar jurk.
Maar zelfs al vind ik een manier om ze te identificeren, wat moet ik dan verder met die informatie? Ik kan niet met de Zusters vechten, niet met de macht die zij hebben.
Als je eenmaal het eerste deel hebt volbracht, Verna, dan zal ik het je vertellen. Weet goed dat de profetieën slecht met zich laten sollen, en ze verkeren al in gevaar. Net als Nathan en ik ze gebruiken om gebeurtenissen te beïnvloeden door de juiste vork te kiezen, kan de vijand ze ook gebruiken.
Verna slaakt een zucht van ergernis.
Hoe kan ik me toeleggen op het identificeren van onze vijanden als er voor ons als Priores zoveel ander werk te doen is? Alles wat ik doe is rapporten lezen, en toch raak ik steeds meer achterop. Iedereen is afhankelijk van me en wacht op me. Hoe hebt u de tijd gevonden om ook maar iets te bereiken, met al die rapporten?
Lees je die rapporten dan? Goeie genade, Verna, wat ben jij ambitieus. Je bent beslist een veel gewetensvoller Priores dan ik.
Verna's mond viel open.
Bedoel je dat ik de rapporten niet hoef te lezen?
Nou, Verna, denk je eens in wat je er aan hebt ze te lezen. Omdat je de rapporten leest, weet je dat er paarden in de stallen ontbreken. We hadden gemakkelijk genoeg paarden kunnen kopen nadat we het paleis hadden verlaten, maar we namen die paarden om een soort teken achter te laten. We hadden kunnen betalen voor de lijken, in plaats van al die ingewikkelde zaken te regelen, maar dan zou je nooit met de doodgraver hebben gesproken. We hebben ervoor gezorgd tekenen achter te laten die jou naar de waarheid zouden leiden. Sommige van die tekenen die we achterlieten, zorgden voor een hoop gedoe, zoals die ene van de ontdekking van onze 'lijken', maar ze waren noodzakelijk, en ik vind het knap van je dat je daarachter bent gekomen.
Verna voelde dat ze bloosde. Ze had er nog niet aan gedacht de zaak met die gevonden lijken die al waren geprepareerd en in lijkwades gewikkeld, te onderzoeken. Die aanwijzing was haar geheel ontgaan.
Maar ik moet bekennen, vervolgde Ann, *dat ik zelden de moeite heb genomen die rapporten te lezen. Daar heb je medewerksters voor. Ik zei ze alleen maar dat ze hun beoordelingsvermogen en hun wijsheid moes-*

ten gebruiken en in het belang van het paleis de onderwerpen van die rapporten af te handelen. Dan bleef ik af en toe vlak voor ze staan en trok een paar rapporten te voorschijn die ze hadden afgehandeld, en dan las ik hun besluit. Daardoor bleven ze oplettend in hun functie, want ze waren bang dat ik de aanwijzingen zou lezen die ze namens mij hadden uitgevaardigd, en ik ze onbevredigend zou vinden.
Verna was verbaasd. *Bedoelt u dat ik mijn medewerksters of adviseuses domweg kan vertellen hoe ik de zaken geregeld wil hebben, en hun die rapporten kan laten afhandelen? Dat ik ze niet allemaal zelf hoef te lezen? Dat ik ze niet allemaal zelf hoef te paraferen?*
Verna, je bent Priores. Je mag doen wat je wilt. Jij bestuurt het paleis, niet andersom.
Maar de Zusters Leoma en Philippa, mijn adviseuses, en Dulcinia, een van mijn administratrices, hebben me allemaal verteld hoe alles in zijn werk gaat. Ze hebben zoveel meer ervaring dan ik. Ze lieten het voorkomen alsof ik het paleis zou teleurstellen als ik de rapporten niet zelf afhandelde.
Is dat zo? schreef Ann bijna onmiddellijk. *Tjonge jonge, ik denk dat als ik jou was, Verna, ik iets minder naar anderen zou luisteren en wat meer de lakens zou uitdelen. Jij hebt een scherpe tong. Doe er je voordeel mee.*
Verna grijnsde toen ze dit las. Ze stelde zich nu al voor hoe een en ander in zijn werk zou gaan. Er zou morgenochtend het nodige veranderen in het kantoor van de Priores.
Ann, wat is jouw missie? Wat ga je proberen tot stand te brengen?
Ik heb eerst nog een klusje in Aydindril, daarna hoop ik terug te keren.
Het was duidelijk dat Ann haar niet precies wilde vertellen wat, dus Verna dacht na over wat ze nog meer wilde weten, en wat ze de Priores moest vertellen. Een belangrijk punt schoot haar te binnen.
Warren heeft een voorspelling gedaan. Zijn eerste, zei hij.
Er gebeurde lange tijd niets. Verna wachtte. Toen de boodschap eindelijk kwam, was het handschrift iets zorgvuldiger.
Herinner je die nog woord voor woord?
Verna kon geen woord van die voorspelling vergeten. *Ja.*
Zelfs voordat Verna de voorspelling kon beginnen op te schrijven, werd er plotseling een bericht op de bladzijde gekladderd. Het handschrift was reusachtig en woest; de letters waren grote vierkante blokken.
Sodemieter die jongen het paleis uit! Gooi hem eruit!
Er kronkelde een lijn over de bladzijde. Verna ging wat meer rechtop zitten. Het was duidelijk dat Nathan de pen uit Anns hand had gegraaid en deze boodschap had geschreven, en dat Ann nu bezig was haar schrijfgerei te heroveren. Er gebeurde opnieuw even niets, en toen verscheen Anns handschrift weer.

Sorry, Verna, als je zeker weet dat je je de voorspelling woordelijk kunt herinneren, schrijf hem dan maar op, zodat we ernaar kunnen kijken. Als je ergens niet zeker van bent, moet je me dat zeggen. Dat is heel belangrijk.
Ik herinner me hem woord voor woord, zoals me betaamt, schreef Verna. Hij luidt:
'Als de Priores en de Profeet in het heilig ritueel aan het Licht worden opgeofferd, dan zullen de vlammen een ketel vol bedrog tot koken brengen en de opstanding van een onechte Priores bewerkstelligen die over de doden van het Paleis van de Profeten zal heersen. In het noorden zal hij die verbonden is met het mes, dit verruilen voor de zilveren sliph, want hij zal haar weer tot leven ademen, en ze zal hem in de armen van de goddelozen drijven.'
Weer gebeurde er niets. *Wacht even. Nathan en ik moeten hier even op studeren.*
Verna wachtte. De krekels buiten tjilpten en de kikkers kwaakten. Verna stond op, hield een oog op het boekje en strekte geeuwend haar rug. Er kwam nog steeds geen bericht. Ze ging weer zitten en steunde met haar kin op haar vuist en sloeg haar ogen neer terwijl ze wachtte.
Eindelijk begon er een boodschap te verschijnen.
Nathan en ik hebben dit besproken, en Nathan zegt dat het een onvolwassen voorspelling is, en hij hem daarom niet helemaal kan ontcijferen.
Ann, ik ben die onechte Priores. Het verontrust me zeer dat ik volgens deze voorspelling zal heersen over de doden van het paleis.
Er kwam onmiddellijk een tegenbericht. *Volgens deze voorspelling ben jij niet de onechte Priores.*
Wat wordt er dan bedoeld?
Nu volgde er een kortere onderbreking. *We weten niet helemaal wat hij betekent, maar we weten wel dat jij niet de onechte Priores bent die erin wordt genoemd.*
Verna, luister goed. Warren moet uit het paleis weg. Het is voor hem veel te gevaarlijk er nog langer te blijven. Hij moet ergens onderduiken. Men zou hem 's nachts kunnen zien weggaan. Laat hem morgenochtend naar de stad gaan, zogenaamd om een boodschap te doen. In de verwarring van het volk zal het moeilijk zijn voor iemand hem achterna te gaan. Zorg dat hij er in die verwarring tussenuit knijpt. Geef hem goud, zodat hij ongehinderd kan doen wat hij moet doen.
Verna legde haar hand op haar hart en ademde diep in. Ze boog zich weer over het boekje. *Warren is de enige die ik kan vertrouwen. Ik heb hem nodig. Ik ken de profetieën lang niet zo goed als hij – zonder hem ben ik verloren.* Ze zei niet dat hij haar enige vriend was – haar enige betrouwbare vriend.

Verna, de profetieën zijn in gevaar. Als ze een profeet te pakken krijgen... Het haastig geschreven bericht eindigde abrupt, maar na een tijdje ging het weer verder, en het handschrift was nu weer gelijkmatig. *Hij moet daar weg. Begrijp je?*
Ja, Priores. Ik zal er morgenochtend meteen werk van maken. Warren zal doen wat ik van hem vraag. Ik zal op uw aanwijzing vertrouwen dat het belangrijker voor hem is om te vertrekken dan om mij te helpen.
Dank je, Verna.
Ann, wat is het gevaar dat de profetieën bedreigt?
Ze wachtte een moment in de stilte van de tempel, en toen verscheen het handschrift weer.
Net zoals wij ons inspannen het gevaar via verscheidene voorspellingsvorken te verkennen, kunnen anderen die over de mensheid willen heersen, die informatie gebruiken om gebeurtenissen door vorken te leiden om te zorgen dat ze plaatsvinden. De profetieën kunnen ons bedriegen als ze op die manier worden gebruikt. Als ze over een profeet beschikken kunnen ze een beter begrip krijgen van de profetieën, en over hoe ze gebeurtenissen in hun voordeel kunnen beïnvloeden.
Dat geknoei met vorken kan een chaos teweegbrengen die ze niet verwachten en evenmin kunnen beheersen. Dat is uiterst gevaarlijk. Ze zouden ons onbedoeld in een afgrond kunnen sturen.
Ann, bedoel je dat Jagang zal proberen het Paleis van de Profeten te veroveren, en de profetieën in de kluizen?
Stilte. *Ja.*
Verna wachtte nu zelf. Toen ze besefte wat de aard van het toekomstige gevecht zou zijn, kreeg ze de koude rillingen.
Hoe kunnen we hem tegenhouden?
Het Paleis van de Profeten kan niet zo gemakkelijk door de knieën gaan als Jagang denkt. Hoewel hij een droomwandelaar is, beschikken wij over onze Han. Die macht is ook een wapen. Hoewel we onze gave altijd hebben gebruikt om het leven in stand te houden en te helpen het licht van de Schepper tot de wereld te brengen, kan er een tijd aanbreken waarin we onze gave zullen moeten gebruiken om te vechten. Als het daarop aankomt, moeten we weten wie ons trouw zijn. Jij moet zien uit te zoeken wie de onbedorvenen zijn.
Verna dacht diep na voor ze verder schreef. *Ann, wil je ons oproepen strijders te worden en onze gave te gebruiken om de kinderen van de Schepper neer te maaien?*
Ik zeg je, Verna, dat je alles wat je weet, zult moeten gebruiken om te voorkomen dat de wereld voorgoed in de duisternis van de tirannie wordt gedompeld. Hoewel we onze uiterste best doen de kinderen van de Schep-

per te helpen, dragen we ook een dacra, nietwaar? We kunnen anderen niet helpen als we dood zijn.

Verna wreef over haar dijen toen ze besefte dat ze beefden. Ze had mensen gedood en de Priores wist dat. Ze had Jedidiah gedood. Ze wilde dat ze iets te drinken had meegebracht, want haar keel begon zo droog als kurk aan te voelen.

Ik begrijp het, schreef ze ten slotte. *Ik zal doen wat ik moet doen.*

Ik wilde dat ik je beter van advies kon dienen, Verna, maar op dit moment weet ik nog niet genoeg. De gebeurtenissen ontwikkelen zich nu al razendsnel. Zonder enige bepaalde bedoeling, en waarschijnlijk zuiver instinctief, is Richard al tot overhaaste acties overgegaan. We weten niet precies wat hij van plan is, maar naar wat ik ervan weet, heeft hij in het Middenland al voor de nodige opschudding gezorgd. Die jongen gunt zichzelf nog geen minuut rust. Hij schijnt zijn eigen regels te verzinnen terwijl hij maar doorgaat.

Wat heeft hij dan gedaan? vroeg Verna, bang het antwoord te horen.

Hij heeft iemand aangesteld als leider van D'Hara, en hij heeft Aydindril ingenomen. Hij heeft het einde van de alliantie van het Middenland afgeroepen en heeft de overgave van alle landen geëist.

Verna haalde diep adem. *Moet het Middenland de strijd tegen de Imperiale Orde aanbinden? Is hij helemaal gek geworden? We kunnen het ons absoluut niet veroorloven D'Hara en het Middenland met elkaar in oorlog te brengen!*

Dat heeft hij al gedaan.

Het Middenland zal zich niet aan hem overgeven.

Voor zover ik weet, liggen Galea en Kelton al aan zijn voeten.

We moeten hem tegenhouden! De Imperiale Orde is de boosdoener. Die moet worden bestreden. We mogen niet toestaan dat hij een oorlog laat uitbreken in de Nieuwe Wereld – zo'n afleidingsaanval zou rampzalig kunnen zijn.

Verna, magie is als een sappig stuk wildbraad in het Middenland. De Imperiale Orde zal dat wildbraad plak voor plak stelen, zoals ze in de Oude Wereld deden. Bedremmelde bondgenoten zullen ervoor terugschrikken een wereldbrand aan te richten om een stukje vlees, en zullen ze laten begaan. Dan wordt hun tweede stuk afgepakt in de naam van verzoening en vrede, en het volgende, en zo wordt het Middenland uitgehongerd en de Orde gevoed. Terwijl jij op reis was, hebben ze de hele Oude Wereld in minder dan twintig jaar ingenomen.

Richard is een oorlogstovenaar. Hij wordt geleid door zijn instincten, en zijn handelingen worden bepaald door alles wat hij heeft geleerd en wat hij koestert. We hebben geen andere keuze dan vertrouwen aan hem te schenken.

*In het verleden bestond het gevaar uit één individu, zoals Darken Rahl. Nu is het gevaar totalitair. Dit is een strijd om het geloof, de angst en de eerzucht van alle mensen – en niet van een enkele leider.
Het is ongeveer hetzelfde als de angst van de mensen voor het paleis. Als er een leider naar voren kwam, konden we het gevaar niet simpelweg elimineren door de leider uit te schakelen – de angst zou nog steeds in de geest van de mensen rondwaren, en als ze hun leider zouden omverwerpen, dan zou het geloof dat hun angst gerechtvaardigd was, alleen maar worden bevestigd.*
Lieve Schepper, schreef Verna terug, *wat moeten we doen?*
Er gebeurde een tijdje niets. *Zoals ik al zei, mijn kind, weet ik niet op alles een antwoord, maar ik kan je wel dit zeggen: in deze laatste beproeving spelen we allen een rol, maar het is Richard die de sleutelrol speelt. Richard is onze leider. Ik ben het niet eens met alles wat hij doet, maar hij is de enige die ons naar de overwinning kan leiden. Als we willen zegevieren, moeten we hem volgen. Ik bedoel niet dat we hem niet kunnen proberen raad te geven en te leiden met wat we allemaal weten, maar hij is een oorlogstovenaar, en dit is de oorlog waarvoor hij ter wereld is gekomen en die hij moet voeren.
Nathan heeft gewaarschuwd dat er een plaats in de profetieën is die de Grote Afgrond wordt genoemd. Als we op die vork uitkomen, zal er voor de magie niets meer overblijven, denkt hij, en dan zal geen enkele profetie hem meer als lichtbron dienen. Dan zal de mensheid voor altijd in die onbekendheid moeten voortleven, zonder magie. Jagang wil de wereld in die afgrond duwen.
Maar onthoud vooral: wat er ook gebeurt, je moet Richard trouw blijven. Praat gerust met hem, geef hem raad, discussieer met hem, maar vecht niet tegen hem. Jouw trouw aan Richard is het enige dat Jagang van je gedachten vandaan kan houden. Als een droomwandelaar eenmaal over je geest beschikt, ben je voor ons verloren.*
Verna slikte. De pen trilde in haar hand. *Ik begrijp het. Kan ik iets doen om te helpen?*
Voorlopig alleen wat ik je heb verteld. Maar je moet snel handelen. De oorlog is ons al voor. Ik hoorde dat er mriswith in Aydindril zijn.
Verna sperde haar ogen open bij het lezen van die laatste opmerking.
'Lieve Schepper,' zei ze hardop, 'geef Richard kracht.'

31

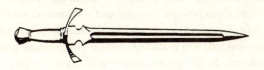

Verna knipperde met haar ogen tegen het licht. De zon was net opgekomen. Kreunend stond ze uit de veel te dik gestoffeerde stoel op en rekte ze haar stijve spieren uit. Ze had tot diep in de nacht met de Priores gecorrespondeerd, en na afloop, toen ze te moe was om naar bed te gaan, had ze zich in de stoel genesteld en was ze in slaap gevallen. Nadat Verna nieuws over Richard had vernomen, en over de mriswith in Aydindril, hadden de twee vrouwen elkaar geschreven over allerlei paleiszaken.

De Priores had ontelbare vragen beantwoord die Verna haar had gesteld over het besturen van het paleis, over hoe bepaalde zaken in hun werk gingen, en over hoe ze haar raadgeefsters, administratrices en andere Zusters moest behandelen. De lessen die Ann haar had gegeven, hadden haar ogen geopend.

Verna had nooit beseft hoe veelomvattend de politiek van het paleis was, en hoe bijna elk facet van het paleisleven en de wetgeving daaromheen draaide. De macht van een Priores werd ten dele bepaald door haar vermogen de juiste verbonden te smeden en plichten en macht te gebruiken om de oppositie in goede banen te leiden. De meer invloedrijke Zusters, die waren verdeeld in groepjes die verantwoordelijk waren voor hun eigen afdelinkje en ruim baan kregen in nauw omschreven gebieden, werden op die manier ontmoedigd oppositie te voeren tegen de Priores. Informatie werd volgens een zorgvuldig gevolgde procedure gegeven of geweigerd, zodat tegenstanders qua invloed en macht in evenwicht werden gehouden. Dat evenwicht zorgde ervoor dat de Priores het draaipunt van die wip vormde, en haar gezag over de doelstellingen van het paleis behield.

Hoewel de Zusters een Priores niet uit haar functie konden ontheffen, behalve wegens verraad jegens het paleis en de Schepper, konden ze de gang van zaken in het paleis verstoren met gekibbel en onderlinge machtsstrijd. De Priores moest die energie in goede banen leiden en zorgen dat men die aan zinvolle doelen besteedde.

Ze had de indruk dat het bestuur over het paleis en het werk van de Schepper doen, eigenlijk vooral neerkwam op het omgaan met persoonlijkheden en hun gevoelens en gevoeligheden, in plaats van het simpelweg delegeren van taken die uitgevoerd moesten worden. Verna had het beheer van het paleis nog nooit op die manier beschouwd. Ze had deze mensen altijd als één gelukkige familie beschouwd, allen vastberaden het werk van de Schepper te doen en de aanwijzingen van de Priores zonder weerwoord uit te voeren. Dat was het gevolg van de handige manier waarop de Priores de Zusters had behandeld, had Verna inmiddels begrepen. Door haar toedoen werkten ze allen voor een doel en leken ze in haar ogen tevreden met hun rol in het plan achter de dingen.

Na haar gesprek met Annalina voelde Verna zich nog minder geschikt voor haar functie, maar tegelijkertijd voelde ze zich beter opgewassen tegen de taak die haar wachtte. Ze had nooit geweten dat de Priores zo'n uitgebreide kennis had van de meest triviale aangelegenheden van het paleis. Het was geen wonder dat Priores Annalina die klus zo gemakkelijk had doen lijken – ze was er een meester in – zoals een jongleur die twaalf ballen in de lucht kon houden en tegelijkertijd glimlachend een novice over het hoofd kon aaien.

Verna wreef in haar ogen en geeuwde. Ze had maar een paar uur slaap gehad, terwijl ze werk te doen had waar ze niet langer onderuit kon. Ze stopte het reisboekje, waarvan alle bladzijden weer blanco waren, in haar gordeltasje en liep naar haar kantoor. Onderweg bleef ze even staan om haar gezicht met wat water uit de vijver te besprenkelen.

Een koppel groene eenden kwam naar haar toe gezwommen, nieuwsgierig naar wat ze in hun wereld kwam aanrichten. Ze zwommen een tijdje in een kringetje rond en besloten zich wat op te knappen toen ze er eenmaal van overtuigd waren dat ze niets in haar schild voerde, maar alleen een beetje van hun water wilde gebruiken. De hemel van deze nieuwe dag was prachtig roze en paars, en de lucht was schoon en fris. Hoewel ze diep bezorgd was om wat ze had gehoord, had ze het gevoel dat haar geest was verlicht.

Verna schudde het water van haar handen terwijl ze haar hersens pijnigde over de manier waarop ze zou uitzoeken welke zusters hun trouw aan de Wachter hadden gezworen. Dat de Priores vertrouwen in haar koesterde en haar had gevraagd dit te doen, betekende nog niet dat ze erin zou slagen. Ze zuchtte, kuste de ring van de Priores en vroeg de Schepper haar te helpen met het bedenken van een geschikte methode.

Verna kon niet wachten Warren het nieuws van de Priores te vertellen, en alle dingen die ze te weten was gekomen, toen ze met haar praatte, maar ze voelde zich ook wat terneergeslagen, omdat ze hem zou moeten vragen zich te verschuilen. Ze wist niet hoe ze het zonder hem zou moeten redden. Misschien zou ze hem nog steeds kunnen opzoeken als hij een veilige plek niet ver van haar uit de buurt zou vinden. Dan zou ze zich ten minste niet zo eenzaam voelen.

In haar kantoor glimlachte Verna toen ze de wankele stapel wachtende rapporten zag. Ze liet de deuren naar de tuin open staan om de koele ochtendlucht binnen te laten en de bedompte lucht in haar kantoor te verdrijven. Ze begon de stapel rapporten te fatsoeneren, de paperassen keurig in elkaar te schuiven en de kaarsrechte stapels op een rijtje langs de rand te leggen. Voor het eerst zag ze een stuk van het houten bureaublad te voorschijn komen.

Verna keek op toen de deur openging. Phoebe en Dulcinia kwamen binnen met nog meer rapporten in beide armen en schrokken toen ze haar zagen.

'Goeiemorgen,' zei Verna opgewekt.

'Vergeef ons, Priores,' zei Dulcinia. Haar doordringende blauwe ogen spuwden vuur toen ze de keurige stapels rapporten zag. 'We wisten niet dat de Priores al zo vroeg aan het werk zou zijn. We wilden u niet storen. Zo te zien hebt u veel werk te doen. We zullen deze gewoon bij de andere leggen, als u dat goedvindt.'

'O ja, ga je gang maar,' zei Verna en stak haar hand uitnodigend naar haar bureau uit. 'Leoma en Philippa zullen blij zijn dat jullie ze hierheen hebben gebracht.'

'Priores?' vroeg Phoebe vol verbazing op haar ronde gezicht.

'Ach, je begrijpt wel wat ik bedoel. Mijn raadsvrouwen willen er natuurlijk alles aan doen om te zorgen dat het paleis draait als een goed geoliede machine. Leoma en Philippa piekeren zich suf over deze taak.'

'Taak?' vroeg Dulcinia.

'De rapporten,' zei Verna alsof dat voor zichzelf sprak. 'Ze hebben het er niet zo op als zulke onervaren medewerksters als jullie zo'n verantwoordelijkheid op zich nemen. Als jullie hard blijven werken en jezelf bewijzen, zal ik ze op een goede dag aan jullie zorgen toevertrouwen. Maar natuurlijk alleen als zij dat verstandig vinden.'

Dulcinia's blik werd norser. 'Wat zei Philippa, Priores? In welk opzicht vindt ze dat ik tekortschiet?'

Verna haalde haar schouders op. 'Begrijp me niet verkeerd, Zuster. Mijn raadsvrouwen hebben je op geen enkele manier in een kwaad daglicht gesteld. Ze hechten er juist de grootste waarde aan je te waarderen. Ze hebben er alleen op gewezen dat de rapporten belangrijk zijn, en hebben er bij mij op aangedrongen dat ik ze zelf moet afhandelen. Ik weet

zeker dat ze over een paar jaar zullen bijdraaien, en genoeg vertrouwen hebben om mij van advies te dienen, als jullie daar klaar voor zijn.'
'Klaar voor wat?' vroeg Phoebe verbijsterd.
Verna wees zo'n beetje naar de stapels rapporten. 'Nou, het is de plicht van de administratrices van de Priores om de rapporten te lezen en ze daarna de deur uit te doen. De Priores hoeft alleen periodiek de beschikkingen te bekijken om zich ervan te vergewissen dat de administratrices hun werk goed doen. Aangezien mijn raadsvrouwen erop hebben aangedrongen dat ik de rapporten zelf afhandel, meende ik dat het nogal logisch was dat... nou ja, ik weet zeker dat ze dat niet als belediging bedoelden, gezien het feit dat ze jullie twee altijd complimenten maken.'
Dulcinia verstijfde van verontwaardiging. 'We hebben die rapporten allemaal al gelezen, om te kijken of ze kloppen. We weten er meer vanaf dan wie ook. De Schepper weet dat ik die rapporten zelfs nog in mijn slaap zie! We weten wanneer er iets zoek is, en we maken daar voor u aantekeningen van, of niet soms? We brengen u rekeningen onder de aandacht, als ze niet kloppen, of niet? Die twee hebben niet het recht u te zeggen dat u dat werk zelf moet doen.'
Verna liep naar een boekenplank en deed alsof ze een bepaald werk zocht. 'Ik weet zeker dat ze alleen maar het beste met het paleis voor hebben, Zuster. U bent nog maar net in deze functie werkzaam, en zo. Ik denk dat u te veel achter hun raad zoekt.'
'Ik ben net zo oud als Philippa! Ik heb evenveel ervaring als zij!'
'Zuster, ze uitte geen enkele beschuldiging,' zei Verna op haar meest nederige manier terwijl ze over haar schouder keek.
'Ze heeft u gezegd dat u de rapporten moest afhandelen, nietwaar?'
'Nou, ja, maar...'
'Dan heeft ze ongelijk. Ze hebben beiden ongelijk.'
'O ja?' vroeg Verna en keerde de boekenkast de rug toe.
'Natuurlijk.' Dulcinia keek Phoebe aan. 'We hadden die rapporten allemaal kunnen hebben, en als we flink hadden doorgewerkt, waren ze binnen één à twee weken op volgorde, beoordeeld en uitgevoerd, of niet, Zuster Phoebe?'
Phoebe stak haar neus omhoog. 'Ik denk dat we daar zelfs nog geen week voor nodig hadden gehad. We weten beter hoe we die rapporten moeten afhandelen dan wie ook.' Ze bloosde toen ze Verna vluchtig aankeek. 'Behalve u natuurlijk, Priores.'
'Echt waar? Het is enorm verantwoordelijk werk. Ik wilde niet dat jullie je daaraan zouden vertillen. Jullie doen dit werk nog maar pas. Denken jullie dat je al genoeg ervaring hebt?'
Dulcinia snoefde: 'Ik zou zeggen van wel.' Ze liep op hoge poten naar

het bureau en griste er een reusachtige stapel vanaf. 'We zullen deze doen. Komt u maar eens langs en bekijkt u ze maar, dan zult u zien dat u die zaken op precies dezelfde manier zou afhandelen als wij. We weten wat we doen. Dat zult u zien. En die twee ook,' sneerde ze.
'Nu, als jullie echt denken dat jullie dat aankunnen, dan wil ik jullie wel een kans geven. Jullie zijn tenslotte mijn administratrices.'
'Dat zou ik ook denken.' Dulcinia boog haar hoofd in de richting van het bureau. 'Phoebe, pak een stapel.'
Phoebe tilde een grote stapel rapporten op en wankelde een stap achteruit om haar last in evenwicht te houden. 'Ik weet zeker dat de Priores belangrijker dingen aan haar hoofd heeft dan werk dat haar administratrices net zo gemakkelijk kunnen doen.'
Verna vouwde haar handen op haar gordel ineen. 'Ik heb jullie in dienst genomen omdat ik op jullie bekwaamheid vertrouwde. Ik vind het alleen maar eerlijk om jullie te laten bewijzen wat jullie kunnen. De administratrices van de Priores zijn tenslotte van groot belang voor het beheer van het Paleis.'
Dulcinia's lippen spreidden zich tot een sluwe glimlach. 'U zult zien hoe belangrijk we zijn als hulp, Priores. En uw raadsvrouwen ook.'
Verna trok haar wenkbrauwen op. 'Ik ben nu al onder de indruk, Zusters. Maar goed, ik heb het een en ander te doen. Met al die rapporten heb ik het te druk gehad om bij mijn raadsvrouwen langs te gaan en te kijken of ze hun taak behoorlijk vervullen. Ik denk dat het tijd is dat ik dat maar eens ga doen.'
'Ja,' zei Dulcinia terwijl ze achter Phoebe aan naar de deur liep. 'Dat zou inderdaad verstandig zijn.'
Verna slaakte een enorme zucht toen de deur dichtging. Ze dacht dat ze nooit door die rapporten heen zou komen. In gedachten bedankte ze Priores Annalina. Ze merkte dat ze grijnsde en bracht haar gezicht in de plooi.

Warren zei niets toen ze bij hem aanklopte, en toen ze zijn kamer in gluurde, zag ze dat zijn bed onbeslapen was. Verna huiverde bij de gedachte dat ze hem had bevolen de kluizen in te gaan om de profetieën te koppelen. Die arme Warren was waarschijnlijk boven zijn boeken in slaap gevallen, terwijl hij deed wat ze hem had opgedragen. Ze herinnerde zich met schaamte hoe ze tegen hem was uitgevaren na haar gesprek met de grafdelver. Ze was nu opgelucht en buiten zinnen van geluk dat de Priores en Nathan in leven waren, maar toen was ze razend, en had ze haar woede op Warren gekoeld.
In plaats van stampij te maken, liep ze ditmaal de trappen af en de gangen door zonder een escorte dat de kluizen voor haar moest ontruimen.

Ze dacht dat het veiliger was een bezoekje aan de kluizen te brengen bij wijze van een kleine inspectie en Warren zou vragen naar hun ontmoetingsplek bij de rivier te gaan. Deze informatie was veel te gevaarlijk om zelfs in de beschutting van de lege kluizen over te brengen.
Misschien zou Warren een idee hebben over hoe ze de Zusters van de Duisternis konden ontmaskeren. Warrens intelligentie was soms verrassend. Ze kuste haar ring in een poging haar angst te verjagen toen ze zich herinnerde dat ze hem moest wegsturen. Ze moest zorgen dat hij hier meteen wegging.
Met een droevige glimlach bedacht ze dat hij misschien wat rimpels in zijn ergerniswekkend gladde gezicht zou krijgen en haar qua leeftijd zou inhalen, terwijl ze onder de betovering van het paleis vertoefde.
Zuster Becky, die langzamerhand voor iedereen zichtbaar zwanger was, onderwees een groep oudere novices de fijne kneepjes van de profetie. Ze wees op het gevaar van verkeerde profetieën die het gevolg waren van vorken die vroeger waren gekozen. Als een gebeurtenis uit een profetie had plaatsgevonden die een 'en/of'-vork bevatte, dan was de profetie door de gebeurtenissen opgelost, en de ene tak ervan had gebleken waar te zijn, terwijl de andere tak een foute profetie werd.
Het probleem was dat er nog andere profetieën met iedere tak waren verbonden, maar op het moment waarop ze zich aandienden, viel nog niet op te maken welke vork een waarheidsgehalte bevatte. Zodra hij was uitgekomen, werd elke profetie die met de dode tak was verbonden, zelf ook foutief, maar omdat het vaak onmogelijk was te bepalen met welke vork veel profetieën waren verbonden, lagen de kluizen bezaaid met brandhout.
Verna schuifelde naar de muur achterin de ruimte en luisterde een tijdje terwijl de novices vragen stelden. Het was teleurstellend voor ze te moeten vaststellen hoe veelomvattend de problemen zijn voor iemand die met profetieën werkt, en op hoeveel vragen die ze stelden, geen antwoord bestond. Verna begreep nu wat Warren haar had verteld toen hij zei dat de Zusters nog minder van profetieën wisten dan ze zelf konden bevroeden.
De profetie was bedoeld te worden geïnterpreteerd door een tovenaar tot wiens gaven dit talent behoorde. In de laatste duizend jaar was Nathan de enige tovenaar die ze hadden ontmoet en de gave bezat profetieën te verkondigen. Ze wist nu dat hij ze begreep op een manier waarop geen enkele Zuster dat ooit had gedaan, behalve misschien Priores Annalina. Ze wist nu dat Warren dat sluimerende talent voor profetie ook bezat.
Terwijl Zuster Becky haar betoog over koppeling met beslissende gebeurtenissen en tijdsvolgorde vervolgde, glipte Verna naar de achterka-

mers waar Warren gewoonlijk werkte, maar ze zag dat ze allemaal leeg waren, en dat de boeken op de planken waren teruggezet. Verna piekerde zich suf waar ze hem nu moest zoeken. Het had haar nooit eerder moeite gekost Warren te vinden, maar dat kwam omdat hij bijna altijd in de kluizen was.

Toen ze het pad tussen de lange rijen boeken afliep, kwam ze Zuster Leoma tegen. Haar raadsvrouw begroette haar met een glimlach en boog haar hoofd met lang, steil, wit haar, dat met een gouden lint achter op haar hoofd was samengebonden. Verna bespeurde bezorgdheid in de rimpels in haar gezicht.

'Goedemorgen, Priores. Moge de Schepper deze nieuwe dag zegenen.'

Verna glimlachte vriendelijk naar haar terug. 'Dank je, Zuster. Het is vandaag inderdaad een prachtige dag. Hoe gaat het met de novices?'

Leoma keek naar de tafels waaromheen de jonge vrouwen in diepe concentratie over hun werk gebogen zaten. 'Ze zullen prima Zusters worden. Ik heb dat stel tijdens de les geobserveerd, en er zit er niet eentje tussen die niet oplet.' Zonder Verna aan te kijken, vroeg ze: 'Ben je hierheen gekomen om Warren te zoeken?'

Verna draaide aan de ring om haar vinger. 'Ja. Er zijn een paar dingen die ik hem voor me wilde laten uitzoeken. Heb je hem soms ergens gezien?'

Toen Leoma zich eindelijk omdraaide, waren haar rimpels diep van bezorgdheid geworden. 'Verna, het spijt me, maar Warren is hier niet.'

'Aha. En weet je misschien waar ik hem dan wel kan vinden?'

Ze slaakte een diepe zucht. 'Ik bedoel, Verna, dat Warren weg is.'

'Weg? Wat bedoel je met weg?'

Zuster Leoma's blik gleed naar de schaduwen tussen de boekenplanken. 'Ik bedoel dat hij weg is uit het paleis. Voorgoed.'

Verna's mond viel open. 'Weet je dat zeker? Je moet je vergissen. Misschien heb je...'

Leoma streek een lok van haar witte haar naar achteren. 'Verna, hij is eergisteravond naar me toe gekomen en vertelde me dat hij wegging.'

Verna bevochtigde haar lippen. 'Waarom is hij niet naar mij toe gekomen? Waarom heeft hij de Priores niet verteld dat hij wegging?'

Leoma trok haar sjaal wat strakker om haar hals. 'Verna, het spijt me dat je dit van mij moet horen, maar hij vertelde me dat jullie twee ruzie hadden en dat hij het de beste oplossing vond als hij het paleis zou verlaten. Voorlopig, althans. Ik moest hem beloven dat ik het je pas na een paar dagen zou vertellen, zodat hij de tijd zou hebben om weg te komen. Hij wilde niet dat je hem achterna zou gaan.'

'Hem achterna gaan!' zei Verna met gebalde vuisten. 'Hoe komt hij op het idee dat...'

Verna's hoofd tolde ervan terwijl ze probeerde te begrijpen wat er aan de hand was, en ze probeerde zich de woorden te herinneren die ze dagen geleden had gesproken. 'Maar... zei hij nog wanneer hij terugkomt? Het paleis kan het niet zonder zijn talent stellen. Hij weet alles af van die boeken hier beneden. Hij kan hier niet zomaar weggaan!'
Leoma keek weer een andere kant uit. 'Het spijt me voor je, Verna, maar hij is weg. Hij zei dat hij nog niet wist wanneer hij zou terugkomen, als hij dat al zou doen. Hij zei dat dit de beste oplossing was, en dat jij dat na een tijdje ook wel zou inzien.'
'Zei hij nog meer?' fluisterde ze met een sprankje hoop in haar stem.
Ze schudde van nee.
'En toen heb je hem zomaar laten gaan! Heb je niet eens geprobeerd hem tegen te houden?'
'Verna,' zei Leoma op vriendelijke toon, 'Warren had zijn halsband niet meer om. Jij hebt hem zelf uit zijn Rada'Han bevrijd. We kunnen een tovenaar niet dwingen tegen zijn wil in het paleis te blijven, nadat je hem hebt bevrijd. Hij is een vrij man. De keuze is aan hem, niet aan ons.'
De waarheid drong plotseling als een ijskoude golf van tintelend onheil tot haar door. Ze had hem bevrijd. Hoe kon ze verwachten dat hij haar zou blijven helpen als ze hem op zo'n beschamende manier behandelde? Hij was haar vriend, maar ze had hem afgeblaft alsof hij een kleuter was. Hij was geen kleuter. Hij was een man. Hij was een individu.
En nu was hij verdwenen.
Verna dwong zich iets te zeggen. 'Dank je, Leoma, dat je me dit hebt verteld.'
Leoma knikte en nadat ze Verna troostend in de schouder had geknepen, liep ze terug naar de lessen, diep in het gebouw.
Warren was weg.
Haar verstand zei haar dat de Zusters van de Duisternis misschien bezit van hem hadden genomen, maar in haar hart wist ze dat dit haar eigen schuld was.
Verna liep wankelend naar een van de kamertjes, en nadat de stenen deur was dichtgevallen, liet ze zich slapjes in een stoel zakken. Ze liet haar hoofd op haar armen zakken en begon te huilen. Nu pas besefte ze hoeveel Warren voor haar betekende.

32

Kahlan sprong uit het bed van de wagen en belandde tuimelend in de sneeuw. Ze kwam met een sprong overeind en klauterde naar de plek waar gegil klonk en de stenen nog steeds rondom haar naar beneden stortten, tegen de bomen kaatsten aan de lage kant van het smalle spoor, takken deden afbreken en met doffe klappen tegen de reusachtige stammen van de oude pijnbomen ketsten.
Ze smakte met haar rug tegen de zijkant van de wagen. 'Help me!' schreeuwde ze naar de mannen die al op haar af stormden.
Ze kwamen er maar een paar seconden na haar aan en duwden tegen de wagen om hem te ondersteunen. De man riep harder.
'Wacht, wacht, wacht!' riep hij op een toon alsof hij werd geslacht. 'Ophouden. Niet meer tillen.'
De zes jonge soldaten spanden zich in de wagen stil te houden. De stenen die op het dak lagen opgestapeld maakten hun last aanzienlijk zwaarder.
'Orsk!' riep ze.
'Ja, meesteres?'
Kahlan schrok. In het donker had ze de grote, eenogige D'Haraanse soldaat die pal naast haar stond, nog niet gezien.
'Orsk, help ze de wagen overeind te houden. Niet tillen – gewoon vasthouden.' Ze keerde zich om naar het donkere pad terwijl Orsk zich naast de anderen drong en de onderkant van de wagen met zijn reusachtige handen vastpakte. 'Zedd! Haal Zedd! Vlug!'
Ze duwde haar lange haar over haar mantel van wolfshuiden en knielde neer naast de man die midden onder de as beklemd lag. Het was te donker om te kunnen zien hoe erg hij eraan toe was, maar te oordelen naar zijn grommende gehijg dacht ze dat hij ernstig gewond was. Ze begreep niet waarom hij harder kermde toen de mannen het gewicht van hem af tilden.

Kahlan vond zijn hand en nam die in beide handen. 'Hou vol, Stephens. Er is hulp onderweg.'

Ze trok een grimas toen hij haar hand bijna verbrijzelde en een jammerkreet slaakte. Hij greep haar hand beet alsof hij over de rand van een klip hing en haar hand het enige was dat voorkwam dat hij in de klauwen van de zwarte dood zou vallen. Ze nam zich voor haar hand niet terug te trekken, ook al zou hij hem verbrijzelen.

'Vergeeft u me... mijn koningin... dat ik jullie ophoud.'

'Het was een ongeluk. Het was niet jouw schuld.' Zijn benen spartelden in de sneeuw. 'Probeer stil te liggen.' Met haar vrije hand veegde ze het haar van zijn voorhoofd. Na haar aanraking kwam hij wat tot bedaren, en ze bracht haar hand naar de zijkant van zijn ijskoude gezicht. 'Alsjeblieft, Stephens, probeer stil te liggen. Ik zal zorgen dat ze het gewicht niet op je laten vallen, dat beloof ik. We halen je hier in een oogwenk onder vandaan, en dan zal de tovenaar je opknappen.'

Ze voelde dat hij instemmend knikte. Niemand hier had een toorts, en ondanks het zwakke maanlicht dat spookachtig door de kale takken scheen, kon ze niet zien wat er aan de hand was. Het leek alsof hij meer pijn leed wanneer men de wagen optilde dan wanneer men hem op zijn lichaam liet rusten.

Kahlan hoorde een paard op ze af komen galopperen en zag een donkere figuur afstijgen toen het bokkend tot stilstand kwam en zich met schuddend hoofd verzette tegen de strakgetrokken teugels. Toen de man op de grond terecht kwam, ontstak er een vlam in zijn omgedraaide hand in de vorm van een stok, die zijn gezicht verlichtte en de massa golvend wit haar dat wanordelijk naar alle kanten uitstak.

'Zedd! Schiet op!'

Toen Kahlan omlaag keek naar het fel verlichte tafereel, zag ze hoe ernstig het ongeluk was, en ze voelde een golf van misselijkheid als een gloeiende hamer in zich opstijgen.

Met zijn kalme, roodbruine ogen nam Zedd het schouwspel in zich op en knielde aan de andere kant naast Stephens neer.

'De wagen heeft een balk geschampt die deze puinhelling overeind houdt,' legde ze uit.

Het pad was smal en onoverzichtelijk, en in de donkere bocht hadden ze de puinhelling in de sneeuw niet gezien. De balk moest oud en verrot zijn geweest. Toen de naaf ertegenaan stootte, was het hout doormidden gebroken en was de balk die hij ondersteunde, bezweken, waardoor ze werden bedolven onder een steenlawine.

Toen de lading stenen de achterkant van de wagen opzij deed hellen, kwam de ijzeren velg van het achterwiel vast te zitten in een bevroren geul onder de sneeuw, en braken de spaken van het wiel. De wielnaaf

sloeg Stephens tegen de grond en kwam boven op hem terecht.
Kahlan zag nu dat een van de versplinterde spaken die uit de wielnaaf staken, zich door Stephens' lichaam had geboord.
'Het spijt me, Kahlan,' zei Zedd.
'Wat bedoel je? Je moet...'
Kahlan besefte opeens dat Stephens haar hand nu slapjes vasthield, hoewel die nog steeds bonsde van pijn. Ze keek omlaag en zag het doodsmasker. Hij was nu in de handen van de geesten.
Het aanzien van de dood deed haar huiveren. Ze wist wat het betekende de dood te voelen. Ze voelde hem nu. Ze voelde hem elk moment van haar wakend bestaan. Als ze sliep, waren haar dromen verzadigd van zijn gevoelloze aanraking. Met ijskoude vingers streek ze in een reflex over haar gezicht, in een poging de altijd aanwezige tinteling weg te vegen als een haar die haar huid kietelde, maar er was nooit iets om weg te vegen. Het was de plagerige aanraking van magie, van de doodsbezwering, die ze voelde.
Zedd stond naast haar en liet de vlam naar een toorts zweven die een man vlak bij hem uitgestoken hield, en ontlokte er een wapperende vlam aan. Terwijl Zedd zijn ene hand uitstak alsof hij de wagen wilde bezweren, gebaarde hij met zijn andere hand de mannen uit de weg te gaan. Ze maakten voorzichtig hun schouders los van de wagen, maar bleven als aan de grond genageld staan, klaar om de wagen op te vangen als die opnieuw zou omvallen. Zedd keerde zijn handpalm omhoog en in de maat van zijn armbewegingen zweefde de wagen een meter of wat de lucht in.
'Trek hem eronderuit,' beval Zedd somber.
De mannen grepen Stephens bij zijn schouders en trokken hem los van de spaak. Toen hij onder de as vandaan was, draaide Zedd zijn hand om en de wagen zakte op de grond.
Een man zeeg naast Kahlan op zijn knieën. 'Het is mijn schuld,' jammerde hij angstig. 'Het spijt me zo. O, goede geesten, het is mijn schuld.' Kahlan greep de koetsier bij zijn jas en trok hem overeind. 'Als het iemands schuld is, dan is dat de mijne. Ik had er niet op aan moeten dringen om in het donker te rijden. Ik had... Het is niet jouw schuld. Het was een ongeluk, dat is alles.'
Ze draaide zich om en sloot haar ogen. Ze hoorde nog steeds zijn geschreeuw, en het klonk haar spookachtig in de oren. Zoals gewoonlijk lieten ze geen toortsen branden, om hun aanwezigheid niet te verraden. Je kon niet weten welke ogen een groep mannen door de passen zouden zien trekken. Hoewel er geen tekenen van een achtervolging waren, was het dwaas al te zelfverzekerd te zijn. Geheimzinnigheid was de kern van het leven.

'Begraaf hem zo goed als jullie kunnen,' zei Kahlan tegen de mannen. In de bevroren grond konden ze niet graven, maar ze konden ten minste de stenen van de puinhelling gebruiken om hem af te dekken. Zijn ziel was nu veilig en wel bij de geesten. Hij was uit zijn lijden verlost.

Zedd vroeg de officieren het pad vrij te maken en ging toen met de mannen mee om een laatste rustplaats voor Stephens te zoeken.

Temidden van het toenemend lawaai van alle activiteiten dacht Kahlan plotseling aan Cyrilla, en repte zich naar het bed in de wagen. Haar halfzuster lag onder een dikke laag dekens tussen stapels met wapentuig genesteld. De meeste brokstukken waren in het achterste gedeelte van de wagen gevallen en hadden haar gemist, en de dekens hadden haar beschermd tegen de kleinere stenen die niet werden tegengehouden door de stapels spullen. Het was een wonder dat er niemand was verpletterd door een van de grotere brokstukken die in het donker waren neergestort.

Ze hadden Cyrilla in de wagen en niet in het rijtuig ondergebracht omdat ze nog steeds bewusteloos was en omdat men dacht dat men haar in de wagen languit kon neerleggen, zodat ze gerieflijker lag. De wagen was waarschijnlijk onherstelbaar beschadigd. Ze moesten haar nu maar naar het rijtuig brengen, maar dat was niet ver weg.

De mannen begonnen zich te verzamelen in de opstopping op het pad. Sommigen wrongen zich op bevel van officieren langs hen heen, de nacht in, terwijl anderen bijlen haalden om bomen om te hakken en de steunmuur te repareren, en weer andere mannen kregen de opdracht de kleine stenen weg te gooien en de grotere van het pad te rollen, zodat het rijtuig zijn weg kon vervolgen.

Kahlan was opgelucht toen ze zag dat Cyrilla ongedeerd was, maar ook omdat ze nog steeds in een bijna constante staat van verdoving verkeerde. Ze hadden op dat moment geen enkele behoefte aan Cyrilla's doodskreten – er was werk aan de winkel.

Kahlan reisde in dezelfde wagen met haar mee, voor het geval ze wakker zou worden. Na alles wat men haar in Aydindril had aangedaan, raakte Cyrilla in paniek bij het zien van mannen. Dan kreeg ze een angstaanval en was ze ontroostbaar, tenzij Kahlan, Adie of Jebra in de buurt was om haar te kalmeren.

In haar zeldzame heldere ogenblikken liet Cyrilla Kahlan haar tot treurens toe beloven dat ze koningin zou worden. Cyrilla maakte zich zorgen om haar volk en wist dat ze zelf in een toestand verkeerde waarin ze weinig voor hen kon doen. Ze hield genoeg van Galea om te weigeren haar land op te zadelen met een koningin die niet in staat was te regeren. Kahlan had met enige tegenzin ingestemd die verantwoordelijkheid op zich te nemen.

Kahlans halfbroer, Prins Harold, wilde zich ver van de last van het koningschap verwijderd houden. Hij was soldaat, net als zijn vader, en die van Cyrilla, Koning Wyborn. Nadat Cyrilla en Harold waren geboren, had Kahlans moeder Koning Wyborn tot haar minnaar gekozen, en toen werd Kahlan geboren. Ze was geboren als Belijdster, en de magie van de Belijdsters nam snel de overhand boven allerlei onbeduidende koninklijke aangelegenheden.
'Hoe is het met haar?' vroeg Zedd terwijl hij zijn gewaden in één snelle beweging uittrok en in de wagen klom.
'Zoals altijd. Ze is volkomen ongedeerd.'
Zedd drukte zijn vingers een paar seconden tegen haar slapen. 'Er is niets met haar lichaam aan de hand, maar die ziekte maakt nog steeds de dienst uit in haar geest.' Hij schudde zuchtend zijn hoofd en legde zijn ene arm op zijn knie. 'Ik zou willen dat de gave ook geestesziekten kon genezen.'
Kahlan zag de teleurstelling in zijn ogen. Ze glimlachte. 'Wees maar dankbaar. Als jij dat zou kunnen, dan had je nooit tijd om te eten.'
Zedd grinnikte. Ze keek naar de mannen die om de wagen liepen, en zag Kapitein Ryan. Ze wenkte hem naar haar toe te komen.
'Ja, mijn koningin?'
'Hoe ver is het nog tot Ebinissia?'
'Vier, of hooguit zes uur.'
Zedd boog zich naar haar toe. 'Niet bepaald een plek waar we zo nodig in het holst van de nacht moeten aankomen.'
Kahlan begreep wat hij bedoelde en knikte. Als ze de Hoofdstad van Galea wilden heroveren, moesten ze nog veel doen – het eerste was dat ze de duizenden lijken waarmee de stad bezaaid was, moesten opruimen. Dat was niet het aangewezen tafereel om na een dag reizen in het vooruitzicht te hebben. Ze verheugde zich er niet op terug te keren naar het toneel van die slachtpartij, maar het was in elk geval een plek waar niemand ze zou verwachten, en ze zouden er een tijdlang veilig zijn. Vanuit die basis zouden ze kunnen beginnen het Middenland te herenigen. Ze draaide zich om naar Kapitein Ryan. 'Kunnen we hier ergens in de buurt onze tenten opzetten?'
De kapitein wees naar de weg. 'De spoorzoekers zeiden dat er een klein dal in het hoogland is, niet ver hier vandaan. Daar staat een verlaten boerderij waar Cyrilla vannacht rustig zal kunnen slapen.'
Ze veegde een haarlok uit haar gezicht en duwde die achter haar oor. Ze besefte dat Cyrilla niet langer 'koningin' werd genoemd. Kahlan was nu de koningin, en Prins Harold had ervoor gezorgd dat iedereen dat wist. 'Goed, zeg het dan maar voort. Laat het dal omheinen en zet het tentenkamp op. Zet schildwachten op hun post en verken het gebied.

Als de hellingen eromheen verlaten zijn en het dal buiten het zicht ligt, laat dan de mannen vuren stoken, maar zorg wel dat die klein blijven.'
Kapitein Ryan glimlachte en klopte bij wijze van saluut met zijn vuist op zijn hart. Vuren zouden een grote luxe zijn, en warm eten zou de mannen goed doen. Ze hadden het verdiend na deze zware trektocht. Ze waren bijna thuis – morgen zou het zover zijn. Maar dan zou het ergste deel van hun werk beginnen: het begraven van de doden en het op orde brengen van Ebinissia. Kahlan wilde niet dat de overwinning van de Imperiale Orde over Ebinissia stand zou houden. Het Middenland zou deze stad terugkrijgen en zou sterk genoeg worden om terug te slaan.
'Hebben jullie Stephens begraven?' vroeg ze de kapitein.
'Zedd heeft ons geholpen een geschikte plek voor hem te zoeken, en de mannen doen de rest. Arme Stephens. Hij heeft de gevechten tegen de Orde doorstaan. Toen we met vijfduizend man begonnen, zagen we vier van zijn vijf medestrijders sneuvelen, en nu alles voorbij is komt hij aan zijn eind door een ongeluk. Ik weet dat hij had willen sterven terwijl hij voor het Middenland vocht.'
'Maar dat deed hij ook,' zei Kahlan. 'Alles is nog niet voorbij. We hebben maar één slag gewonnen, hoewel die heel belangrijk was. We verkeren nog steeds in oorlog met de Imperiale Orde, en hij was soldaat in die oorlog. Hij hielp ons met onze inspanningen en is gestorven als een plichtsgetrouw man, net als diegenen die in de strijd zijn omgekomen. Er is geen verschil. Hij stierf als held van het Middenland.'
Kapitein Ryan stak zijn handen in de zakken van zijn zware, bruine wollen jas. 'Ik denk dat de mannen deze woorden graag zullen horen en er moed uit zullen putten. Wilt u iets zeggen bij zijn graf, voordat we doorreizen? Het zou veel voor de mannen betekenen om te horen dat de koningin hem zal missen.'
Kahlan glimlachte. 'Natuurlijk, Kapitein. Ik zou me vereerd voelen.'
Kahlan keek de kapitein na, die op weg was op een en ander toe te zien. 'Ik had niet zo moeten doordrammen, toen het eenmaal donker was geworden.'
Zedd streelde haar troostend over het achterhoofd. 'Zelfs bij klaarlichte dag kunnen er ongelukken gebeuren. Dit had ons ook 's ochtends kunnen overkomen, als we wat eerder waren gestopt, en dan zou het komen omdat we nog maar half wakker waren.'
'Ik voel me nog steeds schuldig. Ik vind het niet eerlijk.'
Hij glimlachte, maar zijn ogen stonden ernstig. 'Het lot vraagt ons niet om instemming.'

33

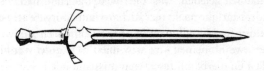

De weinige lijken die in de boerderij lagen, waren door de mannen weggehaald toen Kahlan er aankwam. Ze hadden een vuur aangestoken in de geïmproviseerde haard, maar dat had nog niet lang genoeg kunnen branden om de ijzige kou in het verlaten huis te verdrijven.
Cyrilla werd voorzichtig naar een bijna vergane stromatras in een achterkamer gedragen. Er was nog een piepklein kamertje met twee strozakken dat waarschijnlijk voor kinderen was bedoeld, en in de huiskamer stond een tafel en verder bijna niets. Te oordelen naar de brokstukken van een servieskast, een ladekast en achtergebleven persoonlijke bezittingen wist Kahlan dat de Orde hier had huisgehouden toen ze op weg waren naar Ebinissia. Ze vroeg zich opnieuw af wat de mannen met de lijken hadden gedaan – ze wilde die niet tegenkomen als ze 's nachts naar buiten ging om naar de wc te gaan.
Zedd tuurde de kamer door en wreef met zijn handen over zijn buik.
'Hoe lang nog, voordat het eten klaar is?' vroeg hij opgewekt.
Hij droeg zware kastanjebruine gewaden met zwarte manchetten en een monnikskap. Drie strengen zilverbrokaat liepen om de manchetten van zijn mouwen. Nog dikker goudbrokaat omzoomde de kraag en liep langs de voorkant omlaag, en het tenue werd bij de taille samengebonden door een rood satijnen ceintuur met een gouden gesp. Zedd verafschuwde deze opzichtige kledij die Adie hem had gedwongen te kopen als vermomming. Hij gaf de voorkeur aan zijn eenvoudige gewaden, maar die waren allang weggegooid, evenals zijn mooie hoed met de lange veer die ergens op hun reis 'in het ongerede' was geraakt.
Kahlan grijnsde in weerwil van zichzelf. 'Ik weet het niet. Wat ga je klaarmaken?'
'Ik? Iets klaarmaken? Nou, ik dacht...'
'Goeie geesten, bespaar ons de kookkunst van deze man,' zei Adie uit

de deuropening. 'Dan kunnen we nog beter boomschors met torren eten.'
Adie hinkte de kamer in, gevolgd door Jebra, de ziener en Ahern, de koetsier die Zedd en Adie op hun recente reizen had vervoerd. Chandalen, die Kahlan had vergezeld na hun verblijf in het dorp van het Moddervolk, maanden geleden, was zijns weegs gegaan, nadat Kahlan een zekere wonderbaarlijke nacht met Richard had doorgebracht op een plek tussen werelden in. Hij wilde terug naar zijn thuis en zijn volk. Ze kon hem dat niet kwalijk nemen – ze wist maar al te goed wat het betekende je vrienden en dierbaren te moeten missen.

Met Zedd en Adie om zich heen had ze het gevoel alsof ze bijna weer allen bij elkaar waren. Als Richard zich erbij zou voegen, zouden ze weer samen zijn. Hoewel dat waarschijnlijk nog weken zou duren, kon Kahlan haar opwinding bijna niet beheersen, omdat elke ademtocht haar dichter bij het moment bracht waarop ze hem in haar armen zou sluiten.

'Mijn lichaam is echt veel te oud voor dit weer,' zei Adie terwijl ze door de kamer liep.

Kahlan greep een eenvoudige houten stoel en sleepte die achter zich aan terwijl ze Adie bij de arm nam en met haar naar het vuur liep. Ze zette de stoel vlak bij de vlammen en vroeg de tovenares te gaan zitten en zich te warmen. In tegenstelling tot Zedds oorspronkelijke kleren hadden Adie's eenvoudige vlassen gewaden die aan de kraag in de oeroude symbolen van haar beroep waren afgezet met gele en rode kralen, hun reis overleefd. Telkens wanneer hij ze zag, fronste Zedd en vond hij het buitengewoon vreemd dat haar eenvoudige gewaden de reis hadden doorstaan en de zijne niet.

Adie glimlachte dan en zei dat dat een wonder was, en ze verzekerde hem dat hij er fantastisch uitzag in zijn mooie kleren. Kahlan vermoedde dat ze hem leuker vond in zijn nieuwe tenue. Kahlan vond ook dat Zedd er geweldig uitzag, hoewel niet zo tovenaarsachtig als in zijn traditionele plunje. Tovenaars van de hoogste orde droegen de eenvoudigste gewaden. Er bestond geen rang die hoger was dan die van Zedd: hij was Oppertovenaar.

'Dank je, mijn kind,' zei Adie terwijl ze haar handen aan de vlammen warmde.

'Orsk,' riep Kahlan.

De grote man sprong overeind. Het litteken boven zijn ontbrekende oog was wit in het licht van het haardvuur. 'Ja meesteres?' Hij bleef staan, klaar om haar bevelen op te volgen. Wat die bevelen waren, kon hem niet schelen – het enige wat hem interesseerde, was dat hij de kans kreeg haar tevreden te stellen.

'We hebben geen kookpot. Wil je er een voor ons halen, zodat we wat te eten kunnen klaarmaken?'

Zijn donkere leren uniform kraakte toen hij een buiging maakte, zich omdraaide en de kamer uitstoof. Orsk was ooit een D'Haraanse soldaat in het kamp van de Imperiale Orde. Hij had haar geprobeerd te doden, en tijdens dat gevecht had ze hem met haar toverkracht beroerd. Toen had de magie van de Belijdsters voorgoed zijn wezen uitgewist en hem vervuld met een blind vertrouwen jegens haar. Dat vertrouwen en die toewijding waren slopend voor haar en herinnerden haar er voortdurend aan wat en wie ze was.

Ze probeerde niet de man te zien die hij ooit was geweest: een D'Haraanse soldaat die zich bij de Imperiale Orde had gevoegd – een van de moordenaars die zich schuldig hadden gemaakt aan de slachting van de hulpeloze vrouwen en kinderen van Ebinissia. Als Biechtmoeder had ze gezworen geen genade te tonen jegens de mannen van de Orde, maar er was niemand meer van over. Alleen Orsk was nog in leven. Maar hoewel hij leefde, was de man die voor de Orde had gevochten, dood.

Doordat Zedd een doodsbezwering over haar had uitgesproken om haar te helpen met haar ontsnapping uit Aydindril, wisten weinigen dat Kahlan de Biechtmoeder was. Orsk kende haar slechts als zijn meesteres. Natuurlijk wisten Zedd, Adie, Jebra, Ahern, Chandalen, haar halfbroer Prins Harold en Kapitein Ryan wat haar ware identiteit was, maar alle anderen dachten dat de Biechtmoeder was gestorven. De mannen met wie ze samen had gevochten, kenden haar slechts als hun koningin. De herinnering die ze van haar als Biechtmoeder hadden, was in verwarring geraakt, en ze herinnerden haar nu slechts als Koningin Kahlan, niettemin hun leidster, maar niet de Biechtmoeder.

Nadat ze wat sneeuw hadden gesmolten, roerden Jebra en Kahlan er bonen en spek bij, sneden een paar zoete wortelen aan stukken en deden die ook in de kookpot en roerden daar wat stroop doorheen. Zedd keek handenwrijvend toe terwijl ze de ingrediënten aan het mengsel toevoegden. Kahlan grijnsde toen ze zijn kinderlijke ongeduld zag en haalde wat hard brood voor hem uit een rugzak. Hij glunderde en at het brood terwijl de bonen stonden te koken.

Terwijl het eten stond te sudderen, ontdooide Kahlan wat overgebleven soep die ze in een kleine pot hadden bewaard, en bracht die naar Cyrilla. Ze zette een kaars op een stuk leisteen dat ze in een barst in de muur stak, en ging op de rand van het bed in de stille kamer zitten. Ze veegde haar zuster een poos met een warme doek over het voorhoofd, en Zedd was blij toen Cyrilla haar ogen opende. Met angstige ogen keek ze schichtig de schaars verlichte kamer rond. Kahlan greep Cyrilla bij haar kin, zodat ze haar recht in de ogen keek.

'Ik ben het – Kahlan, mijn zusje. Hier bij mij ben je veilig. Hier kan je niets gebeuren. Rustig maar. Er is niets aan de hand.'

'Kahlan?' Cyrilla greep Kahlan bij haar witte bontmantel vast. 'Je hebt het beloofd. Je hebt je woord gegeven dat je niet zou teruggaan. Doe dat niet.'

Kahlan glimlachte. 'Ja, dat heb ik beloofd, en ik houd woord. Ik ben nu koningin van Galea en dat zal ik blijven totdat jij de kroon terug wilt hebben.'

Cyrilla liet zich opgelucht achterover zakken en hield nog steeds de bontmantel vast. 'Dank je, koningin van me.'

Kahlan vroeg haar rechtop te gaan zitten. 'Vooruit. Ik heb wat warme soep voor je meegebracht.'

Cyrilla draaide haar hoofd van de lepel soep weg. 'Ik heb geen trek.'

'Als je wilt dat ik koningin ben, dan moet je me ook als een koningin behandelen.' Cyrilla's gezicht plooide zich tot een verwonderde frons.

Kahlan glimlachte. 'Dit is een bevel van je koningin. Ik wil dat je deze soep eet.'

Pas nu begon Cyrilla te eten. Toen ze de soep op had en begon te beven en huilen, drukte Kahlan haar tegen zich aan, tot ze in een trance-achtige toestand geraakte, en wezenloos in het niets staarde. Kahlan stopte haar warm toe in haar zware dekens en kuste haar op het voorhoofd.

Zedd had wat tonnen, een bankje en een krukje uit de stal geritseld en had ergens nog een stoel gevonden. Hij had Prins Harold en Kapitein Ryan gevraagd bij Adie, Jebra, Ahern, Orsk, Kahlan en zichzelf aan te schuiven voor het avondeten. Ze waren vlak bij Ebinissia en moesten hun plannen bespreken. Iedereen ging om de kleine tafel zitten terwijl Kahlan hard brood in stukken brak en Jebra kommen volschepte met de dampende bonen uit de kookpot op het vuur. Toen de zieneres daarmee klaar was, ging ze op het smalle bankje naast Kahlan zitten en keek Zedd onafgebroken met verwonderde blikken aan.

Prins Harold, een man met een torso als een regenton en een hoofd vol lang, dik en donker haar, deed Kahlan onwillekeurig aan haar vader denken. Harold was pas die dag samen met zijn verkenners uit Ebinissia teruggekeerd.

'Heb je nog nieuws van thuis?' vroeg ze hem.

Hij brak het brood met zijn dikke vingers doormidden. 'Nou,' zei hij met een zucht, 'het was er precies zoals je beschreef. Het ziet er niet naar uit dat er iemand anders is geweest. Ik denk dat het er veilig genoeg zal zijn voor ons. Zeker nu het leger van de Orde in de pan is gehakt...'

'Nou ja, het leger hier in de buurt,' verbeterde Kahlan hem.

Hij wuifde haar opmerking weg. 'Ik denk dat we voorlopig geen moeilijkheden zullen hebben. We hebben nog niet veel manschappen, maar we hebben goede mannen, en we hebben er genoeg om de stad te beschermen vanuit de bergpassen eromheen, zolang de vijand niet in zo'n groot aantal komt als de laatste keer. Ik denk dat we die stad kunnen behouden, tenzij de Orde er meer manschappen heen stuurt.' Hij wees naar Zedd. 'En wij hebben een tovenaar.'

Zedd, die net bezig was een lepel bonen soldaat te maken, hield even op met kauwen en gromde instemmend.

Kapitein Ryan slikte een mondvol bonen door. 'Prins Harold heeft gelijk. We kennen de weg in die bergen. We kunnen de stad beschermen, tenzij ze er een groter leger naartoe sturen. Misschien hebben we tegen die tijd meer mannen aan onze kant, en kunnen we iets uitrichten.'

Harold duwde zijn brood in zijn kom en schepte er een stuk spek uit. 'Adie, hoe schat jij de kans in dat we hulp van Nicobarese zullen krijgen?'

'Mijn thuisland verkeert in verwarring. Toen Zedd en ik er waren, hoorden we dat de koning dood is. De Bloedbroederschap is bezig er de macht in handen te nemen, maar niet alle mensen zijn daar blij mee. De tovenaressen zijn er nog het minst tevreden mee. Als de Broederschap de macht in handen krijgt, zullen die vrouwen worden vervolgd en gedood. Ik verwacht dat ze de troepen zullen steunen die tegen de Broederschap in opstand komen.'

'In geval van een burgeroorlog,' zei Zedd terwijl hij zijn haastig gelepel onderbrak, 'voorspelt het weinig goeds als men troepen stuurt om het Middenland te steunen.'

Adie zuchtte. 'Zedd heeft gelijk.'

'Misschien kunnen een paar tovenaressen helpen?' vroeg Kahlan.

Adie roerde met haar lepel in de bonenschotel. 'Misschien.'

Kahlan keek haar halfbroer aan. 'Maar jij hebt troepen in andere gebieden die je te hulp kunt roepen.'

Harold knikte. 'Zeker weten. Ik kan minstens zestig- à zeventigduizend, misschien zelfs honderdduizend man op de been brengen, maar die zullen niet allemaal even goed geoefend of bewapend zijn. Ik zal de tijd nemen ze tot een goed geheel te verenigen, en als we daar klaar mee zijn, zal Ebinissia een strijdmacht hebben die niet met zich laat spotten.'

'Zoveel mannen hebben we hier al eens eerder op de been gehad,' merkte Kapitein Ryan op zonder van zijn kom op te kijken, 'en dat was niet genoeg.'

'Dat is waar,' zei Harold met zijn brood zwaaiend. 'Maar dat is pas nog maar het begin.'

Hij keek Kahlan aan. 'Jij kunt meer landen verenigen, nietwaar?'

'We hopen van wel,' zei ze. 'We moeten het Middenland te hulp komen, als we enige kans willen maken.'

'Hoe zit het met Sanderia?' vroeg Kapitein Ryan. 'Hun lansen zijn de beste van het Middenland.'

'En Lifanië,' zei Harold. 'Die maken een hoop wapens, en kunnen er ook goed mee omgaan.'

Kahlan plukte een zacht stuk midden uit haar brood. 'Sanderia heeft Kelton nodig om 's zomers zijn kudden schapen te laten grazen. Lifanië koopt ijzer van Kelton, en verkoopt ze graan. Herjborgue heeft Sanderia nodig om hun wol. Ik denk dat al die landen Keltons voorbeeld zullen volgen.'

Harold priemde zijn lepel in de bonen. 'Er zijn Keltanen gedood in de strijd tegen Ebinissia.'

'En Galeanen.' Kahlan stopte het brood in haar mond, kauwde er een tijdje op en zag dat hij zijn lepel vastgeklemd hield alsof die een mes was. Hij staarde in zijn kom.

'Er hadden zich oproerlingen en moordenaars uit vele landen bij ze aangesloten,' zei ze. 'Maar dat betekent niet dat de mensen in hun thuisland hetzelfde doen. Prins Fyren van Kelton heeft zijn land aan de Imperiale Orde verpand, maar hij is nu dood. We zijn niet in staat van oorlog met Kelton – we maken deel uit van het Middenland. We zijn in oorlog met de Imperiale Orde. We moeten de handen ineen slaan. Als Kelton zich bij ons aansluit, zullen de andere landen dat bijna onvermijdelijk ook moeten doen, maar als ze zich achter de Orde scharen, dan zal het ons moeite kosten de andere landen ervan te overtuigen zich bij ons aan te sluiten. We moeten Kelton voor ons zien te winnen en aan ons binden.'

'Ik wed dat Kelton met de Orde meegaat,' zei Ahern. Iedereen keek hem aan. Hij haalde zijn schouders op. 'Ik ben een Keltaan. Ik kan jullie vertellen dat ze doen wat de Kroon doet – zo zit ons volk nu eenmaal in elkaar. Toen Fyren stierf, zou Hertogin Lumholtz zijn opvolgster worden. Zij en haar man, de hertog, zullen partij kiezen voor de kant die volgens hun zal winnen, ongeacht wie dat ook mag zijn. Dat denk ik tenminste, naar wat ik over haar heb gehoord.'

'Achterlijk gewoon!' Harold smeet zijn lepel op tafel. 'Hoezeer ik de Keltanen ook wantrouw – dit bedoel ik niet persoonlijk, Ahern – en hun smerige streken ken, zijn ze toch in hun hart Middenlanders. Ze mogen dan elk krot van een boerderij op een of andere onduidelijke grens veroveren en die Keltaans noemen, maar die mensen zijn nog steeds Middenlanders.

De geesten weten dat Cyrilla en ik nogal wat gevechten achter de rug hebben, maar toen het erop aankwam, stonden we naast elkaar. Net als met onze landen: toen D'Hara afgelopen zomer tot de aanval overging, hebben wij uit alle macht Kelton geprobeerd te verdedigen, ondanks een paar meningsverschillen. Als de toekomst van het Middenland ervan afhangt, zullen ze zich met ons verenigen. Het Middenland betekent meer

dan wat elke nieuwe kroonpretendent er ook van mag zeggen.' Harold griste zijn lepel en zwaaide ermee naar Ahern. 'Wat heb je hierop te zeggen?'
Ahern haalde zijn schouders op. 'Niets, eigenlijk.'
Zedd keek van de ene naar de andere man. 'We zijn hier niet om ruzie met elkaar te maken. We zitten hier om oorlog te voeren. Zeg ons wat je denkt Ahern. Je bent een Keltaan, en je weet beter wat dat betekent dan wij.'
Ahern krabde over zijn in de wind verbrande gezicht en dacht aan Zedds woorden. 'Generaal Baldwin, de commandant van alle Keltaanse troepen, en zijn generaals, Bradford, Cutter en Emerson, zullen doen wat de Kroon doet. Ik ken die mannen niet – ik ben maar een koetsier, maar ik kom in veel plaatsen en hoor veel verhalen, en dit is wat men altijd over hen zegt. Er doet een grapje de ronde dat als de koningin haar kroon het raam uit zou smijten en op het gewei van een bok terecht zou komen, het hele leger binnen een maand zou staan grazen.'
'En geloof je na alles wat je hebt gehoord dat die hertogin die koningin moet worden, zich echt achter de Orde zal scharen om de macht in handen te krijgen, als dat betekent dat ze moet breken met het Middenland?' vroeg Zedd.
Ahern haalde zijn schouders op. 'Dat is mijn persoonlijke mening, begrijp me goed, maar ik denk dat het zo zal gaan.'
Terwijl Kahlan zonder op te kijken een zoete wortel opviste, zei ze: 'Ahern heeft gelijk. Ik ken Cathryn Lumholtz en haar man, de hertog. Ze zal koningin worden, en hoewel ze advies van haar man inwint, houdt ze er in elk geval dezelfde gedachten op na als hij. Prins Fyren zou de koning worden, en ik dacht dat hij ons door dik en dun trouw zou blijven, maar iemand van de Orde heeft hem voor ze weten te winnen, en hij heeft ons verraden. Ik weet zeker dat de Orde Cathryn Lumholtz dezelfde aanbiedingen zal doen. En in die aanbiedingen zal ze macht ruiken.'
Harold reikte over de tafel heen en greep nog een stuk brood. 'Als Ahern gelijk heeft, en ze dat doet, dan zijn we Kelton kwijt. En als we Kelton kwijt zijn, dan is dat het eerste teken van verval.'
'Dat is niet best,' merkte Adie op. 'Nicobarese is in moeilijkheden, Galea raakt verzwakt als zoveel van hun manschappen worden gedood in Ebinissia, en Kelton begint naar de Orde over te hellen, evenals een aantal landen die er handel mee drijven.'
'En dan zijn er een paar andere landen die, wanneer...'
'Genoeg hierover.' De zachte, heldere toon van gezag in Kahlans stem deed de mensen om de tafel verstommen. Ze herinnerde zich wat Richard altijd zei wanneer hij zo diep in moeilijkheden zat dat er geen uitweg mogelijk leek: denk aan de oplossing, niet aan het probleem. Als je

alleen maar tobt over je naderende verlies, kom je er niet meer toe te denken aan je overwinning.
'Hou op me te zeggen waarom we het Middenland niet kunnen herenigen, en waarom we niet kunnen winnen. We weten al dat ons moeilijkheden wachten. We moeten over de oplossing praten.'
Zedd glimlachte over zijn lepel heen. 'Goed gezegd, Biechtmoeder. Ik vind dat we ideeën moeten hebben. Ten eerste is er een aantal kleinere landen die trouw aan het Middenland zullen blijven, wat er ook gebeurt. We moeten hun afgevaardigden in Ebinissia samenbrengen en een nieuwe raad opbouwen.'
'Precies,' zei Kahlan. 'Ze zijn misschien niet zo machtig als Kelton, maar er zitten heel wat mensen tussen met invloed.'
Kahlan sloeg haar bontmantel open. Het knetterende vuur maakte de kamer iets warmer en het eten verwarmde haar buik, maar het kwam vooral door haar bezorgdheid dat ze begon te zweten. Ze kon niet wachten tot Richard zich bij hen zou voegen, en Richard zou goede ideeën hebben. Richard keek nooit lijdzaam toe hoe de dingen hun beloop namen. Ze keek naar de anderen die zich over hun kommen bogen en fronsend over hun mogelijkheden nadachten.
'Nou,' zei Adie terwijl ze haar lepel neerlegde, 'ik weet zeker dat we wat tovenaressen uit Nicobarese aan onze kant kunnen krijgen. Dat zou een flinke steun betekenen. Hoewel sommigen zullen weigeren te vechten omdat dat tegen hun overtuiging is, zullen ze er niet afkerig van zijn ons op andere manieren te helpen. Niemand van hen zal willen dat de Broederschap of hun bondgenoot, de Orde, het Middenland in handen neemt. De meesten van hen kennen de verschrikkingen van vroeger en zullen niet willen dat iets dergelijks opnieuw de kop opsteekt.'
'Goed,' zei Kahlan. 'Dat is een goed idee. Denk je dat je ze kunt overtuigen zich bij ons aan te sluiten, en misschien wat manschappen van het gewone leger zo ver kunt krijgen om ons te helpen? De burgeroorlog maakt tenslotte deel uit van de grote oorlog, en die zou niet voortduren als niemand het Middenland wil helpen.'
Adie keek Kahlan een tijdje krijtwit aan. 'Voor zoiets belangrijks als dit wil ik natuurlijk wel een kansje wagen.'
Kahlan knikte. 'Dank je, Adie.' Ze keek de anderen aan. 'Heeft iemand anders nog een idee?'
Harold leunde met zijn elleboog op tafel en dacht fronsend na. Hij zwaaide met zijn lepel. 'Ik denk dat als ik wat officieren en een officiële afvaardiging naar enkele kleinere landen stuur, ze misschien de noodzaak zullen inzien om een afgevaardiging naar Ebinissia te zenden. De meesten houden Galea in hoog aanzien en weten hoe het Middenland hun vrijheid heeft verdedigd. Ze zullen ons zeker te hulp komen.'

'En als ik,' zei Zedd met een sluwe glimlach, 'die koningin Lumholtz eens een bezoekje zou brengen als Oppertovenaar, nou, dan zou ik haar ervan kunnen overtuigen dat het Middenland niet helemaal van haar eigen macht is verstoken.'
Kahlan kende Cathryn Lumholtz, maar ze wilde de zoete hoop van Zedds idee niet de kop in drukken. Zij was tenslotte degene die had gezegd dat ze aan oplossingen moesten denken, en niet aan moeilijkheden.
Wat haar in de greep van haar afschuw hield, was de gedachte dat ze als Biechtmoeder het Middenland was kwijtgeraakt.
Toen men klaar was met eten, gingen Prins Harold en Kapitein Ryan de manschappen opzoeken. Ahern zwaaide zijn lange jas om zijn brede schouders en zei dat hij zijn ploeg wilde inspecteren.
Toen ze waren vertrokken, pakte Zedd Jebra, die bezig was Kahlan de kommen te helpen afruimen, bij de arm.
'Wil je me nu eindelijk eens vertellen wat je toch ziet als je me steeds aankijkt?'
Jebra wendde haar blauwe ogen van hem af en pakte nog een lepel van tafel. 'Niets bijzonders.'
'Dat is aan mij te beoordelen, als je het niet erg vindt.'
Ze bleef doodstil staan en keek uiteindelijk naar hem op. 'Vleugels.'
Zedd trok een wenkbrauw op. 'Vleugels?'
Ze knikte. 'Ik zie jou met vleugels. Begrijp je? Onzinnig, hè? Het zal wel een visioen zijn dat nergens op slaat. Ik had je al eens gezegd dat ik die soms krijg.'
'Is dat alles? Vleugels?'
Jebra frunnikte aan haar korte, zandkleurige haar. 'Nou, kijk, je zweeft in de lucht met die vleugels, en plotseling val je in een reusachtige vuurbal.' De dunne rimpels in haar ooghoeken werden dieper. 'Tovenaar Zorander, ik weet niet wat dat betekent. Het is geen gebeurtenis – je weet dat mijn visioenen soms uitkomen – maar een besef van gebeurtenissen. Ik weet niet wat ze betekenen, vooral niet als ze zo door elkaar zijn gehusseld.'
Zedd liet haar arm los. 'Dank je, Jebra. Als je nog zoiets ziet, wil je me dat dan vertellen?' Ze knikte. 'Onmiddellijk. We kunnen alle hulp gebruiken die we krijgen.'
Haar blik dwaalde omlaag terwijl ze knikte. Ze keek naar Kahlan. 'Kringen. Ik zie de Biechtmoeder in kringen rondrennen.'
'Kringen?' vroeg Kahlan terwijl ze naar haar toe stapte. 'Waarom ren ik in kringen rond?'
'Dat weet ik niet.'
'Nou, ik heb in elk geval het gevoel alsof het me duizelt, zoals ik loop te piekeren hoe we het Middenland op poten kunnen zetten.'

Jebra keek vol hoop naar haar op. 'Misschien is dat het wel.'
Kahlan glimlachte haar toe. 'Misschien wel. Jouw visioenen gaan niet altijd over rampen.'
Toen ze allemaal weer begonnen af te ruimen, zei Jebra: 'Biechtmoeder, we moeten uw zuster niet alleen laten met touw.'
'Wat bedoel je?'
Jebra slaakte een zucht. 'Ze droomt dat ze zich ophangt.'
'Bedoel je dat je een visioen hebt gehad waarin ze zich ophangt?'
Jebra legde haar arm bezorgd op Kahlans hand. 'Nee hoor, Biechtmoeder, dat heb ik niet gezien. Ik kan alleen de aura zien, en ik zie dat ze droomt dat ze het doet. Dat betekent nog niet dat ze het echt zal doen, alleen dat we haar in de gaten moeten houden, zodat ze er niet de kans toe krijgt voordat ze is opgeknapt.'
'Dat lijkt me een goed advies,' opperde Zedd.
Jebra vouwde een doek om het overgebleven brood, en legde er een knoop in. 'Ik zal vannacht bij haar slapen.'
'Dank je,' zei Kahlan. 'Weet je wat? Als ik de rest van het werk doe, dan kun jij nu alvast naar bed, voor het geval ze wakker wordt.'
Toen Jebra met haar hoofdkussen naar Cyrilla's kamer was gegaan, deden Zedd, Adie en Kahlan de overige klusjes. Toen ze daarmee klaar waren, zette Zedd een stoel voor Adie bij het haardvuur. Kahlan vouwde haar handen losjes ineen en staarde in de vlammen.
'Zedd, als we een afvaardiging naar de kleinere landen sturen om ze te vragen naar de raadsbijeenkomst in Ebinissia te gaan, zouden ze gemakkelijker te overtuigen zijn wanneer dat een officiële afvaardiging van de Biechtmoeder was.'
Zedd zweeg een tijdje, en zei toen: 'Iedereen denkt dat de Biechtmoeder dood is. Als we ze laten weten dat je nog leeft, zul je een doelwit worden, en dan krijgen we de Orde op ons nek voor we de tijd hebben een strijdmacht op de been te brengen die sterk genoeg is.'
Kahlan draaide zich om en greep zijn gewaden beet. 'Zedd, ik heb er genoeg van om dood te zijn.'
Hij klopte met zijn hand op haar arm. 'Jij bent de Koningin van Galea, en je kunt jouw macht voorlopig als zodanig uitoefenen. Als de Imperiale Orde erachter komt dat je leeft, krijgen we meer problemen dan we ooit het hoofd kunnen bieden.'
'Als we het Middenland willen herenigen, hebben ze een Biechtmoeder nodig.'
'Kahlan, ik weet dat je alles doet om te voorkomen dat het leven van die mannen daar in gevaar komt. Ze hebben net een afmattende strijd gewonnen en zijn nog niet op krachten gekomen. We moeten er meer aan onze kant hebben. Als ook maar iemand weet dat jij de Biechtmoe-

der bent, zul je een doelwit voor ze worden en zullen we moeten vechten om je te beschermen. Als je moet vechten, moet dat om de juiste redenen zijn. We hebben echt geen behoefte aan meer problemen dan we nu de baas kunnen.'

Kahlan drukte haar vingertoppen tegen elkaar terwijl ze naar het vuur staarde. 'Zedd, ik ben de Biechtmoeder. Ik ben doodsbang een Biechtmoeder te moeten zijn die de leiding heeft over de verwoesting van het Middenland. Ik ben als Belijdster geboren. Dat is meer dan mijn beroep. Dat is mijn wezen.'

Zedd omarmde haar schouders. 'Lieverd, je bent nog steeds de Biechtmoeder. Daarom moeten we jouw identiteit voorlopig geheim houden. We hebben de Biechtmoeder nodig. Als de tijd daar is, zul je weer over het Middenland regeren – een Middenland dat sterker zal zijn dan ooit tevoren. Wees geduldig.'

'Geduldig,' mompelde ze.

'Weet je,' zei hij grijnzend, 'er schuilt magie in geduld.'

'Zedd heeft gelijk,' zei Adie vanuit haar stoel. 'De wolf zal niet overleven als hij de kudde bekend maakt dat hij een wolf is. Hij beraamt zijn aanval en pas op het laatste moment laat hij zijn prooi weten dat hij de wolf is die ze achtervolgt.'

Kahlan wreef over haar armen. Er zat meer achter – een andere reden. 'Zedd,' fluisterde ze op pijnlijke toon, 'ik kan deze bezwering niet meer verdragen. Ik word er gek van. Ik voel hem voortdurend, alsof de dood onder mijn huid zit opgesloten.'

Zedd trok haar hoofd tegen zijn schouder. 'Mijn dochter zei altijd hetzelfde. Met precies dezelfde woorden zelfs: "alsof de dood onder mijn huid zit opgesloten."'

'Hoe heeft ze dat al die jaren kunnen verdragen?'

Zedd zuchtte. 'Nou, toen Darken Rahl haar had verkracht, wist ik dat hij haar zou achtervolgen als hij dacht dat ze nog leefde. Hij had geen keus. Ik wilde haar liever beschermen dan hem achterna te gaan. Ik bracht haar naar het Middenland, waar Richard is geboren, en toen had ze nog een reden om zich te verschuilen. Als Darken Rahl dat ooit te weten was gekomen, zou hij Richard misschien ook hebben achtervolgd, dus moest ze alles lijdzaam verdragen.'

Kahlan huiverde. 'Al die jaren. Ik zou daar de kracht niet voor hebben. Hoe kon ze dat verdragen?'

'Nu, ze had ten eerste geen alternatief, en ten tweede zei ze dat ze er na een tijd een beetje aan gewend raakte, en het niet meer zo erg was als in het begin. Dat gevoel wordt na verloop van tijd wat minder. Je zult er ook aan gewend raken, en zo te hopen, zul je hier niet zo lang meer mee zitten.'

'Ik hoop het,' zei Kahlan.
Het haardvuur flikkerde op Zedds smalle gezicht. 'Ze zei ook dat de last lichter werd, nu ze Richard had.'
Kahlans hart sloeg over toen ze zijn naam hardop hoorde noemen. Ze grijnsde. 'Dat zal zeker een steun zijn.' Ze greep Zedd bij zijn arm. 'Hij zal binnenkort weer bij ons zijn. Hij zal zich door niets laten tegenhouden. Hij zal over hoogstens een paar weken hier zijn. Lieve geesten, hoe kan ik ooit zo lang wachten?'
Zedd grinnikte. 'Je hebt net zo weinig geduld als die jongen. Jullie twee zijn voor elkaar geschapen.' Hij streek haar haren naar achteren. 'Je ogen staan nu al vrolijker, lieverd.'
'Als Richard bij ons is en we kunnen het Middenland beginnen te herenigen, kun jij me van die doodsbezwering ontdoen. Dan zal het Middenland weer een Biechtmoeder hebben.'
'Voor mij kan dat ook niet snel genoeg zijn.'
Kahlan fronste. 'Zedd, als jij Koningin Cathryn gaat opzoeken en ik die bezwering wil opheffen, hoe moet ik dat dan doen?'
Zedd keek achterom, in de vlammen. 'Dat kun je niet. Als jij zou bekendmaken dat je de Biechtmoeder bent, zouden de mensen je evenmin geloven als wanneer Jebra zou verkondigen dat ze de Biechtmoeder was. De bezwering zou je niet loslaten, enkel en alleen omdat je verklaart wie je bent.'
'Hoe moet ik me er dan van ontdoen?'
Zedd zuchtte. 'Alleen ik kan dat.'
Kahlan voelde plotseling angst opwellen. Ze wilde het hem niet zeggen, maar ze zou in de bezwering gevangen blijven als Zedd ooit iets overkwam.
'Maar er moet toch wel een andere manier zijn om die bezwering op te heffen? Richard misschien?'
Zedd schudde het hoofd. 'Zelfs als Richard wist hoe hij een tovenaar kon zijn, zou hij het web niet kunnen weghalen. Dat kan ik alleen.'
'En dat is de enige manier?'
'Ja.' Hij keek haar weer aan. 'Behalve natuurlijk wanneer iemand anders met de gave jouw echte identiteit kan bepalen. Als zo'n man jou zou zien, zou begrijpen wie je was en jouw naam hardop zou noemen, zou de bezwering worden verbroken en zou iedereen op slag jouw ware identiteit kennen.'
Daar was weinig hoop op. Ze voelde dat ze haar hoop liet varen. Kahlan hurkte neer en schoof een nieuw stuk hout in het haardvuur. De enige manier waarop ze zich van de doodsbezwering kon ontdoen, was door Zedds toedoen, en hij zou dat pas doen wanneer hij daar echt aan toe was.

Als Biechtmoeder kon ze geen tovenaar opdragen iets te doen dat naar beider weten verkeerd was.

Kahlan keek naar de vonken die omhoog wervelden, en ze klaarde op. Richard zou binnenkort bij haar zijn, en dan zou alles minder erg zijn. Als Richard bij haar was zou ze niet aan de bezwering denken – ze zou het veel te druk hebben hem te kussen.

'Waar lach je om?' vroeg Zedd.

'Wat? Ach, niets.' Ze ging staan en wreef met haar handen over haar broek. 'Ik denk dat ik maar eens een kijkje bij de mannen ga nemen. Misschien jaagt de koude lucht die bezwering wel uit mijn hoofd.'

De koude lucht deed haar goed. Ze stond in het open veld voor de kleine boerderij en haalde diep adem. De rook van het haardvuur rook lekker. Ze herinnerde zich de voorgaande dagen, toen ze op reis waren en haar voeten en vingers als bevroren aanvoelden, toen haar ogen brandden van de bittere kou en haar neus liep, en hoe ze toen dagdroomde over de rook van brandend hout, omdat dat haar deed denken aan de warmte van een vuur.

Kahlan kuierde over het veld. Ze keek omhoog naar de sterren terwijl een wolkje van haar adem langzaam door de bewegingloze lucht zweefde. Ze zag de kleine vuren die het dal omgaven en ze hoorde het zachte praten van de mannen die rond de vuren zaten. Ze was blij dat ook zij deze avond hun vuur mochten laten branden. Ze zouden spoedig in Ebinissia zijn, en dan zouden ze er weer warmpjes bij zitten.

Kahlan ademde een diepe teug koude lucht in en probeerde niet aan de bezwering te denken. De hemel was één fonkeling van sterren, als vonken van een reusachtig vuur. Ze vroeg zich af wat Richard op dit ogenblik zou doen – of hij hard op zijn paard reed of sliep. Ze verlangde naar hem, maar ze wilde ook dat hij genoeg slaap zou krijgen. Als hij eindelijk weer bij haar was, zou ze in zijn armen kunnen slapen. Ze grijnsde toen ze daaraan dacht.

Kahlan fronste toen het sterrenrijke zwerk plotseling zwart werd. Bijna meteen nadat ze leken te zijn gedoofd, werden het weer lichtpuntjes. Had ze ze echt een seconde donker zien worden? Zeker mijn fantasie, dacht ze.

Ze hoorde een doffe klap toen iets op de grond terecht kwam. Niemand sloeg alarm. Slechts één ding kon door de kring verdedigers dringen zonder aanleiding te geven tot alarm. Ze kreeg plotseling kippenvel, en dat kwam niet door de bezwering.

Kahlan rukte haar mes uit de schede.

34

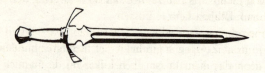

Ze zag twee gloeiende, groene ogen. Bij het zwakke licht van de kleine, winterse maan en de sterren zag ze een monster op haar af stappen. Kahlan wilde het uitschreeuwen, maar haar stem liet haar in de steek.
Toen het reusachtige beest zijn lippen optrok, kon ze zijn kolossale slagtanden over de volle lengte zien. Ze deed wankelend een stap naar achteren. Ze hield het mes zo krampachtig vast dat haar vingers er pijn van deden. Als ze snel genoeg was en niet in paniek raakte, had ze misschien een kans. Als ze om hulp riep, zou Zedd haar dan horen? Zou iemand haar wel horen? Zelfs al was dat zo, dan waren ze nog te ver weg en zouden niet op tijd ter plekke kunnen zijn.
In het zwakke licht zag ze dat het een kortstaartkaai was. Het moest wel een kortstaartkaai zijn – die waren het slimst, het grootst en het dodelijkst. Goede geesten, waarom was het geen langstaartkaai?
Kahlan keek toe terwijl het iets van zijn borst tilde. Waarom stond dat beest daar maar? Waar waren zijn bloedvliegen? Hij keek omlaag, keek naar haar, en keek weer omlaag. Zijn ogen gloeiden met een dreigende, groene gloed. Hij trok zijn lippen nog verder naar achteren en stoomwolken zweefden door de lucht toen hij een rochelend keelgeluid maakte.
Kahlan sperde haar ogen wijd open. Zou dit waar zijn? 'Gratch?'
De kaai begon plotseling op en neer te springen, terwijl hij kraaiend van opwinding met zijn vleugels klapperde.
Kahlan ontspande zich en voelde een diepe opluchting. Ze schoof haar mes in de schede en stapte naar het torenhoge beest, maar was nog steeds voorzichtig.
'Gratch? Ben jij dat, Gratch?'
De kaai schudde heftig met zijn reusachtige, bizar gevormde kop.
'Grrratch!' riep hij met een diepe grom die ze in tot haar buik voelde

weerklinken. Hij sloeg met zijn voorpoten tegen zijn borst. 'Grrratch!'
'Gratch, heeft Richard je gestuurd?'
De kaai klapperde nog heftiger met zijn vleugels toen hij Richards naam hoorde noemen.
Ze kwam nog dichter bij hem. 'Heeft Richard je gestuurd?'
'Grrratch houou Raaaach.'
Kahlan knipperde met haar ogen. Richard had haar verteld dat Gratch probeerde te praten. Opeens giechelde ze. 'Kahlan houdt ook van Richard.' Ze klopte op haar borst. 'Ik ben Kahlan, Gratch. Ik ben zo blij je te zien.'
Ze snakte naar adem toen de kaai naar voren sprong en haar in zijn harige armen van de grond tilde. Haar eerste gedachte was dat hij haar zou verbrijzelen, maar hij drukte haar met verrassende tederheid tegen zijn gladde borst. Kahlan omhelsde het grote lichaam en streelde de flanken van het beest. Ze kon haar armen nog niet eens tot halverwege om hem heen slaan.
Kahlan zou zich nooit hebben voorgesteld dit ooit te zullen doen, maar nu huilde ze bijna, want Gratch was Richards vriend, en Richard had de kaai naar haar toe gestuurd. Het leek bijna alsof de liefkozingen van de kaai van Richard zelf afkomstig waren.
De kaai zette haar voorzichtig op de grond. Hij keek haar aandachtig met zijn gloeiende groene ogen aan. Ze streek met haar hand over de vacht aan weerszijden van zijn borst en het monsterlijke wezen reikte omlaag en streelde met zijn reusachtige, dodelijke klauw Kahlans haar. 'Hier bij ons ben je veilig, Gratch. Richard heeft me alles over je verteld. Ik weet niet of je alles wat ik zeg, begrijpt, maar je zult hier onder vrienden zijn.'
Toen hij zijn lippen terugtrok en zijn slagtanden weer over de volle lengte ontblootte, besefte ze plotseling dat hij glimlachte. Het was de lelijkste glimlach die ze ooit had gezien, maar hij had iets onschuldigs, zodat ze ook moest grijnzen. Ze had nog nooit gedacht dat kaaien konden glimlachen. Het was hoogst wonderbaarlijk.
'Gratch, heeft Richard jou gestuurd?'
'Raaaach aaarg,' zei Gratch terwijl hij op zijn borst beukte. Hij klapperde zo hard met zijn vleugels dat zijn poten even losraakten van de grond. Toen reikte hij naar omlaag en klopte Kahlan op haar schouder. Kahlans mond viel open. De kaai was bezig haar iets te vertellen, en ze begreep hem. 'Heeft Richard je erop uit gestuurd om mij te zoeken?'
Gratch werd wild van blijdschap toen hij merkte dat ze hem begreep. Hij tilde haar weer op. Ze lachte van verwondering om deze vertoning. Toen hij haar weer had neergezet, vroeg ze: 'Heb je veel moeite gehad me te vinden?'

Hij slaakte een jammerkreet en trok zijn schouders op.
'Toch wel een beetje moeilijk?'
Gratch knikte. Kahlan kende heel veel talen, maar ze kon een glimlach niet onderdrukken bij de gedachte dat ze met een kaai praatte. Ze schudde haar hoofd vol verbazing. Wie behalve Richard zou erover peinzen vriendschap te sluiten met een kaai?
Kahlan nam zijn klauw in haar hand. 'Kom binnen. Er is iemand aan wie ik je graag wil voorstellen.'
Gratch gorgelde instemmend.
Kahlan bleef in de deuropening staan. Zedd en Adie keken uit hun stoel naast het vuur omhoog.
'Ik wil jullie voorstellen aan een vriend van me,' zei ze, terwijl ze Gratch aan een klauw met zich mee trok. Hij dook onder het deurkozijn door, vouwde zijn vleugels om door de deuropening te kunnen, en richtte zich toen tot bijna zijn volle lengte achter haar op, maar moest nog iets gebukt staan om zijn kop niet tegen het plafond te stoten.
Zedd buitelde op zijn stoel achterover en spartelde met zijn dunne armen en benen.
'Zedd, hou op. Zo maak je hem nog bang,' zei ze nors.
'Hem bang maken?' piepte Zedd. 'Richard had jou gezegd dat het een babykaai was! Dat ding is bijna volwassen!'
Gratch trok zijn enorme wenkbrauwen fronsend samen toen hij de tovenaar overeind zag krabbelen, terwijl hij aan zijn verfomfaaide gewaden rukte.
Kahlan stak haar hand uit. 'Gratch, dit is Richards grootvader Zedd.'
Het dier trok zijn leerachtige lippen naar achteren en liet zijn slagtanden weer zien. Het stak zijn klauwen naar voren en begon de kamer door te lopen. Zedd dook in elkaar en deed wankelend een stap naar achteren.
'Waarom doet hij dat? Heeft hij al gegeten?'
Kahlan lachte zo hard dat ze bijna niet kon praten. 'Hij glimlacht. Hij vindt je aardig. Hij wil geknuffeld worden.'
'Geknuffeld? Niets ervan!'
Het was al te laat. In drie stappen was de kaai bij de pezige tovenaar aangekomen en tilde hem op met zijn reusachtige, harige armen. Zedd slaakte een gesmoorde kreet. Gratch gorgelde van plezier terwijl hij Zedd van de grond tilde.
'Bah!' zei Zedd terwijl hij tevergeefs de adem van de kaai probeerde te ontwijken. 'Dit vliegend kleed heeft al gegeten! En je kunt maar beter niet weten wat!'
Gratch zette Zedd eindelijk op de grond. De tovenaar deed waggelend een paar stappen achteruit en zwaaide met zijn vinger naar het beest.
'Hoor eens, dit wil ik niet meer hebben! Armen thuis!'

Gratch liet zijn kop hangen en stootte een kirrend gejammer uit.
'Zedd!' zei Kahlan vol verachting. 'Je hebt hem gekwetst. Hij is Richards vriend, en ook de onze, en hij heeft veel moeite gedaan ons te vinden. Het minste wat je kunt doen is aardig tegen hem zijn.'
Zedd schraapte zijn keel. 'Nou... misschien heb je gelijk.' Hij tuurde naar het verwachtingsvolle beest omhoog. 'Gratch, het spijt me. Op een goeie dag mag je me best knuffelen.'
Voor de tovenaar de kans had zijn armen omhoog te steken om de kaai op een afstand te houden, had de kaai hem al opgetild, en hij knuffelde hem als een lappenpop. Zedds voeten bungelden in de lucht. Ten slotte zette Gratch de naar adem snakkende tovenaar op de grond.
Adie stak haar hand uitnodigend naar het beest uit. 'Ik heet Adie. Gratch, het is me een genoegen kennis met je te maken.'
Gratch negeerde haar hand en sloeg zijn harige armen nu ook om haar heen. Kahlan had Adie vaak zien glimlachen, maar ze slaakte zelden haar rasperige schaterlach. Dat deed ze nu wel. Gratch lachte met haar mee op zijn eigen, rommelende manier.
Toen de rust in het kamertje was weergekeerd en iedereen weer bij adem was, zag Kahlan Jebra's ogen door een kier van de slaapkamerdeur loeren. 'Er is niets aan de hand, Jebra. Dit is Gratch, een vriend van ons.' Kahlan greep Gratch's harige arm beet om hem tegen te houden. 'Je mag haar straks knuffelen.'
Gratch knikte schouderophalend. Kahlan draaide hem naar zich toe en nam een van zijn klauwen in beide handen. Ze keek hem in zijn gloeiende groene ogen.
'Gratch, heeft Richard je alvast gestuurd om ons te zeggen dat hij binnenkort hierheen komt?' Gratch schudde van nee. Kahlan slikte. 'Maar hij is toch wel onderweg? Hij is toch weg uit Aydindril en op weg naar ons?' Gratch keek haar aandachtig aan. Hij hief zijn klauw op en streelde haar haren. Kahlan zag dat er een haarlok aan een leren riempje om zijn nek hing, evenals een drakentand. Weer schudde hij langzaam zijn kop.
Kahlans hart zonk haar als een steen in de schoenen. 'Is hij niet onderweg hierheen? Maar hij heeft je naar me toe gestuurd.'
Gratch knikte en klapperde even met zijn vleugels.
'Waarom? Weet je waarom?'
Gratch knikte. Hij reikte over zijn schouder en pakte iets dat aan een ander riempje op zijn rug hing. Hij haalde een langwerpig rood voorwerp over zijn schouder te voorschijn en stak het bij het uiteinde van het riempje naar haar uit.
'Wat is dat?' vroeg Zedd.
Kahlan begon de knoop los te maken. 'Dit is een aktetas. Misschien is het wel een brief van Richard.'

Gratch knikte instemmend. Toen ze de knoop los had, vroeg ze Gratch te gaan zitten. Hij hurkte tevreden naast haar neer terwijl ze de opgerolde en platgedrukte brief uit de tas haalde.
Zedd ging naast Adie bij het vuur zitten. 'Laten we eens horen wat voor uitvluchten die jongen heeft, en die kunnen maar beter steekhoudend zijn, anders zal ik het hem niet gemakkelijk maken.'
'Dat vind ik ook,' fluisterde ze. 'Hier zit genoeg lak op voor twintig brieven. We moeten Richard nodig leren hoe hij een document moet verzegelen.' Ze hield het zegel in het licht. 'Dat is zijn zwaard. Hij heeft het gevest van het Zwaard van de Waarheid in de lak gedrukt.'
'Zodat wij weten dat dit echt van hem afkomstig is,' merkte Zedd op terwijl hij een houtblok op het vuur legde.
Toen ze het zegel had verbroken, vouwde Kahlan de brief open en ging met haar rug naar het vuur staan om hem te kunnen lezen.
Mijn allerliefste koningin, las ze hardop. *Ik bid tot de Goede Geesten dat deze brief je in handen komt...*
Zedd sprong overeind. 'Dat is een boodschap.'
Kahlan keek hem fronsend aan. 'Natuurlijk. Het is een brief van hem.'
Hij maakte een wuivend gebaar met zijn smalle hand. 'Nee, nee. Ik bedoel dat hij ons iets wil mededelen. Ik ken de manier waarop hij denkt. Hij vertelt ons dat hij bang is dat we verraden worden als deze brief in verkeerde handen terecht komt... of hijzelf, dus schrijft hij alvast dat hij niet alles kan zeggen wat hij wil.'
Kahlan zoog haar onderlip tussen haar tanden. 'Ja, dat klinkt aannemelijk. Richard bereidt dingen gewoonlijk goed voor.'
Zedd gebaarde terwijl hij achterom keek of hij met zijn magere achterwerk wel op de stoelzitting zou belanden. 'Ga door.'
Mijn allerliefste koningin, ik bid tot de Goede Geesten dat deze brief je in handen komt, en dat jij en je vrienden hem veilig en wel ontvangen. Er is veel gebeurd, en ik smeek je om begrip.
De alliantie van het Middenland is ter ziele. Magda Searus, de eerste Biechtmoeder, en haar tovenaar Merritt kijken woest op me neer, omdat ze getuigen zijn geweest van het einde en omdat ik degene ben die er een einde aan heeft gemaakt.
Weet goed dat ik ten volle besef wat het betekent dat duizenden jaren geschiedenis op me neerkijken, maar probeer alsjeblieft te begrijpen dat als ik niets had gedaan, we voortaan als slaven onder de Orde gebukt hadden moeten gaan, en dan zou die geschiedenis tot de vergetelheid behoren.
Kahlan legde haar hand op het bonzende hart in haar borst en ademde diep in voor ze verder las.
Maanden geleden begon de Imperiale Orde het bondgenootschap te ontbinden, en won ze bekeerlingen aan haar zijde, terwijl ze de eenheid die

het Middenland heette, ontrafelde. Terwijl wij tegen de Wachter streden, deden ze verwoede pogingen ons de veiligheid van ons thuis te ontstelen. Misschien hadden we de kans gehad de eenheid nog een keer te herstellen, als we de luxe van genoeg tijd hadden gehad, maar de Orde zet haar plannen onverminderd door, en onthoudt ons die luxe. Nu de Biechtmoeder dood is, werd ik gedwongen te doen wat ik moest doen om eenheid te scheppen.
'Wat? Wat heeft hij gedaan?' snerpte Zedd.
Kahlan wierp hem over de trillende brief heen een dodelijke blik toe om hem het zwijgen op te leggen, en las toen verder.
Uitstel betekent zwakte, en zwakte is dodelijk in de handen van de Orde. Onze geliefde Biechtmoeder kende de prijs van mislukking, en heeft de Imperiale Orde genadeloos de oorlog verklaard. De wijsheid achter haar besluit was feilloos. Het bondgenootschap raakte echter versplinterd door eigenbelang. Dat was een voorteken van haar verval. Ik werd gedwongen op te treden.
Mijn troepen hebben Aydindril veroverd.
Zedd ontplofte bijna. 'Duizend bommen en granaten! Waar heeft-ie het over? Hij heeft helemaal geen troepen! Hij heeft alleen een zwaard en dit vliegend tapijt met slagtanden!'
Gratch kwam grommend overeind. Zedd deinsde terug.
Kahlan knipperde haar tranen weg. 'Stil jullie, allebei.'
Zedd keek haar, en toen de kaai aan. 'Sorry Gratch, vat het niet persoonlijk op.'
Ze gingen allebei zitten, en ze las verder.
Vandaag heb ik de afgevaardigden van de landen hier in Aydindril bijeengeroepen en ze meegedeeld dat het bondgenootschap van het Middenland is opgeheven. Mijn troepen hebben hun paleizen omsingeld en zullen hun soldaten binnenkort hebben ontwapend. Ik heb ze gezegd, en ik schrijf jullie nu dat deze oorlog slechts twee partijen kent: wij, en de Imperiale Orde. Er zijn geen toeschouwers. We zullen de eenheid hoe dan ook herstellen. Alle landen van het Middenland moeten zich overgeven aan D'Hara.
'D'Hara! Balen!'
Kahlan keek niet op toen de tranen van haar kin druppelden. 'Als ik jullie nog één keer moet vragen te zwijgen, dan laat ik jullie buiten wachten terwijl ik deze brief lees.'
Adie greep Zedd bij zijn gewaden en trok hem weer op zijn stoel. 'Lees verder.'
Kahlan schraapte haar keel. *Ik heb de afgevaardigden uitgelegd dat jij, Koningin van Galea, met mij zult trouwen, en dat door jouw overgave en onze verbintenis duidelijk mag zijn dat deze eenheid in vrede zal wor-*

den gesmeed, met gemeenschappelijke doelstellingen en wederzijds respect, en zonder enige vorm van verovering. Landen zullen hun erfgoed en rechtmatige tradities mogen behouden, maar niet hun onafhankelijkheid. Magie zal in al haar vormen worden beschermd. We zullen één volk zijn, met één wet en één leger, dat onder één commando zal berusten. Alle landen die zich door hun overgave bij ons aansluiten zullen inspraak hebben bij het formuleren van die wetten.
Kahlans stem haperde. *Ik moet je vragen onmiddellijk naar Aydindril terug te gaan en Galea zich te laten overgeven. Ik moet me bezighouden met de zaken van talloze landen en jouw kennis en medewerking zal van onschatbare waarde zijn.*
Ik heb de afgevaardigden meegedeeld dat overgave verplicht is. Er zal geen sprake zijn van bevoorrechting. Ieder land dat weigert zich over te geven, zal worden belegerd. Ze zullen geen handel met ons mogen drijven, totdat ze zich overgeven. Als ze zich niet vrijwillig overgeven en over alle privileges beschikken die daaruit voortvloeien, en we worden gedwongen hun overgave met behulp van onze strijdkrachten te bewerkstelligen, zullen ze niet alleen die privileges verspelen, maar ze zullen zich ook sancties op de hals halen. Zoals ik al zei: er zullen geen toeschouwers zijn. We zullen één zijn.
Dierbare koningin, ik zou mijn leven voor jou opofferen, en wil niets liever dan jouw echtgenoot zijn, maar als mijn daden jouw hart tegen mij in opstand zouden brengen, zou ik je niet dwingen met me te trouwen. Maar begrijp goed dat de overgave van jouw land noodzakelijk en van vitaal belang is. We moeten naar één wet leven. Ik kan het me niet veroorloven enig land bijzondere voorrechten te verlenen, want dan zouden we verloren zijn voor we zijn begonnen.
Kahlan moest even wachten om haar tranen in te slikken. Haar ogen waren zo vochtig dat ze de woorden, die voor haar ogen dansten, bijna niet meer kon lezen.
De stad is aangevallen door mriswith. Een zacht gefluit kwam tussen Zedds tanden vandaan. Ze lette er niet op en las verder. *Met de hulp van Gratch heb ik hun stoffelijk overschot op spiesen geprikt en er de voortuin van het Paleis van de Belijdsters mee versierd, opdat iedereen kennis kan nemen van het lot van onze vijanden. Mriswith kunnen zich naar believen onzichtbaar maken. Behalve ikzelf kan alleen Gratch ze bespeuren als ze zich onder hun mantels verstoppen. Ik ben bang dat ze nu op jou af zullen komen, dus heb ik Gratch gestuurd om je te beschermen.*
We moeten vooral één ding onthouden: de Orde wil de magie vernietigen. Maar ze schromen niet die zelf te gebruiken. Het is onze magie die ze willen vernietigen.

Zeg mijn grootvader dat ook hij onmiddellijk moet teruggaan. Zijn voorouderlijk huis is in gevaar. Dat is de reden waarom ik ook Aydindril heb moeten veroveren, en er niet vandaan kan, uit vrees dat de vijand het voorouderlijk huis van mijn grootvader zal bezetten, met alle kwalijke gevolgen van dien.
Zedd slaagde er niet in zich koest te houden. 'Balen,' fluisterde hij in zichzelf terwijl hij weer opstond. 'Richard heeft het over de Tovenaarstoren. Dat wilde hij niet schrijven, maar daar zinspeelt hij wel op. Hoe kon ik zo stom zijn? Die jongen heeft gelijk – we mogen niet toestaan dat ze de toren veroveren. Er zijn daar dingen vol krachtige magie waar de Orde tot elke prijs bezit van zou willen nemen. Richard weet niets af van de magie die daar is, maar hij is slim genoeg om te begrijpen welk gevaar er dreigt. Wat ben ik toch een stomme idioot geweest.'
Kahlan besefte met een siddering van angst dat dit waar was. Als de Orde de toren zou veroveren, zouden ze de beschikking krijgen over onvoorstelbaar krachtige magie.
'Zedd, Richard is daar helemaal alleen. Hij weet bijna niets van magie. Hij weet ook niets van het soort mensen in Aydindril die met magie kunnen omgaan. Hij zit daar als een jong hert in een berenkuil. Goeie geesten, hij heeft geen idee hoeveel gevaar hij loopt.'
Zedd knikte met grimmige blik. 'Die jongen zit tot aan zijn nek in de puree.'
Adie lachte spottend. 'In de puree? Hij heeft Aydindril en de toren onder de handen van de Orde weggegraaid. Ze hebben mriswith op hem af gestuurd, en die heeft-ie voor het paleis aan spiesen geprikt. Hij heeft de landen waarschijnlijk zo ver dat ze op het punt staan zich over te geven en een verbond te sluiten dat de Orde aankan – precies datgene waarover wij ons suf gepiekerd hebben hoe we dat kunnen bereiken. Hij gebruikt juist dat middel dat ons probleem is – de handel, en gebruikt zelfs dat als hun wapen. Hij neemt niet de moeite met ze te redetwisten. Hij heeft ze domweg het mes op de keel gezet. Als ze zich op hem werpen, zou hij hoogstwaarschijnlijk binnenkort het hele Middenland in handen hebben. De belangrijke landen, in elk geval.'
'En als ze allemaal als één macht, als één commando achter D'Hara staan,' zei Zedd, 'zouden ze een strijdkracht kunnen vormen die stand houdt tegenover de Orde.' Hij keek Kahlan aan. 'Komt er nog meer?'
Ze knikte. 'Nog een klein stukje.' *Hoewel ik ten zeerste vrees voor mijn leven, vrees ik ook voor de gevolgen als ik niet zou handelen – voor de schaduw van overheersing die de wereld voorgoed zou verduisteren. Als we dit niet doen, zal het lot van Ebinissia slechts het begin zijn. Ik vertrouw op jouw liefde, hoewel ik onwillekeurig de beproeving ervan vrees.*

Hoewel ik door lijfwachten ben omringd, van wie een haar leven al voor mij heeft opgeofferd, heb ik hun aanwezigheid niet nodig om me veilig te voelen. Jullie moeten allemaal meteen terug naar Aydindril. Wacht daar niet mee. Gratch zal jullie tegen de mriswith beschermen tot jullie bij mij zijn aangekomen. Ondertekend, jouw dierbare in deze wereld, en de werelden daarachter, Richard Rahl, Meester van D'Hara.
Zedd floot weer tussen zijn tanden. 'Meester van D'Hara. Wat heeft die jongen toch uitgespookt?'
Kahlan liet de brief in haar bevende handen zakken. 'Hij heeft mij geruïneerd, dat heeft hij gedaan.'
Adie stak haar dunne vinger naar haar uit. 'Luister nu eens naar mij, Biechtmoedertje. Richard weet heel goed wat hij jou aandoet, en heeft daarom zijn hart voor je geopend. Hij heeft je verteld dat hij die brief schreef onder het toeziend oog van Magda Searus, omdat hij wordt gekweld door wat hij moet doen en goed begrijpt wat dat voor jou moet betekenen. Hij zou liever jouw liefde verliezen dan toe te staan dat jij wordt gedood door wat er gebeurt wanneer hij zwicht voor het verleden, en niet aan de toekomst denkt. Hij heeft tot stand gebracht wat wij niet kunnen. Wij zouden smeken om eenheid – hij heeft die afgedwongen, en hij heeft zijn eisen tanden gegeven. Als jij echt Biechtmoeder wilt zijn en de veiligheid van jouw volk als hoofddoel wilt beschouwen, moet je Richard helpen.'
Zedd trok een wenkbrauw op, maar zweeg.
Toen hij Richards naam hoorde noemen, zei Gratch: 'Grrratch houou Raaach.'
Kahlan veegde een traan van haar wang en sniffelde. 'Ik houd ook van Richard.'
'Kahlan' zei Zedd geruststellend, 'net zoals ik er zeker van ben dat je op een goede dag verlost wordt van de bezwering, weet ik zeker dat je eens weer Biechtmoeder zult zijn.'
'Je begrijpt het niet,' zei ze, tegen haar tranen vechtend. 'Duizenden jaren lang heeft een Biechtmoeder het Middenland door hun bondgenootschap beschermd. Ik zal de Biechtmoeder zijn die het Middenland in de steek heeft gelaten.'
Zedd schudde het hoofd. 'Nee. Jij zult de Biechtmoeder zijn die de moed had het volk van het Middenland te redden.'
Ze legde haar hand op haar hart. 'Dat weet ik nog niet zo zeker.'
Zedd stapte naar haar toe. 'Kahlan, Richard is de Zoeker van de Waarheid. Hij draagt het Zwaard van de Waarheid. Ik ben degene die hem die naam heeft gegeven. Als Oppertovenaar heb ik hem herkend als degene met het instinct van de Zoeker.
Hij handelt vanuit die instincten. Richard is een zeldzaam mens. Hij re-

ageert als de Zoeker, en gebruikt de gave. Hij doet wat hij denkt dat hij moet doen. We moeten vertrouwen in hem stellen, zelfs al begrijpen we niet waarom hij doet wat hij doet. Verdorie, misschien begrijpt hij zelf niet eens waarom hij doet wat hij doet.'

'Lees die brief zelf nog maar eens,' zei Adie. 'Als je met je gevoel naar zijn woorden luistert, zul je zijn liefde erin voelen. En onthoud ook dat er dingen kunnen zijn die hij niet durft te schrijven uit angst om gevangen te worden genomen.'

Kahlan veegde met de rug van haar hand over haar neus. 'Ik weet dat het egoïstisch klinkt, maar dat bedoel ik niet zo. Ik ben de Biechtmoeder. Ik ben begunstigd met het vertrouwen van iedereen die mij is voorgegaan. Toen men mij koos, heeft men mij dat vertrouwen geschonken. Dat vertrouwen werd mijn verantwoordelijkheid. Toen ik tot Biechtmoeder werd verheven, heb ik menig eed gezworen.'

Zedd tilde haar kin met zijn benige vinger op. 'Een eed om jouw volk te beschermen. Daar is geen offer te groot voor.'

'Misschien. Ik zal erover nadenken.' Kahlan vocht niet alleen tegen haar tranen, maar ook tegen haar opwellingen van woede. 'Ik hou van Richard, maar ik zou hem nooit zoiets aandoen. Ik denk dat hij domweg niet beseft wat hij mij, en de Biechtmoeders voor mij, die hun leven hebben opgeofferd, aandoet.'

'Ik denk van wel,' zei Adie op zacht raspende toon.

Zedds gezicht werd plotseling even wit als zijn haar. 'Goh,' fluisterde hij. 'Je denkt toch niet dat Richard stom genoeg is om de toren in te gaan, of wel?'

Kahlan keek naar hem op. 'De toren wordt beschermd door bezweringen. Richard weet niet hoe hij zijn magie moet gebruiken. Hij zal niet weten hoe hij ze moet kraken.'

Zedd boog zich naar haar toe. 'Je zei dat hij, behalve zijn Additieve Magie, ook nog over Subtractieve Magie beschikt. De bezweringen zijn Additief. Als Richard zijn Subtractieve Magie weet te gebruiken, kan hij dwars door de krachtigste bezweringen lopen die ik over de toren heb uitgesproken.'

Kahlan snakte naar adem. 'Hij vertelde me eens dat hij in het Paleis van de Profeten door alle schilden heen kon lopen, omdat ze Additief waren. De enige hindernis die hem tegenhield, was het buitenste schild, en dat kwam omdat daar ook Subtractieve Magie bij zat.'

'Als die jongen de toren in gaat, kan hij in een oogwenk door van alles worden gedood. Daarom hebben we er die schilden neergezet – zodat niemand er in de buurt kan komen. Verdorie, er zijn zelfs schilden waar zelfs ik niet doorheen heb durven gaan. Die plek is een val voor iemand die niet weet wat hij doet.'

Zedd greep haar bij de schouders beet. 'Kahlan, denk jij dat hij de toren in zou gaan?'
'Ik weet het niet, Zedd. Jij hebt hem zowat opgevoed. Jij zou dat beter moeten weten dan ik.'
'Hij zou er niet naar binnen gaan. Hij weet hoe gevaarlijk magie kan zijn. Hij is een slimme jongen.'
'Tenzij hij iets wil.'
Hij keek met één oog naar haar op. 'Iets wil? Wat bedoel je?'
Kahlan veegde de laatste tranen van haar gezicht. 'Nou, toen we bij het Moddervolk waren, wilde hij een bijeenkomst beleggen. De Vogelman had hem gewaarschuwd dat dat gevaarlijk kon zijn. Toen kwam er een uil met een boodschap van de geesten. Hij vloog pal tegen zijn hoofd, verwondde zijn hoofdhuid en viel dood op de grond. De Vogelman zei dat de geesten Richard hiermee op sinistere wijze waarschuwden voor het gevaar dat hem te wachten stond. Richard belegde toch de vergadering. Op datzelfde moment keerde Darken Rahl terug van de onderwereld. Als Richard iets wil, kan niets hem tegenhouden.'
Zedd kromp ineen. 'Maar hij wil nu niets. Hij hoeft daar helemaal niet naar binnen.'
'Zedd, jij kent Richard. Hij wil graag van alles leren. Hij zou kunnen besluiten er een kijkje te gaan nemen om zijn nieuwsgierigheid te bevredigen.'
'Een kijkje nemen kan net zo gevaarlijk zijn.'
'Hij schreef in zijn brief dat een van zijn bewakers is omgekomen,' zei Kahlan fronsend. 'Hij schreef letterlijk: "zij". Waarom zou zijn bewaker een vrouw zijn?'
Zedd zwaaide ongeduldig met zijn armen. 'Dat weet ik niet. Maar wat wilde jij zeggen over die bewaakster die is gedood?'
'Voor zover we weten zou het kunnen zijn dat er al iemand van de Orde in de toren is die haar heeft gedood door gebruik te maken van de magie in de toren. Of het zou kunnen zijn dat hij bang is dat de mriswith de toren zullen veroveren, en hij erheen gaat om hem te beschermen.'
Zedd streek met zijn duim over zijn gladgeschoren kaak. 'Hij heeft geen idee van de gevaren in Aydindril, erger nog, hij heeft niet het minste vermoeden van de dodelijke aard van de dingen in de toren. Ik weet nog dat ik hem eens heb verteld dat magische voorwerpen, zoals het Zwaard van de Waarheid en diverse boeken, daar werden bewaard. Ik heb er nooit aan gedacht hem te zeggen dat veel van die dingen gevaarlijk zijn.'
Kahlan greep hem bij de arm. 'Boeken? Heb je hem verteld dat daar boeken zijn?'

Zedd gromde. 'Een grote fout van me.'
Kahlan slaakte een zucht. 'Dat zou ik ook zeggen.'
Zedd wierp zijn armen omhoog. 'We moeten meteen naar Aydindril!' Hij greep Kahlan bij haar schouders. 'Richard beheerst zijn gave niet. Als de Orde magie gebruikt om de toren te veroveren, zal Richard ze niet kunnen tegenhouden. We zouden deze oorlog kunnen verliezen voor we ook maar de kans krijgen terug te vechten.'
Kahlan balde haar vuisten. 'Ik kan het niet geloven. We zijn al weken bezig van Aydindril weg te vluchten, en nu moeten we er zo snel mogelijk weer naar terug. Dat zal ons weer weken kosten.'
'De zon is allang ondergegaan aan het einde van de dagen dat we die keuzen maakten. We moeten ons concentreren op wat we morgen kunnen doen – we kunnen het verleden niet opnieuw beleven.'
Kahlan keek Gratch aan. 'Richard heeft ons een brief geschreven. We kunnen hem een brief terugsturen waarin we hem waarschuwen.'
'Dat zal hem niet helpen de toren te beschermen, als ze magie gebruiken.'
Kahlans hoofd tolde rond van gedachtespinsels en overhaaste oplossingen. 'Gratch, kun jij een van ons terugbrengen naar Richard?'
Gratch keek hen eerst beiden aan en liet zijn blik toen op de tovenaar rusten. Na een tijdje schudde hij van nee.
Kahlan beet teleurgesteld op haar onderlip. Zedd liep voor het vuur heen en weer en mompelde in zichzelf. Adie staarde in gedachten verzonken voor zich uit. Plotseling ademde Kahlan met een zucht in.
'Zedd! Kun jij magie gebruiken?'
Zedd bleef staan en keek naar haar op. 'Wat voor soort magie?'
'Zoals je vandaag deed met die wagen. Je tilde hem op met je toverkracht.'
'Ik kan niet vliegen, lieve schat. Ik kan alleen maar dingen optillen.'
'Maar zou je ons lichter kunnen maken, net als die wagen, zodat Gratch ons kan dragen?'
Zedd vertrok zijn rimpelige gezicht. 'Nee. Het zou me te veel moeite kosten dat vol te houden. Dat werkt met levenloze dingen, zoals rotsblokken en wagens, maar het is iets heel anders om het met levende dingen te doen. Ik zou ons allemaal een stukje kunnen optillen, maar alleen maar een paar minuten.'
'Kun je het alleen met jezelf doen? Kun je jezelf licht genoeg maken zodat Gratch je kan dragen?'
Zedds gezicht klaarde op. 'Ja, misschien wel. Het zal me veel moeite kosten dat al die tijd vol te houden, maar ik denk dat ik dat wel zou kunnen, ja.'
'Kun jij dat ook, Adie?'

Adie zakte achteruit op haar stoel. 'Nee. Ik heb niet de kracht die hij heeft. Ik zou dat niet kunnen.'
Kahlan slikte haar ongerustheid weg. 'Dan moet jij maar gaan, Zedd. Jij kunt weken eerder in Aydindril aankomen dan wij. Richard heeft je nu nodig. We kunnen niet wachten. Iedere verloren minuut betekent gevaar voor ons.'
Zedd wierp zijn dunne armen omhoog. 'Maar ik kan je hier niet onbeschermd achterlaten.'
'Ik heb Adie bij me.'
'Wat als de mriswith komen, zoals Richard vreest? Dan zul je Gratch niet bij je hebben. Adie kan niets tegen een mriswith doen.'
Kahlan greep zijn zwarte mouw beet. 'Als Richard de toren in gaat, zou hij gedood kunnen worden. Als de Orde de Tovenaarstoren verovert, en de magie die daarin is, dan zijn we er allemaal geweest. Ik vind dit belangrijker dan mijn eigen leven. Dit gaat om wat er is gebeurd met alle bewoners van Ebinissia. Als we de Orde laten winnen, zullen er velen sterven, en de levenden zullen gedoemd zijn tot slavernij. Dan zal alle magie zijn uitgestorven. Dat ze in Aydindril mensen hebben aangevallen, betekent nog niet dat ze op andere plaatsen mensen zullen aanvallen. De bezwering zorgt ervoor dat mijn ware identiteit geheim blijft. Niemand weet dat de Biechtmoeder leeft en dat ik dat ben. Ze hebben geen reden mij te achtervolgen.'
'Geen speld tussen te krijgen. Ik snap nu waarom ze jou als Biechtmoeder hebben gekozen. Maar ik vind het nog steeds dwaas.' Zedd wendde zich tot de tovenares. 'Wat vind jij ervan?'
'Ik vind dat de Biechtmoeder gelijk heeft. We moeten goed nadenken wat het belangrijkste is wat we moeten doen. We mogen niet de levens van velen omwille van een enkeling riskeren.'
Kahlan stond vlak voor Gratch. Nu hij op de grond gehurkt zat, stond ze oog in oog met hem. 'Gratch, Richard is in groot gevaar.' Gratch draaide zijn pluizige oren naar voren. 'Hij heeft Zedd nodig om hem te helpen. En jou ook. Ik ben hier veilig genoeg – hier zijn nog geen mriswith geweest. Kun jij Zedd naar Aydindril brengen? Hij is een tovenaar en kan zichzelf lichter maken. Wil je dat voor mij doen? En voor Richard?'
Gratch keek het drietal een voor een met zijn gloeiende ogen nadenkend aan. Ten slotte stond hij op. Hij spreidde zijn leerachtige vleugels uit en knikte. Kahlan sloeg haar armen om de kaai en het dier beantwoordde haar liefkozing met een tedere omhelzing.
'Ben je moe, Gratch? Wil je eerst wat rusten, of kun je meteen weg?'
Gratch klapperde als antwoord met zijn vleugels.
Zedd werd steeds banger en keek ieder afwisselend aan. 'Verdorie. Dit

is het stomste wat ik ooit heb gedaan. Als het de bedoeling was dat ik moest vliegen, was ik wel als vogel geboren.'
Kahlan glimlachte dunnetjes. 'Jebra vertelde dat ze een visioen had waarin ze jou met vleugels zag.'
Zedd zette zijn vuisten op zijn magere heupen. 'Ze zei ook dat ze zag dat men me in een vuurbal liet vallen.' Hij tikte met zijn voeten op de grond. 'Vooruit. Laten we maar gaan.'
Adie stond op en sloeg haar armen om hem heen. 'Gekke, oude held van me.'
Zedd gromde vol afgrijzen. 'Inderdaad, gek.' Even later omhelsde hij haar ook. Hij slaakte een kreetje toen ze in zijn achterste kneep.
'Je ziet er goed uit in die mooie gewaden, grijsaard.'
Zedd kon een schaapachtige grijns niet onderdrukken. 'Ja, ik ben bang van wel.' Toen fronste hij weer. 'Nu ja, een beetje. Zorg goed voor de Biechtmoeder. Als Richard erachter komt dat ik haar alleen heb gelaten en alleen ben teruggekomen, dan doet hij me misschien meer dan me knijpen.'
Kahlan sloeg haar armen om de magere tovenaar en voelde zich plotseling in de steek gelaten. Zedd was Richards grootvader en het deed haar goed om ten minste een klein stukje van Richard bij zich te hebben.
Toen ze elkaar loslieten, keek Zedd de kaai met schuchtere blik aan. 'Nou Gratch, dan moesten we maar eens gaan.'
Toen ze in de koude avondlucht stonden, pakte Kahlan de tovenaar bij zijn mouw. 'En Zedd, je moet eens een hartig woordje met Richard spreken.' Haar toon werd smekender. 'Hij mag me dit niet aandoen. Hij is onredelijk tegen me.'
Zedd keek haar aandachtig aan in het zwakke licht. Toen zei hij zacht: 'Geschiedenis wordt zelden door redelijke mensen geschreven.'

35

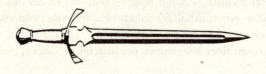

'Niets aanraken,' zei Richard weer terwijl hij fronsend over zijn schouder keek. 'Dat meen ik.'
De drie Mord-Sith zeiden niets terug. Ze draaiden zich om en keken op naar het hoge plafond boven de gewelfde ingang en toen naar de reusachtige, volgens een ingewikkeld patroon gemetselde blokken donker graniet, net binnen het reusachtige opgehesen valhek dat de ingang van de Tovenaarstoren markeerde.
Richard tuurde achterom langs Ulic en Egan heen naar de brede weg die hen het gebergte in en ten slotte over een stenen brug van tweehonderdvijftig stappen lengte leidde die een afgrond overspande met bijna verticale wanden die honderden meters diep leek. Hij wist niet zeker hoe diep de gapende afgrond precies was, omdat in de verte beneden wolken zich tegen de beijsde bergwanden nestelden en de bodem aan het oog onttrokken. Toen hij over de brug liep en in die donkere, gekartelde muil keek, werd hij duizelig en licht in zijn hoofd. Hij kon zich niet voorstellen hoe men de stenen brug over zo'n hindernis had kunnen bouwen.
Er was slechts één manier om de Tovenaarstoren in te gaan, tenzij je vleugels had.
Meester Rahls officiële escorte van vijfhonderd man wachtte aan de overkant van de brug. Ze waren van plan met hem naar de toren te gaan tot ze op deze plek waren aangekomen, vlak na de kronkelige weg, en aller ogen, ook die van Richard, keken omhoog naar de onmetelijke Burcht met zijn hoge muren van donker steen, zijn borstwering, torens, wandelgangen, en bruggen die allemaal een onmiskenbare sensatie van macabere dreiging teweegbrachten die uit het steen van de bergen omhoog leek te springen en op een of andere manier levend leek, alsof hij hen gadesloeg. Richards knieën knikten toen hij ernaar keek, en toen hij de mannen opdroeg te wachten, had niemand ook maar één woord van protest geuit.

Het had Richard een aanzienlijke hoeveelheid wilskracht gekost zichzelf te dwingen verder te gaan, maar de gedachte dat al die mannen hun Meester Rahl, hun tovenaar, zagen aarzelen de Tovenaarstoren in te gaan, zorgde ervoor dat hij doorliep, ook al deed hij liever het tegenovergestelde. Bovendien moest hij dit doen. Richard vatte moed door zich te herinneren dat Kahlan had verteld dat de toren werd beschermd door bezweringen, en dat er plaatsen waren waar zelfs zij niet naar binnen kon, omdat die bezweringen je zozeer alle moed in de schoenen deden zinken, dat je eenvoudigweg niet verder kon. Dat was alles, maakte hij zichzelf wijs – gewoon een bezwering om nieuwsgierige lieden uit de buurt te houden – slechts een gevoel, geen echt gevaar.

'Warm is het hier,' zei Raina, terwijl ze met haar donkere ogen verwonderd om zich heen keek.

Richard besefte dat ze gelijk had. Toen ze onder het ijzeren valhek door waren, werd de lucht met iedere voetstap minder koud, tot het daarbinnen aanvoelde als een mooie lentedag. De sombere, staalgrijze hemel waarin het steile berglandschap zich boven de Burcht verhief, en de gure wind deden echter op geen enkele manier aan de lente denken.

De sneeuw op zijn laarzen begon te smelten. Ze trokken allemaal hun zware mantels uit en gooiden ze op een stapel tegen de stenen muur naast hen. Richard controleerde of zijn zwaard niet vast zat in de schede.

De huizenhoge, boogvormige opening waar ze onderdoor gingen, was een dikke vijftien meter lang. Richard zag dat het slechts een bres in de buitenmuur was. Daarna leidde de weg door een open gebied, waarna hij als een tunnel in de onderkant van een hoge stenen muur in de duisternis verdween. Hij leidde waarschijnlijk slechts naar de stallen, dacht hij. Geen enkele reden om deze weg te volgen.

Richard moest weerstand bieden aan de opwelling zich in zijn zwarte mriswith-cape te hullen om zich onzichtbaar te maken. Hij deed dat de laatste tijd steeds vaker en ontleende niet alleen een prettig gevoel aan de eenzaamheid die dat verschafte, maar ook een eigenaardige, plezierige gewaarwording, zoals de geruststellende aanwezigheid van de toverkracht in het zwaard aan zijn heup, zijn vriend door dik en dun, zijn bondgenoot – zijn kampioen.

Overal om hen heen veranderden ingewikkelde verbindingen van gemetselde muren de gure binnenplaats in een woest ravijn waarvan de wanden werden onderbroken door een aantal deuren. Richard volgde een pad van stapstenen dat via kiezelachtig granietgruis naar de grootste deur leidde.

Berdine greep hem plotseling zo hard bij de arm dat hij ineenkromp van pijn en zich bij de deur omdraaide om haar vingers los te wrikken.

'Berdine,' zei hij, 'wat doe je? Wat is er aan de hand?'

Hij ontrukte zijn arm aan haar greep, maar ze pakte hem weer beet. 'Kijk,' zei ze na een tijdje op een toon waarvan de haren achter in zijn nek rechtovereind gingen staan, 'wat is dat volgens u?'
Iedereen draaide zich om en keek naar waar ze met haar Agiel naartoe wees.
Rotsblokken en stenen golfden op en neer alsof er een reusachtige stenen vis onderdoor zwom. Toen het onzichtbare ding dichterbij kwam, gingen ze allemaal op het midden van hun steen bij elkaar staan. Het grind knarste en golfde als water in een meer.
Toen de golven dichterbij kwamen, kneep Berdine zo hard in zijn arm dat het hem pijn deed. Zelfs Ulic en Egan snakten evenals de anderen naar adem toen het ding onder de stapstenen onder hun voeten door leek te glijden en de golven scherven steen tegen de rotsen wierpen waarop ze stonden. Toen het was gepasseerd, hield de golfbeweging van het grind op en was alles weer stil.
'Mijn hemel, wat was dat?' snauwde Berdine. 'Wat zou er met ons zijn gebeurd als we het pad naar een van de andere deuren hadden gekozen, in plaats van dit ene pad naar deze deur?'
'Hoe moet ik dat weten?'
Ze keek naar hem op. 'U bent een tovenaar. U zou dit soort dingen moeten weten.'
Berdine zou in haar eentje met Ulic en Egan hebben gevochten, als hij haar dat zou bevelen, maar onzichtbare magie was een volstrekt andere zaak. Ze deinsden alle vijf zelfs niet voor staal terug, maar ze schaamden zich niet in het minst hem te laten zien dat ze bang waren voor magie. Ze hadden hem dat ontelbare keren uitgelegd – zij waren het staal tegen staal, zodat hij de magie tegen de magie kon zijn.
'Luister nu eens allemaal – ik heb jullie al eerder gezegd dat ik er niet erg veel van weet wat het is om een tovenaar te zijn. Ik ben nog nooit eerder op deze plek geweest, en weet er niets van. Ik weet niet hoe ik jullie moet beschermen. Willen jullie nu dus doen wat ik jullie heb gevraagd en aan de overkant van de brug bij de soldaten blijven wachten? Alsjeblieft?'
Ulic en Egan sloegen hun armen als een stil antwoord over elkaar.
'We gaan met u mee,' hield Cara vol.
'Inderdaad,' voegde Raina hieraan toe.
'U kunt ons niet tegenhouden,' zei Berdine terwijl ze eindelijk zijn arm losliet.
'Maar dit kan gevaarlijk worden!'
'We moeten u beschermen,' zei Berdine.
Richard keek fronsend op haar neer. 'Hoe dan? Door het bloed uit mijn arm te persen?'

Berdine bloosde. 'Sorry,' zei ze.
'Kijk, ik weet niets af van de magie hier. Ik ken de gevaren niet, en nog minder hoe ik die moet bezweren.'
'Daarom moeten we mee,' legde Cara overdreven geduldig uit. 'U weet niet hoe u zich moet beschermen. Wij zouden u kunnen helpen. Wie weet of er geen Agiel...' Ze stak haar duim op naar Ulic en Egan. '... of spierkracht bij te pas zal moeten komen? Wat als u in een doodgewoon gat valt, zonder ladder, en er niemand is die uw hulpkreten kan horen? U zou zich ook kunnen bezeren aan iets onmagisch, denkt u niet?'
Richard zuchtte. 'Nou, goed dan. Ik denk dat je daar gelijk in hebt.' Hij zwaaide met zijn vinger naar haar. 'Maar als je voet wordt afgebeten door een of andere stenen vis of zo, kom dan niet bij me klagen.'
De drie vrouwen grijnsden tevreden. Zelfs Ulic en Egan glimlachten. Richard slaakte slechts een vermoeide zucht.
'Kom dan maar mee.'
Hij draaide zich om naar de vier meter hoge deur achter in een alkoof. Het hout was grijs en verweerd en werd bijeengehouden door simpele maar massief ijzeren banden die eraan waren vastgespijkerd met afgevijlde nagels die even groot waren als zijn vingers. In de stenen latei boven de deur waren woorden uitgebeiteld, maar in een taal die geen van hen begreep. Toen Richard de kruk wilde vastpakken, zwaaide de deur aan geruisloze scharnieren naar binnen.
'En hij beweert dat hij niet weet hoe zijn magie te gebruiken,' zei Berdine spottend.
Richard keek haar voor de laatste keer in haar vastberaden ogen. 'Denk eraan: niets aanraken.' Ze knikten. Hij slaakte een zucht van berusting en keerde zich naar de deuropening terwijl hij zich achter in zijn nek krabde.
'Heeft die zalf die ik heb meegebracht, u niet van uw uitslag afgeholpen?' vroeg Cara terwijl ze door de deuropening de troosteloze kamer binnenstapten. Het rook er naar vochtig steen.
'Nee. Nog niet, in elk geval.'
Hun stemmen weerklonken tegen het balkenplafond, zo'n negen meter hoog. Richard vertraagde zijn pas terwijl hij de bijna lege kamer rondkeek en stond toen stil.
'Die vrouw van wie ik hem kocht, verzekerde me dat uw uitslag erdoor zou genezen. Ze vertelde dat hij was gemaakt van de gebruikelijke, simpele ingrediënten zoals witte rabarber, lauriersap, boter en zachtgekookte eieren, maar toen ik haar zei dat er veel van afhing, deed ze er een paar kostbare dingen bij. Ze zei dat ze er betonie, varkenszweer, en een zwaluwenhart bij zou doen, en omdat ik uw beschermster ben, vroeg ze me haar wat van mijn maanbloed te geven. Ze roerde dat er met een

gloeiende spijker doorheen. Ik keek toe terwijl ze dat deed, gewoon, voor de zekerheid.'

'Ik wou dat je me dat had verteld voordat ik hem gebruikte,' mompelde Richard terwijl hij de sombere kamer begon door te lopen.

'Wat?' Hij wuifde haar vraag weg. 'Nou, ik heb haar gewaarschuwd dat het, gezien wat ik ervoor heb betaald, maar beter kon helpen, en ik heb haar gezegd dat als het niet hielp, ik zou terugkomen en ze de dag zou betreuren waarop ze die fout had gemaakt. Ze bezwoer me dat het zou helpen. U bent toch niet vergeten er ook wat van op uw linkerhiel te doen, zoals ik u zei, of wel?'

'Nee. Ik heb het alleen op die ruwe plek op mijn nek gedaan.' Hij wilde nu dat hij dat niet had gedaan.

Cara wierp haar handen omhoog. 'Nou, dat verbaast me dan niet. Ik zei u dat u het ook op uw linkerhiel moest doen. Die vrouw vertelde me dat uw uitslag waarschijnlijk een verstoring van de basis van uw aura is, en dat u de zalf ook op uw hiel moest doen om de verbinding met de aarde te herstellen.'

Richard luisterde slechts met een half oor naar haar, want hij wist dat ze moed probeerde te putten uit haar eigen stemgeluid door over aardse aangelegenheden te praten.

Een rij kleine ramen hoog in de muur rechts van hen wierp lange, schuine stralen daglicht door de kamer. Twee stoelen met sierlijk houtsnijwerk stonden aan weerszijden van een boogvormige opening achter in de kamer. Onder de rij ramen hing een wandkleed waarvan de afbeelding te vaal was om nog te kunnen zien wat die voorstelde. Aan de muur ertegenover hing een rij simpele ijzeren kandelaars met kaarsen erin. Bijna midden in de kamer stond een zwaar geschraagd tafelblad dat baadde in een stralende lichtzuil. Verder was de kamer kaal.

Ze liepen de kamer door, vergezeld door de echo van hun voetstappen op de tegels. Richard zag dat er boeken op de tafel stonden. Zijn hoop vlamde op – boeken waren de reden waarom hij hierheen was gegaan. Het zou nog weken kunnen duren voordat Kahlan en Zedd terug waren, en hij was bang dat hij tot op dat moment misschien actie zou moeten ondernemen om de Burcht te verdedigen. Van wachten werd hij alleen maar rusteloos en bezorgd.

Nu het D'Haraanse leger Aydindril bezet hield, was zijn grootste zorg nu dat men de Burcht zou bestormen. Hij hoopte boeken te vinden die waardevolle kennis zouden bevatten en hem duidelijk konden maken hoe hij wat van zijn magie moest gebruiken, zodat hij wist wat hem te doen stond als iemand hem met magie aanviel. Hij vreesde dat de Orde zou proberen wat magie uit de Burcht te stelen. Maar hij dacht ook aan mriswith.

Er lagen ruim tien boeken op tafel, allemaal van hetzelfde formaat. Er stonden woorden op de omslagen in een taal die hij niet kende. Ulic en Egan stonden met de rug naar de tafel terwijl Richard met zijn vinger een paar boeken opzij schoof om degene daaronder beter te kunnen zien. Ze maakten op de een of andere manier een vertrouwde indruk op hem. 'Ze lijken wel één en hetzelfde boek, maar dan in verschillende talen,' zei hij binnensmonds.

Hij keerde een boek om dat hem opviel om de titel te kunnen lezen, en besefte plotseling dat, hoewel hij die niet kon lezen, hij deze taal eerder had gezien, en hij herkende er twee woorden van. Het eerste, *fuer*, en het derde, *ost*, waren woorden die hij maar al te goed kende. De titel was in het Hoog-D'Haraans geschreven.

Een voorspelling die Warren hem in de kluizen van het Paleis van de Profeten had laten zien, had betrekking op Richard en noemde hem *fuer grissa ost drauka*: de brenger van dood. Het eerste woord van deze titel, *fuer*, betekende: 'de', en het derde, *ost*, betekende: 'van'.

'*Fuer Ulbrecken ost Brennika Dieser.*' Richard slaakte een zucht van ergernis. 'Ik wou dat ik wist wat dit betekent.'

'*De lotgevallen van Bonnie Day.* Dat denk ik tenminste.'

Richard draaide zich om en zag dat Berdine over zijn schouder meekeek. Ze deed een stap achteruit en wendde haar blauwe ogen af, alsof ze iets verkeerds had gedaan.

'Wat zei je?' fluisterde hij.

Bernine wees naar het boek op tafel. '*Fuer Ulbrecken ost Brennika Dieser.* U zei dat u wou dat u wist wat dat betekent. Ik denk dat het *De lotgevallen van Bonnie Day* betekent. Het is een oud dialect.'

De lotgevallen van Bonnie Day was een boek dat Richard al vanaf zijn vroegste jeugd in zijn bezit had gehad. Het was zijn lievelingsboek, en hij had het zo vaak gelezen dat hij het bijna uit het hoofd kende.

Pas nadat hij tijdens de Oude Oorlog naar het Paleis van de Profeten was gegaan, had hij ontdekt dat het boek was geschreven door Nathan Rahl, profeet en Richards voorvader. Nathan had het boek geschreven als eerste leerboek in de profetie, zei hij, en hij had het aan veelbelovende jongens gegeven. Nathan had Richard verteld dat behalve Richard iedereen die het boek in zijn bezit had gehad, door een dodelijk ongeluk was getroffen.

Toen Richard was geboren, waren de Priores en Nathan naar de Nieuwe Wereld gereisd, en ze hadden het *Boek van Getelde Schaduwen* uit de Tovenaarstoren gestolen om te voorkomen dat het Darken Rahl in handen zou vallen. Ze gaven het aan Richards stiefvader, George Cypher, onder de uitdrukkelijke voorwaarde dat hij Richard het hele boek uit zijn hoofd zou laten leren en het daarna zou vernietigen. Het *Boek van Getelde Schaduwen* was nodig om de Kistjes van Orden in D'Hara te kunnen openen. Richard kende dat boek nog steeds uit zijn hoofd – woord voor woord.

Richard herinnerde zich met blijdschap de gelukkige momenten van zijn jeugd, toen hij thuis samen met zijn vader en zijn broer woonde. Hij was dol op zijn oudere broer en keek altijd tegen hem op. Wie wist toen welke verraderlijke wendingen het leven zou kunnen nemen? Een terugkeer naar die onschuldige tijd was onmogelijk.

Nathan had ook een exemplaar van *De lotgevallen van Bonnie Day* voor hem achtergelaten. Hij moest ook de boeken in andere talen hier in de Burcht hebben achtergelaten, toen hij hier was, vlak nadat Richard was geboren.

'Hoe weet je wat dat betekent?' vroeg Richard.

Berdine slikte. 'Dit is Hoog-D'Haraans, maar een oud dialect.'

Richard merkte aan haar opengesperde ogen dat hij zelf een angstaanjagende blik in zijn ogen moest hebben. Hij spande zich in zijn gezichtsuitdrukking wat te verzachten.

'Bedoel je dat je Hoog-D'Haraans kunt lezen?' Ze knikte. 'Ik heb gehoord dat het een dode taal is. Een geleerde kennis van me die Hoog-D'Haraans kent, vertelde me eens dat bijna niemand die taal nog beheerst. Hoe komt het dat jij dat wel doet?'

'Door mijn vader,' zei ze vlak. 'Dat was een van de redenen waarom Darken Rahl me als Mord-Sith uitkoos.' Haar gezichtsuitdrukking was vlak. 'Slechts weinigen beheersten toen nog het Hoog-D'Haraans. Mijn vader was een van die weinigen. Darken Rahl gebruikte het Hoog-D'Haraans voor een deel van zijn magie, en hij vond het maar niks dat er anderen waren die die oude taal kenden.'

Richard hoefde niet te vragen hoe het haar vader was vergaan.

'Het spijt me, Berdine.'

Hij wist dat zij in hun opleiding die tot hun toetreding tot het bondgenootschap van Mord-Sith leidde, werden gedwongen hun vader te martelen tot de dood erop volgde. Dat heette de derde dressuur – de laatste proef.

Ze toonde geen enkele reactie. Ze had zich teruggetrokken achter het ijzeren masker, zoals haar was geleerd. 'Darken Rahl wist dat mijn vader mij iets van die oude taal had geleerd, maar omdat ik een Mord-Sith was, was ik geen gevaar voor hem. Af en toe vroeg hij me de betekenis van bepaalde woorden uit te leggen. Het Hoog-D'Haraans is een moeilijke taal om te vertalen. Veel woorden, vooral die in het oude dialect, kennen nuances die slechts uit hun samenhang zijn af te leiden. Ik ben absoluut geen deskundige op dat gebied, maar ik weet er het een en ander van. Darken Rahl was een grootmeester in het Hoog-D'Haraans.'

'Weet je dan wat *fuer grissa ost drauka* betekent?'
'Dat is een oeroud dialect. Ik ben niet zo heel goed in zulke oude teksten.' Ze dacht even na. 'Ik denk dat de letterlijke vertaling "de brenger van dood" zou moeten zijn. Waar hebt u dat gehoord?'
Hij wilde op dit ogenblik niet denken wat de andere betekenissen aan complicaties in zich borgen. 'Een oude profetie. Ik dank er mijn naam aan.'
Berdine klemde haar handen achter haar rug ineen. 'Nogal onterecht, Meester Rahl. Tenzij men ermee wil aanduiden hoe goed u uw vijanden aankunt, maar niet uw vrienden.'
Richard glimlachte. 'Dank je, Berdine.'
Haar glimlach keerde terug als de zon die achter onweerswolken gevangen zat.
'Laat eens kijken wat voor interessants we hier nog verder kunnen vinden,' zei hij terwijl hij naar de boogvormige opening achter in de kamer liep.
Toen hij door de deuropening liep, voelde Richard een tinteling op zijn huid die zo strak was als een messnede. Toen hij daar eenmaal doorheen was, was het gevoel verdwenen. Hij draaide zich om toen hij hoorde dat Raina hem riep.
De anderen, die nog in de andere kamer waren, drukten met hun handen tegen iets dat op een glasplaat leek. Ulic beukte er tevergeefs met zijn vuist tegenaan.
'Meester Rahl!' riep Cara. 'Hoe moeten we hier doorheen?'
Richard liep terug naar de deuropening. 'Dat weet ik niet precies. Ik heb magie waarmee ik door schermen heen kan. Hier, Berdine, geef me je hand. Eens kijken of dat werkt.'
Hij stak zijn hand door de onzichtbare hindernis, en ze greep zonder aarzelen zijn pols beet. Hij trok langzaam haar hand naar zich toe, en die drong door het schild heen.
'Jakkes, wat koud,' klaagde ze.
'Gaat het? Wil je verder?'
Ze knikte, en hij trok haar door het schild. Toen ze er doorheen was, huiverde ze en schudde zichzelf alsof ze onder het ongedierte zat.
Toen stak Cara haar hand naar de deuropening uit. 'Nu ik.'
Richard wilde haar de hand reiken, maar bedacht zich. 'Nee. Jullie moeten daar maar wachten tot we terug zijn.'
'Wat?' gilde Cara. 'U moet ons met u laten meegaan!'
'Hier loeren gevaren waar ik niet vanaf weet. Ik kan niet zowel jullie in de gaten houden als opletten op wat ik zelf doe. Voor het geval ik bescherming nodig heb, heb ik genoeg aan Berdine. Jullie moeten hier blijven wachten. Als er iets gebeurt, weten jullie waar de uitgang is.'

'Maar u moet ons laten meegaan,' smeekte Cara. 'We kunnen u niet onbeschermd verder laten gaan.' Ze draaide zich om. 'Zeg jij het hem, Ulic.'
'Ze heeft gelijk, Meester Rahl. We moeten met u meegaan.'
Richard schudde van nee. 'Een van jullie is genoeg. Als mij iets overkomt, kunnen jullie niet meer door het schild heen. Als er iets gebeurt, en we niet terugkomen, moeten jullie verder om mij te kunnen helpen. In dat geval heb jij de leiding, Cara. Als er iets misgaat, moet je hulp halen, als je dat kunt. Als je dat niet lukt, nou ja, dan moet je maar voor het een en ander zorgen totdat mijn grootvader Zedd en Kahlan hier zijn.'
'Doe dit toch niet!' zei Cara met meer wanhoop in haar ogen dan hij ooit had gezien. 'Meester Rahl, we kunnen niet zonder u.'
'Cara, dat zal allemaal best meevallen. We komen terug, dat beloof ik je. Tovenaars houden altijd woord.'
Cara pufte van woede. 'Waarom mag zij wel mee?'
Berdine zwaaide haar golvende bruine vlecht over haar schouder en wierp Cara een zelfingenomen glimlach toe. 'Omdat Meester Rahl mij de liefste vindt.'
'Cara,' zei Richard terwijl hij Berdine fronsend aankeek, 'dat is omdat jij de leider bent. Als er met mij iets gebeurt, wil ik dat jij de leiding neemt.'
Cara stond een paar seconden stil en dacht na. Toen glimlachte ze op haar beurt vol zelfvoldoening. 'Goed dan. Maar u mag nooit meer zo'n trucje als dit met ons uithalen.'
Richard gaf haar een knipoog. 'Zoals u zegt.' Hij keek de donkere gang door. 'Kom mee, Berdine. Laten we hier maar gauw rondkijken, en dan... wegwezen.'

36

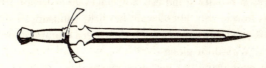

Wandelgangen leidden allerlei kanten uit. Richard probeerde het pad aan te houden waarvan hij dacht dat het het hoofdpad was, zodat hij gemakkelijk de weg terug kon vinden. Bij elke kamer die ze passeerden, stak hij zijn hoofd om de hoek om te kijken of er boeken waren, of iets anders dat hem kon helpen. De meeste waren simpele, lege stenen kamers. In een paar ervan stonden tafels en stoelen met kasten of ander gewoon meubilair, maar er was niets van bijzonder belang. Aan een lange gang grensden kamers met bedden. De tovenaars die in de Burcht logeerden, moesten een onopvallend leven hebben geleid, een aantal van hen in elk geval wel. Er waren duizenden kamers en hij had er maar een paar gezien.
Telkens als Richard in een kamer keek, tuurde Berdine langs hem heen om te kijken wat hij zocht. 'Weet u waar we heen gaan?'
'Niet precies.' Hij keek een andere zijgang in. Dit gebouw was een doolhof. 'Maar ik denk dat we bij een paar trappen moeten uitkomen. We moeten onderaan beginnen en naar boven toe verder gaan.'
Ze wees over haar schouder naar achteren. 'Ik zag er net een in een of andere gang, daarginds.'
De trap was waar ze zei. Hij had hem niet gezien omdat het niet meer dan een gat in de vloer was, met een spiraalvormig patroon van stenen treden die in de duisternis verdwenen, terwijl hij op zoek was naar een echt trappenhuis. Richard vervloekte zichzelf om het feit dat hij geen lamp of kaars had meegenomen. Hij had een vuursteen in zijn zak en dacht dat als hij wat stro of oud doek kon vinden, hij een vuurtje kon maken waarmee hij een van de kaarsen zou kunnen aansteken die hij in een ijzeren kandelaar had zien staan.
Terwijl ze naar het duister afdaalden, hoorde en voelde Richard een lage bromtoon uit de diepte komen. Het steen, dat onzichtbaar was geworden in het donker, begon zich nu in een blauwachtige groene gloed

te hullen, alsof iemand de kous van een lamp had aangestoken. Toen ze onderaan de trap waren aangekomen, kon hij weer duidelijk zien bij dit eigenaardige schijnsel.
Vlak om de hoek onder aan de trap zag hij de lichtbron. In een ringvormige ijzeren houder stond een bol, ongeveer zo groot als een hand, die van glas leek te zijn. Hier kwam het licht vandaan.
Berdine keek naar hem op en haar gezicht werd omrand door het vreemde schijnsel. 'Waardoor gloeit dat?'
'Nou, ik zie geen vlam, dus het moet magie zijn.'
Richard stak voorzichtig zijn hand naar het licht uit. Het werd feller. Hij raakte het met zijn vinger aan en het blauwachtige groene schijnsel veranderde in een warmere gelige kleur.
Aangezien het geen kwaad leek te kunnen het aan te raken, tilde Richard het voorzichtig uit de houder. Het was zwaarder dan hij had verwacht. Het was geen bol geblazen glas die vanbinnen hol was, maar het leek massief. Toen hij het in zijn hand hield, gaf het een warm, goed bruikbaar licht af.
Richard zag dat er verderop in de tunnelachtige gang nog meer van zulke bollen op houders waren. De dichtstbijzijnde in de verte gloeide slechts met een blauwachtig groene gloed. Toen ze erheen liepen, gloeiden ze helderder naarmate Richard dichterbij kwam en doofden toen hij verder liep met de bol die hij bij zich had.
Ze kwamen op een punt waar de gang een bredere, wat meer uitnodigende gang kruiste. Lichtroze stenen liepen als een band aan weerszijden omlaag en hier en daar bood de gang toegang tot grotachtige ruimten met gestoffeerde banken.
Nadat hij de brede dubbele deuren naar een van de grote kamers aan die gang had geopend, ontdekte hij een bibliotheek. De bibliotheek zag er gezellig uit met zijn geboende houten vloer, gelambriseerde muren en gewit plafond. Er stonden tafels naast de rijen boekenplanken, en gerieflijke stoelen. De ramen achterin de ruimte boden uitzicht over Aydindril en voorzagen de kamer van licht en frisse lucht.
Hij liep naar de volgende grotachtige kamer aan de gang en ontdekte dat daar ook nog een bibliotheek aan grensde. Het leek alsof de gang evenwijdig met de voorgevel van de Burcht liep, langs een hele rij bibliotheken. Toen ze aan het eind van de gang waren, hadden ze nog zo'n vierentwintig reusachtige bibliotheekruimten gezien.
Richard had nooit gedacht dat er zoveel boeken bestonden. Zelfs de kluizen van het Paleis van de Profeten, waar zoveel boeken waren, leken karig na het zien van deze collectie. Het zou hem een jaar kosten om ze allemaal te lezen. Hij voelde zich plotseling overdonderd. Waarmee moest hij beginnen?

'Dit moet zijn wat u zoekt,' zei ze.
Richard fronste. 'Nee, dit niet. Ik weet niet waarom, maar dit is het niet. Dit is veel te gewoon.'
Berdine liep naast hem toen ze door allerlei gangen liepen en diverse trappen afliepen. Ze kwamen bij een trapportaal, en haar Agiel bungelde aan een ketting om haar hand, paraat als altijd. Onderaan de trap was een rijkelijk met bladgoud versierd deurkozijn dat toegang bood tot een kamer die niet van baksteen was gebouwd, maar leek te zijn uitgehouwen uit inktzwarte rotsen. Misschien was het een grot die men later had uitgebroken. Daar waar de rotsen waren uitgehakt, waren glanzende, vlijmscherpe vlakken ontstaan. Dikke pilaren leken na het breekwerk te zijn opgericht om het lage, rotsige plafond te ondersteunen.
Bij de deuropening stuitte Richard voor de vierde keer na zijn binnenkomst in de Burcht op een schild, maar dit leek anders dan de eerste drie. De eerste drie voelden allemaal hetzelfde aan, maar dit was iets heel anders. Toen hij zijn hand er doorheen stak, werd het verticale vlak in de deuropening zonder enige verdere aanleiding roodgloeiend, en in plaats van een tinteling voelde hij hitte waar het rode licht zijn huid raakte. Het was het minst prettige schild dat hij ooit had gevoeld. Hij was bang dat het de haren op zijn arm zou doen schroeien, maar dat gebeurde niet.
Richard trok zijn arm terug. 'Dit schild is anders. Als je dit niet aandurft, moet je me maar tegenhouden.' Hij sloeg zijn arm om Berdine heen om haar beter te beschermen. Ze verstijfde. 'Wees niet ongerust, ik houd er wel mee op als je dat wilt.'
Ze knikte, en hij schuifelde de deuropening door. Toen het rode licht het rode leer om haar arm raakte, deinsde ze terug. 'Geeft niets,' zei ze. 'Gaat u maar door.' Hij trok haar door de deuropening heen en liet haar los. Ze leek zich pas te ontspannen nadat hij haar uit zijn armen liet.
Het schijnsel van de bol die Richard vasthield, wierp schaduwen tussen de pilaren, en hij zag dat er kleine nissen waren uitgehakt in de rotsen om de kamer heen. Er waren misschien wel zestig of zeventig van zulke nissen in de muren rond de kamer. Hoewel hij niet kon zien wat erin stond, wist hij dat in elke nis een voorwerp stond dat qua afmetingen en vorm van het andere verschilde.
Richard voelde de haren achter in zijn nek overeind gaan staan toen hij zijn blik op enige afstand over de nissen liet glijden. Hij wist niet wat dat voor dingen waren, maar hij voelde instinctief aan dat ze meer dan gevaarlijk waren.
'Blijf dicht bij me,' zei hij. 'We moeten bij die muren vandaan blijven.' Hij wees met zijn kin naar de andere kant van de reusachtige kamer. 'Daarheen. Die gang moeten we in.'

'Hoe weet u dat?'
'Kijk maar naar de vloer.' Het ruwe natuursteen was glad uitgesleten volgens een kronkelpad dat midden door de kamer liep. 'We moesten maar op dit pad blijven.'
Ze keek verontrust op met haar blauwe ogen. 'Wees voorzichtig. Als u iets overkomt, kom ik hier nooit uit om hulp van de anderen te krijgen. Dan zit ik hier gevangen.'
Richard glimlachte en begon toen door de muisstille grot te lopen. 'Kijk, dat is het risico dat je loopt als je mijn oogappeltje bent.'
Haar ongerustheid werd niet minder door zijn poging de stemming wat te verlichten. 'Meester Rahl, denkt u echt dat ik denk dat ik uw oogappeltje ben?'
Richard keek even of ze nog steeds op het pad liepen. 'Berdine, ik zei dat alleen maar omdat je dat zelf altijd zegt.'
Ze zweeg en dacht na terwijl ze voorzichtig door de kamer liepen. 'Meester Rahl, mag ik u iets vragen? In alle ernst? Iets persoonlijks?'
'Ja hoor.'
Ze trok haar golvende bruine vlecht over haar schouder en hield hem vast. 'Als u met de koningin trouwt, zult u toch ook andere vrouwen hebben?'
Richard keek fronsend op haar neer. 'Ik heb nu geen enkele andere vrouw. Ik houd van Kahlan. Ik ben trouw aan mijn liefde voor haar.'
'Maar u bent de Meester Rahl. U kunt iedereen hebben die u maar wenst. Zelfs mij. Dat doet de Meester Rahl nu eenmaal – hij heeft veel vrouwen. U hoeft maar met uw vingers te knippen.'
Richard kreeg sterk de indruk dat ze geen avances maakte. 'Heb je het over die keer toen ik je borsten aanraakte?' Ze keek een andere kant uit en knikte. 'Berdine, dat deed ik om je te helpen, niet om... nou, niet om enige andere reden. Ik hoopte dat je dat begreep.'
Ze legde snel haar hand bezorgd op zijn arm. 'Dat weet ik. Dat bedoel ik niet. U hebt me nooit op die andere manier aangeraakt. Ik bedoel, u hebt me nooit zoiets gevraagd.' Ze beet op haar onderlip. 'Ik schaamde me diep toen u me toen aanraakte.'
'Waarom?'
'Omdat u uw leven waagde door me te helpen. U bent mijn Meester Rahl, en ik was niet eerlijk tegen u.'
Richard wenkte haar en loodste haar over het pad dat om een pilaar leidde, die twintig mannen nog niet hadden kunnen omvatten. 'Je brengt me in de war, Berdine.'
'Nou, ik zeg altijd dat ik uw lieveling ben opdat u niet het idee hebt dat ik u niet aardig vind.'
'Wil je zeggen dat je me niet aardig vindt?'

Ze pakte hem weer bij de arm. 'Nee hoor. Ik hou van u.'
'Berdine, ik zeg net dat ik...'
'Dat bedoel ik niet. Ik bedoel... ik hou van u als mijn Meester Rahl. U hebt me bevrijd. U hebt gezien dat ik meer ben dan gewoon een Mord-Sith, en u hebt me vertrouwd. U hebt mijn leven gered en me weer een heel mens gemaakt. Ik houd van u om de Meester Rahl die u bent.'
Richard schudde afkeurend zijn hoofd. 'Je praat wartaal. Wat heeft dat te maken met het feit dat je altijd zegt dat je mijn lieveling bent?'
'Ik zeg dat, zodat u niet denkt dat ik niet vrijwillig met u naar bed zal gaan, als u mij dat zou vragen. Ik was bang dat als u wist dat ik dat niet zou willen, u me tot die perversiteit zou dwingen.'
Richard hield het licht voor zich uit toen ze de gang bereikten die van de kamer weg leidde. Hij zag eruit als een gewone gang van rotsblokken. 'Zit er maar niet verder over in.' Hij wenkte haar door te lopen.
'Ik heb je al gezegd dat ik dat niet zal doen.'
'Dat weet ik. Na wat u voor me hebt gedaan...' Ze wees naar haar linkerborst. '... geloof ik u. Maar daarvoor niet. Ik begin te begrijpen dat u werkelijk anders bent, en in meer dan één aspect.'
'Anders dan wie?'
'Darken Rahl.'
'Nou, daar heb je wel gelijk in.' Terwijl ze door de lange gang liepen, keek hij haar plotseling aan. 'Probeer je me te zeggen dat je verliefd bent op iemand, en je deze dingen alleen maar zegt, zodat ik niet denk dat je mijn genegenheid ontloopt, en daarom niet door me kan worden verleid?'
Ze klemde haar vlecht in haar vuist en deed haar blauwe ogen even dicht.
'Ja.'
'Echt waar? Dat is geweldig, Berdine.' Aan het eind van de gang kwamen ze bij een grote kamer waarvan de muren waren volgehangen met ingelijste strengen gevlochten haar en bont. Richard bekeek deze uitstalling van een afstand. Hij herkende een bosje kaaienbont.
Richard keek achterom toen hij weer doorliep, en grijnsde. 'Wie is de gelukkige?' vroeg hij. Hij wuifde met zijn hand en voelde zich plotselinge verlegen, omdat hij misschien zijn boekje te buiten ging, gezien haar vreemde stemming op dit moment. 'Tenzij je me dat niet wilt vertellen, natuurlijk. Je hoeft het me niet te vertellen. Ik wil niet dat je je daartoe gedwongen voelt. Het is jouw eigen zaak, als je dat wilt.'
Berdine slikte. 'Gezien de dingen die u voor ons, nee, voor mij hebt gedaan, wil ik u iets bekennen.'
Richard trok een gek gezicht. 'Bekennen? Mij vertellen van wie je houdt is toch geen bekentenis afleggen? Het is...'
'Raina.'

Richards mond ging met een klap dicht. Hij keek achterom naar waar ze vandaan waren gekomen. 'Groene tegels. Alleen met je linkervoet op lopen. Rechtervoet alleen op de witte tegels, tot we door deze ruimte heen zijn. Sla geen enkele groene of witte tegel over. Raak de sokkel aan voor je van de laatste tegel stapt.'

Ze volgde hem terwijl ze voorzichtig van de groene op de witte tegels stapte, totdat ze bij de stenen vloer aan de andere kant waren aangekomen. Toen tikten ze de sokkel aan en schuifelden ze een smalle gang van fonkelend zilverachtig steen in, als een kloof in een reusachtig sieraad.

'Hoe wist u dat... van die groene en witte tegels?'

'Wat?' Hij tuurde fronsend achterom. 'Geen idee. Het zal wel een schild zijn geweest, of zo.' Hij keek naar haar achterom terwijl ze met haar blik naar de grond verder liep. 'Berdine, ik hou ook van Raina. En van Cara en jou, en van Ulic en Egan. Alsof we één familie zijn. Bedoel je dat?' Ze schudde haar hoofd zonder op te kijken.

'Maar... Raina is een vrouw.'

Berdine wierp hem een kille, norse blik toe.

'Berdine,' zei hij na een lange stilte, 'je kunt dit beter niet aan Raina vertellen, anders...'

'Raina houdt ook van mij.'

Richard ging rechtop staan en wist niet precies wat hij moest zeggen. 'Maar hoe kan... je kunt toch niet... ik begrijp het niet... Berdine, waarom vertel je me dit eigenlijk?'

'Omdat u altijd eerlijk tegen ons bent geweest. Toen u in het begin iets zei, dachten we dat u zich niet aan uw woord zou houden. Nou, niet iedereen. Cara heeft u altijd geloofd, maar ik niet.'

Haar gezichtsuitdrukking verstarde tot de typische trekken van een Mord-Sith. 'Toen Darken Rahl onze Meester Rahl was, kwam hij erachter, en gebood me bij hem in bed te komen. Hij lachte me uit. Hij... wilde met me naar bed omdat hij het wist. Dat was zijn manier om me te vernederen. Ik dacht dat als u het ook zou weten, u hetzelfde met me zou doen, dus ik probeerde het voor u te verbergen door te doen alsof ik een oogje op u had.'

Richard schudde zijn hoofd. 'Berdine, ik zou je dat nooit aandoen.'

'Ja, dat weet ik nu ook. Daarom moest ik u deze bekentenis doen – omdat u altijd eerlijk tegen me bent geweest, maar ik niet tegen u.'

Richard haalde zijn schouders op. 'Nou, ik ben in elk geval blij dat je je hart hebt gelucht.' Hij dacht na terwijl hij haar een kronkelige gang met gepleisterde muren door loodste. 'Heeft Darken Rahl jou zo gemaakt, door je uit te kiezen om een Mord-Sith te worden? Ben je daardoor mannen gaan haten?'

Ze keek fronsend naar hem op. 'Ik haat geen mannen, ik, ik weet het

niet, ik let al vanaf mijn jeugd alleen maar op meisjes. Jongens interesseerden me niet op die manier.' Ze liet haar hand langs haar vlecht zakken. 'Haat u me nu?'
'Nee, nee. Ik haat je helemaal niet, Berdine. Jij bent mijn beschermster, net als altijd. Maar kun je niet proberen niet aan haar te denken, of zo? Het klopt gewoon niet.'
Ze glimlachte vaag. 'Als Raina op haar manier naar mij glimlacht, is mijn dag meteen weer goed, en dat vind ik de normaalste zaak van de wereld. Als ze mijn gezicht aanraakt, en mijn hart begint te bonzen, dan weet ik dat het goed is. Ik weet dat mijn hart bij haar in goede handen is.' Haar glimlach stierf weg. 'Maar nu vindt u me verachtelijk.'
Richard ontweek haar blik en schaamde zich plotseling. 'Zo denk ik over Kahlan. Mijn grootvader zei me eens dat ik haar moest vergeten, maar dat lukte me absoluut niet.'
'Waarom zei hij dat?'
Richard mocht haar niet vertellen dat Zedd dat om Richards bestwil had gezegd, aangezien Kahlan een Belijdster was. Niemand werd in staat geacht van een Belijdster te houden. Hij kon nu niet eerlijk tegen Berdine zijn, en dat knaagde aan hem. Hij haalde zijn schouders op. 'Hij vond niet dat ze de aangewezen vrouw voor me was.'
Richard trok haar door een van die tintelende schilden toen ze aan het eind van de gang waren. In een driehoekige kamer stond een bank. Hij vroeg haar naast hem te komen zitten en zette de gloeiende bol tussen hen in.
'Berdine, ik denk dat ik begrijp hoe je je voelt. Ik weet nog goed hoe ik me voelde toen mijn grootvader me had gezegd Kahlan maar te vergeten. Niemand kan je wijsmaken hoe je je moet voelen. Je voelt je zoals je je voelt. Hoewel ik dit niet begrijp of goedkeur, voel ik me steeds meer bevriend met jullie allen. Als vrienden hoeven jullie niet volmaakt gelijk aan elkaar te zijn, en jullie zijn allemaal vrienden van mij.'
'Meester Rahl, ik weet dat u dit nooit van me zult aanvaarden, maar ik moest het u vertellen. Morgen ga ik terug naar D'Hara. U mag niet iemand als uw bewaker hebben die u afkeurt.'
Richard dacht even na. 'Hou jij van gekookte erwten?'
Berdine fronste. 'Ja.'
'Nou, ik heb er de pest aan. Vind je me daarom minder aardig, alleen omdat ik iets verafschuw waar jij juist van houdt? Zou je er daarom zelfs van afzien mijn beschermster te zijn?'
Ze vertrok haar gezicht. 'Meester Rahl, dit is iets heel anders dan gekookte erwten. Hoe kunt u iemand vertrouwen die u afkeurt?'
'Ik vind je niet afkeurenswaardig, Berdine. Ik vind het alleen niet normaal. Maar dat hoeft niet zo te zijn. Kijk, ik had in mijn jonge jaren een

vriend, die was ook woudloper. Giles en ik gingen veel met elkaar om, omdat we veel gemeen hadden.

Hij werd verliefd op Lucy Fleckner. Ik had een hekel aan haar omdat ze gemeen was tegen Giles. Ik kon maar niet begrijpen dat hij iets in haar zag. Ik vond haar niet aardig, en vond dat hij dat ook moest doen. Ik ben mijn vriend verloren, omdat hij niet zo was als ik wilde. Ik raakte hem niet kwijt wegens Lucy, maar door mijn eigen schuld. Ik verloor alle mooie dingen die we samen hadden, omdat ik hem niet wilde laten zijn zoals hij was. Ik heb dat verlies altijd betreurd.

Dit is volgens mij net zoiets. Als je leert anders te zijn dan een Mord-Sith, zoals ik toen ik opgroeide, merk je dat vriendschap betekent dat je iemand aardig vindt om wat hij is, en zelfs die aspecten van diegene accepteert die je niet begrijpt. De redenen waarom je iemand aardig vindt, maken dat de dingen die je niet aan zo iemand begrijpt, onbelangrijk worden. Je hoeft die niet te begrijpen – je moet niet hetzelfde doen als hij of zij, of hun leven voor hun leiden. Als je echt om iemand geeft, dan wil je dat zo iemand is wie hij is – dat was de reden waarom je zo iemand in de eerste plaats aardig vindt.

Ik vind je aardig, Berdine, en dat is het enige wat ertoe doet.'

'Echt?'

'Echt.'

Ze sloeg haar armen om zijn hals en omhelsde hem. 'Dank u, Meester Rahl. Nadat u me had gered, was ik bang dat u daar spijt van had gekregen. Ik ben blij dat ik u dit heb verteld. Raina zal opgelucht zijn te horen dat u niet hetzelfde met ons zal doen als Darken Rahl deed.'

Terwijl ze daar zo stonden, begon een deel van de stenen muur opzij te schuiven. Richard pakte haar bij de hand en leidde haar deze vreemde kamer uit, de nieuwe deuropening door, en ze liepen een gang door, en kwamen in een donkere, muffe, vochtige kamer met een stenen vloer die zich in het midden tot een reusachtige bult verhief.

'Nu we zo langzamerhand uw vrienden zijn, mag ik u zeker wel vertellen wat u hebt gedaan dat me niet bevalt, wat ik afkeurenswaardig vind – hoe u uw boekje te buiten ging?' Richard knikte. 'Wat u met Cara deed, bevalt me niet. Ze is boos om wat u met haar hebt gedaan.'

Richard keek achterom de vreemde kamer in die al het licht leek op te slokken. 'Cara? Boos op mij? Wat heb ik haar dan aangedaan?'

'U bent onaardig tegen haar geweest, en dat was mijn schuld.' Richard vertrok zijn gezicht van verbazing, en ze vervolgde: 'Toen ik onder die bezwering verkeerde en ik u bedreigde met mijn Agiel, nadat u was teruggekeerd van uw zoektocht naar Brogan, werd u boos op ons alle drie. U hebt hen tweeën behandeld alsof ze er ook schuld aan hadden, hoewel ik de enige was.'

'Ik wist niet wat er aan de hand was. Door wat jij deed, voelde ik me bedreigd door alle Mord-Sith. Dat zou zij moeten begrijpen.'
'Dat doet ze ook, maar toen u er eindelijk achter was wat er aan de hand was en u me geheeld had, hebt u Cara en Raina niet gezegd dat u ze abusievelijk behandelde alsof ze u net als ik bedreigden. Dat deden ze niet.'
Richard voelde in het donker dat hij bloosde. 'Je hebt gelijk. Ik schaam me diep. Waarom zei ze niets?'
Berdine trok een wenkbrauw op. 'U bent Meester Rahl. Als u zou besluiten haar een pak rammel te geven omdat de manier waarop ze *goedemorgen* zei u niet beviel, dan zelfs zou ze niets zeggen.'
'Waarom zeg jij dan wel iets tegen me?'
Berdine volgde hem naar een vreemde gang met een vloer van keien die slechts een halve meter breed was en glad, rond en buisachtig, en waarvan de wand geheel met goud was bedekt. 'Omdat u een vriend van me bent.'
Hij keek over zijn schouder en glimlachte dankbaar naar haar, en zij strekte haar arm om het goud aan te raken. Richard greep snel haar pols beet, voor ze de kans kreeg het goud aan te raken. 'Als je dat doet, ben je dood.'
Ze keek hem fronsend aan. 'Waarom zegt u ons dat u niets van deze plek weet, en loopt u er vervolgens rond alsof u hier uw hele leven hebt gewoond?'
Richard knipperde toen hij deze vraag hoorde. Hij sperde zijn ogen wijd open toen hij besefte wat ze bedoelde. 'Dat komt door jou.'
'Door mij?'
'Ja,' zei Richard verbaasd. 'Door tegen mij te praten heb je mijn bewustzijn afgeleid. Je hebt me zo bezig gehouden met wat je zei, en me zo diep over ze laten nadenken, dat ik door mijn gave werd voortgeleid. Ik heb er niet eens iets van gemerkt, terwijl dat gebeurde. Nu ik deze weg heb gevolgd, ken ik alle gevaren, en weet ik hoe ik terug moet. Ik kan nu weer terug.' Hij kneep in haar schouder. 'Dank je, Berdine.'
Ze grijnsde. 'Waar heb je anders vrienden voor?'
'Ik denk dat we het ergste hebben gehad. Deze kant uit.'
Aan het einde van de gouden tunnel was een ronde torenkamer van minstens dertig meter in doorsnede met een spiraalvormige trap die langs de binnenkant van de muur omhoog ging. De trap werd onregelmatig onderbroken op plaatsen waar deuren uitkwamen op kleine overlopen. In de schemerige uitgestrektheid boven hen werd de duisternis door lichtstralen doorboord. De meeste ramen waren klein, maar een zag er reusachtig uit. Richard kon niet zien hoe hoog de toren was, maar het moest wel zo'n zestig meter zijn. Beneden hen verdween de ronde schacht in de duisternis.

'Het bevalt me hier niets,' zei Berdine terwijl ze over de rand van de ijzeren balustrade van de overloop tuurde. 'Dit lijkt me het ergste van deze plek.'

Richard dacht dat hij in de duisternis beneden iets zag bewegen. 'Blijf dicht bij me in de buurt en hou je ogen open.' Hij keek ingespannen naar de plek waar hij dacht iets te hebben zien bewegen. 'Als er iets gebeurt, moet je proberen hier weg te komen.'

Berdine tuurde mistroostig over de balustrade. 'Meester Rahl, we hebben er uren over gedaan om hier te komen. We zijn door meer schilden heen gegaan dan ik me kan herinneren. Als er iets met u gebeurt, ben ik ook dood.'

Richard dacht na over wat hij zou doen. Hij zou zich misschien beter in zijn mriswith-cape kunnen hullen. 'Wacht hier. Ik ga een kijkje nemen.' Berdine greep hem bij de schouder van zijn hemd en draaide hem naar zich toe. Ze keek hem met vurige, blauwe ogen aan. 'Nee, ik wil niet dat u daar alleen naartoe gaat.'

'Berdine...'

'Ik ben uw beschermster. U gaat er niet in uw eentje naartoe. Begrepen?' Ze had zo'n doordringende blik van staal in haar ogen dat hij bang was iets verkeerds te zeggen. Hij zuchtte na een tijdje.

'Goed dan. Maar blijf dicht bij me, en doe precies wat ik zeg.'

Ze knikte. 'Ik doe altijd wat u zegt.'

37

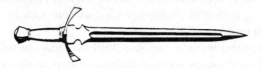

Terwijl zijn paard onder hem op en neer bewoog, keek Tobias Brogan bewegingloos naar de vijf boodschappers van de Schepper die niet ver voor ze uit en wat opzij liepen. Het kwam niet vaak voor dat je ze zag. Vanaf het moment waarop ze, vier dagen daarvoor, waren verschenen, waren ze voortdurend in de buurt, maar zelden zichtbaar, en zelfs wanneer ze zichtbaar waren, kon je ze moeilijk onderscheiden, omdat ze zo wit waren als sneeuw, en als het donker was, zo zwart als de nacht. Hij verbaasde zich over de manier waarop ze in staat waren eenvoudigweg voor zijn ogen te verdwijnen. De macht van de Schepper was inderdaad wonderbaarlijk.

Maar de keuze van zijn boodschappers verontrustte Tobias. De Schepper had Tobias in zijn dromen gezegd Zijn plannen niet in twijfel te trekken en had uiteindelijk Tobias' smeekbeden aanvaard toen hij vergiffenis vroeg voor de onbeschaamdheid van zijn nieuwsgierigheid. Alle rechtgeaarde kinderen vreesden de Schepper, en Tobias Brogan was niet minder rechtgeaard. Toch leken deze geschubde wezens niet aangewezen om een goddelijke boodschap te brengen.

Plotseling ging hij rechtop in zijn zadel zitten. Natuurlijk. De Schepper zou Zijn voornemens niet aan de goddelozen onthullen door ze volgelingen te laten bezoeken die er net zo uitzagen. Verdorvenen zouden verwachten dat de pracht en glorie van de Schepper hen achtervolgde, maar ze zouden niet te gronde worden gericht bij het zien van volgelingen die zijn gedaante hadden.

Tobias slaakte een zucht van opluchting toen hij zag dat de mriswith zich naar elkaar toe bogen en fluisterend met elkaar en de tovenares overlegden. Ze noemde zich een Zuster van het Licht, maar ze was nog steeds een tovenares, een *streganicha* – een heks. Hij kon begrijpen dat de Schepper de mriswith als boodschappers gebruikte, maar hij begreep niet waarom Hij *streganicha* met zulk gezag begunstigde.

Tobias wenste dat hij wist waarover ze telkens praatten. Vanaf het moment dat de *streganicha* zich de dag daarvoor bij hen had gevoegd, was ze bijna uitsluitend met de vijf geschubde wezens opgetrokken, en had ze bitter weinig woorden tegen de heer Generaal van de Bloedbroederschap gesproken. Deze zes hadden zich slechts met elkaar bemoeid, alsof ze toevallig in dezelfde richting reisden als Tobias en zijn gezelschap van duizend man.
Tobias had gezien hoe een handjevol mriswith honderden D'Haraanse soldaten had gedood, en voelde zich nu wat beter op zijn gemak, nu er slechts twee vuisten van zijn mannen bij ze waren. De rest van zijn strijdkrachten, die uit meer dan tweehonderdduizend Bloedbroeders bestonden, wachtte al langer dan een week vlak buiten Aydindril. Tobias had te horen gekregen van de Schepper, die in zijn droom was verschenen op de eerste nacht dat hij samen met zijn leger was, dat ze moesten achterblijven voordat ze zouden deelnemen aan de verovering van Aydindril.
'Lunetta,' zei hij zacht tegen de Zuster die druk gesticuleerde tijdens haar gesprek met de mriswith.
Ze maande haar paard tot vlak naast Tobias' rechterzijde. Ze begreep zijn hint en sprak op gedempte toon. 'Ja, mijn Heer Generaal?'
'Lunetta, heb jij de Zuster ooit haar toverkracht zien gebruiken?'
'Ja, Heer Generaal, toen ze de mazzel van ons vandaan blies.'
'Kon je daaraan zien hoeveel toverkracht ze had?' Lunetta knikte hem zwakjes toe. 'Heeft ze net zoveel toverkracht als jij, zusje van me?'
'Nee, Tobias.'
Hij glimlachte. 'Dat vind ik fijn om te horen.' Hij keek om zich heen om er zeker van te zijn dat er niemand in de buurt was, behalve de vijf mriswith. 'Ik word steeds meer in verwarring gebracht door een paar dingen die de Schepper me de laatste nachten heeft verteld.'
'Wil je Lunetta erover vertellen?'
'Ja, maar niet nu. We zullen er later wel over praten.'
Ze aaide afwezig over haar plaatjes. 'Misschien als we alleen zijn. Het wordt zo langzamerhand tijd dat we er voor vandaag mee ophouden.'
Tobias zag haar ernstige glimlach en begreep haar voorstel. 'We gaan vanavond voorlopig nog verder.' Hij stak zijn neus omhoog en ademde een diepe teug koude lucht in. 'Ze is zo dichtbij dat ik haar bijna kan ruiken.'

Toen hij de trap afliep telde Richard de overlopen, zodat hij de weg terug zou kunnen vinden. Hij dacht dat hij de rest wel zou onthouden door alles wat hij onderweg zag, maar het binnenste van de toren bood hem weinig houvast ter oriëntatie. Het stonk er naar verrotting, zoals bij een diep moeras, waarschijnlijk door het regenwater dat door de open ramen naar binnen kwam en onder in de toren bleef staan.

Toen hij bij de volgende overloop aankwam, zag Richard van dichtbij een schijnsel in de lucht. Bij het licht van de bol die hij vasthield, zag hij iets naast hem staan. De contouren ervan gloeiden in het gonzende licht. Hoewel het ding niet massief was, herkende hij het als een mriswith die zijn cape strak om zich heen had getrokken.
'Welkom, huidzbroedzer,' zei hij sissend.
Berdine deinsde terug. 'Wat was dat?' fluisterde ze angstig.
Richard greep haar bij haar pols toen ze voor hem wilde gaan staan – ze hield haar Agiel in haar vuist – en trok haar naar de andere kant naast zich terwijl hij doorliep. 'Dat is gewoon een mriswith.'
'Mriswith!' fluisterde ze hees. 'Waar?'
'Hier, op de overloop, vlak bij de balustrade. Wees maar niet bang. Hij doet je niets.'
Ze greep zijn zwarte cape beet nadat hij haar arm met de Agiel omlaag had gedrukt. Ze stapten de overloop op.
'Bent u hierheen gekomen om de sssliph wakker te maken?' vroeg de mriswith.
Richard fronste zijn voorhoofd. 'Sliph?'
De mriswith sloeg zijn cape open en wees met het driebladige mes in zijn klauw langs de trap omlaag. Toen hij dat deed kreeg hij substantie en werd hij geheel zichtbaar – een schepsel vol donkere schubben in een cape. 'De sssliph is hier beneden, huidzbroedzer.' Hij sloeg zijn kraalogen weer op. 'Ze is eindelijk weer bereikbaar. Binnenkort zal het moment daar zijn waarop de *jabree* zijn lied zingt.'
'*Jabree?*'
De mriswith hief zijn driebladige mes op en zwaaide er een beetje mee. Zijn spleetachtige mond verwijdde zich tot een soort glimlach. '*Jabree.* Als de *jabree* zijn lied zingt, is de tijd van de koningin aangebroken.'
'De koningin?'
'De koningin heeft u nodig, huidzbroedzer. U moet haar helpen.'
Richard voelde dat Berdine beefde toen ze zich tegen hem aan drukte. Hij besloot verder te gaan, vóór ze al te bang zou worden, en begon de trap weer af te lopen.
Twee verdiepingen lager hield ze zich nog steeds aan hem vast. 'Hij is weg,' fluisterde ze in zijn oor.
Richard keek achter zich omhoog en zag dat ze gelijk had.
Berdine duwde hem met kracht in een deuropening en drukte zijn rug plat tegen de houten deur. Haar doordringende blauwe ogen gloeiden van opwinding. 'Meester Rahl, dat was een mriswith.'
Richard knikte en verbaasde zich een beetje om haar rauwe gehijg.
'Meester Rahl, mriswith doden mensen. U maakt ze toch ook altijd dood?'

Richard wees naar de overloop boven hen. 'Hij was niet van plan ons iets te doen. Dat had ik je al gezegd. Hij heeft ons ook niet aangevallen, nietwaar? Dus hoefde ik ook hem niets te doen.'
Ze trok haar wenkbrauwen bezorgd op. 'Meester Rahl voelt u zich wel goed?'
'Ja hoor. Laten we verder gaan. Misschien gaf de mriswith ons een nuttige aanwijzing van wat we zoeken.'
Toen hij wilde doorlopen, duwde ze hem weer tegen de deur. 'Waarom noemde hij u de "huidbroeder"?'
'Dat weet ik niet. Misschien omdat hij schubben heeft, en ik een huid. Ik denk dat hij me zo noemde om me te laten weten dat hij geen kwaad in de zin had. Dat hij me wilde helpen.'
'Helpen?' herhaalde ze ongelovig.
'Hij heeft ons niet geprobeerd tegen te houden, toch?'
Ze liet eindelijk zijn hemd los, maar het duurde langer tot ze haar blauwe ogen van hem afwendde.
Onder in de toren liep een loopbrug langs de buitenmuur die was voorzien van een ijzeren balustrade. Daarbinnen was dreigend zwart water waaruit op verscheidene plaatsen rotsen uitstaken. Salamanders klampten zich tegen het steen onder de loopbrug vast en zaten half onder water op de rotsen. Insecten zwommen door het stroperige, inktzwarte water en sprongen om luchtbellen heen die af en toe naar de oppervlakte opstegen en kringen vormde als ze opensprongen.
Toen hij halverwege de loopbrug was, wist Richard dat hij had gevonden wat hij zocht: niet iets gewoons, zoals de bibliotheek of zelfs de vreemde kamers en gangen.
Een breed platform op de loopbrug voor een gat in de muur waar eens een deur had gezeten, lag bezaaid met zwartgeblakerde brokstukken steen, scherven en stof. Stukken hout van de deur dreven in het donkere water aan de andere kant van de ijzeren leuning. De deuropening was weggeblazen en was nu misschien wel tweemaal zo groot als vroeger. De gekartelde randen waren weggebrand, en op sommige plaatsen was het steen als kaarsvet gesmolten. Kronkelige strepen liepen naar alle kanten vanaf het gat over de muur alsof de bliksem tegen de muur was geslagen en de muur had geblakerd.
'Dit is niet oud,' zei Richard terwijl hij met zijn vinger over het zwarte roet veegde.
'Hoe weet u dat?' vroeg Berdine terwijl ze om zich heen tuurde.
'Kijk maar. Zie je dit? De schimmel en het slib zijn weggeschroeid, gewoon van het steen afgebrand, en hebben nog niet de tijd gehad aan te groeien. Dit is kortgeleden gebeurd – ergens tussen nu en de afgelopen paar maanden.'

De kamer erachter was rond en zo'n achttien meter in doorsnede, en de muren waren volgens gekartelde lijnen geschroeid, alsof de bliksem hier flink had huisgehouden. Een cirkelvormige stenen muur verhief zich in het midden van de kamer, als een reusachtige put, en was bijna half zo breed als de kamer. Richard boog zich over de muur die tot zijn heupen reikte en stak de gloeiende bol voor zich uit. De gladde stenen muur die het gat omgaf, liep eindeloos de diepte in. Hij zag tientallen meters steen, tot waar het licht er niet meer kon binnendringen. De put leek bodemloos.

Boven hen was een koepelvormig plafond dat even hoog was als de breedte van de kamer. Er waren geen ramen of andere deuren. Achter in de kamer zag Richard een tafel en wat planken.

Toen ze om de put heen waren gelopen, zag hij het lijk naast een stoel op de grond liggen. Alles wat ervan over was, waren botten in wat flarden van gewaden. Het meeste daarvan was lang geleden weggerot, zodat het skelet min of meer bij elkaar werd gehouden door een leren riem. Er lagen ook sandalen. Toen hij de botten aanraakte, verkruimelden die als gietzand.

'Die ligt hier al een tijd,' zei Berdine.

'Dat heb je goed gezien.'

'Meester Rahl, kijk.'

Richard kwam overeind en keek naar de tafel waar ze naar wees. Er stond een inktpot op die misschien al ettelijke eeuwen droog stond, en er lag een pen naast, en een openliggend boek. Richard boog zich voorover en blies een wolk stof en steengruis van het boek.

'Dit is Hoog-D'Haraans,' zei hij terwijl hij het optilde en het naast de gloeiende bol hield.

'Laat me eens kijken,' zei ze. Haar ogen flitsten heen en weer terwijl ze de vreemde lettertekens bestudeerde. 'U hebt gelijk.'

'Wat staat er?'

Ze nam het boek voorzichtig in beide handen. 'Dit is heel oud. Dit dialect is ouder dan wat ik ooit heb gelezen. Darken Rahl liet me eens een dialect lezen dat volgens hem meer dan tweeduizend jaar oud was.' Ze keek naar hem op. 'Dit is nog ouder.'

'Kun je lezen wat er staat?'

'Ik kon maar een stukje lezen van dat boek dat we vonden toen we de Burcht binnenkwamen.' Ze bekeek de laatste pagina met handgeschreven tekst aandachtig. 'Ik begrijp hier veel minder van,' zei ze terwijl ze wat pagina's terugbladerde.

Richard gebaarde ongeduldig naar haar. 'Goed, maar kun je er misschien iets van lezen?'

Ze stopte met bladeren en bestudeerde het schrift. 'Ik denk dat hier iets staat over uiteindelijk succes, maar dat dat succes wel betekende dat hij hier zou sterven.' Ze wees met haar vinger. 'Ziet u? *Drauka*. Dat woord betekent volgens mij zoiets als "dood".' Berdine keek naar de onbeschreven leren omslag en bladerde het boek toen pagina voor pagina door. Na een tijdje sloeg ze haar blauwe ogen op. 'Ik denk dat dit een dagboek is. Ik denk dat dit het dagboek is van de man die hier is gestorven.'

Richard voelde kippenvel op zijn armen. 'Berdine, dit is wat ik zocht. Dit is iets buitengewoons – geen boek dat ook maar iemand heeft gezien, zoals in de bibliotheek. Kun jij het voor me vertalen?'

'Een stukje ervan, misschien, maar niet veel meer.' Haar gelaatstrekken zakten ineen van teleurstelling. 'Het spijt me, Meester Rahl. Ik ken geen dialecten die zo oud zijn als dit. Met dat boek dat we het eerst zagen, zou ik precies hetzelfde probleem hebben. Ik ken niet genoeg woorden om daar de betekenis van de onbekende woorden van te kunnen afleiden. Dan zou ik alleen maar in het duister tasten.'

Richard pakte zijn onderlip beet, terwijl hij nadacht. Hij keek naar de beenderen op de grond en vroeg zich af wat die tovenaar in zijn kamer deed, waardoor de kamer afgesloten was gebleven, en, erger nog, wat de kamer uiteindelijk had geopend.

Richard draaide zich naar haar om. 'Berdine! Dat boek dat boven ligt – ik ken dat boek. Ik ken het verhaal. Als ik jou help door je te vertellen met wat ik me ervan kan herinneren, kun jij die woorden dan ontcijferen, zodat je met behulp van die gevonden woorden dit dagboek kunt vertalen?'

Ze dacht na, en haar gezicht klaarde op. 'Als we het samen doen, zou dat kunnen lukken. Als u me vertelt wat een zin betekent, zou ik de betekenis van de woorden die ik niet ken, kunnen afleiden. Dan zou het ons misschien lukken.'

Richard deed het dagboek voorzichtig dicht. 'Bewaar dit alsof het je leven is. Ik hou de lichtbol wel vast. Laten we hier weggaan. We hebben wat we zoeken.'

Toen hij met Berdine in de deuropening verscheen, sprongen Cara en Raina een gat in de lucht van opluchting. Richard zag zelfs dat Ulic en Egan hun ogen met een zucht sloten en de goede geesten zwijgend dankten dat ze hun gebeden hadden verhoord.

'Er zijn mriswith in de Burcht,' zei Berdine tegen de twee andere vrouwen die haar met vragen overlaadden.

Cara snakte naar adem. 'Hoeveel hebt u er moeten doden, Meester Rahl?'

'Niet een. Ze hebben ons niet aangevallen. Ze deden ons geen enkel kwaad. Maar er waren genoeg andere gevaren.' Hij riep haar spervuur van vragen met een wuivend gebaar een halt toe. 'Dat vertel ik je later wel. Met de hulp van Berdine heb ik gevonden wat ik zocht.' Hij klopte op het dagboek in Berdines handen. 'We moeten nu terug, om dit boek hier te vertalen.' Hij pakte het andere boek van tafel en gaf het aan haar. Hij stond op het punt door de deur naar buiten te gaan, maar bleef opeens staan, en draaide zich om naar Cara en Raina.

'Eh, toen ik daar beneden was en dacht dat ik zou kunnen sterven als ik een fout maakte, bedacht ik opeens dat ik niet wil sterven voordat ik jullie iets heb gezegd.'

Richard stak zijn handen in zijn zakken en stapte naar hen toe. 'Toen ik daar beneden was, besefte ik dat ik jullie nooit heb gezegd dat ik spijt heb van de manier waarop ik jullie twee heb behandeld.'

'U wist niet dat Berdine betoverd was, Meester Rahl,' zei Cara. 'We konden ons best voorstellen dat u ons liever op een afstand hield.'

'Ik wist toen niet dat Berdine betoverd was, maar nu wel, en ik wil jullie zeggen dat ik ten onrechte kwaad van jullie dacht. Jullie hebben daar nooit de minste aanleiding toe gegeven. Het spijt me. Ik hoop dat jullie me dat kunnen vergeven.'

Cara en Raina glimlachten warm. Hij vond dat ze er op dat moment minder dan ooit als Mord-Sith uitzagen.

'We vergeven u, Meester Rahl,' zei Cara. Raina knikte instemmend. 'Dank u.'

'Wat is er daar beneden gebeurd, Meester Rahl,' vroeg Raina.

'We hadden een gesprek over vriendschap,' zei Berdine.

Onder aan de weg naar de Burcht, waar de stad Aydindril begon, en andere wegen samenkwamen en de stad in leidden, was een kleine markt, niet zo groot als die in de Stentorstraat, maar zo te zien groot genoeg om reizigers van een verscheidenheid aan goederen te kunnen voorzien. Toen Richard voorbijkwam met zijn vijf lijfwachten en een escorte troepen achter hem, viel zijn oog op iets in het schemerlicht, en hij bleef bij een gammel tafeltje staan.

'Wilt u een honingtaart van ons, Meester Rahl?' vroeg een bekend klinkend stemmetje.

Richard keek het kleine meisje glimlachend aan. 'Hoeveel heb ik er nog te goed?'

Het meisje keerde zich om. 'Grootmama?'

De oude vrouw kwam overeind en hield de haveloze deken om zich heen geklemd terwijl ze Richard met haar vaalblauwe ogen aankeek.

'Tjonge jonge,' zei ze met een grijns vol ontbrekende tanden. 'Meester Rahl mag er zoveel hebben als hij wil, liefje.' Ze boog haar hoofd. 'Het is zo fijn u in goede gezondheid te zien, mijn Meester Rahl.'

'Insgelijks...' Hij wachtte tot ze zou zeggen hoe ze heette.

'Valdora,' zei ze. Ze streelde het lichtbruine haar van het meisje. 'En dit is Holly.'
'Fijn jullie weer te zien, Valdora en Holly. Wat doen jullie hier, in plaats van in de Stentorstraat?'
Valdora haalde haar schouders onder haar deken op. 'Nu de nieuwe Meester Rahl zorgt dat deze stad weer veilig wordt, komen hier steeds meer mensen naartoe – misschien gebeurt er ook weer eens iets in de Tovenaarsburcht. We hopen een paar van die nieuwe mensen te kunnen strikken.'
'Nou, ik zou er niet al te veel hoop op hebben dat de Burcht binnen afzienbare tijd opbloeit, maar je zult vast de eerste zijn die baat heeft bij die nieuwkomers in Aydindril.' Richard keek naar de koeken op de tafel. 'Hoeveel heb ik er nog te goed?'
Valdora giechelde. 'Ik zal er nog veel moeten bakken om u terug te geven wat we u verschuldigd zijn, Meester Rahl.'
Richard knipoogde naar haar. 'Weet u wat? Als u elk van mijn vijf vrienden en mezelf er eentje geeft, dan staan we quitte.'
Valdora keek naar elk van de vijf bewakers. Ze boog opnieuw haar hoofd. 'Goed, Meester Rahl. U hebt me tevredener gemaakt dan u zelfs maar kunt vermoeden.'

38

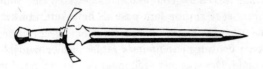

Toen Verna zich naar de poort naar het gebouwencomplex van de Priores haastte, merkte ze dat Kevin Andellmere op wacht stond in het donker. Ze kon niet wachten om naar de tempel te gaan en Ann te vertellen dat ze het probleem had opgelost en ze nu bijna alle Zusters die trouw waren aan het Licht, had geïdentificeerd, maar ze had Kevin in geen weken gezien.
'Kevin, ben jij dat?'
De jonge soldaat maakte een buiging. 'Ja, Priores.'
'Ik heb je hier in geen tijden gezien, klopt dat?'
'Ja, Priores. Bollesdun, Walsh en ik zijn teruggeroepen door onze commandant.'
'Waarom?'
Kevin ging op zijn andere been staan. 'Dat weet ik niet precies. Mijn commandant was benieuwd naar de toverkracht van het paleis, denk ik. Ik ken hem nu bijna vijftien jaar, maar hij is veel ouder geworden. Hij wilde met zijn eigen ogen zien of dat niet met ons was gebeurd. Hij zei dat Bollesdun, Walsh en ik er net zo oud uitzagen als toen hij ons voor het eerst zag, vijftien jaar geleden. Hij zei dat hij het niet geloofde toen men het hem vertelde, maar dat hij dat nu wel deed. Hij stuurde zijn commandanten die ons kenden naar ons toe om het met eigen ogen te zien.'
Verna voelde zweetdruppels op haar voorhoofd parelen. In een verfrissende vlaag van helderheid besefte ze opeens waarom de Keizer naar het Paleis van de Profeten kwam. Dat moest ze de Priores vertellen. Er was geen moment te verliezen.
'Kevin, aan wie ben jij trouw, de Keizer, of de Imperiale Orde?'
Kevin pakte zijn spies wat hoger vast. Hij zei aarzelend: 'Ja, Priores. Ik bedoel, toen de Orde eenmaal mijn thuisland had veroverd, had ik weinig keus, en werd ik als soldaat bij de Orde ingelijfd. Ik heb een tijdje

in het noorden gevochten, vlak bij de wildernis. Toen de Orde ons koninkrijk veroverde, kreeg ik te horen dat ik soldaat bij de Orde was, en kreeg ik opdracht het paleis te bewaken.
Ik zou geen betere baan als bewaker kunnen hebben dan hier. Ik ben blij dat ik terug ben en uw complex mag bewaken. Bollesdun en Walsh zijn ook blij terug te zijn op hun post als bewakers van het Paleis van de Profeten.
Mijn officieren hebben me tenminste fatsoenlijk behandeld en hebben me altijd betaald. Dat was niet veel, maar ik ontving het altijd, en ik zie dat veel mensen zonder werk zitten en zich met moeite kunnen voeden.'
Verna legde haar hand teder op zijn arm. 'Kevin, wat vind jij van Richard?'
'Richard?' Hij grijnsde. 'Ik mocht Richard graag. Hij kocht dure chocolaatjes voor me om aan mijn vrouw te geven.'
'Is dat alles wat hij voor je betekent? Chocolaatjes?'
Hij krabde zijn wenkbrauw. 'Nee... Zo bedoelde ik het niet. Richard was... een goed mens.'
'Weet je eigenlijk waarom hij die chocolaatjes voor je kocht?'
'Omdat hij aardig was. Hij gaf om mensen.'
Verna knikte. 'Ja, dat deed hij. Door jou chocolaatjes te geven, hoopte hij dat als het tijd was te ontsnappen, jij hem als vriend zou beschouwen en niet tegen hem zou vechten, en hij je niet zou hoeven doden. Hij wilde niet dat jij zijn vijand zou zijn die hem zou proberen te doden.'
'Hem doden? Priores, ik zou nooit...'
'Als hij niet aardig tegen je was, dan was jij misschien trouw aan het paleis, en zou je hem wellicht hebben tegengehouden.'
Hij keek naar de grond. 'Ik heb hem met zijn zwaard in de weer gezien. Ik denk dat het geschenk uit meer dan alleen chocolaatjes bestond.'
'Inderdaad, Kevin. Kevin, als de tijd komt waarop je een keuze moet maken tussen Richard of de Orde, voor wie zou je dan kiezen?'
Hij vertrok zijn gezicht in verwarring. 'Priores, ik ben soldaat.' Hij gromde. 'Maar Richard is een vriend van me. Ik denk dat ik slechts met de grootste moeite een wapen zou opheffen tegen een vriend, als dat van me werd gevraagd, en dat geldt voor iedere paleiswacht. Ze zijn allemaal op hem gesteld.'
Ze kneep hem in zijn arm. 'Wees trouw aan je vrienden, Kevin, en het zal je goed gaan. Wees trouw aan Richard, en je zult worden gered.'
Hij knikte. 'Dank u, priores. Maar ik ben niet bang dat ik zal hoeven kiezen.'
'Kevin, luister naar me. De Keizer is een slechterik.' Kevin zei niets. 'Onthoud dat goed. En houd mijn woorden voor jezelf. Zul je dat doen?'
'Ja, Priores.'

Toen Verna naar haar kantoor liep, zag Phoebe haar en veerde uit haar stoel op. 'Goedenavond, Priores.'
'Ik moet om steun bidden, Phoebe. Geen bezoek.'
Ze dacht opeens aan iets dat Kevin had gezegd. Het klopte niet. 'De bewakers Bollesdun en Walsh zijn te werk gesteld in het gebouwencomplex van de Profeet. Maar we hebben geen profeet. Ga uitzoeken waarom ze daar zijn en wie die opdracht heeft gegeven, en lever daar morgenochtend vroeg op mijn kantoor een verslag van in.' Verna zwaaide met haar vinger. 'Morgenochtend vroeg.'
'Verna...' Phoebe liet zich op haar stoel zakken en keek op haar bureau. Zuster Dulcinia wendde haar witte gezicht van haar af en ging door met haar rapporten. 'Verna, er zijn een paar Zusters die je willen spreken. Ze wachten binnen op je.'
'Ik heb niemand toestemming gegeven in mijn kantoor te komen!'
Phoebe keek niet naar haar op. 'Dat weet ik, Priores, maar...'
'Ik handel dit wel af. Dank je, Phoebe.'
Verna's gezicht was tot een woedende grimas vertrokken toen ze haar kantoor binnenstormde. Ze had geen tijd te verliezen met onzin. Ze was erachter gekomen hoe ze de Zusters van het Licht van de Zusters van de Duisternis kon onderscheiden en wist waarom Keizer Jagang naar Tanimura kwam, naar het Paleis van de Profeten. Ze moest een boodschap naar Ann sturen. Ze moest nadenken over wat ze moest doen.
Toen ze dichterbij kwam zag ze de contouren van vier vrouwen in de donkere kamer. 'Wat moet dit betekenen?'
Verna herkende Zuster Leoma toen die een stap naar voren deed en door het kaarslicht werd beschenen.
En toen werd alles in één verblindende, pijnlijke flits donker.

'Doe wat ik je zeg, Nathan.'
Hij boog zich diep naar haar toe, want zij was veel kleiner dan hij, en knarsetandde. 'Je zou me ten minste toegang kunnen geven tot mijn Han! Hoe kan ik je anders beschermen?'
Ann keek in het donker toe terwijl de colonne van vijfhonderd man op straat achter de Meester Rahl aan liep. 'Ik wil niet door jou worden beschermd. We kunnen dat risico niet nemen. Jij weet wat je moet doen. Voor hij me heeft gered, moet je me niet in de weg lopen, anders hebben we geen enkele kans zo'n gevaarlijke man te pakken te nemen.'
'En wat als hij je niet "redt"?'
Ann probeerde niet aan die mogelijkheid te denken. Ze probeerde niet te denken aan wat er zou gebeuren, zelfs als de gebeurtenissen zich via de juiste vork zouden voltrekken. 'Moet ik een profeet nu lesgeven in profetie? Je moet het gewoon laten gebeuren. Daarna zal ik de blokka-

de opheffen. Breng de paarden nu naar een stal om te overnachten. Zorg dat ze goed worden gevoerd.'

Nathan griste de teugels uit haar handen. 'Zoals je wilt, mens.' Hij draaide zich om. 'Je kunt het beste hopen dat ik deze halsband nooit afdoe, want dan zullen we eens een hartig woordje met elkaar spreken. Dan zul je me niet eens kunnen tegenspreken, want je zult zijn vastgebonden en gekneveld.'

Ann giechelde. 'Nathan, jij bent een goeierd. Ik vertrouw op je. Je moet ook vertrouwen in mij hebben.'

Hij stak zwaaiend zijn vinger naar haar uit. 'Als jij eraan gaat...'

'Weet ik, Nathan.'

Hij gromde. 'En dan zeggen ze dat ik degene ben die gek is.' Hij draaide zich naar haar om. 'Je zou tenminste iets kunnen eten. Je hebt de hele dag nog niets gegeten. Er is hier vlakbij een markt. Beloof me dat je ten minste een hapje zult eten.'

'Ik heb geen...'

'Beloof het me!'

Ann zuchtte. 'Nou ja, goed dan, Nathan. Als jij je daar beter door voelt, zal ik wel iets gaan eten. Maar ik heb niet veel trek.' Hij stak zijn vinger beschuldigend naar haar uit. 'Ik beloof het je, heb ik gezegd. Ga nu maar,' zei ze.

Nadat hij eindelijk met de paarden was weggerend, liep ze door, in de richting van de Burcht. Haar maag draaide zich om uit angst om met blinde ogen een profetie tegemoet te lopen. De gedachte weer naar de Burcht te moeten gaan, beviel haar niet, maar nu er een profetie mee te maken had, was haar tegenzin nog groter. Toch moest ze dit doen. Het was de enige oplossing.

'Honingtaart, mevrouw? Ze kosten maar een penning, en ze zijn heel lekker.'

Ann keek neer op een klein meisje in een grote jas dat achter een gammele tafel stond. Honingtaart. Nou ja, ze had niet beloofd wat ze zou eten. Een honingtaart kon ermee door.

Ann glimlachte naar het leuke gezichtje. 'Ben je hier helemaal alleen, vanavond?'

Het meisje draaide zich om en wees. 'Nee, mevrouw, mijn grootmamma is er ook.'

Een dikke vrouw lag in elkaar gekropen onder een haveloze deken en leek te slapen. Ann viste in een van haar zakken en haalde een munt te voorschijn.

'Hier, een zilverling voor jou, mijn schat. Jullie zien eruit alsof jullie hem beter kunnen gebruiken dan ik.'

'O, dank u wel, mevrouw.' Ze haalde een honingtaart van onder de ta-

fel. 'Alstublieft, neemt u deze maar. Dit is een van de bijzondere, met de meeste honing erin. Die bewaar ik voor de aardigste mensen die naar mijn kraam komen.'
Ann glimlachte terwijl ze de taart aanpakte. 'Nou zeg, dank je wel, mijn kind.'
Toen Ann de weg naar de Burcht insloeg, begon het meisje haar spulletjes in te pakken.
Ann genoot van de zoete honingtaart terwijl ze de mensen bekeek die op de kleine markt rondkrioelden, op zoek naar degene die voor moeilijkheden zou zorgen. Ze zag niemand die er gevaarlijk uitzag, maar wist dat er zo iemand tussen moest zitten. Ze richtte haar aandacht weer op de weg. Wat moest gebeuren, moest dan maar gebeuren. Ze vroeg zich af of ze zich minder angstig zou voelen als ze wist hoe het zou gebeuren. Waarschijnlijk niet.
Het was donker, en niemand zag dat ze de weg naar de Burcht insloeg. Eindelijk was ze alleen. Ze wilde dat Nathan bij haar was, maar het was op een bepaalde manier prettig om eens alleen te zijn, hoe kort ook. Zonder Nathan bij zich had ze tijd over haar leven na te denken, en over welke veranderingen haar te wachten stonden. Al die jaren.
Eigenlijk veroordeelde ze al haar dierbaren tot de dood. Had ze een alternatief?
Toen ze de taart op had, likte ze haar vingers schoon. Haar maag was nog niet tot rust gekomen, zoals ze hoopte. Toen ze onder het ijzeren valhek doorliep, leek haar maag zich in allerlei bochten te wringen. Wat was er met haar aan de hand? Ze had al eens eerder met gevaren te maken gehad. Misschien hechtte ze meer waarde aan het leven naarmate ze ouder werd, en hield ze er krampachtiger aan vast uit angst het tussen haar vingers te laten wegglippen.
Toen ze in de Burcht een kaars aanstak, wist ze dat er iets niet pluis was. Ze had het gevoel alsof ze in brand stond. Haar ogen brandden. Haar gewrichten deden pijn. Was ze ziek? Lieve Schepper, niet nu. Ze had nu juist kracht nodig.
Toen ze de stekende pijn onder haar borstbeen voelde, legde ze haar arm om haar middel en liet zich in een stoel vallen. Ze kreunde, en de kamer leek rond te tollen. Wat was...?
De honingtaart.
Ze had er nooit aan gedacht dat het gevaar in deze vorm zou kunnen komen. Ze had zich afgevraagd hoe iemand haar ooit zou kunnen overmeesteren – ze had tenslotte haar Han bij zich, en die was krachtig in haar, krachtiger dan bij de meeste andere tovenaressen. Hoe had ze zo dom kunnen zijn? Ze schoot voorover in haar stoel toen ze een striemende pijnscheut voelde.

Met wazige ogen zag ze twee figuren de kamer binnenkomen. De ene was klein, en de andere iets langer. Twee mensen? Ze had geen twee mensen verwacht. Lieve Schepper, twee mensen zouden alles in het honderd kunnen sturen.
'Nou nou, kijk eens wat een vangst de avond me heeft gebracht.'
Ann deed de grootste moeite haar hoofd op te richten. 'Wie... zijn... jullie?'
Ze liepen naar haar toe. 'Kent u me niet meer?' kakelde de oude vrouw met de deken om zich heen. 'Herkent u me niet, oud en afgetakeld als ik ben? Nou, dat neem ik u dan hoogst kwalijk. Ik moet zeggen, u ziet er bijna geen dag ouder uit. Ik zou ook jong kunnen zijn als het niet aan u lag, mijn lieve, lieve Priores. Dan zoudt u me wel herkennen.'
Ann snakte naar adem toen de mangelende pijn door merg en been sneed. 'Valt de honingtaart niet zo goed?'
'Wie...'
De oude vrouw legde haar handen op haar knieën en boog zich voorover. 'Nou, Priores, dat moet u zich toch herinneren? Ik heb u beloofd dat ik het u betaald zou zetten voor wat u mij hebt aangedaan. En u kunt zich niet eens herinneren wat voor vreselijks u hebt gedaan? Betekende dat zo weinig voor u?'
Ann sperde haar ogen open toen ze haar plotseling herkende. Ze zou haar na al die jaren nooit hebben herkend, maar haar stem klonk nog hetzelfde als toen.
'Valdora.'
De oude vrouw kakelde opnieuw. 'Nu, lieve Priores, ik voel me vereerd dat u zich zo'n nederig persoon als mij herinnert.' Ze boog het hoofd uit overdreven beleefdheid. 'Ik hoop dat u zich ook kunt herinneren wat ik u heb beloofd. Dat kunt u toch wel, of niet soms? Ik beloofde te zullen zorgen dat u dood was.'
Ann voelde dat ze op de grond viel, kronkelend van de pijn. 'Ik dacht dat... u het kwaad van uw karakter zou inzien... als u... over uw daden had nagedacht. Ik besef nu... dat ik er goed aan heb gedaan... toen ik u uit het paleis wegstuurde. U... hebt het recht niet... als Zuster te dienen.'
'Ach, maakt u zich maar geen zorgen, Priores. Ik ben mijn eigen paleis begonnen. Mijn kleindochter hier is mijn leerling, mijn novice. Ik onderwijs haar beter dan jullie Zusters ooit zouden kunnen. Ik leer haar alles.'
'Leert u haar... andere mensen te vergiftigen?'
Valdora lachte. 'Och, van dat gif zult u niet doodgaan. Dat is gewoon iets onschuldigs om u buitenspel te zetten terwijl ik u hulpeloos in mijn web wikkel. Maar uw dood zal niet zo gerieflijk zijn.' Ze boog zich iets

verder voorover en haar stem klonk als gif. 'Uw dood zal lang duren, Priores. Misschien zelfs tot de volgende ochtend. Een mens kan in één nacht duizenden keren sterven.'
'Hoe kon je weten dat... ik hierheen zou komen?'
De vrouw ging rechtop staan. 'O, dat wist ik niet. Toen ik Meester Rahl sprak, en hij me een van uw munten gaf, dacht ik dat hij me uiteindelijk ook een Zuster zou geven. Ik had geen idee, zelfs niet in mijn stoutste dromen, dat hij me de Priores in eigen persoon zou brengen. Hier in mijn eigen handen. Tjonge jonge, wat een wonder. Nee, dat heb ik nooit durven hopen. Ik zou al meer dan tevreden zijn geweest als ik een van uw Zusters kon scalperen, Meester Rahl, of een van uw leerlingen, om u pijn te doen. Maar nu kan ik mijn diepste en meest duistere verlangens in vervulling brengen.'
Ann probeerde haar Han op te roepen. Dwars door de pijn heen besefte ze dat de honingtaart meer dan een gewoon vergif bevatte. Hij was doordrenkt met een bezwering.
Lieve Schepper, alles ging niet zoals het moest.
Het werd donker in de kamer. Ze voelde een pijnscheut boven op haar hoofd. Toen voelde ze een steen over haar rug schrapen. Ze zag het leuke, glimlachende gezichtje van het meisje dat naast haar liep.
'Ik vergeef je, mijn kind.'
En toen werd ze in een verstikkende duisternis gedompeld.

39

Kahlan hield de arm van Adie in de ene, en een zwaard in haar andere hand geklemd terwijl ze voortrenden. In het donker struikelden ze beiden over Orsk en kwamen ze hard op de grond terecht. Kahlan rukte haar hand los van de warme brij van zijn ingewanden in de sneeuw.
'Hoe... hoe kan hij hier zijn?'
Adie hijgde en probeerde op adem te komen. 'Dat is onmogelijk.'
'Er is genoeg maanlicht om goed te kunnen zien. Ik weet dat we niet in cirkels rondrennen.' Ze schepte met haar hand door de sneeuw en wreef de vieze drab van haar handen. Ze worstelde zich overeind en trok Adie mee omhoog. Overal lagen lijken in rode capes. Het was maar één gevecht geweest. Er konden niet meer lijken zijn. En Orsk...
Kahlan liet haar blik over de rij bomen glijden, op zoek naar de mannen te paard. 'Adie, herinner je je de visioenen van Jebra nog? Ze zag me in cirkels rondrennen.'
Adie veegde de sneeuw van haar gezicht. 'Maar hoe?'
Kahlan wist dat Adie niet erg ver meer kon rennen. Ze had haar krachten gebruikt om te vechten en was halfdood van uitputting. De toverkracht had de aanvallers doodsangst ingeboezemd, maar ze waren te talrijk. Orsk moest er in zijn eentje wel twintig of dertig hebben gedood. Kahlan had niet gezien dat Orsk werd gedood, maar ze was zijn lijk nu al voor de derde keer tegengekomen. Hij was bijna doormidden gehakt.
'Welke kant moeten we volgens jou op om hier weg te komen?' vroeg ze de tovenares.
'Ze zijn daarginds,' zei Adie wijzend. 'We moeten die kant op.'
'Dat denk ik ook.' Ze trok Adie de andere kant uit. 'We hebben gedaan wat we dachten dat we moesten doen, en dat heeft ons niets opgeleverd. We moeten iets anders proberen. Kom mee. We moeten een kant op die volgens ons verkeerd is.'

'Het zou een bezwering kunnen zijn,' opperde Adie. 'Als dat zo is, heb je gelijk. Ik ben te moe om het nog te kunnen voelen als er een bezwering is.'

Ze renden door de scherpe bosschages een steile helling af, half rennend, en half door de sneeuw glijdend. Voor ze over de rand sprong, zag ze de ruiters uit de beschutting van de bomen te voorschijn springen. De sneeuw onderaan de helling was tot hoge banken verwaaid. Ze klauterden er beiden moeizaam doorheen, in de richting van de bomen. Het leek alsof ze in een moeras probeerden te rennen.

Plotseling verscheen een man uit de nacht die achter hen aan over de helling omlaag rende. Kahlan wachtte niet tot Adie haar magie zou gebruiken. Er zou geen tijd meer overblijven als ze faalde.

Kahlan draaide zich snel om en hief haar zwaard. De man in de rode cape zwaaide zijn zwaard in verdediging omhoog terwijl hij voortrende. Hij droeg een borstschild waarop haar zwaardslag slechts zou afketsen. Hij hield het zwaard beschermend voor zijn gezicht – een instinctieve reactie, maar een fatale zet tegenover iemand die is opgeleid door haar eigen vader, Koning Wyborn. Gepantserde mannen vochten met misplaatst zelfvertrouwen.

Met alle kracht in haar maakte Kahlan een lage zwaai met het zwaard. Het wapen kwam abrupt tot stilstand toen het zijn dijbeen raakte. De man, wiens dijbeenspieren nu doormidden waren gekliefd, tuimelde met een hulpeloze kreet op de platgetreden grond.

Een tweede man sprong over hem heen op haar af. Zijn rode cape woei open in de avondlucht. Kahlan hief haar zwaard, hakte in op de binnenkant van zijn dij, en doorkliefde de slagader. Toen hij opzij van haar viel, hakte ze zijn achillespees in tweeën.

De eerste man schreeuwde het uit van angst. De tweede vloekte hardgrondig, wierp haar de smerigste verwensingen toe die ze ooit had gehoord, terwijl zij voortkroop en hij met zijn zwaard rondzwaaide en haar uitdaagde het tegen hem op te nemen.

Kahlan herinnerde zich de goede raad van haar vader: *Woorden kunnen je niet bezeren. Let alleen op staal. Vecht alleen tegen staal.*

Ze verspilde geen tijd hen te doden. Ze zouden waarschijnlijk doodbloeden in de sneeuw en zelfs als ze dat niet deden, waren ze te kreupel om haar te achterna te rennen. De twee vrouwen vluchtten het geboomte in terwijl ze elkaars armen vasthielden.

Hijgend baanden ze zich een weg in het donker, tussen de met sneeuw bedekte bomen door. Kahlan merkte dat Adie rilde. Ze had haar dikke mantel al aan het begin van hun tocht verloren. Kahlan trok haar mantel van wolvenhuiden uit en gooide die om Adie's schouders.

'Nee, kind,' begon Adie tegen te sputteren.

'Doe hem om,' zei Kahlan gebiedend. 'Ik heb het snikheet, en hij hindert me toch alleen maar met mijn zwaard.' De arm waarmee ze het zwaard droeg was in werkelijkheid zo vermoeid dat ze het ding nauwelijks nog kon optillen, laat staan dat ze ermee kon zwaaien. Haar spieren werden slechts door angst geprikkeld. Tot nu toe was dat voldoende geweest.

Kahlan wist niet meer welke kant ze uit rende. Ze renden allebei alleen nog maar voor hun leven. Als ze rechtsaf wilde slaan, ging ze linksaf. Het geboomte waar ze doorheen liepen, was te dicht om de sterren of maan te kunnen zien.

Ze moest hier vandaan. Richard was in gevaar. Richard had haar nodig. Ze moest naar hem toe. Zedd had hier nu al moeten zijn, maar er kon van alles zijn misgegaan. Misschien had Zedd het niet gehaald. Zij moest dat wel.

Kahlan sloeg een balsemtak opzij en strompelde een kleine open ruimte in, een ertsader, die door de wind bijna sneeuwvrij was gebleven. Ze bleef abrupt staan. Tegenover haar stonden twee paarden.

Tobias Brogan, de Heer Generaal van de Bloedbroederschap, keek glimlachend op haar neer. Een vrouw in een bonte, haveloze lappendeken zat op het paard naast het zijne.

Brogan hield zijn knokkels tegen zijn snor. 'Wat krijgen we nou?'

'Twee reizigers,' zei Kahlan op een toon die even kil was als de winterse lucht. 'Sinds wanneer besteelt en vermoordt de Broederschap hulpeloze reizigers?'

'Hulpeloze reizigers? Ik vind van niet. Jullie twee moeten minstens honderden van mijn mannen hebben gedood.'

'We hebben ons tegen de Bloedbroederschap beschermd, die meent volstrekt onbekende mensen ongestraft te kunnen aanvallen.'

'O, maar ik ken jou hoor, Kahlan Amnell, Koningin van Galea. Ik weet meer dan je denkt. Ik weet wie je bent.'

Kahlan greep het gevest van haar zwaard steviger vast.

Brogan liet zijn grote appelschimmel een stap naar voren doen, en zijn gezicht vertrok zich tot een afschuwelijke grijns. Hij leunde met zijn arm op de knop van zijn degen terwijl hij zich vooroverboog en haar kwaadaardig met zijn donkere ogen aankeek.

'Jij, Kahlan Amnell, bent de Biechtmoeder. Ik zie jou zoals je bent, en je bent de Biechtmoeder!'

Kahlans spieren werden hard als staal, en ze hield haar adem in haar longen gevangen. Hoe kon hij dat weten? Had Zedd haar van de bezwering ontdaan? Was hem iets overkomen? Goede Geesten, als er iets met Zedd was gebeurd...

Met een kreet van woede hief ze het zwaard met een machtige zwaai omhoog. Op hetzelfde ogenblik stak de vrouw in de haveloze lappendeken haar hand uit. Kreunend van inspanning wierp Adie een toverschild uit. De windstoot van de vrouw op het paard streek langs Kahlans gezicht en deed haar haren opwaaien. Adie's schild had haar beschermd.

Kahlans zwaard flitste in het maanlicht. De avondlucht kraakte toen haar zwaard de benen van Brogans paard doormidden kliefde.

Het paard viel kermend op de grond en wierp Brogan tussen de bomen. Op hetzelfde moment richtte Adie een vuurstraal op het hoofd van het andere paard. Het begon wild te steigeren en gooide de vrouw die Kahlan nu als een tovenares herkende, van zijn rug.

Kahlan greep Adie bij de hand en trok haar met een ruk met zich mee. Ze vluchtten het kreupelhout in. Overal om zich heen hoorden ze mannen en paarden tussen de bomen vandaan stormen. Kahlan probeerde er niet bij stil te staan waar ze heen ging – ze bleef gewoon doorrennen. Tot één ding had ze haar toevlucht nog niet gezocht – ze had haar toverkracht als laatste redmiddel bewaard. Die kon maar eenmaal worden gebruikt, en het duurde uren voor ze weer op kracht was. Biechtmoeders hadden er twee dagen voor nodig om hun toverkracht te laten herstellen. Het feit dat Kahlan haar toverkracht binnen een paar uur kon herstellen, bestempelde haar als een van de machtigste Belijdsters die ooit waren geboren. Maar die toverkracht leek nu weinig te betekenen. Haar laatste kans.

'Adie,' hijgde Kahlan terwijl ze probeerde op adem te komen. 'Als ze ons vangen, probeer dan één van die twee vrouwen tegen te houden, als je dat kunt.'

Ze hoefde Adie niets meer uit te leggen. Ze begreep haar: beide vrouwen die hen achternazaten, waren tovenaressen. Als Kahlan haar toverkracht moest gebruiken, zou die goed van pas komen.

Kahlan dook ineen toen ze een lichtflits zag. Een boom achter haar viel met een oorverdovende klap om. Terwijl de sneeuw in kolkende wolken opstoof, liep de andere vrouw, die te voet was, verder.

Naast de vrouw liep een donker, geschubd wezen dat er half als een man, half als een hagedis uitzag. Kahlan hoorde een gil uit haar keel komen. Ze had het gevoel alsof haar botten uit haar bewegingloze huid zouden springen.

'Ik heb nu meer dan genoeg van deze onzin,' zei de vrouw terwijl ze met ferme passen doorliep, met het geschubde geval aan haar zijde.

Mriswith. Het moest een mriswith zijn. Richard had ze haar beschreven. Dit nachtmerrieachtige wezen kon alleen maar een mriswith zijn.

Adie kwam aangestoven en wierp een vonkachtig licht naar de vrouw. De vrouw schudde bijna onverschillig met haar hand, en Adie viel op de

grond terwijl de vonken sissend in de sneeuw terechtkwamen en doofden.
De vrouw boog zich voorover, pakte Adie bij haar pols en gooide haar van zich af als een kip die klaar is om te worden geplukt. Kahlan kwam abrupt in actie en stormde voorwaarts, met haar zwaard in de hand.
Het ding, de mriswith, stoof als een windvlaag voor haar heen. Ze zag zijn donkere cape opbollen toen hij voorbij tolde. Ze hoorde het gerinkel van staal.
Ze besefte dat ze op haar knieën lag. De hand waarmee ze het zwaard had vastgehouden, was nu leeg, tintelde en deed pijn. Hoe kon hij zich zo snel bewegen? Toen ze omhoog keek, was de vrouw dichterbij gekomen. Ze hief haar hand op en de lucht fonkelde. Kahlan voelde een harde klap in haar gezicht.
Ze knipperde het bloed uit haar ogen en zag dat de vrouw haar hand weer met gekromde vingers ophief.
De armen van de vrouw vlogen plotseling door de lucht toen ze van achteren door een enorme dreun werd getroffen. Adie moest alles wat ze nog overhad hebben gebruikt. De onzichtbare toverkracht van Adie, die zo krachtig was als een hamer, wierp de vrouw voorover. Kahlan pakte haar hand beet toen ze verwoede pogingen deed de hare te grijpen.
Het was te laat. Alles speelde zich opeens langzamer af in Kahlans geest. De tovenares leek in de lucht te zweven terwijl Kahlan haar hand vastgreep. Kahlan had nu de tijd. Ze had nu alle tijd van de wereld.
De tovenares begon naar adem te snakken. Ze keek na een tijdje naar haar op. Ze schrompelde langzaam in elkaar. In het kalme middelpunt van haar macht, haar toverkracht, wist Kahlan dat ze oppermachtig was. De vrouw had geen schijn van kans.
Terwijl ze toekeek, voelde Kahlan de magie in haar binnenste, de magie van de Belijdster, door iedere vezel van haar wezen priemen en zich schreeuwend een weg naar buiten zoeken.
In die tijdloze plek in haar geest liet Kahlan haar toverkracht los.
Een geluidloze bliksemflits doorkliefde de duisternis.
De klap sloeg tegen de lucht, en zelfs de sterren leken achteruit te deinzen, alsof een vuist de grote, geluidloze klok van de nachtelijke hemel had beroerd.
De schok deed de bomen sidderen. Er steeg een wolk van sneeuw op, die zich tot een ring verwijdde.
De dreun van de magie had de mriswith van de sokken geblazen.
De vrouw keek met grote ogen omhoog. Haar spieren waren slap.
'Meesteres,' fluisterde ze, 'beveel me.'
Mannen stoven tussen de bomen door. De mriswith kwam wankelend overeind.

'Bescherm me!'
De tovenares sprong met uitgestoken hand overeind. De nacht ontstak in vonken.
Bliksem schoot in een boog door het geboomte. Boomstammen ontploften toen de grillige lichtstreep erdoorheen sneed. Houtsplinters vlogen door de lucht en lieten een spoor van rook achter. De mannen waren niet minder onbeschermd tegen dit slopend geweld dan de bomen. Ze slaakten nauwelijks meer dan een schreeuw, die in dit pandemonium trouwens nauwelijks te horen zou zijn.
De mriswith sprong op haar af. Schubben als veren van een vogel die getroffen was door de steen van een katapult, vlogen door de lucht.
De nacht bulderde van vuur. De lucht was vol vlammen, vlees en botten.
Kahlan veegde het bloed van haar ogen en probeerde om zich heen te kijken terwijl ze achteruit door de sneeuw rende. Ze moest hier weg zien te komen. Ze moest Adie zoeken.
Ze stootte ergens tegenaan. Ze dacht dat het een boom moest zijn. Een vuist greep haar bij de haren. Ze sprak haar toverkracht aan maar besefte te laat dat die was uitgeput.
Kahlan spuwde bloed. Haar oren suisden. En toen kwam de pijn. Ze kon niet meer overeind komen. Ze had het gevoel alsof er een boom op haar hoofd was gevallen. Toen hoorde ze een stem boven haar.
'Lunetta, hou hier onmiddellijk mee op.'
Kahlan draaide haar hoofd in de sneeuw om en zag dat de tovenares die ze met haar toverkracht had geraakt, steeds groter leek te worden en uit elkaar leek te spatten. Haar armen vlogen twee kanten uit. Dat was alles, waaraan Kahlan haar kon herkennen, toen een rode wolk de lucht benevelde op de plek waar de vrouw was geweest.
Kahlan sleepte zich voort in de verlammende sneeuw. Nee. Ze mocht nu niet opgeven. Ze kroop op haar knieën en trok haar mes. Brogans laars trof haar in haar middel.
Ze keek omhoog naar de sterren en probeerde in te ademen. Dat lukte haar niet. Een kille vlaag paniek trok door haar heen, terwijl ze naar adem snakte. Tevergeefs. Haar buikspieren trokken zich krampachtig samen, maar ze kon geen lucht krijgen.
Brogan knielde naast haar neer en trok haar bij haar hemd omhoog. Eindelijk kreeg ze lucht, krampachtig hoestend en bijna stikkend.
'Eindelijk,' fluisterde hij. 'Eindelijk heb ik de hoofdprijs, de lieveling van de Wachter, de Biechtmoeder in eigen persoon. O, je hebt geen idee hoe vaak ik van deze dag heb gedroomd.' Hij sloeg haar met de rug van zijn hand tegen de kaak. 'Absoluut geen idee.'
Kahlan snakte naar adem, terwijl Brogan het mes uit haar hand wrikte.

Ze spande zich in niet flauw te vallen. Ze moest bij haar positieven blijven als ze wilde kunnen nadenken en vechten.
'Lunetta!'
'Ja, mijn Heer Generaal. Ik ben hier.'
Kahlan voelde de knopen van haar hemd losspringen toen hij het kledingstuk openscheurde. Ze tilde moeizaam haar arm op om zijn handen weg te duwen. Hij sloeg haar arm uit de weg. Haar armen voelden te zwaar aan om ze te kunnen optillen.
'Lunetta, eerst moeten we haar meenemen, vóór ze haar toverkracht terugkrijgt. Daarna zullen we alle tijd hebben om haar te ondervragen voordat ze voor haar wandaden zal boeten.'
Hij boog zich verder over haar heen in het maanlicht, en duwde zijn knie in haar maag om haar tegen de grond gedrukt te houden. Ze spande zich in om haar longen met lucht te vullen, maar ze raakte die weer met een schreeuw kwijt toen hij met zijn wrede vingers haar linkertepel vastgreep. Ze zag het mes in zijn andere hand omhooggaan.
Ze sperde haar ogen wijd open toen ze een witte glinstering vlak voor Brogans grijns zag. In het maanlicht fonkelden drie lemmeten voor zijn bloedeloze gezicht. Kahlan en Brogan keken tegelijk omhoog en zagen twee mriswith boven zich.
'Laat haar losss,' siste de mriswith, 'of je zzzult sssterven.'
Kahlan legde haar hand op de stekende pijn in haar borst nadat hij had gedaan wat hem was bevolen. Ze had tranen in haar ogen van de pijn. Zo werden ze op zijn minst van bloed gereinigd.
'Wat heeft dit te betekenen?' gromde Brogan. 'Ze is van mij. De Schepper wil dat ze wordt gestraft!'
'Je zult doen wat de Dzzzroomwandelaar beveelt, of je zzzult sssterven.' Brogan hield zijn hoofd schuin. 'Wil hij dat?' De mriswith siste instemmend. 'Daar begrijp ik niets van...'
'Vraagt u ietsss?'
'Nee. Nee, natuurlijk niet. U wil zal geschieden, heiligheid.'
Kahlan was bang rechtop te gaan zitten en hoopte dat ze Brogan nogmaals zouden bevelen haar te laten gaan. Brogan ging staan en deinsde achteruit.
Er verscheen een derde mriswith bij Adie. Hij duwde haar naast Kahlan tegen de grond. De tovenares raakte Kahlans arm aan, alsof ze zonder woorden wilde zeggen dat ze, ook al had ze blauwe plekken en snijwonden, verder ongedeerd was. Adie sloeg haar arm om Kahlans schouders en hielp haar rechtop te zitten.
Kahlan had overal pijn. Haar kaak bonsde op de plek waar Brogan haar had getroffen, haar maag brandde, en haar voorhoofd stak van de pijn. Bloed stroomde nog steeds in haar ogen.

Een van de mriswith haalde twee ringen van een hele bos om zijn pols en gooide ze naar de tovenares in de lappendeken – degene die Brogan Lunetta noemde. 'Die ander is dood. U moet het in haar plaats doen.'
Lunetta keek met vragende blik en pakte de ringen. 'Wat moet ik doen?'
'Uw gave gebruiken om ze om hun hals te doen, zodat ze kunnen worden beheerst.'
Lunetta trok aan de ene halsband, en hij ging met een klik open. Ze keek verbaasd, zelfs tevreden. Ze hield hem voor zich uit en boog zich over Adie.
'*Alstublieft, zuster*,' fluisterde Adie in haar moedertaal. '*Ik kom uit uw vaderland. Help ons.*'
Lunetta wachtte en keek Adie in de ogen.
'Lunetta!' zei Brogan en gaf haar een schop tegen haar achterste. 'Schiet op. Doe wat de Schepper zegt.'
Lunetta schoof de ijzeren kraag met een klik om Adie's nek, schuifelde toen naar Kahlan, en deed hetzelfde. Kahlan knipperde toen ze zag hoe kinderlijk Lunetta naar haar grijnsde.
Toen Lunetta overeind kwam, voelde Kahlan aan de halsband. Ze dacht dat ze hem herkende bij het licht van de maan, maar toen ze het gladde, naadloze metaal voelde, wist ze het zeker. Het was een Rada'Han, net als degene die de Zusters van het Licht om Richards hals hadden gedaan. Ze wist dat die tovenaressen de halsband hadden gebruikt om hem te kunnen beheersen. Bij hen moesten ze dezelfde functie vervullen: het intomen van hun toverkracht. Kahlan vreesde plotseling dat haar toverkracht pas na een paar uur zou zijn teruggekeerd.
Toen ze bij het rijtuig aankwamen, zagen ze Ahern, die aan de punt van een mriswith-mes was geregen. Hij had Kahlan, Adie en Orsk gezegd dat ze in een bocht uit het rijtuig moesten springen, en dat hij de achtervolgers van hun weg zou leiden. Een stoutmoedige, dappere manoeuvre, die uiteindelijk tot mislukken was gedoemd.
Kahlan voelde zich plotseling opgelucht dat ze alle anderen naar Ebinissia had gestuurd, zoals de bedoeling was. Kahlan had Jebra gevraagd voor Cyrilla te zorgen, en had de rest van de mannen opgedragen hun plannen uit te voeren om Ebinissia uit de as te doen herrijzen. Kahlans zuster was thuis. Als Kahlan stierf, dan had Galea nog een koningin over. Als ze een van die elegante jongens bij zich had gehad, dan zouden de mriswith, deze nachtmerrieachtige wezens van de wind, hen allen hebben opengereten, net als ze met Orsk hadden gedaan.
Ze voelde plotseling verdriet om Orsk, maar toen werd ze door een klauw in het rijtuig geduwd. Adie werd vlak na haar naar binnen geduwd. Kahlan hoorde een korte woordenwisseling, en toen klom Lunetta het rijtuig in en ging tegenover Kahlan en Adie zitten. Een mriswith stapte ook

in, en hij ging naast Lunetta zitten. Hij nam het drietal met zijn kraalogen in zich op. Kahlan trok haar hemd dicht en probeerde het bloed uit haar ogen te vegen.

Ze hoorde buiten opnieuw gepraat. Het ging over het vervangen van de glijders van het rijtuig door wielen. Door het raam zag ze Ahern onder bedreiging met een zwaard op de bok klimmen. De man in de rode cape deed hetzelfde, gevolgd door een van de mriswith.

Kahlan voelde haar benen beven. Waar brachten ze hen naartoe? Ze was zo dicht bij Richard. Ze klemde haar kaken opeen om een jammerkreet te smoren. Dit was niet eerlijk. Ze voelde een traan over haar wang biggelen.

Adie liet haar hand tussen hun benen door glijden, en uit het klopje op haar dij putte ze troost.

De mriswith boog zich naar hen toe en zijn spleetachtige mond leek zich tot een grimmige glimlach te verbreden. Hij hief het driebladige mes in zijn klauw op en zwaaide er even mee voor hun ogen.

'Alsss jullie proberen te ontssnappen, sssal ik jullie voeten versssolen.' Hij hield zijn gladde hoofd schuin. 'Begrepen?'

Kahlan en Adie knikten beiden.

'Alsss jullie praten,' vervolgde hij, 'sssal ik jullie tong afsssnijden.'

Ze knikten weer.

Hij keek Lunetta aan. 'Verzegel met je gave hun toverkracht via hun halsband. Dat gaat zo.' Hij legde zijn klauw tegen Lunetta's voorhoofd. 'Begrepen?'

Lunetta glimlachte begrijpend. 'Ja, ik begrijp het.'

Kahlan hoorde Adie grommen, en op hetzelfde moment kreeg ze een strak gevoel in haar borst, op de plek waar ze gewoonlijk haar toverkracht voelde. Ze vroeg zich mismoedig af of dat gevoel ooit zou terugkeren. Ze herinnerde zich het lege gevoel toen de Keltaanse tovenaars haar met hun magie van haar eigen toverkracht hadden vervreemd. Ze wist wat ze kon verwachten.

'Ze bloedt,' zei de mriswith tegen Lunetta. 'Je moet haar genezen. Huidzzzbroeder zal niet blij zijn haar met littekens te zien.'

Ze hoorde de zweep knallen. Ahern floot, en het rijtuig sprong vooruit. Lunetta boog zich voorover en begon Kahlans wonden te verzorgen.

Goede geesten, waar brachten ze haar naartoe?

40

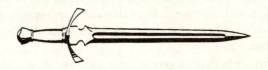

Tranen prikten Ann in de ogen, en ze slaakte een bloedstollende kreet. Ze had er al lang geleden van afgezien haar kreten voor zich te houden. Wie anders dan de Schepper zou haar horen of zich er ook maar iets van aantrekken?
Valdora hief het mes op dat droop van het bloed. 'Doet dat pijn?' Ze toonde een glimlach van ontbrekende tanden en giechelde moeizaam. 'Hoe zou u het vinden als iemand anders besliste wat er met je gebeurt? Want dat hebt u gedaan. U hebt beslist hoe ik zou sterven. U hebt me mijn leven ontzegd. Het leven dat ik in het paleis had kunnen hebben. Ik had nog jong kunnen zijn. U hebt over mijn dood beschikt.'
Ann deinsde achteruit toen de punt van het mes in haar zij priemde. 'Ik vroeg u wat, Priores. Hoe zou u dat vinden?'
'Net zo erg als u, denk ik.'
Ze grijnsde weer. 'Prima! Ik wil u de pijn laten voelen waarmee ik al die jaren heb geleefd.'
'Ik heb je laten leven zoals ieder ander. Zoals je zelf wilde. Je hebt behouden wat de Schepper je heeft gegeven, en alle anderen die in deze wereld komen. Ik had je ter dood kunnen laten veroordelen.'
'Alleen omdat ik een bezwering heb uitgesproken? Ik ben tovenares! Dat heeft de Schepper me gegeven, en daar heb ik gebruik van gemaakt!'
Hoewel Ann wist dat elke discussie zinloos was, verkoos ze dat toch boven haar zwijgzame messteken.
'Jij hebt jouw gift van de Schepper gebruikt om anderen te ontnemen wat ze je niet vrijwillig wilden geven. Je hebt hun gevoelens, hun hart, hun leven gestolen. Je had daar het recht niet toe. Je hebt devotie gegapt als snoepjes op een kermis. Je hebt ze pronkend tot je bezit gemaakt en hebt ze afgegooid om anderen te strikken.'
Ze voelde weer een prik van het mes. 'En u hebt me verbannen!'
'Hoeveel levens heb jij geruïneerd? Je kreeg raad, je werd gewaarschuwd

en je werd gestraft. En toch ging je door. Pas na dat alles werd je uit het Paleis van de Profeten gezet.'

Ann voelde haar schouders bonzen van pijn. Ze werd languit naakt op een houten tafel gelegd, haar polsen werden met toverkracht boven haar hoofd samengebonden en haar voeten werden ook aan de tafel vastgeknoopt. De toverkracht sneed erger dan een ruw henneptouw in haar huid. Ze was even hulpeloos als een varken dat aan de grijper van een bulldozer bungelt.

Valdora had een bezwering gebruikt om Anns toverkracht te blokkeren – nog zoiets dat ze wie-weet-waar had geleerd. Ze voelde het nu als een warm, gastvrij vuur op een winterse nacht, vlak achter een raam – een belofte van warmte die echter buiten haar bereik was.

Ann keek omhoog naar het raam boven in de stenen muur van de kleine kamer. De dageraad was bijna aangebroken. Waarom was hij niet gekomen? Hij zou zo langzamerhand hier moeten zijn om haar te redden, en dan zou ze hem op een of andere manier moeten vangen. Maar hij was niet gekomen.

Maar de dag was nog niet aangebroken. Misschien kwam hij nog. *Lieve Schepper, laat hem snel komen.*

Tenzij het vandaag de verkeerde dag was. Ze werd bevangen door paniek. Wat als ze zich hadden verrekend? Nee. Zij en Nathan hadden er de lijsten op nagelopen. Vandaag was de goede dag, en bovendien waren het de gebeurtenissen die de profetie betekenis gaven, en niet de dag zelf. Het feit dat ze gevangen was genomen, betekende dat dit de juiste dag moest zijn. Vandaag bood ruimte aan kansen. De voorspelling zou uitkomen. Maar waar was hij?

Ann besefte dat Valdora's gezicht was verdwenen. Ze was niet meer naast haar. Ze zou moeten doorpraten. Ze zou...

Ze voelde plotseling een scherpe, brandende pijn toen het mes in de zool van haar linkervoet sneed. Ze probeerde zich met haar hele lichaam los te rukken. Opnieuw parelden zweetdruppels op haar voorhoofd en sijpelden naar beneden. Er kwam weer een pijnscheut, en opnieuw schreeuwde ze machteloos.

Haar geschreeuw galmde in de stenen kamer toen Valdora een reep vlees van haar voetzool rukte.

Ze schokte wild en ze liet haar hoofd opzij rollen. Holly, het kleine meisje, keek haar in de ogen. Ann voelde tranen over haar neusrug in haar ene oog lopen en van haar gezicht druppelen.

Ze keek Holly bevend in de ogen en vroeg zich af welke gemene dingen Valdora zo'n onschuldig kind aanleerde. Ze zou het hart van dit kleine wezen in steen veranderen.

Valdora hield het witte stukje vlees omhoog. 'Kijk eens Holly, hoe ge-

makkelijk het gaat, als je het doet zoals ik zeg. Wil je het zelf eens proberen, mijn schat?'
'Grootmamma,' zei Holly, 'moeten we dit echt doen? Ze heeft ons niets gedaan. Ze is niet als de anderen – ze heeft ons nooit kwaad proberen te doen.'
Valdora zwaaide met het mes om haar woorden kracht bij te zetten. 'O, dat heeft ze wel, mijn schat. Ze heeft me gekrenkt. Ze heeft me mijn jeugd afgepakt.'
Holly keek naar Ann die huiverde van pijn. Het meisje had een vreemde, kalme gezichtsuitdrukking voor zo'n jong iemand. Ze zou een uitstekende novice zijn, en later een prima Zuster. 'Ze heeft me een zilverling gegeven. Ze heeft ons geen enkel kwaad proberen te doen. Ik vind dit niet leuk. Ik doe er niet aan mee.'
Valdora giechelde. 'Nou, reken maar.' Ze zwaaide met het mes. 'Luister naar je grootmamma. Dit is haar verdiende loon.'
Holly keek de oude vrouw koel aan. 'Alleen omdat u ouder bent dan ik, hebt u nog geen gelijk. Ik wil dit niet langer aanzien. Ik ga naar buiten.'
Valdora haalde haar schouders op. 'Zoals je wilt. Dit is iets tussen de Priores en mij. Als je niets wilt leren, moet je maar buiten gaan spelen.'
Holly liep vastberaden de kamer uit. Ann zou haar hebben kunnen zoenen om haar moed.
Valdora's gezicht kwam dichterbij. 'Nu zijn we alleen, Priores.' Haar mond trok strak. 'Zullen we nu maar weer...' Ze priemde de punt van het mes in haar zij om elk woord met kracht te onderstrepen. '... aan de slag?' Ze hield haar hoofd schuin om Ann beter in de ogen te kunnen kijken. 'Uw laatste uur heeft geslagen, Priores. Ik zie het liefst dat u zich doodschreeuwt. Zullen we het eens proberen?'

'Daarginds!' Zedd probeerde zo goed en zo kwaad als dat in zijn benarde positie lukte, te wijzen. 'Er brandt licht in de Burcht.'
Hoewel de dageraad de hemel begon te verlichten, was het nog donker genoeg om de gelige gloed te kunnen onderscheiden die uit een paar ramen kwam. Gratch zag wat Zedd bedoelde, en maakte een duikvlucht naar de Burcht.
'Verdomme,' mompelde hij, 'als die jongen al in de Burcht is, dan zal ik...'
Gratch gromde, want hij wist dat Zedd het over Richard had. Hij voelde het gegrom meer dan hij het hoorde, want hij zat met zijn rug tegen de borst van het beest geklemd. Zedd keek naar de grond diep beneden hen. 'Ik moet hem zien te redden. Dat bedoelde ik alleen maar, Gratch. Als Richard in moeilijkheden is, moet ik naar beneden om hem te redden.'
Gratch gorgelde tevreden.

Zedd hoopte dat Richard niet in moeilijkheden was. De inspanning waarmee hij de bezwering moest volhouden die hem licht genoeg maakte om door Gratch te kunnen worden gedragen, had hem van zijn laatste krachten beroofd. Hij had het gevoel dat hij niet meer rechtop zou kunnen staan, laat staan zijn krachten zou kunnen gebruiken om iemand te redden. Hij zou hierna dagen nodig hebben om uit te rusten.

Zedd streelde de reusachtige harige armen waarmee de kaai hem vasthield. 'Ik houd ook van Richard, Gratch. We zullen hem helpen. We zullen hem allebei beschermen.' Zedd zette grote ogen op. 'Gratch! Kijk uit wat je doet! Rustig aan!'

Zedd hield zijn armen voor zijn gezicht toen de kaai op de vestingmuur af dook. Toen hij tussen zijn armen door gluurde, zag hij de stenen muur met een bloedstollende snelheid op hem afkomen. Hij haalde diep adem toen Gratch hem steviger vastgreep en met zijn vleugels sloeg om zijn duizelingwekkende duikvlucht af te remmen.

Zedd besefte dat hij de greep op zijn bezwering verloor. Hij was te uitgeput om ermee door te gaan, en hij werd te zwaar om nog door Gratch te kunnen worden gedragen. Wanhopig deed hij een poging de bezwering naar zich toe te halen, alsof hij een ei probeerde op te vangen dat van een tafelblad rolde.

Hij greep de bezwering beet, net voordat die hem ontglipte, en trok hem met een ruk naar zich toe.

Gratch's vleugelgeklap bracht genoeg luchtweerstand teweeg om hem af te remmen, en hij maakte nog een korte stijgvlucht voor hij landde. De kaai streek met elegante slagen met zijn reusachtige, leerachtige vleugels op de vestingmuur neer. Zedd voelde dat zijn harige armen zijn doorweekte gewaden ontsloten.

'Sorry, Gratch. Ik verloor bijna mijn greep op de bezwering. Ik had ons bijna laten verongelukken.'

Gratch gromde afwezig, maar begrijpend. Zijn gloeiende groene ogen speurden door de duisternis. Vanaf deze plek liepen overal muren, en er leken honderden schuilplaatsen te zijn. Gratch leek ze allemaal af te zoeken.

Een diep gerommel steeg uit de keel van de kaai op. De groene gloed in zijn ogen werd intenser. Zedd tuurde de donkere nissen af, maar zag niets. Gratch wel.

Zedd deinsde achteruit toen de kaai plotseling brullend de duisternis in sprong.

Reusachtige klauwen sloegen door de avondlucht. Slagtanden priemden in het niets.

Zedd zag plotseling figuren uit de lucht te voorschijn komen. Capes woeien open en messen flitsten terwijl de dingen dansend om de kaai cirkelden.

Mriswith.
De wezens lieten een klakkend gesis horen terwijl ze naar het harige beest uithaalden. Gratch priemde ze aan zijn klauwen, scheurde hun geschubde huid open en deed hun bloed en ingewanden door de lucht gutsen. Hun gehuil deed Zedd de koude rillingen over zijn rug lopen.
Zedd voelde de lucht bewegen toen er een vlak langs hem heen op de kaai af kwam stuiven. De tovenaar stak snel zijn hand uit en wierp een bol vloeibaar vuur van zich af die de mriswith trof, zijn cape deed ontvlammen en over de rest van het wezen lekte.
De vestingmuur wemelde plotseling van de geschubde wezens. Zedd, die de kracht diep uit zijn binnenste moest putten, richtte een streep van samengeperste lucht naar achteren, waardoor een paar van die wezens over de rand werden geblazen. Gratch kwakte er eentje met zo'n kracht tegen de muur dat hij openspatte toen hij hem raakte.
Zedd was niet voorbereid op de verhitte strijd die plotseling overal rondom hem uitbrak. Hij was zo verdoofd van uitputting dat hij naarstig zocht naar ideeën, maar niets vernuftigers kon verzinnen dan simpele magie met vuur en lucht.
Opeens draaide een mriswith zich om met een mes in zijn klauw. Zedd vuurde een streep lucht af die zo scherp was als een bijl. Hij kliefde het hoofd van de mriswith. Hij gebruikte een web om enkele mriswith van Gratch vandaan te houden en gooide ze over de rand van de muur. Vanaf deze buitenmuur vielen ze honderden meters steil naar beneden.
De mriswith negeerden Zedd bijna allemaal, zo vastberaden waren ze de kaai te vellen. Waarom wilden ze de kaai zo nodig doden? Te oordelen naar de aantallen mriswith die Gratch afslachtte, leken ze een soort oerhaat jegens het gevleugelde beest te koesteren.
Plotseling priemde een wig van licht door de duisternis vlak vóór de dageraad toen er een deur opening. Een kleine figuur tekende zich tegen het licht af. In dit licht zag Zedd dat alle mriswith op de kaai toe stormden. Hij sprong naar voren en gooide een vuist van vuur naar ze toe die drie van de geschubde wezens opslokte en hun met hun fonkelende messen voorover deed tuimelen.
Eén mriswith stoof vlak langs Zedd en trof hem in zijn schouder, zodat hij van de sokken werd geblazen. Hij zag dat de mriswith zich op de kaai stortten en hem tegen de kanteelmuur duwde.
Zedd zag dat ze allemaal als één kolkende massa over de rand van de muur tuimelden en in de nacht verdwenen, en toen viel hij met zijn hoofd op het steen.

De deur ging piepend open. Ann snakte naar adem toen Valdora van haar werk opstond, en verzette zich tegelijkertijd tegen de duisternis die haar geest probeerde te bedwelmen. Ze kon dit niet langer volhouden. Ze was het einde nabij. Ze had geen adem meer over om te kunnen schreeuwen. Lieve Schepper, dit kon ze niet langer doorstaan. Waarom was hij niet gekomen om haar te redden?

'Grootmamma,' zei Holly grommend van inspanning terwijl ze tergend moeizaam iets zwaars de kamer in probeerde te slepen. 'Grootmamma, er is iets gebeurd.'

Valdora draaide zich naar het meisje om. 'Waar heb je hem gevonden?' Ann spande zich in haar hoofd op te tillen. Holly pufte van inspanning terwijl ze een broodmagere man bij zijn kastanjebruine gewaden ophees en hem zittend tegen de muur liet steunen. Bloed droop uit de zijkant van zijn hoofd en besmeurde zijn golvende witte haar dat alle kanten uitstak.

'Dit is een tovenaar, Grootmamma. Hij is praktisch dood. Ik zag dat hij aan het vechten was met een kaai, en met wat andere wezens, die helemaal met schubben bedekt waren.'

'Waarom denk je dat hij een tovenaar is?'

Holly kwam overeind en boog zich hijgend over de oude man op de vloer. 'Omdat hij zijn gave gebruikte. Hij gooide met vuurbollen.'

Valdora fronste het voorhoofd. 'Werkelijk. Een tovenaar. Hoogst interessant.' Ze krabde haar neus. 'En wat gebeurde er met die wezens, en met die kaai?'

Holly maaide met haar armen om zich heen terwijl ze het gevecht beschreef. 'En toen sprongen ze allemaal boven op de kaai en toen vielen ze allemaal van de muur af. Ik ben naar de rand van de muur gegaan om te kijken, maar ik zag er niet een meer. Ze zijn allemaal in het ravijn gevallen.'

Ann liet haar hoofd met een bons op de tafel vallen. Lieve Schepper, het was een tovenaar die haar had moeten redden.

Dat was nu allemaal tevergeefs. Ze lag nu op sterven. Hoe kon ze zo ijdel zijn om te denken dat ze zoiets gevaarlijks als dit kon doen zonder daarvoor te hoeven boeten? Nathan had toch gelijk gehad.

Nathan. Ze vroeg zich af of hij ooit haar lijk zou vinden en zou ontdekken wat haar was overkomen, en of hij het zelfs maar zou betreuren dat zijn bewaakster was gestorven. Ze voelde zich een domme, dwaze oude vrouw, die dacht dat ze slimmer was dan ze in werkelijkheid was. Ze had een keer te vaak met een voorspelling geknoeid, en ze was er nu voor teruggepakt. Nathan had gelijk. Ze had naar hem moeten luisteren.

Ann kromp ineen toen ze zag dat Valdora zich met een valse grijns over haar heen boog. Ze duwde het mes met de punt onder haar kin omhoog.

'Nou, lieve Priores, het ziet ernaar uit dat ik nu een tovenaar moet doden.' Ze haalde de punt van het mes over Anns keel. Ze voelde het mes aan haar huid trekken terwijl het in haar keel sneed en schramde.

'Valdora, zeg Holly dat ze de kamer uit moet. Je mag je kleinkind niet laten zien dat je iemand vermoordt.'

Valdora draaide zich naar het meisje om. 'Je wilt dit toch graag zien, of niet, mijn schat?'

Holly slikte. 'Nee, Grootmamma. Ze heeft nooit geprobeerd ons iets te doen.'

'Ik heb je al gezegd dat ze mij wel iets heeft gedaan.'

Holly wees naar de tovenaar. 'Ik heb hem hierheen gebracht, zodat u hem kunt helpen.'

'Geen sprake van. Dat doe ik niet. Hij moet ook sterven.'

'Wat heeft hij u dan gedaan?'

Valdora haalde haar schouders op. 'Als je dit niet wilt zien, ga dan maar weg. Daar beledig je me absoluut niet mee.'

Holly draaide zich om en keek even naar de oude man. Ze stak haar hand naar hem uit en raakte in een troostend gebaar zijn schouder aan. Toen maakte ze zich uit de voeten.

Valdora draaide zich naar Ann toe. Ze legde het mes op Anns wang, vlak onder haar oog. 'Zal ik eerst uw ogen uitsteken?'

Ann sloot haar ogen omdat ze deze verschrikking niet langer kon aanzien.

'Nee!' Valdora priemde het mes onder haar kin. 'Houd uw ogen open! U moet toekijken. Als u uw ogen niet opendoet, zal ik ze uitsteken.'

Ann opende haar ogen. Ze beet op haar onderlip terwijl ze zag dat Valdora de punt van het mes op haar borst zette en het handvat recht omhoog trok.

'Eindelijk,' fluisterde Valdora. 'Wraak.'

Ze hief het mes op. Het bleef in de lucht hangen toen ze diep inademde.

Valdora's lichaam verkrampte toen de kling van een zwaard ineens uit het midden van haar borst te voorschijn kwam.

Ze sperde haar ogen open en slaakte een gorgelende gil terwijl het mes op de grond viel.

Nathan zette zijn voet tegen Valdora's rug en trok het zwaard uit het lichaam van de vrouw. Ze kwam met een harde klap op de stenen vloer terecht.

Ann slaakte een jammerkreet van opluchting. Tranen stroomden uit haar ogen toen de banden waarmee haar polsen en enkels vastzaten, braken.

De rijzige Nathan keek grimmig neer op de vrouw die languit op de tafel lag. 'Dwaas vrouwtje,' fluisterde hij, 'wat heb jij met je laten uithalen?'

Hij boog zich voorover en nam haar in zijn armen, en ze huilde als een kind. Zijn armen voelden even zacht aan als die van de Schepper toen hij haar tegen zijn borst drukte.

Toen ze tot bedaren kwam liet hij haar los. Ze zag dat hij van voren doordrenkt was met bloed. Haar bloed.

'Haal de blokkade weg en ga languit liggen, dan zal ik eens kijken of ik die rotzooi kan genezen.'

Ann duwde zijn hand weg. 'Nee. Eerst moet ik doen waarvoor ik hierheen ben gekomen.' Ze wees. 'Daar is hij. Die tovenaar voor wie we zijn gekomen.'

'Kan dat dan niet wachten?'

Ze veegde het bloed en de tranen uit haar ogen. 'Nathan, ik ben al tot hier gekomen met die profetie. Laat me hem afmaken. Alsjeblieft?'

Met een zucht van walging stak hij zijn hand in een tasje dat naast de schede van zijn zwaard aan zijn riem hing, en haalde een Rada'Han te voorschijn. Hij gaf hem aan haar terwijl ze zich van de tafel liet glijden. Toen haar voeten de grond raakten, kromp ze ineen van pijn. Nathan ving haar in zijn grote armen op en hielp haar neer te knielen voor de bewusteloze tovenaar.

'Help me, Nathan. Maak hem voor me open. Ze heeft bijna al mijn vingers gebroken.'

Met bevende handen deed ze de tovenaar de halsband om. Met haar handpalmen slaagde ze er eindelijk in hem dicht te klikken, waardoor niet alleen de halsband, maar ook zijn magie werd verzegeld. De profetie was volbracht.

Holly stond in de deuropening. 'Is Grootmamma dood?'

Ann liet zich op haar hielen achterover zakken. 'Ja, mijn lieve kind. Het spijt me.' Ze stak haar hand naar het meisje uit. 'Zou je willen zien dat iemand wordt genezen, in plaats van te worden toegetakeld?'

Holly nam haar hand zachtjes in de hare. Ze keek naar de tovenaar op de grond. 'En hem? Gaat u hem ook beter maken?'

'Ja, Holly. Hem ook.'

'Daarom heb ik hem hier gebracht – om hem te laten genezen. Niet om hem te laten doden. Grootmamma heeft ook weleens andere mensen geholpen. Ze was niet altijd zo gemeen.'

'Dat weet ik,' zei Ann.

Een traan rolde over de wang van het meisje. 'Wat gebeurt er nu met mij?' fluisterde ze.

Ann glimlachte door haar tranen heen. 'Ik ben Annalina Aldurren, Priores van de Zusters van het Licht, en dat ben ik al heel lang. Ik heb vele meisjes met de gave onder mijn hoede genomen, net als jij, en ik heb ze geleerd geweldige vrouwen te worden, die andere mensen kunnen hel-

pen, en beter kunnen maken. Ik zou heel blij zijn als je met ons meekwam.'
Holly knikte, en er verscheen een glimlach op haar betraande gezicht. 'Grootmamma zorgde zo goed voor me, maar ze was soms gemeen tegen andere mensen. Vooral tegen mensen die ons kwaad wilden doen, of ons wilden bedriegen, maar dat hebt u nooit gedaan. Het was verkeerd dat ze u pijn deed. Het spijt me dat ze niet aardig tegen u was. Ik vind het vreselijk dat ze zo gemeen tegen u was, en dat ze nu dood is.'
Ann kuste de hand van het meisje. 'Ik ook. Ik ook.'
'Ik heb de gave,' zei ze, en ze keek met grote, treurige ogen naar Ann op. 'Kunt u me leren hoe ik andere mensen er beter mee kan maken?'
'Dat zou ik een eer vinden.'
Nathan pakte zijn zwaard op en schoof het met een theatrale zwaai in de schede. 'Wil je dat ik je nu beter maak? Of bloed je liever dood, zodat ik een staaltje reanimatie moet laten zien?'
Ann kromp ineen van pijn toen ze ging staan. 'Maak me beter, redder van me.'
Hij keek haar met toegeknepen ogen aan. 'Geef me dan toegang tot mijn toverkracht, lieve vrouw. Ik kan je niet beter maken met mijn zwaard.'
Ann sloot haar ogen en tilde haar hand op, terwijl ze haar innerlijke zinnen op zijn Rada'Han richtte en de blokkade op zijn Han ophief. 'Klaar.'
Nathan gromde. 'Dat weet ik – ik kan hem weer voelen, weet je.'
'Help me op de tafel te gaan liggen, Nathan.' Holly hield haar hand vast terwijl hij haar optilde.
Nathan tuurde naar de tovenaar op de grond. 'Nou, je hebt hem eindelijk te pakken. Voor zover ik weet is zo iemand als hij nog nooit in de halsband gesloten.' Hij keek haar met zijn doordringende blauwe ogen aan. 'Nu je hier een tovenaar van de Eerste Orde hebt, is die hele waanzin van jouw plan nog maar net begonnen.'
Ann zuchtte toen zijn helende handen haar eindelijk konden streelden. 'Dat weet ik. Het is te hopen dat Verna het hele zaakje wel goed in de hand kan houden.'

41

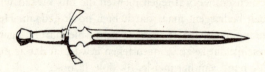

Zedd hapte naar adem terwijl hij zijn ogen snel opende. Een grote hand op zijn borst duwde hem achteruit.
'Rustig maar, oude man,' zei een diepe stem.
Zedd staarde naar het gezicht met de vierkante kaak. Zijn witte haar, dat tot op zijn schouders reikte, viel voor zijn gezicht toen hij zich voorover boog en Zedds hoofd in zijn beide handen nam.
'Wie noem je hier "oud", oude man?'
Zijn doordringende blauwe ogen onder de arendachtige wenkbrauwen lachten, net als de rest van zijn gezicht. Dit tegenstrijdige gezicht maakte dat Zedd zich weinig op zijn gemak voelde. 'Nu je het zegt, denk ik dat ik iets ouder ben dan jij.'
Zijn gezicht kwam hem bekend voor. Hij besefte het plotseling. Zedd duwde zijn handen opzij, ging rechtop zitten en wees met zijn benige vinger naar de lange man die naast de tafel stond.
'Jij lijkt op Richard. Waarom lijk jij eigenlijk op Richard?'
Een brede glimlach duwde zijn wangen opzij. Zijn wenkbrauwen zagen er nog steeds erg arendachtig uit. 'Hij is familie van me.'
'Familie! Krijg nou wat!' Zedd tuurde hem van dichterbij aan. 'Lang. Gespierd. Blauwe ogen. Het haar heeft zo te zien dezelfde structuur. Die kaak. Erger nog, die ogen.' Zedd sloeg zijn armen over elkaar. 'Jij bent een Rahl,' verklaarde hij.
'Heel goed. Dan kent u Richard dus.'
'Hem kennen? Ik ben zijn grootvader.'
Hij trok zijn wenkbrauwen op. 'Grootvader...' Hij wreef zich met een van zijn grote handen in het gezicht. 'Goede Geest,' mompelde hij, 'in wat voor parket heeft die vrouw ons doen belanden?'
'Vrouw? Welke vrouw?'
Hij haalde met een zucht zijn hand van zijn gezicht. Hij glimlachte weer en maakte een buiging. Een hele mooie buiging, dacht Zedd. 'Sta me toe

me voor te stellen. Ik ben Nathan Rahl.' Hij ging rechtop staan. 'En mag ik uw naam weten, vriend?'
'Vriend!'
Nathan tikte met zijn knokkels op Zedds voorhoofd. 'Ik heb zojuist jouw gebarsten schedel geheeld. Dat zou je toch iets waard moeten zijn.'
'Nou,' gromde Zedd, 'je hebt misschien gelijk. Dank je, Nathan. Ik heet Zedd. Een mooi staaltje heelkunst, als mijn schedel echt gebarsten was.'
'Nou, dat was echt zo. Ik raak tamelijk bedreven in die heelkunst. Hoe voel je je?'
Zedd probeerde zijn toestand te beoordelen. 'Nou, wel goed. Ik voel me goed. Ik heb mijn kracht weer terug.'
Hij kreunde toen hij zich voor de geest haalde wat er was gebeurd. 'Gratch. Goede geesten, ik moet hier weg.'
Nathan legde zijn hand op Zedds borst om hem tegen te houden. 'We moeten eventjes met elkaar praten, vriend. Tenminste, ik hoop dat we vrienden kunnen worden. We hebben helaas nog veel meer gemeen dan dat we familie van Richard zijn.'
Zedd keek op naar de lange man. 'Zoals wat?'
Nathan deed de bovenste knoopjes van zijn verfomfaaide hemd open. Zijn hele borst zat onder het geronnen bloed. Nathan stak zijn vinger achter een doffe zilveren band om zijn nek en tilde die een stukje op.
Zedds stem werd somber. 'Is dat wat ik denk?'
'Je bent een tamelijk slimme kerel, dat weet ik zeker, anders zou je niet zo waardevol zijn.'
Zedd keek hem in zijn blauwe ogen. 'En wat voor onfortuinlijks hebben we dan wel gemeen?'
Nathan strekte zijn arm en trok aan iets dat om Zedds nek hing. Zedds handen schoten omhoog, en hij betastte de gladde metalen halsband. Hij kon geen naad voelen.
'Wat heeft dit te betekenen? Waarom doe je dit?'
Nathan zuchtte. 'Ik niet, Zedd.' Hij wees. 'Zij daar.'
Een dikke oude vrouw liep door de deuropening. Ze had grijs haar dat in een knotje achterop haar hoofd was gebonden. Ze hield een klein meisje bij de hand.
'Ah,' zei ze, en ze betastte de kraag van de donkerbruine jurk die tot haar keel was dichtgeknoopt. 'Ik zie dat Nathan je heeft opgeknapt. Daar ben ik blij om. We maakten ons al zorgen om jou.'
'Kijk eens aan,' zei Zedd onverschillig.
De oude vrouw glimlachte. 'Ja.' Ze keek het meisje aan en streelde haar steile, lichtbruine haar. 'Dit is Holly. Ze heeft jou hier naartoe gesleept. Zij heeft je leven gered.'

'Ik meen me te herinneren haar te hebben gezien. Dank je voor je hulp, Holly. Ik ben je erg dankbaar.'

'Ik ben zo blij dat u beter bent,' zei het meisje. 'Ik was bang dat die kaai u had dood gemaakt.'

'Kaai? Heb je hem gezien? Maakt hij het goed?'

Ze schudde van nee. 'Hij is van de muur gevallen, net zoals al die monsters.'

'Verdomme,' siste Zedd. 'Die kaai was een goede vriend van me.'

De vrouw trok haar wenkbrauw op. 'Een kaai? Nou, dat spijt me dan voor u.'

Zedd keek de vrouw aan. 'Wat moet deze halsband om mijn nek?'

Ze spreidde haar handen. 'Het spijt me, maar dat is nu even nodig.'

'Haal weg dat ding.'

Haar glimlach bleef onverwoestbaar. 'Ik begrijp uw bezorgdheid, maar hij moet voorlopig blijven zitten.' Ze vouwde haar handen voor haar middel. 'Ik denk dat ik nog niet aan u ben voorgesteld. Wat is uw naam?'

Zedd sprak op diepe en vervaarlijke toon: 'Ik ben Oppertovenaar Zeddicus Zu'l Zorander.'

'Ik ben Annalina Aldurren, Priores van de Zusters van het Licht.' Haar glimlach werd hartelijker. 'Je mag me Ann noemen. Al mijn vrienden doen dat, Zedd.'

Zedd sprong van de tafel terwijl hij de vrouw onafgebroken aankeek. 'U bent geen vriendin van me.' Ze deed een stap achteruit. 'Ik wil dat u me Tovenaar Zorander noemt.'

'Rustig, vriend,' waarschuwde Nathan.

Zedd keek hem zo doordringend aan dat zijn mond vanzelf dichtging en hij met een kaarsrechte rug als aan de grond genageld bleef staan.

Ze haalde haar schouders op. 'Zoals je wilt, Tovenaar Zorander.'

Zedd tikte op de halsband om zijn nek. 'Haal dat ding nu meteen weg.'

De glimlach op haar gezicht bleef onvermurwbaar. 'Hij moet blijven zitten.'

Zedd schuifelde naar haar toe. Nathan stapte op hem af en was kennelijk van plan hem tegen te houden. Zonder de Priores uit het oog te verliezen, hief Zedd zijn arm op en wees met zijn dunne vinger naar Nathan. De grote man gleed met spartelende armen achteruit alsof hij in een storm op een ijsvlakte stond, en werd tegen de achterste muur gesmeten.

Zedd hief zijn andere hand op, en het plafond veranderde in een zee van gloeiend blauwachtig licht. Toen hij zijn hand liet zakken, daalde een flinterdun licht als de oppervlakte van een rimpelloos meer rondom hen neer. Ann zette grote ogen op. Het lichtvlak daalde neer totdat het zich op de vloer neervlijde als een tapijt van wervelend, kokend licht. Ver-

volgens stolde het licht tot een oneindige verzameling glinsterende lichtpuntjes.
Uit die lichtpuntjes schoten bliksemschichten te voorschijn. Knetterende witte lichtslierten klommen overal tegen de muren op en vulden de kamer met een scherpe geur. Zedd maakte een cirkelbeweging met zijn vinger en de bliksem schoot van de muur naar zijn halsband. Lichtflitsen zigzagden naar het metaal. De kamer donderde van dit wervelende tumult. Steengruis bezwangerde de lucht.
De tafel verhief zich en ontplofte tot een stofwolk die door de grillige lichtflitsen werd opgezogen. De kamer schudde en rommelde toen de reusachtige blokken steen in de muur van hun plaats begonnen te schuiven.
Ondanks deze woedende razernij besefte Zedd dat zijn plan niet zou werken. De halsband trotseerde al dit geweld zonder ook maar een krimp te geven. Met een snelle armbeweging maakte hij een einde aan het pandemonium van geluid en licht. Een tuitende stilte heerste plotseling in de kamer. Reusachtige blokken steen staken half uit de muur. De hele vloer was verkoold, maar iedereen was ongedeerd.
Na deze analyse van de Priores, het meisje en Nathan via de band van licht wist hij nu precies hoeveel macht ieder van hen had, en wat hun krachten en zwakheden waren. Zij had de halsband nooit hebben kunnen maken – die was door tovenaars gesmeed – maar ze wist wel hoe ze ermee om moest gaan.
'Klaar met de voorstelling?' vroeg Ann. De glimlach was eindelijk van haar gezicht verdwenen.
'Ik ben nog niet eens begonnen.'
Zedd hief beide armen op. Hij zou genoeg toverkracht kunnen vergaren om een berg te egaliseren, als dat moest. Maar er gebeurde niets.
'Zo is het wel genoeg,' zei ze. Iets van haar glimlach kwam terug. 'Nu snap ik enigszins hoe Richard aan die driftbuien komt.'
Zedd stak zijn vinger priemend naar haar uit. 'Jij! Jij bent degene die hem die halsband heeft omgedaan!'
'Ik had hem al onder mijn hoede kunnen nemen toen hij nog een kind was, in plaats van hem te laten opgroeien met jouw liefde en goede zorgen.'
Zedd kon op de vingers van één hand het aantal keren tellen dat hij zijn zelfbeheersing, en, erger nog, zijn verstand had verloren. Hij begon nu echter angstwekkend snel het punt te naderen waarop hij gebruik zou moeten maken van de vingers van zijn andere hand. 'Probeer me maar niet te sussen met jouw ijdele zelfrechtvaardigingen – die gaan niet op voor slavernij.'
Ann zuchtte. 'Een Priores moet net als een tovenaar soms van anderen

gebruik maken. Jij zult dat zeker begrijpen. Ik betreur het dat ik Richard heb moeten misbruiken, en dat ik dat ook met jou moet doen, maar ik heb geen andere keuze.' Er kwam een droevige glimlach op haar gezicht.
'Richard was een knappe jongen met die halsband om.
Als jij denkt dat Richard lastig was, dan heb je nog helemaal niets meegemaakt. Wacht maar tot je erachter komt welke moeilijkheden je grootvader je bezorgt.' Zedd knarsetandde. 'Jij hebt hem een van die halsbanden van jou omgedaan. Jij hebt jongetjes uit het Middenland ontvoerd. Jij hebt de wapenstilstand verbroken die duizenden jaren had standgehouden. De Zusters van het Licht zullen daarvoor moeten boeten.'
Zedd stond aan de rand van de afgrond, en was op het punt de Derde Wet van de Magie te overtreden, maar toch kon hij zijn redelijkheid niet onder bedwang krijgen. Dat was in feite de enige manier om de Derde Wet te overtreden.
'Ik weet wat de consequenties zijn als de Imperiale Orde de wereld verovert. Ik weet dat je dat op dit moment niet begrijpt, Tovenaar Zorander, maar ik hoop dat je zult inzien dat we zij aan zij strijden.'
'Ik begrijp veel meer dan jij denkt. Met dit alles help je de Orde. Ik heb mijn bondgenoten nooit gevangen hoeven nemen om te kunnen vechten voor een goede zaak!'
'Echt waar? Hoe zou je het Zwaard van de Waarheid dan noemen?'
Hij was razend en weigerde nog verder met die vrouw te discussiëren.
'Je moet die halsband weghalen. Richard heeft mijn hulp nodig.'
'Richard zal op zichzelf moeten passen. Hij is een slimme jongen. Dat heeft hij ten dele aan jou te danken. Daarom heb ik hem samen met jou laten opgroeien.'
'Die jongen heeft mijn hulp nodig! Hij moet weten hoe hij zijn toverkracht moet gebruiken. Als ik niet op tijd bij hem ben, zou hij de Tovenaarstoren in kunnen gaan. Hij weet niet welke gevaren daar voor hem op de loer liggen. Hij weet niet hoe hij zijn gave moet gebruiken. Hij zou de dood kunnen vinden. Dat mag ik niet laten gebeuren. We hebben hem nodig.'
'Richard is al in de toren geweest. Hij is er gisteren bijna de hele dag geweest, en is er ongedeerd van teruggekeerd.'
'*Eenmaal gelukkig,*' citeerde Zedd, '*dan vol vertrouwen, en uiteindelijk dood.*'
'Vertrouw op je kleinzoon. We moeten hem op andere manieren helpen. We hebben geen tijd te verliezen. We moeten ervandoor.'
'Ik ga nergens heen met jou.'
'Tovenaar Zorander, ik vraag je of je ons wilt helpen. Ik vraag je of je met ons mee wilt gaan en met ons wilt samenwerken. Er staat veel op het spel. Doe alsjeblieft wat ik je vraag, of ik zal genoodzaakt zijn de

halsband te gebruiken. Dat zou geen pretje voor je zijn.'
'Luister naar haar, Zedd,' zei Nathan. 'Ik kan erover meepraten dat dat echt geen pretje is. Je hebt geen keuze. Ik begrijp hoe je je voelt, maar alles zou een stuk gemakkelijker voor je zijn als je gewoon doet wat ze vraagt.'
'Wat voor tovenaar ben jij?'
Nathan maakte zich iets langer. 'Ik ben een profeet.'
De man was tenminste eerlijk. Hij had de lichtband niet als zodanig herkend, en wist niet dat Zedd ermee kon lezen. 'En voel je je gelukkig als slaaf?'
Ann schaterde het uit. Nathan niet, zijn ogen verrieden de beheerste, kolkende, maar dodelijke woede van een Rahl. 'Ik verzeker u, meneer, dat dat niet mijn eigen keuze was. Ik heb me er het grootste deel van mijn leven tegen verzet.'
'Zij mag dan misschien weten hoe ze een tovenaar aan zich kan onderwerpen die een profeet is, maar ze zal er nog wel achter komen waarom ik de rang van Oppertovenaar heb. Ik heb die titel tijdens de laatste oorlog verworven. Beide partijen van die oorlog noemden me toen "de wind van dood".'
Dat was een van de vingers die hij had geteld.
Hij wendde zich van Nathan af en keek de Priores met zo'n kille dreiging in zijn blik aan dat ze slikte en een stap achteruit deed.
'Door de wapenstilstand te verbreken, heb je elke Zuster die in het Middenland te pakken wordt genomen, tot de dood veroordeeld. Volgens de voorwaarden van die wapenstilstand zijn ze daar al toe veroordeeld. Ieder van jullie heeft het recht op rechtspraak of genade verloren. Ieder van jullie die wordt opgepakt, zal ter plekke en zonder enig pardon worden geëxecuteerd.'
Zedd gooide zijn vuisten in de lucht. Bliksem schoot uit de wolkeloze lucht en beukte hoog boven hen op de Tovenaarstoren. Er klonk een oorverdovend gehuil, en een lichtkring spreidde zich razendsnel over de hemel uit en liet een spoor van wolken achter als rook van een vuur.
'De wapenstilstand is voorbij! Jullie zijn nu op vijandig gebied, en jullie wacht de dood.
Als je me aan deze halsband wegvoert, dan beloof ik je dat ik naar je thuisland zal gaan en het Paleis van de Profeten met de grond gelijk zal maken.'
Priores Annalina Aldurren keek hem een tijdje zwijgend en met een strak gezicht aan. 'Doe me geen beloften die je niet kunt waarmaken.'
'Tart me maar.'
Er kwam een vage glimlach over haar lippen. 'We moeten er nu echt vandoor.'

Zedd knikte met een stuurse blik. 'Het zij zo.'

Verna werd zich er slechts geleidelijk van bewust dat ze wakker was. Als ze haar ogen opende, was het even donker als wanneer ze gesloten waren. Ze knipperde met haar ogen en probeerde zich ervan te overtuigen dat ze echt bij bewustzijn was.

Toen ze zeker wist dat ze echt wakker was, sprak ze haar Han aan om een vlam aan te steken. Dat lukte niet. Ze tastte dieper in zichzelf en riep nog meer kracht aan.

Met uiterste krachtsinspanning lukte het haar eindelijk een klein vlammetje in haar handpalm te laten branden. Er stond een kaars op de grond naast het veldbed waarop ze zat. Ze zond de vlam naar de pit van de kaars en liet zich opgelucht achteruit zakken nu ze eindelijk kon zien, zonder zich tot het uiterste in te hoeven spannen met haar Han de vlam brandend te houden.

De kamer was leeg, op het veldbed, de kaars en een klein dienblad met brood en een tinnen mok met water na, en iets dat eruitzag als een po en zich vlak bij de gepleisterde muur achter in de kamer bevond. Hij stond niet ver van haar vandaan – de kamer was maar klein. Er waren geen ramen, slechts een zware houten deur.

Verna herkende de kamer. Het was een van de kamers van het ziekenhuis. Maar wat deed ze in het ziekenhuis?

Ze keek omlaag en zag dat ze naakt was. Ze draaide zich op haar zij en zag haar kleren op een hoop naast het bed liggen. Terwijl ze zich omdraaide, voelde ze iets om haar nek. Onzeker reikte ze omhoog en voelde aan haar hals.

Een Rada'Han.

Haar huid begon te prikken. Lieve Schepper, ze had een Rada'Han om haar nek. Paniek golfde als een duizelingwekkende stroom door haar heen. Ze greep naar haar hals in een poging zich ervan te ontdoen. Ze hoorde een kreet uit haar eigen keel komen terwijl ze jammerde van angst en uit alle macht aan de weerbarstige metalen ring rukte.

Vol afschuw besefte ze wat de jongens moesten hebben gevoeld toen ze waren onderworpen aan dit instrument van overheersing. Hoe vaak had ze zelf een halsband gebruikt om iemand haar wil op te leggen?

Maar dat had ze alleen gedaan om ze te helpen. Dat was in hun eigen belang. Hadden ze toen ook deze wanhopige doodsangst ondergaan?

Ze herinnerde zich schaamtevol dat ze Warren ook een halsband had omgedaan.

'Lieve Schepper, vergeef me,' huilde ze. 'Ik wilde slechts in Uw naam handelen.'

Ze snoof haar tranen op en herwon haar zelfbeheersing. Ze moest erachter zien te komen wat er was gebeurd. Ze wist dat die halsband echt niet om haar nek hing om haar te helpen – hij was er juist om haar in te tomen.

Verna voelde aan haar hand. De ring van de Priores was verdwenen. De moed zonk haar in de schoenen – ze had gefaald als bewaakster. Ze kuste haar naakte vinger als een smeekbede om kracht.

Ze beukte met haar vuist tegen de deur toen de greep muurvast leek te zitten. Ze bundelde al haar kracht en concentreerde die op de klink om die omhoog te laten gaan. Dat had geen resultaat. Ze haalde uit naar de scharnieren waarvan ze wist dat die aan de andere kant zaten. Ze concentreerde zich als een bezetene en riep haar Han bij dit karwei te hulp. Tongen van licht, groen als geestelijke gal, sloegen tegen de deur, likten door de kieren heen en flikkerden onder de spleet aan de onderkant van de deur.

Verna zette de machteloze stroom Han uit toen ze zich herinnerde dat Zuster Simona eens urenlang precies hetzelfde had geprobeerd, met hetzelfde minimale resultaat. Het scherm voor de deur kon niet worden verbroken door iemand die een Rada'Han droeg. Ze wist wel beter dan haar krachten te verspillen aan een zinloze klus. Simona mocht dan gek zijn, zij was dat allerminst.

Verna liet zich languit op het veldbed zakken. Ze zou niet uit deze kamer komen door met haar vuisten op de deur te beuken. Haar gave zou haar daar evenmin mee helpen. Ze was gevangen.

Waarom was ze hier? Ze keek naar de vinger waar de ring van de Priores omheen had gezeten. Dat was de reden.

Met een diepe zucht riep ze de echte Priores voor de geest. Ann had haar op een missie gestuurd en ze vertrouwde erop dat ze de Zusters van het Licht zou kunnen evacueren voordat Jagang zou komen.

Ze dook op haar kleren af en doorzocht ze als een bezetene. Haar dacra was weg. Dat was waarschijnlijk de reden waarom ze haar hadden uitgekleed: te zorgen dat ze geen wapens bij zich had. Dat hadden ze ook met Zuster Simona gedaan. Ze deden dat voor haar eigen bestwil, om te zorgen dat ze zichzelf niet kon verwonden. Een krankzinnige vrouw mocht nu eenmaal niet meer in het bezit zijn van haar eigen wapens.

Op de tast vond ze haar riem. Ze rukte hem onder de stapel kleren vandaan, bevoelde hem over de hele lengte op zoek naar de verdikking in het leer.

Bevend van hoop hield Verna de riem in het kaarslicht. Ze trok de valse zoom open. Daar was het reisboekje. Het zat veilig in zijn geheime holletje. Ze drukte de riem tegen haar borst en dankte de Schepper terwijl ze uitbundig op het veldbed heen en weer zwaaide. Dit had ze tenminste nog.

Toen ze eindelijk tot bedaren was gekomen, schoof ze haar kleren tot vlakbij het zwakke licht en begon zich aan te kleden. De gedachte niet langer naakt en hulpeloos te zijn, maakte dat ze zich wat beter voelde. Ze werd hier niet minder hulpeloos door, maar ze hoefde niet langer de vernedering te ondergaan van een naakte gevangene. Ze begon zich al steeds beter te voelen.

Verna wist niet hoe lang ze bewusteloos was, maar ze merkte dat ze rammelde van de honger. Ze verslond de broodkorst en sloeg het water in één teug achterover.

Gastronomisch redelijk tevreden, begon ze zich af te vragen hoe ze in deze kamer terecht was gekomen. Zuster Leoma. Ze herinnerde zich dat Zuster Leoma en drie andere Zusters haar in haar kantoor hadden opgewacht. Zuster Leoma stond hoog genoteerd op haar lijst van verdachte Zusters van het Licht. Hoewel ze er niet om was ondervraagd, was ze toch medeplichtig aan het feit dat Verna nu hier zat. Dat was al een bewijs op zich. Het was donker en ze had de andere drie niet kunnen zien, maar ze had een lijst van verdachten in haar hoofd. Phoebe en Dulcinia hadden hen geheel tegen haar orders in binnengelaten. Ze moesten ook maar een plaatsje op haar lijst krijgen, zij het met tegenzin.

Verna begon in de kleine kamer te ijsberen. Ze begon boos te worden. Hoe haalden ze het in hun hoofd te denken dat ze dit straffeloos konden doen?

Toch hadden ze dit straffeloos gedaan.

Ze fronste haar voorhoofd. Nee, dat hadden ze niet. Ann had haar deze verantwoordelijkheid gegeven, en ze zou haar vertrouwen niet beschamen. Ze zou de Zusters van het Licht uit het paleis evacueren.

Verna voelde aan haar riem. Ze zou haar een bericht moeten sturen. Durfde ze dat hier wel te doen? Wat, als ze werd betrapt? Dan zou alles tevergeefs zijn. Maar ze moest Ann laten weten wat er was gebeurd. Ze hield abrupt op met ijsberen. Hoe zou ze Ann vertellen dat ze had gefaald, dat door haar schuld alle Zusters van het Licht in levensgevaar verkeerden, en dat zij daar niets aan kon doen? Jagang was in aantocht. Ze moest hier weg zien te komen. Nu ze in de gevangenis zat, zou geen van de Zusters weten hoe te ontsnappen.

En Jagang zou ze allemaal te grazen nemen.

Richard sprong van zijn paard, dat steigerend tot stilstand kwam. Hij keek de weg af en zag diep beneden hem de anderen galopperen om hem bij te houden. Hij wreef het paard over de neus en begon toen de teugels aan de ijzeren hendel van het valhek vast te binden.

Hij bekeek het mechanisme vol tandwielen en hefbomen en besloot de teugels aan het uiteinde van een tandwielas vast te maken. De plaats waaraan hij de teugels eerst wilde vastmaken, was de bedieningshendel van het reusachtige hek. Eén flinke ruk, en het valhek zou op de rug van het paard terecht zijn gekomen.
Zonder op de anderen te wachten liep Richard de Tovenaarsburcht in. Hij was razend dat niemand hem wakker had gemaakt. Achter de ramen van de Burcht brandde al de halve nacht licht, dacht hij, en niemand had het lef de Meester Rahl wakker te maken om hem dat te vertellen.
En toen had hij, nog geen uur geleden, bliksem gezien, en daarna de bloem van licht die zich als een uitdijende ring langs de hemel uitspreidde en in zijn kielzog een rokerige wolkenmassa achterliet.
Er schoot hem een gedachte te binnen. Richard wachtte even voordat hij de Burcht inliep en keek op de stad neer. Onderaan vertakte de weg naar de Burcht zich in andere wegen, die van Aydindril vandaan kwamen.
Wat, als er iemand in de Burcht was geweest? Wat, als ze iets hadden gestolen? Hij kon beter de soldaten opdragen iedereen aan te houden die probeerde te ontsnappen. Zodra de anderen bij de Burcht waren aangekomen, zou hij een van hen terugsturen om de soldaten te zeggen dat ze iedereen die ontsnapte, moesten terugbrengen, en dat ze alle wegen moesten afsluiten.
Richard keek naar de mensen op de weg. De meesten waren op weg naar de stad. Toch zag hij een paar mensen die de stad verlieten. Het waren zo te zien een paar gezinnen met handkarren, wat soldaten op patrouille, een paar wagens met handelswaar, en vier paarden die vlak bij elkaar langs de voetgangers stapten. Hij zou ze allen moeten laten aanhouden en controleren.
Maar waarop? Hij zou ze zelf kunnen inspecteren, nadat de soldaten ze hadden teruggebracht, en dan zou hij ze kunnen vragen of ze iets magisch bij zich hadden.
Richard draaide zich om naar de Burcht. Hij had er geen tijd voor. Hij moest te weten zien te komen wat er hier was gebeurd, en bovendien, hoe wist hij wat een magisch voorwerp was? Het zou een verspilling van kostbare tijd zijn. Hij moest samen met Berdine aan de slag om het dagboek te vertalen, in plaats van de bezittingen van gezinnen te doorzoeken. Er gingen nog steeds mensen de stad uit die niet onder D'Haraans bewind wilden leven. Hij moest ze maar laten gaan.
Hij liep dwars door de schilden in de Burcht heen en wist dat de anderen erdoor zouden worden tegengehouden als ze hier eenmaal waren aangekomen. De vijf zouden boos zijn omdat hij niet op ze had gewacht.

Nou ja, misschien zouden ze hem de volgende keer wel wakker maken als ze licht zagen branden in de Burcht.
Gehuld in zijn mriswith-cape liep hij de trappen op naar de plek waar hij de bliksem de Burcht had zien treffen. Hij vermeed gangen waarvan hij voelde dat ze gevaarlijk waren, en ontdekte andere routes waarvan de haren achter in zijn nek tenminste niet overeind gingen staan. Hij voelde meermalen de aanwezigheid van mriswith, maar ze kwamen blijkbaar niet dichterbij.
Richard bleef staan in een grote kamer met vier gangen die eropuit kwamen. Er waren verscheidene deuren, maar die waren dicht. Naar een ervan leidde een bloedspoor. Hij hurkte neer, bekeek het smerige bloedspoor en concludeerde dat het eigenlijk twee sporen waren – een dat naar de kamer leidde, en een tweede, dat er vandaan liep.
Richard sloeg zijn mriswith-cape open en trok zijn zwaard. Het heldere gerinkel van staal weerklonk in de gangen. Met de punt van zijn zwaard duwde hij de deur open.
De kamer was leeg, maar bood een allesbehalve gewone aanblik. De houten vloer was verschroeid. Hij zag roet en grillige lijnen die in de stenen waren gebrand alsof een furieuze bliksem in deze kamer opgesloten had gezeten. Wat hem het meest verbaasde, was de stenen muur – hier en daar staken er reusachtige blokken halverwege uit, alsof ze op het punt stonden naar beneden te tuimelen. De kamer zag eruit alsof hij was getroffen door een aardbeving.
Overal op de vloer zaten bloedspatten. Vlak bij de muur lag een hele plas bloed, maar het vuur dat de vloer had geblakerd, had het bloed in stof veranderd, en hij kon er verder weinig aan zien.
Richard volgde het bloedspoor dat de kamer uit leidde en naar een deur in de buitenste vestingmuur liep. Hij stapte de koude buitenlucht in en zag de bloedspatten die op de stenen waren terechtgekomen. Het bloed was nog vers – dit was binnen een etmaal gebeurd.
De winderige vestingmuur lag bezaaid met mriswith en delen van mriswith. Ze stonken, zelfs al waren ze nu bevroren. Op een muur, een dikke anderhalve meter boven hem, zat een reusachtige klodder bloed, en op de grond eronder lag een dode mriswith, waarvan de geschubde huid was opengebarsten. Als de regen van bloed op de grond was terechtgekomen, in plaats van tegen de muur, zou Richard hebben gedacht dat het wezen uit de lucht was gevallen en hier ter plekke was neergestort. Terwijl Richard deze smeerboel aanschouwde, bedacht hij dat dit eruitzag als het strijdtoneel na een gevecht tussen Gratch en mriswith. Hij schudde meewarig het hoofd, en vroeg zich af wat hier was gebeurd.
Hij volgde een bloedspoor dat naar een inkeping in de kanteelmuur liep, en zag dat de stenen aan weerszijden met bloed waren besmeurd. Hij

stapte de nis in en keek over de rand omlaag. Wat hij zag was duizelingwekkend.

De steenblokken van de Burcht liepen bijna verticaal omlaag tot het fundament van de Burcht, diep beneden hem, en daarna liep de flank van de berg nog honderden meters verder de diepte in. Vanaf de nis in de muur liep een bloedspoor op de muur omlaag dat in de diepte verdween. In het spoor zaten verscheidene grote vlekken – er was iets over de rand gevallen dat tijdens zijn val op diverse plaatsen tegen de muur was gekwakt. Hij zou er soldaten op uit moeten sturen om te kijken wat of wie er over de rand van de muur was gevallen.

Hij haalde zijn vinger door verschillende bloedsporen langs de rand van de muur – de meeste roken naar mriswith. Maar sommige niet.

Goede Geesten, wat was hier gebeurd? Richard perste zijn lippen op elkaar en schudde zijn hoofd. Hij trok de zwarte mriswith-cape om zich heen en liep weg terwijl hij zijn hersenen hierover brak, maar ook, om een of andere reden, aan Zedd moest denken. Hij wenste dat Zedd nu bij hem was.

42

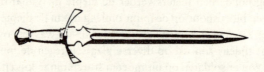

Toen Verna het klepje onderaan de deur zag openstaan, was ze klaar om in actie te komen. Ze dook erop af, schoof het dienblad opzij, drukte haar gezicht tegen de vloer en probeerde naar buiten te kijken.

'Wie is daar? Wie is dat? Wat is hier aan de hand? Waarom zit ik hier opgesloten? Geef antwoord!' Ze zag vrouwenlaarzen en de zoom van een jurk. Waarschijnlijk was het een Zuster die de patiënten in het ziekenhuis verzorgde. Verna ging rechtop staan. 'Alsjeblieft! Ik heb een nieuwe kaars nodig! Deze hier is bijna op!'

Ze hoorde onverschillige voetstappen in de gang wegsterven, en het geluid van een deur die met een zware klik van de klink dichtging. Ze knarsetandde en beukte met haar vuist op de vloer. Na een tijdje liet ze zich op het veldbed vallen en kneedde haar pijnlijke hand. Ze had de laatste tijd veel op de deur gebonkt en ze besefte dat haar ergernis het begon te winnen van haar gezond verstand.

In deze kamer zonder ramen had ze geen idee of het dag of nacht was. Ze veronderstelde dat men haar overdag eten zou brengen, en probeerde op die manier enig besef van tijd te krijgen, maar soms kreeg ze om de paar uur eten, en op andere tijden was ze bijna uitgehongerd tegen de tijd dat ze het brachten. En ze wenste met smart dat iemand de po kwam legen.

Ze gaven haar ook niet genoeg eten. Haar jurk begon nu tamelijk ruim om haar heupen en borsten te vallen. De laatste jaren had ze gewenst dat ze wat slanker was, zoals vlak voor de reis die ze twintig jaar geleden maakte. Men vond haar als meisje aantrekkelijk. Haar gewicht leek haar er voortdurend aan te herinneren dat ze haar jeugd en haar schoonheid had verloren.

Ze lachte manisch. Misschien dachten de Zusters dat ook wel, en hadden ze de Priores op dieet gezet. Ze hield op met lachen. Ze had altijd

gewild dat Jedidiah zou kunnen zien hoe mooi haar innerlijk was, in plaats van op haar uiterlijk te letten, en nu verlangde ze er warempel zelf naar uiterlijk mooier te zijn, net als hij altijd had gedaan. Er rolde een traan over haar wang. Warren had haar innerlijk nooit veronachtzaamd. Ze was dwaas.
'Ik bid voor jouw veiligheid, Warren,' fluisterde ze tegen de muren.
Verna schoof het dienblad over de grond naar de kaars. Ze bukte zich snel en graaide naar de tinnen mok met water. Net voor ze hem achterover wilde slaan, hield ze zich in en besloot er wat langer mee te doen. Ze brachten haar nooit genoeg water. Maar al te vaak dronk ze het in één teug leeg, waarna ze de volgende dag in bed lag te dagdromen over een meer waar ze met open mond in dook en net zoveel water opslokte als ze wilde.
Ze zette de mok aan haar lippen en nipte er delicaat van. Toen ze de mok op het dienblad zette, zag ze iets nieuws, iets anders dan een half brood. Er stond een kom soep op het blad.
Verna tilde het vol eerbied op en snoof de geur op. Het was gewoon een dunne bouillon van uien, maar het leek haar wel een koningsmaal. Bijna huilend van geluk nam ze een slok en genoot van de heerlijke smaak. Ze brak een stuk brood af en doopte dat in de soep. Het smaakte nog beter dan chocolade – beter dan alles wat ze ooit had gegeten. Ze brak de rest van het brood in kleine stukken en deed die allemaal in de kom. Het brood zwol op in de soep en leek meer dan ze op kon. Maar dat lukte haar.
Terwijl ze at, wurmde ze het reisboekje uit het tasje aan haar riem. Ze liet haar hoop weer varen, toen bleek dat er geen nieuwe boodschappen in geschreven stonden. Ze had Ann geschreven wat er was gebeurd, en had een haastig gekrabbeld kattebelletje van haar terug ontvangen dat slechts luidde: 'Je moet vluchten en de Zusters zien te evacueren.' Daarna had ze geen berichten meer van haar ontvangen.
Nadat ze de kom achterover had gehouden om het laatste restje soep te kunnen opdrinken, blies ze de kaars uit om die voor later te bewaren. Ze zette de halfvolle mok met water achter de kaars om te voorkomen dat ze die in het donker omver zou stoten en ging toen weer op het veldbed liggen en wreef over haar volle buik.
Ze ontwaakte uit een droomloze slaap toen ze hoorde dat de klink van de deur met een zware klik werd opgetild. Verna hield haar handen voor de ogen om die te beschermen tegen het verblindende licht dat de kamer in priemde. Ze drukte zich tegen de muur toen de deur weer dichtging. Er stond een vrouw in de kamer met een lamp in haar hand. Verna kneep haar ogen dicht in het felle licht.
De vrouw zette de lamp op de grond en ging rechtop staan. Ze vouwde haar handen voor haar middel. Ze bleef staan en keek Verna zwijgend aan.

'Wie is daar. Wie ben je?'
'Zuster Leoma Marsick,' antwoordde de vrouw kortaf.
Verna knipperde met haar ogen, toen die eindelijk aan het lamplicht waren gewend. Ja, het was Leoma. Verna kon haar gerimpelde gezicht onderscheiden, en de lange witte haren die over haar schouders vielen.
Leoma was degene die in het kantoor van de Priores was. Degene die haar hier had opgesloten.
Verna greep de vrouw naar de keel.
Na een ogenblik van verwarring merkte ze dat ze weer op het veldbed zat en dat haar achterste pijn deed van de harde landing. Ze kreeg het beklemmende gevoel dat haar Rada'Han haar belette op te staan. Ze probeerde haar benen te bewegen, maar die leken verlamd. Dit gevoel was gewoon afschuwelijk. Ze zat naar adem te happen en probeerde angstkreten te onderdrukken. Toen ze zich erbij probeerde neer te leggen dat ze niet kon opstaan, werd haar angst minder, maar het onbehaaglijke, onwezenlijke gevoel niet.
'Zo is het wel genoeg, Verna.'
Verna zorgde dat haar stem evenwichtig zou klinken en zei: 'Wat doe ik hier?'
'Je zit hier opgesloten in afwachting van de uitspraak van jouw proces.'
Proces? Wat voor proces? Nee. Ze gunde Zuster Leoma deze genoegdoening niet. 'Dat lijkt me terecht.' Verna wilde dat ze op kon staan – ze vond het beschamend dat Leoma zo op haar neerkeek. 'En, is die uitspraak al bekend?'
'Daarom ben ik juist hier. Ik ben hierheen gekomen om je op de hoogte te brengen van de beslissing van het tribunaal.'
Verna onderbrak Leoma's bijtende antwoord. Deze verraders hadden haar vast en zeker van een of andere frauduleuze daad beschuldigd. 'En wat is hun besluit?'
'Je bent schuldig bevonden aan het feit dat je een Zuster van de Duisternis bent.'
Verna was sprakeloos. Ze staarde Leoma aan, maar kon geen woord uitbrengen, zo geschokt was ze dat de Zusters haar daarvan beschuldigden. Ze had zich bijna haar hele leven ingespannen om te zorgen dat de Schepper geëerd zou worden in deze wereld. Ze voelde woede in zich opborrelen, maar hield zich in bedwang toen ze dacht aan Warrens laatdunkende opmerking over haar driftbuien.
'Een Zuster van de Duisternis? Kijk eens aan. En hoe kan ik van zoiets worden beschuldigd zonder enig bewijs?'
Leoma bulderde. 'Kom nou, Verna, je denkt toch niet dat je zo'n misdaad kunt plegen zonder enig bewijs achter te laten?'
'Nee. Ik neem aan dat jullie iets hebben weten te vinden. Ben je ook nog

van plan me erover te vertellen, of ben je alleen hierheen gekomen om op te scheppen over het feit dat je eindelijk jezelf tot Priores hebt opgeworpen?'

Leoma trok een wenkbrauw op. 'Ach nee, ik ben niet tot Priores benoemd. Zuster Ulicia is de gelukkige.'

Verna kromp ineen. 'Ulicia! Ulicia is juist een Zuster van de Duisternis! Ze is er met vijf van haar handlangers vandoor!'

'Integendeel. De Zusters Tovi, Cecilia, Armina, Nicci en Merissa zijn allemaal teruggekeerd en zijn hersteld in hun functie van Zuster van het Licht.'

Verna deed verwoede maar vergeefse pogingen op te staan. 'Ze zijn betrapt toen ze Priores Annalina aanvielen! Ulicia heeft haar gedood! Toen zijn ze allemaal gevlucht!'

Leoma zuchtte alsof ze iets elementairs moest uitleggen aan een domme novice. 'En wie heeft ze erop betrapt dat ze Priores Annalina aanvielen?' Ze zweeg even. 'Jij. Jij en Richard.

De zes Zusters hebben getuigd dat ze werden aangevallen door een Zuster van de Duisternis, nadat Richard Zuster Liliana had gedood, en dat ze voor hun leven vluchtten totdat ze in het Paleis mochten terugkeren, om te zorgen dat het Paleis buiten jouw greep bleef. Dat misverstand is de wereld uit.

Jij, Zuster van de Duisternis, was het brein achter die beschuldiging. Jij en Richard waren de enige getuigen. Jij hebt Priores Annalina gedood, jij en Richard Rahl, die jij vervolgens hebt helpen ontsnappen. We hebben de getuigenis gehoord van Zusters die hebben gehoord dat jij een van de bewakers, Kevin Andellmere, hebt gezegd trouw te zijn aan Richard, jouw handlanger, in plaats van aan de Keizer.'

Verna schudde ongelovig het hoofd. 'Dus jij geloofde zes idolen van de Wachter, en omdat ze met meer zijn dan ik, heb je me op die basis beschuldigd?'

'Nauwelijks. Er zijn dagenlang getuigenissen gegeven en bewijsmateriaal gepresenteerd. Zoveel, in feite, dat jouw proces bijna twee weken heeft geduurd. We wilden er, in het belang van een goede rechtspraak en met het oog op de ernst van de beschuldiging, zeker van zijn dat we volstrekt eerlijk en grondig te werk gingen. Een groot aantal getuigen is verschenen om de aard van jouw misdadig werk te onthullen.'

Verna gooide haar handen in de lucht. 'Waar heb je het over?'

'Jij hebt systematisch het werk van het paleis te gronde gericht. Duizenden jaren van traditie en inspanningen zijn teniet gedaan door jouw poging het werk van de Zusters van het Licht te ruïneren. De problemen die jij hebt veroorzaakt, zijn talloos.

De stedelingen kwamen in opstand omdat jij het paleis hebt opgedragen de betalingen te staken aan vrouwen die zwanger werden van onze jonge tovenaars. Die kinderen zijn een van onze belangrijkste bronnen van jongens met de gave. Jij wilde die bron droogleggen. Jij belette onze jongemannen naar de stad te gaan om hun behoeften te bevredigen en nageslacht met de gave te verwekken.

Vorige week kwam het tot een crisis toen er een opstand uitbrak die we door de bewakers hebben moeten laten neerslaan. De mensen stonden op het punt het paleis te bestormen omdat jij zo wreed was die jonge vrouwen en hun kinderen te laten verhongeren. Veel van onze jongemannen mengden zich in dat oproer omdat jij hun het recht op het goud van het paleis hebt ontzegd.'

Verna vroeg zich af wat voor 'opstand' dat was geweest, gezien het feit dat er jonge tovenaars bij betrokken waren. Maar ze dacht niet dat Leoma de waarheid zou onthullen. Verna wist dat er rechtvaardige mannen onder die jonge tovenaars waren die hun lot vreesden.

'Ons goud corrumpeert de moraal van iedereen die het aanraakt,' zei Verna. Ze wist dat het tijdverspilling was te proberen zichzelf te verdedigen – deze vrouw was niet ontvankelijk voor rede, of voor de waarheid.

'Het heeft duizenden jaren gewerkt. Maar jij wilde natuurlijk niet dat de voordelen van dit systeem vrucht zouden afwerpen en de Schepper zouden helpen. Jouw orders zijn teniet gedaan, net als andere van jouw verwoestende opdrachten.

Jij wilde niet dat wij zouden beslissen of jongemannen de wereld tegemoet konden treden – jij wilt dat ze falen – dus heb je de pijnproef laten verbieden. Ook die order is opgeheven.

Jij hebt de paleisdoctrine bezoedeld sinds je Priores bent. Jij bent zelf verantwoordelijk geweest voor de dood van de Priores, waarna je jouw onderwereldtrucs hebt gebruikt om jezelf tot Priores te bombarderen om ons te proberen uit de weg te ruimen.

Je hebt nooit geluisterd naar het advies van je adviseuses omdat je nooit van plan was het paleis in stand te houden. Je doet niet eens meer de moeite de rapporten in te zien, maar in plaats daarvan belast je onervaren administratrices met jouw werk, terwijl je jezelf in de tempel opsluit om met de Wachter te beraadslagen.'

Verna zuchtte. 'Dus dat is het? Hebben mijn administratrices liever geen werk? Zijn bepaalde hebzuchtige mensen ontevreden omdat ik weiger hun goud uit de schatkist van het paleis te verstrekken omdat ze liever zwanger worden dan een gezin te stichten en kinderen ter wereld te brengen? Zijn bepaalde Zusters verbolgen omdat ik niet toesta dat onze jongemannen zich te buiten gaan aan ongebreideld particulier genot? Worden de beweringen van zes Zusters die liever vluchten dan hier blij-

ven om te worden ondervraagd, plotseling serieus genomen? En jij benoemt een van hen tot Priores! En dat alles zonder één enkel bewijsstuk?'
Eindelijk kwam er een glimlachje om Leoma's lippen. 'O, we hebben harde bewijzen, Verna. Reken maar.'
Ze trok een zelfvoldaan gezicht en haalde een stuk papier uit een van haar zakken te voorschijn. 'We hebben een keihard en vernietigend bewijsstuk gevonden, Verna.' Ze vouwde het papier plechtig open en keek Verna weer aan. 'En we hebben nog een getuige. Warren.'
Verna deinsde achteruit alsof ze een klap in haar gezicht kreeg. Ze dacht aan de berichten die ze van de Priores en Nathan had ontvangen. Nathan had er bezorgd op aangedrongen dat Warren het paleis zou ontvluchten. Ann had Verna ook op het hart gedrukt ervoor te zorgen dat Warren meteen zou weggaan.
'Weet je wat dit is, Verna?' Verna durfde geen woord te zeggen of zelfs maar met haar ogen te knipperen. 'Ik denk van wel. Dit is een profetie. Alleen een Zuster van de Duisternis zou zo arrogant zijn om zo'n belastend document te laten rondslingeren. We hebben het beneden in een kluis gevonden. Het was verstopt in een boek. Ben je dit alles misschien vergeten? Dan zal ik het je voorlezen.
Als de Priores en de Profeet in het heilig ritueel aan het Licht worden opgeofferd, dan zullen de vlammen een ketel vol bedrog tot koken brengen en de opstanding van een onechte Priores bewerkstelligen die over de doden van het Paleis van de Profeten zal heersen.'
Leoma vouwde het papier dicht en stopte het in haar zak. 'Jij wist dat Warren een profeet is, en je hebt hem zijn halsband afgedaan. Je hebt een profeet vrij laten rondzwerven – op zichzelf al een ernstig misdrijf.'
'En waarom denk je dat Warren die voorspelling heeft gedaan?' vroeg Verna voorzichtig.
'Warren heeft dat getuigd. Het heeft even geduurd voor hij besloot zijn schuld te bekennen over het doen van een voorspelling.'
Verna's stem klonk geagiteerd. 'Wat heb je met hem gedaan?'
'We hebben zijn Rada'Han gebruikt om de waarheid te voorschijn te halen, wat ook onze plicht is. Uiteindelijk heeft hij bekend dat die profetie van hem was.'
'Zijn Rada'Han? Heb je hem zijn halsband weer omgedaan?'
'Natuurlijk. Een profeet moet een halsband om hebben. Als Priores had jij de taak te zorgen dat dat gebeurde. Warren heeft zijn halsband nu weer om, en hij zit achter schilden en onder bewaking in het profetenkwartier, waar hij thuishoort.
Het Paleis van de Profeten is hersteld in zijn oude vorm, in wat het behoort te zijn. Deze profetie was het laatste en meest belastende stukje

bewijsmateriaal. Het is een bewijs van jouw dubbelzinnige handelwijze en heeft jouw ware bedoelingen aan het licht gebracht. Gelukkig konden we ingrijpen voordat jij deze profetie in vervulling kon laten gaan. Je hebt gefaald.'
'Jij weet heel goed dat dit allemaal niet waar is.'
'Warrens voorspelling is een bewijs van jouw schuld. Jij wordt er een onechte Priores in genoemd, en hij onthult je plannen om het Paleis van de Profeten te vernietigen.' Ze glimlachte weer. 'Het bracht nogal wat beroering teweeg, toen het voor de rechtbank werd voorgelezen. Een flink stukje "keihard bewijsmateriaal", zou ik zeggen.'
'Doortrapt zwijn dat je bent! Ik zal zorgen dat je sterft!'
'Ik zou niet anders verwachten van iemand als jij. Gelukkig ben je niet in de positie om het noodlot dat je te wachten staat, af te wenden.'
Verna kuste haar ringvinger terwijl ze Leoma in de ogen keek. 'Waarom kust u uw ringvinger niet, Zuster Leoma, en smeekt u de Schepper om hulp in deze moeilijke tijden voor het Paleis van de Profeten?'
Met een spottende glimlach spreidde Leoma haar handen. 'Het paleis is nu niet meer in moeilijkheden, Verna.'
'Kus je ringvinger, Leoma, en toon de geliefde Schepper jouw bezorgdheid om het welzijn van de Zusters van het Licht.'
Leoma bracht haar ringvinger niet naar haar lippen. Dat kon ze niet over haar hart verkrijgen, en Verna wist dat. 'Ik ben niet hierheen gekomen om tot de Schepper te bidden.'
'Natuurlijk niet, Leoma. Jij en ik weten allebei dat je een Zuster van de Duisternis bent, net als de nieuwe Priores. Ulicia is de onechte Priores van wie de profetie spreekt.'
Leoma haalde haar schouders op. 'Jij bent de eerste Zuster, Verna, die van zo'n ernstig misdrijf wordt beschuldigd. Daar bestaat geen enkele twijfel meer over. Die beschuldiging kan niet worden teruggedraaid.'
'We zijn hier alleen, Leoma. Niemand kan ons horen achter al die schilden, behalve iemand met Subtractieve Magie natuurlijk, en diens oren hoef je niet te vrezen. Niemand van de echte Zusters van het Licht kan iets horen van wat we zeggen. Als ik iemand zou vertellen wat jij me wilt wijsmaken, dan zou die me niet geloven.
Laten we elkaar geen Mietje noemen, Leoma. We weten allebei wat de waarheid is.'
Er kwam een zwak glimlachje om Leoma's lippen. 'Ga door.'
Verna ademde diep in en vouwde haar handen in haar schoot. 'Je hebt me niet gedood, zoals Ulicia Priores Annalina. Je zou nooit al deze moeite hebben gedaan als je van plan was me te doden – je had me in mijn kantoor kunnen vermoorden. Je wilt blijkbaar iets van me. Wat dan?'

Leoma grinnikte. 'Ach, Verna, jij was altijd degene die tot de kern van de zaak kon doordringen. Je bent nog niet erg oud, maar ik moet bekennen dat je bepaald niet achterlijk bent.'
'Ja, ik ben briljant – daarom zit ik ook hier. Wat wil jouw meester, de Wachter, dat je mij ontfutselt?'
Leoma tuitte haar lippen. 'Op het ogenblik dienen we een andere meester. Wat hij wil, daar gaat het om.'
Verna fronste. 'Jagang? Heb je hem ook een eed gezworen?'
Leoma keek schichtig een andere kant uit. 'Niet bepaald, maar daar gaat het nu niet om. Jagang wil dingen, en die moet hij hebben. Het is mijn taak te zorgen dat hij krijgt wat hij wil.'
'En wat wil je van me?'
'Dat jij afziet van je trouw aan Richard Rahl.'
'Als je denkt dat ik dat doe, sta je te dromen.'
Er kwam een ironische glimlach op Leoma's gezicht. 'Ja, gedroomd heb ik zeker, maar dat doet nu niet ter zake. Je moet je verbondenheid met Richard opgeven.'
'Waarom?'
'Richard heeft er een handje van het beleid van de Keizer te dwarsbomen. Begrijp je – trouw aan Richard belemmert Jagang in zijn macht. Hij wil dat die trouw wordt verbroken, zodat hij je geest binnen kan dringen. Het is een soort experiment. Het is mijn taak je ervan te overtuigen je trouw aan hem op te geven.'
'Ik doe dat beslist niet. Je kunt me mijn trouw aan Richard niet laten opgeven.'
Leoma's glimlach werd grimmig toen ze knikte. 'Ja hoor, dat kan ik wel, en dat zal ik doen ook. Ik ben hoogst gemotiveerd. Voor Jagang eindelijk arriveert om hier zijn hoofdkwartier te vestigen, zal ik de banden met zijn vijanden verbreken.'
'Hoe dan? Wil je mijn Han afsnijden? Denk je dat je daarmee mijn wilskracht breekt?'
'Vergeet je zo gemakkelijk, Verna? Ben je vergeten wat je nog meer met een Rada'Han kunt doen? Ben je de pijnproef vergeten? Vroeg of laat smeek je me op je knieën om de Keizer trouw te mogen zweren. Je maakt een grote fout als je denkt dat ik voor zo'n afschuwelijke taak terugdeins. Je maakt ook een grote fout als je vergeet wie ik ben of als je denkt dat ik ook maar een greintje sympathie voor je koester. Het duurt nog weken voor Jagang komt. We hebben alle tijd. Die weken dat jij de pijnproef ondergaat, zullen voor jou jaren lijken, totdat je je overgeeft, maar je overgeven zul je je.'
Verna verstijfde. Ze was de pijnproef helemaal vergeten. Ze voelde opnieuw dat haar keel door angst werd dichtgeknepen. Ze had natuurlijk

gezien dat jongemannen in een Rada'Han hieraan werden onderworpen, maar dat duurde nooit langer dan een uur, en het gebeurde met tussenpozen van jaren.

Leoma stapte naar haar toe en schopte de mok water omver.

'Zullen we dan maar beginnen, Zuster Verna?'

43

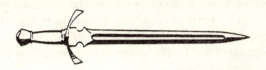

Richard kromp ineen toen hij zag dat de jongen bewusteloos werd geslagen. Een paar toeschouwers trokken hem van het veld, en een andere jongen nam zijn plaats in. Zelfs achter het hoge raam van het Paleis van de Belijdsters kon hij het gejuich horen van de menigte kinderen die keken naar de jongens die hetzelfde spel speelden als hij de kinderen in Tanimura had zien doen: Ja'La.
In zijn thuisland, het Westland, had hij nog nooit van Ja'La gehoord, maar in het Middenland speelden de kinderen het net zo verwoed als die in de Oude Wereld. Het spel werd vol bezieling en duizelingwekkend snel gespeeld en zag er opwindend uit, maar hij vond niet dat kinderen hun tanden uit hun mond moesten laten slaan voor het luttele plezier van een spelletje.
'Meester Rahl?' vroeg Ulic. 'Meester Rahl, bent u hier?'
Richard draaide zich om bij het raam, liet het gerieflijke kleed zakken en sloeg zijn mriswith-cape over zijn schouders.
'Ja, Ulic. Wat is er?'
De reusachtige bewaker liep de kamer in toen hij Richard uit de lucht meende te zien opdoemen. Hij was eraan gewend dat te zien. 'Er is een Keltaanse Generaal die u wil spreken. Generaal Baldwin.'
Richard zette zijn vingertoppen tegen zijn voorhoofd en dacht diep na.
'Baldwin, Baldwin.' Hij keek omhoog. 'Generaal Baldwin. Ja, ik herinner me hem. Hij is de commandant van alle Keltaanse strijdkrachten. We hebben hem een brief gestuurd over de overgave van Kelton. Wat wil hij?'
Ulic haalde zijn schouders op. 'Hij zei alleen dat hij Meester Rahl wilde spreken.'
Richard draaide zich om naar het raam en duwde de zware gouden gordijnen met een hand naar achteren terwijl hij ontspannen tegen het geschilderde raamkozijn leunde. Hij zag dat een jongen werd dubbelge-

vouwen, net terwijl hij probeerde bij te komen van een treffer met de broc. De jongen kwam overeind en mengde zich weer in het spel.
'Hoeveel man zijn er met de Generaal naar Aydindril gegaan?'
'Een klein regiment van vijf-, hooguit zeshonderd.'
'Ik heb hem bericht dat Kelton zich heeft overgegeven. Als hij kwaad in de zin had, zou hij niet met zo weinig mannen naar Aydindril zijn gegaan. Ik denk dat ik hem maar eens moest spreken.' Hij draaide zich om naar de oplettende Ulic. 'Berdine is ergens mee bezig. Laat Cara en Raina de Generaal binnenlaten.'
Ulic sloeg met zijn vuist op zijn hart en wilde zich omdraaien, maar kwam weer terug, toen Richard zijn naam noemde. 'Hebben de mannen nog iets gevonden aan de voet van de berg onder aan de Burcht?'
'Nee, Meester Rahl, niets, behalve al die mriswith-lichaamsdelen. De sneeuw aan de voet van die klip is zo hoog opgewaaid dat het pas tegen de lente gesmolten zal zijn, en dan kunnen we pas bekijken wat er nog meer van de Burcht is gevallen. De wind kan allerlei vallende voorwerpen hebben weggeblazen, en de soldaten hebben geen idee waar in dat uitgestrekte gebied ze moeten graven. De armen en klauwen van de mriswith die ze hebben gevonden waren zo licht dat ze niet in de sneeuw zijn gezakt. Alles dat lichter was, had wel drie, misschien zelfs zes meter kunnen wegzakken in die vederlichte troep.'
Richard knikte teleurgesteld. 'En dan nog iets. In het paleis moeten kleermaaksters zijn. Zoek de hoofdkleermaakster en vraag haar of ze alsjeblieft naar me toe wil komen.
Richard trok zijn zwarte mriswith-cape gedachteloos om zich heen en keek weer naar het Ja'La-spel. Hij kon niet wachten op de komst van Kahlan en Zedd. Dat zou nu niet lang meer duren. Ze moesten hier vlakbij zijn. Gratch had ze vast gevonden, en ze zouden spoedig weer bij elkaar zijn.
Hij hoorde de stem van Cara achter zich. Ze stond in de deuropening. 'Meester Rahl?'
Richard draaide zich om en liet de cape openvallen terwijl hij ontspannen ging staan. Tussen de twee Mord-Sith torende een oudere man uit met een witgevlekte zwarte snor waarvan de uiteinden tot onder aan zijn kaak afhingen, en met grijzend zwart haar dat over zijn oren reikte. Zijn schedel schemerde door de plekken waar zijn haar schaarser begon te worden.
Hij droeg een zware, halfronde kamgaren cape die weelderig was gevoerd met groene zijde en die met twee knopen op een schouder was dichtgeknoopt. Een hoge geborduurde, kraag was over een bruine overmantel geslagen, versierd met een heraldisch embleem met een diagonale zwarte streep erdoorheen die het wapen in een gele en een blauwe

helft verdeelde. De hoge laarzen reikten de man tot de knieën. Hij had zijn lange zwarte pantserhandschoenen onder zijn brede, van een sierlijke gesp voorziene riem gestoken, en de lange manchetten hingen voor zijn buik omlaag.

Toen Richard in zijn blikveld verscheen, verbleekte het gezicht van de Generaal, en hij bleef met een ruk staan.

Richard maakte een buiging. 'Generaal Baldwin, het is me een genoegen u te ontmoeten. Ik ben Richard Rahl.'

De Generaal herwon zijn kalmte en maakte ook een buiging voor Richard. 'Meester Rahl, ik voel me vereerd dat u mij op zo'n korte termijn te woord wilt staan.'

Richard maakte een handgebaar. 'Cara, wil je een stoel halen voor de Generaal? Hij zal wel moe zijn na zijn reis.'

Nadat Cara een eenvoudige beklede leren stoel bij de tafel had neergezet en de Generaal was gaan zitten, ging Richard in zijn eigen stoel achter de tafel zitten. 'Wat kan ik voor u doen, Generaal Baldwin?'

De Generaal keek op naar Raina, die achter zijn linkerschouder stond, en naar Cara, achter zijn rechterschouder. Beide vrouwen stonden ontspannen en zwijgend met hun handen achter de rug ineengeslagen en gaven overduidelijk de indruk alle tijd van de wereld te hebben.

'U kunt vrijuit spreken, Generaal. Ik vertrouw deze twee de wacht toe terwijl ik slaap.'

Hij ademde in en leek zich iets te ontspannen na deze geruststellende woorden. 'Meester Rahl, ik ben gekomen om over de koningin te praten.'

Richard had al gedacht dat hij daarom was gekomen. Hij vouwde zijn handen op de tafel. 'Ik betreur ten zeerste wat er is gebeurd, Generaal.'

De Generaal legde een arm op de tafel en boog zich naar Richard. 'Ja. Ik heb over die mriswith gehoord. Ik heb buiten een paar van die walgelijke beesten gezien, op de spiesen.'

Richard moest zich inhouden toen hij er bijna uitflapte dat het misschien wel beesten waren, maar dat ze niet walgelijk waren. Het was tenslotte een mriswith die Cathryn Lumholtz had gedood toen ze Richard wilde vermoorden, maar de Generaal zou dat waarschijnlijk niet begrijpen, dus Richard hield zijn mond erover, en zei toen: 'Ik betreur het ten zeerste dat uw koningin onder mijn dak is gedood.'

De Generaal maakte een afwijzend handgebaar. 'Ik bedoelde niets beschuldigends, Meester Rahl. Wat ik bedoel is dat ik hierheen ben gekomen om te praten over het feit dat Kelton het nu zonder koning of koningin moet stellen, nu Cathryn Lumholtz dood is. Ze was de laatste troonopvolgster, en haar plotselinge dood heeft ons voor een probleem gesteld.'

Richard deed zijn best vriendelijk te klinken, maar hij zei officieel: 'Wat is uw probleem? Jullie zijn nu een deel van ons.'
De man vertrok zijn gezicht tot een nonchalante uitdrukking. 'Ja, we hebben de documenten voor de overgave ontvangen. Maar de koningin die ons regeerde, is nu dood. Toen ze nog aan de macht was, handelde ze binnen haar volmacht, maar nu valt het ons moeilijk deze zaken waar te nemen.'
Richard fronste. 'U bedoelt dat jullie behoefte hebben aan een nieuwe koningin of koning?'
Hij haalde verontschuldigend zijn schouders op. 'Het is bij ons de gewoonte dat ons volk wordt geleid door een vorst. Zelfs al is dat slechts symbolisch. Nu we ons hebben neergelegd bij de hereniging met D'Hara, put het Keltaanse volk er een zeker aanzien uit een koning of een koningin te hebben. Zonder een vorst hebben de mensen het gevoel niet meer dan nomaden te zijn, mensen zonder wortels, en zonder iets gemeenschappelijks dat hen bindt.
Aangezien er geen troonopvolger van het geslacht Lumholtz over is, zou een van de andere huizen naar de kroon kunnen dingen. Niemand heeft het recht aanspraak te maken op de troon, maar hij óf zij zou uiteindelijk dat recht kunnen verwerven. Maar een aangevochten troonopvolging zou een burgeroorlog teweeg kunnen brengen.'
'Ik snap het,' zei Richard. 'U beseft natuurlijk wel dat de keuze van uw koning of koningin geen enkele invloed heeft op uw overgave. Die overgave is onvoorwaardelijk.'
'Zo eenvoudig is het niet. Daarom ben ik gekomen om uw hulp te vragen.'
'Hoe kan ik u helpen?'
De Generaal wreef over zijn knie. 'Begrijpt u, Meester Rahl, Koningin Cathryn heeft ervoor gezorgd dat Kelton zich aan u heeft overgegeven, maar ze is nu dood. We zullen uw onderdanen zijn totdat we een nieuwe vorst hebben. U staat gelijk aan onze koning totdat er een nieuwe koning wordt benoemd. Maar als een van die huizen de troon bestijgt, zou het weleens kunnen dat ze daar een andere mening over hebben.'
Richard zorgde dat hij niet zo vervaarlijk klonk als hij zich voelde. 'Het kan me niet schelen wat voor mening ze daarover hebben. De teerling is al geworpen.'
De Generaal maakte een wuivend handgebaar alsof hij Richard om geduld smeekte. 'Ik denk dat de toekomst in uw handen is, Meester Rahl. Het probleem is dat als het verkeerde huis uiteindelijk op de troon belandt, men er een andere mening op na zouden kunnen houden. Eerlijk gezegd had ik nooit gedacht dat het huis van Lumholtz met u en D'Hara zou meegaan. U zult wel bijzonder overtuigend zijn geweest om de koningin daar de redelijkheid van te laten inzien.

Sommigen van die hertogen en hertoginnen zijn zeer bedreven in het spelen van machtsspelletjes, maar weten niet goed wat in het algemeen belang is. Dat hertogdom is bijna soeverein, en hun onderdanen buigen slechts voor een vorst. Zij zijn degenen die Kelton zouden overhalen naar de Kroon te luisteren, en niet naar D'Hara, als een van de verkeerde huizen op de troon zou belanden en de overgave nietig zou verklaren. Dan zou een burgeroorlog het gevolg zijn.
Ik ben militair, en ik bekijk de gebeurtenissen met de ogen van een militair. Het ergste voor zo iemand is om in een burgeroorlog te moeten vechten. Ik heb mannen uit elk hertogdom. Een burgeroorlog zou ons leger verscheuren, ons vernietigen, zodat we kwetsbaar zouden zijn tegenover echte vijanden.'
Richard doorbrak de stilte. 'Ja, nee, gaat u maar door.'
'Zoals ik al zei, denk ik, als een man die de waarde van eenheid en van gebundelde macht inziet, dat de toekomst in uw handen is. Op dit moment bent u de wet, totdat er een nieuwe heerser op de troon zit.'
Generaal Baldwin leunde zijdelings tegen de tafel en dempte zijn toon betekenisvol. 'Aangezien u op dit moment de wet bent, zou die zaak geregeld zijn als u een koning of koningin benoemde. Begrijpt u wat ik bedoel? De huizen zouden zich verplicht voelen de nieuwe heerser te eerbiedigen, en zouden zich bij u aansluiten als de nieuwe heerser zegt dat wat reeds is beschikt, zo moet zijn.'
Richard kneep zijn ogen toe. 'U stelt zich dit voor als een spelletje, Generaal. Als een soort schaakspel waarbij een speler zijn tegenstander belet zijn pion te slaan voor hij aan zet is.'
Hij wreef over zijn snor. 'U bent aan zet, Meester Rahl.'
Richard leunde achterover in zijn stoel. 'Aha.' Hij dacht even na, niet wetend hoe hij zich uit deze situatie moest losworstelen. Misschien kon hij de Generaal vragen welk huis hem trouw zou zijn. Toch vond hij het niet verstandig een man in vertrouwen te nemen die net was komen binnenlopen om hem om hulp te vragen. Het zou een list kunnen zijn.
Hij keek naar Cara, die schuin achter de Generaal stond. Ze had haar schouders opgetrokken en ze keek verbaasd maar onverstoorbaar. Toen hij Raina aankeek, gaf ze hem ook te kennen geen idee te hebben.
Richard stond op, liep naar het raam en keek naar de mensen in de stad. Hij wenste dat Kahlan hier was. Ze wist alles van dit soort dingen af – van vorstenhuizen en van heersers. De overname van het Middenland bleek telkens weer ingewikkelder dan hij had gedacht.
Hij zou eenvoudigweg kunnen zorgen dat er een einde kwam aan deze onzin door D'Haraanse troepen te laten aanrukken en zijn bevelen te laten opvolgen, maar dat zou zonde zijn van waardevolle mannen die zich bezighouden met wat nu al gebeurd zou moeten zijn. Hij zou deze zaak

tot een later tijdstip kunnen laten rusten, maar het was noodzakelijk dat Kelton hem trouw zou blijven – de overgave van andere landen hing van het standpunt van Kelton af. Hij had Kelton al onder zich, maar als hij een fout maakte, zouden al zijn plannen in duigen vallen.

Richard wenste dat Kahlan opschoot en naar Aydindril kwam. Zij zou hem kunnen vertellen wat hij moest doen. Misschien kon hij tijd rekken tot zij en Zedd waren gearriveerd – dan zou hij met hun advies misschien het juiste doen. Ze zou hier nu spoedig moeten zijn. Maar zou dat snel genoeg zijn?

Kahlan, wat moet ik doen?

Kahlan.

Richard liep terug naar de Generaal, die wachtte. 'Aangezien Kelton een vorst nodig heeft om als symbool van hoop en leiderschap te dienen voor het hele Keltaanse volk, zal ik er een voor u benoemen.'

De Generaal wachtte vol verwachting.

'In mijn hoedanigheid als Meester van D'Hara, aan wie Kelton zijn loyaliteit dankt, zal ik u uw koningin aanwijzen.

Vanaf vandaag zal Kahlan Amnell Koningin van Kelton zijn.'

Generaal Baldwin zette grote ogen op terwijl hij van zijn stoel opstond. 'Benoemt u Kahlan Amnell tot onze koningin?'

Richards blik werd feller, en hij liet zijn hand op het gevest van zijn zwaard rusten. 'Dat doe ik. Heel Kelton zal voor haar zwichten. Net als uw overgave is dit bevel onherroepelijk.'

Generaal Baldwin liet zich op zijn knieën zakken en liet het hoofd hangen. 'Meester Rahl, ik kan bijna niet geloven dat u dit voor ons volk doet. We zijn u intens dankbaar.'

Richard stond op het punt zijn zwaard te trekken, maar wachtte op wat de Generaal te zeggen had. Hij had deze reactie niet verwacht.

De Generaal stond eindelijk op voor de tafel. 'Meester Rahl, ik moet onmiddellijk weg om onze troepen dit voortreffelijke nieuws te vertellen. Ze zullen zich net zo vereerd voelen als ik om onderdaan te zijn van Kahlan Amnell.'

Richard wist niet zeker hoe hij hierop moest reageren, en bleef onverschillig. 'Ik ben blij dat u mijn keuze aanvaardt, Generaal Baldwin.'

De Generaal spreidde zijn armen. 'Aanvaardt? Dit overtreft mijn stoutste verwachtingen, Meester Rahl. Kahlan Amnell is de koningin van Galea. Het feit dat de Biechtmoeder in eigen persoon als koningin voor onze rivaal, Galea, zou dienen, heeft in ons land tot hevige strijd aanleiding gegeven, maar nu ze ook onze koningin is, zal dat bewijzen dat Meester Rahl dezelfde hoge achting van ons heeft als van Galea. Als u met haar getrouwd bent, zult u ook met ons volk getrouwd zijn, net als met de Galeanen.'

Richard was sprakeloos. Hoe wist deze man dat Kahlan de Biechtmoeder was? Goede Geesten, wat was er gebeurd?
Generaal Baldwin stak zijn hand uit, trok Richards hand van zijn zwaard en greep die hartelijk beet. 'Meester Rahl, dit is de grootste eer die ons volk ooit ten deel is gevallen: de Biechtmoeder in hoogsteigen persoon als vorst te hebben. Dank u, Meester Rahl, dank u.'
Generaal Baldwin grijnsde van geluk, maar Richard verkeerde op de rand van paniek. 'Ik hoop dat dit onze hereniging zal bezegelen, Generaal.'
De Generaal maakte een wuivend handgebaar en glunderde. 'Voor altijd, Meester Rahl. Als u me nu wilt excuseren, want ik moet meteen terug naar mijn land om mijn volk te laten weten dat het vandaag een grootse dag is.'
'Natuurlijk,' stamelde Richard.
Generaal Baldwin schudde Cara en Raina de hand en stoof toen de kamer uit. Richard was verbijsterd.
Cara fronste haar wenkbrauwen. 'Meester Rahl, is er iets mis? U ziet zo wit als een vaatdoek.'
Richard keek na een tijdje weg van de deur waar de Generaal net doorheen was gedraafd, en keek haar aan. 'Hij wist dat Kahlan de Biechtmoeder is.'
Cara fronste haar wenkbrauwen van verbazing. 'Iedereen weet dat uw aanstaande bruid, Kahlan Amnell, de Biechtmoeder is.'
'Wat?' fluisterde hij. 'Weet jij dat ook?'
Ze knikten beiden. Raina zei: 'Natuurlijk. Meester Rahl, u ziet er niet goed uit. Bent u ziek? Misschien kunt u beter gaan zitten.'
Richard keek van Raina's vragende gezicht naar Cara. 'Ze had een bezwering om zich heen om haar te beschermen. Niemand wist dat ze de Biechtmoeder was. Niemand. Een groots tovenaar heeft met zijn magie haar identiteit verborgen gehouden. Dat wisten jullie nog niet.'
Cara fronste nu vol verbazing. 'O nee? Dat is vreemd, Meester Rahl. Voor zover ik weet heb ik altijd al geweten dat ze de Biechtmoeder is.'
Raina knikte instemmend.
'Onmogelijk,' zei Richard. Hij liep naar de deur. 'Ulic! Egan!'
De twee mannen stormden bijna onmiddellijk door de deuropening en bleven toen roerloos staan, klaar voor het gevecht. 'Wat is er, Meester Rahl?'
'Met wie ga ik trouwen?'
Beide mannen gingen rechtop staan van verbazing. 'Met de Koningin van Galea, Meester Rahl,' zei Ulic.
'Wie is dat?'
De twee mannen keken elkaar verbaasd aan. 'Nou,' zei Egan, 'de koningin van Galea – Kahlan Amnell, de Biechtmoeder.'

'De Biechtmoeder wordt geacht dood te zijn! Kunnen jullie je geen van allen die toespraak herinneren die ik in de raadskamers heb gegeven voor alle afgevaardigden? Weten jullie niet meer dat ik zei dat ze de nagedachtenis van de overleden Biechtmoeder behoorden te eren door zich bij D'Hara aan te sluiten?'

Ulic krabde zich op het hoofd. Egan staarde naar de vloer en zoog in volle concentratie aan een van zijn vingertoppen. Raina keek naar de anderen en hoopte dat ze iets zouden antwoorden. Cara's gezicht klaarde plotseling op.

'Ik denk dat ik me dat kan herinneren, Meester Rahl,' zei ze. 'Maar ik denk dat u het over de Biechtmoeders uit het verleden had, en niet over uw aanstaande bruid.'

Richard keek hen allen aan, en ze knikten allemaal.

'Luister, ik weet dat jullie hier niets van begrijpen, maar het heeft alles met magie te maken.'

'Dan hebt u gelijk, Meester Rahl,' zei Raina nu met serieuzere blik. 'Als er een magische bezwering in het spel is, dan zou die ons misleiden. U hebt magie, dus u zou de moeilijkheid ervan kunnen beoordelen. We moeten vertrouwen op wat u ons over magie vertelt.'

Richard wreef in zijn handen en keek een andere kant uit, maar zijn ogen vonden geen rustpunt. Er was iets mis. Er was iets verschrikkelijk mis. Maar wat? Misschien had Zedd de bezwering opgeheven. Misschien had hij daar een reden voor. Het zou ook kunnen dat er niets mis was. Zedd was bij haar. Zedd zou haar beschermen. Richard draaide zich snel om.

'De brief. Ik heb ze een brief gestuurd. Misschien heeft Zedd de bezwering opgeheven omdat hij wist dat ik Aydindril aan de Imperiale Orde heb ontfutseld en hij het niet langer nodig vond haar onder die bezwering te houden.'

'Dat klinkt aannemelijk,' opperde Cara.

Richard voelde bezorgdheid in zijn keel opwellen. Wat als Kahlan woedend was dat hij een eind had gemaakt aan het bondgenootschap van het Middenland en de overgave van de landen aan D'Hara had geëist, en erop had aangedrongen dat Zedd de bezwering zou opheffen, zodat de mensen zouden weten dat het Middenland nog steeds een Biechtmoeder had? Als dat zo was, verkeerde ze niet meer in gevaar, maar zou ze boos op hem zijn. Met boosheid kon hij leven. Maar met gevaar niet. Als ze in moeilijkheden verkeerde, moest hij haar helpen.

'Ulic, ga Generaal Reibisch zoeken, en breng hem meteen naar me toe.'

Ulic sloeg met zijn vuist op zijn hart en rende de kamer uit. 'Egan, zoek jij wat officieren en manschappen op. Doe alsof er niets bijzonders aan de hand is. Knoop een gesprek met ze aan over mij, over mijn huwelijk of zo. Probeer erachter te komen of anderen ook weten dat Kahlan de Biechtmoeder is.'

Richard liep te ijsberen en piekerde terwijl hij op de komst van Generaal Reibisch wachtte. Wat moest hij doen? Kahlan en Zedd zouden hier elk moment kunnen zijn, maar wat als er iets met ze aan de hand was? Zelfs al was Kahlan boos om wat hij had gedaan, dan nog zouden ze naar Aydindril komen, en ze zou hem van zijn plannen doen afzien en hem misschien doorzagen over de geschiedenis van het Middenland, en over wat hij probeerde te verwoesten.

Misschien zou ze hem zeggen dat hun huwelijk van de baan was, en ze hem nooit meer wilde zien. Nee, dat kon hij niet geloven. Kahlan hield van hem, en zelfs al was ze boos, weigerde hij te geloven dat ze iets anders boven haar liefde voor hem zou stellen. Hij moest in haar liefde geloven zoals zij in de zijne.

De deur ging open en Berdine strompelde de kamer in met haar armen vol boeken en paperassen. Ze glimlachte zo goed en zo kwaad als dat ging met een pen in haar mond en liet alles op tafel vallen.

'We moeten eens praten,' fluisterde ze, 'als u niets te doen hebt.'

'Ulic is op zoek naar Generaal Reibisch. Ik moet hem dringend spreken.'

Berdine keek Cara en Raina aan, en keek tenslotte naar de deur. 'Wilt u dat ik wegga, Meester Rahl? Is er iets?'

Richard had al genoeg geleerd om te weten dat hij gelijk had toen hij dacht dat het dagboek dat ze hadden gevonden, van groot belang was. En tot Reibisch was gearriveerd, kon hij toch niets doen.

'Met wie ga ik trouwen?'

Berdine sloeg het boek op tafel open en hij ging in zijn stoel zitten en neusde de papieren door die zij voor hem had meegebracht. 'Koningin Kahlan Amnell, de Biechtmoeder,' zei ze terwijl ze hoopvol naar hem opkeek. 'Hebt u even tijd? Ik zou uw hulp wel kunnen gebruiken.'

Richard zuchtte, liep om het bureau heen en kwam naast haar staan. 'Ik heb de tijd totdat Generaal Reibisch hier komt. Wat wil je weten?'

Ze tikte met de achterkant van de pen op het dagboek. 'Ik heb dit stukje hier bijna vertaald – het is met veel gevoel geschreven – maar ik mis nog twee belangrijke woorden.' Ze pakte de D'Haraanse versie van *De Lotgevallen van Bonnie Day* en hield het boek voor hen. 'Ik heb hier een stukje gevonden met dezelfde twee woorden. Als u nog weet wat ze betekenen, dan ben ik eruit.'

Richard had *De Lotgevallen van Bonnie Day* talloze keren gelezen. Het was zijn lievelingsboek, en hij dacht dat hij het nog uit zijn hoofd zou kunnen oplezen. Hij had inmiddels gemerkt dat dat niet zo was. Hij kende het boek goed, maar het viel hem zwaarder dan hij had gedacht zich de precieze woorden voor de geest te halen. Hij kon zich het verhaal in grote lijnen nog wel herinneren, maar niet woordelijk. Hij moest haar de precieze woorden van een zin noemen, aangezien het verhaal zelf vaak weinig steun bood.

Hij was meermalen naar de Burcht gegaan voor een exemplaar van het boek om te kunnen lezen, zodat ze de D'Haraanse versie daarmee konden vergelijken, maar hij had het niet kunnen vinden. Hij was teleurgesteld dat hij haar niet verder kon helpen.

Berdine wees naar een passage in *De Lotgevallen van Bonnie Day*. 'Ik moet weten wat deze twee woorden betekenen. Kunt u me zeggen wat deze zin betekent?'

Richard kreeg hoop. Het was het begin van een hoofdstuk. Hij zou het meeste succes hebben met het begin van een hoofdstuk omdat dat altijd de meeste indruk op hem maakte.

'Ja! Dit is het hoofdstuk waarin ze weggaan. Dat weet ik nog. Het begint met: *Voor de derde keer overtrad Bonnie die week haar vaders wet niet alleen de bossen in te gaan.*'

Berdine boog zich naar hem toe en keek naar de zin. 'Ja, dit betekent *overtrad*, dat weet ik al. Maar betekent dit woord hier *wet*, en dit hier *derde*?'

Richard knikte toen ze naar hem opkeek. Grijnzend van enthousiasme om deze ontdekking doopte ze haar pen in de inktfles en begon te schrijven op een van de vellen papier die ze had meegebracht, en vulde enkele lege stukken in. Toen ze daarmee klaar was, schoof ze hem het vel trots onder de neus.

'Dit staat er in dit stukje van het dagboek.'

Richard pakte het vel op en hield het in het licht dat over zijn schouder door het raam achter hem scheen.

De ruzies tussen ons woeden maar voort. Dat komt door de Derde Wet van de Magie: Hartstocht zal over de rede heersen. Ik vrees dat deze meest verraderlijke wet onze ondergang zal betekenen. Hoewel we beter weten, vrees ik dat sommigen van ons die wet toch overtreden. Alle groeperingen benadrukken dat hun handelwijze door rede wordt ingegeven, maar in alle wanhoop vrees ik dat het hartstocht is. Zelfs Alric Rahl spreekt waanzinnige woorden over een oplossing. Ondertussen houden de droomwandelaars als een olifant in de porseleinkast huis tussen onze manschappen. Ik bid dat de torens worden voltooid, of we zijn allemaal verloren. Vandaag zei ik vrienden vaarwel die naar de torens vertrokken. Ik weende, want ik wist dat ik die goede mannen nooit weer zou zien in deze wereld. Hoevelen van hen zullen in de torens sterven omwille van de rede? Maar helaas – ik weet dat het ergste lot ons wacht als we de Derde Wet overtreden.

Toen Richard de vertaling had gelezen, draaide hij zich om en liep naar het raam. Hij was in die torens geweest. Hij wist dat tovenaars hun levenskracht eraan hadden geschonken om de bezweringen van de toren te doen ontbranden, maar daarvoor hadden ze hem nooit echte mensen geleken. Het was bloedstollend de woede te lezen in de woorden van de man wiens botten duizenden jaren in die kamer in de Burcht hadden gelegen. Via de tekst in het dagboek leken zijn eigen botten tot leven te komen.

Richard dacht na over de Derde Wet en probeerde hem te begrijpen. Vroeger had hij Zedd en daarna Nathan gehad om hem de Eerste en Tweede Wet uit te leggen en hem te helpen begrijpen wat hun invloed op het leven was. Maar deze Wet zou hij zelf moeten zien te begrijpen. Hij herinnerde zich dat hij de wegen afliep die uit Aydindril leidden om met een paar mensen te praten die de stad ontvluchtten. Hij had willen weten waarom ze wilden vertrekken en had van angstige mensen de waarheid gehoord: dat hij een monster was die hen uit bizar genoegen zou afslachten.

Toen hij erop aandrong, rakelden ze geruchten op alsof het feiten waren die ze met eigen ogen hadden aanschouwd – geruchten over de Meester Rahl die kinderen als slaven in zijn paleis liet werken, die talloze jonge vrouwen in zijn bed lokte en ze gevoelloos maakte voor hun ervaring als naaktlopers. Ze beweerden jonge vrouwen en meisjes te kennen die hij zwanger had gemaakt en bovendien mensen kenden die de misgeboorten hadden gezien van sommige van deze arme slachtoffers van zijn verkrachtingen – afzichtelijke, misvormde wangedrochten, het broedsel van zijn kwade zaad. Ze vervloekten hem om de wandaden die hij had begaan jegens hulpeloze mensen.

Hij vroeg ze hoe ze zo openhartig tegen hem durfden te zijn als hij zo'n monster was. Ze zeiden dat ze wisten dat hij hen openlijk geen kwaad zou doen, dat ze hadden gehoord dat hij deed alsof hij in het openbaar meevoelend was om de mensen te bedriegen, zodat ze dachten dat hij hen in een grote menigte niets zou doen, maar toch zouden ze hun vrouwvolk spoedig onder zijn kwaadaardige klauwen vandaan halen.

Hoe meer Richard deze verbijsterende geruchten probeerde te ontzenuwen, des te krampachtiger hielden de mensen zich eraan vast. Ze zeiden dat ze deze dingen van te veel mensen hadden gehoord om niet in de waarheid ervan te geloven. Zulke algemene kennis kon niet onwaar zijn, zeiden ze, want het zou onmogelijk zijn zoveel mensen te bedriegen. Ze koesterden hun geloof en hun angst hartstochtelijk, en wilden niet van redelijke argumenten horen. Ze wilden eenvoudigweg met rust worden gelaten en bescherming zoeken die naar hun zeggen werd geboden door de Imperiale Orde.

Die hartstocht zou stellig hun ondergang betekenen. Hij vroeg zich af of de mensen zich schade berokkenden door de Derde Wet te overtreden. Hij wist niet of dit voorbeeld doorslaggevend genoeg was. Hij leek met de Eerste Wet te zijn verweven – mensen zouden elke leugen geloven omdat ze wilden dat die waar was, of omdat ze dat vreesden. Het scheen hem toe dat het een mengeling was van meerdere Wetten die achter elkaar werden overtreden, zodat je niet wist waar de ene ophield en de volgende begon.

Op dat moment herinnerde Richard zich de dag dat hij terug was in het Westland. Mevrouw Rencliff, die niet kon zwemmen, had haar armen losgerukt van de mannen die haar probeerden tegen te houden omdat ze niet op de roeiboot wilde wachten en ze was in een door vloed gezwollen rivier gesprongen om haar zoon, die in het water was gevallen, te redden. Een paar minuten later waren de mannen in allerijl met de roeiboot ter plaatse, en hadden het leven van de jongen gered. Chad Rencliff groeide moederloos op – men heeft haar lichaam nooit gevonden.

Richards huid prikte alsof die met ijs in aanraking was geweest. Hij doorzag de Derde Wet van de Magie: hartstocht zal heersen over de rede.

Hij beleefde een zenuwslopend uur totdat Ulic terugkwam met de Generaal. Hij dacht na over hoe hartstocht in plaats van rede mensen kwaad deed, en erger nog, hij wist dat magie een destructieve factor was in die vergelijking.

Generaal Reibisch sloeg met zijn vuist op zijn hart toen hij de kamer binnenkwam. 'Meester Rahl, Ulic zei me dat u me dringend wilde spreken.'

Richard greep de baardige man bij zijn donkere uniform. 'Hoe lang hebt u nodig om mannen op een zoektocht uit te sturen?'

'Meester Rahl, dat zijn D'Haranen. D'Haraanse soldaten zijn altijd klaar om onmiddellijk in actie te komen.'

'Goed. U kent mijn aanstaande bruid, Kahlan Amnell?'

Generaal Reibisch knikte. 'Jazeker. De Biechtmoeder.'

Richard huiverde. 'De Biechtmoeder, ja. Ze is hierheen onderweg. Ze komt uit het zuidwesten. Ze is te laat – misschien verkeert ze in moeilijkheden. Ze droeg een bezwering die haar identiteit als de Biechtmoeder verborg, zodat haar vijanden haar niets konden doen. Die bezwering is op een of andere manier opgeheven. Het is misschien niets, maar het kan ook betekenen dat ze in de problemen zit. Haar vijanden zullen vast en zeker van haar weten.'

De man krabde zijn roestbruine baard. Na een tijdje sloeg hij zijn grijsgroene ogen op. 'Ik snap het. Wat wilt u dat ik doe?'

'We hebben bijna tweehonderdduizend man in Aydindril, en nog eens honderdduizend man overal om de stad heen verspreid. Ik weet niet precies waar ze nu is – ik weet alleen dat ze ergens in het zuidwesten is, op weg hierheen. We moeten haar beschermen.

Ik wil dat u een strijdmacht op de been brengt die half zo groot is als de troepen in de stad, ten minste honderdduizend man, om haar op te zoeken.'

De Generaal aaide zijn litteken en slaakte een zucht. 'Dat zijn een hoop mannen, Meester Rahl. Vindt u dat we er zoveel uit de stad vandaan moeten halen?'

Richard liep tussen het bureau en de Generaal heen en weer. 'Ik weet niet precies waar ze nu is. Als we te weinig mannen nemen, zouden we haar op vijfenzeventig kilometer kunnen missen, en dan zouden we kunnen voortgaan zonder ooit in aanraking met haar te zijn geweest. Met zoveel man kunnen we ons verspreiden terwijl we oprukken en een wijd net vormen dat alle wegen en paden bestrijkt. Dan kunnen we haar niet mislopen.'

'Gaat u dan met ons mee?'

Richard wilde Kahlan en Zedd met alle macht zoeken. Hij keek Berdine aan. Ze zat achter het bureau te werken en dacht na over de waarschuwende woorden van een drieduizend jaar oude tovenaar. De Derde Wet van de Magie: hartstocht zal over de rede heersen.

Berdine had zijn hulp nodig om het dagboek te vertalen. Hij kwam steeds meer dingen te weten over de laatste oorlog, de torens en de droomwandelaars. Nu schudde opnieuw een droomwandelaar de wereld wakker.

Als hij meeging, en Kahlan langs hem heen glipte terwijl hij naar haar zocht, zou het langer duren voor hij haar terugzag dan als hij gewoon in Aydindril op haar wachtte. En dan was de Burcht er ook nog. Er was iets gebeurd in de Burcht, en het was zijn plicht de magie daar te bewaken.

Richards hartstocht zei hem erop uit te gaan – maar voor zijn geestesoog zag hij mevrouw Rencliff het donkere, ruisende water in springen, ongeduldig om op de boot te wachten. Die mannen waren zijn boot.

De troepen zouden Kahlan kunnen vinden, en haar beschermen. Hij kon niets doen om haar beter te beschermen. Zijn rede zei hem hier te blijven wachten, hoeveel angst dat hem zou kosten. Of hij wilde of niet, hij was nu de leider, en een leider moest met rede handelen, anders zou iedereen de prijs van zijn hartstocht moeten betalen.

'Nee, Generaal. Ik blijf in Aydindril. Brengt u uw troepen maar op de been. Neem de beste spoorzoekers.' Hij keek de man in de ogen. 'Ik weet dat ik u niet hoef te zeggen hoe belangrijk dit voor me is.'

'Nee, Meester Rahl,' zei de Generaal meevoelend. 'Maakt u zich geen zorgen – we zullen haar vinden. Ik ga met de mannen mee om te zorgen dat alles met dezelfde zorg gebeurt als wanneer u bij ons was.' Hij drukte zijn vuist op zijn hart. 'Al onze levens zijn ondergeschikt aan het welzijn van uw koningin.'

Richard legde zijn hand op de schouder van de man. 'Dank u, Generaal Reibisch. Ik weet dat ik niet meer kan doen dan u. Mogen de goede geesten met u zijn.'

44

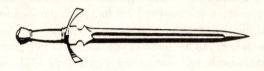

'Alsjeblieft, Tovenaar Zorander.'
De magere tovenaar keek niet op van de bonen met spek die hij naar binnen lepelde. Ze begreep niet hoe die man zoveel kon eten als hij deed.
'Luister je?'
Het was niets voor haar om te schreeuwen, maar ze begon haar geduld te verliezen. Dit bleek nog lastiger te zijn dan ze zich had voorgesteld. Ze wist dat ze het moest doen, om zijn vijandigheid in stand te houden, maar het was veel gevraagd.
Met een tevreden zucht gooide hij zijn tinnen kom bij hun ransels neer.
'Goedenacht, Nathan.'
Nathan trok een wenkbrauw op terwijl Tovenaar Zorander in zijn slaapzak kroop. 'Goedenacht, Zedd.'
Ook Nathan begon gevaarlijk tegendraads te worden sinds ze de oude tovenaar gevangen had genomen. Hij had nooit eerder zo'n getalenteerde metgezel gehad. Ann sprong op en keek met haar handen in haar zij dreigend neer op het grijze haar dat onder de deken uitstak.
'Tovenaar Zorander, ik smeek je.'
Het maakte haar razend om hem zo nederig om hulp te vragen, maar ze had door bittere ervaring geleerd wat het resultaat kon zijn als ze de kracht van zijn halsband gebruikte om hem op een onaangename manier onder handen te nemen. Hoe de man erin kon slagen die trucs uit te halen, ondanks de blokkering die ze aan zijn halsband had vastgezet, ging haar begrip te boven, maar het lukte hem, tot groot vermaak van Nathan. Zij kon het niet waarderen.
Ann was bijna in tranen. 'Alsjeblieft, Tovenaar Zorander.'
Hij stak zijn hoofd boven het beddengoed uit, en de vuurgloed gaf de lijnen in zijn magere gezicht harde schaduwen. Zijn lichtbruine ogen keken haar strak aan.

'Als je dat boek weer openslaat, zul je sterven.'
Spookachtig onopvallend liet hij bezweringen langs haar schilden glippen als ze daar het minst op verdacht was. Ze begreep niet hoe hij het reisboek onder een lichtbezwering had kunnen brengen. Die avond had ze het opengeslagen en de boodschap van Verna gezien – dat ze gevangen was genomen en een halsband om had gekregen – en toen was alles helemaal misgegaan.

Door het openslaan van het boek was de lichtbezwering geactiveerd. Ze had die zien aanzwellen en opvlammen. Een fel brandende sintel was de lucht in geschoten, en de oude tovenaar had haar rustig verteld dat ze zou verkolen als ze het boek niet had dichtgeslagen tegen de tijd dat de gloeiende vonk de grond raakte.

Met één oog op de vallende, sissende vonk was ze er alleen in geslaagd een haastige boodschap aan Verna te krabbelen, waarin ze haar zei dat ze moest ontsnappen en de Zusters daar moest weghalen. Ze had het boek net op tijd dichtgeslagen. Ze wist dat hij geen grappen maakte over de dodelijke aard van de bezwering die op het boek rustte.

Ze kon de zachtgloeiende bezwering er nu omheen zien hangen. Ze had er nog nooit zo een gezien, en hoe het hem was gelukt om die aan te brengen terwijl ze dacht dat ze zijn kracht geblokkeerd had, was haar een raadsel. Nathan begreep het ook niet, maar hij leek het zeer interessant te vinden. Ze wist geen enkele manier om het boek open te slaan zonder dat het haar het leven zou kosten.

Ann hurkte naast de slaapzak neer. 'Tovenaar Zorander, ik weet dat je goede redenen hebt om kwaad op me te zijn, maar dit is een kwestie van leven en dood. Ik moet een boodschap overbrengen. De levens van de Zusters staan op het spel. Tovenaar Zorander, alsjeblieft. Er zouden Zusters kunnen sterven. Ik weet dat je een goed mens bent en niet zou willen dat dat gebeurde.'

Hij stak een vinger onder de deken vandaan en wees naar haar. 'Jij hebt me tot slaaf gemaakt. Jij hebt jezelf en je Zusters dit aangedaan. Ik heb het je gezegd, je hebt het bestand gebroken en je Zusters ter dood veroordeeld. Je brengt de levens in gevaar van degenen van wie ik houd. Ze zouden kunnen sterven doordat jij me niet toestaat hen te helpen. Je hebt me belet de magische voorwerpen in de Burcht te beschermen. Je brengt het leven van mijn mensen in het Middenland in gevaar. Ze zouden allemaal kunnen sterven door wat je met mij hebt gedaan.'

'Zie je niet in dat al onze levens met elkaar verbonden zijn? Dit is een oorlog tegen de Imperiale Orde, niet tussen ons. Ik wil je geen kwaad doen, ik wil alleen dat je me helpt.'

Hij gromde. 'Vergeet niet wat ik je gezegd heb: een van jullie tweeën, Nathan of jij, moet altijd wakker blijven. Als ik je betrap terwijl je slaapt,

en Nathan is niet wakker om je te beschermen, zul je nooit meer ontwaken. Ik waarschuw je netjes, hoewel je dat niet verdient.'
Hij draaide zich om en trok de deken op.
Goede Schepper, ging dit zoals de profetie het bedoeld had, of was alles vreselijk misgegaan? Ann liep om het vuur heen naar Nathan.
'Nathan, denk je dat jij hem tot rede zou kunnen brengen?'
Nathan keek haar aan. 'Ik heb je gezegd dat dit deel van het plan de waanzin ten top is. Een jongeman een halsband omdoen is één ding, maar een tovenaar van de Eerste Orde een halsband omdoen is iets heel anders. Dit is jouw plan, niet het mijne.'
Ze klemde haar kaken op elkaar terwijl ze hem bij zijn overhemd greep. 'Verna kan wel sterven in die halsband. En als zij doodgaat, zouden onze Zusters ook kunnen omkomen.'
Hij nam een lepel bonen. 'Ik heb je van het begin af aan tegen dit plan gewaarschuwd. In de Burcht heb je bijna je leven verloren, maar dit deel van de profetie is nog gevaarlijker. Ik heb met hem gepraat; hij vertelt je de waarheid. Wat voor hem van belang is, is dat je zijn vrienden in levensgevaar brengt. Als hij kan, zal hij je doden om zelf te kunnen ontsnappen en hen te gaan helpen. Daar twijfel ik niet aan.'
'Nathan, hoe kun je daar na al die jaren die we samen hebben doorgebracht, zo gevoelloos over praten?'
'Je bedoelt, hoe kan ik na al die jaren van gevangenschap nog steeds tegen je in opstand komen?'
Ann wendde haar gezicht af toen er een traan over haar wang rolde. Ze slikte een brok in haar keel weg.
'Nathan,' fluisterde ze, 'heb je me, in al die tijd die je me kent, ooit iemand iets wreeds zien aandoen als ik er niet toe gedwongen was, om levens te beschermen? Heb je me ooit voor iets anders zien vechten dan om leven en vrijheid te behouden?'
'Ik neem aan dat je niet mijn vrijheid bedoelt.'
Ze schraapte haar keel. 'En ik weet dat ik me daar tegenover de Schepper voor zal moeten verantwoorden, maar ik doe het omdat het moet, en omdat ik om je geef, Nathan. Ik weet wat er in de buitenwereld met je zou gebeuren. Je zou vervolgd en vermoord worden door mensen die je niet begrijpen.'
Nathan liet zijn kom bovenop de andere vallen. 'Wil jij de eerste of de tweede wacht?'
Ze wendde zich weer tot hem. 'Als je zo naar je vrijheid verlangt, wat weerhoudt je er dan van om op je wacht in slaap te vallen, zodat ik gedood word?'
Zijn doordringende, blauwe ogen kregen een bittere uitdrukking. 'Ik wil van die halsband af. Het enige dat ik niet zal doen om dat te bereiken,

is jou doden. Als ik bereid was die prijs te betalen, was je al duizend maal dood geweest, en dat weet je best.'
'Het spijt me, Nathan. Ik weet dat je een goed mens bent, en ik ben me zeer bewust van de onmisbare rol die je hebt vervuld bij het behoud van mijn leven. Het doet me veel verdriet om je te dwingen me te helpen.'
'Dwingen?' Hij lachte. 'Ann, jij bent leuker dan alle andere vrouwen die ik ooit heb ontmoet. Het meeste had ik voor geen goud willen missen. Welke andere vrouw zou er een zwaard voor me kopen? Of me reden geven het te gebruiken?
Die vervelende profetie luidt dat hij kwaad moet zijn als hij aankomt, en tot nu toe doe je het fantastisch. Ik ben zelfs bang dat het je gaat lukken. Ik neem de eerste wacht wel. Vergeet niet je slaapzak na te kijken. Je weet nooit wat hij er deze keer in heeft getoverd. Ik heb nog steeds niet begrepen hoe hij dat met die sneeuwvlooien heeft gedaan.'
'Ik ook niet. En ik heb nog steeds jeuk.' Ze krabde afwezig in haar nek. 'We zijn bijna thuis. In het tempo waarin we vooruitkomen, zal het niet lang meer duren.'
'Thuis,' zei hij spottend. 'En dan zul je ons doden.'
'Lieve Schepper,' fluisterde ze bij zichzelf, 'wat heb ik voor keuze?'

Richard leunde achterover in zijn stoel en geeuwde. Hij was zo moe dat hij zijn ogen nauwelijks open kon houden. Toen hij zich uitrekte en gaapte, bracht dat Berdine, die naast hem zat, ertoe hetzelfde te doen. Raina, aan de andere kant van de kamer bij de deur, werd ook aangestoken door hun gegaap.
Er werd geklopt en Richard sprong op. 'Binnen!'
Egan stak zijn hoofd om de deur. 'Er is een boodschapper.'
Richard wenkte en Egans hoofd verdween. Een D'Haraanse soldaat in een zware cape en ruikend naar paard kwam snel binnenlopen en bracht met zijn vuist tegen zijn hartstreek de groet.
'Ga zitten. Je ziet eruit alsof je een zware rit achter de rug hebt,' zei Richard.
De soldaat hing zijn strijdbijl aan zijn heup recht terwijl hij een blik op de stoel wierp. 'Ik voel me prima, Meester Rahl. Maar ik vrees dat ik niets te rapporteren heb.'
Richard liet zich in zijn stoel zakken. 'O. Geen spoor? Helemaal niets?'
'Nee, Meester Rahl. Generaal Reibisch heeft me gezegd u te vertellen dat ze flink opschieten en elke vierkante centimeter afspeuren, en hij wil u ervan verzekeren dat onze mannen niets missen, maar tot nu toe hebben ze geen spoor gevonden.'
Richard zuchtte teleurgesteld. 'Goed. Bedankt. Je moest maar iets gaan eten.'

De man groette en vertrok. Twee weken lang, vanaf een week nadat het leger was vertrokken op zoek naar Kahlan, was er elke dag een boodschapper teruggekomen om rapport uit te brengen aan Richard. Sinds het leger zich had opgesplitst om verschillende routes te bestrijken, stuurde elke groep een eigen boodschapper. Dit was de vijfde vandaag.

Het aanhoren van de verslagen van wat er weken geleden was gebeurd, toen de boodschappers hun troepen hadden verlaten, was als het terugkijken in de geschiedenis. Alles wat hij hoorde, was in het verleden gebeurd. Voor zover Richard wist, konden ze Kahlan wel al een week geleden gevonden hebben en op de terugweg zijn terwijl hij nog steeds verslagen van mislukking hoorde. Die voortdurende hoop hield hij steeds in gedachten.

Hij had de tijd gevuld en zijn geest ervan weerhouden af te dwalen in ongerustheid door te werken aan een vertaling van het dagboek. Dat gaf hem bijna hetzelfde gevoel als het aanhoren van de dagelijkse rapportages: alsof hij zag hoe de geschiedenis zich voltrok. Richard begon al snel meer te begrijpen van de Bargoense variant van Hoog-D'Haraans dan Berdine.

Omdat hij het verhaal van *De avonturen van Bonnie Day* kende, hadden ze daar het meeste aan gewerkt, waarbij ze lange lijsten van woorden hadden gemaakt waarvan ze de betekenis hadden ontdekt, zodat ze iets hadden om op terug te vallen als ze aan het dagboek werkten. Naarmate hij meer woorden leerde kennen, kon Richard meer van het boek lezen en de precieze betekenissen plaatsen, waardoor hij meer leemten in zijn geheugen kon vullen en dus nog meer woorden leerde.

Het was nu vaak gemakkelijker voor hem om eenvoudigweg het dagboek te vertalen met wat hij had geleerd, dan om het aan Berdine te laten zien en het door haar te laten doen. Hij begon Hoog-D'Haraans in zijn slaap te zien en het te spreken als hij wakker was.

De tovenaar die het dagboek had geschreven, noemde zichzelf nooit; het was geen officieel verslag, maar een persoonlijk dagboek, dus hij hoefde zichzelf niet bij naam te noemen. Berdine en Richard waren hem Kolo gaan noemen, een afkorting van *koloblicin*, een Hoog-D'Haraans woord dat 'kundig raadsman' betekende.

Naarmate Richard steeds meer ging begrijpen van het dagboek, begon er een beangstigend beeld uit naar voren te komen. Kolo had zijn dagboek bijgehouden tijdens de oorlog van lang geleden die de bouw van de Torens van Verdoemenis in het Dal der Verlorenen tot gevolg had gehad. Zuster Verna had hem ooit verteld dat de torens drieduizend jaar lang de wacht hadden gehouden over dat dal, en gebouwd waren om een eind te maken aan een grote oorlog. Nu hij ontdekte hoe wanhopig deze tovenaars waren geweest om de torens te activeren, begon Richard zich er steeds ongemakkelijker over te voelen dat hij ze had vernietigd. Kolo had ergens geschreven dat hij sinds zijn kindertijd dagboeken had bijgehouden, en hij schreef er ongeveer een per jaar vol, dus dit, het zevenenveertigste, moest geschreven zijn toen hij vijftig à vijfenvijftig jaar oud was. Richard was van plan naar de Burcht te gaan om naar de andere dagboeken van Kolo te zoeken, maar dit ene herbergde nog vele geheimen.

Blijkbaar was Kolo voor de anderen in de Burcht een raadsman geweest die veel vertrouwen genoot. De meeste andere tovenaars beschikten over beide zijden van de gave, over zowel Additieve als Subtractieve Magie, maar een paar hadden alleen de Additieve. Kolo had groot mededogen met degenen die met alleen die ene kant van de gave waren geboren en had een beschermende houding jegens hen. Deze 'ongelukkige tovenaars' werden blijkbaar door velen gezien als vrijwel machteloos, maar Kolo vond dat ze op hun eigen unieke wijze een bijdrage konden leveren en pleitte uit hun naam voor een volwaardige status binnen de Burcht.

In de tijd van Kolo woonden er honderden tovenaars in de Burcht en wemelde het er van hun familie, vrienden en kinderen. In de nu lege zalen had het ooit gegonsd van stemmen die lachten, discussieerden en luchthartig kwebbelden. Een paar keer noemde Kolo ene Fryda, waarschijnlijk zijn vrouw, en zijn zoon en jongere dochtertje. Kinderen mochten in de Burcht alleen op bepaalde niveaus komen en gingen naar school, waar ze dingen leerden als lezen, schrijven en rekenen, maar ook profeteren en omgaan met de gave.

Maar over die grote Burcht, krioelend van leven, werk en familiegeluk, hing een sluier van angst. De wereld was in oorlog.

Een van Kolo's taken was het bewaken van de sliph, als het zijn beurt was. Richard herinnerde zich dat de mriswith in de Burcht hem had gevraagd of hij was gekomen om de sliph wakker te maken. Hij had naar de kamer gewezen waar ze Kolo's dagboek hadden gevonden en had gezegd dat ze eindelijk toegankelijk was. Ook Kolo duidde de sliph aan als 'zij', als hij bijvoorbeeld vermeldde dat 'zij' naar hem keek terwijl hij in zijn dagboek schreef.

Omdat het zo'n klus was om het dagboek uit het Hoog-D'Haraans te ontcijferen, waren ze opgehouden van hot naar her te springen, want daar raakten ze alleen maar van in de war. Het was eenvoudiger om aan het begin te beginnen en elk woord te vertalen, zodat ze de eigenaardigheden in het taalgebruik van Kolo leerden kennen, waardoor ze gemakkelijker patronen in zijn uitdrukkingen konden herkennen. Ze hadden pas ongeveer een kwart van het dagboek gedaan, maar het proces begon aanzienlijk sneller te gaan naarmate Richard meer Hoog-D'Haraans leerde.

Terwijl Richard achterover leunde en weer gaapte, boog Berdine zich naar hem over. 'Wat betekent dit woord?'
'Zwaard,' antwoordde hij zonder aarzeling. Hij herinnerde zich het woord uit *De avonturen van Bonnie Day*.
'Hmm. Kijk eens. Ik geloof dat Kolo het over uw zwaard heeft.'
De voorste poten van Richards stoel kwamen met een klap neer toen hij naar voren kwam. Hij nam het boek en het vel papier aan dat ze had gebruikt om de vertaling op uit te schrijven. Richard liet zijn blik snel over de vertaling gaan en boog zich toen weer over het dagboek; hij dwong zichzelf het in Kolo's woorden te lezen.

> *De derde poging om een Zwaard der Waarheid te smeden, is vandaag mislukt. De vrouwen en kinderen van de vijf mannen die zijn omgekomen, zwerven jammerend van ontroostbaar verdriet door de zalen. Hoevelen zullen er sterven voordat we erin slagen, of totdat we de pogingen staken omdat we er niet meer in geloven? Het doel mag dan nobel zijn, de prijs wordt verschrikkelijk om te dragen.*

'Je hebt gelijk. Hij lijkt het te hebben over de tijd dat ze probeerden het Zwaard der Waarheid te maken.'
Richard huiverde bij de ontdekking dat er mannen gestorven waren bij het maken van zijn zwaard. Hij werd er zelfs een beetje misselijk van. Hij had het zwaard altijd beschouwd als een magisch voorwerp dat misschien ooit een gewoon zwaard was geweest, dat door een of andere machtige tovenaar was betoverd. Nu hij hoorde dat er mensen waren gestorven bij de pogingen het te maken, schaamde hij zich dat hij het meestal als vanzelfsprekend beschouwde.
Richard ging verder met het volgende stuk van het dagboek. Na een uur lang raadplegen van de lijsten en Berdine, had hij het vertaald.

> *Gisteravond hebben onze vijanden moordenaars door de sliph gestuurd. Als de man die de wacht had, niet zo alert was geweest, zouden ze geslaagd zijn. Als de torens ingeschakeld worden, zal de Oude Wereld echt afgegrendeld zijn en zal de sliph slapen. Dan zullen we allemaal rust vinden, behalve de ongelukkige die wacht loopt. We zijn tot de conclusie gekomen dat we onmogelijk kunnen weten wanneer de bezweringen geactiveerd worden, als ze dat al ooit worden, en of er iemand in de sliph is, dus de wachter kan niet op tijd worden weggeroepen. Als de torens tot leven worden gewekt, zal de man die de wacht heeft, met haar worden ingesloten.*

'De torens,' zei Richard. 'Toen ze de torens voltooiden en de Oude Wereld van de Nieuwe Wereld afsloten, is die kamer ook afgesloten. Daarom was Kolo daarbinnen. Hij kon er niet meer uit.'
'Waarom is de kamer nu dan open?' vroeg Berdine.
'Omdat ik de torens heb vernietigd. Weet je nog dat ik tegen je zei dat het wel leek alsof de deur van Kolo's kamer ergens in de laatste paar maanden was opgeblazen? Dat de schimmel op de muren was weggebrand en nog geen tijd had gehad om aan te groeien? Dat moet gebeurd zijn doordat ik de torens heb verwoest. Dat heeft ook Kolo's kamer voor het eerst in drieduizend jaar geopend.'
'Waarom zouden ze de kamer met de put afsluiten?'
Richard moest zichzelf dwingen met zijn ogen te knipperen. 'Ik denk dat die sliph waar Kolo het steeds over heeft, in die put woont.'
'Wat is die sliph? De mriswith had het er ook over.'
'Ik weet het niet, maar op een of andere manier gebruikten ze de sliph, wat het ook is, om naar andere plekken te reizen. Kolo schrijft dat de vijand moordenaars door de sliph stuurde. Ze vochten tegen de mensen in de Oude Wereld.'
Berdine dempte ongerust haar stem en boog zich naar hem over. 'Bedoelt u dat u denkt dat die tovenaars helemaal van hier naar de Oude Wereld konden reizen, en terug?'
Richard krabde aan de jeukende plek in zijn nek. 'Ik weet het niet, Berdine. Het lijkt er wel op.'
Berdine bleef hem aanstaren, alsof ze verwachtte dat hij nog meer tekenen zou gaan vertonen van een voortschrijdende gekte. 'Meester Rahl, hoe zou dat kunnen?'
'Hoe moet ík dat weten?' Richard wierp een blik uit het raam. 'Het is laat. We kunnen beter gaan slapen.'
Berdine gaapte weer. 'Dat lijkt me een goed idee.'
Richard sloeg Kolo's dagboek dicht en schoof het onder zijn arm. 'Ik ga nog even lezen in bed, totdat ik in slaap val.'

Tobias Brogan tuurde naar de mriswith op de koets, die in de koets, en de anderen tussen zijn colonnes manschappen, met hun wapenrusting blinkend in het zonlicht. Hij kon alle mriswith zien: er kon er geen een onzichtbaar naar hem toe sluipen om hem af te luisteren. Hij kookte van woede bij de aanblik van het profiel van de Biechtmoeder in de koets. Het maakte hem razend dat ze nog in leven was, en dat de Schepper hem had verboden haar ook maar een haar te krenken.
Hij wierp een snelle blik opzij om te zien of Lunetta dicht genoeg bij hem was om hem te verstaan als hij zacht sprak.
'Lunetta, dit begint me zeer te verontrusten.'

Ze stuurde haar paard wat dichter naar het zijne toe, zodat ze met hem kon praten, maar ze keek niet naar hem, voor het geval dat een van de mriswith het zou zien. Of het nu de boodschappers van de Schepper waren of niet, de geschubde wezens bevielen haar niet.

'Maar Heer Generaal, u hebt gezegd dat de Schepper met u is komen praten en dat hij u heeft verteld dat u dit moest doen. Het is een grote eer om bezocht te worden door de Schepper en zijn werk te doen.'

'Ik denk dat de Schepper...'

De mriswith op de koets stond op en wees met een klauw voor zich uit toen ze de top van de heuvel bereikten. 'Zzzzie!' riep hij scherp sissend uit, en hij liet het woord volgen door een klikgeluid uit zijn keel.

Brogan keek op en zag een grote stad onder hem liggen, met de glinsterende zee daarachter. In het midden van de uitgestrekte massa gebouwen, en tussen de twee armen van een gouden, zonverlichte rivier die zich splitste en zo het eiland vormde waarop het stond, verhief zich een enorm paleis, waarvan de torens en daken glansden in het licht van de opkomende zon. Hij had wel meer steden en wel meer paleizen gezien, maar nog nooit zoiets als dit. Hoewel hij hier helemaal niet wilde zijn, was hij toch onder de indruk.

'Het is prachtig,' zuchtte Lunetta.

'Lunetta,' fluisterde hij. 'De Schepper heeft me afgelopen nacht weer bezocht.'

'Echt, mijn Heer Generaal? Wat geweldig. U wordt met veel bezoeken vereerd, de laatste tijd. De Schepper moet grote plannen voor u hebben, broeder.'

'De dingen die hij me vertelt worden steeds buitenissiger.'

'De Schepper? Buitenissig?'

De blik van Brogan ging opzij en kruiste die van zijn zus. 'Lunetta, ik geloof dat we een probleem hebben. Ik geloof dat de Schepper krankzinnig aan het worden is.'

45

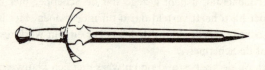

Toen de koets halt hield, klom de mriswith eruit en liet de deur openstaan. Kahlan keek uit het raam aan de ene en uit de deur aan de andere kant, en zag dat de mriswith wegliepen om met elkaar te praten. Eindelijk waren ze met zijn tweeën.
'Wat denk je dat er gebeurt?' fluisterde ze. 'Waar zijn we?'
Adie boog zich opzij en keek uit het raam. 'Goede geesten,' fluisterde ze ontzet, 'we zijn midden in vijandelijk gebied.'
'Vijandelijk gebied? Waar heb je het over? Waar zijn we dan?'
'Tanimura,' fluisterde Adie. 'Dat is het Paleis van de Profeten.'
'Het Paleis van de Profeten! Weet je het zeker?'
Adie ging rechtop zitten. 'Ik weet het zeker. Ik ben hier een tijdje geweest toen ik jonger was, vijftig jaar geleden.'
Kahlan staarde haar ongelovig aan. 'Ben je in de Oude Wereld geweest? Ben je in het Paleis van de Profeten geweest?'
'Het is lang geleden, kind, en een lang verhaal. We hebben nu geen tijd voor dat verhaal, maar het was nadat de Bloedbroederschap mijn Pell had vermoord.'
Ze reden elke dag door tot ver nadat het donker werd en vertrokken lang voordat de zon opkwam, maar Kahlan en Adie konden tenminste nog wat slapen in de koets. De mannen die paardreden, kregen weinig slaap. Kahlan en Adie werden altijd bewaakt, meestal door een mriswith en soms door Lunetta, en ze hadden in weken niet meer dan een paar woorden kunnen wisselen. De mriswith vonden het niet erg als ze sliepen, maar hadden hen gewaarschuwd voor wat er zou gebeuren als ze praatten. Kahlan twijfelde niet aan hun woord.
In de loop van de weken dat ze verder naar het zuiden waren gereisd, was het warmer geworden, en ze zaten niet meer te bibberen in de koets, zij en Adie tegen elkaar aangedrukt voor een beetje warmte.
'Ik vraag me af waarom ze ons hier hebben gebracht,' zei Kahlan.

Adie boog zich dichter naar haar toe. 'Wat ik me afvraag, is waarom ze ons niet vermoord hebben.'

Kahlan keek uit het raam en zag een mriswith praten met Brogan en zijn zus. 'Omdat we levend van meer waarde voor hen zijn, lijkt me.'

'Wat voor waarde?'

'Wat denk je? Wie zouden ze te pakken willen krijgen? Toen ik probeerde het Middenland te verenigen, stuurden ze die tovenaar om me te doden, en ik moest vluchten toen Aydindril in handen van de Imperiale Orde viel. Wie leidt het Middenland nu in het verzet tegen hen?'

Adie trok haar wenkbrauwen boven haar witte ogen op. 'Richard.'

Kahlan knikte. 'Dat is het enige dat ik kan bedenken. Ze waren begonnen het Middenland in te nemen en slaagden erin landen over te halen om zich bij hen aan te sluiten. Richard heeft de situatie veranderd, en heeft die plannen verstoord door de landen te dwingen zich aan hem over te geven.'

Kahlan staarde uit het raam. 'Hoe pijnlijk het ook is om toe te geven, Richard heeft misschien wel het enige gedaan dat de mensen van het Middenland kan redden.'

'Hoe kunnen ze ons gebruiken om Richard te vinden?' Adie klopte Kahlan op haar knie. 'Ik weet dat hij van je houdt, Kahlan, maar hij is niet dom.'

'De Imperiale Orde ook niet.'

'Wat zou het dan kunnen zijn?'

Kahlan keek Adie in haar witte ogen. 'Heb je de Sandarianen weleens op een bergleeuw zien jagen? Ze binden een lammetje aan een boom en laten het blaten om zijn moeder. Dan gaan ze zitten wachten.'

'Denk je dat wij lammetjes zijn die aan een boom worden gebonden?'

Kahlan schudde haar hoofd. 'De Imperiale Orde mag dan boosaardig en wreed zijn, ze is niet dom. Zo langzamerhand zal ze ook niet meer geloven dat Richard dat is. Richard zou de vrijheid van allen niet ruilen voor één leven, maar hij heeft hun ook laten zien dat hij niet bang is om iets te ondernemen. Ze proberen hem er misschien toe te verleiden te denken dat hij ons zou kunnen redden zonder er iets voor op te geven.'

'Denk je dat ze daarin slagen?'

Kahlan zuchtte. 'Wat denk jij?'

Adie trok haar wangen op in een grijns, maar niet van plezier. 'Zolang jij in leven bent, zal hij zijn zwaard nog tegen een donderbui trekken.'

Kahlan zag Lunetta van haar paard klimmen. De mriswith liepen weg, naar de achterhoede van de colonnes mannen met karmozijnrode capes.

'Adie, we moeten ontsnappen, of Richard zal achter ons aan komen. De Orde rekent er blijkbaar op dat hij komt, anders waren we al dood geweest.'

'Kahlan, ik kan nog geen lamp aansteken met die vervloekte halsband om mijn nek.'

Kahlan zuchtte gefrustreerd terwijl ze weer uit het raam keek en de mriswith weg zag lopen, het donkere bos in. Onder het lopen trokken ze hun capes om zich heen en verdwenen.

'Ik weet het. Ik kan mijn kracht ook niet aanraken.'

'Hoe kunnen we dan ontsnappen?'

Kahlan keek naar de tovenares in de vodden van verschillend gekleurde stof, die op de koets afliep. 'Als we Lunetta aan onze kant konden krijgen, zou ze ons kunnen helpen.'

Adie bromde ontkennend. 'Zij zal zich niet tegen haar broer keren.' Adie trok rimpels in haar voorhoofd van het ingespannen denken. 'Ze is een rare. Er is iets vreemds met haar.'

'Vreemd? Wat dan?'

Adie schudde haar hoofd. 'Ze raakt haar kracht voortdurend aan.'

'Voortdurend?'

'Ja. Een tovenares of een tovenaar raakt haar of zijn kracht alleen aan als dat nodig is. Zij is anders. Om een of andere reden raakt zij haar kracht voortdurend aan. Ik heb nog nooit meegemaakt dat ze die niet om zich heen getrokken had, zoals haar gekleurde lapjes stof. Het is heel vreemd.'

Ze zwegen allebei toen Lunetta puffend van inspanning in de koets klom. Ze liet zich op de bank tegenover hen vallen en glimlachte hen vriendelijk toe; ze was blijkbaar in een goede bui. Kahlan en Adie glimlachten terug. Toen de koets met een schok weer in beweging kwam, ging Kahlan verzitten en greep de gelegenheid aan om uit het raam te kijken. Ze zag geen enkele mriswith, maar dat hoefde niets te betekenen.

'Ze zijn weg,' zei Lunetta.

'Wat?' vroeg Kahlan voorzichtig.

'De mriswith zijn weg.' Ze grepen zich alledrie vast aan de handvatten in de koets toen die over voren hobbelde. 'Ze hebben gezegd dat we alleen verder moesten gaan.'

'Waarheen?' vroeg Kahlan, in de hoop de vrouw tot een gesprek te verleiden.

Lunetta's ogen lichtten op onder haar vlezige voorhoofd. 'Het Paleis van de Profeten.' Ze boog zich opgewonden naar voren. 'Dat is een plek vol *streganicha*.'

Adie fronste haar wenkbrauwen. 'Wij zijn geen heksen.'

Lunetta knipperde met haar ogen. 'Tobias zegt dat we *streganicha* zijn. Tobias is de Heer Generaal. Tobias is een groot man.'

'Wij zijn geen heksen,' herhaalde Adie. 'We zijn vrouwen met de gave, die ons is geschonken door de Schepper van alles. De Schepper zou ons toch niets kwaads geven?'

Lunetta aarzelde geen moment. 'Tobias zegt dat de Wachter ons onze kwade magie heeft gegeven. Tobias vergist zich nooit.'
Adie glimlachte tegen de steeds lelijker kijkende Lunetta. 'Natuurlijk niet, Lunetta. Je broer lijkt me een groot en machtig man, precies zoals je zegt.' Adie verschikte haar gewaad terwijl ze haar benen over elkaar sloeg. 'Heb jij het gevoel dat je slecht bent, Lunetta?'
Lunetta fronste even bedachtzaam. 'Tobias zegt dat ik slecht ben. Hij probeert me te helpen om goede dingen te doen, om de smet van de Wachter tegenwicht te geven. Ik help hem met het uitroeien van kwaad, zodat hij het werk van de Schepper kan doen.'
Kahlan merkte dat Adie niets bereikte, behalve dat Lunetta misschien boos zou worden, en dus veranderde ze van onderwerp voordat de zaken uit de hand liepen. Per slot van rekening had Lunetta de macht over hun halsbanden.
'Ben je vaak in het Paleis van de Profeten geweest?'
'O, nee,' zei Lunetta. 'Dit wordt de eerste keer. Tobias zegt dat het een huis van het kwaad is.'
'Waarom zou hij ons er dan heen brengen?' vroeg Kahlan op onverschillige toon.
Lunetta haalde haar schouders op. 'De boodschappers zeiden dat we erheen moesten.'
'Boodschappers?'
Lunetta knikte. 'De mriswith. Dat zijn de boodschappers van de Schepper. Ze zeggen ons wat we moeten doen.'
Kahlan en Adie zwegen verbijsterd. Uiteindelijk hervond Kahlan haar stem. 'Als het een huis van het kwaad is, is het wel raar dat de Schepper wil dat we erheen gaan. Je broer lijkt de boodschappers van de Schepper niet te vertrouwen.' Kahlan had Brogan lelijk naar hen zien kijken toen ze wegliepen het bos in.
Lunetta's kraaloogjes gingen van de een naar de ander. 'Tobias heeft gezegd dat ik niet over ze mag praten.'
Kahlan verstrengelde haar vingers over haar knie. 'Je denkt toch niet dat de boodschappers je broer kwaad zouden doen? Ik bedoel, als het paleis een kwade plek is, zoals je broer zegt...'
De gezette vrouw boog zich naar voren. 'Ik zorg ervoor dat dat niet gebeurt. Mama heeft gezegd dat ik Tobias altijd moet beschermen, want hij is belangrijker dan ik. Tobias is degene waar het om draait.'
'Waarom heeft je moeder...'
'Ik denk dat we nu ons mond moeten houden,' zei Lunetta op gevaarlijke toon.
Kahlan leunde achterover op de bank en keek uit het raam. Er leek niet veel voor nodig te zijn om Lunetta's toorn op te wekken. Kahlan besloot

dat het het beste was om nu niet verder bij Lunetta aan te dringen. Lunetta had al eens geëxperimenteerd met de macht die ze via de halsbanden over hen had, op Brogans aandringen.

Kahlan keek hoe de gebouwen van Tanimura langs het raam rolden en probeerde zich voor te stellen dat Richard hier was en hetzelfde uitzicht zag als zij. Ze voelde zich dichter bij hem als ze dingen zag die zijn ogen hadden gezien, en het verlichtte het vreselijke verlangen in haar hart.

Lieve Richard, loop alsjeblieft niet in deze val om me te redden. Laat me sterven. Red het Middenland in plaats van mij.

Kahlan had heel veel steden gezien, elke stad in het Middenland, en deze leek op de meeste andere. In de buitenwijken stonden gammele hutjes, vaak niet veel meer dan afdakjes die tegen de oudere, vervallen gebouwen en pakhuizen waren aangebouwd. Toen ze verder de stad in kwamen, werden de gebouwen mooier en waren er allerlei soorten winkels. Ze reden voorbij verscheidene grote markten met een wirwar aan mensen, gekleed in alle felle kleuren die je maar kon bedenken.

Overal in de stad klonk het voortdurende geroffel van trommels. Het was een langzaam ritme dat op de zenuwen werkte. Toen Lunetta om zich heen keek en met haar ogen zocht naar de mannen met de trommels, die harder gingen klinken naarmate ze verder reden, kon Kahlan zien dat zij het ook vervelend vond. Door het raam zag Kahlan Brogan dicht bij de koets rijden, en hij werd ook nerveus van de trommels.

Ze grepen alledrie de handvatten weer beet toen de koets een stenen brug ophobbelde. De ijzeren wielen knarsten luidruchtig over het steen. Door het raam kon Kahlan het paleis voor hen zien opdoemen terwijl ze de rivier overstaken.

Op een groot binnenhof van groene gazons, omzoomd met bomen, vlak bij een hoog oprijzend deel van het paleis, kwam de koets schommelend tot stilstand. De mannen met hun karmozijnrode capes bleven rechtop in hun zadel zitten en maakten geen aanstalten om af te stijgen.

Plotseling verscheen Brogans norse gezicht voor het raam. 'Uitstappen,' gromde hij. Kahlan wilde opstaan. 'Jij niet. Ik heb het tegen Lunetta. Jij blijft waar je bent totdat je gezegd wordt dat je je mag bewegen.' Hij wreef met zijn knokkels over zijn snor. 'Vroeg of laat val je in mijn handen. Dan zul je boeten voor je lage misdaden.'

'De mriswith zullen me niet aan hun schoothondje geven,' zei Kahlan. 'De Schepper zal niet toestaan dat iemand als jij met je smerige handen aan me komt. Jij bent niets meer dan vuil onder de vingernagels van de Wachter, en dat weet de Schepper. Hij haat jou.'

Kahlan voelde dat de halsband een brandende pijn naar haar benen stuurde, zodat ze niet meer kon bewegen, en een andere scherpe steek naar haar keel, waardoor haar het zwijgen werd opgelegd. Lunetta's ogen

schoten vuur. Maar Kahlan had gezegd wat ze wilde zeggen. Als Brogan haar zou doden, zou Richard niet in de val lopen om haar te redden.
Brogans ogen puilden uit en zijn gezicht werd net zo rood als zijn cape. Hij knarsetandde. Plotseling stak hij zijn hand naar haar uit, de koets in. Lunetta greep hem en deed net of ze dacht dat hij voor haar was bedoeld.
'Helpt u me uitstappen, Heer Generaal? Mijn heup doet pijn van de hobbelige rit. De Schepper is goed geweest om u zo sterk te maken, broeder. Luister naar zijn woorden.'
Kahlan probeerde te roepen, hem uit te dagen, maar haar stem werkte niet. Lunetta belette haar te spreken.
Brogan leek tot bezinning te komen en hielp Lunetta met tegenzin naar beneden. Hij wilde zich net weer naar de koets draaien toen hij iemand aan zag komen lopen. Zij wuifde hem met een arrogant handgebaar weg. Kahlan kon niet horen wat de vrouw zei, maar Brogan greep de teugels van zijn paard en gebaarde zijn mannen om hem te volgen.
Ahern kreeg het bevel van de koetsiersplaats naar beneden te komen en met de mannen van de Bloedbroederschap mee te gaan. Hij wierp haar over zijn schouder een snelle, hartelijke blik toe. Kahlan bad tot de goede geesten dat ze hem niet zouden vermoorden, nu zijn koets de lading had afgeleverd. Even was er de commotie van plotselinge beweging toen de mannen op de paarden Brogan en Lunetta volgden.
De vroege ochtendlucht werd weer stil toen de mannen waren weggereden, en Kahlan voelde de greep op de halsband rond haar nek verslappen. Opnieuw herinnerde ze zich met smart dat ze Richard had gedwongen zo'n halsband om zijn nek te doen, en elke dag dankte ze de goede geesten dat hij uiteindelijk had ingezien dat ze dat had gedaan om zijn leven te redden, om te voorkomen dat zijn gave zijn dood zou worden. Maar de halsbanden die Adie en zij droegen, waren er niet om hen te helpen, zoals die van Richard was geweest. Deze halsbanden waren niets minder dan handboeien in een andere vorm.
Een jonge vrouw liep met grote stappen naar het portier en gluurde naar binnen. Ze droeg een strakke rode jurk die weinig twijfel liet over de perfectie van haar figuur. De lange bos haar die haar gezicht omlijstte, was net zo donker als haar ogen. Kahlan voelde zich plotseling als een kluit modder in de aanwezigheid van deze overweldigend sensuele vrouw.
De vrouw keek naar Adie. 'Een tovenares. Nou, misschien kunnen we jou nog gebruiken.' Haar pientere blik richtte zich op Kahlan. 'Kom mee.'
Ze draaide zich zonder nog iets te zeggen om en liep weg. Kahlan voel-

de een hete pijnscheut in haar rug die haar uit de koets dreef, waarbij ze moeite moest doen om haar evenwicht te hervinden toen ze op de grond neerkwam. Ze draaide zich net op tijd om om een hand uit te steken naar Adie, voordat die viel. Ze renden achter de vrouw aan om haar in te halen voordat ze hun nog een pijnscheut toediende.

Kahlan en Adie liepen haastig vlak achter de vrouw aan. Kahlan voelde zich een stuntelende idioot, doordat de halsband ervoor zorgde dat haar benen krampachtig trokken en haar verder loodsten, haar dwingend door te lopen, terwijl de vrouw in de rode jurk als een koningin voortschreed. Adie werd niet opgepord zoals Kahlan. Kahlan klemde haar kaken op elkaar en wenste dat ze de hautaine vrouw kon wurgen.

Er kuierden meer vrouwen en een paar mannen in gewaden rond in de frisse ochtendlucht. Toen ze al die schone mensen zag, werd ze sterk herinnerd aan de lagen stof van de wegen die haar overdekten. Ze hoopte echter dat ze haar niet in bad zouden laten gaan: misschien zou Richard haar niet herkennen onder al dat vuil. Misschien zou hij haar niet komen halen.

Alsjeblieft, Richard, bescherm het Middenland. Blijf daar.

Ze liepen verder over overdekte paden die omzoomd waren met latwerken, overgroeid met klimplanten die welriekende witte bloemen droegen, en werden toen door een poort in een hoge muur geleid. Wachters sloegen hen gade, maar deden geen poging om de vrouw die hen meenam aan te houden. Nadat ze een beschaduwd pad onder brede bomen waren overgestoken, gingen ze een groot gebouw binnen dat in niets leek op de van ratten vergeven kerker die Kahlan had verwacht. Het zag er meer uit als een keurige gastenvleugel voor hoogwaardigheidsbekleders die het paleis bezochten.

De vrouw in de rode jurk bleef staan voor een bewerkte deur die in een zware stenen lijst was gezet. Ze bewoog snel de deurkruk heen en weer, wierp de deur open en liep voor hen uit naar binnen. Het was een smaakvolle kamer met zware gordijnen, die uitkeek op een diepte van ongeveer tien meter. Er stonden een paar stoelen die luxueus gestoffeerd waren met een stof van goudbrokaat, een tafel en bureau van mahonie en een hemelbed.

De vrouw wendde zich tot Kahlan. 'Dit is jullie kamer.' Ze glimlachte even. 'We willen dat jullie alle comfort hebben. Jullie zullen onze gasten zijn totdat we met jullie klaar zijn.

Als je probeert door het schild te breken dat ik voor de deur en het raam achterlaat, zul je op handen en voeten zitten kotsen totdat je het gevoel hebt dat je ribben breken. Dat geldt alleen voor de eerste overtreding. Na die eerste keer zul je merken dat je geen behoefte hebt zoiets nog eens te

proberen. Wat er de tweede keer gebeurt, willen jullie niet weten.'
Ze wees naar Adie, maar bleef haar donkere ogen op Kahlan richten. 'Als je lastig bent, zal ik je vriendin straffen. Zelfs als je denkt dat je een sterke maag hebt, kan ik je verzekeren dat je zult merken dat dat tegenvalt. Begrijp je me?'
Kahlan knikte, bang dat het niet de bedoeling was dat ze wat zei.
'Ik vroeg je iets,' zei ze op onheilspellend rustige toon. Adie zakte met een kreet op de vloer ineen. 'Je zult me antwoorden.'
'Ja! Ja, ik begrijp het! Doet u haar alstublieft geen pijn!'
Toen Kahlan zich omdraaide om Adie, die naar adem snakte, te helpen, beval de vrouw haar 'dat ouwetje' met rust te laten.
Kahlan richtte zich met tegenzin op, terwijl Adie overeind kwam. De kritische blik van de vrouw gleed van boven naar beneden over haar heen, en toen weer terug naar boven. Het zelfgenoegzame lachje op haar gezicht deed Kahlans bloed koken.
'Weet je wie ik ben?' vroeg de vrouw.
'Nee.'
Een opgetrokken wenkbrauw. 'Zo, zo, die ondeugende jongen. Hoewel het me, alles in aanmerking genomen, niet zou moeten verbazen dat Richard me niet heeft genoemd tegen zijn aanstaande vrouw.'
'Wat in aanmerking genomen?'
'Ik ben Merissa. Weet je nu wie ik ben?'
'Nee.'
Een zacht lachje ontsnapte haar, net zo ergerlijk elegant als de rest aan haar. 'O, wat is hij toch ondeugend, om zulke sappige geheimen voor zijn aanstaande vrouw te hebben.'
Kahlan wilde dat ze haar mond kon houden, maar dat kon ze niet. 'Wat voor geheimen?'
Merissa haalde onverschillig haar schouders op. 'Toen Richard hier studeerde, was ik een van zijn leraressen. Ik heb veel tijd met hem doorgebracht.' Het zelfvoldane glimlachje kwam terug. 'Heel wat nachten hebben we in elkaars armen gelegen. Ik heb hem veel geleerd. Zo'n sterke en attente minnaar. Als je ooit met hem de liefde hebt bedreven, heb je geprofiteerd van mijn... liefdevolle onderwijs.'
Merissa's zachte, kwinkelerende lachje klonk weer terwijl ze de kamer uit beende, waarbij ze Kahlan nog een keer lachend aankeek voordat ze de deur dichttrok.
Kahlan balde haar vuisten zo hard dat haar nagels in haar handpalmen sneden. Ze zou willen gillen. Toen Richard was weggevoerd naar het Paleis van de Profeten, had hij een halsband gedragen die zij hem had laten omdoen. Hij dacht dat ze dat had gedaan omdat ze niet van hem hield. Hij dacht dat ze hem had weggestuurd en nooit meer wilde zien.

Hoe had hij weerstand kunnen bieden aan zo'n mooie vrouw als Merissa? Hij had er geen reden toe gehad.
Adie greep haar bij de schouder en draaide haar naar zich toe. 'Luister niet naar haar.'
Kahlan voelde dat haar ogen zich met tranen vulden. 'Maar...'
'Richard houdt van je. Ze wil je alleen maar kwellen. Het is een wrede vrouw, en ze geniet ervan jou te doen lijden.' Adie stak een vinger in de lucht terwijl ze een oud gezegde citeerde: '"Laat je nooit door een mooie vrouw de weg wijzen als er zich een man in haar blikveld bevindt." Merissa heeft Richard in haar blikveld. Ik heb die blik vol lust vaker gezien. Het is geen lust naar je man. Het is een lust naar zijn bloed.'
'Maar...'
Adie schudde haar vinger. 'Verlies je vertrouwen in Richard niet door haar. Dat is wat ze wil. Richard houdt van je.'
'En ik zal zijn dood worden.'
Met een gekwelde snik liet Kahlan zich in Adies armen vallen.

46

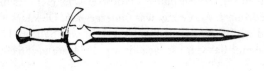

Richard wreef in zijn ogen. Hij wilde dat hij sneller kon lezen, want het dagboek was heel boeiend, maar het nam veel tijd. Hij moest over veel woorden nadenken en moest de betekenis van sommige nog steeds opzoeken, maar naarmate de dagen verstreken bereikte hij het punt dat het er soms op leek dat hij niet aan het vertalen was, maar gewoon aan het lezen. Elke keer dat hij besefte dat hij zonder bewuste inspanning Hoog-D'Haraans las, begon hij weer over de betekenis van de woorden te struikelen.
Richard werd geïntrigeerd door de steeds terugkerende verwijzingen naar Alric Rahl. Deze voorouder van hem had blijkbaar een oplossing gevonden voor het probleem van de droomwandelaars. Hij was slechts een van de velen die werkten aan een manier om te voorkomen dat de droomwandelaars bezit namen van de geest van mensen, maar hij had hardnekkig volgehouden dat hij de oplossing had.
Gefascineerd las Richard hoe Alric Rahl vanuit D'Hara het bericht had verzonden dat hij zijn beschermende web al over zijn volk had geweven, en dat anderen die door hetzelfde web beschermd wilden worden, eeuwige trouw aan hem moesten zweren, en dan zouden ook zij veilig zijn in dit verbond. Richard besefte dat dit de oorsprong was van de band tussen de D'Haranen en hem. Alric Rahl had die bezwering gecreëerd om zijn volk te beschermen tegen de droomwandelaars, niet om hen tot slaven te maken. Richard was trots op de goede daad van zijn voorvader.
Hij hield zijn adem bijna in terwijl hij het dagboek las, en hoopte tegen beter weten in dat ze Alric Rahl zouden geloven, want hij wist dat ze dat niet hadden gedaan. Kolo had een voorzichtige interesse gehad in het bewijs, maar bleef twijfelen. Hij meldde dat de meeste andere tovenaars dachten dat Alric een of andere truc uithaalde en ervan overtuigd waren dat een Rahl alleen maar uit kon zijn op wereldheerschappij. Ri-

chard kreunde van teleurstelling toen hij las hoe ze een boodschap hadden gestuurd waarin ze weigerden trouw te zweren en zich aan Alric te binden.

Geïrriteerd door een aanhoudend geluid draaide Richard zich om, keek uit het raam en zag dat het buiten pikdonker was. Het was niet eens tot hem doorgedrongen dat de zon was ondergegaan. De kaars waarvan hij het idee had dat hij die net had aangestoken, was half op. Het irritante geluid was water dat van ijspegels droop. De lente verdreef de scherpe kou.

Nu hij niet meer aan het dagboek dacht, kwam onmiddellijk zijn knagende bezorgdheid over Kahlan terug. Elke dag kwamen er boodschappers terug met het bericht dat er niets gevonden was. Hoe kon ze verdwenen zijn?

'Wachten er nog boodschappers?'

Met een geërgerde uitdrukking op haar gezicht verplaatste Cara haar gewicht van haar ene naar haar andere been. 'Ja,' zei ze spottend, 'er staan er een heel stel voor de deur, maar ik heb ze gezegd dat u het te druk had met zoete woordjes tegen mij te fluisteren om gestoord te kunnen worden.'

Richard zuchtte. 'Het spijt me, Cara. Ik weet dat je het me vertelt als er een boodschapper aankomt.' Hij schudde een vinger naar haar. 'Zelfs als ik slaap.'

Ze glimlachte. 'Zelfs als u slaapt.'

Richard keek om zich heen in de kamer en fronste zijn voorhoofd. 'Waar is Berdine gebleven?'

Cara rolde met haar ogen. 'Ze heeft u uren geleden gezegd dat ze een tijdje ging slapen voordat het tijd was voor haar wacht. U zei: "Ja, slaap ze" tegen haar.'

Richard keek weer in het dagboek. 'Ja, ik geloof inderdaad dat ik dat heb gezegd.'

Hij herlas een stuk waarin beschreven werd dat de tovenaars bang werden dat de sliph iets door zou laten dat ze niet zouden kunnen tegenhouden. De oorlog was een beangstigend raadsel voor Richard. Elke partij creëerde magische zaken, meestal wezens die voor één enkel doel ontworpen waren, zoals de droomwandelaars, en de andere partij moest daar dan op reageren met een tegenmaatregel, als ze dat kon. Het was weerzinwekkend om te ontdekken dat sommige van die wezens uit mensen werden gemaakt, uit tovenaars zelf. Zo wanhopig waren ze geweest. Dag in dag uit maakten ze zich weer zorgen dat de sliph – die zelf met behulp van hun magie was gecreëerd om hen in staat te stellen grote afstanden af te leggen om de vijand aan te vallen, maar die behalve dat voordeel ook groot gevaar opleverde – voordat de torens voltooid konden worden iets onverwachts door zou laten dat ze niet aankonden. Ze zeiden dat als de torens klaar waren, de sliph kon gaan slapen. Richard vroeg zich voortdurend af wat de sliph was en hoe ze kon gaan 'slapen', en hoe ze haar later, na de oorlog, wakker zouden maken, zoals ze van plan waren.

De tovenaars besloten dat vanwege het gevaar van een aanval via de sliph een deel van de belangrijker, kostbare of gevaarlijke zaken vanuit de Burcht naar elders moest worden overgebracht om ze te beschermen. De laatste voorwerpen die werden beschouwd als het belangrijkst om veilig te bewaren, waren al lang naar deze schuilplaats gebracht toen Kolo schreef:

> *Vandaag is een van onze grootste wensen in vervulling gegaan, wat alleen mogelijk was dankzij het magnifieke, onvermoeibare werk van een team van bijna honderd mensen. De voorwerpen waarvan we het meest vreesden dat ze verloren zouden gaan als we verslagen zouden worden, zijn beschermd. Iedereen in de Burcht juichte in koor toen we vandaag het bericht ontvingen dat we succes hadden geboekt. Sommigen dachten dat het onmogelijk was, maar tot ieders verbazing is het gelukt: de Tempel van de Winden is weg.*

Weg? Wat was de Tempel van de Winden, en waar was hij gebleven? Kolo's dagboek gaf geen verklaring.

Richard krabde zich in zijn nek en gaapte. Hij kon zijn ogen nog maar nauwelijks openhouden. Er was nog zoveel te lezen, maar hij had slaap nodig. Hij wilde Kahlan terug zodat hij haar kon beschermen tegen de droomwandelaar. Hij wilde Zedd spreken, zodat hij hem kon vertellen over de dingen die hij had ontdekt.

Richard stond op en slofte naar de deur.

'Gaat u naar bed om van me te dromen?' vroeg Cara.

Richard glimlachte. 'Dat doe ik altijd. Maak me wakker als...'

'Als er een boodschapper komt. Ja, ja, dat hebt u geloof ik al eens gezegd.'

Richard knikte en wilde naar de deur lopen. Cara pakte zijn arm.

'Meester Rahl, ze zullen haar vinden. Ze zal veilig zijn. Slaap maar lekker: de D'Haranen zijn op zoek, en ze zullen niet falen.'

Richard klopte haar op de schouder voordat hij wegliep. 'Ik zal het dagboek hier laten, zodat Berdine eraan kan werken als ze wakker wordt.' Hij geeuwde en wreef in zijn ogen terwijl hij naar zijn kamer liep, even verderop in de hal. Hij nam alleen maar de moeite om zijn laarzen uit te trekken en zijn bandelier over zijn hoofd af te doen, waarna hij het

Zwaard der Waarheid op een stoel legde en zich in bed liet vallen. Ondanks zijn bezorgdheid over Kahlan sliep hij binnen een paar seconden. Hij had een onrustige droom over haar toen hij wakker werd van een hard geklop. Hij liet zich op zijn rug rollen. De deur vloog open en er was plotseling licht. Hij zag Cara, die een lamp droeg. Ze liep tot naast zijn bed en stak een andere lamp aan.
'Meester Rahl, word wakker. Word wakker.'
'Ik ben wakker.' Hij ging zitten. 'Wat is er? Hoelang heb ik geslapen?'
'Misschien vier uur. Berdine heeft een paar uur aan het boek zitten werken, en raakte helemaal opgewonden over iets waar ze u voor wakker wilde maken, zodat u haar kon helpen, maar dat heb ik haar niet toegestaan.'
'Waarom heb je me dan nu wakker gemaakt? Is er een boodschapper?'
'Ja. Er is een boodschapper.'
Richard liet zich bijna weer achterover in bed vallen. Boodschappers hadden nooit nieuws.
'Meester Rahl, sta op. De boodschapper heeft nieuws.'
Richard schrok op alsof er een bel had gerinkeld in zijn hoofd. Hij zwaaide zijn voeten over de zijkant van het bed en trok in één haastige beweging zijn laarzen aan. 'Waar is hij?'
'Ze brengen hem hierheen.'
Op dat moment rende Ulic binnen, een man ondersteunend die bij hem was. De soldaat zag eruit alsof hij wekenlang hard had gereden. Hij kon nauwelijks meer staan zonder hulp.
'Meester Rahl, ik heb een boodschap voor u.' Richard nodigde de jonge soldaat met een gebaar uit om op de rand van het bed te komen zitten, maar die wuifde het aanbod weg en wilde liever praten. 'We hebben iets gevonden. Generaal Reibisch heeft me gezegd dat ik u eerst moest vertellen dat u niet bang moet zijn. We hebben haar lichaam niet gevonden, dus moet ze nog in leven zijn.'
'Wat hebben jullie gevonden?' Richard besefte dat hij beefde.
De man stak zijn hand onder het leer van zijn uniform en trok iets te voorschijn. Richard griste het uit zijn hand en liet het zich ontvouwen zodat hij kon zien wat het was. Een karmozijnrode cape.
'We hebben een plek gevonden waar gevochten was. Er lagen dode mannen die deze capes droegen. Veel dode mannen. Misschien wel honderd.'
Hij trok nog iets te voorschijn en gaf dat aan Richard.
Richard vouwde het uit. Het was een slordig afgesneden stuk verbleekte blauwe stof met vier gouden kwastjes aan één kant.
'Lunetta,' fluisterde hij. 'Dit is van Lunetta.'
'Generaal Reibisch zei dat ik u moest vertellen dat er een gevecht is geweest. Er waren veel dode leden van de Bloedbroederschap. Er waren

bomen omgeblazen door vuurstoten, alsof er magie was gebruikt in het gevecht. Er waren ook verbrande lichamen.
Ze hebben maar één lichaam gevonden dat niet van iemand van de Bloedbroederschap was. Het was een D'Haraan. Een grote man met maar één oog en een litteken waar het andere dichtgenaaid was.'
'Orsk! Dat is Orsk! Hij was Kahlans lijfwacht!'
'Generaal Reibisch laat zeggen dat er geen teken was dat zij of iemand anders van haar gezelschap gedood is. Het lijkt erop dat ze zich fel hebben verdedigd, maar daarna gevangen zijn genomen.'
Richard greep de soldaat bij de arm. 'Hebben de spoorzoekers enig idee in welke richting ze zijn gegaan?' Richard was woedend op zichzelf omdat hij er niet heen was gegaan. Als hij erheen was gegaan, zou hij haar al op het spoor zijn. Nu zou het hem weken kosten om hen in te halen.
'Generaal Reibisch laat zeggen dat de spoorzoekers er vrij zeker van zijn dat ze naar het zuiden zijn gereisd.'
'Naar het zuiden? Naar het zuiden?' Richard was ervan overtuigd geweest dat Brogan met zijn buit naar Nicobarese zou vluchten. Als er zoveel lijken waren, moest Gratch als een uitzinnige gevochten hebben. Ze hadden hem waarschijnlijk ook gevangengenomen.
'Ze zeiden dat ze het niet zeker wisten, doordat het zo lang geleden was gebeurd. Het had inmiddels gesneeuwd, en nu is de sneeuw aan het smelten, dus de sporen zijn moeilijk te volgen, maar hij denkt dat ze naar het zuiden zijn gegaan, en zijn hele strijdkracht gaat achter uw koningin aan.'
'Naar het zuiden,' mompelde Richard. 'Naar het zuiden.'
Hij haalde zijn hand door zijn haar en probeerde na te denken. Brogan was gevlucht in plaats van zich aan te sluiten bij Richard en zijn strijd tegen de Orde. De Bloedbroederschap had zich aangesloten bij de Imperiale Orde. De Imperiale Orde heerste over de Oude Wereld. De Oude Wereld was in het zuiden.
Generaal Reibisch volgde haar naar het zuiden; achter zijn koningin aan. Naar het zuiden.
Wat had de mriswith in de Burcht ook weer gezegd?
De koningin heeft je nodig, huidbroeder. Je moet haar helpen.
Ze probeerden hem te helpen. Zijn vrienden, de mriswith, probeerden hem te helpen.
Richard griste zijn zwaard van de stoel en stak zijn hoofd door de lus van de leren bandelier. 'Ik moet erheen.'
'Wij gaan met u mee,' zei Cara. Ulic knikte instemmend.
'Jullie kunnen niet met me mee. Zorg dat hier alles goed gaat.' Hij wendde zich tot de soldaat. 'Waar is je paard?'
Hij wees. 'Door die deur naar buiten en dan op de volgende binnenplaats. Maar ze is wel moe.'

'Ze hoeft me alleen maar naar de Burcht te brengen.'
'De Burcht!' Cara greep hem bij zijn arm. 'Waarom gaat u naar de Burcht?'
Richard trok zijn arm weg. 'Dat is de enige manier om op tijd de Oude Wereld te bereiken.'
Ze begon tegenwerpingen te maken, maar hij rende al door de hal. Anderen haastten zich om hem in te halen. Hij hoorde het gekletter van harnassen en wapens achter zich, maar hij minderde geen vaart. Hij luisterde niet naar Cara's argumenten en probeerde na te denken.
Hoe zou hij het aanpakken? Was het mogelijk? Het moest mogelijk zijn. Hij zou het klaarspelen.
Richard stormde de deur uit, hield heel even in en rende toen naar de binnenplaats waar de soldaat had gezegd dat hij zijn paard had achtergelaten. Hij kwam struikelend tot stilstand toen hij in het donker tegen het paard aanliep. Hij gaf het bezwete dier snel een klopje om kennis te maken terwijl ze opzij danste, en toen sprong hij in het zadel.
Toen hij het paard bij de teugels liet omkeren, hoorde hij in de verte net de stem van Berdine, die naar hem toe rende.
'Meester Rahl! Stop! Doe de cape af!' Richard gaf het paard de sporen terwijl hij Berdine met het dagboek van Kolo zag zwaaien. Hij had geen tijd voor haar. 'Meester Rahl! U moet de mriswith-cape afdoen!'
Dat ben ik niet van plan, dacht hij. De mriswith waren zijn vrienden.
'Stop! Meester Rahl, luister naar me!' Het paard begon met een sprong te galopperen en de zwarte mriswith-cape wapperde achter hem aan. 'Richard! Doe hem af!'
De weken van eentonig, geduldig wachten leken te exploderen in de plotselinge, wanhopige behoefte actie te ondernemen. Zijn passie om bij Kahlan te komen verzwolg alle andere gedachten.
Het geluid van klepperende hoeven overstemde Berdines stem. De wind rukte aan zijn cape, het paleis flitste als een vage vlek voorbij, en de nacht slokte hem op.

'Wat doe je hier?'
Brogan draaide zich om naar de stem. Hij had de Zuster niet aan horen komen.
Hij keek de oudere vrouw met het lange grijze haar, dat ze losjes bijeengebonden op haar rug droeg, nors aan. 'Wat gaat jou dat aan?'
Ze sloeg haar handen ineen. 'Nou, aangezien dit ons paleis is, gaat het ons aan als een van onze gasten zich op plekken in ons huis begeeft waar het hem uitdrukkelijk verboden is zich te bevinden.'
Brogan kneep zijn ogen tot spleetjes van kwaadheid. 'Heb je enig idee tegen wie je het hebt?'

Ze haalde haar schouders op. 'Een of ander onbeduidend, opgeblazen officiertje, zou ik zeggen. Te arrogant om te weten wanneer hij zich op gevaarlijk terrein begeeft.' Ze hield haar hoofd schuin. 'Heb ik het goed geraden?'
Brogan dichtte de afstand tussen hen. 'Ik ben Tobias Brogan, Heer Generaal van de Bloedbroederschap.'
'Zo, zo,' zei ze spottend. 'Wat indrukwekkend. Maar ik kan me niet herinneren dat ik heb gezegd: "U mag de Biechtmoeder niet bezoeken, behalve als u de Heer Generaal van de Bloedbroederschap bent." Je hebt voor ons alleen de waarde die wij je toekennen. Je vervult alleen de taak die wij je toewijzen.'
'Die júllie mij toewijzen! De Schepper Zelf wijst mij taken toe!'
Ze lachte snuivend. 'De Schepper! Wat heb jij een hoge pet op van jezelf. Jij maakt deel uit van de Imperiale Orde, en je doet wat wij je zeggen.'
Brogan was er na aan toe om deze oneerbiedige vrouw in duizend stukjes te hakken. 'Hoe heet je?' gromde hij.
'Zuster Leoma. Denk je dat je dat kunt onthouden, met die kleine hersentjes van je? Je hebt het bevel gekregen bij die opzichtige troepen van je in de barak te blijven. Maak dat je daar komt en laat me je niet meer in dit gebouw betrappen, anders zul je geen waarde meer hebben voor de Imperiale Orde.'
Voordat Brogan kon ontploffen van woede, wendde Zuster Leoma zich tot Lunetta. 'Goedenavond, liefje.'
'Goedenavond,' zei Lunetta voorzichtig.
'Ik was al van plan eens met je te praten, Lunetta. Zoals je kunt zien, is dit een huis van tovenaressen. Vrouwen met de gave worden hier zeer gerespecteerd. Die Heer Generaal van jou is van weinig waarde voor ons, maar iemand met jouw vermogen zou zeer welkom zijn. Ik wil je graag een plek bij ons aanbieden. Je zou zeer gewaardeerd worden. Je zou verantwoordelijkheid en respect krijgen.' Ze wierp een blik op Lunetta's kledij. 'We zouden er zeker voor zorgen dat je beter gekleed werd. Je zou die lelijke vodden niet hoeven te dragen.'
Lunetta greep haar gekleurde lappen steviger vast en ging wat dichter naast Brogan staan. 'Ik ben loyaal aan mijn Heer Generaal. Hij is een groot man.'
Zuster Leoma meesmuilde. 'Ja, ik geloof het onmiddellijk.'
'En u bent een slechte vrouw,' zei Lunetta op plotseling vaste, plotseling gevaarlijke toon. 'Dat heeft mijn mama me verteld.'
'Zuster Leoma,' zei Brogan. 'Ik zal de naam onthouden.' Hij tikte tegen het trofeeëntasje aan zijn riem. 'Je kunt de Wachter vertellen dat ik je naam zal onthouden. Ik vergeet nooit de naam van een verdorvene.'

Er verscheen een boosaardige glimlach op het gezicht van Leoma. 'De volgende keer dat ik in de onderwereld met mijn Meester spreek, zal ik hem vertellen wat je hebt gezegd.'
Brogan trok Lunetta mee en liep naar de deur. Hij zou terugkomen, en de volgende keer zou hij krijgen wat hij wilde.
'We moeten met Galtero gaan praten,' zei Brogan. 'Ik heb zo langzamerhand genoeg van deze onzin. We hebben wel grotere broeinesten van verdorvenen uitgeroeid dan dit.'
Lunetta legde bezorgd haar vinger tegen haar onderlip. 'Maar, Heer Generaal, de Schepper heeft u verteld dat u moet doen wat deze vrouwen zeggen. Hij heeft u verteld dat u hun de Biechtmoeder moest geven.'
Brogan beende met grote passen door het donker toen ze buiten waren. 'Wat heeft mama je verteld over deze vrouwen?'
'Eh... Ze heeft gezegd... dat ze slecht zijn.'
'Het zijn verdorvenen.'
'Maar Heer Generaal, de Biechtmoeder is een verdorvene. Waarom zou de Schepper u zeggen haar aan deze vrouwen te geven als zij ook verdorvenen zijn?'
Brogan keek op haar neer. In het zwakke licht kon hij haar in verwarring naar hem op zien kijken. Zijn arme zus had niet het intellect om het te begrijpen.
'Is het niet overduidelijk, Lunetta? De Schepper heeft zichzelf door zijn verraderlijke manieren blootgegeven. Hij is degene die de gave creëert. Hij heeft geprobeerd me beet te nemen. Het is nu mijn verantwoordelijkheid om de wereld van het kwaad te ontdoen. Iedereen met de gave moet sterven. De Schepper is een verdorvene.'
Lunetta's adem stokte van ontzag. 'Mama heeft altijd al gezegd dat u voorbestemd was een groot man te worden.'

Nadat hij de gloeiende bol op de tafel had gezet, ging Richard voor de grote, stille put in het midden van de kamer staan. Wat moest hij doen? Wat was de sliph, en hoe riep hij haar?
Hij liep om de ronde, tot aan zijn middel reikende muur heen en keek omlaag de duisternis in, maar zag niets.
'Sliph!' riep hij naar beneden in het bodemloze gat. Zijn eigen stem echode weer naar boven.
Richard ijsbeerde heen en weer, trok radeloos aan zijn haar en probeerde verwoed te bedenken wat hij moest doen. De tinteling van een aanwezigheid ging over zijn huid. Hij bleef staan, keek op en zag een mriswith bij de deur staan.
'De koningin heeft je nodig, huidbroeder. Je moet haar helpen. Roep de sliph.'

Hij rende naar het donkere, geschubde wezen toe. 'Ik weet dat ze me nodig heeft! Hoe roep ik de sliph?'
De spleetvormige mond rekte zich in wat op een glimlach leek. 'Jij bent de eerste in drieduizend jaar die geboren is met het vermogen om haar wakker te maken. Je hebt het schild al verbroken dat ons bij haar weghield. Je moet je kracht gebruiken. Roep de sliph met je gave.'
'Mijn gave?'
De mriswith knikte zonder zijn kraalogen van Richard af te wenden. 'Roep haar met je gave.'
Richard wendde zich uiteindelijk af van de mriswith en liep terug naar de stenen muur rond de grote put. Hij probeerde zich te herinneren hoe hij zijn gave in het verleden had gebruikt. Het gebeurde altijd instinctief. Nathan had gezegd dat het zo werkte bij hem, bij een oorlogstovenaar: er was een behoefte, die instinctief werd geuit.
Hij moest zijn behoefte gebruiken om de gave op te roepen.
Richard liet de behoefte door zich heen razen, door de kalme kern. Hij probeerde niet om de kracht op te roepen, maar hij schreeuwde de behoefte eraan uit.
Hij stootte zijn vuisten in de lucht en wierp zijn hoofd in zijn nek. Hij liet de behoefte hem vervullen. Hij wilde niets anders. Hij liet de onbewuste remmingen varen. Hij probeerde niet te denken aan wat hij moest doen, hij eiste eenvoudig dat het zou gebeuren.
Hij had de sliph nodig.
Hij uitte een geluidloze kreet.
Kom bij me!
Hij liet de kracht los, alsof hij diep uitademde, en eiste dat de taak volbracht werd.
Er ontvlamde licht tussen zijn vuisten. Dat was het, het signaal, hij voelde het, hij begreep het. Hij wist ook wat hij moest doen. De zachtgloeiende massa roteerde tussen zijn polsen terwijl er kantachtige nerven van licht langs zijn armen omhoog kronkelden en in de pulserende kracht daartussen vloeiden.
Toen hij voelde dat de kracht haar hoogtepunt bereikte, bewoog hij zijn handen snel naar beneden. Fluitend schoot de bol licht weg, naar beneden de duisternis in.
Toen die door de put naar beneden suisde, werden de stenen in een ring eromheen verlicht. De ring van licht en de gloeiende massa werden kleiner en kleiner, en het gefluit stierf weg in de verte, totdat hij kon horen noch zien wat hij had ontketend.
Richard hing over de stenen muur en keek de bodemloze afgrond in, maar alles was stil en donker. Hij hoorde alleen zijn eigen gehijg. Hij richtte zich op en keek over zijn schouder. De mriswith keek toe, maar

deed geen poging hem te helpen; wat er gebeuren moest, moest van Richard komen. Hij hoopte dat het genoeg zou zijn.
In de stilte van de Burcht, in de rust van de berg van dood steen die om hem heen oprees, klonk gerommel uit de verte.
Een geluid van leven.
Richard boog zich weer over de muur en keek naar beneden, maar zag niets. Toch kon hij iets voelen. De stenen onder zijn voeten schokten. Er zweefde steenstof door de trillende lucht.
Richard keek weer naar beneden de put in en zag een weerspiegeling. De put vulde zich; niet met water, maar met iets dat met een onmogelijke snelheid omhoog schoot door de schacht, bulderend met een jankende gil van snelheid. Dat gejank werd harder naarmate het ding hoger kwam.
Richard wierp zichzelf naar achteren, weg bij de stenen muur, en maar net op tijd. Hij was er zeker van dat het de put uit zou schieten en door het plafond zou slaan. Iets dat zo snel ging, kon niet op tijd stoppen. Maar dat deed het wel.
Alles was plotseling stil. Richard ging zitten, steunend op zijn armen achter zich.
Een glimmende metaalachtige bult rees langzaam op boven de rand van de stenen muur om de put. Die groeide uit eigen beweging aan tot een berg, als water dat in de lucht stond, alleen was het geen water. Het glanzende oppervlak weerspiegelde alles eromheen, als een gepoetst harnas, en de weerkaatste beelden vervormden naarmate het groeide en bewoog.
Het zag eruit als levend kwikzilver.
De klont, die aan zijn lijf in de put vast leek te zitten door middel van een soort nek, bleef zich verwringen en plooide zich in richels en vlakken, vouwen en rondingen. Het vertrok tot een vrouwengezicht. Richard moest zichzelf eraan helpen herinneren adem te halen. Nu begreep hij waarom Kolo de sliph 'zij' noemde.
Eindelijk zag het gezicht hem op de vloer zitten. Het zag eruit als een glad beeld, gemaakt van zilver, alleen bewoog het.
'Meester,' zei ze met een spookachtige stem die door de kamer echode. Haar lippen hadden niet bewogen toen ze sprak, maar ze glimlachte alsof ze tevreden was. Het zilveren gezicht kreeg een nieuwsgierige uitdrukking. 'Hebt u me geroepen? Wilt u reizen?'
Richard sprong op. 'Ja. Reizen. Ik wil reizen.'
De welwillende glimlach kwam terug. 'Kom dan. We zullen reizen.'
Richard veegde het steenstof van zijn handen af aan zijn overhemd. 'Hoe? Hoe gaan we... reizen?'
Het zilveren voorhoofd fronste zich. 'Hebt u niet eerder gereisd?'

Richard schudde zijn hoofd. 'Nee. Maar ik moet nu wel. Ik moet naar de Oude Wereld.'
'Aha. Daar ben ik vaak geweest. Kom, dan zullen we reizen.'
Richard aarzelde. 'Wat moet ik doen? Wat wil je dat ik doe?'
Er vormde zich een hand, die de bovenkant van de muur aanraakte. 'Kom naar me toe,' zei de stem, die de kamer rond echode. 'Ik zal je brengen.'
'Hoe lang duurt het?'
De frons kwam terug. 'Lang? Van hier naar daar. Zo lang. Ik ben lang genoeg. Ik ben er geweest.'
'Ik bedoel... Uren? Dagen? Weken?'
Ze leek het niet te begrijpen. 'De andere reizigers hebben hier nooit over gesproken.'
'Dan zal het wel niet erg lang duren. Kolo had het er ook nooit over.' Het dagboek kon soms frustrerend zijn omdat Kolo nooit uitlegde wat voor zijn tijdgenoten vanzelfsprekend was. Hij had niet geprobeerd iemand iets te leren of informatie door te geven.
'Kolo?'
Richard wees naar de botten. 'Ik weet niet hoe hij heette. Ik noem hem Kolo.'
Het gezicht rekte zich uit de put om over de muur te kijken. 'Ik kan me niet herinneren dat ik dit eerder heb gezien.'
'Nou, hij is dood. Voor die tijd zag hij er niet zo uit.' Richard besloot dat hij beter niet kon uitleggen wie Kolo was, anders zou ze het zich misschien herinneren en verdrietig worden. Hij had geen emoties nodig, hij moest bij Kahlan zien te komen. 'Ik heb haast. Ik zou het op prijs stellen als we voort konden maken.'
'Kom dichterbij, zodat ik kan vaststellen of u kunt reizen.'
Richard liep naar de muur en bleef roerloos staan, terwijl de kwikzilveren hand naar voren kwam om zijn voorhoofd aan te raken. Hij deinsde achteruit. Ze was warm. Hij had koud verwacht. Hij boog zich terug naar de hand en liet de palm over zijn voorhoofd glijden.
'U kunt reizen,' zei de sliph. 'U hebt de beide kanten die nodig zijn. Maar u zult sterven als u zo gaat.'
'Wat bedoel je met "zo"?'
De kwikzilveren hand liet zich naast hem zakken en wees naar het zwaard, maar zorgde ervoor niet te dichtbij te komen. 'Dat magische voorwerp is onverenigbaar met leven in de sliph. Met die magie in me, zal ieder leven dat er in me is, worden beëindigd.'
'Bedoel je dat ik het hier moet laten?'
'Als u wilt reizen, moet dat wel, anders zult u sterven.'
Richard was er bepaald niet gerust op het Zwaard der Waarheid onbe-

waakt achter te laten, vooral nu hij wist dat er mannen met gezinnen waren gestorven om het te maken. Hij trok de bandelier over zijn hoofd en staarde naar de schede in zijn handen. Hij keek over zijn schouder naar de mriswith die hem gadesloeg. Hij zou zijn mriswith-vriend kunnen vragen het zwaard te bewaken.

Nee. Hij kon niemand vragen om de verantwoordelijkheid te nemen iets te bewaken dat zo gevaarlijk en zo begerenswaardig was. Het Zwaard der Waarheid was zijn verantwoordelijkheid, niet die van iemand anders. Richard trok het zwaard uit de schede en liet het heldere rinkelen van het staal door de kamer weerklinken en langzaam wegsterven. Maar het vuur van de magie doofde niet; dat raasde door hem heen.

Hij stak de kling omhoog en keek erlangs. Hij voelde het gedreven gouddraad van het woord WAARHEID in zijn handpalm drukken. Wat moest hij doen? Hij moest naar Kahlan. Hij moest zorgen dat het zwaard veilig was in zijn afwezigheid.

Het viel hem in door middel van het signaal van behoefte.

Hij draaide het zwaard naar beneden en greep het gevest met beide handen vast. Met een gegrom van inspanning, waarbij hij kracht kreeg van de magie, van de stormen van razernij die die voortbracht, stootte hij het zwaard naar beneden.

Er vlogen vonken en steengruis in het rond terwijl Richard het zwaard tot aan het gevest in een enorm blok steen in de vloer duwde. Toen hij het losliet, voelde hij de magie nog in zich. Hij moest het zwaard achterlaten, maar hij had de magie nog; hij was de ware Zoeker.

'Ik ben nog steeds verbonden met de magie van het zwaard. Ik houd de magie in me. Zal ik daaraan sterven?'

'Nee. Alleen datgene wat de magie opwekt is dodelijk, de ontvanger niet.'

Richard klom op de stenen muur, terwijl hij zich plotseling zorgen begon te maken over de onderneming. Nee, hij moest het doen. Hij kon niet anders.

'Huidbroeder.' Richard draaide zich om naar de mriswith toen die hem riep. 'Je hebt geen wapen. Neem dit.' Hij wierp Richard een van zijn messen met drie lemmeten toe. Het vloog in een rustige boog door de lucht en Richard ving het op bij het heft. De zij-stootplaten lagen aan weerskanten van zijn pols toen hij het wapen bij de dwarse handgreep in zijn vuist klemde. Het voelde verrassend goed aan in zijn hand, als een uitbreiding van zijn arm.

'De *jabree* zal snel voor je zingen.'

Richard knikte. 'Bedankt.'

De mriswith gaf hem een langzame glimlach als antwoord.

Richard wendde zich tot de sliph. 'Ik weet niet of ik mijn adem lang genoeg kan inhouden.'

'Ik heb u gezegd, ik ben lang genoeg om te komen tot waar we heen gaan.'
'Nee, ik bedoel dat ik lucht nodig heb.' Hij ademde overdreven in en uit. 'Ik moet ademen.'
'U ademt mij.'
Hij luisterde hoe haar stem door de kamer echode. 'Wat?'
'Om te overleven tijdens uw reis, moet u mij ademen. De eerste keer dat u reist, zult u bang zijn, maar u moet het doen. Degenen die het niet doen, sterven in mij. Wees niet bang: ik zal u in leven houden als u mij ademt. Als we de andere plek bereiken, moet u me uitademen en de lucht inademen. U zult net zo bang zijn om dat te doen als u bent om mij te ademen, maar u moet het doen, anders zult u sterven.'
Richard staarde haar ongelovig aan. Dit kwikzilver ademen? Zou hij zich daartoe kunnen brengen?
Hij moest naar Kahlan. Ze was in gevaar. Hij moest dit doen. Hij kon niet anders.
Richard slikte en ademde toen diep de heerlijke lucht in. 'Goed, ik ben klaar om te vertrekken. Wat doe ik nu?'
'U doet niet. Ik doe.'
Een vloeibare zilveren arm kwam omhoog en gleed om hem heen, en zijn warme, golvende greep werd steviger en klemde hem vast. De arm tilde hem van de muur en dompelde hem onder in het zilveren schuim.
Richard kreeg plotseling een visioen: hij herinnerde zich mevrouw Rencliff, die onder water werd getrokken door de razende overstroming.

47

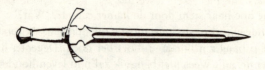

Verna knipperde met haar ogen tegen het felle licht van een lamp toen de deur openging. Ze had het gevoel dat haar hart naar haar keel rees. Het leek te vroeg voor Leoma om al terug te komen. Ze sidderde al van angst en de tranen welden op in haar ogen, terwijl Leoma nog niet eens begonnen was met de pijnproef.
'Naar binnen,' snauwde Leoma iemand toe.
Verna ging zitten en zag een kleine, magere vrouw bewegen in de deuropening. 'Waarom moet ik dit doen?' klaagde een bekende stem. 'Ik wil haar kamer niet schoonmaken. Dat hoort niet bij mijn taak!'
'Ik moet hier binnen met haar werken, en ik word zo ongeveer blind van de stank. Ga naar binnen en ruim wat van die viezigheid op, anders sluit ik je hier bij haar op om je de gepaste eerbied voor een Zuster bij te brengen.'
Morrend schommelde de vrouw de kamer in, zeulend met haar emmer sop. 'Het stinkt hier,' verkondigde ze. 'Het stinkt naar haar soort.' De emmer kwam met een dreun op de vloer neer. 'Smerige Zuster van de Duisternis.'
'Doe hier nou maar iets met zeep en water, en doe het snel. Ik heb werk te doen.'
Verna keek op en zag Millie naar haar staren. 'Millie...'
Verna draaide haar gezicht af, maar niet op tijd, toen Millie naar haar spoog. Ze veegde het speeksel van haar wang met de rug van haar hand. 'Smerig schorem. En dan te denken dat ik je vertrouwde. Te denken dat ik je respecteerde als Priores. En al die tijd diende je de Naamloze. Wat mij betreft mag je hier wegrotten. De kamer stinkt naar je smerige levende lijk. Ik hoop dat ze je afranselen tot...'
'Genoeg,' zei Leoma. 'Maak het hier schoon, dan hoef je niet langer in haar weerzinwekkende aanwezigheid te zijn.'
Millie bromde vol walging. 'Het kan me niet kort genoeg duren.'

'Niemand van ons vindt het prettig om in één ruimte te zijn met een slecht mens zoals zij, maar het is mijn plicht om haar te ondervragen, en je kunt er tenminste voor zorgen dat het een beetje lekkerder ruikt voor mij.'
'Ja, Zuster, ik zal het voor u doen, voor een ware Zuster van het Licht, zodat u haar stank niet hoeft te verdragen.' Millie spoog weer in Verna's richting.
Verna was bijna in tranen van de vernedering dat Millie die vreselijke dingen van haar dacht. Alle anderen dachten dat ook. Ze was er niet meer zeker van dat ze niet waar waren. Haar geest was zo versuft door de pijnproeven dat ze er niet meer op kon vertrouwen dat ze logisch dacht als ze in haar eigen onschuld geloofde. Misschien was het verkeerd om loyaal te zijn aan Richard; het was per slot van rekening maar een man.
Als Millie klaar zou zijn, zou Leoma weer beginnen. Ze hoorde zichzelf snikken om haar machteloosheid. Toen Leoma de snik hoorde, glimlachte ze.
'Gooi die stinkende po leeg,' zei Leoma.
Millie snoof vol afschuw. 'Goed, goed, ik kom eraan.'
Millie duwde de emmer met sop dichter naar Verna's stromatras en pakte de volle po op. Terwijl ze haar neus dichthield, droeg ze hem op een armlengte afstand de kamer uit.
Nadat ze door de hal was weggesloft, vroeg Leoma: 'Is je iets opgevallen?'
Verna schudde haar hoofd. 'Nee, Zuster.'
Leoma trok haar wenkbrauwen op. 'De trommels. Ze zwijgen.'
Verna schrok toen ze zich dat bewust werd. Ze moesten zijn opgehouden terwijl ze sliep.
'Weet je wat dat betekent?'
'Nee, Zuster.'
'Het betekent dat de keizer dichtbij is en snel zal arriveren. Misschien morgen. Hij verlangt resultaat van ons experimentje. Vanavond geef je ofwel je trouw aan Richard op, of je zult je moeten verantwoorden tegenover Jagang. Je tijd is op. Denk daar maar over na, terwijl Millie de rest van je viezigheid opruimt.'
Binnensmonds vloekend keerde Millie terug met de lege po. Nadat ze die in de verste hoek had gezet, ging ze verder met het schrobben van de vloer. Ze dompelde haar dweil onder in het water en kletste hem op de vloer, waarbij ze in de richting van Verna werkte.
Verna likte over haar gebarsten lippen terwijl ze naar het water staarde. Het kon haar niet schelen dat er zeep in zat. Ze vroeg zich af of ze er een slok van binnen zou kunnen krijgen voordat Leoma haar tegenhield. Waarschijnlijk niet.
'Het is niet juist dat ik dit moet doen,' gromde Millie binnensmonds,

maar hard genoeg voor de andere twee om te verstaan. 'Het is al erg genoeg dat ik de kamer van de Profeet moet schoonmaken, nu we een nieuwe hebben. Ik dacht dat het afgelopen was met het schoonmaken van de kamer van een krankzinnige. Ik vind dat het tijd wordt dat een jongere vrouw dit werk gaat doen. Een rare man is het. Profeten zijn allemaal van lotje getikt. Ik mag die Warren net zomin als de vorige.'
Verna barstte bijna in tranen uit toen ze de naam van Warren hoorde. Ze miste hem zo. Ze vroeg zich af of hij goed behandeld werd. Leoma beantwoordde haar onuitgesproken vraag.
'Ja, hij is een beetje vreemd. Maar de proeven met de halsband brengen hem weer in het gareel. Daar zorg ik wel voor.'
Verna wendde haar blik af van Leoma. Ze deed het met hem ook. O, arme Warren.
Met haar knie duwde Millie de emmer dichterbij terwijl ze de vloer schrobde. 'Kijk niet zo naar me. Ik wil je smerige ogen niet op me. Ik krijg er de kriebels van, alsof de Naamloze zelf naar me kijkt.'
Verna sloeg haar ogen neer. Millie gooide de dweil in de emmer en dompelde haar handen diep onder om hem uit te spoelen. Ze keek over haar schouder terwijl ze met de dweil in het water bezig was.
'Ik ben bijna klaar. Niet snel genoeg naar m'n zin, maar toch snel. Dan hebt u die vuile verraadster voor uzelf. Ik hoop dat u niet aardig voor haar zult zijn.'
Leoma glimlachte. 'Ze krijgt wat ze verdient.'
Millie tilde haar handen uit het water. 'Goed zo.' Ze duwde met een natte, eeltige hand tegen Verna's dijbeen. 'Voeten opzij! Hoe kan ik de vloer dweilen als je hier als een blok steen blijft zitten?'
Verna voelde iets hards tegen haar dij nadat Millie haar hand had weggehaald.
'Die Warren is ook een varken. Het is altijd een rotzooi in zijn kamer. Ik ben er vandaag al geweest, en het stonk er bijna net zo erg als in deze zwijnenstal.'
Verna legde haar handen langs haar benen en stak ze onder haar dijen alsof ze zichzelf in evenwicht hield terwijl ze haar voeten optilde voor Millie. Haar vingers vonden iets hards en smals. Eerst kon haar versufte geest het voorwerp niet thuisbrengen. Met een schok van herkenning wist ze het plotseling.
Het was een dacra.
Haar borst trok samen. Haar spieren verstijfden. Ze moest moeite doen om adem te halen.
Plotseling spoog Millie haar weer in het gezicht, zodat ze ineenkromp en haar gezicht afwendde. 'Staar een eerlijke vrouw niet zo aan! Hou je ogen van me af.'

Verna besefte dat Millie gezien moest hebben dat haar ogen groot werden.
'Ik ben klaar,' zei ze terwijl ze haar pezige gestalte oprichtte, 'tenzij u wilt dat ik haar in bad doe, en als u dat wilt, kunt u zich beter bedenken. Ik raak die slechte vrouw niet aan.'
'Neem je emmer nou maar mee en ga,' zei Leoma met groeiend ongeduld.
Verna had de dacra zo stevig in haar vuist dat haar vingers ervan tintelden. Haar hart bonkte zo hard dat ze dacht dat ze misschien een rib zou breken.
Millie slofte zonder om te kijken de kamer uit. Leoma duwde de deur dicht.
'Dit is je laatste kans, Verna. Als je blijft weigeren, zul je worden uitgeleverd aan de keizer. Dan zul je snel wensen dat je met me had meegewerkt, dat kan ik je beloven.'
Kom dichterbij, dacht Verna. Kom dichterbij.
Ze voelde de eerste golf van pijn door zich heen slaan. Ze liet zich op het stromatras vallen en keerde zich af van Leoma. Kom dichterbij.
'Ga zitten en kijk me aan als ik tegen je praat.'
Verna slaakte alleen maar een kreetje en bleef waar ze was, in de hoop Leoma naar zich toe te lokken. Ze maakte geen kans als ze van zo'n afstand zou aanvallen: de vrouw zou ervoor zorgen dat ze niets meer kon bewegen voordat ze de afstand had afgelegd. Ze moest dichterbij zijn.
'Ik zei zitten!' De voetstappen van Leoma kwamen naderbij.
Lieve Schepper, breng haar alstublieft dicht genoeg bij me.
'Je zult me aankijken en me vertellen dat je Richard verloochent. Je moet hem verloochenen, zodat de keizer je geest binnen kan komen. Hij zal weten of je je loyaliteit hebt opgegeven, dus probeer maar niet te liegen.'
Nog een stap. 'Kijk me aan als ik tegen je praat!'
Nog een stap. Een hand greep haar haar en rukte haar hoofd omhoog. Ze was nu voldoende dichtbij, maar haar armen brandden van de pijn en ze kon haar hand niet optillen. *O, goede Schepper, laat haar de proef niet beginnen met mijn armen. Laat haar beginnen met mijn benen. Ik heb mijn armen nodig.*
In plaats van in haar benen te beginnen, schoot de zenuwverschroeiende pijn door haar armen. Met al haar kracht probeerde Verna de hand met de dacra op te tillen. Die wilde niet bewegen. Haar vingers trokken van de pijnscheuten.
Ondanks haar inspanningen verkrampten haar vingers en viel de dacra eruit.
'Alsjeblieft,' huilde ze, 'doe deze keer mijn benen niet. Ik smeek je, niet mijn benen.'

Leoma's vuist in haar haar trok haar hoofd naar achteren, en de vrouw sloeg haar in het gezicht. 'Benen, armen, het maakt niets uit. Je zult toegeven.'
'Je kunt me niet dwingen. Het zal je niet lukken en...' Meer kon Verna niet uitbrengen voordat de hand opnieuw in haar gezicht sloeg.
De brandende pijn sprong naar haar benen, en ze schokten onbeheersbaar door de scheuten. Verna's armen tintelden, maar ze kon ze eindelijk weer bewegen. Haar hand zocht op de tast het stromatras af naar de dacra.
Haar duim raakte hem aan. Ze sloeg haar vingers om het koele metalen handvat en trok hem omhoog in haar vuist.
Verna verzamelde al haar kracht en moed, en duwde de dacra in Leoma's dijbeen.
Leoma gaf een schreeuw en liet Verna's haar los.
'Stil!' hijgde Verna. 'Ik heb een dacra in je gestoken. Beweeg je niet.'
Eén hand ging langzaam naar beneden om over haar been te wrijven boven de dacra, die in haar dijspier stond. 'Je denkt toch niet echt dat dit werkt?'
Verna slikte en kwam op adem. 'Nou, dat zullen we wel merken, denk je niet? Ik geloof dat ik niets te verliezen heb. Jij wel: je leven.'
'Voorzichtig, Verna, of je zult merken hoeveel spijt je van zoiets kunt krijgen. Haal hem eruit, en ik zal net doen alsof dit niet is gebeurd. Haal hem eruit.'
'Dat lijkt me niet zo'n wijze raad, adviseuse.'
'Ik heb de macht over je halsband. Ik hoef alleen maar je Han te blokkeren. Als je het zover laat komen, zal het je slecht vergaan.'
'Echt waar, Leoma? Ik denk dat ik je moet vertellen dat ik op mijn reis van twintig jaar veel heb geleerd over het gebruik van een dacra. Hoewel het waar is dat je mijn Han kunt blokkeren met behulp van de Rada'Han, zijn er twee dingen waar je aan moet denken.
Ten eerste, je kunt mijn Han wel blokkeren, maar niet zo snel dat ik niet eerst nog een heel klein stroompje kan aanraken. Gezien mijn ervaringen, verwacht ik dat dat genoeg is. Als ik mijn Han aanraak, ben jij ogenblikkelijk dood.
Ten tweede, als je mijn Han wilt blokkeren, moet je je er via de halsband mee verbinden. Dat geeft je het vermogen hem te manipuleren; zo werkt het. Denk je dat de handeling van het blokkeren van mijn Han door hem aan te raken op zichzelf al de dacra zou activeren en je zou doden? Ik weet het zelf niet zeker, maar ik kan je wel vertellen dat ik het van mijn kant, de kant van het heft, best wil proberen. Wat denk jij? Wil jij het ook proberen, Leoma?'
Er viel een lange stilte in de zwakverlichte kamer. Verna voelde warm

bloed over haar hand stromen. Eindelijk doorbrak Leoma's zachte stem de stilte. 'Nee. Wat wil je dat ik doe?'
'Nou, om te beginnen ga je die Rada'Han van me afhalen, en dan, aangezien ik je heb aangesteld als mijn adviseuse, gaan we eens even praten; je gaat me raad geven.'
'Als ik de halsband heb afgedaan, haal jij de dacra weg, en dan zal ik je vertellen wat je wilt weten.'
Verna keek op in de angstige ogen die haar aankeken. 'Je bent nauwelijks in een positie om eisen te stellen. Ik ben in deze kamer beland omdat ik te goed van vertrouwen was. Ik heb mijn lesje geleerd. De dacra blijft waar hij is totdat ik met je klaar ben. Als je niet doet wat ik zeg, heeft je leven geen waarde voor me. Begrijp je dat, Leoma?'
'Ja,' klonk het berustende antwoord.
'Laten we dan beginnen.'

Als een pijl schoot hij vooruit, razendsnel, en tegelijkertijd gleed hij voort met de langzame gratie van een schildpad die in een maanverlichte nacht onder water zwemt in een rustige poel. Er was geen warmte en geen kou. Zijn ogen zagen licht en donker samen in één enkel spectraal beeld, terwijl zijn longen opzwollen met de zoete aanwezigheid van de sliph die hij inademde in zijn ziel.
Het was pure verrukking.
Plotseling was het afgelopen.
Beelden explodeerden om hem heen. Bomen, rotsen, sterren, de maan. Het panorama joeg hem doodsangst aan.
Adem, zei ze hem.
De gedachte vervulde hem met afschuw. *Nee*.
Adem, zei ze hem.
Hij herinnerde zich Kahlan en zijn behoefte om haar te helpen, en liet de zoete adem ontsnappen, waarmee hij de verrukking uit zijn longen blies.
Met tegenzin onder dwang zoog hij de vreemde lucht naar binnen.
Geluiden kolkten om hem heen: insecten, vogels, vleermuizen, kikkers, bladeren in de wind, allemaal kwetterend, krassend, ratelend, fluitend, ritselend; pijnlijk door hun alomtegenwoordigheid.
Een geruststellende arm zette hem op de stenen muur terwijl de nachtwereld om hem heen veranderde in een bekende aanwezigheid in zijn geest. Hij zag zijn mriswith-vrienden hier en daar rondlopen in het donkere bos aan de andere kant van de stenen ruïnes rond de put. Er zaten er een paar op verspreide steenblokken en er stonden er een paar tussen de overblijfselen van pilaren. Ze leken zich aan de rand van een zeer oud, afbrokkelend bouwwerk te bevinden.

'Bedankt, sliph.'
'We zijn waar u heen wilde,' zei ze, en haar stem echode door de nachtlucht.
'Zul je... hier zijn, als ik weer wil reizen?'
'Als ik wakker ben, ben ik altijd klaar om te reizen.'
'Wanneer slaap je?'
'Als u me dat opdraagt, Meester.'
Richard knikte, zonder precies te weten waartegen. Hij keek de nacht in terwijl hij wegliep van de put met de sliph. Hij kende de bossen, niet door de aanblik ervan, maar door het duidelijke gevoel dat ze hem gaven. Het waren de Hagenwouden, maar het moest een plek zijn die veel dieper in het uitgestrekte gebied lag dan hij ooit was geweest, want hij had deze ruïne nooit eerder gezien. Aan de sterren kon hij zien in welke richting Tanimura lag.
Mriswith kwamen in groten getale van alle kanten uit het donkere bos naar de ruïne. Veel groetten hem in het voorbijlopen met een 'welkom, huidbroeder'. Terwijl ze langs hem kwamen, tikten de mriswith met hun driebladige messen tegen het zijne, waardoor ze allebei naklonken.
'Moge je *jabree* snel zingen, huidbroeder,' zeiden ze allemaal terwijl ze dat deden.
Richard kende de juiste reactie daarop niet, en zei dus alleen: 'Bedankt.' Terwijl de mriswith langs hem heen naar de sliph slopen en tegen zijn *jabree* tikten, ging het gonzende gerinkel elke keer langer duren, en het aangename gezoem verwarmde zijn hele arm. Toen er meer mriswith aan kwamen lopen, veranderde hij zijn koers dusdanig dat hij met zijn *jabree* tegen de hunne kon tikken.
Richard keek naar de rijzende maan en de positie van de sterren. Het was vroeg in de avond, en aan de westelijke hemel was nog een vage gloed zichtbaar. Hij was midden in de nacht uit Aydindril vertrokken. Dit kon niet dezelfde avond zijn. Het moest de volgende zijn. Hij had bijna een hele dag in de sliph doorgebracht.
Tenzij het twee dagen waren. Of drie. Of een maand, of zelfs een jaar. Hij had geen idee; hij wist alleen dat het minstens één dag was. De maan had nog dezelfde omvang; misschien was het maar één dag.
Hij bleef even staan om opnieuw een mriswith tegen zijn *jabree* te laten tikken. Achter hem gingen mriswith de sliph binnen. Er stond een hele rij op hun beurt te wachten. Er verstreken maar een paar seconden totdat de volgende van de muur stapte om zich in het glinsterende kwikzilver te laten vallen.
Richard bleef staan om te voelen hoe zijn *jabree* een verwarmend gezoem door hem heen zond. Hij glimlachte om het neuriënde gegons; de zachte melodie klonk aangenaam in zijn oren en in zijn botten.

Hij voelde een storende behoefte die het vrolijke lied onderbrak.
Hij hield een mriswith aan. 'Waar ben ik nodig?'
De mriswith wees met zijn *jabree*. 'Zij zal je meenemen. Zij kent de weg.'
Richard ging in de richting die de mriswith had aangewezen. In het donker wachtte een gedaante bij een vervallen muur. Het zingen van zijn *jabree* dreef hem verder met de behoefte.
De gedaante was geen mriswith, maar een vrouw. In het maanlicht dacht hij haar te herkennen.
'Goedenavond, Richard.'
Hij deed een stap achteruit. 'Merissa!'
Ze glimlachte hartelijk. 'Hoe gaat het met mijn leerling? Het is een tijd geleden. Ik hoop dat het goed met je gaat, en dat je *jabree* voor je zingt.'
'Ja,' stamelde hij. 'Hij zingt over een behoefte.'
'De koningin.'
'Ja! De koningin. Ze heeft me nodig.'
'Ben je klaar om haar te helpen? Om haar te bevrijden?'
Nadat hij had geknikt, draaide ze zich om en leidde hem verder de ruïne in. Een paar mriswith sloten zich bij hen aan terwijl ze door afgebrokkelde deuropeningen gingen. Door met klimplanten omzoomde gaten in de muren stroomde het maanlicht binnen, maar toen de muren solider werden en het maanlicht tegenhielden, ontstak ze een vlam in haar handpalm terwijl ze geluidloos voortschreed. Richard volgde haar trappen op die zich de sombere ruïne in wentelden en door zalen die er uitzagen alsof er duizenden jaren niemand was geweest.
De verlichting van de vlam in haar handpalm werd plotseling onvoldoende toen ze een enorme zaal binnengingen. Merissa stuurde het kleine vlammetje naar toortsen aan beide zijden, waardoor er een flakkerend licht ontstond in de grote ruimte. Lang ongebruikte balkons, overdekt met stof en spinrag, hingen rondom en keken uit over een betegeld zwembad dat het grootste deel van de vloer in beslag nam. De tegels, die ooit wit waren geweest, waren nu donker van de vlekken en het vuil, en het donkere water in het bad was afgezet met slierten viezigheid. Boven hun hoofd was het gedeeltelijk gewelfde plafond in het midden open, en door de opening zag Richard andere gebouwen oprijzen.
De mriswith kwamen dicht naast hem staan. Ze tikten allebei met hun *jabree* tegen de zijne. Het aangename gegons resoneerde met de kalme kern in hemzelf.
'Dit is het huis van de koningin,' zei een van hen. 'Wij kunnen bij haar komen, en als de jongen geboren zijn, mogen ze vertrekken, maar de koningin kan hier niet weg.'
'Waarom niet?' vroeg Richard.

De andere mriswith deed een stap naar voren en strekte een klauw uit. Toen die in aanraking kwam met iets onzichtbaars, lichtte er met een zachte gloed een heel koepelvormig schild op. De glinsterende koepel paste keurig in die van steen, alleen had hij geen gat bovenin. De mriswith trok zijn klauw terug en het schild werd weer onzichtbaar.

'De tijd van de oude koningin is voorbij, en ze is eindelijk stervende. We hebben allemaal van haar vlees gegeten, en uit haar laatste nest is een nieuwe koningin voortgekomen. De nieuwe koningin zingt ons toe via de *jabree* en vertelt ons dat ze jongen draagt. Het is tijd voor de nieuwe koningin om op weg te gaan en onze nieuwe kolonie te stichten.

De grote barrière is weg en de sliph is ontwaakt. Nu moet jij de koningin helpen, zodat we ons in nieuwe gebieden kunnen vestigen.'

Richard knikte. 'Ja. Ze moet vrij zijn. Ik kan haar behoefte voelen. Die vult me met gezang. Waarom hebben jullie haar niet bevrijd?'

'Dat kunnen we niet. Net zoals jij nodig was om de torens uit te schakelen en de sliph wakker te maken, kan alleen jij de koningin bevrijden. Het moet gebeuren voordat je twee *jabree* hebt en ze allebei voor je zingen.'

Geleid door zijn instinct liep Richard naar de trap aan de zijkant. Hij kon voelen dat het schild onderaan sterker was; het moest bovenin verbroken worden. Hij hield de *jabree* tegen zijn borst terwijl hij de stenen trap beklom. Hij probeerde zich voor te stellen hoe wonderbaarlijk het zou zijn om er twee te hebben. Het aangename gezang kalmeerde hem, maar de behoefte van de koningin dreef hem voort. De mriswith bleven achter, maar Merissa volgde hem.

Richard liep alsof hij het traject al eerder had afgelegd. De trap leidde naar buiten, en dan een wenteltrap op langs de resten van de zuilen. Het maanlicht wierp kartelige schaduwen tussen het verweerde steen dat nog rechtop stond temidden van de verwoesting.

Uiteindelijk bereikten ze de top van een kleine, ronde uitkijktoren; om hen heen rezen pilaren op, die boven hun hoofd met elkaar verbonden waren door de overblijfselen van een entablement, versierd met gargouilles. Het zag eruit alsof het ooit de hele koepel had overspannen en torens met elkaar had verbonden zoals degene waar ze nu bovenop stonden. Vanaf de hoge toren kon Richard door de opening in de koepel naar beneden kijken. Het gewelfde dak rustte op een grote hoeveelheid enorme zuilen, die als spijlen naar buiten en naar beneden in rijen uitliepen.

Merissa, die een rode jurk droeg, de enige kleur die hij haar ooit had zien dragen toen ze hem les had gegeven, kwam dicht achter hem staan en keek zwijgend naar beneden, de donkere koepel in.

Richard kon de koningin in het donkere water beneden voelen, naar hem

roepen, hem smeken haar te bevrijden. Zijn *jabree* zong door zijn botten.
Hij stak zijn hand uit naar beneden en liet de behoefte naar buiten vloeien. Hij strekte ook zijn andere arm uit en wees met de *jabree* naar beneden, naast de vingers van zijn andere hand. De stalen messen weerklonken en vibreerden van de kracht die uit hem stroomde.
De lemmeten van de *jabree* gingen steeds hoger zingen, totdat de nacht gilde. Het geluid deed pijn aan de oren, maar Richard zorgde ervoor dat het niet verzwakte. Hij riep het op. Merissa keerde zich af en sloeg haar handen voor haar oren terwijl de lucht weergalmde met het gehuil van de *jabree*.
Het koepelvormige schild onder hen trilde en gloeide naarmate het heviger ging schokken. Er verschenen glinsterende barsten, die over het oppervlak schoten. Met een oorverdovende knal sprong het schild; scherfjes ervan regenden als gloeiend glas neer op het zwembad en doofden tijdens hun val.
De *jabree* zweeg en de nacht was weer stil.
Onder hen bewoog een kolos, die zichzelf schuddend ontdeed van de slierten onkruid en troep. Vleugels werden gespreid om hun kracht uit te testen, en toen rees de koningin met krampachtige vleugelslagen op in de lucht. Met een moeizaam geklapper van haar vleugels kwam ze omhoog tot de rand van de koepel terwijl ze met haar klauwen naar het steen griste en greep om zich vast te houden. Ze vouwde haar zojuist beproefde vleugels gedeeltelijk in en begon in de stenen toren te klimmen waar Richard en Merissa op stonden. Met zekere, langzame, krachtige halen trok ze haar glinsterende massa langs de zuil omhoog, waarbij haar klauwen houvast vonden in de barsten, spleten en scheuren in het steen.
Uiteindelijk klom ze niet verder en bleef naast Richard in de pilaar hangen als een salamander met klauwen die zich vastklemt aan een glibberige boomstam. In het heldere maanlicht zag Richard dat ze net zo rood was als Merissa's jurk. Eerst dacht Richard dat hij een rode draak zag, maar toen hij beter keek, kon hij de verschillen zien.
Haar voor- en achterpoten waren gespierder dan die van een draak, en met kleinere schubben overdekt, net als bij mriswith. Over de hele lengte van haar ruggengraat, vanaf het puntje van haar staart tot aan een groepje stekels achter haar kop, stond een hoge rij van in elkaar grijpende platen. Bovenop haar kop, onderaan een paar lange, buigzame stekels, had ze een uitsteeksel dat getooid was met rijen vlees zonder schubben en dat af en toe trilde als ze uitademde.
De kop van de koningin draaide met rukjes in het rond, kijkend, zoekend. Haar vleugels ontvouwden zich en klapperden langzaam in de nachtlucht. Ze wilde iets.

'Wat zoek je?' vroeg Richard.
Ze wendde haar kop naar hem toe en blies een ademtocht uit die hem met een vreemde geur omgaf. Op een of andere manier voelde hij haar behoefte nu beter; de geur had een betekenis die hij begreep: 'Ik wil naar deze plek gaan.'
Toen draaide ze haar kop naar de duisternis aan de andere kant van de pilaren. Ze ademde uit en gaf een langgerekt, laag, vibrerend, rommelend geluid dat door de lucht leek te trillen. Richard kon zien dat ze lucht uitblies door de vlezige linten op haar kop. Ze wapperden toen zij blies om het geluid te maken. Met de bedwelmende geur nog in zijn neusgaten keek hij naar het donkere stuk nacht voor de toren.
De lucht schemerde en werd lichter toen er een beeld voor hem begon te verschijnen. De koningin blies weer, en het beeld werd duidelijker. Het was een landschap dat Richard herkende: het was Aydindril, alsof hij het door een vreemde, okerkleurige mist zag. Richard zag de gebouwen van de stad, het Paleis van de Belijdsters en, toen ze weer blies, waardoor het beeld dat in de nachtlucht voor hem zweefde nog helderder werd, de Tovenaarsburcht die er op de bergwand bovenuit torende. Ze draaide haar kop weer naar hem toe en blies opnieuw een geur uit, maar die was anders dan de eerste. Deze betekende: 'Hoe kom ik daar?'
Richard grinnikte van verbazing dat hij door middel van geuren begreep wat ze bedoelde. Hij grinnikte ook omdat hij wist dat hij haar kon helpen.
Hij stak zijn arm uit en er schoot een lichtstraal uit die de sliph verlichtte. 'Daar. Zij zal je brengen.'
De koningin sloeg met haar vleugels terwijl ze uit de zuil sprong en toen ze ver genoeg van het steen was verwijderd, spreidde ze ze uit om naar beneden te zweven, naar de sliph. De koningin kon niet erg goed vliegen, begreep Richard; ze kon haar vleugels gebruiken als hulpmiddel, maar ze kon niet naar Aydindril vliegen. Ze had hulp nodig om daar te komen. De sliph sloeg haar hand al om de koningin, terwijl die haar vleugels vouwde. Het kwikzilver nam haar op en de rode koningin was verdwenen.
Richard stond glimlachend te genieten van de *jabree* die in zijn hand zong en door zijn botten zoemde.
'Ik zie je beneden wel weer, Richard,' zei Merissa. Hij voelde dat ze hem plotseling in zijn nek bij zijn overhemd greep, en hem met de kracht van haar Han van de toren af gooide.
Instinctmatig stak Richard zijn handen uit en hij slaagde er net in de rand van de opening van de koepel vast te grijpen toen hij daarlangs kwam. Hij hing aan zijn vingers en zijn voeten bungelden boven een afgrond van minstens dertig meter. Zijn *jabree* kletterde neer op de stenen

ver onder hem. Overvallen door een groeiende paniek, had hij het gevoel dat hij wakker werd in een nachtmerrie.

Het lied was verdwenen. Zonder de *jabree* was zijn geest plotseling verrassend wakker. Hij huiverde van angst toen hij besefte hoe geraffineerd de verleiding was geweest en wat die met hem had gedaan.

Merissa boog zich voorover, zag hem daar hangen en schoot een vuurflits op hem af. Hij zwaaide zijn voeten opzij, en de vlammen misten hem net. Hij wist dat ze niet twee keer dezelfde fout zou maken.

Richard tastte als een bezetene onder de rand van de koepel naar iets wat hij kon vastgrijpen. Zijn vingers vonden een gecanneleerde gewelfboog. Met de wanhopige noodzaak om aan Merissa te ontsnappen greep hij die beet en zwaaide hij onder de koepel terwijl een volgende vuurflits langs hem schoot en in het donkere water onder hem ontplofte, waardoor er slierten vuil de lucht in werden geslingerd.

Geleidelijk begon hij zich langs de boog naar beneden te werken, voortgedreven door angst, niet alleen voor Merissa maar ook voor de hoogte. Merissa rende naar de trap. Naarmate hij lager kwam, werd de boog steiler om dicht bij de rand van de koepel bijna verticaal te worden.

Terwijl hij kreunde van inspanning en zijn vingers pijn deden, werd Richard overspoeld door schaamte. Hoe had hij zo dom kunnen zijn? Waar was zijn verstand geweest? Toen drong de waarheid ziekmakend tot hem door.

De mriswith-cape.

Hij herinnerde zich Berdine, die naar buiten was gerend met Kolo's dagboek in haar hand en naar hem had geroepen dat hij de cape moest afdoen. Hij herinnerde zich dat hij in het dagboek had gelezen dat niet alleen zij, maar ook hun vijanden magische voorwerpen hadden gecreëerd die de noodzakelijke veranderingen bewerkstelligden om mensen bepaalde eigenschappen te verlenen, bijvoorbeeld kracht en uithoudingsvermogen, of het vermogen om een lichtstraal samen te brengen tot een vernietigende stip, of om grote afstanden te overzien, zelfs in het donker. De mriswith-cape moest een van die voorwerpen zijn, gebruikt om tovenaars het vermogen te geven om onzichtbaar te worden. Kolo had gezegd dat veel van de wapens die ze ontwikkelden vreselijk mislukt waren. Het kon ook zijn dat de mriswith door de vijand ontwikkeld waren. Goede geesten, wat voor problemen had hij veroorzaakt? Wat had hij gedaan? Hij moest de cape uittrekken. Berdine had geprobeerd hem te waarschuwen.

De Derde Wet van de Magie: hartstocht beheerst rede. Hij had zo hartstochtelijk geprobeerd bij Kahlan te komen dat hij zijn rede niet had gebruikt en niet naar Berdines waarschuwing had geluisterd. Hoe kon hij de Orde nu nog tegenhouden? Zijn domheid had hun geholpen.

Richard spande zich in om de boog vast te houden terwijl die bijna verticaal werd. Nog drie meter.
Merissa verscheen in een deuropening. Hij zag een vuurflits door de ruimte vliegen. Hij liet los en viel, terwijl hij wenste dat hij sneller kon vallen. De harde klap van de flits deed pijn aan zijn oren toen die gevaarlijk dicht langs zijn hoofd suisde. Hij moest aan haar ontsnappen. Hij moest rennen.
'Ik heb je aanstaande bruid ontmoet, Richard.'
Richard bleef als aan de grond genageld staan. 'Waar is ze?'
'Kom te voorschijn, dan zullen we erover praten. Ik zal je precies vertellen hoe ik ga genieten van haar gegil.'
'Waar is ze!'
Merissa's lach echode door de koepel. 'Hier, mijn leerling. Hier in Tanimura.'
Razend vuurde Richard een vuurflits af. Die verlichtte de ruimte en denderde naar de plek waar hij haar het laatst had gezien. Steengruis dat een rookspoortje naliet, dwarrelde door de lucht. Hij vroeg zich vaag af hoe hij dat had gedaan. Behoefte.
'Waarom! Waarom wil je haar kwaad doen?'
'O, Richard, ik wil háár niet speciaal kwaad doen, maar jou. Haar pijn zal jou pijn doen; zo eenvoudig is het. Zij is alleen maar een middel om jou te laten bloeden.'
Richard keek naar de gangen. 'Waarom wil je mij laten bloeden?'
Nadat hij de vraag had gesteld, dook hij weg en rende hij naar een gang.
'Omdat jij alles hebt bedorven. Jij hebt mijn meester weer opgesloten in de onderwereld. Ik zou mijn beloning krijgen. Ik zou onsterfelijk worden. Ik heb mijn aandeel geleverd, maar jij hebt het bedorven.'
Een kronkelende flits van zwarte bliksem sneed een gat dwars door een muur heen, vlak naast hem. Ze gebruikte Subtractieve Magie. Ze was een tovenares met onvoorstelbare macht, en ze wist waar hij was: ze kon hem voelen. Waarom miste ze hem dan?
'Maar wat nog erger is,' zei ze terwijl ze sierlijk met een vinger tegen de gouden ring in haar onderlip tikte. 'Door jou moet ik dat varken Jagang dienen. Je hebt geen idee van de dingen die hij me heeft aangedaan. Je hebt geen idee van de dingen die hij me dwingt te doen. En dat allemaal door jou! Allemaal door jou, Richard Rahl! Maar ik zal je laten boeten. Ik heb gezworen dat ik in je bloed zal baden, en dat zal ik doen.'
'En Jagang dan? Je zult hem kwaad maken als je me doodt.'
Er brak een brand achter hem uit, en hij rende naar de volgende zuil.
'Integendeel. Nu je gedaan hebt wat je moest doen, heb je geen nut meer voor de droomwandelaar. Als beloning mag ik je uit de weg ruimen zoals ik dat wil, en ik heb wel een paar ideeën.'

Richard besefte dat hij op deze manier niet aan haar zou kunnen ontkomen. Als hij achter een muur stond, zou ze hem nog steeds voelen met haar Han.
Hij dacht weer aan Berdine, en juist toen hij zijn hand omhoogstak en de mriswith-cape vastgreep om hem van zijn rug te trekken, bedacht hij zich. Merissa zou hem niet kunnen zien met haar Han als hij gehuld was in de magie van de cape. Maar de magie van de cape was de kracht die de mriswith creëerde.
Kahlan was een gevangene. Merissa zei dat haar pijn hem pijn zou doen. Hij kon hun niet toestaan Kahlan kwaad te doen. Hij had geen keuze.
Hij sloeg de cape om zich heen en verdween.

48

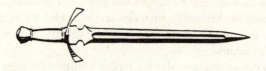

'Dat was het laatste, zoals beloofd.'
Verna keek in de ogen van een vrouw die ze honderdvijftig jaar had gekend. Ze was diep bedroefd. Niet goed genoeg gekend.
Er waren er velen die ze niet goed genoeg had gekend.
'Wat wil Jagang met het Paleis van de Profeten?'
'Hij heeft niet meer macht dan een gewone sterveling, afgezien van zijn vermogen in dromen te wandelen.' Leoma's stem beefde, maar ze ging verder. 'Hij gebruikt anderen, vooral mensen met de gave, om te bereiken wat hij wil. Hij zal onze kennis gebruiken om de vertakkingen van de profetieën te onthullen die hem de overwinning zullen brengen, en er dan voor zorgen dat de juiste actie wordt ondernomen om de wereld in de richting van die vertakking te krijgen.

Het is een zeer geduldig man. Het heeft hem bijna twintig jaar gekost om de Oude Wereld te veroveren, en al die tijd heeft hij zijn bekwaamheid vervolmaakt, de geesten van anderen afgetast en de informatie verzameld die hij nodig had.

Hij is niet alleen van plan de profetieën in de kluizen te gebruiken, maar hij wil ook in het Paleis van de Profeten gaan wonen. Hij weet af van de bezwering; hij heeft hier mannen gestationeerd bij wijze van proef, om zich ervan te verzekeren dat ze voor mensen zonder de gave werkt, en dat er geen schadelijke neveneffecten zijn. Hij gaat hier wonen en de verovering van de rest van de wereld, met behulp van de profetieën, van hieruit leiden.

Als hij al het land in handen heeft, zal hij honderden en honderden jaren lang de heerschappij over de wereld voeren en genieten van wat zijn tirannie hem heeft opgeleverd. Volgens hem heeft niemand ooit nog maar van zoiets groots gedroomd, laat staan het volbracht. Nooit zal een heerser dichter bij onsterfelijkheid komen.'
'Wat kun je me verder nog vertellen?'

Leoma wrong haar handen. 'Niets. Ik heb je alles verteld. Laat je me gaan, Verna?'
'Kus je ringvinger en smeek de Schepper om vergeving.'
'Wat?'
'Verloochen de Wachter. Het is je enige kans, Leoma.'
Leoma schudde haar hoofd. 'Dat kan ik niet doen, Verna. Dat doe ik niet.'
Verna kon geen tijd verspillen. Zonder verder een woord te zeggen of er iets tegenin te brengen, greep ze haar Han. Er leek licht vanuit Leoma's ogen te schijnen en ze viel dood neer.
Verna sloop zachtjes naar de andere kant van de lege hal, naar de kamer van Zuster Simona. Met een gevoel van vreugde omdat ze vrijelijk over haar Han kon beschikken, schakelde ze het schild uit. Voorzichtig klopte ze, om haar niet te laten schrikken, en toen deed ze de deur open. Ze hoorde Simona naar de verste hoek hollen.
'Simona, ik ben het, Verna. Niet bang zijn, lieverd.'
Simona gaf een angstige kreet. 'Hij komt! Hij komt!'
Verna maakte met haar Han een lichtje in haar handpalm. 'Ik weet het. Je bent niet gek, Zuster Simona. Hij komt inderdaad.'
'We moeten ontsnappen! We moeten ervandoor,' jammerde ze. 'O, alstublieft, we moeten ervandoor voordat hij hier aankomt. Hij komt in mijn dromen en tergt me. Ik ben zo bang.' Ze begon haar ringvinger te kussen.
Verna nam de trillende vrouw in haar armen. 'Simona, luister goed naar me. Ik weet een manier om je te redden van de droomwandelaar. Ik kan zorgen dat je veilig bent. We kunnen ontsnappen.'
De vrouw bedaarde en keek met knipperende ogen op naar Verna. 'Gelooft u me?'
'Ja. Ik weet dat je de waarheid zegt. Maar jij moet mij ook geloven als ik je naar waarheid zeg dat ik een soort magie ken die je zal beschermen tegen de droomwandelaar.'
Simona veegde de tranen van haar vuile wang. 'Is dat echt mogelijk? Hoe kan dat?'
'Herinner je je Richard? Die jongeman die ik mee terugbracht?'
Simona knikte met een glimlach terwijl ze dicht tegen Verna aan kroop. 'Wie zou Richard kunnen vergeten? Problemen en wonderen ineen.'
'Luister. Behalve de gave, heeft Richard een magie die hij van zijn voorouders heeft geërfd, die tegen de oorspronkelijke droomwandelaars hebben gevochten. Het is een magie die hem beschermt tegen de droomwandelaars. Ze beschermt bovendien iedereen die trouw aan hem zweert, die in elk opzicht loyaal aan hem is. Dat was de reden dat de bezwering ooit is uitgesproken, om de droomwandelaars te bestrijden.'

Haar ogen werden groot. 'Dat kan niet mogelijk zijn... Dat enkel loyaliteit magie verleent.'
'Leoma heeft me opgesloten gehouden in een kamer aan de andere kant van de hal. Ze heeft me een halsband omgedaan en de pijnproef gebruikt om mijn wil te breken en me te dwingen Richard te verloochenen. Ze vertelde me dat de droomwandelaar in mijn dromen bij me wilde komen, zoals hij bij jou doet, maar dat mijn trouw aan Richard dat verhinderde. Het werkt, Simona. Ik weet niet hoe, maar het werkt. Ik ben beschermd tegen de droomwandelaar. Dat kun jij ook zijn.'
Zuster Simona veegde pieken grijs haar uit haar gezicht. 'Verna, ik ben niet gek. Ik wil die halsband van mijn nek. Ik wil ontkomen aan de droomwandelaar. We moeten ontsnappen. Wat wil je dat ik doe?'
Verna greep de kleine vrouw steviger vast. 'Zul je ons helpen? Zul je de rest van de Zusters van het Licht ook helpen ontsnappen?'
Simona bracht haar gebarsten lippen naar haar ringvinger. 'Op mijn eed aan de Schepper.'
'Leg dan ook een eed op Richard af. Je moet je aan hem binden.'
Simona schoof achteruit en knielde met haar voorhoofd tegen de vloer. 'Ik zweer trouw aan Richard. Ik zweer bij mijn leven, op mijn hoop in de volgende wereld door de Schepper beschermd te worden.'
Verna spoorde Simona aan rechtop te gaan zitten. Ze legde haar handen aan weerszijden tegen de Rada'Han en liet haar Han erin stromen, zich ermee verenigen; de kamer gonsde van de inspanning. De halsband knapte en viel op de grond.
Simona gaf een verheugde kreet en omhelsde Verna. Verna sloeg haar armen stevig om haar heen; ze wist hoe heerlijk het was om van de Rada'Han te worden bevrijd.
'Simona, we moeten gaan. We hebben veel te doen, en niet veel tijd. Ik heb je hulp nodig.'
Simona veegde haar tranen weg. 'Ik ben klaar. Dank u, Priores.'
Bij de deur met de grendel die door het complexe web op zijn plaats werd gehouden, gebruikten Verna en Simona hun Han samen. Het web was door drie Zusters gemaakt, en hoewel Verna diezelfde macht had, zou het niet gemakkelijk zijn om het te verwijderen. Met de hulp van Simona gleed het web gemakkelijk weg.
De twee bewakers voor de deur schrokken verrast op toen ze de vuile gevangenen zagen. Speren werden geheven.
Verna herkende een van de bewakers. 'Walsh, je kent me, laat die speer zakken.'
'Ik weet dat u veroordeeld bent als Zuster van de Duisternis.'
'Ik weet dat je dat niet gelooft.'
De speerpunt was gevaarlijk dicht bij haar gezicht. 'Waarom denkt u dat?'

'Omdat ik je, als het waar zou zijn, gewoon gedood zou hebben om te ontsnappen.'
Hij zweeg even en dacht erover na. 'Ga verder.'
'We zijn in oorlog. De keizer wil de wereld in zijn greep krijgen. Hij gebruikt de ware Zusters van de Duisternis, zoals Leoma en de nieuwe Priores, Ulicia. Je kent hen, en je kent mij. Wie geloof je?'
'Eh... Ik weet het niet zeker.'
'Laat me het dan duidelijker uitdrukken. Je herinnert je Richard?'
'Natuurlijk. Hij is een vriend.'
'Richard is in oorlog met de Imperiale Orde. Het is tijd voor jou om een kant te kiezen. Je moet hier en nu beslissen waar je loyaliteit ligt. Richard of de Orde.'
Hij perste zijn lippen op elkaar terwijl hij een geestelijke strijd streed. Ten slotte bonkte de punt van zijn speer op de grond. 'Richard.'
De ogen van de andere bewaker schoten heen en weer tussen Walsh en Verna. Plotseling stootte hij zijn speer naar voren en riep: 'De Orde!'
Verna had haar Han al stevig vast. Voordat de punt haar raakte, werd de man met zo'n kracht naar achteren geblazen dat zijn hoofd openspleet toen hij de muur raakte. Hij zakte ineen op de grond, dood.
'Ik geloof dat ik de juiste keuze heb gemaakt,' zei Walsh.
'Dat heb je inderdaad. We moeten de echte Zusters van het Licht en de loyale jonge tovenaars ophalen en onmiddellijk zorgen dat we hier wegkomen. Er is geen moment te verliezen.'
'Laten we gaan,' zei Walsh, en hij wees met zijn speer in de richting die ze in moesten slaan.
Buiten, in de warme nacht, zat een magere gestalte op een bank vlakbij. Toen ze hen herkende, sprong ze op.
'Priores!' fluisterde ze met tranen in haar ogen van vreugde.
Verna omhelsde Millie zo stevig dat de oude vrouw piepend smeekte om losgelaten te worden. 'O, Priores, vergeef me de vreselijke dingen die ik heb gezegd. Ik meende er geen woord van, dat zweer ik.'
Verna, die bijna in tranen was, drukte de vrouw opnieuw tegen zich aan en kuste haar wel tienmaal op haar voorhoofd. 'O, Millie, dankjewel. Jij bent het beste dat de Schepper heeft gemaakt. Ik zal nooit vergeten wat je voor me hebt gedaan, voor de Zusters van het Licht. Millie, we moeten ontsnappen. De keizer zal het paleis innemen. Kom je met ons mee, alsjeblieft, zodat je veilig zult zijn?'
Millie haalde haar schouders op. 'Ik? Een oude vrouw? Op de vlucht voor moordlustige Zusters van de Duisternis en magische monsters?'
'Ja. Alsjeblieft?'
Millie grinnikte in het maanlicht. 'Het klinkt leuker dan vloeren schrobben en po's legen.'

'Goed, luister dan allemaal naar me, we...'
Er stapte een grote schaduw achter de hoek van het gebouw vandaan. Iedereen bleef roerloos en zwijgend staan terwijl de gestalte naderbij kwam.
'Zo, Verna, het lijkt erop dat je je weg naar buiten hebt gevonden. Ik dacht wel dat je dat zou lukken.' Ze kwam dichterbij, zodat ze haar konden zien. Het was Zuster Philippa, Verna's andere adviseuse. Ze kuste haar ringvinger. Philippa's kleine mond verbreedde zich tot een glimlach. 'De Schepper zij dank. Welkom terug, Priores.'
'Philippa, we moeten de Zusters vannacht hier weg krijgen, voordat Jagang aankomt, of we zullen gevangen worden genomen en gebruikt worden.'
'Wat staat ons te doen, Priores?' vroeg Zuster Philippa.
'Luister allemaal goed. We moeten ons haasten, en we moeten uiterst voorzichtig zijn. Als we betrapt worden, zullen we allemaal in een halsband eindigen.'

Richard was buiten adem van zijn vlucht uit de Hagenwouden, dus hij verlaagde zijn tempo tot een sukkeldrafje, zodat hij bij kon komen. Hij zag Zusters rondhangen op het terrein van het paleis, maar ze zagen hem niet. Hoewel hij in de mriswith-cape was gehuld, kon hij niet het hele paleis afzoeken: dat zou dagen kosten. Hij moest erachter komen waar Kahlan, Zedd en Gratch werden vastgehouden, zodat hij kon terugkeren naar Aydindril. Zedd zou wel weten wat er gedaan moest worden. Zedd zou hem waarschijnlijk woedend de les lezen om zijn domheid, maar dat verdiende Richard. Zijn maag trok samen als hij dacht aan de problemen die hij had veroorzaakt. Hij kon het zelfs niet aan zijn intelligentie toeschrijven dat zijn onbezonnen daden niet in zijn eigen dood hadden geresulteerd. Hoeveel levens had hij in gevaar gebracht door zijn roekeloze acties?
Kahlan zou waarschijnlijk razend op hem zijn. En waarom ook niet? Richard huiverde als hij dacht aan de reden dat de mriswith naar Aydindril gingen. Hij voelde hevige angst voor zijn vrienden daar. Misschien zochten de mriswith alleen maar een nieuwe woonplaats, net als ze hier in de Hagenwouden hadden, en zouden ze daar blijven en zich alleen met zichzelf bemoeien. Een stemmetje binnenin hem lachte hem uit om die hoopvolle gedachte. Hij moest maken dat hij terugkwam in Aydindril. Houd op met nadenken over het probleem, berispte hij zichzelf. Denk liever na over een oplossing.
Eerst zou hij zijn vrienden hier wegkrijgen, en dan zou hij zich zorgen gaan maken over de rest.
Het was raadselachtig dat Kahlan, Zedd en Gratch gevangen gehouden

werden in het paleis, maar hij twijfelde niet aan wat Merissa hem had verteld: ze had gedacht dat hij haar niet meer kon ontsnappen, en had dus geen reden gehad om te liegen. Hij begreep niet waarom de Zusters van de Duisternis hun vangst zouden verbergen op een plek waar dat gevaar voor hen zou kunnen opleveren.

Richard bleef staan. Een klein groepje mensen stak in het maanlicht het gazon over. Hij kon niet zien wie het waren en stond op het punt om te gaan kijken, maar besloot toen dat zijn eerste gedachte juist was geweest: hij moest met Ann praten. De Priores zou hem kunnen helpen. Afgezien van Priores Annalina en Zuster Verna wist hij niet welke Zusters hij kon vertrouwen. Hij wachtte totdat de mensen in een overdekte gang verdwenen waren voordat hij verder liep.

Toen hij het paleis maanden geleden had verlaten, wist hij dat er nog Zusters van de Duisternis onder de tovenaressen hier konden zijn, en dat moesten degenen zijn die Kahlan opgesloten hielden, maar hij wist niet wie het waren. Hij kon op zoek gaan naar Verna, maar hij wist niet waar ze zou kunnen zijn. Hij wist wel waar hij de Priores kon vinden, dus daar zou hij mee beginnen.

Als het moest, zou hij het Paleis van de Profeten steen voor steen afbreken om Kahlan en zijn vrienden te vinden, maar hij wilde niet nogmaals de Derde Wet van de Magie overtreden, en besloot dat hij deze keer in elk geval zou beginnen met rede in plaats van hartstocht.

Goede geesten, waar hield de een op en begon de ander?

Bij het buitenste hek van het perceel van de Priores stond Kevin Andellmere op wacht. Richard kende Kevin en was er vrij zeker van dat hij te vertrouwen was. 'Vrij zeker' was niet genoeg, dus Richard hield de mriswith-cape dicht om zich heen en sloop langs Kevin het terrein op. In de verte hoorde Richard het rauwe lachen van een paar mannen die over een pad aan kwamen lopen, maar ze waren nog een eind weg.

Richard kende de vroegere administratrices van de Priores. Een was er gedood toen de ander, Zuster Ulicia, de Priores had aangevallen. Na de aanval waren Zuster Ulicia en vijf andere Zusters van de Duisternis gevlucht aan boord van het schip de *Vrouwe Sefa*. De bureaus voor het kantoor van de Priores waren nu leeg.

Er was niemand in de hal of in het kantoor van de administratrices, en de deur naar het kantoor van de Priores stond open, dus Richard liet de mriswith-cape openvallen en verbrak zijn concentratie. Hij wilde dat Ann hem herkende.

In het maanlicht dat door de dubbele deuren achterin de donkere kamer scheen, kon Richard voldoende van haar silhouet zien om te constateren dat ze in haar stoel bij de tafel zat. Hij zag in het zwakke licht dat haar hoofd naar voren hing. Ze was blijkbaar ingedut.

'Priores,' zei hij zacht, om haar niet te laten schrikken. Ze bewoog, haar hoofd kwam een beetje omhoog en ze tilde haar hand op. 'Ik moet met u praten, Priores. Ik ben het, Richard. Richard Rahl.'
Ze ontstak een lichtje in haar omhooggedraaide handpalm.
Zuster Ulicia keek glimlachend naar hem op. 'Kom je om te praten? Wat interessant. Nou, een praatje kan geen kwaad.'
Terwijl haar kwaadaardige grijns breder werd, deed Richard een stap naar achteren en tastte met zijn hand naar het gevest van zijn zwaard. Hij had geen zwaard.
Hij hoorde de deur achter zich dichtslaan.
Hij draaide zich om en zag vier van zijn leraressen: de Zusters Tovi, Cecilia, Armina en Merissa. Toen ze naderbij kwamen, zag hij dat ze allemaal een ringetje in hun onderlip hadden. Alleen Nicci was er niet. Ze grijnsden allemaal als hongerige kinderen die naar een beloning van snoep kijken nadat ze drie dagen hebben gevast.
Richard voelde de behoefte in zijn binnenste ontbranden.
'Voordat je domme dingen gaat doen, Richard, kun je beter eerst luisteren, anders zul je ter plekke dood neervallen.'
Hij zweeg en keek naar Merissa. 'Hoe kun je eerder hier geweest zijn dan ik?'
Ze trok een wenkbrauw boven een donker, boosaardig oog op. 'Ik ben te paard teruggekomen.'
Richard wendde zich weer tot Ulicia. 'Dit is allemaal opgezet, hè? Jullie hebben me in de val laten lopen.'
'Zeker, m'n jongen, en jij hebt je rol uitstekend vertolkt.'
Hij wees achter zich naar Merissa terwijl hij tegen Ulicia sprak. 'Hoe wist je dat ik zou overleven toen ze me van die toren duwde?'
Ulicia's glimlach verdween en ze wierp Merissa een donkere blik toe. Richard besefte toen hij die blik zag, dat Merissa haar instructies niet had gevolgd.
Ulicia keek weer naar Richard. 'Waar het om gaat is dat je hier bent. Nu wil ik dat je kalmeert, anders zouden er gewonden kunnen vallen; jij mag dan met beide zijden van de gave geboren zijn, wij hebben ook de beschikking over beide soorten magie. Zelfs als je erin zou slagen er een of twee van ons te doden, zou je ons nooit allemaal te pakken kunnen krijgen, en dan zal Kahlan sterven.'
'Kahlan...' Richard keek dreigend op haar neer. 'Ik luister.'
Ulicia vouwde haar handen. 'Kijk, Richard, je hebt een probleem. Gelukkig voor jou hebben wij ook een probleem.'
'Wat voor probleem?'
Haar blik verhardde door de gedachte aan de verre dreiging. 'Jagang.'
De anderen liepen om de tafel heen om naast Ulicia te gaan staan. Geen

van hen glimlachte nog. De haat in hun ogen bij de naam Jagang, zelfs in die van de vriendelijk lijkende Tovi en Cecilia, zag eruit alsof hij steen kon verbranden.
'Zie je, Richard, het is bijna bedtijd.'
Richard fronste zijn voorhoofd. 'Wat?'
'Jij krijgt geen bezoekjes van keizer Jagang in je dromen. Wij wel. Hij begint een probleem voor ons te worden.'
Richard kon horen hoe ze haar stem onder controle hield. Deze vrouw wilde meer dan het leven zelf.
'Problemen met de droomwandelaar, Ulicia? Nou, ik weet van niets. Ik slaap als een roos.'
Richard merkte het meestal als mensen met de gave hun Han aanraakten; hij kon het voelen of het in hun ogen zien. De lucht om deze vrouwen heen knetterde letterlijk. Er leek genoeg kracht achter al die ogen opgeslagen te liggen om een berg te doen smelten. Blijkbaar was dat niet voldoende. Een droomwandelaar moest wel een ontzagwekkende tegenstander zijn.
'Goed, Ulicia, laten we ter zake komen. Ik wil Kahlan, en jij wilt iets. Wat is het?'
Ulicia betastte de ring door haar lip terwijl ze haar blik van zijn ogen afwendde. 'Dit moet absoluut besloten worden voordat we gaan slapen. Ik heb mijn Zusters nog maar net verteld van het plan dat ik verzonnen heb. We konden Nicci niet vinden om haar er ook bij te betrekken. Als we gaan slapen voordat dit is beslist, en iemand van ons droomt ervan...'
'Beslist? Ik wil Kahlan. Vertel me maar wat jullie willen.'
Ulicia schraapte haar keel. 'Wij willen trouw aan jou zweren.'
Richard staarde haar aan, niet in staat met zijn ogen te knipperen. Hij wist niet zeker of hij inderdaad had gehoord wat hij had gedacht te horen. 'Jullie zijn allemaal Zusters van de Duisternis. Jullie kennen me, en jullie willen me allemaal doden. Hoe kunnen jullie jullie eed aan de Wachter verbreken?'
Ulicia's ijzeren blik richtte zich weer op hem. 'Ik zei niet dat we dat wilden. Ik zei dat we trouw aan jou wilden zweren, in deze wereld, de wereld van het leven. Ik geloof niet dat die twee dingen, in het geheel bezien, onverenigbaar zijn.'
'Niet onverenigbaar! Je bent nog gek ook!'
Haar ogen kregen een onheilspellende uitdrukking. 'Wil je sterven? Wil je dat Kahlan sterft?'
Richard deed zijn best zijn voortrazende gedachtestroom tot bedaren te brengen. 'Nee.'
'Wees dan stil en luister. Wij hebben iets dat jij wilt hebben. Jij hebt iets dat wij willen hebben. Ieder van ons heeft voorwaarden. Jij bijvoorbeeld

wilt Kahlan hebben, maar je wilt haar gezond en wel. Klopt dat?'
Richard beantwoordde de onheilspellende blik met een vergelijkbare. 'Je weet dat dat klopt. Maar waarom denk je dat ik een pact met jou zou sluiten? Jij hebt geprobeerd Priores Annalina te doden.'
'Niet alleen geprobeerd, ik ben erin geslaagd.'
Richard sloot zijn ogen en kreunde. 'Je geeft toe dat je haar hebt vermoord, en dan verwacht je dat ik erop vertrouw...'
'Mijn geduld raakt op, jongeman, en de tijd van je aanstaande bruid ook. Als je haar hier niet wegkrijgt voordat Jagang aankomt, kan ik je verzekeren dat er geen hoop is dat je haar ooit nog zult zien. Je hebt geen tijd om te zoeken.'
Richard slikte. 'Goed. Ik luister.'
'Jij hebt de poort van de Wachter naar deze wereld weer op slot gedaan. Jij hebt de plannen gedwarsboomd die we hadden uitgestippeld. Daarmee heb je de macht van de Wachter in deze wereld verminderd en het evenwicht tussen hem en de Schepper hersteld. In het evenwicht dat jij hebt gecreëerd, neemt Jagang zijn maatregelen om de wereld voor zichzelf in te nemen.
Hij heeft ons ook ingenomen. Hij kan bij ons komen wanneer hij maar wil. Wij zijn zijn gevangenen, waar we ook zijn. Hij heeft ons laten merken wat een onaangename overweldiger hij kan zijn. We kunnen maar op één manier aan hem ontsnappen.'
'Je bedoelt door je aan mij te binden.'
'Ja. Als we doen wat Jagang ons zegt, blijven we bij hem in de gratie, zogezegd. Hoewel het... onaangenaam is, blijven we dan tenminste leven. We willen leven.
Als we trouw aan jou zweren, kunnen we de greep waarin Jagang ons heeft, verbreken en ontsnappen.'
'Je bedoelt dat je hem wilt doden,' merkte Richard op.
Ulicia schudde haar hoofd. 'We willen zijn gezicht nooit meer zien. Het maakt ons niet uit wat hij doet, als wij maar uit zijn klauwen zijn.
Ik zal eerlijk tegen je zijn. We zullen ons werk hervatten om onze Meester, de Wachter, aan de macht te brengen. Als we daarin slagen, worden we beloond. Ik weet niet of we kunnen slagen, maar dat is het risico dat je zult moeten lopen.'
'Hoe bedoel je, dat is het risico dat ik zal moeten lopen? Als je aan mij gebonden bent, moet je aan mijn doelstellingen werken: de Wachter en de Imperiale Orde bestrijden.'
Ulicia's lippen plooiden zich in een listige glimlach. 'Nee, m'n jongen. Ik heb hier heel goed over nagedacht. Dit is mijn aanbod: wij zweren trouw aan jou, jij vraagt ons waar Kahlan is, en dat vertellen we je. In ruil daarvoor kun je verder niets van ons vragen en moet je ons toestaan

onmiddellijk te vertrekken. Jij zult ons niet meer zien, en wij jou niet.'
'Maar als jullie ernaar streven de Wachter te bevrijden, gaat dat tegen mij in, en doet dat de band geweld aan. Het zal niet werken!'
'Jij bekijkt het door jouw ogen. De bescherming die de band met jou biedt, wordt opgeroepen door de overtuiging van de persoon die die verbinding aangaat, doordat diegene doet wat hij of zij denkt dat vereist is om trouw te zijn.
Jij wilt de wereld innemen. Jij denkt dat dat in het voordeel van de mensheid is. Hebben alle mensen die je hebt geprobeerd aan jouw kant te krijgen, je altijd geloofd en zijn ze altijd gebleven om je te steunen? Of hebben sommigen je welwillende voorstellen gezien als iets anders, als misbruik, en zijn ze gevlucht uit angst voor jou?'
Richard herinnerde zich de mensen die Aydindril hadden verlaten. 'Ik geloof dat ik het wel enigszins begrijp, maar...'
'Wij zien loyaliteit niet door jouw morele filter; wij zien onze loyaliteit in het licht van onze eigen normen. Zolang we niets doen wat jou direct schaadt, schenden we voor ons gevoel, als Zusters van de Duisternis, onze loyaliteit niet, omdat jou niet schaden absoluut in jouw voordeel is.'
Richard plantte zijn vuisten op de tafel en boog zich naar haar. 'Jullie willen de Wachter bevrijden. Dat zal mij schaden.'
'Dat is maar hoe je het bekijkt, Richard. Wij willen macht, net als jij, in wat voor moraal jij je ambitie ook wenst in te bedden.
Onze pogingen zijn niet tegen jou gericht. Als wij uit naam van de Wachter zouden overwinnen, zou iedereen verslagen zijn, inclusief Jagang, dus dan maakt het niet uit of we als bijkomstigheid de bescherming van de band verliezen. Het past misschien niet in jouw zedenbesef, maar wel in het onze, en daardoor zal de band werken.
En wie weet, het zou zelfs kunnen dat er een wonder gebeurt en jij je oorlog tegen de Orde wint en Jagang doodt. Dan hebben we geen band meer nodig. We kunnen geduldig afwachten wat er gebeurt. Als je maar niet zo dom bent om terug te gaan naar Aydindril. Jagang zal het heroveren, en je kunt niets doen om hem tegen te houden.'
Richard ging rechtop staan en keek op haar neer terwijl hij probeerde er logisch over na te denken. 'Maar... dan zou ik jullie bevrijden om voor het kwaad te gaan werken.'
'Kwaad naar jouw normen. Het komt erop neer dat je ons een kans zou geven om het te proberen, maar dat betekent niet dat we zouden slagen. Hoe dan ook, het levert jou Kahlan op, en de kans om de Imperiale Orde tegen te houden, en onze pogingen om onze strijd te winnen te verijdelen. Je hebt ons in het verleden ook gedwarsboomd.
We krijgen er allemaal iets heel belangrijks voor terug. Wij onze vrijheid, en Kahlan de hare. Een eerlijke ruil, lijkt me.'

Richard stond zwijgend over dit krankzinnige aanbod na te denken, zo wanhopig was hij.

'Maar als jullie neerknielen en me jullie trouw bieden, jullie band, me dan vertellen waar Kahlan is, en er daarna vandoor gaan, zoals jullie voorstellen, wat heb ik dan voor zekerheid dat jullie me de waarheid hebben verteld over de verblijfplaats van Kahlan?'

Ulicia hield haar hoofd schuin en glimlachte sluw. 'Eenvoudig. Wij zweren en jij vraagt. Als we op een rechtstreekse vraag van jou liegen, is de band verbroken en vallen wij weer in de klauwen van Jagang.'

'En als ik mijn kant van de afspraak niet houd en nadat jullie me hebben verteld waar Kahlan is, nog iets van jullie vraag? Daar zou je dan aan moeten voldoen om gebonden te blijven en beschermd te blijven tegen Jagang.'

'Daarom maakt de voorwaarde van slechts één vraag, namelijk: waar is Kahlan?, deel uit van ons aanbod. Als je meer vraagt, zullen we je doden, net als wanneer je ons aanbod afslaat. Dan zullen we niet slechter af zijn dan nu. Jij sterft, en Jagang krijgt Kahlan om mee te doen wat hij wil, en ik kan je verzekeren dat hij dat zal doen. Hij heeft een zeer perverse smaak.' Haar blik ging naar de jonge vrouw naast haar. 'Vraag maar aan Merissa.'

Richard keek naar Merissa en zag het bloed wegtrekken uit haar gezicht. Ze trok haar rode jurk ver genoeg naar beneden om hem de bovenste helft van haar borsten te laten zien. Richard voelde het bloed wegtrekken uit zijn eigen gezicht. Hij wendde zijn blik af.

'Hij laat alleen mijn gezicht genezen. Van de rest geeft hij het bevel dat het zo moet blijven, voor zijn... vermaak. Dit is nog het minste dat hij me heeft aangedaan. Het allerminste,' zei Merissa met een ijskoude stem. 'Allemaal door jouw toedoen, Richard Rahl.'

Richard zag plotseling Kahlan voor zich met Jagangs ring door haar lip en die afgrijselijke littekens op haar lijf. Zijn knieën knikten.

Hij beet op zijn onderlip terwijl hij weer naar Ulicia keek. 'Jij bent geen Priores. Geef me haar ring.' Zonder aarzeling trok ze hem van haar vinger en gaf hem aan Richard. 'Jullie willen trouw zweren, ik mag vragen waar Kahlan is, jullie moeten me de waarheid vertellen, en dan gaan jullie weg?'

'Dat is ons aanbod.'

Richard zuchtte diep. 'Akkoord.'

Ulicia sloot haar ogen met een zucht van bevrijding nadat Richard de deur achter zich had dichtgetrokken. Hij had haast. Het kon haar niet schelen; ze had wat ze wilde. Ze ging slapen zonder bang te zijn dat Jagang zou komen in de droom die geen droom was.

Hun vijf levens voor een. Een koopje.
En ze had hem niet eens alles hoeven vertellen. Maar ze had hem meer moeten vertellen dan ze had gewild. Toch was het een koopje.
'Zuster Ulicia,' zei Cecilia met een zelfverzekerdheid in haar stem die er maandenlang niet was geweest, 'je hebt het onmogelijke gedaan. Je hebt Jagangs greep op ons verbroken. De Zusters van de Duisternis zijn vrij, en het heeft ons niets gekost.'
Ulicia ademde diep in. 'Daar zou ik niet zo zeker van zijn. We zijn zojuist een richting ingeslagen die niet in kaart is gebracht, door onbetreden gebied in een onbekend land. Maar voorlopig zijn we vrij. We moeten onze kans niet laten voorbijgaan. We moeten onmiddellijk vertrekken.'
Ze keek op toen de deur opensloeg.
Een grijnzende Kapitein Blake paradeerde het kantoor binnen. Twee meesmuilende matrozen liepen achter hem aan, en een hield zijn pas in om Armina in het voorbijgaan te kunnen betasten. Ze ondernam geen poging om hem af te weren.
Kapitein Blake bleef wankelend voor Ulicia staan. Hij legde zijn handen op de tafel en boog zich naar voren. Ze kon de alcohol in zijn adem ruiken terwijl hij haar verlekkerd aankeek.
'Zo, zo, liefje. Zo komen we elkaar weer tegen.'
Ulicia verraadde geen emotie. 'Inderdaad.'
Zijn begerige blik was te laag gericht om haar ogen te ontmoeten. 'De *Vrouwe Sefa* is net de haven binnengelopen, en wij eenzame zeelieden dachten dat we wel wat gezelschap voor de nacht konden gebruiken. De jongens hebben zo genoten van de vorige keer met jullie dat ze vonden dat we het nog maar eens moesten doen.'
Ze zette een schuchtere stem op. 'Ik hoop dat jullie van plan zijn aardiger voor ons te zijn dan de vorige keer.'
'Om je de waarheid te zeggen, liefje, zeiden de jongens juist dat ze dachten dat we niet alles hadden gedaan wat mogelijk was om ons te vermaken.' Hij boog zich nog wat verder naar haar over, stak zijn rechterhand uit, greep haar tepel beet en trok haar naar voren in haar stoel. Hij glimlachte om haar kreet. 'Voordat ik in een slechte bui raak, kunnen jullie hoeren er beter voor zorgen dat jullie als de donder op de *Vrouwe Sefa* terechtkomen, want daar kunnen we jullie donders goed gebruiken.'
Ulicia tilde haar vuist op en dreef een mes door de hand van de kapitein heen, waardoor die aan de tafel werd vastgepind. Ze raakte met een vinger van haar andere hand de ring in haar lip aan, en met een stroom Subtractieve Magie hield hij op te bestaan.
'Ja, Kapitein Blake, laten we allemaal naar de *Vrouwe Sefa* gaan en nog eens een intiem bezoekje brengen aan u en uw bemanning.'

Met een vuist vol Han sloeg ze hem achteruit, zodat het mes dat vast zat in de tafel zijn hand, die weggetrokken werd, in tweeën sneed. Een prop lucht vulde zijn mond toen hij die opendeed om te schreeuwen.

49

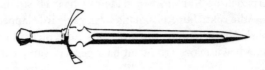

'Er gebeurt iets buiten,' fluisterde Adie. 'Dat moeten ze zijn.' Ze vestigde haar witte ogen op Kahlan. 'Weet je zeker dat je dit wilt doen? Ik wil wel, maar...'
'We moeten wel,' zei Kahlan terwijl ze een blik op het vuur wierp om zich ervan te vergewissen dat het nog hoog brandde. 'We moeten ontsnappen. Als we niet kunnen ontsnappen en we worden gedood, dan zal Richard niet meer hierheen worden gelokt om in hun val te lopen, en dan kan hij blijven waar hij is en met de hulp van Zedd de mensen van het Middenland beschermen.'
Adie knikte. 'Dan proberen we het.' Ze zuchtte. 'Ik weet dat ik gelijk heb dat ze het doet, maar ik weet niet waarom.'
Adie had haar verteld dat Lunetta iets heel vreemds deed: ze was voortdurend in haar kracht gehuld. Dat was zo'n uitzonderlijke inspanning, had Adie gezegd, dat je er een talisman bij nodig had die van magie was doordrongen. Bij Lunetta kon die talisman maar één ding zijn.
'Zoals je al zei, Adie, ook al weet je niet waarom, ze zou zoiets niet doen als het niet belangrijk was.'
Kahlan legde een vinger op haar lippen toen ze de vloer in de hal hoorde kraken. Adies grijs met zwarte halflange haar zwaaide heen en weer toen ze snel de lamp uitblies en achter de deur ging staan. Het vuur gaf nog steeds wat licht, maar de flakkerende vlammen wierpen dansende schaduwen, die alleen maar verwarrend zouden werken.
De deur ging open. Kahlan, die aan de andere kant van de deur stond als Adie, ademde diep in en verzamelde haar moed. Ze hoopte dat ze het schild hadden verwijderd, anders zouden ze zich een hoop moeilijkheden op de hals halen om niets.
De twee gedaantes stapten de kamer in. Ze waren het.
'Wat doe je hier, eng glibberig mannetje!' gilde Kahlan.
Brogan, en Lunetta achter hem, draaiden zich om naar Kahlan. Ze spoog hem in zijn ogen.

Met een rood aangelopen gezicht graaide hij naar haar. Kahlan schopte hem met haar laars tussen zijn benen. Toen hij een schreeuw gaf, stak Lunetta haar handen naar hem uit. Van achteren mepte Adie de gezette tovenares met een blok hout op haar hoofd.

Brogan wierp zich op Kahlan, worstelde met haar en stompte haar in haar ribben. Adie rukte Lunetta's mantel van gekleurde lappen van haar af toen ze viel. Het hele ding scheurde toen Adie, sterk door de wanhoop, de bijna bewusteloze vrouw uit haar gewaad van patchwork rolde.

Lunetta, die versuft en langzaam reageerde, gaf een schreeuw toen Adie zich omdraaide met haar buit en die in het bulderende vuur wierp.

Kahlan zag de gekleurde lapjes stof vlam vatten in de haard terwijl zij en Brogan op de grond vielen. Ze wierp hem over zich heen terwijl ze tegen de grond sloeg en rollend weer op haar voeten terechtkwam. Toen Brogan zich omdraaide om op te staan, schopte ze hem in het gezicht. Lunetta krijste van ellende. Kahlan hield haar blik op Brogan gevestigd: hij sprong op, en er stroomde bloed uit zijn neus. Voordat hij haar weer kon aanvallen, zag hij zijn zus achter Kahlan en versteende.

Kahlan wierp een snelle blik achter zich. Een vrouw klauwde wanhopig naar het vuur in een vergeefse poging de brandende lappen gekleurde stof te redden.

De vrouw was niet Lunetta.

Het was een aantrekkelijke, oudere vrouw in een wit hemd.

Kahlans ogen werden groot bij de aanblik. Wat was er met Lunetta gebeurd?

Brogan schreeuwde van woede. 'Lunetta! Hoe durf je een betovering te gebruiken waar anderen bij zijn! Hoe durf je magie te gebruiken om hun wijs te maken dat je mooi bent! Houd daar onmiddellijk mee op! Je smet is lelijk!'

'Heer Generaal,' jammerde ze, 'mijn schatten. Mijn schatten branden. Alstublieft, broeder, help me.'

'Jij smerige *streganicha*! Houd op, zeg ik je!'

'Dat kan ik niet,' huilde ze. 'Dat kan ik niet zonder mijn schatten.'

Met een snauw van woede smeet Brogan Kahlan opzij en hij rende naar het vuur. Hij tilde Lunetta bij haar haar op en gaf haar een stomp. Ze viel achterover en nam Adie in haar val mee.

Hij schopte zijn zus terwijl ze probeerde op te staan. 'Ik heb genoeg van jouw ongehoorzaamheid en je godslasterlijke smet!'

Kahlan pakte een blok hout en slingerde het naar hem toe, maar hij dook weg en het raakte alleen zijn schouders. Zijn vuist in haar buik dreef haar achteruit.

Kahlan snakte naar adem. 'Jij lelijk varken! Blijf van je mooie zus af!'

'Ze is lijp! Lijpe Lunetta!'
'Luister niet naar hem, Lunetta! Je naam betekent "kleine maan"! Luister niet naar hem!'
Brogan krijste van woede en bewoog zijn handen met een ruk in de richting van Kahlan. Met een harde klap verlichtte een bliksemflits de kamer. Die miste haar alleen doordat Brogan woest van razernij was en in het wilde weg aanviel. Pleisterkalk en ander stof vloog door de lucht. Kahlan was bijna verlamd van verbijstering. Tobias Brogan, de Heer Generaal van de Bloedbroederschap, de man die zijn leven wijdde aan het uitroeien van magie, had de gave.
Met een volgende schreeuw wierp Brogan een vuist vol lucht die Kahlan midden op haar borst raakte en haar tegen de muur kwakte. Ze zakte versuft en verdoofd op de grond.
Lunetta ging nog harder gillen toen ze zag wat Brogan had gedaan. 'Nee, Tobias! Je mag de smet niet gebruiken!'
Hij viel zijn zus weer aan, probeerde haar te wurgen en sloeg haar hoofd tegen de grond. 'Jij bent degene die het deed! Jij gebruikte de smet! Jij gebruikte een betovering! Jij hebt de bliksem gemaakt!'
'Nee, Tobias, jij hebt het gedaan. Je mag de gave niet gebruiken. Mama heeft me gezegd dat je dat niet mocht.'
Hij greep haar met zijn vuist bij haar witte hemd en trok haar omhoog. 'Waar heb je het over? Wat heeft mama je gezegd, jij smerige *streganicha*?'
De knappe vrouw hijgde en snakte naar adem. 'Dat jij degene bent, broer. Degene die voorbestemd was een groot man te worden. Ze zei dat ik ervoor moest zorgen dat de mensen mij niet opmerkten, zodat ze alleen naar jou zouden kijken. Ze zei dat jij degene was die belangrijk was. Maar ze zei dat ik ervoor moest zorgen dat je je gave niet gebruikte.'
'Leugenaar! Mama heeft nooit zoiets gezegd! Mama wist van niets!'
'Jawel, Tobias, ze wist het wel. Ze had zelf een vleugje van de gave. De Zusters kwamen om je weg te halen. Wij hielden van je, en wilden niet dat ze onze kleine Tobias meenamen.'
'Ik heb de smet niet!'
'Het is heus waar, broer. Ze zeiden dat je de gave had, en ze wilden je meenemen naar het Paleis van de Profeten. Mama vertelde me dat als ze zonder je weggingen, ze terug zouden komen met anderen. We hebben ze gedood. Mama en ik. Zo kom je aan dat litteken bij je mond, van het gevecht dat we met ze hebben geleverd. Ze zei dat we ze moesten doden, zodat ze geen anderen zouden sturen. Ze zei dat ik je de gave nooit mocht laten gebruiken, anders zouden ze je komen halen.'
Brogans borst ging op en neer van woede. 'Allemaal leugens! Jij hebt de bliksem gemaakt, en jij hebt een betovering voor anderen gebruikt!'

'Nee,' huilde ze. 'Ze hebben mijn schatten verbrand. Mama zei dat jij voorbestemd was een groot man te worden, maar dat het allemaal bedorven kon worden. Ze heeft me geleerd hoe ik mijn schatten moest gebruiken om mijn uiterlijk te verbergen en jou ervan te weerhouden de gave te gebruiken. We wilden dat je een groot man zou worden. Mijn schatten zijn weg. Jij hebt de bliksem gemaakt.'
Brogan staarde met een woeste blik om zich heen, alsof hij dingen zag die geen van de anderen kon zien. 'Het is niet de smet,' fluisterde hij. 'Ik ben het gewoon. De smet is kwaad. Dit is geen kwaad. Dit ben ik gewoon.'
Brogan stelde zijn ogen weer scherp toen hij zag dat Kahlan overeind krabbelde. De kamer lichtte verblindend op toen hij weer een lichtflits afvuurde. Die ketste af tegen de muur boven haar hoofd terwijl ze naar de vloer dook. Brogan sprong op om naar haar toe te gaan.
'Tobias! Stop! Je mag je gave niet gebruiken!'
Tobias Brogan keek met griezelige kalmte achterom naar zijn zus. 'Dit is een teken. De tijd is gekomen. Ik heb altijd geweten dat dat zou gebeuren.' Er schoten blauwe flitsen heen en weer tussen zijn vingertoppen toen hij een hand ophield voor zijn gezicht. 'Dit is niet de smet, Lunetta, maar goddelijke macht. De smet zou lelijk zijn. Dit is mooi. De Schepper heeft afstand gedaan van zijn recht om mij zijn wil op te leggen. De Schepper is een verdorvene. Ik heb nu de macht. De tijd is gekomen om die te gebruiken. Ik moet de mensheid nu beoordelen.' Hij wendde zich tot Kahlan. 'Ik ben nu de Schepper.'
Lunetta tilde smekend een arm op. 'Tobias, alsjeblieft...'
Hij keerde zich weer naar haar om terwijl er dodelijke slangen van licht rond zijn handen kronkelden. 'Wat ik heb is glorieus. Ik wil niets meer horen van jouw vuiligheid en leugens. Jij en mama zijn verdorvenen.' Hij trok zijn zwaard en het licht slingerde zich rond de kling; hij zwaaide ermee in de lucht.
Ze fronste haar voorhoofd van geestelijke inspanning. 'Je mag je macht niet gebruiken, Tobias. Dat mag niet.' Het flikkerende licht rond zijn handen verdween.
'Ik zal gebruiken wat van mij is!' Het licht verscheen weer en danste langs de kling omhoog. 'Ik ben nu de Schepper. Ik heb de macht, en ik zeg dat jij moet sterven!'
In zijn ogen glinsterde de waanzin terwijl hij als aan de grond genageld staarde naar het licht dat tussen zijn vingertoppen knetterde.
'Dan,' fluisterde Lunetta, 'ben jij de ware verdorvene, en moet ik je tegenhouden, zoals je me hebt geleerd.'
Een gloeiende streep roze licht vlamde op van Lunetta's hand en doorboorde Tobias Brogans hart.

In de rokerige stilte snakte hij nog een laatste keer naar adem en zakte ineen.
Kahlan, die niet wist wat Lunetta zou gaan doen, verroerde zich niet en hield zich zo stil als een reekalf in het gras. Adie stak geruststellend haar hand uit en sprak troostende woorden in hun moedertaal.
Lunetta leek het niet te horen. Ze kroop houterig naar het lichaam van haar broer en legde zijn hoofd in haar schoot. Kahlan dacht dat ze misselijk zou worden.
Plotseling stapte Galtero de kamer binnen.
Hij greep Lunetta bij haar haar en trok haar hoofd naar achteren. Hij zag Kahlan niet zitten tussen de troep tegen de muur achter hem.
'*Streganicha*,' fluisterde hij kwaadaardig.
Lunetta deed geen poging zich te verzetten. Ze leek verdoofd te zijn. Brogans zwaard lag vlakbij. Kahlan dook erheen. In paniek griste ze naar het zwaard. Ze was niet snel genoeg.
Galtero sneed met zijn mes Lunetta's keel door.
Voordat Lunetta op de vloer neerkwam, had Kahlan hem doorstoken. Terwijl hij viel, wrikte ze het zwaard los. 'Adie, ben je gewond?'
'Aan de buitenkant niet, kind.'
'Ik begrijp het, maar we hebben nu geen tijd voor verdriet.'
Kahlan greep Adie bij de hand, en nadat ze zorgvuldig hadden gecontroleerd dat Lunetta inderdaad het schild had weggehaald voordat ze binnen waren gekomen, stapten ze met zijn tweeën de hal in.
Aan weerszijden van de deur lag het stoffelijk overschot van een Zuster: hun bewakers. Lunetta had hen allebei gedood.
Kahlan hoorde laarzen de trap opkomen. Zij en Adie sprongen over de bloederige resten in de hal heen en renden de diensttrap af en de achterdeur uit. Ze keken om zich heen in het donker en zagen niemand, maar in de verte hoorden ze geluiden: het gekletter van staal. Samen renden ze hand in hand voor hun leven.
Kahlan voelde de tranen over haar wangen stromen.

Met gebogen hoofd, zodat de Zuster haar niet zou herkennen, liep Ann in het flauwe licht van de kluizen naar haar toe. Zedd volgde haar op de voet. De vrouw achter de tafel fronste achterdochtig en kwam op hen af.
'Wie is daar?' vroeg Zuster Becky kortaf. 'Niemand mag hier beneden nog komen. Iedereen is gewaarschuwd.'
Ann voelde een duw van Han tegen haar schouder om haar tegen te houden terwijl Zuster Becky snel op haar afliep. Toen Ann opkeek, werden Becky's ogen groot.
Ann stak de dacra in haar, en de ogen leken van binnen uit licht te geven voordat de vrouw ineenzakte.

Zedd sprong naar voren. 'Je hebt haar vermoord! Je hebt zojuist een zwangere vrouw vermoord!'
'Jij,' fluisterde Ann, 'hebt haar ter dood veroordeeld. Ik hoop vurig dat je de executie van een Zuster van de Duisternis op je geweten hebt, en niet van een van het Licht.'
Zedd rukte haar bij haar arm naar zich toe. 'Ben je gek geworden, mens!'
'Ik heb de Zusters van het Licht opdracht gegeven te zorgen dat ze wegkwamen uit het paleis. Ik heb hun verteld dat ze moesten vluchten. Ik heb je talloze malen gesmeekt om me het boekje te laten gebruiken. Ik moest me ervan vergewissen dat ze mijn opdracht hadden uitgevoerd. Aangezien jij weigerde me het reisboekje te laten gebruiken, ben ik gedwongen aan te nemen dat mijn instructies zijn uitgevoerd.'
'Dat is geen excuus om haar te vermoorden! Je had haar gewoon kunnen uitschakelen!'
'Als mijn bevelen opgevolgd zijn, is ze een Zuster van de Duisternis. Ik heb geen kans in een eerlijk gevecht tegen een van hen. Jij ook niet. We konden het risico niet nemen.'
'En als ze niet een van de Zusters van de Wachter is?'
'Ik kan niet alle anderen in gevaar brengen voor het geval dat.'
In Zedds ogen vlamde een kille woede op. 'Je bent gek.'
Ann trok een wenkbrauw op. 'O? En jij zou het leven van duizenden op het spel zetten omdat je je zorgen maakt over één persoon van wie je tamelijk zeker weet dat het een vijand was die je wilde tegenhouden? Ben je een Tovenaar van de Eerste Orde geworden door dat soort keuzes te maken?'
Hij liet haar arm los. 'Oké, nu heb je me klem. Wat ben je van plan?'
'Eerst de kluizen controleren, om er zeker van te zijn dat er niemand meer is.'
Ze slopen allebei een kant op, terwijl Ann tussen de rijen boekenplanken door keek om zich ervan te vergewissen dat de oude tovenaar deed wat hem was opgedragen. Als hij probeerde ervandoor te gaan, kon ze hem terugbrengen door de Rada'Han te gebruiken, en dat wist hij.
Ze mocht Richards grootvader graag, maar ze was gedwongen zijn haat te cultiveren. Om dit te doen slagen, moest hij razend zijn en bereidwillig de kans nemen die ze hem zou bieden.
Toen ze de achtermuur van de schemerige kluizen hadden bereikt, hadden ze geen anderen gevonden. Ann kuste haar naakte ringvinger en bedankte de Schepper. Ze blokkeerde haar emoties over het feit dat ze Zuster Becky had gedood door zichzelf voor te houden dat ze de kluizen niet bewaakt zou hebben als ze geen trouw had gezworen aan de Wachter en geen pion van de keizer zou zijn. Ze probeerde niet te denken aan het onschuldige ongeboren kind dat ze ook had gedood.

'Wat nu?' snauwde Zedd haar toe toen ze elkaar achterin, bij een van de kleine, slechts voor sommigen toegankelijke kamertjes ontmoetten.
'Nathan zal zijn aandeel leveren. Ik heb jou hier gebracht om jouw aandeel te leveren, de andere helft van wat er nodig is.
Er rust een bezwering op het paleis die drieduizend jaar geleden is aangebracht. Ik heb kunnen vaststellen dat het een zich splitsend web is.'
Zedd trok zijn wenkbrauwen op. Zijn nieuwsgierigheid won het van zijn verontwaardiging. 'Dat is nogal een bewering. Ik heb nog nooit gehoord dat iemand in staat was een zich splitsend web te weven. Weet je het zeker?'
'Nu kan niemand zo'n web weven, maar in vroeger tijden hadden de tovenaars dat vermogen.'
Zedd wreef met zijn duim over zijn gladde kaak terwijl hij in de verte staarde. 'Ja, zij zullen dat vermogen inderdaad wel gehad hebben.' Hij keek haar weer in de ogen. 'Met welk doel?'
'De betovering verandert het terrein van het paleis. Het buitenste schild, waar we Nathan bij hebben achtergelaten, is de schil die om het geheel heen ligt. Die creëert de omgeving waarin de andere helft van de betovering kan bestaan op deze wereld. De betovering hier, op dit eiland, is verbonden met andere werelden. Ze verandert onder andere het verloop van de tijd. Daardoor worden wij langzamer oud dan mensen die buiten de betovering leven.'
De oude tovenaar dacht hierover na. 'Ja, dat zou het verklaren.'
Ann keek weg van zijn ogen. 'Nathan en ik zijn allebei bijna duizend jaar oud. Ik ben haast acht eeuwen lang Priores van de Zusters van het Licht geweest.'
Zedd trok zijn gewaad recht om zijn magere heupen. 'Ik wist van het bestaan van de betovering, en hoe die de levensduur verlengt zodat jullie de tijd hebben om jullie weerzinwekkende werk te doen.'
'Zedd, toen de tovenaars van vroeger hun macht jaloers begonnen te bewaken en weigerden jongemannen met de gave te onderwijzen, zodat die geen bedreiging voor hun overheersing konden vormen, zijn de Zusters van het Licht ingesteld om deze jongemannen te helpen, omdat ze anders zouden sterven. Niet iedereen is een voorstander van het idee, maar zo zit het.
Als er geen tovenaar is om hen te helpen, valt die taak ons toe. Wij hebben niet dezelfde Han als mannen, en dus kost het ons veel tijd om die taak te volbrengen. De halsband houdt hen in leven, zorgt ervoor dat hun gave hun geen kwaad doet, hen niet gek maakt, totdat we hun geleerd hebben wat ze moeten weten.
De betovering rond het paleis geeft ons de tijd die we nodig hebben. Ze is drieduizend jaar geleden voor ons aangebracht, door een paar tove-

naars die ons hielpen. Zij hadden het vermogen om een zich splitsend web te weven.'
Zedd begon geboeid te raken. 'Ja. Ja, ik begrijp wat je bedoelt. Opsplitsing zou de kracht omdraaien, een beetje alsof je een stuk darm in elkaar draait en een gebied creëert waarvan je het midden uitzonderlijke dingen zou kunnen laten doen. De tovenaars van lang geleden konden dingen voor elkaar krijgen waarvan ik alleen kan dromen.'
Ann bleef voortdurend om zich heen kijken, om er zeker van te zijn dat ze alleen waren. 'Splitsen van een web betekent dat het naar zichzelf terugbuigt, waardoor er een binnenkant en een buitenkant ontstaan. Er zijn twee knopen, net als bij de gedraaide darm waar jij het over had, waar dit buigen plaats moet vinden: een bij het buitenste schild en een bij het binnenste.'
Zedd keek haar met één oog doordringend aan. 'Maar de knoop op de binnenste helft, waar de gebeurtenis zelf plaatsvindt, zou kwetsbaar zijn. Hoewel die noodzakelijkerwijs gecreëerd moest worden, zou het een gevaarlijke zwakke plek zijn. Weet je waar de binnenste knoop ligt?'
'We staan erin.'
Zedd ging meer rechtop staan. Hij keek om zich heen. 'Ja, ik begrijp de achterliggende gedachte: in het fundament, onder al het andere, is hij het meest beschermd.'
'Daarom, vanwege de kleine kans dat er chaos zou ontstaan, verbieden we uitdrukkelijk het vuur van tovenaars op het hele Halsband-eiland.'
Zedd wuifde afwezig met een hand. 'Nee, nee. Tovenaarsvuur zou zo'n knoop niet schaden.' Hij draaide zich met een wantrouwige blik naar haar toe. 'Wat doen we hier?'
'Ik heb je hier gebracht om je de gelegenheid te geven om te doen waarnaar je verlangt: de betovering te vernietigen.'
Hij staarde voor zich uit, knipperde met zijn ogen en staarde weer een tijdje. Ten slotte zei hij: 'Nee. Dat zou niet juist zijn.'
'Tovenaar Zorander, dit is wel een hoogst ongelukkig moment om last te krijgen van uw geweten.'
Hij sloeg zijn magere armen over elkaar. 'Deze betovering is aangebracht door grotere tovenaars dan ik ooit zal zijn, groter dan ik me zelfs kan voorstellen. Dit is een wonder, een meesterwerk. Ik zal zo'n werkstuk niet vernietigen.'
'Ik heb het bestand verbroken!'
Zedd stak zijn kin in de lucht. 'Het verbreken van het bestand veroordeelt elke Zuster die in de Nieuwe Wereld komt, ter dood. We zijn niet in de Nieuwe Wereld. Het verbreken van het bestand betekent absoluut niet dat ik naar de Oude Wereld ga om schade te veroorzaken. In termen van het bestand heb ik niet het recht om zoiets te doen.'

Ze boog zich met een donkere blik naar hem over. 'Je hebt me beloofd dat als ik je met behulp van die halsband meenam en je vrienden in gevaar zou brengen, je naar mijn geboorteland zou komen en het Paleis van de Profeten zou verwoesten. Ik bied je die kans.'
'Dat was een tijdelijke, geëmotioneerde uitbarsting. Ik denk nu weer helder.' Hij keek haar berispend aan. 'Je hebt verraderlijke trucjes en sluw bedrog gebruikt om me ervan te overtuigen dat je een lage, verachtelijke, immorele boosdoener bent, maar het is je niet gelukt me voor de gek te houden. Jij bent geen slecht mens.'
'Ik heb je geketend! Ik heb je ontvoerd!'
'Ik ben niet van plan je huis en je leven te verwoesten. Als ik dat deed, de betovering vernietigde, zou dat het levenspatroon van de Zusters van het Licht veranderen en in wezen hun leven voortijdig beëindigen. De Zusters en hun pupillen leven met tijdsnormen die voor mij vreemd lijken, maar voor hen normaal zijn.
Leven is waarneming. Als een muis met een levensduur van een paar jaar over de magie beschikte om mijn leven net zo kort te maken als dat van hem, zou dat in mijn waarneming gelijkstaan aan me doden, hoewel de muis zou vinden dat hij me alleen maar een normale levensduur gaf. Dat was wat Nathan bedoelde toen hij zei dat je hem ging doden.
Ik zou hun leven bekorten tot dezelfde duur als de rest van ons heeft, maar door hun verwachtingen en de eed die ze hebben afgelegd, zou dat hetzelfde zijn als hen doden voordat ze de kans hebben gehad te leven. Ik doe het niet.'
'Als ik moet, Tovenaar Zorander, zal ik de halsband gebruiken om je te pijnigen totdat je ermee instemt.'
Hij glimlachte zelfgenoegzaam. 'Je hebt geen voorstelling van de pijnproeven die ik heb doorstaan om een tovenaar van de Eerste Orde te worden. Ga je gang, doe je best.'
Ann perste haar lippen op elkaar van ergernis. 'Maar je moet! Ik heb een halsband om je nek gedaan! Ik heb je vreselijke dingen aangedaan om je kwaad genoeg te maken om dit te doen! De profetie zegt dat de woede van een tovenaar nodig is om ons huis te verwoesten!'
'Je hebt me behandeld als een dansende kikker.' Zijn lichtbruine ogen kwamen dichterbij. 'Ik dans alleen als ik de muziek ken.'
Ann zuchtte gefrustreerd. 'De waarheid is dat keizer Jagang het Paleis van de Profeten in zal nemen om het zelf te gaan gebruiken. Hij is een droomwandelaar en hij heeft de geesten van de Zusters van de Duisternis onder controle. Hij is van plan de profetieën te gebruiken om de vertakkingen te vinden die hij nodig heeft om de oorlog te winnen, en dan zal hij honderden jaren onder de betovering blijven leven, en over de wereld en iedereen erop heersen alsof die van hem zijn.'

Zedd keek haar afkeurend aan. 'Kijk, daar gaat mijn bloed nou van koken. Dat is een goede reden om het paleis met de grond gelijk te maken. Verdorie, mens, waarom heb je me niet meteen de waarheid verteld?'
'Nathan en ik hebben honderden jaren aan deze vertakking in de profetieën gewerkt. De profetie zegt dat een tovenaar het paleis in razernij met de grond gelijk zal maken. Als het zou mislukken, zou het zo slecht aflopen met de wereld, dat ik dat risico niet wilde lopen, dus heb ik gedaan waarvan ik dacht dat het zou werken. Ik heb geprobeerd je zo razend te maken dat je het Paleis van de Profeten wilde verwoesten.' Ann wreef over haar vermoeide ogen. 'Het was een wanhoopsdaad, omdat de noodzaak wanhopig was.'
Zedd grinnikte. 'Een wanhoopsdaad. Dat bevalt me wel, een vrouw die kan erkennen dat er af en toe reden is voor een wanhoopsdaad. Dat geeft blijk van karakter.'
Ann greep hem bij zijn mouw. 'Doe je het dan? We hebben geen tijd te verliezen: de trommels zwijgen. Jagang kan elk moment aankomen.'
'Ik zal het doen. Maar dan kunnen we beter teruggaan naar de ingang.'
Toen ze weer bij de enorme ronde deur naar de kluizen waren, stak Zedd zijn hand in zijn zak en trok iets te voorschijn dat er uitzag als een steen. Hij gooide hem op de grond.
'Wat is dat?'
Zedd keek over zijn schouder. 'Nou, ik neem aan dat je Nathan hebt verteld dat hij een lichtweb moest maken.'
'Ja. Afgezien van Nathan, een paar Zusters en ikzelf weet niemand hoe je een lichtweb moet weven. Ik denk dat Nathan genoeg kracht heeft om de buitenste knoop te doorbreken als er eenmaal een cascadeproces is begonnen op de binnenste, maar ik weet dat wij geen van tweeën het vermogen hebben om het proces te beginnen dat hier vereist is. Daarom moest ik jou hier brengen. Ik vrees dat alleen een tovenaar van de Eerste Orde de noodzakelijke kracht heeft.'
'Nou, ik zal mijn best doen,' mompelde Zedd, 'maar ik moet je wel zeggen, Ann, hoe kwetsbaar een knoop ook zou zijn, het is toch een betovering die is aangebracht door tovenaars van wier enorme vermogen ik me alleen maar een voorstelling kan maken.'
Hij bewoog zijn vinger in de rondte, en de steen op de vloer wipte en knalde terwijl hij snel uitgroeide tot een breed, plat rotsblok. Hij ging erop staan.
'Ga jij maar uit de buurt. Wacht buiten. Zorg dat Holly veilig is terwijl ik dit doe. Als er iets misgaat en ik kan de cascade van licht niet beheersen, heb je geen tijd meer om hier weg te komen.'
'Een wanhoopsdaad, Zedd?'
Hij antwoordde met een gegrom terwijl hij zich weer naar de ruimte

draaide en zijn armen optilde. Er stegen al fonkelende kleuren op van het rotsblok, die hem met wervelende bundels van zoemend licht omgaven.

Ann had weleens gehoord van tovenaarsstenen, maar ze had er nog nooit een gezien en wist niet hoe ze werkten. Ze voelde de kracht die de oude tovenaar begon uit te stralen toen hij op het ding was gestapt.

Ze rende snel de kluis uit, zoals hij had gevraagd. Ze wist niet zeker of hij echt wilde dat ze de ruimte verliet vanwege haar eigen veiligheid, of dat hij niet wilde dat ze zou zien hoe hij zoiets deed. Tovenaars hadden nogal de neiging om hun geheimen te bewaren. Bovendien bleek Zedd nog sluwer te zijn dan Nathan, een prestatie die ze niet voor mogelijk had gehouden.

Holly sloeg haar magere armpjes om Anns hals toen die op haar knieën bij de donkere nis ging zitten.

'Is er iemand voorbijgekomen?'

'Nee, Ann,' fluisterde Holly.

'Goed zo. Laat me bij je kruipen terwijl we wachten totdat Tovenaar Zorander klaar is.'

'Hij schreeuwt vaak en zegt veel lelijke woorden, en zwaait met zijn armen alsof hij een storm over ons af gaat roepen, maar ik vind hem wel aardig.'

'Jij hebt geen jeuk meer van de sneeuwvlooien.' Ann glimlachte in het donker, in de nauwe schuilplaats tussen de rotsen. 'Maar misschien heb je gelijk.'

'Mijn oma werd soms boos, bijvoorbeeld als mensen ons kwaad wilden doen, maar je kon merken dat ze het echt meende. Tovenaar Zorander meent het niet. Hij doet alleen alsof.'

'Jij hebt meer in de gaten gehad dan ik, kind. Je zult een voortreffelijke Zuster van het Licht worden.'

Ann hield Holly's hoofd tegen haar schouder terwijl ze in stilte wachtte. Ze hoopte dat de tovenaar zou opschieten. Als ze betrapt werden in de kluizen, was er geen uitweg, en een gevecht met Zusters van de Duisternis zou, ondanks zijn kracht, zeer gevaarlijk zijn.

De tijd sleepte zich met martelende weerbarstigheid voort. Ann hoorde aan haar langzame, gelijkmatige ademhaling dat Holly tegen haar schouder in slaap was gevallen. Het arme kind had niet genoeg slaap gehad; dat hadden ze geen van allen, doordat ze zich overdag en het grootste deel van de nachten hadden gehaast om op tijd in Tanimura aan te komen, om eerder dan Jagang bij het paleis te zijn. Ze waren allemaal uitgeput.

Ann schrok toen ze een rukje aan haar jurk voelde bij haar schouder.

'Laten we maken dat we wegkomen,' fluisterde Zedd.

Holly met zich meetrekkend wurmde ze zich achterwaarts uit hun schuilplaats. 'Heb je het gedaan?'
Zedd, die er zeer geïrriteerd uitzag, wierp een blik achterom door de enorme ronde deur naar de kluizen.
'Ik kan dat rotding niet aan het werk krijgen. Het is alsof je vuur probeert te maken onder water.'
Ze greep met haar vuist zijn gewaad vast. 'Zedd, we moeten dit doen.'
Hij richtte zijn ongeruste blik op haar. 'Dat weet ik. Maar degenen die dit web hebben geweven, beschikten over Subtractieve Magie. Ik heb alleen maar Additieve. Ik heb alles geprobeerd wat ik kan. Het web rond deze plek is te stabiel voor mij om te verbreken. Het gaat niet. Het spijt me.'
'Ik heb een lichtweb geweven in het paleis. Het is mogelijk.'
'Ik zei ook niet dat ik dat niet heb gedaan, ik zei dat ik het niet kan ontsteken. Niet in de knoop hier beneden, in elk geval.'
'Je hebt geprobeerd het te ontsteken! Ben je gek geworden?'
Hij haalde zijn schouders op. 'Een wanhoopsdaad, weet je nog? Ik had mijn twijfels of het zou werken, dus moest ik het proberen. Maar goed dat ik dat heb gedaan, anders hadden we gedacht dat het zou werken. Het werkt niet. Het zal alleen ontbranden voor leven, maar zich niet uitbreiden en de betovering wegvreten.'
Ann zuchtte. 'Als er iemand naar binnen gaat, hopelijk Jagang, zal die in elk geval gedood worden. Totdat ze het ontdekken, en dan zullen ze het schild doen verdwijnen en de kluizen laten doen wat zij willen.'
'Dat zal ze heel wat kosten. Ik heb een paar van mijn "trucjes" achtergelaten. Het is er levensgevaarlijk.'
'Kunnen we verder niets doen?'
'Het web is groot genoeg om het hele paleis te verwoesten, maar ik kan het niet inschakelen. Als die Zusters van de Duisternis inderdaad over Subtractieve Magie beschikken, zoals jij zegt, zouden we een van hun kunnen vragen of ze willen proberen het lichtweb voor ons aan te steken.'
Ann knikte. 'Dat is dan het enige dat erop zit. We moeten maar hopen dat de dingen die je daar hebt achtergelaten ze zullen doden. Al kunnen we het paleis dan niet vernietigen, misschien is dat ook genoeg.' Ze pakte Holly's hand. 'We kunnen beter maken dat we wegkomen. Nathan wacht op ons. We moeten ontsnappen voordat Jagang aankomt of de Zusters ons ontdekken.'

50

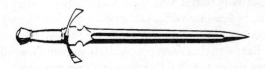

Toen ze het staal zag flitsen in het maanlicht, dook Verna weg achter een stenen bank. De geluiden van een veldslag rolden vanaf het lager gelegen paleisterrein over de grasvelden naar haar toe. Enkele anderen hadden haar verteld dat de soldaten met de karmozijnrode capes kort geleden waren aangekomen en zich bij de Imperiale Orde hadden aangesloten, maar nu leken ze bezig iedereen uit te moorden die zich vertoonde.
Twee mannen in die karmozijnrode capes kwamen uit het donker aanrennen. Van de andere kant, waar ze het staal had zien flitsen, sprong iemand naar voren en stak hen in een oogwenk neer.
'Het zijn twee Bloedbroeders,' fluisterde de stem van een vrouw. De stem klonk bekend. 'Kom mee, Adie.'
Er verscheen nog een magere gestalte uit de schaduwen. De vrouw had een zwaard gebruikt, en Verna had haar Han om zich mee te verdedigen. Ze nam het risico en stond op.
'Wie is daar? Laat jezelf zien.'
Het maanlicht weerkaatste in het zwaard toen dat geheven werd. 'Wie vraagt me dat?'
Ze hoopte dat ze niet overmoedig was, maar er waren nog vriendinnen onder de vrouwen hier. Toch hield ze haar dacra stevig vast.
'Verna.'
De gedaante in de schaduw zweeg even. 'Verna? Zuster Verna?'
'Ja. Wie ben jij?' fluisterde ze terug.
'Kahlan Amnell.'
'Kahlan! Dat kan niet.' Verna rende het maanlicht in en kwam met een ruk vlak voor de vrouw tot stilstand. 'Goede Schepper, het is waar.' Verna sloeg haar armen om haar heen. 'O, Kahlan. Ik was zo bang dat je vermoord was.'
'Verna, je weet niet hoe blij ik ben om een vriendelijk gezicht te zien.'

'Wie heb je bij je?'
Een oude vrouw kwam naderbij. 'Het is lang geleden, maar ik herinner me je goed, Zuster Verna.'
Verna staarde haar aan en probeerde haar gezicht thuis te brengen. 'Het spijt me, maar ik herken u niet.'
'Ik ben Adie. Ik ben hier vijftig jaar geleden een tijdje geweest, toen ik nog jong was.'
Verna trok haar wenkbrauwen op. 'Adie! Ik herinner me Adie.'
Verna zei niet dat ze zich Adie herinnerde als een tamelijk jonge vrouw. Ze had lang geleden geleerd dat soort dingen niet hardop te zeggen: de mensen uit de buitenwereld hadden een ander tijdsbesef.
'Ik denk dat je je mijn naam wel herinnert, maar mijn gezicht niet. Het is lang geleden.' Adie omhelsde Verna warm. 'Ik herinner me jou wel. Jij was aardig voor me toen ik hier was.'
Kahlan onderbrak het korte ophalen van herinneringen. 'Verna, wat gebeurt hier allemaal? We zijn hier gebracht door de Bloedbroederschap, en het is ons net gelukt om te ontsnappen. We moeten maken dat we hier wegkomen, maar het lijkt wel of er een veldslag is uitgebroken.'
'Het is een lang verhaal, en ik heb nu geen tijd om alles te vertellen. Ik weet zelfs niet zeker of ik alles weet. Maar je hebt gelijk, we moeten er onmiddellijk vandoor. De Zusters van de Duisternis hebben het paleis overgenomen, en keizer Jagang van de Imperiale Orde kan elk ogenblik aankomen. Ik moet de Zusters van het Licht hier weg zien te krijgen. Kom je met ons mee?'
Kahlan liet haar blik over de grasvelden dwalen om te zien of er problemen naderden. 'Goed, maar ik moet Ahern gaan halen. Hij is me trouw gebleven; ik kan hem niet achterlaten. Hij zal zijn span paarden en koets willen ophalen, Ahern kennende.'
'Er zijn ook nog Zusters van me bezig om iedereen die loyaal is op te halen,' zei Verna. 'We verzamelen ons daar, aan de andere kant van die muur. De wachter die zich aan de andere kant verbergt, naast de poort, is trouw aan Richard, net als alle anderen die de poorten in die muur bewaken. Hij heet Kevin. Je kunt hem vertrouwen. Als je terugkomt, moet je tegen hem zeggen dat je een vriend van Richard bent. Dat is het sein dat hij kent. Hij zal je binnenlaten.'
'Trouw aan Richard?'
'Ja. Haast je. Ik moet naar binnen om een vriend te bevrijden. Je kunt jouw man niet met zijn koets langs deze weg laten komen; het park rond het paleis wordt een slagveld. Dat redt hij nooit.
De stallen zijn aan de noordzijde. Via die kant vertrekken wij ook. Ik heb Zusters van mij op wacht gezet bij het bruggetje daar. Laat hem naar het noorden gaan, naar de eerste boerderij rechts met een stenen

muur om de tuin. Dat is onze tweede ontmoetingsplek, en daar is het veilig. Voorlopig, althans.'

'Ik zal opschieten,' zei Kahlan.

Verna pakte haar bij de arm. 'We kunnen niet op je wachten als je niet op tijd terug bent. Ik moet een vriend ophalen, en dan moeten we gaan.'

'Ik verwacht niet dat je op me wacht. Maak je geen zorgen, ik moet ook maken dat ik hier wegkom. Ik geloof dat ik het aas ben om Richard hierheen te krijgen.'

'Richard!'

'Ook een lang verhaal, maar ik moet hier weg zijn voordat ze me kunnen gebruiken om hem hierheen te lokken.'

De nacht lichtte plotseling op, als door een geluidloze bliksem, alleen doofde het licht niet meer. Ze draaiden zich alledrie naar het zuidoosten en zagen enorme vuurballen opstijgen in de donkere lucht. Dikke zwarte rookwolken kringelden omhoog. Het leek alsof de hele haven in brand stond. Reusachtige schepen werden de lucht in gesmeten op kolossale zuilen van water.

Plotseling schudde de grond, en tegelijkertijd dreunde de lucht van het donderende geluid van explosies in de verte.

'Goede geesten,' zei Kahlan. 'Wat gebeurt er?' Ze keek om zich heen. 'Onze tijd raakt op. Adie, blijf bij de Zusters. Ik hoop dat ik snel terug ben.'

'Ik kan de Rada'Han losmaken,' riep Verna nog, maar het was te laat. Kahlan was al weggerend, de schaduwen in.

Verna pakte Adie bij de arm. 'Kom mee. Ik breng je naar een paar van de andere Zusters achter de muur. Een van hen zal dat ding van je nek halen terwijl ik naar binnen ga.'

Verna's hart bonkte toen ze door de gangen het verblijf van de profeet binnensloop, nadat ze Adie bij de anderen had achtergelaten. Terwijl ze dieper doordrong in de donkere gangen, bereidde ze zich voor op de mogelijkheid dat Warren dood was. Ze wist niet wat ze met hem hadden gedaan, en of ze misschien hadden besloten hem eenvoudigweg te elimineren. Ze dacht niet dat ze het zou kunnen verdragen om zijn dode lichaam te vinden.

Nee. Jagang wilde een profeet om hem te helpen met de boeken. Ann had haar, schijnbaar eeuwen geleden, gewaarschuwd dat ze hem hier onmiddellijk weg moest krijgen.

De gedachte kwam bij haar op dat Ann misschien had gewild dat ze Warren weghaalde, zodat de Zusters van de Duisternis hem niet konden doden omdat hij te veel wist. Ze zette de akelige gedachten uit haar hoofd terwijl ze de gangen afspeurde naar enig teken dat er misschien een Zuster van de Duisternis het gebouw was binnengeslopen om zich te verschuilen voor de veldslag.

Voor de deur van het verblijf van de profeet ademde Verna diep in, en toen ging ze de binnenste gang in, door de lagen van schilden die Nathan bijna duizend jaar lang gevangen hadden gehouden, en dat nu met Warren deden.

Ze brak door de binnenste deur naar de schemerige ruimte. Aan de andere kant van de kamer stonden de dubbele deuren naar het kleine tuintje van de profeet open, zodat de warme nachtlucht en een bundel maanlicht binnenkwamen. Op een tafeltje brandde een kaars, maar die verspreidde niet veel licht.

Verna's hart bonkte toen ze iemand zag opstaan uit een stoel.

'Warren?'

'Verna!' Hij rende naar haar toe. 'De Schepper zij dank dat je bent ontsnapt!'

Verna raakte gegrepen door wanhoop toen haar hoopvolle verwachtingen en verlangens haar oude angsten aanwakkerden. Ze durfde de grote stap niet te zetten en schudde een vinger naar hem. 'Wat was dat voor dwaasheid, om mij je dacra te sturen! Waarom heb je hem niet gebruikt om jezelf te redden, om te ontsnappen! Het was roekeloos om hem naar mij te sturen. Als er nu eens iets was gebeurd? Jij had hem al, en je hebt hem uit handen gegeven! Hoe kwam je erbij?'

Hij glimlachte. 'Ik ben ook heel blij om jou te zien, Verna.'

Verna verborg haar gevoelens achter een barse reactie. 'Geef antwoord op mijn vraag.'

'Nou, ten eerste heb ik nog nooit een dacra gebruikt en maakte ik me zorgen dat ik iets verkeerd zou doen, waarmee we onze laatste kans zouden verspelen. Ten tweede heb ik een halsband om mijn nek en als ik die er niet vanaf krijg, kan ik niet door de schilden komen. Ik was bang dat als ik Leoma niet zover kon krijgen hem af te doen, als ze liever zou sterven dan dat te doen, alles voor niets was geweest.

Ten derde,' zei hij terwijl hij voorzichtig een stap in haar richting zette, 'wilde ik dat als een van ons tweeën de kans zou krijgen te ontsnappen, jij dat was.'

Verna staarde hem lang aan terwijl ze een brok in haar keel kreeg. Ze kon zich niet meer inhouden en sloeg haar armen om zijn nek.

'Warren, ik hou van je. Ik bedoel, ik hou echt heel veel van je.'

Hij omhelsde haar liefdevol. 'Je hebt geen idee hoe lang ik ervan heb gedroomd je die woorden te horen zeggen, Verna. Ik hou ook van jou.'

'En mijn rimpels dan?'

Hij glimlachte zijn lieve, warme, stralende Warren-glimlach. 'Als jij op een dag rimpels krijgt, zal ik daar ook van houden.'

Om hem daarvoor en voor al het andere te bedanken, liet ze zichzelf gaan en kuste hem.

Een groepje mannen met karmozijnrode capes kwam de hoek om rennen, vastbesloten hem te doden. Hij sprong tussen hen in en schopte er een tegen zijn knie terwijl hij een tweede met zijn mes in de buik stak. Voordat ze hem met hun zwaarden af konden weren, had hij van een ander de keel doorgesneden en met zijn elleboog een neus gebroken.

Richard was witheet, overmand door de donderende razernij van de magie die door hem heen bulderde.

Hoewel hij het zwaard niet bij zich had, had hij nog wel de magie: hij was de ware Zoeker van Waarheid en was onverbrekelijk met de magie van het zwaard verbonden. Die stroomde met een dodelijke wraakzucht door hem heen. In de profetieën werd hij *fuer grissa ost drauka* genoemd, Hoog-D'Haraans voor 'brenger van de dood', en hij bewoog op dit moment als de schaduw van die dood. Hij begreep nu waarom de woorden zo waren neergeschreven.

Hij stoof door het groepje mannen van de Bloedbroederschap heen alsof het standbeelden waren, die omver werden geblazen door een vernietigende wind.

Even later was alles weer stil.

Richard hijgde van woede toen hij over de lichamen gebogen stond, en hij wenste dat het Zusters van de Duisternis waren geweest, in plaats van hun slaafjes. Hij wilde die vijf te pakken krijgen.

Ze hadden hem verteld waar Kahlan werd vastgehouden, maar toen hij daar aankwam, was ze weg. Er hing nog rook in de lucht van een gevecht. De kamer was gehavend door iets dat leek op een uitbarsting van magie. Hij had de lichamen gevonden van Brogan, Galtero en een vrouw die hij niet herkende.

Als Kahlan daar was geweest, was ze misschien ontsnapt, maar hij was gek van angst dat ze was weggetoverd door de Zusters, dat ze nog steeds een gevangene was, en dat ze haar kwaad zouden doen of, erger nog, aan Jagang zouden geven. Hij moest haar vinden.

Hij moest een Zuster van de Duisternis te pakken krijgen, zodat hij haar kon uithoren.

Overal op het grondgebied van het paleis woedde een verwarrende veldslag. Richard kreeg de indruk dat de Bloedbroederschap zich tegen iedereen in het paleis had gekeerd. Hij had dode bewakers, dode schoonmakers en dode Zusters gezien.

Hij had ook veel doden van de Bloedbroederschap gezien. De Zusters van de Duisternis maaiden hen genadeloos neer. Richard had gezien hoe een groep van bijna honderd man in een oogwenk werd geveld door één Zuster. Hij had ook gezien hoe een meedogenloze groep mannen uit alle richtingen was komen aanrennen en zich op een andere Zuster had gestort. Ze hadden haar verscheurd als een meute honden die een vos te pakken hadden.

Toen hij bij de Zuster was aangekomen die de mannen had neergemaaid, was ze verdwenen, en dus was hij op zoek naar een andere. Een van hen zou hem vertellen waar Kahlan was. Ook al moest hij daar alle Zusters van de Duisternis in het paleis voor doden, een van hen zou praten.

Twee Bloedbroeders kregen hem in de gaten en kwamen plotseling het pad oprennen. Richard wachtte af. Hun zwaarden ontmoetten enkel lucht. Hij velde hen met zijn mes, bijna zonder erover na te denken, en liep alweer verder voordat de tweede man met zijn gezicht op de grond was neergekomen.

Hij wist niet meer hoeveel Bloedbroeders hij had gedood sinds het begin van de strijd. Hij doorstak hen alleen als ze hem aanvielen; hij kon niet alle soldaten die hij zag ontlopen. Als ze op hem afkwamen, was dat hun keuze, niet de zijne. Zij waren niet degenen op wie hij aasde; hij zocht een Zuster.

Bij een muur zorgde Richard dat hij in de schaduw van een bosje aromatische, brede toverhazelaars bleef terwijl hij in de richting van een van de overdekte paden liep. Hij drukte zich plat tegen een pilaster in de muur toen hij een gedaante het pad af zag snellen. Toen die naderbij kwam, kon hij aan het golvende haar en de vorm zien dat het een vrouw was.

Eindelijk had hij een Zuster.

Toen hij naar voren stapte en voor haar stond, zag hij een lemmet in zijn richting flitsen. Hij wist dat elke Zuster een dacra droeg; waarschijnlijk was het dat en geen mes. Hij wist ook hoe dodelijk een dacra was, en hoe geoefend ze waren in het gebruik van het wapen. Hij durfde het risico niet te onderschatten.

Richard haalde vliegensvlug uit met zijn been en schopte het wapen uit haar hand. Hij had haar kaak kunnen breken om ervoor te zorgen dat ze niet om hulp kon roepen, maar ze moest wel in staat zijn te praten. Als hij snel genoeg was, zou ze geen alarm kunnen slaan.

Hij pakte haar pols, sprong achter haar rug en greep haar andere vuist vast toen ze die omhoogbracht om hem te stompen, en klemde met één hand haar polsen bij elkaar. Hij sloeg zijn arm met de hand die het mes vasthield om haar keel en liet zich met een ruk achterover vallen. Toen hij op zijn rug neerkwam, met haar bovenop zijn borst, sloeg hij zijn benen om de hare heen om te voorkomen dat ze hem zou schoppen. Zo was ze in een oogwenk machteloos.

Hij duwde het lemmet tegen haar keel. 'Ik ben in een zéér slecht humeur,' siste hij tussen zijn tanden door. 'Als je me niet vertelt waar de Biechtmoeder is, zul je sterven.'

Ze hijgde en snakte naar adem. 'Je staat op het punt haar de keel door te snijden, Richard.'

Voor wat wel een eeuwigheid leek, probeerde zijn geest, die haar woorden gefilterd door zijn razernij binnen kreeg, te begrijpen wat ze had gezegd. Het klonk hem als een raadsel in de oren.
'Geef je me een kus, of ga je mijn keel doorsnijden?' vroeg ze, nog steeds hijgend.
Het was de stem van Kahlan. Hij liet haar polsen los. Ze draaide zich om, met haar gezicht maar een paar centimeter van het zijne. Ze was het. Ze was het echt.
'Goede geesten, dank u wel,' fluisterde hij voordat hij haar kuste.
Zijn razernij bedaarde als een meer in windstilte op een maanverlichte zomeravond. Met een geluksgevoel dat zo groot was dat het pijn deed, hield hij haar tegen zich aan.
Zijn vingers gingen zachtjes over haar gezicht, over zijn tot leven gekomen droom. Haar vingers gleden over zijn wang terwijl ze hem aankeek; zij had net zomin als hij woorden nodig. Even stond de wereld stil.
'Kahlan,' zei hij ten slotte, 'ik weet dat je kwaad op me bent, maar...'
'Nou, als ik mijn zwaard niet had gebroken en het met een gevonden mes had moeten doen, had je het niet zo gemakkelijk gehad. Maar ik ben niet kwaad.'
'Dat bedoelde ik niet. Ik kan uitleggen...'
'Ik weet wat je bedoelde, Richard. Ik ben niet kwaad. Ik vertrouw je. Je hebt wel het een en ander uit te leggen, maar ik ben niet kwaad. Het enige dat je zou kunnen doen om me kwaad te maken, is tijdens de rest van je leven ooit nog verder dan drie meter bij me vandaan gaan.'
Richard glimlachte. 'Dan zul je nooit kwaad op me worden.' Zijn glimlach verbleekte toen hij zijn hoofd met een bonk weer op de grond liet zakken. 'O, jawel. Je weet niet wat voor problemen ik heb veroorzaakt. Goede geesten, ik heb...'
Ze kuste hem weer, teder, zacht en warm. Hij ging met zijn hand door haar lange, dikke haar.
Hij hield haar bij haar schouders op armlengte. 'Kahlan, we moeten maken dat we hier wegkomen. Onmiddellijk. We zitten in grote moeilijkheden. Ik zit in grote moeilijkheden.'
Kahlan liet zich van hem afrollen en ging zitten. 'Ik weet het. De Orde komt eraan. We moeten opschieten.'
'Waar zijn Zedd en Gratch? Laten we ze gaan halen en ervandoor gaan.'
Ze keek hem met haar hoofd schuin aan. 'Zedd en Gratch? Zijn die dan niet bij jou?'
'Bij mij? Nee. Ik dacht dat ze bij jou waren. Ik heb Gratch naar je toegestuurd met een brief. Goede geesten, vertel me niet dat je die brief niet hebt gekregen. Geen wonder dat je niet kwaad op me bent. Ik heb...'

'Ik heb de brief gekregen. Zedd heeft een bezwering gebruikt om zichzelf zo licht te maken dat Gratch hem kon dragen. Gratch heeft Zedd weken geleden teruggebracht naar Aydindril.'
Richard voelde een hete golf van misselijkheid opkomen. Hij herinnerde zich de dode mriswith die overal verspreid langs de borstwering van de Burcht hadden gelegen.
'Ik heb ze niet meer gezien,' fluisterde hij.
'Misschien ben jij vertrokken voordat ze aankwamen. Het moet je weken hebben gekost om hier te komen.'
'Ik ben pas gisteren uit Aydindril vertrokken.'
'Wat?' fluisterde ze met grote ogen. 'Hoe kan...'
'De sliph heeft me gebracht. Ze heeft me hier in minder dan een dag gebracht. Tenminste, ik geloof dat het minder dan een dag was. Het kunnen er ook twee zijn geweest. Ik had geen idee, maar de maan zag er hetzelfde uit...'
Richard besefte dat hij bazelde en legde zichzelf het zwijgen op.
Kahlans gezicht werd waterig voor zijn ogen. Hij vond zijn eigen stem hol klinken, alsof er iemand anders sprak. 'Ik heb een plek bij de Burcht gevonden waar gevochten was. Overal lagen dode mriswith. Ik herinner me dat ik dacht dat het erop leek dat Gratch ze had gedood. Het was langs een hoge muur.
Er zat bloed aan een inkeping van de muur en aan de zijkant van de Burcht. Ik heb mijn vinger door het bloed gehaald. Mriswith-bloed stinkt. Er was ook bloed dat niet van mriswith was.'
Kahlan nam hem in haar troostende armen.
'Zedd, en Gratch,' fluisterde hij. 'Dat moeten ze geweest zijn.'
Ze pakte hem steviger vast. 'Het spijt me, Richard.'
Hij tilde haar armen van zich af, ging staan en stak haar een hand toe. 'We moeten hier weg. Ik heb iets vreselijks gedaan, en Aydindril is in gevaar. Ik moet daar terug zien te komen.'
Richards blik viel op de Rada'Han. 'Wat doet dat ding om je nek?'
'Ik ben gevangengenomen door Tobias Brogan. Het is een lang verhaal.'
Al voordat ze was uitgepraat, sloeg hij zijn vingers om de halsband. Zonder er bewust over na te denken, maar door middel van de behoefte en de razernij, voelde hij zijn kracht vanuit zijn kalme kern groeien en door zijn arm stromen.
De halsband brak onder zijn hand als in de zon gedroogde modder.
Kahlans vingers gingen naar haar hals. Ze slaakte een zucht van opluchting die bijna als een jammerklacht klonk.
'Het is terug,' fluisterde ze terwijl ze tegen hem aanleunde en haar hand op haar borstbeen legde. 'Ik kan de kracht van de Belijdsters weer voelen. Ik kan haar weer aanraken.'

Hij drukte haar met één arm tegen zich aan. 'We moeten maken dat we wegkomen.'
'Ik heb net Ahern bevrijd. Daarbij heb ik mijn zwaard gebroken, op een van de Bloedbroeders. Hij is lelijk gevallen,' legde ze uit terwijl hij haar fronsend aankeek. 'Ik heb tegen Ahern gezegd dat hij naar het noorden moest gaan met de Zusters.'
'Zusters? Welke Zusters?'
'Ik heb Zuster Verna gevonden. Ze verzamelt de Zusters van het Licht, de jonge mannen, novicen en bewakers, en ontsnapt met hen. Ik ben naar haar op weg. Ik heb Adie bij hen achtergelaten. Schiet op, dan zijn we misschien bij hen voordat ze vertrekken. Ze zijn niet ver weg.'

Kevins mond viel open toen hij van achter de muur te voorschijn kwam om hen tweeën tegen te houden. 'Richard!' fluisterde hij. 'Ben jij het echt?'
Richard glimlachte. 'Het spijt me, ik heb geen chocolaatjes bij me, Kevin.'
Kevin schudde Richard krachtig de hand. 'Ik ben trouw aan jou, Richard. Bijna alle bewakers zijn dat.'
Richard fronste in het donker zijn voorhoofd. 'Ik ben... vereerd, Kevin.'
Die draaide zich om en riep doordringend fluisterend: 'Het is Richard!' Nadat hij en Kahlan door de poort en achter de muur waren geslopen, verzamelde zich een grote groep om hen heen. Bij het flikkerende licht van de vuren in de verte, in de haven, zag Richard Verna en hij omhelsde haar. 'Verna, ik ben zo blij om je te zien!' Hij hield haar op een armlengte afstand. 'Maar ik moet zeggen dat je wel een bad nodig hebt.'
Verna lachte. Het was een zeldzaam, fijn geluid. Warren drong zich langs haar heen en omhelsde Richard met een vrolijke glimlach.
Richard pakte Verna's hand en duwde de ring van de Priores erin, waarna hij haar vingers eromheen vouwde. 'Ik heb gehoord dat Ann dood is. Mijn condoléances. Dit is haar ring. Ik denk dat jij beter weet wat ermee moet gebeuren dan ik.'
Verna bracht haar hand dichter bij haar gezicht en staarde naar de ring. 'Richard... hoe kom je hieraan?'
'Ik heb Zuster Ulicia hem aan mij laten geven. Ze had niet het recht om hem te dragen.'
'Jij hebt...'
'Verna is tot Priores benoemd, Richard,' zei Warren terwijl hij een geruststellende hand op haar schouder legde.
Richard grijnsde. 'Ik ben trots op je, Verna. Doe de ring dan weer om.'
'Richard, Ann is niet... De ring is me afgenomen... Ik ben door een tribunaal veroordeeld... en afgezet als Priores.'

Zuster Dulcinia deed een stap naar voren. 'Verna, jij bent Priores. Bij het proces heeft elke Zuster die hier bij ons is, voor jou gestemd.'
Verna keek alle gezichten die naar haar gewend waren, onderzoekend aan. 'Is dat zo?'
'Ja,' zei Zuster Dulcinia. 'De anderen waren in de meerderheid, maar wij geloofden allemaal in jou. Jij bent benoemd door Priores Annalina. We hebben een Priores nodig. Doe de ring weer om.'
Verna knikte met haar ogen vol tranen van dankbaarheid naar de Zusters toen die hun bijval betuigden. Ze schoof de ring weer aan haar vinger en kuste die. 'We moeten iedereen onmiddellijk hier weg zien te krijgen. De Imperiale Orde komt eraan om het paleis in te nemen.'
Richard greep haar bij de arm en draaide haar naar zich toe. 'Hoe bedoel je: "De Imperiale Orde komt eraan om het paleis in te nemen"? Wat willen ze met het Paleis van de Profeten?'
'De profetieën. Keizer Jagang is van plan die te gebruiken om te weten te komen wat de vertakkingen in de boeken zijn, zodat hij de gebeurtenissen in zijn voordeel kan veranderen.'
De andere Zusters achter Verna snakten naar adem. Warren sloeg een hand voor zijn gezicht en kreunde.
'En,' vervolgde Verna, 'hij wil er gaan wonen, onder de betovering van het paleis, zodat hij over de wereld kan heersen nadat hij met behulp van de profetieën alle tegenstand heeft vermorzeld.'
Richard liet haar arm los. 'Dat kunnen we niet toestaan. We zouden bij elke vertakking gefrustreerd worden. We zouden geen kans maken. De wereld zou eeuwenlang gebukt gaan onder zijn tirannie.'
'We kunnen er niets aan doen,' zei Verna. 'We moeten vluchten, anders zullen we hier allemaal worden vermoord, en dan is er helemaal geen kans meer dat we kunnen helpen, dat we een manier kunnen bedenken om terug te vechten.'
Richard liet zijn blik over de verzamelde Zusters gaan, van wie hij er velen kende, en keek toen weer naar Verna. 'Priores, als ik het paleis nu eens zou vernietigen?'
'Wat? Hoe zou dat kunnen?'
'Dat weet ik niet. Maar ik heb de torens vernietigd, en die waren ook door de tovenaars uit vroeger tijden gemaakt. Als er nu een manier is?'
Verna likte over haar lippen terwijl ze in de verte tuurde. De groep Zusters zweeg. Zuster Phoebe drong zich tussen de anderen door.
'Verna, dat kun je niet toestaan!'
'Het is misschien de enige manier om Jagang tegen te houden.'
'Maar dat kan niet,' zei Phoebe, die bijna in tranen was. 'Het is het Paleis van de Profeten. Het is ons huis.'
'Het zal van nu af aan het huis van de droomwandelaar zijn, als we het voor hem achterlaten.'

'Maar Verna,' zei Phoebe terwijl ze Verna's armen pakte, 'zonder de betovering zullen we oud worden. We zullen sterven, Verna. Onze jeugd zal in een oogwenk verdwenen zijn. We zullen oud worden en doodgaan voordat we een kans hebben te leven.'
Met een duim veegde Verna een traan van het gezicht van de ander. 'Alles gaat dood, Phoebe, zelfs het paleis. Het kan niet eeuwig blijven leven. Het heeft zijn doel gediend, en als we nu niets doen, zal het een kwaad doel krijgen.'
'Verna, dit kun je niet doen! Ik wil niet oud worden.'
Verna drukte de jonge vrouw tegen zich aan. 'Phoebe, we zijn Zusters van het Licht. We dienen de Schepper bij zijn werk om het leven van de mensen op deze wereld beter te maken. De enige kans die we nu hebben om hun leven te verbeteren, is door te worden als de rest van de kinderen van de Schepper, om temidden van hen te leven.
Ik begrijp je angst, Phoebe, maar neem maar van mij aan dat het niet is zoals je vreest. Tijd voelt voor ons anders aan, onder de betovering van het paleis. Wij voelen het langzame verstrijken van de eeuwen niet, zoals degenen buiten het paleis zich dat voorstellen, maar het snelle tempo van het leven. Het voelt echt niet veel anders aan als je in de buitenwereld leeft.
We hebben gezworen dat we zullen dienen, niet dat we alleen maar lang zullen leven. Als je een lang en leeg leven wilt leiden, Phoebe, kun je bij de Zusters van de Duisternis blijven. Als je een zinvol, nuttig, voldoening schenkend leven wilt leiden, kom dan met ons mee, met de Zusters van het Licht, naar ons nieuwe leven, voorbij dat wat geweest is.'
Phoebe zweeg, en de tranen rolden over haar wangen. In de verte bulderde vuur, en af en toe lichtte de nacht op door een explosie. De kreten van vechtende mannen kwamen dichterbij.
Eindelijk sprak Phoebe. 'Ik ben een Zuster van het Licht. Ik wil met mijn Zusters meegaan... waar me dat ook heen voert. De Schepper zal over ons blijven waken.'
Verna glimlachte en streek zacht over Phoebes wang. 'Nog iemand anders?' vroeg ze terwijl ze naar de anderen keek die zich hadden verzameld. 'Is er nog iemand anders die bezwaren heeft? Zo ja, zeg dat dan nu. Kom later niet naar me toe om te zeggen dat je er geen kans voor hebt gekregen. Ik geef jullie die kans nu.'
Alle Zusters schudden hun hoofd. Ze uitten allemaal de wens om te vertrekken.
Verna draaide de ring om haar vinger rond terwijl ze naar Richard opkeek. 'Denk je dat je het paleis kunt vernietigen? De betovering?'
'Ik weet het niet. Herinner je je nog dat je voor het eerst naar me toe kwam, en Kahlan die blauwe bliksem gebruikte? Belijdsters hebben een

component van Subtractieve Magie gekregen van de tovenaars die hun kracht hebben gecreëerd. Misschien zal dat schade aanbrengen aan de kluizen, als ik het niet kan.'

Kahlan raakte met haar vingers zijn rug aan en fluisterde: 'Richard, ik denk niet dat ik dat kan. Die magie riep ik op voor jou, om jou te verdedigen. Ik kan er voor niets anders een beroep op doen.'

'We moeten het proberen. Als niets anders werkt, kunnen we de profetieën in brand steken. Als we brand stichten tussen al die boeken, zullen ze allemaal verkolen en dan kan Jagang ze in elk geval niet meer tegen ons gebruiken.'

Een groepje vrouwen en zo'n zes jongemannen kwamen naar de poort rennen. 'Vrienden van Richard,' werd er doordringend gefluisterd. Kevin opende de poort en liet het ademloze groepje binnen.

Verna greep een vrouw bij de arm. 'Philippa, heb je ze allemaal gevonden?'

'Ja.' De grote vrouw zweeg even om op adem te komen. 'We moeten maken dat we wegkomen. De voorhoede van de keizer is in de stad. Sommigen steken de zuidelijke bruggen al over. De Bloedbroederschap voert een felle strijd tegen hen.'

'Heb je gezien wat er in de haven gebeurt?' vroeg Verna.

'Ulicia en een paar van haar Zusters zijn daar. Die vrouwen scheuren de hele haven aan stukken. Het lijkt wel de onderwereld.' Philippa legde trillende vingers tegen haar lippen en sloot haar ogen even. 'Ze hebben de mannen van de *Vrouwe Sefa*.' Haar stem stokte. 'Het is onvoorstelbaar wat ze met die arme mannen doen.'

Philippa draaide zich om, liet zich op haar knieën vallen en braakte. Twee van de andere Zusters die met haar terug waren gekomen, deden hetzelfde. 'Goede Schepper,' kon Philippa met moeite tussen het kokhalzen door uitbrengen, 'je kunt het je niet voorstellen. Ik zal er de rest van mijn leven nachtmerries van hebben.'

Richard keerde zich om naar het geschreeuw en de kreten van de strijd. 'Verna, jullie moeten hier onmiddellijk weg. Er is geen tijd te verliezen.'

Ze knikte. 'Jij en Kahlan kunnen ons later wel weer inhalen.'

'Nee. Kahlan en ik moeten meteen naar Aydindril. Ik heb nu geen tijd om het uit te leggen, maar zij en ik hebben de magie die nodig is om daar te komen. Ik wilde dat ik de rest van jullie mee kon nemen, maar dat kan niet. Haast je. Ga naar het noorden. Er is een leger van honderdduizend D'Haraanse soldaten op weg naar het zuiden, op zoek naar Kahlan. Jullie zullen meer bescherming hebben bij hen, en zij bij jullie. Zeg tegen generaal Reibisch dat ze veilig bij mij is.'

Adie stapte tussen de anderen door en pakte Richards handen. 'Hoe is het met Zedd?'

Richards stem stokte in zijn keel. Hij sloot zijn ogen tegen de pijn. 'Adie, het spijt me, maar ik heb mijn grootvader niet gezien. Ik ben bang dat hij misschien is omgekomen bij de Burcht.'

Adie veegde over haar wang terwijl ze haar keel schraapte. 'Het spijt me, Richard,' fluisterde ze met haar hese stem. 'Je grootvader is een goed mens. Maar hij neemt te veel risico's. Ik heb hem gewaarschuwd.'

Richard drukte de oude tovenares tegen zich aan en ze huilde zacht tegen zijn borst.

Kevin kwam aanrennen vanaf de poort, met zijn zwaard in zijn hand. 'Of we moeten nú gaan, of we moeten vechten.'

'Ga,' zei Richard. 'We winnen deze oorlog niet als jullie in deze veldslag omkomen. We moeten volgens onze regels vechten, niet volgens die van Jagang. Hij zal mensen met de gave bij zich hebben, niet alleen soldaten.'

Verna wendde zich tot de verzamelde Zusters, novicen en jonge tovenaars. Ze pakte twee jonge meisjes die eruitzagen alsof ze geruststelling nodig hadden, bij de hand. 'Luister allemaal naar mij. Jagang is een droomwandelaar. De enige bescherming tegen hem is onze band met Richard. Richard is geboren met de gave, en met een toverkracht die is doorgegeven door zijn voorouders en die bescherming biedt tegen droomwandelaars. Leoma probeerde die band te verbreken om Jagang in staat te stellen mijn geest binnen te dringen en me gevangen te nemen. Voordat we gaan, moeten jullie allemaal knielen en trouw zweren aan Richard om er zeker van te zijn dat we beschermd zijn tegen onze vijand.'

'Als het jullie wens is dat te doen,' zei Richard, 'doe het dan zoals dat door Alric Rahl is bepaald, degene die de band en zijn bescherming heeft gecreëerd. Als jullie dit willen doen, vraag ik jullie om de eed af te leggen zoals die is doorgegeven, zoals die bedoeld is.'

Richard zei hun de woorden voor zoals hij ze zelf had gezegd, en bleef toen zwijgend staan en voelde het gewicht van de verantwoordelijkheid op zich drukken, niet alleen voor degenen die hier verzameld waren, maar ook voor de duizenden in Aydindril die van hem afhankelijk waren. De Zusters van het Licht en hun pupillen lieten zich op hun knieën zakken en verkondigden met één stem die oprees in de duisternis en het geluid van de strijd overstemde, hun band.

'Meester Rahl leidt ons. Meester Rahl leert ons. Meester Rahl beschermt ons. In uw licht gedijen we. In uw genade zijn we beschut. In uw wijsheid zijn we nederig. Wij leven slechts om te dienen. Ons leven behoort u toe.'

51

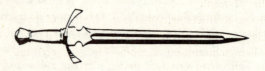

Richard duwde Kahlan tegen de muur in de bedompte, donkere stenen gang, en hij wachtte tot het groepje soldaten in karmozijnrode capes de kruising was gepasseerd. Toen de weerklank van hun laarzen in de verte wegstierf, ging Kahlan op haar tenen staan en fluisterde: 'Het bevalt me hier niet. Zouden we hier levend uitkomen?' Hij drukte een snelle kus op de rimpels van ongerustheid die ze in haar voorhoofd trok. 'Natuurlijk komen we hier levend uit. Dat beloof ik.' Hij pakte haar hand en dook onder een lage balk door. 'Kom mee, de kluizen zijn vlakbij.'

Het steen van de sombere gang was doorschoten met lichtgele vlekken waar water tussen naden door en over de blokken was gelekt. Aan het plafond hingen hier en daar druppels water aan stenen pegels met de kleur van eierdooier, die nu en dan op rimpelige stenen bergjes op de vloer dropen. Voorbij twee toortsen werd de gang breder en het plafond hoger om plaats te bieden aan de enorme ronde deur naar de kluizen.

Toen ze de bijna twee meter dikke stenen deur in zicht kregen, wist Richard dat er iets mis was. Niet alleen kon hij daarachter een spookachtig licht zien, maar zijn nekharen stonden overeind en hij kon de fluistering van de magie tegen zijn armen voelen, als spinnenwebben die langs de haartjes streken.

Hij wreef over zijn jeukende armen en boog zich naar voren. 'Voel jij iets vreemds?'

Ze schudde haar hoofd. 'Maar het licht is raar.'

Kahlan hield in. Richard zag het lichaam op hetzelfde moment, toen ze de ronde opening naar de kluizen naderden. Voor hen lag een vrouw opgekruld op de grond, alsof ze sliep, maar Richard wist dat ze niet sliep. Ze was net zo onbeweeglijk als het steen.

Toen ze naderbij kwamen, konden ze zien dat er aan de andere kant zo'n tien dode Bloedbroeders op de vloer lagen. Richard kromp ineen bij de aanblik, en hij werd een beetje misselijk. Elke man was precies halverwege de borstkas doormidden gesneden, met wapenrusting, cape en al. De vloer was een poel van bloed.

Zijn bange voorgevoel groeide met elke langzame stap naar de ronde opening in het gesteente.

'Luister, ik moet eerst iets halen,' zei hij. 'Wacht jij hier maar totdat ik terug ben. Het zou maar een paar minuten moeten duren.'

Kahlan trok hem achteruit bij de mouw van zijn overhemd. 'Je kent de regels.'

'Welke regels?'

'Je mag de rest van je leven niet verder dan drie meter bij me vandaan gaan, anders word ik boos.'

Richard keek in haar groene ogen. 'Ik heb je liever boos dan dood.'

Ze trok haar voorhoofd in een dreigende frons. 'Dat denk je nu. Ik heb te lang gewacht tot ik bij je kon zijn om je nu alleen op pad te laten gaan. Wat is er zo belangrijk dat je daar naar binnen wilt? We kunnen proberen hiervandaan iets te doen, toortsen naar binnen gooien en alles in brand steken, of zoiets. Al dat papier brandt vast als stro. We hoeven niet naar binnen.'

Richard glimlachte. 'Heb ik je ooit verteld hoeveel ik van je hou?'

Ze gaf hem een tikje tegen zijn arm. 'Zeg op. Waar wagen we ons leven voor?'

Richard gaf met een zucht toe. 'Achterin staat een profetieënboek dat meer dan drieduizend jaar oud is. Er staan profetieën over mij in. Het heeft me al eerder geholpen. Als we erin slagen al deze boeken te vernietigen, zou ik dat in elk geval mee willen nemen. Misschien komt het nog eens van pas.'

'Wat zegt het over jou?'

'Het noemt me *"fuer grissa ost drauka"*.'

'Wat betekent dat?'

Richard draaide zich weer naar de kluis. 'De brenger van de dood.'

Ze zweeg even. 'En hoe komen we daar achterin?'

Richard liet zijn blik over de dode soldaten gaan. 'We gaan in elk geval niet lopen.' Hij hield zijn hand voor zijn borst. 'Iets heeft hen op ongeveer deze hoogte doorgehakt. Wat we ook doen, we gaan niet staan.'

Op ongeveer die hoogte hing er in de ruimte van de kluizen een wafeldun waas, als een laagje rook, in de lucht. Het leek te gloeien, alsof het ergens door werd verlicht, maar Richard wist niet waardoor.

Op hun handen en knieën kropen ze de kluis in en onder de vreemde gloed door. Ze bleven langs de muur totdat ze de boekenplanken bereikten, zodat ze niet door de plassen bloed hoefden te kruipen. Van onderaf zag de gloed er nog eigenaardiger uit. Hij leek niet op een vorm van mist of rook die Richard ooit eerder had gezien, maar leek van licht te zijn gemaakt.

Ze hoorden een knarsend geluid en bleven roerloos zitten. Richard keek over zijn schouder en zag de twee meter dikke stenen deur dichtzwaaien. Hij schatte in dat hoe snel ze ook kropen, ze nooit op tijd terug zouden zijn voordat de deur dichtsloeg.

Kahlan wendde zich van de deur af. 'Zitten we hier opgesloten? Hoe komen we eruit? Is er nog een andere uitgang?'

'Dat is de enige uitgang, maar ik kan hem openmaken,' zei Richard. 'De deur werkt in combinatie met een schild. Als ik mijn hand tegen de metalen plaat aan de muur leg, zal hij opengaan.'

Haar groene ogen keken hem onderzoekend aan. 'Weet je dat zeker, Richard?'

'Bijna zeker. Het heeft in het verleden altijd gewerkt.'

'Richard, nu we eindelijk samen zijn, na alles wat we hebben meegemaakt, wil ik dat we hier allebei levend uitkomen.'

'Dat zullen we ook. We moeten wel, want er zijn mensen die onze hulp nodig hebben.'

'In Aydindril?'

Hij knikte en probeerde de woorden te vinden om haar te zeggen wat hij had willen zeggen, woorden om de afstand te overbruggen waarvan hij vreesde dat die tussen hen lag, de afstand die hij vreesde geschapen te hebben.

'Kahlan, ik heb daar niet gedaan wat ik heb gedaan omdat ik iets voor mezelf wilde, dat zweer ik je. Ik wil dat je dat weet. Ik weet hoezeer ik je gekwetst heb, maar het was het enige dat ik kon bedenken om te doen voor het te laat was. Ik heb het alleen gedaan omdat ik oprecht geloof dat het onze enige kans is om het Middenland uit de handen van de Imperiale Orde te houden.

Ik weet dat het het doel van de Belijdsters is om mensen te beschermen, niet om enkel maar macht uit te oefenen. Ik hoopte dat je zou inzien dat ik met dat doel voor ogen handelde, ook al was het niet volgens jouw wens. Ik wilde mensen beschermen, niet over hen heersen, maar ik ben verdrietig over wat ik je heb aangedaan.'

Het bleef lang dodelijk stil in de stenen ruimte. 'Richard, toen ik je brief voor de eerste keer las, was ik verpletterd. Er was me een heilige opdracht in handen gegeven, en ik wilde niet de geschiedenis ingaan als de Biechtmoeder die het Middenland is kwijtgeraakt. Op weg hierheen, met die halsband om mijn nek, heb ik veel tijd gehad om na te denken.

De Zusters hebben vanavond iets nobels gedaan. Ze hebben een nalatenschap van drieduizend jaar opgeofferd voor een hoger doel: om mensen te helpen. Ik ben misschien niet gelukkig met wat je hebt gedaan, en

je hebt nog het een en ander uit te leggen, maar ik zal luisteren met liefde in mijn hart, niet alleen voor jou maar ook voor de mensen van het Middenland die ons nodig hebben.
In de weken dat we hierheen zijn gereisd, heb ik bedacht dat we in de toekomst moeten leven, en niet in het verleden. Ik wil dat we in de toekomst vredig en veilig kunnen leven. Dat is het allerbelangrijkste. Ik ken je, en ik weet dat je wat je hebt gedaan niet zou doen om zelfzuchtige redenen.'
Richard streek met de achterkant van zijn vingers zacht langs haar wang. 'Ik ben trots op je, Biechtmoeder.'
Ze kuste zijn vingers. 'Later, als niemand het op ons leven heeft gemunt en we tijd hebben, zal ik mijn armen over elkaar slaan, fronsen en met mijn voet op de grond tikken zoals het een goede Biechtmoeder betaamt, terwijl jij stotterend en stamelend probeert uit te leggen wat de zin was van wat je hebt gedaan, maar kunnen we voorlopig gewoon zorgen dat we hier wegkomen?'
Gerustgesteld glimlachte Richard en hij kroop weer verder langs de rijen boekenkasten. Het dunne, gloeiende waas boven hun hoofd leek zich over de hele ruimte uit te spreiden. Richard wilde dat hij wist wat het was.
Kahlan haastte zich dichter naar hem toe. Richard controleerde elke rij die ze passeerden op mogelijke problemen en leidde hen om het onverklaarbare gevoel van gevaar heen als hij dat tegenkwam. Hij wist niet of dat gevoel een betrouwbare waarneming was of niet, maar hij durfde het niet te negeren. Hij begon te leren op zijn instinct te vertrouwen en zich minder druk te maken om het bewijs.
Toen ze in de kleine alkoof achterin waren, liet hij zijn blik langs de boeken op de plank dwalen en zag hij wat hij zocht. Het probleem was dat het boven het niveau van het waas stond. Hij was niet zo onverstandig om te proberen zijn hand erdoorheen te steken: hij wist niet precies wat de gloed was, maar hij wist wel dat het een soort magie was, en hij had gezien wat er met de soldaten was gebeurd.
Met Kahlans hulp liet hij de boekenkast heen en weer wiebelen totdat die omviel. Toen die tegen de tafel sloeg, vielen de boeken eruit, maar het boek dat hij wilde hebben, kwam op de tafel neer. Het gloeiende waas hing maar een paar centimeter boven het boek. Voorzichtig liet Richard zijn hand over de tafel glijden; hij voelde het tintelen van de magie die net boven zijn arm dreef. Uiteindelijk kreeg hij met zijn vingers het boek te pakken en trok hij het over de rand.
'Richard, er is iets mis.'
Hij pakte het boek op en bladerde het snel door om zich ervan te vergewissen dat het het goede was. Hoewel hij de Hoog-D'Haraanse woor-

den nu kon lezen en er een paar van herkende, had hij geen tijd om tot zich door te laten dringen wat er stond.

'Wat? Wat is er mis?'

'Kijk maar naar de mist boven ons. Toen we binnenkwamen, hing die op borsthoogte. Dat moet geweest zijn wat die mannen in tweeën heeft gehakt. Kijk er nu eens naar.'

Zonder dat hij het had gemerkt, was het waas tot vlak boven de tafel gezakt. Hij stopte het boek tussen zijn riem. 'Kom snel achter me aan.'

Richard kroop de ruimte uit met Kahlan op zijn hielen. Hij wist niet wat er zou gebeuren als de gloeiende magie hen bereikte, maar hij kon zich er wel een voorstelling van maken.

Kahlan gaf een kreet. Richard draaide zich om en zag dat ze languit op de grond lag.

'Wat is er?'

Ze probeerde zich op haar ellebogen verder te slepen, maar boekte geen resultaat. 'Iets heeft mijn enkel vast.'

Richard kroop naar haar terug en greep haar pols.

'Het heeft losgelaten. Op het moment dat je me aanraakte, liet het los.'

'Pak mijn enkel vast, en laten we maken dat we wegkomen.'

Ze snakte naar adem. 'Richard! Kijk!'

De gloed boven hun hoofd was gezakt toen hij haar aanraakte, alsof de magie de aanraking had gevoeld, zijn prooi had gevoeld en de achtervolging inzette door lager te gaan hangen. Ze hadden nauwelijks nog ruimte om te kruipen. Richard schoot naar de deur, met Kahlan aan zijn enkel.

Voordat ze de deur hadden bereikt, was het lichtvlak boven hun hoofd zo ver gezakt dat Richard de hitte tegen zijn rug kon voelen.

'Omlaag!'

Ze liet zich plat vallen toen hij haar dat opdroeg, en ze tijgerden op hun buik vooruit. Toen ze ten slotte de deur bereikten, draaide Richard zich op zijn rug. Het waas hing een paar centimeter boven hem.

Kahlan greep zijn overhemd beet en trok zichzelf dichterbij. 'Richard, wat moeten we doen?'

Richard staarde omhoog naar de metalen plaat. Die zat boven de gloeiende laag die zich van muur tot muur uitstrekte. Hij kon de plaat niet meer bereiken zonder zijn hand door het dreigende licht boven hen te steken.

'We moeten hier weg zien te komen, of dat zal ons doden, net zoals het die anderen heeft gedood. Ik moet opstaan.'

'Ben je gek geworden? Dat kan niet!'

'Ik heb de mriswith-cape. Als ik die gebruik, kan het licht me misschien niet vinden.'

Kahlan sloeg een arm om zijn borst. 'Nee!'
'Als ik het niet probeer, ben ik er ook geweest.'
'Richard, nee!'
'Heb je een beter idee? Onze tijd raakt op.'
Ze gromde van woede en stak haar arm uit naar de deur. Een blauwe bliksemschicht vloog uit haar vuist te voorschijn. Blauwe, knetterende lichtflitsen schoten langs de buitenrand van de deur.
De dunne laag wazig licht trok zich terug alsof het een levend organisme was en de aanraking van haar magie pijn deed. Maar de deur bewoog niet.
Toen het licht zich terugtrok en zich in het midden van de kamer concentreerde, sprong Richard op en sloeg met zijn hand tegen de plaat. De deur kreunde en kwam in beweging. De knetterende blauwe lichtflitsen van Kahlan stierven weg terwijl de deur langzaam openzwaaide. De gloed begon zich weer af te vlakken en te verspreiden.
Richard greep Kahlans hand. Hij ging staan en perste zich door de opening, waarna hij haar meetrok. Buiten vielen ze hijgend op de grond, terwijl ze elkaar nog vasthielden.
'Het werkte,' zei ze, op adem komend na de schrik. 'Ik wist dat je in gevaar was, en dus werkte mijn toverkracht.'
Toen de deur verder opendraaide, sijpelde de lichtvlek de gang in.
'We moeten hier weg,' zei hij terwijl ze opkrabbelden.
Ze draafden achteruit en hielden de voortkruipende mist die hen achtervolgde in de gaten. Ze kreunden allebei toen ze met een klap tegen een onzichtbare barrière sloegen. Richard tastte het oppervlak af, maar kon geen opening vinden. Hij draaide zich om en zag dat het licht hen bijna had ingehaald.
Met een razende behoefte en zonder erover na te denken, stak Richard zijn handen uit.
Strengen zwarte bliksem, pulserende leemtes in het bestaan van licht en leven, als een eeuwigdurende dood, schoten kronkelend en spiralend van zijn uitgestrekte handen weg. De knal van de bliksem toen de Subtractieve Magie de wereld in schoot was oorverdovend. Kahlan kromp ineen. Ze sloeg haar handen voor haar oren en deinsde achteruit bij de aanblik. Midden in de kluizen leek de wazige gloed te ontbranden. Hij voelde een diepe dreun in zijn borst en in het steen onder zijn voeten.
De boekenplanken werden achteruit geblazen en wierpen een sneeuwstorm van papieren de lucht in, die kort opvlamden als duizenden vonken van een kampvuur. Het licht krijste alsof het leefde. Hij kon de zwarte bliksem voelen exploderen binnenin hem, een kracht en razernij die zijn begrip te boven gingen, door hem heen vlamden en de kluizen in wervelden.

Kahlan rukte aan zijn armen. 'Richard! Richard! We moeten rennen! Richard! Luister naar me! Ren!'
Kahlans stem klonk alsof die van ver kwam. De zwarte strengen Subtractieve Magie verdwenen plotseling. De wereld stroomde terug in de leegte in zijn bewustzijn, en hij had weer het gevoel dat hij in leven was, in leven en verbluft.
De onzichtbare barrière die hun de weg versperd had, was verdwenen. Richard greep Kahlans hand en rende. Achter hen tolde en loeide de kern van licht, en die werd steeds feller terwijl het geluid hoger werd.
Goede geesten, dacht hij, wat heb ik gedaan?
Ze renden door de stenen gangen, trappen op en door hallen die op elk niveau rijker bewerkt waren, met panelen en tapijten, en lampen in plaats van toortsen als verlichting. Hun schaduwen strekten zich voor hen uit, maar dat kwam niet door de lampen, maar door het levende licht achter hen.
Ze stormden een deur door, naar buiten, waar ze midden in een nachtelijke veldslag terechtkwamen. Mannen met karmozijnrode capes vochten tegen mannen met blote armen die Richard nooit eerder had gezien. Sommigen hadden een baard, veel hoofden waren kaalgeschoren, en ze hadden allemaal een ring door hun linker neusvleugel. Met hun vreemde leren riemen en banden, sommige beslagen met spijkers, en lagen huiden en bont, zagen ze eruit als woeste, barbaarse mannen, een indruk die werd versterkt door de manier waarop ze vochten: met een ijzingwekkende grijns ontblootten ze hun op elkaar geklemde tanden terwijl ze met zwaarden, bijlen en dorsvlegels maaiden, op hun tegenstanders inhakten, slagen afweerden en zich een weg naar voren baanden met behulp van ronde beukelaars met een lange pin in het midden.
Hoewel hij de mannen nooit eerder had gezien, wist Richard dat dit de Imperiale Orde moest zijn.
Richard hield zijn pas niet in, maar zigzagde door openingen in het gevecht en trok Kahlan achter zich aan terwijl hij op een brug afstormde. Toen een van de soldaten van de Imperiale Orde naar hem uitviel en een laars naar hem uitstak om hem tegen te houden, ontweek Richard hem, haakte zijn arm onder het been van de man door en wierp hem met een zwaai opzij, waarbij hij zijn onstuimige vaart nauwelijks minderde. Toen een andere soldaat van de Orde op hem af kwam, stootte Richard zijn elleboog in het gezicht van de man en duwde hem weg.
Midden op de oostelijke brug, die naar het gebied leidde waar de Hagenwouden lagen, worstelden zo'n vijf mannen van de Bloedbroederschap met een gelijk aantal van de Orde. Toen er een zwaard in zijn richting werd gestoken, dook Richard er onderdoor en duwde de man met

zijn schouder over de rand de rivier in, voordat hij verder stormde door de opening die was ontstaan.
Achter zich kon hij boven het geluid van de strijd, het gekletter van staal en de kreten van mannen, het gejammer van het licht horen. Hij rende, en zijn benen leken uit eigen wil op en neer te gaan om te ontsnappen; ze waren op de vlucht voor iets dat erger was dan zwaarden of messen. Kahlan had geen hulp nodig om hem bij te houden: ze was vlak naast hem.
Toen ze eenmaal aan de andere kant van de brug en een klein stukje de stad in waren, verdween de duisternis in een felle gloed die plotseling inktzwarte schaduwen veroorzaakte, die van het paleis af wezen. Ze doken met zijn tweeën achter de gepleisterde muur van een gesloten winkel en hurkten daar snakkend naar adem neer. Richard gluurde om de hoek van het gebouw en zag een oogverblindend licht uit alle ramen van het paleis schijnen, zelfs die in de hoge torens. Er leek licht door de naden tussen de stenen door te sijpelen.
'Kun je nog een stukje rennen?' vroeg hij hijgend.
'Ik wilde helemaal niet stoppen,' zei ze.
Richard kende de stad tussen het paleis en het platteland goed. Hij nam Kahlan mee door de verwarde, angstige, jammerende mensenmassa, door nauwe straten vol gebouwen en brede straten met bomen, totdat ze de buitenwijken van Tanimura bereikten.
Halverwege de heuvel boven het dal waarin de stad lag, voelde hij een harde dreun in de grond die zijn voeten bijna onder hem vandaan sloeg. Zonder om te kijken sloeg Richard een arm om Kahlan en dook met haar een lage inham in het graniet in. Bezweet en uitgeput hielden ze elkaar vast terwijl de grond schudde.
Ze staken hun hoofd net op tijd naar buiten om te zien hoe het licht de massieve torens en stenen muren van het Paleis van de Profeten uiteenreet alsof het papier was in een orkaan. Het hele Halsband-eiland leek te scheuren. Stukken van bomen en enorme brokken gazon vlogen samen met stenen van allerlei afmetingen de lucht in. Een verblindende flits dreef een koepel van donkere brokstukken voor zich uit. De rivier had geen water en geen bruggen meer. Het gordijn van licht breidde zich met een ratelend gebrul uit. Op een of andere manier doorstond de stad aan de overkant van het eiland de furie.
Boven hun hoofd lichtte de lucht op alsof er een hemelgewelf opflakkerde uit mededogen met de verblindende kern beneden. De zomen van de flikkerende klok van licht boven hun hoofd vielen kilometers van de stad als in een waterval in de richting van de grond. Richard herinnerde zich die grens: het was het buitenste schild dat hem hier had gehouden toen hij een Rada'Han droeg.

'Brenger van de dood, dat mag je wel zeggen,' fluisterde Kahlan vol ontzag terwijl ze toekeek. 'Ik wist niet dat je zoiets kon.'
'Ik ook niet,' zei Richard zachtjes.
Een windvlaag rukte aan het gras terwijl hij met volle vaart de heuvel op bulderde. Ze doken naar beneden toen er een wervelende muur van zand en stof voorbij stoof.
Ze gingen voorzichtig rechtop zitten toen alles stil werd. De nacht was weergekeerd, en in het plotselinge donker kon Richard niet veel zien beneden, maar hij wist dat het Paleis van de Profeten verdwenen was.
'Het is je gelukt, Richard,' zei Kahlan uiteindelijk.
'Het is ons gelukt,' antwoordde hij terwijl hij naar het dode, donkere gat temidden van de stadslichtjes staarde.
'Ik ben blij dat je dat boek hebt meegenomen. Ik wil weten wat het nog meer over je te vertellen heeft.' Ze begon te glimlachen. 'Ik denk dat Jagang daar niet meer zal gaan wonen.'
'Ik denk het ook niet. Is alles goed met je?'
'Prima,' zei ze. 'Maar ik ben blij dat het voorbij is.'
'Ik ben bang dat het nog maar net begint. Kom mee, de sliph zal ons terugbrengen naar Aydindril.'
'Je hebt me nog steeds niet verteld wat die sliph is.'
'Ik denk niet dat je me zou geloven. Je kunt het beter zelf zien.'

'Heel indrukwekkend, Tovenaar Zorander,' zei Ann terwijl ze zich afwendde.
Zedd wuifde haar lof met een grom weg. 'Het is niet mijn werk.'
Ann veegde de tranen van haar wangen, blij dat het donker was zodat hij ze niet kon zien, maar ze moest zich inspannen om ervoor te zorgen dat haar stem haar emoties niet verraadde. 'Je hebt de toorts er misschien niet opgegooid, maar je hebt wel de brandstapel gemaakt. Heel indrukwekkend. Ik heb weleens een lichtweb een kamer zien opblazen, maar dit...'
Hij legde vriendelijk een hand op haar schouder. 'Het spijt me, Ann.'
'Ja, nou ja, wat moet dat moet.'
Zedd kneep in haar schouder alsof hij wilde zeggen dat hij het begreep.
'Ik vraag me af wie de toorts erop heeft gegooid.'
'De Zusters van de Duisternis hebben de beschikking over Subtractieve Magie. Een van hen moet het web bij toeval hebben aangestoken.'
Zedd tuurde in het donker naar haar. 'Bij toeval?' Hij trok zijn hand terug en snoof ongelovig.
'Dat moet het zijn geweest,' zei ze met een zucht.
'Wel iets meer dan toeval, zou ik zeggen.' Ze bespeurde een spoortje trots in zijn melancholieke fluistering.

'Wat dan?'
Hij negeerde haar vraag. 'Laten we Nathan opzoeken.'
'Ja,' zei Ann, die zich plotseling de profeet herinnerde. Ze kneep in Holly's hand. 'Hier hebben we hem achtergelaten. Hij moet hier ergens in de buurt zijn.'
Ann staarde naar de maanverlichte heuvels in de verte. Ze zag een groep mensen over de weg naar het noorden trekken: een koets en mensen op paarden. Het waren er te veel om hen niet te kunnen voelen. Het waren haar Zusters van het Licht. De Schepper zij dank; dan waren ze toch nog ontsnapt.
'Ik dacht dat je hem kon vinden met behulp van die afschuwelijke halsband.'
Ann begon koortsachtig in het kreupelhout te zoeken. 'Dat kan ik ook, en die zegt me dat hij hier ergens moet zijn. Misschien is hij gewond geraakt door de explosie. Aangezien de betovering is vernietigd, moet hij hier zijn aandeel hebben geleverd aan de verwoesting van het buitenste schild, dus misschien is er iets met hem gebeurd. Help me zoeken.'
Holly zocht ook, maar bleef dichtbij. Zedd dwaalde naar een vlakke open plek. Hij liet zich leiden door de manier waarop de takken en het kreupelhout gebogen en gebroken waren, en zocht in de buurt van het centrum van de knoop, waar de kracht geconcentreerd zou zijn geweest. Toen Ann zich bukte om in de lage nissen in de rotsen te kijken, riep Zedd haar.
Ze pakte Holly bij de hand en rende naar de oude tovenaar. 'Wat is er?'
Hij wees. Rechtop, zodat ze het niet konden missen, vastgeklemd in een spleet in een ronde bult graniet, zat iets ronds. Ann wrikte het los.
Ze staarde er ongelovig naar. 'Het is Nathans Rada'Han.'
Holly snakte naar adem. 'O, Ann, misschien is hij dood. Misschien is hij gedood door de magie.'
Ann draaide de halsband rond. Hij was nog dicht. 'Nee, Holly.' Ze streek het kind geruststellend over haar haar. 'Hij is niet dood, anders zou er nog wel een spoor van hem te vinden zijn. Maar goede Schepper, wat betekent dit?'
'Wat het betekent?' Zedd grinnikte. 'Het betekent dat hij is ontsnapt. Hij heeft hem in die rots gestoken om er zeker van te zijn dat je hem zou zien, alsof hij daarmee een lange neus naar je trekt. Nathan wilde ons laten weten dat hij de halsband op eigen houtje van zijn nek heeft gekregen. Hij moet de kracht van de knoop eraan hebben gekoppeld, of zoiets.' Zedd zuchtte. 'Nou ja, hij is weg. Haal nu die van mij er maar af.'
Ann liet haar hand met de Rada'Han erin zakken terwijl ze voor zich uit de nacht in keek. 'We moeten hem vinden.'

'Haal mijn halsband van mijn nek, zoals je hebt beloofd, en dan kun je achter hem aan gaan. Zonder mij, wel te verstaan.'
Ann voelde haar woede oplaaien. 'Jij gaat met me mee.'
'Met jou? Vergeet het maar, ik peins er niet over!'
'Je gaat mee.'
'Ben je van plan je belofte te breken?'
'Nee, ik ben van plan die te houden, zo gauw als we die lastige profeet hebben gevonden. Je hebt geen idee van de complicaties die die man kan veroorzaken.'
'Waar heb je mij voor nodig?'
Ze schudde met een vinger naar hem. 'Je gaat met me mee, of je dat nu leuk vindt of niet, en daar is de kous mee af. Als we hem vinden, haal ik je halsband eraf. Eerder niet.'
Hij schudde woedend met zijn vuisten terwijl Ann wegbeende om de paarden te halen. Haar blik dwaalde naar de maanverlichte heuvel in de verte, waar de groep Zusters op weg naar het noorden was. Toen Ann bij de paarden aankwam, hurkte ze bij Holly neer.
'Holly, als je eerste opdracht als novice bij de Zusters van het Licht, heb ik een heel belangrijke, dringende taak voor je.'
Holly knikte ernstig. 'Wat dan, Ann?'
'Het is essentieel dat Zedd en ik Nathan vinden. Ik hoop dat het niet lang duurt, maar we moeten opschieten, voordat hij ontkomt.'
'Voordat hij ontkomt!' brulde Zedd achter haar. 'Hij heeft uren de tijd gehad. Hij heeft een enorme voorsprong. We hebben geen idee waar die man heen is. Hij is al "ontkomen".'
Ann wierp een blik over haar schouder. 'We moeten hem vinden.' Ze wendde zich weer tot Holly. 'We moeten ons haasten, en ik heb geen tijd om eerst naar de Zusters van het Licht op die heuvel daar te gaan. Jij moet naar ze toe gaan en Zuster Verna alles vertellen wat je weet over wat er is gebeurd.'
'Wat moet ik haar dan vertellen?'
'Alles wat je weet over wat je hebt gezien en gehoord terwijl je bij ons was. Vertel haar de waarheid en verzin niets. Het is belangrijk dat ze weet wat er gebeurt. Vertel haar dat Zedd en ik achter Nathan aan gaan, en dat we ons bij hen zullen voegen zodra we kunnen, maar dat we eerst de Profeet moeten vinden. Zeg haar dat ze naar het noorden moeten reizen, zoals ze al doen, om aan de Orde te ontsnappen.'
'Dat kan ik wel.'
'Het is niet ver, en als je die weg daar neemt, kom je vanzelf terecht op de weg waarop zij rijden, dus je zult ze niet mislopen. Je paard kent je en mag je graag, dus ze zal goed voor je zorgen. Je zult er in een uur of twee zijn, en dan heb je alle Zusters om je te beschermen en van je te

houden. Zuster Verna weet wel wat er moet gebeuren.'
'Ik zal je missen totdat je ons hebt ingehaald,' zei Holly met een stem die verstikt werd door tranen.
Ann omhelsde het kleine meisje. 'O, kind, ik zal jou ook heel erg missen. Ik wilde dat ik je met ons mee kon nemen, je hebt ons zo geholpen, maar we moeten ons haasten als we Nathan te pakken willen krijgen. De Zusters, vooral Priores Verna, moeten weten wat er is gebeurd. Dat is belangrijk, daarom stuur ik je erheen.'
Holly snoof haar tranen moedig weg. 'Ik begrijp het. Je kunt op me rekenen, Priores.'
Ann hielp het meisje in het zadel en kuste haar hand toen ze de teugels erin legde. Ann keek haar na en zwaaide terwijl Holly haar paard in de richting van de Zusters van het Licht liet draven.
Ze draaide zich om naar de ziedende tovenaar. 'We kunnen maar beter gaan als we Nathan nog te pakken willen krijgen.' Ze klopte hem op zijn knokige schouder. 'Het zal niet lang duren. Zo gauw we hem gevangen hebben, haal ik die halsband van je nek, dat beloof ik.'

52

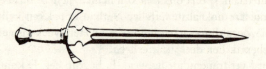

De Hagenwouden waren net zo donker en naargeestig als altijd, maar Richard wist zeker dat de mriswith weg waren. Gedurende hun reis door het sombere bos had hij er niet een gevoeld. Hoewel het een onheilspellende plek was, was het er uitgestorven. De mriswith waren allemaal naar Aydindril gegaan. Hij huiverde als hij eraan dacht wat dat betekende.

Kahlan zuchtte nerveus en verstrengelde haar vingers terwijl ze naar het vriendelijke, glimlachende, kwikzilveren gezicht van de sliph keek. 'Richard, voordat we hieraan beginnen, voor het geval dat er iets mis gaat, wil ik je vertellen dat ik weet wat er gebeurd is toen je hier gevangen zat, en dat ik je niets verwijt. Je dacht dat ik niet van je hield, en je was alleen. Ik begrijp het.'

Richard boog zich dichter naar haar toe en fronste zijn voorhoofd. 'Waar heb je het over? Wat zou er gebeurd zijn?'

Ze schraapte haar keel. 'Merissa. Ze heeft me alles verteld.'

'Merissa!'

'Ja. Ik begrijp het, en ik neem het je niet kwalijk. Je dacht dat je me nooit meer zou zien.'

Richard knipperde verbaasd met zijn ogen. 'Merissa is een Zuster van de Duisternis. Ze wil me vermoorden.'

'Maar ze heeft me verteld dat toen jullie hier vroeger waren, ze je lerares was. Ze zei dat... Nou, ik heb haar ontmoet, en ze is mooi. Jij was eenzaam, en ik neem het je niet kwalijk.'

Richard pakte haar bij de schouders en dwong haar zich af te wenden van de sliph. 'Kahlan, ik weet niet wat Merissa je heeft verteld, maar ik vertel je de waarheid: sinds de dag dat ik jou heb ontmoet, heb ik van niemand anders gehouden. Niemand. Ja, toen je me dwong een halsband om te doen en ik dacht dat ik je nooit meer zou zien, was ik eenzaam, maar ik heb onze liefde nooit verraden, zelfs niet toen ik dacht dat ik

die kwijt was. Ook toen ik dacht dat je me niet wilde, heb ik nooit... met Merissa of met wie dan ook.'
'Echt waar?'
'Echt waar.'
Ze glimlachte haar speciale glimlach, die ze alleen hem schonk. 'Adie probeerde me dat ook al te vertellen. Ik was bang dat ik zou sterven voordat ik je weer zou zien, en wilde dat je wist dat ik van je hou, wat er ook is gebeurd. Een deel van me is bang om dit te doen. Ik ben bang dat ik erin zal verdrinken.'
'De sliph heeft je gevoeld en zegt dat je kunt reizen. Jij hebt ook een component van Subtractieve Magie. Alleen degenen met beide soorten magie kunnen reizen. Het zal goed gaan. Je zult het zien.' Hij glimlachte bemoedigend. 'Er is niets om bang voor te zijn, dat beloof ik je. Het lijkt op niets dat je ooit eerder hebt gevoeld. Het is fantastisch. Gaat het nu wat beter?'
Ze knikte. 'Ja.' Ze sloeg haar armen om hem heen en drukte hem zo hard tegen zich aan dat ze de lucht uit zijn lijf perste. 'Maar als ik verdrink, wil ik dat je weet hoeveel ik van je hou.'
Richard hielp haar de stenen muur om de sliph op en keek toen om zich heen naar de donkere bossen voorbij de ruïne. Hij wist niet of er echt naar hen werd gekeken of dat het alleen zijn ongerustheid was. Hij voelde in elk geval geen mriswith, en als er een naar hem keek, zou hij die voelen. Hij besloot dat het gewoon zijn ervaringen uit het verleden in de Hagenwouden waren waardoor hij op zijn hoede was.
'We zijn klaar, sliph. Weet je hoe lang het zal duren?'
'Ik ben lang genoeg,' klonk het weergalmende antwoord.
Richard zuchtte en verstevigde zijn greep om Kahlans hand. 'Doe wat we je verteld hebben.' Ze knikte en ademde nog een paar maal diep in. 'Ik blijf bij je. Wees maar niet bang.'
De vloeibare zilveren arm tilde hen op en de duisternis werd inktzwart. Richard hield Kahlans hand stevig vast toen ze naar beneden doken, want hij wist hoe moeilijk het voor hem was geweest om de sliph voor het eerst in te ademen. Toen ze hem een kneepje in zijn hand gaf, waren ze al in de gewichtloze leegte.
Het bekende gevoel van tegelijkertijd vooruit te schieten en rustig te drijven keerde terug, en Richard wist dat ze op weg waren naar Aydindril. Net als de vorige keer was er geen hitte, geen kou, geen gevoel van ondergedompeld zijn in het kwikzilveren vocht van de sliph. Zijn ogen zagen licht en donker samen in een enkel, spectraal beeld, en zijn longen zwollen op met de zoete aanwezigheid van de sliph, doordat hij haar zijdezachte wezen inademde.
Richard was blij omdat hij wist dat Kahlan dezelfde verrukking voelde

als hij: dat merkte hij aan de langzame manier waarop ze in zijn hand kneep. Ze lieten elkaar los om zwemslagen te maken door de stille stroming.

Richard zwom verder door de duisternis en het licht. Hij voelde dat Kahlan zijn enkel greep om zich door hem voort te laten trekken.

Tijd had geen betekenis. Het zou een fractie van een seconde of een langzaam verstrijkend jaar hebben kunnen zijn dat hij voortzweefde met Kahlan aan zijn enkel. Net als de vorige keer kwam er abrupt een eind aan. Het interieur van de kamer in de Burcht explodeerde om hem heen, maar hij wist wat hij kon verwachten, en deze keer was hij niet bang.

Adem, zei de sliph.

Hij liet de zoete adem ontsnappen, liet de verrukking uit zijn longen stromen, en ademde de vreemde lucht in.

Hij voelde Kahlan achter zich bovenkomen, en in de stilte van Kolo's kamer hoorde hij haar de sliph uitblazen en de lucht inademen. Richard sprong op en de sliph vloeide van hem af toen hij zichzelf op de muur en eroverheen hees. Toen zijn voeten de vloer raakten, draaide hij zich om om Kahlan eruit te helpen.

Merissa glimlachte hem toe.

Richard verstijfde. Eindelijk ging zijn geest weer werken. 'Waar is Kahlan? Je bent aan me gebonden! Je hebt een eed afgelegd!'

'Kahlan?' klonk de melodieuze stem. 'Die is hier.' Merissa stak een hand in het kwikzilver. 'Maar je zult haar niet meer nodig hebben. En ik blijf mijn eed trouw... Een eed aan mezelf.'

Ze tilde Kahlans slappe lichaam bij haar kraag omhoog. Met behulp van haar magie tilde Merissa Kahlan uit de put van de sliph. Kahlan werd tegen de muur gekwakt en zakte zonder te ademen op de grond ineen. Voordat Richard naar haar toe kon rennen, tikte Merissa met de lemmeten van een *jabree* tegen de stenen. Het zoete lied greep hem en zorgde ervoor dat zijn benen slap en krachteloos werden terwijl hij geboeid naar Merissa's glimlachende gezicht keek.

'De *jabree* zingt voor je, Richard. Zijn lied roept je.'

Ze kwam naderbij en bracht de gonzende *jabree* dichter bij hem. Ze hield hem omhoog, draaide het schitterende voorwerp van zijn begeerte rond, liet het hem goed zien en kwelde hem ermee. Richard bevochtigde zijn lippen terwijl het zoemende gegons van de *jabree* in zijn botten resoneerde. Het vibrerende geluid verlamde hem.

Ze dreef dichterbij en gaf hem ten slotte het mes. Zijn vingers raakten het eindelijk aan, en het lied stroomde door elke vezel van zijn lichaam, betoverde elk hoekje van zijn ziel. Merissa glimlachte toen zijn vingers zich om de handgreep sloten. Hij huiverde van vervoering nu hij hem vasthield. Zijn vingers sloten zich er in pijnlijk genot steviger omheen.

Ze haalde een andere *jabree* te voorschijn uit de zilveren poel. 'Dat is nog maar de helft, Richard. Je hebt ze allebei nodig.'
Ze lachte, een aangenaam, kwinkelerend geluid, terwijl ze met de tweede *jabree* tegen de stenen tikte. Het lied verblindde hem bijna van verlangen om hem aan te raken. Hij moest moeite doen om niet door zijn knieën te knikken. Hij wilde bij de tweede *jabree* komen. Hij leunde over de muur en rekte zich ernaar uit.
Merissa grijnsde spottend, maar dat kon hem niet schelen, hij moest en zou de tegenhanger van zijn *jabree* in zijn andere hand houden.
'Adem,' zei de sliph.
Afgeleid wierp Richard er een blik op. De sliph keek naar de vrouw die ineengezakt op de vloer tegen de muur lag. Hij wilde iets zeggen, toen Merissa opnieuw met de tweede *jabree* tegen de stenen tikte.
Zijn benen werden slap. Hij sloeg zijn linkerarm, met de *jabree* in zijn vuist, over de muur om zichzelf overeind te houden.
'Adem,' zei de sliph weer.
Door het betoverende, zoemende lied dat door zijn botten zong heen spande Richard zich in om te begrijpen tegen wie, daar bij de muur, de sliph sprak. Het leek belangrijk, maar hij kon niet bedenken waarom. Wie was het?
Merissa's lach echode door de kamer terwijl ze opnieuw met de *jabree* tegen de muur tikte.
Richard slaakte een hulpeloze kreet van extase en verlangen.
'Adem,' zei de sliph nogmaals, indringender nu.
Door het verdovende lied van de *jabree* heen drong het tot hem door. Zijn innerlijke behoefte welde op en overspoelde de versuffende melodie die hem omgaf.
Kahlan.
Hij keek naar haar. Ze ademde niet. Een innerlijke stem riep om hulp.
Toen de *jabree* weer begon te zingen, verslapten zijn nekspieren. Zijn ronddwalende blik viel op iets in de steen onder hem.
De noodsituatie bracht zijn spieren in beweging. Zijn arm strekte zich uit. Zijn vingers raakten het aan. Zijn hand sloot zich eromheen, en er stroomde een nieuwe behoefte door zijn botten. Een behoefte die hij goed kende.
Met een uitbarsting van razernij rukte Richard het Zwaard der Waarheid uit de stenen vloer, en er klonk een nieuw lied door de kamer.
Merissa staarde hem met een moordlustige blik aan terwijl ze opnieuw de *jabree* tegen de stenen tikte. 'Je zult sterven, Richard Rahl. Ik heb gezworen dat ik in je bloed zou baden, en dat zal ik doen.'
Met zijn laatste krachten, versterkt door de toorn van het zwaard, hees Richard zich bovenop de stenen muur en boog zich voorover, waarna

hij de kling van het zwaard in het kwikzilver van de sliph duwde. Melissa gilde.
Er schoten zilveren aderen door haar vlees. Haar kreten echoden door de stenen kamer terwijl ze haar armen omhoogstak in een paniekpoging om uit de sliph te ontsnappen, maar het was te laat. De metamorfose joeg door haar heen en ze werd net zo glanzend als de sliph, als een zilveren beeld in een zilveren, weerkaatsende plas. De harde trekken van haar gezicht werden zachter en wat eens Merissa was geweest, loste op in de kabbelende golven van kwikzilver.

'Adem,' zei de sliph tegen Kahlan.

Richard wierp de *jabree* opzij terwijl hij door de kamer rende. Hij pakte Kahlan op in zijn armen en droeg haar naar de put. Hij legde haar over de muur, sloeg zijn armen om haar buik en perste.

'Adem! Kahlan, adem!' Hij drukte haar weer samen. 'Doe het voor mij! Adem! Alsjeblieft, Kahlan, adem.'

Haar longen lieten het kwikzilver gaan en ze gulpte plotseling een wanhopige slok lucht naar binnen, en toen nog een.

Ten slotte draaide ze zich om in zijn armen en liet zich tegen hem aan vallen. 'O, Richard, je had gelijk. Het was zo heerlijk dat ik vergat adem te halen. Je hebt me gered.'

'Maar hij heeft die ander gedood,' merkte de sliph op. 'Ik heb hem gewaarschuwd over het magische voorwerp dat hij draagt. Het is niet mijn schuld.'

Kahlan keek met knipperende ogen naar het zilveren gezicht. 'Waar heb je het over?'

'Degene die nu een deel van mij is.'

'Merissa,' zei Richard. 'Het is niet jouw schuld, sliph. Ik moest het doen, anders zou zij ons tweeën hebben vermoord.'

'Dan ben ik ontheven van de verantwoordelijkheid. Dank u, Meester.'

Kahlan draaide zich om haar as en keek naar het zwaard. 'Wat is er gebeurd? Hoe bedoel je, Merissa?'

Richard maakte het riempje bij zijn keel los, stak zijn hand over zijn schouder en trok de mriswith-cape van zijn rug.

'Ze was ons gevolgd door de sliph. Ze probeerde jou te vermoorden, en... nou ja, ze wilde met me in bad.'

'Wat?'

'Nee,' verbeterde de sliph, 'ze zei dat ze in uw bloed wilde baden.'

Kahlans mond viel open. 'Maar... wat is er gebeurd?'

'Ze is nu bij mij,' zei de sliph. 'Voor altijd.'

'Dat betekent dat ze dood is,' zei Richard. 'Ik zal het uitleggen als we meer tijd hebben.' Hij wendde zich tot de sliph. 'Bedankt voor je hulp, sliph, maar nu moet je gaan slapen.'

'Natuurlijk, Meester. Ik zal slapen totdat ik weer nodig ben.'

Het glanzende zilveren gezicht verwekelijkte en smolt terug in de poel kwikzilver. Richard kruiste, zonder er bewust over na te denken, zijn polsen. De glinsterende poel kreeg een gloed. De sliph kwam tot rust en begon in de put weg te zinken, eerst langzaam en toen met toenemende snelheid, totdat ze verdwenen was.

Kahlan staarde naar hem toen hij rechtop ging staan. 'Ik geloof dat je me heel veel uit moet leggen.'

'Als we er tijd voor hebben, dat beloof ik.'

'Waar zijn we trouwens?'

'Onderin in de Burcht, onder een van de torens.'

'Onderin in de Burcht?'

Richard knikte. 'Onder de bibliotheek.'

'Onder de bibliotheek! Niemand kan onder het niveau van de bibliotheek komen. Er zijn schilden die sinds mensenheugenis elke tovenaar uit het laagste deel van de Burcht weg hebben gehouden.'

'Nou, toch zijn we daar, en dat is ook iets waar we later over moeten praten. We moeten zorgen dat we in de stad komen.'

Ze stapten Kolo's kamer uit, en onmiddellijk drukten ze zich allebei tegen de muur. De rode mriswith-koningin lag in de poel aan de andere kant van de reling. Ze spreidde haar vleugels beschermend over een legsel van honderden eieren met het formaat van grote meloenen terwijl ze een waarschuwing trompette die door de enorme toren echode.

Aan het flauwe licht dat door de openingen boven hun hoofd naar binnen viel, kon Richard zien dat het laat in de middag was. Het had minder dan een dag gekost, dat hoopte hij tenminste, om Aydindril te bereiken. Bij het licht kon hij ook de reusachtige omvang van het legsel van vlekkerige grijs met groene eieren op de rotsen zien.

'Dat is de mriswith-koningin,' verklaarde Richard haastig terwijl hij over de reling klom. 'Ik moet die eieren vernietigen.'

Kahlan riep zijn naam in een poging hem terug te roepen, terwijl hij over de reling het donkere, slijmerige water in sprong. Richard hield zijn zwaard voor zich terwijl hij tot aan zijn middel door het water waadde naar de glibberige rotsen in het midden. De koningin richtte zich op haar klauwen op en gaf een ratelende brul.

Haar kop kronkelde op hem af en haar kaken klapperden. Op dat moment zwaaide Richard met het zwaard. De zonderlinge kop deinsde terug. Ze blies hem een wolk toe die scherp rook en duidelijk een waarschuwing was. Gestaag ploeterde Richard verder. Ze sperde haar bek open en onthulde lange, scherpe tanden.

Richard kon Aydindril niet in handen van de mriswith laten vallen. En als hij deze eieren niet vernietigde, zouden er nog meer mriswith zijn om mee af te rekenen.

'Richard! Ik heb geprobeerd de blauwe bliksem te gebruiken, maar die werkt hier beneden niet! Kom terug!'
De sissende koningin beet naar hem. Richard stak met zijn zwaard naar de kop toen die dichtbij kwam, maar ze bleef net buiten zijn bereik en brulde woedend. Richard slaagde erin de kop op een afstand te houden terwijl hij naar houvast tastte.
Hij vond een rotspunt waaraan hij zich kon vasthouden en klauterde de donkere, slijmerige rotsen op. Hij zwaaide met het zwaard, en toen de dreigende kaken zich terugtrokken, hakte hij op de eieren in. Stinkend eigeel liep over het donkere gesteente toen hij de dikke, leerachtige schillen brak.
De koningin werd woest. Ze klapperde met haar vleugels, zodat ze van de rots omhoogkwam en buiten het bereik van Richards zwaard raakte. Haar staart zwiepte naar voren en klapte als een enorme zweep. Toen de staart bij hem in de buurt kwam, zwaaide Richard met het zwaard om haar op afstand te houden. Hij had op dit moment meer belangstelling voor het verwoesten van de eieren.
Haar kaken klapten dicht toen ze naar hem uitviel. Richard stak met het zwaard en doorboorde haar nek met een afschampende slag, maar het was genoeg om de koningin van pijn en razernij te doen terugdeinzen. Met haar wild klapperende vleugels sloeg ze hem languit over de rots. Richard liet zich opzij rollen om de rondmaaiende klauwen te ontwijken. Haar staart zwiepte weer in zijn richting, en haar kaken klapperden. Richard was gedwongen de eieren even te vergeten en zichzelf te verdedigen. Als hij haar kon doden, zou dat de zaak vereenvoudigen.
De koningin krijste van woede. Even later hoorde Richard een krakend geluid. Hij draaide zich om en zag Kahlan eieren kapotslaan met een plank die deel had uitgemaakt van de deur van Kolo's kamer. Hij klauterde over de glibberige rotsen om te zorgen dat hij tussen Kahlan en de razende koningin in kwam te staan. Hij hakte naar de kop toen die hen probeerde te bijten, naar de staart toen die probeerde hem van de rots te zwiepen, en naar de klauwen toen die probeerden hem aan stukken te scheuren.
'Hou jij haar maar op een afstand,' zei Kahlan terwijl ze met de plank zwaaide, eieren kapotsloeg en door de kleverige gele drab waadde, 'dan reken ik wel met deze af.'
Richard wilde niet dat Kahlan gevaar liep, maar hij wist dat ook zij haar stad verdedigde, en hij kon haar moeilijk vragen zich ergens te gaan verschuilen. Bovendien had hij haar hulp nodig. Hij moest zorgen dat hij in de stad kwam.
'Als je maar opschiet,' zei hij tussen het wegduiken en aanvallen door. De enorme rode massa wierp zich op hem en probeerde hem tegen de

rotsen te verpletteren. Richard dook opzij, maar de koningin kwam toch nog op zijn been neer. Hij schreeuwde het uit van de pijn en mepte met het zwaard terwijl het beest naar hem hapte.

Plotseling kwam de plank met een klap neer op de vlezige spleten bovenop de kop van de koningin. Ze wankelde jammerend van pijn achteruit, klapperde wild met haar vleugels en maaide met haar klauwen door de lucht. Kahlan stak een arm door de zijne en hielp hem weg terwijl het rode lijf zich oprichtte. Ze tuimelden samen in het stinkende water.

'Ik heb ze allemaal gehad,' zei Kahlan. 'Laten we maken dat we wegkomen.'

'Ik moet haar te pakken krijgen, anders legt ze weer nieuwe.'

Maar toen de mriswith-koningin zag dat al haar eieren kapot waren, schakelde ze van de aanval over op de vlucht. Ze sloeg als een bezetene met haar vleugels, waardoor ze een stukje opsteeg. Ze deed een uitval naar de muur, greep zich met haar klauwen vast aan het steen en begon naar een grote opening hoog in de toren te klimmen.

Richard en Kahlan hesen zich uit de stinkende poel het pad op. Richard wilde naar de trap lopen die langs de binnenkant van de toren naar boven wentelde, maar toen hij zijn gewicht op zijn been bracht, viel hij op de grond.

Kahlan hielp hem overeind. 'Je kunt nu niet bij haar komen. We hebben alle eieren vernield, maar om haar moeten we ons later maar eens bekommeren. Is je been gebroken?'

Richard leunde tegen de reling en wreef over de pijnlijke plek terwijl hij keek hoe de koningin de opening hoog in de toren uitklom. 'Nee, ze heeft het alleen tegen de rots gedrukt. We moeten naar de stad.'

'Maar je kunt niet lopen.'

'Dat lukt wel. De pijn wordt al minder. Kom mee.'

Richard nam een van de gloeiende bollen mee om hen bij te lichten en ondersteund door Kahlan ging hij op pad, de buik van de Burcht uit. Zij was nog nooit in de kamers en gangen geweest waar hij haar doorheen leidde. Hij moest haar in zijn armen nemen om haar door de schilden heen te helpen, en haar voortdurend waarschuwen voor wat ze niet aan mocht raken en waar ze haar voeten niet neer mocht zetten. Ze trok zijn waarschuwingen herhaaldelijk in twijfel maar volgde zijn volhardende bevelen op, bij zichzelf mompelend dat ze nooit had geweten dat er zulke eigenaardige plekken in de Burcht waren.

Tegen de tijd dat ze door de kamers en gangen hun weg naar boven hadden gevonden, werkte zijn been beter, hoewel het nog steeds pijn deed. Hij kon lopen, ook al was het dan mank.

'Eindelijk weet ik waar we zijn,' zei Kahlan toen ze de lange hal voor de

bibliotheek bereikten. 'Ik maakte me zorgen dat we nooit daar beneden weg zouden komen.'
Richard liep in de richting van de gangen waarvan hij wist dat die de weg naar buiten vormden. Kahlan protesteerde dat hij die kant niet op kon, maar hij hield vol dat dat de route was die hij altijd nam, en ze volgde hem met tegenzin. Hij sloeg zijn armen om haar heen om haar door het schild te helpen naar de grote hal bij de ingang, en ze vonden het allebei een welkom excuus.
'Hoe ver nog?' vroeg ze terwijl ze om zich heen keek in de bijna kale ruimte.
'We zijn er. Dit is de deur naar buiten.'
Toen ze door de deur naar buiten waren gegaan, draaide Kahlan zich tweemaal verbijsterd om. Ze greep hem bij zijn overhemd en wees naar de deur. 'Daar? Ben je daardoor naar binnen gegaan? Is dat de weg die je hebt genomen de Burcht in?'
Richard knikte. 'Daar leidde het stenen pad naartoe.'
Ze wees kwaad boven de deur. 'Kijk dan wat daar staat! En jij bent daardoor gegaan?'
Richard wierp een blik op de woorden die in de stenen latei boven de enorme deur waren gegraveerd. 'Ik weet niet wat die woorden betekenen.'
'*Tavol de ator Mortado*,' las ze voor. 'Dat betekent "Pad der Doden".'
Richard keek even naar de andere deuren aan de overkant van het stuk kiezelstenen en grind. Hij herinnerde zich het ding dat onder het grind door op hem af was gekomen.
'Nou, het was de grootste deur, en het pad leidde er recht heen, dus ik dacht dat het de ingang was. Het is ook wel logisch, als je erover nadenkt. Ik word "de brenger van de dood" genoemd.'
Kahlan wreef ontzet over haar armen. 'We waren bang dat je de Burcht in zou komen. We stonden doodsangsten uit dat je daar naar binnen zou gaan en gedood zou worden. Goede geesten, ik kan nauwelijks geloven dat dat niet is gebeurd. Zelfs de tovenaars gingen niet door die deur naar binnen. Dat schild aan de binnenkant van de deur laat mij er niet door zonder jouw hulp; dat alleen al betekent dat het aan de andere kant levensgevaarlijk is. Ik kan langs alle schilden, behalve degene die de gevaarlijkste plekken afschermen.'
Richard hoorde een geknars van kiezels en zag beweging in het grind. Hij trok Kahlan terug op het midden van een stapsteen terwijl het ding een kronkelende route naar hen toe nam.
'Wat is er?' vroeg ze.
Richard wees. 'Er komt iets aan.'
Kahlan wierp hem over haar schouder een fronsende blik toe en liep het

grind op. 'Je bent hier toch niet bang voor?' Ze ging op haar hurken zitten en begroef haar hand in het grind terwijl het ding daaronder naar haar toe kwam. Ze bewoog haar hand alsof ze een huisdier aaide.
'Wat doe je?'
Kahlan worstelde speels met het ding onder het grind. 'Het is maar een steenhond. Tovenaar Giller heeft hem opgeroepen om een vrouw weg te jagen die hem de hele tijd lastigviel. Ze was bang om het grind over te steken, en niemand die goed bij zijn hoofd is zou natuurlijk het Pad der Doden ingaan.' Kahlan richtte zich op. 'Bedoel je... Vertel me nou niet dat je bang was voor de steenhond.'
'Nou... dat niet direct, maar...'
Kahlan zette haar handen in haar zij. 'Je bent het Pad der Doden ingegaan, en door al die schilden heen, omdat je bang was van een steenhond? Ben je daarom niet naar de andere deuren gegaan?'
'Kahlan, ik wist niet wat dat ding onder het grind was. Ik had nog nooit zoiets gezien.' Hij krabde aan zijn elleboog. 'Oké, ik was er bang voor. Ik wilde voorzichtig zijn. En ik kon de woorden niet lezen, dus ik wist niet dat die deur gevaarlijk was.'
Ze sloeg haar ogen op naar de hemel. 'Richard, je had wel...'
'Ik ben niet gedood in de Burcht, ik heb de sliph gevonden en daarna jou. Kom nu maar mee. We moeten zien dat we in de stad komen.'
Ze legde haar arm om zijn middel. 'Je hebt gelijk. Ik denk dat ik gewoon prikkelbaar ben door...' Ze gebaarde in de richting van de deur. 'Door alles wat daar is gebeurd. Die mriswith-koningin joeg me angst aan. Ik ben alleen maar blij dat je het hebt gered.'
Met hun armen om elkaar heen haastten ze zich door de hoog oprijzende, gewelfde opening in de buitenmuur.
Toen ze onder het enorme valhek door renden, zwiepte er van om de hoek een sterke rode staart om de muur, die hen allebei tegen de grond sloeg. Voordat Richard op adem kon komen, klapperden er vleugels boven zijn hoofd. Er werden klauwen naar hem uitgeslagen. Hij voelde een brandende pijn in zijn linkerschouder toen een klauw zich in hem vasthaakte. Kahlan rolde over de grond door een klap van de staart.
Terwijl hij dichter naar de gapende bek werd gebracht door de klauw die vastzat in zijn schouder, rukte hij zijn zwaard te voorschijn. De razernij overspoelde hem ogenblikkelijk. Hij hakte door een vleugel heen. De koningin deinsde terug en rukte de klauw los uit zijn schouder. De toorn van de magie hielp hem de pijn te negeren toen hij opsprong.
Hij stak met het zwaard terwijl het beest met klapperende kaken naar hem uitviel. Ze leek een en al vleugels, tanden, klauwen en staart, zoals ze zich op hem stortte terwijl hij achteruitliep. Richard stak in een poot, en de koningin week terug van pijn. Haar staart maaide in het rond,

raakte hem ter hoogte van zijn middel en wierp hem tegen de muur. Hij sloeg woest naar de staart en hakte het puntje eraf.

De rode mriswith-koningin richtte zich op haar achterpoten op, onder het valhek met pinnen. Richard dook naar de hefboom en ging er met zijn hele gewicht aan hangen. Met een piepend gerammel stortte het hek naar beneden, naar het woeste beest. De koningin draaide zich om toen het hek neerkwam, en het miste net haar rug maar pinde een vleugel vast aan de grond. Ze ging nog harder krijsen.

Het koude zweet brak Richard uit toen hij zag dat Kahlan op de grond lag... aan de andere kant van het hek. De koningin zag haar ook en met een uiterste krachtsinspanning rukte ze haar vleugel onder het hek vandaan, waarbij ze die in lange rafelige repen scheurde.

'Kahlan! Rennen!'

Versuft probeerde ze weg te kruipen, maar het beest besprong haar. Het greep haar bij haar been en hield haar vast.

De koningin draaide zich om en spuwde hem een stinkende wolk toe. Richard begreep onmiddellijk wat die betekende: wraak.

Met een krankzinnige inspanning trok hij aan het wiel waarmee het hek omhoog werd gehesen. Het ging centimeter voor centimeter omhoog. De koningin waggelde de weg af en sleepte Kahlan aan haar been met zich mee.

Richard liet het wiel los en zwaaide, gedreven door de razernij van de magie, met het zwaard naar de platte spijlen van het valhek. Vonken en hete staalsplinters vlogen rokend door de lucht. Schreeuwend van woede zwaaide hij opnieuw met het zwaard naar het ijzer en hakte nog een jaap in de spijlen. Met een derde slag werd er een stuk losgesneden. Hij trapte het opzij en dook door de opening.

Richard stormde de weg af naar het wegmarcherende rode beest. Kahlan graaide naar de grond in een wanhopige poging te ontsnappen. Toen de koningin de brug had bereikt, sprong ze op de muur langs de rand en gromde naar hem toen hij in volle vaart aan kwam rennen.

De koningin klapperde met haar gescheurde vleugel, alsof ze niet besefte dat ze kon vliegen. Nog steeds rennend, schreeuwde Richard het uit toen ze zich omdraaide en haar vleugels spreidde, klaar om met haar prooi van de brug af te springen.

De staart zwiepte over de weg toen Richard de brug op stormde. Hij hakte er een stuk van twee meter af. De koningin draaide zich om haar as terwijl ze Kahlan ondersteboven aan haar been vasthield als een lappenpop. Richard was buiten zinnen en zwaaide in blinde woede met het zwaard terwijl ze naar hem beet. Hij werd besproeid met het bloed van het beest toen hij de voorste helft van een vleugel afhakte, waarbij het bot in witte stukjes onder zijn kling versplinterde. Ze zwiepte met haar

ingekorte staart naar hem en sloeg met haar andere, gehavende vleugel. Kahlan gilde terwijl ze haar hand naar Richard uitstak, met gespreide vingers, net buiten zijn bereik. Hij duwde het zwaard de rode buik in. Een rode klauw trok Kahlan weg toen hij haar hand probeerde te grijpen. Richard sneed de andere vleugel bij de schouder af. Het bloed spoot door de lucht terwijl het uitzinnige beest zich van links naar rechts draaide in pogingen hem te bereiken. Het weerhield haar ervan om Kahlan aan stukken te scheuren.
Richard hakte nog een stuk van de staart af toen die dicht genoeg bij hem kwam. Naarmate het stinkende bloed overal heen spoot, werden de reacties van de koningin trager, waardoor Richard haar nog meer wonden kon toebrengen.
Richard deed een uitval en greep Kahlans pols, en zij de zijne, en hij duwde het zwaard tot aan het gevest in de onderkant van de rijzende en dalende rode borst. Dat was een vergissing.
De dodelijk gewonde mriswith-koningin had Kahlans been in een fatale greep. Het rode beest wankelde en tuimelde met een nachtmerrieachtig langzame draai van de brug over de gapende afgrond. Kahlan gilde. Richard hield haar met al zijn kracht vast. Toen de koningin viel, trok haar gewicht zo hard aan zijn arm dat zijn buik tegen de muur boven de duizelingwekkende diepte sloeg.
Richard zwaaide met het zwaard over de rand en met één krachtige slag sneed hij de poot af die Kahlans been vasthield. Het rode beest viel spiralend tussen de steile wanden naar beneden, die duizenden meters vanaf de bodem oprezen, en verdween ver weg in de diepte.
Kahlan hing aan zijn hand boven diezelfde diepte. Er stroomde bloed langs zijn arm en over hun handen. Hij voelde dat haar pols uit zijn greep begon weg te glijden. Alleen zijn dijbenen weerhielden hem ervan om over de muur te glijden.
Met een enorme inspanning tilde hij haar een meter omhoog. 'Pak de muur met je andere hand. Ik kan je niet houden. Je glijdt weg.'
Kahlan kletste haar vrije hand bovenop de stenen muur en nam een deel van het gewicht over. Hij wierp het zwaard op de weg achter zich en stak zijn andere hand onder haar arm. Richard beet op zijn tanden en trok haar, met haar hulp, over de muur de weg op.
'Haal het eraf!' jammerde ze. 'Haal het eraf!'
Richard boog de klauw open en bevrijdde haar been. Hij gooide de rode poot over de rand. Kahlan liet zich in zijn armen vallen, hijgend van uitputting en te afgemat om te praten.
Door de kloppende pijn heen voelde Richard de bedwelmende warmte van de opluchting. 'Waarom heb je je kracht niet gebruikt... de bliksem?'

'In de Burcht werkte het niet, en hier had dat beest me al half buiten westen geslagen. Waarom heb je die van jou niet gebruikt, die angstaanjagende zwarte bliksem, zoals in het Paleis van de Profeten?'
Richard dacht over de vraag na. 'Ik weet het niet. Ik weet niet hoe de gave werkt. Het heeft iets met instinct te maken. Ik kan het niet naar believen oproepen.' Hij streek met een hand over haar haar en sloot zijn ogen. 'Ik wou dat Zedd hier was. Hij zou me kunnen helpen met het beheersen ervan, met leren hoe ik het kan gebruiken. Ik mis hem zo.'
'Ik weet het,' fluisterde ze.
Boven hun amechtige ademhaling uit hoorde hij in de verte kreten van mannen en het gekletter van staal. Hij besefte dat hij rook rook. De lucht was er nevelig van.
Hij hielp Kahlan overeind en negeerde de felle pijn in zijn schouder, en ze renden de weg af naar een bocht van waaruit ze uitzicht hadden over de stad onder hen.
Toen ze abrupt tot stilstand kwamen aan de rand, snakte Kahlan naar adem.
Geschokt liet Richard zich op zijn knieën zakken. 'Goede geesten,' fluisterde hij, 'wat heb ik op mijn geweten?'

53

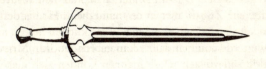

'Het is Meester Rahl!' Stemmen droegen de uitroep naar achteren door de massa D'Haraanse troepen. 'Verzamelen! Het is Meester Rahl!'
Een kreet zwol aan in de late-middaglucht. Duizenden stemmen klonken boven het kabaal van de veldslag uit. Wapens werden de rokerige lucht in gestoken op het ritme van de kreten. 'Meester Rahl! Meester Rahl! Meester Rahl!'
Met een strak gezicht beende Richard tussen de soldaten in de achterhoede van de slag door. Gewonde, bloedende mannen krabbelden overeind en sloten zich aan bij de menigte die hem volgde.
Door de mist van scherpe rook heen kon Richard onderaan de afhellende straten de verwoede gevechten zien aan de voorhoede van de donker geüniformeerde D'Haranen. Tegenover hen stroomde een rode zee de stad in, die hen achteruit dreef. De Bloedbroederschap. Ze kwamen van alle kanten, gestaag en onstuitbaar.
'Het moeten er ruim honderdduizend zijn,' zei Kahlan, schijnbaar tegen zichzelf.
Richard had een troepenmacht van honderdduizend op pad gestuurd om Kahlan te zoeken. Die waren weken reizen van de stad verwijderd. Hij had het leger in Aydindril bijna in tweeën gedeeld en de helft weggestuurd. En nu kwam de Bloedbroederschap om te profiteren van zijn vergissing.
Maar er zouden toch genoeg D'Haranen moeten zijn om zich staande te houden tegen dit aantal tegenstanders. Er was iets vreselijk mis.
Met een groeiende menigte gewonden die zich achter hem aan sleepte, bereikte Richard de rand van wat de belangrijkste slag leek. De Bloedbroederschap drong van alle kanten op. Vlammen laaiden op in de Koningsstraat. Midden in het gebied met donkere uniformen stond de witte pracht van het Paleis van de Belijdsters.

Officieren kwamen aanrennen, maar hun vreugde om hem te zien werd getemperd door wat er even verderop gebeurde. Het gegil dat opsteeg van het slagveld ging hem door merg en been.
Richard was verrast toen hij hoorde hoe volkomen kalm zijn eigen stem klonk. 'Wat gebeurt er? Dit zijn D'Haraanse soldaten. Waarom worden ze teruggedreven? Ze zijn niet in de minderheid. Hoe is de Bloedbroederschap zo ver de stad in gekomen?'
De doorgewinterde commandant zei maar één woord: 'Mriswith.'
Richard balde zijn vuisten. Deze mannen konden zich niet verdedigen tegen mriswith. Eén mriswith kon in een paar minuten tientallen mannen vellen. Richard had lange rijen mriswith de sliph zien binnengaan, wel honderden.
De D'Haranen waren in het begin misschien niet in de minderheid geweest, maar dat waren ze nu wel.
De stemmen van de geesten spraken al tegen hem, en overstemden de kreten van pijn van de stervelingen. Hij wierp een blik op de doffe schijf van de zon achter de rook. Het zou nog twee uur licht blijven.
Richards blik ontmoette die van drie luitenants. 'Jij, jij en jij. Verzamel alle mannen die jullie nodig hebben.' Zonder zich om te draaien wees hij met zijn duim achter zich, naar Kahlan. 'Breng de Biechtmoeder, mijn koningin, naar het paleis en bescherm haar.'
De blik in Richards ogen maakte het volkomen onnodig om nog iets te zeggen over het belang van de missie, en overbodig om te waarschuwen voor de consequenties van het mislukken ervan.
Kahlan protesteerde luidkeels. Richard trok zijn zwaard.
'Nu.'
De mannen deden onmiddellijk wat hun was opgedragen en voerden Kahlan met zich mee naar achteren terwijl ze naar hem schreeuwde. Richard keek niet om en luisterde niet naar haar woorden.
Hij was al ondergedompeld in de felle razernij. Magie en dood dansten gevaarlijk in zijn ogen. Zwijgende mannen schuifelden achteruit in een wijder wordende kring.
Richard veegde de kling door het bloed aan zijn arm om het zwaard een voorproefje te geven. De razernij draaide zich strakker ineen.
Hij keek links en rechts, en de ogen van de dood zochten de wandelende doden. Door de twee stormen heen, die van de toorn van het zwaard en die van zijn eigen woede, hoorde hij alleen de jankende razernij in zichzelf, maar hij wist dat hij meer nodig had. In een hortende opeenvolging slechtte hij alle barrières en bevrijdde hij alle magie, zonder iets achter te houden. Hij was een met de geesten binnenin, met de magie, met de behoefte. Hij was de ware Zoeker, en meer dan dat.
Hij was de brenger van de dood in levenden lijve.

En toen liep hij, tussen de mannen door die het front probeerden te bereiken, tussen de in donker leer geklede soldaten door die vastbesloten gromden terwijl ze worstelden met mannen in karmozijnrode capes en glanzende wapenrustingen die door de linies waren gebroken, tussen winkeliers door die het zwaard hadden opgepakt, tussen jongemannen uit de stad met spiesen en jongens met knuppels door.

Terwijl hij voorwaarts schreed, stak hij de mannen van de Bloedbroederschap alleen neer als ze probeerden hem de weg te versperren. Hij had het gemunt op iets veel dodelijkers dan zij.

Richard sprong op een omgevallen wagen temidden van het strijdgewoel. Mannen zwermden om hem heen om kwaad op een afstand te houden. Zijn roofvogelblik ging over het strijdtoneel. Hij was juist op zoek naar kwaad.

Voor hem uit overspoelde de zee van rode capes de donkere kust van dode D'Haranen. Het aantal doden aan D'Haraanse zijde was afschrikwekkend, maar hij was verloren in de magie en elke gedachte gewijd aan iets anders dan aan zijn vijand was niets meer dan schuim in de kookpot van zijn toorn.

Ergens in de verste uithoeken van zijn geest jammerde hij bij de aanblik van zoveel doden, maar de kreet verwaaide in de wind van zijn razernij.

Richard voelde hun aanwezigheid, en toen zag hij hen. Vloeiende bewegingen, levend vlees neermaaiend, een oogst van doden binnenhalend. De Bloedbroederschap golfde achter hen aan en overweldigde de gedecimeerde D'Haranen.

Richard hief het Zwaard der Waarheid en raakte met de karmozijnrode kling zijn voorhoofd aan. Hij gaf zich volledig over.

'Kling,' fluisterde hij smekend, 'wees me vandaag trouw.'

Brenger van de dood.

'Dans met me, Dood,' mompelde hij. 'Ik ben er klaar voor.'

De laarzen van de Zoeker dreunden op de straat. Op een of andere manier was het instinct van allen die het zwaard voor hem hadden gebruikt samengesmolten met dat van hemzelf. Hij droeg hun kennis, ervaring en vaardigheid als een tweede huid.

Hij liet zich door de magie leiden, maar die werd voortgedreven door de stormen van woede, en zijn wil. Hij gaf de drang om te doden de vrijheid, en glipte tussen de linies door.

Zo vlug als de dood vond zijn kling zijn eerste doelwit, en er zakte een mriswith ineen.

Verspil je kracht niet aan het doden van degenen die door anderen gedood kunnen worden, zeiden de stemmen van de geesten tegen hem. *Dood alleen degenen die zij niet kunnen doden.*

Richard luisterde naar de stemmen en liet zijn innerlijk de mriswith om zich heen voelen, van wie sommigen zich verborgen in hun cape. Hij danste met de dood, en de dood vond hen af en toe voordat ze hem zagen aankomen. Hij doodde zonder meer moeite te doen of meer steken uit te delen dan nodig was. Elke keer dat zijn zwaard toestootte, vond het vlees.

Richard beende langs de linies en zocht de geschubde wezens op die de Bloedbroederschap aanvoerden. Hij voelde de hitte van de vuren toen hij door de straten liep, op jacht. Hij hoorde hen sissen van verrassing als hij op hen af sprong. Zijn neusgaten vulden zich met de stank van hun bloed. Alles reeg zich aaneen tot een lange roes van vechten.

Maar hij wist dat het niet genoeg zou zijn. Met het gevoel dat hij verdronk in ontzetting besefte hij dat het niet genoeg zou zijn. Hij was maar alleen, en als hij ook maar het kleinste foutje maakte, zou zelfs hij er niet meer zijn. Het was alsof je probeerde een mierenvolk uit te roeien door mier voor mier onder je schoenzool te verpletteren.

Er kwamen al *jabree* dichter bij hem dan hij van plan was geweest toe te laten. Tweemaal zongen ze langs zijn vlees en lieten rode sporen achter. Maar wat erger was, overal om hem heen sneuvelden zijn mannen bij honderden, en de Bloedbroederschap hoefde alleen nog maar achter de mriswith aan te komen om de gewonden te slachten. De strijd duurde eindeloos.

Richard wierp een blik op de zon en zag dat die nog maar half zichtbaar was boven de horizon. De nacht viel als een lijkwade over de laatste ademtochten van de stervenden. Hij wist dat er voor hem ook geen ochtend meer zou zijn.

Richard voelde een stekende snee in zijn zij terwijl hij zich om zijn as draaide. De kop van een mriswith barstte in een rode wolk bloed uiteen toen hij die met zijn zwaard raakte. Hij begon moe te worden, en ze kwamen te dichtbij. Hij bracht de kling omhoog en reet de buik van een ander open. Hij was doof voor hun doodskreten.

Hij dacht aan Kahlan. Er zou geen ochtend meer zijn. Voor hem. Voor haar. De dood kwam als de duisternis over hen.

Met moeite bande hij haar uit zijn gedachten. Hij kon zich niet veroorloven afgeleid te worden. Omdraaien. Kling omhoog, klauw eraf. Wending, buik opensnijden. Rondtollen, kling naar beneden op een gladde kop. Steken. Duiken. Snijden. De stemmen spraken tegen hem, en hij reageerde zonder vragen of aarzelen.

Met een verstikkende ontsteltenis besefte hij dat ze naar het centrum van Aydindril werden gedreven. Hij draaide zich om, keek naar de andere kant van het grote plein vol tumult, wanorde en chaos van de gevechten, en zag het Paleis van de Belijdsters op nog geen zevenhonderd meter afstand. Binnen afzienbare tijd zouden de mriswith door de linies breken en het paleis binnentrekken.

Hij hoorde een luid gebrul en zag een massa D'Haraanse soldaten achter de vijandelijke linies de Bloedbroederschap aanvallen vanuit een zijstraat, waarbij ze zich niet langer concentreerden op het gevecht aan het front. Vanaf de andere kant stroomde een overeenkomstig aantal toe en sneed een groot aantal mannen met karmozijnrode capes in de brede hoofdstraat af van de rest. De D'Haranen hakten op de geïsoleerde Bloedbroeders in en sneden ze aan stukken.

Richard bleef stokstijf staan toen hij zag dat Kahlan de aanval vanaf de rechterkant aanvoerde. Ze voerde niet alleen D'Haraanse troepen aan, maar ook mannen en vrouwen van de staf van het paleis. Het bloed stolde hem in de aderen toen hij zich herinnerde hoe de mensen van Ebinissia zich op het laatst hadden aangesloten bij de verdediging van hun stad. Wat deed ze? Ze had in het paleis moeten zijn, waar het veilig was. Hij zag dat het weliswaar een dappere manoeuvre was, maar dat die slecht zou aflopen. Er waren te veel Bloedbroeders en ze zou door hen worden ingesloten.

Voordat dat kon gebeuren, trok ze haar mannen terug. Richard hakte de kop van een mriswith af. Net toen hij dacht dat ze zich had teruggetrokken naar een veiliger plek, voerde ze opnieuw een verrassingsaanval uit, vanuit een andere straat en op een andere plek in de linie.

De mannen in de karmozijnrode capes vooraan draaiden zich naar de nieuwe bedreiging toe, wat ertoe leidde dat ze van achteren werden aangevallen. De mriswith ondergroeven de effectiviteit van de tactiek en sneden zich een weg door het nieuwe front met dezelfde dodelijke efficiëntie die ze de hele middag al tentoon hadden gespreid.

Richard hakte zich een weg recht door de massa karmozijnrode capes naar Kahlan toe. Nadat hij al die tijd tegen mriswith had gevochten, leken mannen langzaam en sloom in vergelijking. Alleen de afstand maakte het een inspanning. Zijn armen waren moe en zijn kracht nam af.

'Kahlan! Wat doe je!' De razernij van de magie gaf zijn stem kracht terwijl hij haar bij de arm greep. 'Ik heb je naar het paleis gestuurd, waar je veilig zou zijn!'

Ze trok haar arm los. In de andere hand had ze een zwaard dat glansde van het bloed. 'Ik zal niet weggedoken in een hoekje van mijn eigen huis sterven, Richard. Ik zal voor mijn leven vechten. En schreeuw niet zo tegen me!'

Richard draaide om zijn as toen hij de aanwezigheid voelde. Kahlan dook weg toen er bloed en botten door de lucht gutsten.

Ze keerde zich om en riep bevelen. Mannen wendden zich op haar woord naar de aanval.

'Dan sterven we samen, mijn koningin,' fluisterde Richard, want hij wilde niet dat ze zijn berusting zou horen.

Richard voelde het samendrommen van mriswith toen de linies werden teruggedreven naar het plein. Het gevoel van hun aanwezigheid was te overweldigend om de individuen eruit te pikken. Over de hoofden van de zee van rode capes en glanzende wapenrustingen, zag hij in de verte iets groens oprukken naar de stad. Hij begreep niet wat het was.

Richard duwde Kahlan naar achteren. Haar protest werd onderbroken toen hij de linie geschubde wezens in sprong op het ogenblik dat ze vlak voor hen zichtbaar werden. Hij danste door hun charge en stak hen zo snel hij maar kon neer.

Tijdens zijn uitzinnige aanval zag hij nog iets waar hij niets van begreep: stipjes. Hij dacht dat hij zo moe was dat hij een lucht vol stipjes begon te zien.

Hij krijste van woede tegen een *jabree* die te dicht in de buurt kwam. Hij hakte de poot af en snel daarna de kop. Er kwam opnieuw een lemmet op hem af en hij dook eronderdoor en kwam omhoog met zijn zwaard voor zich uit. Hij haalde met het mes in zijn andere hand naar achteren toe uit. Hij moest eerst degene achter hem een trap geven voordat hij tijd had om zijn zwaard los te rukken.

Met koude woede besefte hij dat de mriswith eindelijk hadden ontdekt dat hij hun enige bedreiging vormde, en dat ze hem omsingelden. Hij hoorde Kahlan zijn naam schreeuwen. Hij zag overal kraalogen. Hij kon niets doen en zich nergens verschuilen, zelfs al had hij dat gewild. Hij voelde het prikken van de lemmeten die te dichtbij kwamen voordat hij ze kon tegenhouden.

Het waren er te veel. Goede geesten, het waren er gewoon te veel. Hij zag zelfs geen soldaten meer in de buurt. Hij was omsingeld door een muur van schubben en glinsterende messen met drie lemmeten. Alleen de razernij van de magie maakte die wat langzamer. Hij wilde dat hij tegen Kahlan had gezegd dat hij van haar hield, in plaats van tegen haar te schreeuwen.

Er flitste iets bruins door de rand van zijn gezichtsveld. Hij hoorde een jammerende kreet van een mriswith, maar het was niet degene die hij doodde. Hij vroeg zich af of verwarring het gevoel was dat je had als je ging sterven. Hij was duizelig van het ronddraaien, van het zwaaien met zijn zwaard, van de slagen die doortrilden tot op het bot.

Er kwam iets groots van boven gevallen. Toen nog iets. Richard probeerde het mriswith-bloed uit zijn ogen te vegen in een poging erachter te komen wat er gebeurde. Overal om hem heen jammerden de mriswith.

Richard zag vleugels. Bruine vleugels. Behaarde poten flitsten door zijn

gezichtsveld en draaiden koppen af. Klauwen scheurden schubben uiteen. Kaken beten zich vast in nekken.
Richard struikelde achteruit toen er een enorme kaai met een dreun recht voor hem neerkwam en de mriswith naar achteren gooide.
Het was Gratch.
Richard keek met knipperende ogen om zich heen. Overal waren kaaien. Er kwamen er meer aan, door de lucht; dat waren de stippen die hij had gezien.
Gratch gooide een uiteengereten mriswith tussen de manschappen van de Bloedbroederschap en deed een uitval naar een andere. De kaaien om hem heen verscheurden hen. Uit de donker wordende lucht vielen er meer bovenop de mriswith langs alle linies. Overal waren gloeiende groene ogen. De mriswith trokken hun capes om zich heen en werden onzichtbaar, maar dat hielp hen niet: de kaaien vonden hen nog steeds. Ze konden nergens heen.
Richard stond met zijn zwaard in beide handen geklemd met open mond om zich heen te kijken. De kaaien brulden. De mriswith jammerden. Richard lachte.
Kahlan sloeg van achteren haar armen om hem heen. 'Ik hou van je,' zei ze in zijn oor. 'Ik dacht dat ik dood zou gaan, en ik had het je niet verteld.'
Hij draaide zich om en keek in haar vochtige groene ogen. 'Ik hou van jou.'
Richard hoorde geschreeuw boven de kreten van het gevecht uit. Het groene dat hij had gezien waren mannen. Ze waren met tienduizenden en vielen de achterhoede van de Bloedbroederschap aan; ze stroomden om de gebouwen heen binnen en drongen de mannen met de karmozijnrode capes terug. De D'Haranen aan de kant van Richard, die nu bevrijd waren van de mriswith, hergroepeerden zich en vielen de Bloedbroeders aan met de moordende bedrevenheid waar ze om bekendstonden.
Een enorme wig van de mannen in het groen baande zich een weg door de Bloedbroederschap en kwam naar Richard en Kahlan toe. Aan beide kanten ervan wierpen tientallen kaaien zich op mriswith. Gratch stond maaiend met zijn poten temidden van hen en beukte hen achteruit. Richard klom op een fontein om beter te zien wat er gebeurde. Hij pakte Kahlan bij de hand en hielp haar omhoog. Er stroomden mannen toe om hem te beschermen en de vijand terug te drijven.
'Het zijn Keltanen,' zei Kahlan. 'De mannen met de groene uniformen zijn Keltanen.'
Aan het hoofd van de Keltische charge liep een man die Richard herkende: generaal Baldwin. Toen de generaal hen op de fontein zag staan,

maakte hij zich met een kleine garde los van zijn leger, bevelen roepend terwijl hij zich verwijderde, en sneed een lijn door de mannen met de karmozijnrode capes; hun paarden vertrapten de mannen als herfstbladeren. De generaal gaf er nog een paar een klap met zijn zwaard om het af te maken. Hij brak door de gevechtslinies en hield stil voor Richard en Kahlan, die op de fontein stonden.

Generaal Baldwin stak zijn zwaard in de schede en boog in zijn zadel, en zijn zware kamgaren cape, die op één schouder met twee knopen sloot, hing naar één kant gedrapeerd, zodat de groene zijden voering zichtbaar was. Hij richtte zich op en sloeg met zijn vuist tegen zijn geelbruine overjas.

'Meester Rahl,' zei hij eerbiedig.

Hij boog opnieuw. 'Mijn koningin,' zei hij nog eerbiediger.

Kahlan boog zich naar hem over toen hij zich weer oprichtte, en haar stem klonk dreigend. 'Uw wát?'

Zelfs de glanzende schedel van de man werd rood. Hij boog opnieuw. 'Mijn zeer... vereerde koningin, en Biechtmoeder?'

Richard trok aan de achterkant van haar shirt voordat ze iets kon zeggen. 'Ik heb de generaal hier verteld dat ik had besloten je te benoemen tot koningin van Kelton.'

Haar ogen werden groot. 'Koningin van...'

'Ja,' zei generaal Baldwin terwijl hij om zich heen naar het strijdgewoel keek. 'Het heeft Kelton bijeengehouden, en onze overgave blijvend gemaakt. Onmiddellijk toen Meester Rahl me vertelde over deze grote eer, dat wij de Biechtmoeder als koningin zouden hebben, net als Galea, waarmee hij ons liet zien dat hij ons net zo respecteert als ons buurland, heb ik een leger naar Aydindril gebracht om te helpen Meester Rahl en onze koningin te beschermen en om deel te nemen aan de strijd tegen de Imperiale Orde. Ik wilde niet dat een van u beiden zou denken dat wij niet bereid zijn ons aandeel te leveren.'

Eindelijk knipperde Kahlan met haar ogen en richtte zich op. 'Dank u, generaal. Uw hulp is net op tijd gekomen. Ik ben u zeer erkentelijk.'

De generaal trok zijn lange zwarte kaphandschoenen uit en stopte ze tussen zijn brede riem. Hij kuste Kahlans hand. 'Als mijn nieuwe koningin mij nu wil verontschuldigen, dan moet ik terugkeren naar mijn mannen. We hebben onze halve strijdmacht zich achter ons laten verspreiden, voor het geval dat die verraderlijke smeerlappen proberen te vluchten.' Hij bloosde weer. 'Vergeeft u mij de soldatentaal, mijn koningin.'

Terwijl de generaal terugkeerde naar zijn mannen, overzag Richard het slagveld. De kaaien waren op zoek naar meer mriswith, en vonden er maar een paar. Die bleven niet lang in leven.

Het leek wel alsof Gratch nog dertig centimeter gegroeid was sinds Richard hem voor het laatst had gezien, en hij was nu net zo groot als de andere mannetjes. Hij leek de zoektocht te leiden. Richard stond verstomd, maar zijn vreugde werd getemperd door de schaal van de slachting voor zijn neus.

'Koningin?' zei Kahlan. 'Je hebt me tot koningin van Kelton benoemd? De Biechtmoeder?'

'Het leek op dat moment een goed idee,' legde hij uit. 'Het leek de enige manier om Kelton ervan te weerhouden zich tegen ons te keren.'

Ze nam hem met een klein glimlachje op. 'Heel goed, Meester Rahl.'

Toen Richard eindelijk zijn zwaard in de schede stak, zag hij drie rode vlekken door het donkere leer van de D'Haraanse uniformen breken. De drie Mord-Sith kwamen met hun Agiel in de hand over het plein aanrennen. Ze droegen alledrie het rode leer, maar dat kon vandaag niet verhullen dat ze onder het bloed zaten.

'Meester Rahl! Meester Rahl!'

Berdine vloog op hem af als een eekhoorn die naar een tak springt. Ze landde op hem en verstrikte hem in armen en benen, waarbij ze hem achterwaarts het muurtje afwierp, zodat hij in de fontein vol gesmolten sneeuw neerkwam.

Ze zat op zijn buik. 'Meester Rahl! U hebt het gedaan! U hebt de cape afgedaan, zoals ik u zei! U had mijn waarschuwing toch gehoord!'

Ze liet zich weer op hem vallen en greep hem met haar rode armen vast. Richard hield zijn adem in toen hij kopje-onder ging. Hoewel het ijskoude water niet direct zijn eigen keuze zou zijn geweest, was hij blij dat hij de gelegenheid had om wat van het stinkende mriswith-bloed weg te wassen. Hij snakte naar adem toen ze zijn overhemd vastgreep en hem omhoogtrok. Ze ging op zijn schoot zitten, met haar benen rond zijn middel, en omhelsde hem weer.

'Berdine,' fluisterde hij, 'mijn schouder is gewond. Druk alsjeblieft niet zo hard.'

'Dat stelt niets voor,' verkondigde ze met de onverschilligheid jegens pijn die de ware Mord-Sith kenmerkte. 'We zijn zo ongerust geweest. Toen de aanval begon, dachten we dat we u nooit meer zouden zien. We dachten dat we gefaald hadden.'

Kahlan schraapte haar keel. Richard stak bij wijze van introductie een hand uit. 'Kahlan, dit zijn mijn lijfwachten, Cara, Raina, en dit is Berdine. Dames, dit is Kahlan, mijn koningin.'

Berdine maakte geen aanstalten om van zijn schoot te komen en grijnsde omhoog naar Kahlan. 'Ik ben Meester Rahls lieveling.'

Kahlan sloeg haar armen over elkaar en de blik in haar groene ogen werd dreigender.

'Berdine, laat me gaan.'

'U ruikt nog steeds als een mriswith.' Ze duwde hem terug in het water en hees hem weer op bij zijn overhemd. 'Zo is het beter.' Ze trok hem naar zich toe. 'Als u er ooit nog eens zo vandoor gaat zonder naar me te luisteren, dan zal ik nog wel wat meer doen dan u een bad geven.'
'Wat is er toch met jou en vrouwen en baden?' vroeg Kahlan met kalme stem.
'Ik weet het niet.' Hij keek uit over de strijd die nog steeds voortduurde, en toen weer in de blauwe ogen van Berdine. Hij sloeg zijn goede arm om haar heen. 'Het spijt me. Ik had naar je moeten luisteren. De prijs voor mijn domheid was te hoog.'
'Is alles goed met u?' fluisterde ze in zijn oor.
'Berdine, ga van me af. Laat me gaan.'
Ze plonsde opzij van zijn schoot af. 'Kolo zei dat de mriswith vijandelijke tovenaars waren die hun kracht hadden ingeruild voor het vermogen onzichtbaar te worden.'
Richard stak haar een hand toe en hielp haar omhoog. 'Dat heb ik ook bijna gedaan.'
Ze stond op haar tenen in het water en trok de kraag van zijn overhemd opzij om zijn nek te inspecteren. Ze slaakte een opgeluchte zucht. 'Het is weg. U bent veilig. Kolo vertelde hoe de verandering kwam, hoe hun huid schubbig begon te worden. Hij zei dat die voorvader van u, Alric, een leger had gecreëerd om tegen de mriswith te vechten.' Ze wees. 'Kaaien.'
'Kaaien...?'
Berdine knikte. 'Hij gaf hun het vermogen om mriswith te voelen, ook als ze onzichtbaar waren. Daardoor hebben de ogen van kaaien die groene gloed. Door die onderlinge verbintenis met de magie die alle kaaien delen, kregen degene die rechtstreeks met de tovenaars te maken hadden, overwicht over de andere en werden min of meer de generaals van de tovenaars binnen de gemeenschap van de kaaien. Deze bemiddelende kaaien werden zeer gerespecteerd door de andere kaaien en hebben hen overgehaald aan de zijde van de mensen van de Nieuwe Wereld te vechten tegen de vijandelijke mriswith en die terug te drijven de Oude Wereld in.'
Richard staarde haar verbaasd aan. 'Wat schrijft hij nog meer?'
'Ik heb geen tijd gehad om verder te lezen. We hebben het nogal druk gehad sinds u bent vertrokken.'
'Hoe lang?' Hij stapte de fontein uit en sprak Cara aan. 'Hoe lang ben ik weg geweest?'
Ze wierp een blik op de Burcht. 'Bijna twee dagen. Eergisteravond. Vandaag bij zonsopgang kwamen de schildwachten binnenrennen en zeiden dat de Bloedbroederschap hen op de hielen zat. Kort daarna vielen ze

aan. De slag is al bezig sinds vanochtend. In het begin ging het goed, maar toen kwamen de mriswith...' Haar stem stierf weg.

Kahlan legde een arm rond zijn middel om hem te kalmeren terwijl hij sprak. 'Het spijt me, Cara. Ik had hier moeten zijn.' Hij staarde verdoofd naar de zee van doden. 'Dit is mijn schuld.'

'Ik heb er twee gedood,' verkondigde Raina zonder poging haar trots te maskeren.

Ulic en Egan kwamen aanrennen en kwamen met een draai tot stilstand om een verdedigingshouding aan te nemen. 'Meester Rahl,' zei Ulic over zijn schouder, 'wat zijn wij blij om u te zien. We hoorden het gejuich, maar elke keer dat we daar waren, was u weer ergens anders.'

'O ja?' vroeg Cara terwijl ze een wenkbrauw optrok. 'Ons is het wel gelukt.'

Ulic rolde met zijn ogen en keerde zich naar het gevecht.

'Zijn ze altijd zo?' fluisterde Kahlan in zijn oor.

'Nee,' fluisterde hij terug. 'Ze gedragen zich nu heel netjes, omdat jij erbij bent.'

Richard zag witte vlaggen wapperen tussen de Bloedbroeders. Niemand besteedde er enige aandacht aan.

'D'Haranen kennen geen genade,' verklaarde Cara toen ze zag waar hij naar keek. 'Ze gaan tot het einde door.'

Richard sprong van de fontein af. Toen hij wegbeende, werd hij onmiddellijk gevolgd door zijn lijfwachten.

Kahlan had hem ingehaald voordat hij drie passen had gezet. 'Wat ga je doen, Richard?'

'Ik ga hier een eind aan maken.'

'Dat kun je niet doen. We hebben gezworen de Orde tot de laatste man uit te roeien. Je moet het laten gebeuren. Dat zouden zij ook met ons hebben gedaan.'

'Dat kan ik niet doen, Kahlan. Dat kan ik niet. Als we hen allemaal doden, dan zullen anderen van de Orde zich nooit overgeven, omdat ze weten dat dat de dood betekent. Als ik hun laat zien dat we hen gevangennemen in plaats van hen te doden, dan zullen ze eerder bereid zijn zich over te geven. Als ze eerder bereid zijn zich over te geven, winnen we zonder zoveel van onze eigen mannen te verliezen, en dat maakt ons sterker. Dan winnen we.'

Richard schreeuwde bevelen. Ze werden door de gelederen van zijn mannen doorgegeven, en het lawaai van de strijd begon langzaam af te nemen. De blikken van duizenden begonnen zich op hem te vestigen.

'Laat hen erdoor,' zei hij tegen een commandant.

Richard liep terug naar de fontein en keek vanaf de muur toe hoe de commandanten van de Bloedbroederschap hun mannen naar hem toe leidden. Overal om hem heen stonden D'Haranen met hun wapens in de aanslag op wacht. Er opende zich een doorgang, en de mannen in de karmozijnrode capes kwamen naar voren, links en rechts om zich heen blikkend.

Een officier die aan het hoofd liep, bleef voor Richard staan. Zijn stem klonk hees en berustend. 'Aanvaardt u onze overgave?'

Richard sloeg zijn armen over elkaar. 'Dat hangt ervan af. Zijn jullie bereid me de waarheid te vertellen?'

De man keek om zich heen naar zijn zwijgende, bloedende mannen. 'Ja, Meester Rahl.'

'Wie heeft jullie opgedragen de stad aan te vallen?'

'De mriswith hebben de opdracht gegeven, en veel van ons kregen bevelen in hun dromen, van de droomwandelaar.'

'Willen jullie van hem bevrijd worden?'

Ze knikten allemaal, of gaven met zwakke stem een bevestigend antwoord. Ze stemden er ook onmiddellijk in toe om alles te vertellen wat ze wisten over eventuele plannen die de droomwandelaar en de Imperiale Orde hadden.

Richard was zo uitgeput en had zo'n pijn dat hij nauwelijks kon staan. Hij ontleende razernij aan het zwaard om zichzelf overeind te houden.

'Als jullie je willen overgeven en onderwerpen aan de D'Haraanse wetgeving, kniel dan, en zweer trouw.'

In het afnemende licht lieten de resterende Bloedbroeders zich, met het gekreun van de gewonden op de achtergrond, op hun knieën zakken en legden de eed af, zoals die hun werd voorgezegd door de D'Haranen, die zich bij het koor aansloten.

Ze bogen allemaal hun hoofd naar de grond en als met één stem, die door de hele stad schalde, legden ze de eed af.

'Meester Rahl leidt ons. Meester Rahl leert ons. Meester Rahl beschermt ons. In uw licht gedijen we. In uw genade zijn we beschut. In uw wijsheid zijn we nederig. Wij leven slechts om te dienen. Ons leven behoort u toe.'

Nadat de mannen allemaal hun karmozijnrode cape af hadden getrokken en in vuren hadden gegooid waar ze langskwamen toen ze werden weggevoerd om voorlopig bewaakt te worden, wendde Kahlan zich tot hem.

'Je hebt zojuist de regels van de oorlog veranderd, Richard.' Ze keek uit over het bloedbad. 'Er zijn al zoveel mensen gestorven.'

'Te veel,' fluisterde hij terwijl hij de Bloedbroeders met lege handen weg zag marcheren de nacht in, omringd door de mannen die ze hadden geprobeerd te doden. Hij vroeg zich af of hij gek was.

'"In uw genade zijn we beschut",' citeerde Kahlan uit de eed. 'Misschien heeft het wel zo moeten zijn.' Ze legde een troostende hand op zijn rug. 'Ik weet dat het op een of andere manier goed aanvoelt.'

Dicht bij hen in de buurt glimlachte Vrouw Sanderholt, met een bloederig vleesmes in de hand, instemmend.
Er verzamelden zich gloeiende groene ogen op het plein. Richards sombere bui klaarde op toen hij de ijzingwekkende grijns van Gratch zag. Hij en Kahlan sprongen naar beneden en renden naar de kaai.
Het was nog nooit zo'n fijn gevoel geweest om in die harige poten gesloten te worden. Richard lachte met tranen in zijn ogen toen hij van de grond werd getild.
'Ik hou van je, Gratch. Ik hou heel veel van je.'
'Grrratch houuuu Raaaach auuuch.'
Kahlan sloot zich aan bij de omhelzing en kreeg toen haar eigen, aparte knuffel. 'Ik hou ook van je, Gratch. Je hebt Richards leven gered. Ik heb alles aan je te danken.'
Gratch gorgelde van tevredenheid terwijl hij met een klauw over haar haar streek.
Richard sloeg naar een vlieg. 'Gratch! Je hebt bloedvliegen!'
De zelfvoldane grijns van Gratch werd breder. Kaaien gebruikten de vliegen om hun prooi schoon te laten maken, maar Gratch had ze nooit eerder gehad. Richard wilde de bloedvliegen van Gratch niet doodslaan, maar ze waren wel erg hinderlijk. Ze staken hem in zijn nek.
Gratch bukte zich, haalde een klauw door het geronnen bloed van een dode mriswith en smeerde dat over de strakke, roze huid van zijn buik. De vliegen keerden gehoorzaam terug voor het feestmaal. Richard was verbaasd.
Hij tuurde om zich heen naar alle gloeiende groene ogen die naar hem keken. 'Gratch, je ziet eruit alsof je heel wat hebt meegemaakt. Heb jij al deze kaaien verzameld?' Gratch knikte met de blik van een duidelijk trotse kaai. 'En deden ze wat jij ze vroeg?'
Gratch sloeg zich met autoriteit op zijn borst. Hij draaide zich om en gromde. De andere kaaien gromden wat terug. Gratch glimlachte en liet zijn hoektanden zien.
'Gratch, waar is Zedd?'
De leerachtige glimlach verflauwde. De kolossale kaai zakte een beetje in terwijl hij over zijn schouder naar de Burcht opkeek. Hij draaide zijn kop terug en zijn gloeiende groene ogen doofden enigszins toen hij triest met zijn kop schudde.
Richard slikte het verdriet weg. 'Ik begrijp het,' fluisterde hij. 'Heb je gezien dat hij dood was?'
Gratch sloeg zich op zijn borst, trok zijn vacht bovenop zijn kop omhoog, blijkbaar een gebaar voor Zedd, wees naar de Burcht en legde zijn klauwen over zijn ogen, het gebaar dat Gratch gebruikte voor mriswith. Met behulp van zijn gebaren en Richards vragen slaagde Richard erin

vast te stellen dat Gratch Zedd naar de Burcht had gebracht, dat er een gevecht met een groot aantal mriswith was geweest, dat Gratch Zedd roerloos en bloedend uit een hoofdwond op de grond had zien liggen en dat Gratch de oude tovenaar later niet meer had kunnen vinden. De kaai was toen op zoek gegaan naar hulp om tegen de mriswith te vechten en Richard te beschermen. Hij had erg zijn best gedaan om de andere kaaien te vinden en hen te verenigen om zijn doel te dienen.

Richard omhelsde zijn vriend weer. Gratch hield hem lang vast, en toen liep hij achteruit weg, om zich heen kijkend naar de andere kaaien.

Richard voelde een brok in zijn keel opkomen. 'Gratch, kun je niet blijven?'

Gratch wees met één klauw naar Richard en met de andere naar Kahlan, en bracht ze toen tegen elkaar. Hij sloeg zich op de borst en wees achter zich, naar een andere kaai. Toen die naar voren kwam en naast hem ging staan, zag Richard dat het een vrouwtje was.

'Gratch, heb je een liefje? Zoals ik Kahlan heb?'

Gratch grijnsde en bonkte zich met beide poten op de borst.

'En je wilt bij de kaaien blijven,' zei Richard.

Gratch knikte schoorvoetend en zijn glimlach werd aarzelend.

Richard lachte hem zo vrolijk mogelijk toe. 'Dat vind ik fantastisch, mijn vriend. Je verdient het om bij je geliefde te zijn, en je nieuwe vrienden. Maar je kunt altijd bij ons op bezoek komen. We zouden het fijn vinden als je vriendin en jij langskwamen, wanneer je maar wilt. Jullie allemaal, eigenlijk. Jullie zijn hier allemaal welkom.'

De glimlach van Gratch keerde terug.

'Maar Gratch, kun je één ding voor me doen? Alsjeblieft? Het is belangrijk. Kun je hun vragen geen mensen te eten? Wij zullen niet op kaaien jagen, en jullie zullen geen mensen eten. Goed?'

Gratch wendde zich tot de andere en gromde in de vreemde taal van keelklanken die ze begrepen. Ze bromden iets terug, en er leek zich een soort conversatie te ontspinnen. De gegromde woorden van Gratch rezen in toonhoogte, en hij bonkte zich op zijn brede borst; hij was minstens net zo groot als de andere kaaien. Uiteindelijk betuigden ze allemaal balkend hun instemming. Gratch keerde zich naar Richard en knikte.

Kahlan omhelsde het harige dier nog eens. 'Pas goed op jezelf, en kom ons opzoeken als je de kans hebt. Ik sta voor altijd bij je in het krijt, Gratch. Ik hou van je. Wij allebei.'

Na een laatste omhelzing met Richard waar geen woorden bij nodig waren, stegen de kaaien op en verdwenen in de nacht.

Richard stond naast Kahlan, omringd door zijn lijfwachten, zijn leger en de schim van de dood.

54

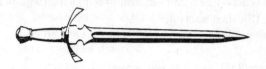

Richard schrok wakker. Kahlan lag opgekruld met haar rug tegen zijn borst. De wond aan zijn schouder die de mriswith-koningin hem had toegebracht, deed pijn. Hij had er door een legerdokter een kompres om laten leggen en had zich daarna, te uitgeput om nog langer te staan, op het bed laten vallen in de logeerkamer die hij steeds had gebruikt. Hij had zelfs zijn laarzen niet uitgetrokken, en uit het onaangename gevoel in zijn heup leidde hij af dat hij het Zwaard der Waarheid nog om had en er bovenop lag.
Kahlan bewoog in zijn armen, een gevoel dat hem met vreugde vervulde, maar toen herinnerde hij zich de duizenden doden, de duizenden die nu door zijn toedoen dood waren, en zijn vreugde verdampte.
'Goedemorgen, Meester Rahl,' klonk een vrolijke stem van boven.
Hij keek fronsend op naar Cara en bromde een begroeting. Kahlan knipperde met haar ogen tegen het zonlicht dat het raam binnenstroomde. Cara zwaaide haar hand boven hun tweeën heen en weer. 'Het werkt beter zonder kleren aan.'
Richard fronste zijn wenkbrauwen. Zijn stem was hees en krakend. 'Wat?' Ze leek verbijsterd door de vraag. 'Ik denk dat u zult ontdekken dat dit soort dingen beter werkt zonder kleren aan.' Ze zette haar handen in haar zij. 'Ik dacht dat u dat toch wel zou weten.'
'Cara, wat doe je hier?'
'Ulic wilde u spreken, maar hij durfde niet te gaan kijken, dus heb ik gezegd dat ik wel zou gaan. Voor iemand die zo groot is, kan hij soms heel schuchter zijn.'
'Jij kunt wel een lesje van hem gebruiken.' Richards gezicht vertrok toen hij ging zitten. 'Wat wil hij?'
'Hij heeft een lichaam gevonden.'
Kahlan wreef over haar ogen terwijl ze ging zitten. 'Dat zal niet zo moeilijk zijn geweest.'

Cara glimlachte, maar die glimlach verdween toen Richard die zag. 'Hij heeft een lichaam gevonden onderaan de rots, onder de Burcht.'
Richard zwaaide zijn benen over de rand van het bed. 'Waarom zei je dat niet meteen.'
Kahlan rende achter hem aan om hem in te halen terwijl hij de gang in stormde en Ulic daar aantrof.
'Heb je hem gevonden? Heb je het lichaam van een oude man gevonden?'
'Nee, Meester Rahl. Het was een vrouw.'
'Een vrouw! Welke vrouw?'
'Ze was er slecht aan toe, na al deze tijd, maar ik herkende de uiteenstaande tanden en de haveloze deken. Het was die oude vrouw, Valdora. Die die honingcakes verkocht.'
Richard wreef over zijn pijnlijke schouder. 'Valdora. Wat vreemd. En het kleine meisje, hoe heette ze ook weer?'
'Holly. We hebben geen spoor van haar gevonden. Verder hebben we niemand gevonden, maar het is een groot gebied om af te zoeken, en dieren kunnen inmiddels... Nou ja, misschien vinden we nooit iets.'
Richard knikte, niet in staat iets te zeggen. Hij voelde de sluier van de dood om zich heen hangen.
Cara's stem werd medelevend. 'Het verbranden van de doden gaat zo beginnen. Wilt u erheen?'
'Natuurlijk!' Hij temperde zijn toon toen hij Kahlans kalmerende hand op zijn rug voelde. 'Ik moet erbij zijn. Ze zijn door mij gestorven.'
Cara fronste haar voorhoofd. 'Ze zijn gestorven door de Bloedbroederschap, en door de Imperiale Orde.'
'Dat weten we, Cara,' zei Kahlan. 'We komen zodra ik het kompres om zijn schouder verschoond heb en we ons hebben opgeknapt.'
De vuren bleven dagen branden. Er waren zevenentwintigduizend doden. Richard had het gevoel dat de vlammen niet alleen de zielen van de gestorvenen meevoerden, maar ook zijn eigen ziel. Hij bleef en sprak de woorden samen met de anderen, en 's nachts hield hij samen met de anderen de wacht over de vlammen, totdat het voorbij was.
Vanaf het licht van dit vuur, en naar het licht. Een veilige reis naar de wereld van de geesten.
De dagen daarna kreeg Richard meer last van zijn schouder: die zwol op en werd rood en stijf.
Met zijn stemming ging het al niet beter.
Hij liep door de gangen en keek af en toe door de ramen naar de straat, maar sprak met weinig mensen. Kahlan wandelde naast hem en bood hem haar troostende aanwezigheid, en zweeg zolang hij niets zei. Richard kon het beeld van al die doden niet uit zijn gedachten zetten. Hij

werd achtervolgd door de naam die de profetieën hem hadden gegeven: de brenger van de dood.

Op een dag, nadat zijn schouder eindelijk was begonnen te genezen, zat hij aan de tafel die hij als bureau gebruikte en staarde in het niets, toen het plotseling licht werd. Hij keek op. Kahlan was binnengekomen en hij had het niet eens gemerkt. Ze had de gordijnen opengetrokken om het zonlicht binnen te laten.

'Richard, ik begin me zorgen over je te maken.'
'Dat weet ik, maar ik lijk het maar niet te kunnen vergeten.'
'Het is goed dat de mantel van het regeren zwaar is, Richard, maar je moet je er niet door laten verpletteren.'
'Dat is makkelijk gezegd, maar het is mijn schuld dat al die mensen dood zijn.'
Kahlan ging voor hem op de tafel zitten en tilde met een vinger zijn kin op. 'Geloof je dat echt, Richard, of vind je het gewoon erg dat er zovelen hebben moeten sterven?'
'Kahlan, ik ben dom geweest. Ik heb alleen maar gehandeld. Ik heb geen moment nagedacht. Als ik mijn verstand had gebruikt, zouden al die mannen misschien niet dood zijn.'
'Je hebt instinctief gehandeld. Je zei dat dat de manier was waarop de gave bij jou werkte, soms tenminste.'
'Maar ik...'
'Laten we het "als-spelletje" doen. Wat zou er gebeurd zijn als je het anders had gedaan, zoals je nu denkt dat je had moeten doen?'
'Nou, dan zouden al die mensen niet gedood zijn.'
'Echt waar? Je volgt de regels van het spel niet. Denk eens door, Richard. Als je nu eens niet instinctief had gehandeld, en niet naar de sliph was gegaan? Wat zou dan het resultaat zijn geweest?'
'Even kijken.' Hij wreef over haar been. 'Ik weet het niet, maar alles zou wel anders hebben uitgepakt.'
'Ja, dat is waar. Dan zou je hier zijn geweest toen de aanval begon. Je zou 's morgens al tegen de mriswith zijn gaan vechten, in plaats van aan het eind van de dag. Je zou uitgeput en gesneuveld zijn lang voordat de kaaien bij het vallen van de schemering aankwamen. Je zou nu dood zijn. Al die mensen zouden hun Meester Rahl verloren hebben.'
Richard hield zijn hoofd schuin. 'Dat klinkt steekhoudend.' Hij dacht er even over na. 'En als ik niet naar de Oude Wereld was gegaan, dan zou het Paleis van de Profeten nu in handen van Jagang zijn. Hij zou over de profetieën beschikken.' Hij stond op en liep naar het raam, dat uitzicht bood op een heldere voorjaarsdag. 'En niemand zou enige bescherming tegen de droomwandelaar hebben, omdat ik dood zou zijn.'
'Je hebt je emoties je gedachten laten overheersen.'

Richard liep terug en pakte haar handen, en zag nu werkelijk hoe stralend ze er uitzag. 'De Derde Wet van de Magie: hartstocht beheerst rede. Kolo waarschuwde al dat het een geniepig proces was. Ik heb de wet overtreden door te denken dat ik hem had overtreden.'
Kahlan liet haar armen om hem heen glijden. 'Voel je je nu dan wat beter?'
Hij legde zijn handen om haar middel en glimlachte voor het eerst in dagen. 'Je hebt me geholpen het te zien. Zedd deed dat soort dingen altijd. Ik denk dat ik er maar op moet rekenen dat jij me helpt.'
Ze sloeg haar benen om hem heen en trok hem naar zich toe. 'Dat moet je zeker.'
Toen hij haar een klein kusje gaf, en op het punt stond haar een grotere te geven, marcheerden de drie Mord-Sith de kamer binnen. Kahlan legde haar wang tegen de zijne. 'Kloppen ze weleens?'
'Zelden,' fluisterde Richard terug. 'Ze hebben er plezier in dingen uit te proberen. Het is hun favoriete tijdsbesteding. Ze krijgen er nooit genoeg van.'
Cara, die voorop liep, bleef naast hen staan en keek van de een naar de ander. 'Nog steeds met kleren aan, Meester Rahl?'
'Jullie drieën zien er goed uit vanochtend.'
'Ja, dat klopt,' zei Cara. 'En we hebben werk te doen.'
'Wat voor werk?'
'Er zijn wat afgevaardigden in Aydindril gearriveerd die om een audiëntie bij Meester Rahl hebben gevraagd, dus als u er tijd voor hebt...'
Berdine zwaaide met het dagboek van Kolo. 'En ik wil graag dat u me hiermee helpt. Wat we al gelezen hebben, heeft ons geholpen, en er is nog veel meer dat we nog niet vertaald hebben. Er is werk aan de winkel.'
'Vertaald?' vroeg Kahlan. 'Ik ken veel talen. Wat is het?'
'Hoog D'Haraans,' zei Berdine, en ze nam een hap uit een peer die ze in haar andere hand had. 'Meester Rahl wordt zelfs beter in het Hoog D'Haraans dan ik.'
'O ja?' zei Kahlan. 'Dat is knap. Maar weinig mensen kennen Hoog D'Haraans. Het schijnt een zeer moeilijke taal te zijn.'
'We hebben er samen aan gewerkt,' zei Berdine glimlachend. ''s Avonds.'
Richard schraapte zijn keel. 'Laten we maar eens naar die afgevaardigden gaan luisteren.' Hij tilde Kahlan met zijn handen in haar middel op en zette haar op de grond.
Berdine gebaarde met haar peer. 'Meester Rahl heeft heel grote handen. Ze passen precies over mijn borsten.'
Er werd één wenkbrauw boven een groen oog opgetrokken. 'O ja?'
'Ja,' merkte Berdine op. 'Op een dag moesten we hem allemaal onze borsten laten zien.'

'Werkelijk? Jullie allemaal.'
Cara en Raina zwegen uitdrukkingsloos terwijl Berdine knikte. Richard sloeg een hand voor zijn gezicht.
Berdine nam nog een hap van haar peer. 'Maar zijn grote handen passen het best over mijn borsten.'
Kahlan wandelde naar de deur. 'Nou, mijn borsten zijn niet zo groot als die van jou, Berdine.' Ze hield in toen ze langs Raina liep. 'Ik denk dat Raina's handen beter over de mijne zouden passen.'
Berdine verslikte zich in haar stukje peer en kreeg een hoestbui terwijl Kahlan de kamer uit kuierde. Er verscheen een glimlach op Raina's lippen.
Cara barstte in hartelijk gelach uit. Ze gaf Richard een klap op zijn rug toen hij langs haar liep. 'Ik mag haar wel, Meester Rahl. U mag haar houden.'
Richard bleef even staan. 'Dank je, Cara. Ik ben blij dat ik je goedkeuring heb.'
Ze knikte ernstig. 'Dat mag u ook wel zijn.'
Hij haastte zich de kamer uit en slaagde er uiteindelijk in Kahlan in de gang in te halen. 'Hoe wist je dat, van Berdine en Raina?'
Ze keek hem met een verbaasde frons aan. 'Dat is toch duidelijk, Richard? De blik in hun ogen? Jij moet dat toch ook onmiddellijk gezien hebben?'
'Nou...' Richard wierp een blik achter zich in de gang om zich ervan te vergewissen dat de vrouwen hen nog niet hadden ingehaald. 'Het zal je plezier doen dat Cara zei dat ze je mag, en dat ik je mag houden.'
Kahlan sloeg een arm om zijn middel. 'Ik mag hen ook. Ik betwijfel of je lijfwachten zou kunnen vinden die je beter zouden beschermen.'
'Moet dat een troost zijn?'
Ze glimlachte en legde haar hoofd tegen zijn schouder. 'Voor mij is het dat wel.'
Richard veranderde van onderwerp. 'Laten we eens gaan horen wat die afgevaardigden te zeggen hebben. Onze toekomst, en die van iedereen, hangt hiervan af.'
Kahlan zat met haar witte Biechtmoederjurk aan zwijgend naast Richard in haar stoel, de Biechtmoederstoel, onder de geschilderde beeltenissen van Magda Searus, de eerste Biechtmoeder, en haar tovenaar Merritt.
Geëscorteerd door een glimlachende generaal Baldwin staken afgevaardigde Garthram van Lifany, afgevaardigde Theriault van Herjborgue en ambassadeur Bezancort van Sandaria de brede, glanzende marmeren vloer over. Ze leken allemaal blij verrast om de Biechtmoeder naast Richard te zien zitten.
Generaal Baldwin boog. 'Mijn koningin, Meester Rahl.'

Kahlan glimlachte hartelijk. 'Goedendag, generaal Baldwin.'
'Heren,' zei Richard, 'ik hoop dat alles goed gaat in uw land. Wat hebt u besloten?'
Afgevaardigde Garthram streek over zijn grijze baard. 'Na langdurige beraadslaging met de regering in ons eigen land, en met Galea en Kelton die ons zijn voorgegaan, hebben we allemaal besloten dat onze toekomst bij u ligt, Meester Rahl. We hebben allemaal de papieren voor de overgave bij ons. Onvoorwaardelijk, zoals uw verzoek luidde. We willen ons bij u aansluiten, een deel van D'Hara worden en onder uw bewind vallen.'
De lange ambassadeur Bezancort nam het woord. 'We zijn hier om ons over te geven, maar we hopen tevens op goedkeuring van de Biechtmoeder.'
Kahlan keek de mannen even nadenkend aan. 'Onze toekomst, niet ons verleden, is de plek waar wij en onze kinderen moeten wonen. De eerste Biechtmoeder en haar tovenaar deden wat het beste was voor hun volk en hun tijd. Ik als huidige Biechtmoeder en mijn tovenaar, Richard, moeten doen wat het beste is voor het onze in onze tijd. We moeten doen wat nodig is en wat bij onze wereld past, maar we hopen op vrede, net als zij deden.
Door ons aan te sluiten bij Meester Rahl, maken we de grootste kans sterk genoeg te zijn om een blijvende vrede te bewerkstelligen. Onze nieuwe koers is uitgezet. Mijn hart en mijn volk zijn bij hem. Als Biechtmoeder maak ik deel uit van dit verbond, en ik heet u erin welkom.'
Richard beantwoordde het kneepje in zijn hand.
'We zullen onze Biechtmoeder behouden,' zei hij. 'We hebben haar wijsheid en raad net zo hard nodig als we altijd hebben gedaan.'

Een paar dagen later, op een mooie voorjaarsmiddag, toen Richard en Kahlan hand in hand door de straten wandelden om de vorderingen te inspecteren die werden gemaakt met het opruimen van de chaos die door de strijd was veroorzaakt, en de bouwactiviteiten die al werden ondernomen om de verwoestingen te herstellen, kreeg Richard plotseling een inval. Hij draaide zich om en voelde de koele bries en de warme zon op zijn gezicht.
'Weet je, ik heb de overgave van de staten van het Middenland geëist, en ik weet niet eens hoeveel het er zijn of hoe ze allemaal heten.'
'Nou, dan heb ik je nog een hoop te leren,' zei ze. 'Dan moet je me maar in de buurt houden.'
Hij moest glimlachen. 'Ik heb je nodig. Nu, en altijd.' Hij legde zijn hand om haar wang. 'Ik kan niet geloven dat we eindelijk samen zijn.' Hij wierp een blik op de drie vrouwen en twee mannen die nog geen drie

stappen achter hen liepen. 'Konden we maar alleen zijn.'
Cara trok een wenkbrauw op. 'Is dat een hint, Meester Rahl?'
'Nee, een bevel.'
Cara haalde haar schouders op. 'Sorry, maar we kunnen dat bevel hier niet opvolgen. U hebt bescherming nodig. Weet u, Biechtmoeder, dat we hem soms moeten vertellen welke voet hij voor de ander moet zetten? Soms heeft hij ons voor de eenvoudigste instructies nodig.'
Kahlan slaakte een machteloze zucht. Uiteindelijk keek ze langs Cara naar de boven haar uittorenende mannen achter haar. 'Ulic, heb je ervoor gezorgd dat die grendels op onze kamerdeur zijn gezet?'
'Ja, Biechtmoeder.'
Kahlan glimlachte. 'Goed zo.' Ze wendde zich tot Richard. 'Zullen we naar huis gaan? Ik begin moe te worden.'
'U moet eerst met hem trouwen,' verkondigde Cara. 'Orders van Meester Rahl. Er mogen geen vrouwen worden toegelaten in zijn kamer, behalve zijn echtgenote.'
Richard keek haar dreigend aan. 'Ik zei: behalve Kahlan. Ik heb het woord echtgenote niet gebruikt. Ik heb gezegd: behalve Kahlan.'
Cara wierp een blik op de Agiel die aan de dunne ketting om Kahlans hals hing. Het was de Agiel van Denna. Richard had die aan Kahlan gegeven op een plek tussen werelden in, waar Denna hen had gebracht om bij elkaar te zijn. Het was een soort amulet geworden, een waar de drie Mord-Sith nooit iets over hadden gezegd, maar dat ze het allereerste ogenblik dat ze Kahlan zagen was opgevallen. Richard vermoedde dat het voor hen net zoveel betekende als voor hem en Kahlan.
Cara's hooghartige blik ging weer naar Richard. 'U hebt ons opgedragen de Biechtmoeder te beschermen, Meester Rahl. We beschermen alleen de eer van onze zuster.'
Kahlan glimlachte toen ze zag dat Cara er eindelijk in was geslaagd hem op stang te jagen, iets wat haar maar zelden lukte. Richard ademde diep in om te kalmeren. 'En dat doen jullie heel goed, maar maak je geen zorgen: ik geef je mijn woord dat ze snel mijn vrouw zal zijn.'
Kahlans vingers streelden ontspannen over zijn rug. 'We hebben de Moddermensen beloofd dat we ons in hun dorp in de echt zouden laten verbinden, door de Vogelman, in de jurk die Weselan voor me heeft gemaakt. Die belofte aan onze vrienden betekent veel voor me. Zou je het goedvinden als we bij de Moddermensen trouwden?'
Voordat Richard haar kon vertellen dat het voor hem net zoveel betekende en het ook zijn wens was, zwermde er een groep kinderen om hen heen. Ze trokken aan zijn handen en vroegen hem te komen kijken, zoals hij had beloofd.
'Waar hebben ze het over?' vroeg Kahlan vrolijk lachend.

'Ja'La,' zei Richard. 'Laat me jullie Ja'La-bal eens zien,' zei hij tegen de kinderen.
Toen ze die aan hem gaven, gooide hij hem in één hand op en liet hem aan haar zien. Kahlan pakte de bal aan, draaide hem rond en keek naar de gouden letter R die erop was gedrukt.
'Wat is dit?'
'Nou, ze speelden met een bal die een "broc" heet en zo zwaar was dat kinderen zich er voortdurend pijn mee deden. Ik heb de naaisters nieuwe ballen laten maken die licht zijn, zodat alle kinderen ermee kunnen spelen, niet alleen de sterksten. Het spel draait nu meer om vaardigheid dan om brute kracht.'
'Waar staat de R voor?'
'Ik heb hun verteld dat iedereen die deze nieuwe soort bal wil gebruiken een officiële Ja'La-broc van het paleis zou krijgen. De R staat voor Rahl, zodat je kunt zien dat het een officiële bal is. Het spel heette Ja'La, maar sinds ik de regels heb veranderd, noemen ze het Ja'La Rahl.'
'Nou,' zei Kahlan terwijl ze de bal teruggooide naar de kinderen, 'aangezien Meester Rahl het heeft beloofd, en hij altijd woord houdt...'
'Ja!' zei een jongetje. 'Hij heeft beloofd dat hij zou komen kijken als we zijn officiële bal gebruikten.'
Richard wierp een blik op de zich samenpakkende wolken. 'Er komt een storm aan, maar ik denk dat we nog wel tijd hebben voor een spelletje.'
Arm in arm liepen ze achter de vrolijke groep kinderen aan door de straat.
Richard glimlachte. 'Was Zedd maar bij ons.'
'Denk je dat hij bij de Burcht is gesneuveld?'
Richard keek even naar de berg. 'Hij zei altijd dat als je de mogelijkheid aanvaardde, je die tot werkelijkheid maakte. Ik heb besloten dat ik, totdat iemand me het bewijs levert, zijn dood niet zal aanvaarden. Ik geloof in hem. Ik geloof dat hij nog leeft en ergens, waar dan ook, iemand een lastige tijd bezorgt.'

De herberg zag er gezellig uit, niet zoals sommige andere waar ze waren geweest, waar te veel werd gedronken en het te lawaaiig was. Waarom mensen altijd onmiddellijk wilden dansen als het donker was, begreep hij niet. Op een of andere manier leken die dingen bij elkaar te horen, als bijen en bloemen, of vliegen en mest. Duisternis en dansen. Aan een paar tafeltjes zaten mensen rustig te eten, en rond een van de tafels tegen de achtermuur zat een groep oudere mannen die pijp rookten, een bordspel speelden en bier dronken terwijl ze geanimeerd praatten. Hij ving flarden van zinnen op over de nieuwe Meester Rahl.
'Hou jij je mond maar,' waarschuwde Ann, 'en laat mij het woord doen.'

Een vriendelijk ogend echtpaar achter een bar glimlachte toen ze op hen afliepen. De vrouw had kuiltjes in haar wangen.
"Avond, mensen.'
'Goedenavond,' zei Ann. 'We wilden informeren naar een kamer. De jongen in de stal zei dat u goede kamers had.'
'O, dat hebben we zeker, mevrouw. Voor u en uw...'
Ann opende haar mond. Zedd was haar voor. 'Broer. Ruben is de naam. Dit is mijn zus, Elsie. Ik ben Ruben Rybnik.' Zedd zwaaide met zijn hand. 'Ik ben een tamelijk bekende wolkenlezer. Misschien hebt u van me gehoord. Ruben Rybnik, de beroemde wolkenlezer.'
De kaak van de vrouw bewoog alsof ze op zoek was naar woorden. 'Eh... ik... nou... ja, ik geloof het wel.'
'Zie je wel,' zei Zedd terwijl hij Ann een klopje op de rug gaf. 'Bijna iedereen heeft van me gehoord, Elsie.' Hij leunde op een elleboog en boog zich over naar het stel achter de bar. 'Elsie denkt dat ik het verzin, maar ze heeft een tijd op die boerderij gezeten, met die arme zielen die stemmen horen en tegen de muren praten.'
De twee hoofden keerden zich tegelijkertijd naar Ann.
'Ik werkte daar,' kon Ann met moeite tussen haar opeengeklemde kaken door uitbrengen. 'Ik werkte daar, en hielp de "arme zielen" die onze gasten waren.'
'Ja, ja,' zei Zedd. 'En dat deed je heel goed, Elsie. Ik zal nooit begrijpen waarom ze je hebben laten gaan.' Hij wendde zich weer tot het zwijgende echtpaar. 'Omdat ze geen werk meer heeft, dacht ik, ik neem haar met me mee de wijde wereld in, om haar te laten zien hoe het leven in elkaar steekt, begrijpt u.'
'Ja,' zei het stel in koor.
'En eigenlijk,' zei Zedd, 'hebben we liever twee kamers. Een voor mijn zus en een voor mij.' Ze keken hem met knipperende ogen aan. 'Ze snurkt,' legde hij uit. 'Ik heb mijn slaap nodig.' Hij gebaarde naar het plafond. 'Wolkenlezen, begrijpt u. Veeleisend werk.'
'Nou, we hebben prima kamers,' zei de vrouw, en haar wangen kregen weer kuiltjes. 'Ik weet zeker dat u goed zult slapen.'
Zedd schudde waarschuwend met zijn vinger. 'De beste die u hebt, hoor. Elsie kan het zich veroorloven. Haar oom is overleden en heeft haar alles nagelaten wat hij had, en hij was een rijk man.'
De man fronste zijn wenkbrauwen. 'Was hij dan niet ook uw oom?'
'Mijn oom? Ja, natuurlijk, maar hij mocht me niet. Ik had wat problemen met de oude man. Hij was een tikje excentriek. Hij gebruikte sokken als wanten, midden in de zomer. Elsie was zijn lievelingetje.'
'De kamers,' gromde Ann. Ze draaide zich om en keek hem met veelbetekenend opengesperde ogen aan. 'Ruben heeft zijn slaap nodig. Hij

moet veel wolken lezen, en moet daar 's morgens vroeg mee beginnen. Als hij niet genoeg slaap krijgt, krijgt hij een rare brandende uitslag in een ring rond zijn hals.'

De vrouw begon om de bar heen te lopen. 'Dan zal ik ze u even laten zien.'

'Dat is toch geen gebraden eend die ik ruik, is het wel?'

'Ja zeker,' zei de vrouw, teruglopend. 'Dat is ons diner vanavond. Gebraden eend met pastinaken, uien en jus, als u daar soms trek in hebt.'

Zedd ademde diep in. 'Maar dat ruikt verrukkelijk. Het is een hele kunst om een eend precies goed te braden, maar ik kan ruiken dat het u is gelukt. Zonder enige twijfel.'

De vrouw bloosde en giechelde. 'Nou, ik sta inderdaad bekend om mijn gebraden eend.'

'Het klinkt heerlijk,' zei Ann. 'Zou u zo vriendelijk willen zijn om het op onze kamers te brengen?'

'O, natuurlijk. Geen enkel probleem.'

De vrouw ging hun voor door de gang.

'Ik heb me bedacht,' zei Zedd. 'Loop jij maar door, Elsie. Ik weet hoe nerveus je ervan wordt als mensen je zien eten. Ik eet mijn maaltijd hier wel, mevrouw. Met een pot thee, als dat mogelijk is.'

Ann draaide zich om en wierp hem een dreigende blik toe. Hij voelde de halsband om zijn nek opwarmen. 'Maak het niet te laat, Ruben. We moeten morgen vroeg op pad.'

Zedd wuifde achteloos met zijn hand. 'Nee, engel. Ik eet mijn eten op, doe misschien nog een spelletje met deze heren hier, en dan ga ik onmiddellijk naar bed. Ik zie je morgenochtend, fris en vroeg, zodat we kunnen vertrekken om jou de wereld te laten zien.'

Haar woedende blik zou pek aan de kook kunnen brengen. 'Goedenacht dan, Ruben.'

Zedd glimlachte toegeeflijk. 'Vergeet niet deze goede vrouw te betalen, en geef haar iets extra's voor haar gulheid, vanwege de grote portie van haar uitstekende gebraden eend die ik van haar krijg.' Zedd stak zijn hoofd in haar richting met een ernstige uitdrukking op zijn gezicht, en zijn stem werd zachter. 'En vergeet niet in je dagboek te schrijven voordat je naar bed gaat.'

Ze verstijfde. 'Mijn dagboek?'

'Ja, dat reisboekje dat je bijhoudt. Ik weet dat je het leuk vindt om over je avonturen te schrijven, en je hebt het de laatste tijd niet goed bijgehouden. Ik denk dat het tijd wordt dat je dat weer eens doet.'

'Ja...' stamelde ze. 'Dat zal ik doen, Ruben.'

Toen Ann eenmaal verdwenen was, nadat ze hem tot het eind toe waarschuwende blikken was blijven toewerpen, nodigden de mannen aan de

tafel, die het hele gesprek hadden gehoord, hem uit om bij hen te komen zitten. Zedd spreidde zijn kastanjebruine gewaad en liet zich temidden van hen zakken.
'Wolkenlezer, zei u?' vroeg er een.
'De allerbeste.' Zedd stak een knokige vinger in de lucht. 'Wolkenlezer voor koningen zelfs.'
Rond de tafel werd verbaasd gefluisterd.
Een man aan de zijkant nam zijn pijp uit zijn mond. 'Zou u de wolken voor ons willen lezen, Meester Ruben? Dan dragen we allemaal een steentje bij en betalen u er wat voor.'
Zedd stak in een afwerend gebaar een magere hand in de lucht. 'Ik ben bang dat ik dat niet kan doen.' Hij wachtte even totdat de teleurstelling was opgebouwd. 'Ik zou uw geld niet kunnen aannemen. Het zou me een eer zijn om u te vertellen wat de wolken te zeggen hebben, maar ik wil er geen cent voor hebben.'
Iedereen glimlachte weer. 'Dat is heel genereus van u, Ruben.'
Een zwaargebouwde man boog zich naar voren. 'Wat hebben de wolken te zeggen?'
De herbergierster zette een stomend bord gebraden eend voor hem neer, waardoor zijn aandacht werd afgeleid. 'Uw thee komt eraan,' zei ze terwijl ze zich naar de keuken haastte.
'De wolken hadden veel te zeggen over de winden van verandering, heren. Gevaren en kansen. Over de roemrijke nieuwe Meester Rahl, en de... Nou, laat me eerst even een hapje nemen van deze sappig ogende eend, en dan zal ik u er alles over vertellen.'
'Tast toe, Ruben,' zei een ander.
Zedd proefde een hap en pauzeerde dramatisch om te zuchten van genot terwijl de mannen allemaal uiterst aandachtig toekeken.
'Dat is een vreemde ketting, die u draagt.'
Zedd tikte al kauwend tegen de halsband. 'Zo maken ze ze niet meer.'
Met half dichtgeknepen ogen wees de man met de steel van zijn pijp naar de halsband. 'Het lijkt wel of hij geen sluiting heeft. Alsof hij uit één stuk bestaat. Hoe hebt u die over uw hoofd gekregen?'
Zedd maakte de halsband los en hield die voor hen op, terwijl hij de twee helften om het scharnier open en dicht liet klappen. 'Hij heeft wel een sluiting. Zien jullie? Een mooi stuk werk, hè? Je kunt helemaal niet zien hoe hij werkt, zo fijn is het gemaakt. Meesterlijk vakmanschap. Dit soort dingen zie je niet meer.'
'Dat zeg ik ook altijd,' zei de man met de pijp. 'Goed vakmanschap zie je niet meer tegenwoordig.'
Zedd klikte de halsband weer dicht rond zijn nek. 'Nee, zo is dat.'
'Ik heb vandaag een rare wolk gezien,' zei een man met ingevallen wan-

gen aan de andere kant van de tafel. 'Een eigenaardige wolk. Hij had de vorm van een slang. Kronkelde soms in de lucht.'
Zedd boog zich voorover en dempte zijn stem. 'U hebt het dus gezien.' Ze bogen zich allemaal voorover. 'Wat betekent dat, Ruben?' fluisterde een van hen.
Hij keek ze om beurten in de ogen. 'Sommigen zeggen dat het een volgwolk is, die door een tovenaar aan een man is vastgemaakt.' Zedd was tevreden met het effect: iedereen hield zijn adem in.
'Waarom?' vroeg de zwaargebouwde man, terwijl zijn oogwit rond zijn hele iris te zien was.
Zedd keek nadrukkelijk naar de andere tafeltjes voordat hij sprak. 'Om hem te kunnen volgen, en te weten waar hij heen gaat.'
'Zou hij zelf die wolk dan niet zien, met die vorm van een slang?'
'Daar zit hem nou net de kneep, heb ik gehoord,' fluisterde Zedd terwijl hij zijn vork gebruikte om een demonstratie te geven. 'Hij wijst naar beneden, naar de man die wordt gevolgd, dus die ziet alleen een stipje, alsof hij naar de punt van een wandelstok kijkt. Maar van opzij zie je de hele wandelstok.'
De mannen zeiden: 'Aaah,' en leunden achterover om dit nieuws te verwerken terwijl Zedd zich aan zijn gebraden eend wijdde.
'Weet u iets van die winden van verandering?' vroeg er ten slotte een. 'En over die nieuwe Meester Rahl?'
'Ik zou geen wolkenlezer voor koningen zijn als ik dat niet wist.' Zedd zwaaide met zijn vork. 'Het is een mooi verhaal, als de heren zin hebben om het te horen.'
Ze bogen zich allemaal weer naar voren.
'Het is allemaal lang geleden begonnen, in de oorlog van vroeger,' begon Zedd, 'toen de wezens zijn gecreëerd die droomwandelaars heten.'